캐서린 앤 포터

30 세계문학 단편선

캐서린 앤 포터

김지현 옮김

H
현대문학

차례

잘 가렴, 작은 책아······

이 소설집에 실린 작품들은 이제까지 세 권의 책으로 나뉜 채 여러 판본, 여러 언어로 출간되어 오랜 세월 각국을 떠돌아다녔다. 그러나 그 책들에 한 번도 수록된 적이 없는 소설도 네 편 있다. 그 작품들을 여기에 실을 수 있게 된 것은 순전히 우연이었다. 『옛 질서』라는 연작에 들어 있는 단편 「무화과나무」는 1944년 『기울어진 탑』이 출간될 당시 원고가 통째로 홀연히 사라져 버렸는데, 엉뚱하게도 1961년에 다른 주, 다른 도시, 다른 집, 미완성 원고들이 들어 있는 상자 안에서 다시 발견되었다. 「휴가」는 완성하는 데에 오랫동안 애를 먹었던 작품이다. 형식이나 문체 면에서가 아니라, 내가 어떤 상황에서 겪었던 도덕적이고 감정적인 갈등에 관한 문제 때문이었다. 그 일을 겪었을 당시 나는 너무 어려서 제대로 대처할 수 없었고, 이후로 몇 년간 그 이야기를 글로 풀어내고 싶은 생각을 머릿속에서 지울 수 없었다. 나는 같은 이야기를 세 가지의 판본으로 써 보았다. 하지만 그 셋 모두 어떤 지점에서 이야기가 어긋나 버렸다. 그래서 원고를 그냥 치워 두었더니 또 어디론가 사라져 버렸고, 이후로 나는 그 작품에 대해 아예 잊고 살았다. 그렇게 거의 사반세기가 지난 어느 날, 문서들을 보관해 둔 상자에서 우연히 그 원고를 발견한 나는 흥분에 휩싸여 그 자리에서 세 판본을 모두 읽어 보았다. 읽자마자 첫 번째 이야기가 옳다는 것을 알 수 있었고, 오래전에 나를 가로막았던 그 성가신 의문은 살아오는 과정에서 저절로 풀려서 어느새 내 안에 천천히, 내밀히, 깊이 가라앉아 있었기에, 애초에 내가 왜 그 문제로 그토록 고민했는지 의아할 정도였다. 그래서 나는 기존의 원고에서 짧은 단락 하나를 바꾸고, 마지막에 한두 문장 정도를 추가하는 것으로 소설을 마무리 지었다. 「마리아 콘셉시온」은 내 첫 발표작이다. 뒤이어 「처녀 비올레타」와 「순교자」를 썼다. 세 편 모두 내가 사랑해 마지않는 두 번째 조국, 즉 멕시코에서 쓴 소설로서, 지금은 폐간된 《센추리 매거진》지에 한 편씩 차례대로 게재된 바 있다. 훌륭하고 관대하고 인정 많은 편집자 칼 밴도런 덕분이었다. 그는 내 소설을 읽어 준 첫 번째 편집자였으며 동시에 첫 번째 독자였다. 그가 얼마나 주저 없이, 열렬히 "당신은 작가가 틀림없네요!"라고 단언해 주었는지 지금도 기억한다. 그때가 1923년이었다.

몇몇 작가들과 문학 관계자들이 회고록에서, 본인이 나를 소위 '발견'했노라고 주장하여 내 명예를 높여 준 일이 있었다.

그들의 이름을 언급할 이유는 없을 것이다. 다만 나는 지금 여기서 사실관계를 명확히 하고자 적는다. 내 소설들을 가뿐히 출간해 주고 나의 긴 이력이 시작되도록 해 준 사람은 어디까지나 칼 밴도런이었다. 재능 있는 작가이자 편집자이며, 젊은 작가들의 든든한 친구인 그는, 그 모든 게 지극히 일상적인 일이라는 듯이—실제로도 일상적인일이었다—내 작품들을 게재해 주었고, 나는 황홀한 기쁨에 휩싸여그 자리를 떠나오면서 내가 '발견'되었다고는 조금도 생각지 않았으며—나는 내가 어디에 있는지 늘 알고 있었으므로—내 미래가 '이력'이 되리라고 생각지도 않았다. 이 맥락에서 그 단어들은 얼마나 불쾌한지 모른다. 「처녀 비올레타」와 「순교자」는 소설집 초판에서는 빠져있었다. 어쩌다 그렇게 됐는지는 기억이 나지 않지만 아마 착오가 있었던 것 같다. 한 친구가 그 작품들을 케케묵은 《센추리 매거진》 서류철에서 찾아내 40여 년 만에 재출간해 준 덕분에, 그 소설들도 제 동료들과 어깨를 같이할 수 있게 되었다. 그리하여 내가 이제껏 탈고하고 발표했던 소설은 모두 이 책에 모였다. 이제 독자 여러분에게 정중하게 한 가지 부탁을 드리고자 하니, 이 부탁을 들어주신다면 무한히감사하겠다. 부디 내 중편소설들을 노블레트Novelette나, 혹은 더욱 나쁜 호칭인 노벨라Novella라고 부르지 말아 주시기를 바란다. 노블레트는 하찮은 삼류 소설 따위를 일컫는 고전적인 용어이고, 노벨라는 실질적으로 아무것도 지칭하지 못하는, 느슨하고 알맹이 없고 가식적인 단어이니까 말이다. 내 작품들을 올바른 이름으로 불러 주시기를부탁드린다. 모든 형태의 소설을 가리킬 수 있는 표현 네 가지가 있다. 단편, 중편, 경장편, 장편short stories, long stories, short novels, novels. 나는 이 네 가지 분류에 해당하는 사례들을 모두 알고 있으며, 그 모두를 지칭하기에 충분하고, 분명하고, 쉬운 호칭들이라고 생각한다.

'이별이란 약간 죽는 것'이라는 말이 있다(내가 읽을 수 있는 모든 언어로 전해지는 말이다). 하지만 나는 이 소설들과 이별하는 것이 행복하다. 그들을 소생시키고 햇빛을 볼 날을 더 연장시킬 수 있어서, 그리하여 모든 예술가가 열망하는 바와 같이, 사람들에게 읽히고 기억될 수 있어서.

잘 가렴, 작은 책아……

1965년 6월 14일

캐서린 앤 포터

꽃 피는 유다 나무

Flowering Judas and Other Stories

마리아 콘셉시온
María Concepción

마리아 콘셉시온은 먼지 앉은 흰 길 한가운데를 따라 조심조심 걸었다. 응달진 길가에서 잠시 쉬어 간다면 좋겠지만, 그쪽에는 가시 돋친 용설란들과 길고 구불구불한 선인장들이 너무 무성하게 자라 있었다. 발에 박힌 선인장 가시나 뽑으면서 지체할 시간이 없었다. 후안과 그의 상사가 지금 이 순간에도 매몰된 도시의 눅눅한 해자 안에서 새참이 도착하기를 기다리고 있을 터였다.

그녀는 살아 있는 가금家禽 십수 마리의 발을 묶어서 어깨에 걸메고 있었다. 그 새들 중 절반이 그녀의 등허리까지 드리워 내려졌고, 가슴 위에 쏠린 무게중심이 불안정하게 흔들거렸다. 새들은 피가 안 통해 부어오른 다리를 꿈틀거리며 그녀의 목에 부딪어 대는가 하면, 희번덕거리는 눈동자에 의문스러운 빛을 띠고서 그녀의 얼굴을 바라보기도 했다. 그녀는 가금들을 보지도, 생각하지도 않았다. 묵직한 새 참 바구니를 든 왼팔이 노곤했고, 아침 내내 걸은 터라 배도 고팠다.

연푸른색의 깨끗한 면 레보소* 아래로 뻗은 그녀의 꼿꼿한 등마루가 또렷한 윤곽을 드러냈다. 부드러운 검은빛의 눈동자에서 평온한 성정이 엿보였고, 끝이 살짝 기울어진 아몬드 모양의 두 눈은 사이가 멀리 떨어져 있었다. 그녀의 걸음걸이는 마치 원시인 임신부처럼 자유롭고 편안하면서도 신중했다. 배가 부풀었어도 형태가 뒤틀어진 게 아니라 여자로서 지극히 당연하고 자연스러운 체형으로 보였다. 그녀는 삶에 불만이 전혀 없었다. 남편이 일터에서 한창 일하고 있을 지금, 그녀는 가금들을 내다 팔러 시장에 가고 있었다.

그녀의 작은 집은 야트막한 산의 중턱, 한 무리의 후추나무들 밑에 자리 잡고 있었다. 길에 가까운 한쪽 면을 키 큰 선인장들이 담장처럼 에워싼 집이었다. 이제 산골짜기까지 내려온 그녀는 좁은 샘에 가로 놓인 징검다리를 건넜다. 이 근처에는 양봉 일을 하는 마리아 로사가 루페라는 이름의 늙은 대모代母와 함께 사는 집이 있었다. 루페는 주술 치료사로, 올빼미 뼛가루나 그을린 토끼털이나 고양이 내장 등으로 허접한 연고 따위를 만들어 마을의 환자들에게 팔았다. 훌륭한 기독교인인 마리아 콘셉시온은 그런 미신을 믿지 않았다. 두통이나 복통이 일어나면 그냥 허브차를 마시거나 매일같이 들르는 시내 시장 근처의 약국에서 약을 사 먹었다. 거기서 취급하는 약은 유리병에 담겨 있었고, 읽을 수는 없지만 음용법이 인쇄된 설명서도 들어 있었다. 다만 그녀는 마리아 로사가 파는 꿀만큼은 자주 사 먹었다. 마리아 로

* 멕시코를 비롯한 라틴아메리카 및 스페인 지방에서 쓰는, 머리나 어깨를 감싸는 여성용 숄.

14

사는 열다섯 살밖에 안 된, 예쁘고 수줍음 많은 소녀였다.

마리아 콘셉시온과 그녀의 남편 후안 비예가스는 열여덟 살이 조금 넘었다. 그녀는 정력적이고 신앙심 깊고 흥정을 야무지게 해내는 장사꾼이라고 이웃들 사이에서 좋은 평판을 얻었다. 자기 레보소나 후안의 셔츠를 사기 위해서라면 귀한 은화가 가득 든 자루 하나쯤은 너끈히 가지고 나올 수 있는 여자로도 잘 알려져 있었다.

약 1년 전에는 돈을 들여 결혼 허가증을 발급받기도 했다. 성당에서 결혼식을 올릴 수 있게 해 주는, 실로 막강한 힘이 있는 그 서류를 얻기 위해 사제에게 돈까지 냈다는 뜻이다. 부활절 다음 날 월요일에 그녀는 후안과 함께 제단까지 행진했고, 그 이전에 3주 동안 미사 때마다 사제는 후안 데 디오스 비예가스와 마리아 콘셉시온 만리케스의 결혼 공고를 알렸다. 마을 사람들에게는 희한한 사건이었다. 통례대로 성당 건물 뒤편에서 식을 올리면 법적인 효력은 똑같으면서도 더 싸게 먹힐 텐데, 그 부부는 구태여 성당 안에서 결혼식을 치른 것이다. 마리아 콘셉시온은 늘 그렇게 대농장 소유주라도 되는 듯 자부심이 넘쳤다.

그녀는 징검다리 위에 멈춰 서서 샘물에 발을 적셨다. 눈부신 햇빛을 피해 저 멀리 떠 있는 구름들 아래 검푸른 산자락에 멍하니 시선을 고정하고 있던 그녀는, 문득 갓 잘라 낸 벌집을 한 쪽 먹었으면 좋겠다고 생각했다. 꿀벌들이 풍기는 맛깔스러운 냄새와, 느리게 웅웅거리는 황홀한 소리가 그녀의 입안에 스미는 달콤한 맛에 대한 욕망을 일깨우고 있었다.

'지금 당장 먹어야겠어. 안 그러면 배 속의 아이에게 안 좋을 거야.'

마리아 로사와 루페의 집에 딸린 작은 마당에는 빽빽한 선인장 산

울타리가 둘러쳐져 있었다. 위로 삐죽삐죽 솟구친 앙상한 선인장들이 마치 그곳을 지키는 칼날들처럼 늘어서 있었다. 그녀는 선인장들 틈새로 마당 너머의 초가집을 넘겨다보았다. 마리아 로사도 루페도 집에 없는지 무척 조용했다.

말린 골풀과 옥수수 짚단으로 지어진 초가집은 땅에 박힌 키 큰 묘목들에 묶여 고정되어 있었고, 지붕널 삼아 납작하게 편, 누르스름해진 용설란잎들을 켜켜이 이고 있었다. 나른한 듯 구부정히 늘어진 형태의 초가집은 한낮의 온기 속에서 향긋한 냄새를 풍겼다. 그리고 그 집과 비슷하게 지어진 벌집들이 마당 저 뒤쪽까지 흩어져 있었다. 깨끗한 채소 찌꺼기들을 쌓아 놓은 것처럼 보이는 벌집들 위로 반짝이는 금빛 먼지구름 같은 벌들이 떠다녔다.

집 뒤에서 가볍고 경쾌한 웃음소리가 터져 나오더니, 곧이어 한 남자의 코웃음이 들려왔다. "아, 하하하하!" 높고 낮은 두 목소리가 함께 노래하듯 이어졌다.

"마리아 로사에게 남자가 있나 보네!" 마리아 콘셉시온은 멈칫한 채 미소 짓고는 짐을 고쳐 멨다. 그리고 산울타리 틈새 너머를 더 잘 들여다보려고 손차양을 하고서 몸을 앞으로 기울였다.

벌집들 사이로 마리아 로사가 뛰어나왔다. 그녀는 주접 든 재스민 덤불 두 개를 헤치고 무릎을 번쩍번쩍 들어 올리며 날쌔게 달리면서, 등 뒤를 돌아보며 자지러질 듯 웃어 댔다. 그녀는 묵직한 꿀단지의 손잡이를 손목에 걸고 있었는데, 뜀박질에 따라 꿀단지가 흔들리면서 허벅지에 연신 부딪히고 있었다. 그러다가 그녀가 돌연히 발을 멈추자 발끝에서 먼지가 피어올랐고, 땋아 내린 머리 타래들이 반쯤 뒤엉킨 채 그녀의 어깨 위로 내려앉았다.

그녀의 뒤를 따라 후안 비예가스가 뛰어나왔다. 후안 역시 이를 악물고서 이상하게 웃고 있었다. 부드러운 검은색 수염이 드문드문 자란 인중과 턱 사이에서 두 줄의 하얀 치아가 반짝였고, 수염이 없는 두 뺨에는 여자애처럼 매끄러운 갈색 맨살이 드러났다. 그가 마리아 로사를 붙잡았다. 너무 세게 잡았는지 그녀의 원피스 어깨 쪽이 찢어져 버렸다. 그녀는 웃음을 멈추고 그를 밀어내더니, 잠자코 서서 찢어진 어깨 부분을 한 손으로 끌어 올렸다. 그녀의 뾰족한 턱과 암적색 입술은 또 웃을까 말까 하는 듯 애매하게 움직였고, 긴 속눈썹이 파르르 흔들리자 그 너머에 숨겨진 눈동자에서 빛이 아른거렸다.

마리아 콘셉시온은 몇 초간 미동도 않고 숨도 쉬지 않았다. 이마는 싸늘하게 식어 가는데, 펄펄 끓는 물이 척추를 따라 천천히 흘러내리는 느낌이었다. 무릎이 부러진 것 같은 형용할 수 없는 고통이 치밀었다. 그녀는 후안과 마리아 로사에게 붙박인 자신의 시선이 그들에게 느껴질까 봐, 자신이 여기서 꼼짝도 못 한 채 그들을 훔쳐보고 있다는 걸 들킬까 봐 겁이 났다. 그러나 그들은 마당 안에서 벗어나지 않았고, 산울타리에 난 틈새 쪽에는 눈길 한 번 주지 않았다.

후안은 느슨하게 땋아 내린 마리아 로사의 머리 타래들 중 하나를 집어 들어, 그걸로 그녀의 목을 장난스레 톡 쳤다. 그러자 그녀가 배시시 웃었다. 두 사람은 다시 벌집들 사이로 물러났다. 마리아 로사는 꿀단지를 옆구리 위에 얹고서 풍성한 페티코트 자락을 걸음걸음마다 휘날렸고, 후안은 챙 넓은 모자를 앞뒤로 흔들어 대며 싸움닭처럼 위풍당당하게 걸었다.

그제야 마리아 콘셉시온은 자신의 머리를 뒤덮고 목을 휘감았던 자욱한 구름을 겨우 떨쳐 냈다. 그러고 보니 그녀는 자기도 모르는 사이에 길로 돌아와 걷고 있었다. 앞길을 조심조심 더듬어 나가고는 있었지만, 마리아 로사의 벌 떼가 모조리 그녀의 귓속에 벌집을 틀기라도 한 듯 웅웅거리는 이명이 울렸다. 그래도 그녀는 매몰된 도시에서 새참을 기다리며 쉬고 있을 후안의 상사이자 미국인 고고학자를 위해, 사려 깊은 의무감을 발휘하여 계속 발길을 옮겼다.

후안과 마리아 로사가 어떻게! 온몸이 화끈거렸다. 손바닥선인장의 조그마한 털 가시들이 잔혹한 실 유리 조각처럼 그녀의 피부 속에 온통 박힌 것만 같았다. 가만히 앉아서 죽기만을 기다리고 싶은 심정이었지만, 옥수숫대 아래서 같이 웃고 키스하던 남편과 그 여자애의 목을 자르기 전에는 안 될 말이었다. 그녀가 어렸을 때 집이 통째로 불타고 은화 몇 닢이 사라진 적이 있었다. 시장에 다녀왔다가 잿더미가 된 집을 발견한 그녀는 암울한 공허감에 휩싸여 그곳을 서성거렸다. 자기 눈을 믿을 수 없었고, 모든 게 눈앞에서 다시 되살아날 것만 같았다. 하지만 집은 이미 사라진 뒤였고, 누군가가 원한을 품고 저지른 일인 것만은 분명한데 그게 누구인지는 당최 알 도리가 없으니 그저 허공에 대고 욕하고 엄포를 놓았을 따름이었다. 지금 벌어진 사건은 그때보다 더욱 나빴지만, 그래도 덕분에 방화범의 정체는 드디어 알게 되었다. 마리아 로사, 그 요망하고 파렴치한 계집애! 그녀는 자기도 모르게 마리아 로사에 대한 진심 어린 악담을 쏟아 냈다. 누군가 맞장구쳐 줄 사람이라도 있는 양 큰 소리로. "그래, 걘 창녀야! 살아 있을 자격도 없어."

그때 마리아 콘셉시온은 발굴 현장에 이르렀다. 땅에 갓 새로 판 구덩이 안에서 기븐스의 너저분한 잿빛 머리가 나타났다. 이곳 현장에는 사람이 들어가 서 있으면 보이지 않을 만큼 깊고 길쭉한 크레바스

같은 구덩이들이, 마치 누군가가 거대한 가위로 땅을 가지런히 쨰어 놓은 것처럼 십자형으로 교차되어 있었다. 기븐스는 여기서 선조들이 살던 옛 도시를 발굴하는 작업을 했다. 이 마을 남자들은 대부분 그에게 고용되어 연중 내내 이 일을 하며 번창했다. 즉 조그마한 점토 머리나 깨진 도자기 조각이나 색칠된 벽의 파편 따위의, 다 부서지고 진흙에 뒤덮여 하등 쓸모도 없는 것들을 건져 내는 일에 매일같이 매달리고 있다는 뜻이었다. 마을 사람들이 직접 만든 물건이 그보다는 훨씬 나았다. 그들은 나무랄 데 없이 튼튼하고 말끔한 물건들을 만들어서 시내로 가져가 외국인들에게 내다 팔고 진짜 돈을 벌어들일 수도 있었다. 기븐스가 왜 이런 고물 덩어리들을 찾아내는 데에서 그토록 기이한 기쁨을 느끼는지는 영원한 수수께끼였다. 그는 구덩이에서 파낸 항아리 파편이나 사람 두개골 같은 것을 머리 위로 쳐들고 흔들면서, 사진사에게 얼른 이리 와 사진을 찍어 달라고 외치며 숫제 환호성을 질러 대기도 했다.

기븐스는 쭈글쭈글 주름살이 지고 붉은 흙 빛깔로 그을린 노인의 얼굴에, 열정적인 청년의 눈빛을 띠고서 마리아 콘셉시온을 맞이했다. "투실투실한 놈으로 가져왔겠지?" 마리아 콘셉시온이 묵묵히 구덩이를 향해 몸을 기울이자, 기븐스는 그녀의 어깨에 대롱대롱 매달린 가금들 중에서 한 마리를 골랐다. "자네가 손질 좀 해 주겠나? 그래, 고맙구먼. 굽는 건 내가 함세."

마리아 콘셉시온은 가금의 대가리 부분을 받아 들고, 날렵한 손길로 조용히 칼을 가져다 녀석의 목을 비틀어 땄다. 비트 한 뿌리의 잎사귀를 잡아 뽑듯 가뿐하고 야무진 솜씨였다.

"어이쿠, 이 여자 비위 한번 대단해." 기븐스가 그녀가 하는 양을 지켜보며 말했다. "나는 도저히 못 하겠던데. 진저리가 나서 원."

"저는 과달라하라* 출신인걸요." 마리아 콘셉시온은 허세 없이 덤덤하게 대답하고, 가금의 털을 뽑고 내장을 들어냈다.

그녀는 몸을 일으키고 기븐스가 고기를 굽는 모습을 도도하게 지켜보았다. 저 백인 남자는 자신을 위해 요리를 해 줄 아내도 없으면서, 자기가 먹을 식사를 직접 준비하면서도 자존심이 상하지 않는 모양이었다. 그는 쪼그려 앉아서 꼬챙이에 꿴 고기를 불에 대고 부지런히 돌리며, 연기 때문에 눈을 게슴츠레 뜨고 코를 찡그렸다. 불가사의한 사내였다. 그래도 틀림없는 부자였고, 후안의 상사이기도 했다. 존경하고 구슬려야 할 사람이라는 뜻이었다.

"토르티야**도 막 구워서 따뜻해요, 선생님." 그녀는 부드럽게 말했다. "괜찮으시다면 전 이제 시장에 가 볼게요."

"그래, 그래. 어서 가 보게. 내일 또 한 마리 가져다주고." 기븐스는 고개를 돌려 그녀를 돌아보았다. 그는 마리아 콘셉시온의 당당한 태도가 마치 유배된 왕족처럼 보인다고 생각하곤 했다. 그런데 그녀의 안색이 유난히 창백하다는 게 눈에 띄었다. "오늘 볕이 너무 뜨겁지?"

"그러게요, 선생님. 실례지만 후안이 곧 여기 올까요?"

"지금쯤이면 왔어야 하는데. 그 친구 몫은 그냥 두고 가게. 다른 사람들이 먹을 테니."

그녀는 자리를 떴다. 기븐스는 회적색 땅에 피어오르는 아지랑이 속에서 그녀의 푸른 레보소 자락이 춤추듯 나풀거리며 멀어져 가다 작은 점이 되는 모습을 지켜보았다. 그는 이곳 인디오들이 순박하고

---

* 멕시코 서부에 위치한 도시로, 이 지방 사람들은 용감하고 공격적이라는 평판이 있다.
** 옥수숫가루로 만든 반죽을 납작하게 구운, 멕시코 인디오의 전통 음식.

해맑게 굴 때를 가장 좋아했다. 그러면 아버지처럼 자애롭게 그들의 응석을 받아 주는 기분이 들었다. 후안은 특히 무모한 일탈을 많이 벌였기에, 기브스는 그에 관한 우스꽝스러운 일화들을 주변에 이야기하곤 했다. 지난 5년 동안 후안이 온갖 예측 불허의 사고를 치고 다녀서 하마터면 감옥에 가거나 심지어는 총에 맞을 뻔한 적도 있다고, 자신이 얼마나 자주 그를 구해 줬는지 모른다고.

"나는 절대로 지레 나서서 간섭하지는 않아. 무슨 말썽이 나면 그때야 도와주는 거지." 기브스는 말하곤 했다. "뭐, 그래도 후안이 일 하나는 잘하지. 나는 그 친구를 다룰 줄도 알고."

후안이 결혼한 이후로 한동안 기브스는 그가 외도를 많이 저지른다고 핀잔을 주긴 했다. 아랫사람을 점잖게 꾸짖는 태도를 딱 적당한 수준으로 섞어서, "그러다가 아내한테 들킨다니까. 큰일이 날 거야!"라고 입버릇처럼 말했다. 그러면 후안은 엄청나게 즐거워하며 웃어대곤 했다.

마리아 콘셉시온은 후안에게 알은척할 생각은 하지 못했다. 그날 하루가 지나가는 동안 그에 대한 분노는 사그라들고, 마리아 로사에 대한 분노가 커져 갔다. 그녀는 연거푸 혼잣말을 했다. "내가 마리아 로사 나이였을 땐, 남자가 나를 그런 식으로 붙잡으면 손에 든 단지로 그놈 머리를 후려쳤을 거야!"라고. 사실 후안에게 처음 붙들렸을 때 그녀는 마리아 로사만큼의 저항조차 하지 않았지만, 그 사실은 까맣게 잊어버렸다. 게다가 그 후에 그녀는 후안과 성당에서 결혼식을 올렸으니 그건 차원이 전혀 다른 일이었다.

후안은 그날 밤 집에 오지 않았다. 그는 전쟁에 나갔다. 마리아 로사도 그를 따라갔다. 후안은 어깨에 라이플을 걸메고 벨트에 피스톨 두 자루를 찼고, 마리아 로사도 라이플과 더불어 담요와 냄비 들을 챙겨서 등에 멨다. 전쟁터에 이른 그들은 가장 가까운 파견대와 합류했고, 그때부터 마리아 로사는 숙련된 여군 부대의 선두에서 행군했다. 여군 부대는 메뚜기 떼처럼 밭을 휩쓸어 군량을 조달했다. 그녀는 여자들과 함께 요리를 하고, 남자들이 먹고 남긴 음식을 여자들과 함께 먹고, 교전이 벌어진 다음에는 여자들과 함께 전쟁터로 나가서 시체들을 뒤져 옷과 탄약과 총을 건져 왔다. 더운 날씨에 시체들이 부풀기 전에 일을 해치워야 했다. 그러다가 가끔 적군 여자들과 마주치면 1차전 못지않게 참혹한 2차전이 벌어지기도 했다.

한편 마을에서는 특별한 추문은 일지 않았다. 사람들은 그저 어깨를 으쓱이고 히죽거렸다. 그 둘이 전쟁터로 떠났으니 망정이었다. 마리아 로사가 이 마을에서 마리아 콘셉시온과 더불어 지내느니 차라리 군대에 있는 편이 안전할 거라고 이웃 사람들은 수군거렸다.

마리아 콘셉시온은 후안이 떠났을 때도 울지 않았다. 아기가 태어났을 때도 그리고 나흘 만에 죽었을 때도 그녀는 울지 않았다. "이 여자는 순 돌덩이네." 루페 할멈은 그녀에게 아기의 몸을 보존해 주는 부적을 써 보지 않겠느냐고 권하러 갔다가 그렇게 말했다.

"그놈의 부적들 싸안고 지옥에나 가세요." 마리아 콘셉시온은 말했다.

그녀의 얼굴이 몰라보게 달라진 데다 너무나 무감각해 보였기에, 마귀에 씐 게 아니냐는 소문이 돌 법도 했다. 하지만 그녀는 꼬박꼬박 성당에 가서 성인들에게 초를 봉헌하고, 십자가 앞에 무릎을 꿇고 두 팔을 벌리고서 몇 시간씩 내리 기도하고, 매달 영성체를 받았다. 게다가 애초에 사제가 혼인성사를 봐 준 여자인데 그럴 리는 없었다. 그래서 사람들은 그녀가 자존심 때문에 벌을 받고 있다고 결론 내렸다. 그거야말로 모든 문제의 진짜 원인이라고, 그녀가 지나치게 오만했던 탓이라고, 사람들은 그녀를 측은히 여겼다.

후안과 마리아 로사가 떠난 그해에 마리아 콘셉시온은 가금들을 팔고 텃밭을 돌보았다. 그녀의 은화 자루는 점점 두둑해져 갔다. 반면 루페는 양봉 일에 소질이 없었기에 꿀 수확이 시원찮았다. 그러다 보니 그녀는 가면 갈수록 집 나간 마리아 로사를 탓했고, 마리아 콘셉시온의 행실을 치켜세우게 되었다. 종종 시장이나 성당에서 마리아 콘셉시온을 보면 한때 그토록 깊은 슬픔에 잠겼던 여자라고는 아무도 몰라볼 정도라고 그녀는 늘 이야기했다.

"나는 마리아 콘셉시온이 모든 걸 잘 이겨 내게 해 달라고 하느님께 기도한다우. 그만하면 고생은 충분히 했잖아."

그러다 어느 할 일 없는 자가 소박맞은 마리아 콘셉시온에게 그 말을 옮겨 버렸다. 그녀는 그 길로 루페의 집에 찾아가 마당에 들어서서 그녀를 불렀다. 늙은 주술 치료사는 문간에 앉아 신통한 상처 치료약을 만든다고 냄비를 국자로 젓고 있었다.

"기도는 혼자 조용히 하세요, 할머니. 아니면 기도가 필요한 사람들을 위해 해 주든가요. 나는 내가 이 세상에서 원하는 걸 하느님께 직접 구할 테니까."

"그러면 그게 얻어지나, 마리아 콘셉시온?" 루페는 잔인하게 킥킥 웃으며 나무 국자의 냄새를 맡았다. "지금 네 삶도 기도로 얻은 게야?"

그 이후로 마리아 콘셉시온은 성당에 더욱 자주 나갔고, 마을의 다른 여자들하고는 더더욱 소원해졌다. 여자들은 시장이 파하고 나면 인도 연석에 나란히 앉아 아기를 어르고 과일을 나누어 먹으며 수다를 떨었는데, 그녀는 그 자리에도 잘 끼지 않았다.

"우리를 적으로 돌리다니, 그러면 못쓰지." 마을 여자들 중에서 장로이자 중재자 역할을 하는 솔레다드 할멈이 말했다. "그건 여자라면 누구나 겪는 문제잖아. 고통은 함께 나눠야지."

그러나 마리아 콘셉시온은 혼자 지냈다. 그녀는 무언가에게 속을 갉아 먹히기라도 하는 듯 수척해지고 두 눈이 푹 꺼졌으며, 웬만하면 말을 한 마디도 하지 않으려 했다. 그리고 어느 때보다 열심히 일했고, 도살용 칼을 손에서 거의 놓지 않았다.

군 생활에 학을 뗀 후안과 마리아 로사는 어느 날 아무에게도 허락을 구하지 않고 도망쳤다. 전장은 골칫거리가 가득 적힌 기나긴 두루마리처럼 저절로 펼쳐져 갔고, 그 끝자락은 너덜너덜 해어진 채 마침내 후안의 마을에서 20마일 거리에까지 이르렀다. 그래서 후안과 마리아 로사는 늑대처럼 야윈 모습으로, 출산을 며칠 앞둔 아기까지 품고서, 부대에는 아무 인사도 않고 빠져나와 마을까지 걸어갔다.

그들은 동틀 녘 마을에 도착했다. 그러나 후안은 마을 변두리의 작은 부대에 속한 한 무리의 헌병들에게 발각되어 영창으로 끌려가고 말았다. 담당 장교가 후안에게 아무 감정 없이 명랑한 투로 말하기를, 다음 날 아침 총살당할 탈영병 열 명에 한 명을 추가해야겠다고 했다.

마리아 로사가 비명을 지르며 길바닥에 얼굴을 박고 엎어졌다. 그러자 병사 두 명이 그녀의 겨드랑이 밑을 붙잡고서 성큼성큼 집으로 끌고 갔다. 그녀의 초가집은 이제 슬프도록 황폐해진 상태였다. 루페는 이 분야의 전문가인 자신이 알아서 처리하겠다는 식의 거만한 태

도로 마리아 로사를 넘겨받았고, 과연 단번에 아기를 분만시키는 데
에 성공했다.

후안은 어디서 어떻게 얻었는지 알 수 없는 고급스러운 새 옷에 먼
지를 뒤집어쓰고서, 아픈 발을 절뚝거리며, 그곳 부대의 대위 앞으로
끌려왔다. 그런데 대위는 기브스와 절친한 사이였다. 후안이 기브스
의 발굴 작업반에서 십장으로 일했던 사람임을 알아본 그는 즉시 기
브스에게 전갈을 보냈다. "후안 비예가스라는 자를 데리고 있네. 자네
의 처분을 기다리겠네."

기브스가 도착하자 대위는 후안을 내보내 주면서, 군부에서 이토
록 인도적이고 분별 있는 조치를 취했다는 사실은 외부에 반드시 비
밀로 해 달라는 당부를 전했다.

숨 막히는 긴장감이 흐르는 전시 군사법원에서 걸어 나오는 후안
은 대놓고 기고만장한 분위기였다. 그는 터무니없이 크고, 은실 자수
가 놓여 있고, 뒷부분이 새파란 술 장식 달린 은줄로 고정된 모자를
한쪽 눈썹까지 내려오도록 눌러쓰고 있었다. 셔츠는 초록색과 검은
색의 바둑판무늬였고, 흰 면바지에 빨간 무늬가 들어간 노란색 가죽
벨트를 찼다. 신발은 신지 않아서 자갈에 찍힌 멍 자국으로 가득한 맨
발과 초라하게 해어진 발톱들이 다 드러나 보였다. 후안은 두툼하고
긴 입술 귀퉁이에 물었던 담배를 빼고는 화려한 모자를 벗었다. 그러
자 이마에 척척히 들러붙고 정수리 부분만 덥수룩이 솟아오른 먼지
투성이 흑발이 드러났다. 그는 옆에서 허공만 빤히 쳐다보고 있던 장
교에게 고개 숙여 인사를 했다. 그리고 영창 건물 창문의 창틀 위로
머리만 빠끔히 들여다보이는, 처량해 보이는 사람들을 향해 팔을 번
쩍 쳐들고 크게 흔들었다. 재수 좋게 풀려나는 후안을 열띤 눈으로 주

시하고 있던 그들 중에서 두세 명이 고개를 끄덕였고, 여섯 명은 마주 손을 흔들었다. 후안의 태평하고 의기양양한 태도를 짐짓 따라 하는 것이었다.

후안은 기븐스와 함께 그곳을 떠나는 내내 이런 신경 거슬리는 연극을 계속하다가, 처음 나온 손바닥선인장 덤불을 끼고 길을 돈 뒤에야 기븐스의 손을 덥석 잡고 열변을 토했다. "선생님, 당신의 종 후안 비예가스가 처음 당신 눈에 띈 날 저는 축복을 받은 겁니다! 오늘부터 제 목숨은 무조건 선생님 것입니다. 진심으로 마음 깊이 감사드립니다!"

"제발 멍청한 짓 좀 그만하게." 기븐스가 짜증스럽게 대꾸했다. "다음번에는 내가 구해 주지 않을지도 몰라."

"뭐, 총 맞는 거야 별일도 아닙니다, 선생님…… 잘 아시겠지만 저는 겁나지 않았어요. 하지만 탈영병들과 같이 차가운 벽 앞에 서서, 고향을 바로 코앞에 두고, 그딴 놈의 명령으로 총살되는 건……"

후안의 입에서 걸쭉한 욕설이 폭죽처럼 쏟아져 나왔다. 그는 동물계와 식물계에서 온갖 비유를 끌어와, 방금 자신을 풀어 준 장교의 인생과 애인과 가족 등에 대해 강렬하고도 독특한 인신공격을 퍼부어 댔다. 그러다 더 이상 할 욕도 없어지고 마음도 누그러지자 마지막 한 마디를 덧붙였다. "이런 말씀을 드려도 괜찮다면 말입니다, 선생님!"

"마리아 콘셉시온에게는 어떻게 설명할 텐가?" 기븐스가 물었다. "후안, 자네는 성당에서 결혼한 사람치고는 너무 무책임해."

후안은 모자를 썼다.

"오, 마리아 콘셉시온요! 그게 뭐 대수라고요. 저기요, 선생님, 성당에서 결혼한다는 건 남자에게 크나큰 불행입니다. 그러고 나면 남자는 자기 자신을 잃어버려요. 어떻게 그 여편네가 저한테 불평을 할 수가 있습니까? 저는 거나하게 취해도 될 법한 축제에서도 술을 안 마시는걸요. 그녀를 때리지도 않고요. 절대, 절대로요. 우리 부부 사이는 늘 화목해요. 내가 이리 와, 하면 아내는 곧장 저한테 오고, 저리 가, 하면 재깍 가 주죠.* 그런데 어떨 때 아내를 보면, 아, 내가 저 여자와 성당에서 결혼했구나, 그런 생각이 들고, 그러면 속이 푹 내려앉는 것 같단 말입니다. 뭔가 무거운 게 제 배를 깔고 누운 것처럼요. 근데 마리아 로사는 전연 딴판이에요. 걔는 조용하지 않아요. 말이 많죠. 마리아 로사가 말을 너무 많이 하면 저는 뺨을 후려치고 '조용히 해, 이 머저리야!'라고 해 버리고, 그럼 걔는 울고불고하죠. 걘 그냥 내 마음대로 데리고 노는 애예요. 고것이 벌을 얼마나 말끔하게 잘 치는지 보셨죠? 저한텐 마리아 로사가 딱 그 벌꿀 같아요. 정말이라니까요. 마리아 콘셉시온은 나랑 성당에서 결혼한 여자이니까, 절대로 손찌검 안 할 겁니다. 하지만 선생님, 전 마리아 로사를 버릴 생각도 없어요. 걔만큼 저를 기쁘게 해 주는 여자는 없는걸요."

"내 말해 두겠는데, 후안, 일이 그렇게 간단하지가 않아. 조심하게. 언젠가 마리아 콘셉시온이 고기 써는 칼로 자네 목을 잘라 버릴 테니. 내 말 명심해."

후안은 남성으로서의 승리감과 감상적인 우수가 적절히 섞인 표정을 지어 보였다. 자신이 그렇게 매력적인 여자 둘 사이의 치정 싸움 속 주인공이라는 건 기분 좋은 일이었다. 게다가 그는 방금 불쾌한 방식으로 죽을 뻔한 위기에서 벗어났고, 멋있는 새 옷도 차려입었다. 그

---

* 『마태오의 복음서』 8장 9절을 변용한 문장. "저도 남의 밑에 있는 사람입니다만 제 밑에도 부하들이 있어서 제가 이 사람더러 가라 하면 가고 또 저 사람더러 오라 하면 옵니다. 또 제 종더러 이것을 하라 하면 합니다."

옷가지들은 마리아 로사가 여기저기서 교전지를 수습할 때 주워 온 것이라 돈 한 푼도 들지 않았다. 지금 그는 이른 아침 햇살 속을 걸으며, 익어 가는 선인장 열매와 복숭아와 멜론 냄새, 후추나무에 매달린 열매들의 톡 쏘는 냄새, 코 밑에서 피어오르는 담배 연기 냄새에 둘러싸인 채, 인내심 많은 상사와 함께 민간인의 삶으로 돌아가고 있었다. 이루 말할 수 없이 완벽한 상황이었다. 그는 그 실감을 한껏 음미했다.

"선생님." 후안은 위엄 있는 어조로, 산전수전 다 겪은 남자 대 남자로서 말하는 듯이 기븐스를 불렀다. "여자는 좋은 거죠. 하지만 지금 당장은 아니에요. 괜찮으시다면 저는 이제 마을로 가서 뭐라도 좀 먹어야겠습니다. 아아, 배가 터지도록 먹을 겁니다! 그리고 내일 꼭두새벽부터 발굴 현장에 나가서 일곱 장정 몫의 일을 해치워 드립죠. 마리아 콘셉시온이나 마리아 로사는 생각하지 말자고요. 각자 자기 집에 잘 있잖습니까. 때 되면 제가 다 알아서 처리할 겁니다."

후안의 모험에 대한 소식은 금세 퍼졌고, 그날 아침 동안 많은 친구가 후안에게 몰려왔다. 그들은 후안이 군대를 뛰쳐나오길 잘했다고 사심 없이 칭찬했다. 그건 나름대로 영웅적인 행동이었으므로. 그리하여 새롭게 탄생한 영웅은 축제일보다도 더 경사스러운 날을 맞아 한판 걸게 식사를 하고 술도 좀 마셨다. 그리고 정오가 다 되어서야 마리아 로사를 찾아갔다.

마리아 로사는 깨끗한 멍석에 앉아 세 시간 전에 태어난 아들의 몸에 기름을 발라 주고 있었다. 그 절묘한 광경 앞에서 감정이 북받친 후안은 마을로 돌아가서 '죽음과 부활'이라는 이름의 풀케 술집*에 동

---

* 풀케Pulque는 용설란으로 빚은 멕시코 술로, 풀케를 파는 술집들에는 으레 예수의 죽음과 부활을 주제로 한 벽화가 있었다.

네 남자들을 싹 다 불러 모아 술을 마셨다.

얼근히 취한 후안은 마리아 로사에게 돌아가려고 했다. 그런데 정신을 차려 보니 그는 어느새 자기 집에서 가장으로서의 권위를 되찾기 위해 마리아 콘셉시온을 때리려 하고 있었다.

마리아 콘셉시온은 그날 일어난 모든 일을 알고 있었고, 후안에게 호락호락 당해 줄 기분이 아니었다. 그래서 맞아 주지 않았다. 비명을 지르지도, 애원하지도 않았다. 대신 그 자리에 버티고 서서 반항했다. 심지어 후안을 때리기까지 했다. 깜짝 놀란 후안은 뒤로 물러서서 의문스러운 눈길로 그녀를 쳐다보았다. 그는 자기가 뭘 했는지도 긴가민가했고, 눈동자 위에 빙글빙글 겉도는 얇은 막이 씐 것처럼 시야가 침침했다. 그녀를 건드릴 생각조차 하지 않았는데 어떻게 된 일인지 알 수 없었다. '아, 뭐 어때. 별일도 아닌데.' 그는 생각을 그만두고, 비몽사몽 뒤돌아 걸어가서 그늘진 구석에 느긋이 주저앉아 코를 골았다.

후안이 잠잠해진 것을 본 마리아 콘셉시온은 내다 팔 가금들을 거둬서 다리를 모아 묶었다. 곧 장이 서는데 지금 당장 나가도 늦을 터였다. 조급한 마음에 허겁지겁 손을 놀리다 보니 밧줄이 몇 번 엉켰다. 그녀는 늘 다니던 길 대신 지름길을 택하기로 하고 밭을 가로질러 뛰어갔다. 미칠 듯한 공포가 치밀어 다리가 휘청거렸다. 이따금씩 멈춰 서서 주위를 둘러보고 위치를 확인한 다음 다시 뛰다가 또 멈추기를 반복했다. 그런데 언젠가부터 그녀는 시장 쪽이 아닌 다른 방향으로 가고 있었다.

불현듯 완전히 제정신이 들었다. 자신을 그토록 끔찍하게 괴롭힌 것의 정체가 무엇인지, 자신이 원하는 것이 무엇인지 모두 확실히 깨달았다. 그녀는 가시덤불을 피난처 삼아 그 아래에 앉아서 길고 사무치는 슬픔에 파묻혔다. 오랫동안 그녀의 온몸을 침묵과 고통으로 단단히 옭아맸던 무언가가 엄청난 폭력을 맞닥뜨리고 일거에 끊어진 것만 같았다. 누군가에게 한 대 얻어맞기라도 한 듯 몸이 반사적으로 움츠러들었고, 평생 받았던 상처들에서 찝찔한 진액이 새어 나오듯 땀이 줄줄 흘렀다. 그녀는 레보소를 머리 위로 뒤집어쓰고, 모아 세운 무릎 위에 이마를 떨군 채 꼼짝도 하지 않았다. 사방이 쥐 죽은 듯 고요한 가운데 그녀는 가만히 앉아 있다가 이따금씩 고개만 들었다. 머리에서 끊임없이 솟아나는 땀이 얼굴에 흘러내리고 원피스 앞섶을 적시고 있었다. 금방이라도 울음을 터뜨릴 듯 입술이 일그러졌지만 그녀는 눈물을 흘리지 않았고, 흐느끼지도 않았다. 밤이면 그녀의 안에서 슬픔이 타오르고 낮이면 막막한 울분이 그녀를 갉아먹어서 급기야 혀에서는 쓴맛이 나고 발은 비 오는 진창길에 빠진 듯 묵직해졌던 나날들이, 그 캄캄하고 혼란스러운 기억의 덩어리가 곧 그녀의 존재 전체가 되어 버린 것 같았다.

한참 시간이 흐른 뒤에야 그녀는 일어서서 레보소를 끌어 내리고, 다시 길을 나섰다.

후안은 연신 긴 하품을 하고 꿍얼거리며, 환상과 소음으로 가득한 꿈속을 들락날락하면서 서서히 잠에서 깼다. 눈꺼풀을 열려 하자 흐릿한 오렌지색 빛이 눈알을 쏘아 댔다. 그리고 어디선가 나지막한 울음소리가 들려오고 있었다. 누군가가 눈물 없이 목으로만 흐느끼면서 뜻 모를 말을 자꾸만 되뇌는 소리였다. 후안은 그 소리에 귀를 기울였다. 무겁게 가라앉는 의식의 끈을 억지로 잡아당기며, 무슨 뜻인지는 몰라도 어쩐지 공포스러운 그 말소리를 알아들으려고 안간힘을 썼다. 그러다가 오싹한 느낌과 함께 퍼뜩 정신을 차리고 일어나 앉았다. 그러자 옥수수 껍질로 엮인 벽의 틈새를 꿰뚫고 들어오는 길고 날카로운 햇살이 그의 눈을 똑바로 찔러 들었다.

문간에 서 있는 마리아 콘셉시온의 윤곽이 어렴풋이 시야에 나타났다. 눈이 부신 후안에게는 그 형체가 어마어마하게 커 보였다. 그녀는 빠른 속도로 뭐라고 말을 하면서 그의 이름을 부르고 있었다. 후안은 마침내 그녀의 모습을 또렷이 알아보았다.

"하느님 맙소사!" 그는 뼛속까지 얼어붙는 한기에 휩싸여 외쳤다. "내가 여기서 죽는구나!" 그녀가 평소 벨트에 늘 차고 다니는 긴 칼을 손에 들고 있던 것이다. 그런데 이내 칼을 한편으로 팽개쳐 버리더니, 무릎을 꿇고서 후안을 향해 기어 왔다. 과달루페 성당에 참배하러 가서 꼭 저런 자세로 성물함까지 기어가곤 하던 그녀의 모습이 떠올랐다.* 자신에게 다가오는 그녀를 지켜보며 후안은 머리털이 쭈뼛 설 만큼 극도의 공포에 사로잡혔다. 그녀는 그에게 고개를 떨구며 몸을 옹송그리고는, 입술을 달싹여 희미한 음성으로 속삭였다. 그제야 그녀의 말소리가 명확히 귀에 들어오면서 후안은 그 의미를 겨우 알아차렸다.

그는 잠시 아무 행동도, 말도 못 하고 굳어 있었다. 그러다가 그녀의 머리를 두 손으로 부여잡고는, 그 상태로 그녀를 지탱해 주면서 안심시키는 말을 횡설수설 마구 쏟아 냈다.

---

* 멕시코의 과달루페 성당이 위치한 테페야크산은 1531년 후안 디에고라는 아즈텍인이 성모 마리아를 직접 보았다고 알려진 곳으로, 당시 후안 디에고가 입었던 겉옷에 새겨졌다는 성모마리아의 그림이 성물聖物로서 성당에 보관되어 있다.

"오, 이 불쌍한 사람아! 미친 여편네야! 오, 나의 마리아 콘셉시온, 박복한 여자 같으니! 내 말 잘 들어…… 겁먹지 말고, 내 말 들으라고! 내가 당신을 숨겨 줄게. 내가, 당신 남편이 당신을 지켜 줄 거야! 조용히 해! 아무 소리도 내지 마!"

깊어 가는 어둠 속에서 후안은 그녀를 안고 나지막이 욕을 뇌까리며 마음을 가다듬었다. 마리아 콘셉시온은 얼굴이 거의 바닥에 닿도록 상체를 한껏 수그린 채 두 발을 바싹 끌어당기고 있었다. 그렇게 해서라도 그의 뒤에 숨으려는 듯이. 후안은 난생처음으로 위험을 지각했다. 지금 이것이야말로 위험한 상황이었다. 마리아 콘셉시온은 경찰관 두 명에게 붙들려 끌려갈 것이고, 자신은 무기도 없이 그 뒤를 하릴없이 따라갈 테고, 그러면 그녀는 앞으로 여생을 벨렌 교도소*에서 보내야 할지도 모른다. 위험하다! 온갖 위기가 가득히 도사린 밤이었다. 그는 일어나서 그녀를 일으켜 세웠다. 그녀는 뻣뻣하고도 힘없는 두 손으로 그의 팔을 붙잡은 채 잠자코 따라 움직였다.

"칼 이리 가져와." 후안이 낮은 목소리로 지시하자, 그녀는 단단한 흙바닥을 재빨리 내디뎌 걸어갔다. 어깨를 꼿꼿이 세우고 두 팔은 옆구리에 바싹 붙인 채. 후안은 촛불을 켠 다음 그녀가 가져온 칼을 살펴보았다. 칼은 핏자국으로 얼룩덜룩했고, 심지어 칼자루 부분에도 피가 말라붙어 있었다.

그녀의 원피스와 손에도 피가 묻은 걸 보고 후안은 엄하게 얼굴을 찌푸렸다.

"옷 벗고 손도 씻어." 그는 명령하고, 칼을 꼼꼼히 씻었다. 씻고 남은

---

* 1886년부터 1935년까지 멕시코시티에 있었던 교도소. 흉악 범죄의 중심으로 악명 높았다.

물은 문간의 바닥에다 넓게 흩뿌려 버렸다. 마리아 콘셉시온은 그가 하는 행동을 지켜보고는 자신이 손을 씻은 물도 똑같이 버렸다.

"화로에 불 때고 나 먹을 음식이나 만들어." 그는 한결같이 고압적인 투로 지시하고는 그녀의 옷가지를 가지고 밖으로 나갔다. 다시 돌아와 보니 그녀는 낡고 지저분한 원피스 차림으로 화로의 불에 부채질을 하고 있었다. 그는 가까운 자리에 책상다리를 하고 앉아서 그녀를 미지의 생명체 보듯 바라보았다. 그는 도무지 그녀를 이해할 도리가 없었고 완전히 당혹감에 빠져 있었다. 그녀는 고개를 돌리지 않고 다만 그 자리에서 묵묵히, 올찬 손길로 부채만 흔들었다. 불길은 불똥과 흰 연기를 뿜어내며 부채질에 따라 리드미컬하게 퍼졌다 잦아들기를 반복했고, 그에 따라 그녀의 얼굴도 환해졌다가 어둑해졌다.

후안은 정적을 간신히 흩뜨리는 미약한 목소리로 말을 꺼냈다. "이제부터 내 말 잘 듣고, 있었던 일을 사실 그대로 이야기해 줘. 나중에 경찰이 와도 넌 아무것도 겁낼 필요 없어. 하지만 그 이후엔 우리 사이에 정리해야 할 문제가 좀 있을 거야."

화로에서 타오르는 불꽃이 그녀의 눈에 비쳤다. 그 검은 홍채 너머에서 노르스름한 인광이 번뜩였다.

"나는 이제 모든 게 정리됐는걸요." 그녀는 대답했다. 너무나 부드럽고, 진지하고, 무거운 고통이 깃든 어조에 후안은 몸속의 장기들이 오그라드는 느낌이 들었다. 남자로서가 아니라 어린아이로서 그녀에게 잘못을 털어놓고 뉘우치고 싶어졌다. 그는 아내도, 자기 자신도, 인생의 부침浮沈도 모두 헤아릴 수 없이 불가사의하게 느껴졌다. 모든 게 지극히 단순하고 즐겁게만 보였던 삶이 어쩌다 이토록 급속히 혼란스러워진 것인지 이해가 되지 않았다. 마리아 콘셉시온이 자신에게 더없이 귀중한 존재가 되었다는 건 스스로도 느끼고 있었다. 세상에 넘쳐 나는 수많은 여자 중 그 누구도 그녀와 비할 수는 없을 것이다. 그런데 왜 그런지는 알 수 없었다. 후안은 가슴속에서 덜그럭거리는 숨을 끌어모아 깊은 한숨을 내쉬었다.

"그래, 그래. 다 정리됐어. 이제 아무 데도 안 갈게. 우리는 여기서 같이 있어야 해."

그는 조용히 그녀에게 정황을 따져 물었고, 그녀는 조용히 대답했다. 그는 그녀에게 지침을 거듭 일러 주고 달달 외우게 했다. 그동안 밤의 어둠은 적의를 품고 밀려들어 좁은 문지방을 타 넘고 그들의 심장을 잠식했고, 한숨 소리, 어렴풋한 말소리, 가까운 길에서 누군가가 맨발로 살금살금 걸어가는 기척, 선인장 잎새에 이는 바람의 짧고 새된 훌쩍임을 실어 왔다. 그 모든 친숙한 소리가 이제는 정답기는커녕 불길하고 공포스럽게 들렸다. 형체도 없고 통제할 수도 없는 공포가 두 사람을 사로잡고 있었다.

"촛불 하나 더 켜." 후안은 목소리를 높여 사뭇 단호하고 날카로운 투로 말했다. "이제 밥이나 먹자고."

그들은 서로 마주 앉아, 오랜 습관대로 한 그릇에 담긴 식사를 나눠 먹었다. 둘 다 음식 맛은 느끼지도 못했다. 후안은 음식을 입으로 가져가다가 문득 귀를 기울였다. 선인장 담장 너머의 길모퉁이에서 사람들의 목소리가 높이 솟아오르고 넓게 흩어지고 있었다. 이윽고 산울타리 틈새로 랜턴 불빛이 분수처럼 쏟아져 들어오더니, 암흑을 가르는 한 줄기 고함이 초가집을 뒤덮은 연약한 정적의 막을 찢어발겼다.

"후안 비예가스!"

"들어오시오, 친구들!" 후안은 명랑하게 외쳤다.

문간에 들어선 사람들은 그냥 이 동네 담당 경찰관들이었다. 주민들과 서로서로 잘 알고 지내는, 인디오 사회에 동조적인 혼혈인 경찰들. 그들은 아내와 단란하고 평화롭게 저녁 식사 중인 남자를 방해해서 미안하기까지 한 듯한 태도로 랜턴 불빛을 비추었다.

"형씨, 실례 좀 하겠소. 마리아 로사라는 여자가 살해당해서 말이오. 우리는 그녀의 이웃과 친구 들을 심문하고 있다오." 그는 멈칫하더니 자못 엄격하게 덧붙였다. "당연히 그래야 하니까요!"

"아무렴요." 후안이 말했다. "아시다시피 나는 마리아 로사와 친한 사이였소. 이게 웬 청천벽력이오."

그들은 다 같이 집을 나섰다. 남자들이 앞서서 더불어 걷는 동안, 마리아 콘셉시온은 몇 발짝 뒤떨어져 후안과 가까이 붙은 채 걸었다. 말하는 사람은 아무도 없었다.

마리아 로사의 머리를 비추는 두 개의 촛불 빛이 불안하게 흔들거렸다. 거무스름하게 얼룩진 벽에 비친 그림자도 덩달아 이리저리 흔들리고 일렁거렸다. 마리아 콘셉시온은 숨 막히도록 갑갑한 이 방 안의 모든 것이 악의로 꿈틀거리는 듯 느껴졌다. 지금 증인이라는 명목으로 와 있는 사람들은 그녀의 오랜 친구들이었지만, 저마다 추리를 하는 티가 빤한 그들의 눈빛과 경계심 어린 얼굴은 마냥 낯설어 보이기만 했다. 더구나 시신을 덮은 장밋빛 레보소는 주름의 모양이 자꾸만 변해서 그 아래의 물체가 조금씩 움직이는 것처럼 보였다. 그녀는 채색된 관 안에 누워 있는 시신을 연신 훑어보았다. 머리맡에 켜 둔 촛불들부터 관 위로 삐죽 튀어나온 조그마한 두 발까지. 발은 막 씻긴 상태였지만, 발바닥이 가시나 돌에 찔리고 파여서 채 아물지 못한 상처들로 엉망진창이었다. 그녀는 시선을 촛불 빛으로 돌렸다. 그리고 자신을 다그치는 후안의 눈동자를 돌아보았다가, 서로 대화하고 있는 경찰들을 돌아보았다. 자기 눈을 도무지 주체할 수가 없었다.

그러다 퍼뜩 마리아 로사의 얼굴에 눈길이 멎었다. 그 순간 몸속의 피가 다시 매끄럽게 돌기 시작했다. 두려워할 건 아무것도 없었다. 촛불 빛이 아무리 너울대도 저 굳어 버린 얼굴에 생기가 돌아오지는 못한다. 그녀는 죽었다. 그 생각에 마리아 콘셉시온은 근육이 부드럽게 풀어지고, 심장박동이 규칙적으로 되돌아오는 것을 느꼈다. 고운 실크 레보소에 덮인 채 푸른 관 안에 누워 있는 저 초라한 몸뚱이에는 이제 더 이상 아무런 유감도 없었다. 그녀의 입술은 울음을 터뜨리기 직전 입꼬리가 확 처진 채로 정지되어 있었다. 눈썹은 고통스럽게 일그러져 있었지만, 마지막 순간의 공포가 죽은 살덩이에 각인되어 있을 뿐이었다. 이젠 다 끝났다. 마리아 로사는 꿀을 너무 많이 먹었고, 사랑을 너무 많이 했다. 이제 지옥에서 자신의 죄와 고통스러운 죽음을 영원히 곱씹으며 울기나 하라지.

루페 할멈의 깩깩거리는 목소리가 들려왔다. 그녀는 오늘 아침에 마리아 로사의 출산을 도왔다고, 힘들었다고 이야기했다. 아기가 태어나자마자 피를 토했던 게 영 불길했다며, 집에 액운이 닥칠 줄을 진작 알았노라고 했다. 어쨌든 해 질 녘에 마리아 로사와 아기는 잠들었고, 자기는 뒷마당에 나가서 토마토와 후추를 갈고 있었는데, 집 안에서 웬 이상한 소리가 들리더라는 것이었다. 누가 목이 막힌 채 억눌린 소리로 뭐라고 외치는 듯한, 잠결에 흐느껴 우는 것 같은 소리가. 뭐, 그런 거야 대수롭지 않은 일이었다. 그런데 곧이어 뭔가 가볍게 탁 하고 부딪치는 소음이 났고……

"주먹으로 때리는 소리였나요?" 경찰이 물었다.

"아니, 그건 전혀 아니었어요."

"어떻게 압니까?"

"주먹질 소리가 어떤지는 나도 잘 안다우, 젊은 친구들." 루페가 받아쳤다. "그건 완전히 다른 소리였다니까."

그녀는 표현할 말을 찾느라 쩔쩔맸지만 끝내 정확히 설명하지는 못했다. 어쨌든 그다음에는 자갈을 밟고 뛰는 발소리가 들렸고, 그래서 누가 집 안에 들어왔다가 달아나고 있다는 것을 알아차렸다고 했다.

"왜 그렇게 오래 듣고만 있었나요? 얼른 나가 보시지 않고?"

"나는 노인이잖소. 관절이 안 쑤시는 데가 없는데, 뛰는 사람을 내가 무슨 수로 쫓아가? 그래도 최대한 빨리 걸어서 산울타리까지 가봤지요. 누가 우리 집으로 들어왔다면 꼭 거기를 넘어 들어왔을 테니까. 그런데 길에는 아무도 없더라고. 아무도. 암소 세 마리랑 소 모는 개 한 마리, 그 외엔 쥐 새끼 하나 안 보이더구먼. 그래서 마리아 로사한테 돌아가 보니까, 그 애가 온통 만신창이로 누워 있지 뭐예요. 목부터 배까지 온통 난도질이 되어 있었어. 하느님도 기겁을 하실 광경이었다니까! 걔 눈이……"

"이제 됐습니다. 따님이 돌아가시기 전에 누가 집에 가장 자주 왔죠? 원한을 살 만한 사람이 있었습니까?"

루페의 얼굴이 딱딱하게 굳어졌다. 스펀지 같은 피부가 쪼글쪼글 구겨지고 엉겨들면서 속내를 감추었다. 루페는 무표정한 눈으로 경찰들을 돌아보았다.

"나는 노인이잖아요. 앞도 잘 안 보이고, 잘 뛰지도 못해. 마리아 로사가 누구한테 원한을 샀는지, 그런 건 나야 모르지. 마당에서 나가는 사람도 못 봤고."

"다리 근처의 샘물에서 첨벙거리는 소리는 못 들으셨어요?"

"못 들었는데."

"저희 개들이 냄새를 따라 거기까지 가서 멈추던데요. 왜 그럴까요?"

"난들 알겠소, 경찰 양반. 나는 노인……"

"네. 범인의 발소리는 어떻던가요?"

"그건 악령의 발소리였어!" 루페가 신탁을 내리듯이 우렁찬 목소리로 고함치는 바람에 모두가 화들짝 놀랐다. 인디오들은 술렁거리며 시신과 루페를 번갈아 눈짓했다. 루페가 지금 당장 악령을 그들의 눈앞에 내보일 거라고 반쯤은 기대하는 분위기였다.

경찰은 슬슬 짜증을 냈다.

"아니, 이 딱한 할망구 같으니. 내 말은, 발소리가 무거웠는지 가벼웠는지 같은 걸 묻는 겁니다. 남자 발 같던가요, 여자 발 같던가요? 신발을 신은 것 같았어요? 아니면 맨발?"

경찰이 그 질문을 하면서 청중을 흘끔 눈짓하자, 사람들 사이에 열띤 긴장감이 감돌았다. 루페는 자신이 얼마나 치명적인 영향력을 끼칠 수 있는 입장인지 실감하며 내심 즐거워했다. 여기서 그녀가 딱 한 마디만 해도 마리아 콘셉시온을 망가뜨릴 수 있겠지만, 무고한 사람들의 뒤를 캐겠다고 나선 저 경찰들을 농락하는 게 더 재미있었다. 루페는 다시금 목소리를 높여 말했다. 자신이 보지도 못한 것을 어떻게 묘사할 수 있겠느냐고. 자신은 무릎이 뻣뻣해서 살인범을 뒤쫓아 뛰지도 못했고, 그래서 해를 입지도 않을 수 있었으니 천만다행이라고. 발소리만 듣고서 그게 맨발인지 아닌지, 남자인지 여자인지, 더 나아가 악마인지 인간인지를 분간하라니, 그런 터무니없는 말이 어디 있느냐고.

"내 눈은 귀가 아니라오, 신사분들." 루페는 근엄하게 말을 맺었다. "하지만 내 심장에 대고 맹세컨대, 그건 딱 악령이 발을 내디디는 소리 같았어!"

"이런 멍청한 늙은이!" 우두머리 경찰이 부하들에게 쩌렁쩌렁 고함쳤다. "너희들, 저 할망구를 데려가! 그리고 후안 비예가스, 묻겠는데……"

후안은 아까 짠 각본대로 차근차근, 여러 번 되풀이해서 이야기했다. 자신은 오늘 아내에게 돌아왔고, 아내는 평소처럼 시장에 갔다. 그녀가 내다 팔 가금들을 준비하는 것을 자신도 도왔다. 늦은 오후에 그녀가 돌아온 다음에는 같이 대화를 나눴고, 아내가 저녁상을 차렸고 함께 식사를 했다. 상례에서 벗어난 일은 아무것도 없었다. 그러다가 경찰들이 와서 마리아 로사의 비보를 알린 것이다. 그게 전부이다. 그래, 자신이 마리아 로사와 눈이 맞아 집을 나간 건 사실이다. 하지만 그 문제로 아내와 사이가 틀어지진 않았고, 아내와 마리아 로사도 서로 반목하진 않았다. 모두가 알다시피 아내는 워낙 성정이 조용한 여자이다.

마리아 콘셉시온도 지체 없이 다음과 같은 답변을 꺼냈다. 남편이 처음 집을 나갔을 때는 솔직히 심란했지만, 이후에는 남편 때문에 속앓이를 하지는 않았다. 남자들은 원래 다들 그러고 사는 모양이라고 생각했고, 자신은 성당에서 결혼한 여자이니만큼 자기 지위쯤은 확실히 알고 있으니까. 그리고 뭐, 결국 남편이 집에 돌아왔으니 그걸로 된 거다. 그녀는 오늘 시장에 나갔고, 이제 저녁상을 차려 줘야 할 남편이 있으므로 평소보다 일찍 집에 돌아왔다. 그게 전부이다.

다른 사람들도 끼어들어 한마디씩 했다. 이가 다 빠진 노인 한 명은 "마리아 콘셉시온은 행실이 바르기로 소문이 자자했지. 마리아 로사는 아니었지만"이라고 했고, 아기에게 젖을 물리고 있던 젊은 엄마 아니타는 "아무도 마리아 콘셉시온이 범인이라고 생각 안 하는데, 어떻게 그녀에게 죄를 물을 수 있겠어요? 그녀의 성격이 많이 변한 건 남편 때문이 아니었어요. 죽은 아기 때문이었지"라고 했다. 또 누군가는 "마리아 로사는 이상한 애였어요. 우리하고는 동떨어진 삶을 살았죠. 타지 사람이 와서 그 애에게 해코지를 했을지 누가 알겠어요?"라며 거들었다. 솔레다드 할멈은 더욱 대담하게도 큰소리를 쳤다. "나는 아까 시장에서 마리아 콘셉시온을 보고 인사도 했는걸. '행운을 빈다, 마리아 콘셉시온. 오늘 하루가 너한텐 얼마나 기쁘겠니!'" 그러고는 마리아 콘셉시온을 한참 느긋하게 바라보며, 날 때부터 현명한 여자만이 지을 수 있을 법한 미소를 지어 보였다.

마리아 콘셉시온은 별안간 믿음직한 친구들에게 에워싸여 보호받고 떠받쳐지는 기분이 들었다. 사람들이 그녀를 빙 둘러싸고 변호해 주고 대변해 주고 있었다. 삶의 위력은 패배한 망자에게서 등을 돌리고, 완강하게 마리아 콘셉시온의 편을 들어 주었다. 마리아 로사가 사람들 사이에서 발휘했던 영향력은 사라졌고, 이제 그녀는 모든 힘을 빼앗긴 채 누워 있을 뿐이었다. 마리아 콘셉시온은 자신을 둘러싼 사람들을, 그 열띤 얼굴들을 하나씩 하나씩 둘러보았다. 그러자 다들 그녀에게 안심하라고, 다 이해한다고, 비밀을 지키겠다고, 전적으로 지지하겠노라고 말하는 눈빛으로 화답해 주었다.

경찰들은 갈팡질팡했다. 강력한 방호벽이 마리아 콘셉시온을 에워싸는 것을 그들도 느끼고 있었다. 그녀가 범인일 것은 확실한데도 체포할 수 없었다. 그 외에도 체포할 사람이라곤 아무도 없었다. 확실한 증거라고는 전혀 없었으니까. 그래서 경찰들은 어깨를 으쓱하고, 손가락을 딱 하고 튕겨 서로에게 신호를 보내고, 발을 끌며 걸어 나갔다. 안녕히들 주무시라, 번거롭게 해 드려서 미안하다, 건강 조심하시라는 인사를 남기고.

관 머리맡의 벽 앞에, 천으로 싸인 조그마한 꾸러미 같은 것이 놓여 있었다. 그 형체가 뱀장어처럼 꿈틀거리더니 가느다란 한 줄기 울음소리가 새어 나왔다. 마리아 콘셉시온은 마리아 로사의 아들을 품에 안아 들었다.

"이 애는 제 거예요." 그녀가 명확히 선언했다. "제가 데려가서 키우겠어요."

아무도 입 밖으로 동의한다는 말을 꺼내지는 않았다. 다만 저마다 고개를 끄덕이거나, 그저 숨결만으로 완전한 동조의 뜻을 표하며, 그녀가 지나갈 길을 터 주었다.

마리아 콘셉시온은 아기를 안고서 후안을 따라 마당 밖으로 걸어 나갔다. 마리아 로사의 집에는 이제 촛불들과 한 무리의 노파들만 남았다. 그들은 그곳에 둘러앉아 커피를 마시고 담배를 피우고 유령 이야기를 나누면서 밤을 지새울 것이다.

후안은 마음속의 희열이 불타 사그라들고 흥분의 불씨 하나 남지 않은 느낌이었다. 피로감이 엄습했다. 위험천만한 모험은 다 끝났다. 마리아 로사는 사라졌고 영원히 돌아오지 않을 것이다. 그녀와 함께 행군하고, 먹고, 싸우고, 짬짬이 성교를 했던 시간도 이제는 영영 끝이다. 내일이면 그는 지루하고 끝없는 노동으로 돌아갈 것이다. 마리아 로사가 무덤 속으로 들어가는 동안, 그는 매몰된 도시의 구덩이 속으로 들어가야 한다. 그 생각에 견딜 수 없이 쓸쓸하고 암울한 비애가 치밀었다. 오, 주여! 남자의 삶이란 얼마나 재수가 없는지!

뭐, 이제는 빠져나갈 길도 없었다. 지금 당장은 한숨 자고 싶은 생각만 간절했다. 너무 졸려서 발을 제대로 내디디기도 힘들었다. 간간이 팔꿈치에 와 닿는 아내의 가벼운 손길이 비현실적으로 느껴졌다. 마치 잎사귀 한 장이 얼굴을 스치듯이 허깨비 같은 감각이었다. 자신이 왜 그녀를 구해 주려고 싸웠는지 알 수가 없었다. 이제는 아내 생각이라곤 나지도 않았다. 그의 안에는 붕대로 가려진 부상 부위처럼 눈에 보이지 않는 거대한 상처뿐이었다.

집에 들어선 후안은 아내가 초에 불을 붙이기를 기다리지 않고 문바로 앞에 퍼질러 앉았다. 그리고 잠에 취해 굼뜬 손으로 묵직하고 고급스러운 옷가지들을 벗어 던졌다. 신음과 같은 안도의 한숨을 길게 내쉬며, 그는 바닥에 벌렁 드러누워 순식간에 잠이 들었다.

마리아 콘셉시온은 작은 질항아리를 손에 들고, 묘목 한 그루에 묶여 있는 온순한 어미 염소에게로 다가갔다. 그녀는 염소를 묶은 밧줄을 잡아당겨 잔디밭 저편으로 끌고 갔다. 밧줄이 팽팽히 켕기다 못해 묘목은 부러져 버렸고, 그녀가 멈춰 선 곳에서 몇 발짝 너머에 묶여 있던 새끼 염소가 매 울며 몸을 일으켰다. 바람이 불어와 녀석의 보드라운 털이 부스스 흔들렸다. 그녀는 새끼 염소의 밧줄을 잡고 곁에 꿇어앉아, 녀석이 어미의 젖을 조금 빨아 먹게 해 주었다. 그런 다음, 지극히 세심하고 차분한 손놀림으로, 자신의 아기에게 먹일 염소젖을 짰다.

그녀는 집 문 옆의 벽에 기대어 책상다리로 앉고서, 젖을 먹고 잠이 든 아기를 자신의 다리 사이의 틈 안에 눕혔다. 정적이 온 세상에 그득히 차오르고, 하늘은 골짜기 가장자리까지 반드럽게 흘러내리고, 달이 산자락의 은신처를 향해 슬그머니 기울어져 가고 있었다. 그녀는 온통 부드럽고 따스한 감각에 휩싸였다. 이 갓난아이가 자신의 친자식이라는 꿈에 젖어, 그녀는 감미로운 휴식을 즐겼다.

후안의 숨소리가 들렸다. 나지막한 문 안에서부터 증기처럼 새어나오는 잔잔한 소리였다. 이 집조차도 고단한 하루를 마치고 쉬는 것 같았다. 그녀도 아주 천천히 조용히 숨을 쉬었고, 숨을 한 번 들이쉴 때마다 평화에 흠뻑 젖어 들었다. 아기의 가냘프고 희미한 숨소리는 은빛 공기 속을 나는 거무스름한 나방 한 마리의 날갯소리에 지나지 않았다. 이 밤도, 그녀 발밑의 땅도, 한없고 느긋하고 온유한 호흡을 되풀이하며 다 같이 부풀어 오르다 잦아들다 하는 것 같았다. 그녀는 축 늘어진 채 눈을 감으며, 자신의 몸 안에서 무언가가 천천히 오르락내리락하는 것을 느꼈다. 무엇인지는 몰라도 그것은 그녀의 마음을 오롯이 달래 주었다. 아기를 향해 고개를 떨구고 곯아떨어지는 중에도, 그녀는 기이하고도 또렷한 행복을 의식하고 있었다.

(1922, 뉴욕)

처녀 비올레타

Virgin Violeta

거의 열다섯 살이 다 된 비올레타는 쿠션 위에 앉아서 제 무릎을 끌어안은 채, 긴 테이블 앞에 앉은 사촌 카를로스와 언니 블랑카가 번갈아 시를 읊는 모습을 지켜보았다.

비올레타는 간간이 자기 발을 흘끔 내려다보았다. 밑창이 두꺼운 갈색 샌들과 안쪽으로 약간 휜 발가락들을. 흉한 발가락이 보기 싫어서 그녀는 짧은 치맛자락을 억지로 당겨 내려서 발을 애써 덮어 보곤 했다. 하지만 그러면 헐렁한 감색 양모 블라우스 밑으로 치마 허리선이 끌려 내려가 버렸기에, 그때마다 그녀는 소리 없이 숨을 들이켜면서 매무새를 가다듬었고, 샌들 신은 발은 별수 없이 다시 드러나고 말았다. 비올레타는 자신이 하는 양을 카를로스가 봤을까 싶어서 그를 수줍게 훔쳐보았다. 하지만 그는 전혀 눈치챈 기미가 없었다. 그는 위낙에 눈치가 없었다. 실망스럽기도 하고 약간 불안해지기도 한 비올 레타는 가만히 앉아 낭독 과정을 보고 듣는 데에만 집중했다.

"내 마음에 깃든 사랑의 고통,
그 정체는 알겠는데 이유는 모르겠네."*

블랑카는 가느다란 목소리로 속삭이듯이 읊고 있었다. 카를로스와 단둘이서만 시를 나누고 싶어서 애가 타는 듯했다. 그녀는 노란색 수가 놓인 회색 실크 숄을 두르고 있었는데, 램프 쪽으로 몸을 기울일 때마다 숄이 어깨에서 흘러내렸다. 그러면 카를로스는 숄 끝자락에 달린 술을 엄지와 검지로 집어 들어서 가볍게 던지듯이 제자리로 돌려놔 주었다. 블랑카는 지극히 싹싹하고도 무심한 태도로 그에게 고갯짓하며 미소 지었지만, 그녀의 목소리는 읽고 있던 단어를 채 넘기지 못하고 여지없이 흔들렸다. 그때마다 그녀는 문장을 처음부터 다시 읽어야 했다.

카를로스는 이따금씩 그 연푸른색 눈을 블랑카에게로 슬쩍 돌리다가도, 자세를 바로잡고서 비올레타 머리 위의 흰 판벽에 걸린 작은 그림에만 시선을 고정했다. 그 그림은 조각이 새겨진 도금 액자에 끼워져 있었는데, 액자 테두리에 달린 얇은 금속판에는 "가장 거룩하신 동정 마리아님과 그 신실한 종 성 이그나티우스 로욜라의 경건한 회견"이라고 적혀 있었다. 동정녀 마리아는 얼굴이 법랑으로 칠해져 있었고, 눈썹 없는 얼굴에 얼빠진 미소를 띠고서 멀찍이 떨어져 있는 성인

* 이 작품에 등장하는 카를로스의 시들은 캐서린 앤 포터의 연인이었던 니카라과 시인 살로 몬 데라셀바(1893~1959)의 작품들을 패러디한 것이다.

을 향해 한 손을 뻗고 있었다. 한편 성인은 환희에 빠져 경직된 자세로 엎드린 모습이었다. 품위 있는 그림이기는 해도, 비올레타가 보기에는 너무나 흉측하고 고리타분했고, 더욱이 일부러 들여다볼 만한 그림은 전혀 아니었다. 그런데 카를로스는 이상하게도 계속 그 그림만을 실눈으로 주시하고 있었다. 그가 눈을 돌릴 때라고는 오로지 블랑카를 흘끔거릴 때뿐이었다. 숱 많은 금빛 눈썹은 엄숙하게 찌푸리고 있어서, 마치 비비 꼬인 코바늘 뜨개실 뭉치처럼 보였다. 그는 자기 낭독 차례가 돌아오는 것 말고는 아무 데도 관심이 없는 듯했다. 그는 떨리는 음성으로 시를 읊었다. 비올레타는 그의 입과 턱이 무척 아름답다고 생각했다. 다만 살짝 젖은 아랫입술에 조그마한 점 같은 빛이 반뜩이는 게 어쩐지 거북하게 느껴졌는데, 이유는 알 수 없었다.

블랑카가 낭독을 멈추고는 고개를 숙이더니, 입을 반쯤 벌리고 엷게 한숨을 쉬었다. 그녀의 오랜 버릇이었다. 주위가 조용해지자, 낭독을 들으면서 바느질을 하다 깜아떨어졌던 엄마가 잠에서 깼다. 엄마는 주변을 둘러보며 만면에 쾌활한 웃음을 띠었지만 눈빛은 졸리고 노곤해 보였다.

"얘들아, 계속 읽으렴. 나는 한 구절 한 구절 다 들었단다. 비올레타, 귀여운 우리 딸. 자꾸 꼼지락거리지 말거라, 응? 카를로스, 지금 몇 시니?"

엄마는 블랑카의 샤프롱* 노릇 하기를 좋아했다. 비올레타는 이해할 수 없었지만 엄마에게는 블랑카가 무척 예뻐 보이는 것 같았다. "블랑키타**는 백합처럼 피어나네요!" 엄마는 허구한 날 아빠에게 말

* 젊은 여자가 사교계에 나갈 때 보호자 역할을 하는 사람.
** 블랑카의 애칭.

했고, 아빠는 "품행도 백합 같으면 더할 나위 없겠지요!"라고 말하곤 했다. 언젠가 엄마는 카를로스에게 "네가 아무리 내 조카라도, 너무 늦기 전에는 집에 가야 한다!"라고 말하기도 했다.

"아직 이른 시간이에요, 파스 숙모님." 카를로스는 성 안토니우스* 도 범접 못 할 만큼 정중한 자세로 엄마에게 고개를 수그렸다. 그러자 엄마는 빙긋 웃고 다시 선잠에 빠져들었다. 마치 융단 위에 엎드려 있던 고양이가 일어나서 몸을 돌리곤 다시 엎드리듯이.

비올레타는 움직이지 않았고, 엄마에게 아무 대답도 하지 않았다. 그녀는 어린 야생동물처럼 기척을 죽이고 촉각을 곤두세울 줄 알았지만, 타고난 지혜는 없었다. 타쿠바야의 수녀원 학교 기숙생이 된 그녀는 거의 1년 만에 처음으로 집에 돌아온 참이었다. 학교에서는 겸손, 순결, 정숙, 순종 그리고 프랑스어와 음악과 산수를 약간 가르쳤다. 그녀는 학교에서 시키는 대로 하긴 했지만 모든 게 어리둥절했다. 자신의 안에서 느껴지는 것들과 사람들의 겉으로 드러나는 것들이 왜 그토록 다른지 이해할 수 없었다. 모두가 매일 똑같은 일과를 반복했다. 그 외의 다른 일은 절대로 일어나지도 않을 것처럼. 그 시간 내내 그녀는 수녀원 밖으로 나가기만 하면 무언가 엄청나게 신나는 일이 기다리고 있을 거라고 믿어 의심치 않았다. 삶이 길고 화려한 카펫처럼 그녀의 발 앞에 펼쳐질 거라고. 그녀는 긴 베일을 쓰고 그 카펫 위를 걷는 자신의 모습을 상상했다. 성당에서 걸어 나오는 그녀의 등 뒤로 늘어뜨려진 베일 자락이 나부끼고, 사촌 언니 산차의 결혼식에서처럼 소녀 여섯 명과 소년 두 명이 들러리를 서 주는 광경을.

* 포르투갈 출생의 가톨릭 성인. 민간에서 결혼, 신부, 여성의 보호자로 숭배되었으며, 순결의 상징인 백합과 연관된다.

물론 진짜 결혼식을 올린다는 뜻은 아니다. 당연하지 않은가! 산차는 스물네 살이 다 되어 가는 나이 많은 언니이고, 비올레타는 이제 막 인생을 시작할 참이었다. 당장은 아니더라도 어쨌든 내년에는. 마치 축제 같을 것이다. 그녀는 붉은 양귀비꽃들을 머리에 꽂고 춤을 출 것이다. 그때가 되면 말이나 행동에 사사건건 트집 잡는 사람도 없어질 테니, 인생은 마냥 즐겁기만 할 것이다. 그녀도 시를 읊을 수 있을 테고, 연애소설도 글씨 교본 안에 숨길 필요 없이 마음대로 읽을 수 있을 것이다. 카를로스는 모르겠지만, 비올레타는 그의 시를 거의 전부 외우고 있었다. 1년 동안 잡지에 실린 그의 시들을 오려서 교과서 책장 사이에 끼워 놓고, 공부 시간 때 읽곤 했다.

개중 짧은 시 몇 편은 미사 경본에 숨겨 두었다. 그 기이한 말들로 이루어진 황홀한 음악은 종소리와 성가대의 합창을 삼켜 버렸다. 한 시는 폐허가 된 수녀원 앞의 오래된 광장에 수녀들의 혼령이 돌아온다는 내용이었다. 생전에는 연애가 금지되었던 수녀들이 이제는 죽은 연인들과 함께 달빛 속에서 춤을 추고, 그 사랑을 속죄하기 위해 깨진 유리 파편들을 맨발로 디뎠다. 그 시를 읽다 보면 비올레타는 온몸이 떨리면서 눈물이 차올라, 제대 위에 은은히 밝혀진 빛의 창 같은 촛불들을 향해 눈을 돌리곤 했다.

언젠가는 그녀도 틀림없이 시 속의 수녀들처럼 될 것이다. 깨진 유리 조각들 위에서 기뻐하며 춤출 것이다. 하지만 어디서부터 시작해야 하나? 그녀가 기억하는 한, 이번 여름방학 내내 저녁 시간은 매일같이 이렇게 보냈다. 이 방에서, 바로 이 쿠션 위에서, 엄마 곁에 편안히 앉아서. 그녀가 할 일이라고는 엄마 말을 잘 듣는 착한 아이가 되는 것뿐이었고, 어떨 때는 그래서 행복하기도 했다. 삶에 대해 꿈꿀 시간이 있으니까. 정확히는 미래에 대해. 아름답고 놀라운 일은 모두 미래가 되어서야 일어날 것이다. 그녀가 블랑카만큼 키가 커졌을 때, 수녀원 학교를 영영 떠나 집에 돌아와도 된다는 허락을 받았을 때. 그때가 되면 그녀는 불가사의하도록 아름다워질 것이다. 그 옆에 서면 블랑카는 그저 평범해 보일 만큼. 그리고 젊고 매력적인 남자들과 함께 춤을 출 것이다. 그 남자들은 일요일 아침마다 환하고 탁 트인 길을 따라 말을 달려 차풀테펙 공원으로 산책을 하러 갈 테고, 그녀가 푸른 드레스 차림으로 위층 발코니에 모습을 드러내면 모두가 저 고혹적인 아가씨는 누구냐고 물을 것이다. 그리고 카를로스, 카를로스도! 비올레타가 항상 그의 시를 읽어 왔고 좋아했다는 것을 마침내 알아줄 것이다.

> "수녀들이 맨발로 춤추고 있네
> 유리 파편이 깔린 자갈길 위에서."

그 시는 단연 압권이었다. 비올레타를 위해 쓰인 시 같았다. 시에 나오는 수녀들 중 한 명이 바로 그녀였다. 가장 어리고 사랑받는, 으스스하도록 조용한 수녀. 그녀는 낡은 바이올린들의 오싹한 선율에 맞추어 달빛 아래 언제까지고 춤을 추고 있었다.

엄마가 불편한 듯 무릎을 움직였다. 그 바람에 비올레타는 머리가 미끄러져서 하마터면 쓰러질 뻔했다. 그녀는 머쓱히 일어나 앉아서 혹시 누가 봤을까 봐 온 신경을 곤두세웠다. 자신이 엄마 무릎에 얼굴을 숨기고 있었던 이유를 들키게 될까 봐 겁이 났다. 하지만 본 사람은 아무도 없었다. 엄마는 걸핏하면 그녀에게 잔소리를 했다. 엄마가 블랑카만 편애한다는 생각을 하지 않을 수 없었다. "집에서 그렇게 뛰어다니면 안 되지." "머리를 잘 빗어야지 그게 뭐니?" "네가 언니 파우더를 썼다니, 대체 어떻게 된 일이야?"

그럴 때면 블랑카는 도도하고도 차분하게 그녀를 쏘아볼 뿐 아무 말도 하지 않았다. 자기가 예뻐진 건 순전히 파우더와 향수 덕분이면서 그렇게 콧대를 세우다니, 정말이지 참아 주기가 힘들었다. 게다가 카를로스는 그녀가 있는지 없는지 안중에도 없었다. 한때는 시장에서 라임 설탕 절임이나 말린 멤브리요*를 길게 자른 조각을 사다가 그녀에게 가져다주면서, 그녀를 '우리 비올레타'라고, 재미있고 겸손한 아이라고 불러 주곤 했던 카를로스인데. 어떨 때는 울음을 터뜨리고 싶었다. 모두가 그녀의 말을 들어 줄 때까지 악을 쓰며 울고 싶었다. 하지만 그래 봤자 무슨 소용인가? 엄마에게 뭐라고 설명할 수 있나? 엄마는 "네가 울 일이 뭐가 있다고 그러니? 그리고 네가 그러면 다른 사람들 기분이 어떻겠어? 좀 참아"라고 할 것이다.

아빠는 "네게 따끔한 가르침을 줘야겠구나"라고 할 것이다. 그 말은 엉덩이를 때리겠다는 뜻이었다. "저 아이는 심성을 바로잡아 줄 필요가 있을 것 같군요." 아빠는 엄마에게 엄한 목소리로 그렇게 말하곤 했다. 아빠와 엄마는 서로의 생각을 불가사의한 방식으로 읽어 내는 것 같았다. 엄마는 그때마다 또렷한 눈빛으로 아빠를 마주 보며 "당신 말씀이 맞아요. 제가 잘 다스릴게요"라고 대답하고는, 비올레타를 무척 호되게 꾸짖는 것이었다. 그리고 아빠는 딸들에게 "엄마가 화가 나는 건 다 너희 잘못이야. 그러니 조심하거라"라고 누누이 경고했다.

---

* 모과와 비슷한 과일인 마르멜루를 달콤하게 졸인 것.

그래도 엄마의 화는 오래가는 법이 없었고, 마음이 풀린 엄마의 곁에 웅크리고 앉아 있는 건 정말 기분 좋은 일이었다. 엄마 어깨에 고개를 파묻고, 목덜미의 꼬불꼬불한 머리털에서 풍기는 향수 냄새를 맡는 게 좋았다. 하지만 엄마는 화가 나면 마치 낯선 사람을 평가하듯이 냉정한 눈빛으로 변했고, "너는 나한테 가장 큰 골칫거리야"라는 말을 내뱉기 일쑤였다. 비올레타는 자신이 자꾸만 골칫거리가 된다는 게 너무나 창피했다.

아, 슬퍼라! 비올레타는 짧게 한숨을 쉬고 일어나 똑바로 앉았다. 기지개를 켜고 하품을 하고 싶었다. 졸려서가 아니었다. 마음속의 무언가가 지나치게 작은 새장 안에 갇혀 있는 듯, 숨이 잘 쉬어지질 않았다. 시장에서 조그마한 고리버들 새장에 쑤셔 넣고 파는 불쌍한 앵무새들의 기분이 꼭 이럴까 싶었다. 녀석들은 고리버들 가지 사이사이로 몸이 튀어나올 듯 꽉 끼인 채, 숨을 헐떡거리고 몰아쉬며 누군가가 구해 주기만을 기다리고 있었다.

성당은 끔찍하고 거대한 새장이었다. 그런데 한편으로는 너무나 작게 느껴졌다. "오, 이런, 나는 울지 않으려고 늘 웃는구나!" 카를로스가 읊곤 하던 한심한 시구가 떠올랐다. 그녀의 속눈썹 너머로 보이는 카를로스의 얼굴이 갑자기 창백하고 여려 보였다. 그 뺨에 눈물이 흐르고 있을 것만 같았다. 오, 카를로스! 하지만 물론 그가 울 리는 없다. 비올레타 자신의 눈에 눈물이 고이는 바람에 그렇게 보였을 뿐이었다. 더럭 겁이 났다. 금방이라도 눈물이 넘쳐흘러 얼굴에 흘러내릴 판이었다. 걷잡을 수가 없었다. 고개가 절로 수그려지고 턱이 오그라들었다. 손수건을 대체 어디다 뒀더라? 커다랗고 깨끗한 흰색 리넨으로 된, 남자애들이나 갖고 다닐 법한 손수건. 정말이지 징글징글하다! 접은 손수건 귀퉁이로 눈을 훔치자 눈꺼풀이 긁혀서 따가웠다. 가끔 그녀는 성당에서도 남몰래 울곤 했다. 음악이 무시무시하게 울려 퍼지고, 베일을 쓰고 줄지어 앉아 있는 소녀들은 모두가 잠잠한 가운데 손가락 사이로 묵주 알을 짤그락거리는 소리만 내고 있을 때. 그 순간 비올레타에게 그들은 모두 타인에 불과했다. 그런데 그들이 만약 그녀의 생각을 안다면? 그녀가 "나는 카를로스를 사랑해!"라고 소리 내어 말해 버린다면? 그 생각만으로도 온몸에 화끈 열이 올라, 이마에서 땀이 나고 손이 새빨갛게 달아오르기까지 했다. 그럴 때마다 그녀는 "오, 마리아님! 오, 마리아님! 자비로우신 성모님!" 하고 미친 듯이 기도를 올리면서, 마음속 깊은 곳에서는 무아지경에 가까운 상태로 되뇌었다. '오, 하느님, 그건 제 비밀이에요. 하느님이랑 저랑 단둘만 아는 비밀이라고요. 누가 알면 전 죽어 버릴 거예요!'

그녀는 긴 테이블 앞에 앉은 두 사람에게로 다시 눈을 돌렸다. 그때 마침 블랑카의 어깨에서 숄이 또 흘러내리던 참이었다. 아주 살짝. 그걸 본 비올레타는 팽팽히 잡아당겨진 실을 튕긴 듯이 몸이 바르르 떨렸고, 카를로스가 긴 손가락으로 숄의 술을 집어 들자 그녀는 도저히 견딜 수 없는 심정이 되었다. 카를로스는 섬세하게 손목을 튀겨서 숄을 제자리로 던져 올려 주었고, 블랑카는 미소 지으며 말을 더듬고는 입술을 깨물었다.

비올레타는 그 꼴을 눈 뜨고 볼 수가 없었다. 차마, 차마. 심장께가 서서히 화끈거리며 아파 왔다. 두 손으로 그 부위를 꽉 눌러 진정시키고 싶었다. 작은 유리병 안에서 불길이 타오르는데 끌 수가 없는 듯한 느낌이었다. 블랑카와 카를로스가 저렇게 같이 앉아서 시를 읽으며, 비올레타 생각은 한 번 하지도 않고, 둘이서만 마냥 즐거워하는 건 너무 잔인했다! 하지만 그들이 그녀에게 눈길을 준대도 무슨 말을 할 수 있겠는가? 그들은 좀처럼 눈길을 주지 않았다.

블랑카가 일어섰다.

"옛날 시는 이제 질렸어. 다 너무 슬프잖아. 뭐 다른 건 읽을 것 없을까?"

"그럼 재미있는 현대 시나 실컷 읽자." 카를로스가 제안했다. 그는 스스로가 아주 재미있고 현대적인 시를 쓴다고 여기고 있었다. 비올레타는 그가 자기 시들을 유쾌하다고 표현할 때마다 충격을 받았다. 진심일 리가 없다. 자신이 시를 쓰면서 슬프지 않았던 척하려고 그렇게 둘러대는 것뿐이리라.

"네가 새로 쓴 시들 전부 다시 읽어 줘." 블랑카는 항상 카를로스를 높이 평가해 주었다. 설탕을 약간 뿌린 것 같은 특유의 어조로 그런 뜻을 넌지시 비치는 것이다. 그리고 카를로스는 그녀가 자기를 치켜세우도록 내버려 두었다. 사실 그는 블랑카 앞에서 늘 약간 으스대는 것 같았는데, 블랑카는 그런 기색을 전혀 눈치채지 못하고 있었다. 그녀는 오로지 자기 머리카락이 제대로 고정되어 있는지, 사람들이 자기를 예쁘다고 생각하는지 외에는 아무 데도 관심이 없었으니까. 비올레타는 테이블 위에 우스꽝스러운 자세로 몸을 기울이고 있는 블랑카를 향해 아니꼬운 표정을 지어 보이고 싶어 좀이 쑤셨다.

붉은 실크 등갓이 씌워진 램프 아래에 있으니, 블랑카의 얼굴은 평소처럼 누르께해 보이지 않았다. 가느다란 코와 작은 입술이 뺨에 그림자를 드리우고 있었다. 블랑카는 자기 낯빛이 창백한 걸 싫어해서, 책을 읽으면서 뺨을 자꾸만 문지르는 버릇이 있었다. 두 손가락으로 양쪽 볼을 번갈아 가며 둥글게 원을 그리듯 매만지는데, 그러다 보면 피부에 짙붉은 홍조가 생겨서 한참 동안 사라지지 않았다. 비올레타는 블랑카가 몇 시간이나 그러고 있는 걸 보고 비명을 지르고 싶었던 적도 있었다. 엄마는 왜 뭐라고 한마디 하지 않는 걸까? 그렇게 꿈지럭거리는 습관이야말로 정말 꼴불견이었다.

"새로 쓴 건 안 가져왔는데." 카를로스가 말했다.

"그러면 예전 시라도." 블랑카가 명랑하게 대답했다.

블랑카가 책장으로 걸어가자 카를로스가 나란히 따라갔다. 둘은 카를로스의 시집이 어디 꽂혀 있는지 찾느라 헤맸다. 책등 위를 훑던 그들의 손이 맞닿았고, 둘만 알아들을 수 있는 목소리로 무언가 소곤거렸다. 그 소곤거림에 비올레타는 어쩐지 울컥 마음이 상했다. 그들은 재미난 비밀을 자기들끼리만 나누면서 의도적으로 비올레타를 따돌리고 있었다. 비올레타는 입을 열었다.

"카를로스 오빠, 오빠 책을 찾고 싶은 거라면 내가 가져다줄 수 있어." 자신의 입에서 나온 목소리를 들으니 비올레타는 침착하고 단호해지면서 무슨 일이라도 해낼 수 있을 듯한 기분이 들었다. 그녀는 자기만의 말투를 이용해 블랑카를 따돌리고 싶었다.

두 사람이 몸을 돌리고 그녀를 무심히 쳐다보았다.

"그게 어디 있는데, 꼬맹아?" 카를로스의 목소리는 낭독을 할 때가 아니면 늘 저렇게 쌀쌀한 날이 서 있었고, 그의 눈은 상대방을 샅샅이 탐구하는 듯했다. 한 번 보기만 해도 상대방의 허물을 속속들이 간파해 내는 것만 같았다. 비올레타는 자기 발에 생각이 미쳐서 치맛자락을 끌어 내렸다. 날씬한 회색 새틴 슬리퍼를 신은 블랑카의 발이 꼴도 보기 싫었다.

"책은 나한테 있어. 일주일 내내 내가 갖고 있었거든." 그녀는 자신이 다 말하지 못하는 속내가 그들에게 전해지기를 바라며 블랑카의 코끝을 빤히 주시했다. "내가 얼마나 소중히 간직해 뒀다고!"

그녀는 약간 멋쩍어하며 자리에서 일어나, 블랑카의 어른스러운 걸음걸이를 괴상스럽게 따라 하면서 걸어갔다. 찢어진 스타킹을 신은 자신의 길고 꼿꼿한 두 다리가 끔찍하게 신경 쓰였다.

"내가 찾는 것 도와줄게." 카를로스가 무슨 재미있는 생각이라도 난 듯 그렇게 외치고는 비올레타를 따라왔다. 그녀는 불쑥 가까이 다가선 그의 어깨 너머로 블랑카를 돌아보았다. 블랑카의 얼굴은 무척 희미하고 멀어 보였다. 마치 낡은 인형의 얼굴 같았다. 반면 카를로스의 눈은 거대해 보였고, 그의 입에는 시종 미소가 걸려 있었다. 비올레타는 도망치고 싶어졌다. 카를로스가 나지막한 음성으로 뭐라고 말을 했는데, 무슨 말인지 전혀 알아들을 수 없었다. 그녀는 좁고 캄캄한 복도에 이르렀지만 전등 코드가 어디에 있는지 찾을 수 없어서 불을 켜지도 못했다. 부드럽게 타박타박 울리는 카를로스의 고무 뒤축 소리가 너무나 바짝 뒤따라오고 있어서 겁이 났다. 그들은 서로 아무 말도 나누지 않고 썰렁한 식당을 지나갔다. 식당 안에는 온종일 밀폐된 상태로 고여 있었던 과일 악취가 진동했다. 이윽고 테라스 위에 위치한, 작지만 탁 트인 일광욕실이 나왔다. 어두컴컴한 실내에 있다가 여기로 나오니 밖에서 비쳐 드는 달빛이 밝다 못해 거의 따사롭게 느껴지기까지 했다. 비올레타는 작은 테이블 위에 쌓여 있는 책들 쪽으로 돌아섰다. 하지만 뭐가 뭔지 제대로 보이지 않았고, 손이 떨려서 무엇 하나 제대로 집을 수도 없었다.

카를로스의 손이 둥글게 원을 그리듯 날아오더니 그녀의 손을 덮고는 꽉 움켜쥐었다. 그의 둥그스름하고 매끄러운 뺨과 금빛 눈썹이 위에서 맴돌다가 그녀에게로 내리 닥쳤다. 입술과 입술이 맞닿으면서 조그맣게 쪽 하는 소리가 났다. 그녀는 누가 거칠게 떠밀기라도 한 것처럼 온몸을 뒤틀며 물러났는데, 그 순간 카를로스의 손이 그녀의 입을 감쌌다. 부드럽고 따뜻한 손이었다. 그리고 그의 눈동자가 무시무시하도록 가까이에서 그녀를 마주 보고 있었다. 비올레타도 눈을 휘둥그레 뜨고 그를 올려다보았다. 그의 손바닥 감촉과 같이 따스하고 부드러운 눈빛 속에 빠져들 줄 알았는데, 그렇지 않았다. 오히려 그녀는 어둠 속에서 의자에 부딪힌 것처럼 돌연히 날카로운 고통을 느꼈다. 카를로스의 눈동자는 얕아 보였고 반뜩반뜩 빛났다. 그녀의 집에서 키우는 마코앵무새* 페페의 눈과 비슷했다. 엷고 풍성한 눈썹은 아치 모양으로 구부러졌고, 입술은 딱딱한 미소를 띠고 있었다. 비올레타는 수녀원장님에게 불려 가 무언가 해명을 해야 할 때처럼 가슴이 뛰면서 울렁거리기 시작했다. 뭔가 심각하게 잘못되어 있었다. 심장은 계속 쿵쾅거렸고 이러다가 질식하겠다는 생각이 들었다. 그녀는 머리끝까지 화가 치밀어 올라 고개를 옆으로 홱 젖혔다.

"내 입에서 손 치워!"

"그럼 조용히 해, 이 멍청한 꼬맹아!" 카를로스의 말은 충격적이었다. 말의 내용보다도, 그와 비올레타가 무슨 부끄러운 비밀을 공유하는 공범이라는 듯한 그 말투가 더욱 충격이었다. 비올레타는 오한이 들어서 이가 딱딱 부딪쳤다.

"엄마한테 이를 거야! 나한테 키스를 하다니 추잡해!"

"나는 남매로서 가볍게 뽀뽀 한 번 했을 뿐이야, 비올레타. 나는 블

---

* 아메리카 대륙에 자생하는, 꼬리가 길고 색채가 화려한 앵무종들을 아울러 이르는 말.

랑카에게도 딱 이렇게 뽀뽀해 준다고. 황당한 소리 하지 마!"

"오빠는 블랑카 언니한테 그런 적 없잖아. 언니는 한 번도 남자랑 키스해 본 적 없댔어. 언니가 엄마한테 그렇게 말하는 것 내가 다 들었어!"

"나는 걔랑 뽀뽀했다니까. 사촌 사이잖아. 사촌 오빠가 뽀뽀하는 건 키스로 안 치는 거야. 너하고 나도 똑같은 친척지간이고. 도대체 무슨 생각을 한 거야?"

오, 그녀는 끔찍한 실수를 저지르고 말았다. 얼굴이 뜨겁게 달아오르면서 이마가 지끈지끈 아파 왔다. 숨도 제대로 쉬어지지 않았지만, 어떻게든 해명은 해야 했다. "나는…… 키스가…… 그 의미가…… 내 생각엔……" 그녀는 말을 차마 끝맺지 못했다.

"아, 너는 너무 어려. 갓 태어난 송아지나 마찬가지야." 카를로스의 목소리가 기묘하게 떨렸다. "너한텐 아기 냄새가 나. 하얀 비누로 막 씻긴 보송보송한 아기 냄새가 난다고! 그런 아기가 사촌 오빠가 뽀뽀 좀 했다고 화를 내는 꼴이라니! 부끄러운 줄 알아, 비올레타!"

그는 혐오스러웠다. 비올레타는 그에게서 자기 자신을 보고 있었다. 그의 얼굴이 거울인 것만 같았다. 그녀의 입은 너무 컸고, 얼굴은 달덩이 같았고, 수녀원에서 시키는 대로 단단히 땋아 내린 머리카락은 흉측했다.

"오, 정말 미안해!" 그녀는 속삭였다.

"뭐가?" 카를로스의 목소리에 또 날이 섰다. "됐어. 책은 어딨어?"

"모르겠어." 그녀는 울지 않으려 애쓰면서 말했다.

"그래, 그럼 이제 돌아가자. 안 그러면 너 어머니께 혼난다."

"오, 안 돼, 안 돼. 난 거기 못 가. 언니가 볼 텐데…… 엄마가 이것저

것 물을 텐데! 난 여기 있을래. 도망치고 싶어. 자살하고 싶어!"

"웃기지 마! 당장 나 따라와. 나하고 단둘이 여기까지 나오면서 대체 뭘 기대한 거야?"

그가 뒤돌아 걸음을 옮겼다. 그녀는 수치스러운, 어마어마한 잘못을 저지르고 말았다: 천박한 여자애처럼 행동해 버린 것이다. 모든 게 지독히도 생생한데 한편으로는 믿을 수 없었다. 마치 깨워 달라고 아무리 외쳐도 누구 하나 들어 주는 사람 없이 계속되고 또 계속되는 악몽을 꾸는 것 같았다. 그녀는 애써 머리를 쳐들고서 카를로스를 따라갔다.

엄마가 고갯짓을 했다. 엄마의 반짝이는 곱슬머리는 뻣뻣한 모양새로 손질되어 있었고, 하얀 옷깃에 턱이 닿았다. 블랑카는 깊은 의자에 돌덩이처럼 앉아서, 회색과 금색 장정으로 된 작은 책 한 권을 무릎 위에 얹고 있었다. 분노에 찬 그녀의 눈길이 채찍처럼 획 던져졌다가 도로 되감겨 들어가더니, 아까 카를로스가 그랬듯이 별안간 눈동자가 텅 비면서 반뜩반뜩 빛났다.

비올레타는 쿠션 위에 앉아 무릎을 모았다. 그리고 충혈된 눈을 숨기려고 카펫만 물끄러미 내려다보았다. 눈이라는 게 그 사람의 잔혹한 진실을 어떻게 드러낼 수 있는지를 보아 버린 탓에 그녀는 겁에 질려 있었다.

"시집은 여기서 찾았어. 원래 있어야 할 자리에 있었어." 블랑카가 말했다. "이제 나는 피곤해. 시간도 많이 늦었고. 낭독은 그만하자."

비올레타는 이제 정말 진심으로 울고 싶어졌다. 하필 블랑카가 책을 찾아낸 것은 그녀에게 최후의 일격이었다. 키스는 아무런 의미도 없었고, 카를로스는 비올레타의 존재를 아예 잊은 듯 걸어갔다. 그 모든 건 흰 강물 같던 달빛, 뜨듯한 과일 냄새, 입술에 닿은 서늘하고 촉촉한 감촉, 조그마한 쪽 소리와 함께 온통 뒤섞여 버렸다. 그녀는 덜덜 떨면서 몸을 수그리다가 엄마의 무릎에 이마를 기댔다. 그리고 다시는, 다시는 고개를 들 수 없었다.

나지막한 음성들이 들려왔다. 말다툼을 하는 것 같았다. 그들 사이의 허공에 팽팽히 켕겨진 가느다란 철사들이 팅팅 튕기고 있었다.

"하지만 나는 더 이상 책 읽을 마음이 안 든대도. 말했잖아."

"좋아. 그러면 지금 바로 갈게. 그런데 나 이번 수요일에 파리로 떠나. 가을까지는 너를 못 보게 될 거야."

"들러서 인사도 안 하고 떠나더라도 그러려니 할 거야."

그들은 화가 났을 때조차도 같은 비밀에 둘러싸인 두 명의 어른처럼 대화했다. 카를로스의 부드러운 고무 뒤축 소리가 타박타박 가까이 다가왔다.

"안녕히 계세요, 파스 숙모님. 정말 즐거운 저녁 시간을 보냈습니다."

엄마가 일어서려고 무릎을 움직였다.

"어머나, 비올레타. 너 자니? 아무튼, 내 소중한 조카 카를로스, 소식 자주 전하렴. 네 사촌 동생들도 나도 네가 무척 보고 싶을 거야."

엄마는 잠이 완전히 깬 얼굴로 미소 지으며 카를로스의 두 손을 잡았다. 그리고 카를로스와 키스를 나눴다. 카를로스는 블랑카를 돌아보고 그녀에게 키스하려 몸을 기울였다. 블랑카는 회색 숄 자락으로 그를 감싸 주긴 했지만, 고개를 틀어서 입술이 아닌 뺨에 키스를 받았다. 비올레타는 부들부들 떨리는 무릎으로 일어섰다. 그리고 점점 가까이 다가오는 마코앵무새 같은 두 눈을, 딱딱한 미소를 띤 그 입술이 자신에게 내리 닥치는 것을 어떻게든 보지 않으려고 좌우로 도리질을 쳤다. 그러다가 마침내 입술이 닿은 순간, 그녀는 잠깐 비틀거리다가 뒤로 물러나 벽에 기대섰다. 자기 자신이 걷잡을 수 없이 비명을 지르는 소리가 들려왔다.

엄마가 침대 옆에 앉아 비올레타의 뺨을 토닥여 주었다. 엄마의 둥그스름한 손은 따뜻하고 온화했고, 엄마의 눈도 마찬가지였다. 비올레타는 목이 약간 메어 와서 고개를 다른 편으로 돌렸다.

"아빠에게 네가 카를로스 오빠와 다퉜다고, 무척 무례하게 굴었다고 말씀드렸다. 아빠는 네게 따끔한 가르침을 줘야겠다고 하셔." 엄마가 부드럽게 달래는 목소리로 말했다. 비올레타는 주름 장식이 된 잠옷 깃을 턱까지 올려 세우고서 베개 없이 누워 있었다. 그녀는 아무 대답도 하지 않았다. 속삭이는 것조차도 아팠다.

"이번 주에 우리 가족 모두 시골에 내려갈 거니까, 너는 여름 내내 정원에서 살게 될 거야. 그러면 그렇게 불안하지도 않겠지. 너도 이제는 어엿한 숙녀가 다 되어 가니, 네 감정을 스스로 다스리는 법을 배워야 해."

"네, 엄마." 엄마의 얼굴에 떠오른 표정이 너무나 견디기 힘들었다. 엄마는 그녀의 안에 깊이 숨겨진 생각들에 대해 묻고 있는 것 같았다. 결코 진실이 아니고, 그 누구에게도 털어놓을 수 없을 생각들을. 그녀의 일생에서 기억할 수 있는 모든 것이 혼란과 비참 속에 녹아내린 것 같은데, 그 모두가 변해 버리고 불확실해져서 뭐라고 설명할 수조차 없었다.

비올레타는 일어나 앉고 싶었다. 엄마의 목을 껴안고 말하고 싶었다. "제게 무언가 끔찍한 일이 일어났어요. 그런데 그게 뭔지 모르겠어요"라고. 하지만 심장이 꽉 죄어들며 아파 와, 그녀는 온 숨을 다해 한숨만 내쉬었다. 엄마의 젖가슴조차 차갑고 낯선 곳이 되어 버렸다. 몸속의 피가 오르락내리락하면서 격하게 울부짖었지만, 정작 입 밖으로 나온 소리는 강아지처럼 조그맣게 홀쩍이는 신음뿐이었다.

"이제 그만 울어야지." 엄마가 긴 침묵 끝에 말했다. "잘 자렴, 우리 가엾은 딸. 그 기분은 다 지나갈 거야." 뺨에 닿은 엄마의 키스가 차갑게 느껴졌다.

그 기분이 지나가건 말건, 그 일에 대한 이야기는 다시는 나오지 않았다. 비올레타의 가족은 시골에서 여름을 보냈다. 엄마는 그녀에게 카를로스의 시를 읽으라고 권했지만 비올레타는 거부했다. 파리에서 온 카를로스의 편지를 가족이 소리 내어 읽는 것조차 듣기 싫어했다. 그녀는 블랑카와 전보다 더 대등한 입장에서 다투게 되었다. 이제는 둘 사이에 경험의 차이가 그다지 크지 않다는 느낌이 들어서였다. 때로는 마음속에 도사린 의문들을 잠재우지 못해 고통스러운 슬픔에 사로잡히기도 했다. 가끔은 카를로스의 얼굴을 흉하게 묘사한 그림을 그리면서 기분을 풀었다.

초가을에 그녀는 학교로 돌아갔다. 하지만 떠나기 직전까지도 수녀원이 싫다고 울면서 엄마에게 투정을 부렸다. 사람들이 자신의 이삿짐 상자들을 묶는 걸 지켜보면서도 그녀는 단언했다. 거기서는 아무것도 배울 게 없노라고.

(1923)

순교자
The Martyr

멕시코에서 가장 고명한 화가인 루벤은 자기 그림의 모델인 이사벨을 깊이 사랑했다. 그리고 이사벨은 그의 라이벌인 무명 화가와 연인 사이였다.

이사벨은 루벤을 '나의 조그마한 추로*'라고 부르곤 했다. 추로는 달콤한 과자의 일종이자, 멕시코인들이 작은 강아지에게 곧잘 붙이는 이름이기도 했다. 루벤은 그 별명이 무척 유쾌하다고 생각했고, 작업실에 온 손님들 앞에서 버젓이 말하기도 했다. "그녀가 이제는 나를 '추로'라고 부른다니까요! 하하!" 그는 웃을 때마다 조끼 입은 몸을 부르르 떨었다. 점점 살이 찌고 있는 탓이었다.

---

* 한국에서는 흔히 '추로스'라고 부르는, 스페인에서 유래한 튀김 과자.

반면 훤칠하고 호리호리한 이사벨은 길고 날렵한 손가락으로 루벤이 가져다준 꽃다발을 헤집고 꽃잎을 흩뿌리거나, "흥! 흥!" 하고 조소를 터뜨리며 루벤의 코에 물감을 튀기곤 했다. 이사벨이 그의 머리털과 귀를 무자비하게 잡아당기는 광경도 목격된 바 있었다.

  루벤의 추종자들이 좁고 꼬불꼬불한 골목길을 헤치고, 여기저기 물웅덩이가 고인 마당을 조심스럽게 건너, 현관 계단을 머뭇머뭇 걸어 올라와, 그 위대하고도 소탈한 유명 인사를 잠깐이라도 만나 보려고 기웃거리면, 이사벨은 "여기 예쁜 양 떼가 몰려온 것 좀 봐요!" 하고 외쳤다. 그러고는 그 대담한 태도에 아연해하는 사람들의 시선을 즐겼다.

  곧잘 따분해하기도 했다. 온종일 루벤이 자신의 모습을 스케치하는 동안 머리카락을 꼬았다 풀었다 하면서 서 있기만 해야 할 때도 있었고, 작업에 매달리다 늦게까지 식사를 챙기는 것도 잊기 일쑤였기 때문이다. 하지만 그녀는 달리 갈 데가 없었다. 그녀의 연인, 즉 루벤의 라이벌이 그림을 파는 데에 성공할 때까지는 기다려야 했다. 사람들이 장담하기를, 루벤은 자기한테서 이사벨을 빼앗아 가려고 시도라도 하는 자가 있으면 당장에 죽여 버릴 거라고 했다. 그래서 이사벨은 루벤의 곁에서 지냈고, 루벤은 그녀를 모델로 벽화 작업에 쓸 열여덟 장의 드로잉을 그렸으며, 그녀는 그를 위해 종종 요리를 해 주었고, 말다툼을 벌이기도 했고, 자기 마음에 안 드는 손님들에게는 길고 붉은 혀를 내보이며 싫은 내색도 했다. 루벤은 그런 그녀를 숭배했다.

  루벤이 막 열아홉 장째 드로잉에 착수했을 때, 그의 라이벌이 아주 커다란 그림 한 폭을 어느 부자에게 팔았다. 그 부자가 고용한 실내장식가가 그의 새 저택 안의 어떤 벽에 녹색과 오렌지색이 들어간 벽

판이 필요하다고 했는데, 공교롭게도 바로 그 그림이 녹색과 오렌지색 범벅이었던 것이다. 부자는 그림값으로 엄청난 거금을 치르면서도 즐거워했다. 그만한 면적을 벽걸이 직물로 덮으려면 여섯 배는 더 많은 돈이 들었을 거라는 이유에서였다. 물론 루벤의 라이벌도 즐거웠지만, 그 이유를 굳이 설명하지는 않았다. 다음 날 그는 이사벨과 함께 코스타리카로 떠났다. 그들에 관해서 우리가 알 수 있는 것은 여기까지이다.

루벤은 그녀가 남긴 고별의 편지를 읽었다.

"불쌍한 추로 영감! 유감스럽지만 당신 인생은 너무나 따분하고, 나는 그 삶을 더 이상 못 견디겠어요. 이제 나는 다른 사람이랑 떠날 거예요. 그이는 나한테 절대로 요리를 시키지 않고, 내 모습이 겨우 스무 개가 아니라 쉰 개는 들어가는 벽화를 그려 줄 사람이랍니다. 그리고 나는 빨간 실내화도 신을 거고, 신나는 인생을 마음껏 즐길 거예요.
당신의 오랜 친구, 이사벨."

루벤은 이 편지를 읽고 익사하는 듯한 기분에 사로잡혔다. 숨이 쉬어지지 않아서 그는 두 팔을 허우적허우적 휘둘러 댔다. 그러고는 커다란 병에 든 테킬라를 레몬도 소금도 없이 그대로 들이마시고는, 갓 물감을 섞어 놓은 팔레트 위에 머리를 처박고 바닥에 널브러진 채 격하게 흐느껴 울었다.

이후로 그는 사람이 완전히 변했다. 입만 열었다 하면 이사벨 이야기뿐이었다. 그녀의 천사 같은 얼굴, 사랑스러운 장난이며 행동거지 등등. "그녀는 내 정강이를 걷어차서 검푸른 멍이 들게 하곤 했지." 그는 애틋한 어조로 회고하고는 눈시울을 적셨다. 그는 항상 이젤 근처에 놓아둔 가방에서 바삭바삭하고 달콤한 과자를 꺼내 먹었는데, 한입 베어 물기 전에 과자를 들어 보이며 이렇게 말하곤 했다. "이거 봐요, 그녀는 나를 '추로'라고 불렀다니까요. 이 과자처럼요!"

그의 친구들은 모두 이사벨이 떠난 것을 기뻐했고, 그 호리호리하고 악독한 여자가 없어져서 루벤에겐 정말 잘된 일이라고 자기들끼리 수군거렸다. 그들은 루벤이 그녀를 잊을 수 있도록 각고의 노력을 기울였다. 하지만 그는 요지부동이었다. "그녀와 같은 여자는 세상에 둘도 없어." 그는 고집스럽게 고개를 저으며 말했다. "그녀가 떠났으니 내 생명도 떠난 거야. 지금 나는 복수를 할 기운조차 없다고." 그러고는 한 마디를 덧붙였다. "나의 작고 가여운 천사 이사벨, 그녀는 살인자라네, 내 심장을 부숴 버렸으니까."

때때로 그는 초조하게 작업실을 서성거리다, 신고 있던 펠트 슬리퍼를 걷어차 던지곤 했다. 슬리퍼는 아무렇게나 뒤섞인 채 먼지만 쌓여 가고 있는 드로잉 더미에 날아가 떨어졌다. 어떨 땐 몇 분쯤 안료를 이겨 물감을 만들면서 애통하게 말하기도 했다. "예전엔 그녀가 물감을 다 준비해 줬는데. 얼마나 착했는지!" 하지만 결국에는 창가로 돌아와서 가방 안에 든 과자며 과일이며 아몬드 케이크만 먹어 댔다. 친구들이 그를 데리고 나가서 저녁을 사 주면, 그는 조용히 앉아서 온갖 음식을 여러 접시 먹어 치우고 달콤한 와인을 들이마셨다. 그리고 눈물을 흘리다 또 이사벨 이야기를 시작했다.

친구들이 보기에는 좀 미련한 작태였다. 이사벨이 떠난 지도 어언 여섯 달이 되어 가는데, 루벤은 그녀의 모습이 담긴 열아홉 번째 드로잉을 만지려고도 하지 않았다. 하물며 스무 번째 드로잉은 시작도 하지 못했으니, 그의 벽화 작업에는 내내 아무런 진척도 없었다.

"이보게, 내 소중한 친구." 어느 날 라몬이 그에게 말했다. 라몬은 캐리커처와, 잡지에 실리는 예쁜 여자 얼굴 삽화를 전문으로 그리는 화가였다. "나는 위대한 예술가는 못 되지만, 그런 나조차도 여자가 남자의 일을 어떻게 망가뜨릴 수 있는지는 잘 아네. 나만 해도 말이야, 트리니다드가 나를 떠났을 땐 일주일 동안 아무것도 못 했어. 뭘 먹어도 무슨 맛인지 모르겠고, 색깔도 구분이 안 되고, 음악도 전연 귀에 들어오지 않았지. 그 파렴치한 바람둥이 때문에 나는 완전히 망가질 뻔한 거야. 하지만 내 친구, 자네는 이제 정신 차리고 그 위대한 벽화를 완성해야 하지 않겠나. 세상을 위해, 미래를 위해 말일세. 그리고 이사벨이 떠난 것을 신께 감사드릴 때에만 그녀를 기억하도록 하게나."

루벤은 고개를 내저으며 소파에 털썩 주저앉아, 설탕 입힌 아몬드를 우적우적 씹어 먹으며 외쳤다.

"나는 심장이 너무 아파서 죽어 버릴 거야. 이사벨 같은 여자는 세상에 또 없다고."

그의 옷깃이 갑자기 양쪽으로 벌어졌다. 그는 벨트를 세 칸 느슨하게 풀어 매고서 해명했다. "가만히 앉아만 있어서 그래. 움직일 수가 없으니까. 슬픔이 내 기력을 다 잡아먹는다네." 지방층이 서서히 쌓여 가면서 그는 스스로도 낯설어 보일 만큼 뚱뚱해져 있었다. 라몬은 루벤의 캐리커처를 그려서 친구들에게 보여 주며 단언했다. "그 배를 컴퍼스로 그려도 될 정도라니까. 셔츠 단추들이 죄 터져 나오기 일보 직전이었다고. 이건 틀림없이 위험한 상태야."

그럼에도 루벤은 한결같이 가만히 앉아, 혼자서 울적하게 음식을 먹고, 한밤중에 달콤한 와인을 세 병씩 들이켜며 이사벨이 그립다고 울었다.

그의 친구들은 이 문제를 두고 의논을 했고, 사태가 대단히 위중하다고 결론 내렸다. 이제는 그가 겪는 고통의 진짜 원인이 무엇인지를 알려 줘야 할 때였다. 하지만 그 역할을 맡고 싶어 하는 사람은 아무도 없었다. 그 친구들 무리 안에서만이 아니라, 멕시코 전역을 뒤지더라도 그런 짓을 할 수 있을 만큼 무례한 사람은 없을 것 같았다. 결국 그들은 대학에서 교수직을 맡고 있는 한 의사에게 그 책임을 떠넘기기로 했다. 그런 사람이라면 수준 높은 전문 지식과 더불어 섬세한 감정도 갖추었을 거라는 생각에서였다. 이건 처세술을 동원해, 신중하게, 세심하게 접근할 일이었다. 그래서 의사를 불렀다.

의사가 찾아왔을 때, 루벤은 이젤 앞에 앉아 반쯤 그려진 이사벨의 열아홉 번째 드로잉을 마주 보고 있었다. 그는 부드러운 톨루카 치즈와 양념한 망고를 먹으면서 울고 있었는데, 작업용 스툴 위에 앉은 그의 몸뚱이가 밀가루 반죽처럼 사방으로 퍼졌다. 그는 의사에게 먼저 이사벨 이야기부터 했다. "의사 양반, 내 당신에게 확실히 말하겠는데, 그녀의 허벅지와 발등의 선이 얼마나 아름다운지, 나조차도 그걸 그림에 담아낼 수는 없었답니다. 게다가 다정하기는 또 얼마나 다정한지, 그녀는 천사였어요." 그러고 나서야 그는 심장의 통증 때문에 죽을 것 같다는 이야기를 털어놓았다. 의사는 깊이 감동했다. 그토록 감수성이 민감한 사람에게 차마 물리적인 처방을 내릴 용기가 나지 않았던 그는 한참 동안 위로의 말만 건넸다.

"저로서는 야박하고 속된 치료법들밖에 권해 드릴 수 없군요." 의사는 엄지와 검지로 그 치료법을 건네주듯이 우아한 손짓을 하며 말했다. "하지만 상처받은 영혼을 치유하는 데에 보탬이 되는 것은 모두

물질의 세계에 있는 법이랍니다." 그는 치료법들의 이름을 한 가지씩 열거했다. 말끔하지만 그다지 인상적이지는 않은 목록 하나가 만들어졌다. 다이어트, 신선한 공기, 오래 산책하기, 격렬한 운동 자주 하기(기왕이면 철봉을 이용해서), 얼음물 샤워, 와인 거의 안 마시기.

루벤은 의사의 말을 듣지 않는 눈치였다. 의사가 말끝마다 엄숙하게 찍은 마침표들 사이로, 그의 한결같고 여념 없는 속삭임은 열띠게 쏟아져 나왔다.

"밤이 되면 통증이 견딜 수 없을 만큼 심해집니다. 쓸쓸한 침대에 누워서 좁다란 창문 밖으로 텅 빈 하늘을 올려다보고 있노라면 '내 무덤은 저 창문보다 더 비좁고 저 하늘보다 더 어둡겠지'라는 생각이 들고, 그러면 심장이 꿈틀거려요. 아, 이사벨리타,* 나의 사형집행인이여!"

루벤이 그 자리에서 치즈를 먹으면서 이사벨의 열아홉 번째 드로잉을 바라보며 눈시울을 적시는 동안, 의사는 정중하게 살금살금 그곳을 빠져나왔다.

이후로 루벤의 친구들은 아주 학을 떼고 점점 그를 피했다. 그러다 급기야는 몇 주 동안 아무도 그를 만나지 않게 되었다. 오로지 '작은 원숭이들'**이라는 이름의 작은 카페 주인만이 그를 보았을 뿐이었다. 그곳은 한때 루벤이 이사벨과 식사하러 자주 갔던 카페로, 이제는 루벤 혼자서 음식을 먹으러 들르고 있었다.

그러던 어느 날 밤, 그곳에서 식사를 하던 루벤이 별안간 가슴을 움

* 이사벨의 애칭.
** 1920년대 멕시코시티에 같은 이름(Los Monotes)의 카페가 있었고, 프리다 칼로와 그 남편이자 벽화가인 디에고 리베라, 캐리커처 화가 미겔 코바루비아스가 자주 들렀다.

켜쥐고 의자에서 일어서더니 후추 그레이비소스를 친 타말리* 접시를 엎어뜨렸다. 카페 주인이 그에게 달려왔다. 그러자 루벤은 다급히 뭐라고 속삭이면서, 한쪽 팔을 머리 위로 들어 다소 인상적인 몸짓을 해 보였다. 그런 다음, 최대한 부드럽게 표현하자면, 죽었다.

다음 날 그의 친구들은 서둘러 카페 주인에게 찾아갔고, 그는 그 개탄스러운 사건을 처음부터 끝까지 극적으로 과장하여 이야기해 주었다. 라몬은 이 나라에서 가장 걸출한 화가의 내밀한 일생을 전기로 써야겠다며 자료 수집에 나서기까지 했다. 자신이 직접 그린 캐리커처도 잔뜩 실어서 책을 낼 계획이었다. 헌사도 벌써부터 써 놓았다. "아메리카 대륙에서 타의 추종을 불허하는 재능과 영감을 지녔던, 예술의 대가이자 내 친구에게 이 책을 바칩니다"라고.

"그런데 그 말이 뭐였습니까?" 라몬은 카페 주인에게 물었다. "결정적인 최후의 순간에 고인이 한 말요. 그게 가장 중요한 부분입니다. 위대한 예술가가 남긴 유언이라니, 당연히 무척 감명적인 말이었겠지요. 내게 정확히 알려 주세요, 친구여! 그의 유언은 이 책을, 아니, 미술사 전체를 화려하게 장식하게 될 겁니다. 만약 감명적이라면 말이죠."

카페 주인은 모든 것을 이해하는 사람 같은 태도로 고개를 끄덕였다. "그럼요, 그럼요. 음, 어쩌면 제 이야기를 믿지 못하실 수도 있습니다. 하지만 고인은 마지막 순간에 당신에게 그리고 고인의 선량하고 충실한 친구분들에게, 더 나아가 이 세상 전체를 향해 진실로 숭고한 메시지를 남기셨답니다. 선생님, 고인은 이렇게 말씀하셨습니다. '사

* 옥수숫가루 반죽에 고기나 채소 등으로 만든 소와 양념을 넣고 찐 멕시코 요리.

람들에게 전해 주시오. 내가 사랑에 목숨을 바친 순교자라고. 나는 희
생을 무릅쓸 가치가 있는 대의를 위하여 죽는 거라오. 나는 심장이 부
서져 버렸소!' 그리고 이렇게 덧붙이셨습니다. '이사벨리타, 나의 사
형집행인이여!' 이게 전부입니다, 선생님." 카페 주인은 간명하고 경
건하게 말을 맺고서 고개를 숙였다. 그러자 그 자리에 있던 모두가 고
개를 숙였다.

"참으로 감명 깊은 유언입니다." 적절한 묵념의 시간이 흐른 끝에
라몬이 입을 열었다. "감사합니다. 묘비명으로도 더할 나위 없군요.
실로 만족스럽습니다."

"고인은 또한 저희 집의 후추 그레이비소스 타말리를 대단히 좋아
하셨습니다." 카페 주인이 겸손한 투로 덧붙였다. "마지막 가시는 길
까지 즐기신 도락이었지요."

"그 점도 응당한 자리에 언급할 테니 걱정 마십시오, 나의 좋은 친
구여!" 라몬은 감정에 북받쳐 떨리는 목소리로 외쳤다. "당신 카페의
이름도 밝힐 겁니다. 이 이야기가 알려지면 '작은 원숭이들' 카페는
예술가들의 성지가 되겠지요. 이 자리에서 약속드리건대, 저는 그 위
대한 천재의 삶과 성품에 관해 세세한 부분들 하나하나까지 놓치지
않고 충실히 보존할 것입니다. 각각의 일화마다 그 고유의 성스럽고
도 귀중한 특기 사항들이 있으니까요. 아무렴요, 타말리 이야기는 책
에 꼭 언급하겠습니다."

(1923)

마법
Magic

그리고, 블랑샤르 마님, 저는 여기서 마님과 마님의 가족을 모시며 지내는 게 행복하답니다. 여긴 모든 게 너무나 평화롭고, 이전에 저는 오랫동안 유곽에서 일했으니까요—유곽이 무엇인지는 아시지요? 그런 것이야…… 누구나 언젠가는 들어 알게 되니까요. 음, 마님, 저는 늘 일거리가 있는 데서 일을 하니까, 그곳에서도 온종일 굉장히 열심히 일했답니다. 그리고 지나치게 많은 것을 봤지요. 마님께서 들으시면 믿지 못할 것들을요. 원래는 감히 마님께 그 이야기를 해 드릴 생각도 없었지만, 제가 머리를 빗겨 드리는 동안 무료함을 달래실 수 있을까 해서 좀 들려 드리려고 해요. 그리고 지난번에 마님께서 세탁부에게, 마님의 리넨 직물들이 마법에라도 걸린 것 같다고, 빨고 나면 크기가 너무 많이 줄어든다고 말씀하신 적이 있지요? 송구스럽지만 제가 본의 아니게 그 대화를 들어 버렸는데, 괘념치 않으셨으면 해요. 아무튼, 그 유곽에 한 불쌍한 아가씨가 있었어요. 몸은 말랐지만, 부르는 남자들마다 하나같이 마음에 들어 하는 아가씨였지요. 그런데 유곽을 운영하는 마담하고는 사이가 안 좋았어요. 마담이 아가씨 딱지를 자꾸 떼어먹어서 둘이 다퉜거든요. 딱지라는 게 뭐냐 하면요, 놋쇠 동전 같은 건데, 아가씨가 일을 한 번 할 때마다 그걸 받는 거예요. 그리고 주말이 되면 한 주 동안 모은 딱지들을 전부 마담에게 내요. 네, 그게 규칙이었어요. 그럼 마담이 그 딱지들을 돈으로 바꿔서 아가씨 몫을 떼어 주는 식이었죠. 몫이라 해 봤자 그 아가씨가 벌어다 주는 돈에 비하면 아주 조금이었지만요. 그러니까 그게 다 사업이었다는 거예요. 여느 사업체하고 다를 바 없죠. 아무튼 그랬는데, 마담이 자꾸만 아가씨 딱지를 실제보다 훨씬 적게 셈해 줬던 게 문제였어요. 아가씨한테 줘야 할 돈을 가로채고는 입을 씻는 거지요. 그러면 아가씨가 뭘 어떻게 할 수 있겠어요? 딱지는 이미 자기 손을 떠나 버렸는데 말이에요. 그래서 아가씨는, 난 여기 일 관두겠다, 그러면서 욕하고 울고 그랬어요. 그러면 마담은 아가씨 머리를 때렸죠. 그 여자는 싸울 때 항상 유리병으로 상대방 머리를 치는 게 버릇이었거든요. 아이고, 블랑샤르 마님, 어떨땐 유곽에 아주 그냥 난리판이 벌어지곤 했어요. 아가씨들 중 하나가 고래고래 악을 쓰면서 아래층으로 뛰어 내려가고, 마담이 뒤쫓아 가 머리 끄덩이를 붙잡고는 유리병을 이마에 깨부수고, 그러면서요.

거의 항상 돈 문제 때문이었지요. 거기서 일하는 아가씨들은 빚이 생겨서, 수마르케* 한 닢까지 싹 다 갚기 전에는 거길 떠나고 싶어도

* 프랑스 식민지에서 썼던 주화로, 1펜스보다 가치가 적었다.

못 떠나거든요. 마담은 경찰하고도 손을 잡고 있었어요. 그러니 아가씨들은 도망쳐 봤자 경찰에게 붙잡혀 돌아오거나, 아니면 감옥에 가게 되는 거죠. 뭐, 다들 결국은 경찰에게 잡혀서 돌아와요. 아니면 또 다른 부류의, 마담과 친한 남자들에게 잡혀 오거나요. 아예 마담이 남자들을 고용해서 그런 일을 시키기도 했어요. 늘 삯을 두둑이 챙겨 주고 말이죠. 그랬으니 아가씨들은 병이라도 난 게 아니고서야 거기서 계속 일을 할 수밖에 없었어요. 만약 병이 나면, 상태가 정말 나쁘면, 마담이 되려 내쫓았고요.

블랑샤르 마님이 말했다. "여기가 좀 당기는구나." 마님은 머리카락 한 올을 집어서 느슨하게 풀었다. "그래서 어떻게 됐지?"

죄송합니다. 그래서 문제의 그 아가씨는, 마담과 서로 진심으로 미워했어요. 아가씨는 '내가 이 집에서 가장 돈을 많이 번다'며 숱하게 따졌고, 매주 싸움이 나서 유곽이 발칵 뒤집어졌지요. 그러다 어느 날 아침 아가씨는 결국, 자긴 여기서 나가겠다면서, 베개 밑에 숨겨 둔 40달러를 꺼냈어요. 자, 당신 돈 여기 있어요! 그러자 마담은 윽박질렀죠. 그 돈은 다 어디서 난 거야, 이 도둑년아? 하면서, 손님들 돈을 훔친 게 아니냐고 아가씨를 추궁했어요. 아가씨가 신경 꺼요, 안 그러면 댁 머리를 박살 내 버릴 테니, 하니까, 그 말에 마담이 아가씨 어깨를 붙잡더니, 자기 무릎을 들어 올리고서는 아가씨 배에다 무지막지하게 발길질을 해 대는 게 아니겠어요? 심지어 가장 은밀한 부위에도 그랬어요, 블랑샤르 마님. 그러고는 유리병으로 아가씨 얼굴을 후려쳤죠. 그때 저는 그 아가씨 방을 청소하고 있었는데, 아가씨가 방으로 도망쳐 들어오길래 부축해서 침대에 앉혀 줬어요. 아가씨는 배를 부여안은 채로 고개를 떨구고 앉아 있었고, 다시 일어났을 때는 그 자리가 온통 피바다였어요. 그때 다시 들이닥친 마담이 그 꼴을 보고는, 이제 이 집에서 나가라, 너는 나한테 더 이상 아무짝에도 쓸모가 없다, 그러면서 막 고함을 질렀는데, 그걸 차마 다 말씀드리진 못하겠네요. 워낙 험한 말이 많았어서요. 마담은 아가씨한테 있는 돈이란 돈은 죄 찾아내서 빼앗고는, 현관문 앞에서 무릎으로 아가씨 등을 확 밀어붙여서 길바닥에 넘어뜨려 버렸어요. 그렇게 아가씨는 옷도 제대로 못 입은 꼴로 일어나서 떠났지요.

이후에 그 아가씨를 아는 남자들이 찾아와서 물었어요. 니네트는 어딨어요? 마담은 그 애가 도둑질을 해서 내쫓아 버렸다고 대답했고요. 그런데 며칠이 지나도 계속 남자들이 니네트를 찾으니까 마담은 그만 아차 싶었죠. 그 아가씨를 내보내는 게 아니었구나, 하고요. 그래서 마담은 남자들에게 니네트가 며칠 내로 돌아올 거니까 걱정 말라고 둘러댔어요.

그런데 블랑샤르 마님, 이다음에 기이한 일이 일어났답니다. 일전에 마님께서 리넨 제품들이 마법에 걸린 것 같다고 말씀하셨을 때, 제 머릿속에 떠오른 게 바로 이 사건이었어요. 유곽에서 일하던 요리사에 관한 거예요. 요리사는 여자였어요. 저처럼 피부색이 짙고, 저처럼 프랑스인 피도 갖고 있고, 저처럼 마법을 쓰는 사람들 사이에서 쭉 살아온 여자요. 하지만 그 요리사는 심보가 무척 모질어서, 마담이 하는 짓을 옆에서 다 거들어 주고, 온갖 소동을 구경하는 걸 즐기고, 아가씨들 비밀을 고자질하기도 했어요. 마담은 요리사를 그 무엇보다도 신뢰했지요. 그래서 마담이 물었어요. 자, 그 잡년을 어디서 찾아야 할까? 왜냐하면 경찰한테는 이미 부탁을 했지만 베이신 거리* 전체를 뒤져 봐도 종적이 없었거든요. 그러니까 요리사가 대답하기를, 자기가 이곳 뉴올리언스에서 통하는 부적을 안다고, 우리 같은 유색인 여자들이 자기 곁을 떠난 남자를 돌아오게 하려고 쓰는 부적이 있다고 했어요. 그걸 쓰면 이레 안에 상대방이 제 발로 걸어 돌아온다나요. 스스로도 영문을 모른 채로 말이죠. 심지어 원수진 사람도 나를 친구라고 여기고 돌아오게 된다는 거예요. 하지만 이건 딱 뉴올리언스 안에서만 통하는 부적이라고, 틀림없다고, 상대방이 강만 건너가도 효과가 없다고 했지요…… 그래서 마담은 사람들을 시켜서 요리사가 하라는 대로 했어요. 그 아가씨 침대 밑에 놔뒀던 요강에 물과 우유를 붓고, 아가씨 방에서 찾아낸 이런저런 잔해들을 그 안에다 섞었어요. 머리빗에 엉켜 있던 머리카락, 분첩에 묻어 있던 분가루, 아가씨가 손톱 깎을 때 앉아 버릇하던 카펫 가장자리 부근에 떨어져 있던 손발톱 지스러기…… 그러고는 아가씨 피가 묻은 이불을 그 요강에다 담그더라고요. 그러는 내내 요리사가 나지막한 목소리로 무슨 말을 자꾸 되뇌었는데, 그것까진 저도 못 들었지만, 맨 마지막에는 마담에게 이렇게 말했어요. 이제 침을 뱉으세요. 마담이 요강에 침을 뱉자, 요리사는 말하더군요. 이제 그년이 돌아오면 당신에게 끽소리도 못 할 거예요.

블랑샤르 마님이 딸깍 소리를 내며 향수병 뚜껑을 닫았다. "그래, 그래서?"

그리고 일곱 날 안에 아가씨는 돌아왔어요. 굉장히 아픈 기색이었고, 떠날 때 옷차림 그대로였는데, 유곽에 돌아오게 되어서 만족하는 눈치더라고요. 남자들 중 하나가 니네트, 집에 잘 왔어!라며 인사했

---

* 1890~1910년대 뉴올리언스에 있었던 성매매 허가 지구인 스토리빌 지역을 경계 짓는 거리.

고, 아가씨가 마담에게 무슨 말을 하려고 하니 마담은 닥치고 올라가서 옷이나 갈아입어, 라고 했어요. 그러자 니네트, 그 아가씨가 대답했죠. 금방 준비하고 내려올게요. 이후로 아가씨는 거기서 조용히 살았답니다.

(1924)

밧줄
Rope

부부가 시골로 이사 오고 사흘째 되던 날, 그는 근처 마을에서 장을 봐 왔다. 그는 바구니에 든 식료품들과 24야드짜리 밧줄 타래를 가지고 집으로 걸어왔다. 그녀는 녹색 덧옷 자락에 손을 닦으며 그를 마중하러 나왔다. 그녀의 머리카락은 헝클어져 있었고, 코는 햇볕에 새빨갛게 익어 있었다. 그는 그녀가 벌써부터 천생 시골 여자처럼 보인다고 말했다. 한편 그는 회색 플란넬 셔츠가 몸에 들러붙어 있었고, 묵직한 신발은 먼지투성이였다. 그녀는 그가 연극에서 시골 남자 배역을 맡은 배우처럼 보인다고 했다.

커피도 사 왔지? 그녀가 물었다. 하루 종일 커피만 기다렸어. 부부는 이사 온 첫날에 필요한 물건들을 가게에 주문했지만, 커피는 빠뜨렸던 참이었다.

아, 맞다. 그걸 깜빡했네. 맙소사, 다시 사러 갔다 와야겠네. 그래, 힘들어 죽더라도 또 다녀올 순 있지. 하지만 그 외에 다른 물건은 다 사왔을걸. 그녀는 그가 커피를 안 마셔서 잊어버린 거라고 지적했다. 본인도 커피를 마셨다면 당연히 기억했겠지. 만약 담배가 떨어졌어 봐, 그걸 깜빡했겠어? 그때 그녀는 밧줄을 보았다. 이건 왜 산 거야? 음, 옷을 건다거나 뭐 그런 일에 필요하지 않을까 해서. 당연하게도 그녀는 되물었다. 무슨 세탁소라도 차리려고? 당신 바로 눈앞에 50피트짜리 빨랫줄이 걸려 있잖아. 아니, 저걸 어떻게 눈치 못 챌 수가 있지? 그녀는 빨랫줄이 경치를 망쳐서 눈엣가시라고 생각하던 참이었다.

그는 밧줄이 여러모로 쓸모가 있을 것 같았다고 말했다. 그녀는 예컨대 어디에 쓸 수 있겠느냐고 물었다. 그래서 그는 잠시 생각해 보았지만, 아무것도 떠오르지 않았다. 그냥 놔둬 볼 수 있잖아, 안 그래? 시골에서는 온갖 별스러운 잡동사니가 다 필요하게 마련이니까. 그건 그렇지. 하지만 동전 한 닢도 아껴야 하는 이때에 하필 밧줄을 또 샀다는 게 이상해서. 그뿐이야. 다른 뜻은 전혀 없었어. 나는 그냥 당신이 이게 왜 필요하다고 생각했는지 이해가 안 됐다는 거야, 처음에는.

글쎄, 제기랄, 그냥 사고 싶어서 샀어. 그게 다야. 충분히 그럴 수 있지. 왜 처음부터 그렇게 말 안 했는지 모르겠네. 물론 놔둬 보면 언젠가는 쓸모가 있겠지. 24야드짜리 밧줄로 할 일이야 엄청나게 많으니까. 지금 당장은 생각 안 나지만, 어쨌든 나중에 필요한 일이 생기겠지. 아무렴. 당신 말마따나 시골에서는 늘 그런 법이니까.

하지만 커피를 빠뜨린 건 좀 실망이다. 그리고…… 앗, 앗, 달걀 좀 봐! 세상에, 죄다 깨졌잖아! 달걀 위에 대체 뭘 얹었길래 이래? 달걀은 누르면 안 되는 거 몰라? 누르다니, 누르기는 누가 눌렀다고 그래.

별 한심한 말을 다 듣겠네. 그냥 다른 물건들이랑 같이 바구니에 담아 왔을 뿐이야. 깨졌으면 그 식료품점 주인이 잘못 넣어 줘서 그렇겠지. 달걀 위에 무거운 물건을 올리면 안 된다는 것쯤은 나도 안다고.

그녀는 그게 밧줄 때문이라고 생각했다. 물건들 중에서 가장 무거운 것은 밧줄이었다. 아까 당신이 길에서 걸어올 때 다 봤어. 밧줄 꾸러미가 장바구니 제일 위에 커다랗게 얹혀 있었잖아. 말도 안 돼. 온 세상이 아까 내 모습을 봤어야 하는 건데. 나는 한 손에 바구니를 들고 한 손에 밧줄을 들고 왔다고. 대체 눈은 뒀다가 어디에 쓰는 거야? 뭐, 어쨌거나 한 가지는 확실하네. 아침에 달걀은 못 먹어. 지금 볶아 놓고 이따 저녁에 먹는 수밖에. 젠장, 진짜 속상하네. 오늘 저녁에는 스테이크 해 먹으려고 했는데. 얼음이 없으니 고기도 보관 못 하잖아. 그냥 달걀을 다 깨뜨려 그릇에 넣고 서늘한 곳에 놔두면 안 돼?

서늘한 곳이라고! 그런 데가 있으면 어디 한번 보여 줘 봐. 그럼 거기다 둘 테니까. 뭐, 그럼, 고기도 굽고 달걀도 볶고, 고기는 뒀다가 내일 데워 먹으면 되겠네. 그 발상에 그녀는 그저 숨이 턱 막혔다. 고기를 묵혔다가 데워 먹는다니, 그러느니 신선할 때 먹는 게 낫지. 기껏 멀쩡한 것도 음식물 찌꺼기로 만들고, 재탕하고, 대충 때우고…… 고기까지 어떻게 그래! 그는 그녀의 어깨를 살짝 문질렀다. 그렇게 중요한 일도 아니잖아, 안 그래, 여보? 가끔 부부는 서로 장난을 치곤 했다. 그가 그녀의 어깨를 쓰다듬으면 그녀는 고양이처럼 몸을 구부리고 가르랑거리는 것이다. 그런데 지금 그녀는 쉭 소리를 내며 할퀴려 들다시피 했다. 그가 어떻게든 잘 해결될 거라고 달래 주려던 차에, 그녀는 그에게 덤벼들며 말했다. 어떻게든 잘 해결될 거라는 말 따위 하기만 해 봐, 따귀를 때려 줄 테니.

그는 얼굴이 화끈 달아오른 채 목구멍까지 치밀었던 말을 애써 삼켰다. 그리고 밧줄을 집어서 꼭대기 선반 위에 올려놓았다. 하지만 그녀는 꼭대기 선반에 밧줄을 놔두고 싶지 않았다. 거긴 이런저런 병이랑 통을 놔두는 데야. 거기다 밧줄 한 뭉텅이를 올려놓으면 자리가 너무 복잡해지잖아. 어수선한 집구석에 사는 건 도시 아파트에서 겪은 것만도 지긋지긋해. 적어도 이 집은 공간이나마 넓으니까 물건 정리는 하고 살자고.

아, 그러면 망치하고 못은 왜 저기 놔뒀는데? 내가 위층 창틀을 고치려면 망치와 못이 필요하다는 건 당신도 잘 알잖아? 당신은 그저 물건들을 이리저리 옮겨 놓고 숨겨 두고 있을 뿐이야. 그 미친 버릇 때문에 집 안의 모든 게 번거로워지고 일을 두 번씩 하게 된다고.

정말 미안하지만, 당신이 올여름 안에 창틀을 고칠 생각이 있어 보였다면 나도 망치와 못을 그 자리에 그대로 놔뒀을 거야. 침실 바닥 한가운데에, 밤중에 지나가다 밟을 수도 있는 그 자리에다 말이야. 그리고 그 방에 당신이 어질러 놓은 온갖 물건들, 계속 안 치울 거면 죄다 우물에 던져 버리겠어.

아, 그래, 그래. 그럼 그거 다 벽장에다 넣을까? 당연히 안 되지. 벽장에는 빗자루, 대걸레, 쓰레받기가 있으니까. 그리고 밧줄은 부엌 밖 어디에다 좀 놔두면 안 돼? 이 집에 버려진 외딴 방이 일곱 개나 있고 부엌은 하나밖에 없다는 거 생각이나 해 봤어?

그래서 뭐? 지금 당신 완전히 바보짓 하고 있는 거 알아? 대체 나를 뭘로 보는 거야. 내가 세 살짜리 머저리인 줄 알아? 당신 문제는 말이야, 당신보다 만만한 상대를 데려다가 들들 볶고 휘둘러 대야 직성이 풀린다는 거야. 진작 애나 둘 정도 낳아 뒀으면 좋았을 뻔했네. 그럼 당신이 애들 괴롭히는 동안 나는 쉴 수 있었을 테니.

그 말에 그녀는 안색이 변했다. 당신이 커피는 까먹고 쓰잘머리 없는 밧줄이나 사 온 거잖아! 나는 여기를 살 만한 집으로 만드는 데에 정말로 필요한 것들을 생각하는데, 그런데…… 그녀는 울음이 나올 것 같았다. 하여튼 그렇다고. 그녀의 표정이 너무나 쓸쓸하고 당혹스럽고 절망스러워 보였다. 그는 이 모든 소동이 고작 밧줄 한 꾸러미 때문에 일어났다는 게 믿어지지 않았다. 맙소사, 대체 뭐가 문제야?

오, 제발 조용히 하고 저리 가 줄래? 내 앞에서 사라져 줘. 5분만이라도. 아무렴, 그러고말고. 원한다면 영원히 떠나 줄게. 아아, 그래, 내가 영영 꺼져 버리고 두 번 다시 안 돌아오는 게 가장 좋겠네. 그럼 당장 그렇게 하지 뭘 꾸물거리고 있어? 딱 좋은 때네. 나는 여기서, 철도에서 수 마일은 떨어진 데에서, 주머니에 땡전 한 푼 없고 할 일은 태산같이 끌어안고서, 반쯤 빈 집에 틀어박혀 있는데. 당신이 나한테서 벗어나기에는 절호의 기회인 것 같네. 이번에는 왜 떨어져 도시에서 지내지 않았나 몰라? 내가 혼자 발 벗고 나서서 일 처리 다 하고 정리 싹 끝내 놓는 동안? 그게 당신이 보통 쓰는 수법이었잖아.

그는 이 싸움이 너무 멀리 나가고 있다는 생각이 들었다. 이런 말 해서 미안하지만, 당신 좀 막 나가는 거 아니야? 지난여름에 내가 왜 도시에서 지냈는데? 당신한테 보내 줄 돈 버느라고, 대여섯 가지 추가 업무 보느라고 그랬던 거잖아. 그렇잖아. 그 외에는 달리 방법이 없었다는 거 당신도 뻔히 알 테고, 그때 당시에도 동의했고. 그리고 하느님께 맹세코, 내가 당신이 뭐든 혼자 하게 내버려 두고 떠났던 건 그때 한 번밖에 없었어.

오, 그 이야기 당신 증조할머님께도 해 보지 그래? 할머님은 당신이 도시에 남아 있었던 이유를 좀 다르게 생각하시던데. 더 정확히 말하자면, 단순히 생각만 그렇게 하신 것도 아니었지. 그래서, 지금 그 이야기를 또다시 다 꺼내겠다 이거야? 뭐, 당신 마음대로 생각해. 이젠 설명하는 것도 지쳤어. 웃기게 들릴 수도 있겠지만 나는 그냥 휘말린 거라니까. 나더러 뭘 어쩌란 말이야? 당신이 그걸 진지하게 생각한다는 것 자체가 나는 어이가 없다고. 그래, 그래. 남자들이 다 그렇지. 잠깐이라도 혼자 있으면 웬 여자한테 홀라당 납치당한다 이거지. 그 여자 마음 상할까 봐 차마 거절하지도 못하고 말이야!

아니, 왜 열을 내는 건데? 시골에서 2주 동안 혼자 지냈던 그때가 지난 4년 중에서 가장 행복한 시간이었다며? 당신이 그 말 했을 때가 결혼한 지 몇 년째였더라? 아, 입 다물어! 그게 내 속을 긁어 놓을 줄 몰랐다고 할 셈이야?

그녀는 그와 떨어져 있어서 행복하다고 말한 게 아니었다. 나는 당신을 위해 이 고약한 집을 말끔하게 단장해 놓을 수 있어서 행복하다고 말했을 뿐이야. 그런 뜻이었다고. 그런데 지금 이게 뭐야! 1년 전에 내가 한 말을 끄집어내 당신 잘못을 합리화하는 데에 써먹기나 하고. 커피는 잊어버리고, 달걀은 깨 먹고, 저놈의 밧줄 따위를 사느라 돈 낭비한 건 자기면서! 그녀는 이제 정말로 이 실랑이를 그만둬야 할 시점이라고 생각했다. 됐어, 나는 지금 세상에서 딱 두 가지만 원해. 저 밧줄 좀 거치적거리지 않게 치우고, 마을로 돌아가서 커피나 사다 줘. 그리고 기억이 난다면 말이지만, 프라이팬 잡을 때 쓰는 장갑이랑, 커튼 봉 두 개 그리고 거기 혹시 고무장갑도 있거든 그것도 좀 부탁할게. 나 손 다 까지겠으니까. 또 약국에 들러서 소화제도 좀 사 오고.

그는 언덕길 위로 펼쳐진 짙푸르고도 무더운 오후를 내다보고는 이마를 닦았다. 그리고 무겁게 한숨을 쉬고 말했다. 사 올 게 뭐든지 간에, 당신이 조금이라도 기다릴 수만 있다면 난 다시 다녀올 수 있어. 내가 애초부터 그렇게 말했잖아? 커피를 빠뜨렸다는 걸 처음 알았던 바로 그 순간에?

오, 그랬지. 그럼…… 갔다 와. 나는 이제 창문이나 닦아야겠어. 시골 풍경은 너무나 아름다운데! 이 아름다움을 우리가 한순간이라도 즐겨 본 적이 있었나 몰라. 그는 가려고 마음먹었지만, 속에서 올라오는 말을 꺼내지 않고는 못 배겼다. 당신이 지금 무지막지하게 우울한 상태라 그렇게 느껴지는 것뿐이지, 지금 힘든 건 며칠만 참으면 끝이야. 지난 몇 년 동안 여기서 여름을 나면서 즐거웠던 기억이 전혀 없어? 우리가 유쾌한 시간을 보낸 적이 한 번도 없었단 말이야? 지금 그런 이야기 할 시간 없어. 이제 제발 그 밧줄부터 좀 치워 줄래? 나 발 걸려 넘어지기 전에? 식탁 위에 내려 뒀던 밧줄이 어느새 바닥에 굴러떨어져 있었다. 그는 그것을 집어 들어서 겨드랑이에 끼고 걸음을 옮겼다.

지금 바로 가게? 갈 건데. 그녀는 그럼 그렇지 싶었다. 가끔 그는 그녀를 팽개치고 떠나기에 가장 적절한 순간이 언제인지 미리 꿰뚫어 보기라도 하는 것 같았다. 나는 매트리스들을 볕에 내놓으려고 하던 참인데. 지금이라도 내놔야 적어도 세 시간은 햇볕을 쪼일 수 있을 테니까. 매트리스 얘기는 아까 아침에도 했으니 당신도 분명 알 텐데. 그래서 나 혼자 하게 내버려 두고 쏙 내빼시겠다? 내가 운동이라도 하면 좋겠다고 생각하나 보지?

아니, 그냥 당신 커피 사 주러 가려던 것뿐인데. 고작 커피 2파운드 사자고 4마일을 걷는다니 어처구니없지만, 못 할 거야 전혀 없으니까. 커피 중독 때문에 사람이 다 망가지고 있긴 해도 뭐 어쩌겠어? 당신이 스스로 망가지고 싶다는데? 내가 망가지는 게 커피 때문이라고 생각하다니 참 대단하네. 그렇게 자기 편한 대로 양심을 속이고 살면 무진장 편리하겠어.

양심이고 뭐고 간에, 매트리스 내놓는 건 내일 하면 뭐 어때? 아니, 대체, 이 집에서 살려는 거야, 아니면 이 집에 깔려 죽으려는 거야? 그 말에 그녀의 얼굴에서 핏기가 싹 가시더니 입가에 분노가 떠올랐다. 굉장히 위태로워 보이는 표정이었다. 집안일은 내 일이기도 하지만 당신 일이기도 해. 나도 나만의 직업이 따로 있는 사람이야. 그런데 이런 식으로 살면 내 직업에 들일 시간이 언제 나겠어?

또 그 얘기야? 내 일은 규칙적인 돈벌이가 되지만 당신 수입은 불안정하다는 거, 피차 잘 알잖아. 고작 당신이 버는 돈으로 우리가 먹고살려면…… 이 문제는 제발 이번에 완전히 결판을 내고 넘어가자고!

그런 문제가 아니야. 내 말은, 우리가 각자의 직업에 자기 시간을 써야 하니까, 집안일도 서로 나눠서 해야 하는 거 아니냐고. 아니야? 순전히 알고 싶어서 묻는 거야. 그래야 나도 앞으로 어떻게 할지 계획을 세우지. 참 나, 그건 다 결론 난 거 아니었어? 내가 집안일을 돕기로 했었잖아. 그래서 늘 돕지 않았어? 여름마다?

맞잖아, 안 그래? 내가 도왔잖아? 아, 그렇잖아? 언제? 어디서? 대체 뭘 도왔는데? 와, 진짜 웃겨서 환장하겠네!

정말로 환장할 만큼 웃겼던 모양인지, 그녀는 얼굴이 살짝 자줏빛을 띠더니 자지러지는 웃음을 토해 냈다. 너무 격하게 웃다 못해 자리에 주저앉은 그녀는 급기야 눈물을 왈칵 터뜨렸고, 당겨 올라간 입꼬리에 눈물이 쏟아져 내렸다. 그는 뛰어가서 그녀를 일으켜 세우고 머리에 물을 끼얹어 주려고 했다. 물 긷는 바가지가 실에 매달린 채 못에 걸려 있었다. 그런데 그 못을 부러뜨리는 바람에 그는 바가지를 놓치고 말았다. 어쩔 수 없이 펌프로 물을 퍼 올리려 애를 썼지만, 버둥거리는 그녀를 한 손으로 붙잡고 다른 한 손으로만 펌프질을 하려니 잘되지 않았다. 결국 그는 물을 포기하고, 그녀의 몸을 붙잡고 흔들었다.

그녀는 그를 뿌리치면서 울부짖었다. 밧줄이나 갖고 지옥으로 꺼지라며, 자긴 이제 두 손 두 발 다 들었다며. 그러고는 집 안으로 뛰어들어갔다. 굽 높은 침실용 실내화를 신은 그녀의 발이 계단을 탁탁 울리며 멀어져 가는 소리가 들렸다.

그는 집 밖으로 나가서 길을 나섰다. 이제껏 의식도 못 했는데, 어느새 발뒤꿈치에 물집이 잡혀 있었고 셔츠가 불이라도 붙은 듯 뜨겁게 느껴졌다. 상황이 너무 급작스럽게 파국으로 치달아서 자신이 지금 어디에 있는지도 알 수 없었다. 그녀는 아무것도 아닌 일로 격분에 빠져들곤 했다. 제기랄, 끔찍하다. 이럴 때 그녀는 사리 분별이 조금도 되지 않는다. 일단 화가 났다 하면 벽을 상대로 대화하는 꼴이 되어 버린다. 평생 그녀의 비위를 맞춰 주면서 살면 내가 사람이 아니다! 그럼 이제 어쩐다? 밧줄을 가게로 가져가서 뭔가 다른 물건으로 교환해야겠다. 이런저런 것들이 쌓이고 쌓여서 산더미처럼 커져 버렸구나 싶었다. 이제는 그걸 어디론가 치울 수도, 정리할 수도, 없앨 수도 없는 것이다. 그것들은 다만 그 자리에 그대로 쌓인 채 썩어 가기만 할 뿐이었다. 아, 밧줄을 교환해 오는 건 관둬야겠다. 염병할, 내가 대체 왜 그래야 하는데? 내가 그걸 갖고 싶다는데? 애초에 그게 뭐라고, 겨우 밧줄 한 가닥 가지고. 남자의 기분보다 밧줄 한 가닥을 더 중요하게 여긴다는 게 말이나 되느냔 말이다. 도대체 이 문제에 대해 그녀가 말 한 마디라도 할 권한이 있기나 한가? 그녀 자신도 이제껏 온갖 쓸데없고 무의미한 물건들을 사들였으면서. 왜냐고? 갖고 싶으니까! 그래서 샀다, 왜! 그는 발길을 멈추고 길가에 있는 커다란 바위 하나를 골랐다. 그 바위 뒤에 밧줄을 잠시 놔두고 마을에 갔다가, 집에 오는 길에 다시 주워 올 생각이었다. 이번에는 아예 연장통 안에 고이 넣어 둘 것이다. 밧줄에 대한 그녀의 잔소리는 평생 잊지도 못할 만큼 많이 들었으니까.

그가 돌아왔을 때, 그녀는 집 앞 우편함에 기대서서 기다리고 있었다. 꽤 늦은 시간이었다. 서늘해진 공기에 스민 스테이크 냄새가 코로 물씬 풍겨 왔다. 그녀의 얼굴은 젊고 매끈하고 개운해 보였다. 좀처럼 정돈되지 않는, 우스꽝스러운 검은 머리카락이 온통 뻗쳐 있었다. 그녀가 멀찍이서 손짓하는 걸 보고 그는 속도를 높였다. 저녁 준비 다 됐어. 배 엄청 고프지?

그럼, 배고파 죽겠어. 자, 여기 커피. 그는 커피를 그녀의 눈앞에 흔들어 보였다. 그러자 그녀는 그의 다른 쪽 손에 눈길을 던졌다. 그 손에 든 건 뭐야?

음, 밧줄인데…… 그는 말을 끊었다. 교환하려고 했는데 그만 깜빡했네. 그걸 뭐 하러 교환해? 당신이 정말 갖고 싶은 거면 가져야지. 지금 공기 무지 상쾌하지 않아? 여기 와서 좋다, 그치?

그녀는 그의 가죽 벨트 고리에 한 손을 걸고서 나란히 걸었다. 그러면서 그를 살짝 밀었다 당겼다 하더니, 그에게 몸을 기대어 왔다. 그는 그녀에게서 팔을 거두고 그녀의 배를 쓰다듬었다. 둘은 조심스럽게 미소를 주고받았다. 커피, 우리 여보를 위한 커피! 그는 그녀에게 아름다운 선물을 가져다준 기분이 들었다.

그녀는 그를 사랑한다고 굳게 믿었다. 아침에 커피만 마셨더라면 그렇게 유별나게 굴지는 않았을 거라고…… 그런데 저기 쏙독새가 있네. 신기하기도 해라. 지금은 저 새가 보일 계절이 전혀 아닌데, 웬일인지 야생 능금나무 위에 홀로 앉아서 울고 있었다. 쟤 여자 친구한테 바람맞았나 봐. 그런가 보네. 저 소리 또 듣고 싶다. 나 쏙독새 무지 좋아하는데…… 내 마음 어떤지 알지, 그치?

그럼, 알고말고.

그 애
He

휘플 부부의 삶은 무척 고되었다. 아이들을 다 먹여 살리기도 힘들었고, 겨울이 짧음에도 불구하고 겨우내 아이들에게 따뜻한 플란넬 옷을 입히는 것도 힘들었고("만약 우리가 북부에 살았더라면 어쩔 뻔했어?"라고 부부는 말하곤 했다), 아이들을 깔끔하게 관리하는 것도 힘들었다. "우리한텐 운이 안 따라 주나 봐." 휘플 씨는 말했지만, 휘플 부인은 하느님이 내려 주신 것을 받아들이고 만족한다고 적극 주장했다. 적어도 이웃들이 듣는 데서는 그렇게 말했다. "남들 앞에서 신세 한탄은 절대로 하지 마." 그녀는 남편에게 누누이 말했다. 동정받는 건 딱 질색이었던 것이다. "어림도 없지. 우리가 짐마차 타고 방방곡곡을 떠돌며 목화나 따면서 사는 처지라면 또 모를까. 누가 우리를 깔보는 건 절대 용납 못 해."

휘플 부인의 둘째 아들은 머리가 모자란 아이였는데, 그녀는 그 애를 끔찍이 아꼈다. 나머지 두 아이를 합친 것보다 더 사랑한다고 입버릇처럼 말하곤 했다. 어떤 이웃들에게는 심지어 한술 더 떠서, 자기 남편과 어머니까지 다 합쳐도 둘째 아들하고는 못 바꾼다고까지 말했다.

"자꾸 그러지 좀 마." 휘플 씨는 말렸다. "당신 말고 다른 가족은 아무도 그 애한테 관심이 없는 줄로 사람들이 오해하겠어."

"엄마로서 당연한 건데 뭘 그래?" 휘플 부인은 받아쳤다. "엄마가 애한테 절절매는 거야 자연스럽지. 당신도 잘 알잖아. 사람들은 아빠한테는 별 기대 안 해, 어차피."

그녀가 이런다고 해서 이웃 사람들이 자기들끼리 있을 때 솔직하게 터놓고 말하지 않는 건 아니었다. "그 애는 죽는 게 천운일 텐데요"라고들 했고, "원래 아비들의 죗값을 아들이 치르는 거라잖아요"라며 입을 모았다. "그 집안 내력을 뒤져 보면 분명 나쁜 혈통이나 악행 같은 게 있을걸, 뻔해." 이런 이야기는 휘플가 사람들이 못 듣는 데서만 했고, 면전에서는 모두가 이렇게 말했다. "그 애는 별로 안 심각해요. 앞으로 나아지겠죠. 쑥쑥 잘 크는 것 좀 봐요!"

휘플 부인은 그 문제를 입에 올리기 싫어했다. 모르는 척 잊고 지내고 싶었다. 하지만 집에 누가 발을 들이기만 하면 그 화제가 꼭 나오게 마련이었기에, 그녀는 다른 화제로 넘어가기 전에 둘째 아들 이야기부터 먼저 해 버렸다. 그래야 마음이 놓이는 것 같았다. "저는 그 애한테 절대로 무슨 일이 생기지 않게 단속하고 싶지만, 워낙 장난꾸러기라 도저히 말릴 수가 없어요. 애가 얼마나 튼튼하고 활발한지, 무슨 일에든 뛰어들고야 말거든요. 걸음마 뗄 때부터 그랬어요. 가끔은 희한하다니까요. 그 애는 뭐든 다 해내거든요. 개가 장난칠 때 보면 얼마나 웃긴데요. 엠리는 곧잘 다치죠. 저는 평생을 딸애 멍든 데에 반창고 대 주면서 살아야 할 것 같아요. 그리고 애드나는, 발 한 번 내디딜 때마다 뼈를 부러뜨리고요. 하지만 우리 둘째 아들은 뭐든지 척척 해내면서 어디 한 군데 긁히지도 않는다고요. 예전에 목사님이 여기 오셨을 때 좋은 말씀을 해 주셨어요. 저는 이 말을 죽는 날까지 기억할 거예요. '순결한 이들은 하느님과 함께 걷지요. 그래서 아드님이 다치지 않는 겁니다.'" 휘플 부인은 이 말을 꺼낼 때마다 가슴이 따스하게 젖어 드는 느낌과 함께 눈물이 차올랐고, 그러고 나서야 겨우 다른 화제로 넘어갈 수 있었다.

그 애는 정말 잘 컸고 다치지도 않았다. 한번은 닭장에서 튕겨져 나온 나무판자에 머리를 맞았는데, 아예 느끼지도 못한 것 같았다. 말은 몇 마디 배웠지만 이내 다 잊어버렸다. 그 애는 다른 아이들처럼 밥을 달라고 보채지 않고 줄 때까지 기다렸고, 구석에 쪼그려 앉아 쩝쩝거리고 우물거리며 먹었다. 그리고 지방층을 외투처럼 두른 몸으로 장작과 물을 애드나보다 두 배는 더 많이 나를 수 있었다. 엠리는 허구한 날 코감기를 달고 살았기에(휘플 부인은 "나를 닮아서 그래요"라고 했다), 추위가 심한 날이면 부부는 둘째 아들의 침대에서 이불을 가져다가 딸에게 덧덮어 주었다. 그 애는 추위에도 아랑곳 않는 듯했다.

그럼에도 불구하고 휘플 부인은 둘째 아들에게 무슨 일이 생길까 봐 두려워 나날이 노심초사했다. 그 애는 애드나보다 더 뛰어난 솜씨로 복숭아나무를 타고 올라가, 원숭이처럼, 그야말로 영락없는 보통 원숭이처럼 나뭇가지 위를 뛰어다녔다. "오, 휘플 부인, 그 애를 저렇게 내버려 두면 어떡해요. 저러다 균형을 잃고 떨어질 텐데. 쟤는 자기가 뭘 하는지도 모를 거 아녜요."

휘플 부인은 그 이웃에게 악을 쓰다시피 대꾸했다. "쟤도 자기가 뭘 하는지는 알아요! 여느 애들하고 똑같다고요! 얘, 이리 내려와!" 그녀가 걱정으로 애간장을 졸이는 동안 둘째 아들은 마냥 벌쭉 웃기만 했고, 나중에 그 애가 땅으로 내려왔을 때 그녀는 사람들 앞에서 그런 행동을 한 아들에게 손찌검을 하지 않을 수 없었다.

"이웃들이 문제야." 휘플 부인은 남편에게 말했다. "오, 제발 우리 일에 신경들 좀 꺼 줬으면 좋겠어. 사람들 눈치가 보여서 애가 뭘 하게 놔둘 수가 있어야지. 저 벌들만 해도 그래. 애드나는 벌을 못 치잖아. 애드나는 자꾸 벌에 쏘이니까 일을 못 시킨다고. 내가 양봉 일까지 다 챙길 시간은 없는데, 이젠 그 애한테 맡길 수도 없다니. 걔는 침에 쏘이더라도 어차피 아무렇지도 않은데."

"그거야 그 애가 무서워할 정신도 모자라서 그런 거지." 휘플 씨가 말했다.

"어떻게 자기 자식을 두고 그런 말을 해?" 휘플 부인이 되물었다. "부끄러운 줄 알아. 우리만은 그 애 편을 들어 줘야지, 아니면 대체 누가 들어 주겠어? 걔도 돌아가는 일들을 훤히 볼 줄 알고, 주변 소리도 다 듣고 있다고. 그리고 뭐든 시키면 시키는 대로 할 줄도 아는 애야. 남들 앞에서 그런 말은 절대 입에 담지도 마. 당신이 다른 애들을 그 애보다 편애한다고들 생각하겠어."

"뭐, 그러거나 말거나 나는 편애 안 하는데. 당신도 잘 알잖아. 그리고 이 문제로 그렇게 속 끓여 봤자 무슨 소용이라고? 당신은 늘 최악의 사태만 생각하는 게 문제야. 그냥 애가 알아서 크게 내버려 둬. 어떻게든 잘 자라겠지. 먹는 것, 입는 것 다 부족함 없이 해 주고 있잖아.

안 그래?" 휘플 씨는 별안간 진이 빠졌다. "어쨌든 이제 와서 어떻게 할 도리도 없고."

마찬가지로 진이 빠진 휘플 부인은 지친 목소리로 하소연했다. "이미 벌어진 일을 돌이킬 순 없지. 그건 나도 누구 못잖게 잘 알아. 하지만 그 애는 내 자식이고, 내 자식 이야기가 남들 입에 함부로 오르내리겐 못 하겠어. 우리 집에 오는 사람마다 이러쿵저러쿵 말 늘어놓는데 진력이 난단 말이야."

초가을에 접어들어 휘플 부인의 오빠에게서 편지가 왔다. 다음 주 일요일에 아내와 두 아이와 함께 방문하겠다는 내용이었다. "상다리가 부러지게 차려 줘야 돼." 편지 끝에는 그렇게 적혀 있었다. 휘플 부인은 그 문장을 두 번이나 소리 내어 읽으며 무척 즐거워했다. 오빠는 농담하기를 워낙 좋아하는 사람이었다. "이걸 농담으로 지나칠 수야 없지." 그녀는 말했다. "새끼 돼지를 한 마리 잡아야겠네."

"그건 사치지. 지금 우리 형편에 그런 사치를 부리자니, 난 반대야." 휘플 씨가 말했다. "크리스마스쯤 돼서 팔면 돈이 될 걸 지금 잡자니."

"내 가족이 우리를 보러 오겠다는데 식사 대접은 제대로 해야지. 어쩌다 한 번 있는 일인데, 그것도 못 하면 망신스럽고 염치없는 노릇이야. 나중에 올케가 돌아가고 나서 우리 집에 먹을 게 아무것도 없더라고 흉보면 어떡해? 어휴, 시내에서 고기를 잔뜩 사 오는 것보다야 낫지. 당신이야말로 시내에서 돈 잘만 쓰고 다니잖아!"

"알았어, 그럼 당신이 직접 잡아. 하느님 맙소사, 우리 살림이 안 펴지는 것도 당연하지!"

관건은 어미 돼지에게서 새끼를 떨어트리는 부분이었다. 어미 돼지는 저지종 젖소보다도 흉포한 싸움꾼이었다. 애드나는 엄두도 못

냈다. "녀석이 제 배를 발기발기 찢어서 우리에 온통 널브러뜨릴걸요." 휘플 부인은 대꾸했다. "알았다, 이 겁쟁이 녀석아. 네 동생은 겁안 내. 얘 하는 걸 보렴." 그녀는 그 모든 게 재미난 장난인 양 소리 내어 웃으면서 둘째 아들을 우리 쪽으로 슬쩍 밀었다. 그 애는 어미 돼지에게 살금살금 다가가, 젖꼭지를 물고 있던 새끼를 확 낚아채고는 전속력으로 달렸다. 그리고 자기를 바짝 쫓아오며 광분하는 암퇘지를 뒤로하고서 울타리를 뛰어넘었다. 조그마한 검정 돼지는 갓난아기처럼 빽빽 울면서 꿈틀거리며, 등을 빳빳이 곤추세우고 입이 귀에 닿도록 쩍 벌리고 있었다. 휘플 부인은 태연한 얼굴로 돼지를 받아 들고 단칼에 목을 쨌다. 둘째 아들은 피를 보자 숨을 헉 들이켜더니 도망쳐 버렸다. "어차피 잰 잊어버릴 텐데 뭐. 그리고 또 엄청 먹어 대겠지." 휘플 부인은 생각했다. 그녀는 머릿속 생각을 혼잣말로 꺼내는 버릇이 있었다. "내가 막지 않으면 혼자 다 먹어 버릴걸. 가만 놔두면 다른 두 애 몫까지 몽땅 먹어 치워 버릴 거야."

기분이 영 언짢았다. 둘째 아들은 이제 열 살인데, 열네 살인 애드나보다 덩치가 세 배는 더 컸다. "속상해, 속상해." 그녀는 나직이 중얼거렸다. "애드나는 똑똑하긴 또 얼마나 똑똑한데!"

온갖 것이 다 언짢게 느껴졌다. 무엇보다도 도축은 원래 남자가 해야 할 일이었다. 털가죽을 벗겨 낸 분홍색 돼지 몸뚱이를 보니 그녀는 속이 메스꺼워졌다. 녀석은 너무나 투실하고 보드랍고 안쓰러워 보였다. 이 상황 전체가 그냥 다 속상했다. 도축이 다 끝났을 땐 오빠가 아예 오지 말았으면 좋겠다는 생각까지 들었다.

일요일 이른 아침, 휘플 부인은 만사를 제쳐 두고 둘째 아들을 씻기기부터 했다. 그런데 그 애는 주머니쥐를 쫓느라고 울타리 밑을 기어

가고 건초 다락의 달걀들을 찾느라고 헛간 서까래 위에 올라타는 바람에 겨우 한 시간 만에 더러워지고 말았다. "맙소사, 기껏 공들여 씻겨 놨더니 이 꼴이 뭐야! 여기 애드나하고 엠리는 얌전하게 잘만 있잖니. 너 단정하게 가다듬는 것도 이젠 지긋지긋하다. 그 셔츠 벗고 다른 걸로 갈아입어! 내가 네 옷도 제대로 안 입혀 준다고 사람들이 욕하겠다!" 그녀는 둘째 아들의 따귀를 힘껏 갈겼다. 그러자 그 애는 눈을 끔뻑이고 또 끔뻑이더니 머리를 문질렀고, 그 얼굴 앞에서 휘플 부인은 마음이 그만 짠해졌다. 그 애의 셔츠 단추를 끌러 주다 보니 무릎이 후들거리는 바람에 그녀는 자리에 앉을 수밖에 없었다. "하루가 시작되기도 전에 기운 다 빠지네."

오빠는 통통하고 건강한 아내와, 엄청나게 떠들썩하고 배고픈 아들 둘을 데리고 도착했다. 푸짐한 만찬이 벌어졌다. 식탁 한가운데에는 절인 복숭아를 입에 물린, 껍질째 구운 돼지 한 마리가 갖은 양념과 함께 올려졌고, 그레이비소스를 듬뿍 곁들인 고구마도 준비되었다.

"이거 아주 성대하구먼." 오빠가 말했다. "다 먹고 나면 네가 나를 술통처럼 데굴데굴 굴려서 집에 보내 줘야겠어."

모두가 폭소를 터뜨렸다. 식탁에 둘러앉아 다 같이 웃는 걸 들으니 휘플 부인은 기분이 좋았다. 훈훈하고 뿌듯한 마음이 들었다. "오, 새끼 돼지는 여섯 마리나 더 있는걸. 오빠네가 우리 집에 오는 게 얼마나 드문 일인데, 최소한 이 정도는 대접해야지."

둘째 아들은 식당에 나오려 하질 않았다. 휘플 부인은 그 상황을 아주 그럴싸하게 둘러댔다. "그 애는 다른 애들보다 수줍음을 타거든요. 여러분에게 차차 익숙해지는 수밖에 없어요. 워낙 낯가림이 심한 편이라서요. 왜 유난히 그런 애들이 있잖아요. 심지어 사촌 사이라도 선뜻 친해지질 못하는." 그 설명에 별다른 토를 다는 사람은 아무도 없었다.

"우리 앨피랑 똑같네요." 올케가 말했다. "얘도 어떨 땐 자기 할머니랑 악수도 안 하려고 해서 한 대 때려야 겨우 말을 듣는다니까요."

그렇게 화제가 무마되고, 휘플 부인은 둘째 아들에게 줄 식사를 모두의 눈앞에서 한 그릇 그득히 퍼 담았다. "저는 항상 그 애가 무시당해선 안 된다고 말한답니다. 설령 다른 사람들 몫이 줄어들더라도 말이죠." 그 말을 남기고 그녀는 아들에게 식사를 직접 날라다 줬다.

"걔는 자기 방문 꼭대기에 턱걸이도 할 수 있어요." 엠리가 제 엄마를 도우려고 한마디 했다.

"그거 잘됐구나. 애가 잘 크고 있는 모양이야." 휘플 부인의 오빠가 말했다.

식사가 끝나고 친척들은 떠났다. 휘플 부인은 그릇들을 치우고, 아이들을 침실로 보내고, 앉아서 신발 끈을 풀면서 남편에게 말했다. "봤지? 우리 가족은 다 이래. 언제나 친절하고 사려 깊지. 실례될 만한 말은 아무도 안 하잖아. 교양이 있으니까. 나는 정말이지 사람들이 함부로 말하는 데에 신물이 나. 아까 돼지고기 맛있지 않았어?"

휘플 씨가 말했다. "맛이야 있었지. 그 대신 300파운드어치 고기를 날려 먹었지만. 그리고 얻어먹으러 와서 예의 지키는 거야 누군들 못하나? 속으로는 다들 내내 무슨 생각을 했을진 모르는 거지."

"그래, 딱 당신다운 반응이네. 그럼 그렇지. 아예 내 친오빠가 동네방네 우리 험담을 하고 다닐 거라고 하지 그래? 둘째 아들을 부엌에다 떨어트려 놓고 밥을 먹이더라고? 오, 하느님 맙소사!" 그녀는 두 손으로 머리를 감싸 쥐고서 고개를 흔들었다. 이마 한가운데가 쪼개질 듯 아파 왔다. "화기애애하고 좋기만 했는데 이젠 다 망쳐 버렸네. 됐어, 당신은 원래 우리 오빠네 안 좋아하니까. 예전부터 그랬잖아. 당분간 오빠네가 또 오진 않을 테니 걱정 말라고! 그래도 최소한 그 애는 애드나처럼 머리끝부터 발끝까지 잘 차려입히지 않았더라는 말은 듣지 않아도 되겠지…… 오, 정말이지, 가끔은 그냥 확 죽어 버리고 싶어!"

"마음을 좀 편안히 먹어." 휘플 씨가 말했다. "당신이 그러지 않아도 충분히 힘들다고."

혹독한 겨울이 찾아왔다. 휘플 부인에게는 매일 혹독하게 느껴지지 않은 날이 없었지만, 이번 겨울은 사상 최악이었다. 수확량은 기대치의 절반에 지나지 않아, 목화 철이 되자 식료품값을 겨우 충당할 정도의 돈밖에 안 나왔다. 밭갈이 말 한 마리를 다른 말과 맞바꿨지만 그마저도 사기를 당하고 말았다. 하필 천식에 걸린 말이 와서는 이내 죽어 버린 것이다. 휘플 부인은 사기 수법을 피할 줄도 모르는 남편과 산다는 게 몹시 끔찍하다는 생각을 줄곧 곱씹었다. 부부는 모든 걸 절약했지만, 절약하려야 할 수 없는 부분들이 있고 거기에만큼은 돈을 써야 한다고 휘플 부인은 누차 주장했다. 애드나와 엠리에게 따뜻한 옷을 사 입히는 데에도 돈이 많이 들었다. 두 아이는 세 달간의 학기 동안 학교까지 4마일 거리를 걸어 다녀야 했다. "그 애는 난롯불 때는 일을 많이 하잖아. 그 애는 겨울옷이 별로 필요 없을 거야." 휘플 씨가 꺼낸 말에, 휘플 부인은 맞장구를 쳤다. "그러네. 그 애가 바깥에서 일할 때는 당신 방수 외투를 입히면 되지. 달리 더 좋은 방법도 없고, 어차피."

2월 들어 둘째 아들은 병이 들었다. 그 애는 새파래진 얼굴로 이불을 덮고 웅크려 누운 채 곧 질식할 것처럼 굴었다. 이틀간 갖은 수단을 다 써 봐도 차도가 없자 겁에 질린 휘플 부부는 의사를 불렀다. 의사는 그 애를 따뜻하게 해 주고 우유와 달걀을 듬뿍 먹이라고 했다. "유감이지만 아이 몸이 겉보기만큼 튼튼하지 못합니다. 환자가 이런 상태일 때는 곁에서 계속 지켜봐야 해요. 이불도 더 덮어 주시고요."

"큰 이불은 빨려고 내놨어요." 창피해진 휘플 부인이 말했다. "저는 더러운 걸 못 참아서요."

"그러셨군요. 그럼 이불이 다 마르는 대로 즉시 덮어 주십시오. 안 그러면 폐렴에 걸릴 겁니다."

휘플 부부는 자기들 이불을 그 애에게 내주고, 그 애의 침대를 난롯불 앞으로 옮겨 주었다. "누가 봐도 우리는 최선을 다한 거야." 휘플 부인이 말했다. "애를 위해서 우리가 춥게 자는 것도 불사했으니까."

겨울이 끝나 가면서 둘째 아들의 건강은 회복되는 듯했지만, 발이 아픈지 제대로 걷질 못했다. 그래도 봄에 목화 파종기를 몰 수는 있었다.

"다음번에 우리 암소 씨받는 문제는 짐 퍼거슨하고 이야기해서 다 해결해 뒀어." 휘플 씨가 말했다. "올여름 동안 우리가 그 집 황소 꼴을 먹여 주고, 가을에는 그 집에 사료도 좀 보내 주기로 했어. 없는 형편에 현찰로 대금을 치르는 것보다는 그편이 낫겠지."

"짐 퍼거슨에게 그런 소리는 꺼내지 말지 그랬어." 휘플 부인이 말했다. "우리 사정이 그 정도로 어렵다는 걸 그 사람이 알게 되잖아."

"어이구, 꼭 사정이 어려워야 그런 거래를 하는 건 아니지. 남자는 원래 미래를 대비할 줄도 알고 그래야 하는 법이야. 오늘 그 애를 보내서 퍼거슨네 황소를 데려오라고 해. 애드나는 나랑 같이 일해야 돼."

휘플 부인은 둘째 아들에게 그 일을 맡기는 걸 당연스럽게 여겼다. 동물을 잘 다루려면 침착해야 하는데, 애드나는 원체 겁이 많고 믿음 직스럽지 못했다. 그런데 막상 둘째 아들을 보내고 나니 그녀는 생각이 복잡해졌고, 잠시 뒤에는 도무지 견딜 수가 없을 지경에 이르렀다. 그녀는 집 앞길에 나가 서서 그 애가 돌아오는지 지켜보았다. 무더운 날씨인 데다 거의 3마일은 걸어야 하는 길이긴 했지만, 그래도 이렇게까지 오래 걸릴 일은 아니었다. 손차양을 하고서 한참을 내다보니 시야에 알록달록한 물방울들이 어른거렸다. 그녀의 인생은 늘 이런 식이었다. 한순간도 평안한 날 없이 늘 걱정을 안고 살아야 했다. 한참 뒤에야 저편의 샛길에 들어서는 둘째 아들의 모습이 보였다. 그 애는 커다란 황소를 이끌며, 절름거리는 다리로 아주 천천히 걷고 있었다. 한 손으로는 쇠코뚜레를 잡고 다른 한 손으로는 작은 막대기를 빙빙 돌리면서, 옆이나 뒤는 한 번도 돌아보지 않고, 눈을 반쯤 감은 채 움직이는 모양이 마치 몽유병 환자 같았다.

휘플 부인은 황소가 지독하게 무서웠다. 황소가 사람을 고분고분 따르다가도 별안간 포효하며 덤벼들어 몸뚱이를 갈기갈기 찢어 버렸다는 식의 끔찍한 이야기들을 들은 적이 있었다. 지금 당장이라도 저 시커먼 괴물이 그 애를 덮칠 것만 같았다. 맙소사, 그 애는 도망칠 머리도 안 돌아갈 텐데.

그녀는 아무 소리도 내지 않고, 미동도 하지 않았다. 황소를 놀라게 하면 큰일이었다. 그런데 황소가 머리를 모로 들어 올리더니, 허공을 맴도는 파리 한 마리를 뿔로 들이받으려 했다. 그 순간 그녀는 비명을 터뜨리고는 그 애에게 어서 이리 오라고, 제발 뛰어오라고 고함을 질렀다. 그 애는 듣지 못한 눈치였다. 그저 계속 나뭇가지를 빙글빙글 돌리면서 절뚝절뚝 걷기만 할 뿐이었다. 그리고 황소는 그 뒤에서 송아지처럼 얌전히 따라오고 있었다. 휘플 부인은 고함을 멈추고 집으로 뛰어가면서 숨 죽여 기도를 올렸다. "주님, 그 애에게 아무 일도 생기지 않게 해 주세요. 주님, 사람들이 뭐라고 할지 잘 아시잖아요. 그 애한테 이 일을 시킨 우리 잘못이라고들 할 거예요. 우리가 걔를 안 돌봐 준 탓이라고들 할 거예요. 오, 그 애가 집에 무사히 돌아오도록 이끌어 주세요. 그러면 앞으로 그 애를 더 잘 보살피겠나이다! 아멘."

그 애가 황소를 끌고 들어와 외양간에 묶어 놓는 동안 그녀는 창밖으로 내내 지켜보았지만, 계속 보고 있어 봤자 아무 소용도 없었고, 그 이상은 도저히 견딜 수가 없었다. 그녀는 주저앉아서 앞치마를 머리에 뒤집어쓴 채 몸을 흔들며 울었다.

해가 갈수록 휘플가는 점점 더 가난해졌다. 아무리 열심히 일해도 집이 그저 저절로 무너져 가는 것 같았다. "살림이 걷잡을 수가 없네." 휘플 부인이 말했다. "우리는 왜 남들처럼 좋은 기회를 붙잡지 못하는 걸까? 이러다가는 가난한 백인 쓰레기라는 소리를 듣겠어."

"저는 열여섯 살이 되면 집을 떠날래요." 애드나가 말했다. "파월 씨네 식료품점에 취직하려고요. 그러면 돈을 벌 수 있겠죠. 농장 일은 그만할래요."

"저는 학교 선생님이 될 거예요." 엠리가 말했다. "그러려면 우선 8학년은 마쳐야겠죠. 그런 다음 도시에서 살 거예요. 여기서는 미래가 안 보여요."

"엠리는 외가 쪽을 닮았다니까." 휘플 부인이 말했다. "우리 식구들은 하나같이 야심차고 어디에서건 1등을 하지 않고는 못 배기거든."

가을이 되자 엠리는 인근 도시의 철도역 간이식당의 웨이트리스 자리를 제안받았다. 급료도 괜찮고 식사도 제공받을 수 있는 일자리라, 마다하기엔 너무 아까웠다. 그래서 휘플 부인은 엠리에게 남은 학기를 굳이 마칠 것 없이 그곳에 곧바로 취직하라고 했다. "너는 시간이 아주 많잖니. 젊고 똑똑한 애고."

애드나도 떠난 뒤, 휘플 씨는 둘째 아들의 일손만 빌리면서 농장을 운영하려 애썼다. 그 애는 괜찮아 보였다. 자기 일과 더불어 애드나의 몫까지 일부 맡아 하면서도 의식조차 못 하는 듯했다. 한동안 휘플가는 그럭저럭 잘 돌아갔다. 그러다가 크리스마스가 다 되어 가던 어느 날 아침, 그 애가 헛간에서 나오다가 얼음을 밟고 미끄러지고 말았다. 얼음 위에서 일어나질 못하고 빙글빙글 구르며 몸부림을 치기에, 휘플 씨가 가서 확인해 보니 그 애는 일종의 발작 증세를 보이고 있었다.

부부는 그 애를 집 안으로 데려가서 일으켜 앉히려 했지만, 아이가 엉엉 울면서 나뒹굴었다. 어쩔 수 없이 그 애를 침대에 눕히고, 휘플 씨가 말을 타고 도시로 가서 의사를 불렀다. 다녀오는 길 내내 그는 어디서 어떻게 돈을 만들어서 치료비를 낼지 고민에 휩싸였다. 골칫 거리가 너무나 많아서 도무지 더는 감당할 수 없는 지경이었다.

그때부터 둘째 아들은 침대에서 자리보전을 했다. 두 다리가 퉁퉁 부어서 두 배는 더 커졌고, 발작 증세는 자꾸만 도졌다. 그렇게 네 달이 지나자 의사가 말했다. "이래서는 소용없습니다. 아드님을 즉시 공립 요양소로 보내셔야겠어요. 제가 절차를 알아봐 드리겠습니다. 그래야 환자가 더 좋은 처치를 받을 수 있고, 두 분도 부담을 덜 거예요."

"아이를 돌보는 데에 뭐가 얼마나 들든 저희는 조금도 부담스럽지 않아요. 그 애를 제 품에서 떠나보낼 순 없어요." 휘플 부인이 말했다. "아픈 자식을 생판 남들한테 떠맡겼다는 소리는 듣고 싶지 않아요."

"어떤 마음이신지 이해합니다." 의사가 말했다. "그 점에 대해서는 말씀하지 않으셔도 압니다, 휘플 부인. 저도 아들이 있는걸요. 하지만 제 말대로 하시는 편이 좋을 겁니다. 저로서는 아드님을 위해 더 이상 해 드릴 수 있는 게 없습니다. 사실이 그렇습니다."

그날 밤 휘플 부부는 이 문제에 대해 오래도록 이야기를 나누었다. "그건 그냥 자선사업이잖아." 휘플 부인이 말했다. "우리가 자선을 받는 신세가 되다니! 나는 이런 건 생각도 못 했어."

"우리도 남들처럼 이 지역을 유지하기 위해 세금을 내는걸." 휘플 씨가 말했다. "그걸 자선이라고 할 순 없지. 나는 그 애가 최선의 조치를 받을 수 있는 데에서 지내면 좋을 것 같은데…… 게다가 의사 왕진비도 더 이상은 못 내겠고."

"혹시 의사도 그래서 걔를 보내라고 한 건 아닐까? 돈 떼먹힐까 봐?" 휘플 부인이 물었다.

"그런 식으로 말하지 마." 휘플 씨는 거북스러워하며 말했다. "자칫 애를 못 보내게 되면 어쩌려고 그래."

"오, 하지만 걔가 요양소에서 오래 지내진 않을 거야." 휘플 부인이 말했다. "애가 나아지기만 하면 우리가 곧장 집으로 데려와야지."

"그 애는 영영 못 나을 거라고 의사가 말했잖아. 몇 번이고 누누이 그렇게 말했어. 그러니까 그 얘기는 그만해." 휘플 씨가 말했다.

"의사라고 모든 걸 다 아는 건 아니지." 휘플 부인은 거의 행복감마저 느끼며 말했다. "어쨌거나 여름에는 엠리가 휴가를 받아서 집에 올 테고, 애드나도 일요일에는 내려올 거니까, 다 같이 일해서 집안을 다시 일으킬 수 있을 거야. 그러면 애들도 돌아올 집이 있다는 기분이 들겠지."

불현듯 그녀는 다시 한여름이 된 환상에 사로잡혔다. 정원은 활짝 피어나고, 집에는 흰 블라인드를 새로 내어 달고, 애드나도 엠리도 돌아오고, 온 집에 생기가 흘러넘치고, 모두 다 같이 행복한 나날. 오, 그렇게 될 것이다. 삶이 비로소 여유로워질 것이다.

부부는 둘째 아들 앞에서 별말을 하지 않았지만, 그 애가 상황을 얼마나 이해하고 있는지는 알 길이 없었다. 마침내 의사가 날짜를 정했고, 말 한 필이 끄는 2인승 마차를 가진 이웃이 그들을 태워다 주겠다고 했다. 병원 측에서 구급차를 보내 줄 수도 있었지만 휘플 부인은 아들이 그렇게 아파 보이는 몰골로 실려 가는 건 차마 볼 수 없었다. 그래서 그 애를 담요로 감싸고, 이웃과 휘플 부인이 함께 아이를 들쳐 올려 마차 뒷좌석에 앉혔다. 휘플 부인은 검은 블라우스 차림으로 그 옆자리에 탔다. 그녀는 구호를 받으러 가는 처지로 보이는 건 질색이었다.

"괜찮을 거야. 나는 집에 남아 있을게." 휘플 씨가 말했다. "모두 한꺼번에 가야 할 필요는 없는 것 같으니."

"그리고 거기 영영 살러 가는 것도 아닌걸요." 휘플 부인이 이웃에게 말했다. "잠시만 지내다 오는 거예요."

마차가 출발했다. 휘플 부인은 아들이 옆으로 쓰러지지 않도록 담요 귀퉁이를 붙잡고 지탱했다. 그 애는 가만히 앉아서 눈을 끔뻑이고 또 끔뻑였다. 그러다가 담요 안에서 손을 꺼내서는 손마디로 코를 문지르다가, 이내 담요 끝자락으로 코를 문지르기 시작했다. 휘플 부인은 자기 눈을 믿을 수 없었다. 그 애가 눈꼬리에서 흘러내리는 커다란 눈물방울을 닦아 내고 있었던 것이다. 아들은 훌쩍거리면서 침을 꿀꺽 삼켰다. 휘플 부인은 "오, 얘야, 많이 속상한 건 아니지? 그치? 그렇게 많이 속상하진 않지?" 하고 자꾸만 물었다. 그 애가 그녀를 책망하는 듯 보였기 때문이었다. 어쩌면 그녀에게 따귀를 맞았던 때를 기억하는지도 모른다. 황소를 끌고 왔던 날 겁을 먹었는지도 모른다. 추워서 밤잠을 설쳤는데도 말하지 못했는지도 모른다. 부모님이 너무 가난해서 자신을 돌볼 수 없기에 영영 떠나보내려 한다는 걸 그 애도 아는지도 모른다. 정확히 무엇 때문이건, 휘플 부인은 그 생각을 차마 견뎌 낼 수가 없었다. 그녀는 격하게 울음을 터뜨리며 둘째 아들을 힘껏 부둥켜안았다. 그 애의 머리가 그녀의 어깨 위에서 굴렀다. 그녀는 가능한 한 최선을 다해 그 애를 사랑했지만, 애드나와 엠리 생각도 해야만 했고, 그 애의 삶을 보상해 주기 위해 그녀가 할 수 있는 일은 아무것도 없었다. 오, 아예 처음부터 태어나질 말았어야 했는데.

창밖으로 병원이 시야에 들어왔다. 이웃은 감히 뒤도 못 돌아보고 무척 빠른 속도로 마차를 몰고만 있었다.

절도
Theft

집에 들어올 때는 분명히 핸드백을 손에 들고 있었다. 그녀는 마루 한가운데에 서서, 목욕 가운 자락을 여미고 한 손에는 젖은 수건을 걸친 채, 직전까지 있었던 일들을 더듬어 보았다. 모든 게 또렷하게 기억났다. 그래, 아까 그녀는 핸드백에 묻은 물기를 손수건으로 닦아 낸 다음 긴 의자 위에 핸드백을 널어놓고 덮개를 젖혀 두었다.

원래는 고가 철도를 타려고 했다. 그래서 당연히 기차 요금이 있는지 확인하려고 핸드백을 열어 보았고, 봉투에 들어 있는 40센트를 찾아내고 만족했다. 그녀는 자기 몫의 요금을 낼 작정이었다. 비록 카밀로는 그녀를 배웅하겠다고 철도역 계단을 올라와서는 5센트를 기계에 집어넣고 회전문을 슬쩍 돌려 그녀를 들여보내면서 고개 숙여 인사까지 하는 버릇이 있었지만 말이다. 카밀로는 그녀에게 자잘한 에

티켓을 지켰다. 여러 현실적인 제약 때문에 거창하고 성가신 격식은 외면했지만, 자신이 타협한 선 안에서는 어떻게든 완벽하게 격식을 차리고 있었다. 카밀로는 역까지 택시를 타고 바래다주겠다고 우겼지만, 그가 거의 자신만큼 가난하다는 걸 아는 그녀는 "그럴 형편 안 되는 거 알잖아요"라고 단호하게 잘라 말했고, 둘은 결국 쏟아지는 비를 뚫고 역까지 함께 걸어갔다. 그는 예쁜 비스킷 색깔의 새 모자를 쓰고 있었다. 실용적인 색깔의 물건을 살 생각은 좀처럼 못 하는 사람이었다. 오늘 처음 쓴 모자가 비를 맞아 망가지는 걸 보면서 그녀는 거듭 생각했다. '아까워서 어떡해. 저런 모자를 또 어디서 구하겠어?' 에디의 모자와 사뭇 비교되었다. 그 모자는 언제 봐도 정확히 7년 묵은 물건 같았고 일부러 비를 맞고 다닌 듯 보였지만, 에디가 쓰면 소탈하고도 자연스러운 게 딱 잘 어울렸다. 하지만 카밀로는 전혀 달랐다. 그가 추레한 모자를 쓰면 그저 추레해 보이기만 할 테고, 그는 모자 때문에 기가 죽어 버릴 것이다. 그래서 도라의 집을 나올 때 그녀는 "당신은 집에 가요. 나는 역까지 충분히 혼자 갈 수 있어요"라고 말하고 싶었다. 하지만 카밀로는 자신이 그녀와의 사이에서 지키기로 정한 최소한의 의례들을 꼭 실천하려 들었기에, 그녀가 배웅을 거절했다면 섭섭해했을 것이다.

"오늘 밤 우리는 비를 맞을 운명이에요." 카밀로가 말했다. "그러니 함께 받아들이자고요."

승강장 계단 맨 밑에 이르러 그녀는 살짝 비틀거렸다. 둘 다 도라에게서 칵테일을 넉넉히 받아 마시고 취해 있었다. "카밀로, 제 부탁 하나만 들어줘요. 이 계단은 나 혼자 올라가게 해 주세요. 당신은 어차피 곧바로 다시 내려가야 할 텐데, 지금 상태로 그랬다가는 목이 부러지고 말 거예요."

그는 재빨리 세 차례나 고개 숙여 인사하고서야 물러났다. 천생 스페인 남자의 기사도였다. 그녀는 그 우아하기 그지없는 청년이 비 내리는 어둠 속을 뛰어가는 뒷모습을 쭉 지켜보았다. 내일 아침 그가 술에서 깨고 나서 망가진 모자와 흠뻑 젖은 구두를 보면 그 비극을 그녀와 연관 지을지도 모르겠다는 생각이 들었다. 그런데 카밀로가 저 멀리 길모퉁이에서 발길을 멈추더니, 모자를 벗어서 외투 안자락에 숨겼다. 보지 말아야 할 장면을 봐 버린 것 같았다. 그가 모자를 보전하는 데에 연연할 거라고 그녀가 단지 추측만 한대도 그는 모욕감을 느낄 것이다.

그때 계단 지붕을 때리는 빗소리 너머로 로저의 목소리가 들려왔다. 이런 밤늦은 시간에 빗속에서 뭘 하고 있느냐고, 오리라도 한 마리 건지려고 나왔느냐고. 등 뒤를 돌아보니 로저가 길쭉하고 태연자약한 얼굴에 빗물을 줄줄 흘리고 있었다. 그는 단추를 목까지 채운 외투에서 불룩하게 부풀어 오른 가슴 부위를 두드려 보이고는 말했다. "모자는 이 안에 넣어 뒀지. 자, 어서 택시 타자."

그녀는 자신의 어깨를 감싸 안은 로저의 팔에 편안히 기댔다. 그 순간 둘은 오랜 친근감이 가득 담긴 눈빛으로 서로를 마주 보았다. 그녀가 눈을 돌려 차창 밖을 보니 비 때문에 온 세상의 형태와 빛깔이 변하고 있었다. 택시는 철도역을 떠받친 기둥들 사이를 휙휙 누비며, 커브를 돌 때마다 살짝 미끄러졌다. 그녀는 입을 열었다. "차가 미끄러질수록 차분해지는 느낌이네. 나 진짜 취했나 봐."

"그런가 보네." 로저가 말했다. "내가 건진 새가 하필 자살 충동에 사로잡혀 있었을 줄이야. 나도 지금 당장 칵테일 한잔하고 싶은걸."

40번가와 6번가에 이르러 차가 막혔다. 택시가 멈춰 서 있노라니 젊은 남자 셋이 그 앞을 지나쳐 걸어갔다. 전구 불빛들 아래 비친 그들의 모습은 마치 쾌활한 허수아비들 같았다. 하나같이 깡마른 몸에 멋스럽지만 무척 지저분한 정장을 걸치고 화려한 넥타이를 매고 있었다. 그들도 어지간히 취했는지, 차 앞에 잠시 비칠거리며 서서는 자기들끼리 뭐라고 입씨름을 주고받았다. 다 같이 노래라도 부르려는 듯 머리를 모으더니 그중 한 명이 이렇게 말하는 것이었다. "나는 단순히 결혼하고 싶어서 결혼하진 않을 거야. 나는 꼭 사랑해야만 결혼할 거라고. 알겠어?" 그러자 다른 한 명이 말했다. "어휴, 그딴 소리는 그 여자한테나 가서 해라, 야." 또 다른 한 명이 콧방귀 비슷한 소리를 내고는 "뭐, 이 녀석이? 얘가 가진 게 뭐가 있다고?"라고 하자, 처음 말을 꺼냈던 남자가 대꾸했다. "아아아, 입 닥쳐, 이 자식들아. 난 가진 거 엄청 많다고." 그러자 다들 한바탕 소리를 지르더니, 두 친구가 그 남자의 등을 때리고 이리저리 밀치면서 앞다투어 길을 건너갔다.

"맛이 갔네." 로저가 말했다. "완전히 맛이 갔어들."

그다음으로는 짧은 투명 우비를 입은 젊은 여자 둘이 잽싸게 지나갔다. 각자 초록색과 빨간색 우비 속에 머리를 숨기고서 몰아치는 빗줄기를 피하고 있었다. 한 명이 다른 한 명에게 말하는 소리가 들렸다. "그래, 그 얘기는 나도 다 알아. 하지만 내 입장은? 너는 그 남자에게는 항상 미안해하면서……" 그 말소리를 뒤로하고 그들은 작은 펠리컨 같은 다리를 앞뒤로 휙휙 움직여 뛰어갔다.

택시가 갑자기 후진하더니 다시 앞으로 달리기 시작했다. 잠시 뒤 로저가 말했다. "오늘 스텔라한테 편지가 왔어. 26일에 집에 오겠다더군. 이제 마음을 정했나 봐. 다 정리된 것 같아."

"나도 오늘 편지 같은 것 받았는데. 그건 나 대신 내 마음을 정해 주는 편지였지만." 그녀가 말했다. "너하고 스텔라는 뭔가 확실한 결단을 내릴 때도 됐지."

택시가 웨스트 53번가 모퉁이에서 멈춰 섰을 때 로저가 말했다. "택시비 10센트만 보태 줄래?" 그녀가 핸드백을 열고 10센트짜리 동전 하나를 꺼내 주자, 그가 덧붙였다. "굉장히 예쁜데, 그 가방."

"생일 선물로 받은 건데 마음에 드네. 그나저나 네 공연은 어떻게 돼 가?"

"오, 아직 기다리는 중이야. 나는 그 근처에도 안 가고 있어. 아직 한 작품도 팔리진 않았어. 무조건 내가 원하는 방향으로 밀어붙일 작정이니까, 그쪽에서 받아들이든 말든 알아서 하겠지. 옥신각신 씨름하는 건 이제 관뒀어."

"버티기만 하면 되는 문제네, 안 그래?"

"버티는 게 가장 어려운 부분이지."

"잘 가, 로저."

"너도. 이따가 아스피린이라도 먹고 뜨거운 물로 목욕 한 번 해. 감기 들기 딱 좋겠다."

"알았어."

그녀는 핸드백을 겨드랑이에 끼고 아파트 계단을 올라갔다. 첫 번째 층계참에 올라서자마자 빌이 그녀의 발소리를 듣고 문밖으로 머리를 내밀었다. 머리카락이 헝클어졌고 눈은 벌겋게 충혈되어 있었다. "제발 이리 들어와서 나랑 한 잔만 하자. 나쁜 일이 좀 생겼어."

"너 완전히 쫄딱 젖었네." 빌이 푹 젖은 그녀의 발을 내려다보며 한마디 했다. 둘은 함께 술을 마셨고, 그동안 빌은 감독에게 극본을 퇴짜 맞았다는 이야기를 털어놓았다. 캐스팅도 두 번 검토하고 리허설도 세 번이나 했는데 이제 와서 엎어졌다는 것이었다. "내가 그랬어. '제가 그게 명작이라고 하진 않았잖아요. 좋은 연극이 될 거라고 했죠.' 그러니까 감독이 하는 말이, '그건 연극조차도 못 되오. 알겠소? 그걸 가져가야 할 곳은 무대가 아니라 병원이라고'라는 거야. 나는 이제 망했어. 완전히 망했다고." 빌이 또 울먹거리며 말했다. "너 오기 전까지 울고 있었어. 혼자 술 마시면서." 곧이어 그는 자기가 아내의 낭비벽 때문에 파산할 지경인데 혹시 알고 있었느냐고 물었다. "나는 아내에게 매주 10달러씩 부치면서 불행하게 살고 있어. 그래야 할 의무도 없는데. 아내는 돈을 안 주면 감옥에 보내겠다고 협박하는데, 가당찮은 소리야! 맙소사, 나를 그런 식으로 대한 주제에 어디 한번 고소해 보라지, 그게 먹히나. 그 여자는 위자료를 청구할 권리가 없어. 자기도 다 알면서 그러는 거야. 우리 아기 때문에 돈이 필요하다고 하도 우기니까, 나는 누가 나 때문에 고생하는 꼴은 차마 못 보겠어서 보내 주고 있는 거지. 그래서 피아노와 축음기 대금 지불은 한참 밀렸고, 둘 다……"

"그나저나, 이 양탄자 예쁘네." 그녀가 말했다.

빌은 양탄자를 내려다보더니 코를 풀었다. "리치*한테서 95달러에 샀어. 리치 말로는 예전에 마리 드레슬러**가 썼던 물건이고, 원래는 1,500달러짜리래. 그런데 거기 의자 밑에 보면 불에 그을린 자국 있잖아, 그것 때문에 헐값이 된 거야. 어때, 기가 막히지?"

---

* 시모어 드 리치(1881~1942), 영국의 서지학자이자 사학자로, 희귀한 도서, 장식품, 가구들을 연구했다.
** (1868~1934), 보드빌과 영화에서 활약한 캐나다 여성 배우이자 코미디언.

"별로." 그녀는 자신의 텅 빈 핸드백을, 그리고 자신이 지난번에 쓴 평론에 대한 원고료 지급이 앞으로 사흘은 더 밀릴 수도 있다는 것을 생각하고 있었다. 지하 식당에 그녀가 진 외상값을 일부라도 갚지 않으면 식당에서 더 이상 사정을 봐주지 않을 텐데. "지금 꺼낼 말은 아니겠지만, 그 희곡의 3막에서 내가 써 준 장場에 대해 받기로 약속된 50달러, 지금쯤이면 받을 수 있을 줄 알았는데. 공연으로 못 올린다 하더라도 말이야. 어찌 되든 네가 받은 선금에서 떼어 주기로 했잖아."

"하느님 맙소사. 너까지 이러기야?" 그는 축축해진 손수건으로 입을 틀어막고는 흐느낌인지 딸꾹질인지 모를 요란한 소리를 토해 냈다. "네가 쓴 부분도 내 것보다 낫진 않았어. 그걸 생각해야지."

"하지만 선금으로 받은 돈은 있잖아. 700달러."

빌이 말했다. "내 부탁 하나만 들어줄래? 술이나 한 잔 더 마시고 그 돈은 잊어 줘. 나는 못 줘. 주고 싶어도 줄 수가 없어. 너도 알잖아, 내가 어떤 궁지에 빠졌는지."

"됐어, 그럼." 그녀는 거의 무심결에 그렇게 대꾸해 버렸다. 원래는 단호하게 밀고 나갈 생각이었다. 그녀는 빌과 말없이 술을 더 마시다가, 위층에 있는 자기 집으로 올라갔다.

거기서부터는 선명하게 기억났다. 집에 들어온 그녀는 젖은 핸드백을 널어놓기 전에 우선 편지부터 꺼냈다.

그녀는 자리에 앉아서 편지를 다시금 읽었다. 그런데 몇 구절들이 자신을 거듭 읽어 달라고 졸라 댔다. 편지 전체에서 그 구절들만이 따로 떨어져 멋대로 살아 움직이는 것 같았다. 애써 넘어가거나 눈을 돌리려고 해도, 그 구절들은 그녀의 눈길을 끝끝내 따라왔고 그녀는 벗

어날 수 없었다……"생각하고 싶지 않을 때도 네 생각이 나…… 그
래, 심지어 네 얘기도 해…… 너는 어째서 그렇게 망가뜨리지 못해 안
달이었는지…… 설령 지금 너를 다시 볼 수 있더라도 나는…… 이 모
든 끔찍한 걸 무릅쓸 가치는 없…… 끝장……"

그녀는 편지를 세심하게 갈가리 찢어서 석탄 난로에 집어넣고 성
냥불을 붙였다.

다음 날 이른 아침, 그녀가 목욕을 하고 있을 때 아파트 관리인 여
자가 현관문에 노크를 하고 들어와서는, 중앙난방을 가동하기 전에
라디에이터를 확인하러 왔다고 소리쳐 알렸다. 그리고 몇 분쯤 집 안
을 서성이다가 나가더니 문을 굉장히 세게 닫았다.

그녀는 욕실을 나와서 핸드백에 든 담배를 꺼내려 했다. 하지만 핸
드백은 없었다. 그녀는 옷을 입고, 커피를 끓여다가 창가에 앉아서 마
셨다. 아파트 관리인이 핸드백을 가져간 게 분명했다. 그리고 핸드백
을 돌려받으려면 반드시 한바탕 꼴사나운 소동을 피워야 할 것도 분
명했다. 그렇다면 포기하자. 그런데 그렇게 마음을 정하자마자, 별안
간 핏속에서 깊은 분노가 거의 살인 충동처럼 불쑥 치밀어 올랐다. 그
녀는 테이블 한가운데에 컵을 조심스럽게 내려놓고서 침착하게 아래
층으로 내려갔다. 세 줄에 걸친 긴 층계를 따라 내려간 다음, 짧은 복
도를 가로질러, 짧고도 가파른 계단을 한 번 더 내려가자 지하실이 나
왔다. 관리인은 그곳에서 석탄 먼지에 얼룩진 얼굴로 보일러를 흔들
고 있었다. "내 핸드백 좀 돌려줄래요? 그 안에 돈은 한 푼도 없어요.
선물받은 거라서 잃어버리고 싶지 않아요."

관리인은 몸을 똑바로 세우지 않고 고개만 돌리더니, 뜨겁게 이글
거리는 눈동자로 그녀를 올려다보았다. 보일러의 붉은 불빛이 그녀

의 눈에 비치고 있었다. "무슨 말이에요? 핸드백이라뇨?"

"금빛 천으로 된 핸드백 말이에요. 내 방의 목재 의자에 놔둔 걸 당신이 집어 갔잖아요. 돌려줘야겠어요."

"하느님께 맹세코 저는 그 핸드백을 본 적도 없어요. 정말이에요."

"오, 됐어요 그럼. 당신이 가져요." 그녀는 매우 신랄한 어조로 쏘아붙였다. "그게 그렇게 갖고 싶다면야 가지라고요." 그리고 지하실에서 걸어 나갔다.

그녀는 평생 한 번도 집 문을 잠가 본 적이 없었다. 무언가의 소유주가 된다는 게 거북해서 나름의 원칙에 따라 거부하는 것이기도 했고, 또 한편으로는 친구들이 충고할 때마다 자신은 평생 단 1펜스도 도둑맞아 본 적 없다고 역설적인 자랑을 하기 위해서이기도 했다. 그녀는 그 문제에서만큼은 자신의 의지가 아닌 어떤 특정한 믿음이 삶의 흐름을 움직이도록 맡겼고, 그 믿음이 근거 없고 막연한 상태로 남아 있지 않도록 확실하게 실증하고 정당화할 수 있는 구체적 예시도 갖추었던 것이다. 그녀는 그 예시가 스산하리만치 겸허하다는 점이 마음에 들었다.

그런데 지금 이 순간 그녀는 귀중한 것들을 엄청나게 많이 도둑맞은 기분이었다. 물질적인 것이든 형태 없는 것이든. 자신의 잘못으로 잃어버리거나 망가진 것들, 이사 다니면서 깜빡 잊고 못 챙긴 것들, 빌려준 뒤 돌려받지 못한 책들, 계획만 해 놓고 떠나지 못한 여행들, 듣기를 기다렸지만 끝내 듣지 못했던 말들, 자신이 꺼내려 했던 대답들. 그리고 그 대신 취했던 괴로운 대안들, 견딜 수 없었던 대체물들, 없으니만 못한데도 벗어날 수 없었던 그 모든 것—죽어 가는 우정들을 오랜 시간 끈질기게 견디며 겪어 온 고통이며, 이해할 수 없는 이유로 죽어 버린 사랑의 수수께끼며. 그녀에게 있었던 모든 것, 그녀에게 결핍되었던 모든 것, 그 모두를 그녀는 한꺼번에 잃어버렸고, 산사태처럼 쏟아져 내리는 상실의 기억 속에서 또다시 잃어버리고 있었다.

관리인이 그녀를 뒤따라 위층으로 올라왔다. 손에는 그녀의 핸드백을 들었고, 두 눈에 아까처럼 붉디붉은 불꽃이 어른거리고 있었다. 관리인은 그녀와 층계의 절반을 사이에 두고 멈춰 선 채 핸드백을 내밀었다. "신고하지 마세요. 제가 미쳤었나 봐요. 원래 가끔 머리가 확 돌아 버리고 그러거든요. 정말이에요. 제 아들한테 물어보세요."

그녀는 잠깐 뜸을 들이다가 핸드백을 건네받았다. 그러자 관리인이 말을 이었다. "제 조카딸이 곧 열일곱 살이 돼요. 좋은 애예요. 걔한테 그걸 주면 좋겠다 싶더라고요. 예쁜 핸드백이 필요한 애니까요. 제가 미쳤었나 봐요. 아가씨가 물건을 아무렇게나 놔두고 별로 신경도 안 쓰는 것 같길래, 저는 아가씨가 상관 안 할 줄 알았어요."

"저한텐 중요한 물건이에요. 선물로 받은 거라……"

관리인이 말했다. "아가씨는 잃어버려도 그 남자분한테 또 받으면 되잖아요. 제 조카딸은 어리고, 예쁜 물건이 필요해요. 어린 사람들한테 기회를 줘야죠. 걔를 쫓아다니는 남자애들도 있고, 결혼하자고 할 수도 있는데. 그러려면 좋은 물건들이 있어야 하잖아요. 걔야말로 지금 당장 엄청 아쉬운 처지라고요. 아가씨는 다 큰 여자이고 기회도 누릴 만큼 누렸으니, 그게 어떤 건지 알잖아요!"

그녀는 관리인에게 핸드백을 건네주면서 말했다. "당신은 자신이 무슨 말을 하는지도 모르는군요. 자, 받아요. 마음이 바뀌었어요. 난 이거 안 가져도 돼요."

관리인은 증오심 어린 눈길로 그녀를 올려다보았다. "나도 필요 없어요. 우리 조카딸은 어리고 예뻐요. 예뻐지려고 단장할 필요도 없죠, 안 그래도 어리고 예쁘니까! 그건 당신한테나 훨씬 더 필요할걸요!"

"이건 애초에 그쪽 물건이 아니었는데요." 그녀는 돌아서면서 말했다. "그렇게 말씀하시면 안 되죠. 내가 당신 물건을 훔치기라도 한 것처럼."

"지금 아가씨는 내가 아니라 내 조카딸 물건을 훔치고 있는 거예요." 관리인은 그렇게 말하고 아래층으로 내려갔다.

그녀는 핸드백을 테이블 위에 올려놓고, 식어 버린 커피 잔을 들고 앉았다. 그리고 생각했다. 내가 도둑을 두려워하지 않았던 건 옳았어. 내 것을 남김없이 털어 없앨 사람은 바로 나 자신이었으니까.

그 나무
That Tree

그는 좋은 날씨에 나무 그늘 아래 드러누워 시나 쓰는 놈팡이가 되고 싶었다. 시라면 수북이 쌓일 만큼 썼고, 모조리 졸작이었다. 스스로도 잘 알았다. 쓰고 있는 중에도 알고 있었다. 하지만 자신의 시가 졸작이라는 걸 알아도 시 쓰는 재미가 달아나지는 않았다. 딱 그런 종류의 삶이라면 즐거울 것 같았다. 권위도 없고, 책임도 없고, 내세울 만한 재물도 없이, 낡은 샌들을 신고, 닳아 해어지긴 했어도 샌들과 잘 어울리는 푸른 셔츠를 입고, 나무 아래 누워 시를 쓰는 삶. 애초에 그가 멕시코에 온 것도 그런 소망 때문이었다. 그는 멕시코야말로 자신을 위한 나라라고 직감했다. 그가 상당히 유력한 기고가이자 라틴아메리카의 혁명에 관한 권위자이자 베스트셀러 작가가 되고 오랜후, 그는 자신에게 귀 기울여 주는 친구들과 지인들 누구에게든 자기

고백을 즐겨 했다. 자신은 시인의 한가하고 여유롭고 낭만적인 삶을 무엇보다도 사랑하노라고, 그리고 미리엄에게 쫓겨났을 때가 자신의 일생에서 가장 운 좋은 날이었다고. 사실 정확하게는 그녀가 그를 떠났다. 그녀는 싸늘하고 조용한 분노에 휩싸여 별안간 짐을 쌌고, 그가 껴안으려 하자 팔꿈치로 그를 찔렀고, 이따금씩 이를 악문 채 간략한 문장으로 그의 폐부를 찔러 댔다. 하지만 그는 사람들에게 늘 말하듯 자기 쪽이 쫓겨난 느낌이었다. 그녀는 그를 쫓아냈고 그럴 만도 했다.

그 일로 충격을 받은 그는 긴 잠에서 퍼뜩 놀라 깨어난 것처럼 정신이 들었다. 썰렁하고 깨끗해진 방 안에서, 미리엄이 싫어했던 돗자리들과 인디오풍 채색 의자들 사이에서, 갑자기 몰려온 차가운 정적 속에서, 그는 두 손에 머리를 파묻고서 완전히 얼이 빠진 채 거의 밤새도록 앉아 있었다. 누워야겠다는 생각은 하지도 못했다. 동이 트고 온몸의 관절이 뻣뻣해질 쯤 되어서야 그는 일어섰고, 비록 제대로 된 생각을 했던 건 아니었지만 그때 새로운 결심을 세웠다. 그가 언론계에 뛰어든 것은 바로 그날부터라고 할 수 있다. 왜 하필 언론이었는지는 몰랐다. 다만 아내가 그 소식을 들으면 놀랄 것 같았다고 할까, 그 정도의 지적인 직업이라면 아쉬운 대로 자존심을 지킬 수 있을 것 같았다. 그리고 심지어 스스로 느끼기에도 자신 같은 남자에게는 그런 일이 적성에 맞는다는 생각이 들었다. 그는 갑자기 시사의 세계에서 출세하는 데에 열심인 사람이 되어 있었다. 그런데 그가 보고 겪은 바로는 세상 누구에게든 갑자기 일어나는 일이란 없으므로, 그 생각은 그냥 저절로 떠오른 게 아니라 어쩌면 오래전부터 그를 향해 살금살금 다가오고 있었던 건지도 몰랐다. 아내는 그를 "이 기생충아!"라고 불렀다. "밥버러지야!"라고도 했다. 마지막 순간에 그녀가 이 단어들을 되풀이하는 걸 듣고서야, 예전에도 많이 한 말이었는데 자신이 마음의 귀를 닫아 버리고 듣지 않았다는 것을 깨달았다. 상대적으로 무해한 욕설들이라서 그는 듣는 족족 적절한 유의어로 번역해서 알아들었던 것이다. '게으름뱅이야!'라든지, '놈팡이야!'라든지. 미리엄은 학교 선생님이었다. 그녀가 무엇 때문에 실망하고 분노하든 간에, 몸에 익은 직업적 절제력이 어디 가지는 않았다. 그녀는 교사 특유의 고지식한 성향이 있었고, 그뿐만 아니라 올바른 양육을 받고 자란 여자였다. 따분한 새침데기였다는 뜻이 아니다. 전혀 그렇지는 않았지만, 음, 뭐라고 할까, 본데 있는 집에서 잘 자랐고 인생을 진지하게 받아들이는 미국 중서부 출신 아가씨였다는 얘기다. 그러니 뭘 어쩔 수 있겠는가? 그녀는 상냥하고 명랑했으며 약간 별난 생각도 한가득 품고 있었지만, 그런 생각을 솔직히 표현하지는 않았다. 적어도 그런 생각이 의미가 있을 법한 순간에는 절대로 꺼내지 않았다. 진지하게 보면 모든 게 망가져 가는 위협적인 상황이더라도 그 안을 들여다보면 우스운 부분도 있게 마련인데, 그녀는 좀처럼 그런 부분을 보지 못했다. 그녀의 유머 감각은 결코 재난을 수습하는 데에 발휘되지 않았다. 이미 즐겁게 보내고 있는 시간을 장식하는 프릴 정도로 쓰일 뿐이었다.

사랑하는 사람의 특별한 점들은 타인에게 설명하거나 보여 주기가 도저히 불가능하다는 것, 사람들은 생각해 본 적 있을까? 아, 물론 누구나 그런 생각쯤은 해 봤을 것이다. 그는 워낙 남들이 진작부터 다 알고 있었던 것을 혼자서 뒤늦게야 발견하고 경이로워하기가 예사였다. 아무튼 미리엄에게는 특별한 아름다움이 있었다. 어떤 빛이나 분위기 속에서 그녀를 보면 불현듯 가슴이 꽉 메어 오곤 했다. 하루 중어느 때든, 지극히 평범한 일상 가운데서도 불쑥불쑥 찾아오는 순간이었다. 1년 내내 밤이고 낮이고 한 사람과 붙어 사는 데에는 그럴 만한 이유가 있다. 그러면 서로 최악의 면모도 알게 되지만, 최고의 면모 역시 알게 된다. 미리엄이 보여 주는 최고의 모습은 정말이지, 기가 막히게 끝내줬다. 뭐라고 설명할 수가 없었다. 그녀의 단점들이야 이야기하자면 쉬웠다. 그는 그 단점들을 하나하나 기억할 수 있었고, 전부 합산해서 그녀에게 막대한 빚을 지우듯 뒤집어씌울 수도 있었다. 미리엄과 같이 산 세월이 4년이었으니, 심지어 지금까지도 가끔은 자신이 도대체 왜 그녀에게 단 1분이라도 낭비했나 싶은 분노에 겨워 깊이 자다가도 식은땀을 흘리며 벌떡 깨어나기도 했다. 그가 보기에 그녀는 미인은 아니었다. 하지만 그는 뜻밖의 순간에 시선을 사로잡는 부류의 여자에게 유난히 약했다. 미리엄이 낮 시간에 외출할 때 차려입는 복장이라는 건 맞춤 정장에 옷깃이 둥근 블라우스와 구부러진 삽처럼 눈 위로 내려오는 작은 펠트 모자였고, 검정 드레스를 입고 만찬회에 나갈 때는 사실상 그 드레스 속으로 사라진 것처럼 보였다. 하지만 그녀는 머리단장을 잘했고, 그가 본 누구보다도 자신에게 꼭 어울리는 잠옷들을 입었다. 그녀의 사고방식은 일목요연하게 요약할 수 있을 만큼 합리적이었다. 그에게 익숙한 멕시코 여자들 특유의 변덕스러움은 찾아볼 수 없었다. 그녀는 그가 '변덕'이라는 개념을 쓰는 걸 용납하지도 않았다. 변덕이란 예술가들이 걸리는 일종의 직업병이거나, 그들이 남들 앞에서 흥미로워 보이려고 쓰는 속임수라고 생각했다. 이러나저러나 그녀는 예술가도 믿지 않았고 변덕도 믿지 않았다. 그래도 미리엄에게는 무언가 특별한 구석이 있었다. 그는 스스로는 그녀를 냉정하게 평가할 수 있었지만, 다른 누군가가 그녀를 흉보려는 기색만 보여도 분노가 치밀어 올랐다. 그의 둘째 아내는 의식적으로 미리엄을 헐뜯었는데, 그가 두 번째 이혼에 이르게 된 까닭이 그것 때문이었다고 해도 과언이 아니었다. 그는 미리엄이 소심한 얼간이라는 말을 듣는 건 참을 수가 없었던 것이다. 적어도 '저 딴 여자'한테서는……

그때 바깥의 길거리에서 폭발음이 일어나, 기고가도 기고가의 맞은편에 앉아 있던 대화 상대도 화들짝 놀랐다. 자동차 한 대가 엔진 역화를 일으킨 소리였다.

"또 혁명이구먼." 옆 테이블에 앉은 젊은 사내가 말했다. 뚱뚱한 몸에 꼭 끼는 자줏빛 정장을 입고 얼굴색이 불콰한 게, 살짝 익어서 껍질이 터지기 직전인 소시지 같았다. 그 남자가 한 말은 멕시코 독립* 때부터 쓰인 케케묵은 농담이었지만, 마치 자기가 그 우스갯소리를 지어냈다는 듯한 말투였다. 기고가는 처진 어깨 너머로 그 남자를 흘끔 돌아보고는, 일부러 들으라고 크고 거친 목소리로 말했다. "똑똑하신 신문기자 양반이구먼. 닳아 빠진 타구唾具나 둘러 입고 레히스 호텔 로비에 앉아 빈둥거리는 꼴이라니."

똑똑하신 신문기자 양반은 발끈해서 낯빛이 더욱 붉어졌다. "누구한테 그딴 소리를 지껄여, 이 비리비리한 툭눈이 자식아?" 그가 가슴을 넓게 펴면서 대놓고 따졌다.

"높으신 분이겠지, 당연히." 기고가는 덤덤히 대꾸했다. "분명 정부와 친하게 지내는 분이실 것 같은데."

"싸우자는 거야?" 신문기자가 벽과 테이블 사이에 끼어 앉아 있던 몸을 애써 일으키려 했다.

* 멕시코는 1821년 스페인으로부터 독립했다.

"오, 괜찮지. 그쪽도 괜찮다면야."

그러자 신문기자의 친구들이 일제히 그에게 손을 뻗어 끌어다 앉히며 만류했다. "저딴 애송이 상대하지 마." 그중에서 눈이 축축하고 벌겋게 충혈된 남자가 취하지 않은 척, 분별력 있는 척 말했다. "조, 제발 좀. 저 작자 덩치가 네 절반밖에 안 되는 데다 지능도 모자라다는 거 모르겠어? 정신박약자를 때리면 안 되잖아, 조. 안 그래?"

"저놈을 정신박약자로 만들어 버리겠어." 신문기자가 친구들에게 붙잡힌 채 약간 꿈틀거리면서 말했다.

"여러분, 여러분." 작은 체구의 멕시코인 웨이터가 나서서 말렸다. "이곳엔 어엿한 신사 숙녀분들이 계십니다. 제발, 조금 정숙하고 자중해 주십시오. 부탁드립니다."

"그나저나 당신은 대체 누구야?" 신문기자가 자신을 붙잡은 손들과 웨이터의 호리호리한 몸 너머로 기고가를 쳐다보며 물었다.

"누군지 알아서 뭐 하게, 조." 기자의 친구들 중 한 명이 말했다. "이제 그만 진정해. 이러다 여기 멕시코 녀석들이 진짜로 발칵 뒤집어지겠어. 이 나라 사람들이 얼마나 갑작스럽게 폭발하는지 알잖아. 진정 좀 해, 조. 지난번에 있었던 일 기억 안 나? 그리고 애초에 무슨 상관이야, 저놈이 뭐라고 지껄이든?"

"손님 여러분." 조그마한 웨이터가 적갈색 피부의 앙상한 두 손을 펼치고서 위아래로 번갈아 흔들었다. 마치 작대기에 달린 손 모형을 움직이는 듯했다. "그만 멈춰 주십시오. 멈추지 않으시면 이곳에서 퇴장해 주셔야 합니다."

그러자 싸움은 멈췄다. 싸움이 순식간에 증발해 버린 것 같았다. 잠잠해진 옆 테이블의 신문기자 넷은 머리를 모으고 앉아 각자의 하이

볼 잔에 대고 쑥덕거렸다. 기고가는 고개를 돌리고 술을 한 잔씩 더 시킨 다음, 나지막한 목소리로 이야기를 계속했다.

그는 이 카페가 늘 마음에 들지 않았다. 여기서는 꼭 재수 없는 일이 일어나서 저녁 시간을 망치곤 했다. 이 세상에서 그가 경멸하는 놈팡이 유형을 딱 하나 꼽자면, 그건 바로 신문기자들이었다. 유나이티드 프레스 통신*과 에이피 통신에서는 저런 무식한 술꾼들에게 멕시코와 남아메리카 지역 보도를 맡겨도 괜찮다고 생각하는 모양이지만. 그들은 자기네와 하등 상관없는 사안들을 뒤섞어 버리고, 기삿거리를 짜내려고 여기저기를 들쑤셔서 문제를 일으키고 다녔다. 그러니까 맨날 정부에서 호되게 쫓겨나는 것이다. 어쩌다 보니 알게 됐는데, 옆 테이블의 저 놈팡이는 국외로 강제 추방될 예정이라고 들었다. 그러니 아까 그자에게 멕시코 사회에서 명망 높은 공인 아니냐고 놀렸던 건 꽤 안전한 농담이었던 셈이다. 그 말에 허를 좀 찔렸을 것이다.

예전에 미리엄과도 여기에 와서 저녁 식사를 하고 춤을 춘 적이 있었다. 그때 딱 바로 옆 테이블에 북부 출신의 뚱뚱한 장군들** 네 명이 앉아 있었다. 쇠뿔 같은 모양의 콧수염을 기르고, 배가 불룩 튀어나오고, 커다란 벨트에 탄약통과 권총을 주렁주렁 매단 장군들. 오브레곤이 도시를 막 장악했던 시절***이라서 당시 시내에 그런 장군들이 바글

---

* United Press, 1958년 INS와 합병하여 현재 유피아이UPI 통신사가 되었다.
** 1913년 취임한 우에르타의 반혁명 정권에 대항하여 멕시코 각지에서 시민군이 조직되었다. 북부에서는 광산 노동자 및 농민 세력을 주축으로 한 판초 비야의 군대가 수도로 남하했다.
*** 1914년 8월, 알바로 오브레곤 장군의 혁명군이 우에르타 정권을 타도하고 멕시코시티에 입성했다.

바글했다. 한증탕에는 때 묻은 군복을 벗고 테킬라와 간통의 냄새를 땀으로 빼내는 장군들이 우글거렸고, 카페에는 다시 취하려고 샴페인을 퍼마시는 장군들과 대통령 취임식 축하 행사들을 위해 차출된 프랑스 매춘부들에게 집적거리는 장군들로 우글거렸다. 그때 이 카페에서 그가 본 장군 넷은 아주 조용히 언쟁을 벌이고 있었다. 저마다 작고 야비한 눈으로 서로의 얼굴을 뚫어지게 쳐다보면서. 그리고 그 테이블 바로 옆에서 그가 아내와 함께 춤을 추던 참에, 장군들 중 한 명이 불쑥 일어서더니 벨트의 권총을 잡아당겼다. 하지만 권총은 뭔가에 걸려서 빠지질 않았고, 나머지 세 장군이 부리나케 그를 붙잡았고, 넷 다 말은 한 마디도 하지 않았지만 주위에 있던 모두가 그 광경을 목격했다. 그것까지는 특별한 일이 아니었다. 문제는, 그 순간 정신 멀쩡한 멕시코 여자들은 하나같이 자기 남자의 허리를 꼭 붙들고 그 남자의 몸을 방패 삼아 장군들 쪽을 등지게 돌려세웠고, 장내가 일제히 얼어붙고 음악도 멈췄는데, 오로지 그의 아내 미리엄만은 그의 품에서 떨어져 나와 테이블 밑으로 숨어 들어갔다는 것이었다. 그는 모두가 보는 앞에서 그녀의 팔을 잡아당겨 일으켜 세울 수밖에 없었다. "한 잔 더 마시죠." 기고가는 테이블 맞은편의 대화 상대에게 그렇게 말하고는 침묵하며 주위를 둘러보았다. 거의 10년 전의 그날 밤 광경이 눈앞에 다시 펼쳐지기라도 하는 것처럼. 그는 눈을 깜빡이고, 다시 말을 이었다. 엉망진창이었던 한평생을 통틀어 단연코 가장 창피했던 순간이었다. 너무 창피한 나머지 그곳에서 짐을 챙기고 밖으로 나가기도 전에 죽어 버릴 것만 같았다. 장군들이 다시 자리에 앉자, 모두가 아무 일도 없었다는 듯 춤을 추기 시작했다…… 사실 다른 사람들한테야 아무 일도 없었긴 했다. 그 자신만 제외하고는.

126

그날 밤부터 거의 1년 내내 그는 자신이 그때 느낀 감정에 대해 그녀에게 설명하려 애썼다. 그러나 그녀는 전혀 이해하지 못했다. 어떨 때는 죄다 말도 안 되는 헛소리라고 일축했고, 어떨 때는 그를 희생시켜서 자기 목숨을 구할 생각은 전혀 못 했노라고 태평스럽게 해명했다. 머릿속에 오직 한 가지 생각밖에 없는 멕시코 여자들에게는 그런 수법이 지극히 온당하게 여겨지겠지만, 그리고 여자가 남자를 필요 이상으로 가까이 끌어당길 구실이야 얼마든지 있겠지만, 그녀로서는 도저히, 도무지, 그가 자신마저도 그 여자들을 흉내 내기를 바라는 이유가 뭔지를 모르겠다는 것이었다. 더군다나 자신에게는 테이블 밑에 숨는 게 더 안전하게 느껴졌고, 그게 무엇보다도 먼저 그리고 유일하게 떠오른 생각이었다고 했다. 그래서 그는 나무판자 따위야 총알에 얼마든지 뚫릴 수 있다고, 그런 건 전혀 보호책이 되지 못하며 오히려 사람의 몸이야말로 깃털 베개처럼 효과적으로 총알을 막아 준다고 반박했다. 하지만 그녀의 대답은 한결같았다. 자신은 단지 그 외에 다른 행동을 할 생각이 들지 않았을 뿐이라고, 그하고는 정말이지 아무 상관도 없는 일이라고. 그녀는 단 한 순간도 그의 입장을 이해하지 못했다. 그건 다분히 그와 상관이 있는 일이었다. 그 멕시코 여자들은 모두 자신이 뭘 해야 하는지 본능적으로 알고 즉시 행동을 취했는데, 미리엄만은 본능이 잘 발휘되지 않는다는 사실이 그 순간 드러난 것에 불과했다. 그가 그렇게 이야기하자 그녀는 입을 앙다물고 입술을 깨물더니 "본능?"이라고 되물었다. 마치 그게 세상에서 가장 추잡스러운 단어라는 듯이. 사뭇 충격적인 한 마디였다. 그게 끝이 아니었다. 그녀는 멕시코 여자들이 어떤 본능을 타고났건 일말의 관심도 없으며, 남자의 허영심을 만족시켜 주기 위해 자기 인생을 낭비할 마음은 전혀 없노라고 선언했다. "내가 왜 당신을 믿어야 하는데? 당신을 믿어도 될 만한 근거를 준 적이나 있었어?"

미니애폴리스에서 처음 만난 이후로 그녀는 놀랍도록 변했다. 그는 그녀가 교사 일 때문에 변한 것이리라고 믿었다. 그는 교직이 세상에서 가장 지루한 직업이며, 35세 이하의 예쁜 여자를 교사로 채용하는 건 법적으로 금지해야 한다고 말했다. 그러자 그녀는 자신이 그 일을 해서 번 돈으로 지금 그들이 먹고사는 것이라고 응수했다. 둘은 약혼한 뒤 서로 멀리 떨어져 지내다가 3년 만에 재결합한 참이었다. 그런 금욕적인 장거리 관계가 병적이고 괴상하다고 생각했던 그는 당연히 시간을 흘려보낼 방편이 필요했고, 그래서 그녀가 미니애폴리스에서 돈을 모으면서 커다란 트렁크 가방에 리넨 침구를 채워 넣는 동안 그는 멕시코시티에서 자기가 아는 화가들의 모델을 서 주는 인디오 여자와 같이 살았다. 그는 실업학교에서 영어를 가르치는 일을 하는 한편—거 참 희한하다, 따지고 보면 그도 학교 선생님이었는데 이제까지 단 한 번도 그런 식으로 생각해 본 적이 없었다—그 봉급으로 인디오 여자를 먹여 살리며 아주 편안하게 지냈다. 화가들이 그녀에게 모델비를 따로 지급하지 않았기에 자연히 그렇게 된 것이다. 인디오 여자는 기꺼이 자기 시간을 쪼개 모델을 서 주고, 그에게 요리를 해 주고, 잠자리도 해 주고, 그 와중에 아기까지 낳고는 겨우 며칠 쉬더니 평소의 일과를 재개했다. 나중에 유명하고 걸출한 화가 한 명이 그녀를 차지하고부터 그녀는 무척 세련되고 '개성' 있는 인물이 되었지만, 그때 당시에만 해도 소탈하고 순박했던 여자였다. 이후에는 토속 공예 장신구를 걸치기도 하고, 의상을 갖춰 입고 토속 춤을 추기도 하고, 거의 일곱 살 아이 수준의 솜씨로 그림을 그릴 줄도 알게 되었다. 그 왜, 있잖은가. 프리미티브 미술* 말이다. 아무튼 그 여자가 그렇게 되는 동안 그는 나름의 고충을 겪었다. 미리엄이 멕시코로 와서 결혼식을 올릴 때가 되자—나중에야 깨달았지만 일이 그렇게 지체됐던 건 미리엄이 신부 드레스에 너무 큰 예산을 잡았기 때문이었다—인디오 여자는 아주 흔쾌히 새로운 남자에게로 떠나갔다. 사실 지나치게 흔쾌한 태도였다. 그리고 사흘 만에 돌아와서는 자신이 정식으로 결혼을 하게 됐다며, 그에게 혼수로 가구를 달라고 요구했다. 그는 인디오식 운반차 두 대에 짐을 싣는 걸 도와주고, 떠나가는 그녀의 숄 밖으로 삐져나온 아기의 머리가 대롱거리는 것을 지켜보았다. 아기의 얼굴을 본 순간 이상한 기분이 들었다. "저 앤 내 자식이잖아." 그는 그렇게 혼잣말을 하고는 즉시 덧붙였다. "아닐 수도 있지만." 아기가 누구의 씨인지 알 도리가 없었고, 생김새도 그저 여느 더벅머리 인디오 아기 같아 보였다. 물론 그녀는 그때껏 누구하고도 결혼한 적 없었다. 그런 생각조차 해 본 적 없었을 것이다.

미리엄이 도착했을 때 집은 거의 텅 비어 있었다. 그가 단 1페소도 모으지 못한 탓이었다. 그저 침대 하나와 화덕 하나가 있었고, 벽은 멕시코인 친구들이 그려 준 그림으로 장식되어 있었으며, 채색된 조롱박이며 목각 공예품이며 아름다운 색채의 도자기가 곳곳에 흩어져 있었다. 그가 보기에는 그리 나쁘지 않은 것 같았다. 그런데 집 안에 처음 발을 들인 미리엄의 얼굴에 떠오른 표정은, 솔직히 말하자면, 거의 연구 대상이었다. 말로 표현은 잘 안 했지만 그녀는 많은 것을 불만스러워했다. 처음 몇 주 동안은 간간이 울기도 했다. 너무나 불가

* 20세기 초 원시 민족 미술에 영향을 받아 일어난, 소박하고 강렬한 화풍의 전위적 미술.

사의하고 생뚱맞은 이유로. 밤에 자다가 문득 깨 보면 그녀가 주체할 수 없이 울고 있었다. 아침에는 커피를 마시러 자리에 앉더니 두 손에 머리를 파묻고 울었다. "아무것도 아니야. 정말 아무것도 아니야." 그녀는 말하곤 했다. "왜 이러는지 모르겠어. 그냥 울음이 나와." 그녀가 왜 그랬는지 이제 그는 알았다. 장장 3년에 걸친 계획 끝에 그 먼 길을 건너 여기까지 와 버렸고, 이제 와서 친정으로 되돌아가 뒷감당을 하기엔 너무 늦었다는 걸 실감했기 때문이었다. 나중에는 그 기분에서 벗어나긴 했지만, 둘의 신혼 첫 달은 울적하게 어그러져 버렸다. 그녀는 그와 동거했던 인디오 여자에 대해서는 아무것도 몰랐고, 그가 자신과 마찬가지로 동정인 상태로 결혼했다고 믿었다. 적어도 말로는 그렇게 믿는다고 했다. 호기심이 별로 없는 데다 도덕적 기준도 엄격한 여자였기에, 그녀에게 과거를 솔직히 털어놓는다는 건 불가능한 일이었다. 그녀는 3년간의 약혼 기간, 그러니까 그 기간 중에서도 서로가 공유한 부분들을 제외하면, 그에게는 구태여 언급할 만한 과거랄 게 당연히 없으리라는 듯이 굴었다. 무척 신경 거슬리는 태도였다. 그는 동정들이란 행동거지만 금욕적일 뿐 실은 모두가 삶에 대해 배우고 싶어 안달이 나 있으며, 결혼 제도 안에서 누릴 수 있는 안전하고도 방탕한 생활을 시작하기 전까지 아슬아슬하게 버티며 참는 것이라고 믿었다. 그러나 미리엄은 그의 가설을 뒤집어 버렸고, 그 외에도 그가 믿었던 가설들 대부분이 그녀 때문에 폐기되었다. 그는 세상 물정에 밝은 남자로서 그녀에게 쾌락을 깨우쳐 주고, 그녀는 순진하면서도 그의 가르침을 잘 배워 익히는 흥미로운 신부가 되어 줄 줄 알았는데, 그 계획은 시작하기도 전에 좌절되었다. 아무리 가르치려 해도 그녀는 전혀 깨우치지 못했고, 그러면서도 별 노력도 없이 흥미로운 존재가 되었다. 잠자리에서 그녀는 마음이 어딘가 딴 데 가 있는 사람 같았다. 자신만의 어둠 속에 빠져들어 있는 듯, 마치 이보다 더욱 충격적인 무언가를 먼저 접해 버려서 거기에만 관심이 쏠린 듯했다. 그녀를 가지는 것은 불가능했다. 그 이유가 무엇인지 그녀는 알려 주지 않았거나, 알려 주지 못했다. 그는 심지어 시인 노릇조차도 할 수 없었다. 그녀는 그의 시에 관심이 없었고, 자기 입으로 밀턴의 시가 더 좋다고 말하기까지 했다. 또한 자신은 서로가 서로에게 동정을 주는 것이 부부 생활에서 가장 중요한 행위라고 믿는다며, 그 신성한 의식을 치렀으니 이제 둘의 밤일은 아주 저차원적인 행위로 추락했다고도 했다. 그녀가 온갖 상황에서 두루 쓰는 끔찍한 관용어가 있었다. '정도正道를 걷는다'는 말. 사람은 결혼을 함으로써 전에는 걸을 수 없었던 정도를 걷게 된다고. 같이 누워 있을 때 둘 사이에 '정도'라는 그 선이 그어져 있는 것만 같았……

그가 결정적으로 낙심한 까닭은 미리엄의 지독한 자가당착 때문이었다. 그 지루했던 3년이라는 세월 동안 그녀가 보낸 편지들은 자기 삶이 너무나 따분하고 끔찍하고 진부하다는 내용으로 가득했다. 그곳의 소소하고 하찮은 관습들과 오락들이 지긋지긋하고 신물이 난다고, 자기 주변에는 하나같이 편협한 사람들뿐이라고, 자신도 아름답고 위험한 곳에서 그림을 그리고 시를 쓰는 흥미로운 사람들과 어울려 살고 싶은 마음이 간절하다고, 그의 편지는 자신의 작고 답답한 세상에 불어오는 한 줄기의 상쾌한 산바람 같다고…… "어휴, 우리 한잔 더 합시다." 그는 대화 상대방에게 말했다. 아무튼, 그는 당시에 그녀를 새장에 갇힌 어여쁜 새처럼 여기고 있었다. 자신은 그 새를 풀어 줄 테고, 그러면 새가 그의 손 위에 우아하게 내려앉을 거라고 생각했다. 그래서 새장에 갇힌 새를 풀어 준다는 내용으로 그녀에게 헌정하는 시도 써서 보내 주었다. 그러나 그녀는 그다음 답장에서 시에 대해 언급하는 걸 깜빡 잊었고, 이윽고 리넨 직물들과 평생 입어도 충분할 만큼의 실크 속옷이 든 200파운드짜리 트렁크를 들고서 멕시코에 도착했다. 당연하게도 그녀가 기대한 것은 증기난방이 갖추어진 현대식 아파트에서, 미국인 거주지에 모여 사는 젊고 멋진 예술가 부부들을 수요일 저녁마다 초대해 만찬을 즐기는 삶이었다. 신혼집을 처음 보자마자 낯빛이 변한 것도 무리가 아니었다. 집 안에는 그의 멕시코인 친구들이 갖다 놓은 꽃들이 온통 널려 있었다. 문손잡이마다 카네이션들이 묶여 있고, 바닥에는 붉은 장미꽃들이 카펫처럼 깔렸고, 축 늘어진 면 커튼 자락에도 선명한 빛깔의 작은 꽃다발들이 핀으로 꽂혀 있고, 울퉁불퉁 덩어리가 진 침대 매트리스 위에는 치자꽃 이불이 덮여 있었다. 친구들은 꽃 장식을 마치고 조심스럽게 집을 나가면서 여기저기 격려의 메시지를 적어 놓았다. 심지어 하얀 회벽에도 글씨가 휘갈겨져 있었다…… 그녀는 희미한 공포가 서린 눈빛으로, 시들어 가는 꽃들을 발로 헤치면서 걸어 들어갔다. 그리고 침대 위의 치자꽃들을 한편으로 제쳐 놓고는 가장자리에 걸터앉더니, 한 마디도 하지 않았다. 만세, 결혼의 신이여!* 이제 어떡하죠?

그 직후에 그는 교사 일자리를 잃었다. 당시 교육부 장관이 그 학교 교장의 후원자였는데, 장관이 갑자기 실각하는 바람에 그 파벌에 속한 사람들 모두가 덩달아 내쫓긴 것이다. 학교 수위들까지도 해고됐으니 더 말할 것도 없었다. 그런 식이다. 여기서 좀 살다 보면 그런 일

* 에우리피데스의 『트로이의 여인들』에서 카산드라가 결혼의 신 히멘Hymen을 부르는 대사를 따온 구절이다.

쯤은 침착하게 대처할 줄 알게 된다. 자기 편 사람이 권력을 되찾기를 기다리든지, 아니면 다른 사람과 새로 편을 맺든지…… 둘 중 어느 쪽이든 선택하면 된다…… 그런데 그 변화와 흐름이 하도 야단스러워서 당장 자기 밥줄이 어떻게 되는지는 거의 잊고 지내기 십상이다. 미리엄은 정치나 현지 역사의 변천 따위에는 관심이 없었다. 그녀에게는 다만 그가 실직했다는 사실만 보일 뿐이었다. 그들은 미리엄이 저축해 둔 돈과, 그녀의 아버지가 생일이나 크리스마스 때 보내 주는 돈을 조금씩 아껴 쓰며 지냈다. 그녀 아버지는 멕시코에 한번 들르겠노라고 끊임없이 위협했지만, 미리엄은 이 나라의 사정이 엉망인 데다가 날씨 때문에 아버지 건강만 해칠 거라고 극구 만류했다. 그리고 코를 감싸 쥔 채 장을 보러 가고, 건강하고 문명적인 미국 음식을 숯불화덕으로 어떻게든 만들어 내려고 애를 쓰고, 마당에서 냉수 수도꼭지가 달린 석조 빨래 통으로 빨래를 했다. 인디오 여자와 살 때는 마냥 유쾌하고 당연하고 값싸게만 느껴졌던 것들이, 미리엄과 함께할 때는 형언할 수 없이 해롭고 막대한 비용이 드는 것으로 느껴졌다. 그녀의 돈은 줄줄 새어 나가는데 그 돈으로 얻은 건 아무것도 없었다.

그녀는 인디오 하녀를 쓰지 않겠다고 했다. 더러워서 곁에 두기도 싫은 데다, 급료는 또 무슨 돈으로 주겠느냐는 것이었다. 그녀가 왜 그토록 집안일을 경멸하고 질색하는지는 모를 일이었다. 그가 거들어 주겠다고 하는데도 그러니 더더욱 이해할 수 없었다. 담벼락을 타고 오르는 부겐빌레아와 꽃을 활짝 피운 가죽나무 아래에서 햇살을 받으며, 화려하게 채색된 인디오풍 그릇들을 씻는 일이란, 그에게는 차라리 소풍처럼 느껴졌다. 그런데 미리엄은 아니었다. 그녀는 그가 설거지를 소풍쯤으로 여기는 것조차도 경멸스러워했다. 그때 그는 어렸을 적 어머니가 집안일을 하던 모습을 처음으로 떠올렸다. 어머니는 번다스러운 아이들 여섯 명을 키우면서 고된 집안일을 한도 끝도 없이 했지만, 늘 차분하고 확신 있는 태도로 임했다. 즐겁게 몰두하는 그 표정을 보면 마치 손이 자동적으로 움직이는 동안 머릿속은 어딘가 다른 데에서 상상의 나래를 펼치고 있는 듯했다. "아, 당신 어머니?" 그의 이야기에 미리엄은 되물었다. 특별한 억양 없이 여상스러운 투였는데도, 그는 그 순간 마음 깊이 상처를 받았다. 꼭 그녀가 어머니를 모욕한 것 같은, 이런 아들을 세상에 내보낸 죄로 천벌을 받으라고 저주한 것만 같은 느낌이었다. 확실히 미리엄에게는 박력이 있었다. 딱히 존경받을 만한 인품을 갖춘 게 아닌데도 불구하고 그녀는 통렬하고도 섬뜩한 방식으로 주위에 영향력을 미쳤다. 그녀에게는 뒷배경이 있었고, 발 디디고 선 단단한 땅이 있었으며, 자신만의 시야와 튼튼한 뼈대를 갖고 있었다. 심지어 같이 춤을 출 때도 그녀의 엉덩이가 팽팽하게 조절되고 무릎 관절이 단단하게 맞물리는 게 느껴졌고, 그래서 그녀의 춤은 조금도 나긋나긋하지 않으면서 힘차고도 가뿐한 매력이 넘쳤다. 그녀에게는 분명히 나름의 강점들이 있었다. 마치 좋은 말 한 필처럼. 그러나 아름답지는 못했다. 아름다움이라는 자질은 그녀에게 없었다. 그녀가 말하기를, 만약 그가 병약자라면 자신이 기꺼이 나서서 일도 하고 그를 보살펴 주겠지만, 지금 그는 사지 멀쩡한 주제에 일자리를 찾아보려고도 않고 아직까지 시만 쓰고 앉아 있지 않느냐고, 그것만은 도저히 못 참겠다고 했다. 그 말을 들으면서 그는 점점 움츠러들 수밖에 없었다. 그녀는 그에게 실패자라고 했다. 쓸모없고, 무기력하고, 하잘것없고, 신뢰할 수 없는 인간이라고 했다. 그리고 자신의 망가진 손을 내보이면서 자기가 도대체 무엇을 기대하고 살아야 하느냐고 묻고는, 예전에도 했던 이야기를 거듭거듭 꺼냈다. 이루 말할 수 없이 야만스럽고 끔찍한 사람들이 이 집을 허구한 날 드나드는 데에 도저히 적응할 수가 없다고, 더 나아가 적응할 생각도 없다고. 그는 그 사람들이 멕시코에서 가장 훌륭한 화가와 시인과 기타 등등이라고 설명하며, 그녀가 그들의 진가를 알아보려고 노력해야 한다고 이야기했다. 예전에 그녀와 편지를 주고받을 때 그가 언급했던 예술가들이 바로 그 사람들이라고. 그러자 그녀가 되물었다. 카를로스는 도대체 왜 셔츠를 한 번도 안 갈아입는 건데? "그래서 제가 말했죠." 기고가는 테이블 맞은편의 대화 상대에게 말했다. "아마 다른 셔츠가 없기 때문이겠지." 그러면 제이미는 왜 그렇게 먹보인 거야? 왜 항상 그릇에 고개를 박고 게걸스럽게 먹어대는 거냐고? 그거야 배가 많이 고프니까 그렇겠지. 나는 바로 그 부분이 이해가 안 간다니까. 도대체 왜 다들 일해서 밥벌이할 생각을 안 해? 그녀의 질문에 그는 프란체스코 수도회에서 '청빈'이 덕목이듯이 예술가들도 자연히 가난을 벗 삼을 수밖에 없다고 설명했다. 하지만 아무 소용도 없었다. 그녀는 이렇게 반응했다. "그래서 당신은 그 사람들이 일부러 가난하게 산다고 생각하는 거야? 당신 진짜 세상에 둘도 없는 멍청이구나." 정말이지, 그 여자 입에서 나오는 말이란 게 그런 식이었다. 그런데 한편으로 그녀는 전반적으로 고양이처럼 조용하다는 인상을 주었다. 그는 자신이 예술가들에게 품은 신비스러운 신앙을 그녀에게 이해시키기 위해, 그들이 추레하고 배고프게 살아가는 까닭은 그들의 영혼(그는 지극히 진지하게 영혼이라는 단어를 썼다)과 이 세상 사이에서 단호한 선택을 했기 때문이라는 이야기를 특유의 능청스러운 투로 늘어놓았다. 하지만 미리엄은 그걸 믿을 만큼 어리석지 않았다. 그녀는 알고 있었던 것이다. 그들은 단지 대박을 터뜨릴 기회를 노리고 있을 뿐이라는 것을. "밉살스럽게도, 아니꼽게도, 그녀가 옳았어요. 나는 그 여자가 얼마나 미운지 모릅니다. 세상 누구도 그렇게까지 미울 순 없다니까요. 그녀는 그 친구들이 내 생각만큼 멍청하지는 않다고 장담했는데, 과연 살다 보니 제이미가 나이 든 부자 여자와 어울리고, 리카르도가 영화감독으로 전향하고, 카를로스가 정부에서 내준 일자리를 태평스럽게 꿰차고서 혁명 이념에 봉사하는 프레스코화를 주문받아 그리는 꼴을 보게 되더군요.* 그리고 나는 자문했죠. 사람이 어떤 식으로든 밥 벌어먹고 사는 거지, 그게 뭐 어때서?" 하지만 그 생각을 스스로 납득하기에는 마음속 어딘가에서 거부감이 일었다. 그는 예술가들과 그들의 숙명에 대해 낭만적인 관념을 잔뜩 품고 있었는데, 그 관념들을 떠안은 채 혼자 남게 되어 버린 것이다. 미리엄은 진작 그들의 본질을 한눈에 꿰뚫어 보았다. 무슨 속임수라도 써서 그녀를 완전히 항복시킬 수 있었더라면 얼마나 좋았을까 싶었지만, 이미 늦은 일이었다. 그 예술가들은 결국 모두 그를 저버렸고, 그 역시 그들을 저버린 셈이었다. "그러니까, 저는 지금 제가 갖게 된 직업이 썩 자랑스럽진 않아요. 하지만 나는 원래 특별한 사람이 아니라는 평계라도 댈 수 있죠. 그건 사실이니까요. 문제는 미리엄이 옳았다는 겁니다. 제기랄. 나는 시인도 아니고, 내 시는 다 쓰레기지만, 책으로만 읽고 접한 예술가들에 대한 개념이 있었다고요…… 그런 거 있잖습니까. 비범한 부류들. 인류의 보편적인 욕구나 야망을 초월한, 자기 이상에만 전념하는 사람들…… 내 말은, 나

---

* 1920년대 오브레곤 정권은 문맹 국민들을 교육하고 혁명 정부의 당위성을 선전하기 위한 수단으로 벽화가들을 대거 기용하여 관공서 건물들에 벽화를 그리게 했다.

는 예술을 종교로 생각했단 말입니다…… 그런데 미리엄이 자꾸 나한테 그런 말을 하니까, 그때 나는……"

그 모든 갈등으로 그는 심각하게 상처를 받기 시작했다. 미리엄은 복수의 여신처럼 포악해졌고, 그럼에도 그는 그녀를 비난할 수 없었다. 다만 미워하기는 했다. 미움이라는 간단한 단어로 표현하기에는 부족할 정도로. 그도 남부끄럽지 않은 중산층 근로자 집안 출신이었고, 그에게 내재되어 있던 특유의 보수적인 천성과 교육이 그의 안에서 들고일어나 미리엄의 편을 들었다. 그는 그 출신으로부터 벗어나 새로운 삶을 살기 위해 자기 뼈를 거의 모조리 부러뜨렸는데, 여기까지 와서 결국에는 출신에 붙잡히고 제압당해 어쩔 수 없이 체념하게 된 느낌이었다. 자기 의지와도, 마음과도 무관하게. 마치 그의 몸속을 흐르는 피가 그를 배신한 것만 같았다. 그렇다고 바지와 소매 팔꿈치 부분이 닳아 반들거리는 정장을 입고 적당한 회사에 다니는 평범한 사무원으로 산다는 건—당시에는 다른 의미의 직장이란 상상할 수 없었으므로—지난 기억을 지우지조차 못하는 상태로 이미 요절한 것이나 다름없는 인생을 살라는 뜻 같았다. 그래서 그는 아무것도 하지 않았다. 이런저런 잡다한 일을 하고 약간의 품삯을 벌어 오곤 했지만 그뿐이었다. 그게 그녀의 입장에서 어떻게 보일지는 이해할 수 있었다. 적어도 이해하려고 열심히 노력은 했다. 그녀와의 막판 싸움에 이르렀을 때, 그는 자기 삶의 방식을 변호할 그 어떤 근거도 댈 수 없었다. 그는 시인이 되기 위한 방식으로 살고 생각하려 노력했지만, 그 노력은 실패하고 말았다. 결국 요점은 그거였다. 그러니 계속 그대로 살았더라면 그는 상상할 수도 없을 만큼 추잡한 결말을 맞이하게 되었을 것이다. 하지만 미리엄은 결혼한 지 4년 만에—4년이라고? 하느님 맙소사, 그랬다, 4년하고도 1개월 11일 만이었다—친정에 돈을 부쳐 달라는 편지를 보내고, 자기 물건을 챙겨서 짐을 꾸리고, 그의 별명을 몇 가지 불러 주며 작별을 고하고는 떠나 버렸다. 그녀는 남루하고 여위고 사나워 보였다. 그런 모습이 된 지 너무나 오래되어서 그 외의 다른 모습을 본 기억조차 나지 않는데도, 문간에 선 그녀의 옆얼굴이 순간 몰라볼 정도로 낯설게 느껴졌다.

그렇게 그녀는 떠났다. 그럼으로써 자신도 모르게 그에게 큰 은혜를 베푼 셈이었다. 당시 그는 그녀와의 부부 사이가 아무리 해로워도 끊을 수 없는 영속적인 관계라고 치부하는 비겁한 버릇에 빠져 있었다. 그들은 서로를 사랑한다고, 그러니 서로에게 아무리 잔인하게 대하더라도 어쩔 수 없다고 생각하며, 그녀의 말을 한 귀로 듣고 한 귀로 흘리는 법만 익혀 갔다. 그래서 마지막까지 그녀의 얼굴을 제대로 보지도, 그녀의 말을 제대로 듣지도 못했고, 자신이 그랬다는 사실조차도 나중에야 깨달을 수 있었다. 그때 그녀가 뱉었던 표현이나 눈빛과 입매에 떠오른 표정 등의 기억이 되살아나 뼈에 사무칠 즈음이 되어서야. 그는 그녀에게 고마웠다. 만약 그녀가 떠나 주지 않았다면, 그는 마냥 어정거리며 시 쓰는 데에 시간을 낭비하고, 작고 지저분하고 고풍스러운 카페들을 전전하며 새로운 멕시코 예술가 친구들과 어울리기나 했을 것이다. 그림을 그리거나, 글을 쓰거나, 그림 및 글에 대한 구상을 이야기하며 사는, 영리하고 수다스럽고 가난에 찌들어 있는 젊은이들 말이다. 그의 신앙은 다시 살아났다. 그 젊은이들은 진정한 예술가들이었다. 그들은 결코 신념을 저버리지 않을 것이다. 그들은 놈팡이도 아니었다. 다들 한시도 쉴 틈 없이 '예술'과 관련된 무언가를 하고 있으니까. "신성한 예술을 위해서 말이죠." 기고가가 말했다. "우리 잔이 또 비었군요."

그런데 이런 얘기를 미리엄에게 했다가는…… 어쩌다 보니, 그는 드러눕기에 딱 알맞은 나무 그늘을 좀처럼 찾지 못했다. 만약 찾았다 하더라도 어차피 누군가가 와서 자릿세를 내놓으라고 했겠지만. 대신 그는 자신처럼 자유롭게 살면서 원주민 풍습을 연구하는 미국인들 무리와 함께 '딘티 무어스'나 '검은 고양이' 같은 카페*의 테이블 밑에 드러누워 있는 데에 많은 시간을 보냈다. 그때 그는 미리엄에게 이렇게 해명했다. 자신은 나중에 나무 아래에 드러눕기 위해 연습을 하고 있는 거라고. 한 번만이라도 그녀가 농담을 받아 주기를 바라는 마음에서 한 말이었지만, 물론 전혀 통하지 않았다. 그녀는 그 농담에 엷은 미소라도 짓느니 차라리 혀를 깨물고 죽어 버렸을 것이다. 그랬기에…… 그는 최대한 거창한 진로에 뛰어들었다. 뛰어드는 과정은 쉬웠다. 이 바닥에 어떻게 첫발을 내디뎠는지 이제 와서는 정확히 말하기 어렵지만, 아무튼 쉬웠다. 미리엄이 아니었더라면 그는 형편없는 실패자로 살았을 것이다. 아직도 원주민 풍습을 연구한답시고 '딘티 무어스' 테이블 밑에서 뒹굴거리는 그 놈팡이들처럼 말이다. 그는 언론계에 진출해 톡톡히 이득을 봤다. 약 스무 개의 라틴아메리카 국가들에서 일어난 혁명에 정통한 권위자가 되었고, 우연찮게도 고가의 자유주의적 인도주의 성향 잡지들과 정치적 견해가 맞아떨어진 덕분에 후한 보수를 받으며 각 나라의 억압받는 민중에 대해 알리고 있다. 글도 정말로 잘 쓸 수 있었다. 그러니까 정확히 말하자면, 산문을 쓰는 자신만의 문체를 갖추었다는 뜻이다. 그가 이룩한 성공은, 신

* 멕시코시티에 거주하는 미국인들이 주로 애용하던 카페들.

문에서 오려 내 스크랩할 수 있고, 가치를 헤아려서 은행에 저장할 수 있고, 먹고 마시고 입을 수 있고, 다과회나 만찬회에서 마주친 사람들의 눈빛에서 읽어 낼 수 있는, 그런 종류의 성공이었다. 그래, 그래서 이젠 어떻게 됐나? 그 모든 것에 힘입어 그는 재혼했다. 두 번 재혼하고 두 번 이혼했다. 그러니까 다 합쳐서 결혼을 세 차례나 한 것이다. 참 많이도 했다. 그동안 그가 조금도 좋아하지 않는 온갖 종류의 일을 해내는 데에 그토록 엄청난 시간과 에너지를 쏟아부은 것은, 오로지 그의 첫 번째 아내에게, 즉 미네소타주 미니애폴리스에서 학교 선생님으로 일했던 스물세 살 여자에게, 자신은 그저 나무 그늘 아래 드러누워 시나 쓰고 인생을 즐기는 것 외에는 아무것도 못 하는 놈팡이가 아니라고 증명해 보이기 위해서였다. 그가 마음속에 그려 온 그 이상적인 나무가 도대체 어디에 있는지는 모르겠지만.

이제 그 증명은 끝났다. 기고가는 아까부터 내내 두 손으로 만지작거리고 있던 편지 한 장을 반듯하게 펼치더니, 고양이라도 어루만지듯 쓰다듬었다. 그러고는 말했다. "지금까지 제가 한 이야기는 다 이 클라이맥스를 위한 거였습니다. 그 왜, 우리 모두가 좋아하는 반전의 기법 있잖습니까. 자, 들을 준비는 되셨는지?"

실은 미리엄이 편지를 보냈다. 5년이라는 세월이 흐른 지금, 자신을 다시 받아 달라면서. 더 놀라운 게 뭔지 아는가? 그가 앙금을 털고 그녀를 받아 줄 작정이라는 것이다. 그녀는 아버지가 돌아가셨다며, 자신은 지독하게 외롭고, 시간을 두고 천천히 모든 걸 다시 생각해 보았는데 자신이 너무나 많은 잘못을 한 것 같다고 썼다. 그녀는 그를 진심으로 사랑하고 있으며 언제나 사랑했다고. 그리고 후회한다고, 오, 모든 것을 후회한다고, 지금이라도 그와 함께 행복한 삶을 다시금 꾸리고 싶은데 너무 늦은 게 아니기만을 바란다고…… 또한 그가 이제껏 발표한 글들은 자신이 구할 수 있는 선에서 전부 구해다 읽었으며, 모두 무척 좋았다는 말도 적혀 있었다. 그 편지를 읽고 그는 바로 그날 아침에 전신으로 그녀에게 멕시코까지 건너올 교통비를 부쳐 주었다. 그는 그녀를 받아 줄 것이다. 단, 이번에도 편의 시설이 전혀 갖춰지지 않은 멕시코 가옥으로 불러들일 생각이었다. 현대식 아파트에서 살게 해 주진 않을 것이다. 이제 그녀는 무엇이든 그가 주는 대로 받아들이고 만족해야 한다. 그리고 그는 결혼도 해 주지 않을 것이다. 어림도 없다. 그녀가 이런 조건에서라도 그와 함께 살고 싶다고 한다면, 그야 얼마든지 괜찮다. 하지만 만약 싫다면, 그녀는 미니애폴리스에 있는 자기 학교로 돌아갈 수밖에 없다. 여기서 같이 살려면 그녀는 정도를 걸어야 한다. 그녀 스스로 정해 본 적은 없는 정도라는 그 길을 그가 정해 줄 것이다. 그 말과 함께 기고가는 치즈 나이프를 집어 들어서 체크무늬 식탁보에 길고 날카로운 선을 그어 보였다. 자, 바로 이 위를 걷게 할 것이다.

시곗바늘이 2시 30분을 가리켰다. 기고가는 남은 술을 마저 들이켜고, 편안한 손놀림으로 식탁보에 십자형의 선들을 여러 번 더 그었다. 기고가의 대화 상대는 "결혼식에 저도 잊지 말고 초대해 주세요"라고 말하고 싶었지만 이내 생각을 고쳐먹었다. 기고가가 눈꺼풀을 움찔거리며 들어 올리더니, 반쯤 풀린 눈동자로 건너편의 어둠을 내다보며 말했다. "아마 당신은 내가 모를 거라고 생각하겠죠……"

기고가의 대화 상대는 의자 가장자리로 몸을 옮겨 앉고서, 관현악단이 연주를 마치고 자리를 정리하는 모습을 바라보았다. 밤이 깊어 카페는 거의 텅 비어 있었다. 기고가는 말을 끊고 침묵했다. 상대방의 대답을 기다리는 게 아니라, 이제부터 자신이 하려는 중요한 말에 무게를 싣기 위한 침묵이었다.

"이번에는 뭐가 어떻게 될지를 말입니다." 그가 말을 이었다. "그래도 이것 하나만은 잘 알고 있어요. 나 자신을 속이지는 말자는 것." 그는 거울 앞에서 자기 자신을 훈계하듯 말을 맺었다.

웨더롤 할머니가 버림받다
The Jilting of Granny Weatherall

그녀는 자신의 손목을 잡은 해리 박사의 통통하고 세심한 손을 야무지게 뿌리치고, 이불자락을 턱까지 끌어 올렸다. 저 녀석은 반바지나 입고 다녀야 할 어린애였다. 코에 안경을 걸치고 전국 방방곡곡을 의사 노릇 하며 돌아다니는 꼴이라니! "이제 나가게. 교과서랑 다 챙겨서 썩 나가라고. 나는 아무 문제도 없어."

해리 박사가 쿠션처럼 따뜻한 손을 그녀의 이마에 얹었다. 이마 위에서 두 갈래로 갈라진 초록빛 정맥이 고동치면서 그녀의 눈꺼풀이 꿈틀거리고 있었다. "자, 자, 얌전히 있어요. 그러면 금방 벌떡 일어나게 해 줄게요."

"아무리 내가 누워 있다지만 팔순이 다 된 여자한테 말버릇이 그게 뭐야? 이 새파란 것, 버르장머리를 고쳐 줘야겠구먼."

"음, 환자분, 실례합니다만." 해리 박사가 그녀의 볼을 토닥이며 말했다. "경고 한 말씀만 드리겠습니다. 할머님은 무척 대단하신 분이지만, 조심하시지 않으면 나중에 많이 후회하게 되실 거예요."

"내가 나중에 어떻게 될지 뭘 안다고 이러쿵저러쿵해? 나는 지금 멀쩡하네. 코닐리아 때문에 이러고 있는 거야. 걔를 안 보려고 침대에만 있는 거라고."

그녀는 몸속의 뼈들이 느슨해져서 이리저리 떠다니는 느낌이 들었다. 해리 박사도 침대 발치에서 풍선처럼 떠다니고 있었다. 그는 조끼 자락을 끌어 내리고, 줄에 달린 안경을 휙 벗고는 말했다. "네, 계속 그렇게 계세요. 해롭지는 않을 테니까요."

"자네는 정말로 아픈 사람들이나 찾아가 보게." 웨더롤 할머니가 말했다. "멀쩡한 사람은 가만히 놔두고. 내가 필요하면 어련히 알아서 부를까…… 40년 전에 나는 다리가 혈전성 정맥염에 걸리고 허파 양쪽 다 폐렴에 걸리기까지 하고도 모두 이겨 냈는데, 그때 자네는 어디 있었나? 태어나지도 않았지. 코닐리아 말 듣지 마!" 그녀는 소리를 질렀다. 해리 박사가 천장으로 두둥실 떠올랐다가 밖으로 빠져나가는 걸로 보였기 때문이었다. "내 생활비는 내가 직접 낸다고. 이따위 말도 안 되는 일에 생돈을 버릴 순 없어!"

그녀는 손을 흔들어 잘 가라고 인사하려 했지만 그러기가 너무 힘들었다. 눈이 저절로 감기더니, 침대 주위에 커튼이 쳐진 듯 컴컴해졌다. 머리 밑의 베개가 부풀면서 붕 떠올랐다. 산들바람을 맞으며 해먹에 누워 있는 것처럼 기분 좋은 감각이었다. 창밖에서 나뭇잎들이 바스락거리는 소리가 들렸다. 아니, 가만 들어 보니 누가 신문지를 넘기는 소리였다. 아니, 그게 아니라 코닐리아와 해리 박사가 속닥거리며 무슨 대화를 나누고 있었다. 그들이 그녀의 귓가에다 속삭이는 것 같다는 생각에 그녀는 퍼뜩 잠에서 깼다.

"어머니가 이런 적은 한 번도 없었어요. 한 번도요!" "그럼 이제 어떻게 되는 거죠?" "네, 이제 팔순이세요……"

팔순이면 뭐 어떻다고? 그녀에게도 아직 귀는 있었다. 방문 바로 앞에서 속닥거리다니, 코닐리아다운 행동이었다. 저 애는 꼭 저렇게 비밀스러운 이야기를 다른 사람이 다 듣게끔 한다. 늘 약삭빠르고 상냥한 아이였다. 코닐리아는 착실했다. 그게 저 애의 문제였다. 너무 착실하고 착해서. "그렇게 착실하고 착해서야 원, 확 엉덩이를 때려 줘야겠어." 그녀는 코닐리아의 엉덩이를 시원하게 때려 주는 상상을 했다.

"뭐라고 말씀하셨어요, 어머니?"

웨더롤 할머니는 자신의 얼굴이 심하게 일그러지는 느낌이 들었다.

"생각이 안 나는걸, 뭐라고 했지?"

"뭔가 부탁하시는 것 같았는데요."

"그랬지. 부탁할 게 많지. 우선은 여기서 나가거라. 옆에서 자꾸 속닥거리지 말고."

그녀는 누워서 잠이 들었다. 잠이라도 자면 자식들이 방에 들어오지 않고 잠시라도 쉬게 해 줄 것 같아서였다. 오늘은 긴 하루였다. 피곤한 건 아니다. 이따금씩 숨을 돌리는 건 늘 즐거운 일이다. 해야 할 일은 항상 많았다. 어디 보자, 내일은……

내일은 아직 멀었으니 골치 썩일 건 전혀 없었다. 때가 되면 일은 어떻게든 다 끝나게 되어 있다. 참 다행이었다. 평화에는 늘 약간의 여지가 있으니, 인생의 계획을 펼치고 남는 가장자리는 단정하게 접어 넣으면 되는 것이다. 모든 걸 말끔히 정리해 놓으면 흐뭇하다. 수놓인 새하얀 리넨 깔개 위에 머리빗들과 화장수 병들이 똑바로 세워져 있고, 하루가 잡음 없이 시작되고, 식료품 저장실의 선반들에는 잼 병들과 갈색 단지들과 푸른 팔랑개비가 그려진 백색 도기 항아리들이 가지런히 놓여 있고, 그 항아리들에는 각각 커피, 차, 설탕, 생강, 시나몬, 올스파이스라고 적혀 있고, 꼭대기에 사자 모양 장식이 달린 청동 시계에는 먼지 한 톨 없다는 것. 그 사자 장식은 닦은 지 고작 스물네 시간만 지나도 먼지가 얼마나 많이 쌓이는지! 다락방에는 잘 묶어 둔 편지들이 상자 안에 고이 들어 있었다. 음, 내일 그 편지들을 처리해야겠다. 그 온갖 편지들—조지의 편지, 존의 편지, 그 둘에게 자신이 쓴 편지까지 모두—을 나중에 자식들이 보게 될 거라고 생각하니 마음이 불안해졌다. 그래, 내일은 그 일을 해치우자. 자신이 한때 얼마나 어리석었는지 자식들이 알게 할 필요는 없으니.

　머릿속을 샅샅이 뒤지다 보니 죽음이라는 생각이 나왔다. 축축하고도 생경한 느낌이었다. 죽음을 준비하는 데에 그토록 많은 시간을 썼는데 지금 또 그 생각을 꺼낼 필요는 없다. 예순 살이 되었을 때 이미 그녀는 자신이 늙어 빠졌고 모든 게 끝장났다는 기분이 들었다. 그래서 마지막으로 자식들과 손주들을 만나러 여행을 다녔다. '애들아, 앞으로는 두 번 다시 이 어미를 못 볼 게다!'라는 비밀을 마음속에 간직한 채. 그러고는 유언장을 작성한 뒤 오랜 열병을 앓았다. 이제 와서 보면 그건 그녀가 곧잘 품었던 허황된 생각들 중 하나일 뿐이었지만, 덕분에 죽음이라는 개념을 완전히 극복했으니 잘된 일이었다. 이제는 그런 걱정에 시달리진 않을 것이다. 그때보다는 분별이 더 생겼을 테니. 그녀의 아버지는 백두 살을 사셨는데, 마지막 생신에 뜨거운 토디* 한 잔을 드셨다. 그리고 자신은 매일 이렇게 마셔 버릇했다고, 그게 바로 장수의 비결이라고 기자들에게 이야기했다. 그 일로 세상이 한바탕 떠들썩해지자 아버지가 얼마나 즐거워하셨던가. 그녀도 코닐리아를 아주 조금 성가시게 해야겠다는 생각이 들었다.

"코닐리아! 코닐리아!" 그녀가 소리쳐 부르자마자, 발소리도 없이 누군가가 불쑥 다가와 그녀의 뺨에 손을 얹었다. "아이고, 너 어디 있었니?"

"여기 있었어요, 어머니."

"그래, 코닐리아. 뜨거운 토디 한 잔 끓여 다오."

"추우세요, 어머니?"

"좀 으슬으슬하구나, 코닐리아. 침대에 누워 있으면 혈액순환이 느려지잖니. 이 말도 벌써 천 번은 했겠다."

코닐리아가 자기 남편에게 이야기하는 소리가 들렸다. 어머니가 좀 응석을 부리신다고, 아무래도 비위를 맞춰 드려야겠다고. 무엇보다도 짜증스러운 점은 코닐리아가 그녀를 귀먹고 눈멀고 말도 못 하는 사람처럼 취급한다는 것이었다. 그녀 주위에 모여든 사람들이 서로 재빨리 눈짓을 나누고 살짝 몸짓을 주고받더니, 그녀의 머리맡에 있던 누군가가 말했다. "어머님 말씀 거스르지 말고 그냥 원하시는 대로 해 드려요. 여든이시잖아요." 바로 앞에 앉아 있는 사람을 두고 다들 이러다니, 그녀는 마치 얇은 유리 상자 안에 갇혀 사는 존재가 된 듯한 기분이었다. 가끔은 짐을 싸서 자기 집으로 확 돌아가 버리고 싶어졌다. 그녀가 늙었다는 사실을 끊임없이 상기시키는 사람이 아무

---

* 위스키나 브랜디 등의 독한 술에 뜨거운 물, 설탕, 향신료를 섞은 음료.

도 없는 곳으로. 기다려 보렴, 코닐리아. 네 자식들이 네 등 바로 뒤에서 속닥거리는 날도 올 테니까!

그녀가 한창때는 살림도 더 잘 꾸리고 일도 더 많이 했다. 이렇게까지 늙지 않았던 시절에는 말이다. 그때만 해도 리디아는 자기 자식들 중 한 명이 탈선하자 그녀에게 조언을 구하려고 80마일이나 운전해 왔고, 지미도 그녀에게 들러서 "엄마, 엄마는 사업적 감각이 좋잖아요. 이 문제에 대해 어떻게 생각하세요?"라며 이런저런 상담을 청하기도 했다. 그런데 이제는 늙어 버렸다니. 코닐리아도 제 엄마한테 물어보지 않고는 가구 하나 스스로 못 바꾸던 딸이었다. 시시콜콜한 것까지도 하나하나! 어렸을 때는 다들 너무나 사랑스러웠는데. 자식들이 아직 어렸고 집 안 모든 것을 그녀가 손봐야 했던 그 시절로 다시 돌아가고 싶었다. 고된 생활이기는 했지만 그녀에게는 그리 버겁지 않았다. 자신이 했던 모든 요리, 자신이 마름질하고 바느질했던 모든 옷, 자신이 가꿨던 정원의 모든 식물을 생각하면…… 자식들 자체가 그 모든 것의 산 증거였다. 그들은 그녀의 손으로 만들어져서 지금 이렇게 존재하고, 그 사실은 어떻게 해도 변하지 않는 것이다. 가끔은 존을 다시 만나서 자식들을 가리켜 보이며 묻고 싶다는 생각도 들었다. 어떠냐고, 이만하면 그럭저럭 잘 키우지 않았느냐고. 하지만 그건 당장 할 수 없는 일이었다. 내일로 미뤄 두자. 그녀가 존을 어엿한 남자로 생각했던 것도 옛날 일이고, 이제는 자식들이 장성해서 제 아버지보다 나이가 들었으니 만약 지금 다시 그를 만난다면 그저 아이로만 보일 것이다. 그렇게 생각하니 기분이 이상했다. 뭔가 잘못된 것 같았다. 아니, 그는 그녀를 아예 못 알아볼지도 모른다. 한때 그녀는 검둥이 소년 일꾼 하나만 달랑 데리고서 100에이커나 되는 땅에 울타리를 둘러치는 일을 직접 해내기도 했다. 말뚝 박을 구멍을 파는 것, 철사를 조이는 것까지 일일이 다. 그런 일을 하고 나면 어떤 여자라도 변하는 법이다. 존이 아는 그녀는 뾰족한 장식용 빗을 머리에 꽂고 채색된 부채를 들고 있던 젊은 여자였다. 하지만 울타리를 세울 구멍을 파고 나니 그녀는 변했다. 겨울날 산모를 태운 마차를 몰고 시골길을 달리는 것도 보통 일이 아니었다. 병든 말들, 병든 검둥이들, 병든 아이들을 간호하며 며칠 밤을 꼴딱 새우면서 그 모두를 거의 다 지켜 낸 것도. 존, 나는 거의 다 지켜 냈어! 존이라면 대번에 알아주겠지. 아무것도 설명하지 않아도 그는 이해할 수 있겠지!

소매를 걷어붙이고 모든 걸 다시 제대로 정리하고 싶은 마음이 들었다. 코닐리아가 아무리 동에 번쩍 서에 번쩍 하더라도, 아직 이 집에는 해야 할 일이 아주 많이 밀려 있었다. 내일부터 해치워야겠다. 만사를 처리할 수 있을 만큼 강인하다는 건 좋은 일이다. 비록 자신이 만드는 모든 것이 손 아래서 녹아내리고 변하고 미끄러지더라도, 그래서 막상 일을 다 끝냈을 때는 자신이 뭘 하고 있었는지 거의 잊어버리게 되더라도 말이다. 내가 뭘 하려고 했더라? 그녀는 골똘히 궁리했다. 하지만 좀처럼 기억이 나지 않았다. 계곡 위로 피어오르는 안개가 개울 너머로 퍼져 나가는 게 보였다. 나무들을 삼키고 언덕을 타고 올라오는 모습이 꼭 유령들의 군대 같았다. 안개가 곧 과수원 변두리까지 이를 텐데. 이제 집에 들어가 등불을 켜야 할 시간이었다. 들어오렴, 얘들아. 밤공기 쐬고 다니지 말고.

등불을 켜는 건 아름다웠다. 아이들이 그녀의 주위에 모여들어 몸을 옹송그리고, 황혼 녘 울타리 앞에서 기다리는 어린 송아지들처럼 숨을 쉬고 있었다. 아이들은 성냥을 눈으로 좇다가, 불꽃이 확 일어난 뒤 푸르고 동그스름한 모양으로 잦아드는 걸 보고서야 그녀에게서 물러났다. 등불이 켜졌으니 더 이상은 무서워할 것도, 엄마 옆에 붙어 있을 필요도 없어진 것이다. 절대로, 절대로, 이제 더 이상은. 하느님, 내 모든 삶을 주신 하느님께 감사드립니다. 나의 주님께서 이끌어 주시지 않았다면 나는 결코 해내지 못했을 겁니다. 은총이 가득한 마리아님, 기뻐하소서.

올해는 과일을 싹 거두고 한 알도 버리지 않도록 주의하거라. 일단 거둬 놓아야 누가 먹어도 먹을 게 아니니. 좋은 걸 써먹지도 못하고 썩히면 안 되지. 좋은 음식을 낭비하면 인생을 낭비하는 거야. 아무것도 잃어버리지 말고. 잃어버리면 속상하잖아. 자, 이제 내가 생각에 잠기게 하지 말렴. 피곤하니 저녁 식사 전에 한숨 좀 자 둬야겠다.

베개가 어깨 위로 부풀어 올라 그녀의 심장을 짓눌렀다. 그러자 심장 속에 깃들었던 기억이 밖으로 새어 나왔다. 오, 누가 이 베개 좀 꺼뜨려 줘. 내가 막으려고 하다가는 베개에 질식당하고 말 거야. 산들바람이 무척이나 싱그럽게 불어오고 지극히 푸르르고도 평온무사한 날이었다. 그런데 그는 오지 않았다. 여자가 한 남자를 위해 하얀 면사포를 쓰고 하얀 케이크를 준비했는데 그 남자가 오지 않으면 어떻게 하더라? 그녀는 기억을 애써 돌이켜 보았다. 아니, 맹세코 그는 그일 외에는 그녀에게 아무런 해도 끼치지 못했다. 그 일 외에는 없었다…… 그런데 만약 뭔가 더 있다면 어쩌지? 그날, 바로 그날은 분명히 있었지만, 거뭇한 연기가 소용돌이치며 피어올라 그날을 뒤덮어 버렸고, 양지바르던 밭에도 서서히 연기가 번져 왔다. 모든 걸 아주 세심하게, 단정히 줄지어 심어 놓은 밭이었는데. 그 광경은 지옥이었다. 보기만 해도 지옥인 줄 뻔히 알 수 있었다. 지난 60년 동안 그녀는 그를 기억하지 않게 해 달라고 기도했고, 자신의 영혼이 지옥의 깊은 구렁텅이에 빠지지 않게 해 달라고 기도했건만, 지금 그 두 가지가 한데 뒤섞이고 있었다. 그의 기억이 곧 지옥의 연기가 되어 그녀의 머릿속으로 스며들고 있었다. 이제 막 해리 박사를 내보내고 잠깐 쉬려고 하던 차였는데. 허영심에 상처를 입은 거야, 엘런. 날카로운 목소리가 그녀의 뇌리를 파고들었다. 상처받은 허영심에 휘둘리지 마. 남자에게 버림받는 여자들은 세상에 아주 많아. 너도 버림받은 거잖아, 안 그래? 그럼 그 사실에 똑바로 맞서야지. 그녀의 눈꺼풀이 떨리더니, 눈 위에 박엽지가 덮인 듯 청회색을 띤 빛줄기들이 새어 들어왔다. 일어나서 창문에 블라인드를 내려야겠다. 안 그러면 도저히 잠을 잘 수가 없을 것 같았다. 그런데 그녀는 지금 또 침대에 있었고, 블라인드는 여전히 내려져 있지 않았다. 어떻게 이럴 수가 있지? 그냥 옆으로 돌아누워서 빛을 피하기라도 해야겠다. 밝은 데서 자면 악몽을 꾸기 십상이다. "어머니, 좀 어떠세요?" 무언가 선뜩하고 축축한 게 이마에 닿았다. 찬물로 세수하는 건 싫은데!

햅시? 조지? 리디아? 지미? 아니, 코닐리아였다. 코닐리아가 통통 부어오르고 여기저기 물이 묻은 얼굴로 말하고 있었다. "다들 오고 있어요, 어머니. 모두 곧 도착할 거예요." 가서 얼굴부터 씻으렴, 애야. 몰골이 그게 뭐냐.

하지만 코닐리아는 그녀의 말을 듣지 않고 무릎을 굽혀 꿇어앉더니, 그녀의 베개에 머리를 얹었다. 뭐라고 말을 하는 것 같은데 소리는 전혀 들리지 않았다. "뭐냐, 말문이 막힌 게야? 오늘 누구 생일이니? 파티라도 열려고?"

코닐리아가 기묘한 모양으로 입술을 다급히 달싹였다. "딸아, 자꾸

그러지 말거라. 신경에 거슬린다."

"오, 안 돼요. 어머니, 안 돼요……"

어처구니가 없었다. 아이들이란 참 이상하다. 말끝마다 토를 달며 대든다. "뭐가 안 된다는 거니, 코닐리아?"

"해리 박사님 오셨어요."

"그 녀석을 내가 왜 또 봐? 겨우 5분 전에 나갔잖아."

"그건 오늘 아침이었어요, 어머니. 지금은 밤이에요. 여기 간호사도 있어요."

"웨더롤 부인, 저 해리 박사입니다. 오늘 밤에는 유난히 젊고 행복해 보이시네요!"

"아, 난 다시 젊어지진 않을 거야. 그냥 편안히 누워서 쉬게 놔두면 행복하련만."

그녀는 큰 소리로 말했다고 생각했는데, 아무도 대답을 하지 않았다. 이마 위에 묵직한 온기가 실리고, 손목에 따뜻한 팔찌가 닿고, 속삭이는 산들바람이 느껴졌다. 그녀에게 무언가 말을 걸어오는 것 같았다. 하느님의 영원한 손길에 흔들리는 잎사귀들, 그분이 입김을 부니 잎사귀들이 춤을 추고 들썩거린다. "어머니, 저희가 주사 한 대만 살짝 놔 드릴게요. 신경 쓰지 마세요." "얘, 딸아, 이 침대에 어떻게 개미가 들어왔니? 어제 내가 여기서 설탕개미*를 봤는데." 그러고 보니 햅시도 불렀니?

정말로 보고 싶은 건 햅시였다. 아주 많은 방을 거쳐 한참을 돌아가고서야 그녀는 햅시를 찾을 수 있었다. 햅시는 품에 아기를 안고 서

---

* 미국에서 사람의 주거지에 흔히 서식하는, 해충으로 분류되는 개미.

152

있었다. 그런데 그녀는 자기 자신도 햅시로 보였고, 햅시의 품에 안긴 아기도 햅시로, 더 나아가 그 남자 자신이자 동시에 그녀 자신으로 보였다. 그 모든 느낌이 동시에 들었지만 이런 만남이 놀랍지는 않았다. 이윽고 햅시의 형상이 점점 옅어지면서 회색 사紗처럼 하늘하늘해졌고, 아기도 반투명한 그림자가 되었다. 햅시가 가까이 다가와서 말했다. "영영 안 오시는 줄 알았어요." 그러고는 그녀를 찬찬히 뜯어보았다. "하나도 안 변하셨네요!" 둘이 입맞춤을 하려고 고개를 기울이는데, 저 멀리서 코닐리아가 속삭이기 시작했다. "오, 저한테 하고 싶은 말씀 없으세요? 제가 해 드릴 것 없나요?"

그래, 60년이 흐른 끝에 그녀는 마음을 바꿨다. 조지를 보고 싶었다. 그러니 네가 조지를 좀 찾아 주렴. 조지를 찾아서 내가 그를 잊었다고 전해 다오. 그 일을 겪고도 나는 남편을 얻었고, 여느 여자들처럼 아이들도 집도 가졌다는 걸 그 사람이 알았으면 좋겠어. 게다가 좋은 집에서, 내가 사랑하는 좋은 남편하고 살면서, 훌륭한 자식을 다섯이나 낳았다고 말이야. 내가 원한 것보다도 더 많은 걸 누렸다고, 그가 빼앗아 간 모든 것을 돌려받고도 더욱더 많은 것을 얻었다고 이야기해 다오. 오, 아니, 오, 하느님, 아니야, 그 집과 그 남자와 그 아이들 외에도 뭔가 또 있었는데. 오, 분명 그게 전부는 아니었는데? 도대체 뭐였지? 돌려받지 못한 게 있는데…… 숨이 갈비뼈 안에서 꽉 차올랐다. 숨은 거대하고 무시무시하고 형태가 되어 가면서 날을 바짝 세웠고, 그 뾰족한 모서리가 그녀의 머릿속을 파고들어 어마어마한 고통이 치밀었다. 그래, 존, 이제 의사를 불러 줘. 더는 말 말고. 드디어 때가 된 거야.

이 아이를 낳으면 막내가 되어야 한다. 마지막 자식인 것이다. 이 아이야말로 그녀가 정말로 원했던, 원래는 첫째로 태어났어야 할 아이니까. 모든 게 때를 잘 맞춰 왔다. 빠진 것도, 남는 것도 하나 없이. 그녀는 몸이 워낙 튼튼하니 사흘 내로 평소처럼 멀쩡해질 것이다. 아니, 평소보다 더 좋아질 것이다. 여자는 젖이 나오는 몸이 되어야 비로소 완연히 건강해지는 법이니까.

"어머니, 제 말 들리세요?"

"내가 여태 말했잖니……"

"어머니, 코널리 신부님 오셨어요."

"나는 겨우 지난주에 성체성사를 받았는걸. 내가 그렇게까지 죄가 많지는 않다고 말씀드리렴."

"신부님은 그냥 어머니와 이야기 나누려고 오셨대요."

이야기야 마음껏 하셔도 되지. 갑자기 들러서는 젖니 나는 아기의 안부를 묻듯이 그녀의 영혼에 대해 묻겠다니, 딱 그 신부님다운 행동이었다. 그러고는 다 같이 차 한잔 마시면서 카드놀이를 하고 이런저런 한담을 나누겠지. 그는 늘 재미나는 이야깃거리를 알고 있었다. 보통은 어느 아일랜드 남자가 자신이 저지른 사소한 실수에 대해 고해한다는 내용이었는데, 타고난 신앙과 원죄 사이에서 갈등하는 심경을 토로하려다가 그만 우스꽝스러운 소리를 내뱉어 버리는 대목이 핵심이었다. 그녀는 자신의 영혼이 어떻게 될지 걱정하지 않았다. 코널리아, 너 버릇없이 뭐 하는 거니? 신부님 앉으실 의자도 내드리지 않고. 그녀에게는 특히 좋아하는 성인 몇 명이 있었는데, 그 성인들이 그녀가 하느님께 곧장 갈 수 있도록 길을 터 주겠다고 은밀히 합의해 준 바 있었기에 마음이 편안했다. 모든 게 확실히 서명되고 봉인되었다. 마치 새로 매입할 40에이커짜리 땅의 서류처럼. 영원히…… 영원히 상속받고 양수받았다. 웨딩케이크가 잘리지 못한 채 버려져야만 했던 바로 그날로부터. 온 세상의 바닥 전체가 뚝 떨어져 내렸다. 벽들이 허물어졌다. 그녀는 아무것도 없는 허공에 발을 디디고서 눈앞이 캄캄해진 채 식은땀을 흘리고 있었다. 그의 손이 그녀의 가슴 밑을 잡아 주었고, 그래서 그녀는 쓰러지지 않았다. 초록색 융단이 깔린, 막 광을 낸 마룻바닥이 이전처럼 그녀의 발밑을 받치고 있었다. 그는 선원이 키우는 앵무새처럼 욕설을 내뱉고는 말했다. "내가 그놈을 죽여 줄게." 그 사람한테 손대지 말아요. 나를 위해서라도 하느님께 맡기고 가만 놔두세요. "엘런, 내가 하는 말을 믿고……"

그러니 더 이상 걱정할 건 아무것도, 아무것도 없었다. 다만 가끔씩 밤중에 아이들 중 하나가 악몽에 시달리며 비명을 지르곤 했다. 부부는 화들짝 떨며 뛰어나가 성냥을 찾으면서 외쳤다. "조금만 기다리렴, 우리가 갈게!" 존, 지금 의사를 불러 줘. 햅시가 산통이 시작됐나 봐. 그런데 저기 침대 옆에 서 있는 햅시의 모습이 보였다. 햅시는 흰 모자를 쓰고 있었다. "코닐리아, 햅시한테 모자 좀 벗으라고 하렴. 얼굴이 잘 안 보여."

그녀는 눈을 크게 떴다. 방 안의 풍경이 어디선가 본 사진처럼 눈앞에 펼쳐졌다. 그림자를 드리운 어둑한 색깔들이 천장을 향해 비스듬한 선을 그리며 솟아오르고 있었다. 높은 검은색 서랍장의 표면이 번뜩 빛났다. 그 위에는 존의 사진 하나만이 덜렁 놓여 있었다. 작은 사진을 확대한 것이었는데, 푸른색이어야 할 존의 눈동자가 아주 까맸다. 당신은 그를 본 적도 없는데 그의 생김새를 어떻게 안다고 그래요? 그녀는 따져 물었지만, 그 남자는 그 사진이 완벽하다고 주장했다. 아주 부티가 나고 잘생겨 보인다면서. 사진 자체는 그렇겠지만,

이 사람은 내 남편이 아니라니까요 글쎄. 침대 옆 테이블에는 리넨 덮개가 씌워져 있고 초와 십자가가 놓여 있었다. 코닐리아가 램프에 씌운 실크 등갓 때문에 불빛이 푸른색을 띠었다. 저래서야 불빛이라고 할 수도 없었다. 그냥 장식품일 뿐이다. 등유 램프를 40년쯤 쓰면서 살아 봐야 순수한 전깃불이 얼마나 귀한 건지를 알지. 그녀는 부쩍 기운이 솟았다. 장밋빛 후광을 드리운 해리 박사의 얼굴이 보였다.

"성인처럼 보이는구먼, 해리 박사. 내 장담하건대 앞으로 평생 그만큼 성스러워 보일 일은 없을 거야."

"어머니가 무슨 말씀을 하고 계세요."

"네 말 들린다, 코닐리아. 이게 다 무슨 소동이니?"

"코닐리 신부님이……"

코닐리아의 목소리가 포장 상태가 엉망인 길을 지나가는 수레처럼 덜커덕거리고 비틀거렸다. 수레는 모퉁이를 돌더니, 온 길을 되돌아오다가 아무 데도 도착하지 않았다. 그녀는 수레 위로 사뿐히 올라타 고삐를 잡으려 했는데, 그녀의 옆에 한 남자가 앉아 있었다. 수레를 모는 손을 보니 그가 누구인지 알 수 있었다. 그의 얼굴을 구태여 확인하지 않아도 이미 알았기에 그녀는 길바닥을 내려다보았다. 나무들이 몸을 기울이며 서로에게 인사하고, 새 수천 마리가 미사곡을 부르고 있었다. 그녀도 노래하고 싶었지만, 다만 가슴 위에 손을 얹고 묵주를 끄집어냈다. 그리고 코닐리 신부님이 매우 엄숙한 음성으로 라틴어를 웅얼거리면서 그녀의 발을 간질였다. 맙소사, 터무니없는 짓 좀 그만둬요. 나는 유부녀라고요. 그이가 달아나는 바람에 나 혼자 사제 앞에 서 있어야 했던들 뭐 어때요? 나는 완전히 다른, 더 나은 세상을 찾았는걸. 성 미카엘 대천사가 아니고서야 어느 누구하고도 내 남편을 맞바꾸진 않을 거예요. 그에게 그렇게 전해 줘요. 고맙다는 말도 함께.

감은 눈꺼풀 너머에서 빛이 번뜩이더니, 우르릉하는 굉음이 그녀를 울렸다. 코닐리아, 방금 벼락 쳤니? 천둥소리가 들리는데. 폭풍이 오려나 보다. 창문 다 닫아라. 애들 들어오라고 하고…… "어머니, 저희 여기 있어요. 다 왔어요." "햅시, 너니?" "오, 아녜요, 저 리디아예요. 최대한 빨리 운전해서 왔어요." 그들의 얼굴이 저 위에서 가물가물 떠돌며 멀어져 갔다. 묵주가 그녀의 손에서 빠져나가자 리디아가 다시 쥐여 주었고, 지미가 거들어 주면서 두 사람의 손이 함께 갈팡질팡했다. 그녀는 자신의 두 손가락으로 지미의 엄지손가락을 잡았다. 묵주로는 안 된다. 살아 있는 무언가를 잡아야 했다. 생각이 너무 빙빙 돌아서 그녀는 아연해졌다. 나의 주여, 제가 지금 죽는 것입니까. 전혀 생각도 않고 있었는걸요. 자식들이 내가 죽는 걸 보러 온 거로구나. 하지만 아직 안 되는데, 아직은 죽을 때가 아닌데. 오, 뜻밖의 일은 이래서 딱 질색이야. 코닐리아에게 자수정 장신구들을 줘야겠어. 코닐리아, 자수정 장신구들은 네가 갖거라. 하지만 햅시가 쓰고 싶다고 하면 빌려주고. 그리고 해리 박사, 자네는 입 좀 다물게. 자네를 부른 사람은 여기 아무도 없어. 오, 주님, 잠깐만 기다려 주세요. 40에이커짜리 땅도 처리하려고 했는데. 지미는 필요 없고, 리디아랑 그 쓸모없는 사위한테 나중에 그 땅이 필요할 거야. 그리고 제단포祭壇布도 마저 완성해야 하고, 보르자 수녀님에게 소화불량에 좋은 와인 여섯 병을 보내 주기로 했는데. 코닐리 신부님, 보르자 수녀님에게 와인 여섯 병을 보낼 거예요. 내가 잊지 않게 해 줘요.

코닐리아의 목소리가 급회전하더니 기울어지면서 쾅 엎어졌다.

"오, 어머니, 오, 어머니, 오, 어머니……"

"나 안 간다, 코닐리아. 이건 뜻밖의 일이라고. 나는 못 가."

햅시를 다시 보게 될 거야. 걔가 뭐? "영영 안 오시는 줄 알았어요." 그녀는 햅시를 찾아 저 밖으로 먼 길을 나아갔다. 못 찾으면 어쩌지? 그러면 어쩌나? 심장이 철렁 내려앉고 또 내려앉았다. 죽음에는 밑바닥이 없었고 끝이 나질 않았다. 코닐리아의 등갓에서 비치는 푸른빛이 그녀의 뇌 한가운데에서 조그마한 점으로 빨려 들더니, 가물거리고 눈꺼풀처럼 깜빡이다가 조용히 떨리며 잦아들어 갔다. 그녀는 자기 자신의 저 아래에 웅크려 누운 채로 빛의 점을 아연히 지켜보고 있었다. 그 빛은 그녀 자신이었다. 이제 그녀의 몸은 끝없는 어둠 속에 빠진 더더욱 깊은 그림자의 덩어리일 뿐이었고, 이 어둠은 빛을 휘감고 집어삼킬 터였다. 주여, 신호를 주소서!

또다시 신호는 주어지지 않았다. 이번에도 신랑은 없고 집 안에 사제만 있었다. 다른 슬픔은 아무것도 기억나지 않았다. 이 슬픔이 모든 걸 지워 버렸다. 오, 안 돼, 이보다 더 잔인할 순 없어. 나는 절대로 용서 못 해. 그녀는 숨을 깊이 들이쉬며 몸을 뻗고, 입김을 불어 빛을 꺼 버렸다.

꽃 피는 유다 나무
Flowering Judas

브라그히오니는 그의 덩치에 비해 지나치게 작은, 등받이가 곧은 의자의 가장자리에 산처럼 걸터앉아, 걸걸하고 구슬픈 목소리로 로라를 향해 노래를 부른다. 브라그히오니가 거의 매일 밤 그녀의 집에 찾아오는 바람에 로라는 귀가 시간을 가능한 한 늦출 구실을 찾게 되었다. 로라의 귀가가 아무리 늦어지더라도 그는 뚱하고 지루한 표정으로 그 자리에 앉아서 기다릴 것이다. 노란 곱슬머리를 잡아당기며, 기타 줄을 엄지손가락으로 튕기며, 으르렁거리는 음성으로 나지막이 음조를 맞추며. 인디오 하녀 루페가 현관에서 로라를 맞고는 위층 방을 눈짓하며 말한다. "그분이 기다려요."

로라는 자리에 눕고만 싶다. 머리에 꽂은 핀들과 길고 꽉 끼는 옷소매의 감각이 지긋지긋하다. 그럼에도 그녀는 그에게 묻는다. "오늘 밤은 내게 불러 줄 새로운 노래가 있나요?" 그가 있다고 대답하면 그녀는 불러 달라고 부탁한다. 그가 만약 없다고 하면, 그녀는 그의 애창곡을 하나 기억해 내서 그 곡을 불러 달라고 한다. 루페가 코코아 한 잔과 밥을 내오고, 로라는 등불 아래의 작은 테이블 앞에 앉아 식사를 하기 전에 브라그히오니에게 같이 먹겠느냐고 권한다. 하지만 그의 대답은 늘 똑같다. "이미 먹었소. 게다가 코코아를 마시면 목소리가 탁해져서."

로라는 말한다. "그럼 노래해 봐요." 브라그히오니는 숨을 크게 들이쉬고 노래를 시작한다. 그는 기타를 애완동물이라도 되는 양 친근하게 긁으면서, 긴 고음을 고통스럽게 내지르다 음정을 틀려 가면서 열정적으로 노래를 불러 젖힌다. 여러 시장을 돌아다니며 발라드 가수들의 노래를 듣고, 9월 16일 거리*에 매일 들러 눈먼 소년의 갈대 피리 연주를 듣는 로라는, 브라그히오니의 형편없는 노래에 미소 한 번 짓지 못하고 냉정하게 의례적으로 듣기만 한다. 그 누구도 감히 브라그히오니에게 미소 짓지는 못한다. 그는 특유의 오만한 태도로 모두를 잔인하게 대하지만, 자기 재능에 대한 허영심이 너무나 강하고 무시당하는 데에 너무나 민감한 그의 자존심에는 이미 손쓸 도리 없도록 깊은 상처가 나 있고, 그 상처에 손가락 하나라도 대려면 브라그히오니보다 더더욱 잔인하고 허영심 강한 태도가 필요할 것이다. 게다가 용기도 필요하다. 그의 심기를 거스르는 건 위험한 일이고, 그만큼 용감한 사람은 아무도 없다.

브라그히오니는 지극히 다정하게, 후덕하게 그리고 한없이 너그럽

---

* 1810년 멕시코 독립 전쟁이 시작된 날인 9월 16일을 기념하는 거리.

게 자기 자신을 사랑한다. 그래서 그의 추종자들은—그는 지도자이자 노련한 혁명가이며, 영예로운 전투에서 살이 꿰뚫린 적도 있으므로—그의 후광을 입어 덕을 보면서 서로 이렇게 이야기한다. "그는 정말로 고귀해. 사사로운 애정을 초월해 인류 전체를 사랑하는 분이야." 로라는 그에게서 과도하게 흘러넘치는 자기애가 자신에게도 닿는다는 것이 불편하다. 많은 이와 마찬가지로, 그녀 역시 브라그히오니 덕택에 편안한 환경에서 봉급을 받으며 살고 있는 처지이다. 그가 기분이 아주 좋을 때는 "당신이 미국 여자라는 것도 용서해 줄 기분이 드는군, 그링히타!*"라고 말하곤 하는데, 그러면 로라는 얼굴이 화끈 달아오른 채 그를 한 대 치는 상상을 한다. 이대로 몸을 확 내밀어 손등으로 뺨을 시원하게 갈겨서 저 느끼한 미소를 지워 버리면 어떨까 하는 상상. 그가 그녀의 눈빛에서 그런 생각을 읽었는지 아닌지는 몰라도, 그는 아무 낌새도 내보이지 않는다.

로라는 브라그히오니가 자신에게 무엇을 제안해 왔는지 알고 있으며, 거기에 저항하는 것처럼 보이지 않으면서도 끈질기게 저항해야만 한다. 만약 피할 수만 있었다면 그녀는 그의 관심이 서서히 자신을 향하는 것을 스스로 인정하지도 않았을 것이다. 길고도 고역스러웠던 지난 한 달간 그녀는 기나긴 저녁 시간을 그와 함께 보내면서, 깊은 의자에 앉아 무릎 위에 책을 펼쳐 놓고서, 인쇄된 책장에 시선을 둔 채 그 빳빳함을 위안 삼으며 견딜 수밖에 없었다. 그러는 동안 그녀가 안고 있는 고민거리들이 머릿속에 떠올랐고, 브라그히오니의 모습과 노랫소리가 모든 고민의 원인 그 자체인 듯이 느껴졌으며, 더

---

* gringita, 라틴아메리카에서 외국인 여성, 특히 영어를 쓰는 백인 여성을 낮잡아 이르는 말.

나아가 미래에 대한 불안한 예감도 짙어져 갔다. 그녀가 이제껏 맛본 수많은 환멸이 브라그히오니의 뒤룩뒤룩한 몸집 하나로 상징화되었다. 한때 그녀는 혁명가라면 모름지기 여윈 몸매여야 한다고, 추상적인 덕목들을 몸에 싣고 영웅적인 신념의 힘으로 살아 움직이는 사람들일 거라고 믿었기 때문이다. 물론 얼토당토않은 생각이라는 걸 이제는 안다. 그런 생각을 했던 자기 자신이 부끄럽다. 혁명에는 지도자가 필요하고, 지도력은 본래 원기 왕성한 남자들이 발휘할 수 있는 법이다. 동지들 말로는 그녀가 낭만적인 오해에 잔뜩 사로잡혀 있다고 한다. 자기들은 그녀의 생각처럼 냉소주의에 빠져 있는 게 아니라 다만 '현실감각이 발달'했을 뿐이라는 것이다. 로라는 그들의 지적에 "내가 틀렸네요. 내가 원칙을 제대로 이해하지 못해서 그런가 봐요"라며 좀 지나칠 만큼 선선히 수긍했다가도, 나중 가서는 그런 편리한 논리에 자기 본연의 뜻을 굽히지는 말자며 스스로와 은밀한 휴전을 맺는다. 그러나 삶이란 어떠해야 한다는 그녀의 믿음과 실제 삶의 방식이 너무나 괴리되어 있는 것은 사실이고, 거기서 받은 배신감은 어떻게 해도 돌이킬 수 없을 것 같다. 그런 불만을 품고 있는 것 자체가 그녀에게는 내밀한 위안이 되기도 해서, 가끔은 그 위안 속에서 쉬는 것만으로 족하다 싶을 때도 있다. 어떨 땐 도망치고 싶지만, 그럼에도 머문다. 지금은 이 방에서 뛰쳐나가고만 싶다. 브라그히오니는 혼자 노래하게 놔두고, 이대로 좁은 계단을 달려 내려가서 저 밖의 길거리로, 얼룩덜룩한 가로등 한 대 아래서 쑥덕공론이라도 벌이듯 서로에게 기울어져 있는 집들 사이로 빠져나가고만 싶다.

그러나 그녀는 다만 브라그히오니를 바라본다. 솔직하고 분명한 시선으로, 마치 행동 규범을 잘 이해하는 착한 아이처럼. 오므린 무

162

릎 위에는 단정한 파란색 서지* 치마가 덮여 있고, 희고 둥근 옷깃은 의도한 건 아니지만 수녀 같은 분위기를 자아낸다. 그녀는 허영을 버리고 관념의 제복을 입고 다닌다. 모태 로마가톨릭 신자인 그녀는 누군가에게 들켜서 추문에 오르내릴지도 모른다는 두려움을 감수하고** 이따금씩 다 쓰러져 가는 조그마한 성당에 슬쩍 들르기도 한다. 하지만 그곳에서 싸늘한 돌바닥 위에 무릎을 꿇고 테우안테펙에서 산 금제 묵주로 성모송을 바쳐 봐도 아무런 소용도 없다. 결국 그녀는 반짝이는 종이꽃들과 닳아 해어진 양단으로 장식된 제단을 살펴보다가, 낡은 인형 같은 모양새를 한 어느 남자 성인의 성상을 보며 애틋한 느낌에 젖어 든다. 성직자다운 위엄을 풍기는 벨벳 로브 아래, 레이스가 달린 흰 속바지 자락을 발목 위로 축 늘어뜨리고 있는 성인이다. 그녀는 어린 시절 훈련으로 체득한 몇 가지 원칙들로 자기 자신을 가두었고, 세세한 몸짓이나 개인적인 취향 하나까지도 모두 그 영향 안에 있는 까닭에, 기계로 짠 레이스는 절대로 몸에 걸치지 않는다. 그럼으로써 그녀는 은밀한 이단 행위를 저지르는 셈이다. 그녀가 속한 특수한 조직 안에서는 기계야말로 신성한 것이며, 노동자들을 구원해 줄 존재로 통하기 때문이다. 그녀는 섬세한 레이스를 무척 좋아한다. 지금 입은 옷의 옷깃 테두리에만도 조그마한 세로 홈 레이스가 둘러져 있고, 이것과 똑같은 옷깃 스무 개가 그녀의 옷장 위쪽 서랍 안에 푸른 박엽지로 싸인 채 개어져 있다.

브라그히오니가 그녀의 시선을 기다렸다는 듯 똑바로 마주하고는,

* serge, 대각선 방향의 무늬가 나타나도록 짠 소모사 모직물. 튼튼하고 실용적이어서 군복, 학생복, 코트 등에 사용된다.
** 당시 가톨릭교회는 멕시코 사회를 지배해 온 중심 권력 중 하나로서 혁명 세력과 반목했으며, 특히 사회주의 혁명 사상은 종교에 적대적이었다.

몸을 앞으로 기울여서 그의 불룩한 배를 벌어진 무릎 사이에 대어 놓고, 가사에 힘을 줘 가면서 한껏 무게를 잡고 노래 부른다. 자신은 아버지도 어머니도 없으며, 위로해 줄 친구 하나도 없는 신세라고, 파도처럼 외롭게 오고 갈 뿐이라고, 파도처럼 외롭다고.* 그의 입이 동그랗게 벌어졌다가 갈망에 치우치듯 비쭉 실그러진다. 노래하느라 애를 쓰는 그의 풍선 같은 뺨은 기름기로 번들번들하다. 값비싼 옷가지들로 휘감긴 그의 몸뚱이는 놀라울 만큼 불룩 튀어나와 있다. 다이아몬드 고리로 고정된 자주색 넥타이가 쭈그러진 연보라색 옷깃을 동여맸고, 은으로 장식되고 무늬가 새겨진 가죽 탄띠가 헐떡이는 허리를 가혹하게 졸라맸고, 연자주색 실크 바지는 다리에 딱 달라붙어 팽팽하게 늘어져 있고, 반짝이는 노란색 구두의 튼튼한 가죽끈이 그의 발목을 얽어맨 가운데, 브라그히오니는 그 사이사이로 한껏 부풀어 오른 채 불길할 만큼 무르익어 있다.

그가 로라를 향해 눈꺼풀을 뻗치고, 그녀는 그의 눈동자가 고양이처럼 진한 노란색이라는 것을 새삼 눈여겨본다. 그는 자신이 부자라고 이야기한다. 돈이 아니라 힘을 많이 가진 부자라고. 그 힘 덕분에 많은 것을 떳떳하게 소유할 수 있고, 자신이 좋아하는 작은 사치들에 탐닉할 수 있는 거라고. "나는 우아하고 세련된 것들을 좋아한다오." 언젠가 그는 노란색 실크 손수건을 그녀의 코 앞에 흔들어 보이면서 말한 적이 있었다. "향기가 느껴지오? 조키 클럽** 향수요. 뉴욕에서 수입된 거지." 그럼에도 그는 삶에 상처받았다고 한다. 지금도 그렇게

---

* 멕시코의 작곡가 마누엘 마리아 폰세가 작곡한 노래 〈야자 숲 변두리에서 A la Orilla de un Palmar〉의 일부.
** 미국의 '캐스웰 매시' 브랜드에서 1840년에 나온 남성용 향수.

말할 것이다. "세상 모든 것이 손안에 들어오면 먼지가 되고, 혀 위에 닿으면 쓰라리다는 것은 정녕 사실이오." 그가 한숨을 쉬자, 가죽 벨트가 말안장의 끈처럼 삐걱거린다. "모든 것의 실상이 실망스럽소. 모든 것이." 그는 고개를 젓는다. "딱한 사람 같으니, 당신도 실망하게 될 거요. 꼭 그렇게 될 운명이오. 당신은 아직 잘 모르겠지만, 어떤 점들에서 우리는 많이 닮았소. 두고 봐요. 언젠가는 내가 한 말을 떠올리게 될 날이 있을 테니. 그러면 브라그히오니가 당신의 친구였다는 걸 알게 될 거요."

로라는 서서히 뻗쳐 오는 한기를 느낀다. 순전한 육체적 감각이 그녀에게 위험을 알리고 있다. 그녀가 인내심을 점점 잃어 감에 따라 폭력이, 손상이, 충격적인 죽음이 닥쳐올 거라고 핏속의 무언가가 경고하고 있다. 그녀는 이런 두려움을 무언가 단순하고 즉각적인 의미로 해석해서 받아들여 왔다. 그래서 가끔씩 길을 건너기 전에 주저하며 몸을 사린다. "나 한 사람의 운명이 어떻게 되건 전혀 중요하지 않아요. 그건 평소 내 사고방식이 어땠는지를 보여 주는 증거로나 의미가 있을 뿐이겠죠." 그녀는 정확히 기억나지 않는 어느 철학 입문서에서 읽은 구절을 인용하며 자기 자신에게 그렇게 되새기고는, 요령 좋게 한 마디를 덧붙인다. "어쨌든 나는 가능하다면 차에 치여 죽는 건 피하고 싶어요."

'어쩌면 그의 말이 사실일지도 몰라. 나는 또 다른 방향으로 브라그히오니만큼 타락했는지도.' 그녀는 자기도 모르게 생각한다. '그만큼 냉담하고, 그만큼 불완전하고.' 만약 그렇다면 어떤 죽음을 맞든 괜찮을 것 같다. 그녀는 여전히 조용히 앉아 있다. 도망치지 않는다. 어디로 갈 수 있겠는가? 불청객인 그녀는 자신을 이곳에 내어 주기로 약속했다. 여기 아닌 다른 나라에서 사는 건 더 이상 상상할 수도 없고, 이곳으로 오기 전의 삶을 돌이키는 것도 즐겁지 않다.

이 헌신의 본질은 정확히 무엇인가? 진정한 동기는 그리고 거기에 따른 의무는? 알 수가 없다. 로라는 시간을 쪼개 근처의 소치밀코*에서 인디오 아이들에게 영어를 가르치는 일을 하고 있다. "고양이가 돗자리 위에 있다" 같은 영어 구절을 가르치는 일. 그녀가 교실에 나타나면, 현명하고도 천진한 찰흙빛 얼굴에 웃음을 띤 아이들이 그녀 주위에 몰려들며 한 점 티 없는 목소리로 외친다. "안녕하세요, 선쉥님!" 아이들은 매일 그녀의 책상을 싱그러운 꽃밭으로 만들어 놓는다.

여가 시간에는 노조 회의에 참석해, 바삐 일하는 주요 인사들이 전략, 절차, 내부 정치에 관해 언쟁하는 걸 듣는다. 그녀와 같은 정치적 신념으로 투옥된 죄수들을 방문하기도 한다. 그들은 감방에서 바퀴벌레를 세거나, 경솔했던 지난날의 행동을 후회하거나, 회고록을 쓰거나, 아직까지 신선한 공기를 마시며 호주머니에 손을 넣고 자유롭게 걸어 다니는 동지들을 위해 선언문이나 계획서를 작성하는 일로 소일하며 지낸다. 로라는 그들에게 음식과 담배와 약간의 돈을 가져다주는가 하면, 바깥의 남자들이 보낸 메시지를 전달해 주기도 한다. 그 남자들은 직접 교도소에 발을 들였다가는 자기들을 위해 비워져 있는 감방 안으로 사라지게 될까 봐 두려워서, 애매한 암호문으로 의미를 감춘 메시지를 로라에게 대신 맡기는 것이다. 만약 죄수들이 밤낮을 헷갈려 하면서 "사랑스러운 로라, 이 빌어먹을 구렁텅이에서는 시간이 흐르질 않아요. 누가 알려 주지 않으면 잠을 언제 자야 할지도

---

* 멕시코시티에서 남쪽으로 20킬로미터 떨어진 도시.

모를 겁니다"라고 불평하면, 그녀는 그들이 좋아하는 종류의 마약을 구해다 주고, "오늘 밤은 정말로 밤이 될 거예요"라고 일러 준다. 자칫 그들의 감정이 다칠세라 섣부른 동정심을 내비치지 않는 어투로. 그들은 로라의 스페인어를 우스워하긴 하지만, 그녀에게서 위안과 도움을 받는다. 어떤 죄수들은 인내심도 믿음도 모두 바닥난 나머지, 친구들이 돈이나 권력을 써서 자신을 빨리 구해 주지 않는다고 악담을 쏟아 내고는, 설마 그녀가 이런 이야기까지 다 전하지는 않을 거라 믿는다고 당부하는 말을 덧붙인다. "우리가 돈이나 권력이 어디서 나겠어요?"라고 그녀가 물으면 그들은 으레 대답한다. "글쎄요, 브라그히오니가 있잖아요. 그 사람은 왜 손을 써 주지 않는 거요?"

그녀는 뒷골목을 돌아다니는 총살대를 피해 은신 중인 남자들에게 사령부에서 보내는 편지를 슬쩍 전해 주기도 한다. 곰팡이 낀 폐가에서 숨어 지내는 그들은 다 허물어진 침대에 앉은 채 한때는 멕시코 전체가 자기들 발아래 있었다는 듯 비통하게 한탄하지만, 로라는 그들이 일요일 아침 알라메다 공원*의 밴드 콘서트 무대에 나타나더라도 아무도 못 알아보리라는 것을 뻔히 알고 있다. 하지만 브라그히오니는 이렇게 말할 뿐이다. "당분간 진땀 좀 흘리라지. 다음번에는 그들도 조심할 거요. 잠시라도 그자들을 제쳐 둘 수 있으니 아주 편안하군." 그녀는 그중에서 진짜 위험이 목전에 닥친 남자들에게 경고를 전하는 역할도 한다. 어느 길에 있는 어느 집이든 자정이 지난 한밤중에 직접 찾아가서, 문을 두드리고, 어둠 속에 들어서서는 "그들이 당신을 찾을 거예요. 정말로요. 내일 아침 6시 이후래요. 여기 빈센테가 보내

---

* 16세기에 조성된, 멕시코시티 한가운데에 있는 유서 깊은 공원.

준 돈 받고, 베라크루스*에 가서 기다려요"라고 말하는 것을 그녀는 두려워하지 않는다.

그녀는 한 루마니아 공작원에게 돈을 빌려서 그의 철천지원수인 폴란드 공작원에게 건네주기도 한다. 두 공작원은 브라그히오니의 호의를 차지하려고 서로 다투는 입장이고, 브라그히오니는 그 둘 모두를 이용하기 위해 균형을 잘 유지하고 있다. 폴란드 공작원은 로라가 자신에게 남모르는 감상적인 애정을 품고 있다고 여기고 그 감정을 이용하려 한다. 그는 카페에서 만난 그녀에게 사랑을 속삭이면서, 사실이 아닌 정보를 사실인 척 알려 주고는 특정인에게 전해 달라고 부탁한다. 루마니아 공작원 쪽은 그보다 더 교묘하다. 그는 온갖 좋은 일에 돈을 아끼지 않으며, 그녀와 절친하고 믿음직한 친구 사이라도 되는 양 진솔한 태도로 천연덕스럽게 거짓말을 늘어놓는다. 그녀는 공작원들에게서 무슨 말을 듣든 누구에게도 옮기지 않는다. 브라그히오니 역시 아무것도 묻지 않는다. 그가 그들에 대해 알려고만 들면 따로 알아낼 수 있는 방법이 있기 때문이다.

아무도 그녀를 건드리지는 않는다. 하지만 하나같이 그녀의 회색 눈을 칭찬하며, 늘 심각하기만 한데도 곧 발랄해질 듯 보이는, 거의 항상 단호히 다물고 있는 부드럽고 둥근 입술도 모두의 찬사를 받는다. 그리고 다들 그녀가 왜 멕시코에 있는 건지 이해하지 못한다. 그녀는 그림이며 악보며 학교 서류가 든 작은 서류철을 들고서, 얼떨떨한 듯 눈썹을 치켜세운 채로, 이리저리 걸어 다니며 심부름을 한다. 로라가 걷는 모습은 그 어떤 무용수의 춤보다도 아름답고, 때로는 예

---

* 멕시코 중동부의 해안 도시.

기치 못한 누군가가 그녀에게 흥미진진하고 열렬한 구애를 펼치기도 한다. 하지만 그 이상의 진전은 결코 이루어지지 않기에 소문이 나도는 일도 별로 없다. 사파타의 혁명군*에서 사병이었던 한 젊은 대위가 쿠에르나바카** 근처에서 그녀와 같이 승마를 하던 중 자기 욕망을 표현한 적이 있었다. 투박한 민중 영웅답게 직설적으로, 그러면서도 정중하게. 그는 정중한 사람이었고, 그 정중함이 실패의 원인이었다. 그는 먼저 말에서 내린 다음 로라의 한쪽 발을 등자에서 빼내고 그녀를 안아 내려 주려고 했는데, 그 순간 그녀의 말이—보통은 성격이 순한 품종인데도—겁을 집어먹고는 앞다리를 들어 올리더니 펄쩍 뛰어 도망친 것이다. 그러자 젊은 영웅의 말도 자기 동료 말을 따라 무작정 달려가 버렸고, 결국 그는 그날 저녁 늦게야 호텔에 돌아올 수 있었다. 다음 날 아침 식사 때 그는 완벽한 차로*** 복장 차림으로 그녀의 테이블 앞에 나타났다. 회색 사슴 가죽 재킷과, 다리 바깥쪽을 따라 은 단추가 한 줄로 수놓인 바지를 차려입은 그는 익살스럽고 태평한 기색으로 그녀에게 말을 걸었다. "합석해도 될까요?" 그가 물었다. "당신은 훌륭한 기수騎手더군요. 저는 당신이 안장에서 떨어져 등자에 발이 걸린 채로 끌려갈까 봐 정말로 무서웠습니다. 만약 그랬더라면 저 자신을 용서하지 못했을 겁니다. 그런데 당신이 말을 얼마나 잘 타시던지, 아무리 감탄해도 부족할 정도입니다!"

* 에밀리아노 사파타가 멕시코 남부 지방의 농민 세력을 주축으로 조직한 군대. 사파타는 1910년 멕시코 혁명이 시작될 때부터 하층민들을 대변해 온 지도자 중 한 명이었으나 1919년 암살되었다.
** 멕시코시티에서 약 70킬로미터 거리에 있는 휴양지.
*** Charro. 멕시코 서부 지역에서 유래한 전통적인 카우보이를 이르는 말로, 화려한 민속 의상을 갖춰 입는다.

"애리조나에서 승마를 배웠거든요." 로라가 말했다.

"오늘 아침 다시 저와 함께 승마를 가 주신다면, 이번에는 꼭 겁을 내지 않는 말을 구해 드리겠습니다." 그가 제안했지만, 로라는 일이 있어서 정오까지 멕시코시티로 돌아가야 한다고 대답했다.

다음 날 아침에는 그녀의 반 아이들이 파티를 열어 주었고, 쉬는 시간 동안 칠판에 "우리는 선생님을 사랑해요"라고 적고 색색깔의 분필로 글자 둘레마다 꽃을 그려 넣었다. 그리고 젊은 영웅에게서 편지가 왔다. "나는 정말로 어리석고, 헤프고, 충동적인 인간이었습니다. 당신에게 사랑한다는 말부터 먼저 했어야 했는데, 그랬다면 당신이 도망치지 않았을 텐데요. 하지만 저를 다시 만나게 되실 겁니다"라고 적혀 있었다. 그걸 본 로라는 생각했다. '색색깔의 크레용이나 한 상자 보내 줘야 할까 봐.' 그러면서도 그녀는 하필 그 순간에 말에게 박차를 가했던 자기 자신을 용서하려 애쓰고 있었다.

어느 날 밤에는 덥수룩한 갈색 머리 청년이 그녀의 집 마당에 서서 길 잃은 영혼처럼 두 시간이나 노래를 불렀지만, 로라는 어떻게 해야 할지 아무 생각도 나지 않았다. 정원의 빈터마다 달빛이 은빛 사紗 한 겹처럼 드리워졌고 그림자들은 코발트 빛깔이었다. 유다 나무*의 진홍색 꽃들은 탁한 자주색을 띠었다. 색깔들의 이름이 머릿속에서 빙빙 도는 가운데, 그녀는 청년이 아니라 그의 그림자를 지켜보고 있었다. 분수대 테두리와 그 너머의 수면에 걸쳐 거무스름한 옷가지처럼 떨어져 있는 그 그림자를. 루페가 조용히 다가오더니 그녀의 귀에 전

---

* 유럽박태기나무Cercis siliquastrum. 남유럽과 서아시아에 자생한다. 전승에 따르면 예수를 배신한 제자 유다가 이 나무에 목 매달아 자살했고, 본래 흰색이었던 꽃이 그 이후로 붉게 변했다고 한다.

문적인 조언을 속삭였다. "작은 꽃을 한 송이 던져 주세요. 그러면 한두 곡만 더 부르고 갈 거예요." 로라가 꽃을 던지자, 그는 마지막 곡을 부른 다음 모자 띠에 꽃을 꽂고서 자리를 떴다. 루페가 설명했다. "식자공 조합의 위원들 중 하나예요. 그 전에는 메르세드 시장에서 코리도*를 파는 일을 했고요. 저랑 같은 과나후아토 출신이에요. 저는 남자라면 아무도 안 믿지만, 과나후아토 남자들만은 믿는답니다."

루페는 그 남자가 다음 날 밤에도, 또 그다음 날 밤에도 찾아올 거라는 말은 하지 않았다. 또한 메르세드 시장 근처에서 그가 로라에게서 일정한 거리를 두고 떨어진 채 쫓아올 거라고도 말하지 않았다. 그녀가 소콜로 광장을 거쳐, 프란시스코 I. 마데로 거리를 지나, 파세오 데라레포르마 대로를 따라 차풀테펙 공원으로 들어가 '철학자의 오솔길'을 걷는 내내,** 그는 시들어 가는 꽃을 여전히 모자에 꽂은 채 그녀에게만 눈길을 고정하고서 뒤따라오고 있었다.

이제 로라는 그에게 익숙해졌다. 그의 구애는 아무런 의미도 없다. 그는 불과 열아홉 살이고, 온갖 예절을 다 갖춰서 하나의 관습을 철저히 이행하고 있는 것뿐이다. 마치 그 관습이 자연의 법칙하에 세워진 것인 듯이, 아니 어쩌면 정말로 그런지도 모르겠지만. 요즘 그는 직접 쓴 시를 목재 인쇄기로 인쇄해서 그녀의 집 현관문 틈에 광고 전단지처럼 끼워 두곤 한다. 그녀는 공상적인 시선으로 자신을 찬찬히 지켜보는 그 검은 눈동자가 기분 좋게 신경 쓰인다. 그 눈길은 결국엔 무언가 다른 대상으로 쉬이 옮겨 갈 것이다. 그녀는 꽃을 던져 준 건 실

---

* 멕시코의 대중가요. 20세기 초에는 삽화가 들어간 한 장짜리 악보 형태로 판매 및 전파되었으며, 혁명 선전물로 이용되기도 했다.
** 메르세드 시장에서부터 멕시코시티 중심부를 가로지르는 경로로, 도보로 약 두 시간이 걸린다.

수였다고 스스로를 나무란다. 자신은 스물두 살이고 알 만큼은 아는 나이이니까. 하지만 그런 행동을 한 것을 후회하지는 않기로 한다. 그리고 그녀가 외부에서 일어나는 사건들을 있는 그대로 받아들이지 않고 늘 부인하는 것은, 자신이 두려워하는 어떤 재앙을—그 재앙이 정확히 무엇인지는 몰라도—막기 위해 애써 길러 온 극기심을 점차 완벽하게 단련하고 있다는 증거라고 스스로를 설득한다.

그녀는 이 세상과 좀처럼 친숙해지지 않는다. 그녀는 날마다 아이들을 가르치고, 그 애들의 보드랍고 동글동글한 손과 우발적으로 튀어나오는 매력적인 야만성을 무척 좋아하지만, 그럼에도 그 아이들은 그녀에게 여전히 낯설게만 느껴진다. 그녀가 친구가 나올지 낯선 사람이 나올지도 모르는 생경한 집에 찾아가 문을 두드릴 때, 그 미지의 실내에 들어찬 쌀쌀맞은 어둠 속에서 설령 아는 얼굴이 나오더라도, 그 얼굴은 그녀에게 여전히 낯선 사람의 것이다. 그 낯선 사람이 무슨 말을 하든, 그녀가 그 사람에게 어떤 메시지를 전하든 간에, 그녀 살의 세포들은 시종일관 '아니야'라는 한 마디로 이해와 유대를 거부한다. 아니야, 아니야, 아니야. 그녀가 악惡으로 끌려가지 않게 해 주는 단 하나의 신성한 주문, 거기에서 그녀는 힘을 얻는다. 모든 것을 부정함으로써 어디서든 안전하게 걸을 수 있고, 무엇을 보아도 놀라지 않으리라.

'아니야', 그녀의 피를 타고 흐르는 단호하고 한결같은 말을 되뇌며, 그녀는 놀라지 않고 브라그히오니를 바라본다. 그는 위대한 사내로서 지금 눈앞에 있는 한 평범한 여자의 관심을 끌고 싶어 한다. 커다랗고 둥근 젖가슴을 두껍고 칙칙한 천으로 가리고, 값어치를 헤아릴 수 없을 만큼 아름답고 긴 다리를 묵직한 치마로 덮고 있는 여자. 그녀

172

는 마른 체구이면서 유독 가슴만큼은 아기 젖 먹이는 엄마처럼 희한하게 풍만하다. 여자를 볼 줄 아는 감식가를 자처하는 브라그히오니는, 로라의 악명 높은 처녀성에 얽힌 수수께끼에 대해 다시금 곰곰이 생각해 본다. 그러다가 자기 마음 내키는 대로 말을 하기 시작한다. 그녀는 공손한 기색이라고는 전혀 없이, 정말이지 아무런 기색도 띠지 않고 그의 말을 듣는다. 로라의 그런 점이 그는 사뭇 당황스럽다.

"당신은 자기가 아주 냉정하다고 생각하지, 그링히타! 어디 두고 보시오. 언젠가는 자기 자신에게 깜짝 놀라게 될 테니! 그때 내가 곁에서 조언을 해 주겠소!" 그는 그녀를 향해 눈꺼풀을 뻗친다. 심기가 사나워진 고양이 같은 두 눈동자가 바르르 흔들리며 각각 다른 지점을 흘끔 향한다. 둥글게 부풀어 오른 양쪽 젖가슴 사이로 매끄럽게 뻗은 선의 양쪽 끝, 빛을 받아 도드라진 그 한 쌍의 꼭짓점에 그의 눈길이 닿는다. 그녀가 푸른 서지 옷을 입었어도, 완강한 시선으로 그를 마주하고 있어도, 그의 관심은 식지 않는다. 시간은 아직 많고도 많다. 그는 뺨을 불룩 부풀리고 날숨을 내쉬며 노래를 부른다. "오 검은 눈의 아가씨……"* 그는 멈칫하고 생각에 잠긴다. "그런데 당신 눈은 검지 않잖소. 가사를 바꿔야겠군. 오 녹색 눈의 아가씨, 당신이 내 마음을 훔쳤다네!" 그는 슬슬 노래에 정신이 팔리고, 로라는 그의 주의가 자신에게서 떠나가는 가뿐한 감각을 느낀다. 저렇게 노래에 집중하는 그는 무해해 보인다. 실로 무해하다. 그녀는 다만 끈기 있게 앉아 있다가 때가 되면 "아니요"라고만 하면 된다. 비로소 그녀도 심호흡을 하고는 다른 데로 주의를 돌린다. 하지만 완전히 돌리지는 않는

---

* 아돌포 우트레라와 닐로 메넨데스가 작곡한 1920년대 멕시코의 유행가.

다. 감히 그에게서 완전히 주의를 뗄 수는 없다.

　브라그히오니가 좋은 혁명가이자 전문적인 인류애 실천가가 되고자 공을 들이는 데에는 그만한 이유가 있다. 그는 절대로 이 일을 하다가 죽지는 않을 것이다. 그는 악의도 있고, 영리하고, 사악하며, 눈치가 빠르고, 마음이 냉혹하니, 이득을 볼 수 있는 방식으로 세계를 사랑하도록 정해진 존재이다. **그러니 절대로 죽지 않을 것이다.** 또 다른 굶주린 구세주들에게 걷어차여서 여물통 밖으로 쫓겨나는 꼴을 당할 때까지는 살 것이다. 피바람에 휘말리는 삶을 살고 있음에도 전통에 따라 노래를 부르지 않을 수 없다고, 그가 로라에게 이야기한다. 자신의 아버지는 본래 토스카나의 소작농이었는데 유카탄반도로 흘러들어 와 마야족의 귀족 여자와 결혼했으며, 두 부부가 브라그히오니에게 음악에 대한 사랑과 지식을 가르쳐 주었다는 것이다. 그래서 그의 엄지손톱 아래에서 악기의 현들은 외부로 노출된 신경 줄처럼 신음한다.

　한때는 그를 쫓아다니는 아가씨들과 유부녀들 모두가 그를 '델가디토'*라고 불렀다. 그때만 해도 빼빼 말라서 얇은 면 옷 위로 뼈가 죄 불거져 보였고, 배 속에 든 게 얼마나 없었던지 두 손으로 허리를 틀어쥐면 등뼈까지 만질 수 있을 정도였다. 아직 그가 시인이었고 혁명은 꿈에 불과했던 시절이었다. 너무나 많은 여자가 그를 사랑하고 젊음을 소모시켰고, 그는 어디에서도, 그 어디에서도 배불리 먹어 본 적이 없었다! 그런데 이제 그는 남자들의 우두머리가 되었다. 그의 귀에 교활한 말을 속삭이는 남자들, 그와 이야기를 나누려고 그의 사무

* Delgadito. 깡마르고 작은 사람이라는 뜻.

실 밖에서 몇 시간이고 기다리는 굶주린 남자들, 건물 문 앞에서 그를 멈춰 세우고는 소심한 목소리로 "동지, 드릴 말씀이 있는데……"라고 말을 거는 수척하고 광적인 얼굴의 남자들—텅 빈 배 속에서 나오는 입내를 그의 얼굴에다 뿜어 대는 남자들.

그는 늘 그들에게 동정을 보인다. 자기 호주머니에서 동전 몇 움큼을 꺼내 주고, 일을 할 수 있게 해 주겠다고 약속한다. 곧 시위가 열릴 거다, 노조에 가입하고 회의에 참석해야 한다, 무엇보다도 첩자들을 경계해라. 여러분은 내게 친형제보다도 가까운 사람들이다, 여러분이 없으면 나는 아무것도 할 수 없다…… 내일까지만 기다리시오, 동지!

내일까지만. "그들은 멍청하고, 게으르고, 음흉한 치들이오. 아무 것도 아닌 일로도 내 목을 따 버릴 작자들이지." 그가 로라에게 말한다. 그는 좋은 음식을 먹고 술도 양껏 마시고, 자동차를 전세 내 일요일 아침 파세오데라레포르마 대로에서 드라이브를 즐기고, 푹신한 침대에 누워서 감히 그를 방해하지 않는 아내를 곁에 두고 실컷 잠을 자고, 안락한 지방층 속에 자기 뼈들을 고이 감싼 채, 로라를 향해 노래를 부른다. 그에 관한 이러한 사실들을 알고 있고 또 생각하고 있는 그녀를 향해. 그가 열다섯 살 때는 사랑하는 여자 때문에 물에 빠져 죽으려고 한 적도 있었다. 첫사랑이었던 여자가 그를 비웃었다는 이유로. "그 대가를 천 명의 여자들이 대신 치렀지." 그는 작고 팽팽한 입술의 양쪽 끄트머리를 뒤튼다. 그러더니 조키 클럽 향수를 머리에 뿌리고는 말을 잇는다. "어둠 속에서는 이 여자나 저 여자나 다 똑같이 좋소. 나는 그녀들 모두를 좋아하오."

그의 아내는 담배 공장 여공들의 노조를 관리하고, 피켓 라인에 서고, 저녁 회의에서 발언도 하는 사람이다. 그러나 진정한 자유에서만 얻을 수 있는 이점을 도통 인정하질 못한다. "나는 내가 완전한 자유를 누려야만 한다고 누차 말하고 있는데, 그녀는 내 관점을 이해하지 못하오." 로라는 이 이야기를 이미 많이 들었다. 브라그히오니는 기타를 긁고서 생각에 잠긴다. "그녀는 천성이 정숙한 여자요. 아무렴, 순금 같은 여자지. 안 그랬으면 나는 그녀를 가둬 버렸을 거요. 이건 그녀 스스로도 잘 알고 있소."

그의 아내는 여공들을 위해 그토록 열심히 일하고는, 여가 시간의 일부를 바닥에 드러누워 우는 데에 쓴다. 세상에 여자는 너무나 많고 그녀에게 남편은 한 명뿐이니, 언제 어디에서 그를 찾아야 할지 모르기 때문이었다. 그는 아내에게 "당신이 내가 없을 때 우는 법을 터득하지 않으면 나는 영원히 떠나 버리겠소"라고 말하고는 그날로 집을 나가 마드리드 호텔에 방을 잡았다.

그렇게 브라그히오니는 더욱 높은 신념을 위해 한 달째 별거를 이어 가고 있고, 그 바람에 (흠잡을 데 없는 현실감각을 가진) 브라그히오니 부인뿐 아니라 로라 역시 고통스러운 한 달을 보내고 있다. 로라는 헤어날 수 없는 악몽에 빠진 기분이다. 오늘 밤에는 브라그히오니 부인이 부럽기까지 하다. 그녀는 실재하는 부당한 일에 대해 혼자서 마음껏 울 수라도 있을 테니까. 로라는 막 교도소 면회를 다녀온 참이고, 내일이 오기만을 기다리면서 동시에 내일이 영영 오지 않을지도 모른다는 지독한 불안감에 시달리고 있다. 시간이 지금 이 순간에 멈춰 버릴 것만 같은, 그래서 그녀는 이 자리에 붙박이고, 브라그히오니는 영원히 노래를 부르고, 에우헤니오의 시신은 아직도 교도관들에게 발견되지 않았을 것만 같은 느낌이다.

브라그히오니가 묻는다. "잘 거요?" 그녀가 고개를 흔들기 시작한 것과 거의 동시에, 그는 모렐리아에서 벌어질 노동절 시위에 대한 이야기를 시작한다. 가톨릭교도들이 성모마리아를 기리는 축제를 여는 그날, 사회주의자들은 자기네 순교자들을 추모할 것이다.* "도시의 양쪽 끝에서부터 두 대열이 각각 출발할 거요. 그렇게 쭉 행진하다가 맞닥뜨리게 될 테고, 그런 다음에는 상황에 따라……" 그는 그녀에게 자기 피스톨들에 기름을 치고 장전을 해 달라고 한다. 그러고는 일어서서 탄띠를 풀고 그녀의 무릎 위에 펼쳐 놓는다. 로라가 기름에 적신 헝겊으로 탄약들을 닦는 동안, 그는 그녀가 대체 왜 혁명 이념을 위해 이토록 열심히 일하는지 이해되지 않는다는 말을 다시금 꺼낸다. 조직 안에 사랑하는 남자가 있지 않고서야 그럴 수는 없다고. "사랑하는 사람이 없는 거요?" "없어요." 로라가 대답한다. "당신을 사랑하는 사람은 있고?" "아니요." "그럼 당신 잘못이군. 임자 없는 여자는 없는 법인데. 아니, 대체 뭐가 문제요? 하물며 알라메다 공원에서 구걸하는 다리 없는 여자한테도 더없이 충직한 애인이 있소. 알고 있었소?"

로라는 총신을 내려다보며 침묵한다. 그녀의 안에서 길고 느린 현기증이 서서히 일어났다가 잦아든다. 브라그히오니는 퉁퉁한 손가락으로 기타의 목을 감싸 쥐고는 부드럽게 그 숨통을 조이면서 음악을 뽑아낸다. 그러다가 잠시 뒤 다시 입을 여는데, 그새 그녀의 존재를 잊은 기색이다. 그는 좁은 실내에 모인 청중 앞에서 말할 때 으레 쓰는, 최면을 거는 듯한 특유의 목소리로 말한다. 이 세상이 지금은 비록 지극히 차분하고 영원해 보이지만, 언젠가는 온 바다 끝까지 쩍 벌

* 국제 노동절인 5월 1일은 가톨릭에서 성모마리아를 기리는 날이기도 하다. 1921년 5월 12일, 미초아칸주의 모렐리아에서 사회주의자들과 가톨릭교도들 사이에 충돌이 발생해 열 명이 사망했다.

어진 참호들, 무너져 가는 벽들, 망가진 시체들만이 이리저리 뒤얽힌 채 남게 될 것이다. 수 세기 동안 같은 자리에서 썩어 가고 있었던 모든 것이 뜯기고, 하늘 높이 내던져지고, 두루 분배되어야 한다. 빗줄기처럼 깨끗하게, 서로 간의 차이 없이 쏟아져 내려야 한다. 가난의 뻣뻣한 손길들이 부자들을 위해 만들어 낸 것은 그 무엇도 살아남지 못할 것이고, 잔인하고 부당한 것은 모두 씻겨 나가고 자비로운 무정부 상태를 이룩한 새 세상을 낳도록 선출된 사람들만이 살아남을 것이다. "권총은 좋지. 좋다마다. 대포는 더더욱 좋고. 하지만 내가 마지막까지 믿는 건 질 좋은 다이너마이트요." 그는 그렇게 결론을 내리고 그녀의 두 손에 놓인 권총을 어루만진다. "한때는 이 도시를 파괴하는 꿈을 꾸기도 했소. 혹시라도 도시가 오르티스 장군*에게 저항할 경우에 말이오. 하지만 이곳은 농익은 배처럼 그의 손에 뚝 떨어졌지."

그는 말하다 보니 좀이 쑤시는지 자리에서 일어나 기다린다. 로라는 벨트를 들어 올려 그에게 건넨다. "이걸 차고 모렐리아에 가서 누군가를 죽이세요. 그러면 더 행복해질 거예요." 그녀는 부드럽게 말한다. 이곳에 죽음이 함께 있다고 생각하니 그녀는 대담해진다. "오늘 에우헤니오가 의식을 잃고 쓰러졌어요. 저는 교도소 의사를 부르려고 했지만 그가 그만두라더군요. 제가 어제 가져다준 약을 전부 다 먹었다나 봐요. 너무 지루해서 그랬다고요."

"그 녀석은 멍청이요. 그가 죽는 건 자기 사정이고." 브라그히오니는 주의 깊게 벨트를 찬다.

---

* 파스쿠알 오르티스 루비오(1877~1963) 장군. 실제 역사에서는 알바로 오브레곤 장군이 1920년 5월 카란사 대통령을 실각시키고 멕시코시티에 입성하여 차기 대통령으로서 집권했다.

"저는 조금만 더 기다리지 그랬느냐고, 그랬으면 당신이 그를 풀어 줬을 거라고 했어요." 로라가 말한다. "그는 기다리고 싶지 않다고 하더군요."

"그런 멍청이가 없어졌으니 우리한텐 잘된 일이오." 브라그히오니가 모자에 손을 뻗으며 말한다.

그가 방을 나간다. 로라는 그의 기분이 변했다는 걸 안다. 당분간은 그녀를 만나러 오지 않을 것이다. 나중에 그녀에게 맡길 심부름이 생기면 사람을 시켜서 전갈을 보낼 것이다. 그러면 그녀는 또 어느 낯선 길거리로 찾아가야 할 테고, 그러면 또 어느 낯선 얼굴이 마치 사람의 말을 할 줄 아는 점토 마스크처럼 그녀의 앞에 나타나 대화를 나눌 테고, 브라그히오니에게 도와줘서 고맙다고 전해 달라는 말을 중얼거릴 것이다. 이제 그녀는 자유이다. '시간이 있을 때 도망쳐야겠어.' 그녀는 생각하지만, 그럼에도 떠나지 않는다.

브라그히오니는 자기 집에 들어선다. 그의 아내는 지난 한 달간 집에서 밤마다 흐느껴 울고 베개에 머리를 헝클어뜨리며 긴 시간을 보냈다. 지금도 그녀는 울고 있고, 그 모든 슬픔의 원인인 남편이 눈앞에 나타나자 더더욱 심하게 운다. 그는 방 안을 살펴본다. 변한 것은 아무것도 없고, 정겹고 친숙한 냄새가 나고, 그가 너무나 잘 아는 여자가 아무런 책망의 말 없이 다만 슬픔이 가득한 얼굴로 다가온다. 그는 그녀에게 다정하게 말한다. "착한 사람. 이제 그만 울어요, 우리 착하고 소중한 여보." 그녀가 말한다. "내 천사, 고단하시지요? 여기 앉으세요. 발을 씻겨 드릴게요." 그녀가 사발에 물을 떠 오더니 그의 앞에 꿇어앉아 신발 끈을 푼다. 서글픈 시선을 무릎에 떨구고 있던 그녀가 검푸르게 멍든 눈을 들어 올리자, 그는 모든 게 미안해져서 왈칵 눈물을 터뜨린다. "아, 그래, 배도 고프고 고단하군. 같이 뭐라도 좀 먹읍시다." 그가 흐느끼며 말하고, 아내는 그의 팔에 머리를 기댄다. "나를 용서해 주세요!" 끊임없는 비처럼 쏟아지는 그녀의 엄숙한 눈물이 지금 그에게는 안식처럼 느껴진다.

로라는 서지 옷을 벗고 흰 리넨 잠옷을 입은 뒤 침대에 들어간다. 머리를 약간 모로 돌리고 가만히 누운 채, 이제 자야 할 시간이라고 자신을 타이른다. 머릿속에 작은 시계가 있는 듯 숫자들이 똑딱거리며 돌아가고, 그녀 주위의 문들이 소리 없이 저절로 닫힌다. 이대로 잠들면 아무것도 기억하지 말아야 해. 내일도 아이들은 안녕하세요, 선생님, 하고 인사하겠지. 자기들을 가두는 교도관에게 매일 꽃을 가져다주는 불쌍한 죄수들. 1, 2, 3, 4, 5─혁명과 사랑을, 낮과 밤을, 죽음과 삶을 헷갈린다는 건 끔찍한 일이야─아, 에우헤니오!

자정의 종소리가 울리는 것은 어떤 신호이다. 그런데 무슨 뜻이지? 일어나, 로라, 나를 따라와. 잠에서 벗어나, 침대에서 벗어나, 이 이상한 집에서 벗어나. 이 집에서 뭘 하고 있는 거야? 그녀는 아무 말도 없이, 두려움도 없이 일어나 에우헤니오의 손을 향해 손을 뻗었다. 하지만 그는 날카롭고 교활한 미소를 지으며 그녀를 피하고는, 저편으로 멀어져 가며 말했다. 이게 다가 아니야, 너도 곧 알게 될 거야─살인자야, 나를 따라와, 네게 새로운 나라를 보여 줄 테니, 하지만 갈 길이 머니 서둘러야 해. 로라는 말했다. 아니, 네가 손을 잡아 주지 않으면 안 갈 거야. 안 갈래. 그녀는 계단 난간을 붙잡고 버티다가, 그다음에는 유다 나무 우듬지를 붙잡았다. 그러자 나뭇가지는 천천히 밑으로 구부러지면서 그녀를 땅으로 내려뜨리더니, 바위투성이 절벽 끄트머리를 넘어, 격렬하게 파도치는 바다로 뻗어 나갔다. 그곳은 물로 된 바다가 아니라 부서져 가는 돌로 된 사막이었다. 나를 어디로 데려가는 거야? 그녀는 놀라서 물었지만 두렵지는 않았다. 죽음으로 가는 거야, 먼 길이니까 서둘러야 해, 에우헤니오가 말했다. 안 돼, 네가 손을 잡아 주지 않으면 안 돼, 로라가 말했다. 그러자 에우헤니오는 측은한 목소리로 말했다. 그럼 이 꽃들을 먹어라, 가엾은 죄수야, 이걸 받아서 먹어. 그리고 그는 유다 나무에서 피가 흐르는 뜨끈한 꽃들을 뜯어다가 그녀의 입가에 가져갔다. 이제 보니 그의 손은 살점이 없었고, 하얗게 석화된 나뭇가지들이 뒤얽힌 작은 덩어리에 불과했으며, 그의 눈구멍에는 빛이 비치지 않았다. 그래도 꽃들은 허기도 갈증도 모두 채워 주었기에 그녀는 게걸스럽게 받아먹었다. 그러자 에우헤니오가 말했다. 살인자! 식인종! 이건 내 살이고 내 피란 말이다. 로라는 외쳤다. 아니야! 그리고 자기 목소리에 바르르 떨면서 잠에서 깼고, 다시 잠을 이루기가 두려웠다.

금이 간 거울
The Cracked Looking–Glass

부엌에서 로절린이 이야기를 하고 어떤 남자가 대답하는 목소리가 들려왔다. 데니스는 두 손을 무릎 위에 늘어뜨리고 앉아 그 소리를 듣고 있었다. 로절린의 목소리가 데니스에게 친근하게 느껴질 때도 있었지만, 어떨 땐 그녀가 세상만사에 대해 하염없이 떠들지 말아 줬으면 좋겠다는 바람을 하루 종일 곱씹기도 했다. 그런 생각을 이제껏 백 번은 했던 것 같았다. 남자는 나이를 먹을수록 조용해진다. 똑같은 말을 자꾸만 반복할 이유가 전혀 없기 때문이다. 같은 생각을 하는 것만으로도 쉬이 피곤해졌다. 그런데 로절린은 변함없이 말이 많았다. 그녀는 데니스가 아니면 잠시 들르는 행인에게라도 말을 붙였고, 아무도 들르는 사람이 없으면 고양이나 자기 자신을 상대로 이야기했다. 그러다가 데니스가 가까이 오면 자기가 하던 말을 계속하면서 목소리만 높였다. "거기서 나와, 얼른! 식탁에 앉지 말라고 몇 번을 말해야겠어?"라는 그녀의 고함 소리에 깜짝 놀랐다가, 고양이들이 죄책감 어린 표정으로 뿔뿔이 흩어지는 걸 보고서야 뒤늦게 상황을 파악하는 일도 예사였다. "간 떨어지는 줄 알았잖아." 데니스가 불평하면, 로절린은 "당신한테 한 말이 아니에요, 여보"라며, 그 말로 모든 게 해결된다는 듯 대답했다. 그리고 데니스가 곧장 자리를 뜨지 않으면 그녀는 또 무언가 이야기를 시작하는 것이었다. 그런데 오늘 그녀는 그를 다만 부엌 밖으로 쫓아내기만 할 뿐 상냥한 말 한마디 입에 담지 않았다. 데니스는 세상 모든 것과 모든 사람이 환영받는 곳에서 자신만 혼자 추방된 것 같은 느낌이었다. 그는 응접실 문 쪽으로 살금살금 다가가서 열쇠 구멍에 귀를 기울였다. 이것도 벌써 스무 번째 하는 짓이었다.

로절린이 말했다. "살아 있는 고양이라기에는 앞다리가 약간 뻣뻣해 보일 수도 있겠지만, 이 그림에서 그건 별 흠이 못 되죠. 저는 케빈이 절대로 그 녀석을 살아 있는 것처럼 그리진 못할 거라고 장담했는데, 케빈은 해내고야 말더라고요. 찻잔 받침에 가정용 페인트를 섞어 놓고는 작은 붓으로 찍어다가 이 가느다란 선들을 다 그려 내지 뭐예요. 다만 제 무릎에 앉혀 놓은 고양이를 테이블 위에 올라앉은 모습으로 그리려다 보니까, 다리 부분이 아무래도 어색하게 표현된 거죠. 녀석은 쥐 잡기의 명수였어요. 하루 온종일 쥐를 잡아들였는데, 딱 타고난 사냥꾼……"

데니스는 응접실 소파에 앉아서 생각했다. '또 시작이군. 또 그 얘기를 하고 있어.' 그는 저 남자가 누구일지 궁금했다. 처음 듣는 목소리였는데, 큰 소리로 거침없이 수다를 떠는 걸 보니 외판원인가 싶기도 했다. "멋진 그림이네요, 오툴 부인." 그 남자가 말했다. "화가가 누구라고 하셨죠?"

"케빈이라는 청년요. 제 친동생 같은 사람이었어요. 지금은 출세하겠다고 우리 집을 떠났지만요." 로절린이 대답했다. "본업은 페인트공이에요."

"고양이를 이렇게 똑같이 그렸는데요!" 남자가 외쳤다.

"그렇다니까요. 빌리의 실물 딱 그대로예요. 여기 넬리는 빌리의 여동생이고, 지미랑 애니랑 미키는 조카들이에요. 다들 서로서로 닮아서 한 가족 태가 나죠. 아무튼 빌리하고 살면서 그렇게 희한한 일은 처음이었어요, 펜들턴 씨. 녀석이 가끔 사냥에 너무 정신이 팔리면 해가 지고 저녁 먹을 시간이 지나도록 집에 안 들어올 때가 있긴 했는데, 어느 날에는 아침이 밝도록 감감무소식이더라고요. 그리고 다음 날에도, 또 그다음 날에도요. 저는 하도 걱정이 돼서 잠을 한숨도 못 잤어요. 그렇게 사흘째 되던 날 밤 겨우 잠이 들었는데, 빌리가 제 방에 들어오더니 베개 위로 뛰어올라서는 이렇게 말하지 뭐예요. '북쪽 들판 너머에, 폭풍으로 가지가 부러진 자국이 커다랗게 나 있는 단풍나무 한 그루가 있어요. 그 근처의 평평한 바위를 살펴보시면 저를 찾을 수 있을 거예요. 저는 덫에 걸려 있어요. 저를 잡으려고 놓은 덫은 아니었지만, 제가 걸려 버렸네요. 이제 제 걱정은 놓으세요. 다 끝났으니까요.' 그리고 녀석은 꼭 사람처럼 어깨 너머로 저를 한 번 돌아보고는 떠나갔어요. 저는 데니스를 깨우고 전부 다 이야기했죠. 하늘에 맹세컨대, 펜들턴 씨, 이건 모두 실제로 있었던 일이랍니다. 그래서 데니스가 북쪽 들판으로 가서 빌리를 집으로 데려왔고, 우리는 정원에 녀석을 묻어 주고 함께 울었지요." 그녀의 음성이 갈라지면서 낮게 가라앉았다. 데니스는 그녀가 생판 남 앞에서 눈물을 흘릴까 봐 두려워 몸서리를 쳤다.

"맙소사, 오툴 부인." 목소리 큰 남자가 말했다. "그 이야기 이제 와서 무르긴 없기입니다. 세상에, 이렇게 신기한 이야기는 생전 처음 들어요!"

데니스가 자리에서 일어나자 관절에서 약간 삐걱거리는 소리가 났다. 그는 집의 동쪽으로 절뚝절뚝 건너가서 밖을 내다보았다. 불그스름한 얼굴에 살이 축 늘어진, 통통한 체격의 남자가 낡고 녹슨 차에 올라타고 있었다. 차 문 위에 상호가 페인트로 칠해져 있었다. "항상 이러는구먼. 응?" 데니스는 부엌문으로 고개를 내밀고 한마디 했다. "항상 허풍을 떨어!"

"뭐 어때요." 로절린은 조금도 부끄러운 기색 없이 말했다. "그 사람이 이야기를 듣고 싶어 하길래 재밌는 이야기 하나 해 준 것뿐인데요. 나는 아일랜드인다운 본능을 발휘한 거예요."

"늘 실제보다 과장하잖아. 그게 문제라고."

로절린이 발끈했다. "여기서 나가요!" 그녀의 고함 소리에도 고양이들은 수염 하나 꿈쩍하지 않았다. "부엌은 남자가 발 들일 데가 아니라니까요! 몇 번을 말해야겠어요?"

"그럼 거기 내 모자 좀 주겠소?" 데니스의 모자는 벽 저편의 달력을 고정해 둔 못 위에 걸려 있었다. 거긴 언제든 손 닿기 쉬운 데라서 그가 이 농가에 산 이래 줄곧 모자를 놔두었던 자리였다. 그리고 몇 분 뒤에는 늘 그랬듯 램프 선반 위에 놓아둔 담뱃대를 아내에게 건네 달라고 했고, 그다음에는 한 달째 본 적도 없던 외양간용 장화가 갑자기 필요해졌다. 그리고 마지막으로 할 말이 생각나서 또다시 부엌문을 살짝 열었다.

"지난 10년 동안 내가 아무 방해도 안 받고 앉던 자리가 도대체 어디였더라?" 그는 커다란 식탁 옆에 모로 놓여 있는, 막 폭신하게 부풀린 베개가 대어진 안락의자를 눈짓했다. "그런데 오늘은 내가 거기 있으면 안 된단 말이오?"

"툴툴거렸다가는 후회할 줄 알아요." 로절린이 경쾌하게 말했다. "얼른 나가요, 뭐 집어 던지기 전에!"

데니스는 응접실 테이블 위에 올려 둔 모자와 소파 아래에 놔둔 장화를 집어 들고, 현관 밖 계단으로 건너가 앉아서 담뱃대에 불을 붙였다. 날이 곧 써늘해질 터였다. 부엌문의 옷걸이에 걸어 둔 오래된 가죽 재킷이 아쉬워졌다. 로절린은 대체 무슨 꿍꿍이인 걸까? 그녀는 자기 결점들을 아일랜드인 특유의 기질 탓으로 돌림으로써 자국민들에게 커다란 잘못을 저지르고 있었다. 데니스는 자신이야말로 아일랜드인답다고 생각했다. 술도 안 마시고, 현실적이고, 생각이 깊으며, 진실을 사랑하는 사람. 로절린은 그 점을 전혀 이해하지 못했다. "당신은 벽창호 그 자체라니까!" 언젠가 그녀는 짐짓 농담인 척 그렇게 말했지만 실은 진담이었다. 그녀는 그의 진가를 인정하지 않았다. 그의 첫 번째 아내도 마찬가지였다. 데니스가 무엇을 내주어도 아내들은 항상 다른 것을 원했다. 그가 젊고 가난했던 시절 만났던 첫 번째 아내는 돈을 원하더니, 기껏 은행에 돈을 넉넉히 넣어 둔 견실한 남자가 되어서 만난 두 번째 아내는 젊고 팔팔한 남자를 원했다. '여자들이란 모두 천성이 배은망덕한 거야.' 그는 결론을 내렸고, 그러자 드디어 발 디딜 단단한 땅이 생긴 것처럼 대번에 기분이 나아졌다. 9월에 이렇게 현관 밖 계단에 앉아 있다가는 죽을 수도 있는데, 그녀는 신경도 쓰지 않았다! 이가 떨려서 딱딱 부딪치는데 치아들이 잘 맞물리지 않고 어긋나는 느낌이 들었다. 손과 발은 그의 몸에 끈으로 묶여 있는 것만 같았다.

　로절린은 여태껏 나이를 한 살도 더 먹지 않은 듯 보였다. 그를 괴롭히려고 일부러 그러는 것 같기까지 했지만, 그녀는 심술궂은 성격은 아니었다. 그건 분명히 단언할 수 있었다. 하지만 그녀는 아일랜드에서 보낸 화려한 처녀 시절을 잊지 못해, 허구한 날 그에게 그 이야기를 하고 또 했다. 데니스 자신의 청춘보다 그녀의 청춘이 더 선명하게 마음속에 새겨질 정도였다. 그는 자신이 겪은 일들을 하나하나 기억할 수 없었다. 과거는 그의 안에 거대한 덩어리처럼 놓여 있을 뿐이었고, 떠올리기만 하면 그 즉시 전부 알 수 있었다. 마치 짐을 꾸려 넣고 한구석에 치워 놓은 궤짝처럼, 구태여 그 안에 든 물건들의 이름을 들거나 수를 헤아리지 않아도 내용물이야 뻔히 알고 있는 것이다. 요컨대 데니스 오툴이라는 인간의 삶은 쉽지가 않았다. 그는 잉글랜드의 브리스틀에서 나고 자라서 최대한 이른 나이에 닥치는 대로 일을 했다. 그러다가 더 나은 일자리를 구하러 그의 형제자매들이 있는 뉴욕으로 떠났다. 잉글랜드인이었던 아내는 자신을 본래의 터전에서 뿌리째 뽑아 타지로 데려간 그를 절대로 용서하지 못했다. 그는 뉴욕의 한 호텔에 급사로 취직했다가 나중에는 급사장이 되었고, 이제 와서는 어쩐지 짧게 느껴지지만 오랜 세월을 그곳에서 일했다. 대단한 고급 호텔은 아니었어도 급사장이었던 만큼 돈은 꽤나 벌었고, 덕분에 코네티컷에 있는 이 농장을 매입해서 약간의 고정적 수입을 챙길 수 있었다. 그런데 로절린은 뭘 더 바란단 말인가?

　잉글랜드를 떠나온 지 몇 년 만에 첫 번째 아내가 죽었던 것은 그리 슬프지 않았다. 피차 진심으로 좋아한 적이 없었으니까. 이제 와 생각해 보면, 사실 그는 아내가 죽기도 전부터 만약 그녀와 사별한다면 절대로 재혼은 하지 않겠노라고 마음먹고 있었다. 그리고 거의 쉰 살이 될 때까지 그 입장을 고수하다가, 이스트 86번가 끝자락의 카운티 슬라이고 회관*에서 열린 무도회에서 로절린을 만났다. 그녀는 장밋빛 얼굴의 훤칠한 아가씨였고 춤 솜씨도 대단해서, 남자들이 그녀를 두고 숫제 싸움을 벌였다. 그날 이후로 2년 동안 그는 무도회에서처럼 그녀에게 이리저리 끌려다니며 애를 먹었다. 그녀는 그가 다 괜찮은데 브리스틀 출신이라는 점이 마음에 걸린다고 했다. 모름지기 외지 출신의 아일랜드인 교포들은 신뢰해서는 안 된다는 통념이 있다는 것이었다. 이유는 모르겠지만 그냥 그런 불문율이 있다며, 그들은 더블린 사람들보다도 더욱 평판이 나쁘다고 했다. 정상적인 슬라이고 여자라면 설령 세상에 다른 남자가 아무도 없더라도 더블린 남자하고는 절대로 결혼하지 않을 거라면서. 데니스는 그녀의 이야기를 믿지 않았다. 더블린 사람들에 대해 그런 악평은 한 번도 들어 본 적이 없었고, 오히려 시골 여자들은 도시 남자와 결혼할 기회만 생기면 무조건 붙잡기에 바쁠 거라고 생각했다. 그 의견에 로절린은 "그럴지도요"라고 하더니, 그렇다고 자기가 브리스틀 출신 아일랜드 남자와 무조건 결혼하려고 들지는 두고 봐야 할 문제라고 했다. 그리고 자신은 돈 많은 마나님 댁에서 청소 담당으로 일하는 하녀라면서, 자기 같은 사람이 바로 음흉한 악녀의 전형이 아니겠느냐고 했다. 그래서 데니스는 처음엔 그녀와의 관계가 전체적으로 염려스러웠다. 힘들게 일해서 먹고사는 젊은 여자가 돈 때문에 나이 많은 남자와 결혼하려는

* 1887년 뉴욕에 설립된, 아일랜드의 슬라이고 카운티 출신을 위한 향우회 건물.

속셈이 아닐까 했다. 하지만 만난 지 2년이 채 되기 전에 그런 걱정은 접을 수 있게 되었다.

결혼하고 얼마 지나지 않아, 데니스는 무도회장에 있던 정력 센 청년들 중 한 명에게 그녀를 양보할 걸 그랬다고 가끔은 후회되기까지 했다. 하지만 그는 로절린을 좋아했다. 그녀는 정말 매력적이고 괜찮은 여자였다. 그리고 그녀의 혈기가 조금 진정되고 나니 역시 결혼하길 백번 잘했다는 확신이 들었다. 다만 브리스틀에서 처음 결혼한 상대가 로절린이었더라면 얼마나 좋았을까 싶었다. 그랬더라면 지금쯤 함께 안착하고 비슷하게 나이 먹어 가고 있었을 텐데. 서른 살 차이는 아무래도 너무 심했다. 하지만 그는 로절린에게 이런 말은 일절 꺼내지 않았다. 남자에게는 스스로 책임져야 할 문제가 있는 법이다. 그는 담뱃대 안에 낀 담뱃잎을 빼내려고 신발 먼지떨이로 탁탁 두들겼다. 하지만 잘 빠지지 않았다. 부엌에 가서 담뱃대 청소용 솔을 가져다 써야 할 것 같았다.

로절린이 말했다. "어서 들어와요!" 그는 선 채로 부엌을 둘러보면서 그녀가 뭘 만들고 있었는지 살폈다. 그러자 그녀는 경고했다. "나는 이제 우유를 짜러 갈 테니까, 당신은 아무것도 손대지 말고 가만히 있어요. 그렇게 두리번거리지도 말고요. 우리 암소가 지금…… 녀석! 조금만 더 있으면 사과를 따 먹으려고 돌담을 뛰어넘고, 온 들판을 뛰어다니며 울어 대다가 고작 송아지 한 마리나 만나게 되겠어요.* 딱한 것, 속아 넘어가다니!" 데니스가 되물었다. "속아 넘어가다니, 누구한

---

* 사과는 암소의 젖을 마르게 하는 해로운 영향을 끼치므로 먹여서는 안 되는 것으로 알려져 있다. 로절린의 이야기는 암소가 금지된 영역으로 뛰쳐나갔다가 실망하게 된다는 의미를 담고 있다.

테 왜 속는다는 거요?" "아, 모르나 보죠?" 로절린은 그렇게만 대꾸하고 우유 통을 챙겼다.

부엌은 훈훈했다. 데니스는 다시금 마음이 편안해졌다. 주전자 안에서 찻물이 보글보글 끓고, 고양이들은 각자 좋을 대로 웅크려 있거나 퍼드러져 있었다. 데니스는 여유롭게 앉아 홀쭉한 얼굴에 미소를 띠며 담뱃대를 청소했다. 한편 외양간에서는 로절린이 자주색 체크 무늬 치마를 걷어 올리고 앉아서, 암소의 뜨뜻하고 차분한 옆구리에 이마를 기댄 채, 걸쭉한 우유 두 줄기를 우유 통에 짜내고 있었다. 그녀는 암소에게 말했다. "이건 삶이 아니야. 도대체 살아도 사는 게 아니라고. 저렇게 늙은 남자는 여자에게 위로가 못 된단 말이야." 그러고는 자기 신세 한탄이 아닌 혼잣말을 천천히 중얼거렸다.

가끔 그녀는 코네티컷에 아예 오지 말았어야 했다는 후회가 들었다. 여기는 러시아 놈들과 폴란드 놈들과 이탈리아 놈들 말고는 대화할 상대가 아무도 없었다. 결국 북아일랜드 개신교도 녀석들보다 하등 나을 게 없는 인간들이었다. 토박이들은 심지어 더 심각했다. 그녀는 언덕 위에 사는 이웃 사람들의 행색을 머릿속에 떠올렸다. 거무튀튀한 쥐색 원피스 차림에 허기져 보이는 아내, 황달기가 있고 눈이 시뻘겋게 충혈된 남편 그리고 머리가 모자란 아들 하나. 일요일이면 그들 식구는 낡고 궁상맞은 신발을 꿰어 신고 예배당으로 비슬비슬 걸어갔지만, 그들이 하는 신앙생활이란 고작 그게 전부였다. 적어도 로절린은 그렇게 여기며 경멸스러워했다. 주중이면 그 부부는 불쌍한 아들이나 동물들을 때렸고 자기들끼리도 싸우기 일쑤였다. 축일도 전혀 안 지키고, 몸에 밝은 색깔의 옷이라고는 한 오라기도 걸치지 않고, 다른 사람의 영혼을 위해 주는 기독교인다운 눈빛이라곤 조금도 찾아볼 수 없었다. "매일 대죄를 저지르며 사는 거나 마찬가지야." 로절린은 말했다. 하지만 무엇보다도 그녀의 심장이 미어지게 아픈 건 데니스가 늙어 버렸다는 사실이었다. 그녀가 평생 본 그 어떤 남자보다 풍성했던 머리숱도 이제는 간데없었다. 멋진 남자였는데, 오, 그 시절 데니스는 정말 멋졌는데! 검은 정장을 갖춰 입고 흰 장갑을 낀 데니스의 모습이 그녀의 눈앞에 어른거렸다. 그는 백만장자 손님들에게 좋은 저녁 식사 주문하는 법을 일러 줄 수 있을 만큼 박식하고, 앞섶이 빳빳한 흰 셔츠 차림으로 한 손으로는 급사들을, 한 손으로는 손님들을 지휘하던 훌륭한 신사였다. 그런데 지금은? 아니, 저 사람이 데니스라고는 도저히 믿을 수가 없었다. 데니스는 어디로 사라진 걸까? 그리고 케빈은? 그녀는 케빈의 여자 친구 문제로 그를 괴롭혔던 게 후회되었다. 그건 사실 그저 장난이었다. 악의라고는 전혀 없었다. 친한 친구에게 자기 마음을 터놓고 말하지 못한다면 그거야말로 이상한 일이 아닌가. 그에게 여자 친구가 있다는 말조차 들은 적이 없었던 로절린에게, 케빈은 어느 날 청천벽력처럼 자기 여자 친구 사진을 보여 주었다. 뉴욕에서 웨이트리스로 일하는 여자라고 했다. 로절린의 눈에 그녀는 난잡하게 놀고 다니는 야하고 뻔뻔스러운 여자, 남자들이 고향에서 웃음거리 삼아 시시덕대며 들먹이는 여자, 뉴욕에 나와 살다가 인생이 잘못돼 버린 여자—딱 그런 부류의 여자로만 보였다. "설마 이 여자랑 진지하게 만나는 건 아니겠지, 그렇지?" 케빈에게 그렇게 소리쳐 묻는데 눈물이 핑 돌았다. 그러자 케빈은 턱을 상자처럼 네모나게 굳히고서 되물었다. "왜 아니어야 하는데요? 우린 3년째 아주 잘 만나고 있어요. 걔한테 하는 욕은 나한테 하는 욕이나 마찬가지예요." 그렇게 그녀는 케빈과 어그러져 버렸다. 딱히 싸운 건 아니었지만, 그 순간만큼은 그와 친구가 아니게 된 것이다. 더욱이 케빈이 사진을 호주머니에 집어넣으며 이렇게 말한 바에야. "이 얘기는 다신 하지 말죠. 누님에게 말한 제가 완전히 실수했네요!"

그날 밤 케빈은 잠자리에 들기 전에 자기 옷들을 꺼내 짐을 싸고는, 아래층으로 내려와서 로절린과 데니스와 함께 현관 앞 계단에 앉아 얼마간 시간을 보냈다. 그의 여자 친구 문제에 대해서는 케빈도 로절린도 피차 아무 일도 없었던 것처럼 침묵함으로써 화해를 했다. "남자로 태어났으면 인생에서 뭔가를 이뤄야죠." 케빈이 설명했다. "세상에 갈 만한 데야 항상 있으니까요. 저는 뉴욕으로 떠날 생각이에요. 아니면 뭐, 보스턴이나요." 로절린은 대답했다. "나한테 편지해. 잊지 말고. 기다릴게." "거처가 정해지는 대로 편지 쓸게요." 그가 약속했다. 그녀는 케빈과 함께 어깨동무를 하고 짐짓 함박웃음을 나누며 대문까지 그를 배웅해 주었다. 이후에 뉴욕에서 울워스 빌딩* 그림이 박힌 엽서 한 장이 날아왔다. 케빈이 엽서에 적은 말은 단 한 마디였다. "여기가 제 호텔이에요. 케빈으로부터." 그리고 지금껏 5년이 지나도록 감감무소식이었다. 나쁜 놈, 무뢰한 같은 놈! 그가 어깨에 여행 가방을 메고 길 저편으로 사라져 갔던 그날, 집 안으로 돌아온 로절린은 부엌 창문 옆에 걸린 사각형 거울을 빼내서 들여다보았다. 거울 표면에는 이랑이 진 부분이 한 군데 있었고 한가운데에 금도가 있었다. 꼭 수면 위에 얼굴을 비춰 보는 것 같았다. "하느님께 맹세코 내 얼굴은 이렇게 생기지 않았어." 그녀는 거울을 못에 다시 걸어 놓으며 말했다. "만약 이렇게 생겼다면 그가 떠나는 것도 당연하지. 하지만 이

---

* 뉴욕에서 가장 오래된 초고층 빌딩.

건 내 얼굴이 아니야." 케빈이 그렇게 저속해 보이는 여자의 곁으로 떠나서 잘될 리가 없다고 그녀는 확신했다. 하지만 케빈은 영리한 사람이니, 금방 그 여자의 실체를 깨닫고 돌아올 것 같았다. 로절린은 케빈이 돌아오기를 기다렸다. 그녀의 말이 옳았노라고, "당신을 감히 마주 볼 자격도 없는 여자 때문에 당신을 속상하게 해서 미안해요"라고 말해 줄 날을 기다렸다. 그러나 그렇게 기다린 게 벌써 5년째였다. 그녀는 고양이 빌리의 그림을 끼워 놓은 액자 위에 코바늘 레이스 천을 드리우고, 부엌의 작은 테이블 위에 액자를 올려 두고서, 그림을 핑계 삼아 종종 케빈의 이름을 꺼냈다. 하지만 데니스는 그 이름을 듣기도 싫어했다. "마땅히 우리에게 연락을 해야 예의지. 나는 그렇게 배은망덕한 녀석은 못 참겠소." 지금 데니스를 상대로 무슨 말을 하겠는가? 그녀는 암소의 옆구리에 대고 깊은 한숨을 내쉬었다. 어린애를 돌보듯 남편에게 내복을 입혀 주고 뜨거운 탕파를 안겨 주기나 하면서 사는 건 한 남자의 아내다운 삶이라고 할 수 없었다. 그녀는 한숨을 쉬며 스툴을 뒤로 걷어차 넘어뜨리고 일어섰다. "이제 다 됐다." 그녀는 암소에게 말했다.

등불과 난롯불의 빛이 아늑하게 번지는 실내에 들어오니 불현듯 기분이 좋아졌다. 향수처럼 향긋한 바닐라 냄새가 공기 중에 떠돌고 있었다. 그녀가 가져온 우유를 데니스가 걸러 내는 동안, 로절린은 흰 술이 달린 천을 식탁 위에 펼쳤다.

"자, 데니스, 오늘은 중요한 날이잖아요. 그래서 축하 만찬을 준비했어요."

"오늘이 만성절이던가?" 데니스가 물었다. 요즘 그는 달력을 좀처럼 확인하지 않았다. 하루 이틀 차이야 그에게는 별 대수도 아니었다.

"아뇨." 로절린이 말했다. "의자나 빼세요."

데니스가 혹시 크리스마스냐고 물으니, 로절린은 그것보다도 더 좋은 날이라고 했다.

"전혀 모르겠는걸." 데니스는 기름이 번들번들 흐르는 거위구이를 바라보며 말했다. "누구 생일도 아닐 텐데."

로절린은 막 내린 깨끗한 눈 더미 같은 케이크를 들어 올렸다. 그 위에는 촛불들이 꽃처럼 피어 있었다. "초를 세어 보고 무슨 날인지 알아맞혀 봐요. 네?"

데니스는 검지를 까닥이며 초의 수를 헤아렸다. "아아, 그렇구먼. 로절린, 이제 알겠소."

부부는 실랑이를 벌였다. 데니스는 그만 깜빡 잊어버렸다고 했고, 로절린은 언제 기억한 적이 있기는 하느냐고 물었다. 애초에 결혼식을 올린 적조차 없었던 건 아닌지 어떻게 아느냐고. "그렇지 않소." 데니스가 말했다. "내가 당신과 결혼했다는 사실은 잘 알고 있소. 날짜만 자꾸 잊어버리는 것뿐이오."

"하여간 고지식하기는, 꼭 잉글랜드인 같다니까." 로절린이 대꾸했다. "영락없는 잉글랜드인 같아."

그녀는 시계를 흘끔 보고는, 그들이 25년 전 오늘 아침 10시에 결혼식을 올렸으며, 같은 날 바로 이 시간에 부부로서 처음으로 함께 저녁 식사를 했다고 이야기했다. 그러자 데니스는 자신이 너무 오랜 세월 동안 남들에게 음식 추천을 하고 남들 먹는 모습을 지켜보며 살았더니 식탐이 달아난 모양이라고 했다. "나는 케이크를 못 먹는다는 것, 당신도 알잖소. 케이크를 먹으면 체한단 말이오."

로절린은 그 케이크라면 젖먹이 아기도 문제없이 소화할 거라고 장담했다. 하지만 데니스는 그럴 리 없다고 반박했다. 자기는 어떤 케이크를 먹어도 속에서 돌멩이처럼 얹혀 버린다고. 그렇게 티격태격하면서 부부는 어느새 혀 위에서 사르르 녹는 거위 고기를 거의 다 먹어 치웠고, 케이크도 몇 조각이나 먹고 차도 엄청나게 많이 마셨다. 그래도 데니스는 아프기는커녕 근년 사이에 이렇게 속이 편안했던 적이 없었을 정도였다. 그는 식탁 건너편에 앉은 그녀를 바라보다가, 문득 무척이나 예쁜 여자라는 생각이 들었다. 붉은 머리카락, 노란 속눈썹, 커다란 팔과 튼튼하고 큼지막한 치아가 새삼 눈에 들어왔다. 그녀에게 남자 구실을 해 주지 못하게 된 자신을 그녀는 어떻게 생각하고 있을까. 그는 이제 완전히 결딴난 상태였다. 이렇게 된 지가 이미 여러 해 전이었다. 가끔 로절린 앞에서 죄책감이 들었다. 남자는 어느 때가 지나고 나면 제구실을 못 하게 되어 있고, 그렇게 되면 더 이상 어쩔 도리가 없다는 것을 그녀는 도무지 이해하지 못했다. 로절린은 직접 담근 체리브랜디를 작은 유리잔 두 개에 따랐다.

"결혼 첫날밤은 마치 춤추는 것처럼 느껴졌어요, 데니스." 그녀가 말했다. "슬라이고 회관에서 처음 만났을 때 기억나요? 밴드가 한창 연주를 하던 무도회에서 말이에요." 그녀는 그에게 브랜디를 한 잔 더 따라 주고 자기 잔도 채운 뒤, 눈을 빛내며 그에게 몸을 기울였다. 이제껏 그가 전혀 몰랐던 이야기를 들려주려는 듯이.

"아일랜드에서 알던 한 남자가 기억나네요. 스텝을 굉장히 잘 밟는 춤꾼이었어요. 최고였죠. 그리고 나한테 홀딱 반해 있었는데, 나는 무슨 악마처럼 그에게 못되게 굴었지요. 여자가 그렇게 되는 건 왜일까요, 데니스? 신랑감으로도 썩 괜찮은 남자라 여자들이 하나같이 눈독을 들였는데, 나는 안 그랬거든. 그 남자가 나한테 천 번은 부탁했을 거예요. '로절린, 나하고 딱 한 번만 춤을 춰 주지 않겠어요?' 그러면 나는 이렇게 대꾸했어요. '그쪽 춤 상대야 차고 넘칠 텐데, 내가 괜히 시간 낭비를 할 필요는 없죠.' 그래서 그는 아예 아무하고도 춤을 추지 않았고, 모두가 그를 달달 볶아 대며 혼이 쏙 빠지도록 괴롭혔고, 그런 식으로 여름이 다 갈 때쯤에야 나는 결국 그와 춤을 춰 줬어요. 그날 밤 그 사람이 나를 바래다줄 때 여자애들이 잔뜩 들러붙었죠. 집까지 같이 걸어가는 동안 하늘에 별이 가득했고, 멀리서 개가 짖어 댔고…… 나는 그 남자한테 사귀어 주겠다고 약속했어요. 그런데 그 약속을 하자마자 후회가 되더라고요. 늘 그런 식이었다니까. 그 시절 우리는 하루 온종일 춤추러 갈 준비를 하면서 시간을 보내곤 했어요. 머리를 감고 곱슬곱슬하게 말고, 드레스를 입어 보고 손질하고, 남자애들 이야기를 하면서 숨넘어가게 웃고, 남자애들한테 할 말을 지어내기도 하면서. 제 언니인 오노라의 결혼식 때는 말이죠, 데니스, 사람들이 나를 신부인 줄로 착각하지 뭐예요. 그때 발꿈치까지 물결치는 흰 드레스를 입고 머리에 화환도 쓰고 있었거든요. 모두가 무도회의 여왕인 내 건강을 기원한다며 건배를 하고, 다음번에는 분명 내가 신부가 될 거라고들 했죠. 그러니까 오노라 언니가 나더러 얼굴 좀 그만 붉히라고 하더라고요. 자꾸 그렇게 빨개지면 정작 내 결혼식 때는 홍조를 띠고 싶어도 못 띨 거라나. 언니가 나를 질투하는 것이야 하루 이틀 일이 아니었지요, 데니스. 지금까지도 나를 질투한다니까요 글쎄."

"그럴 수도 있겠지." 데니스가 말했다.

"그럴 수도 있는 게 아니라 정말 그렇다고요." 로절린이 말했다. "하지만 어렸을 때 우린 무척 재밌게 지냈어요. 증조할아버지가 돌아가셨을 때가 기억나네요. 아흔 살 되시던 해에 임종하셨는데, 우린 그날 밤새도록 교대로 침상을 지키면서……"

"무척 피곤했겠구면." 데니스가 맞장구를 쳐 주려고 한마디 했다. 실은 너무 졸려서 고개를 들고 있기도 힘들었다.

"그랬지요. 그래서 그날 밤 오노라 언니와 저는 입이 찢어지도록 하품을 해 대면서 밤샘을 했어요. 그 전날 밤 아주 큰 무도회에서 놀고 온 참이었거든요. 어머니가 우리에게 당부하기를, '짬짬이 할아버님 발을 만져 보렴. 만약 발에 한기가 돌면 가실 때가 다 된 거란다. 할아버님은 오늘 밤을 넘기지 못하실 거야. 계속 곁에서 지키고 있어야 한다'라고 하셨어요. 그래서 우리는 잠들지 않으려고 차를 마시고 속닥거리면서 웃고 떠들었죠. 이불 위에 턱을 받친 채 누워 있는 증조할아버지를 앞에 두고서 말이죠. 그러다가 오노라 언니가 '잠깐만' 하더니, 할아버지 발에 손을 대 보고는 말했어요. '슬슬 차가워지네.' 그리고 방금 전까지 하던 이야기를 계속했어요. 무도회에서 자기가 셰인에게 무슨 말을 했다는 둥, 그러자 셰인이 자기와 테런스 사이를 질투하게 됐다는 둥. 셰인이 자기가 옆에 없을 때도 언니를 믿어도 되겠느냐고 묻기에, 언니가 '아니, 믿어 달라곤 못 하겠는걸'이라고 대답했더니, 오, 셰인이 화가 나서 펄펄 뛰고 난리를 쳤다지 뭐예요! 그 앞에서 언니는 웃음이 터져 나오려는 걸 참느라고 주먹으로 입을 틀어막았더랬죠. 언니가 그런 이야기를 한창 하던 중, 나는 증조할아버지의 발과 다리를 만져 봤어요. 종아리가 찰흙 같더라고요. 그래서 내가 말했죠. '언니, 이제 어른들 불러야 할 것 같아.' 하지만 언니는 '오, 할아버지는 아직 체온이 한참 남아 있는걸!'이라데요. 그래서 우린 차를 더 따라 마시고, 서로 머리를 빗어 주고 땋아 주고, 비밀 이야기를 킥킥거리고 속삭이며 또 시간을 보냈죠. 그러다가 언니가 이불 밑에 손

을 넣어 보고는 말했어요. '로절린, 할아버지 배가 차가워. 지금쯤이
면 돌아가셨겠다.' 그런데 증조할아버지가 갑자기 한쪽 눈을 번쩍 뜨
더니, 벌컥 소리를 지르는 거예요. '그런 게 아니다, 이 지옥에 떨어
질 것들아!' 우리는 고래고래 비명을 내질렀어요. 그 바람에 즉시 어
른들이 뛰어 들어오자, 언니는 둘러댔지요. '오, 할아버지가 돌아가신
게 분명해요. 안녕히 가세요, 할아버지!' 그런데 웬걸, 언니 말대로였
어요. 증조할아버지가 정말로 임종하셨지 뭐예요. 그래서 여자 어른
들이 시신을 씻기는 동안, 나하고 언니는 같이 앉아서 동시에 웃고 울
고 그랬지요…… 그로부터 여섯 달이 지난 어느 날 밤이었어요. 지난
번에 당신에게 말했듯이, 딱 그날 증조할아버지가 내 꿈에 나타난 거
예요. 그분은 나하고 오노라 언니가 임종을 지키면서 웃어 댔던 일 때
문에 그때껏 우리를 뒤쫓고 있었던 거죠. '마음 같아서는 너희 둘 다
죽기 직전까지 매를 때려도 시원찮다.' 증조할아버지가 말씀하셨어
요. '하지만 지금 나는 연옥에서 울고 있는 처지이다. 내가 너희에게
해 버렸던 그 마지막 유언 때문에 말이다. 그러니 너는 내 영혼의 안
식을 위해 미사를 따로 드리거라. 내가 연옥에 오게 된 건 다 너희 잘
못 때문이니까.' 그리고 마지막으로 말씀하셨지요. '당장 가거라. 그
리고 저주나 받아라!'"

"그리고 당신은 식은땀을 흘리며 잠에서 깼지." 데니스가 말했다.
"그리고 동이 트기도 전에 미사를 올리러 뛰어갔고."

로절린이 고개를 끄덕였다. "아, 데니스, 만약 내가 그 남자로 마음
을 정했더라면 아일랜드를 떠날 필요도 없었을 거예요. 그리고 그 사
람이 결국 어떻게 됐는지를 생각해 보면…… 나는 너무나 멀리 떨어
져 있고, 그는 머리를 얻어맞고 배수로에 쓰러져 죽어 갔던……"

"그런 꿈을 꾼 거겠지." 데니스가 말했다.

"꿈도 꿨지요. 그리고 실제로도 그랬고요. 내가 그 사람 때문에 울고불고할 때……" 로절린은 우는 것을 자랑스럽게 여겼다. "그때는 내가 이 나라에서 어떤 행운을 만나게 될지 아직 몰랐던 거죠."

데니스는 그녀가 말하는 행운이라는 게 뭔지 짐작이 가질 않았다.

"됐어요, 넘어가요." 로절린은 부엌 구석의 선반으로 건너가며 말을 이었다. "아까 여기 왔던 남자는 담뱃대 장수였어요. 그 사람이 가진 것 중에서 가장 좋은 걸로 한 대 샀어요." 로절린이 꺼내 온 건 모조 해포석*으로 된 파이프였다. 수사자 한 마리가 정글 밖을 노려보는 그림이 조각되어 있었고, 성인 남자의 주먹 하나만큼 컸다.

데니스가 말했다. "이거 꽤 비쌌을 텐데."

"신경 쓰지 마요. 내가 주고 싶어서 산걸요."

"조각이 아주 멋있구먼. 담배가 빨리기는 할지 모르겠는걸." 그는 담뱃잎을 재우고 불을 붙여 피워 보았다. 하지만 무거운 담뱃대를 들고 있으려니 힘들어서 맛이 잘 느껴지지 않았다.

"우리 아버지가 쓰시던 파이프와 비슷한 거예요." 로절린이 그를 안심시키려 말했다. "조금 피우시더니 뽕 가 버릴 만큼 좋다고 그러시더라고요. 그것도 쓰다 보면 언젠간 좋은 파이프가 될 거예요."

'그리고 언젠가 나는 무덤에 들어가게 되겠지.' 데니스는 쓸쓸하게 생각했다. '그러면 로절린은 수다를 잠재워 줄 수 있을 만한 남자를 만나게 될 게야.'

부부가 침대에 들어갔을 때 로절린은 그의 머리를 자기 어깨 위에

---

* 가볍고 무른 점토 광물로, 세공하기 좋아서 파이프 제작에 많이 쓰인다.

누였다. "데니스, 결혼식 날 우리가 얼마나 행복했던가 생각하면 금방 눈물이 나올 것 같아요."

"글쎄, 그런 것 같진 않던데." 데니스는 아까 마신 브랜디의 취기에 별안간 짓궂은 마음이 들었다. "그때 당신이 투덜거린 걸 생각하면 말이야."

"잠이나 자요." 로절린이 새침하게 받아쳤다. "쓸데없는 말이나 하고."

데니스의 머리가 모래 자루처럼 베개 위에 털썩 떨어졌다. 로절린은 잠이 오지 않았다. 그대로 누운 채 결혼 생활에 대한 상념에 빠져 있었다. 그녀 자신의 결혼 생활에 대한 건 아니었다. 일단 혼인 서약을 하고 나면 더 이상 생각하고 말고 할 게 없으니까. 다만 그녀는 온갖 종류의 불행한 부부 관계들을 떠올렸다. 남편이 술을 마시거나, 일을 안 하거나, 아내와 자식들을 학대하는 경우. 아내가 집을 나가거나, 아이들을 버릇없이 키우거나 또는 방치하거나, 영락없는 갈보로 돌변해서 딴 남자들에게 새롱거리는 경우. 아니면 너무 나이 든 여자와 결혼한 남자가 뒤늦게 속았다는 기분이 들어서 딴 여자들을 쫓아다니다가 끝내 망신을 자초하는 경우. 아니면 반대로 젊은 여자가 늙은 남자와 결혼한 경우, 설령 남자 쪽에 돈이 있더라도 여자는 어떤 식으로든 실망하게 되어 있다. 만약 데니스가 그토록 좋은 남자가 아니었더라면 이 결혼이 어떻게 되었을지는 하느님만이 아실 일이었다. 그녀는 운이 좋았다. 이 문제를 너무 깊이 생각하다 보면 마음이 찢어질 것이다. 우울한 기분이 몰려와서 그녀는 마루에서 서성거리고 싶은 충동이 들었다. 머리를 감싸 쥔 채 걸어 다니면서 이 세상의 온갖 불행한 일들을 떠올리고 싶었다. 그녀의 과거는 오로지 재앙의 연속이었다. 아무리 오래된 일이라도 도저히 극복할 수가 없었다. 그녀는 완전히 잘못된 남자에게 키스를 허락해 버렸고, 그 순간 하마터면 정말 큰 말썽을 빚을 뻔했다. 자신이 품격 없는 여자가 되어 버리기 일보 직전까지 갔던 걸 돌이켜 보면 지금도 심장이 철렁했다. 그리고 고양이 빌리도 있었다. 마음씨가 얼마나 착한 녀석이었던가, 죽었을 땐 또 얼마나 슬펐던가. 그 기억을 돌이키니 다른 기억들이 섞여 들었다. 술에 취했던 아버지가 고삐 풀린 말에 치여서 쓰러졌던 일, 큰 무도회를 앞두고 그녀가 딱 한 켤레 갖고 있었던 좋은 스타킹을 엉큼한 오노라 언니가 훔쳐 가는 바람에 찢어진 스타킹을 수선해 신어야 했던 일.

자식이라도 열두 명쯤 있었더라면 얼마나 좋았을까. 겨우 하나 낳은 아들은 태어난 지 이틀 만에 죽어 버렸다. 거의 잊고 지냈던 그 아이가 불현듯 마음속에서 되살아나면서, 그때의 설움이 다시금 왈칵 차올라 눈물이 터져 나왔다. 살았더라면 지금쯤 훌륭한 청년으로 자라 그녀가 애지중지하는 존재가 되었을 텐데. 그 환상이 실제처럼 생생히 눈앞에 어른거렸다. 그러더니 아들의 모습은 어느덧 케빈으로 변했다. 케빈은 손에 쥔 붓을 마치 종을 울리듯 휘두르며 외양간과 돼지우리를 오색영롱한 무지갯빛으로 색칠하고 있었다. 그는 무슨 야인처럼 몇 날 며칠을 내리 일만 하다가도, 또 며칠은 나무 아래 드러누워 부랑자처럼 빈둥거리곤 했다. 사랑스러운 녀석. 친아들처럼 사랑스러웠다. 그의 직업이 페인트공이라는 건 괜찮았지만, 케빈이 이 동네 이교도 러시아인들과 폴란드인들과 이탈리아인들의 집을 전전하며 하숙 생활을 하는 건 마음에 들지 않았다. 그들의 술버릇이며 해괴한 말씨가 그에게 옮는다는 생각만 해도 견딜 수가 없었다. 그래서 케빈에게 직접 그렇게 이야기했다.

"그건 기독교인다운 생활이 아니야. 너는 어엿한 슬라이고 남자잖니."

그러자 케빈은 여느 슬라이고 남자애들과 마찬가지로 그녀에게 농담을 던졌다.

"저도 누님 출신을 짐작하고 있었죠. 아, 저분은 딱 마요* 여자로구나, 하고요."

"말 조심해." 로절린은 지극히 부드럽게 받아쳤다. "내가 슬라이고 여자라는 건 너도 잘 알 텐데!"

"그러셨어요?" 케빈이 깜짝 놀라며 말했다. "뭐, 제 짐작이 틀려서 다행이네요. 마요 사람들은 잘난 척이 너무 심해서 별로거든요."

"아무래도 그렇지. 별것도 아닌 일에 콧대를 세우기로는 그 동네 사람들이 세계 제일이잖니."

"맞아요. 하지만 슬라이고 사람들은 잘난 척하는 게 아니고 정말로 잘났죠."

"그러니까 너는 좋은 아일랜드인 집에서 살 자격이 있어. 우리 집에 들어와 사는 게 좋지 않겠니?"

"그러면 제 콧대가 엄청 높아질 것 같은데요. 마요 사람처럼 말이에요." 케빈은 그렇게 말하곤 로절린네 집 현관문에 페인트칠하는 일을 계속 해 나갔다. 두 사람은 마주 선 채 서로 미소를 주고받았다. 그녀의 제안은 이미 받아들여졌고, 이제는 둘 다 어떻게 하면 상대방을 말솜씨로 이길 수 있을지 궁리하고 있었다. 지난 1년 동안 그들은 대

* 아일랜드의 한 카운티 이름.

화를 나눌 때마다 입심을 겨루어 왔다. 어느 쪽이 이기든 늘 유쾌하고 편안한 분위기였고, 칙칙 끓는 소리를 뿜어내는 물 주전자처럼 즐거움이 보글보글 끓어올랐다. "로절린 누님, 누님은 저를 진짜 남동생처럼 대해 주셨어요. 죽을 때까지 잊지 못할 거예요." 마지막 날 밤에 그는 이런 말까지 남겼다.

데니스가 웅얼거리는 소리를 내더니 코를 약간 골았다. 로절린은 모든 게 서러워져서 그만 엉엉 목 놓아 울고 싶어졌다. 설령 그런대도 데니스는 잠에서 깨지 않을 듯했다. 거위를 양껏 먹고 나더니 그는 죽은 듯 곤히 잠들어 버렸다.

로절린이 말했다. "데니스, 어젯밤에 케빈 꿈을 꿨어요. 오래된 무덤 하나가 보였는데, 무덤 위에 싱싱한 꽃다발이 놓여 있었어요. 묘비에 새겨진 이름은 아주 선명했지만 어쩐지 외국어로 된 것처럼 읽을 수가 없었고요. 그때 당신이 내 앞에 나타났어요. '데니스, 이게 무슨 무덤이죠?' 내가 물었더니 당신이 하는 말이, '케빈의 무덤이오. 기억 안 나오? 그 꽃다발도 당신이 직접 갖다 놓은 거잖소'라는 거예요. 나는 '음, 그럼 그냥 무덤이네요. 이제 더 이상 생각하지 맙시다'라고 했고요. 기분이 이상하지 않아요? 케빈이 한참 전에 죽었는데 여태껏 내가 전혀 몰랐다고 생각하면 말이에요."

데니스가 말했다. "그놈 이야기는 대체 뭣 하러 꺼내오? 우리가 그렇게 잘해 줬는데도 불쑥 떠나 버리고는 여태 편지 한 장도 없는 놈을."

"죽었다면 편지를 쓰고 싶어도 쓸 수가 없잖아요." 로절린이 대답했다. "그리고 그 애를 그렇게 미워하면 안 돼요. 내가 걔 문제를 멋대로 재단했던 것도 잘못이었는걸요. 아, 아무튼 생각해 봐요! 케빈은 이미 오래전에 죽고 없는데, 이 동네 토박이들과 이방인들은 여전히 개가 페인트칠해 놓은 집이며 외양간에서 살고, 일하고 있다면요. 너무 참혹하지 않아요?"

케빈 때문에 상심에 잠겼던 그녀의 마음은 어느새 이 근방을 온통 둘러싼 농장들을 소유하는 토박이들 및 이방인들에 대한 생각으로 옮겨 갔다. 그녀는 그들이 무서워 죽겠다는 이야기를 하기 시작했다. 그 이교도들이 사람을 쳐다보는 눈길이며, 이방인들 특유의 뻔뻔스러운 낯가죽이며, 토박이들의 교활하고 못된 심성까지. "아무한테나 다 술을 팔고, 잠자리에서 서로 불을 지르고 도끼로 머리를 내리찍을 테세니." 로절린은 투덜거렸다. "정상적인 사람은 자기 집 안에서도 안전할 수가 없다고요."

어제 그녀는 가이 리처즈라는 토박이가 또 곤드레만드레 취해서 지나가는 걸 봤다. 무슨 범죄라도 저지를 법한 상태였다. 로절린은 그 남자가 너무나 불쾌했다. 텁수룩한 콧수염도, 누덕누덕한 셔츠 사이로 드러나 보이는 우락부락한 몸도 그저 꼴 보기 싫었고, 조롱기 어린 눈으로 주위를 두리번거리는 것도 민폐 그 자체였다. 리처즈는 판잣집에 혼자 살면서 친구들을 불러들여 술을 마셨는데, 그들이 밤이고 낮이고 가리지 않고 고함을 질러 대고, 지옥에서 뛰쳐나온 악마들처럼 말을 달리며 시골 일대를 누비는 소리가 다 들렸다. 리처즈는 아침 식사도 하기 전부터 거나하게 술을 퍼마시고는 깡마른 회색 말을 타고서 로절린의 집 앞을 전속력으로 지나가곤 했다. 그때마다 그는 요란하게 덜거덕거리는 1인승 마차 위에 서서 고철 덩어리들이 떨어지는 것 같은 목소리로 노래를 불러 댔다. 한번은 녹색 체크무늬 원피스 차림으로 문간에 서 있던 로절린을 보고는, "어이, 로지,* 말 같이 타겠소?" 하고 소리를 지르는 게 아닌가.

"뻔뻔스러운 무뢰한 같으니!" 로절린은 데니스에게 분통을 터뜨렸다. "그놈이 나한테 손가락 하나라도 대면 총으로 쏴 죽여 버릴 테야."

데니스는 기운 없는 목소리로 말했다. "낮에는 당신 일에만 신경 쓰고, 밤에는 문에 빗장을 잘 걸어 놓으면 누구를 총으로 쏠 일은 없을 거요."

"어쩜 이렇게 뭘 모를까!" 로절린이 말했다. 그녀는 리처즈가 자신을 건드리는 즉시 쏴 죽이는 상상을 여러 번 해 온 참이었다. "당신이 없으면 나는 어떻게 살까요, 데니스?" 그날 밤 그녀는 데니스와 나란히 현관 앞 계단에 앉아서 말했다. 부드러운 어둠 속 가득히 반딧불이들이 반짝이고 귀뚜라미 울음소리가 들려오고 있었다. "이 세상에 득시글대는 온갖 남자들을 생각하면 말이에요. 리처즈라는 그놈도 그렇고!"

"남자가 젊을 땐 흥청거리길 좋아하게 마련이지." 데니스는 하품을 하며 서글서글하게 말했다.

"젊다고요?" 로절린은 분노로 화끈 달아올랐다. "그 늙은 까마귀 놈요! 자식이 있어도 여럿 있을 나이인걸요. 딱 나처럼요. 나는 어엿하게 철든 여자라서 그렇게 주접떨고 다니진 않는데요."

데니스는 "그렇다고 당신이 늙은 건 아니잖소"라고 말하려다가, 문득 덩달아 짜증이 나서 깐깐하게 대꾸했다. "거 이제 험담은 그만 좀 하지 그래."

* 로절린의 애칭.

로절린은 묵묵히 입을 다물었다. 토라진 건 아니었다. 다만 옆에 앉은 노인이 정말로, 정말로 늙어 가고 있다는 실감이 들었다. 그는 자기 뼈들을 두 팔로 그러모으듯 일어나더니 노구를 이끌고 집 안으로 들어갔다. 그의 안 어딘가에는 아직 데니스가 있을 텐데, 대체 어디에 있는 걸까? "이 세상은 황무지야." 그녀는 귀뚜라미, 개구리, 반딧불이 들을 향해 선언했다.

리처즈가 로절린을 건드린 적은 없었다. 다만 그는 가끔씩 별로 취하지 않았을 때에 로절린 부부의 집 앞에 말을 멈추고 현관 앞 계단에 같이 앉아 오후를 보내곤 했다. 그럴 때 보면 리처즈도 술 때문에 망가지기 전에는 나름 점잖은 남자였을 거라는 짐작이 들었다. 그는 자기 인생 이야기를 들려주었는데, 대체로 자신이 과거에 얼마나 험하고 거칠게 살았는지에 대한 이야기였지만, 청년 시절에는 그렇지 않았다고 했다. 어머니 생전에는 당신 마음이 아플 만한 짓은 일절 하지 않았다는 것이었다. 그의 어머니는 소위 우악스러운 아줌마하고는 거리가 한참 멀었다며, 자칫 잘못하면 아프기 일쑤였다고 했다. 게다가 신앙심이 얼마나 깊었던지 온종일 끊임없이─일하는 동안에도, 심지어는 식사하는 중에도─숨 죽여 기도를 할 정도였다고. 리처즈는 동네 청년들 모두와 작당하고 '금주의 아들 협회'*라는 단체에 가입해, 독한 술은 종류 불문하고 절대 손도 대지 않기로 서약한 적도 있었다고 했다. 그 이야기를 하면서 그는 오른팔을 들어 올리고 앞을 바라보며 엄숙하게 선서하는 시늉도 해 보였다. "술은 의학적 목적으로도 마시지 않겠습니다"라면서. 그 단체가 매주 가졌던 노래 모임에

* The Sons of Temperance, 1842년 뉴욕에서 설립된 개신교 남성들의 공제조합으로, 금주운동을 활발히 전개했다.

서 불렀다는 우렁찬 행진곡도 곧잘 불러 댔다. "금주의 깃발을 휘날리자, 눈처럼 흰 깃발을……" 그뿐만 아니라 그는 모임 때마다 자신이 의무적으로 낭송했다던 애송시를 지금까지도 거의 다 외우고 있었다. "한밤중, 보초들이 지키는 천막 안에서, 터키인은 꿈을 꾸네……"*

로절린은 이따금씩 끼어들어 말참견을 하고 싶어졌다. 그런 게 무슨 인생이냐고, 그가 아일랜드에서 살았을 적에는 한창 청춘이지 않았느냐고. 하지만 실제로 그런 말을 꺼내지는 않았다. 그녀는 다만 데니스 옆에 뻣뻣하게 앉아 곁눈으로 리처즈를 매섭게 쏘아보기만 했다. 그가 "어이, 로지!"라고 소리쳤던 일을 기억하는지 궁금했다. 그렇게 파렴치한 언행을 두고 한마디 쏘아붙이지도 못하고 있자니 여자로서 부아가 치밀지 않을 수 없었다. 아무 일도 없었던 양 시치미를 떼는 저 뻔뻔스러운 태도라니. 어느 날 그는 자기 패거리가 항상 돌무더기 뒤의 시냇가에서 조개를 구워 먹고 직접 담근 술을 마시며 논다는 둥, 기차역 앞 거리의 패거리는 토요일 밤마다 윈스턴에서 댄스파티를 연다는 둥 이야기를 늘어놓았다. 그동안 로절린은 그에게 주제 파악을 시켜 줄 만한 말이 뭐가 있을까 머리를 쥐어짜고 있었는데, 리처즈가 그녀를 똑바로 쳐다보더니 이렇게 말하는 것이었다. "우리는 항상 못된 장난을 꾸미고 있지요." 그녀가 미처 꺼지라고 할 새도 없이 그 불한당은 그녀와 가까운 쪽 눈을 깜빡여 윙크까지 했다. 그녀는 입꼬리를 일그러뜨리며 시선을 피했다. 그리고 한참을 침묵한 끝에, 얼음장처럼 싸늘한 목소리로 "안녕히 가세요, 리처즈 씨"라고 인사하고는 집 안으로 들어가 버렸다. 자신이 어떤 표정을 짓고 있는지 궁금

---

* 미국 시인 피츠그린 할렉의 시구절.

해서 거울을 확인해 보았지만, 울퉁불퉁한 거울 표면에 비친 그녀의 눈은 손바닥만큼 커다랗게 번져 보였고, 유리에 간 금 때문에 어디까지가 입이고 어디부터가 코인지 분간되지도 않았다……

　한 달이 지나 담뱃대 외판원이 다시 찾아왔다. 이번에 그가 팔러 온 물건은 냄비였다. 물을 한 방울도 넣지 않고도 채소를 완벽하게 익힐 수 있는 기술로 특허를 딴 냄비라고 했다. "훨씬 건강한 조리법이랍니다, 오툴 부인." 데니스는 그 남자가 주저리주저리 지껄여 대는 소리를 엿듣고 있었다. "친구로서 말씀드리는 거예요. 부인은 제게 좋은 고객이시니까요."

　'그러셔?' 데니스는 그 생각과 함께 불쑥 분이 치밀었다.

　"이건 남편분의 건강을 위해 하늘이 내린 축복이 될 겁니다. 어르신들은 음식을 조심히 드셔야 하는 법이잖아요. 건강이란 자고로 부엌에서 시작되고 부엌에서 끝난다는 것, 저보다야 부인께서 더 잘 아시겠죠. 지금 남편분께서 아주 튼튼해 보이지는 않으신데요, 그건 말이죠, 부인이 요리를 참 맛있게 잘하시기야 하겠지만, 좋은 비타민 성분들이랑 햇빛을 듬뿍 품은 영양소들은 죄 하수구로 흘려보내서 그래요. 하수구로 다 흘러 나가고 있다고요, 오툴 부인. 부인의 건강도 남편분의 건강도 말이에요! 게다가 부인처럼 미모가 뛰어나신 여성분이 가스레인지 앞에서 시간과 체력을 낭비한다는 것도 참 안타까운 일입니다. 이 작은 과학적 도구 하나만 있으면 그럴 필요가 없거든요. 여기에 저녁거리를 그냥 집어넣고 놔두기만 하면 저절로 요리가 다 되니까요. 그동안 부인은 거실에 가서 재미난 책이라도 한 권 읽으시거나, 아니면 뭐 머리를 말고 계시거나, 그러면 되는 거죠."

"제 머리는 자연 곱슬이에요." 로절린이 말했다. 숨어서 듣고 있던 데니스는 그 대목에서 그만 신음을 흘릴 뻔했다.

"맙소사, 오툴 부인, 설마 진담은 아니시겠죠! 부인 머리의 컬이 너무나 완벽해서 저는 처음 본 순간부터 가발 같다고까지 생각했는데요! 도대체 어떻게 말면 그렇게 되느냐고 여쭤 보려던 참이었다니까요. 제 아내한테 알려 주려고요. 아니, 비타민을 전혀 섭취하지 않고도 머리가 그렇게 곱슬곱슬하신데, 이 냄비로 음식을 해 드시면 머리가 어떻게 되겠어요? 2주 뒤에 제가 다시 와서 직접 확인해 보고 싶네요."

로절린이 말했다. "뭐, 지금 저는 제 외모에 대해서는 신경 쓰지 않아요. 하지만 제 남편이 예전 같지 않은 건 사실이에요, 펜들턴 씨. 아, 그이의 한창 시절을 당신도 봤으면 정말 흐뭇했을 텐데요! 힘이 황소처럼 세서, 감히 그이의 화를 돋우려 할 남자가 아무도 없을 정도였어요. 저는 그이의 주먹에 얻어맞은 남자가 20피트 너머까지 훌렁 날아가 자빠지는 것도 여러 번 봤다니까요. 게다가 그건 약과였고요! 하지만 데니스는 절대로 화가 오래가는 법이 없었죠. 그렇게 상대방을 때려눕혀 놓고도, 곧바로 다시 일으켜 세워 주고 형제 사이처럼 먼지까지 툭툭 털어 주고는 '지나간 일은 이제 그만 잊어버리세'라고 했거든요. 그이는 남의 잘못을 너무 쉽게 용서해 줬답니다. 큰 단점이었죠."

"그런데 지금은 이렇게 되시다니." 펜들턴 씨가 서글프게 말했다.

데니스는 귓가가 화끈 달아올랐다. 집 건물의 모퉁이 옆에 서 있던 그는 몸을 앞으로 내밀고서 귀를 기울였다. 그는 아무리 살이 쪄도 130파운드를 넘겨 본 적이 없는, 항상 늘씬하고 호리호리한 체격의 남자였다. 자신의 우아한 체형에 약간의 자부심도 느꼈다. 그리고 브리스틀에서 보낸 학창 시절 이후로는 짐승에게든 사람에게든 화가 나서 손을 올려 본 적이 한 번도 없었다. "그이는 여자가 의지할 수 있는 멋진 남자였지요, 펜들턴 씨." 로절린이 말했다. "주먹은 호랑이처럼 날쌨고요."

'저대로 계속 이야기하게 놔두면 나는 여기서 죽어서 썩어 가다가 흙이 돼 버리겠어.' 데니스는 생각했다. '게다가 로절린은 벌써부터 남편을 여의고 신이 난 과부처럼 돈을 펑펑 써 대고 있잖아.' 그는 저들에게 자기 생각을 솔직히 밝히고 저 바보짓을 막아야겠다고 결심했다. 그가 모퉁이 밖으로 비칠비칠 걸어 나가자, 헤실거리며 웃고 있던 외판원이 그 작은 눈을 재빨리 돌려 데니스를 보았다. "안녕하십니까, 오툴 씨." 그는 고객의 남편에게 으레 쓰는, 남자끼리의 친근감을 내비치는 말투로 말했다. "저는 여기 아내분에게 오툴 씨를 위한 작은 생일 선물을 전해 드리고 있었답니다."

"오늘은 내 생일이 아니오만." 데니스는 시큼한 레몬을 베어 문 것처럼 뚱한 표정으로 대꾸했다.

"그냥 말이 그렇다는 거죠!" 로절린이 경쾌하게 말했다. "그나저나 정말 고마웠어요, 펜들턴 씨."

"저야말로 감사합니다, 오툴 부인." 외판원은 9달러어치 지폐 뭉치를 챙기며 대답했다. 그러고는 안녕히 계시라는 인사말만 주고받은 뒤 자기 차를 몰고 떠났다. 로절린은 손차양을 하고 서서 포드 자동차가 구불구불한 언덕길을 따라 비틀거리며 나아가는 모습을 지켜보았다. "참 괜찮은 양반이에요. 예의 바르고, 가정적이고." 그녀는 데니스가 품었던 나쁜 생각을 질책이라도 하듯 말했다. "뉴욕에서 여기까지 장사를 하러 다닌대요. 항상 최신에, 최고의 물건만 떼어 와요. 게다가 당신을 굉장히 존경하기도 해요, 데니스. 당신 나이에 그렇게 정정해 보이는 사람은 본 적이 없대요."

"그 친구가 하는 말 다 들었소." 데니스가 말했다. "처음부터 끝까지 다."

"아, 그래요." 로절린이 담담하게 말했다. "그러면 굳이 다시 말할 필요는 없겠네요." 그녀는 부리나케 감자를 씻으러 갔다. 이제 그녀의 머리를 곱슬곱슬하게 해 준다는 냄비로 감자를 삶을 생각일 것이다.

겨울이 들이닥치고, 눈보라가 매서운 기세로 휘몰아쳤다. 추위를 조금도 못 견디는 데니스는 머플러를 휘감고서도 콧물을 훌쩍이고 끙끙 앓는 소리를 내며 지냈다. 거의 화덕 안에 들어앉았다시피 할 판이었다. 로절린은 부엌이 너무 덥다며 옷을 입고 있기도 답답해했지만, 막상 외양간에 나가서 일을 할 때면 연신 진저리를 쳤다. 그녀는 손이 추위에 닳아서 뼈만 남도록 앙상해졌다고 하소연했다. 당신은 내 손이 이렇게 된 걸 이제야 알았느냐, 겨울 내내 통나무처럼 앉아만 있을 작정이냐, 바깥일을 거들어 주겠다고 약속한 남자는 대체 어디로 갔느냐……

데니스는 그녀의 불합리한 불평을 들으며 잠자코 앉아 있었다. 그녀는 몸이 튼튼한 여자치고 오히려 일을 매우 적게 하는 편인 데다, 이건 아무리 남편 탓을 해 봤자 데니스로서도 도저히 어쩔 도리가 없는 문제였다. 그런데도 그녀는 그가 아무것도 붙잡고 있지를 못한다고, 주전자의 물이 졸아붙거나 난롯불이 잦아들 때 후닥닥 불 앞에 다녀오는 것밖에 못 한다고 불평했다. 이러다 언젠가는 직설적으로 "난 이렇게는 못 살겠어요. 더 이상은 여기서 안 살래요"라고 선언하고는 뉴욕 어디쯤의 아파트로 그를 끌고 갈지도 모른다. 아니면 아예 그를 버리고 떠날지도. 과연 그럴까? 그런 짓까지도 할 수 있을까? 그가 이런 생각을 해 보기는 처음이었다. 데니스는 열쇠 구멍을 통해 훔쳐보듯이 그녀를 슬그머니 응시했다. 그녀의 마음을 어떻게 달랠까 궁리해 봐도 별다른 수가 떠오르질 않았다. 그녀는 집 안에 있는 물건들 중에서 무언가 무난한 것, 이를테면 달력을 보고는, 별안간 벽에서 달력을 뜯어다가 난롯불에 쑤셔 넣는 식의 행동을 했다. "아주 그냥 꼴도 보기 싫어"라면서. 그녀는 항상 뭔가가 꼴도 보기 싫다고 했다. 심지어 젖소를 보고도 그랬고, 언젠간 고양이들을 보고도 그럴 것 같았다.

어느 날 아침 그녀는 무척 지치고 쓸쓸한 표정으로 침대에서 일어나 앉더니, 데니스가 한쪽 눈을 채 뜨기도 전에 말했다. "어젯밤 꿈에 오노라 언니가 나왔어요. 침대에 몸져누워서 죽어 가고 있었어요. 나를 부르면서요." 그녀는 고개를 깊이 수그려 두 손에 머리를 파묻은 채, 자기 발끝에다 흐트러진 숨을 내쉬었다. "내가 보스턴에 직접 가서 언니를 만나 봐야겠어요. 그래야 인지상정 아니겠어요?"

데니스는 그녀가 크리스마스 선물로 짜 준 방한용 조끼를 입으며 말했다. "맞소, 그래야 할 것 같구려."

그녀는 커피를 끓이면서 여행 계획을 세우기 시작했다. "코트만 한 벌 있으면 갈 수 있을 텐데요. 이런 날씨에는 모피 코트가 필요해요. 나는 몇 년째 입을 만한 코트도 없이 지냈다고요. 코트만 있으면 오늘 당장이라도 가겠어요."

"당신 모피 달린 외투 한 벌 있잖소."

"그 누더기를 입으라니요!" 로절린이 소리쳤다. "그런 걸 입은 꼴을 언니에게 보여 줄 순 없어요. 언니는 항상 나를 질투했다니까요, 데니스. 내가 코트도 못 입은 꼴을 보면 고소해할 거란 말이에요."

"정말로 위독한 상태라면 그런 데에 신경 쓸 정신이 어딨겠소."

데니스의 말에 로절린은 수긍했다. "그냥 거기서 한 벌 사는 게 나을 수도 있겠네요. 아니면 뉴욕에서요. 요즘 새로 나오는 스타일로."

"뉴욕에 들르려면 아주 멀리 돌아가야 하잖소. 보스턴까지 더 빨리 가는 길은 얼마든지 있는데 왜."

"그래도 나는 뉴욕을 경유해서 갈 거예요. 그쪽 기차가 더 낫고, 또, 내가 그 방향으로 가고 싶으니까요." 그녀의 표정을 보니 설사 고문을 당하더라도 뜻을 굽히지 않을 기세였다. 데니스는 잠자코 침묵했다.

우체부가 들렀을 때, 그녀는 언덕 위쪽에 있는 토박이 이웃집에 보낼 전갈을 맡겼다. 며칠 동안 집안일을 해 줄 사람이 필요하니 그 집 아들을 좀 보내 달라고, 품삯은 예전처럼 쳐주겠다고. 그리고 우체부에게 다음 날 아침 가는 길에 자신을 기차역까지 태워다 달라고 부탁도 했다. 그러고 나서 그녀는 하루 종일 머리를 종이로 말아 놓은 채 낡고 축 늘어진 천 가방에다 짐을 꾸리고, 햄을 한 조각 굽고, 빵을 잘라 두고, 부엌 옆의 벽장 안에 장작을 채워 넣었다. "어쩌면 언니가 나아졌다는 소식이 올지도 몰라요. 그럼 안 가도 되겠죠." 그녀는 몇 번이나 그렇게 말했지만, 눈빛은 이미 흥분한 기색이었고 집 안을 걸어다니는 발걸음은 마룻바닥이 흔들릴 만큼 힘찼다.

늦은 오후에 가이 리처즈가 찾아와 노크하더니 그 커다란 부츠 발을 쿵쿵 내디디며 현관으로 걸어 들어왔다. 그는 거의 맨 정신이었지만 어차피 얼마 못 갈 터였다. 로절린이 그에게 말했다. "오늘 슬픈 소식을 들었어요. 제 언니가 위독할 수도 있다나 봐요. 그래서 보스턴에

가 보려고요."

"심각한 일이 아니기를 바랍니다, 오툴 부인." 리처즈가 말했다. "그분의 건강을 위해 이걸로 건배나 하죠." 그는 매우 위험해 보이는 음료가 반쯤 채워져 있는 유리병을 꺼내 들었다. 데니스가 좋다고 하자 리처즈는 로절린에게 되물었다. "부인도 같이 드시겠습니까?" 로절린은 악마를 본 적이 없었지만, 그 순간 리처즈의 눈빛은 악마 그 자체였다.

"전 됐어요. 바빠서요."

두 남자가 술을 마시는 동안 그녀는 옆에 앉아 치마 끝단을 수선했다. 그리고 자신이 아는 사람 중에 저승에 갔다가 다시 살아 돌아온 이들이 셀 수도 없이 많다는 이야기를 늘어놓았다. 그들이 자기 경험담을 들려주었다고, 데니스도 보장할 수 있는 사실이라고. 이어서 그녀는 고양이 빌리의 이야기를 또 꺼내더니 목소리가 열띠게 변하면서 울음기가 섞여 들었다.

데니스는 술을 삼키고, 몸을 앞으로 구부려 신발 끈을 묶었다. 주름살 가득한 얼굴을 더욱 홀쭉하게 쪼그라뜨린 채 그는 자신의 생각을 똑바로 직시했다. '저 이야기에 진실이라고는 한 마디도, 단 한 마디도 없어. 그런데 그녀는 세상이 끝날 때까지 저 이야기를 떠벌리고 다니겠지.' 그는 무력감이 들었다. 수치스러운 사기 행각에 엮여 든 듯한 느낌이었다. 이번에야말로 속 시원히 "그건 거짓말이오, 로절린. 당신이 다 지어낸 얘기잖소. 이제 그 얘기일랑 그만합시다"라고 말해 버리고 싶었다. 그러나 옆에서 귀를 쫑긋 세우고 듣고 있는 리처즈 때문에 차마 입이 떨어지지 않았다. 결국 그 순간은 지나가 버렸고, 로절린은 엄숙하게 말을 맺었다. "내 꿈은 어김없이 들어맞아요, 리처

즈 씨. 어떤 꿈을 꾸든 다 참고해서 길잡이로 삼아야 해요." '그런 일
은 있지도 않았어.' 데니스는 마음속으로만 고집스럽게 말했다. '고양
이 빌리는 덫에 걸렸을 뿐이고, 내가 녀석을 묻어 줬을 뿐이야.' 그런
데 그게 과연 전부였을까? 문득 악몽 같은 기분이 몰려왔다. 그의 손
이 아슬아슬하게 닿을 듯 닿지 않는 어딘가에 진실이 놓여 있는 것 같
은, 자신이 아는 게 사실이라고 확실히 맹세할 수 없으면서도 그렇게
맹세하고 싶은 마음만 앞서는 기분이었다. 그때 리처즈가 자기는 윈
스턴에서 열릴 파티에 가 봐야겠다며 자리에서 일어났다. "내일 제가
기차역까지 바래다드리죠, 오툴 부인. 숙녀분들에게 도움을 드리는
건 제게도 무척 보람찬 일이니까요."

　로절린은 매우 뻣뻣하게 대답했다. "말씀은 정말 고맙지만 우편배
달부가 바래다주기로 해서요."

　잠자리에서 그녀는 데니스를 아주 다정하게 침대에 눕혀 주고, 옆
에 잠시 앉아서 얼굴에 콜드크림을 발랐다. "금방 다녀올게요. 내가
없는 동안에도 윗집 애가 당신을 잘 돌봐 줄 거예요. 하느님의 은총으
로 언니가 회복되었을지도 모르죠."

　"애초에 아픈 적도 없었을 게요"라고 데니스는 말하고 싶었지만, 막
상 꺼낸 대답은 "그랬으면 좋겠구려"였다. 어차피 이 문제는 그에게
아무것도 아니었다. 다른 건 다 차치하고라도, 오노라가 죽거나 말거
나 데니스는 아무 상관도 없는데 이런 일로 괜한 분란을 일으켜서 뭐
하나 싶었다.

　데니스는 마지막 순간까지 로절린이 정신을 차리고 여행 계획을
접기만을 바랐다. 하지만 마지막 순간에 로절린은 모자를 쓰고, 문제
의 그 누더기 코트를 걸치고, 턱에 분홍색 파우더 얼룩 한 줄을 묻힌

채, 나프타기름 냄새가 풍기는 황갈색 장갑을 끼고 '아주레아' 브랜드의 향수 냄새가 나는 손수건을 흔들면서, 우체부가 언제 오나 보려고 수시로 창가를 오락가락하고 있었다. "이렇게 눈이 퍼부으니 늦어질 수도 있겠네요." 그녀는 떨리는 목소리로 말했다. "만약 아주 못 오면 어쩌죠?" 그녀는 거울을 마지막으로 한 번 더 보더니, 사뭇 달라진 어조로 말을 이었다. "이번에 나가면 잊지 말고 거울을 꼭 하나 새로 사와야겠어요, 데니스. 이건 내 얼굴이 괴물처럼 보여요."

"그 거울도 충분히 쓸 만한데 뭘. 괜한 데 돈 낭비 말아요."

우체부는 겨우 몇 분 늦게 도착했다. 데니스는 로절린에게 잘 가라고 입 맞춰 인사하고 내보낸 뒤 곧장 부엌문을 닫았다. 그녀가 차에 타는 걸 보지 않기 위해서였지만, 그래도 그녀가 웃는 소리는 들렸다. "저 여잔 타고난 거짓말쟁이야." 데니스는 화덕 앞에 앉으며 혼잣말을 했다. 그런데 그 즉시 어두컴컴한 구덩이에 곤두박질치는 느낌이 들었다. 그의 착한 인격이 나서서 반박했다. "자기 아내를 두고 그런 생각을 하다니, 창피하지도 않은가?" 그러자 그의 나쁜 인격이 단호하게 우겼다. "그보다 두 배는 더 심한 말을 해도 부족하지. 나를 여기 홀로 내버려 두고, 자기는……" 이 지점에서 중대한 의문이 떠올랐다. 오노라가 살았는지, 죽었는지, 죽어 가고 있는지는 몰라도, 아무튼 로절린이 언니를 보러 떠난 건 분명 아니었다. 그러면 어디로? 도대체 뭘 하러? 그 질문 앞에서 그의 사고 흐름은 뚝 멎어 버렸다. 아무런 생각도 떠오르지 않았다. 그의 가슴에 혹이 있으니 감기에 걸렸다면 쉬이 폐렴으로 발전할 만했지만, 감기 기운은 딱히 없었다. 류머티즘이 틀림없다 싶을 만큼 발이 쑤시긴 했지만 실제로 류머티즘 따위에는 걸리지도 않았다. 그런데도 그는 생각을 할 수가 없었다. 그런 상태로 이틀을 지냈다. 머리가 모자란 이웃집 토박이 청년이 건너와서 설거지를 비롯한 집안일을 다 해 줬다. 데니스는 큰 슬픔에 빠져 있었지만, 그런 것치고는 먹기도 꽤 잘 먹었다.

　로절린은 플러시 천을 댄 좌석에 등을 기대고 앉아 생각에 잠겼다. 그녀는 늘 여행을 좋아했다. 기차 안에서 다른 사람들과 한데 앉아 있는 게 집에 있는 듯 편안하게 느껴졌다. 신문지 냄새, 뭔지 모를 가구 광택제에서 나는 기분 좋은 냄새, 모피 옷깃에서 풍기는 향수 냄새, 기차 먼지 냄새 그리고 그 외에도 정확히 알 수 없는 냄새가 났다. 어쨌든 여행의 냄새였다. 과일인가? 아니면 기계에서 나는 건가? 그녀는 배가 고프지 않은데도 초콜릿 바를 샀고, 책이라고는 좀처럼 읽지 않는 성격이면서 연애소설 잡지도 한 권 샀다. 자신이 어딘가로 떠나는 기차에 타고 있다는 걸 스스로에게 증명해 보이고 싶어서였다.

　그녀는 기차역을 드나들고, 마중 나오고, 입을 맞춰 배웅하는 사람들을 지켜보았다. 그중 누구도 슬퍼 보이는 사람이 없다는 게 행운의 징조로 느껴졌다. 눈밭 위에 차갑고 달콤한 햇살이 비쳤고, 도시 사람들은 꽁꽁 언 듯 보이지도, 옷을 꼭꼭 껴입은 걸로 보이지도 않았다. 그들의 얼굴은 추위에 고스란히 시달려 울퉁불퉁 거칠어진 시골 사람들보다 매끄러워 보였다. 그랜드센트럴 역은 예전 그대로였다. 사방으로 소용돌이치는 인파도, 거의 노래처럼 들릴 만큼 규칙적으로 반복되는 소음도. 흑인들이 그녀의 가방을 빼앗으려고 잡아당겼지만, 그녀는 가방을 꼭 붙들어 챙기고 인도에 올라섰다. 그리고 영화관이 있는 브로드웨이가 어느 방향인지 기억해 내려 애를 썼다. 마지막으로 영화를 본 지 5년은 됐으니 봐야 할 때도 되지 않았는가! 한 시간만 여유가 있다면 164번가에 있는 그녀의 옛 아파트도 들러 보면 좋으련만. 그 앞을 그저 지나가기만 해도 충분할 텐데, 지금은 그럴 짬조차 없었다. 언니에 대한 해묵은 울분이 치밀어 올랐다. 언니는 남의 흥을 깨는 데에 타고난 선수였다. 지금 여행도 언니가 초를 칠 수 있었다면 치고도 남았을 것이다. 방향을 가늠하면서 걸음을 옮기던 그녀는 잠시 울적한 기분에 젖어 들었다. 한때는 그녀도 오로지 드레스와 유흥밖에 모르던 도시 여자였는데, 이제는 어느 길이 어느 길인지도 잘 분간하지 못하게 되다니. 그녀는 가장 처음 눈에 띈 영화관을 보고 곧장 거기로 들어갔다. 영화의 제목이 마음에 들었다. 〈사랑의 왕자〉. 그녀는 제목을 소리 내어 읊어 보았다. 영화는 아름다운 두 청춘에 대한 이야기였다. 물결치듯 굽슬거리는 검은 머리의 남자와 곱슬곱슬하게 말린 금발 머리의 여자가 서로 사랑에 빠지고, 엄청난 시련을 거친 끝에 결국에는 다 잘된다는 이야기. 극 중 내내 멋진 무도회장과 정원 장면이 줄줄이 이어졌고 예쁜 옷도 잔뜩 나왔다! 그녀는 아주레아 향수 냄새가 나는 손수건을 코에 댄 채 약간 훌쩍거리고, 초콜릿을 먹으면서, 저 두 연인이 실제로 살아 있으며 딱 저렇게 생긴 사람들이라는 사실을 마음속으로 되새겼다. 하지만 진짜 살아 있는 사람들의 외모가 저렇게까지 아름다울 수 있다니 아무래도 잘 믿기지 않았다.

따스한 빛이 춤추듯 흘러나오던 스크린을 뒤로하고 밖으로 나오니 길거리가 차갑고 어둑하고 추레해 보였다. 길바닥은 눈이 녹아서 질척했고 시끄러운 소음이 들려왔다. 수많은 사람이 저마다 분주히 어딘가로 향하고 있는데 그중에서 그녀가 아는 얼굴은 단 한 명도 없었다. 그녀는 보스턴까지 배편으로 가야겠다고 마음먹었다. 옛날에 언니 집에 방문할 때 이용하곤 했던 경로였다. 그녀는 상점들의 진열창을 들여다보며 요즘 유행하는 속옷들을 둘러보았다. 스타일이 얼마나 많이 변했는지 자기 눈을 믿을 수 없을 정도였다. 저 홍차색 레이스가 달린 초록색 실크 슬립을 사 가면 데니스가 뭐라고 할까. 아, 지금쯤 그는 그녀가 일러둔 대로 햄을 먹고 있을까? 윗집 남자애는 약속대로 와서 일을 해 주고 있을까?

그녀는 설탕 딸기 조림이 올려진 아이스크림을 먹고, 분첩을 하나 사고, 영화를 한 편 더 보기로 했다. 이번에는 〈왕의 연인〉이라는 제목의 영화였다. 구불거리는 흑발과 녹아들 듯한 눈동자를 지닌 젊고 근사한 왕이 변장을 하고선, 나라의 그 어떤 공주나 숙녀보다도 아름답지만 가난한 시골 여자를 만나 결혼한다는 이야기였다. 화면에서 음악이 울려 퍼지고, 대화하는 음성이 흘러나왔다. 로절린은 심장을 비수처럼 파고드는 사랑 노래들을 들으며 눈물지었다.

이후에는 시간이 빠듯해서 곧바로 택시를 타고 크리스토퍼 거리로 가서 배를 잡아탔다. 갑판 위에 발을 디디자마자 그녀는 행복해졌다. 예전부터 늘 배를 무척이나 좋아하지 않았던가! 저녁 식사를 하면서 그녀는 생각했다. '저 급사 녀석은 손님 시중드는 품새가 영 품격이 없구먼. 만약 데니스 밑에서 일했더라면 분명 호텔에서 쫓겨났을 거야.' 그런 다음에는 휴게실에 앉아 라디오를 듣다가 사람들이 다 보는 앞에서 깜빡 졸았다. 그녀는 좁은 침대 위에 몸을 누이고, 밑에서 전해지는 엔진의 고동을, 그리고 뼛속까지 쿵쿵 울려오는 장중한 진동이 끊임없이 계속되는 것을 느꼈다. 어둠 속에서 세차게 흐르는 물줄기 위로 울려 퍼지는 우렁찬 무적霧笛 소리를 들으며 로절린은 모로 돌아누웠다. "나를 위해 울부짖어 줘. 그 버림받은 야만의 땅에서 나도 밤마다 그렇게 울 수 있다면 좋으련만." 지금 코네티컷은 1,000마일하고도 100년쯤은 떨어진 듯 아득하게 느껴졌다. 그녀는 꿈 한 번 꾸지 않고 곤히 잤다.

아침에 일어났을 때 그녀는 꿈을 꾸지 않았다는 것을 행운의 징조로 받아들였다. 하지만 프로비던스에서 다시 기차를 탄 뒤 오노라를 만날 시간이 가까워지자 그녀는 점점 피곤해졌고 얼굴도 퀭하게 꺼졌다. '언니 때문에 꼭 말썽이야.' 역 밖에 나와서 가방을 들고 서 있으려니, 보스턴이 얼마나 울적하고 흉한 곳인지 그동안 까맣게 잊고 있었구나 싶어서 의아해졌다. 여기에 좋은 기억이라고는 전혀 없었다. 택시 운전사들이 그녀의 얼굴에다 대고 고함을 질러 댔다. 우선 성당에 가서 오노라를 위해 초를 봉헌하는 게 좋겠다는 생각이 들었다. 그녀를 태운 택시가 꼬불꼬불한 골목길을 질주하며 나아가다 가장 가까운 성당 앞에서 멈춰 섰다. 하루 종일 한 발짝도 걷지 않고 택시만 타고 다닐 수 있다면 얼마나 좋을까!

그녀는 높은 제단에서 가까운 자리에 꿇어앉았다. 그러자 어쩐지 가슴이 벅차오르면서 눈물이 터져 나오고, 입에서 기도가 우르르 쏟아져 나왔다. 이렇게 성당다운 성당에 와 보는 게 얼마만이던가. 성찬을 위해 촛불과 꽃이 장식되어 있고, 향과 밀랍 냄새가 나는 성당. 윈스턴에 있는 그 조그맣고 처량맞은 성당에서 누가 제대로 기도를 할 수 있겠는가? "저희에게 자비를 베푸소서." 로절린은 쉰 명의 성인들을 한꺼번에 부르며 기도했다. "고백합니다……" 그녀는 가슴을 세 번 치고는, 불쑥 일어나서 가방을 들었다. 그리고 고해실들을 둘러보며 그중에 사제가 앉아 있는 곳이 있는지 살폈다. "시간이 너무 이른가 보구나. 아니면 오늘은 날이 아니거나. 그래도 나중에 다시 와 보자." 그녀는 애틋한 마음으로 다짐하고, 언니를 위해 초를 봉헌한 다음 따스하고 평온해진 기분으로 그곳을 나왔다. 그런데 한편으로는 멍하고 어리둥절한 기분이었다. 이제부터 뭘 해야 할지 생각이 나질 않았다. 어디로 가야 하나? 세상에는 늘 가난하고 배고픈 사람들이 있는데 돈을 택시비로나 쓴다는 건 심각한 죄악이었다. 그래도 어쨌든 그녀는 택시 한 대를 잡아 세우고, 운전사에게 오노라가 사는 연립주택 번지수를 알려 주었다. 그래, 딱 옛날처럼.

그녀는 연립주택의 모든 층과 전면과 후면을 둘러보고, 집집마다 초인종 위에 붙어 있는 문패를 모두 읽어 보았지만, 오노라의 이름은 찾을 수 없었다. 수위는 테런스 고거티 부인이라는 이름도, 오노라 고거티 부인이라는 이름도 들어 본 적이 없다고 했다. 전화번호부를 찾아보면 나올지도 모른다고 했지만, 고거티라는 성은 많아도 그중에 테런스나 오노라는 전혀 보이지 않았다. 로절린은 어엿한 아일랜드 남자인 그 수위에게 자신의 꿈은 절대로 틀리는 법이 없다고 이야기하고 싶은 충동을 꾹 눌러 참았다. "도와주셔서 고마워요. 중요한 일은 아니에요." 그녀는 그렇게만 말하고 다시 길거리로 걸어 나왔다. 바람이 누더기 코트 사이로 파고들어 그녀의 어깨를 마구 때렸고, 가방은 너무나 무거웠다. 이사를 갔으면서 연락 한 번 않다니, 오노라는 심보가 대체 어떻게 돼먹은 건가?

어리벙벙한 채로 걷다 보니 어느 작고 우중충한 광장에 이르렀다. 철제 벤치와 벌거벗은 나무 몇 그루가 늘어서 있는 곳이었다. 그녀는 벤치에 앉아서 또 눈물을 흘렸다. 그렇게 손수건 한 장이 푹 젖도록 울다가 새 손수건을 꺼냈는데, 막 뿌린 듯 짙은 향수 냄새를 맡으니 다시금 기운이 났다. 그때 그녀의 옆에 웬 그림자가 드리워지는 게 언뜻 보였다. 눈을 돌려 보니, 벤치 건너편에 조그만 청년 한 명이 구부정히 앉아 있었다. 얼굴에 주근깨가 있고, 옷깃을 귀에 닿도록 세웠고, 불룩해진 모자 아래로 붉은 머리카락이 이마에 축 들러붙은 남자였다. 그는 탁한 녹색 눈을 그녀에게 기울이며 말했다. "이 세상을 살다 보면 항상 울 일이 생기지요, 안 그래요?"

로절린이 말했다. "나는 멀리서 기껏 여기까지 왔는데 아무것도 없어서 울고 있는 거란다."

"아주머니를 딱 보자마자 슬라이고 여자분이신 줄 알았어요."

"신통하기도 해라. 바로 맞혔어."

"저도 슬라이고 출신이거든요. 떠난 지는 오래됐지만요. 저는 거길 떠날 생각을 했던 걸 죽도록 후회해요." 청년의 분노에 찬 어투에 로절린은 눈물을 뚝 그쳤다. 그녀는 그를 제대로 보려고 고개를 돌렸다.

"어째서 그런 생각을 하게 됐니? 여긴 좋은 나라인걸. 온갖 기회가 다 있잖아."

"그런 이야기야 셀 수도 없이 들어서 귀에 딱지가 앉을 지경이에요." 청년이 말했다. "이 넓은 세상에 기회는 참 많고도 많죠. 굶주림으로 쇠약해질 기회, 일자리를 구하려고 신발 밑창이 다 떨어지도록 걸어 다닐 기회, 그러다 결국에는 배수로에 처박혀서 죽어 갈 기회까지. 애초에 여기 올 생각을 하는 게 아니었어요."

"이렇게 지낸 지 오래된 건 아니지?" 로절린이 물었다.

"열한 달하고도 닷새째네요." 청년은 주머니에 두 손을 꽂아 넣고 그의 불운한 신발을 내려다보았다. 신발 위에 진흙이 엉겨 붙은 채 그대로 얼어 가고 있었다.

"어떤 일을 하고 싶은데?"

"저는 마부예요. 더블린에서는 심지어 경마장에서도 일했었어요. 말에 대해서라면 아무한테도 지지 않죠." 그가 자랑스럽게 말했다. "좋은 직장이에요. 구할 수만 있다면 말이지만요."

로절린은 그의 외모를 주의 깊게 살펴보았다. 추위로 빨개진 뾰족한 콧날, 괴로운 기색이 엿보이는 눈매, 날카롭게 불거진 손목의 뼈마디까지. 저 얼굴을 처음 봤을 때는 케빈과 닮았다고 생각했다니, 그녀는 자기 자신에게 놀라고 말았다. 지금은 전혀 다른 사람으로 보였다. 케빈이 아니기에 망정이지! 케빈이 저런 꼴이 되느니 차라리 죽어서 세상에 없는 편이 나으리라. "나는 배고프고 추워서 죽을 것 같구나." 그녀는 청년에게 말했다. "식당이 어디 있는지만 알면 같이 점심이라도 먹으면 좋겠네. 시간도 늦었으니."

그의 눈이 마치 익사하는 사람처럼 홉떠졌다. "정말요? 제가 적당한 데를 알아요!" 그러고는 당장 달려 나가려는 듯 벌떡 일어났다. 그들은 광장 끝자락까지 거의 뛰다시피 건너가서 맞은편의 모퉁이를 돌았다. 그곳에는 따끈한 케이크 냄새가 진동하는 간이식당이 있었다. "여기서 실컷 먹자꾸나." 로절린은 장갑을 벗으며 말했다. "그리 대단한 식당은 아니다만은."

청년은 음식을 한도 끝도 없이 먹을 기세로 꾸역꾸역 먹어 치웠다. 로스트비프, 감자, 스파게티, 커스터드 파이, 커피까지. 로절린은 담배도 한 갑 주문해 주었다. 그녀는 원래 담배 냄새를 좋아했다. 파이프 없이는 아무 데도 못 가는 소문난 애연가를 남편으로 뒀으니 그럴 만도 했다. "이걸 제가 갖고 있어 봤자 아무 의미 없어요." 청년이 말했다. "저는 수중에 땡전 한 푼도 없고, 어제부터 지금까지 아무것도 못 먹었는걸요. 목 매달아 자살하거나 아니면 누울 자리를 찾아 감옥에라도 들어가야 할 판이에요."

"나는 돈 걱정을 할 필요가 없는 사람이란다. 절실히 원하는 건 이미 다 가지고 있지. 그러니 약간의 빚 정도야 대수롭지 않게 얻을 자격이 있는 너 같은 젊은이를 내가 못 본 척 지나칠 수는 없어." 그녀는 핸드백을 뒤적여 10달러짜리 지폐 한 장을 꺼낸 다음, 카운터 뒤의 남자 종업원이 눈치채지 못하게끔 지폐를 구겨서 청년의 커피 잔 받침 밑에다 슬쩍 밀어 넣었다. "신대륙에서 행운이 따르기를 바라는 뜻에서 주는 거야." 그녀는 미소를 지으며 말했다. "너는 케빈이거나 내 친동생일 수도 있고, 혈혈단신이 되어 버린 친아들일 수도 있어. 설령 언젠가 내게 그 돈이 필요해지더라도, 분명 어떻게든 내게로 돌아오겠지."

"이런 날이 올 줄은 생각도 못 했어요." 청년이 돈을 주머니에 집어넣었다.

"나는 네 이름조차 모르는데 말이야. 생각해 보면 재미있지!"

"저는 휴 설리번이라고 해요. 설리번의 이름에 먹칠을 하는 놈이죠."

"좋은 이름이구나. 더블린에 사는 내 사촌들도 성이 설리번이야. 한번도 만나 본 적은 없다만. 우리 이모가 더블린의 설리번가 남자한테 시집갔거든. 이모 이름은 브리지드인데, 혹시 너도 더블린 쪽 설리번가와 친척은 아니겠지?"

"그런 얘기는 못 들어 봤지만, 그럴 수도 있겠죠."

"내가 보기에 네 생김새엔 설리번가 사람다운 구석이 있어. 그리고 설리번가는 나와 사촌지간이지. 적어도 그중 일부는 말이야." 로절린은 커피를 더 시켰고, 휴는 담배를 한 개비 더 꺼내 불을 붙였다. 그녀는 25년도 더 전, 자신이 딱 지금의 휴처럼 풋내기였던 시절에 고향을 떠나 이곳에 정착한 이야기를 들려주었다. 그녀와 그녀의 가족 모두가 이곳에서 잘 풀렸으며, 자신은 한 호텔에서 급사장으로 일하던 부유한 남자를 만나 결혼했고, 남편은 이제 노인이 되었노라고. 그러면서 지금 살고 있는 농장에 대한 이야기도 하고, 도와줄 일손만 있다면 짭짤하게 재미를 볼 거라고도 했다. 그리고 케빈을 만났던 일, 케빈이 떠났다가 결국 죽게 된 과정, 그가 꿈에 나타나 그 소식을 알려 줬던 사건을 이야기했고, 그러다 오노라의 꿈에 대해서도 털어놓게 되었다. 자신은 그 꿈 때문에 여기까지 오게 되었는데 허탕을 쳤다고, 꿈이 이렇게 빗나간 건 처음이라고. 이어서 그녀는 시골에는 튼튼하고 성실한 청년이 늘 필요한데, 더욱이 말을 잘 부릴 줄도 아는 휴 같은 청년이 이런 데서 길거리를 떠돌며 배를 곯고 있었다는 게 안타깝다고 했다. 그가 올바른 방향만 찾는다면 원하는 건 뭐든 다 얻을 수 있을 텐데. 그녀는 몸을 앞으로 기울여 무척 절박하게 그의 팔을 붙잡았다.

"너는 좋은 아일랜드인 집에서 살 자격이 있어. 우리 집에 들어오는 건 어떠니? 평화롭고 안락하게, 한 식구처럼 같이 사는 거야."

휴 설리번은 날카로운 콧날 너머로 그녀를 쳐다보았다. 그의 흐릿한 녹색 눈에 교활한 빛이 떠올랐다. "위험할 것 같은데요. 전 그러고 싶지 않아요."

"위험하다고? 평화로운 시골 동네에 위험할 게 뭐 있겠니?"

"전혀 안전하지 않죠. 더블린에서도 한 번 이런 경우를 당한 적이 있는데, 아주 난리도 아니었어요! 아주머니처럼 점잖은 여자분이었는데, 남편이 벽에 난 틈새로 내내 우리를 훔쳐봤다고요. 어휴, 진짜 십년감수했죠!"

로절린은 그 이야기가 무슨 뜻인지 머리로 이해하기도 전에 본능적으로 알아들었다. "도대체 무슨……" 그렇게 입을 연 순간, 얼굴로 피가 끓어올라 마치 붉은 베일을 쓴 것처럼 눈앞이 벌게졌다. "이 쬐끄만 꼬맹이가……" 그녀는 숨을 가다듬으려 애쓰며 말했다. "이제 보니 그렇고 그런 녀석이었구먼, 응? 네가 더블린 출신이라는 걸 진작 알아봤어야 했는데! 나는 평생 한 번도……" 분노가 모닥불처럼 활활 타올라 그녀는 잠깐 말을 끊었다. "내가 남자를 원했다면, '남자'를 찾았을 거다. 겨우 너처럼 머리에 피도 안 마른……" 그녀는 숨을 깊이 들이쉬고 말을 이었다. "이 파렴치한 녀석, 제 엄마뻘의 어른을 모욕하다니. 하느님, 저를 도우소서! 너는 막돼먹은 애송이일 뿐이었어. 정상적인 교양인들의 방식이 어떤 건지 알지도 못하는 녀석. 지금 당장……" 그녀는 일어서서 카운터 뒤에 있는 남자 종업원 쪽을 가리켰다. "저 문밖으로 꺼져 버려."

　휴도 자리에서 일어섰다. 그는 겁먹은 듯 가느다란 녹색 눈으로 주위를 두리번거리더니, 화해하자는 식으로 손을 뻗었다. "그렇게 크게 소리치지 마세요, 아줌마. 아줌마 행동만 보면 어느 남자라도 그렇게 생각했을……"

　"그 입 다물어. 안 그러면 혀를 뽑아 버릴 테니까!" 로절린은 사무적인 태도로 오른팔을 뒤로 거두었다.

　그는 몸을 수그리고 그녀를 휙 지나쳐 가더니, 자세를 가다듬고는 그녀의 손이 닿지 못할 거리에서 건들거렸다. "안녕히 가세요, 슬라이고 여자분." 그가 비꼬는 투로 말했다. "나는 사실 코크 출신이거든요!" 그러고는 재빨리 문밖으로 뛰어나갔다.

　로절린은 너무 심하게 떨려서 계산할 돈을 찾기도 힘들었고, 앞도 잘 보이지 않았다. 그래도 시원한 바깥 공기를 마시고 나니 머리가 맑아졌다. 이런 말썽을 겪게 된 게 다 오노라 언니 때문이라고 생각하니 거의 언니를 저주라도 하고 싶어졌다……

여행 기분을 완전히 잡쳐 버린 그녀는 집까지 직행하는 기차를 탔다. 이제는 다른 그 어떤 곳보다도 집에 가고 싶었다. 뻔뻔스러운 놈, 대체 무슨 생각을 한 건가? '남자애들은 원래 다들 못된 구석이 있다잖아.' 그녀는 자기 자신을 타일렀다. 그러자 몸속에서 부글부글 끓던 피가 한결 잦아드는 느낌이 들었다. "아주머니처럼 점잖은 여자분"이라던 그의 말이 떠올랐다. 어쩌면 휴는 거친 여자들을 너무 많이 만나서 여자란 다 비슷하다고 생각하게 됐는지도 모른다. 자신이 그를 너무 허물없이 대한 탓도 있을 것 같았다. 그 애가 아일랜드인이고 너무 슬프고 가난해 보여서 그랬을 뿐인데. 하지만 결국 휴는 상스러운 부류였으니, 만약 그녀가 막지 않았다면 같이 자려고 들었을지도 모른다. 그 생각이 번뜩 떠오르자 별안간 이제껏 몰랐던 사실이 대낮처럼 훤히 드러났다—케빈은 그동안 내내 그녀를 사랑했는데, 그녀는 케빈의 절반만도 못한 싸구려 여자애한테 그를 보내 버린 것이다! 물론 케빈은 착하고 예의 바른 청년이었으니만큼 그녀에게 부도덕한 말을 하느니 차라리 자기 오른손을 잘라 버리는 편을 택했으리라. 그럼에도 케빈은 그녀를 사랑했고, 그녀도 케빈을 사랑했다. 오, 그런데 그때는 그런 줄도 몰랐다니! 그녀는 창틀에 팔꿈치를 올린 채 좌석 안쪽 구석에 몸을 웅크리고, 낡은 모피 옷깃으로 얼굴을 가리고서, 한참을 비통하게 울었다. 그녀가 곁에 있어 달라고 한 마디만 했더라면 케빈은 떠나지 않았으리라. 하지만 이제 그는 사라졌고 죽어 버렸다. 그녀는 세상을 등지고 앞으로 그 누구와도 대화하지 않으리라고 마음먹었다.

"언니는 이제 무사해요, 데니스." 로절린이 말했다. "위험했지만 고비를 잘 넘겼대요. 건강해진 모습을 보고 왔어요."

"거 잘됐구려." 데니스는 심드렁히 말하고, 귀덮개가 달린 방한모를 벗고서 솜털처럼 보송보송한 백발을 쓸어 넘겼다. 그리고 다시 모자를 쓰면서 로절린이 여행에서 겪은 온갖 흥미진진한 일들을 이야기하기를 기다렸다. 그런데 로절린은 아무 이야기도 하지 않았다. 그저 집에 와서 기쁘다며 수선을 떨 뿐이었다.

"부엌이 엉망진창이네." 그녀는 물건들을 정돈하며 말했다. "그래도 나는 도시에서는 절대 못 살겠어요, 데니스. 거긴 거칠고 몰인정한 곳이에요. 사방 어딜 보나 범죄자들이 득시글거린다고요. 지내는 내내 목숨 걱정하느라 전전긍긍했다니까요. 저기, 등불 좀 켜 주겠어요?"

토박이 청년은 화덕 앞에 앉아 커다란 발을 녹이면서도 이를 딱딱 부딪치며 떨고 있었다. 추위가 아니라 다른 이유 때문이었다. 그가 불쑥 말을 꺼냈다. "나 아까 전에요, 길에서 뭐가 오는 거 봤어요. 꺼먼 거요. 처음에는요, 개처럼 네발이었는데요, 뒷다리로 서더니 막 내 옆에 따라왔어요. 무서웠어요. 나 무서워서, 저리 가! 그랬는데요, 그랬더니 그거 없어졌어요. 등불처럼 없어졌어요."

"개였겠지, 아마." 데니스가 말했다.

"개 아니었어요." 청년이 말했다.

"고양이가 담장을 기어 올라갔던 게 아닐까?" 로절린이 말했다.

"고양이 아녜요. 그런 거 나 태어나서 처음 봤어요. 아줌마 아저씨도 처음 볼 거예요."

"신경 쓰지 말거라." 로절린이 말했다. "나는 아일랜드에서 처녀 시절에 그런 걸 많이 봤단다. 거기선 유명하거든. 길에서 웬 시커먼 덩어리 같은 게 나타나 데굴데굴 굴러오는데, 그때 하느님을 부르거나 성호를 그으면 녀석은 달아나 버려. 자, 이제 저녁 먹자. 그리고 오늘 밤은 여기서 자고 가렴. 밖에서 악마가 기다리고 있는데 혼자 집에 가게 할 순 없지."

그녀는 청년을 케빈의 방에 재우고는, 데니스에게 자신이 슬라이고에서 본 귀신들에 대한 이야기를 줄줄이 늘어놓았다. 밤새도록 그를 붙잡고 이야기하는 통에 데니스는 잠도 제대로 못 잤다. 보스턴 여행은 그녀의 머릿속에서 아예 잊힌 것 같았다.

다음 날 아침, 청년이 키우는 말라빠진 검은 개가 부엌의 열린 문 앞에 뒷다리로 선 채 자기 주인을 애처롭게 쳐다보았다. 그러자 로절린의 고양이들이 한꺼번에 뛰어나오더니, 조용하면서도 맹렬하게 개를 쫓아가서 집 밖의 길 저편까지 내몰았다. 청년은 문간에 멈춰 선 채 또 몸을 떨었다. "엄마가 나 저녁 먹을 때 집에 오라고 했는데." 그가 멍하니 말했다. "지금 가면 어떻게 저녁 먹어요? 나 아빠한테 혼날 거예요."

로절린은 녹색 모직 숄로 머리와 어깨를 감쌌다. "내가 같이 가서 말씀드리마. 무슨 일이 있었는지 아시면 안 혼내실 거야." 그런데도 청년은 벌벌 떨다 못해 무릎이 풀려서 휘청거리기까지 했다. '저 애는 정신이 딴 데 가 있는 거야.' 그녀는 측은해하며 생각했다. '저 집 부모는 왜 그걸 모르고 아들을 편하게 해 주지 않는 걸까?'

그들은 비탈길을 따라 1마일쯤 쭉 올라가서 울퉁불퉁한 오솔길로 꺾어 들어갔다. 그곳에는 현관 앞 계단이 다 부서진 외딴집 한 채가

서 있었고, 주위에 쓰레기가 너절히 흩어져 있었다. 청년은 점점 더 뒤로 처지며 미적거리더니, 집에서 회색 원피스 차림의 여자가 나오자 아예 멈춰 서 버렸다. 얼굴이 초췌하고 치아가 길쭉한 여자는 손에 장작 한 개비를 들고 있었다. 여자도 로절린을 보고는 우뚝 멈춰 서더니 얼굴에 음흉하면서도 쌀쌀맞은 표정을 떠올렸다.

"안녕하세요." 로절린이 말했다. "어젯밤에 아드님이 유령을 봤다더라고요. 차마 밤중에 집에 혼자 가라고는 못 하겠어서, 저희 집에서 안전하게 재워 줬어요."

여자는 여우처럼 컹 하는 소리를 내며 코웃음을 쳤다. "유령이라고요! 듣기로는 한밤중에 그 집 근처에 나타나는 게 유령뿐만은 아닌 것 같던데요, 오툴 부인." 그녀가 머리를 절레절레 흔들자 희끗하게 바랜 황갈색 머리카락들이 여러 가닥으로 흩날렸다. "참 대단한 양반이셔. 늙은 남편을 두고선 젊은 사내들을 집 안에 끌어들이다니. 외판원이며 술주정뱅이며 시도 때도 없이 댁 문간에 퍼질러……"

"당신네 아들 듣는 데서 입조심해요." 로절린은 목덜미가 쭈뼛거리는 감각에 휩싸인 채 말했다. 너무 뜻밖의 상황이라서 뭐라고 대꾸할 말을 떠올릴 수가 없었다. 그녀는 다만 그 자리에 서서 여자가 하는 말을 듣기만 했다.

"정말 가관이구먼, 가관이야." 여자는 가느다란 목소리를 더욱 높이면서, 지독하게 차가운 투로 느릿느릿 말을 이었다. "남편은 집에 팽개쳐 둔 채로 여행이나 싸다니고 말이야. 요란한 옷 색깔이며, 염색한 머리하며……"

"천벌이나 받으시지!" 로절린이 벌컥 언성을 높였다. "내 머리가 뭐 어쩌고 어째! 망할 놈의 혓바닥, 평생 그 주둥이 안에서 썩어 문드러지기나 해라! 댁을 상대로 무슨 말을 하는 게 시간 낭비지! 여기 네 불쌍한 아들이나 데리고 꺼져, 그 집구석에서 애가 얼마나 잘 살지 두고 보겠어!" 그녀는 몸을 돌렸다가 다시 휙 돌아서서 외쳤다. "한 10년쯤 앓다 뒈져 버려라!"

"맘대로 욕하고 저주해 보셔, 오툴 부인. 그래 봤자 당신 얘기는 이미 동네방네 다 퍼졌으니까!" 여자가 장작개비를 창처럼 휘두르며 고함쳤다.

"그 작자들도 다 뒈지라지!" 로절린은 마주 고함치고는, 노기등등한 채 성큼성큼 걸어갔다. "염색을 했다고?" 그녀는 주먹을 불끈 쥐고 온 세상을 향해 흔들어 댔다. "거짓말쟁이 같으니!" 그녀의 걸음걸이에 맞춰 분노가 북처럼 쿵쿵 울렸다. 요즘은 만나는 사람마다 왜 이렇게들 머릿속도 더럽고 입도 더러운 건가? 오, 그들을 한꺼번에 목 졸라 죽여 버릴 수 있을 만큼 힘이 세다면 얼마나 좋을까! 눈이 너무 화끈거려서 눈꺼풀을 감을 수도 없었다. 그녀는 앞만 빤히 노려보며 계속 걸었다. 그러다 보니 어느새 집에 도착해, 눈의 둥지에 조용히 올라앉은 암탉 같은 집채가 시야에 들어왔다. 발걸음을 늦추자 쿵쾅대던 심장도 약간 잦아드는 느낌이 들었다. 그녀는 길가의 바위 위에 걸터앉아 숨을 고르고 마음을 가라앉히며 데니스를 마주할 준비를 했다. 그렇게 앉아 있으려니, 한밤중에 이곳을 돌아다닌다는 악마는 다른 게 아니라 사람들이 그녀를 두고 떠벌린 악랄한 거짓말이었다는 생각이 들었다. 정작 자신은 여느 여자들이 진작 타락하고도 남았을 상황에서도 지금껏 내내 정조를 지켜 왔는데. 자신이 잘못을 저지를 수 있었어도 저지르지 않고 넘겼던 순간들을 이제 와 돌이켜 보아도 아무런 위안이 되지 않았다. 어차피 남들의 추문에 오르내린다면 그게 다 무슨 소용인가? 보스턴에서 만났던 그 남자애는…… 못된 꼬마 녀석. 그녀는 얼어붙은 땅에 침을 뱉고는 입을 문질러 닦았다. 그리고 팔꿈치를 무릎에 얹은 채 두 손으로 머리를 감싸 쥐고서 생각했다. '결국 이렇게 된 거로군. 내 인생이 지금껏 흘러온 결과가 이거네. 나는 이웃들 험담에 오르내리는 여자가 된 거야.'

그 이상한 생각을 곱씹다 보니 기분이 조금씩 나아졌다. 그래, 다들 질투심 때문에 그러는 것 아닌가. '아, 그 불쌍한 여자는 나 같은 머리카락을 가질 수만 있다면 무슨 짓이든 하려고 들겠지!' 그녀는 자신의 머리칼을 부드럽게 어루만지며 생각했다. 애초부터 그런 식이었으리라. 여자들이 줄곧 질투를 해 왔던 것이다. 그녀의 주위에 남자들이 들끓으니까, 그게 그녀의 잘못이기라도 한 것처럼! 뭐, 마음대로 입방아 찧으라지. 그래도 상관없으니. 그녀는 양심에 거리낄 것이 없었고, 데니스도 그 사실을 잘 알았다. 그러면 된 것 아닌가.

"인생은 꿈이로구나." 그녀는 감상적인 기분에 젖어 울적하게 혼잣말을 했다. "그저 꿈일 뿐이야." 자신이 떠올린 생각도, 입에서 나온 말 자체도 마음에 쏙 들었다. 그녀는 흡족한 마음으로 길 건너편에 쳐진 담장을 건너다보았다. 헐겁게 쌓여 있는 돌맹이들 위에 얇은 얼음이 뒤덮여 반짝이고 있었다. 느긋하게 그 풍경을 바라보고 있노라니 어느덧 발이 시려 왔다.

"창창한 나이에 여기 앉아서 죽을 수야 없지." 그녀는 일어나서 숄을 조심스럽게 둘렀다. 이 처량맞은 촌구석에는 젊은이들이 필요하다는 생각이 들었다. 케빈이 돌아와서 그녀와 함께 윗집 여자를 비웃어 준다면 얼마나 좋을까. 그와 함께라면 사람들의 면전에 대고 비웃어 줄 수도 있을 텐데! 그러고 보면, 오노라 언니의 꿈이 현실과 어긋났으니, 케빈의 꿈 역시 그럴지도 모른다. 꿈 하나가 이미 틀렸는데 다른 꿈은 맞을 거라고 믿는 건 미련한 생각이다. 그렇지 않은가? 그녀는 화덕 앞에 앉아 있는 데니스를 향해 미소 지었다.

"오늘 아침에는 토박이들이 무슨 이야기를 했소?" 그는 짐짓 그들이 뭐라고 하든 개의치 않는 척 물었다.

"오, 연말연시 잘 보내라고들 했지요. 그 외에 딱히 이야깃거리는 없었어요." 그녀는 노래를 흥얼거렸다. 가슴이 잎사귀 한 장처럼 가뿐했다. 그 이유가 무엇인지는 설령 죽도록 알고 싶더라도 알 수 없을 것 같았다. 어쨌든 그녀는 올바르게 살아왔고, 앞으로도 죽는 날까지 올바르게 살 것이다. 아아, 그렇게 사는 모습을 그들에게 보여 줄 것이다. 비열한 사람들 같으니.

저녁에 부부는 화덕 앞에 마주 앉았다. 데니스는 부츠를 닦고 기름을 바르고, 로절린은 15년이 지나도록 끝맺지 못한 기다란 식탁보에 수놓는 작업에 착수했다. 데니스는 그녀가 보스턴에서 뭘 하고 지냈는지, 아니면 보스턴이 아니라 어디 다른 데에 있었는지 여전히 궁금했다. 어차피 로절린이 사실 그대로를 털어놓을 리는 없지만, 그래도 어떤 식으로 이야기하는지라도 듣고 싶었다. 하지만 그녀는 잠자코 앉아서 쓸데없는 바느질만 하고 있을 뿐이었다. 어차피 식탁보는 영영 완성하지 못할 테고, 설령 완성한다 해도 쓰지도 않을 거면서.

"데니스." 로절린이 침묵 끝에 말했다. "나 이제는 예전처럼 꿈을 믿지 않게 됐나 봐요."

"잘된 일인 것 같구려." 데니스는 조심스럽게 대답했다. "그런데 왜 그렇게 생각하오?"

"하루 종일 이런 생각을 했거든요. 사실 케빈은 죽은 게 아니고, 오래지 않아 이 집으로 돌아올 거라고요."

데니스는 목을 으르렁 울렸다. "그건 전혀 달라진 게 아니구먼." 그는 서운한 심정을 드러내려고 그녀에게 받은 해포석 파이프를 내려놓고, 예전에 쓰던 브라이어 파이프에 담뱃잎을 재고 불을 붙였다. 하지만 로절린은 눈치채지도 못했다. 그녀는 바느질감이 무릎 위에서 흘러내리는데도 그대로 내버려 둔 채 밖에서 들려오는 소음에만 귀를 기울이고 있었다. 1인승 마차가 길을 따라 덜커덕덜커덕 달려 내려오는 소리와 함께 리처즈의 우렁찬 노랫소리가 울려 퍼졌다. "나는 '기차역'에서 일했다네, 하루 '온종일'!" 그녀는 일어나서 떨리는 손으로 머리핀들을 고쳐 꽂고는, 거울이 있는 데로 뛰어갔다. 그리고 무시무시한 형태로 일그러져 보이는 자기 얼굴을 마주했다. "오, 데니스! 거울을 사 오는 걸 깜빡했어요. 그만 까맣게 잊어버렸어!" 그녀는 자기가 의자에서 벌떡 일어난 이유가 그것 때문이었던 양 외쳤다.

"그 거울도 충분히 쓸 만하오." 데니스는 전에 했던 말을 되풀이했다.

마차가 대문 앞에서 덜커덩거리더니 노랫소리가 멎었다. 아, 저치가 집에 들어올 셈인가 보다! 저런 남자에게 말려들면 여자 신세 망치기 십상이라는 생각이 퍼뜩 들었다. 그를 이 집 안으로 한 발짝이라도 들여놓는 건 죽음과 위험을 자초하는 짓이었다.

그녀는 노크 소리가 나기 전에 얼른 뛰어가 문손잡이를 붙잡고 싶은 충동을 억눌렀다. 그러자 마차 바퀴가 삐걱거리고 끼익대는 소리가 나더니, 그가 또 노래를 불렀다. "들를까 하다가 말고, 토요일 밤 윈스턴의 무도회로 나는 가야겠네, 건달 친구들과 함께!"

로절린은 무엇을 기대해야 할지 긴가민가해졌다. 그러면, 그러니까, 결국은 안 들르겠다는 뜻이겠지? 아니, 설마 정말로 그냥 가려는 거야? 그녀는 넋이 빠진 채 의자에 다시 앉아 식탁보를 주워 들었다. 하지만 한참 동안 바늘땀이 눈에 들어오질 않았다. 인생이 대체 어떻게 된 건가 싶었다. 매일 무언가 굉장한 일이 일어날 거라고 생각하지만, 지독한 실망에 실망을 거듭하며 흘러가 버리는 나날이었다. 여기 등불 빛 속에는 데니스와 고양이들이 있고, 저 너머 어둠 속 눈밭에는 윈스턴과 뉴욕과 보스턴이 있으며, 또 그 너머에는 그녀가 듣도 보도 못한 삶과 즐거움으로 가득한 세상이 있었다. 그리고 그 모든 것의 너머에는 청춘과 아일랜드가, 아침 해가 떠오르는 푸른 들판처럼 펼쳐져 있다. 마치 그녀가 꿈에서 겪은 일이거나 아니면 지어낸 이야기였던 것처럼. 아, 이제는 기억하거나 기대할 게 무엇이 있을까? 그녀는 무심코 몸을 기울여 데니스의 무릎에 머리를 기댔다. "대체 왜 나 같은 여자와 결혼했나요?" 그녀가 여상스럽게 물었다.

"당신 그러다 의자째로 넘어지겠소." 데니스가 말했다. "그게 내 평생 가장 잘한 일이 되리라는 걸 알았기 때문이오." 그는 가슴이 녹아들면서 뭉근히 끓어오르는 느낌이 들었다. 이제 모든 게 괜찮아질 것이다. 그럴 거라는 확신이 들었다.

그녀는 몸을 일으켜 앉고 그의 옷소매를 주의 깊게 만져 보았다. "이렇게 추울 땐 옷을 단단히 챙겨 입어야지요, 데니스. 양말도 두 겹 신고, 방한용 조끼도 입고요. 만약 당신에게 무슨 일이라도 생기면 나는 이 세상에서 어떻게 되겠어요?"

"그런 생각은 하지 맙시다." 데니스가 발을 질질 끌며 말했다.

"그래요, 하지 말아요. 당신이 나한테 손가락만 까딱해도 울 것 같은 기분이니까."

(1931, 멕시코시티-베를린)

아시엔다*
Hacienda

케널리가 가무잡잡하고 비천한 사람들 사이에서 열차를 장악하는 광경을 보노라니 티켓값을 지불한 가치가 있었다. 그는 열차 앞쪽으로 거침없이 휘저으며 나아갔고(케널리의 키는 보통 성인 남자만 하고, 가장 가까이에 있는 인디오보다 머리 하나쯤 더 큰 정도였지만, 그 순간 그의 도덕적 위상만큼은 추정 불가능할 만큼 높았다), 안드레예프와 나는 그 뒤에서 무작정 딸려 갔다. 우리는 서두르다가 실수로 이등실 열차에 올라탄 참이었다…… 진정한 혁명께서 멕시코에 왕림하셨다가 승천하신 이후로, 대체로 천지 만물이 번영했음을 보

---

* 라틴아메리카의 대규모 농장. 식민지 시대에 스페인 사람들이 대토지를 소유하고 그곳의 인디오들을 채무 노예의 형태로 착취하던 제도에서 비롯되었다. 멕시코에서는 1911년 멕시코 혁명 이후로 점차 해체되었다.

여 주기 위한 목적에서 많은 것의 이름이 변경되었다. 그러므로 당신이 아무리 가난하거나, 겸손하거나, 구두쇠라 할지라도 삼등실이라는 이름의 열차는 탈 수 없다. 이등실에서 복작거리는 사람들과 떠들썩하게 어울리거나, 일등실에서 안락하고 점잖게 여행을 즐기거나 해야 한다. 또는 당신이 원한다면 거금을 들여 특등실 티켓을 살 수도 있다. 그러면 북부 출신의 명망 높은 장군들과 마찬가지로 플러시 천이 대어진 위풍당당한 좌석에 외떨어져 앉아 남들의 부러움을 한몸에 살 것이다. "아, 특등실처럼 아름답군!" 멕시코의 중산층 사람들은 무언가에 진심으로 찬사를 보낼 때 그런 표현까지 쓴다…… 그런데 이 기차에는 특등실이 없었다. 만약 있었다면 우리는 어쩔 수 없이 거기에 탔을 것이다. 케널리가 꼭 그래야 한다고 우겼을 테니까. 그는 한쪽 손에 든 서류 가방과 가죽 가방을 앞으로 쭉쭉 내뻗고, 다른 쪽 팔을 이리저리 휘둘러 대면서, 힘차게 성큼성큼 걸음을 옮겼다. 콧구멍은 주변의 냄새를 맡지 않으려고 최대한 수축시킨 상태였다. 축축이 젖은 젖먹이 아기들, 질질 끌리는 칠면조들, 성난 새끼 돼지들, 음식 바구니들, 채소 다발들, 가재도구가 든 보따리며 광주리 들이 여기저기 어수선하게 쌓여 있으면서도 동시에 하나의 군집을 이루고 있었고, 그 모든 것에서 냄새가 '쏟아져 나오고' 있었던 것이다. "냄새가 곰팡이 핀 완두콩 수프처럼 콸콸 쏟아져 나온다고요!" 케널리는 그렇게 표현했다. 그리고 그 북새통 한가운데에서 가무스름한 얼굴에 즐거운 표정을 띤 사람들이 우리가 지나가는 모습을 무심히 올려다보았다. 그들이 즐거운 건 우리 때문이 아니었다. 그들은 다만, 당나귀를 후려치는 수고조차 들이지 않고 가만히 앉은 채로 가고 싶은 곳으로 실려 간다는 게 기뻤던 것이다. 심지어 집안 살림을 바리바리 등에 업고서 하루 종일 힘겹게 가야 했을 길을 불과 한 시간 만에 주파할 수 있으니…… 그들이 드디어 짐들 사이에 완전히 자리를 잡고, 기관차가 불가사의하고도 강력한 힘으로 기차를 움직여 그들이 숱하게 한 발 한 발 헤아렸던 몇 마일의 거리를 사뿐히 뚫고 나아갈 때, 그들을 사로잡는 조용한 희열을 깨뜨릴 수 있는 건 거의 아무것도 없다. 시끄러운 백인 남자 한 명쯤이야 별 문젯거리도 아니다. 그들은 이제 그에게 익숙해졌으니까. 인디오들의 눈에 백인이란 다 비슷비슷해 보이는 법이고, 눈동자 색깔이 옅고 머리카락이 가죽 빛깔인 양반이 격앙된 채로 자기네 기차간을 향해 절박하게 앞을 비집고 나아가는 광경은 예전에도 여러 번 보았기 때문이다. 기차에는 그런 양반이 꼭 한 명씩 나타난다. 인디오 승객들은 늘 각자의 일을 하느라 바쁘지만 짬짬이 관심을 돌려 그의 공연을 감상한다. 그는 여행의 풍경을 이루는 일부이다.

찻간 문에 다다른 그는 몸을 돌리더니, 나와 안드레예프를 향해 거칠게 손짓했다. 우리가 걸음을 멈추고 그곳에서 자리를 잡으려고 했기 때문이었다. "안 돼요, 안 돼!" 그가 고함쳤다. "이 칸은 안 됩니다! 절대로 못 버틸 거예요." 그는 숙녀, 즉 나를 보호하면서 힘 있게 눈짓했다. 나는 그를 안심시키려고 고개를 끄덕이고 손을 흔들면서 따라갔고, 안드레예프도 뒤따라왔다. 안드레예프는 차분하고도 생기 넘치는 수많은 검은 눈동자와 흘깃 시선을 주고받으며 커다란 물체들과 작은 동물들 위를 조심조심 넘어갔다.

일등실 열차는 말끔하게 청소되어 있었고 차창이 거의 다 열려 있었으며, 토박이 승객은 보이지 않았다. 케닐리는 가방들을 선반 위에 던져 올리고 좌석 등받이를 거칠게 젖혔다. 그리고 우리가 일시적으로나마 안전하게 마주 웅크려 앉을 만한 둥지를 짓기 위해 좌석에 외투와 스카프를 깔면서 수선을 피웠다. 지배 민족 중에서도 지식인 계급에 속하는, 상당히 우월한 사람 세 명이, 이따위 나라에서 사실상 무방비 상태로 노출된다면 그야말로 끔찍한 사태가 아니겠는가! 케널리는 거의 목이 메는 음성으로 그렇게 이야기했다. 그가 둥지를 지은 건 사실 그 자신을 위해서였다. 그는 자신이 어떤 계층에 속하는지 확신하고 있었으니까. 다만 안드레예프는 공산주의자, 나는 작가였으므로 예의상 우리 둘도 같이 거기에 끼워 준 것이다. 하지만 케널리는 나를 작가라고 소개받아서 그런가 보다 할 뿐이지, 일주일 전까지만 해도 나에 대해 전혀 들은 바가 없었고 나를 안다는 사람도 그의 주변에 없었다. 그러니 원래는 나를 이 여행에 초대한 안드레예프가 나를 챙겨 줘야 할 입장이었다. 하지만 안드레예프는 의심도 의문도 없이 모든 걸 차분하게 받아들였고, 사교적인 차원에서의 책임감이 전혀 없는 사람이었으므로—케널리가 정확히 그런 표현을 쓰지야 않겠지만—그에게 무슨 기대를 걸어 봤자 쓸데없는 일이었다.

　나는 이미 내가 숙녀로서 어딘가 미진하다는 것을 드러낸 바 있었다. 내가 그들보다 일찍 역에 도착하고 내 티켓을 직접 샀기 때문이었다. 케널리가 자신과 안드레예프는 다른 동네에서 먼저 출발할 테니 일등실 차창 앞에서 만나자고 내게 당부했기에 그랬을 뿐인데, 그가 이 사실을 알고 내게 면박을 주는 바람에 나는 어리둥절하고 무안해졌다. "당신은 우리 손님이었어야 하지 않습니까." 그는 억울한 듯 말하면서 내 티켓을 빼앗아 차장에게 건넸다. 마치 내가 그의 주머니에서 멋대로 티켓을 꺼내 썼다는 식으로, 아예 공개적으로 내게서 손님 자격을 박탈하는 듯한 행동이었다. 안드레예프 역시 나를 질책했다. "우리는 괜히 돈 낭비할 필요 없어요. 케널리는 굉장한 부자인 데 다 너그러우니까요." 그러자 케널리는 가죽 지갑을 집어넣다 말고 누 군가에게 칼로 몸을 꿰뚫리기라도 한 듯이 소스라치며 안드레예프를 노려보았다. "부자라고? 누가, 내가? 그게 무슨 뜻이야, 부자라니?" 그 러고는 펄펄 뛰면서 무언가 반박하려고 했지만, 적절한 말이 생각나 지 않는 모양이었다. 이내 그는 부루퉁한 얼굴로 일어나 자기 가방들 을 정돈하더니, 다시 앉아서 호주머니를 모두 뒤져 소지품을 확인하 고는 등을 젖히고 내게 말을 걸었다. 자기가 짐을 모두 스스로 날라 온 걸 보았느냐고, 그건 이 나라 사람들에게 바가지를 쓰는 데에 학을 떼서 그런 거라고. 짐꾼에게 가방을 맡길 때마다 순전히 자기방어를 위해 필사적으로 싸워야 했다며, 이곳의 기차역 짐꾼들 같은 노상강 도들은 정말이지 머리털 나고 처음 본다고 그는 혀를 내둘렀다. 게다 가 그들의 지저분한 손이 가방 손잡이에 닿는 바람에 병균에 감염되 기라도 하면 어쩌냐, 하여간 짐꾼을 부리는 건 무지막지하게 위험한 짓이다……

그가 이야기를 하는 동안, 나는 외국을 여행하는 사람들의 유형을 서너 종류의 축음기 레코드판으로 상상하고 그중에서 케널리 같은 부류가 가장 별로라는 생각을 하고 있었다. 안드레예프는 케널리 쪽 을 거의 보지 않았다. 그의 깨끗하고 솔직한 회색 눈동자에는 케널리 에게 품은 다양한 감정이 너무나 많이 뒤섞여 있어서 결과적으로 분 통을 참고 있는 표정처럼 보였다. 안드레예프가 의자에 등을 편히 기 대더니 서류철 하나를 꺼냈다. 그 안에는 그들이 온 나라를 돌아다니 며 촬영한 영화의 장면들이 담긴 사진이 들어 있었다. 그는 사진들을 무릎 위에 반듯이 올려놓고서 러시아에 대해 아까 하다 말았던 이야기를 이어서 하기 시작했다. 그러자 케널리는 사적인 대화를 엿듣지 않겠다는 듯 우리에게서 몸을 빼고 창밖을 돌아보았다. 멕시코시티를 떠날 때는 하늘이 맑았는데, 피라미드들로 이루어진 엄숙한 계곡*을 지나 용설란 경작지를 따라 올라가다 보니 동녘에 탄탄히 쌓인 푸른 먹구름이 보였다. 구름은 이윽고 녹아내려서 창백한 부슬비를 뿌렸다. 기차가 멈출 때마다 우리는 창밖으로 고개를 내밀었는데, 선로 옆에서 따라오던 인디오 여자들이 그런 우리를 보고 헛된 기대를 품고는 뛰어왔다. 기차가 이미 출발해서 움직이고 있는데도 그들은 얼굴을 뒤로 젖히고 두 팔을 치켜든 채 계속 달렸다.

"신선한 풀케 팔아요!" 그들은 걸쭉한 회백색 술이 든 질항아리를 들어 올리면서 애절하게 외쳤다. "신선한 용설란 벌레** 팔아요!" 기차 바퀴가 굴러가는 소음 너머에서 그들은 절박한 고함을 지르며, 잎사귀로 짠 가방을 손에 들고 꽃다발처럼 흔들어 보였다. 가방 표면이 미끈거리고 울룩불룩 튀어나온 걸 보니, 그들이 용설란—풀케의 원료가 되는 꿀물을 심장에서 피처럼 뿜어내는 선인장—에서 손수 하나씩 주워 모은 벌레들이 그 안에 잔뜩 들어차 있는 게 분명했다. 그들은 여전히 희망을 버리지 않고, 행여라도 벌레를 사겠다는 승객이 나타난다면 차창을 향해 던져 줄 작정으로 벌레 가방을 갈색 손끝으로만 아주 살짝 잡고 있었다. 그러다 마침내 기관차가 그들을 앞질러 가자 그들의 목소리는 저편으로 멀어져 갔고, 한데 모여 선 그들의 푸른 치마와 숄이 무심한 빗속에서 흐릿하게 번져 보였다.

케널리는 미지근하고 씁쓸한 맥주 세 병을 땄다. "구정물을 마실 순

---

* 멕시코 중부에 위치한, 피라미드로 유명한 고대 도시 테오티우아칸을 일컫는다.
** 용설란에 기생하는 식용 애벌레로 멕시코에서 다양한 음식에 활용된다.

없으니까요!" 그가 맥주를 한 모금 꿀떡 들이켜면서 진지하게 말했다. "이 나라 사람들이 먹고 마시는 것들, 정말 끔찍하지 않습니까?" 그는 우리가 무슨 헛소리를 하더라도(케널리는 우리 둘 다 신뢰하지 않았다) 자신만은 단 하나의 정답을 이미 알고 있다는 투로 그렇게 묻고는, 입안에 넣은 달콤한 미제 초콜릿을 삼키지 못하고 잠깐 몸서리를 쳤다. "실은 제가 여기 돌아온 지 얼마 안 됐거든요." 그는 자신이 이런 문제에 극도로 예민하게 굴 수밖에 없는 이유를 그렇게 설명했다. "얼마 전까지만 해도 나는 신의 나라에 있었다고요." 신의 나라란 곧 캘리포니아를 뜻했다. 그는 자주색 잉크로 상표가 찍힌 오렌지한 알을 까면서 말을 이었다. "이 모든 것에 다시 적응하는 수밖에 없겠죠. 그래도 지금은 세균이 득시글거리지 않는 과일을 먹을 수 있으니 얼마나 마음이 놓이는지 모릅니다. 내가 직접 이 과일들을 다 짊어지고 그 먼 길을 왔다니까요." (나는 그가 오렌지가 한가득 담긴 배낭을 메고 소노라 사막을 종종거리며 걷는 광경이 눈에 선했다.) "한 알드세요. 그래도 이건 깨끗한 거예요."

케널리도 무척 깨끗했다. 그의 존재 자체가 세상의 모든 불결함을 비난하는 것 같았다. 세수, 면도, 이발, 다림질, 구두에 광낸 것까지 무엇 하나 모자란 게 없었고, 몸에서는 비누 냄새가 풍겼으며, 건초 빛깔의 트위드 옷이 딱딱하고 사무적인 인상을 주었다. 요컨대 건강한 동물에게 응당 필요한 검소함까지 적절하게 갖춘, 어느 모로 보나 말쑥한 용모의 사내였다. 그런 면에서는 흠잡을 데가 전혀 없었다. 언젠가 나는 더욱 영화로운 삶을 위해 자기 자신을 깨끗하고 어여쁘게 가다듬으며 지구상에서 번창하는 모든 생명체에게 바치는 시를 쓰고 싶다. 아침에 스스로 세수를 하는 새끼 고양이들, 한낮에 나무 그늘이 드리운 강둑에서 달콤한 냄새를 풍기는 초강력 대형 비누와 헤네켄* 섬유로 옷이 너덜너덜해지도록 빨고 피부가 윤이 나도록 씻는 인디오들, 탄탄한 가죽을 닦으려고 풀밭에서 몸을 뒹굴며 힝힝거리는 말들, 수영장에서 발가벗은 채 소리 지르는 아이들, 흙으로 목욕하면서 노래를 부르는 닭들, 술기운 없이 맨 정신으로 귀가해 사려 깊게 쏟아지는 수돗물 아래서 무아지경에 빠진 채 노래를 흥얼거리는 아버지들, 나뭇가지 위에 올라앉아 곤두세운 깃털에 기름을 바르며 즐거워하는 새들, 서로에게 선물해 줄 과일 바구니를 꾸미듯 자기 자신을 단장하는 소녀 소년 들…… 그런데 케널리는 어딘가 잘못되어 있었다. 그는 너무 과했다. 파산 직전에 몰렸는데도 긴축을 감행할 엄두가 안 나서 비용이 많이 드는 사업체를 유지하고만 있는 사업가처럼 황망한 분위기가 감돌았다. 무슨 생각 하나에 사로잡히기만 하면 바싹 마른 나뭇가지 같은 신경들이 그의 머릿속을 쿡쿡 찔러 대는 듯했다. 그의 텅 빈 푸른색 눈동자는 허공에 멍하니 붙박여 있기 일쑤였고, 턱 근육은 끊임없이 북받쳐 오르는 분노로 실룩거렸다. 그는 러시아 영화인 세 명을 따라 멕시코에 와서 8개월간 업무 관리자로 일하느라 하마터면 죽을 뻔했노라고, 그 세 명 중 하나인 안드레예프가 이 자리에 없기라도 한 것처럼 내게 하소연했다.

"아, 케널리가 중국과 몽골에서도 우리 업무 관리를 해 봤어야 했는데요." 안드레예프 역시 케널리를 이 자리에 없는 사람 취급하는 투로 말했다. "만약 그랬으면 멕시코 정도야 아무렇지도 않았을걸요."

"여긴 고도가 다르잖아!" 케널리가 대꾸했다. "심장이 울렁거린다

---

* 멕시코에서 주로 나는 용설란과 식물로, 섬유가 질기고 탄탄해 밧줄이나 가방, 해먹, 구두 창 등 다양한 직물에 이용한다.

고. 한숨도 잘 수가 없어!"

"테우안테펙의 고도는 전혀 높지 않았어요." 안드레예프는 한결같이 명랑하게 말했다. "그런데도 저 친구가 얼마나 유난을 떨던지, 말도 못해요."

케널리는 멀미를 하는 어린아이가 토악질하듯 불만을 토해 냈다.

"멕시코인들이 문제라고요." 그는 멕시코에 멕시코인들이 있다는 게 극악무도한 일이라는 듯한 어조였다. "멕시코인들을 상대하다 보면 누구라도 대번에 미쳐 버릴걸요. 테우안테펙에서는 정말 지독했어요." 전부 이야기하자면 일주일은 족히 걸리는 데다, 언젠가 자기 경험을 책으로 써서 낼 요량으로 기록도 해 두고 있으므로, 지금은 단적인 예 몇 가지만 들어 보겠다면서 그는 이야기했다. "이 나라 사람들은 시간 개념이 없고 약속도 전혀 안 지킵니다." 그래서 무슨 일을 하건 만나는 담당자마다 뇌물을 줘야 한다는 것이었다. 아침부터 밤까지, 시의회에 있는 똑똑한 양반들에게 주는 50페소부터 주지사에게 주는 사탕 한 자루에 이르기까지, 뇌물, 매수, 뇌물, 매수의 연속이었다고 했다. 심지어 카메라를 설치하는 걸 허가받기도 전부터 그런 식이었다나. 게다가 그는 모기들에게 산 채로 뜯어 먹혔으며, 그 외에도 온갖 벌레, 바퀴벌레, 음식과 더위와 더러운 물까지 겹치니 제작진 내에서 한 번씩 병치레를 하지 않은 사람이 없었다고 했다. 카메라맨인 스테파노프도 아팠고, 안드레예프도 아팠고……

"그다지 심각한 건 아니었어요." 안드레예프가 덧붙였다.

어쨌든 불사신이라 불리는 우스펜스키 감독조차 앓았으며, 케널리 자신으로 말할 것 같으면 틀림없이 죽을 거라고 생각한 적이 한두 번이 아니었다고 했다. 아메바성 이질이란 정말이지 안 겪어 본 사람은 모른다, 그때 스태프 전원이 병으로 죽거나 목이 달아나지 않은 게 기적이었다, 아프리카보다 더 심각했다……

"아프리카도 간 적 있어?" 안드레예프가 물었다. "왜 하필 그렇게 불편한 나라만 골라 다니는 거야?"

"음, 아니. 내가 간 건 아니고." 케널리는 다만 자기 친구들이 피그미 족과 영화를 찍은 적이 있다고 설명했다. 그리고 그때 그 친구들이 겪은 고생이야 말해 줘도 못 믿을 정도이지만, 케널리 자신으로서는 피그미든, 사람 사냥꾼이든, 식인종이든 간에, 멕시코인을 상대하기보다야 백배 나을 것 같다고 했다. 적어도 자신에 대한 그들의 입장이 어떤지는 명확히 알 수 있을 테니까. 반면 멕시코에서는…… "우리는 이 나라에서 아무도 안 지키는 법을 지키느라고, 그러니까 오악사카 지진*에 대한 영화를 멕시코시티의 검열 위원회에 제출하느라고 1만 달러를 홀랑 날려 먹었어요! 그러는 동안 비양심적인 토박이 녀석들은 잔꾀를 부려서 자기네 뉴스영화** 필름을 먼저 뉴욕으로 보내 선수를 쳤고요. 양심적으로 행동해서 득 될 거야 없지만, 우린 양심이 있는데 어쩌겠어요? 시간과 돈을 고스란히 날리고야 말았죠." 그는 검열 위원회에 항의 서한도 썼다고 했다. 그 멕시코 영화사가 살인죄에 연루되었는데도 면피할 수 있도록 위원회 측에서 눈감아 준 것을 규탄하고, 러시아 제작사의 영화를 의도적으로 통과시키지 않고 붙잡아 둠으로써 다른 영화사의 편익을 봐준 것 아니냐고 문제 제기도 하고—그렇게 장장 다섯 장에 걸쳐 타이프를 쳐서 보냈건만, 위원

* 1931년 1월 14일 멕시코 남부의 오악사카에서 일어나 대규모 피해를 입힌 지진.
** 20세기 초 영화관에서 장편영화 상영 도중에 정기적으로 상영된, 최신 시사 사건들을 다루는 단편영화.

회 측에서는 답변조차 하지 않았다고 했다. "이런 사람들을 상대로 달리 무슨 방법이 있겠습니까? 뇌물 주고, 매수하고, 뇌물 주고, 매수하고…… 그러는 수밖에요. 뭐, 하다 보니 저도 나름 요령을 터득했죠. 상대방이 얼마를 요구하든 우리 쪽에서는 무조건 그 액수의 절반만 주는 겁니다. 이렇게 말하면서요. '이보쇼, 그러지 말고 딱 절반만 드리는 걸로 합시다. 그 이상 넘어가면 뇌물 수수가 되고 부정부패가 되잖습니까. 이해하시죠?' 그러면 그쪽에서 어떻게 나오느냐? 득달같이 받아들이죠. 하!"

제어되지 않고 격하게 쏟아져 나오는 그의 목소리는 듣기가 괴로울 정도로 시끄럽게 쩌렁거렸고, 크게 치뜬 그의 눈은 앞에 보이는 것을 모조리 비난하고 있었다. 지난 기억이 얼핏 떠오르거나, 현재의 손길이 살짝 닿거나, 미래의 서늘한 날갯짓이 느껴질 때마다, 그의 신경 말단들은 메마른 나뭇가지처럼 탁탁거리고 딱딱거리며 맞부딪쳤다. 케널리는 이야기를 계속 이어 나갔다. "제 매형 때문에 조마조마하네요. 매형이 극렬한 금주주의자거든요. 제가 캘리포니아에서 벗어나자마자 남들 앞에서 버젓이 맥주를 마셨다는 걸 알면 불같이 화를 낼 겁니다. 어쩌면 제 일자리까지 위태로워질 수도 있어요. 우리 매형이 자기 친구들을 끌어모아 이번 촬영 자금을 거의 다 대 줬으니, 마음만 먹으면 저를 해고해 버릴 수 있거든요. 그 양반이 나 없이 일을 어떻게 꾸려 나갈지는 상상도 안 가지만요." 매형에게 자신 같은 친구는 세상에 둘도 없다며, 제발 매형이 그 사실을 알아줬으면 좋겠다고 케널리는 푸념했다. 게다가 매형의 친구들은 투자한 돈을 일부라도 돌려받으려고 조만간 아우성을 칠 테고, 어쩌면 이미 아우성치고 있을지도 모르는데, 그 문제를 어떻게 처리할지 자기 외에는 다들 아무 생각도 없다며 그는 안드레예프를 빤히 노려보았다.

안드레예프는 이렇게 반박했다. "나는 그 사람들한테 투자해 달라고 한 적 없어!"

케널리는 이런 상황에서 믿을 것이라곤 맥주밖에 없다며 말을 이었다. 맥주는 그에게 음식이자, 약이자, 갈증을 달래 주는 음료이며, 그 외에는 주변의 모든 게 오염되어 있다고. 과일도, 고기도, 공기도, 물도, 빵도 전부…… 원래 이 영화는 3개월 안에 제작이 끝날 예정이었는데 이미 8개월이나 끌었다며, 앞으로 얼마나 더 걸릴지 짐작도 안 간다고 그는 걱정을 토로했다. 영화가 제때 완성되지 못했으니 결국 망해 버릴지도 모른다는 것이었다.

"제때라는 게 어딨어?" 안드레예프는 예전에도 누차 똑같은 대꾸를 했던 듯한 투로 받아쳤다. "영화는 완성이 되어야 완성인 거지."

"그래, 하지만 아무 때나 내키는 대로 완성해서 될 일이 아니란 말이야. 대중이 그 영화를 받아들일 준비가 됐을 때와 맞춰야 한다고." 그는 영화가 성공하려면 온갖 종류의 불가사의한 요건들이 맞아떨어져야 한다는 설명을 늘어놓았다. 시한 내에 제작이 완료되어야 하고, 작품성은 당연히 기본적으로 갖춰져야 하며, 흥행도 되어야 한다고. 그리고 흥행 여부는 작품을 절호의 시기에 맞춰서 내놓는지에 따라 반쯤은 결정 난다고 했다. "고려해야 할 게 수천 가지는 되는데, 그중에서 딱 하나만 어긋나도 모든 게 폭발하는 거죠. 탕!" 그는 라이플을 겨누고 방아쇠를 당기는 시늉을 하더니, 기진맥진해서는 뒤로 널브러졌다. 긴장이 풀린 그의 얼굴 위에는 분투와 절망을 거듭하며 살았던 인생이 한 편의 영화처럼 가물가물 흘러갔다. 어떤 역경이 닥쳐와도 작품을 성공시키고, 항상 멀끔한 외모를 유지하고, 밤이 깊도록 머릿속의 계획들 때문에 안달복달하고 배 속의 맥주로 알딸딸해져서 잠을 이루지 못하고, 아침이면 잿빛 얼굴로 멍하니 일어나 억지로 찬물 샤워를 하고, 커피를 목구멍에 들이붓고, 규칙도 없고 심판도 없으되 적은 어디에나 있는 싸움판으로 몸을 내던지면서 살아온 삶. "맙소사, 그게 어떤 건지 당신은 몰라요. 하지만 내가 조만간 책을 쓸 테니까……"

그는 그렇게 앉아 미국 초콜릿을 먹고 맥주를 세 병째 마시면서 자기가 쓸 책 이야기를 하다가, 말하는 도중에 별안간 잠에 곯아떨어졌다. 계속되던 자기주장은 이제 작동을 멈추고, 잠의 자비로운 손길이 케널리의 목덜미를 붙잡아 그를 잠잠히 가라앉혔다. 그는 트위드 옷을 입은 몸을 스스로 감싸 안았다. 옷깃이 목 위로 말려 올라갔고, 감은 눈과 축 처진 입술은 금방이라도 울 것처럼 보였다.

안드레예프는 영화 장면이 담긴 사진들을 내게 마저 보여 주었다. 영화는 한 풀케 아시엔다에서 촬영되고 있었다. 그 촬영지를 찾아내 섭외하는 데에 꽤 공을 들인 모양이었다. 그곳은 정말로 구식으로 운영되는 봉건적 농장으로서, 현대식으로 개조된 데가 전혀 없는 정통 건축양식이 고스란히 남아 있고, 진짜 농노들이 일하고 있다고 했다. "풀케 아시엔다라면 응당 그런 곳이어야죠." 안드레예프는 풀케 양조법이 처음 개발되었을 때의 기술 그대로 이어지고 있다고 이야기했다. 역사상 최초로 풀케를 담근 인디오가 술을 발효시킬 생가죽 통을 마련하고, 용설란의 심장에서 나오는 즙을 빨아내기 위해 호리병박에 구멍을 내고 속을 비웠을 때부터, 지금까지 아무것도 달라지지 않았고, 달라졌을 수도 없다는 것이었다. 풀케를 담그는 데 그보다 더 좋은 방법은 없으니까 말이다. 촬영지의 모든 게 너무 완벽해서 믿어지지 않을 정도라고 그는 강조했다. 50년이나 아시엔다를 떠나 살았던 늙은 스페인 신사가 그곳에 돌아왔을 때, 모든 걸 둘러보고는 "변한 게 하나도 없구나, 하나도 없어!" 하고 환성을 질렀다니 오죽했겠느냐고.

　카메라는 그 변함없는 세상을 풍경과 인물들이 어우러진 장면들로 담아냈다. 단, 인물들은 그곳의 풍경이 불러온 불행한 운명에 짓눌린 모습이었다. 그들의 가무잡잡한 얼굴은 배타적인 표정을 띠었고 본능적인 고통으로 가득 차 있었으며, 개인으로서의 기억이라고는 없어 보였다. 기억이랄 게 있다 해도 오로지 동물에 가까운 종류의 기억만 엿보였다. 채찍질을 당할 때 아프다는 것만 알 뿐, 왜 아파야 하는지는 모르고, 더욱이 거기서 벗어난다는 건 상상도 못 하는 동물들 같은…… 그 사진들 속에서 죽음은 촛불들의 행렬로 표현되었고, 사랑은 모호한 중력의 작용으로, 즉 두 손이 서로를 맞잡고 있거나, 조각처럼 보기 좋은 인물 둘이서 서로에게 몸을 기울인 광경으로 표현되었다. 한 사진 속에서는 평평한 엉덩이와 가느다란 허리의 선이 다 드러날 만큼 너덜너덜 닳아 해어진 헐렁한 흰색 옷을 입은 인디오가, 용설란의 뿔들 사이로 몸을 구부린 채 호리병박을 입에 물고서 즙을 빨아내고 있고, 그 옆에서는 양 옆구리에 나무통을 매단 당나귀 한 마리가 고개를 수그리고 짐이 실리기를 기다리고 있었는데, 그런 모습마저도 정석적인 비극의 한 장면처럼 아름답고도 공허하게 표현되어 있었다. 한편 어깨에 물동이를 이고 매끄러운 이마 위로 덮어쓴 망토를 나부끼는 소녀들의 행렬은 마치 걸어 다니는 갈색 동상 같았고, 빨랫돌 앞에 꿇어앉아 있는 여자들은 블라우스 옷깃이 어깨 아래로 흘러 내려가 있었다. "다들 한 폭의 그림 같죠." 안드레예프가 말했다. "우리가 일부러 옷을 차려입힌 게 아니냐고 책잡히게 생겼어요." 카메라는 폭력과 무의미한 흥분의 순간들, 잔혹한 삶과 고통스러운 죽음의 순간들을 잡아내는 한편 그 순간들 속에 고정되어 있었다. 그건 멕시코의 공기 중에 감도는, 거의 황홀경에 가까운 죽음의 예감이었다. 멕시코인들은 자신에게 진짜 위험이 닥쳐오는 신호를 알아차릴 수 있거나, 자신이 느끼는 전율이 진짜인지 가짜인지 신경 쓰지 않을지도 모르지만, 외지인들은 위험이 정말로 가까이에 있건 없건 뼛속까지 스며드는 시큼한 죽음의 냄새를 느낀다. 그 공포를 케널리는 음식, 물, 공기에 대한 두려움으로 번역해서 받아들인 것이다. 그런데 인디오들은 죽음을 사랑하는 습관이 영혼에 박여 있었다. 그 습관이 그들의 얼굴을 문지르고 닦아서 담담하게 굳혀 놓았다. 그들의 담담한 표정은 심혈을 기울여 연마해 낸 듯 완벽했지만 너무나 오랫동안 연마해 왔기에 이제는 아무 노력 없이도 유지할 수 있었고, 그 모두의 안에는 패배의 기억이 공통으로 깃들어 있었다. 그들의 자세에서 나타나는 긍지는 소극적이고도 철저한 저항이 겉으로 드러난 일면에 불과했고, 오뚝하고 오만한 이목구비는 그들의 안에 살고 있는 하인들을 조롱하고 있었다.

안드레예프는 아시엔다 주인집의 생활상을 찍은 장면도 많이 보여 주었다. 사진들 속에서 인물들은 1898년풍 옷을 차려입고 있었다. 다들 완벽했지만, 그중 한 아가씨는 특히 돋보였다. 그녀는 멕시코인 혼혈로서 전형적인 미인이었다. 얼굴을 희게 분칠한 데다, 둥글고 도톰한 입술도, 비스듬히 기울어진 눈매에 검은 눈동자도 확 도드라져서 마치 가면처럼 보였다. 검은 곱슬머리는 뒤로 빗어 넘겨서 좁은 이마가 드러났고, 풍성하게 부푼 옷소매와 작고 빳빳한 밀짚모자가 어우러진 자태가 기막히게 우아했다.

"그런데 이분은 배우 아닌가요?" 내가 물었다.

"아, 그렇죠." 안드레예프가 대답했다. "그분 딱 한 명만이에요. 그 역에는 배우가 필요했거든요. 이름이 롤리타라고 해요. 주얼 극장에서 찾아서 캐스팅했죠."

롤리타와 도냐* 훌리아의 일화는 매우 재미있었다. 처음에는 풀케 아시엔다의 주인인 돈** 헤나로와 롤리타 사이에 그렇고 그런 일이 생긴다는, 무척 평범한 이야기로 시작되었다. 그의 아내인 도냐 훌리아는 그가 정부를 집 안에 들였다는 이유로 격분했다. 그녀는 자신이 현대적인, 매우 현대적인 사람이며, 고리타분한 가치관 따위는 없다고 자부했지만, 그럼에도 불구하고 모욕감을 느낀 모양이었다. 반면 돈 헤나로는 여배우들을 보는 취향에 있어서 매우 보수적인 사람이었다. 그는 나름대로 신중하게 처신하려고 했고, 아내에게 발각되자 진심으로 미안해했지만, 가엾은 도냐 훌리아는 지독한 질투심에 사로잡혔다. 그녀는 비명을 지르고, 흐느껴 울고, 밤중에 소란을 피우다가, 급기야는 촬영진의 다른 남자들을 이용해서 남편의 질투를 유발하기에 이르렀다. 그러자 겁을 먹은 남자들은 그녀를 마주치면 슬금슬금 도망치다시피 하게 되었다. 그 일에 엮였다가 일어날 수 있는 온갖 사태를 생각하면 그럴 수밖에 없었다. 그들은 어쨌든 영화를 찍어야 하는 입장이니까…… 결국 도냐 훌리아는 롤리타를 죽이겠다고 위협했다. 목을 베겠다, 칼로 찌르겠다, 독살할 테다…… 일이 그 지경에 이

---

* 스페인어에서 여성의 이름 앞에 붙이는 경칭.
** 스페인어에서 남성의 이름 앞에 붙이는 경칭.

르자 돈 헤나로는 그냥 모든 걸 팽개치고 도망쳐 버렸다. 그는 수도로 올라가 그곳에서 이틀을 머물렀다.

그가 집에 돌아왔을 때 가장 처음 맞닥뜨린 것은, 그의 아내와 정부가 서로의 허리에 팔을 두르고 나란히 위층 테라스를 거니는 광경과, 롤리타가 훌리아와 같이 있으려고 촬영장으로 돌아오지 않는 바람에 한 장면의 촬영이 통째로 지연되고 있다는 소식이었다.

돈 헤나로도 신속한 걸 좋아하기로는 둘째가라면 서러운 사람이지만, 이렇게 급작스러운 변화에는 깜짝 놀라지 않을 수 없었다. 그동안 그가 도냐 훌리아의 야단법석을 줄곧 참아 주었던 것은 아내로서 그녀의 자격과 특권을 존중했기 때문이었다. 아내에게 주어지는 첫 번째 권리란 남편의 정부를 질투하고 그녀의 목숨을 위협하는 것이 아니던가. 롤리타 역시 자기만의 뚜렷한 특권을 갖고 있었다. 그가 떠나기 전까지만 해도 모든 게 정확히 순리대로 맞아떨어져 굴러가고 있었다. 그런데 이 상황은 그야말로 언어도단이었다. 그는 두 여자를 떼어 놓을 수도 없었다. 그들은 그날 아침 내내 테라스에서 서로 머리를 맞대고 다정하게 달라붙은 채 나무들 아래를 거닐며 대화를 나누었다. 한 명은 영화에 나올 법한 중국 의상을(도냐 훌리아는 할리우드의 의상업자가 제작한 치파오를 무척 좋아했다), 한 명은 엄격하고 우아한 1898년풍 드레스를 입고서. 우스펜스키 감독이 롤리타에게 당장 촬영장으로 돌아오라고 부르고, 돈 헤나로는 인디오 소년을 시켜서 도냐 훌리아에게 자신이 돌아왔으며 대단히 중대한 문제로 그녀를 만나고 싶어 한다는 메시지를 보냈지만, 두 여자는 곤경에 처한 남자들의 아우성에는 전혀 아랑곳하지 않았다……

그들은 계속 산책을 즐겼다. 서로의 허리를 팔로 감싸 안고 속삭임을 주고받으며, 때때로 분수 가장자리에 앉기도 하면서, 온 세상에 보란 듯이. 그러다 끝내 롤리타가 아래층으로 내려와 촬영장에 들어섰고, 도냐 훌리아도 따라와서 근처에 자리를 잡고 앉았다. 그러고는 눈부신 햇살 속에서 둥근 손거울을 들여다보며 화장을 하면서 촬영을 방해했다. 거울 속에서 롤리타와 눈이 마주칠 때마다 그녀는 미소를 보냈다. 스태프가 카메라에 잡히는 범위 밖으로 조금만 비켜 달라고 부탁하자, 그녀는 입을 뿌루퉁하게 내밀고 3피트 뒤로 물러나더니 말했다. "나도 롤리타와 같이 이 장면을 찍고 싶단 말이에요."

롤리타는 깊고 거친 목소리로 도냐 훌리아에게 무어라고 속삭이고는 풍성한 속눈썹 아래로 기묘한 눈짓을 보냈다. 그런 다음 말에 올라탔는데, 순간 자기 배역을 깜빡 잊고는 안장 너머로 한쪽 다리를 획 넘겨서 양다리를 벌려 앉고 말았다. 1898년의 숙녀로서 취할 수 없는 자세를 취한 것이다. 한편 도냐 훌리아는 남편을 살갑게 맞이했다. 이런 상황에서 남편으로서 어떻게 행동해야 하는지 알 도리가 없었던 돈 헤나로는 한바탕 난동을 부렸고, 그런 뒤에는 짐짓 우스펜스키의 멕시코 현지 자문인 베탕쿠르에게 질투가 난 척했다.

안드레예프의 이야기가 끝나고, 우리는 사진들을 다시 넘겨 보면서 몇몇 사진들을 재차 들여다보았다. 밭에서 용설란 잎사귀 사이로 몸을 기울인 누더기 차림의 인디오를 찍은 사진, 저택 안에서 포즈를 취하고 있는 연극적이고 호화로운 사람들의 사진. 저택 사진들 속 사람들의 배경에는 대개 커다란 포르피리오 디아스*의 초상화가 흐릿

* 포르피리오 디아스(1830~1915)는 1876~1880년, 1884~1911년 두 차례 멕시코 대통령을 역임했고 1911년 실각되어 파리로 추방되었다.

하게 나와 있었다. 다색 석판으로 인쇄된 그 초상화는 요란한 액자에 끼워진 채 벽에 걸려 있었다. "이건 이 영화의 배경이 디아스 정권 시대라는 걸 보여 주기 위한 장치예요. 그리고……" 안드레예프가 인디오들의 사진을 손가락으로 톡톡 두드리며 설명했다. "이 모든 게 혁명의 물결에 휩쓸려 사라졌다는 걸 보여 주려는 거죠. 그게 우리가 여기서 합의한 첫 번째 조건이었거든요." 그런 말을 하면서도 그는 내게 미소 한 번, 눈짓 한 번도 짓지 않았다. "온갖 난관을 거쳐서 우리는 결국 영화의 제3부에 이른 겁니다."

나는 그들이 어떻게 여기까지 해낼 수 있었을까 싶었다. 우스펜스키 일행은 캘리포니아에서 도착했을 때부터 불온한 정치적 목적을 갖고 있다는 의혹을 받았다. 온갖 소문이 무성했다. 정부에서 영화를 만들어 달라는 초청을 받아서 온 거라는 둥, 그게 아니라 공산주의자들과 여러 수상쩍은 단체들의 지원을 받은 거라는 둥. 멕시코 정부에서 그들에게 거액을 대 줬다거나, 실은 모스크바에서 영화제작권을 따려고 멕시코에 돈을 건넸으며 우스펜스키 감독은 모스크바에서 파견한 가장 위험한 비밀 요원이었다거나, 그가 모스크바로부터 완전히 버림받았으며 러시아로 귀환할 가망이 요원해진 처지라는 소문도 있었다. 혹자들은 우스펜스키가 공산주의자가 아니라 독일 스파이라고도 했다. 또 어디선가는 미국 공산주의자들이 그 영화의 뒷돈을 댔으며, 멕시코의 반정부 세력이 러시아에 어마어마한 돈을 은밀히 건네주고 현 정권*을 깎아내리는 영화를 만들어 달라고 요구한 것이라는 이야기도 들렸다. 멕시코 정부 인사들조차도 뭐가 어떻게 돌아가

* 1930~1932년 파스쿠알 오르티스 루비오 대통령이 집권한 행정부.

는지 잘 모르는 것 같았다. 그들은 한꺼번에 모두의 편을 들었다. 정부 대표단이 배에서 우스펜스키 일행을 맞아 주더니 그들을 정중히 에스코트해 감옥으로 들여보냈다. 감옥은 무덥고 불편했다. 우스펜스키, 안드레예프, 스테파노프는 세관에서 철저한 조사에 맡겨진 촬영 장비들을 걱정했고, 케널리는 자신의 평판을 걱정했다. 신의 나라 할리우드에서 깨끗하고 투명한 방식으로 일하는 데에만 익숙했던 그는 자신이 어떤 아수라장에 떨어진 것인지 곱씹으면서 몸을 떨었다. 캘리포니아를 떠나기 전에 나름대로 자신이 대비할 수 있는 것은 다 대비했는데, 막상 현지에 도착하고 보니 더 이상 아무것도 확신할 수 없었다. 우스펜스키가 공산당원이 아니고 나머지 세 명은 러시아인조차 아니라는 헛소문을 처음 퍼뜨린 장본인은 바로 케널리였다. 그러면 그들 일행의 일 전체가 더 신뢰할 만하게 보일까 했던 것이다. 그렇게 혼란스러운 하룻밤이 지난 뒤, 먼젓번보다 더 핵심적인 정부 고관들이 감옥으로 찾아와 다 같이 웃는 얼굴로 해명과 사과를 늘어놓고는 그들을 풀어 주었다. 그러고 나자 실은 그 사건 전체가 언론의 주목을 끌기 위해 연출된 연극이라는 헛소문이 돌았다.

정부에서는 여전히 신중을 기하고 있었다. 그들은 이 영화를 멕시코의 영광스러운 역사를 기록할 기회로 삼으려 했다. 멕시코의 과오, 시련 그리고 최근의 혁명으로 마침내 일구어 낸 승리에 이르기까지. 그래서 러시아인들의 영화제작에 필요한 만큼 자유롭게 활용하라는 명목으로 프로파간다 전문가들을 붙여 주었다. 참관인, 미술 전문가, 사진가, 문인, 여행 안내원 등의 인력 수십 명이 제작진을 온통 둘러싸고서 소재에 직접 접근할 길을 차단하고 있었다. 그들은 멕시코의 정수 중에서도 가장 아름답고 중대하고 독특한 것들을 모조리 보여

256

주면서 제작진을 올바른 길로 이끌어 주려고 열심이었다. 그리고 행여 아름답지 못한 것이 카메라에 찍히기라도 하면, 검열 위원회에서 철저한 원칙과 예리한 관찰력으로 그 오점이 편집실 밖으로 새어 나가는 일이 없게끔 처리할 터였다.

"다들 예술에 얼마나 헌신적이던지, 저는 굉장히 놀랐습니다." 안드레예프가 말했다.

케널리가 몸을 뒤척이더니 뭐라고 웅얼거렸다. 그러고는 눈을 떴다가 다시 감고, 불편한 듯 고개를 돌렸다.

"잠깐만요. 잠에서 깨려나 봐요." 내가 속삭였다.

우리는 가만히 케널리를 지켜보았다.

"아직은 아닌가 보군요." 안드레예프가 말을 이었다. "아무튼 모든 게 뒤죽박죽이에요. 앞으로 더 심해지겠죠."

우리 사이에 침묵이 흘렀다. 안드레예프는 여전히 무미건조한 눈초리로 케널리를 응시하고 있었다.

"저 친구는 동물원에 들어가 있으면 알맞을 것 같아요." 그는 딱히 악의는 없는 투로 말했다. "하지만 직접 데리고 다니자니 끔찍하군요. 더욱이 우리에 넣지도 않고 내내 이런 식으로 다니려니."

그는 잠시 말을 끊었다가 러시아에 대한 이야기로 넘어갔다.

기차가 아시엔다에서 한 정거장 전 역에 도착하자, 영화에서 주역을 맡고 있는 인디오 청년이 우리 기차간으로 찾아왔다. 무대에 오르듯 등장한 그의 뒤에는 숭배자들이 따르고 있었다. 행색이 초라하고 영양 결핍으로 보이는 또래 몇 명이었는데, 자기네 영웅의 후광을 누리며 다니는 게 뿌듯한 눈치였다. 그가 영화배우가 되었다는 것만으로도 주변 또래들을 완전히 사로잡기에는 충분했겠지만, 이전부터 그는 훌륭한 권투 선수로 마을에서 이름을 날리고 있었다. 이제 투우는 한물갔고 권투야말로 가장 세련된 최신 스포츠이다. 스포츠계에서 정말로 야심을 품은 청년이라면 그리고 하느님이 도우사 충분한 힘을 타고났다면, 투우보다야 당연히 권투를 선택하게 마련이다. 명성에 명성이 더해져서 자신만만해진 청년은 위풍당당한 분위기를 풍기며, 미간을 모은 채 여유롭고도 침착하게 우리에게 다가왔다. 마치 열차에 탑승하고 친구들을 만나는 일 정도에는 이골이 난, 산전수전 다 겪은 노련한 사내처럼.

그러나 그런 태도가 오래가지는 않았다. 높은 광대뼈에서부터 네모진 턱선, 두툼하고 커다란 입술, 낮은 이마에 이르기까지, 그는 얼굴 전체에 프로 권투 선수다운 험악한 인상을 과장스럽게 띠고 다니는 편이었지만, 지금 그 얼굴이 대번에 풀어지면서 흥분감을 솔직히 드러내는 단순하고 매력적인 웃음이 활짝 번졌다. 안드레예프를 만나서 반가운 기색이 역력했지만, 그 이유 때문만은 아니었다. 그는 우리가 알아야 할 중요한 소식을 갖고 있었다. 게다가 누구보다도 먼저 그 소식을 우리에게 전해 주려는 참이었다.

서로 악수를 주고받으며 인사를 나누는 동안, 그는 오늘 아침 아시엔다에서 난리가 났었다며 말문을 열었다. "후스티노가 말이에요. 후스티노 기억하시죠? 그가 자기 누나를 죽였지 뭡니까. 총으로 쏴 죽이고는 산으로 달아나 버렸어요. 그래서 빈센테…… 빈센테가 누군지 아시죠? 그 친구가 말을 타고 쫓아가서 도로 잡아 왔어요." 결국 후스티노는 방금 우리 기차가 정차했던 마을의 감옥에 갇히게 되었다고 했다.

우리가 모두 깜짝 놀라면서 호기심에 가득 찬 반응을 보이자, 청년은 만족스러운 듯 이런저런 질문에 대답했다. "네, 바로 오늘 아침에요. 10시쯤이었어요…… 아뇨, 그 전까지는 모든 게 잘만 굴러갔어요. 아뇨, 후스티노가 누구하고 싸운 적도 없고요. 죽이는 걸 본 사람은 아무도 없대요. 후스티노는 아침 내내 촬영장에서 기분 좋게 일하고 있었는걸요."

안드레예프도 케널리도 스페인어를 할 줄 몰랐다. 나 역시 청년의 말에 섞여 있는 은어를 이해하기는 어려웠지만, 그래도 핵심적인 단어는 알아듣고 최대한 신속히 통역할 수 있었다. 케널리가 눈이 허옇게 뒤집힌 채 펄쩍 뛰어 일어섰다.

"촬영장에서? 맙소사! 우린 망했어!"

"망하다뇨? 왜요?"

"그 집 부모가 우리에게 손해배상 소송을 걸 테니까요!"

청년이 그게 무슨 뜻이냐고 물었다.

"법! 법 말이야!" 케널리가 신음했다. "딸이 죽은 걸로 우리한테서 돈을 뜯어낼 수 있잖아요. 우리 책임이 돼 버릴 거라고요."

청년은 어리둥절한 표정이었다.

"무슨 뜻인지 잘 모르겠대요." 내가 청년의 말을 케널리에게 통역해 주었다. "그런 이야기는 아무한테도 들은 적 없다고 해요. 후스티노가 살인을 저지른 곳은 자기 집이었고, 이 사건에 책임이 있는 사람은 아무도 없다는군요. 심지어 후스티노 본인의 책임도 아니라는데요."

"오." 케널리가 말했다. "오, 그렇군요. 뭐, 그러면 이야기나 마저 들어 봅시다. 촬영장에서 벌어진 일만 아니라면 상관없어요."

그는 즉시 감정을 가라앉히고 자리에 앉았다.

"그래, 앉아." 안드레예프가 부드럽게 말했지만, 케널리를 보는 그의 눈길에는 독기가 실려 있었다. 인디오 청년도 그 눈빛을 알아차렸다. 청년은 그게 무슨 의미인지 생각해 보는 듯하더니, 눈살을 잔뜩 찌푸린 채 서서 두 남자를 번갈아 쳐다보았다. 자신과 연관된 것이라고 해석하고 경계하는 눈치가 빨랐다.

"자리에 앉게." 안드레예프가 말했다. "괜히 다른 사람들한테 엉뚱한 오해를 심어 줘서 좋을 것 없으니."

안드레예프는 사진들을 들지 않은 쪽 손으로 청년을 잡아끌어서 좌석 팔걸이 위에다 앉혔다. 청년의 친구들은 열차 문 근처에 모여 서 있었다.

"그래서 어떻게 된 일인지 마저 이야기해 보게." 안드레예프가 말했다.

청년은 잠시 뜸을 들이더니 누그러진 듯 입을 열었다. 그 사건은 후스티노가 점심을 먹으러 자기 오두막집으로 갔을 때 벌어졌다고 했다. 그때 그의 누나는 토르티야를 굽는 데에 쓸 옥수수를 빻고 있었고, 후스티노는 그 옆에 서서 기다리며 권총을 허공에 던졌다 받았다 하고 있었는데, 그러다가 권총이 발사되는 바람에 누나가 맞아 버린 것이다…… "여기를 맞았대요." 청년은 자기 심장께를 가리키면서 말을 이었다. "그대로 맷돌 위에 얼굴을 박고 엎어졌어요. 즉사한 거죠. 당장에 사방에서 사람들이 뛰어왔어요. 그러자 후스티노는 자기가 무슨 짓을 했는지 깨닫고 도망쳤고요."

그는 미친 사람처럼 펄쩍펄쩍 뛰면서 권총을 내던지고는 용설란밭을 가로질러 산자락으로 내달렸고, 그의 친구 빈센테가 말을 타고 후스티노를 뒤쫓았다고 했다. 빈센테가 총을 흔들어 대며 "멈춰! 안 그러면 쏠 거야!" 하고 외치자 후스티노는 "마음대로 해! 상관없어!"라고 마주 외쳤지만, 물론 빈센테는 정말로 총을 쏘지는 않았다고 했다. 전속력으로 후스티노를 따라잡아서 그의 머리를 권총 손잡이로 후려쳐 기절시켰을 뿐. 그렇게 후스티노는 빈센테의 말안장 위에 실려 돌아왔고, 지금은 감옥에 있다고 했다. 하지만 돈 헤나로가 그를 석방시켜 주려고 이미 마을로 가서 조치를 취하고 있다는 모양이었다. 어쨌든 후스티노가 일부러 그런 건 아니었으니까.

"이 일 때문에 모든 게 지체되겠군." 케널리가 말했다. "모든 게 다! 결국 우리 시간만 더 잡아먹게 됐다는 뜻이잖아."

"이게 다가 아니에요." 청년이 애매모호한 미소를 짓더니, 목소리를 약간 낮추고 음모를 꾸미듯이 조심스럽게 말을 이었다. "그 여배우도 떠났어요. 수도로 돌아가 버렸대요. 사흘 전에요."

"도냐 훌리아와 싸우기라도 한 건가?" 안드레예프가 물었다.

"아뇨. 돈 헤나로하고 싸웠거든요."

세 남자가 한꺼번에 폭소를 터뜨렸다.

안드레예프가 내게 설명해 주었다. "주얼 극장에서 온 그 말썽꾸러기 아가씨 있잖아요."

"돈 헤나로가 때를 잘못 맞춰서 다른 용무를 보러 가 버리는 바람에 그렇게 된 거죠." 청년이 더더욱 조심스러운 어조로 이야기했다. 케널리가 턱을 당기고 앉아서 정색을 했다. 그는 안드레예프와 인디오 청년을 향해 인상을 쓰다시피 하면서 조용히 하라고 눈치를 주고 있었다. 그러자 안드레예프는 천연덕스럽게 그를 마주 보며 시치미를 뗐고, 청년은 케널리의 표정을 보고는 다시금 쥐 죽은 듯 잠잠해졌다. 그는 허벅지 위에 주먹을 올리고 얼굴을 반쯤 돌린 채 아주 도도한 자세로 좌석 팔걸이 위에 걸터앉아 있다가, 열차의 속력이 느려지자 불쑥 일어나서 우리보다 앞서서 출구로 향했다.

우리가 열차의 좁고 가파른 계단을 내려갈 때, 청년은 이미 밖에서 우리를 마중 나온 인디오 두 명과 인사를 나누고 있었다. 그들의 옆에는 노새가 끄는 작은 마차 한 대가 서 있었다. 청년의 추종자들은 우리에게 모자를 흔들어 보이고는, 용설란밭으로 난 지름길을 따라 떠나갔다.

케널리는 인디오들에게 고함을 질러 대면서 가방들을 넘겨주고, 작고 허름한 마차 안에 짐을 싣도록 했다. 그리고 우리 일행의 자리를 배치하고 모든 걸 제대로 정리해 주었다. 그는 자신과 안드레예프 사이에 나를 앉히고는, 오지랖 넓게도 내 치맛자락까지 무릎 안쪽으로 밀어 넣어 주었다. 병균으로 득시글거릴 게 틀림없는 주위 이물질들에 내 옷의 실 한 오라기도 닿지 않게 해 줘야 한다는 생각이었을 것이다.

작은 노새는 날카로운 발굽 끝으로 길바닥의 돌멩이며 풀잎을 파내다가, 마침내 침목 하나를 구름판 삼아 바닥을 박차고서 걸음을 옮겼다. 어깨띠에 달린 방울을 탬버린처럼 짤랑짤랑 흔들며 녀석은 까탈스러운 걸음걸이로 총총 나아갔다.

우리는 한 좌석에 세 사람씩 끼어 앉아 서로를 마주 보고 있었다. 좌석 밑에는 가방들이 박혀 있었고, 좌석 위에 깔린 밀짚 방석에서는 지푸라기가 자꾸 빠져나왔다. 마부는 이따금씩 노새를 향해 목을 길게 빼고서 녀석의 등에 고삐를 탁탁 두드리다가 말을 꺼냈다. 참 불운한 집안이라고, 그 집안 형제 사이에서 살인이 난 게 이번이 벌써 두 번째라고. 어미는 너무 슬퍼서 초주검이 되었고, 착하기 그지없는 후스티노 녀석은 감옥에 들어갔으니 이 일을 어쩌면 좋으냐고.

마부의 옆자리에는 줄무늬 승마 바지를 입고 모자를 쓰고 빨간 술이 달린 끈을 턱 밑에 묶은, 덩치 큰 남자가 앉아 있었다. 그는 후스티노가 정말 딱하게 됐다고 맞장구를 치고는, 그런데 그 권총은 어디서 난 거냐고 물었다. "영화 소품들 중 하나를 빌린 거지." 마부가 대답했다. "애초에 만져서도 안 되는 물건이었어. 그러니 그건 그 녀석 잘못이 맞긴 해. 곧바로 제자리에 돌려놓으려고 했다지만, 열여섯 살 사내애들이야 권총 가지고 노는 거라면 사족을 못 쓰는 법이잖아. 누가 그녀석을 탓하겠어." 후스티노의 누나는 나이가 열아홉 살이었다고 했다. 그녀의 시신은 이미 장사를 지내러 마을로 옮겨진 모양이었다. 시신을 둘러싸고 분위기가 하도 어수선해서 그 자리에 그대로 뒀다가는 아무 일도 안 돌아갈 판이었다고. 그래도 돈 헤나로가 가서 관습에 따라 그녀의 손을 포개 주고, 눈을 감겨 주고, 옆에 초를 켜 줄 테니, 다 절차에 맞게 처리는 됐다고 했다. 경건한 어조로 그런 이야기를 나누는 두 남자의 눈에서는 사뭇 즐거운 감정이 짙게 배어났다. 주변 사람이 그렇게 극적인 재난을 당하면 안타까우면서도 한편으로는 흥분되게 마련이다. 아아, 짙어져 가는 저 하늘 아래 우리는 살아 있었다. 우리 마차는 짤랑짤랑 방울 소리를 울리며 노란 꽃들이 피어나는 겨자밭을 건너가고, 밭고랑들이 우리 곁을 스쳐 지나가면서 용설란처럼 삐죽빼죽한 무늬를 이루었다. 반듯한 직선을 그리다, 비스듬히 기울어지다, 마름모꼴을 그리다, 다시 제자리로 되돌아오면서, 무늬들은 저 멀리 흐릿하게 펼쳐진 산등성이들까지 아로새겨져 있었다.

"설마 제작진 측에서 장전된 권총을 영화 소품들 사이에 그냥 놔둔 건 아닐 테지요?" 나는 빨간 술 장식이 달린 모자를 쓴 거구의 사내에게 다소 갑작스럽게 물었다.

사내는 무언가 말을 하려는 듯 입을 열더니 도로 딱 다물었다. 침묵이 흘렀다. 어느 누구도 말을 꺼내지 않았고, 서로 간에 재빠른 시선만 오고 갔다. 그 사이에서 나는 거북한 기분에 휩싸였다.

인디오들의 얼굴에 다시금 주의 깊은 경계심이 떠올랐다. 지독한 정적이 우리 위로 내려앉았다.

한창 스페인어를 대담하게 연습하는 중이었던 안드레예프가 입을 열었다. "나 말을 할 수 없지만, 노래를 할 수 있지." 그러고는 유쾌하고 우렁찬 러시아식 억양으로 노래를 불러 젖혔다. "아아, 산둥가, 산둥가, 마마, 포르 디오스!"* 그의 외국어 발음을 통해 새롭게 태어난 노랫말을 듣고 인디오들은 일제히 환호성을 지르며 즐거워했다. 안드레예프도 소리 내어 웃었다. 그 웃음은 곧 그들의 비밀을 지켜 주겠다는 약속과도 같았다. 그러자 우리의 젊은 권투 선수가 안드레예프의 웃음에 화답하여 러시아 노래를 불러 주었고, 그 덕분에 모두가 미친 듯이 폭소를 터뜨릴 수 있게 되었다. 심지어 케널리도 웃었다. 주름진 눈꺼풀의 방패들 너머로 시선과 시선이 마주쳤고, 작은 노새는 마부에게 내몰려 뻣뻣한 다리로 애써 달려야 하는 일 없이 꾸준히 나아갔다.

커다란 토끼 한 마리가 오솔길을 가로질러 건너갔다. 녀석은 굶주린 개들에게 쫓기고 있었다. 토끼는 심장이 떨어져 나가도록 펄떡이고 눈알이 크리스털 구슬처럼 불룩 튀어나온 채로 내달렸다. "뛰어, 토끼야, 뛰어!" 내가 외쳤다. "달려라, 개들아!" 빨간 술 달린 모자를 쓴 덩치 큰 인디오가 마주 외쳤다. 경쟁심에 불이 붙은 것이다. 그는 번뜩이는 눈으로 나를 돌아보며 물었다. "어느 쪽에 거시겠소, 아가씨?"

우리 앞에 아시엔다가 펼쳐졌다. 수도원이자 성채이기도 했던 그

* 막시모 라몬 오르티스(1816~1855)의 가요 〈산둥가La Sandunga〉의 일부. 사포텍족 여자가 어머니의 죽음을 슬퍼하는 내용을 담고 있다.

건물에는 적갈색과 산호색의 탑들이 솟아 있었고, 뒤편에 솟아오른 산자락이 그곳을 보호해 주고 있었다. 숄을 걸친 늙은 여인 한 명이 육중한 이중문을 열어 주자 우리 마차는 중앙 울타리 안으로 미끄러져 들어갔다. 건물에서 우리와 가까운 쪽 끝자락의 위층 창문들은 불이 다 켜져 있었다. 그중 한 발코니에 스테파노프가, 그 옆의 발코니에는 베탕쿠르가 서 있었고, 그 유명한 우스펜스키 감독도 또 다른 발코니에 잠깐 나와서 두 팔을 흔들었다. 그들이 우리를 채 알아보기도 전에 소리쳐 인사부터 하는 걸 보니, 일행 중 누군가가 시내에서 돌아왔다는 것 자체가 반가운 기색이었다. 뜻밖의 사고 때문에 오늘 하루가 산산이 부서지고 다시 수습이 되지 않는 상황에서 그들은 길고 단조로운 시간을 보내고 있었을 것이다. 뜰에는 뼈대가 가늘고 엉덩이가 둥글고 미끈한 말 몇 마리가, 물결치는 갈기와 꼬리를 길게 드리우고 안장을 얹은 채 서 있었다. 그리고 값비싼 품종의 대형견들이 공손하게 우리를 마중 나와서는, 낮고 널따란 계단을 걸어 올라가는 우리 곁을 품위 있게 따라왔다.

　실내는 썰렁했다. 둥그런 갓이 씌워진 등불이 매달려 있었지만 어둠을 그다지 밝혀 주지는 못했다. 포르피리오 디아스의 정권 때 생겨났다고 해서 '포르피리안 고딕'이라 불리는 건축양식으로 된 출입구들이 천장을 향해 우뚝 솟아올랐고, 금박 무늬가 찍힌 벽지가 그 출입구들을 구름처럼 휘감고 있었다. 그 아래에는 스프링 쿠션이 받쳐진 안락의자들이 덤불처럼 우거졌다. 의자마다 대어진 자주색, 빨간색, 오렌지색 플러시 천에 술 장식들이 매달려 있었다. 가볍게 방문한 손님들이 머물기에 좋도록 꾸며진 이런 자리들은, 회랑에 10열로 행진하듯 늘어선 방들의 싸늘한 어둠을 흐트러뜨렸고, 이따금씩 마당, 정원, 목축장 근처에서도 등장하곤 했다. 그리고 한쪽 구석에 연목재로 만들어진 자동피아노 한 대가 자리 잡고 있었다. 우리는 이곳에 모여서 소녀의 죽음과 후스티노의 곤경에 대해 이야기를 나누었다. 해소할 수 없는 광막한 권태가 공기 중에 감돌고, 한데 모인 우리의 머리 위를 맴돌아, 그 속에서 우리의 목소리는 어렴풋하게 흐려졌다.

케널리는 소송이 벌어질 위험을 걱정했다.

"그 사람들이 소송이 뭔지 어떻게 알겠습니까." 베탕쿠르가 그를 안심시켰다. "게다가 우리 잘못도 아니었는걸요."

러시아인들은 내일 일을 생각하고 있었다. 이번 일로 봉변을 당한 건 그 가엾은 소녀만이 아니었다. 그들 남매가 영화에 출연하고 있었고, 남동생 쪽의 배역은 특히 중요했기에, 그가 돌아올 때까지는 촬영이 중단될 수밖에 없다는 것도 문제였다. 만약 그가 아예 못 돌아온다면 모든 걸 처음부터 다시 시작해야 할 형편이었다.

베탕쿠르는 멕시코 태생이되 프랑스와 스페인의 피가 섞였고 교육은 프랑스식으로 받은 사람으로서, 우아하고 초연해야 한다는 이상에 절대 복종했지만, 한편으로는 멕시코에 대한 일종의 애국심이 유전적 약점처럼 신경계에 자리 잡고서 항상 그 이상과 갈등을 벌이며 그를 괴롭혔다. 그런 그가 여기서 맡은 공식 임무는 신뢰할 만하고 세련된 취향을 갖춘 자신의 눈으로 외국인들의 촬영 과정을 지켜보고, 국격을 훼손할 만한 무언가가 그들의 카메라에 담기지 않도록 관리하는 것이었다. 이렇게 애매한 입장이 그에게는 전혀 곤란하지 않은 것 같았다. 그는 오히려 몇 년 만에 처음으로 온전히 행복했고 성취감을 느꼈다. 거지, 빈민, 장애인, 늙고 추한 자 들은 자신이 책임지고 다 내쫓겠다는 각오였다. "모든 게 참으로 안타깝습니다." 베탕쿠르는 가느다란 손을 고고하게 들어 올려, 늘 그의 마음 언저리를 파리처럼 윙윙 맴돌며 위협하는 상스러운 연민의 감정을 내쫓아 버렸다. "하지만 생각해 보면……" 그는 러시아인들이 표방하는 듯 보이는 사회적 관점을 전반적으로, 아주 살짝, 거의 티 나지 않을 만큼 수긍하는 태도를 보였다. "이런 데에서 계속 사는 것보다는 차라리 죽는 편이 훨씬 나았을지도 모릅니다……"

그의 눈동자는 광적인 빛으로 이글이글 타올랐고, 작은 입술은 걸핏하면 떨렸다. 그의 뼈대는 갈대 줄기 같았다.

"비극적이지만, 너무나 자주 일어나는 일이지요." 그가 말했다.

그렇게 쉬운 몇 마디 말로 그 소녀는 정말로 죽어 버렸다. 이름 없는 무덤에 묻혀서……

도냐 훌리아가 조용히 걸어 들어왔다. 수놓인 신발을 신은 그녀의 발은 중국 여인처럼 조그마했다. 나이가 스무 살쯤 되었을 듯싶었다. 반지르르한 검은 머리카락이 동그란 두개골에 착 달라붙어 있었고, 밀랍으로 본을 뜬 듯한 얼굴에 두 눈은 색칠한 것처럼 보였다.

"우리는 원래 여기서 살지 않아요." 그녀는 온화하고 부드러운 목소리로 말하면서 자기가 처한 기묘한 상황을 언뜻 둘러보았다. 그녀가 마치 말을 할 줄 아는 이국적인 인형이 된 것 같은 분위기였다. "여긴 너무 흉하죠. 부디 괘념치 않으셨으면 해요. 이곳을 깔끔하게 유지한다는 건 불가능한 일이에요. 인디오들이 모든 걸 소홀히 다뤄서 망가뜨리고야 마니까요. 지금은 영화 관련으로 모두 흥분해서 여기 모여 있는 것뿐이에요. 정말 흥미진진해요." 그러고는 다시 덧붙였다. "그 가엾은 여자애 일은 참 안됐어요. 다들 여러모로 고생이 많네요. 동생 쪽도 너무 딱하고요……" 모두 함께 식당으로 이동하는 길에, 그녀는 내 옆에서 걸으면서 중얼거렸다. "딱해요…… 너무 딱하고, 딱하고……"

돈 헤나로의 조부는 무척 정통적인 신사라던데, 지금은 다른 곳에 장기간 출타 중이었다. 그는 손자며느리를 전혀 인정해 주지 않는다고 했다. 그녀가 그의 세대 숙녀들과는 너무나 다른 방식으로 치장을 하고 다녔기 때문이었다. 세상을 알 만큼 알고, 여자를 한눈에 평가하고 등급을 매기고 적절한 종류로 분류하는 법에 평생 익숙했던 그 남자에게는 그녀의 옷차림이 몹시 못마땅하게 보였으리라. 그렇게 젊은 여자와 일시적인 관계를 맺는 것이야 어떤 신사라도 거치는 교육의 일환이지만, 결혼은 전혀 다른 문제라고 그는 생각했다. 그가 젊었을 적이었다면 그녀는 기껏해야 극장에서 일하는 여자였을 터였다. 손자가 그녀와 갑작스럽고 충격적인 결혼을 하겠다고 나섰을 때에도 그의 생각에는 조금도 변함이 없었지만, 그래도 그는 침묵할 수밖에 없었다. 그의 손자는 가문의 유일한 후계자였고, 이미 가장의 역할을 하고 있었으므로 자기 결정을 다른 사람에게 해명할 의무도 없었다. 조부는 손자를 이해하지 못했고, 이해하려고 애쓰느라 시간을 낭비하지도 않았다. 다만 자신의 가구와 애장품 들을 챙겨서 아시엔다 경내에서도 가장 외떨어진 구역, 즉 남쪽의 오래된 정원을 면한 테라스의 위층으로 옮겨 갔다. 그리고 그곳에서 황량한 품위를 지키며 고독하게 생활했다. 아무런 희망도 인생관도 없이, 어쩌면 그 두 가지를 모두 경멸하면서. 그는 오직 식사 시간 때만 가족을 만나러 나온다고 했다. 지금 식탁 한쪽 끝에 마련된 그의 자리는 비어 있었고, 주말에 몰려왔던 관광객들도 다 떠나고 없었으므로, 우리 일행끼리만 둘러앉아 식탁의 한쪽 끝자락만 겨우 다 찼을 뿐이었다.

우스펜스키는 줄무늬 작업복 차림으로 앉아 있었다. 그 옷차림이 그에게는 곧 야회복이었다. 제멋대로 자란 수염으로 뒤덮인 그의 얼굴은 흡사 초인적인 수준으로 지능이 계발된 원숭이를 연상케 했다. 그는 삶에 대해 원숭이처럼 까불거리는 태도로 일관하면서 거의 자신만의 인생철학에 가까운 경지로 발전시켰다. 그러면 남들에게 설명할 수고를 아낄 수 있고, 그가 도저히 견딜 수 없는 따분한 부류들을 따돌릴 수도 있었다. 그는 수도의 저속한 극장들을 돌아다니며 유흥을 즐기고, 그 극장 소속 멕시코인들에게 자기가 전 세계에서 본 모든 공연을 통틀어 가장 외설적이었다며 아부하기를 즐겼다. 오후에 탁 트인 도로 위에서 배우들 전원에게 멕시코 드레스를 입히고 옛날식 러시아 시골풍 희곡을 공연하는 것도 좋아했다. 그럴 때면 그는 기분이 최고조로 들떠서 자기 대사를 거리낌 없이 외치며, 남근 모양의 호리병박으로 당나귀의 엉덩이를 쿡쿡 찔러 대곤 했다. 그 참을성 강한 당나귀는 슬픔과 모욕을 당하는 데에는 이미 이골이 났을 것이다. "아, 그래, 기억나는군요." 그는 어떤 남부 여자들을 만나면 정중한 어조로 이렇게 말하기도 했다. "여러분은 그 지독한 깜둥이들에게 항상 겁탈당한다는 바로 그 숙녀분들이시군요!" 그러나 지금 그는 열 감기에 걸려 초조한 상태라서, 아무 말 없이 잠잠하기만 했다. 음탕한 익살로 자기 기분을 감추고 위장하는 습성도 온데간데없었다.

테니스 선수이자 폴로 선수인 스테파노프는 플란넬로 된 테니스 바지와 폴로셔츠를 입었다. 한편 베탕쿠르는 고급 승마 바지와 각반 차림이었다. 그는 웬만해서는 말을 타지 않는 편이었지만, 1921년 캘리포니아에서 그 옷차림이 영화감독에게 적절한 차림새라고 배웠기에 그렇게 입은 것뿐이었다. 물론 그는 아직 감독이 아니지만, 어쨌든 영화제작을 보조하고 있는 입장이니까 말이다. 또한 촬영 중에는 항상 녹색 안감을 댄 코르크 헬멧*도 써서 자기 자신에 대한 소중한 환상을 기어이 완벽하게 구현해 내곤 했다. 그리고 안드레예프는 무채색 모직 셔츠를 입었고, 화려한 트위드 옷을 입은 케널리와 서로 팔꿈치를 맞대고 있었다. 내가 입은 니트 옷은 어느 때고 무난하게 어울릴 것 같은데도 막상 입고 나갈 때는 어느 자리에도 도무지 어울리질 않는 옷이었다. 그렇게 모여 앉은 우리의 모습이, 상석에 앉은 도냐 훌리아의 눈에는 엄청나게 각양각색으로 보였을 것이다. 그녀의 옷차림은 마치 할리우드 코미디 영화의 등장인물 같았다. 무지개색 실크 띠로 장식된 검은 새틴 파자마를 입고 헐렁한 소맷자락을 손 위로 드리우고 있었는데, 손가락 끝부분이 뾰족한 데다 새빨간 빛을 띠어서 아기 손처럼 보였다.

"제 남편이 올 때까지 기다릴 필요는 없어요." 도냐 훌리아가 말했다. "그이는 항상 너무 바쁘고, 항상 늦으니까요."

"언제나 최고 속력으로 달리는데도 말이죠." 베탕쿠르가 명랑하게 말했다. "적어도 시속 70킬로미터로 달린다는데, 좀처럼 시간을 지키는 법이 없더군요." 베탕쿠르는 자신이 시간을 정확히 엄수한다는 것을 자랑스럽게 여겼다. 또한 속도의 개념과 그 이용 및 오용에 관하여 나름의 이론을 세운 바 있었다. 그가 즐겨 설명하는 바에 따르면, 인류가 만약 정신적 발전에 제대로 집중했더라면 굳이 기계적인 수단에 의존하지 않고도 시간과 공간을 정복할 수 있었을 거라고 한다. 그는 원하는 사람 누구하고든 텔레파시로 소통할 수 있고, 순전히 정신력

---

* 코르크를 단열재로 이용해 햇볕을 차단하는 모자로 과거에 영화감독들이 많이 썼다.

만을 발휘하여 공중으로 3피트나 떠오른 적도 있다고 주장하는데, 그러면서도 자신 역시도 기계를 조종하는 데에서 유쾌한 자극을 아주 많이 받기는 한다고 시인했다. 그가 자동차 운전을 각별히 즐긴다는 건 나도 어느 정도 알고 있었다. 일례로, 그는 일부러 기차가 선로에 들어오기 직전에 액셀러레이터를 밟아서 선로를 붕 가로질러 가는 버릇이 있었다. 베탕쿠르는 속도란 곧 '현대'이며, 사람은 누구나 각자의 재력이 허락하는 한에서 현대적으로 살아야 할 의무가 있다고 했다. 내가 그의 이야기로 미루어 추정해 보니, 돈 헤나로는 그 재력 덕분에 베탕쿠르보다 최소한 두 배는 더 현대적으로 산다는 결론이 나왔다. 돈 헤나로는 도로에서 앞차들이 겁먹고 달아날 만큼 성능 좋은 자동차를 살 여력도 있었고, 아시엔다와 수도 사이를 오가는 시간을 절약하기 위해 비행기를 한 대 살 생각까지 하고 있었다. 막대한 비용을 들여 속도와 가뿐함을 얻는 것은 그가 추구하는 이상이었다. "돈 헤나로에게는 지나치게 빨리 움직이는 것이란 있을 수 없죠. 말이든, 개든, 여자든, 금속 기계류든 뭐든 간에요." 베탕쿠르가 그렇게 말하자, 도냐 훌리아는 그 이야기가 자기 남편에 대한 칭찬이며 더 나아가 자기 자신에 대한 칭찬이라고 추론한 듯 동조적인 미소를 지었다.

그때 바깥의 복도에서 시끌시끌한 소리가 들려오더니, 식당 안과 문간에서 한바탕 소동이 일었다. 하인들이 뿔뿔이 흩어지면서 저마다 뒤로 물러나거나, 허둥지둥 앞으로 뛰어가거나, 식탁에서 의자 하나를 재빨리 끌어냈다. 그리고 마침내 돈 헤나로가 안으로 들어왔다. 그는 멕시코 시골의 승마복 차림이었다. 회색 벅스킨* 재킷을 걸치고,

* 사슴이나 염소의 부드러운 가죽.

딱 달라붙는 회색 바지의 아랫단을 부츠 밑에 끈으로 동여매고 있었다. 푸른 눈에 키가 훤칠한 그는 젊으면서도 노련하고 완고한 스페인 사내였다. 여윈 몸에 힘줄이 불거졌고 입술이 얄따란 그는 우아해 보였으나, 동시에 격노에 휩싸여 있었다. 그는 분노를 우리와 함께 나누고 싶었던 듯, 좌중의 모든 사람과 인사를 나누는 동안에는 감정을 내보이지 않다가 아내의 옆자리에 털썩 앉고서야 식탁을 주먹으로 탕치면서 분노를 쏟아 냈다.

들자 하니 '얼간이 같은 마을 판사'가 후스티노를 풀어 주지 않겠다고 한 모양이었다. 이 나라에는 과실 범죄에 관련해서 해괴한 법이 있는데, 판사의 말에 따르면 세간에서 통하는 '사고'라는 개념이 법적으로는 인정되지 않는다고 했다. 피해자와 가장 가까운 주변인들이 뭔가 숨기는 게 있다는 의혹을 항상 전제로 하고 면밀한 조사를 거쳐야만 한다는 것이다. 돈 헤나로는 얼간이 판사가 법률 지식을 늘어놓으며 으스대던 말투를 우리 앞에서 흉내 냈다. 홍수, 화산 폭발, 혁명, 고삐 풀린 말, 천연두, 열차 사고, 길거리 싸움…… 그런 것들이야 불가항력이겠지만, 사람이 사람에게 총을 쏜 사건은 절대로 그렇지 않다고, 총격 사건은 무조건 철저한 수사 대상이라고. "그래서 내가 이 경우에는 전혀 해당되지 않는 이야기라고 반박했지요." 돈 헤나로가 말했다. "후스티노는 내 농노이고, 그 가족은 300년 전부터 우리 아시엔다에서 살았다…… 이건 어디까지나 내 소관이다…… 뭐가 어떻게 된 일인지 나는 훤히 아는데, 판사 양반은 아무것도 모르지 않는가…… 댁이 해야 할 일은 후스티노를 당장 석방시켜 주는 것이다…… 내일은 안 된다, 오늘 당장 빼내라! 이렇게 얘기했죠." 그러나 아무 소용도 없었다. 판사의 대답은 후스티노를 빼내려면 2,000페소를 내라는 것이었다. "2,000페소라니!" 돈 헤나로가 식탁을 탕 치며 외쳤다. "상상이 되십니까?"

"정말 말도 안 되네요!" 그의 아내가 동지애를 담아 한마디 거들고는 화사한 웃음을 지어 보였다. 그러자 돈 헤나로는 잠깐 그녀가 누구인지 못 알아보는 듯한 눈초리로 그녀를 노려보았다. 도냐 훌리아는 눈을 깜빡이며 그를 마주 보다가, 루주가 지워져 가는 입꼬리 부분에서부터 애매한 미소를 머금었다. 돈 헤나로는 노기등등한 얼굴로 그녀를 무시해 버렸다. 그러고는 좌중의 한 사람 한 사람을 돌아보며, 너무 당혹하고 화가 나서 도저히 주체할 수가 없다는 투로 열을 올렸다. 그는 2,000페소라는 금액 자체가 문제가 아니라, 온갖 해괴한 구실로 여기저기서 돈을 뜯기는 데에 신물이 난다고 했다. 그가 어디서든 몸을 돌리기만 하면 웬 날강도 같은 정치인이 옆에서 손을 내밀더라는 것이었다. "아무튼 지금 내가 할 일은 하나뿐입니다. 이 판사에게 돈을 주면 한도 끝도 없을 거예요. 그러면 앞으로 내 농노들 중 아무나 마을에 나타나기만 해도 무작정 체포부터 할 테니까요. 그러니 내가 멕시코시티로 가서 벨라르데를 만나 보고……"

벨라르데를 만나야 한다는 데에 모두가 동의했다. 그는 멕시코에서 가장 강력하고 명망 높은 혁명가였다. 토지 재분배 정책*이 시행되었을 때 풀케 아시엔다 두 군데가 벨라르데의 차지가 되었고, 나라에서 가장 큰 낙농장도 그가 운영하고 있었다. 그 낙농장에서는 고아원, 정신병원, 소년원, 구빈원을 비롯해 전국의 모든 자선 시설에 우유와 버터와 치즈를 납품했는데, 가격은 다른 낙농장보다 두 배나 더 비싸

* 1910년 멕시코 혁명 직후 정부에서 사유지들을 일체 몰수하여 재분배한 정책.

게 받았다. 또한 벨라르데는 거대한 아보카도 아시엔다도 소유하고 있었고, 군대를 통솔할 뿐 아니라, 대형 은행 한 곳을 통제했으며, 대통령은 그의 조언 없이는 그 어떤 공직자하고도 약속을 잡지 않았다. 벨라르데는 신문사 스무 곳을 사들였고, 그 스무 종의 신문 제1면을 매일같이 차지하고서 반혁명과 부패에 맞서 싸웠다. 그가 부리는 농노는 수천 명에 달했다. 같은 농장주의 입장으로서 그는 돈 헤나로의 곤경을 이해해 줄 것이다. 게다가 그는 정직한 혁명가이니, 하찮은 판사 하나가 뇌물을 받아 챙겨 부정행위를 저지르려 하는 이 사태를 적절히 단속할 수 있을 터였다. "벨라르데를 만나러 가 봐야겠군요." 돈 헤나로는 별안간 덤덤해진 목소리로 말했다. 자포자기에 빠졌거나, 아니면 그 화제를 더 이상 이어 나가기가 따분해진 듯한 느낌이었다. 그는 몸을 뒤로 편안히 젖히고 침울한 시선으로 손님들을 둘러보았다. 저마다 뭐라고 말을 하고 있었지만 무슨 말인지는 중요하지 않았다. 그에게 오늘 아침의 사건은 이미 아득히 멀리 떨어진, 생각할 가치가 없는 일처럼 느껴졌다.

우스펜스키가 두 손으로 얼굴을 가리고 재채기를 했다. 그는 오늘 이른 아침에 말 조각상이 있는 분수대에서 촬영을 하고 온 참이었다. 카메라를 든 스테파노프는 비좁은 석조 난간 위에 아슬아슬하게 균형을 잡고 서서 일한 반면, 우스펜스키는 분수 한가운데에서 두 시간 동안 찬물에 몸을 적시고 있을 수밖에 없었다. 그 각도가 아니면 도저히 찍을 수 없는 장면을 찍기 위해서였지만, 덕분에 지금 그는 감기에 걸리고 말았다. 그는 튀긴 콩을 한입 가득 삼키고, 맥주 반 잔을 단번에 들이켜고는, 긴 벤치 위에서 벌떡 일어나더니, 이곳과는 기후가 다른 어딘가를 찾아 떠나려는 듯 단 두 걸음 만에 가장 가까운 문밖으로 뛰쳐나가 버렸다. 지나치게 큰 줄무늬 작업복을 입은 그의 모습이 우리 눈앞에서 순식간에 사라졌다.

"저 친구 열이 나더라고요." 안드레예프가 말했다. "오늘 밤 안에 차도가 없으면 볼크 박사님을 불러야겠어요."

그때 연푸른색 작업복과 플란넬 셔츠를 입은 덩치 큰 사내가 식탁 끝자락으로 다가왔다. 그가 누구에게랄 것 없이 고갯짓으로 인사하자, 베탕쿠르가 착실하게 그에게 마주 인사해 주었다.

"누군지도 못 알아보는 거예요?" 베탕쿠르가 내게 나지막이 말했다. "카를로스 몬타냐잖아요. 많이 변했죠?"

그는 내가 카를로스의 변화를 알아봐 주기를 바라고 조바심을 내는 것 같았다. 나는 10년 사이에 우리 모두가 조금씩 변한 것 같다고, 특히 카를로스가 구레나룻을 근사하게 기른 게 눈에 띈다고 대답했다. 그러자 베탕쿠르는 내게 흘긋 시선을 던졌는데, 나도 카를로스처럼 안 좋은 방향으로 변하긴 했다고 생각하는 눈치가 빤했다. 하지만 자신이 변했다는 것은 수긍하지 않으려 했다. "그럴지도요." 그가 마지못한 투로 말했다. "하지만 우리 대부분은 예전보다 더 나아졌다고 봐요. 그런데 카를로스는 딱하게 됐죠. 구레나룻뿐만이 아니라 살도 쪘잖아요. 말하자면, 그는 실패자가 됐어요."

"퍼스 모스* 말입니다." 돈 헤나로가 스테파노프에게 말했다. "어제 30분쯤 조종해 봤는데, 아주 죽여주더군요. 그걸 살까 싶어요. 나는 정말로 빠른 게 필요하거든요. 가볍기도 해야 하지만, 일단은 속도가 중요해요. 언제 어느 때라도 즉시 타고 갈 수 있는 그런 물건 말입니

---

* 1929~1933년에 드하빌랜드 항공기 회사에서 출시한 3인승 단엽 비행기.

다." 스테파노프는 숙련된 조종사로서, 돈 헤나로가 존경하는 모든 종류의 활동에서 출중한 기량을 갖추고 있었다. 스테파노프는 비행기에 대해 명확하고 합리적인 조언들을 해 주었고, 돈 헤나로는 열심히 경청했다. 어떤 비행기를 사야 하는지, 어떻게 관리해야 하는지, 비행기를 일상적으로 쓰려면 무엇을 대비해야 하는지 등등.

"비행기라고요!" 그들의 이야기를 들은 케널리가 끼어들었다. "누가 억만금을 준대도 나는 멕시코인 조종사가 모는 비행기에는 절대……"

"드디어 비행기를 사는 건가요!" 도냐 훌리아가 신이 난 아이처럼 외쳤다. 그녀는 식탁 너머로 몸을 뻗더니, 잠든 사람을 깨우듯이 부드러운 어조의 스페인어로 말했다. "카를로스! 들었어요? 헤나리토*가 내게 비행기를 사 준대요. 결국에는요!"

돈 헤나로는 아무것도 못 들은 양 스테파노프와의 대화에만 집중했다.

"비행기로 뭘 하시려고요?" 카를로스가 짙은 눈썹 아래 둥글고 서글서글한 눈동자를 하고서 물었다. 그는 고개도 들지 않고 튀긴 콩과 녹색 칠리소스를 숟가락으로 맛깔스럽게 퍼먹고 있었다. 딱 멕시코 시골풍 식사법이었다.

"그걸 타고 공중제비를 넘으려고요." 도냐 훌리아가 말했다.

"실패자라니까요." 베탕쿠르는 카를로스가 못 알아듣도록 영어로 내게 이야기했다. "하지만 오늘은 평소보다 유난히 상태가 안 좋긴 해요. 오늘 아침에 욕조에서 미끄러져서 다쳤거든요." 그는 마치 그 사

* 헤나로의 애칭.

고도 카를로스의 결점이라는 식으로 말했다. 그의 인격이 돌이킬 수 없이 퇴락하고 있다는 사실을 보여 주는 상징적인 증거인 것처럼.

"저는 멕시코 유행가의 절반은 저분이 작곡한 줄 알았는데요." 내가 말했다. "10년 전에 여기 왔을 땐 주위에서 들리는 음악이라고는 저분이 만든 노래밖에 없었어요. 그사이에 무슨 일이라도 있었나요?"

"아, 그거야 10년 전 얘기죠. 지금 저 친구는 거의 아무것도 안 해요. 주얼 극장 연출가를 관둔 지도 어언…… 어휴, 한참 됐는걸요!"

나는 '실패자'를 유심히 관찰했다. 그는 그럭저럭 명랑해 보였다. 그는 숟가락 손잡이로 박자를 치면서 안드레예프에게 노래를 불러 주고, 안드레예프는 고개를 끄덕이며 듣고 있었다. "두 소절은 이렇게 가고." 카를로스가 프랑스어로 말했다. "그런 다음에는 이렇게……" 그는 다시 박자를 맞추면서 허밍을 하고는 말을 이었다. "그리고 댄스 부분에서는 이런 식으로." 안드레예프가 그 멜로디를 따라 흥얼거리며, 왼쪽 검지로 식탁을 두드리고 오른손을 허공에 올린 채 살짝 흔들었다. 베탕쿠르는 그 둘이 하는 양을 잠시 지켜보다가 말했다. "그래도 지금은 기운을 좀 차렸네요. 불쌍한 사람 같으니. 내가 이 일자리를 주선해 줬으니, 이번 기회로 그가 새 출발을 할 수 있을지도 모르죠. 하지만 그는 자주 피곤해하고, 술도 너무 많이 마시더군요. 늘 최선을 다하지는 못해요."

카를로스는 의자 등받이에 몸을 기댄 채 둥근 어깨를 축 늘어뜨리고 부어오른 눈꺼풀을 감고서 사워크림이 뿌려진 엔칠라다*를 쿡쿡 찔러 댔다. "이제 어떻게 되나 두고 봐." 그가 안드레예프에게 프랑스

* 토르티야에 고기, 해산물, 야채, 치즈 등을 말아서 넣고 소스를 뿌려 구운 요리.

어로 말했다. "베탕쿠르는 이 아이디어도 마음에 안 든다고 할걸. 어딘가 잘못됐다면서." 그는 화를 내지도 않고 삐친 기색조차 없이, 그저 유감스럽지만 불 보듯 뻔한 일이라는 투로 말했다. "충분히 현대적이지 않다든가, 고풍스러운 구석이 부족하다든가, 멕시코풍 느낌이 부족하다든가…… 그런 식이겠지."

베탕쿠르는 '우주의 조화'에 숨겨진 까다로운 비밀을 밝혀내는 데에 젊음을 쏟아부었다. 그는 수비학, 천문학, 점성학, 미국의 최신 성격 발달 이론과 의지력의 작용을 접목한 텔레파시 및 호흡법의 공식, 몇몇 복잡한 마법 의식들, 동양철학 중에서도 세심하게 선택한 몇 유파의 원칙들을 공부했으며, 때로는 그 철학들을 매우 성공적으로 캘리포니아에 도입하기도 했다. 그는 이 재료들을 가지고 누구에게나 가르칠 수 있는 '삶의 도'를 만들어 냈는데, 입문자가 일단 그 도를 터득하고 나면 조용히, 그러나 확실하게 성공할 수 있다고 한다. 고통 없는 성공, 즐거운 노력 외에는 거의 수고를 들일 필요가 없는 성공, 윤리적으로나 미적으로나 아름다운 성공, 그뿐만 아니라 바람직한 수준의 물질적 보상까지 수반되는 성공. 돈 그 자체는 목적이 아니고, 부유한 사람이라고 해서 꼭 성공했다고 볼 수는 없지만, 진정한 성공에 이르는 과정에서 돈은 항상 눈에 띄지 않게 우리를 도와주는 동반자가 되어 준다고 그는 믿었다…… 이러한 관점에서 카를로스에 대한 그의 생각은 명쾌했다. 카를로스는 '영원의 법칙'을 늘 업신여겼다. 천체들의 조화로운 체계를 바탕으로 음악에 담긴 심오한 함의를 성찰해야 하건만, 그는 그런 생각 따위는 한 번도 않고 단지 곡조를 끼적거리기만 했다…… 베탕쿠르는 카를로스에게 여러 번 경고했지만 아무 소용도 없었다고, 그래서 결국 카를로스는 파멸을 자초하고 말았다고 이야기했다.

"나는 당신에게도 경고했지요." 그가 내게 친절하게 말했다. "그리고 여러 번 자문해 보기도 했습니다. 당신이 도대체 왜 그 비의秘意들을 받아들이지 않는 건지, 아니면 못 받아들이는 건지…… 일단 받아들이기만 하면 당신을 위한 보물 창고가 통째로 열릴 텐데 말이에요. 과학적 직관을 이용하면 세상에 불가능한 건 없습니다. 하지만 단순히 자기 이성에만 의존하면 누구나 실패하게 되어 있어요."

"너는 실패해야 해." 그는 가엾고 단순한 카를로스에게 줄곧 그렇게 말해 왔던 것이다. "카를로스는 실패했어." 다른 사람들에게도 그렇게 말했으리라. 이제 베탕쿠르는 거의 애정이 담긴 듯한 눈길로 자신이 빚어낸 작품을 바라보았다. 식탁 저편에 다소 구접스럽고 음침하게 앉아 있는, 한창 시절에 자기 직업에서 충분한 성취를 거두었던, 그리고 아직 완전히 끝장나지는 않은 한 남자를. 한편 내 옆자리에 앉아 있는 말쑥하고 호리호리한 남자는 가느다란 척추로 우아한 자세를 취하고 있었고, 연약한 손목에 달린 지나치게 아름답고 가느다란 두 손을 리드미컬하게 흔들고 있었다. 나는 옛날에 카를로스가 베탕쿠르에게 베풀었던 모든 것을 기억했다. 그 시절에 그는 특유의 무심하고도 턱없이 인정 많은 성격으로, 베탕쿠르의 저 여윈 어깨로는 도저히 감당할 수 없을 만큼의 은혜를 지워 준 바 있었다. 그래서 이제 베탕쿠르는 '우주의 조화' 법칙이라는 기계장치들을 최대한 작동시켜서 카를로스에게 원수를 갚고 있는 것이다. 더딘 과정이었지만 그래도 그는 지치지 않았다.

"나는 당신이 말하는 실패가 무슨 뜻인지 잘 모르겠어요. 성공도 마찬가지고요." 나는 끝내 말했다. "아시잖아요. 예전부터 쭉 이해가 안

갔어요."

"맞아요, 당신은 이해 못 했죠." 그가 말했다. "그게 바로 심각한 문제였어요."

"카를로스에 대해서는, 당신이 용서해야……"

베탕쿠르는 지극히 진심 어린 어조로 말했다. "나는 어떤 일도, 어떤 사람도 탓하지 않습니다만."

사람들이 자리에서 일어나 각기 다른 문으로 걸어 나갈 즈음, 카를로스가 이쪽으로 건너와서 내게 악수를 청했다. 그는 후스티노가 일으킨 말썽에 대해 자못 인간미 넘치는 태도로 너스레를 떨었다. "가족 내 치정 사건이라니, 이럴 땐 당연히 나와야 할 게 있지요?"

"오, 안 돼. 하지 마." 베탕쿠르가 초조한 듯 말했다. 그는 특유의 콧소리가 섞인 떨리는 음성으로 짧게 웃음을 내뱉었다.

"왜? 난 할 거야." 카를로스가 내 옆에서 나란히 걸으며 말했다. "후스티노와 그 누나에 대한 코리도를 한 곡 지어야지." 그러고는 시장에서 악보를 파는 가수들의 목소리와 손짓을 흉내 내며, 거의 속삭이듯 조그맣게 흥얼거렸다.

아, 가엾은 우리 로살리타
새로운 연인을 만났구나
열정적인 남동생의
순정을 저버리고……

이제는 죽었다네, 가엾은 로살리타
심장에 총알 두 발을 맞고……

280

조심하라, 내 젊은 누이들이여

그대 오라비를 떠나려거든.

"총알 한 발이야." 베탕쿠르가 카를로스를 향해 기다란 손가락을 흔들어 보였다. "한 발이라고!"

카를로스가 소리 내어 웃었다. "그렇군, 한 발! 깐깐한 친구 같으니! 그럼 다들 잘 자라고."

케널리와 카를로스는 일찍 자리를 떴다. 한편 돈 헤나로는 스테파노프와 함께 당구를 치며 저녁을 보냈다. 돈 헤나로는 당구를 매우 잘 쳤지만 스테파노프를 상대로는 항상 졌다. 스테파노프는 온갖 대회에서 트로피를 따낸 선수였으니, 돈 헤나로에게 진다면 그에게는 굴욕적인 일일 것이다.

위층에 바람이 잘 드는 홀이 응접실로 꾸며져 있었다. 그곳에서 안드레예프가 피아노의 자동 연주 장치를 끄고 러시아 노래를 불러 주었다. 그는 다음에 부를 곡을 기억 속에서 더듬으며 건반을 손으로 훑곤 했고, 도냐 훌리아와 나는 그의 노래를 들으며 앉아 있었다. 그는 우리를 위해 노래하고는 있었지만, 실은 자기가 즐겁자고 하는 일에 가까웠다. 오늘 오후에 러시아에 대한 이야기를 하염없이 늘어놓았을 때와 마찬가지로, 지금도 그는 주변 상황을 잊고 일종의 무아지경에 빠져 있었다.

우리는 매우 늦은 시간까지 그곳에서 머물렀다. 도냐 훌리아는 안드레예프나 나와 시선이 마주칠 때마다 어김없이 미소를 지었고, 이따금씩 손으로 입을 가리고 하품을 했다. 도냐 훌리아가 키우는 페키니즈 개가 그녀의 무릎 위에 퍼드러진 채 코를 골고 있었다. "피곤하지 않으세요?" 내가 물었다. "저희 때문에 너무 늦게까지 깨어 계시는 건 아닌가요?"

"오, 아녜요. 음악을 더 들어야죠. 저는 밤새우는 걸 무척 좋아해요. 늦게까지 안 잘 수만 있으면 안 자려고 하는 편인걸요. 아직 가지 말아요."

1시 반에 우스펜스키가 안드레예프와 스테파노프를 차례로 불렀다. 열에 들떠서 누군가와 대화를 하고 싶어 하는 모양이었다. 안드레예프가 말했다. "제가 이미 볼크 박사님께 연락을 넣었어요. 지체하지 않는 편이 좋을 것 같아서요."

도냐 홀리아와 나는 아래층의 당구실로 내려가서 스테파노프와 돈 헤나로의 시합을 구경했다. 창밖에서 커다란 밀짚모자를 앞으로 기울여 쓴 인디오 몇 명이 몸을 수그린 채 조용히 경기를 지켜보고 있었다. 도냐 홀리아가 남편에게 물었다. "오늘 밤 멕시코시티에 가진 않으시려고요?"

"내가 왜 그래야 하오?" 그는 그녀를 보지도 않고 불쑥 대꾸했다.

"그냥 그러지 않을까 했어요." 도냐 홀리아가 말했다. "잘 자요, 스테파노프." 은청색으로 칠한 긴 눈꺼풀 아래 그녀의 검은 눈동자가 반짝거렸다.

"잘 자요, 홀리타.*" 스테파노프는 북부 출신다운 진솔한 미소를 지어 보였다. 어떤 의미라도 나타낼 수 있지만 동시에 아무 의미도 없는 미소였다. 웃지 않을 때 그의 얼굴은 진지하고 의미심장하고 강렬한 생동감이 넘치는데, 웃는 표정만 보면 어린아이처럼 단순하다는 오

---

* 홀리아의 애칭.

해를 사기에 딱 좋았다. 사실 그는 단순함과는 거리가 멀어도 한참 먼 사람인데도, 지금 그의 얼굴에는 마치 활짝 펼쳐진 동화책 한 권처럼 환히 읽힐 듯한 웃음이 떠올라 있었다. 이를테면 인형극 극장에서 살던 조그맣고 우스꽝스러운 주인공이 바깥세상으로 빠져나오게 된다는, 유쾌한 종류의 이야기가 담긴 동화책 같았다. 도냐 훌리아는 몸을 돌리고서 여느 할리우드 영화 속 팜므 파탈처럼 반짝이는 눈으로 그를 돌아보았다. 그러자 스테파노프는 당구봉 끄트머리를 현미경 들여다보듯 뚫어져라 쳐다보았다. 돈 헤나로가 거칠게 내뱉었다. "좋은 밤들 되십시오!" 그러고는 목축장 쪽에 이어지는 문으로 홱 나가 버렸다.

나는 내 방으로 가는 길에 도냐 훌리아와 함께 그녀의 방에 들렀다. 그곳은 당구실과 풀케 양조장 사이에 위치한, 기다랗고 천장이 낮은 방이었다. 실크와 새털로 만들어진 폭신한 천 제품들이 가득했고, 막 광을 낸 목재와 커다란 거울들로 사방이 번쩍거렸으며, 작은 장식품들, 사탕 상자들, 흰 가발을 쓰고 주름치마를 입은 프랑스 인형들이 여기저기 어수선하게 널려 있었다. 공기 중에서는 향수 냄새와 더불어 그보다 더 독한 어떤 냄새가 짙게 배어났다. 그리고 양조장 쪽에서 일꾼들이 서로에게 끊임없이 고함치는 소리, 술통이 굴러가는 우르릉 소리가 어렴풋이 들려왔다. 양조장의 널찍한 출입구를 통과하는 선로 위에 노새가 끄는 무개화차 한 대가 서 있을 테고, 인디오들이 술통들을 나무 버팀대 위로 굴려서 그 화물차 쪽으로 보내고 있을 터였다. 지금 이 냄새는 아시엔다에 도착했을 때부터 쭉 내 코끝을 맴돌던 것이었지만, 여기서는 유독 수증기처럼 자욱했다. 썩어 가는 우유와 피에서 날 법한 시큼하고 퀴퀴한 냄새가 파리들이 웅웅 대는 소리

틈으로 피어올랐고, 그 소리와 냄새는 간간이 들려오는 술통 구르는 소음과 인디오들의 긴 구령 소리에 딸려서 함께 들려오고 풍겨 왔다. 좁은 계단 위에서 나는 도냐 훌리아를 돌아보았다. 그러자 그녀는 조그마한 콧잔등을 찡그린 채 고개를 들었는데, 얼굴 가까이에 안아 든 페키니즈의 주름진 코를 보니 녀석도 끊임없이 넌더리를 내느라 그런 얼굴이 된 것만 같았다. "풀케!" 그녀가 말했다. "지독하지 않나요? 저 시끄러운 소리 때문에 잠을 설치진 않으셔야 할 텐데요."

내 방 발코니로 올라오니 향수 냄새도, 술 냄새도 사라지고 차갑고 상쾌한 산바람만 불어왔다. "스물하나!" 피로감과 흥분감이 어우러진 긴 노랫가락 같은 인디오들의 구령이 울려 퍼지더니, 신선한 풀케가 담긴 스물한 개째 나무통이 미끄럼틀을 타고 굴러 내려왔다. 내 방 창문 밑에서 남자 둘이 나무통을 날라다 화물차에 싣는 모습이 보였다.

옆방 창문에서 러시아 남자 세 명의 목소리가 나지막이 새어 나왔다. 그리고 돼지들이 급수용 분수대 근처에서 부드러운 진창을 코로 파헤치며 꿀꿀거리는 소리, 이 시간까지도 분수대 앞에 꿇어앉아 어둠 속에서 빨래를 하는 여자들이 젖은 옷을 빨랫돌에 철퍽철퍽 문지르며 수다를 떨고 웃는 소리가 들렸다. 오늘 밤은 여자들 모두가 웃고 있는 것 같았다. 자정이 한참 지났는데도, 목축장 옆에 길게 지어져 있는 농노들의 숙소에서 높고 환한 웃음소리가 번뜩이고 또 번뜩였다. 당나귀들은 서로를 향해 구슬프게 울었고, 나른하게 깨어 있는 생명체들의 기척이 사방 어디에서나 느껴졌다. 발굽을 구르고, 숨을 몰아쉬고, 코를 힝힝거리는 기척. 아래층의 양조장에서 누군가가 별안간 요란스러운 노래를 몇 소절 불러 젖히자, 분수대 쪽의 여자들이 잠간 숨을 죽였다가는 자기들끼리 키득거렸다. 한편 안마당으로 들어

가는 아치문 쪽에서 가벼운 소동이 일었다. 값비싼 품종의 점잖은 개들 중 한 마리가 그만 품위를 잃고는, 약이 오를 대로 오른 음색으로 으르렁거리며 한 병사에게 달려들었던 것이다. 엉덩이가 약간 펑퍼짐한 그 병사는 개에게 쫓겨서 자기 위치로, 즉 인디오 오두막집들 맞은편 벽 앞에 지어진 막사를 향해 순순히 달아났다. 병사가 어슴푸레 밝혀진 등불을 마구 흔들면서 비틀비틀 뛰어가자, 그를 뒤쫓던 개는 도중에 보이지 않는 경계선이라도 그어져 있는 양 우뚝 멈춰 서더니, 도망치는 병사의 뒷모습을 지켜보다가 이내 아치문 밑의 자기 자리로 돌아갔다. 병사들은 농지 개혁파*를 방비할 경호 인력이라는 명목으로 정부에서 파견되었다. 지금 그들은 돈 헤나로가 자기 비용으로 대 준 콩을 먹으면서 퍼드러져 빈둥거리고 있었다. 돈 헤나로는 그들이 불쾌했지만 어쩔 수 없이 참으면서 지냈고, 개들도 마찬가지였다.

나는 양조장에서 술통을 헤아리는 인디오들의 긴 구령 소리를 들으며 잠이 들었다가 해 뜰 녘에 깨어났다. 떠오르는 여름 햇빛 속에서 인디오들이 부르는 애절한 아침 노래가 들려왔다. 그리고 금속과 단단한 가죽이 부딪쳐 달그락거리는 소리도, 무개화차에 매어진 노새들이 발을 구르는 소리도…… 마부들이 채찍을 휘두르며 고함치자, 화물을 다 실은 마차들이 삐걱거리며 줄지어 밖으로 빠져나갔다. 그들은 멕시코시티로 향하는 풀케 열차를 만나 화물을 전달할 터였다. 용설란밭으로 나가는 밭 일꾼들도 각자가 탄 당나귀를 막대기로 후려치며 고함을 질렀다. 하지만 그중에서 정말로 서두르거나 흥분하

---

* 토지 재분배에 찬성하고 구농장주 및 지주계급에게 적대적이었던, 농민들을 중심으로 한 세력.

는 사람은 아무도 없었다. 그저 또 하루의 노동이, 또 하루의 피로가 시작되었을 뿐이다. 한 남자는 젖을 막 뗀 듯한 당나귀의 보송보송한 등에 작은 술통 두 개를 싣고서 몰고 가고, 그 옆에서 세 살배기 남자아이가 제 아빠를 따라 뛰고 있었다. 두 어린 동물은 각각 자기네 어른들의 몸짓을 완벽하게 흉내 냈다. 아이는 작대기를 갈기며 소리쳤고, 당나귀는 맞을 때마다 귀를 펄럭이며 무거운 걸음을 옮겼다.

"맙소사!" 한 시간 뒤, 다 같이 커피를 마시는 자리에서 케널리가 말했다. "생각해 보니까……" 그는 파리 떼를 쫓아내고는 떨리는 손으로 자기 컵에 커피를 부었다. "나는 어젯밤에 이 생각 때문에 한숨도 못 잤어. 이봐, 기억 안 나?" 커피 잔 위를 손바닥으로 덮은 채 담배를 피우는 스테파노프에게 그는 채근했다. "우리가 겨우 2주 전에 찍었던 장면들 있잖아. 후스티노가 실수로 한 여자애를 죽인 뒤 도망치고, 빈센테가 여러 남자들과 함께 말을 타고 후스티노를 추적했던 장면 말이야. 세상에, 똑같은 일이 지금 현실에서 일어난 거잖아! 게다가……" 그가 내게로 고개를 돌렸다. "무엇보다도 희한한 건, 우리가 어차피 그 장면을 다시 찍어야 한다는 거예요. 지난번 촬영이 잘 안됐었거든요. 그런데 맙소사, 그 사건이 진짜로 벌어졌는데 아무도 촬영 생각을 못 하다니! 이번에야말로 모든 게 갖춰져 있었는데. 여자애의 시체를, 진짜 죽은 시체를 아주 가까이에서 찍을 수 있었을 거고, 후스티노가 빈센테에게 맞아서 얼굴이 진짜 피투성이가 된 것도 찍을 수 있었고…… 그런데 맙소사, 아무도 미처 그 생각을 못 했다니 말이 됩니까. 늘 이런 식이라고요." 그는 부아가 치민 투로 말했다. "우리가 여기 온 이후로 계속 이런 일이 벌어지고 있어요. 똑같은 게 자꾸만 반복되고 또 반복되고…… 아니, 도대체 왜 그랬던 거지? 응?"

그는 스테파노프를 추궁하는 눈길로 빤히 쳐다보았다. 스테파노프는 잔에서 손바닥을 떼고 파리들을 쫓아낸 다음, 커피를 한 모금 마셨다. "아마 그날 날씨가 안 좋아서 그랬을걸." 그는 케널리 쪽을 향해 눈을 깜빡이며 떴다가 다시 꽉 감았다. 마치 스냅사진을 한 장 찍고서 그 에피소드를 끝내는 듯이.

"너는 그런 식으로 생각하고 싶은 거겠지." 케널리가 분통을 터뜨렸다. "하지만 어쨌든 일은 벌어졌잖아. 실제로 그 사건이 일어났고, 우리 책임은 아니었다고. 그러니까 찍기만 했으면 좋았을 거 아냐."

"재촬영이야 언제라도 들어갈 수 있는데 뭐. 후스티노가 돌아오고 나서 날씨가 좋을 때 진행하면 돼." 스테파노프가 내게 덧붙였다. "날씨가 늘 말썽이에요. 빛이 딱 좋은 날이 닷새에 하루도 있을까 말까죠."

"생각 좀 해 봐." 케널리가 집요하게 파고들었다. "한번 상상을 해 보라고. 그러면 그 불쌍한 녀석이 돌아와서 똑같은 사건을 또 겪어야 한다는 얘기잖아. 걔는 그 사건을 이미 두 번이나 겪었다고. 한 번은 극 중에서, 한 번은 현실에서. 현실에서 말이야!" 그가 입가를 혀로 핥았다. "걔 심정이 어떻겠어? 하, 미쳐 버리고 말걸."

"그 애가 돌아오고 나면 그때 가서 생각해 보자고." 스테파노프가 말했다.

마당에서는 누덕누덕한 흰 옷자락 사이로 매끄러운 황갈색 피부가 드러난 인디오 소년 여섯 명이, 말들의 미끈한 등에 은실과 진주로 수놓인 커다란 사슴 가죽 안장을 얹어 주고 있었다. 여자들은 분수대에서 돌아오고, 돼지들은 저마다 좋아하는 진흙탕에서 코로 땅을 헤집고, 양조장에서는 낮 시간 담당 일꾼들이 벌써 갓 짜낸 풀케즙을 황소

가죽으로 된 발효 통에 채웠다. 카를로스 몬타냐도 일찍부터 나와서 신선한 아침 공기를 즐기며, 돼지 한 마리가 개 세 마리에게 쫓겨서 진흙탕에서부터 헛간 쪽으로 달아나는 모습을 구경했다. 다리가 기다란 돼지 녀석은 안전한 돼지우리를 향해 흔들 목마처럼 펄떡펄떡 뛰어가면서 계속 비명을 질렀고, 개들은 돼지가 전속력으로 달릴 수밖에 없을 만큼의 간격만 두고 아슬아슬하게 뒤쫓았다. 그걸 본 카를로스가 옆구리를 쥐고 폭소를 터뜨리자, 인디오 소년들도 덩달아 소리 내어 웃었다.

영화의 악역들 중 한 명을 맡은 스페인인 농장 감독이 딱 달라붙는 새 승마 바지 차림으로 걸어 나왔다. 바지는 말안장과 마찬가지로 은실 자수가 놓인 사슴 가죽으로 되어 있었다. 그는 인디오와 병사 들이 있는 목축장을 면한 아치문 쪽으로 가서, 기다란 벤치 위에 구부정히 걸터앉았다. 그곳에서 그는 거의 하루 종일 죽치곤 했다. 이제껏 몇 년째 그래 왔고, 앞으로도 몇 년은 그럴 것이다. 북부 스페인 남자 특유의 기름하고 찌무룩한 얼굴은 아무 표정도 없이 권태롭기만 했다. 그는 가까이 몰린 두 눈 위로 납작한 영국식 모자를 깊이 눌러쓴 채, 카를로스가 무엇 때문에 그렇게 웃는지 한 번 보려고도 하지 않고 구부정히 앉아만 있었다. 안드레예프와 나는 카를로스에게 손을 흔들었다. 그러자 카를로스는 연신 웃음을 터뜨리면서 이쪽으로 건너왔다. 이제는 돼지가 아니라 농장 감독 때문에 웃고 있는 것 같았다. 농장 감독은 호화스러운 차로 바지를 마흔 벌이나 가지고 있었지만, 그 무엇도 영화에 어울리지 않아서 결국엔 거금을 들여 맞춤옷을 지었다. 그런데 막상 입어 보니 새 바지는 그에게 너무 꽉 끼는 것이었다. 그는 하는 수 없이 바지가 늘어나기만을 바라며 매일같이 입고 다녔다. 그에게는 더할 나위 없이 비참한 일이었다. 인생의 낙이라고는 오로지 바지를 갈아입는 것밖에 없는 사람이었으니까. "그가 살면서 할 수 있는 일은 그게 전부거든요." 안드레예프가 말했다. "값비싼 바지들을 종류별로 매일 바꿔 입고, 저 벤치에 앉아서 무슨 일인가가, 무슨 일이라도 일어나기를 기다리는 것뿐이죠."

나는 지난 몇 주 사이에, 아니면 최소한 며칠 동안이라도 여러 가지 사건들이 일어나지 않았느냐고 말했다.

"오, 전혀요." 카를로스가 말했다. "요 며칠이야 금세 지나가 버리는 일뿐이었는걸요. 지난번에 있었던 농지 개혁파의 기습 공격 같은 거야말로 진짜 짜릿한 사건이죠…… 그때는 탑마다 기관총도 설치하고, 현장에 있던 모든 남자가 소총이며 권총으로 무장하고 실컷 즐겼어요. 침입자들을 물리치고 나서는 남은 탄환들도 허공에다 모조리 쏴서 자축했죠. 그러고는 다음 날이 되자마자 그들은 따분해하더군요. 쇼가 처음부터 다시 시작되기를 바라면서요. 축제가 끝났다는 걸 그들에게 납득시키느라 얼마나 힘들었는지 모릅니다."

"여기 사람들이 농지 개혁파를 굉장히 미워하나 보죠?" 내가 물었다.

"아뇨, 흥분을 굉장히 좋아하는 것뿐이에요."

양조장에 들어간 우리는 군데군데 용설란 액즙이 괴어 있는 진흙 바닥을 조심스럽게 걸어갔다. 털이 북슬북슬한 황소 가죽 발효 통들이 나무틀 사이에 걸쳐져 축 늘어져 있고, 거기서 술이 새어 나와 악취를 풍기고 있었다. 우리는 한가하게 멈춰 서서 술 속에 빠져 죽어가는 파리들을 묵묵히 바라보았다. 푸르게 칠해진 벽감 안에 새침하게 자리 잡고 선 성모상은 파리 몸뚱이 같은 갈색을 띤 종이꽃들에 둘러싸여 있었고, 그녀의 발치에는 한 번도 꺼진 적 없는 불빛이 밝혀져 있었다. 벽을 온통 뒤덮은 빛바랜 벽화들은 풀케에 얽힌 전설을 묘사하고 있었다. 한 인디오 소녀가 이 성스러운 술을 발견하고 황제에게 바쳤으며, 황제에게서 두둑한 포상을 받은 그녀는 죽은 뒤에 반신반인이 되었다는 이야기. 오래된 전설이다. 어쩌면 세상에서 가장 오래된 전설인지도 모른다. 여자들과 식물들의 생식력을 공경하면서 한편으로는 두려워하는 남자들의 심리와 모종의 연관이 있으리라……

베탕쿠르가 문간에 서서 과감히 공기 냄새를 맡아 보더니, 사뭇 전문가 같은 눈길로 벽을 훑어보았다. "이건 정말로 좋은 표본이로군요." 그는 벽화를 향해 미소 지으며 말했다. "그야말로 완벽한 표본이에요…… 당연하지만, 오래된 벽화일수록 더 좋지요. 스페인 사람들이 점령기 이전에 세워진 풀케 술집들에서 벽화를 발견했다는 이야기는 틀림없는 사실입니다. 벽화들을 통해 이 전설이 쭉 전해져 내려오는 거죠…… 그러니까 이건 계속되는 겁니다. 끝나는 건 아무것도 없어요." 그가 길고 아름다운 손을 휘저었다. "계속해서 존재하면서, 조금씩 조금씩 다른 무언가로 변해 갈 뿐이죠."

"그게 끝인 셈이지, 뭐." 카를로스가 말했다.

"오, 그래. 넌 그렇게 보겠지." 베탕쿠르는 서서히 다른 무언가가 되어 가고 있는 옛 친구에게 지극히 관대한 웃음을 지어 보였다.

10시 정각에 돈 헤나로가 다시 한 번 마을 판사를 만나러 나섰다. 나와 도냐 훌리아, 안드레예프, 스테파노프, 카를로스는 구름 사이로 간간이 햇살이 비치는 옥상 위를 거닐면서, 저 아래 광활하게 펼쳐진 밭과 산의 무늬들을 내다보았다. 스테파노프가 작은 카메라를 가져와서 우리와 개들의 모습을 스냅사진으로 찍어 주었다. 그 전에도 우리는 이미 여러 곳에서 사진을 찍은 참이었다. 계단 위에서 새끼 당나귀

한 마리와 인디오 아기들과 함께, 돈 헤나로의 조부가 산다는 위층의 기다란 남향 테라스에 있는 분수에서, 뚱뚱하고도 신앙심 깊은 사제 역을 맡은 카를로스와 함께 닫혀 있는 예배당 문 앞에서, 오래된 수도 원의 석재 욕조 잔해 뒤편에 있는 뒤뜰에서, 그리고 풀케 술집에서도.

사진 찍는 데에 싫증이 난 우리는 옥상에 한 줄로 기대서서 돈 헤나 로가 출발하는 것을 지켜보았다. 그가 나지막한 계단을 뛰어 내려가 자 인디오 소년 여섯 명이 뒤로 물러나 길을 터 주었고, 그가 아라비 아산 암말의 안장 위에 올라타자 그의 종복이 재깍 말굴레를 풀어 준 뒤 자기 말 쪽으로 뛰어갔다. 20피트 뒤에서 말발굽을 울리며 달려오 는 종복을 이끌고, 돈 헤나로는 전속력으로 말을 몰고서 목축장 밖으 로 빠져나갔다. 그 길목에 있던 개, 돼지, 당나귀, 여자, 아기, 소년, 닭 들이 뿔뿔이 흩어졌다. 으리으리한 대문 옆에 있던 조그마한 병사들 이 돈 헤나로를 보고서 부리나케 문을 열어젖히자, 두 사람은 움푹 내 려간 비탈길 너머로 전력 질주 해 순식간에 사라져 버렸다……

"판사는 돈을 받지 않고선 절대로 후스티노를 풀어 주지 않을 거예 요. 뻔하지요. 모두가 아는 사실이에요. 헤나로도 잘 알고요. 그런데 도 그이는 부득부득 가서 싸워 보겠다는 거예요." 도냐 훌리아가 특유 의 단조롭고 부드러운 목소리로, 헐뜯는 기색 없이 말했다.

"오, 어쩌면 돈 헤나로가 이길 수도 있죠." 카를로스가 받아쳤다. "벨라르데가 한마디 언질만 줘 봐요. 후스티노는 당장 감옥에서 튀어 나올걸요! 그냥 이렇게요." 그는 엄지와 검지로 콩알을 튕기는 시늉 을 했다.

"그렇기야 하죠. 하지만 그러려면 헤나로가 벨라르데에게 돈을 또 얼마나 줘야겠어요!" 도냐 훌리아가 말했다. "참 성가시네요. 한창 촬영이 잘되어 가고 있었는데." 그녀가 스테파노프를 돌아보았다.

"잠깐만 그대로 있으세요." 스테파노프가 카메라를 들어 올리고 레버를 눌렀다. 그러고는 몸을 돌리더니 아래층 마당에 서 있는 한 사람을 카메라 렌즈에 담았다. 렌즈에 비친 그 사람의 모습은 과장된 원근감으로 왜곡되어 있었고, 지저분한 황회색 벽 앞에서 지저분한 회백색 형체로 도드라져 보였다. 빈센테였다. 빈센테는 모자를 눈 밑으로 끌어 내리고 팔짱을 낀 채, 그 자리에 가만히 서서 미동도 하지 않았다. 얼마간 그렇게 서서 어딘가를 쳐다보고 있더니, 마침내 무슨 결심이라도 한 듯 불쑥 몸을 움직여 걸어갔다. 그는 대문 쪽으로 다가가다가 다시 멈춰 서서 아치문을 액자처럼 등진 채 어딘가를 쳐다보았다. 그러자 스테파노프가 또 사진을 찍었다.

나는 내 옆에서 약간 떨어져서 걷던 안드레예프에게 물었다. "저분은 어째서 친구인 후스티노가 도망치게 놔두지 않은 걸까요? 적어도 도망칠 기회는 줄 수 있었을 텐데…… 왜 굳이 추적한 거죠?"

"복수죠." 안드레예프가 말했다. "친구한테 그런 식으로 배신당했다고 생각해 봐요. 그것도 여자 문제로, 그냥 여자도 아니고 누이를! 엄청나게 화가 났겠지요. 하지만 그때 당시에는 자신이 뭘 하는지도 몰랐을 겁니다…… 이제 와서는 후회하는 게 아닐까 싶어요."

두 시간 뒤 돈 헤나로와 그의 종복이 돌아왔다. 그들은 적당한 속도로 말을 몰며 아시엔다로 접근하다가, 우리 시야에 확실히 보일 만큼 가까워지자 말에 채찍질을 해서 속력을 높였고, 마침내는 아까 출발할 때와 같은 광경을 연출하며 목축장으로 달려 들어왔다. 갑자기 잠에서 깬 하인들은 이리저리 뛰어다니거나 계단을 오르락내리락하거나 주변을 빙빙 돌았고, 동물들은 또다시 피신할 데를 찾아 뿔뿔이 흩어졌다. 인디오 소년 세 명이 돈 헤나로의 암말에 굴레를 씌우려고 달려갔지만 빈센테가 그들보다 빨랐다. 빈센테는 굴레에서 벗어나려고 날뛰며 몸부림치는 말에 휘둘려 껑충껑충 춤을 추면서도 줄곧 돈 헤나로에게만 시선을 고정했다. 한편 곡예사처럼 사뿐히 바닥에 내려선 돈 헤나로는 지극히 무표정한 얼굴로 성큼성큼 걸음을 옮겼다.

그는 아무 성과도 없었다고 했다. 후스티노를 데려가려면 2,000페소를 내놓으라는 판사의 요구는 그대로였다. 빈센테도 예상했던 대답이었으리라. 빈센테는 그날 오후 내내 벽에 기대앉아, 무릎을 턱 아래 당겨 모으고, 모자를 깊이 눌러쓰고, 너덜너덜한 샌들을 신은 양쪽 발을 비스듬히 늘어뜨린 채 시간을 보냈다. 돈 헤나로가 가져온 나쁜 소식은 불과 반 시간 만에 용설란밭 전체에 퍼졌다. 식탁에서 돈 헤나로는 자기 생사가 걸린 문제로 마지막 기차를 잡아타야 하는 사람처럼 급하게 허겁지겁 말없이 먹고 마셨다. "도저히 못 해 먹겠습니다." 그가 접시 옆을 탕 내리치면서 내뱉었다. "그 얼간이 판사가 나한테 뭐랬는지 아십니까? 고작 농노 한 명 가지고 왜 그리 걱정하느냐더군요. 그래서 내가 뭘 걱정하고 말고는 댁이 상관할 바 아니라고 대꾸했더니 그자가 하는 말이, 우리 아시엔다에서 총 쏘는 영화를 찍고 있다고 들었다면서, 총살 예정인 죄수들이야 감옥에 한 무더기 있으니 필요하다면 기꺼이 보내 주겠다지 뭡니까. 진짜 사람을 죽여도 되는 상황에서 왜 굳이 죽이는 척만 하려는 건지 이해가 안 된다면서요. 그는 후스티노도 총살감이라고 생각해요. 어디 한번 해보라지요! 아무리 그래도 2,000페소는 절대로 못 주니까!"

해 질 녘이 되어 용설란밭에서 일하던 남자들이 당나귀를 타고 몰려왔다. 양조장의 일꾼들은 발효가 다 된 풀케를 나무통에 옮겨 담고,

악취가 풍기는 황소 가죽 발효 통에 신선한 용설란즙을 부었다. 노랫소리, 숫자를 헤아리는 소리, 나무통이 데굴데굴 굴러가는 소리가 다시금 시작되어 밤이 깊도록 이어졌다. 풀케의 흰 물결은 끊임없이 흘렀다. 멕시코 전역의 인디오들이 시체처럼 희멀건 그 술을 마시면서 망각을 삼켰고 강물처럼 편안해졌으며, 돈의 은백색 강줄기는 정부의 금고로 쏟아져 들어갔다. 돈 헤나로를 비롯한 아시엔다 농장주들은 조바심치며 욕을 뇌까렸고, 농지 개혁파는 아시엔다로 쳐들어왔으며, 수도의 야심 찬 정치가들은 자기도 그런 아시엔다를 사들이려고 여기저기서 돈을 훔쳤다. 모든 게 정해진 대로였다.

우리는 당구실에서 저녁을 보냈다. 볼크 박사가 도착해서 한 시간 동안 우스펜스키를 진료해 주었는데, 목에 염증이 났고 편도선염 증세가 약간 있을 뿐이니 그가 곁에 머물면서 치료해 주겠다고 했다. 짬이 난 사이에 볼크 박사는 스테파노프와 돈 헤나로와 같이 당구를 한 판 쳤다. 그는 훌륭하고 양심적이고 성실한 의사였고, 러시아인이기도 했다. 그는 모처럼 동향 사람들을 만나게 된 데다, 병세가 대단치 않았던 것으로 판명된 환자를 돌보면서 소소한 휴가를 즐길 수 있게 되었고, 자신이 무척 좋아하는 당구를 칠 기회까지 생겨서 기뻐하는 기색이 역력했다. 자기 차례가 되자 그는 웃으면서 당구대 가장자리에 올라앉더니, 녹색 천 위에 몸을 반쯤 기울이고 한쪽 눈을 감고서 당구봉의 균형을 잡다가, 조준선을 잡다가, 다시 균형을 잡았다. 그러고는 여전히 웃으면서 당구대에서 내려와 다른 각도로 옮겨 가더니, 다시금 당구봉을 겨누어 보고는 몸을 거의 반듯하게 엎드렸다. 그렇게 조준을 하고서야 마침내 공을 쳤지만, 공은 빗나가고 말았다. 그래도 그는 계속 웃었다. 다음은 스테파노프의 차례였다. "저는 도무지 이해가 안 가는군요." 볼크 박사는 머리를 흔들며 스테파노프를 바라보았다. 그를 얼마나 존경스러운 눈길로 열렬히 바라보는지, 그 눈에 눈물이 맺힐 정도였다.

안드레예프는 나지막한 스툴에 앉아서 기타를 치며 러시아 노래를 끊임없이 흥얼거렸다. 검은 파자마 차림의 도냐 훌리아는 그 옆의 긴 의자에 앉아서 페키니즈를 목에 스카프처럼 감고 있었다. 강아지는 쿵쿵거리고 끙끙대다가 기분이 좋은 듯 몽롱히 눈을 뒤집었다. 그런데 그 주위에 큰 개들이 다가와, 짜증스러운 표정으로 이마를 찡그린 채 페키니즈의 냄새를 맡아 댔다. 페키니즈는 낑낑대면서 그 개들을 향해 이빨을 딱딱 부딪쳤다. "쟤들은 요 녀석이 진짜 개라는 게 안 믿기나 봐요." 도냐 훌리아가 즐거워하며 말했다. 카를로스와 베탕쿠르는 악보와 의상 디자인 자료가 흩어져 있는 작은 테이블 앞에 마주 앉아서 대화를 나누고 있었다. 둘 다 이미 진력이 나 버린 화제를 가지고 옥신각신하는 분위기였다.

나는 베탕쿠르의 조수쯤 되는 청년에게서 새로운 카드놀이를 배우고 있었다. 짙은 피부에 허리가 가느다란 그는 매우 미끈한 용모를 지녔고, 프레스코화에 열성을 쏟고 있었다. "제 기법은 디에고 리베라처럼 현대적이지만, 화풍은 그렇게 구식이 아니에요. 지금 쿠에르나바카의 집 하나를 작업하는 중인데, 언제 한번 와서 보세요. 그럼 제 말이 무슨 뜻인지 아실 겁니다. 아, 여기서 단검을 내지 마셨어야 했는데." 그가 내 패를 보고 설명했다. "그럼 저는 이렇게 왕관을 낼 거고, 자, 당신은 진 거예요." 그는 카드들을 한데 모아 섞으면서 화제를 돌렸다. "후스티노 말인데요, 감독님은 심각한 장면을 찍을 때마다 그 친구 때문에 번번이 애를 먹었어요. 후스티노는 모든 게 장난이라고 생각하거든요. 누가 죽는 장면에서도 싱글벙글 웃는 통에 촬영을 망치기 일쑤였죠. 그래서 '웃지 마, 후스티노. 사람이 죽는 건 웃긴 일이 아니야'라고 나무라곤 했다는데, 이제 그가 돌아오면 더 이상 그렇게 나무랄 일은 없겠다고들 하더군요."

도냐 훌리아가 페키니즈를 무릎 위에 내려놓고 뒹굴뒹굴 굴렸다. "어차피 돌아오는 즉시 다 잊어버릴걸요…… 자기 누나도, 그 모든 일을 전부요." 그녀는 부드럽고도 공허한 눈으로 나를 바라보며 상냥하게 말했다. "그들은 짐승이니까요. 세상 그 무엇에도 의미를 두지 않아요. 그리고 후스티노가 영영 못 돌아올 가능성도 크고요."

가벼운 최면에 빠진 듯이 실내 전체에 정적이 깔렸다. 피차 아무 할 말 없는 사람들이 우연찮게 모여서 한 공간에 갇혀 버린 순간이었다. 그들 모두에게 닥친 곤경을 막아 내려면 무슨 사건이 일어나야 하는데, 그 순간에는 아무 일도 일어나지 않았다. 공기 중에 감도는 긴장감이 터질 듯 팽창했다. 바로 그때 케널리가 성당에 들어오듯 살금살금 걸어 들어왔다. 그러자 모두가 이곳에 구조대가 단체로 출동해 주기라도 했다는 듯 일제히 그를 돌아보았다. 케널리는 큰 목소리로 나쁜 소식을 전했다. "저는 오늘 밤 멕시코시티로 돌아가야겠어요. 우리 영화 관련으로 오만 가지 말썽이 일어나서 말이죠. 내가 직접 가서 검열 위원회하고 담판을 지어야겠습니다. 방금 그쪽과 전화 통화를 했는데, 필름 한 릴을 통째로 삭제하자는 말이 나오는 모양이에요…… 그거 있잖아요, 축제에서 거지들이 나오는 장면 말이에요."

돈 헤나로가 당구대를 내려놓으며 말했다. "저도 오늘 밤에 갈 겁니다. 같이 가면 되겠군요."

"오늘 밤요?" 도냐 훌리아가 눈을 내리깐 채 그를 향해 고개를 돌렸다. "무슨 일로요?"

"롤리타." 그가 퉁명스럽게 내뱉었다. "도로 데려와야 할 거 아니오. 서너 장면을 다시 찍어야 한다는데."

"아, 그거 잘됐네요!" 도냐 훌리아가 작은 강아지의 털에 얼굴을 파묻었다. "아, 정말 잘됐어요! 롤리타가 돌아온다고요! 얼른 가세요. 빨리 왔으면 좋겠네요!"

스테파노프는 초조한 기색을 숨기려고도 하지 않고 어깨 너머로 케널리를 돌아보며 말했다. "검열 걱정은 안 해도 돼. 그 사람들 마음대로 하라고 해."

케널리가 턱을 실룩거리며 떨리는 목소리로 대꾸했다. "맙소사! 나는 걱정을 해야 돼! 그리고 여기서 누군가 한 명쯤은 앞날에 대해 생각해야 하고!"

10분 뒤, 돈 헤나로의 고성능 자동차가 굉음을 지르며 수도로 이어지는 어둡고 험한 길을 달려 나갔다.

아침이 되자 사람들이 하나둘 열차나 자동차를 타고 시내로 나갔다. "당신은 여기 있어요." 모두가 돌아가면서 내게 한마디씩 권했다. "내일이면 우리는 돌아올 테니까요. 그때쯤이면 우스펜스키도 몸이 나아질 테니 촬영이 다시 시작될 겁니다." 도냐 훌리아는 침대에 머물러 있었다. 내가 오후에 작별 인사를 하러 찾아가자, 그녀는 어깨에 페키니즈를 올리고 웅크려 앉은 채 졸음에 겨운 목소리로 나긋나긋 말했다. "내일이면 롤리타가 돌아올 텐데요. 그러면 굉장히 재미있을 거예요. 멋진 장면들도 많이 찍을 거고요." 하지만 나는 이런 살벌한 분위기에서 내일까지 기다릴 수 없었다. "열흘 뒤쯤 다시 오세요." 나를 데려다주던 인디오 운전수는 이렇게 말했다. "그때쯤이면 여긴 완전히 달라 보일 겁니다. 지금은 굉장히 슬픈 곳이지요. 하지만 풋옥수수가 나올 때가 되면, 아, 먹을 게 다시 많아질 거예요!"

창백한 말, 창백한 기수

Pale Horse, Pale Rider
Three Short Novels

오랜 죽음의 운명
Old Mortality

1부: 1885~1902년

그녀는 활달한 인상의 젊은 여자였다. 짧게 자른 검은 곱슬머리는 한쪽으로 가르마를 탔고, 작은 달걀형 얼굴에 눈썹이 곧게 뻗어 있었으며, 입술은 크고 둥그스름했다. 꼭 끼게 단추를 채워 입은 검은색 재킷의 목 부분 위로 동그란 흰색 옷깃이 솟아올랐고, 버슬* 위에서부터 주름져 내려오는 치맛자락 위에 느긋하게 얹어 놓은, 보조개처럼 옴폭 들어간 자국들이 있는 두 손은 동그란 흰색 소맷동 때문에 더욱 도드라져 보였다. 그녀는 그런 모습으로 앉아 있었다. 귀퉁이에 은

* 스커트의 뒷자락을 풍성하게 부풀려 보이기 위해 허리에 대는 틀.

색 오크나무 잎새가 새겨진 거무스름한 호두나무 액자 안에서, 사진에 찍힌 그 자세 그대로 영원히 정지된 채, 미소 띤 회색 눈동자만으로 방 안을 움직이는 사람을 이리저리 쫓아다녔다. 부주의하고도 무신경한 미소였다. 그녀의 조카들인 마리아와 미란다는 그 미소가 약간 거북하게 느껴졌다. 하지만 사진을 보는 어른들은 하나같이 "참 곱기도 하지"라고 감탄했고, 그녀를 알고 지냈던 사람들은 하나같이 그녀가 아름답고 매력적이었다고 생각했다. 도대체 왜들 그러는 건지, 마리아와 미란다 자매는 자주 의아해했다.

사진의 배경에는 병에 꽂힌 꽃들이며 느슨히 드리워진 벨벳 커튼 등, 나름대로 발랄한 장식들이 흐릿하게 나와 있었다. 꽃병도, 커튼도 요즘에는 아무도 쓰지 않을 종류의 물건이었다. 그녀의 옷차림은 유행에서 엄청나게 뒤처진 걸로만 보일 뿐 낭만적인 분위기조차 풍기지 않았다. 어린 자매의 머릿속에서 그 사진은 전체적으로 죽은 것들을 연상시켰다. 할머니의 약용 담배 냄새, 할머니의 가구에서 풍기던 밀랍 냄새, 할머니가 쓰던 '오렌지꽃'이라는 이름의 구식 향수 같은 것들. 사진에 찍힌 여자는 에이미 고모였지만, 지금 액자 속에 든 그녀는 그저 유령일 뿐이었고, 옛 시절로부터 전해 내려오는 슬프고 어여쁜 이야기 한 토막에 지나지 않았다. 그녀는 아름다웠고, 많은 사랑을 받았으며, 불행하게 살다가 요절했다고 했다.

마리아와 미란다는 각각 열두 살, 여덟 살로서 자신들이 어리다는 걸 알았지만, 그럼에도 오래 살았다는 느낌을 받았다. 자신들의 생애뿐만 아니라 태어나기 훨씬 이전, 주변 어른들이 살아온 세월까지 기억이 거슬러 올라가는 것 같았다. 그 어른들은 대부분 사십 대 이상이었는데, 자기들도 한때는 어렸던 시절이 있었노라고 누차 주장했다.

믿기 어려운 이야기였다.

자매의 아버지는 에이미 고모의 오빠였고, 이름은 해리였다. 아버지는 고모들 중에서도 에이미 고모를 가장 좋아했다고 했다. 가끔 사진을 흘끔 보고는 이런 말을 하기도 했다. "저 사진은 영 별로야. 에이미는 뭐니 뭐니 해도 머리카락과 웃는 표정이 가장 예뻤는데, 저 사진에서는 두 가지 다 전혀 드러나질 않잖아. 그리고 몸매도 저보다는 훨씬 날씬했어. 우리 집안에 뚱뚱한 여자는 한 명도 없었지, 천만다행히도."

아버지가 이런 식으로 이야기할 때면 마리아와 미란다는 대체 무슨 뜻인가 싶어서 어리둥절해졌다. 비판하려는 의도가 아니라 순전히 궁금해서였다. 분명 할머니는 성냥개비처럼 빼빼 말랐고, 오래전에 죽은 어머니 역시 사진으로 보면 양초 심지나 다름없이 여윈 체격이었다. 미란다와 똑같은 할머니의 손녀들인데도 놀라울 만큼 근사한 사촌 언니들 역시, 방학을 맞아 집에 방문할 때면 어김없이 18인치의 가느다란 허리를 뽐냈다. 하지만 아버지는 일라이자 이모할머니에 대해서 어떻게 설명할 것인가? 이모할머니는 문을 드나들 때마다 몸을 억지로 끼워 넣다시피 해야 하고, 앉아 있을 때는 땅바닥부터 턱 밑까지가 완벽한 피라미드 모양으로 보이는 체형이었다. 게다가 켄터키에 사는 케지아 이모할머니는 또 어떤가? 그녀의 체중이 220파운드를 넘어가면서부터, 존 제이컵 할아버지는 자신의 준마들을 아내가 못 타도록 금지했다. "아니, 그랬다고 해서 내 마음속에서 기사도 정신이 사라졌다는 뜻은 아니야." 존 제이컵 할아버지는 언젠가 이렇게 해명했다. "하지만 나는 상식도 있고, 말 못 하는 충직한 친구들에 대한 자비심도 당연히 갖고 있는 사람이라고. 그리고 그중에서 가장 큰 건 자비심이라네.*" 누군가는 그에게 정녕 자비심이 있다면 케지아 이모할머니의 몸매를 두고 그런 말을 해서 여자로서의 허영심에 상처를 줘서는 안 되지 않느냐고 물었다. "여자로서의 허영심이야 언젠간 회복되겠지." 존 제이컵 할아버지는 냉담하게 대답했다. "하지만 내 딸들의 등은 사정이 다르잖은가? 게다가 케지아가 여자로서의 허영심을 제대로 갖고 있었다면 애초에 그런 몸매가 되지도 않았을 걸세." 그랬다, 케지아 이모할머니는 몸무게가 많이 나가기로 유명했다. 그분도 아버지 집안의 일원이 아니던가? 그런데 아버지는 젊었을 적부터 알던 여자 친지들을 떠올릴 때면 기억력에 무슨 이상이 생기기라도 하는 건지, 집안 여자들이 대대로 한 명도 빠짐없이 갈대처럼 호리호리하고 요정처럼 우아했다고 한결같이 우겼다.

반증이 있는데도 불구하고 아버지가 자신의 이상을 이처럼 철석같이 고집하는 것은, 가족 간의 유대감 때문이기도 했지만, 무엇보다도 아버지 역시 여느 식구들과 마찬가지로 설화에 사족을 못 쓰기 때문이었다. 친가 사람들은 이야기 지어내기를 무척 좋아했다. 낭만적이고 시적인 이야기든, 낭만적인 익살이 담겨 있는 우스꽝스러운 이야기든. 겉으로 드러난 사건들을 미화하는 게 아니라 그저 기분이 내키는 대로 하는 이야기였다. 그들의 마음과 상상력은 온통 과거에, 세속적인 문제들을 거의 고려할 필요가 없었던 옛 시절에 사로잡혀 있었다. 그러니 그들이 하는 이야기란 눈부시고 텅 빈 창공을 배경으로 펼쳐지는 사랑 이야기가 대부분이었다.

마리아와 미란다 자매는 어른들의 생생한 이야기를 듣고 머릿속에

---

* 『고린토인들에게 보낸 둘째 편지』13장 13절 '믿음, 소망, 사랑, 이 세 가지는 항상 있을 것인데 그중의 제일은 사랑이라'를 모방한 표현.

서 그만큼 생생한 상상을 펼쳤지만, 막상 그들이 실제로 본 사진들이나, 서투른 화가가 실물보다 멋지게 표현하려고 애써서 그린 초상화들이나, 말린 약초와 장뇌* 들 속에 파묻혀 보관된 축제 복장들은 자매의 상상에 미치지 못해 실망스럽기만 했다. 할머니는 한 해에 두 번씩, 계절의 변화에 따라 본능적인 충동에 이끌려, 하루 날을 잡고서 거의 온종일 창고에 들어앉아 낡은 여행 가방이며 상자 속에 겹겹이 쌓인 옷가지며 자질구레한 유품을 들춰 보곤 했다. 할머니는 시트를 깔아 놓은 바닥 위에 그것들을 늘어놓고, 거의 항상 똑같은 물건들을 들여다보며 울었다. 벨벳 케이스에 끼워진 사진들을 바라보고, 머리 타래와 말린 꽃들을 풀어 보며, 삶에 남은 낙이라고는 우는 것밖에 없는 사람처럼 손쉽게, 조용히 눈물을 쏟아 냈다.

이 시간 동안 마리아와 미란다는 할머니 곁에 앉아 있거나 잠시 머물다 갈 수 있었다. 단, 아주 조용히 굴고 할머니가 주는 물건 외에는 아무것도 건드리지 않는 한에서만. 할머니의 슬픔은 오로지 할머니만의 것이므로 본 척도, 알은척도 해서는 안 된다는 암묵적인 규칙이 있었다. 자매는 물건들을 하나씩 하나씩 유심히 살펴보았다. 하지만 그중에서 그 자체로 인상적인 것은 하나도 없었다. 구질구질하고 조그만 화환들, 진줏빛 도는 조개껍데기 따위의 재료로 만들어진 목걸이들, 좀이 슨 분홍색 타조 깃털 머리 장식 뭉치들, 커다랗고 촌스러운 브로치들, 색색의 에나멜과 금으로 된 팔찌들 그리고 조그마한 진주알들과 프랑스제 모조 보석이 둘러진 테에 기다란 빗살들이 박힌, 궁상스러워 보이는 머리빗. 미란다는 이유도 모른 채 울적해졌다. 이

* 녹나무에서 얻은 장뇌유를 냉각한 결정체로, 좀약 및 방충제로 쓰인다.

빛바랜 물건들이, 누리끼리해진 긴 장갑이며 뒤틀어진 새틴 실내화며 주름졌던 부분이 갈라져 버린 폭 넓은 리본 따위가, 지금은 사라져 버린 그 여자들이 썼던 장신구의 전부일 거라고 생각하면 너무나 애석한 마음이 들었다. 게다가 그 여자들은 지금 어디 있단 말인가? 괴상하게 생긴 깃을 목에 두른 남자들은? 남자들은 여자들보다도 더욱 비현실적으로 보였다. 단추가 높이 달린 코트를 입고, 부풀어 오른 넥타이를 매고, 콧수염에 왁스를 바르고, 빽빽하고 구불거리는 머리카락을 이마 위로 세심하게 빗어 넘긴 모습들이라니. 그런 용모를 한 사람을 누가 진지하게 봐 줄 수 있겠는가?

정말이지, 마리아와 미란다는 카메라 앞에 다소 뻣뻣하게 앉아 있는 그 케케묵은 복장의 젊은이들에게는 아무런 공감도 느낄 수 없었다. 그러나 생전의 그들을 기억하고 아끼는 사람들의 불가사의한 사랑이 그 망자들을 끌어내고 지탱했다. 눈에 보이는 유품들은 아무것도 아니었다. 그건 육체처럼 썩어 없어지는 먼지에 지나지 않았고, 종이나 금속 위에 찍힌 얼굴들 역시 아무 의미 없었다. 어린 자매를 매혹시키는 것은 오로지 그들에 대한 회고담 속에 살아 숨 쉬는 추억이었다. 자매는 열성을 다해 귀를 기울여 이야기를 들으며, 이리저리 흩날리는 이야기 끝자락들 사이에 흩어진 기억의 파편들을 최대한 주워다 엮었다. 그 파편들은 마치 시나 음악의 조각 같았고, 실제로 그들이 들어 봤거나 읽어 본 시, 음악, 연극과 연관되기도 했다.

"에이미 고모가 결혼하고 나서 어떻게 떠나갔는지 또 이야기해 주세요." "고모는 차가운 어스름 속으로 뛰어나가서 마차에 올라타더니, 뒤를 돌아보고 죽음처럼 창백한 얼굴로 미소 지으며 외쳤어. '안녕, 안녕히.' 그리고 망토를 건네주는 손길을 거부하고는 '와인을 한

잔 줘요'라고 했지. 그 뒤로 고모가 살아 있는 모습을 본 사람은 아무도 없단다." "코라 당고모님, 에이미 고모가 왜 망토를 안 입었나요?" "얘야, 그건 고모가 그 남자를 사랑하지 않았기 때문이란다." 폐허 속에서 나는 깨닫게 되네, 시간이 마침내 내 사랑을 빼앗아 갈 것임을.* "고모가 정말로 예뻤나요, 빌 백부님?" "아무렴, 천사 같았지." 천사들은 으레 금발에 푸른빛의 긴 주름치마를 입고 성모마리아의 보좌 주위를 돌며 춤을 추었다. 그들은 에이미 고모하고는 조금도 닮은 데가 없었고, 마리아와 미란다 자매가 어른들로부터 배워서 동경하게 된 미인의 유형과도 거리가 멀었다. 미인이라면 엄격한 기준 몇 가지를 통과해야 하는 법이었다. 우선 키가 커야 하고, 눈동자 색깔은 어떻든 상관없지만 머리색은 어두울수록 좋고, 피부는 하얗고 부드러워야 한다. 가뿐하고 날렵한 몸놀림 또한 중요하다. 그리고 춤도 잘 춰야 하고, 승마 실력이 출중해야 하며, 태도는 사근사근하고 쾌활하면서도 차분하고 언제나 품위가 있어야만 미인이라 할 수 있었다. 치아와 손이 고와야 하는 것은 말할 것도 없었다. 그리고 그 무엇보다도, 불가사의한 매혹의 왕관 같은 것을 쓰고 있어서 사람의 마음을 끌고 사로잡아야 한다. 이런 요소들을 생각하면 자매는 무척 흥분되면서도 동시에 맥이 빠졌다.

미란다는 조그맣고 마른 체구에, 작은 들창코가 주근깨로 덮여 있고, 눈동자는 얼룩덜룩한 회색인 데다, 툭하면 떼를 쓰는 아이였지만, 자기가 나중에 자라면 무슨 기적이라도 일어나서 사촌 언니 이저벨처럼 크림색 피부의 훤칠한 흑발 미녀가 될 거라고 철석같이 믿었다.

* 셰익스피어의 소네트 64번의 한 구절.

그래서 늘 바닥에 질질 끌리는 하얀 새틴 드레스를 입기로 결심했다.
반면 그녀보다 더 합리적인 성격을 타고난 마리아는 그런 환상을 품
지 않았다. "우리는 외가 쪽을 닮았잖아." 마리아가 말했다. "다 틀렸
어, 우리는. 영영 미인은 못 될 거고, 평생 주근깨를 달고 살게 돼 있
어. 게다가 너는……" 마리아가 미란다를 향해 덧붙였다. "심지어 성
격도 안 좋잖아."

  미란다는 언니의 지적이 불친절하기는 해도 타당하며 사실이라는
것을 인정했지만, 그래도 내심으로는 자신이 어느 날 갑자기 미인이
될 거라고 믿었다. 아무런 노력 없이 하루아침에 유산을 물려받아 부
자가 된 사람처럼. 언젠가는 에이미 고모 같은 여자로, 사진에 찍힌
모습대로의 그녀가 아니라 그녀를 본 사람들의 기억에 남아 있는 그
런 여자로 변신하게 되리라고, 미란다는 꽤 오랫동안 믿고 있었다.

  사촌 언니 이저벨이 딱 달라붙는 검은색 승마복 차림으로 젊은 남
자들에게 둘러싸인 채 걸어 나와서 우아하게 말에 올라탈 때, 그리고
말이 그녀의 조종에 따라 한자리에서 이리저리 능숙하게 뛰어 보는
동안 다른 남자들도 각자 안장에 뛰어올라 그녀와 같이 침착한 태도
로 말들을 움직일 때면, 미란다는 동경과 부러움과 대리 만족에서 나
오는 자부심에 북받쳐 가슴이 아플 정도로 꽉 메어 왔다. 하지만 그
럴 때마다 누군가 손윗사람이 그녀의 감정에 찬물을 끼얹는 말을 한
마디씩 던지곤 했다. "쟤는 거의 에이미만큼 말을 잘 타네, 안 그래?
하지만 에이미의 승마술은 순수한 스페인식이었지. 에이미가 고삐를
잡기만 하면 말이 생전 배워 본 적도 없는 기법으로 뛸 수도 있었어."
고모와 이름이 같은 사촌 언니 에이미가 무도회에 갈 때면, 주름 장식
이 된 하얀 호박단 드레스 차림으로 복도를 휙 지나가는 모습이 마치

등불 빛 속의 나방처럼 아른아른 빛났고, 뒤로 꼿꼿하게 세운 양쪽 팔꿈치는 한 쌍의 날개 같았고, 자기 세대에서 유행하는 걸음걸이대로 미끄러지듯 나아가는 발놀림은 롤러스케이트를 탄 듯 보였다. 에이미는 어느 무도회에서든 최고의 춤 솜씨를 뽐냈다. 마리아는 에이미가 떠난 자리에 남은 향수 냄새를 맡으면서 손을 맞비비고는 "오, 빨리 어른이 되고 싶어서 못 참겠어"라고 말하곤 했다. 하지만 어른들은 에이미 고모의 왈츠가 더 가뿐하고 매끄럽고 섬세했다며, 어린 에이미는 절대로 그녀를 못 따라갈 거라고 입을 모았다. 그런가 하면 몰리 패링턴 당고모는 에이미 고모보다 이전 세대에 속하는, 청춘이 지난 지 한참 된 숙녀였는데, 빼어난 매력으로 인기를 한 몸에 샀다. 그녀와 평생 알고 지낸 남자들이 아직까지도 주위에 들끓고 있었으니, 몰리는 두 번째 남편 상을 당해서 과부가 되었는데도 상심한 기색이 없었고 곧 세 번째 결혼을 하게 될 게 틀림없었다. 그런데 어른들은 에이미 고모도 몰리만큼 혈기 왕성하고 재기 넘쳤지만 그렇게 뻔뻔스럽지는 않았다며, 몰리는 아무래도 조심성이 부족하다고 평가했다. 몰리는 머리를 염색하고는 그걸 화제 삼아 농담을 하는가 하면, 구석진 곳에 남자들을 끌어모아서 이런저런 이야기를 하는 버릇도 있었다. 딸 에바에게 몰리는 비정상적인 엄마일 수밖에 없었다. 못생긴 노처녀인 에바는 나이가 벌써 마흔 살이 넘었는데, 그녀의 어머니는 여전히 무도회의 여왕으로 군림하고 있는 것이다. "나는 열다섯 살에 그애를 낳았잖아요. 기억하시죠?" 몰리는 오랜 남자 친구의 눈을 똑바로 마주 보며 창피한 줄도 모르고 그렇게 말하기도 했다. 그는 몰리가 스물한 살 때 치렀던 첫 번째 결혼식에서 들러리를 서 줬던 남자였다. "그때 사람들이 나를 보고 꼭 어린 여자애가 인형을 데리고 있는 것 같다고들 했다니까요."

에바는 턱 끝이 심하게 후퇴되어 있었고, 수줍음이 많았다. 그녀는 구석 자리에 앉아서 자기 엄마를 지켜보며 커다란 두 개의 앞니를 덮은 윗입술에 힘을 주곤 했다. 그럴 때의 에바는 배가 고파 보였고 눈빛에서 긴장과 피로가 배어났다. 그녀는 어머니가 옛날에 입던 옷들을 수선해 입고 다녔으며, 여자 신학교에서 라틴어를 가르치고 있었다. 여성 투표권의 신봉자로서 한때 이곳저곳 여행을 다니며 연설을 하기도 했다. 어머니와 함께 있지 않을 때면 에바는 조금 생기를 되찾았다. 춤도 예쁘게 추고, 치아를 죄 드러내면서 웃기도 하는 양이, 메말라 가던 작은 화분을 보슬비에 내놓은 듯한 모습이었다. 몰리는 자신이 낳은 미운 오리 새끼 이야기를 하면서 재미있어했다. "딸이 노처녀라서 나한텐 잘됐지요." 몰리는 짓궂게 말했다. "쟤 때문에 내가 할머니가 될 성싶지는 않으니까요." 그러자 에바는 한 대 얻어맞기라도 한 듯 뺨이 새빨개졌다.

에바는 오점이었다. 그건 확실했다. 하지만 그래도 마리아와 미란다 자매는 에바 언니 역시 자신들과 같은 일상 세계에 속하는 사람이라고 생각했다. 따분한 교육을 받고, 뻣뻣한 신발에 길을 들이고, 추운 계절엔 따끔거리는 플란넬 옷을 참아 내고, 홍역을 앓기도 하고, 기대가 무너져서 실망을 거듭하는 일상. 반면 에이미 고모는 시詩의 세계에 속했다. 게이브리얼 고모부가 고모를 오랫동안 짝사랑했던 과정도, 고모의 때 이른 죽음도, 모두 옛날 책에 나오는 이야기 같았다. 상업적이지 않으면서 진실한, 이를테면 단테의 『신생』이나, 셰익스피어의 소네트나, 에드먼드 스펜서의 『결혼 축가』나, 에드거 앨런 포의 시집 같은 책. "애달프던 그녀의 영혼은 이제 담담히 휴식하네, 장미꽃들에 대한 미련이나 기억은 사라졌다네……"* 아버지는 자매에게 그 시를 읽어 주고는 말했다. "그는 우리 시인 중에서 단연 최고였단다." '우리 시인'이라는 건 곧 그가 남부인이라는 뜻이었다. 또한 에이미 고모는 오래된 홀바인과 뒤러의 화집에 나오는 그림들과 마찬가지로 진짜였다. 자매는 바닥에 엎드린 채 그 책들을 펼쳐 놓고, 자칫하면 떨어져 나올 만큼 너덜너덜해진 낱장들을 넘겨 보면서 경이의 세계에 빠져들었다. 자매는 속을 파낸 통나무 안에 성모님이 앉아서 아기 예수를 어르고 있는 장면을 봐도 놀라지 않았고, 엄숙한 표정의 기사가 탄 말의 등자에 죽음이나 악마가 앉아 있대도 의심하지 않았으며, 빳빳한 드레스를 차려입고서 바닥에 위엄 있게 혹은 그렇게 보이게끔 앉아 있는 토머스 모어 가문 여자들의 예의범절에 아무런 의혹도 품지 않았다.** 자매는 요란한 서커스나 환등극 같은 공연은 한 번도 보지 못했지만, 대신 아버지 손에 이끌려 〈햄릿〉, 〈말괄량이 길들이기〉, 〈리처드 3세〉 같은 연극을 보러 다녔다. 스코틀랜드의 메리 여왕이 나오는 길고 슬픈 연극***을 보았을 때 미란다는 거기서 검은 벨벳을 걸치고 나오는 고상한 숙녀가 정말로 스코틀랜드의 여왕인 줄 알았는데, 나중에야 진짜 여왕은 오래전에 죽었으며 그날 밤 극장에는 있지도 않았다는 사실을 알고서 진심으로 상처를 받았다.

자매는 연극을 무척 좋아했다. 연극 속 세상에서는 여느 인간보다 위대한 이들이 그들의 존재감과, 인간의 목소리를 초월하는 음성과,

---

* 에드거 앨런 포의 시 「애니를 위하여」의 한 구절을 변형한 것.
** 세 그림은 각각 알브레히트 뒤러(1471~1528)의 판화 〈풀둔덕에 앉은 성모자〉, 같은 화가의 판화 〈기사, 죽음 그리고 악마〉, 롤런드 로키(1565~1616)의 유화 〈토머스 경의 가정〉을 뜻한다.
*** 프리드리히 실러의 〈마리아 슈트아르트〉를 뜻한다.

우주를 다스리는 신 또는 여신의 몸짓으로 무대 전체를 사로잡고 장악했다. 그러나 그보다 더 훌륭한 사례들도 있음을 상기시키는 사람들은 언제나 있었다. 자매의 할머니는 젊었을 적에 예니 린드의 노래를 들은 적이 있었는데, 그에 비하면 넬리 멜바는 지나치게 과대평가되었다고 말했다. 한편 아버지는 사라 베르나르의 무대를 본 적이 있다며, 마담 모제스카*는 필적도 못 할 정도였다고 했다. 그들이 사는 도시에 파데레프스키가 방문해 처음으로 연주회를 열었을 때는, 미국 전역에서 친척들이 할머니 댁에 찾아와 다 함께 공연을 보러 가기도 했다. 그 중대한 행사에 자매는 따라가지 못했다. 다만 어른들이 공연장으로 출발하면서 설레 하던 분위기는 느낄 수 있었고, 이후에 모두가 집에 돌아왔을 때의 아름다운 시간―저마다 커피 잔이나 유리잔을 손에 들고 삼삼오오 모여 서서 경이감과 행복감에 젖은 목소리로 두런거리던 모습도 지켜보았다. 자매는 무언가 굉장한 사건이 일어났다는 흥분에 휩싸인 채 잠옷 차림으로 어슬렁거리며 귀를 기울이다가, 결국엔 한 어른의 눈에 띄는 바람에 달콤하고도 찬란한 여운이 감돌던 그곳에서 쫓겨나고 말았다. 그런데 그곳의 어른들 중에서 루빈스타인의 연주를 여러 번 들어 봤다는 늙은 어르신이 있었다. 그는 루빈스타인이야말로 음악적 해석에 있어서 궁극의 경지에 올랐다고 볼 수밖에 없다며, 파데레프스키의 연주는 좀 김이 새는 느낌이었다고 이야기했다. 그가 모두 조용히 하라는 듯 한 손으로 허공을 휘저으며 계속 투덜거리자 사람들은 그를 주목하며 경청했다. 하지만 그들을 둘러싼 엄숙하고도 감미로운 분위기는 조금도 흔들리지 않았

---

* 폴란드 출신의 여성 배우 헬레나 모제스카(1840~1909).

다. 그들은 루빈스타인의 연주를 한 번도 들어 본 적이 없고, 불과 한 시간 전에 파데레프스키의 무대를 보고 왔는데, 뭐 하러 과거를 돌이 킨단 말인가? 미란다는 자기 방으로 끌려가는 길에 그 어르신의 말을 반쯤 알아들었고, 그를 미워했다. 미란다는 자신도 파데레프스키의 연주를 들은 듯한 기분이었다.

그때는 내세뿐만이 아니라 이승에도 삶을 넘어선 삶이라는 게 있 었다. 그런 사건들을 겪으면서 자매는 인간적 감정의 고귀함, 미지에 대한 상상의 신성함, 삶과 죽음의 중요성, 사람이 가진 마음의 깊이, 비극의 낭만적인 가치를 확신하게 되었다. 에바 언니는 자매에게 라 틴어 공부에 흥미를 붙여 주려고 종종 존 윌크스 부스의 이야기를 들 려주기도 했다. 그 배우가 검은색의 긴 망토를 걸친 근사한 모습으로 링컨 대통령을 암살한 뒤 무대로 뛰어 올라갔던 순간을. "식 셈퍼 티 라니스."* 그는 한쪽 다리가 부러졌는데도 불구하고 멋들어진 음성으 로 그렇게 외쳤다고 했다. 자매는 그 일화가 실제로 벌어진 사건 그대 로일 거라고 믿어 의심치 않았으며, 사람은 중대하거나 긴박한 순간 에 구사할 만한 라틴어 문장이나 적어도 훌륭한 고전 시 한 구절쯤은 외우고 있어야 한다는 것이 그 이야기가 주는 교훈이라고 생각했다. 에바는 존 부스가 잘했다고 할 사람은 아무도 없을 거라고 강조했다. 심지어 정통 남부인이라도 결코 그렇게 생각하진 않을 거라며, 살인 은 살인일 뿐이라는 점을 꼭 기억해야 한다고 했다. 하지만 미란다는 비극적인 내용의 책이며 가족사(대고모님 둘은 자살했고, 먼 여자 조 상 한 분은 사랑 때문에 미쳤다고 전해졌다)를 워낙 자주 접했기에,

* Sic semper tyrannis, '폭군은 필시 이렇게 되리라'라는 뜻의 라틴어.

애초에 존 부스가 살인을 저지르지 않았더라면 옷을 차려입고 무대 위로 뛰어 올라가 라틴어를 외칠 일도 없었을 거라는 생각이 들었다. 그런데 어떻게 그의 행동이 잘못됐다고 할 수 있겠는가? 그건 훌륭한 공연이었다. 자매의 먼 친척 중에서도 존 부스와 같은 예술 분야에 전념한 어르신이 한 명 있어서 미란다는 그의 연극 무대를 많이 보았지만, 아아, 그의 전성기는 이미 지난 뒤였다. 미란다는 못내 애석했다. 만약 링컨 암살자가 자기 가문 사람이었다면 얼마나 뿌듯했을까 싶었다.

에이미 고모를 절절히 사모했다는 게이브리얼 고모부는 지금도 어딘가에 살아 있었지만, 미란다와 마리아는 고모부를 한 번도 본 적이 없었다. 고모가 죽은 뒤 그는 멀리, 아주 멀리 떠났다. 게이브리얼은 여전히 경주마들을 데리고 다니면서 전국 곳곳의 유명한 경마장에 출전시키고 있었다. 미란다가 생각하기에 세상에 그보다 더 멋진 직업은 없는 것 같았다. 그는 오래지 않아 재혼했고, 자신의 새로운 아내를 에이미 대신 딸처럼 받아들여 달라고 할머니에게 부탁하는 편지를 보냈다. 할머니는 그녀를 받아 주겠다며 언제 한번 데리고 오라는 답장을 냉담하게나마 써 보냈지만, 왜인지 게이브리얼은 한 번도 자기 아내를 데려오지 않았다. 자매의 아버지가 뉴올리언스로 찾아가 그들 부부를 만나 보고 와서 한 이야기로는, 새색시가 본데 있게 자란 금발 미인이었으며 게이브리얼에게 좋은 아내가 되어 줄 게 틀림없겠더라고 했다. 게이브리얼은 자신의 옛 처가 식구들 중 누구에게든 한 해에 한 번씩은 충실하게 안부 편지를 썼고, 에이미의 무덤을 장식할 화환 비용도 대 주었다. 그뿐만 아니라 묘비에 새길 시도 한편 지어 주었다. 그는 시가 제대로 새겨졌는지 확인하려고 두 번째 아내를 애틀랜타에 놔두고 옛 처가댁으로 찾아오기까지 했다. 그런데 자신이 그 시를 어떻게 썼는지는 도무지 이해가 안 된다고 했다. 그는 학생 시절 이후로 시라고는 단 한 줄도 써 본 적이 없는 사람인데, 어느 날 에이미를 생각하다 보니 불현듯 머릿속에 시구詩句가 떠오르더라는 것이었다. 마리아와 미란다도 그 시를 읽었다. 게이브리얼 고모부가 조의문 카드에 자신의 시를 금박 글씨로 인쇄해서, 식구들이 나눠 가질 수 있도록 아주 넉넉하게 보내 준 덕분이었다.

　　"삶에 시달렸고, 죽음에 시달렸던
　　그녀는 이제 자유롭네
　　노래하는 천사인 그녀는
　　오랜 죽음의 운명도 슬프지 않다네."

　"고모가 진짜로 노래를 했어요?" 마리아가 아버지에게 물었다.
　"그게 무슨 상관이니? 이건 시일 뿐인데."
　"무척 예쁜 시 같아요." 미란다가 감동을 받아서 말했다. 게이브리얼 고모부는 본래 아버지와 에이미 고모에게 육촌뻘 되는 친척이었다. 시가 미란다에게 아주 가까이 다가온 셈이었다.
　"묘비문으로 나쁘진 않지." 아버지가 말했다. "그래도 그걸로는 부족해."
　게이브리얼 고모부는 에이미 고모와 결혼하기까지 5년을 기다려야 했다. 고모는 가슴에 병이 있어서 아프기도 했고, 다른 젊은이 두 명과 약혼했다가 아무 이유도 없이 깨 버리기도 했다. 인정 많은 웃어른들은 그녀가 게이브리얼처럼 낭만적이고 잘생긴 청년의 헌신적인 사랑을 거부하는 건 너무 제멋대로인 행동이라고, 게다가 그는 육촌 지간이니 생판 남하고 결혼하는 것보다 훨씬 낫지 않으냐고 충고했다. 하지만 에이미는 그 충고를 비웃을 뿐이었다. 전해지는 이야기로는, 그녀의 냉정한 태도 때문에 게이브리얼은 한때 방종한 생활에 젖어 들었고 심지어 술독에도 빠졌다고 했다. 그는 부유한 조부에게서 가장 사랑받는 손주였는데, 한번은 경주마 소유권 문제로 조부와 언쟁을 벌이다가 "맙소사, 저도 뭔가 가진 게 하나쯤은 있어야 할 거 아닙니까"라고 소리친 일도 있었다. 젊음, 건강, 준수한 용모, 상속받을 재산, 그를 든든히 뒷받침하는 가족까지, 무엇 하나 가지지 않은 것이 없는 입장인데도. 조부는 그가 불효자식이나 다름없으며 조만간 날건달이 되어 버릴 것 같다고 했다. 그러자 게이브리얼은 반박했다. "정작 조부님께서도 경주마들로 이득을 톡톡히 보셨잖습니까." "나는 그 이득을 생계 수단으로 삼은 적은 한 번도 없소이다, 젊은이." 그의 조부가 대꾸했다.

게이브리얼은 이 일을 비롯해 많은 이야기를 편지로 써서 에이미에게 전했다. 새러토가, 켄터키, 뉴올리언스를 전전하면서 그는 이런저런 선물, 얼음으로 포장한 꽃다발, 전보 등을 보냈다. 선물이 오는 건 에이미 모녀에게 늘 즐거운 일이었다. 한번은 조그마한 초록색 모란앵무들이 가득 든 커다란 새장이 온 적도 있었고, 에이미의 머리카락에 꽂으라고 보내온 장미꽃 모양의 장신구에는 풍성한 에나멜 꽃잎들에 풀로 붙인 이슬방울들이 맺혀 있었고 그 위에는 가느다란 금줄에 매달린 채 미세하게 떨리는 오색영롱한 에나멜 나비 한 마리도 있었다. 하지만 전보가 날아오면 에이미의 어머니는 놀라서 겁을 먹기 일쑤였다. 그리고 꽃다발은 기차를 거쳐 역마차에 실려 집까지 배송되는 과정에서 심하게 상해 버렸다. 게다가 게이브리얼은 하필 그녀의 집 정원에 있는 장미들이 만개했을 때에 장미꽃을 보내곤 했다. 에이미는 그걸 보고 웃을 수밖에 없었지만, 그녀의 어머니는 참 상냥하고 감동적이라고 평가했다. 게이브리얼의 마음속에 언제나 에이미가 있다는 증거가 아니겠느냐며.

"거긴 제가 있을 곳이 아닌데요." 에이미는 그렇게 말했다. 하지만 특유의 말투와 어조 때문에, 그녀가 진짜로 뜻한 바가 무엇인지는 그 말 자체만 들어서는 알 수 없었다. 에이미가 진담을 했을 가능성도 늘 있었다. 상대방이 물어봐도 그녀는 대답하지 않을 터였다.

"에이미의 웨딩드레스란다." 할머니는 무늬가 있는 거대한 비둘기색 벨벳 망토를 펼치고, 그 옆에 은회색 물결무늬 비단 드레스 한 벌과, 측면에 암적색의 깃털이 달린 작은 회색 벨벳 모자를 나란히 펼쳤다. 예쁜 사촌 언니 이저벨이 할머니 옆에 앉았다. 둘은 함께 이야기를 나누었고, 근처에 있던 미란다는 그 대화를 들을 수 있었다.

"에이미가 하얀 드레스는 싫다고 했거든. 베일도 안 쓰겠다고 우겼고." 할머니가 말했다. "나는 차마 반대할 수가 없었단다. 내 딸들의 웨딩드레스는 무조건 본인이 원하는 그대로 입혀 줘야 한다고 내 입으로 누누이 말했으니까. 아무리 그래도 그렇지, 에이미의 발상에는 나도 놀랐어. 걔는 '제가 하얀색 새틴을 입으면 몰골이 어떻게 되겠어요?'라던데, 그래 확실히 걔 피부가 창백하기야 했지. 하지만 그러니까 더더욱 흰 새틴을 입으면 천사처럼 보일 게 아니겠니? 우리 모두가 그렇게 말했는데도 에이미는 그저 막무가내더구나. '저는 제 마음이 내키면 상복이라도 입겠어요. 따지고 보면 이건 결국 **제** 장례식이잖아요, 안 그래요?' 나는 루도, 너희 엄마도 흰 드레스에 베일을 썼으니까, 내 딸들이 모두 그 비슷한 차림으로 식을 올리면 뿌듯하고 좋을 것 같다고 했지. 그러니까 에이미가 하는 말이, '저는 루 언니나 이저벨 언니하고는 다르잖아요'라는 거야. 내가 그게 무슨 뜻이냐고 물어도 도무지 뭐라고 시원하게 대답을 안 하더구나. 그러고 나서 어느 날, 그 애가 앓아누웠을 때 이런 말을 하더라. '엄마, 나는 이 세상에 미련이 없어요.' 하지만 그게 진심일 리야 있겠니? 그래서 내가 말해 줬지. '너는 어느 누구만큼이나 오래 살 거야. 분별 있게 처신만 한다면 말이다.' 에이미는 대답했어. '바로 그게 문제예요. 저는 게이브리얼이 안쓰러워요. 그이는 자기가 가지려고 하는 게 뭔지도 모르고 있어요.'"

할머니는 이야기를 이어 갔다. "나는 에이미에게 결혼하고 자식을 낳으면 다 괜찮아질 거라고 다시금 이야기해 줬어. '우리 집안 여자들은 젊은 시절엔 다들 연약했단다. 아무렴, 나만 해도 네 나이였을 때는 한 해도 더 못 살 거라고들 했는걸. 위황병*을 앓았으니까. 치료법은 딱 한 가지뿐이라는 걸 모두가 알고 있었지.' 그러자 에이미가 말하길, '나는 설령 100년을 살아서 피부가 아예 풀처럼 새파래진대도, 게이브리얼과 결혼하고 싶지는 않을 거예요'라는 거야. 그래서 내가 아주 심각하게 이야기했지. 네가 정말로 이 결혼을 절대 해서는 안 된다고 생각한다면, 게이브리얼에게 확실히 거부 의사를 밝히고 쫓아 버려라, 그래도 그는 결국 잘 이겨 낼 거다…… 그랬더니 에이미

* 과거에 젊은 여성이 흔히 앓았던 빈혈병으로, 피부가 창백해지고 체력이 감퇴하는 등의 증상이 나타난다.

가 이러더구나. '나는 이미 거절했어요. 쫓아 버리기도 했고요. 그런데 그 사람이 도무지 말을 듣질 않는걸요.' 그 말에 우린 둘 다 웃음을 터뜨렸지. 그래, 여자들에게는 결혼하고 싶은 속마음을 부정하는 방법이 백 가지쯤 있고, 남자들을 상대로 자신의 힘을 시험할 방법도 천 가지쯤은 있는 법이지. 하지만 에이미는 그런 수법이야 질리도록 많이 써 봤을 테니, 이제는 완전히 정직한 마음으로 결단을 내릴 때도 됐다고 나는 이야기했지. 나만 해도 말이다……" 할머니가 말을 이었다. "나는 너희 할아버지와 진심으로 결혼하고 싶었어. 만약 그이가 청혼하지 않았다면 내 쪽에서라도 반드시 청혼을 했을 거야. 그런데 에이미는, 어느 누구하고든 결혼하는 것 자체가 상상이 되지 않는다더구나. 자기는 에바 패링턴처럼 멋진 노처녀가 되고 싶다나. 그 시절에도 이미 에바는 천생 노처녀라는 게 뻔했거든. 해리는 에이미에게 이렇게 말했지. '뭐, 에바? 에바 조카님은 얼굴에 턱이 없잖아. 그게 그분의 문제야. 에이미, 너도 턱이 없으면 똑같은 처지가 될 수 있을 거야. 분명해.' 너희 백부 빌은 또 이렇게 말했지. '여자가 아무것도 가진 게 없으면 위안 삼아 투표권이라도 가지려고 하겠지. 투표용지는 잠자리 상대로서는 너무 빈약하지만 말이야.' 하지만 에이미의 대답은 이런 식이었어. '내게 정말로 필요한 건 인생이라는 무도회에서 나를 잘 이끌어 줄 수 있는 훌륭한 파트너야. 내가 찾는 결혼 상대는 바로 그런 사람이라고.' 그러니까 에이미를 붙잡고 무슨 얘기를 아무리 해도 소용이 없었던 거야."

에이미의 오빠들은 그녀를 분별 있는 여자로 추억하며 애틋하게 여겼다. 마리아가 생각하기엔, 그들이 에이미의 성격이나 태도에 대해 하는 이야기로 미루어 보면, 에이미가 분별 있다는 평가를 받는 이유는 무도회에 갈 때 몸치장에 대해 그들에게 조언을 구했기 때문인 것 같았다. 만약 오빠들이 그녀의 차림새에서 어디 한 군데라도 흠을 잡으면, 그녀는 옷이든 머리 모양이든 오빠들의 마음에 들 때까지 바꾸었다고 했다. "오빠는 천사야. 가엾은 여동생이 괴짜 같은 꼴로 외출하지 않게 도와주다니" 같은 말도 덧붙이면서. 하지만 에이미는 아버지나 게이브리얼의 말은 좀처럼 듣지 않았다. 게이브리얼이 그녀의 드레스를 칭찬하기라도 하면, 그녀는 어디론가 사라졌다가 다른 드레스로 갈아입고 나오기 일쑤였다. 에이미의 긴 흑발을 무척 좋아했던 게이브리얼이 언젠가 그녀의 병상에 찾아가 베개 위에서 머리카락을 들어 올리며 "나는 당신 머리카락이 정말 좋아, 에이미. 세상에서 가장 아름다운 머리카락이야"라고 했더니, 다음에 그가 다시 방문했을 때 에이미는 머리를 짧게 치고 파마를 한 채로 나타났다. 게이브리얼은 그녀가 자해라도 했다는 듯 슷제 기겁을 했다. 그 이후로 에이미는 두 번 다시 머리를 기르지 않았고, 이 문제에서만큼은 오빠들의 충고도 소용이 없었다. 지금 집 벽에 걸려 있는 에이미의 사진은 바로 그때 찍은 것이었다. 에이미는 게이브리얼에게 보내 주려고 그 사진을 일부러 찍었고, 게이브리얼이 한마디 첨언도 없이 사진을 되돌려 보내자 그녀는 기뻐하면서 액자에 사진을 끼웠다. 사진의 귀퉁이에는 "내 짧은 머리를 좋아해 주는 해리 오빠에게"라는 말이 가느다란 글씨로 휘갈겨 적혀 있었다.

해리, 즉 마리아와 미란다의 아버지를 향한 이 장난스러운 글귀는 나중에 터질 심각한 스캔들의 전조였다. 자매는 가끔 아버지를 보면서, 만약 아버지가 그때 그 남자를 정말로 쏘아 맞혔더라면 어떻게 됐을까 상상하곤 했다. 에이미 고모와 약혼한 사이도 뭣도 아닌 어느 젊은 남자가 그녀에게 키스했다는 말을 듣고, 아버지는 그에게 총을 쏴 버렸다. 원래는 게이브리얼 고모부가 그 남자와 결투를 벌이려고 했는데 아버지가 선수를 친 것이다. 자매에게 그는 그저 유쾌하고 평범한 아버지였다. 자매가 예쁘게 차려입고 말을 잘 들으면 아버지는 딸들을 무릎 위에 올려 안아 주었다. 하지만 딸들의 머리가 헝클어져 있거나 손톱에 때가 조금이라도 끼어 있다 싶으면 밀쳐 내 버렸다. "저리 가, 역겨우니까." 그는 별 감정 없이 무미건조한 어조로 그렇게 말했다. 자매의 스타킹 솔기가 뒤틀려 있기라도 하면 그는 대번에 알아차렸고, 백악과 숯가루와 소금을 섞은 역겨운 치약으로 이를 닦게 했으며, 자매가 한심한 행동을 하면 꼴도 보기 싫어했다. 자매는 이 모든 게 자신들의 미래를 위해서인가 보다고 막연히 이해했다. 그리고 자매가 감기에 걸려서 칭얼거릴 때면, 아버지는 따끈하고 맛있는 토디를 만들어 주라고 지시하고 딸들이 그걸 마셨는지 몸소 살펴 주기도 했다. 아버지는 언제 봐도 어리석기만 한 딸들이 더 자라면 그래도 철이 들지 않을까 늘 기대하고 있었다. 그래서 딸들이 그의 앞에서 자칫 무언가 단정적인 주장을 꺼내면 "네가 그걸 어떻게 알아?" 하고 되물어서 무안을 주곤 했다. 그때마다 결국 자매가 아는 것은 하나도 없으면서 어디서 들은 이야기를 주워섬겼을 뿐이라는 부끄러운 진실이 드러나고야 말았다. 이런 점 때문에 자매는 아버지와의 대화를 어려워했다. 대화를 나누다 보면 아버지가 쳐 놓은 덫에 걸려들기 십상이었으니까. 하지만 자신들이 바보가 아니라는 것을 아버지에게 증명해 보이는 것도 자매에게는 중요한 일이었다. 어쨌든 바로 그런 아버지가, 무도회에서 에이미 고모와 시시덕거리던 남자에게 총을 쐈고, 그 일 때문에 거의 1년 동안 집을 떠나 멕시코에서 지냈다는 것이었다. 그때 아버지는 정말 큰 잘못을 저지르기는 했다. 게이브리얼 고모부처럼 정식으로 결투를 신청하지도 않고 냅다 총을 쏴 버렸으니, 지극히 야비한 행동이었다. 그 사건 때문에 사교계 전체가 발칵 뒤집혔고, 하마터면 에이미 고모와 게이브리얼 고모부의 관계도 끝장날 뻔했다. 게이브리얼 고모부는 그 남자가 분명히 에이미 고모에게 키스했다고 주장했지만, 에이미 고모는 그가 단지 자신의 머리카락을 칭찬해 주었을 뿐이라고 우겼다.

마르디 그라* 축제 기간 동안에는 크고 화려한 가장무도회가 열렸다. 자매의 아버지는 투우사 복장을 입기로 했다. 당시 아버지의 애인이었던 마리아나가 멕시코에서 직수입한 검은색 레이스 베일과 기다란 장식용 빗을 구했기 때문이었다. 마리아와 미란다도 그때 어머니를 찍은 사진을 보았으므로 그 차림새가 어땠는지 알고 있었다. 어머니는 교태라고는 한 점도 없이 사랑스러운 얼굴로, 머리빗 꼭대기에서부터 쏟아져 내리는 풍성한 레이스 자락 너머를 진지하게 내다보며, 귀 뒤에 장미꽃 한 송이를 야무지게 꽂고 있었다. 한편 에이미 고모는 응접실의 벽난로 선반에 놓여 있던, 조그마한 여자 양치기 모양의 드레스덴 도자기 인형 하나를 골라서 그 옷차림을 그대로 따라 만들었다. 리본 달린 모자, 도금된 지팡이, 끈이 아주 낮게 매여 있는 보디스, 바구니 같은 모양의 짧은 치맛자락, 녹색 실내화까지 하나하나 세심하게 준비했다. 거기다 얼굴을 반쯤 가리는 검은 가면을 썼지만, 그래 봤자 정체가 가려지지는 않았다. "아무리 멀리서 본대도 그 여자가 에이미인 줄 몰라볼 순 없었을 거야." 아버지는 그렇게 단언했다.

* Mardi Gras, 그리스도의 고난을 기리기 위해 금욕하는 기간인 사순절이 시작되기 전에 즐기는 축제 기간. 사육제라고도 한다.

한편 키가 190센티미터나 되는 게이브리얼도 에이미에게 지지 않고, 연푸른 새틴 반바지를 입고 곱슬곱슬한 금발 가발에 리본을 달아서 장관을 연출했다. "게이브리얼은 바보가 된 기분이라고 하더군. 우리가 보기에도 그래 보였지." 빌 백부가 회고했다. "그리고 그는 그날 무도회 내내 바보처럼 굴었어."

모든 준비가 일사천리로 진행되었지만, 일행이 무도회로 출발하려고 아래층에 모였을 때 문제가 발생했다. 에이미의 아버지가―미란다가 생각하기에 그분은 태어나면서부터 할아버지였을 것 같았지만―자기 딸의 무람없는 차림새를, 즉 하얗게 빛나는 발목과, 깊게 드러난 가슴골과, 양쪽 볼 위에 칠해진 동그란 연지를 본 순간, 그만 격분을 터뜨렸던 것이다. "그게 무슨 망신스러운 꼴이냐!" 그는 고함을 쳤다. "내 딸이 그따위 차림새로 밖을 나다니는 건 용납할 수 없다. 음란해 보인단 말이다." 그가 쩌렁쩌렁 외쳤다. "음란하다고!"

에이미는 가면을 벗고 아버지에게 미소를 지었다. "왜요, 아빠?" 그녀는 무척 상냥한 목소리로 물었다. "이 차림이 뭐 어때서 그러세요? 벽난로 선반을 보셔요. 그 인형은 항상 그 자리에 있었는데도 아버지는 조금도 충격받지 않으셨잖아요."

"그건 전혀 다른 문제야." 에이미의 아버지가 말했다. "전혀 다르지, 이 아가씨야. 스스로도 잘 알 텐데. 지금 당장 위층으로 올라가서 그 드레스 앞섶 조이고 치마도 적당한 길이로 내려 입어라. 그러지 않으면 이 집에서 한 발짝도 못 나갈 줄 알아. 그리고 얼굴도 씻어!"

"나는 아무런 문제도 없어 보이는데요." 에이미의 어머니가 단호하게 말했다. "그리고 아무 잘못 없는 여자애들 앞에서 그렇게 험하게 말씀하시면 안 되죠." 에이미는 어머니와 더불어 다른 여자 식구와 하녀 몇 명의 도움을 받아 옷매무새를 신속히 가다듬었다. 그리하여 10분 만에 에이미는 말끔한 얼굴에, 보디스 앞섶은 끈으로 촘촘히 졸라매고, 양치기 처녀의 치마는 카펫 위에 쓸릴 만큼 단정하게 끌어 내린 모습으로 돌아왔다.

이후에 무도회에서 에이미가 탈의실에 들렀다가 게이브리얼과 첫 춤을 추러 나왔을 때, 그녀의 보디스에는 끈이 아예 없었고, 치맛자락은 이전보다 더 과감하게 말려 올라갔고, 볼 위에는 석류처럼 새빨간 연지가 찍혀 있었다. "자, 게이브리얼. 솔직히 말해 줘. 이 의상이 망가졌다면 유감스러운 일 아니었겠어?" 그녀가 자기 의견을 물어봐 준 게 기뻤던 게이브리얼은 그녀의 옷차림이 완벽하다고 선언했다. 이어서 둘은 노인들이란 곧잘 사람을 성가시게 하는 것 같다는 이야기를 나누었고, 하지만 그분들에게 대놓고 반항해서 심기를 거스를 필요는 없다는 너그러운 결론을 내렸다. 그분들은 젊음을 잃었으니 사는 낙이 없지 않겠느냐면서.

그때 해리는 마리아나와 춤을 추고 있었다. 왈츠의 회전 동작을 할 때마다 마리아나가 묵직한 옷자락을 능숙하게 나부끼는 동안, 해리는 내심 에이미가 걱정되어서 슬슬 신경이 쓰였다. 그녀는 지나치게 인기가 많았다. 하얀 비단 같은 그 발목에 시선을 빼앗긴 남자들이 그녀를 향해 무도회장을 가로질러 일직선으로 걸어가고 있었다. 그중에는 해리가 전혀 모르는 청년들도 있었지만, 나머지 남자들은 너무나 잘 알았고 여동생의 신랑감으로는 하나같이 마뜩잖은 이들이었다. 한편 게이브리얼은 근처에서 자신의 리본 달린 지팡이를 짚고 서 있는데, 지팡이에 가시들이 돋치기라도 한 듯 불편한 자세였고 오페라 배우 같은 새틴 바지와 가발이 영 마음에 안 드는 눈치였다. 그

324

는 에이미와 춤을 거의 추지도 못했고, 그 밖의 어느 누구하고 춤을 추든 즐기지도 못하고 그야말로 고역을 치르고 있었다.

그때 장 라피트* 분장을 한 크리오요** 청년 한 명이 뒤늦게 무도회장에 나타났다. 2년 전에 에이미와 잠시 약혼한 적이 있었던 남자였다. 그는 에이미의 애인인 양 살가운 태도로 그녀를 향해 곧장 걸어가더니, 주위에 다 들릴 만큼 또렷하게 말했다. "순전히 당신 때문에 일부러 여기까지 왔답니다. 나는 당신하고 춤만 추고 곧장 가려고요." 에이미는 반색하면서 애인을 부르듯 그의 이름을 외쳤다. "레이먼드!" 둘은 네 번이나 연달아서 함께 춤을 추었고, 그런 다음에는 팔짱을 낀 채 어딘가로 사라졌다.

해리와 마리아나는 한창 춤을 추고 있었다. 굳건하게 약혼한 사이인 두 사람은 상투적인 로맨스 이야기 속의 커플처럼 변장한 채, 안온한 행복감에 젖어서, 그들이 좋아하는 노래에 맞추어 느린 왈츠를 추었다. 그건 무어의 왕이 그라나다를 떠나면서 부르는 감상적인 이별 노래***였다. 사랑과 작별에 관한, 그리고 길을 잃고 쫓겨난 모든 생명체를 연민토록 하는 슬픔의 위력에 관한 노랫말을, 그들은 어설픈 스페인어로 서로의 귓가에 속삭였다. 오, 사랑의 집, 나의 지상낙원이여…… 다시는 보지 못하리…… 저 가엾은 제비는 어디로 가나, 쉼 없는 곳에서 쉴 곳을 찾으며, 지친 몸으로 정처도 없이…… 나 또한 집을 떠나왔는데 날아갈 기력이 없구나…… 사랑스러운 새여, 어여쁜 순례자여, 이리 와서 내 침대 곁에 둥지를 지어 다오. 네 노래를 들으

---

* 19세기 초 멕시코만에서 활약했던 프랑스계 해적.
** 미국 남부에 정착한 프랑스계나 스페인계 이민자의 후예.
*** 멕시코 작곡가 나르시소 세라델 세비야(1843~1910)의 〈제비La Golondrina〉.

며 울고 싶구나, 잃어버린 기쁨의 땅을 그리며……

이 행복의 시간은 게이브리얼 때문에 깨졌다. 그는 양치기 지팡이를 내던지고 가발을 벗어 든 채 해리에게 다가와, 당장 둘이서만 이야기를 하고 싶다고 했다. 마리아나는 뭐가 어떻게 된 일인지도 모른 채 자기 어머니 옆에 앉게 되었고, 두 남자는 흥분한 채 사라져 버렸다. 불안하고 찜찜한 기분이 된 그녀는 해리를 기다리며 앉아 있다가, 마침 눈앞에서 왈츠를 추며 지나가는 에이미를 향해 미소를 지었다. 에이미의 춤 상대는 악마 복장을 입고 발에 안 맞는 진홍색 발굽을 신은 젊은 남자였다. 한편 해리와 게이브리얼은 심각해진 얼굴로 금세 되돌아왔다. 그리고 해리가 곧장 춤판으로 올라가서 에이미를 데려오더니, 숙녀들과 샤프롱들 모두 집에 돌아가야 하니 당장 모이라고 했다. 전체적으로 급작스럽고 어리둥절한 상황이었다. 해리는 마리아나에게 다만 이렇게만 말했다. "나중에 다 설명하겠습니다. 지금은 묻지 말아요."

에이미의 어머니가 이 망신스러운 사건을 알게 된 것은 게이브리얼이 에이미를 집으로 데려왔을 때였다. 해리는 그보다 조금 뒤에 도착했고, 다른 일행들도 제각각 다른 시간에 돌아와서 사건의 전말을 단편적으로 전했다. 집에 도착한 에이미는 말이 없었다. 그리고 그녀의 어머니는 나중에야 알게 된 사실이지만, 그녀의 몸에서 열이 펄펄 끓고 있었다. 뭔가 큰 사고가 일어난 게 틀림없다고 생각한 어머니는 그녀에게 캐물었다. "대체 무슨 일이니, 에이미?"

에이미는 기진맥진한 듯 앉아서 말했다. "오, 해리 오빠가 파티에서 총질을 했지 뭐예요."

"당신 때문이었잖아, 에이미." 게이브리얼이 대꾸했다.

"아니, 전혀 아닌데. 저 사람 말 믿지 마세요, 엄마."

어머니가 만류했다. "실랑이는 이만하면 됐다. 무슨 일이 있었던 건지 제대로 이야기를 해 보렴, 에이미."

"엄마, 이렇게 된 거예요. 레이먼드가 무도회에 왔어요. 제가 레이먼드를 좋아하는 건 엄마도 아시죠? 춤도 워낙 잘 추는 사람이고요. 그래서 같이 춤을 췄죠. 너무 많이 춘 것 같긴 하네요. 아무튼 그러고 나서 우리는 바람 좀 쐬려고 회랑으로 나갔고, 거기 서서 잠시 시간을 보냈어요. 레이먼드는 저에게 이런 말을 했어요. '당신 머리 정말 멋지네요. 짧은 스타일이 마음에 들어요.'" 에이미는 게이브리얼을 흘끔 눈짓하고는 말을 이었다. "그때 또 다른 남자가 나타나서 제게 말을 걸더군요. '당신 찾느라 한참 헤맸잖아요. 이제 저하고 출 차례죠?' 그래서 저는 그 남자랑 춤추러 나갔죠. 그런데 알고 보니 게이브리얼이 그 틈에 재깍 레이먼드에게 가서, 명목이 뭔지는 몰라도 하여튼 결투 신청을 했나 보더라고요. 하지만 해리 오빠는 그 결투가 성사될 때까지 가만히 기다려 주지 않았죠. 그때 레이먼드는 이미 자기 말을 가지러 밖으로 나간 참이었고, 가장무도회 의상을 입은 채로 결투를 진행할 수는 없었을 테고……" 에이미는 게이브리얼을 쳐다보며 말을 이었다. 게이브리얼은 푸른 새틴 양치기 의상 차림으로 완전히 움츠러들어 있었다. "그때 해리 오빠가 나서서 다짜고짜 레이먼드를 향해 총을 쏴 버린 거예요. 그건 정당하지 못한 짓이었다고 봐요." 에이미가 말을 맺었다.

어머니는 정말로 정당하지 못했다고 동의했다. 그뿐만 아니라 품위도 없는 짓이었다고, 해리가 도대체 무슨 생각으로 그런 짓을 벌였는지 모르겠다고 했다. 이후에 어머니가 아들을 따로 불러서 "그건 네 여동생의 명예를 지키는 데에 별 도움이 안 되는 짓이었다"라고 꾸짖었을 때, 해리는 이렇게 대답했다. "그래도 게이브리얼이 결투를 하도록 놔두고 싶진 않았어요. 그래 봤자 별 도움이 안 되기는 마찬가지였을 테니까요."

에이미가 어머니에게 해명을 마치자, 게이브리얼은 에이미 앞에 마주 서서 몸을 구부린 채, 집에 오는 길 내내 했던 질문을 되풀이했다. "그가 당신에게 키스했어, 에이미?"

에이미는 양치기 모자를 벗고 머리카락을 쓸어 넘겼다. "그랬을 수도 있지. 나도 원했을 수도 있고."

"에이미, 그런 식으로 말하면 안 돼." 어머니가 말했다. "게이브리얼의 질문에 제대로 대답하렴."

"게이브리얼은 제게 그런 질문을 할 권리가 없어요." 에이미는 그렇게 말했지만 화난 기색은 아니었다.

"그 남자를 사랑해, 에이미?" 게이브리얼은 이마에 땀방울이 맺힌 채 물었다.

"그렇든 아니든 무슨 상관이야." 에이미는 의자 등받이에 몸을 기대며 대꾸했다.

"오, 상관있지. 엄청나게 있지. 지금 당장 대답해 줘." 게이브리얼이 그녀의 두 손을 잡았다. 하지만 에이미가 단호하고도 끈질기게 손을 빼내려고 했기에 그는 놓아줄 수밖에 없었다.

"그 애를 놔두게, 게이브리얼." 에이미의 어머니가 말했다. "이제 그만 돌아가 주게. 우리 모두 피곤하지 않은가. 내일 다시 이야기하지."

어머니는 에이미가 옷을 벗는 걸 도와주다가, 그녀의 보디스에 끈이 풀려 있고 치마가 짧아졌다는 것을 깨달았다. "이러지 말았어야 했어, 에이미. 현명하지 못한 짓이잖니. 그 전 모습이 더 나았어."

에이미가 말했다. "엄마, 난 세상이 지긋지긋해요. 무엇 하나 마음에 드는 게 없다고요. 너무 따분해요." 그 순간 에이미의 표정은 금방이라도 울음을 터뜨릴 듯했다. 어렸을 때부터 좀처럼 우는 일이 없던 딸이었기에, 어머니는 덜컥 겁이 났다. 그제야 어머니는 에이미에게 열이 있다는 것을 깨달았다.

"게이브리얼은 따분해요, 어머니. 그 사람은 툭하면 삐쳐요. 내가 지나다닐 때마다 샐쭉거리는 게 눈에 보인단 말이에요. 그래서 자꾸만 일이 틀어져 버려요." 그녀가 말을 이었다. "오, 난 이제 잘래요."

어머니는 에이미의 머리맡에 앉아 그녀를 지켜보며, 자신이 어쩌다가 이렇게 아름다운 아이를 세상에 내놓았을까 의아해했다. "그 애의 잠든 얼굴은 천사 같았어." 그녀는 훗날 자신의 손녀들에게 그렇게 말했다.

어수선했던 그날 밤 동안, 게이브리얼과 레이먼드의 결투는 양쪽 친구들의 중재로 무산되었다. 하지만 해리가 충동적으로 총을 쏜 일은 미해결 문제로 남아 쉽사리 정리되질 않았다. 레이먼드가 앙심을 품은 눈치였으므로 나중에 그가 말썽을 일으킬 가능성도 있었다. 해리는 게이브리얼을 비롯한 형제와 친구 들의 충고를 받아들여, 더 이상의 스캔들을 피하려면 당분간 잠적하는 것이 최선이라고 판단했다. 그리하여 동틀 녘에 청년들은 해리의 말들 중 가장 좋은 말을 골라서 안장을 얹고 짐을 꾸리는 일을 도왔고, 게이브리얼과 빌이 해리를 국경 지대까지 전송하러 나섰다. 해리는 의외로 쾌활했고 모험심에 들뜬 기분이었다.

집 안이 소란스러워지자 잠에서 깬 에이미는 해리 일행의 계획을 알게 되었다. 그들이 출발한 지 5분 만에 그녀는 승마복을 차려입고 아래층으로 내려와, 자기 말에 안장을 얹고서 그들의 뒤를 맹렬히 쫓아갔다. 에이미는 평소에도 아침마다 승마를 하는 습관이 있었던 데다, 그녀가 남겨 둔 쪽지도 일찌감치 발견되었으므로 부모님은 오래도록 돌아오지 않는 딸의 행방을 걱정하지 않아도 되었다.

비극으로 치달으려던 사건이 어느덧 유쾌한 장난으로 변해 버렸다. 에이미는 기어이 국경까지 가서 해리 오빠에게 작별의 키스를 해 주고, 빌과 게이브리얼과 함께 말을 달려 돌아왔다. 총 사흘간의 여행이었다. 집에 도착했을 때 에이미는 다른 사람이 안장에서 끌어 내려 줘야 할 만큼 몸 상태가 나빴지만, 기분은 어느 때보다도 최고였다. 그녀를 호되게 꾸중할 작정이었던 어머니와 아버지도 일단 에이미의 얼굴을 보고 나니 마음이 누그러들었다. 그들은 대신 빌과 게이브리얼에게 화살을 돌렸다. "에이미가 이런 짓을 하도록 왜 가만히 놔뒀어?"

"저희가 무슨 수로 말릴 수 있겠어요." 게이브리얼이 하릴없이 대답했다. "게다가 에이미가 너무 좋아하는 바람에……"

에이미가 깔깔 웃었다. "엄마, 진짜 재밌었어요. 제 평생 그렇게 즐거운 여행은 처음이었다니까요. 그리고 기왕 제가 이 소설의 여주인공인데, 이 기회를 최대한 누려 보면 좀 어때요?"

마리아와 미란다가 들은 이야기들로 미루어 보면, 스캔들은 매우 심각했던 모양이었다. 에이미는 침대에 자리보전하고 아예 나오지를 않고, 잠적한 해리는 그 사소한 소동이 가라앉을 때까지 태평스럽게 기다리는 동안, 나머지 가족들이 손님치레를 하고, 편지를 쓰고, 성당에 가고, 답방을 하면서 사건의 후폭풍을 고스란히 맞닥뜨렸다. 그들은 자신들만의 작은 세상 안에서 스캔들이 드리운 어스름 속에 앉아, 서로를 단단히 붙잡고서 같은 긴장감을 나누고 있었다. 마치 그들의 온 신경이 같은 근원에서 뻗어 나왔는데 바로 그 근원에 타격을 입은 것처럼, 가족 전체의 신경세포가 한꺼번에 흔들렸다. 심지어 머나먼 켄터키에 사는 친척까지도 영향을 받았다. 사건이 벌어진 지 오래지 않아, 켄터키에서 샐리 레아 대고모님이 '친애하는 에이미 레아 양'에게 편지를 보내온 것이다. 옛날식 기호며 약어를 능숙하게 쓸 줄 아는 샐리 대고모님의 가늘고 기다란 손은, 말라붙은 피처럼 진한 갈색 잉크로 다음과 같이 적고 있었다. 이 고난은 분명히 전능하신 하느님께서 머지않아 내리실 여러 재앙의 전조일 뿐이라고, 그것은 스스로 죄악의 구렁텅이에 빠져서 이미 저주를 받은 민족에게 마땅히 닥쳐올 재난이며, 인간의 시간은 짧으니 모두가 세상의 종말을 대비해야 한다는 경고의 뜻이라고. 자신은 오래전부터 주님을 만나기만을 고대해 왔으며 마음의 준비가 완전히 되어 있으니, 에이미와 그녀의 못된 오빠 해리 역시 신의 손길에 자신을 맡기고 최악의 사태를 대비해야만 한다고 했다. "오, 나의 친애하는 불운한 종손녀야." 샐리 대고모는 이렇게 재잘거렸다. "이 환난 속에서 우리는 손을 맞잡고 화목한 가족이 되어 저 두려운 심판의 보좌 앞에 나아가야 한단다. 우리 신도들이 이와 같이 응답한다면, 예수님께서 뭐라고 하실까?"

샐리 대고모의 종교 이력은 우스꽝스러운 전설로 전해졌다. 그녀는 본래 가톨릭으로 자랐지만 컴벌랜드 장로교 집안의 남자와 결혼하기 위해 개종했는데, 막상 그들의 견해를 받아들일 수가 없어서 완고한 침례교도로 다시 개종했다. 그녀의 시댁이 보기에 침례교는 가톨릭만큼이나 혐오스러운 종파였을 것이다. 샐리 대고모는 일생토록 자기만의 신앙에 악착같이 헌신함으로써 방종을 추구했다. 해리의 말마따나, "종교가 대고모님에게 발톱을 주고 그 발톱을 날카롭게 갈 수 있는 기둥도 준 셈"이었다. 샐리 대고모는 자기 세대 사람들을 전부 논파하고 무찔렀으며, 그중에서 마지막까지 혼자 살아남았지만 그들을 그리워하지도 않았다. 그리고 자식 세대를 끊임없이 들볶으며 괴롭히다가, 이제는 손주 세대에까지 그 굶주린 손길을 뻗치고 있었다.

에이미는 편지를 읽고 박장대소를 했다. 그러자 주위에 있던 사람들은 그녀가 그렇게 웃을 때면 늘 그렇듯 이유도 모른 채 덩달아 웃었고, 새장에 있던 조그마한 초록색 모란앵무들은 엄숙한 눈초리로 그녀를 쳐다보았다. "천국에서 대고모님 옆자리의 신도석에 앉는다고 상상해 봐요." 에이미가 말했다. "정말 기대되지 않아요?"

"벌써부터 그렇게 웃지 말거라." 그녀의 아버지가 말했다. "천국은 샐리 고모님께 맞춤으로 설계돼 있어. 고모님만의 영역이 따로 있을 거야."

"저는 지은 죄가 있으니 꼭 대고모님과 함께 천국에 가야겠네요." 에이미가 대답했다.

해리가 집에 없어서 거북한 시간이 이어지는 동안, 에이미는 게이브리얼의 청혼을 계속해서 거절했다. 그녀의 어머니는 두 사람이 여러 날에 걸쳐 끊임없이 대화를 나누는 소리를 들을 수 있었다. 그러던 어느 날 오후, 게이브리얼이 유난히 진지하고 낙담한 표정으로 에이미의 방에서 나오더니, 바느질을 하고 있던 그녀 어머니 앞에 서서 말했다. "이제 끝인 것 같습니다. 앞으로 에이미는 저를 다시 보지 않을 겁니다." 훗날 에이미의 어머니는 손녀들에게 늘 이렇게 회고했다. "그때 게이브리얼이 얼마나 딱하던지, 내 평생 누구도 그렇게 동정해 본 적이 없어. 하지만 나는 아주 단호하게 이렇게만 말했지. '그럼 혼 자 있게 두게. 그 애는 아프잖은가.'" 그래서 게이브리얼은 떠났고, 그 날로부터 한 달도 넘게 에이미에게 아무 연락도 하지 않았다.

게이브리얼이 그렇게 떠난 다음 날, 에이미는 매우 건강해진 모습 으로 일어났다. 그리고 빌 오빠와 스티븐 오빠와 함께 사냥을 나갔고, 벨벳 숄을 샀으며, 머리를 자르고 다시 파마를 하고, 멕시코시티에서 즐거운 유배 생활을 만끽하고 있는 해리에게 긴 편지를 썼다.

한 주에 세 차례나 무도회에서 밤새도록 춤을 추고 난 어느 날 아 침, 에이미는 잠에서 깨면서 내출혈을 일으켰다. 그녀는 겁에 질려 의 사를 불렀고, 의사의 권고를 무조건 듣겠다고 약속했다. 그리고 며칠 동안 조용히 책을 읽으며 지냈다. 그제야 그녀는 게이브리얼을 불러 달라고 부탁했지만 그의 행방을 아는 사람이 아무도 없었다. "편지라 도 한 통 쓰지 그러니? 게이브리얼의 어머니에게 전해 달라고 하면 될 텐데." 어머니가 그렇게 권했지만, 에이미는 필요 없다고 했다. "아 네요. 나는 그 사람이 뚱한 얼굴로 찾아오는 게 그립단 말이에요. 편 지는 소용없어요."

불과 며칠 뒤 게이브리얼이 정말로 뚱한 얼굴로 찾아와서 나쁜 소 식을 전했다. 그의 조부가 위독해지시더니 하루 만에 돌아가셨다고. 임종의 자리에서 조부는 또렷하고 철두철미한 정신으로 신의 이름 에 맹세하고서, 가장 아끼는 손주 게이브리얼에게 단돈 1달러만 물 려주겠다고 선언하고 의절해 버렸다고 했다. "정말이지, 에이미." 게 이브리얼이 말했다. "그 늙은 악마가 단 한 문장으로 나를 몰락시켰어."

게이브리얼은 무엇보다도 이 일에 대해 자신의 직계가족이 보인 반응 때문에 분하다고 했다. 가족이 통쾌한 내색을 숨기질 못하더라는 것이었다. 그는 조부의 유산을 자신이 물려받을 정당한 근거가 있다는 것을 가족들이 익히 알고 있었고 그래서 자신을 질투해 왔다며, 그중에서 자신에게 개인적으로 유산을 나누자고 제안하는 사람은 아무도 없었다고 털어놓았다. 그 누구도 조부가 죽기 직전에 손주에게 앙갚음하려고 저지른 망령된 처사를 어떻게든 시정해 볼 생각조차 하지 않았고, 그저 자기들에게 닥쳐온 행운을 내심 기뻐하고만 있을 뿐이라고 했다. "다들 내가 1달러만 받고 의절당한 게 속이 시원한가 봐. 자기네가 이제까지 나한테 했던 비난들이 이걸로 다 정당화되기라도 한다고 생각하는 모양이야. 하기야 이제 와 생각하면 그 사람들 말이 옳았지. 나더러 아무짝에도 쓸모없고 하찮은 친척이라더니, 딱 그렇잖아." 게이브리얼이 말했다. "맙소사, 당신도 그 사람들을 봐야 하는 건데."

에이미가 말했다. "그럼 이제 당신은 아내를 부양하기는 어렵겠네."

"오, 그 정도로 심각한 상태는 아니야. 에이미, 당신이 만약……"

"게이브리얼, 우리가 지금 결혼하면 마르디 그라 축제 때에 맞춰 뉴올리언스*에 갈 수 있을 거야. 사순절 이후까지 지체하면 그때는 너무 늦을지도 몰라."

"왜?" 게이브리얼이 물었다. "너무 늦는다는 게 무슨 뜻이야?"

"당신이 마음을 바꿀 수도 있으니까. 당신이 얼마나 변덕스러운지

---

* 뉴올리언스는 마르디 그라 축제를 성대하게 치르며 화려한 퍼레이드를 벌이는 지역으로 유명하다.

알잖아."

마리아와 미란다 자매가 자랐을 때, 할머니가 잔뜩 간직한 편지 꾸러미들 중에서 자매는 두 통의 편지를 읽었다. 한 통은 에이미 고모가 결혼하고 열흘 뒤에 쓴 것이었다.

"엄마, 뉴올리언스는 별로 달라진 게 없네요. 그에 비하면 나는 엄마 집을 떠난 이후로 몰라보게 변했어요. 이제 나는 시시하고 고리타분한 유부녀가 되었답니다. 게이브리얼은 무척 헌신적이고 친절해요. 어제 경마에서는 우리 풋라이츠가 이겼어요. 그 녀석이 단연 인기를 많이 모았죠. 정말 멋진 시간이었어요. 저는 매일 경마장에 가는데, 우리 말들 실력이 얼마나 뛰어난지 몰라요. 그이가 에린 고 브라*와 미스 루시라는 암말 두 마리 중에서 하나를 가지라고 하기에 저는 미스 루시를 택했어요. 달리는 속도가 번개처럼 빠르답니다. 게이브리얼은 에린 고 브라가 경주마로서 더 오래 버틸 텐데 제가 잘못 골랐다고 해요. 제 생각에 미스 루시는 제가 살 만큼은 버틸 것 같아요.

우리는 이곳에서 즐거운 시간을 보내고 있어요. 마르디 그라 축제 기간 동안 한 번쯤은 가면을 쓰고 게이브리얼과 같이 거리에 나가 보려고 해요. 발코니에서 구경만 하는 데에는 질렸거든요. 게이브리얼은 위험할 수 있다고, 꼭 가야겠으면 자기가 데려가 주겠다는데, 글쎄 과연 어떨지 모르겠네요. 엄마, 그이는 정말 다정해요. 내 걱정은 하지 마세요. 프로테우스 무도회**에 입고 갈 아름다운 검은빛과 장밋빛

---

* Erin Gov Bragh, 게일어로 '아일랜드여, 영원히'라는 뜻.
** 뉴올리언스에서 마르디 그라 퍼레이드를 준비하는 단체들 중 하나인 프로테우스 크루가 여는 연례 가장무도회.

벨벳 드레스도 맞췄어요. 시어머니는 너무 화려하지 않으냐고 하시는데, 저는 그게 바로 제가 원하는 바였다고, 드레스가 이렇게 나오지 않았으면 오히려 실망했을 거라고 말씀드렸어요. 보디스가 몸에 완벽하게 착 달라붙고, 어깨선은 아주 깊게 팠고—아빠가 보면 반대하시겠네요—치마에는 널따란 은색 리본을 둘렀죠. 리본은 허리에서부터 무릎까지 내려오도록 둥글게 드리워지고, 치마 뒤로 돌아가서 아주 풍성한 고리 모양으로 부풀어 오른 다음, 끝자락이 바닥에 딱 1야드 늘어뜨려지게 되어 있어요. 지금 제 허리는 18인치예요. 다 뒤레부인 덕택이지요. 제 모습이 시어머니가 놀라서 발작을 일으키실 만큼이나 화려했으면 좋겠네요. 사실 그분은 발작이 잦으시거든요. 옆에서 게이브리얼이 안부 전해 달라네요. 참, 그레일리와 피들러 좀 잘 부탁드려요. 집에 가면 그 녀석들을 다시 타고 싶어요. 저희는 나중에 새러토가에 갈 예정인데 언제가 될지는 잘 모르겠네요. 제가 무지 보고 싶어 한다고 모두에게 전해 주세요. 여기는 항상 비가 와요, 당연하지만요……

추신: 엄마, 잠깐이라도 내게 자유 시간이 생긴다면 집이 사무치게 그리워질 것 같아요. 잘 있어요, 사랑하는 엄마."

또 다른 편지 한 통은 에이미를 담당한 간호사가 쓴 것으로, 날짜는 에이미가 결혼하고 6주 뒤로 되어 있었다.

"필시 갖고 싶어 하실 듯해서 머리카락을 한 타래 잘라 두었습니다. 그리고 혹시라도 제가 따님의 약을 손 닿는 곳에 둔 것이 부주의했다고 생각하지는 않으시기를 바랍니다. 의사 선생님이 편지로 설명해 드린 내용 그대로입니다. 따님의 심장이 약하지 않았다면 그 정도의 양으로는 아무 탈도 없었을 거예요. 따님은 스스로 얼마나 복용하고 있는지 모르고 있었고, 고작 조그만 캡슐 하나쯤 더 먹는다고 별문제는 없을 거라는 말을 제게 자주 하곤 했습니다. 그래서 저는 제가 주는 약 외에는 아무것도 먹지 말라고 주의를 드렸지요. 가끔 따님이 약을 더 달라고 간청하기도 했지만, 저는 의사 선생님이 처방한 투약분 이상으로는 주지 않았습니다. 그날 밤에는 따님 상태가 좀 나아진 것으로 보여서 의사 선생님이 제게 불침번을 서라는 지시를 하지 않았고, 그래서 저도 잠을 잤습니다만 그사이에 그만 불상사가 벌어지고 말았습니다. 크나큰 슬픔에 심심한 위로의 말씀을 전하오니 부디 받아 주시고, 저희 중 누구도 댁의 귀하신 따님을 돌보는 데에 소홀히 하지 않았음을 헤아려 주시기 바랍니다. 따님은 많은 고통을 겪었지만 이제는 편안하실 거예요. 회복할 수는 없더라도 더 오래 사실 수는 있었을 텐데 안타깝습니다. 삼가 애도를 보내며……"

편지들과 기묘한 유품들은 모두 창고에 박힌 채 오랜 세월 잊혀 있었다. 그것들은 이 세상에 속하지 않는 것만 같았다.

2부: 1904년

풀을 뜯어 먹는 조랑말처럼 책을 본능적으로, 하염없이, 즐겁게 읽어 나가는 마리아와 미란다는, 할머니의 농장에서 방학을 보내는 동안 우연히 금지된 책을 읽을 수 있는 행운을 얻었다. 원래는 어떤 개신교도 친척이 전도를 할 목적으로 가져왔다가 두고 간 듯했는데, 그 목적이 전도가 아니라 재미를 주는 것이었다면 적절한 독자를 만난 셈이었다. 책은 부들부들한 종이에 읽기 힘든 활자로 인쇄되어 있었고 삽화도 흐릿하게 번져서 무슨 내용인지 도무지 이해할 수가 없었지만, 그래서 자매에게는 더더욱 흥미진진하게 느껴졌다. 그건 알 수 없는 이유로 수녀원에 '유폐'당한 아름답고 불행한 처녀들에 대한 이야기였다. 어떤 끔찍한 음모에 결탁한 수녀와 사제 들이 처녀들을 감금한 뒤 강제로 수녀로 만들었다. 희생자들의 처절한 비명이 울려 퍼지는 무시무시한 의식이 치러졌고, 이후로 그들에게 괴롭고 혼란스러운 나날이 끝없이 이어졌다. 처녀들은 어둑한 감방에서 사슬에 묶인 채 누워 있거나, 다 썩어 허물어져 가고 쥐가 우글거리는 지하 토굴 감옥 안에서 목 졸려 죽은 아기들의 시체를 돌 밑에 파묻는 일을 다른 수녀들과 함께 하면서 시간을 보내야 했다.

유폐! 그건 마리아와 미란다에게 내내 필요했던 바로 그 단어였다. 자매는 매년 기나긴 겨울 동안 뉴올리언스에 있는 아기 예수 수녀원 학교에 기숙하면서 학업에 불성실한 생활을 했는데, 그런 자신들의 처지를 표현하기에 꼭 알맞은 단어였던 것이다. 물론 아기 예수 수녀원에 지하 감옥 따위는 없었고, 그 외에도 짜릿한 문고본 소설 속에 그려진 수녀원과 자매가 실제로 겪은 수녀원 사이에는 뚜렷한 차이점이 아주 많았다. 이야기를 현실에 끼워 맞추려 해 봤자 소용없는 짓이다. 자매는 애초에 그럴 시도조차 하지 않았다. 그들은 인생, 시, 이야기 사이에 선을 긋는 법을 오래전부터 터득하고 있었다. 인생은 현실이고, 진지한 것으로서, 무덤을 인생의 목적으로 삼아서는 안 된다.* 반면 시는 진실하지만 현실은 아니다. 그리고 금단의 책, 즉 소설은 세상 그 어디에서도 일어나지 않는, 비현실적이고 공상적이고 그

---

* 헨리 워즈워스 롱펠로의 시 「인생 찬가」의 한 구절.

렇기에 극도로 숭고한 사건들을 다루는 것이다. 그 안에 진실이라고
는 단 한 글자도 없으므로 무슨 내용이 나오든 눈썹 하나 까딱할 필요
도 없다.

　자매가 수녀원에서 갇혀 지낸 건 사실이었다. 하지만 그들을 둘러
싼 것은 나무들과 인공 동굴이 딸린 널따란 정원이었다. 밤에는 창문
이 다 열려 있는, 썰렁한 냉기가 도는 공동 침실에 갇혔다. 기다란 침
실의 양쪽 맨 끝에는 수녀님들의 침대가 한 대씩 자리 잡고 있었고,
각 침대마다 모슬린 커튼이 쳐져 있었다. 그리고 작은 야간 등들이 설
치되어 있었는데, 그 불빛을 통해 수녀님들은 커튼 너머 아이들을 볼
수 있지만 아이들 쪽에서는 수녀님들이 보이지 않게끔 되어 있었다.
미란다는 수녀님들이 잠을 자기는 하는지, 혹시 밤새도록 침대에서
숨죽이고 앉아 아이들을 지켜보고 있는 건 아닌지 궁금했다. 그 생각
에 파고들면서 약간의 섬뜩한 스릴에 빠져 보려고도 했다. 하지만 아
무리 애를 써도 미란다는 두 수녀님이 뭘 하든지 그다지 신경이 쓰이
질 않았다. 둘 다 워낙 따분하고 심성이 선량한 여자들이라, 침실 전
체가 덩달아 따분하게 느껴질 정도였기 때문이다. 사실 아기 예수 수
녀원에 있는 모든 것과 그곳에서 보내는 모든 나날이 따분했다. 마리
아와 미란다는 토요일이 되기만을 기다리면서 살았다.

　게다가 자매에게 수녀가 되라고 일말의 눈치라도 주는 사람조차
아무도 없었다. 오히려 미란다가 수녀가 되고 싶다는 야심을 밝히자
클로드 수녀님, 오스틴 수녀님, 어슐러 수녀님은 뜨악한 반응을 숨기
지 못했다. 그녀에게 영적 자질이 부족하다고 보고 매우 부정적으로
평가하는 것 같았다. 그래도 마리아와 미란다는 여름방학 때 익힌 훌
륭한 새 단어를 활용해 자신들이 '유폐'되었다고 표현함으로써, 따분

하기 그지없는 생활에 낭만적인 빛깔을 입힐 수 있었다. 다만 경마 시즌의 토요일 오후는 제외하고.

수녀원에서 자매의 품행과 학업 수준이 최소한 보통 정도는 된다는 평가를 내리면, 친척 어른들 중 누군가가 반드시 웃는 얼굴로, 휴일 분위기를 몰고 수녀원에 찾아와서 자매를 경마장에 데려가 주었다. 거기서 자매는 각자 1달러씩 받아서 원하는 말에 돈을 걸 수 있었다. 하지만 가끔 운수가 나쁜 토요일도 있었다. 그런 날이면 마리아와 미란다는 외출 준비를 모두 마치고, 모자를 손에 들고, 기름을 바른 곱슬머리를 귀 뒤로 넘겨 붙이고, 빳빳한 남색 주름치마를 펼치고 앉은 채 기다리면서, 심장이 가슴에서부터 서서히 떨어져 내리다가 마침내는 끈 달린 앵클부츠를 신은 발까지 내려앉는 것을 느꼈다. 마지막 순간까지도 그들은 모자를 머리에 쓰지 못했다. 그들을 경마장에 데려다줄 사촌 오빠 헨리나 사촌 언니 이저벨, 조지 숙부나 폴리 숙모가 아직 오지 않았는데 모자를 쓴다는 건 어쩐지 너무나 끔찍하게 느껴졌다. 그러다 결국 아무도 오지 않으면 토요일은 그렇게 진저리 나도록 허망하게 흘러가 버렸고, 자매는 그 주에 자신들의 성적이 나빴기 때문에 벌을 받았다는 것을 비로소 깨닫게 되었다. 꼭 막판이 돼서야 그 사실을 알 수 있었으므로 매번 실망할 수밖에 없었다. 정말 진이 빠지는 일이었다.

그러던 어느 토요일, 응접실에 불려 갔더니 아버지가 와 있었다. 아버지는 자매를 만나려고 텍사스에서부터 여기까지 먼 길을 일부러 찾아온 것이었다. 자매는 아버지를 보자마자 무작정 뛰어들다가, 문득 의구심이 들어서 멈칫했다. 아버지가 경마장에 데려가 주려고 온 걸까? 만약 그렇다면 반가워해도 될 것 같았다.

"안녕, 얘들아." 아버지가 그들의 뺨에 키스하며 말했다. "착하게 지 냈니? 게이브리얼 고모부의 암말 한 마리가 오늘 크레센트시티에서 출전할 거란다. 그래서 우리가 가서 돈을 걸어 볼까 하는데, 어떠니?"

마리아는 잠자코 모자를 썼지만, 미란다는 그 자리에 버티고 서서 단호하게 따졌다. 그녀는 오늘 하루가 어떻게 될지 불안해서 안절부 절못하던 참이었다. "왜 어제 연락해 주시지 않으셨어요? 미리 알려 주셨으면 설레는 마음으로 기다렸을 텐데요."

"너희가 경마장에 갈 자격이 될지 안 될지 몰랐으니까." 그는 특유 의 아버지다운 태도로 아무렇지도 않게 말했다. "지난 토요일, 기억하 지?"

미란다는 고개를 수그리고서 모자를 쓰고, 둥근 고무 밴드를 턱 밑 에 걸었다. 지난 토요일은 아주 잘 기억했다. 그 주에 미란다는 산수 수업이 너무 힘들어서 절망에 빠진 나머지 교실 바닥에 얼굴을 박고 엎드려 버렸고, 일어나라는 지시를 계속 거부하다가 끝내는 억지로 끌려 나가고 말았다. 이후로 한 주 내내 그녀는 이전에는 빼앗겨 본 적 없는 많은 것을 박탈당했고, 토요일은 초상이라도 난 듯 울면서 보 냈다. 우는 것도 남들 몰래 해야 했다. 너무 큰 소리로 울면 품행 점수 가 또 깎일 뿐이었다.

"신경 쓰지 말거라." 아버지가 그건 아주 사소한 문제라는 듯이 말 했다. "오늘은 갈 거잖니. 어서 이리 나오렴. 시간이 빠듯하다."

경마장 나들이는 늘 신나는 시간이었다. 말 한 마리가 끄는 유개有 蓋 마차에 올라타 앉아서, 짙은 빛깔의 두꺼운 좌석 커버에서 물씬 배 어나는 기묘한 향수와 담배 냄새를 맡으며 이동하는 과정 자체부터 가 즐거웠고, 커다란 조명이 밝혀진 식당에 걸어 들어가는 순간도, 수녀원에서는 물론이고 집에서도 먹어 본 적 없는 저녁 식사가 눈앞에 차려지는 순간도 짜릿했다. 거기다 보르도산産 적포도주를 타서 분홍빛을 띤 물 잔을 손에 쥐면, 자매는 세상만사에 능숙한 어른이 된 기분마저 들었다.

수많은 관중의 모습은 매번 처음 보는 것처럼 흥미진진했다. 멋지고 경이로운 드레스를 차려입고 온통 깃털과 꽃과 화장품으로 치장한 숙녀들도, 노란 장갑을 낀 우아한 신사들도. 악단들이 차례대로 나와서 천둥처럼 울리는 북과 금관악기를 연주했고, 이따금씩 야성적이고 아름다운 말 한 마리가 조그마한 원숭이 같은 소년을 등에 앉힌 채 경주로를 달리며 몸을 풀기도 했다.

미란다는 이 모든 것에 개인적으로 특별한 관심이 있었다. 그 관심사는 아무에게도, 심지어 마리아에게도 털어놓지 않은 비밀이었다. 아니, 마리아야말로 절대 알아서는 안 된다. 그러면 불과 10분 만에 온 가족이 다 알게 될 테니까. 미란다는 최근에 장래 희망을 경마 기수로 결정한 참이었다. 언젠가 아버지가 해 준 말에 따르면 그녀는 절대로 키가 크지 못할 거라고, 평생 단신으로 살 거라고 했다. 그렇다면 에이미 고모나 이저벨 언니 같은 미인이 되기는 글렀다는 뜻이었다. 그럼에도 미인이 되고 싶다는 희망은 끈덕지게 남아 있었지만, 어느 날 불현듯 경마 기수가 되면 어떨까 하는 생각이 들고부터는 머릿속이 온통 그 생각으로 가득 찼다. 미란다는 밤마다 잠들기 전에 기수가 될 계획에 파고들며 조용히 행복감에 젖었고, 낮 동안 공부해야 할 시간에도 너무 자주 그 생각에 매달렸다. 구체적으로 살피려고 하면 흐릿하게 보였지만, 적당한 거리를 두고 보면 눈부신 꿈이었다. 그 미래를 위해서는 승마 실력을 지금보다 더, 훨씬 더 많이 키워야 할 텐데, 산수 공부 따위에 전전긍긍하고 있다는 게 너무 바보같이 느껴졌다. "창피한 줄 알아라." 농장에서 미란다가 트릭시라는 이름의 무스탕 암말을 타고 전속력으로 달리는 것을 보고, 아버지는 그렇게 말했다. "말이 뛸 때마다 네가 안장 위에서 하도 높이 튀어 올라서 그 사이로 해, 달, 별이 다 보일 정도다." 스페인식 승마술에 따르면, 안장에 바싹 붙어 앉은 채 무릎과 고삐만 가지고 모든 기술을 구사할 수 있어야 했다. 반면 경마 기수들은 무릎이 말 등과 거의 수평을 이룰 만큼 자세를 높인 채 고무공처럼 가볍게 튀어 올랐다 내려앉았다 하며 움직였다. 그런 방식이라면 미란다도 쉽게 할 수 있을 것 같았다. 그래, 토드 슬론* 같은, 최소한 5할의 승률은 유지하는 기수가 되자. 그러려면 아무도 모르게 수련을 해야 한다. 그러다 어느 날 그녀는 다른 기수들과 함께 안장 위에서 가볍게 몸을 튀기며 경주에 나갈 것이고, 멋진 승리를 거머쥐어서 모두를, 특히 가족을 놀라게 해 줄 것이다.

오늘은 미란다가 숭배하는 위대한 기수, 토드 슬론이 출전하는 날이었다. 지금까지 두 경주에서 토드 슬론이 우승했다. 미란다는 그에게 돈을 걸고 싶은 마음이 간절했지만, 아버지가 허락하지 않았다. "지금은 안 된다, 얘야. 오늘은 게이브리얼 고모부의 말에 돈을 걸어야지. 네 번째 경주에 미스 루시가 나온다고 하니까 그때까지 기다리렴. 미스 루시는 배당률이 백 배란다. 녀석이 이기면 어떻게 될지 생각해 보렴."

배당률이 백 배짜리인 말이 이길 확률은 거의 없다는 걸 미란다는 잘 알고 있었다. 구겨 쥔 1달러 지폐가 손안에서 눅눅해지고 뜨뜻해지

---

* (1874~1933), 미국의 경마 기수로, 안장에서 일어나 말의 목에 몸을 붙이는 방식의 자세를 처음 개발했으며 이 승마 기법은 오늘날 보편화되었다.

는 걸 느끼며 그녀는 잠자코 샐쭉거렸다. 토드 슬론에게 걸었다면 지금쯤 이미 3달러를 벌었을 터였다. 그런데 마리아가 고상한 투로 말했다. "게이브리얼 고모부의 말에 돈을 걸어야 바람직한 행동이야. 그래야 우리 돈이 가족 외의 사람에게 빠져나가지 않을 거 아냐." 미란다는 제 언니에게 아랫입술을 삐죽 내밀었다. 마리아가 너무 점잔을 떨며 말하는 게 아니꼬웠다. 마리아는 미란다에게 코를 찡그려 보였다.

네 번째 경주가 시작되기 전 자매가 마권업자에게 1달러를 넘겨주고 있을 때, 관중석 아래쪽에서 웬 피둥피둥한 거구의 사내가 그들을 향해 손짓했다. 북적이는 사람들의 머리 위로 손을 들어 올린 그 남자는 얼굴이 불그레했고, 희끗하게 센 황갈색 콧수염이 엄청나게 수북하고 너저분하게 자라나 있었다. "어이, 거기 해리 아니야?" "어이쿠, 이게 누구야, 게이브리얼이잖아." 아버지가 그를 손짓해 부르자, 그는 육중한 몸으로 앞을 비집으며 나지막한 계단을 올라왔다. 마리아와 미란다는 그를 쳐다보다가 눈길을 돌려 서로를 마주 보았다. '설마 저 사람이 게이브리얼 고모부란 말이야?' 둘은 눈빛만으로 서로에게 물었다. '저 사람이 에이미 고모의 근사하고 로맨틱한 남자 친구라고? 우리의 에이미 고모를 위해 시까지 써 준 그 남자라고?' 오, 어른들은 도대체 무슨 생각으로 그런 이야기를 했단 말인가?

그는 뚱뚱하고 추레한 남자였다. 충혈된 푸른 눈은 슬프고 지쳐 보였고, 우렁차고도 울적한 웃음소리는 신음처럼 들렸다. 그는 커다란 몸으로 그들의 앞에 우뚝 다가서서 아버지에게 고함을 쳤다. "이야, 해리 이 자식 엄청 오랜만에 보는군. 말들을 보여 줄 테니 여기서 일단 나가자고. 자넨 옛날하고 그냥 똑같구먼. 해리, 그래 요새 잘 지내나?"

악단이 〈강 저편으로〉를 연주하기 시작했다. 그러자 게이브리얼 고모부가 더욱 큰 소리로 외쳤다. "뭐 해, 얼른 나가자니까. 뜨내기 도박꾼 놈들이나 우글거리는 데서 뭐 하고 있는 거야?"

아버지도 마주 외쳤다. "안 돼. 우리 딸들을 데려왔거든. 이 애들이야."

게이브리얼의 흐리멍덩한 눈이 그들을 향하더니 눈부실 만큼 환하게 웃음 지었다. "둘 다 아주 예쁘네, 해리. 그림처럼 예뻐. 몇 살이야?"

"이제 열 살, 열네 살이야." 아버지가 말했다. "어설픈 나이지. 한 쌍의 독사 같다고나 할까. 그야말로 독사의 이빨 그 자체야.* 얘네하고는 아무것도 할 수가 없다니까." 아버지는 뽐내듯 말하면서, 미란다의 머리를 쓰다듬는 척 슬쩍 부풀려서 풍성해 보이게끔 했다.

게이브리얼이 외쳤다. "그림처럼 예쁘긴 한데, 요 두 녀석을 하나로 합쳐도 에이미는 못 따라가겠어. 안 그래?"

"그럼, 턱도 없지." 아버지는 목청껏 대답했다. "근데 뭐 아직 애송이들이니까." 강 저편에, 강 저편에, 내 연인이 기다리고 있네. 악단의 가수가 신음하듯 노래를 불렀다.

"나는 지금 가 봐야 해." 게이브리얼이 소리쳤다. 자매는 귀가 멍멍했고 혼란스러웠다. "하필 세상에서 가장 개떡 같은 기수가 걸렸지 뭐야. 하여간 나는 재수가 없어도 더럽게 없어. 그놈을 아예 말안장에다 묶어 버리든지 해야겠어. 어제 피들러를 타다가 낙마했거든. 말 꼬리 위에 그대로 뚝 떨어져 버리더라니까. 아, 에이미의 암말 기억하지?

---

* 셰익스피어의 〈리어왕〉에서 '은혜를 모르는 자식을 두는 것은 독사의 이빨에 물리는 것보다 더 아프다'는 문구를 빗댄 것.

미스 루시 말이야. 요번에 나오는 말은 그 녀석 이름을 따다 붙인 거야. 미스 루시 4세라고 하지. 하지만 2세도, 3세도, 4세도 죄다 원조만은 못했어. 아무튼 여기 꼼짝 말고 있어. 금방 갔다 올 테니."

마리아가 용감하게 입을 열었다. "게이브리얼 고모부, 미스 루시에게 우리가 돈을 걸었다고 전해 주세요." 그러자 게이브리얼 고모부는 몸을 구부려 마리아를 내려다보았다. 그 부어오른 눈에 눈물이 맺힌 것 같았다. "마음이 곱기도 하지." 그가 우렁찬 음성으로 말했다. "내 꼭 전해 주마." 고모부는 다시 관중 사이로 뛰어 내려갔다. 헐렁한 옷을 입은 그의 뚱뚱한 몸은 약간 구부정했고, 굵은 목은 목깃 위에서 뒤룩거렸다.

미란다와 마리아는 힘없이 자리에 앉았다. 그들의 말에 승산이 거의 없다는 것도, 낭만적인 상상 속 주인공이었던 게이브리얼 고모부의 첫인상과 험한 말씨도 실망스럽기만 했다. 기회도 놓쳤고, 돈도 잃었고, 가슴은 저며 왔다. 자매는 경주를 보지도 않고 제자리에 가만히 앉아만 있었다. 그런데 어느 순간 아버지가 몸을 기울이더니 그들을 끌어 올렸다. "말을 봐야지." 아버지가 엄한 목소리로 재빨리 말했다. "미스 루시가 들어온다."

자매는 관중석 위에 발을 올리고 벌떡 일어섰다. 별안간 온몸의 혈관이 격렬하게 고동쳐서 시야에 초점도 잘 맞춰지지 않았다. 다만 경주로에서 가느다란 마호가니 빛깔 한 줄기가 심판석 옆을 획 지나쳐 가는 게 보였다. 2등보다 겨우 머리 하나 정도 앞섰을 뿐이었지만, 그래도 미스 루시는, 오, 그들의 소중하고 사랑스러운 미스 루시가, 게이브리얼 고모부의 바로 그 미스 루시가 우승을 한 것이다. 우승. 자매는 펄쩍펄쩍 뛰면서 환성을 지르며 손뼉을 쳤다. 모자가 벗겨져 어깨 위에 떨어지고 머리카락이 마구 흩날렸다. "워, 어린 암소야!"* 악단이 금관악기들을 뿡뿡거리면서 노래를 시작했고, 관중은 예리코 성이 함락된 것처럼 긴 함성을 질렀다.

자매는 어쩔어쩔해진 채 자리에 앉았다. 아버지는 그들의 모자를 다시 씌워 주고, 손수건을 꺼내 미란다의 얼굴에 대 주었다. "자, 이걸로 코 풀렴." 아버지가 무척 상냥하게 말하면서 미란다의 눈물을 닦아 주었다. 그러고는 일어서서 딸들을 흔들어 멍한 상태에서 깨워 준 뒤, 눈가에 깊은 주름이 패도록 웃으며 마치 다 큰 숙녀들을 에스코트하듯이 말했다.

"이제 미스 루시를 보러 갈까요? 오늘의 스타에게 경의를 표해야지요."

말들은 온몸의 털이 물에 흠뻑 젖고 비누칠까지 한 듯한 모양새로 들어왔다. 다들 갈비뼈가 들썩이고 콧구멍이 벌름거리고 있었다. 기수들은 차분한 표정으로 고개를 수그린 채, 말의 걸음걸이에 따라 허리를 조금씩 움직이며 편안히 앉아 있었다. 미란다는 나중을 위해 그 장면을 눈여겨보았다. 경주가 끝나면 기수들은 승패와 관련 없이 저런 식으로 침착하고 덤덤하게 들어와야 하는 것이리라. 마침내 미스 루시도 경주로에 들어섰다. 그러자 관중석에서 몇 안 되는 적중자들이 기수와 미스 루시를 연호하며 갈채를 보냈다. 기수는 미소를 지으며 채찍을 들어 보였지만, 주름진 갈색 얼굴과 눈동자는 그저 담담하기만 했다. 한편 미스 루시는 코피를 흘리고 있었다. 걸쭉한 피 두 줄기가 흘러내린 자국으로 녀석의 부드러운 입과 턱이 뻣뻣하게 말라

---

* Whoa, You Heifer, 뉴올리언스의 음악가 앨 버저가 1904년에 작곡한 노래.

붙었다. 미란다가 세상에서 가장 멋진 턱이라고 생각했던, 그 둥글고 벨벳 같은 턱이. 미란다는 눈이 휘둥그레지고 무릎이 후들거렸다. 숨을 들이쉬자 코에서 쿵 하는 소리가 났다.

미란다는 가만히 서서 미스 루시를 쳐다보았다. 저것도 우승의 한 장면이었다. 심장이 꽉 메어 왔다. 미스 루시의 우승이란 저런 것이다. 넌더리가 났다. 미란다 자신도 모르는 사이에 그녀의 마음은 그 승리를 즉각적으로 그리고 전적으로 거부하고 있었다. 미스 루시가 저렇게 코피를 흘리면서 심장이 터지도록 뛰어서, 머리 하나 간격으로 뒤의 말을 제치고 심판석을 지나쳤던 순간, 자신이 기뻐서 눈물까지 흘리며 환호성을 질러 댔다는 게 수치스럽게 느껴졌다. 미란다는 공허감과 욕지기에 사로잡혀 아버지의 손을 꽉 거머쥐었다. 그러자 아버지는 약간 짜증이 나는 듯 그녀를 흔들며 다그쳤다. "왜 그러냐? 꼼지락거리지 마."

게이브리얼 고모부도 한편에 서서 기다리고 있었다. 그는 술에 완전히 취해 있었다. 미스 루시가 마구간으로 들어가는 모습을 지켜본 뒤, 그는 흰 칠이 된 울타리에 기대서서 거리낌 없이 펑펑 울었다. "해리, 미스 루시가 코피를 흘려. 어제부터 저랬어. 다 나은 줄 알았는데 아니었나 봐. 그래도 해냈으니 잘됐지. 사자처럼 용맹한 녀석이야. 저 녀석이 새끼를 치게 해 줘야겠어, 해리. 미스 루시의 심장은 그 자체로 수백만 달러의 가치가 있어. 하느님, 미스 루시를 지켜 주소서." 눈물이 그의 벽돌빛 얼굴을 타고 흘러내려 덥수룩한 턱수염에 새어 들었다. "저 녀석에게 무슨 일이라도 생기면 나는 권총으로 내 머리통을 쏴 버릴 거야. 미스 루시가 내 마지막 희망이야. 저 애가 내 목숨을 구한 거라고. 나는 이번에 정말……" 그는 커다란 손수건으로 얼굴을 닦으며 꺽꺽거렸다. "정말 억수로 재수가 좋았어. 아이고, 해리, 어디 가서 같이 술이나 한잔하자고."

"나는 아이들을 학교로 바래다줘야 해, 게이브리얼." 아버지가 자매의 손을 한 쪽씩 잡으면서 말했다.

"안 돼, 안 돼. 아직 가지 마." 게이브리얼이 절박하게 말했다. "여기서 잠깐만 기다려. 나는 수의사를 만나고 미스 루시 상태 좀 보고 올게. 금방 돌아올 거야. 가지 마, 해리. 제발. 잠깐이라도 이야기는 나누고 가야지."

마리아와 미란다는 불안정한 걸음걸이로 느릿느릿 걸어가는 게이브리얼의 뒷모습을 바라보았다. 그들이 알아볼 수 있을 만큼 확실하게 술에 취한 사람을 직접 보기는 생전 처음이었다. 취객의 사진을 본 적은 있었고, 술에 취하면 나타나는 증상도 주위 사람들이나 책을 통해 접해서 알고 있었으니, 고모부가 취했다는 것은 대번에 눈치챌 수 있었다. 미란다는 이 사건이 자신에게 여러모로 중요하다는 생각이 들었다.

"게이브리얼 고모부는 술꾼이네요. 그렇죠?" 미란다는 약간 득의양양한 기분으로 아버지에게 물었다.

"쉿, 그런 말은 하는 게 아니야." 아버지가 눈살을 잔뜩 찌푸렸다. "또 그러면 다시는 여기 안 데려올 거야." 아버지는 난처하고 기분이 나쁜 듯했고, 무언가 갈팡질팡하는 눈치가 역력했다. 명백히 부당한 꾸중을 들어서 억울해진 자매는 뻣뻣하게 굳어 버렸고, 이내 아버지의 손을 놓고 쌀쌀맞게 물러나 나란히 선 채 침묵했다. 하지만 아버지는 눈치채지도 못하고 그저 게이브리얼이 떠난 자리만 지켜볼 뿐이었다. 게이브리얼은 몇 분 뒤에 돌아왔다. 한 손에 커다란 검은 모자를 들고, 거미줄이라도 닦아 내려는 양 여전히 손수건으로 얼굴을 문지르고 있었다. 그는 가까운 거리인데도 구태여 손을 흔들어 보이면서 쾌활하게 소리쳤다. "미스 루시는 괜찮을 거래, 해리. 피도 이제 멎었어. 어휴, 미스 허니가 들으면 정말 좋아하겠네. 자, 해리, 같이 집에 가서 미스 허니에게 이야기해 주자고. 좋은 소식을 들려줘야지."

아버지가 말했다. "우선 아이들을 학교에 데려다주고 나서 갈게."

"아니야, 아니야." 게이브리얼이 살갑게 만류했다. "미스 허니에게 우리 조카들도 보여 줘야지. 만나 보면 무진장 기뻐할 거야, 해리. 같이 데려가."

"우리 또 다른 경주마 보러 가는 거야?" 미란다가 언니에게 귓속말로 물었다.

"무슨 헛소리를 하는 거야. 미스 허니*는 고모부의 둘째 아내야." 마리아가 대꾸했다.

"해리, 마차를 잡자. 네 딸내미들을 데려가면 미스 허니가 기운이 날 거야. 이제 보니까 요 두 녀석을 하나로 합치면 에이미랑 아주 많이 비슷하겠어. 정말이야. 집사람한테 꼭 보여 주고 싶어. 그 사람이 썩 외향적인 성격은 아니긴 하지만, 해리, 그래도 우리 가족을 늘 좋아했다고."

마리아와 미란다는 마부석을 면한 자리에 앉았고, 게이브리얼 고모부는 그 맞은편 자리에 아버지와 함께 끼어 앉았다. 그의 시큼털털한 입 냄새가 삽시간에 마차 안에 퍼졌다. 그는 슬프고 가난해 보였다. 넥타이가 비뚤어져 있었고 셔츠는 구겨져 있었다. "얘들아, 우리

---

* '미스'는 본래 미혼 여성에게만 쓰는 호칭이지만, 미국 남부 지방에서는 혼인 여부와 무관하게, 여성의 성이 아닌 이름 앞에 '미스'를 붙여 부르는 관습이 있다.

는 고모부의 두 번째 부인 되는 분을 만나 뵈러 가는 거야." 아버지는 이제껏 나온 이야기를 그들이 전혀 못 들었다는 듯 설명하고는, 게이브리얼에게 물었다. "그래, 요즘 아주머님은 좀 어때? 마지막으로 본 지 어언 20년은 됐을 텐데."

"실은 되게 우울해해." 게이브리얼이 말했다. "몇 년째 우울한 상태야. 뭘 어떻게 해도 나아지질 않는 것 같아. 그 사람은 말들한테도 영 관심이 없잖아, 해리. 너도 기억하겠지만 말이야. 결혼한 이후로 경마장에 가 본 적이 세 번이나 될까? 에이미라면 무슨 일이 있어도 경마는 꼭 챙겨 보려고 했을 텐데…… 미스 허니는 에이미와 너무 달라, 해리. 정말 다른 종류의 여자야. 그녀 나름대로는 세상에서 제일 좋은 여자이긴 하지만, 생활이 변하는 거나 이리저리 옮겨 다니는 걸 원체 싫어해. 그리고 오로지 아들만 바라보고 살아."

"게이브는 지금 어디에 있고?" 아버지가 물었다.

"대학 마지막 학년이야." 게이브리얼이 대답했다. "똑똑한 녀석이긴 한데, 제 엄마를 굉장히 많이 닮았어. 지독하게 닮았지." 그는 울적한 투로 말했다. "미스 허니는 게이브하고 떨어져 지내는 걸 싫어해. 그냥 한동네에 눌러앉아서 게이브가 졸업할 때까지 기다리고 싶대. 글쎄, 그러고 싶어도 그럴 수가 없는 처지이니 나야 미안하지만…… 오 하느님! 오늘 드디어 우리 집에 대박이 터지지 않았겠어. 해리, 네가 그 사람 기분을 좀 북돋아 줬으면 좋겠어. 허니는 기운을 좀 차려야 해."

자매는 가만히 앉아서 바깥의 길거리가 점점 좁고 칙칙하고 허름하게 변하는 광경을 지켜보았다. 갈수록 길가에 추레한 용모의 백인들이 많아지더니, 마침내는 멀끔한 흑인들이 사는 지역이 나왔고, 그 흑인들의 용모마저도 점점 더 추레해져만 갔다. 그렇게 한참을 달리던 마차는 엘리시안필즈 거리*의 한 조그맣고 황량한 호텔 앞에서 멈춰 섰다. 아버지는 마리아와 미란다를 마차에서 내려 준 다음 마부에게 그곳에서 대기해 달라고 했고, 세 사람은 게이브리얼을 따라 눅눅한 냄새가 풍기는 지저분한 호텔 앞마당을 거쳐 건물 안으로 들어갔다. 가스등이 켜진 긴 복도에서는 지독한 악취가 진동했다. 심지어 공기에서 쓴맛까지 느껴지는 듯했는데, 미란다는 그 냄새의 정체가 도대체 무엇인지 짐작도 되지 않았다. 게이브리얼은 그들을 이끌고 너덜너덜한 카펫이 깔린 계단을 한참 올라가더니, 아무 예고도 없이 방문 하나를 열었다. "여기야, 다 왔어."

안에서 어느 훤칠한 여자가 흔들의자를 삐걱이며 몸을 벌떡 일으켰다. 빛바랜 밀짚 색깔 머리카락에 안색이 창백하고, 눈꺼풀 가장자리가 불그스름한 여자였다. 파란색과 하얀색 줄무늬가 들어간 빳빳한 블라우스와, 튼튼하고 반들반들한 재질의 천으로 만들어진 빳빳한 검정 치마를 입고 있었다. 그녀는 손님들의 모습을 보더니 뼈마디가 굵직한 두 손을 들어 올려, 둥그렇고 단정하게 틀어 올린 앞머리 위에 가져다 댔다.

"허니." 게이브리얼이 짐짓 과장스럽게 다정한 투로 말했다. "당신을 만나러 누가 찾아왔는지 알아?" 그는 어설프게 아내를 끌어안았다. 그녀는 아무런 표정 변화 없이 이방인 세 명에게만 눈길을 고정하고 있었다. "에이미의 오빠, 해리야. 허니, 기억하지?"

"그럼." 미스 허니는 손을 배의 노처럼 반듯하게 내뻗은 채, 웃음기

* 뉴올리언스 북동쪽의 젠틸리에 위치한 곳으로, Elysian Fields라는 이름은 '천국'이라는 뜻을 갖고 있다.

없는 얼굴로 자매의 아버지를 향해 말했다. "당연히 기억하죠, 해리."

"그리고 옆에는 에이미의 조카들이야." 게이브리얼이 자매를 미스 허니에게 데려갔다. 자매가 힘없이 손을 내밀자, 미스 허니는 그들의 손을 툭 치듯이 잡았다가 떨어트렸다. "그리고 좋은 소식도 있어." 게이브리얼은 괴로운 분위기를 전환해 보려고 애쓰며 말을 이었다. "허니, 오늘 미스 루시가 경주에 나가서 온 세상에 본때를 보여 줬어. 우리는 다시 부자가 된 거야. 마누라, 기운 좀 내."

미스 허니는 절망감을 띤 길쭉한 얼굴을 돌려서 손님들을 보았다. "앉으세요." 그녀는 깊은 한숨을 내쉬면서 자리에 앉더니, 금방이라도 부서질 듯한 허름한 의자들 쪽을 손짓했다. 방 한편에는 거무추레한 흰색 이불이 덮인 커다란 침대가 있었는데 매트리스가 뭉쳐서 울퉁불퉁했고, 대리석으로 된 세면대와, 연통을 꽂기 위한 구멍이 나 있는 조그마한 밀폐식 벽난로가 갖춰져 있었다. 두 장의 작은 창문 위에는 회색빛이 도는 조잡한 레이스 커튼이 끈에 매달려 있었고, 누가 이 방에 막 이사 왔거나 이사를 나갈 것처럼 여행 가방 두 개가 생뚱맞게 서 있었다. 모든 게 칙칙하고 꾀죄죄하고 살풍경스럽고 반듯했다. 무엇 하나 흐트러진 것이 없었다.

"내일 세인트찰스*로 이사 가야겠어." 게이브리얼이 해리와 자신의 아내, 둘 모두를 향해 말했다. "허니, 제일 좋은 옷들을 챙겨. 길고 힘들었던 시절은 이제 끝났어."

미스 허니는 콧구멍을 오므리더니, 팔짱을 끼고 흔들의자를 살짝 움직였다. "예전에도 세인트찰스에서 살아 본 적이 있지. 여기서 사는

---

* 1837년부터 1974년까지 뉴올리언스의 캐널 거리에 위치했던 큰 호텔로, 당시 정치계와 사교계의 중심이었다.

것도 이번이 처음은 아니고." 그녀는 팽팽하게 경직된 어조로 말했다.
"고맙지만, 세 달 뒤에 또다시 돌아오느니 나는 그냥 여기서 계속 지
내겠어. 이제 겨우 적응이 돼서 여기가 내 집처럼 느껴지거든." 그녀
는 말을 마치고 해리를 흘끔 돌아보았다. 그녀의 연청색 눈에 푸른 불
꽃이 일면서, 입가에 뻣뻣한 흰 주름이 잡혔다.

　자매는 미스 허니를 쳐다보지 않으려 애쓰면서 앉아 있었다. 죽도
록 불편한 상황이었다. 그들의 할머니는 자신이 오랜 세월 아이들을
겪어 왔지만 해리의 딸들처럼 가르치기 힘든 애들은 처음 본다고 말
한 적이 있었다. 하지만 자매는 적어도 한 가지 규칙만은 간접적으로
배워서 터득하고 있었다. 좋은 사람이라면 절대로 남들 앞에서 가족
과 싸움을 벌여서는 안 된다는 규칙. 집안싸움은 성스러운 일이다. 사
나우면서도 나지막한 목소리로, 은밀하게 속닥거리고 투덜거리고 으
르렁거리며 싸워야 하는 법이다. 만약 고함을 지르거나 발을 쿵쿵 굴
러 대려거든, 남들이 못 듣도록 반드시 문과 창문을 다 닫아야 한다.
그런데 지금 게이브리얼 고모부의 두 번째 아내는 숫제 길길이 날뛰
면서 당장이라도 남편에게 달려들 태세였고, 고모부는 회초리를 흔
들어 대는 사람을 앞에 둔 사냥개처럼 기가 죽어서 앉아 있었다.

　'저 아줌마는 여기 있는 모든 사람을 혐오하고 경멸하는 거야.' 미
란다는 차분히 생각했다. '그리고 우리가 그걸 몰라줄까 봐 조바심을
내고 있지. 그럴 필요 없는데. 우린 처음 들어왔을 때부터 이미 눈치
챘는걸.' 미란다는 진심으로 여기서 나가고 싶었지만, 아버지는 괴상
야릇한 표정을 짓고 있을 뿐 앉은자리에서 움직일 기미는 없어 보였
다. 뭔가 유쾌한 말을 생각해 내려고 안간힘을 쓰는 듯했다. 한편 마
리아는 이유 모를 죄책감을 느끼면서 머릿속으로 재빨리 계산을 하

고 있었다. '뭐 어때. 저 아줌마는 고모부의 두 번째 아내일 뿐이고, 고모부는 에이미 고모의 전남편일 뿐인데. 그래, 저 아줌마는 우리 친척이 아니야. 다행이다.' 마리아는 몸을 뒤로 젖히고 편안히 앉아 두 손을 무릎 위에 펼쳤다. 분명 몇 분만 있으면 이곳을 떠날 수 있을 것이다. 그러고 나면 두 번 다시는 올 일이 없으리라.

아버지가 입을 열었다. "저희는 몇 분만 있다가 갈 생각입니다. 그냥 어떻게 지내시나 해서 인사도 드릴 겸 잠시 들렀습니다."

미스 허니는 아무 말도 않고 두 손과 손목만 살짝 움직여 보였다. 꼭 "네, 저는 보다시피 이렇게 지내는데요. 그래서 뭐요?"라고 묻는 것 같았다.

"저는 아이들을 학교로 데려다줘야 해서요." 아버지가 그렇게 말하는데, 게이브리얼이 눈치 없는 말을 던졌다. "저기, 허니, 쟤네들 에이미 약간 닮지 않았어? 특히 눈가가 말이야. 마리아는 유난히 더 많이 닮았어. 안 그래, 해리?"

아버지가 마리아와 미란다를 번갈아 보았다. "잘 모르겠는데." 그렇게 말하는 아버지의 표정은 그 어느 때보다도 지독하게 무안해 보였다. 아버지는 미스 허니를 돌아보았다. "게이브리얼을 만난 건 정말 오랜만입니다. 그래서 같이 옛날이야기나 좀 나눌까 했어요. 아시다시피, 저희 과거가 좀 각별해서요."

"네, 알죠." 미스 허니가 의자를 약간 흔들더니, 그녀가 아는 모든 것이 도저히 억누를 수 없는 증오와 울분으로 북받치는 듯 안색이 파리해지면서 급기야는 긴 몸을 벌떡 일으켰다. "알다마다요." 그러고는 다시 앉아서 바닥을 내려다보았다. 한일자로 앙다문 그녀의 입술이 파르르 떨렸다. 무시무시한 침묵이 흘렀다. 자매의 아버지가 자리에서 일어서는 소리에 드디어 침묵이 깨지자, 자매도 뒤따라 일어났다. 둘은 문 쪽으로 부리나케 뛰어가고 싶은 충동을 억누르기가 여간 힘들지 않았다.

"저는 아이들을 데려다줘야 해서 이만 실례해야겠습니다." 아버지가 말했다. "얘들이 오늘 흥분을 너무 많이 했어요. 미스 루시에게 돈을 걸어서 각각 100달러나 땄거든요. 훌륭한 경주였습니다." 아버지는 이 상황에서 무작정 탈출해 버리고만 싶은 듯 고역스럽기 그지없는 목소리였다. "그랬지, 게이브리얼?"

"대단한 경주였지." 게이브리얼이 더듬더듬 말했다. "대단했어."

미스 허니가 일어나서 문 쪽으로 한 발짝 다가왔다. "정말로 딸들을 경마장에 데려간단 말인가요?" 그녀가 눈꺼풀을 깜빡이며 자매 쪽을 눈짓했다. 마리아가 느끼기에는, 징그러운 벌레를 보는 듯한 눈초리였다.

"상을 좀 줘야겠다 싶을 때는 데려갑니다." 아버지는 무던한 투로 대답했지만 미간을 찡그리고 있었다.

"나는 말이죠." 미스 허니가 또박또박 말했다. "내 아들이 경마장을 드나드느니, 차라리 내 눈앞에서 죽는 꼴을 보는 편이 낫겠어요."

이후 몇 분은 어떻게 지나가는지도 모르게 흘러갔고, 그들은 결국 그곳을 빠져나왔다. 게이브리얼은 세 사람이 계단을 내려가, 마당을 가로질러서 마차에 올라탈 때까지 배웅해 주었다. 마차 안을 들여다보는 게이브리얼의 얼굴은 축 늘어져 있었다. 뼈에 붙어 있던 살이 죄 떨어져 버린 것처럼 이목구비가 온통 아래로 처졌고, 눈꺼풀은 퉁퉁 붓고 푸르스름했다. "잘 가, 해리." 그가 술기운 없이 또렷한 어조로 말했다. "뉴올리언스에는 얼마나 있을 예정이야?"

"내일 바로 돌아가려고. 그냥 간단한 일 하나 처리할 겸, 딸들이 잘 지내나 보러 온 거야."

"그래. 나도 조만간 너희 사는 데 한번 들를게. 잘 가렴, 얘들아." 게이브리얼 고모부가 커다랗고 따뜻한 손으로 자매와 악수했다. "착한 애들이야, 해리. 얘들이 미스 루시 덕분에 돈을 땄다니까 나도 기쁘네." 그가 자매에게 다정하게 말했다. "그 돈 허튼 데 쓰지 마라. 알았지? 음, 그럼 잘 가, 해리." 마차가 떠나가자, 게이브리얼은 그 자리에서 뚱뚱한 몸을 축 늘어뜨린 채 한쪽 팔을 들어 올려 손을 흔들어 주었다.

"어휴." 마리아가 자못 어른스러운 태도로 모자를 벗어서 무릎 위에 드리운 채 말했다. "십년감수했네."

"저 진짜로 알고 싶은 게 있는데요." 미란다가 말했다. "고모부 술꾼 맞아요?"

"오, 조용히 좀 해라." 아버지가 퉁명스럽게 내뱉었다. "아빠 속 쓰리다."

갑자기 공공 기념물 앞에 온 것처럼 공손한 침묵이 흘렀다. 아버지가 속이 쓰리다고 하면 자중해야 할 때라는 뜻이었다. 마차는 덜커덩 덜커덩 달려서 깔끔하고 화사한 길거리로 돌아왔다. 2월 초의 어둠 속에서 하나둘씩 켜지는 가로등 불빛들 아래, 부옇게 빛나는 가게들의 진열창과 매끄럽게 포장된 인도가 계속 이어지다, 넓은 정원 안쪽에 깊숙이 들어앉은 아름다운 고택古宅들이 줄을 잇고, 그렇게 가고 또 가다 보니 어느덧 자매가 잘 아는 길이 나왔다. 나무들이 검푸른 담벼락처럼 길가를 둘러치고 허공에 무성한 우듬지를 드리운 곳이었다. 그때까지 내내 골똘히 생각에 잠겨 있던 미란다는 무심코 속마음을 입 밖으로 꺼내고 말았다. "그래, 경마 기수가 되는 건 그만두자."
그녀는 자기 혀를 깨물고 싶어졌다. 하지만 이런 실수를 할 때면 늘
그렇듯 말은 이미 나와 버린 뒤였다.

아버지가 생기를 되찾은 표정으로 눈을 빛내며 그녀에게 의미심장
한 시선을 던졌다. 짐짓 조금도 놀라지 않았다는 투였다. "저런, 저런.
기수가 되지 않겠다고! 무척 합리적인 결정이로구나. 내 생각에 쟤는
사자 조련사가 되어야 할 것 같은데, 마리아, 그렇지 않니? 얼마나 여
성스럽고 좋은 직업이냐."

마리아는 별안간 열네 살 나이의 연장자로서 아버지와 한편이 되
어 미란다를 깔깔 비웃었다. 그러자 미란다는 즉시 자기도 웃어야겠
다고 결정을 내리고 그들과 함께 웃었다. 그편이 훨씬 나았다. 모두가
같이 웃으니 더없이 안심이 되었다.

"제 100달러는 어딨어요?" 마리아가 초조하게 물었다.

"은행에 넣을 거야." 아버지가 미란다를 향해 덧붙였다. "네 돈도 마
찬가지다. 그건 너희 비상금이야."

"그 돈으로 어른들이 저한테 스타킹 사 주는 건 싫어요." 크리스마
스에 받은 용돈을 할머니가 멋대로 써 버리는 것이 늘 불만이었던 미
란다가 말했다. "스타킹은 이미 1년은 쓸 만큼 있다고요."

"저는 경주마를 사고 싶은데, 그 돈으로는 모자라겠죠." 마리아는
쓸 수 있는 돈이 제한되어 있다는 게 갑갑했다. "100달러로 도대체 뭘
살 수 있는데요?" 그녀가 안달하며 물었다.

"아무것도, 아무것도 못 산다." 아버지가 말했다. "100달러는 그냥
은행에 넣는 돈이야."

마리아와 미란다는 흥미를 잃었다. 그들은 경마로 100달러를 땄고,

그 일은 이미 먼 과거로 밀려났다. 둘은 다른 화제를 가지고 수다를 떨기 시작했다.

수녀원 입구의 창살 너머에서 평수녀가 긴 끈을 잡아당겨 대문을 열어 주었다. 마리아와 미란다는 그들에게 친숙한 세상으로 조용히 걸어 들어갔다. 카펫을 깔지 않은 반들반들한 마룻바닥, 맛없고 건강한 음식, 찬물 목욕, 규칙적인 기도로 이루어진 세상. 근검과 순결과 순종, 일찍 자고 일찍 일어나기, 엄하고 세세한 규칙들, 속닥속닥 나누는 수다로 이어지는 생활. 아버지가 자매에게 입을 맞춰 주려고 안아 올리자, 그들의 앳된 얼굴에는 체념의 표정이 떠올랐다.

"착하게 지내거라." 아버지가 이상하게 심각한, 아니 그보다는 무기력한 어조로 말했다. 그는 딸들에게 작별 인사를 할 때면 늘 그랬다. "아빠한테 편지 보내렴. 길게, 정성껏 써야 한다." 아버지는 그들의 팔을 꽉 잡았다가 풀어 준 뒤 떠났다. 자매는 출입문을 열어젖히고 안으로 들어갔고, 그들의 등 뒤에서 문이 닫혔다.

마리아와 미란다는 위층의 공동 침실로 올라갔다. 저녁 식사를 하러 가기 전에 세수를 하고 손을 씻고 머리를 물에 적셔 다듬어야 했다.

미란다는 배가 고팠다. "그러고 보니 하루 종일 아무것도 못 먹었네." 그녀가 툴툴거렸다. "땅콩 초콜릿 바 한 개도 못 먹었어. 너무하지 않아? 게다가 용돈이라고는 25센트 동전 한 닢도 못 받았다고."

"배 속이 텅텅 비었지." 마리아는 찬물을 대야에 붓고 소매를 걷어 올렸다. "주머니도 텅텅 비었고."

그때 마리아의 또래 여자아이 한 명이 침실로 들어왔다. 그녀는 다른 침대 근처에 있는 세면대로 향하면서 자매에게 물었다. "오늘 어디 갔었어? 재미있게 보냈어?"

"아버지랑 경마장에 다녀왔어." 마리아가 손에 비누칠을 하며 대답했다.

"우리 고모부의 말이 이겼어." 미란다가 덧붙였다.

"와." 여자아이가 막연하게 말했다. "진짜 좋았겠다."

마리아는 옆에서 소매를 걷고 있는 미란다를 흘끔 돌아보았다. 그 친구에게 하소연을 늘어놓을까 싶었지만, 영 마음이 내키지 않았다. 대신 마리아는 이렇게만 말했다. "이제부터 또 한 주는 유폐되어 지내겠네." 수건 위로 드러난 그녀의 두 눈이 반짝였다.

3부: 1912년

미란다는 승무원을 따라 침대차 복도를 걸어갔다. 실내는 환기가 되지 않아 공기가 답답했다. 침상들은 다른 승객들로 거의 다 차 있었고, 침상 안이 보이지 않도록 가려 주는 먼지투성이 녹색 커튼들이 단추로 여며져 있었다. 승무원은 맨 끝의 좌석으로 그녀를 안내해 주면서 말했다. "손님 침상도 준비가 되어 있으니 언제든 이용하셔도 됩니다."

"지금은 좌석에 앉아 있고 싶어요." 미란다가 말했다. 그러자 맨 끝의 두 좌석 중 하나에 앉아 있던, 깡마른 숙녀 한 명이 눈을 획 들어 미란다를 빤히 쳐다보았다. 성마르게 보이는 그녀의 검은 눈동자에는 못마땅한 빛이 여과 없이 떠올라 있었다. 커다란 앞니 두 개가 두드러졌고 턱은 안으로 움푹 들어갔지만, 그래도 강한 인품이 엿보이는 얼굴이었다. 그녀의 주위에 바리케이드처럼 둘러싸인 짐 가방들 중 몇 개를 승무원이 적당히 옮겨서 미란다를 위한 자리를 터 주자, 숙녀는 도끼눈을 뜨고 승무원을 쳐다보았다. 미란다는 자리에 앉으면서 기계적으로 말했다. "실례하겠습니다."

"그러시죠." 숙녀가 말했다. 아니, 숙녀라기보다는 노부인이라 해야 할 나이였다. 그럼에도 어딘가 생기와 활력이 넘치는 듯했다. 노부인이 움직일 때마다 호박단 페티코트가 경첩처럼 삐걱이는 소리를 냈다. 그녀는 아주 잠깐 침묵하다가 표독스러운 비아냥을 덧붙였다. "그렇다고 남의 모자 위에 실례를 하면 곤란하지."

미란다는 기겁해서 벌떡 일어났다. 땋아 내린 검은색 말총과 다 부서진 흰색 양귀비꽃이 뒤얽힌, 시들시들 쭈그러진 꾸러미 같은 것이 의자 위에 놓여 있었다. 그녀는 그것을 노부인에게 건네주며 더듬더듬 말했다. "정말 죄송합니다." 괄괄한 성격의 노부인들을 공경하도록 교육받으며 자란 미란다에게, 저 노부인은 괄괄하다 못해 지금 당장 그녀의 엉덩이를 때릴 수도 있을 듯 보였다. "어르신 모자가 여기에 있는 줄은 전혀 몰랐어요."

"그럼 그 모자가 누구 것인 줄 알았기에?" 노부인이 앞니를 드러내며, 검지 하나만으로 모자를 건네받아 빙글빙글 돌렸다.

"모자라는 것 자체를 몰랐어요." 미란다는 약간의 공포마저 느꼈다.

"오, 모자인 줄 몰랐다? 처자는 눈을 어디다 두고 다니는 거야?" 그녀는 모자를 약간 비뚤름한 각도로 머리에 써 보였다. 그럼으로써 그 물체의 본질과 기능이 입증되었지만, 그래도 여전히 별로 모자 같아 보이지는 않았다. "이제는 알아보겠어?"

"네, 알겠어요." 미란다는 노부인의 기분을 풀어 주려고 온순한 투로 말하고, 비좁은 좌석을 주의 깊게 살펴보고서야 다시 앉았다.

"어디 보자." 노부인이 말했다. "우선 승무원에게 이 거추장스러운 짐들을 치워 달라고 부탁해야겠구먼." 그녀는 뾰족하고 가느다란 검지로 호출 버튼을 쿡 찔렀다. 이윽고 짐꾼이 와서 허둥지둥 그곳을 정리해 주었고, 그동안 미란다와 노부인은 복도로 비켜서 주었다. 흑인 짐꾼은 노부인이 불가능한 지시를 잇따라 내려도 담담하게 대응하면서 자신이 원래 계획했던 방식대로 짐을 처리했다. 마침내 다시 자리에 앉은 노부인은 친절하고도 권위적인 목소리로 물었다. "그래서 처자는 이름이 어떻게 되나?"

미란다가 대답하자 노부인은 눈을 껌뻑였다. 그리고 안경을 꺼내 펴서 높은 콧날 위에 능숙하게 걸치더니, 미란다의 얼굴을 한참 동안 쳐다보았다.

"진작 안경을 꼈더라면 알아봤을 텐데." 노부인이 놀라울 만큼 달라진 목소리로 말했다. "나는 에바 패링턴이란다. 네 당고모인 몰리 패링턴의 딸 말이야. 기억나니? 네가 어렸을 때 종종 봤지. 활기 넘치는 어린아이였을 때." 그녀는 미란다를 달래 주려는 듯 덧붙였다. "자기주장이 참 강한 아이이기도 했어. 내가 너에 대해 마지막으로 들은 소식은, 줄타기 곡예사가 되려고 계획 중이라는 이야기였단다. 줄타기를 하면서 동시에 바이올린 연주를 하겠다고 했던가."

"그때 제가 본 보드빌 쇼에서 그런 곡예가 나왔나 봐요." 미란다가 말했다. "저 혼자 그런 발상을 했을 리는 없어요. 지금 장래 희망은 비행기 조종사예요!"

"나는 네 아버지와 무도회에도 가곤 했는데." 에바는 자기 생각의 줄기를 따라가느라 바빴다. "명절 때마다 너희 할머니 댁에서 열리던 성대한 파티에도 가고 그랬지. 네가 태어나기도 한참 전부터. 오, 아무렵, 훨씬 전이었지."

미란다도 여러 기억이 한꺼번에 되살아났다. 에이미 고모가 에바 같은 노처녀가 되겠다고 으름장을 놓았다던 이야기. '뭐, 에바? 에바 조카님은 얼굴에 턱이 없잖아. 그게 그분 문제야.' '에바가 결혼을 포기하고 여자 신학교에서 라틴어를 가르친대.' '에바가 여성 투표권 쟁취 운동에 나섰다나 봐. 딱하기도 해라.' '딸이 못생겨서 좋은 점은, 걔 때문에 내가 할머니가 되지 않을 수 있다는 거죠.' 미란다는 마음속으로 혼잣말을 했다. '에바 언니, 그 파티들이 언니에게는 별로 도움이 되지 않았겠네요.'

"그 파티들이 내게 썩 도움이 되지는 않았단다." 에바가 미란다의 마음을 읽기라도 한 듯 말했다. 미란다는 자기가 그 말을 무심코 입밖에 냈나 싶어서 순간 아연해졌다. "적어도, 나한테 파티가 제구실을 하지는 못했지. 나는 평생 결혼을 안 했으니까. 하지만 그렇든 말든 나도 파티는 재미있었어. 사교계의 꽃은 아니었어도 즐거운 시간을 보냈지. 그런데 해리의 딸인 너를 여기서 만나 실랑이를 벌이고 있었다니…… 너도 나를 기억하지, 그렇지?"

"네." 미란다는 그렇게 대답하면서 에바가 무척 늙어 보인다는 생각을 했다. 에바 언니는 10년 전에는 중년이었고 지금도 기껏해야 50대 초반일 텐데, 나이에 비해 너무나 쇠약하고 지치고 꾕하고 굶주린 듯 보이는 얼굴이었다. 젊은 자신과 에바 사이를 가로지르는 까마득한 심연을 내다보며, 미란다는 고통스러운 예감을 느꼈다. '오, 나도 언젠가는 저렇게 되는 걸까?'

"기억나요." 미란다는 말을 이었다. "언니가 제게 라틴어 책을 읽어주시곤 했죠. 말의 의미에 연연하지 말고 우선 말소리 자체를 마음에 담아 두라고, 그러면 의미는 나중에 더 쉽게 터득하게 된다고 하셨어요."

"아, 그랬지." 에바가 기뻐하며 말했다. "그랬어. 그럼 내가 예전에 가지고 있었던, 끝자락이 길게 늘어지는 예쁜 사파이어빛 벨벳 드레스도 혹시 기억하니?"

"아뇨, 그건 기억 안 나요."

"어머니의 옛날 드레스를 수선해 입은 거였단다. 내게는 전혀 어울리지 않았지만, 내가 가진 옷들 중에서 유일하게 정말로 훌륭한 드레스였지. 어제 일처럼 눈에 선하구나. 파란색은 나한테 도무지 어울리지 않는 색깔이었단만." 에바가 익살맞게 한스러운 한숨을 내쉬어 보였다. 하지만 익살은 잠깐이고, 한은 언제나 그녀의 마음에 맺혀 있었던 것 같았다.

미란다는 동병상련의 위로를 건네려고 맞장구를 쳤다. "이해해요. 저도 마리아 언니의 드레스들을 수선해 입었는데, 저한테는 죄다 안 어울렸거든요. 끔찍했다니까요."

"흠." 에바는 자신만의 특별한 실망감을 미란다와 공유하고 싶지 않은 듯 말을 돌렸다. "너희 아버지는 잘 지내시니? 나는 늘 해리를 좋아했어. 내가 본 청년들 중에서도 가장 잘생긴 축이었지. 그리고 그쪽 집안사람들이 다 그렇듯 허영심이 많았고. 해리는 자기가 살 수 있는 선에서 최대한 좋은 말이 아니면 타지도 않으려고 했어. 그리고 승마할 때는, 말을 껑충껑충 뛰게 해 놓고는 땅에 비친 자기 그림자를 내려다보고 있지 뭐니. 이 이야기는 내가 그때 당시에도 사람들에게 더러 들려줬단다. 만찬회 같은 데에서 내가 그 화제를 꺼내면서 흥을 보니까, 해리가 나를 미워하더구나. 맞아, 너희 아빠는 분명 나를 미워했어." 은근한 만족감이 깔려 있는 에바의 말투가 말 자체보다도 더 많은 뜻을 전해 주었다. 에바는 나름의 방법으로 사람들의 이목을 끌고 감정을 불러일으킬 줄 알았던 것이다. "그래서, 네 아버지는 어떻게 지내시냐고 물었잖니, 얘야?"

"저도 못 뵌 지 거의 1년은 됐어요." 미란다는 에바가 또 앞서 나가기 전에 재빨리 대답했다. "저는 지금 게이브리얼 고모부의 장례식에 참석하러 고향으로 가는 길이에요. 아시지요? 고모부가 렉싱턴에서 돌아가셨다고 해요. 가족들이 고모부를 에이미 고모 옆에 안장하려고 모시고 왔다고 들었어요."

"그래서 우리가 만나게 된 거로구나." 에바가 말했다. "그래, 게이브리얼이 술을 그렇게 많이 마시더니 결국은 죽었지. 나도 그 장례식에 가는 길이란다. 고향에 가는 건 어머니 장례를 치른 이후로 처음이구나. 그게 그러니까, 어디 보자, 오는 7월이면 딱 9년째가 되겠어. 그래도 게이브리얼의 장례식에는 꼭 가야지. 놓쳐서는 안 될 일이야. 딱한 양반, 참 기구한 인생이었지. 이제 얼마 안 가서 다른 사람들도 전부 세상을 뜨겠구나."

미란다가 말했다. "우리가 남아 있잖아요, 에바 언니." 자신과 같은 젊은 세대가 있다는 뜻이었다. 그러자 에바는 "흥, 너희야 영원히 살겠지. 구태여 번거롭게 우리 장례식에 찾아오지도 않을걸"이라고 받아쳤다. 한탄하는 투는 아니었다. 다만 자기 생각을 가감 없이 말하는데에 익숙한 여자의 화법일 뿐이었다.

미란다는 가만히 앉은 채 생각에 잠겼다. '그래도 에바 언니나 다른 어른들이 돌아가셨을 때 애도할 사람들이 있을 거라고 언니가 믿어주면 좋을 텐데. 하지만…… 하지만 뭐라고 말해야……' 미란다는 젊은 세대에 대한 에바의 냉소적인 견해에 동감하지 않는다는 뜻으로 빙그레 미소만 지었다. "라틴어 말인데요, 에바 언니, 언니의 가르침이 옳았어요. 언니의 낭독을 들었던 게 라틴어 공부에 도움이 되더라고요. 지금도 저는 공부하고 있어요. 라틴어도요."

"당연히 그래야지." 에바가 퉁명스럽게 대꾸하더니, 누그러진 투로 덧붙였다. "네가 약간의 지성을 활용할 거라고 하니 흐뭇하구나. 너 자신이 녹슬게 내버려 두지 마라. 앞으로 네가 무엇에 뜻을 두든, 그 무엇보다도 오래가는 건 지성이란다. 설령 네가 모든 것을 빼앗긴대도 지성의 즐거움만은 누릴 수 있을 거야." 에바의 말에서 배어나는 비애감에 미란다는 오싹한 기분이 들었다. 에바가 말을 이었다. "내가 젊었을 적에 우리 고향은 너무나 고루했어. 여자들은 생각도, 행동도 마음대로 못 하면서 살았지. 온 세상이 그런 식이긴 했다만, 거기는 다른 어디보다도 유독 심각했던 것 같아. 너도 알겠지만, 나는 여성 투표권을 위해 싸우다가 그 사회에서 거의 버림받다시피 했단다. 신학교 교사 자리에서도 제명당했고. 하지만 나는 내가 한 일이 뿌듯하고, 다시 돌아간대도 똑같이 할 거야. 젊은 너희는 모르겠지. 우리의 노력 덕분에 너희는 더 나은 세상에서 살게 될 게다."

에바가 어떤 일들을 했는지에 대해서는 미란다도 아는 바가 좀 있었다. 미란다는 진심으로 말했다. "용감한 일이었다고 생각해요. 언니가 그렇게 하셨다는 게 저도 기뻐요. 저는 언니의 용기를 정말 좋아했어요."

"확실히 말해 두겠는데, 단지 으스대려고 한 일은 아니야." 에바는 신경질적으로 칭찬을 일축했다. "용기는 어떤 바보라도 낼 수 있어. 우리는 그저 우리가 아는 한 옳은 것을 위해 일했고, 그러다 보니 생각보다 용기가 많이 필요했던 것뿐이야. 나도 내가 감옥에 가게 될 줄은 몰랐는데, 하다 보니 세 번이나 들어가게 되더구나. 그리고 앞으로도 만약 필요하다면 세 번 아니라 아홉 번이라도 더 들어갈 거야. 우리에게는 아직도 투표권이 없잖니. 하지만 반드시 얻어 내게 될 거야."

미란다는 감히 아무 대답도 하지 못했다. 하지만 에바에게 무언가 치명적인 일이 일어나지 않는 한, 머지않아 여자들도 정말로 투표를 할 날이 오리라는 확신이 들었다. 그런 권리들은 미란다에게 무사히 주어질 거라고, 에바의 태도 어딘가가 말하고 있는 것 같았다. 미란다 자신도 에바의 대의에 어렴풋이 고무되는 느낌이 들었다. 희생을 감수할 만큼 가치 있고 영웅적인 일인 것 같았다. 하지만 에바가 그 영역을 먼저 휩쓸어 기회를 싹 가져가 버렸으니, 미란다는 다음 세대 사람으로서 맥이 풀리기도 했다.

몇 분간 둘 다 아무 말도 하지 않았다. 에바는 핸드백을 뒤적여서 자질구레한 것들을 꺼냈다. 박하사탕, 안약, 반짇고리, 손수건 세 장, 조그마한 제비꽃 향 향수병, 주소록 한 부, 검은색 단추와 흰색 단추 그리고 마지막으로, 가루로 된 두통약.

"애야, 물 한 잔만 가져다주겠니?" 에바가 미란다에게 부탁했다. 그녀는 입안에 가루약을 털어 넣고 물과 함께 삼킨 뒤, 박하사탕 두 알을 입에 넣었다.

"그러면 게이브리얼은 에이미의 옆에 묻히는 모양이지." 에바가 잠시 침묵한 끝에 입을 열었다. 두통이 잦아들자 새로운 생각의 줄기가 뻗어 나가기 시작한 것 같았다. "미스 허니가 알면 픽이나 좋아하겠구나. 딱한 사람. 25년간 에이미 이야기를 듣고 살다가 이제는 렉싱턴에 혼자 누워 있는데, 게이브리얼은 텍사스로 내빼서 다시 에이미와 같이 자겠다 이거지. 그 인간은 한평생 바람을 피우면서 산 거야, 미란다. 그것도 모자라서 죽어서도 영원히 바람을 피우겠다니. 부끄러운 줄 알아야지."

"그분이 사랑한 사람은 에이미 고모였으니까요." 미란다는 미스 허니가 게이브리얼 고모부와 기나긴 갈등을 겪기 이전에는 어떤 사람이었을까 궁금해졌다. "어쨌든 처음에는 그랬죠."

"오, 에이미 말이지." 에바가 눈을 빛내며 말했다. "너희 고모 에이미는 악마였고, 남들 이간질하는 데에 도가 튼 사람이었지. 그래도 나는 그녀를 무척 좋아했단다. 에이미의 평판이 나쁠 때에도 나는 그녀의 편을 들어 주곤 했어." 에바의 손가락이 캐스터네츠처럼 딱딱거리는 소리를 냈다. "에이미는 특유의 명랑하고 상냥한 투로 내게 이렇게 말하곤 했지. '저기요, 에바 조카님, 남자들이 춤 신청을 하면 여성 투표권 이야기일랑은 꺼내지 마세요. 남자들 앞에서 라틴어 시를 읊지도 말고요. 남자들은 학교에서 그거 배우느라 신물이 났잖아요. 아무 말도 하지 말고 춤만 춰요, 에바.' 에이미는 지극히 사악한 눈빛으로 말했지. '그리고 턱 좀 치켜들어요.' 턱은 내 약점이었거든. '조심하지 않으면 영영 남편을 못 구할걸요.' 그러고는 깔깔 웃으면서 달아나 버렸단다. 어디로 달아났을까?" 에바는 날카로운 눈으로 미란다를 쳐다보며 다그치듯 물었다. 그 눈길이 미란다를 가혹한 진실로 몰아넣는 것 같았다. "어디겠어. 스캔들과 죽음의 한가운데로 가 버린 거지."

"고모가 한 말은 농담이었을 거예요, 에바 언니." 미란다가 악의 없이 말했다. "그리고 모두가 고모를 좋아했는걸요."

"모두가 좋아한 건 아니야. 절대로." 에바가 의기양양하게 말했다.

"에이미에게는 적들이 있었어. 본인은 모르는 척, 개의치도 않는 척했지만. 글쎄, 정말로 몰랐거나 신경을 안 썼을 수도 있겠지. 어느 쪽이건 에이미를 상대로 말싸움을 벌이는 건 불가능했어. 그녀는 모두에게 꿀벌처럼 달콤하게 굴었으니까. '모두'에게 말이야." 에바가 말을 이었다. "그게 에이미의 문제였어. 마냥 버릇없이 자란 공주님처럼 살았거든. 자기 내키는 대로 행동하고, 그 피해나 뒷수습은 다른 사람들이 감당하게 놔두고. 그래도 나는 말이다……" 에바는 미란다의 귓가에 입을 가까이 가져가, 박하 향이 나는 뜨거운 숨을 내쉬었다. "에이미가 음탕한 여자라는 이야기는 전혀 믿지 않았단다. 전혀! 하지만 에이미를 그렇게 생각하는 사람이 아주 많았어. 에이미에게 홀딱 반해서 목을 매는 게이브리얼이 불쌍하다고 혀를 차는 사람도 많았고. 게이브리얼은 뉴올리언스에서 신혼여행을 하는 내내 더없이 비참하게 지냈다던데, 그 소식에 놀라는 사람도 별로 없더구나. 당연히 질투심에 시달리지 않았겠느냐는 거야. 그야 그랬겠지. 하지만 나는 그런 사람들에게 말해 주곤 했어. 겉보기야 어떻든 나는 에이미의 정절을 믿는다고. 제멋대로이고, 지각없고, 무정하고, 그래, 물론 그런 성격이기는 하지만, 그러면서도 분명히 정숙한 여자라 확신한다고 말이야. 하지만 사람이 신비화되는 건 스스로 어떻게 손쓸 수가 없는 일이지. 에이미는 몇 년 동안이나 게이브리얼 브로를 퇴짜 놓고 개처럼 취급했는데, 어느 날 죽음 문턱까지 갔다가 되살아나서는 덜컥 게이브리얼과 결혼해 버렸단 말이야. 그러니 밖에서 보기에는 좋게 말해 이상한 일이었지. 아주 좋게 표현하자면 그렇다는 말이야." 에바가 잠시 뜸을 들이다가 덧붙였다. "이상하다는 표현만으로는 아무래도 너무 약한 것 같구나. 그리고 에이미의 죽음에도 굉장히 수수께끼 같은 부분이 있단다. 결혼하고 겨우 6주 만에 그렇게 가 버렸으니."

미란다는 정신을 곤두세웠다. 적어도 이 대목에 대해서는 자신이 아는 바가 있으니 에바의 생각을 바로잡아 줄 수 있을 것 같았다. "에이미 고모는 폐출혈로 돌아가셨어요." 미란다가 말했다. "고모는 5년 동안 병을 앓았는걸요. 기억 안 나세요?"

에바는 그 대답을 익히 예상한 듯 받아쳤다. "하, 그렇게 알려져 있기는 하지. 정설이라고 할 수 있겠구나. 오, 아무렴, 그 이야기는 나도 충분히 많이 들었단다. 그런데 너 레이먼드인가 뭔가 하는, 칼카슈패리시* 출신의 남자에 대해서는 들어 본 적 있니? 에이미하고는 거의 모르는 사이나 마찬가지였는데, 어느 날 밤 무도회에서 그 남자가 에이미와 눈이 맞아서는 야반도주를 하려고 했단다. 그자에게 설득된 에이미는 망토조차 안 걸치고 곧바로 어둠 속으로 뛰쳐나가 버렸지. 그러자 너희 불쌍하고, 자상하고, 착한 아버지 해리가, 물론 그때만 해도 너는 태어나기는커녕 출산 계획도 없던 때였지만, 아무튼 해리가 그 뒤를 쫓아가서, 마침내 레이먼드를 찾아내 총으로 쏴 버렸지 뭐겠니."

미란다는 홍수처럼 밀어닥치는 이야기가 버거워 몸을 뒤로 젖혔다. "에바 언니, 저희 아버지는 그 남자를 '향해서' 총을 쏜 거예요. 기억 안 나세요? 진짜로 명중시키지는 않았고요……"

"저런, 그것참 유감이구나."

"……그리고 고모는 그 남자와 무도회 도중에 잠깐 숨 돌리려고 밖에 나갔을 뿐이었어요. 그런데 게이브리얼 고모부가 공연히 질투를

---

* 루이지애나주 남서쪽에 위치한 지역으로, 크리오요를 비롯한 여러 인종들이 정착했다.

한 게 문제였죠. 저희 아버지는 고모부가 그 남자와 결투를 벌이는 사태를 막으려고 총을 쐈던 거예요. 그 사건은 순전히 게이브리얼 고모부의 질투 때문에 벌어졌을 뿐, 그 외에는 아무것도 없었다고요."

"이 딱한 것." 에바의 두 눈이 칼날처럼 날카로운 연민의 빛으로 번뜩였다. "순진해 빠진 것 같으니. 너는 그걸…… 그 이야기를 믿는 거니? 그나저나 너 지금 몇 살이지?"

"얼마 전에 열여덟 살이 됐어요." 미란다가 말했다.

"지금 내가 하는 말이 이해가 안 된다면, 훗날 이해하게 될 거다." 에바가 자못 엄숙하게 말했다. "지식은 해가 되지 않아. 삶에 대해 낭만적인 환상에 사로잡혀 살아서는 안 되는 거야. 적어도 네가 결혼을 하고 나면 이해할 수 있을 게다."

"저 이미 결혼했어요, 에바 언니." 미란다는 그 사실이 자신에게 유리하게 작용할 거라는 생각에 말을 꺼냈다. 이런 생각을 하는 건 거의 처음이었다. "1년쯤 됐어요. 학교에서 야반도주했죠." 스스로 말하면서도 너무나 비현실적으로 느껴졌다. 그 일은 미래와는 아무 상관도 없는 것만 같았다. 사람들 사이에서 결혼은 중대하고, 선언해야만 할 일이고, 인생에서 가장 까다롭게 따지는 사안인 듯한데, 미란다가 자신의 결혼에 대해 느낄 수 있는 감정이라고는 오로지 무지막지한 피로감뿐이었다. 언젠가는 회복하기만을 바라는 질병에 걸린 것처럼.

"망측해라, 망측해라." 에바가 진심으로 넌더리를 내며 소리쳤다. "네가 내 딸이었으면 당장 집으로 끌고 와서 엉덩이를 때려 줬을 거야."

미란다는 웃음을 터뜨렸다. 에바는 상황이 그런 식으로 정리될 수 있다고 믿는 것 같았다. 너무나 침통하고 매서우면서도 한편으로는 어안이 벙벙해진 그녀의 모습이 퍽 우스꽝스러웠다.

"만약 그랬다면 저는 가장 가까운 창문을 통해 또 뛰쳐나가 버렸을 걸요." 미란다는 짓궂게 말했다. "이미 한 번 야반도주를 했는데, 두 번은 못 하겠어요?"

"하기야 그것도 그렇구나." 에바가 말을 이었다. "남편이 부유한 사람이라면 좋겠다만."

"그리 부자는 아니에요. 그래도 넉넉하기는 해요." 말은 그렇게 했지만, 사실 미란다는 돈 문제를 잠깐이라도 고려해 본 적조차 없었다.

에바는 안경을 고쳐 쓰고 미란다의 옷차림, 여행 가방, 약혼반지와 결혼반지를 찬찬히 살펴보았다. 미란다의 몸에서 돈 냄새를 맡아 보려는 듯 콧구멍을 벌름거리기까지 했다.

"그래, 가난뱅이인 것보다는 낫지. 나는 적은 돈이나마 내 수입이 있다는 걸 하느님께 매일 감사드린단다. 그게 내게 비빌 언덕이 되어 주거든. 만약 수중에 돈 한 푼 없었더라면 내가 어떻게 됐겠니? 그래, 그러면 이제 네가 가족을 위해 뭐라도 해 줄 수 있겠구나."

미란다는 패링턴가 사람들에 대해 항상 들었던 이야기를 떠올렸다. 그 집안은 돈밖에 모른다고. 돈 외에는 아무것도 사랑하지 않으며, 돈이 생겨도 안 쓰고 아껴 둔다고. 일단 돈이 얽히면 패링턴가에서는 피가 물보다도 연하다는 것이었다.

"저희가 꽤 가난하기는 해요." 미란다는 끈질기게 자신을 시댁보다 친정 가문의 입장에 놓고 말했다. "하지만 부잣집 남자와 결혼한다고 해서 형편이 나아지는 건 아니죠." 그녀는 자못 청빈하고 고상한 태도를 취하며 생각했다. '에바 언니, 언니는 우리 친가가 어떤 사람들인지 전혀 몰라요.'

"너희 친가 쪽 사람들은 말이지." 에바가 또다시 상대방의 머릿속 생각을 고스란히 들춰내는 섬뜩한 재주를 구사했다. "현실감각이 어린 아이들이나 다를 바가 없어. 사랑에 모든 걸 걸지." 에바는 숫제 구역질이 난다는 표정으로 말했다. "그게 문제였어. 게이브리얼은 조부에게서 상속권을 박탈당하지만 않았더라면 부자가 됐겠지만, 에이미가 무슨 분별이 있어서 그와 결혼해 남편을 정착시키고 시조부의 마음을 흡족하게 해 드렸겠니? 아니지. 그럼 게이브리얼이 돈이 없는데 대체 뭘 할 수가 있었겠어? 그가 미스 허니를 데리고 어떻게 살았는지 너도 봤어야 해. 하루는 그녀에게 파리에서 수입한 드레스를 사 줬다가, 바로 그다음 날에는 그녀의 귀고리를 전당포에 내맡기는 식이었다니까. 순전히 경주마들의 실적에 따라 좌지우지되는 생활이었는데, 그 실적은 점점 나빠져만 갔지. 게이브리얼은 갈수록 술이 늘어만 갔고."

미란다는 "저도 그 실상을 조금 보기는 했어요"라고 차마 말하지 못했다. 그녀는 파리풍 드레스를 입은 미스 허니의 모습을 상상해 보려 애쓰고 있었다. 에바의 설명이 끝나자 미란다는 말했다. "하지만 고모부가 워낙 고모를 절절히 사랑했잖아요. 고모는 돈이 있건 없건 결국엔 고모부와 결혼하지 않을 수가 없었는걸요."

에바는 입을 앙다물어 윗니를 입술로 내리덮더니, 다시 입술이 치아 위로 밀려 올라가게끔 벌리고는 미란다의 팔을 움켜잡았다. "나는 바로 그 부분이 못내 의문스러웠단다. 몇 번이나 스스로 묻고 또 물었어." 에바가 속삭였다. "에이미가 게이브리얼과 갑작스럽게 결혼한 것은, 레이먼드라는 그 칼카슈 출신의 남자와 대체 어떤 연관이 있는 것일까? 그리고 에이미는 어째서 그렇게 일찍 자살해 버린 걸까? 내 말 잘 들으렴, 얘야. 에이미는 네 생각처럼 그렇게 아프지 않았어. 의

사들에게 폐가 약하다는 진단을 받고도 몇 년 동안이나 곳곳을 활개 치고 다녔는걸. 에이미는 어떤 수치스러운 일에서 벗어나려고 스스로 목숨을 끊은 거야. 자신이 직면한 어떤 위기에서 도피하려고."

검은빛의 예리한 두 눈이 번뜩였다. 미란다의 코앞에 바싹 다가온 에바의 열성적인 얼굴이 사뭇 무시무시해 보였다. 미란다는 이렇게 말하고 싶었다. "그만해요. 에이미 고모가 편히 쉬게 놔두라고요. 고모가 언니에게 무슨 해를 끼쳤다고 이러세요?" 하지만 그러기에는 겁이 났고 자신도 없을뿐더러, 마음속 깊은 곳에서는 에바가 불러일으키는 공포와 어둠이 소름 끼치게도 매혹적으로 느껴졌다. 이 이야기의 끝은 어떻게 되는 걸까?

"에이미는 못됐고 제멋대로인 아가씨였지만, 그래도 나는 마지막까지 그녀를 아꼈어." 에바가 말했다. "에이미는 어쩌다 곤경에 빠졌고, 거기서 빠져나올 수가 없었던 거야. 그래서 병원에서 하혈 이후에 정신을 안정시키려고 준 약을 이용해 자살한 거지. 나로서는 그렇게 믿을 수밖에 없어. 그게 아니라면 대체 뭐였겠니? 뭐였겠어?"

"몰라요." 미란다가 말했다. "제가 어떻게 알아요? 고모는 무척 아름다웠어요." 미란다는 그걸로 모든 문제가 설명된다는 듯 말했다. "모두들 고모가 미인이었다고 하잖아요."

"모두 그런 건 아니야." 에바가 단호히 고개를 흔들었다. "나만 해도 한 번도 그렇게 생각한 적 없어. 그 사람들이 너무 유난스럽게 떠받들고 법석을 떨었던 거지. 물론 그만하면 충분히 멀끔한 용모이긴 했어. 하지만 미인이라니, 대체 왜? 나는 도무지 이해가 안 되는구나. 어렸을 때는 너무 말랐고, 나중에는 늘 뚱뚱해 보이던데. 그리고 말년에는 또 심하게 말랐고. 에이미는 항상 남들의 이목을 끄는 옷차림을 하고 다녔으니 사람들이 많이 쳐다보는 거야 당연했어. 승마도 너무 열심히 하고, 춤도 너무 자유롭게 추고, 말도 너무 많이 했지. 장님에 귀머거리에 벙어리가 아닌 바에야 못 알아채려야 못 알아챌 수가 없는 여자였다고. 에이미가 시끄럽거나 천박했다는 뜻은 아니야. 전혀 그렇지는 않았어. 하지만 지나치게 '자유로웠단' 말이야." 에바는 말을 끊고 숨을 가다듬더니, 박하사탕 한 알을 입에 넣었다. 미란다는 에바가 연단에 서서 연설을 하다가 잠깐 멈추고 박하사탕을 먹는 모습이 상상되었다. 그런데 에바는 왜 이렇게까지 에이미를 미워하는 것일까? 에이미는 죽었고 자신은 살아 있으면서. 살아 있는 것으로 충분하지 않은가?

"그리고 에이미의 병도 낭만적이진 않았어." 에바가 말을 이었다. "그걸 가지고 에이미가 백합처럼 시들어 갔다는 식으로 이야기들을 하다니, 기가 막혀서. 그래, 입에서 피를 토하기는 했지. 그게 낭만적인가? 만약 주변에서 에이미가 제대로 몸조심을 하도록 단속하고, 합리적인 방법으로 간호해 주었다면, 에이미는 이날 이때까지 살 수도 있었어. 그런데 그게 아니었단 말이야, 전혀. 에이미는 아름다운 숄을 두르고 꽃들에 둘러싸인 채 소파에 앉아, 음식은 자기 내키는 대로 먹거나 안 먹거나 하고, 내출혈을 일으키고도 일어나서 말을 타거나 춤을 추러 가고, 창문을 꼭꼭 닫아 놓고 잠을 잤어. 온종일 사람들이 들락날락하는 데서 에이미는 머리의 컬을 흐트러뜨리지 않으려고 밤새도록 꼿꼿이 앉아 있곤 했어. 그런 식으로 살면 멀쩡한 사람도 결국엔 죽지 않고 배기겠니? 나는 평생 죽음의 위기를 두 번 겪었는데, 그때마다 병원에 후송됐고 거기서 쭉 입원해 있다가 스스로 퇴원했어. 그리고 퇴원한 다음에는……" 에바의 음성이 나팔 소리처럼 굵직해졌다. "다시 일하러 나갔지."

'아름다움은 사라지지만 인품은 남는다.' 자명한 도덕률 한 마디가 미란다의 귓가에 나지막이 울려 퍼졌다. 암담한 예고였다. 강한 인품은 어째서 이토록 추해지는가? 미란다는 진심으로 강해지고 싶다고 생각했지만, 강함이 사람을 어떻게 전락시키는지 봐 버린 지금 그것을 어떻게 받아들일 수 있단 말인가?

"에이미는 얼굴빛이 아주 고왔지." 에바가 말했다. "양쪽 광대뼈에 홍조가 살짝 있는, 완벽하게 투명한 피부였어. 하지만 그건 폐결핵 때문이었는데, 질병이 과연 아름다운 건가? 그리고 에이미는 생리 중일 때 무도회에 가고 싶으면 피를 멎게 하려고 레몬과 소금을 꾸역꾸역 들이켜기도 했어. 아가씨들 사이에 미신이 있었거든. 남자들은 여자 손을 만지거나, 심지어 그냥 보기만 해도 그 여자가 생리 때문에 아픈 건지 아닌지 알 수 있다는 거야. 좀 알면 뭐가 어때서? 하지만 그 시절 여자들은 그만큼 지독하게 남의 시선을 의식했고, 남자들이 세상사를 빠삭하게 꿰뚫어 본다고 여기고 어마어마하게 존경했던 거야. 내가 봤을 때 남자들이란 사실 전혀…… 어쨌든 간에, 모든 게 한심한 짓거리였어."

"저는 그분들이 정 힘들면 집에서 쉬었을 거라고 생각했는데요." 미란다는 매우 상식적이고 현대적인 사람이 된 기분으로 말했다.

"어림도 없지. 파티며 무도회는 여자들이 장사를 하러 나가는 시장이었는걸. 미혼 여자가 그런 자리에 빠질 여유가 어디 있겠니? 라이벌들이 언제나 상대방의 장사를 망치려고 벼르고 있는데. 그 경쟁이란……" 에바가 고개를 쳐들면서, 채찍을 맞은 군마軍馬처럼 몸을 둥글게 구부렸다. "그 경쟁이 어땠는지 너는 상상도 못 해. 여자들이 서로를 다루는 교묘한 수법이란 게…… 너무 야비하지도 않고, 너무 거짓되지 않으면서도……"

에바는 두 손을 쥐어 비틀면서 절망적으로 말했다. "결국은 다 섹스를 위해서였어. 그들의 관심사는 오로지 그것뿐이었다고. 물론 자기들 입으로 그렇게 말하지는 않았고, 온갖 예쁜 이름들을 치덕치덕 덧발랐지. 하지만 실은 그저 섹스일 뿐이었단 말이야." 에바는 창밖의 어둠을 내다보았다. 미란다 쪽을 향한 그녀의 푹 꺼진 뺨이 시뻘겋게 상기되어 있었다. 에바가 다시 고개를 돌렸다. "나는 요청을 받으면 언제든 연단에 올라가서 연설을 했어." 그녀는 자랑스럽게 말했다. "그리고 필요하다면 감옥행도 피하지 않았지. 내 건강 상태가 어떻든 그건 아무 상관 없었어. 사람들은 완전히 건강한 사람을 대하듯 나를 거침없이 야유하고 조롱하고 밀쳐 댔지만, 우리의 신체적 약점 때문에 일에 지장이 생겨서는 안 된다는 게 우리 신조 중 하나였으니까. 내 말이 무슨 뜻인지 알 거야." 에바는 마치 이제까지 그게 큰 수수께끼이기라도 했던 양 설명했다. "글쎄, 에이미는 다른 여자들에 비해 활기가 있었고, 아무하고도 다투지 않는 것처럼 보였지. 하지만 에이미도 결국은 단순히 섹스에 목을 매는 여자들 중 하나였을 뿐이야. 아무리 그녀가 세상에 라이벌 하나 없는 듯이 굴고, 결혼이 뭔지도 모르는 척 새침을 뗐어도, 나는 못 속여. 그들은 섹스 외에 달리 생각할 게 아무것도 없었고, 다른 걸 생각하고 싶어 하지도 않았고, 그러면서도 섹스에 대해 아는 건 하나도 없었어. 그 안에서 점점 썩어 가기만 했을 뿐. 썩어 가기만……"

어느새 미란다는 살아 움직이는 시체들의 기나긴 행렬을 찬찬히 지켜보고 있었다. 썩어 가는 여자들이 레이스와 꽃으로 부패한 몸뚱이를 숨기고, 죽은 얼굴을 들어 올리고 미소를 띤 채, 발걸음도 경쾌하게 납골당을 향해 걸어가는 광경을. 그리고 미란다는 더없이 냉정하게 생각했다. '절대로 그랬을 리가 없어. 이건 내가 예전에 들었던 이야기들보다 진실에 가깝지 않아. 처음부터 끝까지 낭만적인 건 이 이야기도 마찬가지라고.' 미란다는 이제 열성적인 사촌 언니 에바에게 싫증이 났다. 그저 집에 가고 싶었다. 어서 내일이 되어서 아버지와 언니를, 너무나 생생하고 탄탄한 두 존재를 만나고 싶었다. 미란다의 주근깨에 대해 언급하기도 하고, 뭐라도 좀 먹겠느냐고 묻기도 할 사람들을.

"저희 어머니는 그렇지 않았는데요." 미란다는 치기 있게 말했다. "어머니는 요리하기를 좋아했던, 지극히 정상적인 여자였어요. 저는 어머니가 바느질로 만드신 것들을 봤어요. 어머니의 일기도 읽었고요."

"너희 어머니는 성녀였지." 에바가 기계적으로 대답했다.

미란다는 분노가 머리끝까지 치민 채로 침묵했다. '우리 어머니는 그런 사람 아니라고요.' 에바의 커다란 앞니를 똑바로 마주 보며 그렇게 쏘아붙이고 싶었다. 하지만 자신의 한을 곱씹고 있던 에바는 북받치는 마음에 다시금 연설을 시작했다.

"'턱 좀 치켜들어요, 에바.' 에이미는 내게 그렇게 말했지." 에바는 말아 쥔 두 주먹을 가늘게 떨었다. "온 가족이 내 턱을 일평생 놀려 댔어. 덕분에 내 소녀 시절은 깡그리 망가져 버렸어. 상상이나 되니?" 에바가 표독스럽게 따져 물었다. 그 한 가지 이유 때문이라기에는 지나치게 깊은 독기였다. "자칭 교양인이라는 사람들이, 한 여자애가 불운한 외모를 타고났다고 해서 그 애의 인생을 망가뜨린다는 게? 물론 늘 살갑게 말하기는 했지. 하나같이 아주 유쾌한 농담이었어. 아무런 악의도 없는…… 오, 아무렴, 악의는 조금도 없었지. 바로 그게 가증스러운 점이었어. 바로 그 점을 나는 용서할 수가 없단 말이다." 그녀는 소리를 지르면서 두 손을 걸레 빨듯이 쥐어짰다. "아, 가족이란." 에바는 숨을 내쉬고 조용히 몸을 뒤로 젖혀 앉았다. "그 추악한 제도 자체를 지구상에서 쓸어 없애야 해. 인류의 모든 잘못이 거기에서 비롯되는 거야." 그녀는 그렇게 말을 맺고 긴장을 풀었다. 얼굴은 차분해졌지만 몸이 부들부들 떨리고 있었다. 미란다는 손을 뻗어서 에바의 손을 잡아 주었다. 그녀의 손이 파르르 흔들리더니 잠잠해졌다. "우리 중 몇몇 사람이 어떤 삶을 헤쳐 왔는지, 너는 조금도 모르고 있었지. 나는 네가 아는 이야기의 또 다른 측면을 들려주고 싶었어. 그러다 보니 이 시간까지 너를 붙잡고 있었구나. 잠을 충분히 자야 예뻐진다던데." 에바가 퉁명스럽게 말하면서 몸을 뒤척였다. 페티코트가 요란하게 부스럭거리는 소리를 냈다.

미란다는 마음을 추스르고 일어섰다. 느른한 피로감이 밀려왔다. 그때 에바가 다시 손을 뻗어서 미란다를 가까이 끌어당겼다. "잘 자렴, 사랑스러운 아이야. 네가 벌써 다 컸다니 놀랍구나." 미란다는 망설이다가 불현듯 에바의 뺨에 입을 맞췄다. 그러자 에바의 검은 눈동자가 잠깐 물기에 젖어 반짝이더니, 연설가의 또렷하고 명료한 목소리에 따스한 음색이 섞였다. "내일이면 고향에 도착하겠네. 그곳에 돌아가는 게 정말 기대돼. 너도 그렇지 않니? 잘 자려무나."

미란다는 옷을 벗는 도중에 곯아떨어졌다. 잠깐 졸았다고 생각했는데 눈을 떠 보니 아침이었다. 그녀가 여행 가방에 짐을 챙겨 넣고 뚜껑을 닫으려 애쓰고 있을 때 기차는 이미 작은 역에 들어섰고, 승강장에 서 있는 아버지의 모습이 보였다. 모자를 눈 위까지 깊게 눌러쓴 그는 피곤하고 초조한 기색이었다. 미란다는 차창을 톡톡 두드려 아버지를 부른 뒤, 밖으로 달려 나가서 그의 품에 덥석 뛰어들었다. "그래, 우리 다 큰 아가씨 왔구나." 아버지는 미란다가 아직도 일곱 살 아이라는 듯 그렇게 말했다. 하지만 그의 손은 미란다의 팔을 붙잡아 자신에게서 떨어트리고 있었고, 목소리는 경직되어 있었다. 미란다는 환영받지 못하는 사람이었다. 학교에서 도망쳐 나온 이후로, 친정에 돌아오면 늘 이런 반응을 맞닥뜨렸다. 그런데 친정을 다시 떠나고 나면 번번이 그 기억을 망각했다. 그녀의 지성이 스스로 뻔히 아는 사실을 받아들이기를 거부하는 것이다. 아버지가 미란다의 머리 너머를 내다보더니 놀란 기색 없이 말했다. "아니, 에바도 왔군요. 누가 당신에게도 전보를 보낸 모양입니다. 다행이에요." 아버지에게 또 퇴짜를 맞은 미란다는 심장이 무지근히 내려앉는 익숙한 통증을 느끼며 두 팔을 축 늘어뜨렸다.

"나는 우리 집안사람들한테서 전보라고는 평생 한 번도 받아 본 적이 없어요." 에바가 말했다. 장례식을 위해 준비해 온 듯한 얇은 검은색 베일이 그녀의 얼굴에 액자처럼 테를 두르고 있었다. "젊은 케지아가 게이브에게서 소식을 듣고 내게 알려 준 거예요. 게이브도 왔겠지요?"

"모두가 온 것 같습니다." 아버지가 말했다. "집이 꽉 차고 있어요."

"곤란하다면 나는 호텔에서 묵어도 괜찮아요." 에바가 말했다.

"나 참, 설마요. 그런 뜻으로 한 말이 아니에요. 당연히 조카님도 우리와 함께 지내야죠."

스키드라는 이름의 허드레꾼이 여행 가방들을 대신 들어 주고, 마을의 바윗길을 따라 그들을 안내했다. "차를 가져왔어요." 아버지가 그렇게 말하면서 미란다의 손을 잡더니, 금세 도로 놔 버리고는 에바의 팔꿈치에 손을 뻗었다.

"고맙지만 나는 충분히 혼자 다닐 수 있어요." 에바가 그의 손길을 피했다.

"당신이 그렇게 독립적이라니, 정말로 투표권을 얻어 내신다면 그땐 진짜 큰일 나겠군요."

에바가 베일을 젖혔다. 그녀의 얼굴에 밝은 웃음이 떠올라 있었다. 에바는 예전부터 늘 해리를 좋아했기에, 해리는 얼마든지 마음껏 그녀를 놀릴 수 있었다. 에바는 그의 팔짱을 꼈다. "그래서 가엾은 게이브리얼은 이제 끝장난 거군요?"

"오, 그렇죠. 완전히 끝장이 났죠. 요즘 들어 부쩍 많이들 죽어 나가는군요. 다음 차례는 우리가 될까요, 에바?"

"글쎄요. 아무래도 난 상관없어요." 에바가 과감하게 말했다. "가끔은 이렇게 고향에 오는 것도 좋네요, 해리. 장례식 때문이라고 해도요. 너무 기분이 좋아서 죄책감이 느껴질 정도예요."

"오, 게이브리얼이 섭섭해하진 않을 겁니다. 쾌활해진 당신 모습을 보면 게이브리얼도 좋아하겠죠. 우리가 젊었을 적에 그는 내가 아는 그 누구보다도 쾌활한 녀석이었으니까요." 아버지가 말을 이었다. "게이브리얼에게 삶이란 그저 끊임없는 소풍일 뿐이었어요."

"딱한 양반." 에바가 말했다.

"딱한 우리 게이브리얼." 아버지가 무거운 음성으로 말했다.

미란다는 아버지 옆에서 나란히 걸으며 집을 잃어버린 기분을 느끼고 있었다. 하지만 그래도 섭섭하지는 않았다. 아버지는 아직 그녀를 용서하지 않았다. 그건 미란다도 알았다. 언제 용서하게 될까? 짐작할 수는 없지만 언젠가는 피차간에 아무런 말도, 내색도 없이, 무엇 때문에 불화가 일어났으며 그게 왜 그토록 중요했는지 둘 모두가 잊을 때쯤이 되어서야, 용서가 저 스스로 찾아오리라는 생각이 들었다. 어차피 나이 든 사람들이 언제까지고 원망을 품고 있을 리야 없지 않은가. 젊은 사람들도 자기 삶을 살고 싶은데. 미란다는 오기와 자존심에 들떠 생각했다. '내 인생의 실착들은 내가 만들 거예요. 이건 아버지 인생이 아니잖아요. 어느 시점이 지나면 나는 더 이상 아버지에게 의존할 수 없어요. 대체 왜 의존하겠어요?' 이 너머에 무언가가 더 있다는 생각이 들었지만 우선은 이것이 그녀에게 필요한 첫걸음이었다. 그래서 미란다는 첫걸음을 뗐다. 어른들 옆에서 묵묵히 걸으면서. 그 둘은 더 이상 사촌 언니도, 아버지도 아니었다. 미란다의 존재를 잊어버린 그들은 이제 에바와 해리로 돌아와 있었다. 서로를 잘 알고, 같은 조건 속에 살아온 동시대인으로서 서로에게 편안함을 느끼고, 서로에게 친숙한 길들을 따라 지금의 나이에까지 이르러, 이 세상에서 정당하게 각자의 자리를 점유하고 있는 사이. 지금 에바와 해리는 자신을 이해하지 못하는 노인들에게 딸이나 아들의 역할을 할 필요도 없었고, 자신이 이해하지 못하는 젊은이들에게 아버지나 나이 지긋한 사촌 언니의 역할을 할 필요도 없었다. 그들은 정확히 그들 자신이었다. 눈은 맑아지고, 목소리는 완전히 자연스럽게 풀어졌으며, 말을 고르지도, 자신의 태도가 자아낼 효과를 계산하지도 않았다. '정작 나는 내 자리가 없잖아.' 미란다는 생각했다. '나만의 사람들과 나만의 시간은 어디에 있지?' 그녀는 깊은 침묵 속에서, 천천히 그리고 깊이, 자신의 곁에 있는 두 이방인의 존재를 원망했다. 그들은 미란다를 꾸짖고 훈계하고, 한 맺힌 마음으로 그녀를 사랑하고, 그녀가 세상을 두 눈으로 직접 볼 권리가 있음을 부정하고, 자신들이 보고 겪은 인생을 그녀에게 받아들이라고 강요하면서, 단 한 톨의 진실도 말해 주지 못했다. '나는 둘 다 증오해.' 미란다의 가장 깊고 내밀한 마음이 솔직하게 말했다. '**나는 둘 다 떠날 거야. 기억조차 하지 않겠어.**'

미란다는 흑인 일꾼인 스키드와 함께 차 앞좌석에 앉았다. 그러자 에바가 살짝 날카로운 명령조로 어른답게 권유했다. "뒷좌석으로 와서 우리와 같이 앉으렴, 미란다. 여기 자리 넓단다."

"고맙지만 저는 됐어요." 미란다는 차갑게 잘라 말했다. "저는 여기가 아주 편안해요. 괜히 신경 쓰지 마세요."

미란다의 말투나 태도가 심상찮다는 것을 눈치챈 사람은 없었다. 에바와 해리는 뒷좌석에 편하게 기대앉아, 친척끼리의 친근한 어조로 대화를 이어 갔다. 자기들이 아는 죽은 사람들, 자기들이 아는 산 사람들, 자기들의 근황, 자기들의 미래, 자기들끼리 공유하는 과거에 대해서, 서로의 말을 가로채기도 하고, 사소한 논쟁거리에 대해 상대방을 바로잡아 주기도 하면서, 그들에게는 없는 줄로만 알았던 쾌활함과 생기를 내보이며, 옛 기억을 돌이키기도 하고 서로의 새로운 관심사를 발견하기도 했다.

모터 소리가 시끄러워서 미란다에게 그들의 대화 내용이 들리지는 않았지만, 이미 그녀가 잘 아는 이야기이거나 그와 비슷한 이야기일 것 같았다. 미란다는 그런 이야기를 너무 많이 알고 있었다. 이제는 자신만의 새로운 이야기를 갖고 싶었다. 그 언어는 어른들에게나 친숙하지, 그녀에게는 더 이상 아니었다. 아버지가 아까 말했듯 집은 꽉 찼다. 친척들이 그곳을 꽉 채우고 있을 것이고, 그중 상당수는 미란다가 모르는 사람들일 것이다. 과연 그녀와 공통의 화제로 대화할 수 있는 젊은 사촌들이 있을까? 미란다는 친척을 만나는 데에 어렴풋한 혐오감이 들었다. 친척은 너무나 많았고, 그녀의 피는 혈연에 반발하고 있었다. 친척이라면 이제 진절머리가 났다. 이 집안하고는 더 이상 아무런 관계도 맺고 싶지 않았다. 떠나 버릴 것이다. 그렇다고 시댁으로 돌아가지도 않을 것이다. 그녀에게 사랑과 증오를 온통 쏟아붓는 사람들에게 더 이상은 속박되지 않을 것이다. 이제야 미란다는 자신이 결혼으로 도망친 이유를 깨달았고, 바야흐로 결혼에서도 도망치려 한다는 것을 깨달았다. 그녀 스스로 무언가를 발견하지 못하게끔 가로막는, 그녀에게 "안 돼"라고 말하는 모든 종류의 장소와 사람으로부터 벗어날 작정이었다. 친정집에 있는 그녀의 옛 방을 누군가 다른 손님이 쓰고 있지 않았으면 좋겠다는 생각이 들었다. 그러면 한때 자신이 달게 잠들었던 그 방에서 마지막으로 잠을 자고 작별 인사를 할 수 있을 텐데. 미란다는 그 방에서 잠들었고, 깨어났고, 어른이 되기를 그리고 삶을 시작할 날이 오기를 기다렸다. '오, 삶이란 무엇일까?' 그녀는 절박하고 심각하게, 답이 나올 수 없는 치기 어린 질문을 자신에게 던졌다. '내가 삶을 어떻게 해야 하나?' 격렬한 독점욕이 그녀의 애를 태웠다. '내 인생은 내 것인데, 이걸로 대체 뭘 하지?' 미란다 자신은 알지 못했지만, 그녀가 이런 의문을 품는 까닭은 어렸을 때부터 받은 교육 때문이었다. 삶은 사용되어야 하는 물질이자 재료로서, 그 소유주가 이끌고 조종해야만 형태와 방향과 의미가 생기는 것이라고 미란다는 배웠다. 확고한 목표를 향해 나아가려는 의지에 따라 다양한 행동을 끊임없이 이어 가는 과정, 그것이 바로 인생이었다. 그녀는 좋은 목표와 나쁜 목표가 따로 있으며 그중 하나를 선택해야 한다고 믿어 왔다. 하지만 좋은 것은 무엇이고, 나쁜 것은 무엇인가? '나는 사랑이 싫어.' 미란다는 그게 대답인 양 생각했다. '사랑하는 것도, 사랑받는 것도 싫어. 정말 싫다고.' 그러자 오래전부터 왜곡된 이미지들과 오해들로 쌓아 올려졌던 고통스러운 구조물이 일시에 무너져 내리면서, 법석거리고 애끓던 마음에 급작스러운 평안이 덮쳐 왔다. '너는 사랑에 대해 아무것도 모르잖아.' 미란다는 마치 길을 잘못 든 젊은이를 꾸짖는 어른이 된 듯, 놀랍도록 명료하게 자기 자신을 타일렀다. '우선 사랑에 대해 알아내야 해.' 하지만 그녀는 '이제 나는 이걸 할래. 나는 그게 될래. 나는 저쪽으로 갈래. 어느 길을 통해서 어느 목적지로 갈래'와 같은 결정을 내릴 의욕이 전혀 들지 않았다. 그보다 앞서서 해결해야 할 의문들이 있었다. 그런데 누가 질문에 대답해 줄 것인가? 아무도 없다. 혹은 답이 너무 많아서 그중 무엇도 맞지 않을 것이다. 무엇이 진실일까? 미란다는 이제껏 그 질문이 한 번도 던져진 적이 없었던 듯 골똘히 자문했다. '내가 반드시 알게 될 일들의 진실은 무엇일까? 그중에서 가장 작고, 가장 사소한 일에 관한 진실이라도 찾아내려면 어디서부터 어떻게 시작해야 할까?' 기억을 돌이키는 것은 그녀의 마음이 완강히 거부했다. 그것은 과거에 대한 기억이 아니라, 다른 사람들이 기억하는 과거에 대한 전설이었다. 그녀는 이제껏 환등극을 구경하는 아이처럼 경이감에 차서 그 전설을 바라보는 데에 평생을 보냈다. 아, 하지만 앞으로는 그녀의 삶이 찾아올 것이다. '이제부터는 나 자신의 삶을 살 거야. 약속 따위는 원치 않아. 헛된 기대도 품지 않겠어. 나 자신에 대해서는 낭만에 젖지 않을 거야.' 미란다는 뒷좌석에서 두런거리는 어른들의 목소리를 들으며 생각했다. '나는 더 이상 어른들의 세상에서 살 수 없어. 어른들 이야기는 자기들끼리나 실컷 하라지. 전후 사정이 어떻든 마음대로 설명하라고 해. 난 관심 없어. 적어도 나 자신에게 벌어지는 일들의 진실은 내가 알 수 있으니까.' 그녀는 마음속으로 그렇게 다짐하며 스스로에게 약속을 했다. 기대에 부푼 채로, 무지한 채로.

정오의 와인
Noon Wine

시대 : 1896~1905년

장소 : 텍사스 남부의 작은 농장

앞마당의 돼지풀 덤불 사이에 꿇어앉아 흙을 파고 있던 아맛빛 머리카락의 꼬질꼬질한 두 남자아이가 대문간에 나타난 한 사내를 보더니 몸을 뒤로 젖혀 앉고서 인사했다. "안녕하세요." 밀짚색 머리카락에 키가 크고 빼빼 마른 사내는 문 앞에서 머뭇거리지 않고 곧장 안으로 들어섰다. 마침 대문은 반쯤 열린 채 경첩이 부서져서 주저앉아 있었고, 문짝이 그 자리에 너무 꽉 붙박여서 아무도 달아 볼 생각조차 않고 방치된 지 오래였다. 사내는 남자아이들에게 인사는커녕 눈길도 한 번 주지 않았다. 그저 커다랗고 네모난 먼지투성이 신발 한 쌍을 규칙적으로 번갈아 내디디며 밭갈이라도 하듯 걸음을 옮겼다. 이곳이 어디인지, 자신이 어디로 가는지, 그곳에서 무엇을 만나게 될지 너무나 잘 아는 듯한 움직임이었다. 그는 집 오른편의 모퉁이를 돌아 줄지어 자라난 멀구슬나무들 아래를 지나서, 옆문의 포치*에서 커다란 우유 교반기를 앞뒤로 흔들고 있는 톰슨 씨에게로 걸어갔다.

톰슨 씨는 햇볕에 그을린 억센 얼굴에 뻣뻣한 검은 머리를 하고, 일주일쯤 깎지 않은 듯한 검은 구레나룻이 무성한 남자였다. 얼굴과 목젖이 수평이 될 만큼 고개를 꼿꼿이 세운 자세에서 강한 자존심이 드러났고, 목까지 퍼진 구레나룻은 단추를 끄른 옷깃 사이로 비어져 나온 가슴의 검은 털로 이어졌다. 우유 교반기에서는 빠르게 걷는 말의 배 속에서 나는 것과 같은 우르릉거리고 꿀렁거리는 소리가 흘러나오고 있었다. 톰슨 씨는 한 손으로 고삐를 잡고 말을 몰듯이 교반기를 움직이다가, 이따금씩 고개를 반쯤 돌리고는 거무스름한 담뱃잎색으로 찌든 침을 계단 위에다 무지막지하게 내뱉었다. 현관문 앞의 섬돌은 그가 막 뱉은 갈색 타액에 젖어서 번들거렸다. 한참 교반기를 돌리다가 지겨워진 톰슨 씨가 다시 침을 뱉으려고 입안에 침을 모으고 있을 때, 모퉁이 너머에서 웬 낯선 사람이 걸어 들어와 멈춰 섰다. 사내는 가슴통이 좁고 얼굴이 수척했으며, 거의 희어 보일 만큼 연한 푸른색 눈동자는 톰슨 씨를 보고 있으면서도 동시에 보지 않고 있었다. 톰슨 씨는 그의 긴 윗입술을 보고 아일랜드인인가 보다고 판단했다.

"무슨 일이시오, 선생?" 톰슨 씨는 교반기를 흔들면서 정중하게 물었다.

* 건물 출입문에서 바깥쪽으로 돌출되어 있는 현관으로, 비바람을 막을 수 있는 지붕이 내달려 있다.

"일을 구합니다." 사내가 말했다. 충분히 명확한 발음이기는 했지만 알 수 없는 외국어 억양이 약간 묻어났다. 프랑스어도, 깜둥이 말투도, 네덜란드어도 아닌 그 억양에 톰슨 씨는 당황했다.

"여기 일꾼 필요합니까?"

톰슨 씨가 교반기를 한 번 크게 밀었다가 놓자, 교반기는 탄력을 받아 저 혼자서 몇 차례 앞뒤로 흔들렸다. 그는 계단 위에 걸터앉고는 씹고 있던 담배를 풀밭에다 퉤 뱉은 뒤 말했다. "앉으시오. 어디 이야기 좀 해 봅시다. 안 그래도 사람이 필요하던 참이었거든. 원래는 깜둥이 둘이 있었소만, 지난주에 둘이 된통 사고를 쳐서 아주 사달이 났소. 지금 한 놈은 죽었고, 다른 한 놈은 콜드스프링스의 감방에 처박혀 있다오. 솔직히 말하자면 둘 다 죽일 가치조차 없는 놈들이지. 그러니 나는 사람을 새로 구하는 게 나을 것 같소. 그래서 선생은 마지막으로 일한 곳이 어디요?"

"노스다코타." 사내가 계단의 다른 편 끝에 몸을 구부려 앉으면서 말했다. 피곤한 기색은 아니었다. 그는 한동안 여기서 다시 일어날 일이 없을 사람처럼 아예 자리를 잡고 편안히 널브러졌다. 톰슨 씨에게는 전혀 눈길을 주지 않았지만, 그렇다고 무슨 속내를 숨긴 눈빛은 아니었다. 그저 딱히 아무 데도 보지 않는 것 같았다. 그의 눈은 머리 안에 든 채로 주변의 모든 것을 통과시킬 뿐, 구태여 응시할 만한 것이 나타나리라는 기대를 하지 않는 듯 보였다. 톰슨 씨는 사내가 말을 잇기를 한참 기다렸지만, 그는 묵묵히 사색에 빠져 있었다.

"노스다코타라고." 톰슨 씨는 그 지역이 어디쯤에 있는지 기억을 돌이키며 말했다. "여기서는 꽤 먼 곳일 텐데."

"농장 일 다 할 수 있습니다." 사내가 말했다. "돈 싸게 받습니다. 나는 일 필요합니다."

톰슨 씨는 본격적인 협상을 시작해 보려고 자세를 가다듬었다. "내 이름은 톰슨이오. 로열 얼 톰슨이라고 하지."

"나는 헬턴입니다. 올라프 헬턴요." 그는 꿈쩍도 하지 않았다.

"그렇군." 톰슨 씨는 최대한 또박또박 말했다. "그럼 우리, 서로 툭 까놓고 이야기해 봅시다."

톰슨 씨는 흥정을 할 때면 매우 쾌활하고 적극적인 자세로 임했다. 자기 쪽에서 흠잡힐 구석은 전혀 없었다. 단, 봉급 주기를 죽도록 싫어한다는 점만 빼고. 그건 톰슨 씨 스스로 인정한 사실이었다. "재워 주고 먹여 주는데 돈까지 줘야 한다니, 웃기는 노릇이잖아." 그는 그렇게 말하곤 했다. "게다가 농기구들이 닳는 건 또 어쩔 거야. 삯일꾼들이란 모든 걸 망가뜨리고 못 쓰게 만들기나 한다니까." 그래서 톰슨 씨는 소리 내어 웃으면서, 고함을 쳐 가며, 자기 식대로 흥정을 주도해 나갔다.

"자, 우선 이것부터 물읍시다. 나한테서 얼마나 떼어먹을 작정이오?" 그는 무릎을 철썩 치면서 듣기 싫은 소리로 껄껄 웃어 댔다. 그렇게 최대한 오래 웃다가 머쓱히 입을 다물고는, 씹는담배를 꺼내 한 입 잘라 냈다. 한편 헬턴 씨는 외양간과 과수원 사이의 어딘가를 바라보고 있었다. 눈을 뜬 채 잠든 사람 같았다.

"저는 일 잘합니다." 헬턴 씨가 무덤 속의 송장처럼 말했다. "저는 하루에 1달러 받습니다."

톰슨 씨는 깜짝 놀라서 목청껏 웃는 것조차 잊어버렸고, 겨우 웃을 생각이 들었을 때는 너무 늦은 뒤였다. "허, 허." 톰슨 씨가 소리쳤다. "원 참, 하루에 1달러를 준다면 나도 일하고 싶겠네. 일당을 1달러나 주는 데는 대체 무슨 일을 하는 데요?"

"노스다코타의 밀밭이었어요." 헬턴 씨는 웃음기 없이 대답했다.

톰슨 씨는 웃음을 멈췄다. "흠, 여기는 밀밭하고는 전혀 다른 곳이오. 낙농장에 가깝지." 그는 미안한 기분을 느끼며 말했다. "우리 마누라가 낙농장을 무진 갖고 싶어 했거든. 암소랑 송아지 돌보는 일을 좋아하는 것 같더라고. 그래서 그 사람 좋으라고 사들였는데, 그게 실수였소." 그는 말을 이었다. "어쩌다 보니 일을 내가 거의 다 하게 됐지 뭐요. 마누라는 몸이 좀 약해요. 사실 오늘만 해도 아파서 누워 있다오. 며칠 전부터 몸이 안 좋았거든. 아무튼 우리는 사료로 쓸 곡식 조금하고, 옥수수도 좀 키우고, 저기 과수원이 있고, 돼지랑 닭 몇 마리도 기릅니다. 하지만 주로 젖소 기르는 게 우리 일이오. 그리고 그 일이 솔직히 돈이 별로 안 되기 때문에, 나는 당신에게 일당 1달러는 못 주겠소. 안 되지, 암. 길게 따져 보자면 우리가 먹고사는 데에도 하루에 1달러보다 훨씬 덜 드는걸. 자, 나는 예전에 데리고 있던 깜둥이 두 놈에게 한 달에 7달러, 그러니까 각각 3달러 50센트씩 줬고, 음식도 먹여 줬소. 하지만 깜둥이 수십 명을 몇 날 며칠씩 쓰는 것보다야 변변하고 듬직한 백인 한 사람이 나은 법이지. 그러니 내 헬턴 씨에게 월급으로 7달러를 주고, 우리 가족과 같은 식탁에서 식사를 하게 해 주겠소. 그리고 백인답게 대접해 줄 것이오. 옛말에도 있듯이······"

"좋습니다." 헬턴 씨가 말했다. "그렇게 하죠."

"그래, 그럼 이걸로 다 된 건가?" 톰슨 씨는 마침 중요한 용무가 기억났다는 듯 벌떡 일어났다. "자, 이 교반기를 잡고 좀 흔들어 주겠소? 나는 몇 가지 처리할 일이 있어서 읍내에 다녀와야겠소. 이번 주 내내 집 밖에 나가질 못했거든. 교반기에 버터가 다 만들어지면 어떻게 해야 하는지는 아시겠지?"

"압니다." 헬턴 씨는 고개도 돌리지 않고 말했다. "버터 만드는 법 알아요." 그의 말투는 이상하게 느릿느릿 늘어졌다. 단 두 단어만 말해도 목소리가 천천히 오르락내리락하면서 엉뚱한 데에 강세가 놓였다. 톰슨 씨는 헬턴 씨의 출신이 어디인지 궁금해졌다.

"마지막으로 일했던 곳이 어디라고 했소?" 그는 헬턴 씨가 아까와 다른 대답을 할 거라고 기대하는 듯 물었다.

"노스다코타요." 헬턴 씨가 말했다.

"뭐, 어디든 적응하고 나면 다 살 만한 법이지." 톰슨 씨가 두루뭉술하게 말했다. "당신은 외국인 아니오?"

"스웨덴 사람입니다." 헬턴 씨가 교반기를 흔들기 시작했다.

톰슨 씨는 평생 이렇게 웃긴 농담은 처음 들어 본다는 듯 한바탕 폭소를 터뜨렸다. "어이구, 살다 살다 별일을 다 보는구면." 그는 우렁차게 말했다. "스웨덴 사람이라니, 거, 안됐지만 여기서 지내려면 꽤 외로울 거요. 이 근방에서 스웨덴인은 한 번도 본 적이 없어요."

"괜찮습니다." 헬턴 씨는 이곳에서 몇 년째 일해 온 사람처럼 능숙하게 교반기를 흔들며 대답했다.

"솔직히 말하자면, 내 눈으로 스웨덴인을 보는 건 이번이 난생처음이오."

"괜찮습니다." 헬턴 씨가 말했다.

톰슨 씨가 거실에 들어갔을 때, 톰슨 부인은 창문에 녹색 블라인드를 쳐 놓고 누워 있었다. 머리맡의 테이블에 물그릇을 놓아두고 적신 헝겊을 눈 위에 덮고 있던 그녀는, 톰슨 씨의 발소리를 듣고 헝겊을 걷어 냈다. "밖이 왜 이리 시끄럽지요? 누가 왔나요?"

"스웨덴 사람이라는 양반이 저 밖에 와 있소." 톰슨 씨가 말했다. "버터를 만들 줄 안다더군."

"부디 그랬으면 좋겠네요." 톰슨 부인이 말했다. "나는 두통이 영영 가라앉지 않을 모양이에요."

"걱정 말아요. 당신은 조바심이 너무 심해. 나는 읍내에 나가서 식료품이나 좀 사 오리다."

"지체 말고 바로 와요, 여보. 호텔에 들르지 마시고요." 톰슨 부인은 술집을 호텔이라고 표현했다. 그 술집 주인이 건물의 위층 방들에 세를 놓고 있기 때문이었다.

"토디 두어 잔만 마시지." 톰슨 씨가 껄껄 웃었다. "그 정도야 아무것도 아닌데 뭘."

"나는 술이라고는 평생 입에도 대 본 적이 없어요. 앞으로도 그럴 거고요."

"난 여자들 얘기를 한 게 아니잖소."

밖에서 교반기가 삐걱삐걱 흔들리는 소리를 들으며, 톰슨 부인은 조금씩 졸다가 깊이 곯아떨어졌다. 그러다 그 소리가 한참 전에 그쳤다는 것을 깨닫고 퍼뜩 잠에서 깼다. 블라인드와 창틀 사이의 틈새에서 늦여름의 햇살이 수평으로 비쳐 들어와, 톰슨 부인은 연약한 눈 위에 손차양을 하고서 일어나 앉았다. 그녀는 아직 살아 있었다. 천만다행히도. 이제 저녁 식탁을 차려야겠지만 그래도 교반기는 돌리지 않아도 되었고, 머리는 여전히 띵하기는 해도 한결 나았다. 그런데 무언가 새로운 소리가 들려오고 있었다. 돌이켜 생각해 보니 그녀가 자고 있을 때부터 이미 시작된 소리였다. 누군가가 하모니카를 불고 있었

던 것이다. 소름 끼치게 삑삑 불어 젖히는 소음이 아니라, 명랑하면서
도 애달픈 느낌의 멋진 노랫가락이었다.

톰슨 부인은 부엌으로 나가서 문밖에 내려선 다음, 동쪽을 마주 보
고 손차양을 했다. 밝은 빛에 눈이 적응되고 나자, 삯일꾼 전용 숙소
로 쓰는 오두막집의 문간에 앉아 있는 껑충한 사내가 보였다. 그는 옅
은 금발에 청바지 차림으로, 부엌 의자를 뒤로 기울이고 앉은 채 눈을
감고서 하모니카를 불고 있었다. 톰슨 부인은 심장이 고동치다 철렁
내려앉았다. 맙소사, 게으르고 쓸모없어 보이는 사내가 아닌가. 정말
로 그래 보였다. 처음에는 못 미더운 검둥이들을 잔뜩 고용하다가 이
번에는 못 미더운 백인이라니, 딱 톰슨 씨가 고용할 법한 사람이었다.
그녀는 남편이 더 사려 깊게 처신하기를 그리고 자기 일에 조금만 더
수고를 들여 주기를 바랐다. 남편을 믿고 싶었지만 믿을 수 없을 때가
너무 많았다. 그녀는 내일이나 적어도 내일모레에는 삶이 더 나아지
리라고 믿고 싶었다. 지금의 삶은 아무리 좋게 봐도 전쟁이었다.

그녀는 끈질기게 욱신거리는 옆구리를 구부리고, 오두막집에서 시
선을 피한 채, 그 옆을 조심조심 걸어 지나쳐서 유제품 저장고로 향했
다. 만약 새 삯일꾼이 일을 해 놓지 않았다면 분명하게 주의를 줘야겠
다고 단단히 마음을 다잡았다.

저장고라고 해 봐야 비바람에 닳고 닳은 판자들을 얼기설기 이어
붙인 오두막에 불과했다. 몇 년 전에 우유와 버터를 신선하게 보관할
데가 필요해서 임시로 쓰자고 급하게 지었던 것이다. 임시여야만 했
다. 오두막은 이미 형체랄 게 없을 지경으로 이리저리 기울어져 있었
다. 그리고 안에는 희끄무레한 양치식물들로 틀어막히다시피 한 작
은 동굴이 있었는데, 거기서 차가운 물줄기가 끊임없이 새어 나왔다.

그런 샘물이 나오는 땅은 주변 일대에서 오로지 여기밖에 없었다. 톰슨 부부는 그 샘물을 귀한 재산으로 여겼다. 그걸 이용해 제대로 된 저장고를 지을 짬이 나지 않는 게 문제였다.

저장고 안에는 금방이라도 부서질 듯한 나무 선반들이 사면의 벽을 빙 둘러 위태롭게 매달려 있었고, 그 한가운데에 팬 작은 물웅덩이에 큼지막한 우유 통과 버터 통 들이 세워져 있었다. 그렇게 차가운 물에 담가 둬야 신선하고 맛있는 상태로 보관할 수 있다. 톰슨 부인은 평평한 옆구리를 한 손으로 쥐고 통증을 달래며, 다른 한 손으로 눈 위를 가린 채, 몸을 구부려 통들을 들여다보았다. 그 안에는 기름진 버터 한 덩이가 들어 있었다. 버터에서 걷어 낸 크림은 한편으로 치워져 있었다. 그뿐만 아니라, 마지막으로 씻은 게 언제인지 기억도 나지 않는 나무틀과 얕은 냄비 들도 뜨거운 물로 싹 소독하고 문질러 닦은 뒤였고, 돼지들과 젖을 막 뗀 송아지들이 먹을 버터밀크도 나무 통에 꽉 채워져 있었으며, 단단한 흙바닥은 비질을 해 놓은 듯 매끈했다. 톰슨 부인은 흐뭇한 미소를 지으면서 몸을 곧게 세웠다. 일자리를 찾던 가난뱅이가 이제 막 농장에 들어와 처음 맡은 일을 제대로 했을 리가 없겠지 싶어서 꾸짖을 각오를 하고 있었는데, 이제 보니 자신이 그런 생각을 했다는 것만으로도 그에게 부당한 대우를 한 셈이었다. 그 보상을 해 주기 위해서라도 헬턴 씨의 야무지고도 신속한 일솜씨를 칭찬해 주지 않으면 안 되겠다는 생각이 들었다. 그녀는 다시 조심스러운 걸음걸이로 삯일꾼 숙소 문 쪽으로 다가갔다. 헬턴 씨는 이제 하모니카 연주를 멈추고 눈을 뜬 채 의자를 똑바로 세워서 앉아 있었다. 하지만 톰슨 부인에게는 눈길을 주지 않았고, 일어서려고 하지도 않았다. 톰슨 부인은 작고 가녀린 체구에 길고 풍성한 갈색 머리를 땋아 내렸고, 입술에서는 고통과 참을성이, 곧잘 눈물로 젖는 눈에서는 병색이 엿보이는 여자였다. 그녀는 양쪽 손의 엄지를 관자놀이에 얹고 손각지를 껴서 눈 위에 차양을 친 뒤, 물기 어린 눈꺼풀을 깜빡이며, 살짝 예의를 차리고 정중하게 말했다. "안녕하세요, 선생님. 저는 톰슨 부인이랍니다. 저장고 쪽 일을 정말 잘 처리해 주셨길래 인사라도 드리고 싶어서요. 거기는 늘 관리하기가 힘든 곳이었는데 말이에요."

"괜찮습니다." 헬턴 씨는 가만히 앉아 느릿느릿 말했다.

톰슨 부인은 잠시 기다리다가 입을 열었다. "아까 연주하신 곡도 참 좋았어요. 보통 사람들은 하모니카로 제대로 된 연주는 못 하던데요."

헬턴 씨는 기다란 다리를 아무렇게나 늘어뜨리고 척추를 수그린 채 구부정히 앉아, 하모니카의 네모난 구멍들을 엄지손가락으로 훑었다. 그 외에는 온몸에 아무런 움직임도 없어서 잠들었는 줄 착각할 정도였다. 하모니카는 큼지막했고 새 물건인 듯 반짝거렸다. 주위를 무심코 둘러보던 톰슨 부인은 그의 침상 옆 선반에도 하모니카 다섯 개가 가지런히 줄지어 놓여 있다는 것을 깨달았다. 모두 품질이 좋고 비싸 보였다.

'저런 건 호주머니에 넣어 가지고 다녀야 할 텐데.' 톰슨 부인은 생각했다. 그러고 보면 헬턴 씨의 오두막 안에 하모니카들 외에 다른 소지품은 전혀 눈에 띄지 않았다. "음악을 대단히 좋아하시나 봐요." 그녀가 말을 꺼냈다. "예전에는 우리 집에 오래된 아코디언이 한 대 있었어요. 톰슨 씨가 아주 잘 켰는데, 우리 애들이 그만 망가뜨려 버렸죠."

헬턴 씨가 별안간 의자를 덜커덩거리며 일어섰다. 어깨는 여전히 구부정한 채 무릎만 곧게 펴고서 바닥을 내려다보는 모습이, 그녀의 말을 골똘히 귀 기울여 듣는 것 같았다. "어린 남자애들이 워낙 그렇잖아요." 톰슨 부인이 말했다. "하모니카들을 선반 위쪽에 놔두시는 게 낫겠어요. 안 그러면 애들이 손을 댈 거예요. 그 애들은 아무 데나 멋대로 들어가는 데에 선수거든요. 버릇을 고쳐 보려고 했지만 잘 안 되더라고요."

헬턴 씨는 기다란 두 팔을 크게 한 번 휘둘러 하모니카들을 가슴에 끌어안더니, 벽과 천장이 만나는 부분에 있는 맨 꼭대기 선반에 올려놓았다. 그러고는 아예 거의 보이지도 않도록 안쪽으로 깊이 밀어 넣었다.

"그 정도면 될 거예요. 정말이지……" 톰슨 부인은 더욱 강해진 서부의 햇빛을 피해 고개를 돌리고 하릴없이 눈을 감으며 말했다. "정말이지 그 꼬마 녀석들이 뭐가 될지 모르겠어요. 나는 그 애들을 도저히 못 따라가겠다니까요." 그녀는 자기 자식들을 두고 마치 그녀의 집에 지나치게 오래 머무르고 있는 성가신 조카들인 양 이야기하는 버릇이 있었다.

"개울가에." 헬턴 씨가 특유의 허허로운 목소리로 말했다. 톰슨 부인은 당황해서 멈칫했다가, 그게 그녀의 질문에 대한 나름의 대답이었겠거니 생각했다. 헬턴 씨는 끈기 있게 침묵을 지키며 서 있었다. 그녀가 가 주기를 기다리는 건 아닌 듯했고, 무언가를 기다리는 기색 자체가 아니었다. 톰슨 부인은 온갖 종류의 괴팍한 성정을 지닌 온갖 종류의 남자에 익숙했다. 중요한 것은 헬턴 씨의 괴팍함이 다른 남자들과 어떻게 다른지 알아내고, 적응하고, 헬턴 씨가 편안하게 지낼 수 있도록 해 주는 것이었다. 그녀의 아버지도 괴팍했고, 그녀의 형제들과 친척 남자 어른들도 모두 가지각색으로 괴짜였으며, 이제껏 고용했던 일꾼들 역시 저마다 별난 구석이 있었다. 그리고 이제는 헬턴 씨라는 저 남자가 나타난 것이다. 스웨덴 출신에, 말수가 없고, 하모니카까지 부는 남자.

"식구들이 배가 고플 때가 되어 가네요." 톰슨 부인은 애매하게 친절한 태도로 말했다. "곧 저녁을 차려야 할 텐데, 뭘로 준비를 해 볼까요? 헬턴 씨는 뭐 드시고 싶은 것 있으세요? 질 좋은 버터랑 우유랑 크림이야 항상 넉넉하지요. 그거 하나는 참 다행이에요. 톰슨 씨는 전부 다 내다 팔아야 한다지만, 저는 우리 가족이 먹을 건 우선 챙겨야 한다고 보거든요." 그녀는 눈이 부셔서 고통스러운 걸 참으며 웃음을 지었다. 그 바람에 그녀의 조그마한 얼굴이 온통 일그러졌다.

"저는 아무거나 먹습니다." 헬턴 씨가 말했다. 목소리가 오르락내리락 굽이치며 흘러나왔다.

'다른 건 둘째치고 일단 말을 못하는 사람이네.' 톰슨 부인은 생각했다. 영어를 잘 못하는 사람을 붙잡고 억지로 말을 시키는 건 안 될 일이었다. 그녀는 천천히 뒤로 물러나면서 어깨 너머를 돌아보았다. "저희는 주일만 빼고 보통 옥수수빵을 먹어요. 헬턴 씨가 살던 곳에는 맛있는 옥수수빵이 별로 없었겠지요?"

헬턴 씨는 묵묵부답이었다. 그녀가 곁눈으로 다시 오두막 쪽을 돌아보니, 그는 다시 의자를 기울이고 앉아서 하모니카를 들여다보고 있었다. 곧 우유를 짜야 할 시간이라는 것을 그가 기억해 주기를 바라며 톰슨 부인은 그곳을 떠났다. 그러자 헬턴 씨는 아까와 똑같은 곡을 연주하기 시작했다.

우유 짜는 시간이 지나갔다. 그동안 톰슨 부인은 헬턴 씨가 외양간과 저장고 사이를 오락가락하는 모습을 보았다. 그는 어깨를 구부리고 머리를 수그린 채, 앙상한 두 팔에 양동이를 저울처럼 매달고서, 넓은 보폭으로 슬렁슬렁 걸어 다녔다. 읍내에 나갔던 톰슨 씨도 돌아왔다. 그는 턱을 안으로 당기고 평소보다 꼿꼿한 자세로 말을 탔고, 안장 뒤에는 물건이 가득 든 마대 자루가 매달려 흔들거리고 있었다. 외양간에 들른 뒤 부엌으로 들어온 톰슨 씨는 자상하기 그지없는 태도로 톰슨 부인에게 다가와, 그 거칠거칠한 구레나룻을 그녀의 얼굴에 대고 먼지를 털 듯 문지르더니 뺨에 쪽 소리가 나도록 야단스럽게 입을 맞췄다. 호텔에 다녀온 게 뻔했다. "우리 농장 좀 둘러봐요, 엘리." 그가 소리쳤다. "그 스웨덴 양반이 일을 아주 기똥차게 하는구먼. 근데 내 평생 그렇게 입이 무거운 친구는 또 처음 봐요. 이빨을 벌리기만 해도 턱이 부러질까 봐 무서운 모양이야."

톰슨 부인은 커다란 그릇에 담긴 버터밀크 옥수수빵 반죽을 휘젓고 있었다. "톰슨 씨, 당신한테서 술독에 빠졌다 나온 것 같은 냄새가 나요." 그녀는 지극히 점잖게 말했다. "애들 중 하나 시켜서 장작 좀 더 가져오라고 해 주세요. 내일은 쿠키를 한 판 구워 볼까 해요."

그제야 자기 숨에서 나는 술 냄새를 알아차린 톰슨 씨는 풀이 죽어 슬그머니 밖으로 빠져나가더니, 직접 장작을 가지고 돌아왔다. 아서와 허버트는 더벅머리, 셔츠, 살갗, 발가락까지 온통 꼬질꼬질해진 채 쿵쿵 뛰어 들어와 배가 고프다고 외쳐 댔다. "세수하고 머리 빗고 오렴." 톰슨 부인이 기계적으로 말했다. 그러자 아이들은 포치로 나가서 한 명씩 펌프에 손을 씻고, 앞머리를 적시고 손빗으로 빗어 내린 다음, 지체 없이 다시 부엌으로, 인생의 모든 가능성이 모이는 곳으로 돌아왔다. 톰슨 부인은 식탁에 접시 하나를 더 가져다 놓고, 첫째 아들인 여덟 살짜리 아서에게 헬턴 씨더러 식사하러 오시라고 전하라고 시켰다.

아서는 자기 자리에서 움직이지도 않고 수송아지처럼 소리를 질렀다. "헤에에엘턴, 아아저어씨이이이, 저어어어녀어억 드세요!" 그러고는 나지막한 목소리로 덧붙였다. "껑다리 스웨덴인아!"

"내 말 잘 들어라." 톰슨 부인이 말했다. "그렇게 행동하면 못써. 직접 나가서 공손하게 말씀드리렴. 안 그러면 너희 아빠한테 호되게 맞을 줄 알아."

그때 헬턴 씨의 껑충하고 울적한 모습이 문간에 나타났다. "바로 거기 앉으쇼." 톰슨 씨가 팔을 휘저으며 외쳤다. 헬턴 씨는 네모난 신발을 내디뎌 단 두 걸음 만에 부엌을 가로질러, 식탁 앞의 긴 의자에 털썩 걸터앉았다. 톰슨 씨는 상석에 마련된 자기 의자에 앉았고, 남자아이 둘은 헬턴 씨의 맞은편에 잽싸게 자리를 잡았으며, 톰슨 부인은 화덕과 가까운 끝자리에 앉았다. 톰슨 부인이 두 손을 맞잡고 고개를 숙이고는 기도했다. "주님, 이 모든 것과 주님이 주신 모든 축복에 감사드립니다. 예수님 이름으로 기도합니다, 아멘." 서둘러 기도를 마칠 수밖에 없는 것은 말썽꾸러기 허버트의 조그마한 손이 가장 가까운 접시를 건드릴까 봐서였다. 그런 일이 생기면 그녀는 어쩔 수 없이 허버트를 식탁에서 쫓아 보내야 할 텐데, 자라나는 아이들은 끼니를 잘 챙겨 먹여야 하는 법이다. 톰슨 씨와 아서는 기도가 끝날 때까지 잘 기다렸지만, 여섯 살 먹은 허버트는 그런 훈련이 몸에 익기에는 아직 너무 어렸다.

톰슨 부부는 헬턴 씨를 대화에 끌어들이려고 노력했지만 소용없었다. 처음에는 날씨 이야기를 해 보았고, 그다음에는 농작물이며 젖소를 화제에 올렸지만, 헬턴 씨는 좀처럼 대답을 하지 않았다. 그러자 톰슨 씨는 자신이 읍내에서 목격했다는 우스꽝스러운 사건을 이야기해 주었다. 톰슨 씨와 친한 늙은 농부들을 호텔에서 만났는데, 그들이 염소에게 맥주를 먹이자 염소가 어떠한 반응을 보였다는 내용이었다. 그러나 헬턴 씨는 이야기가 들리지도 않는 눈치였다. 톰슨 부인은 별로 재미없었지만 예의상 웃어 주었다. 그 일화는 예전에도 여러 번 들었는데도, 톰슨 씨는 매번 그 일이 그날 막 벌어졌다는 식으로 이야기했다. 만약 정말로 실화라면 이미 몇 년 전의 일이었을 것이다. 게다가 톰슨 부인이 생각하기에는 여자와 남자가 섞여 있는 자리에서 꺼내기에 적절한 내용도 아니었다. 이 모든 건 톰슨 씨가 가끔씩 술을 지나치게 많이 마시는 탓에 생기는 문제였다. 그는 금주법 도입 여부를 묻는 주민 투표에서 늘 찬성표를 던지는데도 불구하고 그랬다. 톰슨 부인은 헬턴 씨에게 음식을 건네주었다. 그러자 그는 모든 음식을 종류별로 자기 그릇에 덜었다. 하지만 그리 많은 양은 아니었다. 앞으로도 쭉 오늘처럼 일할 요량이라면 그 정도만 먹어서는 제힘을 유지하기가 어려울 터였다.

헬턴 씨는 큼지막한 옥수수빵 한 덩이로 자기 접시에 남은 국물을 싹 닦아 냈다. 접시는 사냥개가 핥아 먹은 것처럼 말끔해졌다. 그는 입안 가득 음식을 밀어 넣고는, 다 씹기도 전에 의자에서 일어나 문 쪽으로 걸음을 옮겼다.

"안녕히 주무세요, 헬턴 씨." 톰슨 부인이 말했다. 그러자 나머지 세 식구도 여기저기서 거들어 합창을 했다. "안녕히 주무세요, 헬턴 씨!"

"잘 자요." 어둠 속에서 헬턴 씨가 마지못한 듯 흔들리는 목소리로 말했다.

"찰 쟈여." 아서가 헬턴 씨의 말투를 흉내 냈다.

"찰 쟈여." 허버트도 똑같이 따라 했다.

"그렇게 하는 게 아니야." 아서가 말했다. "내가 하는 거 잘 들어. 차아아알 쟈여허." 그는 완벽한 성대모사를 위해 헬턴 씨의 허허로운 음률까지도 따라 했다. 그러자 허버트는 너무 웃겨서 발작하다시피 했다.

"그만들 해라." 톰슨 부인이 말했다. "아저씨 말투는 어쩔 수 없는 거잖니. 둘 다 창피한 줄 알아. 가엾은 외지인을 그렇게 놀리다니. 만약 너희가 외국에서 외국인으로 산다면 어떻겠어?"

"좋을 것 같은데요." 아서가 말했다. "재미있을걸요."

"둘 다 완전히 야만인들이구먼, 엘리." 톰슨 씨가 말했다. "이런 천하에 무식한 녀석들." 그는 무서운 아버지다운 얼굴로 아들들을 돌아보았다. "내년에는 너희 둘 다 학교에 갈 테니 그때는 버르장머리가 고쳐질 게다."

"저는 이담에 크면 소년원에 보내질 건데요." 허버트가 큰 소리로 떠들었다. "제가 갈 데는 거기예요."

"오, 그러냐? 그래?" 톰슨 씨가 물었다. "누가 그러던?"

"주일학교 교장님요." 허버트는 똑똑한 척 으스대며 말했다.

"당신, 들었소?" 톰슨 씨가 아내를 마주 보았다. "그러게 내가 뭐라고 했소?" 그리고는 목젖이 부르르 떨릴 만큼 우렁차게 고함을 치며 폭풍 같은 분노를 뿜어냈다. "둘 다 침대로 꺼져. 안 꺼지면 직사하게 두들겨 팰 테다!" 둘은 침대로 사라졌고, 그 직후에 둘이서 몸을 부대끼고 콧방귀를 뀌고 키득거리고 으르렁거리는 소리가 온 집 안에 울

402

려 퍼지고 부엌 천장을 뒤흔들었다. 톰슨 부인은 머리를 감싸 쥐더니 나지막한 목소리로 머뭇머뭇 말했다. "아직 아무것도 모르는 어린애들을 그렇게 잡아 봤자 소용없잖아요. 나는 못 견디겠어요."

"나 원 참, 엘리." 톰슨 씨가 대꾸했다. "애들을 잘 키워야지, 천방지축 아무렇게나 자라게 놔둘 순 없잖소."

그녀가 어조를 바꿔 말을 돌렸다. "헬턴 씨 말인데요, 괜찮은 사람 같아요. 말을 못하기는 해도요. 이렇게 먼 데까지 어떻게 왔나 몰라요."

"그러게 말이오, 턱을 벌리지를 못하는 것 같다니까. 하지만 일하는 법은 확실히 아는 것 같소. 여기서야 중요한 건 그거 아니겠소. 시골은 일자리 구하러 떠돌아다니는 작자들 천지이니."

톰슨 부인은 식탁 위의 그릇들을 치웠다. 톰슨 씨의 턱 아래에 있던 접시를 가져가면서 그녀는 말했다. "제 생각을 솔직히 말하자면, 일 잘하고 입 다물 줄 아는 사람을 쓰는 게 우리에게도 아주 좋은 변화가 될 것 같아요. 그 사람은 우리 일에 신경 쓰지 않을 거 아녜요. 우리한테 딱히 숨겨야 할 비밀이 있는 건 아니지만, 그래도 편하잖아요."

"그렇긴 하지. 하하!" 톰슨 씨가 벌컥 소리쳤다. "당신 쪽에서는 하고 싶은 말 다 해도 된다는 뜻이지. 안 그렇소?"

"단 한 가지 문제는요." 톰슨 부인이 말을 이었다. "그 사람 먹는 게 영 성에 안 차요. 나는 남자가 식탁 앞에 앉아서 식사를 푸지게 잘 먹는 모습이 좋던데요. 저희 할머니가 종종 말씀하시길, 저녁 식사를 깨작거리는 남자는 믿는 게 아니랬어요. 이번에도 예전 같은 일이 또 생기면 안 될 텐데요."

"솔직히 말하자면, 엘리." 톰슨 씨는 포크로 이를 쑤시면서 몸을 뒤로 기대고, 유쾌하게 농담조로 이야기했다. "나는 당신 할머님이 무진 장 미련스러운 할망구라고 늘 생각했다오. 그분은 머릿속에 가장 먼 저 떠오르는 말을 무작정 꺼내고는 그게 하느님의 가르침이라고 우 긴단 말이야."

"저희 할머니는 미련하지 않았어요. 십중팔구는 다 깊은 뜻이 있으 셔서 하는 말씀이었다고요. 제가 항상 말하잖아요. 무슨 말이든 머릿 속에 가장 먼저 떠오른 대로 말하는 게 가장 나은 법이라고요."

"흠." 톰슨 씨가 또 벌컥 고함을 쳤다. "당신은 그 염소 이야기만 나 오면 얌전을 잔뜩 빼던데, 언제 한번 당신도 남녀 섞인 자리에서 솔직 하게 떠들어 보쇼! 어디 한번 해 보기나 하라고. 하필 그 순간에 당신 이 암탉하고 수탉 생각을 하고 있어서 그 생각 그대로 말을 꺼낸다면 어떻게 될까? 침례교 목사도 놀라 자빠질걸!" 그는 그녀의 작고 납작 한 엉덩이를 꼬집으며 애정 어린 투로 말했다. "토끼 한 마리도 이보 다는 살이 많겠구먼. 나는 이제 살집 있는 여자들이 좋던데."

톰슨 부인은 휘둥그레진 눈으로 그를 쳐다보며 얼굴을 붉혔다. 등 불 빛 덕분에 이제는 그녀도 앞을 잘 볼 수 있었다. "어휴, 톰슨 씨. 가 끔은 당신이 이 세상에서 제일 속이 시커먼 남자 같다니까요." 그녀는 그의 정수리 머리털을 한 움큼 쥐고는 천천히, 힘 있게 잡아당겼다. "장난친답시고 너무 세게 꼬집으면 기분이 어떤지 알아요? 딱 이런 기분인 거예요." 그녀가 부드럽게 말했다.

톰슨 씨는 자기 처지가 어떤지 잘 알면서도, 낙농장을 운영하고 닭 을 쫓아다니는 건 여자들이나 하는 일이라는 깊은 신념을 못내 떨칠 수가 없었다. 그는 쟁기를 끌고, 수수를 베고, 옥수수 껍질을 까고, 수레 끄는 동물들을 다루고, 옥수수 창고를 짓는 일이라면 여느 남자들처럼 할 수 있노라고 말하곤 했다. 물건을 사거나 파는 것 역시 남자의 일이었다. 그는 일주일에 두 번씩 짐마차를 몰고 시장에 나가서 신선한 버터, 달걀 약간, 제철 과일들을 내다 팔고, 잔돈을 슬쩍 빼돌리고, 아내 몫의 용돈을 건드리지 않으려 조심하면서 최대한 짭짤하게 돈을 써먹었다.

하지만 낙농 일이란, 무엇보다도 암소들부터가 성가셨다. 하루에 두 번 젖을 짤 시간이면 녀석들은 새치름한 여자 같은 얼굴로 다가와 그를 나무라며 서 있었다. 송아지들도 성가시기는 마찬가지였다. 송아지들은 고삐에 목이 졸리다 못해 눈이 툭 불거질 만큼 버둥거리며 젖꼭지를 빨아 보려고 기를 썼는데, 녀석들과 몸싸움을 벌이다 보면 톰슨 씨는 아기 기저귀를 갈아 주는 것처럼 남자답지 못한 짓을 하는 기분이 들었다. 우유는 자칫 잘못하면 써지거나 쉬거나 말라붙기 일쑤였다. 또한 암탉들은 꼬꼬댁거리고 꽥꽥거리는 데다, 가장 원치 않는 순간에 부화해 버리고, 제 새끼들을 외양간 앞마당으로 몰고 나가서 말들에게 밟혀 죽을 위험으로 몰아넣는가 하면, 호흡기 질환에 걸리거나 목이 뒤틀리거나 닭벼룩이 옮기도 했으며, 톰슨 부인이 사료 급여실에 둥지 시렁을 만들어 주었는데도 불구하고 녀석들이 사방팔방에 온통 달걀을 낳아 놓는 바람에 사람이 미처 찾아내기도 전에 절반은 못 쓰게 되기 십상이었다. 암탉이란 미치도록 성가신 골칫거리였다.

돼지들에게 음식물 찌꺼기를 먹이는 일은, 톰슨 씨가 생각하기엔 삯일꾼이 할 일이었다. 그리고 돼지 멱을 따는 건 고용주가 할 일이지만, 돼지 몸을 절단하고 분리하는 과정은 역시 삯일꾼의 몫이며, 이후에 고기를 손질하고 훈제하고 절이고 돼지기름과 소시지를 만드는 작업은 여자들이 담당해야 했다. 톰슨 씨가 자신의 활동 영역을 이렇게 섬세하게 제한하는 것은, 그가 생각하는 세상의 모양새와, 더 나아가 신과 인간 앞에서의 자기 체면이 달린 문제이기 때문이었다. 정확히 왜인지는 몰라도 어쨌든 그랬다. "모양새가 안 좋잖아." 그가 내키지 않는 일을 하지 않을 때 내세우는 궁극적인 이유는 그것이었다.

톰슨 씨에게 중요한 것은 위신과 면목이었고, 그가 자기 손으로 직접 할 수 있을 만큼 남자로서 면목이 서는 일거리는 별로 없었다. 톰슨 부인이라면 온갖 다양한 종류의 일이 잘 어울렸겠지만, 그녀는 일찌감치 몸져누워 버려서 도움이 되지 못했다. 톰슨 씨는 아내에게 많은 기대를 걸었던 자신이 얼마나 어리석었는지 오래지 않아 깨달았다. 그는 그녀의 가느다란 허리, 레이스 달린 페티코트, 커다랗고 푸른 눈에 반하지 않았던가. 이제 그 매력들은 다 사라졌지만, 대신 그녀는 그에게 '엘리'가 되어 주었다. 마운틴시티 제일침례교회에서 인기 있는 주일학교 교사였던 엘런 브리지스 양과는 전혀 다른, 그의 소중하고도 병약한 아내, 엘리. 하지만 그는 남자가 결혼을 통해 인생에서 얻을 수 있는 가장 큰 뒷받침을 받지 못하는 처지였으므로, 자신도 모르는 사이에 실패의 길로 접어들고야 말았다. 늘 고개를 꼿꼿이 세우고 다니고, 세금을 제때제때 내고, 목사의 봉급을 지급하는 데에 매년 일정액을 기부할뿐더러, 땅 주인이자, 한 가족의 가장이며, 고용주이고, 이곳 남자들 중에서도 성격 좋고 원기 왕성한 사람으로 알려진 톰슨 씨가, 실은 아무에게도 말하지 못한 채 서서히 내리막길로 치닫고 있었던 것이다. 아아, 이웃 중 아무나 갈퀴 하나만 들고 와서 외양간과 부엌문 계단 주위에 쌓인 잡동사니들 좀 치워 주면 얼마나 좋을까 싶었다. 짐마차 차고는 망가진 기계, 낡아 빠진 마구馬具, 우그러진 우유 통, 썩어 가는 통나무 등으로 꽉 들어차서 그 안에 마차라고는 댈 수도 없었다. 식구들 중 어느 누구도 거기에 손댈 엄두를 내지 못했고, 톰슨 씨 자신으로 말할 것 같으면 매일 해야 하는 기본적인 일만으로도 벅찼다. 농한기가 되면 그는 가끔 걱정에 잠겨 몇 시간씩 앉아서, 장작더미 옆에 무성하게 자란 돼지풀 덤불에다 씹는담배를 뱉으면서, 자신과 같은 약점을 가진 사람이 대체 무엇을 할 수 있을지 궁리하곤 했다. 그는 아들들이 어서 자라 주기만을 고대하고 있었다. 톰슨 씨의 아버지가 그랬듯, 그도 자기 아들들에게 방앗간 일을 시킬 생각이었다. 그 애들도 농장 전체를 파악하고 제대로 운영하는 법을 배워야 한다. 일을 너무 과하게 지우지는 않을 테지만, 둘 다 자기 밥벌이 정도는 하게 만들 것이다. 그러지 않고는 절대로 그냥 넘어가 주지 않을 작정이었다. 만약 그 애들이 덩치만 큰 멍텅구리가 되어칼로 나무토막이나 깎으면서 놀고 앉아 있다면! 아들들의 미래를 상상하다 보면 그는 지레 화가 치밀어 올랐다. 나무토막을 깎거나 낚시갈 궁리나 하면서 빈들거리는, 덩치 큰 멍텅구리 한 쌍의 모습이라니. 아, 그런 꼴을 보게 된다면 그 즉시 요절을 내고야 말 것이다.

계절이 몇 차례 바뀌었다. 헬턴 씨가 점점 더 일하는 요령이 늘어가면서 톰슨 씨는 마음을 조금 놓을 수 있게 되었다. 헬턴 씨는 세상에 못 하는 일이 없는 듯했다. 무엇이든 아주 당연하게, 놀랄 것도 없다는 식으로 뚝딱 해냈다. 그는 아침 5시에 일어나 스스로 커피를 끓이고 베이컨을 튀겨 먹었고, 톰슨 씨가 하품을 하고 기지개를 켜고 끙끙거리고 고함을 지르고 청바지를 찾아 쿵쿵대며 돌아다닐 동안 이미 외양간에 나가서 일하고 있었다. 헬턴 씨는 소젖을 짜고, 유제품 저장고를 관리하고, 버터를 만들었다. 그리고 암탉들을 한데 모으고, 어떻게 하는지는 몰라도 녀석들이 집 아래나 건초 더미 뒤가 아니라 자기들 둥지에 알을 낳게 만들었으며, 규칙적으로 모이를 주었다. 그가 돌보기 시작하니 병아리들도 누군가의 발에 밟힐 염려가 없는 때에 알을 깨고 나왔다. 헛간들과 집 안팎의 쓰레기 더미도 조금씩 사라져 갔다. 그는 돼지들에게 버터밀크와 옥수수를 가져다주었고, 말갈기에 달라붙은 도꼬마리*들을 털어 내 주었으며, 송아지들은 부드럽게 대하는 반면 젖소들과 암탉들은 조금 엄하게 다뤘다. 헬턴 씨의 행동으로만 봐서는, 농장에서 남자의 일과 여자의 일이 따로 있다는 말 따위는 들어 본 적도 없는 것 같았다.

그렇게 두 해째 되던 어느 날, 헬턴 씨는 우편 판매 카탈로그에 나온 치즈 압착기 사진을 톰슨 씨에게 보여 주며 말했다. "이거 좋은 물건이에요. 이거 사세요. 그럼 제가 치즈 만들어요." 그래서 톰슨 씨는 압착기를 구매했고, 헬턴 씨는 치즈를 만들었고, 치즈는 전보다 생산량이 늘어난 버터와 달걀과 더불어 팔려 나갔다. 그가 일하는 방식을 지켜보며 톰슨 씨는 이따금씩 약간의 경멸감을 느꼈다. 헬턴 씨는 짐마차가 밭에서 나오는 길에 떨어뜨린 옥수수 대여섯 자루를 주우러 돌아다니고, 돼지에게 먹일 낙과들을 주워 모으고, 기계에서 떨어진 부품들이며 낡은 못들을 챙겨 두는가 하면, 시장에 내다 팔 버터에 예쁘장한 무늬를 찍는 데에 상당한 시간을 들였다. 그 모든 게 남자가 하기에는 영 좀스러워 보이는 짓거리였다. 예쁘게 장식된 버터는 5갤런짜리 돼지기름 깡통에 든 채 축축한 마대 자루에 담겼고, 톰슨 씨는

---

* 미국에서 흔히 자라는 잡초로, 독성이 있어서 가축이 먹으면 죽을 수 있다.

그걸 실은 4륜 짐마차 위에 우뚝 올라앉아 이랴 고함을 치고 고삐를 홱 잡아당기며 말들을 몰아 읍내로 나갔는데, 그럴 때 종종 그는 헬턴 씨가 꽤 음흉한 사람이라는 생각을 하곤 했다. 하지만 그 생각을 결코 겉으로 드러내지는 않았다. 톰슨 씨는 수중에 좋은 게 들어오면 그 가치를 알아볼 능력은 있는 사람이었다. 헬턴 씨 덕분에 돼지들의 발육이 좋아져서 예전보다 값을 더 받게 된 건 사실이었다. 헬턴 씨 덕분에 곡물 수확량이 크게 늘어서 사료를 따로 구매할 필요가 없어진 것도 사실이었다. 소와 돼지를 도축할 때도, 톰슨 씨 같았으면 내다 버렸을 부위들까지 헬턴 씨는 싹 챙겨서 활용할 줄 알았고, 돼지 창자를 거둬서 자기만의 방법으로 속을 채워 소시지를 만들기도 했으며 그러면서도 부끄러워하는 기색조차 없었다. 전체적으로 봤을 때 톰슨 씨는 불평할 이유가 전혀 없었다. 헬턴 씨를 고용한 지 세 해째, 톰슨 씨는 그의 급료를 올려 주었다. 헬턴 씨 쪽에서 인상해 달라는 요구를 한 것은 아니었다. 그리고 넷째 해에, 빚을 전부 털어 냈을 뿐만 아니라 은행에 약간의 현금까지 비축하게 된 톰슨 씨는 헬턴 씨의 월급을 2달러 50센트 더 올려 주었다.

"그럴 가치가 있는 친구요, 엘리." 톰슨 씨는 자신의 사치를 정당화해야 할 것 같은 느낌이 들어서 그렇게 말했다. "그 친구 덕에 농장이 수지맞고 있잖소. 공로를 인정해 줘야지."

헬턴 씨의 침묵, 창백한 이마와 머리카락, 길쭉하고 침울한 턱, 일하고 있을 때조차 아무것도 보지 않는 듯한 두 눈은 톰슨 부부에게 완전히 익숙해졌다. 처음에는 톰슨 부인이 불평을 좀 했었다. "영혼이 빠져나간 빈 껍데기와 마주 앉아 식사하는 기분이란 말이에요. 당신은 그 사람이 조만간 말문을 열 거라고 생각하나 보죠?"

"그냥 놔둬요." 톰슨 씨가 대답했다. "말할 준비가 되면 어련히 하려고."

세월이 흘러도 헬턴 씨는 좀처럼 말할 준비가 되지 않았다. 하루 일이 다 끝나면 그는 외양간이나 유제품 저장고나 양계장에서 등불을 흔들며 걸어 나와, 조랑말 발굽 같은 커다란 신발을 단단한 흙길 위에 덜걱덜걱 내디디며 걸음을 옮겼다. 그 시간쯤이면 톰슨 부부는 겨울에는 부엌 안에, 여름에는 뒷문 포치에 앉아 있었는데, 그때마다 어김없이 헬턴 씨가 나무 의자를 끌어내는 소리, 의자를 뒤로 삐걱 기울이면서 앉는 소리 그리고 하모니카로 매번 똑같은 곡을 연주하는 소리를 들을 수 있었다. 그가 가진 하모니카들은 저마다 음조나 음색이 달라서 소리가 유난히 낮게 들릴 때도 있고 감미롭게 들릴 때도 있었지만, 연주하는 곡 자체는 언제나 똑같았다. 도중에 흐름이 갑자기 바뀌는 부분이 몇 번 있는, 이상야릇한 음악이었다. 헬턴 씨는 밤이면 밤마다 그 곡을 연주했고, 오후에 일하다가 잠시 숨 돌리는 틈에 연주할 때도 있었다. 처음에는 톰슨 부부도 그의 연주를 무척 좋아해서 항상 하던 일을 멈추고 귀를 기울였다. 하지만 나중에는 싫증이 나서 헬턴 씨가 새로운 곡을 익혔으면 좋겠다고 서로 수군거렸고, 그러다가는 아예 그 소리가 귀에 들어오지도 않게 되었다. 저녁에 불어오는 바람 소리나, 소들이 음매 하고 우는 소리나, 그들 자신의 목소리나 마찬가지로 자연스러운 일상이 된 것이다.

톰슨 부인은 가끔 헬턴 씨의 영혼에 대해 생각했다. 주일에도 평일과 다를 바 없이 일하는 걸 보면 그는 교회에 다니지 않는 것 같았다. "헬턴 씨에게 마틴 목사님의 설교를 들으러 오라고 권해 봐야겠어요." 그녀는 톰슨 씨에게 말했다. "초대하지 않는 건 기독교인답지 못한 행동이에요. 더구나 그 사람은 외향적인 성격이 아니잖아요. 내심 우리가 권해 주기를 기다리고 있을 거예요."

"그냥 내버려 둬요." 톰슨 씨가 말했다. "내 생각엔, 남자의 종교는 남이 참견할 문제가 아니오. 게다가 그 양반은 주일에 입을 만한 옷도 없잖소. 늘 입는 청바지에 점퍼 차림으로 교회에 가고 싶지는 않을 거요. 버는 돈으로 대체 뭘 하는지를 모르겠구먼. 허투루 써 버릴 사람은 아닌데."

그래도 한번 머릿속에 그 생각이 자리 잡자 톰슨 부인은 마음이 못내 편치 않았고, 결국에는 헬턴 씨에게 일요일에 식구들과 같이 교회에 가자는 말을 꺼내게 되었다. 그때 헬턴 씨는 과수원 뒤의 벌판에서 건초를 가지런히 쌓아 올리는 중이었다. 그와 이야기하기 위해 톰슨 부인은 불에 그을려 착색 처리를 한 안경을 쓰고 햇빛 가리개 모자도 쓰고서 거기까지 일부러 찾아갔다. 그는 하던 일을 멈추고 쇠스랑에 기대선 채 그녀의 말을 들었는데, 톰슨 부인은 그의 얼굴을 보고 순간 겁에 질릴 뻔했다. 그의 옅은 눈동자는 그녀를 고스란히 통과해 그 너머를 노려보는 듯했고, 미간은 찌푸려졌고, 긴 턱은 딱딱하게 굳어 있었다. "저는 일해야 합니다." 그는 퉁명스럽게 대꾸하고는, 쇠스랑을 들어 올리며 그녀에게서 몸을 돌리더니 다시 건초 더미 위에 새 건초를 던지기 시작했다. 기분이 상한 톰슨 부인은 집으로 돌아가면서 헬턴 씨의 성격이야 원체 저러니 익숙해질 때도 되었다고 자신을 다잡았다. 하지만 사람이 기독교인의 초대를 받으면, 아무리 외국인이라 해도, 조금은 정중하게 대응해 줄 수도 있지 않나 싶었다. "그 사람은 예의가 없어요. 딱 하나 마음에 안 드는 점이 그거예요." 그녀는 톰슨 씨에게 말했다. "여느 사람들처럼 행동할 수가 없나 봐요. 세상에 무슨 원한이라도 품은 사람 같다니까요. 도무지 어떻게 이해해야 할지 모르겠어요."

둘째 해에는 톰슨 부인의 마음을 어지럽히는 사건이 일어났다. 말로 표현할 수도, 생각으로 정리할 수조차 없는, 만약 톰슨 씨에게 구태여 설명한다면 실제보다 더 나쁘거나 또는 덜 나쁘게 왜곡되어 전달될 것 같은 경험이었다. 무언가 불길한 징조처럼 기묘하게 느껴졌지만, 그런 종류의 사건이 대개 그렇듯 막상 그 뒤에는 아무 일도 일어나지 않았다. 때는 덥고 고요한 봄날이었다. 톰슨 부인은 저녁 요리에 쓸 당근과 골파와 깍지 콩을 얻으려 밭으로 나갔다. 모자챙을 눈위로 깊이 내려쓴 채 무심히 채소들을 뽑아 바구니에 종류별로 켜켜이 쌓아 넣다가, 그녀는 문득 헬턴 씨가 잡초를 얼마나 말끔히 제거했는지, 흙이 얼마나 비옥해졌는지를 실감했다. 지난가을에 그는 외양간에서 나온 퇴비를 밭 전체에 뿌리고 그 한가운데에서 일했는데, 이제 보니 과연 채소들이 실하고 알차게 자라 있었다. 그녀는 혹투성이의 작은 무화과나무들 아래를 지나 집으로 걸어갔다. 손질되지 않은 긴 가지를 거의 바닥까지 늘어뜨린 무화과나무들의 빽빽한 잎사귀가 그녀에게 서늘한 그늘을 드리워 주었다. 어디서든 눈을 보호할 수 있는 그늘을 찾아다니는 건 톰슨 부인의 습관이었다. 그렇게 걸어가던 그녀는 무심결에 주위를 둘러보다가, 잎사귀들의 차양 너머로 굉장히 이상한 광경을 보았다. 만약 시끌벅적한 소리도 함께 들렸다면 그 광경은 퍽 자연스러워 보였을 것이다. 그녀에게 이상하게 느껴진 것은 바로 정적이었다. 사방이 고요하기만 한 가운데, 헬턴 씨가 아서의 어깨를 붙잡고 격렬하게 흔들고 있었던 것이다. 그의 얼굴은 창백했고 무시무시할 만큼 딱딱하게 굳어 있었으며, 아서의 고개는 앞뒤로 마구 흔들리고 있었다. 아서는 톰슨 부부가 다그치려고 흔들 때와 달리 몸을 뺄대며 저항하지 않았다. 꽤 겁에 질린 눈빛이었고, 무엇보다도 놀란 기색이 역력했다. 다른 어떤 감정보다도 놀라움이 가장 큰 듯했다. 한편 허버트는 옆에 물러서서 고분고분히 지켜보고 있었다. 헬턴 씨는 아서를 팽개치더니, 이번에는 허버트를 붙잡고 흔들었다. 먼 젓번과 똑같이 증오에 찬 얼굴이었고, 치밀하면서도 맹렬한 몸놀림 역시 똑같았다. 허버트는 울음을 터뜨릴 듯 입을 일그러뜨렸지만 아무 소리도 내지 않았다. 헬턴 씨는 허버트를 놓아주고 몸을 돌려 자기 오두막으로 성큼성큼 걸어 들어갔다. 그러자 아이들은 한마디도 않고 그대로 내달려서 집 모퉁이를 돌아 앞마당 쪽으로 사라져 버렸다. 마치 목숨을 걸고 도망치는 듯한 모습이었다.

부엌에 돌아온 톰슨 부인은 천천히 식탁 위에 바구니를 내려놓고, 모자챙을 머리 뒤로 젖혔다가 다시 앞으로 내리고는, 화덕에 지펴 둔 불이 아직 타고 있는지 확인했다. 그리고 나서 아이들을 찾아 마당으로 나가 보았다. 두 아이는 톰슨 부인의 침실 창문이 환히 올려다보이는 자리의 멀구슬나무 덤불 아래 옹송그리고 앉아 있었다. 안전한 곳이라고 찾은 데가 거기인 모양이었다.

"뭐 하고 있었니?" 톰슨 부인이 물었다.

둘은 고개를 수그린 채 쭈뼛거리다 그녀를 올려다보았다. 아서가 웅얼웅얼 대답했다. "아무것도 안 해요."

"'지금'은 그렇다는 거겠지." 톰슨 부인이 엄하게 말했다. "너희가 도와줄 일이 아주 많다. 당장 이리 와서 채소 손질부터 도우럼. 지금 당장."

둘은 앞다투어 일어나 그녀를 바싹 따라왔다. 그녀는 아이들이 대체 뭘 했기에 헬턴 씨에게 혼이 났을지 추측해 보려 안간힘을 썼다. 헬턴 씨가 나서서 그녀의 어린 아들들을 직접 꾸짖었다는 게 언짢았지만, 아이들에게 무슨 일이었느냐고 물어보기는 여러모로 꺼려졌다. 만약 아이들이 거짓 대답을 한다면, 그녀는 꼬투리를 잡아서 들춰낸 다음 야단을 쳐야 할 것이다. 그 대답을 믿는 척 넘어가 줘서 애들에게 거짓말하는 버릇을 들일 수는 없는 노릇이니까. 하지만 아이들이 솔직히 털어놓는다 해도, 잘못을 저지르기는 했을 테니 야단쳐야 하는 건 마찬가지였다. 생각만으로도 그녀는 벌써 머리가 아파 왔다. 헬턴 씨에게 물어볼까도 싶었지만 그건 자신이 할 수 있는 일이 아니었다. 아무래도 톰슨 씨가 올 때까지 기다려야 할 듯했다. 남편에게 상황을 설명하고 진상을 철저히 파헤치게 하면 될 것이다. 그렇게 그녀가 급히 머리를 굴려 결론을 내리는 동안, 아이들은 주위에서 깡충깡충 뛰어놀고 있었다. "허버트, 당근 잎을 더 바싹 잘라야지. 덜렁거리지 말고 신경 써서 제대로 해. 아서, 콩을 그렇게 잘게 부수면 어떡하니, 안 그래도 작은 걸. 허버트, 너는 나가서 장작이나 한 아름 가져와라. 아서, 이 양파들 가지고 나가서 펌프 물로 씻어 와. 허버트, 그 일 다 끝나자마자 빗자루 가져와서 부엌 바닥 좀 쓸어라. 아서, 삽 가지고 화덕에 쌓인 재를 퍼다 버리렴. 코 좀 그만 파, 허버트. 몇 번이나 말해야겠니? 아서, 내 서랍장 왼쪽 맨 위 칸에서 바셀린 꺼내 오렴, 허버트 발라 주게. 허버트, 너는 이리 와서……"

아이들은 신이 나서 뛰어다니며 심부름을 했다. 그렇게 몸을 움직이다 보니 동물적인 활기가 솟아올라, 아이들은 이내 다시 앞마당으로 나가서 레슬링 시합에 열을 올리게 되었다. 둘은 나동그라졌다가도 다시 싸우고, 밀치고, 붙잡고, 일어났다가 다시 자빠지며 고함을 질러 댔다. 아무 목적도 없이, 요란스럽게, 하염없이, 두 마리의 강아지처럼. 아이들은 사람의 말이라고는 한마디도 않고 갖가지 동물 소리만 흉내 냈고, 지저분한 얼굴은 땀이 흐른 자국으로 얼룩덜룩해졌다. 창가에 앉아 그들을 지켜보던 톰슨 부인은 당황스러운 감정이 북받쳤다. 너무나 튼튼하고, 건강하고, 하루가 다르게 쑥쑥 커 가는 아이들이 대견하고 애틋했지만, 한편으로는 그만큼 걱정스럽기도 했다. 엷게 쓴웃음을 짓던 그녀는 햇빛에 부신 눈을 질끈 감았다. 그러자 눈꺼풀 사이로 눈물이 흘러내렸다. 그 애들은 자기들의 앞날 따위는 이 세상에 없는 듯, 구원받아야 할 영혼도 없는 듯 마냥 천진하고 태평하기만 했다. 오, 그런데 저 애들이 대체 무슨 잘못을 했기에 헬턴 씨는 그토록 흉악한 얼굴로 그들을 잡고 흔들어 댔단 말인가?

저녁 식사 전, 그녀는 톰슨 씨에게 헬턴 씨가 두 아이를 잡고 흔드는 모습을 보았노라고 이야기했다. 그 광경에서 자신이 느낀 기이한 공포에 대해서는 언급하지 않았다. 그러자 톰슨 씨는 오두막으로 가서 헬턴 씨에게 말을 걸더니, 5분 뒤 돌아와서는 아들들을 향해 눈을 부라렸다. "저놈의 자식들이 헬턴 씨의 하모니카를 가지고 놀았다는 군, 엘리. 마구 불어 대서 그 속에 흙이며 침이며 다 들어가는 바람에 이젠 소리도 잘 안 난다지 뭐요."

"그 사람이 그런 말도 다 했단 말이에요?" 톰슨 부인이 말했다. "상상이 안 되는걸요."

"뭐, 딱 이렇게 이야기한 건 아니오. 어쨌든 요지는 그거였소. 꽤나 열을 받은 것 같던데."

"애들이 잘못했네요. 정말 잘못했어요. 우리가 아이들에게 주의를 좀 줘야겠네요. 다시는 헬턴 씨의 물건에 손대지 않게요."

"내 이 녀석들을 직사하게 두들겨 패야겠소." 톰슨 씨가 말했다. "송아지 고삐로 매를 맞아야 정신을 차리지."

"매는 제가 드는 편이 나을 것 같아요." 톰슨 부인이 말했다. "당신은 아이들을 다루기에는 손이 너무 억세잖아요."

"억세게 혼쭐이 나야 정신을 차릴 거 아니오." 톰슨 씨가 버럭 소리쳤다. "오냐오냐하니까 애들 버르장머리가 썩어 빠지잖소. 저러다가는 소년원 신세나 질 거라니까. 당신이 때리는 게 어디 매요? 그건 그냥 쓰다듬는 거지. 우리 아버지는 나를 화덕 장작이든 뭐든 아무거나 손에 잡히는 걸로 숫제 때려눕혔소."

"그렇다고 그게 옳은 방식이라고 할 순 없잖아요. 나는 아이들을 그렇게 키우는 건 반대예요. 그러면 아이들이 집에서 달아나게 된다고요. 그런 경우를 너무 많이 봤어요."

톰슨 씨가 화를 가라앉히며 말했다. "녀석들이 말을 안 듣고 또 말썽을 부리면, 내 그때는 정말로 두 놈 뼈를 죄 부러뜨려 놓을 거요."

"나가서 손 씻고 세수하고 오렴." 톰슨 부인이 불쑥 아이들에게 말했다. 둘은 슬그머니 펌프로 가서 얼굴과 손에 물을 좀 묻히고는, 몸을 오그리고서 다시 슬그머니 들어왔다. 그들은 야단을 맞기 전에는 꼭 씻고 오라는 명령이 떨어진다는 걸 오래전부터 겪어 알고 있었다. 두 아이가 각자의 그릇을 내려다보고 있자, 톰슨 씨가 단도직입적으로 입을 열었다.

"흠, 그래. 너희가 헬턴 씨의 방에 들어가서 하모니카를 망가뜨렸다던데. 어디 할 말 있으면 해 봐라."

두 아이는 풀이 죽어 얼굴이 축 늘어졌다. 어른들의 끔찍하고 무자비한 재판에 불려 나온 아이들 특유의 슬픔과 절망이 배어 있는 표정이었다. 공포에 질린 그들은 눈빛으로 서로 메시지를 주고받았다. '우린 이제 죽었어.' 너무 절망스러웠던 나머지 그들은 버터 바른 옥수수 빵을 그릇 위에 떨어뜨리고, 두 손을 식탁 가장자리에 내려놓았다.

"너희는 갈비뼈가 부러지도록 맞아야 해." 톰슨 씨가 말했다. "나는 충분히 그럴 마음이 있다."

"네, 아버지." 아서가 나지막이 중얼거렸다.

"네, 아버지." 허버트도 입술을 떨며 말했다.

"여보, 그쯤 해 둬요." 톰슨 부인이 나무라는 투로 말했다. 아서와 허버트는 그녀에게 시선을 돌리지 않았다. 그들은 어머니의 선의를 믿을 수 없었다. 어머니는 이미 그들을 배신했으니 이제는 신뢰할 수 없는 사람이 되었다. 어머니가 그들을 여기서 구해 줄 수도 있겠지만, 구해 주지 않더라도 놀랄 일은 아니었다. 어머니에게 의존해 봤자 소용없었다.

"너희는 제대로 매를 맞아 봐야 할 놈들이다. 안 그러냐, 아서?"

아서가 고개를 수그렸다. "네, 아버지."

"너희가 또 헬턴 씨의 오두막 근처에서 어슬렁거리는 꼴이 내 눈에 띄면, 그날 내가 너희 둘 다 묵사발을 만들어 줄 테다. 알아들었냐, 허버트?"

"네, 아버지." 허버트는 웅얼거리다가 사레가 들려 옥수수빵 부스러기를 흘렸다.

"그래, 이제 바르게 앉아서 저녁 먹으렴. 둘 다 아무 말도 하지 마라." 톰슨 씨는 그렇게 말을 맺고 식사를 시작했다. 아서와 허버트는 약간 기운을 차리고 음식을 씹었다. 하지만 눈을 들 때마다 그들을 찬찬히 응시하는 부모님의 시선과 마주쳤다. 부모님이 생각을 다른 데로 돌릴 기미는 전혀 보이지 않았다. 그들은 눈에 띄지도, 귀에 거슬리지도 않도록 조심조심 저녁을 먹었다. 목구멍에 들러붙는 옥수수빵과 잘 넘어가지 않는 버터밀크를 꿀떡꿀떡 삼키면서.

"그리고 한 가지 부탁할 게 있어요, 톰슨 씨." 톰슨 부인이 잠시 침묵하다가 입을 열었다. "만약 우리 애들이 또 헬턴 씨를 성가시게 하거든, 직접 꾸짖지 말고 곧장 우리에게 말하라고 전해 줘요. 우리가 잘 단속하겠다고요."

"녀석들이 좀 막돼먹게 굴었어야지." 톰슨 씨가 아이들을 노려보며 대꾸했다. "헬턴 씨가 왜 저놈들을 그냥 확 죽여 없애지 않았나 모르겠군." 하지만 아서와 허버트는 아버지의 말투를 듣고, 이 이상 꾸중을 들을 걱정은 안 해도 되겠다고 직감할 수 있었다. 둘은 깊은 한숨을 내쉬면서 몸을 곧게 세워 앉고, 가장 가까운 자리에 있는 음식에 손을 뻗었다.

"잠깐만." 톰슨 부인이 별안간 꺼낸 말에 아이들은 멈칫했다. "헬턴 씨가 아직 안 오셨잖니. 아서, 헬턴 씨에게 가서 식사 시간이 지났으니 어서 오시라고 전하렴. 착하게 굴어라."

아서는 비참할 만큼 암담한 얼굴로 의자에서 스르르 빠져나와, 한마디 말도 없이 문으로 걸어갔다.

작은 낙농장 하나가 대단한 인생 역전을 가져다주지는 않았다. 톰슨가는 부자가 되지는 못했지만, 톰슨 씨 스스로가 즐겨 말하듯 가난한 신세만은 면할 수 있었다. 즉 엘리의 허약한 건강, 변덕스러운 날씨, 기이한 물가하락 그리고 톰슨 씨를 짓누르는 그만의 비밀스러운 약점에도 불구하고, 발 디딜 만한 지반을 조금은 닦을 수 있었다는 뜻이다. 헬턴 씨는 가족 전체의 희망이자 버팀목이 되어 모두의 호감을 얻었다. 적어도 그들은 더 이상 그를 괴이한 사람으로 생각하지 않았고, 좋은 사람이자 좋은 친구라고 여겼다. 비록 그와의 거리를 좁히지 못해 멀찍이 떨어져 지켜보는 건 그대로였지만 말이다. 헬턴 씨는 자기 식대로 한결같이 일을 하고 하모니카를 불었다. 그렇게 9년이 흘러갔다. 아이들은 성장해서 일하는 법을 배웠다. 헬턴 아저씨가 집에 없었던 시절은 기억하지도 못했다. 삐침쟁이, 갈비씨 형, 젖 짜는 아저씨, 껑다리 스웨덴인…… 그들이 부르는 별명 중에는 헬턴 씨가 들으면 신경에 거슬릴 만한 것도 몇 있었지만, 어차피 그는 들은 적 없었고, 아이들도 악의는 없었다. 적어도 그걸로 해를 끼치지는 않았다. 자기들 아버지도 '영감'이라거나 '꼰대'라고 불렀지만, 절대로 면전에서는 그러지 않는 아이들이었다. 성장 과정에서 거치게 마련인 더럽고 은밀하고 비뚤어진 단계를 아서와 허버트는 전력으로 헤쳐 나갔고, 무사히 위기를 넘겼다. 톰슨 부부는 아들들이 비록 거칠기는 해도 마음이 착하고 견실한 청년들로 자라 주었다는 걸 알 수 있었다. 톰슨 씨는 비로소 마음이 놓였다. 자신이 어떻게 했는지는 몰라도, 아들 둘을 나무토막이나 깎는 날건달로 만들지 않고 잘 키워 낸 것이다. 아이들이 얼마나 착했던지 톰슨 씨는 그들의 천성이 그렇다고 믿게 되었고, 자신은 평생 자식에게 손찌검은커녕 험한 말조차도 한마디 해 본 적 없다고 주장하기에 이르렀다. 허버트와 아서는 아무런 반박도 하지 않았다.

헬턴 씨는 장작을 패고 있었다. 땀이 흐르는 이마에 머리카락이 축 들러붙고, 연푸른색과 남색의 줄무늬 점퍼는 그의 갈비뼈에 달라붙었다. 그는 천천히 도끼날로 통나무 끄트머리를 내리찍어 쪼개고, 그렇게 해서 나온 장작들을 단정히 쌓아 올렸다. 그러다가 집 모퉁이를 돌아 자기 오두막으로 사라졌다. 줄지어 자란 뽕나무들이 그의 오두막과 장작더미에 그늘을 드리워 주고 있었다. 한편 톰슨 씨는 앞문 포치의 흔들의자에 앉아 늘어져 있었다. 그는 전부터 쭉 그 자리를 안 좋아했지만, 톰슨 부인이 새로 산 흔들의자를 앞문 쪽에 내다 놓고 싶어 했고, 그는 그 의자에 앉고 싶었으므로 어쩔 수 없었다. 사실 의자를 놓을 자리로는 옆문의 포치가 더 선선하니 제격이었다. 의자가 더 이상 새것처럼 보이지 않게 되면 엘리도 자랑할 마음이 없어질 테니, 그때쯤 되면 옆문 포치로 옮겨 놓아야겠다고 톰슨 씨는 마음먹었다. 하지만 지금 당장은 8월의 열기를 어쩔 도리가 없었다. 공기가 못 견딜 만큼 무덥고 탁해서 손가락으로 구멍을 뚫을 수도 있을 것 같았다. 온 사방에 먼지가 몇 인치씩 쌓여 있었다. 헬턴 씨가 매일 밤 마당 전체에 물을 뿌리는데도 그랬다. 심지어 그는 호스를 위로 겨누어서 나무 우듬지와 집 지붕까지 씻어 내기도 했다. 집 부엌에 수도관을 놓고 외벽으로 연결되는 수도꼭지를 설치했기에 가능한 일이었다. 톰슨 씨는 잠시 졸다가 문득 눈을 뜨고, 벌리고 있던 입을 다물었다. 그런데 때마침 대문 밖에 웬 낯선 사람이 마차를 몰고 다가오는 게 보였다. 모르는 사람 앞에서 체면을 구기기 전에 요행히 잠에서 깬 게 다행이었다. 톰슨 씨는 일어나서 모자를 쓰고, 청바지를 추어올리고, 낯선 손님이 4륜 짐마차를 끄는 말들을 말뚝에 묶는 모습을 지켜보았다. 그러고 보니 말들과 마차가 눈에 익었다. 버다의 말 대여소에서 취급하는 것들이었다. 낯선 손님이 몇 년 전 헬턴 씨가 경첩을 고쳐서 단단히 달아 놓은 대문을 여는 동안, 톰슨 씨는 그를 맞이하기 위해 마당에 난 길을 따라 걸어갔다. 이렇게 덥고 먼지 날리는 날에 도대체 무슨 용건으로 여기까지 찾아온 것일지 궁금했다.

그 사람은 사실 뚱뚱하다고 할 만한 체격은 아니었다. 하지만 얼마 전까지만 해도 뚱뚱했을 듯했다. 피부가 헐거워 보였고, 옷도 몸에 비해서 지나치게 컸다. 원래는 뚱뚱한 사람이었는데 잠깐 병을 앓아서 살이 빠진 것 같았다. 톰슨 씨는 왜인지 몰라도 그의 외모가 영 마음에 들지 않았다.

그는 모자를 벗더니 걸걸하고 기운찬 음성으로 말했다. "로열 얼 톰슨 씨를 찾는데요. 톰슨 씨 맞죠?"

"맞소만." 낯선 손님의 스스럼없는 태도에 깜짝 놀란 톰슨 씨는 목소리를 조금 낮췄다.

"저는 해치라고 합니다." 손님이 말했다. "호머 T. 해치요. 댁의 말을 한 마리 살까 해서 왔습니다."

"길을 잘못 찾아오셨구먼." 톰슨 씨가 말했다. "나는 말을 팔지 않소. 나는 내다 팔 게 있으면 이웃들에게 말해 두고 대문 위에도 써 붙여 둔다오."

뚱뚱한 남자는 입을 벌리더니 구두창 같은 갈색을 띤 커다란 앞니 두 개를 드러내며 껄껄 웃었다. 톰슨 씨는 뭐가 웃긴지 전혀 이해할 수 없었다. 손님이 큰 소리로 말했다. "그건 그냥 내가 옛날부터 하던 농담이에요." 그는 자신의 두 손을 맞잡고 정답게 악수하는 시늉을 했다. "저는 모르는 집에 처음 방문했을 땐 항상 이렇게 말합니다. 뭘 사러 왔다고 말하는 사람은 아무도 수상하게 안 보거든요. 맞죠? 하하하."

그의 쾌활한 태도에 톰슨 씨는 초조해졌다. 목으로는 웃고 있는데 눈빛은 그렇지 않았기 때문이었다. "하하." 톰슨 씨는 여전히 농담을 이해하지 못하면서도 억지로 웃었다. "거, 쓸데없는 일을 하셨소. 나는 누구든 수상하게 보지 않는다오. 무슨 수상한 말이나 행동을 하는 사람이면 모를까, 그게 아니라면야 누구나 다 똑같이 대해야지. 적어도 나는 그렇소."

"그렇군요." 손님이 별안간 매우 진지하고 이성적인 말투로 말했다. "저는 뭘 사러 온 사람도, 팔러 온 사람도 아닙니다. 실은 선생님이 관심을 가지실 만한 용건으로 찾아왔습니다. 그건 또 저의 관심사이기도 하죠. 잠시 말씀을 좀 나눌 수 있을까요? 돈은 한 푼도 들지 않는 일입니다."

"나쁠 거야 없겠지." 톰슨 씨는 마지못해 말했다. "집 옆쪽으로 돌아갑시다. 거기 그늘이 있으니."

그들은 집 옆의 멀구슬나무 아래, 나무 그루터기 두 개에 자리를 잡고 앉았다.

"네, 호머 T. 해치가 제 이름입니다. 제 국적은 미국이고요." 손님이 말했다. "제 이름은 아마 아시겠죠? 제임슨 해치라고, 제 사촌 하나가 이 윗동네쯤에 살았었는데요."

"잘 모르겠소." 톰슨 씨가 말했다. "마운틴시티 근방에 해처라는 성을 쓰는 양반들이 살기는 하오만."

"그 오래된 해치 가문을 모른다고요?" 남자가 매우 우려스러운 투로 외쳤다. 그 가문을 모르는 톰슨 씨를 동정하는 것 같았다. "허, 우리 집안은 50년 전에 조지아에서 넘어왔는데요. 톰슨 씨는 여기서 얼마나 사셨습니까?"

"평생 살았소만." 톰슨 씨는 슬슬 짜증이 났다. "우리 아버지도, 조부님도 여기 사셨소. 아무렴, 우린 바로 여기서 쭉 살았지요. 톰슨가 사람을 찾고 싶으면 어디로 가야 하는지는 누구나 다 아오. 우리 조부님이 이주해 오셨을 때가 1836년이었으니까."

"아일랜드에서 오신 건가요?" 손님이 물었다.

"펜실베이니아에서 왔소만. 뭐 때문에 우리 집안이 아일랜드 출신이라고 생각한 거요?"

손님은 입을 열고 탄성을 지르더니, 자기 자신을 만나는 게 너무나 오랜만이기라도 한 듯 또 자기 손을 맞잡고 혼자 악수를 했다. "거, 제가 늘 하는 말이 있는데요, 사람이라면 누구든 '어디서'인가 오긴 왔을 거 아닙니까. 안 그래요?"

톰슨 씨는 대화하는 틈틈이 자기 앞의 얼굴을 흘끔거렸다. 누군가 아는 사람을 닮은 얼굴이었다. 어쩌면 어디선가 본 적이 있는 사람인지도 모른다. 하지만 정확히 기억이 나질 않았다. 톰슨 씨는 그냥 앞니가 커다란 남자들이 다 비슷하게 생겨서 그런 모양이라고 결론을 내렸다.

"그렇기야 하지." 톰슨 씨는 무뚝뚝하게 대답했다. "하지만 나도 늘 하는 말이 있소. 톰슨가는 아주 오래전에 여기에 뿌리를 박았기 때문에 그 전에 '어디서' 왔건 별 상관이 없다는 거요. 아무튼 간에, 지금이 농한기라서 다들 좀 빈둥거리긴 해도, 우리 모두 할 일이 있는 사람들이지 않소? 나도 당신을 재촉하고 싶지는 않고. 그러니 업무차 찾아온 거라면 이제 본론으로 들어가시는 게 좋겠소만."

"아까 말씀드렸듯이, 이건 어떤 면에서는 업무가 아닙니다. 하지만 어떤 면에선 업무이기도 하죠." 뚱뚱한 남자가 말했다. "저는 헬턴이라는 이름의 남자를 찾고 있습니다. 노스다코타 출신의 올라프 에릭 헬턴 씨요. 이 윗동네에서 들으니 여기로 오면 헬턴 씨를 찾을 수 있을 거라더군요. 그분과 이야기를 좀 나누고 싶은데요. 정말로, 톰슨 씨만 괜찮으시다면 그분을 만나 보고 싶습니다."

"그의 가운데 이름이 뭔지는 몰랐소만." 톰슨 씨가 말했다. "헬턴 씨라는 사람이 있긴 있소. 9년 전부터 여기서 살았소. 무진장 착실한 사람이지. 내가 그렇게 말하더라고 누구에게든 전해도 좋소."

"그거 다행이군요." 호머 T. 해치 씨가 말했다. "누가 행실을 고치고 잘 정착했다는 이야기는 언제 들어도 좋단 말이죠. 그런데 제가 알던 때만 해도 헬턴 씨는 꽤 거친 사람이었습니다. 아무렴요, 보통 거친 게 아니었죠. 자기 마음이 어떤지 스스로도 전혀 모르고 살았어요. 뭐, 이제는 제 오랜 친구가 자리 잡고 잘 산다 하니, 그 모습을 직접 볼 수 있다면 아주 기쁘겠군요."

"우리 모두 젊은 시절이 있지 않소." 톰슨 씨가 말했다. "홍역 같은 거지. 온몸에 퍼져서 자기 자신에게도 남들에게도 골칫거리가 되고 말이오. 하지만 그것도 다 한때인 법이오. 보통은 부작용도 안 남고 싹 나으니까요." 그는 자신이 떠올린 생각이 뿌듯해서 그만 껄껄 웃음을 터뜨렸다. 그러자 해치 씨는 자기 배를 껴안고 발작을 일으키듯 포복절도를 했다. 눈물이 맺히도록 폭소하는 그의 모습을 보고 톰슨 씨는 웃음을 멈추고 불안한 눈길을 던졌다. 누구나 그렇듯 톰슨 씨도 신나게 웃는 걸 좋아하지만, 그래도 정도라는 게 있는 법이었다. 지금 저 사람은 완전히 미치광이 같았다. 정말로 그랬다. 게다가 그 이야기가 정말로 재미있어서가 아니라, 자기만의 개인적인 이유 때문에 웃고 있었다. 기분이 언짢아진 톰슨 씨는 해치 씨가 조금 진정될 때까지 묵묵히 기다렸다.

해치 씨는 몹시 더러운 파란색 면 스카프를 꺼내더니 그걸로 눈을 닦았다. "정말 허를 찌르는 농담이라서요." 그가 거의 사과하듯 말했다. "저도 그렇게 웃긴 농담을 할 수 있으면 좋겠군요. 그건 재능입니다. 정말이지……"

"헬턴 씨를 만나고 싶다면 내 가서 데려오겠소." 톰슨 씨는 일어나려는 시늉을 하며 말했다. "이 시간쯤이면 아마 유제품 저장고에 있을 거요. 아니면 자기 오두막에서 쉬고 있거나." 지금은 5시가 다 되어가는 시간이었다. "여기 모퉁이를 돌아가면 바로 있소."

"오, 그렇게 급할 건 없습니다." 해치 씨가 말했다. "그를 만나려고 여태 긴 세월을 기다렸는데, 몇 분쯤 더 기다리는 거야 일도 아니죠. 글쎄요, 사실 저는 그 친구가 어디에 사는지를 알고 싶었던 것 같군요. 그뿐입니다."

톰슨 씨는 일어서려다 말고 다시 앉아서 셔츠 단추 하나를 더 끌렀다. "뭐, 그는 여기 사는 게 맞소. 그리고 내 생각엔, 헬턴 씨는 그쪽하고 무슨 볼일이 있다면 어서 처리하고 싶어 할 거요. 좀처럼 꾸물거리지 않는 성격이니까. 그거 하나는 확실하지."

그 말에 해치 씨는 약간 뚱한 표정이 되었다. 그가 스카프로 얼굴을 닦고는 무슨 말을 하려고 입을 열었는데, 그때 집 뒤쪽에서 헬턴 씨의 하모니카 소리가 흘러나왔다. 톰슨 씨는 손가락을 들어 올리며 말했다. "저기 있군. 당신이 만나려는 사람이 바로 저기 있소."

해치 씨는 집의 동편을 향해 귀를 기울이고 몇 분쯤 연주를 들었다. 그러더니 매우 기묘한 표정을 지었다.

"나는 저 곡을 하도 많이 들어서 내 손바닥처럼 꿰고 있다오." 톰슨 씨가 말했다. "저게 무슨 곡인지는 헬턴 씨가 말해 준 적이 없소만."

"스칸디나비아 노래의 한 종류입니다." 해치 씨가 말했다. "제가 사는 곳에서 많이들 부르거든요. 노스다코타 사람들 말입니다. 노랫말도 있어요. 아침에 하루를 시작하려는데 기분이 너무 좋아서 못 참겠다, 그러니 정오가 되기 전에 술을 몽땅 마셔 버리자, 뭐 이런 내용입니다. 몽땅이라는 건, 정오에 쉬는 시간이 되면 마시려고 아껴 둔 술을 지금 전부 까먹자, 이 얘기예요. 가사는 별거 없지만 곡조가 괜찮죠. 일종의 권주가 같은 겁니다." 그는 자리에 앉은 채 몸을 약간 늘어뜨렸다. 톰슨 씨는 그의 표정이 못마땅했다. 카나리아 한 마리를 잡아먹은 고양이처럼 만족스러운 표정이었다.

"내가 알기로는……" 톰슨 씨가 말했다. "그는 여기서 지내는 동안 술이라고는 단 한 방울도 마신 적 없소. 저 친구가 온 지가, 오는 9월이면 꼬박 9년째가 되지. 아무렴, 내가 아는 한은 무려 9년 동안이나 술은 입에도 대지 않은 친구요. 그런 면에서는 나보다도 낫다오." 그는 자랑스러운 기색을 살짝 내비치며 말했다.

"그래요, 저건 권주가가 맞아요." 해치 씨가 말했다. "저도 한때는 바이올린으로 〈작은 갈색 병〉*을 켜곤 했죠. 지금보다 젊었을 적의 이야기입니다만. 그런데 그 헬턴이란 친구는 그치질 않고 계속해요. 그냥 덜컥 앉아서 혼자 연주를 하지요."

"바로 여기서 9년이나 그 곡을 연주해 온 거요." 톰슨 씨는 약간의 독점욕에서 말했다.

"노래로 부르기도 했어요. 15년 전 노스다코타에서는 말이지요. 정신병원에 있을 적에도 구속복 차림으로 똑바로 앉아서는……"

"뭐라고 했소?" 톰슨 씨가 되물었다. "방금 무슨 말을 한 거요?"

---

* Little Brown Jug, 1869년 조지프 이스트번 위너가 지은 권주가.

426

"이런, 말하지 않으려고 했는데." 해치 씨가 축 처진 눈꺼풀에 어렴 풋이, 의뭉스럽게 후회하는 미소를 띠며 말했다. "나 참, 이놈의 입이 말썽이지. 희한하군요. 말해 봤자 괜히 분란만 일어날 테니 한 마디도 꺼내지 말자고 다짐한 참이었는데요. 하지만 제가 생각하기엔, 9년이 나 아무 탈 없이 조용하게 살아온 사람이라면 설령 '여전히' 미치광이 라 해도 상관없을 것 같은데요. 안 그렇습니까? 계속 잠자코 지내고, 아무에게도 해를 끼치지만 않는다면요."

"당신 말은, 그 사람이 정신병원에 갇혀 지냈다는 거요?" 톰슨 씨가 초조하게 물었다. "구속복을 입고?"

"그랬지요. 이따금씩 거기로 보내졌어요."

"우리 아이다 숙모님도 나라에서 운영하는 정신병원에 들어갔었 소." 톰슨 씨가 말했다. "병원에서 숙모님이 난폭해지자 그 옷을 입혔 다더군요. 긴 소매가 달린 옷을 입혀서는 벽에 달린 쇠고리에다 묶어 놓았다던데, 그 바람에 숙모님은 너무 흥분해서 혈관이 터져 버렸소. 병원 사람들이 발견했을 때는 이미 돌아가신 뒤였다지. 구속복이란 건 어떨 땐 위험한 것 같소."

"헬턴 씨는 구속복을 입은 채 권주가를 부르곤 했습니다." 해치 씨 가 말했다. "평소에는 아무렇지도 않았는데, 자기한테 말을 시키는 것 만은 그렇게 싫어했답니다. 누가 말을 걸면 난폭해졌어요. 아이다라 는 당신 숙모님처럼요. 그렇게 난폭해지면 병원 측에서 그 사람에게 구속복을 입히고 혼자 놔두고 가 버렸는데, 그러면 헬턴 씨는 태평스 럽게 누워서 노래를 불렀어요. 적어도 남들이 보기에는 태평해 보였 지요. 그러다가 어느 날 밤 별안간 훌쩍 사라져 버렸습니다. 떠났다고 할까요? 아무튼 그렇게 가 버렸고, 그 뒤로는 그의 코빼기도, 머리털

하나도 본 사람이 없답니다. 그러다가 지금 제가 이렇게 찾으러 온 거죠. 여기서 완전히 자리를 잡고 옛날과 똑같은 노래를 연주하면서 사는 헬턴 씨를요."

"내게는 한 번도 미치광이처럼 군 적이 없는데." 톰슨 씨가 말했다. "내 앞에서는 늘 분별 있게 행동했소. 우선은 결혼도 안 했고, 소처럼 억척같이 일하고, 첫 월급부터 지금껏 한 푼도 안 쓰고 다 모아 놨을 거요. 게다가 술도 안 마시고, 욕설은커녕 말 자체를 좀처럼 안 하고, 토요일 밤에 싸돌아다니느라 시간을 낭비하지도 않지. 그런 양반이 미친 거라면…… 허, 나도 가끔씩은 미쳐 보고 싶구먼."

"하하하." 해치 씨가 웃었다. "헤헤, 그거 좋군요! 하하하, 그 생각은 미처 못 해 봤네. 그래요, 바로 그겁니다! 다 같이 미쳐 버리고, 아내는 없애 버리고, 돈을 모으자 이거죠. 그렇죠?" 그는 커다란 앞니를 실쭉 내보이며 기분 나쁜 웃음을 지었다.

톰슨 씨는 오해를 샀다는 느낌이 들었다. 그는 몸을 돌려 인동덩굴에 휘감긴 격자 구조물 뒤편에 있는 열린 창문을 손짓했다. "이쪽으로 좀 옮겨 와서 앉읍시다. 진작 생각했어야 했는데." 톰슨 씨는 이 손님이 신경에 거슬렸다. 그는 톰슨 씨가 하던 말을 가로채서 빙빙 돌리고 이리저리 뒤섞어, 결국에는 톰슨 씨 스스로도 자신이 무슨 말을 했는지 모르게 만들었다. "실은 집사람이 별로 튼튼하지가 못해요. 14년째 병치레를 하며 살았다오. 식구 중에 아픈 사람이 있다는 건 가난한 남자에게 퍽 버거운 일이지. 우리 아내는 수술을 네 번이나 했소." 그는 자랑스럽게 말했다. "그것도 네 번 연속으로 말이오. 아무 소용이 없었지만. 그래도 나는 5년 내내 돈을 버는 족족 의사들한테 갖다 바쳤소. 그러니까 내 말은, 우리 집사람이 굉장히 섬세한 여자라는 거요."

"제 마누라는 등이 노새처럼 튼튼했습니다." 호머 T. 해치가 말했다. "아무렴요, 마음만 먹으면 맨손으로 헛간을 통째로 옮길 수도 있었을걸요. 저는 그 사람이 스스로 얼마나 강한지 몰라서 천만다행이라고 말하곤 했죠. 그런데 지금은 죽었습니다. 그런 여자들이 오히려 허약한 여자들보다 더 빨리 가더군요. 허구한 날 아프다고 찡찡거리는 여자는 저도 싫어요. 그런 여자라면 득달같이 없애 버릴 겁니다. 예, 그럼요. 득달같이요. 딱 선생님이 말씀하신 대로입니다. 쓸모없는 사람을 데리고 산다는 게 워낙 그렇지요."

이건 톰슨 씨가 한 이야기와 전혀 달랐다. 그는 돈이 그토록 많이 드는 아내를 건사해 낸다는 건 남자로서 자랑스러운 일이라고 말하고 싶었다. "내 아내는 아주 합리적인 여자요." 톰슨 씨는 어리벙벙해진 채 말했다. "하지만 우리가 그동안 내내 미치광이와 한집에서 살았다는 걸 아내가 알면 어떻게 반응할지 모르겠다는 얘기요." 그들은 아까의 창가 자리에서 물러나 있었다. 톰슨 씨는 일부러 해치 씨를 집의 앞쪽으로 데려왔다. 뒤편으로 가려면 헬턴 씨의 오두막을 지나쳐야 하기 때문이었다. 왠지 몰라도 그는 이 손님을 헬턴 씨와 만나게 하고 싶지 않았다. 이상하지만 어쨌든 기분이 내키질 않았다.

톰슨 씨는 통나무 위에 걸터앉고, 손님에게는 나무 그루터기에 앉으라고 권했다. "예전 같았으면 나도 그런 얘기를 들으면 당혹스러웠을 게요." 톰슨 씨가 말했다. "하지만 지금은 무슨 일에도 눈썹 하나 까딱하지 않는다오." 그는 손잡이가 짐승의 뿔로 만들어진 주머니칼을 꺼내, 씹는담배를 커다랗게 한 덩이 잘라 낸 다음 해치 씨에게 권했다. 그러자 해치 씨는 자기 담배를 꺼내고 무지막지하게 큰 접이식 사냥칼을 펴더니, 날카롭게 잘 갈린 기다란 칼날로 담배를 큼지막하게 썰어서 자기 입에 넣었다. 두 사람은 각자의 씹는담배를 비교해 보고, 좋은 담배에 대한 기준이 서로 얼마나 다른지 이야기하며 놀라워했다.

"예를 들면요." 해치 씨가 말했다. "제 것은 색깔이 더 옅어요. 그건 무엇보다도 감미료가 전혀 들어 있지 않기 때문이지요. 저는 맛이 깔끔하고 자연스럽고, 적당히 강한 게 좋거든요."

"나는 약간의 감미료가 들어 있는 건 괜찮소." 톰슨 씨가 말했다. "아주 약간이라면 말이오. 하지만 맛이 강해야 하고, 바싹 건조시킨 게 좋소. 이 근처에 윌리엄스라고, 존 모건 윌리엄스라는 양반이 사는데, 그 사람 씹는담배는…… 음, 당신 모자처럼 시커멓고 녹은 타르처럼 물렁물렁하다오. 당밀에 푹 절어서 물이 뚝뚝 흐를 정도이고, 입에 넣으면 꼭 감초를 씹는 것 같더군. 그런 건 내 입맛에는 영 안 맞아요."

"사람마다 취향이 천차만별인 거지요." 해치 씨가 말했다. "저라면 그런 담배를 씹으면 구역질이 날 겁니다. 아예 입에 넣을 엄두도 못 낼걸요."

"흠." 톰슨 씨는 살짝 변명조로 말했다. "나도 제대로 맛을 본 건 아니라오. 작은 조각 하나만 입에 넣어 봤다가 도로 뱉었을 뿐이니."

"저 같으면 절대 그만큼도 못 했을걸요." 해치 씨가 말했다. "저는 인공감미료가 일절 첨가되지 않은, 건조하고 자연적인 맛이 좋습니다."

톰슨 씨가 느끼기에, 해치 씨는 담배에 관해 자기 식견이 가장 뛰어나다고 주장하는 듯했고, 그 주장이 입증될 때까지 논쟁을 이어 나갈 기세였다. 톰슨 씨는 이 뚱뚱한 사내에게 바야흐로 심각하게 짜증이 났다. 그러는 그는 대체 누구인가? 어디서 왔나? 자기가 뭐길래 남들에게 어떤 담배가 좋고 나쁘고를 가르친단 말인가?

"인공감미료는 말이죠." 해치 씨는 끈덕지게 말을 이었다. "그냥 싸구려 담뱃잎을 숨기려고 넣는 겁니다. 맛이 실제보다 더 좋은 것처럼 속이려는 수작이죠. 아주 약간의 감미료만 들어가도 거기엔 이미 싸구려 담뱃잎이 섞여 있다는 뜻입니다. 제 말 잘 기억해 두세요."

"나는 담배에는 늘 돈을 넉넉히 들인다오." 톰슨 씨가 딱딱한 투로 말했다. "나는 부자도 아니고, 부자 행세를 하고 다니지도 않소. 하지만 적어도 담배 같은 건 시중에서 가장 좋은 것으로 골라 사는 사람이오."

"감미료는 아무리 조금이라도……" 해치 씨가 입안에서 담뱃잎을 굴리다가, 작고 시들시들한 장미 덤불에다 침을 뱉었다. 장미 덤불은 말라붙은 흙을 뿌리로 움켜쥐고 하루 종일 그 자리에 서서 뙤약볕을 버티느라 가뜩이나 힘들었을 터였다. "들어갔다 하면……"

"헬턴 씨 문제 말이오만." 톰슨 씨가 단호하게 말했다. "사람이 살다 보면 한두 번쯤 정신이 나갈 수도 있지, 그걸 꼭 나쁘게 볼 필요는 없다고 생각하오. 그러니 나는 이번 일로 무슨 조치를 취하지는 않을 거요. 전혀. 나는 그 친구에게 아무 유감도 없소. 지금껏 내게 쭉 잘해 준 사람인데 뭘. 이 세상에는 워낙 별의별 사건도, 사람도 많으니 어느 누구든 언제 미쳐도 이상하지 않잖소. 요즘 세상 돌아가는 꼴을 보면, 더 많은 사람이 정신병원에 끌려가지 않는 게 오히려 이상한 일 같아요."

"맞습니다." 해치 씨가 선뜻 수긍했다. 지나치게 선뜻 반응하는 걸 보니, 톰슨 씨의 말뜻을 자기 식으로 해석하는 것 같았다. "제가 하려던 말을 가로채셨군요. 정신병원에 있는 사람들 중에는 거기 들어가지 않아도 됐을 경우도 있긴 하지요. 하하, 맞는 말씀입니다. 바로 아셨군요."

톰슨 씨는 묵묵히 앉아서 담배를 씹으며 6피트 정도 떨어진 지점의 바닥을 노려보았다. 마음속 깊은 곳 어디에선가 서서히 울분이 치밀어 올라 온몸에 퍼지는 느낌이 들었다. 이 작자는 뭐 하자는 건가? 무슨 말을 하려는 건가? 말 자체보다는 해치 씨의 표정과 말투가 문제였다. 축 처진 눈매도 그렇고, 어조도 그렇고, 무언가 그에게 굴욕감을 주려고 하는 것 같았다. 하지만 아무리 못마땅해도 어떻게 막을 수가 없었다. 마음 같아서는 저 남자를 나무 그루터기 위에서 확 밀쳐내 자빠뜨리고 싶었지만, 그러면 비정상적인 행동으로 보일 것이다. 만에 하나 저자가 그루터기에서 떨어져 하필이면 도끼날 위에 자빠진다면, 그래서 다치기라도 하면 어쩔 것인가? 그때 누가 그에게 해치 씨를 왜 밀었느냐고 물으면 뭐라고 대답할 수 있겠는가? 씹는담배 문제로 입씨름하다가 그렇게 됐다고 한다면 턱없이 우스꽝스럽고 괴상한 소리로만 들릴 것이다. 그럴 바에야 차라리 그냥 밀쳐 버리고, 뚱뚱한 사람이라 땡볕에 약해서인지 말하다 말고 현기증으로 쓰러지더라는 식으로 둘러대는 편이 나으리라. 그래도 어차피 진실이 아니기는 마찬가지이니까. 진짜 문제는 땡볕도, 담배도 아니었다. 톰슨 씨는 해치 씨를 빨리 집에서 내보내야겠다고 마음먹었다. 불안한 속내를 드러내지 않고 저 사람을 여기서 내보낸 뒤, 시야에서 확실히 사라질 때까지 지켜볼 것이다. 타지 사람들에게는 친절하게 대해 봤자 득될 게 없었다. 자기 고향 땅을 굳이 벗어나 먼 데까지 흘러왔다는 건 뒤가 구린 구석이 있다는 뜻이었다.

"이웃에 미치광이가 살든 안 살든 개의치 않는 사람들도 있기야 하지요." 해치 씨가 말했다. "그런 사람이라면야 뭐, 누구와 어울려 지내든 저는 신경 안 씁니다. 저는 항상 이렇게 말한답니다. 그럼요, 왜 아니겠습니까, 내 일도 아니고 남의 일인데요. 저는 조금도 엮이고 싶지 않아요. 하지만 제 고향인 노스다코타에서는, 사람들 생각이 선생님하고 좀 다르답니다. 우리는 미치광이를 고용하는 일은 절대로 없거든요. 하물며 그 미치광이가 무슨 짓을 저질렀는지를 안다면 더더욱 그렇고요."

"당신 고향이 노스다코타인 줄은 몰랐소만." 톰슨 씨가 말했다. "조지아에서 왔다고 하시지 않았소?"

"제 누이 한 명이 노스다코타로 시집갔거든요. 스웨덴인과 결혼했죠. 그 사람은 백인이고요. 그래서 저는 그곳 사람들이 좀 가족 같아서 '우리'라고 부르는 겁니다. 제게는 거기가 좀 고향처럼 느껴지기도 하고요."

"그래서 그 사람이 무슨 짓을 했다는 거요?" 톰슨 씨는 다시금 무척 초조해졌다.

"오, 별건 아니었습니다." 해치 씨가 유쾌하게 말했다. "그냥 어느 날 꼴밭에서 자기 형과 같이 건초를 만들다가, 머리가 회까닥해서는 쇠스랑으로 형을 정통으로 찔러 버린 겁니다. 원래는 사형당할 예정이었는데, 더위 때문에 실성하는 바람에 그랬다는 게 밝혀져서 정신병원에 들어가게 됐지요. 그게 답니다. 눈썹 하나 까딱할 일도 아니지요, 하하하!" 그는 다시금 날카로운 칼을 꺼내, 케이크라도 자르듯 세심하게 씹는담배를 잘라 냈다.

"그랬군요." 톰슨 씨가 말했다. "그건 확실히 놀라운 소식이오. 그래, 놀랍긴 하구먼. 하지만 그 친구한테도 나름의 이유가 있지 않았겠소. 어떤 사람들은 그저 나를 쳐다보는 눈빛만으로도 재수가 없어서 확 죽이고 싶어지기도 하잖소? 아마 그 형이라는 사람이 야비하고 성질 더러운 종자였나 보지요."

"형은 결혼을 앞두고 있었습니다. 밤이면 애인을 만나 시간을 보내곤 했지요. 그런데 어느 날 그녀에게 세레나데를 연주해 주려고 헬턴 씨의 하모니카를 빌려 갔다가, 그만 잃어버렸답니다. 갓 새로 산 하모니카를요."

"그 친구가 하모니카를 끔찍이 좋아하더라고. 돈을 좀처럼 안 쓰면서 새 하모니카만큼은 간간이 하나씩 사들이니 말이오. 자기 오두막에 종류별, 크기별로 열두 개는 족히 쌓아 두고 있을 게요."

"그런데 형이 새 하모니카를 사 주질 않았답니다." 해치 씨가 말했다. "그러자 헬턴 씨가 욱해서는, 형에게 냅다 쇠스랑을 찔러 버린 거죠. 그깟 일로 그렇게까지 날뛴 걸 보면 미친 사람이 아니고 뭐겠습니까."

"하기야 그도 그렇소." 톰슨 씨는 마지못해 수긍했다. 이 짜증스럽고 기분 나쁜 사내의 의견이라면 무엇도 동의하고 싶지 않았다. 아무리 생각해 봐도, 처음 본 순간부터 이토록 싫었던 사람은 일찍이 없었던 것 같았다.

"날마다 똑같은 노래만 들으시려면 굉장히 지겨울 것 같군요." 해치 씨가 말했다.

"글쎄, 가끔은 헬턴 씨가 새 곡을 익혀 보면 어떨까 싶긴 하오." 톰슨 씨가 말했다. "하지만 안 하는데 어쩌겠소, 별수 없지. 그래도 워낙 좋은 곡이니 괜찮소."

"그 노래 뜻은, 거기 스칸디나비아인들 중 하나가 제게 알려 준 겁니다." 해치 씨가 말했다. "특히 '기분이 너무 좋으니 그냥 막가 버리자, 정오가 되기 전에 술을 있는 대로 다 퍼마시자' 운운하는 부분요. 스웨덴 쪽에서는 남자가 와인 한 병쯤 품에 가지고 다니는 건 예사인가 보더군요. 적어도 제가 듣기로는 그런 것 같았습니다. 그 사람들은 무슨 이야기든 다 해 주거든요. 다만……" 그가 말을 끊고 침을 뱉었다.

이 더위에 아무 술이든 마신다는 생각만 해도 톰슨 씨는 현기증이 일었다. 이런 날 누군가는 기분이 좋을 수도 있다고 생각하면 피로가 몰려왔다. 지금 그는 정말로 더위 때문에 몸이 안 좋아진 것 같았다. 그의 앞에 구부정히 앉아 있는 뚱뚱한 남자는 나무 그루터기와 한 몸이 된 듯 보였다. 거무스름한 빛깔의 헐렁한 옷은 축축이 젖었고, 축 늘어진 뱃살이 바지 위로 불거져 보였고, 챙 넓은 검은색 펠트 모자가 뒤로 젖혀져서 드러난 좁은 이마에는 벌겋게 땀띠가 돋아 있었다. 톰슨 씨는 시원한 맥주 한 병만 마시면 좀 낫겠다는 생각이 들었다. 저 장고의 물웅덩이에 깊이 넣어 둔 맥주 네 병을 떠올리니, 메마른 혀가 입안에서 절로 꿈틀거렸다. 하지만 저 남자에게는 아무것도 권하지 않을 작정이었다. 물 한 방울도 내주고 싶지 않았다. 심지어 그하고는 담배조차도 같이 씹고 싶지 않았다. 톰슨 씨는 담배를 뱉어 내고 손등으로 입을 문질러 닦은 뒤, 그의 눈앞에 있는 남자의 머리를 유심히 뜯어보았다. 해치 씨는 돼먹잖은 사람이었고, 여기 뒤 봤자 좋을 게 없음은 분명했다. 하지만 정확히 무슨 꿍꿍이인 것일까? 헬턴 씨에게 있다는 용무가 도대체 무엇인지는 몰라도, 톰슨 씨는 그에게 조금만 더 시간을 줘야겠다고 결심했다. 만약 그런 뒤에도 계속 안 가고 미적거린다면, 그때는 정말로 쫓아내고야 말리라.

해치 씨는 톰슨 씨의 생각을 짐작하기라도 했는지, 짓궂은 눈빛을 띤 돼지 같은 눈동자를 그에게로 돌렸다. "사실은……" 그는 무언가 결심한 듯한 투로 말을 꺼냈다. "지금 제가 맡은 일을 처리하려면 선생님의 도움이 필요합니다. 톰슨 씨에게 해가 될 만한 일은 전혀 아니에요. 아까 말씀드렸듯이, 여기 사는 그 헬턴 씨라는 사람은 사실 정신병원에서 탈출한 위험한 미치광이라고 할 수 있습니다. 솔직히 말씀드리면, 저는 지난 12년 동안 그런 미치광이를 스무 명도 넘게 붙잡았답니다. 더해서 탈옥수 두 명도 우연찮게 맞닥뜨려서 잡아냈고요. 그게 제 직업은 아닙니다만, 현상금이 걸려 있다면 당연히 받지요. 그리고 이런 경우에는 대부분 현상금이 있고요. 금액을 길게 헤아려 보자면 상당한 액수가 됩니다만, 아무튼 중요한 문제는 그게 아니고요. 제가 드리고 싶은 말씀은, 나는 법과 질서를 옹호하는 사람이라는 겁니다. 그래서 범법자들과 미치광이들이 우리 사회에 활개 치고 다니게 놔두고 싶지 않아요. 그들이 있어야 할 곳은 따로 있으니까요. 여기까지는 당연히 제 생각에 동의하시겠지요?"

톰슨 씨가 말했다. "글쎄, 뭐든 경우에 따라 다른 법이라고들 하잖소. 내가 아는 헬턴 씨는 위험한 사람이 아니오. 아까 말했다시피." 그는 무언가 심각한 일이 일어날 거라는 직감이 들었다. 하지만 깊이 생각하지 않고, 그냥 저자가 마음대로 지껄이도록 놔둬 보기로 했다. 그는 무심코 칼과 담배를 꺼내 한입을 자르려다가, 아차 하고는 도로 주머니에 집어넣었다.

"법은 완전히 제 편인데요." 해치 씨가 말했다. "헬턴 씨 사건은 제가 다뤄 본 경우 중에서 가장 까다로운 편입니다. 이 사람만 잡았으면 제 전력은 사실상 완벽했을 겁니다. 저는 헬턴 씨가 실성하기 전부터 알았고 그 가족하고도 아는 사이예요. 그래서 그를 찾아내는 일을 돕기로 한 겁니다만, 얼마나 감쪽같이 자취를 감췄던지 이미 한참 전에 죽은 사람을 쫓는 것 같더군요. 하마터면 그대로 영영 실마리도 못 잡을 뻔했습니다. 그런데 말이죠, 그자가 무슨 짓을 했는지 아십니까? 실은 2주쯤 전에 그의 늙은 모친이 헬턴 씨에게서 편지를 받았답니다. 그 안에서 뭐가 나왔을까요? 아니 글쎄, 읍내의 작은 은행 이름으로 된 850달러짜리 수표가 들어 있지 뭐겠습니까. 정말로요. 편지에는 별말 없었어요. 어머니가 필요하실 것 같아서 저축한 돈을 좀 보낸다, 그냥 그 정도였죠. 이름, 소인, 날짜 등은 전부 빠짐없이 적혀 있었고요. 노부인은 너무 기뻐서 넋이 나가다시피 했어요. 하도 들뜬 나머지, 그녀에게 딱 하나 남은 아들이 자기 친형제를 죽이고 미쳐 버린 인간이라는 사실도 잊은 것 같더군요. 헬턴 씨는 자기는 잘 지내고 있다고, 아무에게도 말하지 말라고 편지에 적었습니다만, 뭐, 당연하게도 노부인은 도저히 비밀로 할 수가 없었습니다. 수표도 현금으로 바꿔야 하고 이런저런 과정이 있으니까요. 그렇게 해서 제가 알게 된 겁니다. 어때요, 엄청 놀라셨죠?" 해치 씨는 자기 감정에 취했는지, 두 손을 맞잡고 흔들면서 몸과 머리를 기우뚱거리며 "헤헤헤" 웃어 댔다. 톰슨 씨는 입꼬리가 절로 일그러졌다. 이제 보니 추잡하고 비열한 사냥개 같은 인간 아닌가. 남들의 개인사를 캐내고 돌아다니면서 피 묻은 돈을 받아 챙기는 것, 저자가 하는 일이란 바로 그런 짓거리였다! 어디 계속 떠들어 보라지!

"그래, 그거 놀라운 일 같군요." 톰슨 씨는 목소리를 가다듬으려 애쓰며 말했다. "놀라운 것 같소."

"음, 그래서, 제가 생각해 보니 아무래도 이 문제는 좀 더 확실히 조사를 해 봐야겠더군요. 그래서 노부인에게 얘기를 해 봤죠. 그분은 이제 퍽 노쇠하셔서 앞도 잘 못 보고 뭐 그렇습니다만, 그런데도 첫 기차를 타고 아들을 보러 가겠다고 단단히 벼르지 뭡니까. 저는 안 된다고 단호하게 말렸어요. 그렇게 약한 몸으로 여행은 무리다, 어쩌고저쩌고. 그러느니 차라리 제가 대신 가 보겠다고 했습니다. 할머님을 위해 내가 직접 아드님을 만나 보고 근황을 다 알아내서 돌아오겠다, 여행에 드는 비용은 스스로 다 댈 테니 걱정 마시라, 그랬지요. 그러자 노부인은 손수 지은 새 셔츠와 커다란 스웨덴 케이크 같은 걸 아들에게 전해 달라고 부탁하더군요. 그런데 제가 오는 길에 어디다 잘못 놔 뒀는지, 깜빡 잃어버렸어요. 어차피 상관없는 일이죠. 헬턴 씨가 그걸 받아 봤자 고마워할 정신 상태도 못 될 테니까요."

톰슨 씨는 몸을 똑바로 세우고 자세를 고쳐 앉아 해치 씨를 마주 본 다음, 최대한 낮은 목소리로 물었다. "그럼 이제 어떻게 하자는 거요? 내가 궁금한 건 그거요."

해치 씨가 구부정한 자세로 일어나더니 몸을 부르르 떨었다. "글쎄요, 약간의 실랑이 정도는 감수하고 있습니다. 수갑도 가져왔고요. 하지만 가능하면 폭력은 쓰고 싶지 않아요. 괜한 소동이 일어나는 건 싫어서 이 근방 사람들에게도 아무 말 안 했습니다. 내 생각엔 우리 둘이면 그자를 제압할 수 있을 것 같은데요." 그가 커다란 안주머니에 손을 넣더니 무언가를 꺼냈다. 수갑이었다. '맙소사.' 톰슨 씨는 기가 찼다. 평화로운 오후에 어엿한 가족이 사는 농가에 들이닥쳐 불안감을 주고, 말썽을 일으키다 못해, 이제는 수갑까지 꺼내 들다니. 그것도 지극히 일상적인 일인 듯 아무렇지도 않게.

톰슨 씨는 머리가 웅웅 울리는 걸 느끼며 자리에서 일어섰다. "내 생각에는 말이오." 그가 강경한 투로 말했다. "댁은 굉장히 한심한 일을 하고 있고, 그 외에는 딱히 할 일이 없는 것 같소. 그러니 내 좋은 충고 한마디 해 주리다. 앞으로는 여기 와서 헬턴 씨를 괴롭힐 생각일랑 집어치우시오. 그리고 내 대문 앞에 매 둔 저 임대 마차나 빨리 치워 주시면 고맙겠소."

해치 씨는 수갑 한 쪽을 호주머니에 넣고 다른 한 쪽을 주머니 밖에 내려뜨리더니, 모자를 눈 위로 깊이 눌러썼다. 그 모습을 보니 톰슨 씨는 어쩐지 보안관이 떠올랐다. 그는 조금도 당황한 기색이 없었고, 톰슨 씨의 말대로 할 생각도 없어 보였다. "잠시만 제 말을 들어 보시죠. 정신병원에서 탈출한 미치광이를 저 있을 곳으로 돌려보내겠다는데, 선생님 같은 사람이 그런 일을 가로막고 나서다니 이상한 일이군요. 충격받으신 건 이해합니다. 갑작스러운 일이니 충분히 그럴 수 있죠. 하지만 저는 선생님처럼 지각 있는 분이라면 제가 공정한 조치를 취하도록 도와주실 줄 알았는데요. 정 안 도와주시겠다면, 저로서는 별수 없죠. 당연히 누군가 다른 사람을 찾아서 도움을 구해야겠네요. 하지만 이 사실을 이웃들이 알면 굉장히 안 좋게 볼 텐데요. 친형제를 죽이고 정신병원에서 도망친 미치광이를 선생님이 여태껏 숨겨 주었고, 심지어 잡아가지도 못하게 막았다는 것 말입니다. 무진장 이상하게 보일걸요."

그가 말을 다 끝맺기도 전에, 톰슨 씨는 자기 꼴이 정말로 이상해지리라는 걸 스스로 알 수 있었다. 무척 난처한 입장에 처하게 될 것이다. 톰슨 씨는 입을 열었다. "하지만 내 여태껏 말하지 않았소. 그 친구는 이제 정상이오. 9년 내내 아무 해도 안 끼치고 멀쩡하게 지냈단 말이오. 그 친구는…… 그는……"

톰슨 씨는 헬턴 씨와의 관계를 어떻게 설명해야 할지 갈피가 잡히지 않았다. "어, 그는 우리에게 가족 같은 사람이오. 그리고 내 평생 만난 누구보다도 의지가 되는 동료이고……" 톰슨 씨는 빠져나갈 길을 궁리하려 애썼다. 헬턴 씨가 언제 다시 실성할지 모르는 건 사실이었다. 그리고 해치 씨가 이웃들에게 떠벌리고 다닌다면 그는 곤경에 빠질 게 뻔했다. 끔찍한 상황이었다. 탈출구가 전혀 보이지 않았다. "미친 건 네놈이야." 톰슨 씨는 불쑥 고함쳤다. "여기서 미치광이는 바로 너다! 헬턴 씨가 아니라 네 녀석이야말로 단단히 미쳤어! 여기서 당장 꺼져. 안 그러면 수갑을 채워서 경찰에 넘겨 버릴 테니. 이건 무단 침입이야!" 톰슨 씨는 고래고래 소리쳤다. "얻어터지기 전에 썩 꺼져!"

톰슨 씨가 한 발짝 다가서자 뚱뚱한 남자는 움찔하며 뒷걸음질 쳤다. "해봐, 해봐! 어디 덤벼 보라고!" 그러고는 상황이 걷잡을 수 없이 돌아갔다. 나중에 톰슨 씨는 이 순간을 기억 속에서 짜 맞춰 보려고 했지만, 도무지 제대로 정리되질 않았다. 우선 그는 뚱뚱한 남자가 기다란 사냥칼을 쥐어 드는 것을 보았고, 동시에 집 모퉁이 너머에서 뛰어나오는 헬턴 씨도 보았다. 헬턴 씨는 긴 턱을 벌리고 눈이 휘둥그레진 채 양팔을 허우적거리며 도망치고 있었다. 헬턴 씨는 별안간 두 주먹을 말아 쥐고서 둘 사이에 뛰어들더니 불현듯 우뚝 멈춰 섰다. 그의 눈은 뚱뚱한 남자를 노려보고 있었고, 그의 기다란 몸은 겁먹은 말처럼 부르르 떨면서 쓰러지려는 듯했다. 그러자 뚱뚱한 남자는 한 손에 칼을, 다른 한 손에 수갑을 들고서 덤벼들었다. 그의 칼이 날아드는 것을 톰슨 씨는 보았다. 칼날이 헬턴 씨의 배를 찔러 들어가는 것도 보았다. 곧이어 톰슨 씨는 자신이 통나무에 박혀 있던 도끼를 두 손으로 뽑아 드는 것을 알았고, 자신의 두 팔이 머리 위로 들려 올라가는 것을 그리고 마치 소를 도축하듯 해치 씨의 머리를 도끼로 내리찍는 것을 느꼈다.

톰슨 부인은 얼마 전부터 밖에서 들려오는 남자들의 말소리를 조마조마한 마음으로 듣고 있었다. 그중에는 그녀가 모르는 사람의 목소리도 섞여 있었다. 일어나서 밖에 나가 보면 상황을 파악할 수 있겠지만 그러기에는 너무 피곤했다. 그런데 별안간 다급한 고함 소리가 울려 퍼지기에, 그녀는 벌떡 일어나 맨발 바람에 머리는 반만 땋아 내린 채로 앞문으로 뛰어나갔다. 손차양을 하고 내다보니 마당 저편의 과수원에 헬턴 씨가 먼저 보였다. 그는 개 떼에게 쫓기기라도 하듯 구부정한 자세로 허겁지겁 내달리고 있었다. 한편 톰슨 씨는 도끼 자루에 의지해 몸을 기울이고서 바닥에 웅크려 누운 어떤 낯선 남자의 어깨를 흔들고 있었는데, 그 남자는 정수리 부위가 박살 난 상태였다. 상처에서 흘러나오는 피가 주변에 고여서 끈적끈적한 웅덩이가 되어 있었다. 톰슨 씨는 남자의 어깨에서 손을 떼지 않고 탁한 음성으로 말했다. "이자가 헬턴 씨를 죽였소. 죽여 버렸다고. 내 눈으로 봤소. 그래서 기절시키는 수밖에 없었소." 그가 큰 소리로 외쳤다. "그런데 다시 깨어나질 않아."

톰슨 부인은 가냘픈 목소리로 비명을 지르다시피 말했다. "아니, 헬턴 씨는 저기 가는데요." 그녀가 손가락질을 하자, 톰슨 씨는 몸을 일으키고 톰슨 부인이 가리킨 방향을 돌아보았다. 톰슨 부인은 집 벽에 천천히 기대앉았다. 몸이 앞으로 기울어지기 시작했다. 익사하는 기분이었다. 어쩐지 수면으로 올라갈 수가 없었다. 생각나는 것이라고는 아들들이 마침 핼리팩스로 낚시하러 가고 없어서 다행이라는

것뿐이었다. 오, 하느님, 아들들이 집에 없어서 정말이지 천만다행이
었다.

해 질 녘에 톰슨 부부는 마차를 몰고 외양간으로 향했다. 톰슨 씨는
고삐를 아내에게 넘겨주고 먼저 내린 뒤 커다란 문을 열었고, 톰슨 부
인은 짐이라는 이름의 늙은 말을 안으로 몰고 들어갔다. 마차는 낡은
데다 먼지가 앉아서 잿빛이었고, 톰슨 부인의 얼굴도 피로와 먼지 때
문에 잿빛이었다. 그리고 말 머리 옆에 서서 굴레를 풀어 주는 톰슨
씨의 얼굴도 잿빛이었지만, 막 면도한 턱과 뺨은 검푸른 빛을 띠었다.
회색과 푸른색이 섞인 낯빛이며, 퀭하면서도 참을성 있어 보이는 표
정이며, 마치 시체의 얼굴 같았다.

톰슨 부인은 단단하게 다져진 두엄이 깔린 외양간 바닥에 내려선
뒤, 꽃가지 무늬가 놓인 가벼운 치맛자락을 손으로 털었다. 그녀는 그
을린 안경과, 분홍색과 파란색 물망초꽃들이 둘러진 밀짚모자를 쓰
고 있었다. 꽃은 시들어서 축 늘어졌고, 널따란 모자챙의 그림자에 가
려진 그녀의 이마는 그간의 마음고생으로 주름이 패어 있었다.

말이 머리를 내려뜨리더니 크게 한숨을 내쉬고 뻣뻣해진 다리를
풀었다. 그 옆에서 톰슨 씨가 말하는 소리가 그녀에게 낮고 희미하게
들려왔다. "늙은 짐, 불쌍하기도 해라." 그는 헛기침을 하며 말을 이었
다. "갈비뼈가 다 도드라져 보이네. 이번 주가 많이 힘들었나 보구나."
그가 마구를 통째로 벗겨 내 주자, 짐은 약간 머뭇거리면서 끌채 밖으
로 빠져나왔다. "됐다, 이번이 마지막이다. 이제 푹 쉬거라."

톰슨 부인은 검은 안경알에 가려진 눈을 감았다. 그는 이번이 마지
막이라고 했다. 이제 정말로 끝내야 할 때였다. 아니, 애초에 시작도

하지 말았어야 했다. 이제 다시 상냥한 어둠이 세상에 내려앉고 있었
으므로 그녀는 더 이상 안경을 끼지 않아도 되었다. 하지만 그녀의 눈
은 울지 않아도 항상 눈물이 질금질금 나오는 데다, 안경을 쓰고 있
어야 그 뒤에 안전히 숨어 있는 기분이 들어서 좋았다. 그녀는 떨리
는 두 손으로 손수건을 꺼내 코를 풀었다. '그날' 이후로는 손이 늘 떨
렸다. "애들이 집에 불을 켜 둔 게 보이네요. 화덕에 불도 때 놓았으면
좋겠는데."

그녀는 얇은 드레스 자락과 풀 먹인 빳빳한 페티코트를 잡아 들고
서, 외양간 밖으로 난 울퉁불퉁한 길바닥을 따라 혼자 걸어 나갔다. 톰
슨 씨의 곁에 있는 걸 견딜 수가 없었다. 하지만 집으로 가는 것도 겁
이 났기에, 그녀는 땅에 흩어진 작고 뾰족한 돌들 사이를 더듬으며 천
천히 걸음을 옮겼다. 삶이 온통 공포였다. 이웃들의 얼굴도, 아들들의
얼굴도, 남편의 얼굴도, 더 나아가 온 세상의 얼굴이 공포스러웠다. 어
둠 속에 묻힌 그녀 집의 형체도 무서웠고, 풀과 나무의 냄새까지도 무
서웠다. 갈 곳이라곤 없었다. 할 일이라고는 어떻게든 견뎌 내는 것뿐
이었다. 하지만 어떻게? 그녀는 곧잘 자문했다. 이제부터 어떻게 살아
가야 하나? 이제까지 뭐 하러 살았던가? 살아서 이런 꼴을 보느니, 차
라리 심하게 아팠던 그 시절에 죽는 편이 나았을 것 같았다.

아들들은 부엌에 있었다. 허버트는 지난 일요일 자 신문에 있는, 〈꼬
마 대소동〉과 〈행복한 불한당〉이라는 제목의 우스꽝스러운 만화를
보고 있었다. 식탁에 팔꿈치를 얹고 턱을 괸 채 집중해서 만화를 읽는
중이었지만, 그의 표정은 불행해 보였다. 한편 아서는 화덕에 불을 피
우고 있었다. 그는 이따금씩 불쏘시개를 넣어 가며 불이 옮겨붙고 타
오르는 것을 지켜보고 있었는데, 그 얼굴이 허버트보다도 더욱 심각

하고 어두워 보였다. 톰슨 부인이 생각하기에, 아서는 타고난 성격이 시무룩한 편이라 사태를 받아들이기도 더 버거워하는 것 같았다. "오셨어요, 어머니." 아서가 인사하고는 하던 일을 계속했다. 허버트는 신문들을 쓸어 모으고 긴 의자 위에서 옆으로 옮겨 앉아 어머니에게 자리를 내주었다. 그들은 이제 열다섯 살, 열일곱 살로 다 큰 아이들이었다. 아서는 제 아버지만큼이나 키가 컸다. 톰슨 부인은 허버트 옆에 앉아서 모자를 벗고 말했다. "배고프지? 우리가 늦었구나. 오늘은 로그할로 거리로 갔거든. 여느 때보다 길이 험했어." 그녀의 파리한 입술 양쪽 끝이 축 처지면서 서글픈 인상의 주름이 잡혔다.

"그럼 매닝가 사람들을 만나셨겠네요." 허버트가 말했다.

"그랬지. 퍼거슨가, 올브라이트가 그리고 요번에 새로 이사 온 매클렌가에도 들렀단다."

"뭐라고들 해요?"

"별말은 없었어. 그냥 다른 집들과 똑같은 반응이지. 좋게 말하는 사람들도 있기야 있어. 명백한 사건이었다, 공정한 재판이었다, 너희 아버지가 무사히 풀려나서 정말 다행이다…… 어쨌든 말이나마 그렇게 해 주는 사람들도 있지. 하지만 진심으로 그이의 편을 들어 주는 눈치는 아니야. 나는 이제 지치는구나." 그녀는 검은 안경 밑으로 또다시 눈물을 떨구며 말했다. "이래 봤자 무슨 소용인지 모르겠다. 너희 아버지는 꼭 해명을 하지 않으면 마음이 안 놓이는 모양이다만. 나는 잘 모르겠어."

"아무 소용 없다고 생각해요. 전혀요." 아서가 화덕에서 물러나며 말했다. "그럴수록 오히려 사람들의 의문을 부추기게 될 뿐이잖아요. 다들 아버지한테 들은 이야기를 서로 주고받을 테고, 그러면 소문이 죄 뒤섞여서 더욱 시끄러워지겠죠. 결국 우리만 더 힘들어지는 거라고요. 이웃집들에 해명하고 다니는 건 이제 그만하자고 어머니가 좀 말리시면 안 돼요?"

"너희 아버지가 가장 잘 알겠지." 톰슨 부인이 말했다. "아버지를 탓하면 안 돼. 너까지 그러지 않아도 충분히 힘드시잖니."

아서는 턱을 완강하게 굳힌 채 아무 말도 하지 않았다. 그때 톰슨 씨가 눈이 푹 꺼진 송장 같은 얼굴로 집 안에 들어섰다. 그의 두툼한 손은 희끗한 회색이었고 주름이 잔뜩 잡혀 있었다. 매일 이웃들에게 자초지종을 들려주러 나가기 전에 반드시 손을 깨끗이 씻는 습관 때문이었다. 그는 자신이 가진 옷 중 가장 좋은 회색 정장을 입고 검은색 스트링 타이*를 매고 있었다.

톰슨 부인은 어지러운 머리를 가누며 일어섰다. "다들 부엌에서 나가세요. 너무 덥고 북적거리네요. 내가 간단히 저녁을 차릴 테니 그동안 잠시만 나가 있어요. 숨 돌릴 공간이 필요해요."

그들은 기다렸다는 듯 자리를 떴다. 아이들은 밖으로 나갔고, 톰슨 씨는 침실로 들어갔다. 그가 신발을 벗으며 신음하는 소리, 침대에 누우면서 나무가 삐걱거리는 소리가 들렸다. 톰슨 부인은 냉장고를 열고 그 안에서 흘러나오는 상쾌한 냉기를 마주했다. 그녀는 자신이 냉장고를 가지게 되리라고는, 하물며 거기에 늘 채워 둬야 하는 얼음을 댈 수 있을 정도의 형편이 되리라고는 기대한 적도 없었다. 냉장고를 들인 지 2, 3년은 지났는데도 여전히 기적처럼 느껴졌다. 그대로 익히기만 하면 되는, 차갑고 깨끗한 먹거리가 늘 준비되어 있다니. 만약

---

* 폭이 좁고 짧은 리본 모양의 넥타이.

어느 날 갑자기 헬턴 씨가 나타나지 않았더라면 냉장고를 가질 일도 결코 없었을 것이다. 정말이지 기이한 행운이었다. 그렇게 알뜰하고, 검소하고, 성실한 사람이…… 냉장고 앞에 서서 그 위에 고개를 수그리고 있던 톰슨 부인은 가슴이 먹먹히 북받쳐 올랐다. 이러다가 또 졸도하지 않을까 겁이 났다. 헬턴 씨를 떠올리노라면 견딜 수가 없어졌다. 그 기름하고 울적한 얼굴, 조용조용하던 행동거지. 항상 말이 없고, 주위에 아무 해도 안 끼치고, 너무나 열심히 일하고 톰슨 씨를 아주 많이 도와주던 사람. 그랬던 헬턴 씨가 미친개처럼 쫓겨서 뜨거운 벌판과 숲을 헤치며 도망치던 모습이라니. 사람들은 밧줄이며 총이며 막대기를 들고 그를 포박하기 위해 나섰다. "오, 세상에." 톰슨 부인은 메마른 신음을 길게 내뱉으며 냉장고 앞에 꿇어앉고, 먹거리를 찾아 안을 뒤적였다. 헬턴 씨가 갇힌 감옥에는 바닥과 벽 전체에 매트리스가 대어졌고, 그가 자해를 하지 못하도록 제지해 줄 사람도 다섯 명이나 붙었다고 했다. 하지만 그는 이미 심하게 다쳐서 어차피 살 가망이 없는 상태였다. 보안관 바비 씨가 그녀에게 해 준 이야기였다. 원래는 해치지 않고 붙잡으려고 했지만 어쩔 수 없었다고, 그때 헬턴 씨는 완전히 미쳐서 자기에게 다가오는 모든 사람의 머리를 돌로 내리치려 들었다고. 그런데 몸싸움 도중에 그가 점퍼 주머니에 넣어 가지고 있던 하모니카 두 개가 떨어졌고, 그가 하모니카를 줍는 틈을 타서 간신히 붙잡을 수 있었다는 것이었다. "거칠게 할 수밖에 없었습니다, 톰슨 부인. 살쾡이처럼 싸워 댔거든요." 보안관의 말을 떠올리면서 톰슨 부인은 비통한 마음으로 생각했다. '아무렴, 그랬겠지. 당연히 거칠어야 했겠지. 그 사람들은 늘 거칠어야 하니까. 그리고 톰슨 씨는 방문객을 말로 설득해서 쫓아내는 일은 도저히 못 하는 사람인가 보지.' 그녀는 일어서서 냉장고 문을 닫았다. '꼭 죽였어야 했나 보지. 살인자가 되어 애들 인생을 망치고, 헬턴 씨가 미친개처럼 죽음을 당하게 만들었어야만 직성이 풀리나 봐, 그 사람은.'

그녀의 생각이 불현듯 멈췄다. 머릿속에서 작은 폭발이 일어난 듯 생각이 말끔히 걷히고, 새로운 생각이 시작되었다. 헬턴 씨의 나머지 하모니카들은 여전히 그의 오두막 안에 있었다. 톰슨 부인은 하루 중 일정한 시간만 되면 그의 하모니카 연주가 뇌리에 떠올랐다. 이제 와서 보면 그 노래의 제목도, 의미도 여태 모르고 있다는 게 무척 이상하게 느껴졌다. 톰슨 부인은 무릎을 후들후들 떨면서 개수대에서 물 한 잔을 따라 마시고, 오븐 접시에 팥을 쏟아 넣은 다음, 닭고기 토막들에 밀가루를 묻혀 튀길 준비를 했다. 그러면서 생각에 잠겼다. '예전에는 내게도 이웃과 친구 들이 있다고 생각했는데. 그때만 해도 우리 가족 모두가 떳떳하게 고개를 들고 다녔고, 나는 누구에게든 무슨 이야기든 솔직히 할 수 있었지. 남편이 사람을 죽이기 전까지만 해도.'

톰슨 씨는 침대 위에서 몸을 뒤치면서, 이제부터는 사태가 흘러가는 대로 지켜보는 수밖에 없다는 생각을 했다. 그의 선에서 할 수 있는 일은 다 했다. 그의 변호사인 버레이 씨도 처음부터 이렇게 말하지 않았던가. "침착하시고 평정을 유지하세요. 목격자가 없긴 해도, 이건 충분히 쉬운 사건입니다. 아내분이 법정에 나오셔서 배심원들을 강력하게 설득하는 주장을 해 주실 겁니다. 톰슨 씨는 그저 무죄 주장만 하시고 나머지는 제게 다 맡기세요. 재판은 그저 형식적인 절차라고 생각하시면 됩니다. 걱정할 것 하나도 없습니다. 벌써 끝났나 싶어서 어리둥절할 만큼 거뜬히 빠져나오게 되실 겁니다." 그러고 나서 버레이 씨는 한담을 한담시고, 이 근방에서 정당방위의 목적으로 불가피하게 살인을 저지른 사람들의 사례를 자신이 아는 만큼 모두 말해주었다. 정말이지 별것 없는 이야기들이었다. 그는 심지어 자기 아버지가 옛날에 사람을 죽였던 이야기도 들려주었다. 대문 안에 한 발짝도 들이지 말라는 경고를 무시하고 들어온 사람을 총으로 쏴 죽였다는 것이었다. "암, 내가 그 악당 녀석을 쏴 버렸지." 버레이의 아버지는 이렇게 말했다고 했다. "정당방위였어. 나는 내 집 마당에 발을 들이면 쏠 거라고 분명히 경고했거든. 그런데도 녀석이 들어왔으니, 나는 경고한 대로 한 것뿐이야." 두 사람은 서로 해묵은 악감정이 있는 사이였다고 했다. 버레이 씨의 아버지는 상대방이 잘못을 저지를 날을 오랫동안 기다렸고, 그러다 마침내 기회를 잡자 놓치지 않고 활용한 것이다.

"하지만 내가 말하지 않았소." 톰슨 씨는 항변했다. "해치 씨가 헬턴 씨를 사냥칼로 찔렀대도요. 그래서 내가 끼어들었던 겁니다."

"그러니 더욱 잘됐죠." 버레이 씨가 말했다. "그 사람은 그런 용건으로 톰슨 씨 댁에 들어갈 권리도 없었던 겁니다. 하, 참, 애초에 톰슨 씨가 한 행동은 살인조차 아니에요. 그러니 당황하지 말고 마음 편히 가지십시오. 그리고 제 얘기 없이는 단 한 마디도 꺼내지 마시고요."

살인조차도 아니었다니. 그때 톰슨 씨는 짐마차의 덮개로 해치 씨의 시신을 덮어 준 뒤, 스스로 보안관을 찾아가서 자백했다. 엘리에게는 가혹한 상황이었다. 톰슨 씨가 보안관, 검시관, 보안관보 두 명과 함께 집으로 돌아왔을 때 그녀는 집에 없었고, 집에서 반 마일쯤 떨어진 길가에서 발견되었다. 그녀는 도랑에 걸쳐진 낮은 다리 위에 앉아 있었다. 톰슨 씨는 자기 안장 뒤에 그녀를 앉히고 말을 몰고 집으로 돌아갔다. 이미 보안관에게 아내가 모든 것을 목격했다고 말해 둔 참이었으므로, 그는 그녀를 방에 데려가 침대에 눕히는 짬을 이용해서 누가 뭘 물으면 어떻게 대답할지 일러 주었다. 헬턴 씨가 그동안 내내 미친 사람이었다는 사실은 언급하지 않았지만, 재판이 진행되는 과정에서 밝혀지게 되었다. 버레이 씨의 조언에 따라 톰슨 씨는 전혀 몰랐던 척했다. 자신은 해치 씨에게서 그런 이야기는 일언반구도 못 들었다고, 단지 헬턴 씨에게 오랜 원한을 갚으러 온 사람인 줄로만 알았다고. 재판에는 해치 씨의 가족 두 명이 참석해 톰슨 씨의 유죄를 입증하려고 했지만 아무 성과도 거두지 못했다. 거의 재판이라고 할 것도 없을 정도였다. 버레이 씨가 조처한 덕분이었다. 그는 합리적인 수임료를 청구했고, 톰슨 씨는 고마운 마음으로 돈을 지불했다. 하지만 일이 다 끝나고 나서 톰슨 씨가 처음에 깜빡 잊고 버레이 씨에게 말하지 못했던 것들을 이야기하려고 그의 사무실에 찾아가자, 버레이 씨는 달갑지 않은 반응을 보였다. 톰슨 씨는 해치 씨가 얼마나 추잡하고 비열한 인간 말종이었는지를 설명하고 싶었는데, 버레이 씨는 이제 흥미가 없어진 듯 그가 사무실 문간에 들어서는 걸 보고 시큰둥하고 불쾌한 기색을 드러냈다. 톰슨 씨는 이제 다 끝난 일이라고 자기 자신을 누차 달랬다. 다 괜찮아졌다고, 버레이 씨가 장담한 그대로 되지 않았느냐고. 하지만…… 바로 그 점이 마음에 걸렸다. 그의 마음이 거기에서 헤어나질 못하고 낚싯바늘에 꿰인 지렁이처럼 꿈틀거리는 것 같았다. 그는 해치 씨를 죽였고, 따라서 살인범이었다. 그게 바로 진실이었다. 그런데 그 진실을 스스로에게 되뇌어 봐도 도무지 이해가 되지 않았다. 아아, 그는 해치 씨는 고사하고 그 누구든 죽일 생각조차 한 번도 해 본 적 없는 사람이었다. 만약 그때 헬턴 씨가 말다툼

소리를 듣고 그렇게 갑자기 튀어나오지만 않았더라면, 그랬다면 어땠을까…… 하지만 헬턴 씨는 도망치던 중에도 그를 도와주려고 일부러 끼어들지 않았던가. 이해가 안 되는 건 그다음에 벌어진 일이었다. 그는 해치 씨가 칼을 들고 헬턴 씨에게 덤벼드는 것을 보았다. 위로 뒤집힌 칼날의 끝부분이 헬턴 씨의 복부를 파고드는 것을 그리고 돼지의 살점을 저미듯이 배를 가르는 것을 보았다. 그런데 정작 헬턴 씨를 붙잡고 보니 그의 배에 칼자국이라곤 없었다. 게다가 톰슨 씨는 자신이 두 손으로 도끼를 들었다는 것까지는 알았지만, 그걸로 해치 씨를 내리친 기억은 나지 않았다. 정말로 기억나지 않았다. 기억에 전혀 없었다. 그는 단지 해치 씨가 헬턴 씨를 칼로 베는 것을 막아야겠다고 결심했다는 기억만 났다. 만약 해명할 기회만 주어진다면 이 모든 것을 밝히고 싶었다. 그러나 법정에서 그는 말을 할 수 없었다. 사람들이 하는 질문에 예 아니요로 대답만 할 수 있었는데, 그 사람들은 좀처럼 사건의 핵심을 짚어 주질 않았다. 재판 이후로 지금까지 일주일이 흘렀다. 그동안 톰슨 씨는 날마다 씻고 면도하고 가장 좋은 옷을 입고서 엘리와 함께 이웃집이란 이웃집에는 모두 찾아가, 자신이 결코 해치 씨를 고의로 죽이지 않았다고 설명했다. 하지만 그게 무슨 소용인가? 아무도 그의 말을 믿지 않았다. 이웃들 앞에서 그는 엘리를 돌아보고 "당신도 그 자리에 있었잖소. 당신 눈으로 직접 봤지, 안 그렇소?"라고 물었고, 엘리는 "그럼요. 정말이에요. 톰슨 씨는 헬턴 씨의 목숨을 구하려고 했어요"라며 두둔했고, 그는 "만약 내 말이 안 믿겨도 내 아내 말은 믿어 주시오. 이 사람은 거짓말을 안 한다오"라고 덧붙이기까지 했지만, 그때마다 이웃들이 보여 준 표정에는 어딘가 그를 낙담시키고 공허감과 피로감을 불러일으키는 구석이 있었다.

그들은 그가 살인자가 아니라는 말을 믿지 않았다.

심지어 엘리도 그에게 위로를 건네지 않았다. 그는 그녀가 이렇게 말해 주기를 바랐다. "이제야 기억나네요, 톰슨 씨. 그때 나는 집 모퉁이를 돈 순간 모든 것을 봤어요. 당신이 한 말은 거짓말이 아니에요. 걱정 말아요." 하지만 부부가 함께 묵묵히 마차를 타고 가는 길에, 날씨는 여전히 덥고 건조하고, 가을이 다가오면서 해는 점차 짧아져 가고, 길에 난 바큇자국을 지날 때마다 마차가 덜컹거리는 가운데, 엘리는 아무런 말도 하지 않았다. 그들은 새로운 집과 그 안의 사람들을 맞닥뜨리는 것이 점점 두려워졌다. 이제 이웃집들은 죄다 비슷비슷해 보였고, 톰슨 씨가 그들에게 방문한 까닭을 설명하고 이야기를 시작하면, 알고 지낸 지 오래된 사이든 아니든 간에 그들은 한결같이 똑같은 표정을 지었다. 눈이 오그라들고 눈동자에서 빛이 사라지는 게, 마치 누가 눈알 뒤쪽을 꼬집기라도 한 것 같았다. 몇몇 사람은 굳은 미소를 띠고 앉아서 애써 친절하게 말해 주기도 했다. "그럼요, 톰슨 씨. 어떤 심정이실지 압니다. 얼마나 힘드시겠어요, 톰슨 부인. 네, 정당방위를 하려다가 살인이 날 수도 있다는 게 저도 믿어지더라고요. 웬걸요, 당연히 믿죠, 톰슨 씨. 못 믿을 이유가 뭐 있어요? 정당하고 공평하게 재판을 받으셨잖아요. 음, 그야 당연히, 저희도 톰슨 씨가 잘하셨다고 생각해요."

톰슨 씨가 보기에, 그들은 사실 그렇게 생각하지 않는 것 같았다. 어떨 때는 이웃들의 비난이 그의 주위를 너무나 자욱하게 둘러싸서 주먹으로 밀쳐 내고 맞서 싸워야 할 정도였다. 그럴 때면 온몸이 땀에 젖은 채, 먼지가 앉은 듯 탁한 음성으로 자기 입장을 소리 높여 토로하다가, 나중에는 숫제 고함을 쳤다. "여기 내 아내가 있소. 이 사람은 당신네도 잘 알잖소. 아내가 그 자리에서 다 보고 들었단 말이오. 내 말이 안 믿기면 이 사람한테 물어보시오. 거짓말 않을 테니!" 그러면 톰슨 부인은 고통스러워서 두 손을 꼭 맞잡고 턱을 덜덜 떨면서도 반드시 맞장구를 쳤다. "맞아요, 남편 말이 사실이에요. 정말로……"

오늘 톰슨 씨는 결정적으로 인내심의 한계에 이르렀다. 톰 올브라이트는 엘리의 옛 애인으로, 한 해 여름 내내 엘리를 에스코트했던 남자였다. 그런데 오늘 그의 집에 찾아가자, 올브라이트 씨는 아무것도 쓰지 않은 맨머리로 집 밖에 뛰쳐나와서는 그들이 마차에서 내리지 못하게 막았다. 그는 난처한 빛으로 얼굴을 찌푸리고 마차 뒤편을 내다보더니, 지금 자기 처형이 조카들을 떼로 데려와 있어서 집이 꽉 찼고 온통 엉망진창이라고, 그래서 그들을 맞이하기가 곤란하다고 말했다. "우리도 조만간 댁에 한번 들를까 생각 중이었소." 올브라이트 씨는 짐짓 바쁘다는 듯 뒤로 물러나면서 말했다. "그런데 우리가 요새 너무 정신이 없어서요." 톰슨 부부는 "아, 우리도 지나는 길에 들른 겁니다"라며 눙치고 그 집을 떠나는 수밖에 없었다. "올브라이트가는 늘 자기들이 아쉬울 때만 친한 척했잖아요." 톰슨 부인은 그렇게 말했고, 톰슨 씨도 맞장구쳤다. "정말 그렇소. 자기 잇속만 생각하는 사람들이지." 그러나 둘 다 서로에게 별 위안이 되지 못했다.

마침내 톰슨 부인은 체념했다. "그만 집으로 돌아가요. 짐이 지쳤을 거예요. 목도 마를 테고요. 이만하면 충분히 멀리 왔잖아요."

톰슨 씨가 말했다. "글쎄, 그럼 돌아가는 길에 매클렐런가에만 들릅시다." 그들은 매클렐런가 앞에 마차를 몰고 들어가, 머리털이 보송보송한 작은 남자아이에게 엄마 아빠가 집에 계시느냐고 물었다. 톰슨 씨가 뵙고 싶어 한다고 전해 달라 하자, 아이는 입을 딱 벌리고 서서 그들을 쳐다보더니 집 안으로 뛰어 들어가면서 소리쳤다. "엄마, 아빠, 얼른 나와 봐. 해치라는 아저씨 죽인 사람 왔어!"

매클렐런 씨는 망가진 한쪽 멜빵을 대롱대롱 내려뜨린 채, 양말 바람으로 나와서 그들을 맞았다. "들어오세요, 톰슨 씨. 우리 마누라는 지금 씻고 있어요. 하지만 금방 올 겁니다." 톰슨 부인은 앞을 더듬으며 바닥 한가운데가 내려앉은 포치로 걸어 올라가, 부서진 흔들의자에 자리를 잡고 앉았다. 매클렐런 부인은 맨발에 사라사 실내복 차림으로 나와서는, 퉁퉁하고 누르께한 얼굴에 호기심을 잔뜩 띤 채 포치 끄트머리에 걸터앉았다. 톰슨 씨가 말을 시작했다. "음, 이미 아시겠지만, 최근에 내가 좀 이상한 말썽에 휘말렸어요. 그게 시쳇말로 표현해서 날이면 날마다 일어나는 종류의 말썽은 아니고, 또 이웃분들이 오해할 만한 부분이 좀 있어서……" 그는 말을 멈추고 더듬거렸다. 그러자 그의 말을 듣고 있던 두 사람의 얼굴에 야비하고 탐욕스러운, 경멸에 찬 표정이 떠올랐다. 그들이 무슨 생각을 하는지는 너무나 뻔했다. '참 나, 다른 사람도 아닌 우리 생각이 신경 쓰여서 찾아오다니. 사정이 얼마나 궁한지 알 만도 하네. 자기들을 받아 주는 사람이 한 명이라도 있었다면 우리한테까지 찾아오진 않았겠지. 맙소사, 나라면 저 정도까지 자존심을 굽히진 않겠네.' 톰슨 씨는 수치스러워졌고, 별안간 분노가 치밀었다. 저 천한 백인 쓰레기 놈들, 그들의 징그럽고 상스러운 머리통을 한꺼번에 후려치고 싶었다. 하지만 그는 자신을 다잡고 이야기를 이어 나갔고, "내 아내가 이야기해 줄 거요. 한번 물어보시오. 이 사람은 거짓말하지 않을 겁니다"라는 대목까지 말을 마쳤다. 거기서부터가 가장 어려운 부분이었다. 그때마다 엘리는 누가 자기를 때리려고 했다는 듯이, 근육을 조금도 움직이지 않으면서 뻣뻣하게 굳어 버렸기 때문이다.

"남편 말이 맞아요. 제가 직접 봤……"

"음, 잘 알겠어요." 매클렐런 씨가 자기 갈비뼈를 긁적거리며 무미건조하게 말했다. "거 정말 딱하게 되긴 했네요. 그런데 사실, 제 생각엔, 이 얘기가 다 우리랑 무슨 상관인지 모르겠거든요. 우리야 이런, 살인이 어쩌고 하는 문제에 엮일 이유가 없으니까요. 전연 없죠. 암만 요리조리 따져 봐도 이건 나하고는 아무 상관이 없는 일이에요. 하지만 두 분이 우리한테까지 와서 어떻게 된 곡절인지 확실히 알려 주시니까, 그건 참 고맙네요. 그동안 무지하게 해괴한 소문들을 좀 들었거든요. 말도 못하게 괴상한 얘깁니다. 뭔 소리들인지 도대체 이해가 안 된다니까요."

"너도나도 신나게 떠들고 다니던걸요." 매클렐런 부인이 말했다. "우리는 살인에는 반대예요. 성경에 보면……"

"주둥이 닥쳐, 여편네야." 매클렐런 씨가 말했다. "안 그러면 내가 닥치게 해 줄 테니. 거, 제가 보기에는……"

"저희는 이만 가 봐야겠어요." 톰슨 부인은 깍지 꼈던 손을 풀며 말했다. "이미 너무 지체했어요. 갈 길이 먼데 시간이 많이 늦어졌네요." 톰슨 씨는 아내의 말뜻을 눈치채고 그녀의 뒤를 따라나섰다. 매클렐런 부부는 금방이라도 부서질 듯한 포치 기둥에 느른히 기대앉아, 그들이 떠나는 모습을 지켜보았다.

침대에 누워서 오늘 있었던 일들을 돌이켜 보자니, 톰슨 씨는 이제 끝장이라는 생각이 들었다. 지난 18년 동안 엘리와 함께 잤던 침대에 홀로 누워, 결혼을 앞두었던 시절 그의 손으로 직접 얹었던 지붕널을 올려다보며, 아침에 깎았던 구레나룻이 벌써 까슬히 자란 채로, 앙상한 턱을 손가락으로 어루만지며, 그는 자신이 죽은 것이나 다름없다고 느꼈다. 이전의 삶에서 그는 죽었고, 왜인지는 몰라도 무언가의 끝에 다다랐으며, 방법은 몰라도 새 출발을 해야만 했다. 뭔지는 몰라도 무언가 다른 것이 시작되려 하고 있었다. 그건 어떤 면에서는 그가 알 바가 아니기도 했다. 자신과는 별 상관 없는 일이 될 것 같았다. 그는 아프고 공허한 상태로 일어나, 톰슨 부인이 저녁을 차리고 있는 부엌으로 나갔다.

"애들을 불러 주세요." 톰슨 부인이 말했다. 아들들은 외양간에 가 있었다. 들어오는 길에 아서는 랜턴을 끄고 문 옆의 못에 걸어 두었다. 톰슨 씨는 그들의 침묵이 마뜩잖았다. 그날 이후로 아서와 허버트는 그에게 거의 말을 붙이지 않았다. 그를 피하는 것 같았다. 둘은 아버지가 있지도 않다는 듯 자기들끼리 농장을 관리하고, 아버지에게 그 어떤 조언도 구하지 않고 모든 일을 알아서 처리했다. "뭐 하고 있었니?" 톰슨 씨는 다정하게 말을 걸어 보았다. "일 마저 다 하고 온 게냐?"

"아뇨, 아버지." 아서가 말했다. "할 일은 별로 없었어요. 그냥 차축에 기름 좀 바르고 왔어요." 허버트는 아무 말도 하지 않았다. 톰슨 부인이 고개를 숙였다. "이 모든 것과 주님이 주신 모든 축복에 감사드립니다…… 아멘." 그녀는 힘없이 중얼거렸다. 톰슨 가족은 장례식에 참석한 사람들처럼 슬픈 얼굴로 눈을 떨구고 그 자리에 앉아 있었다.

톰슨 씨는 눈을 감고 잠들려고 할 때마다 머릿속이 산토끼처럼 분주하게 움직였다. 생각이 한 곳에서 또 다른 곳으로 널을 뛰며, 자신이 해치 씨를 죽이게 된 과정을 올바르게 파악하기 위한 단서들을 여기저기서 주워 모았다. 하지만 아무리 애를 써도 그는 이미 했던 생각들 이상으로 나아갈 수 없었고, 그때 자신이 봤던 장면 외에는 아무것도 떠오르지 않았다. 그 장면이 진실이 아니라는 것은 알고 있었다. 만약 그가 처음부터 잘못 보았던 거라면, 해치 씨를 죽인 사건과 관련된 모든 것이 시작부터 끝까지 잘못됐으니 더 이상 할 수 있는 일이 아무것도 없다는 뜻이었다. 그러니 그냥 단념하는 편이 나을지도 모른다. 여전히 그는 그날 자신의 행동이 정당화되지 못했을지라도 그 외에는 선택의 여지가 없었다고 생각했다. 그런데 정말로 그런가? '나는 꼭 해치 씨를 죽였어야만 했나?' 누군가를 처음 본 순간부터 그렇게 강한 반감을 느꼈던 적은 처음이었다. 그는 해치 씨가 무언가 분란을 일으키리라는 것을 직감적으로 알았던 것이다. 이제 와서 돌이켜 보면, 자신이 왜 해치 씨가 발을 들이기 전에 쫓아내지 않았는지가 무척 이상하게 느껴졌다.

톰슨 부인은 그의 옆에 누워서 자기 가슴을 두 팔로 안고 있었다. 미동도 없이 잠잠했지만 어쩐지 깨어 있는 것 같았다. "엘리, 자는 거요?" 그는 아내를 불러 보았다.

어쩌면 해치 씨를 좋은 말로 돌려보낼 수 있었을지도 모른다. 아니면 그를 제압하고 수갑을 채워서, 치안을 어지럽힌 죄로 보안관에게 넘겨도 됐을 것이다. 보안관서에서 취했을 조치라고 해 봤자, 사태가 진정될 때까지 해치 씨를 며칠쯤 구금하거나, 벌금을 약간 부과하는 정도였을 것이다. 그는 해치 씨에게 자신이 뭐라고 말했어야 했는지 생각해 보았다. '어디 보자, 그냥 이렇게 말했다면 어땠을까. 이보시오, 해치 씨, 남자 대 남자로서 말하건대……' 그런데 머리가 텅 빈 듯 아무 생각도 나지 않았다. 무슨 말을 할 수 있었을까? 무슨 행동을 할 수 있었나? 뭐가 됐든 간에, 해치 씨를 죽이지만 않았더라면 헬턴 씨에게는 아무 탈도 없었을 터였다. 톰슨 씨는 헬턴 씨를 거의 생각하지 않았다. 그의 생각은 그냥 헬턴 씨를 건너뛰고 흘러가 버렸고, 구태여 헬턴 씨에 대해 생각하려고 해도 도무지 진전이 되질 않았다. 만약 헬턴 씨가 무사했더라면 어떻게 됐을까, 그는 상상하려 애썼다. 바로 지금 이 순간 헬턴 씨가 자기 오두막에 있다면, 너무나 기분 좋은 아침이니 더더욱 기분이 좋아지도록 와인을 다 마셔 버리자는 내용의 노래를 하모니카로 연주하고 있다면. 그리고 해치 씨는 어딘가 감옥에서 안전하게 지내고 있다면. 아마 분노로 펄펄 날뛰겠지만, 그래도 위험하지 않은 곳에 그렇게 갇혀 있다면 이성적으로 반성할 마음의 자세가 될지도 모른다. 그러면 자신의 야비한 행각을 뉘우치게 되리라. 추잡하고 비겁한 사냥개처럼 돌아다니면서 아무 죄 없는 사람을 괴롭히고, 자기에게 아무 해도 끼친 적 없는 한 가정을 송두리째 망가뜨리는 짓거리를! 톰슨 씨는 이마의 힘줄이 불거지는 느낌이 들었다. 두 손이 도끼 자루를 거머잡듯 주먹을 말아 쥐었고, 몸에서는 삽시간에 땀이 솟았다. 그는 억눌린 고함을 내지르며 침대에서 벌떡 뛰어 일어섰다. 그러자 엘리가 뒤따라 일어나면서 소리쳤다. "오, 오, 안 돼요! 하지 마! 하지 말아요!" 악몽이라도 꾸는 것 같았다. 그는 몸속의 뼈들이 덜거덕거릴 만큼 심하게 떨면서 쉰 목소리로 외쳤다. "불을 켜! 불을 켜요, 엘리."

그런데 톰슨 부인이 가늘고 새된 비명을 올렸다. 그날 그녀가 집 모퉁이를 돌았다가 도끼를 들고 서 있던 톰슨 씨를 보았을 때 질렀던 비명과 거의 똑같은 소리였다. 어두워서 그녀의 얼굴은 보이지 않았지만, 침대 위에서 격렬히 몸을 뒤틀고 있는 건 분명했다. 그는 기겁해서 그녀에게 손을 뻗었다. 그녀의 팔에 손이 닿아서 더 위쪽으로 더 듬어 올라가자, 자기 머리카락을 두피에서 뽑아낼 듯이 힘껏 잡아당기는 그녀의 손이, 뒤로 뻣뻣하게 젖혀진 목이 만져졌다. 팽팽한 비명이 그녀의 목을 조이고 있었다. 그는 아서와 허버트를 소리쳐 불렀다. "너희 엄마가!" 그가 갈라진 목소리로 고함치며 아내의 팔을 붙잡고 있는 동안, 두 아들이 후닥닥 뛰어 들어왔다. 아서가 머리 위로 치켜든 등불 빛에 비로소 톰슨 씨는 아내의 눈을 볼 수 있었다. 휘둥그레진 채, 공포에 질려, 눈물을 쏟으며 그를 쳐다보는 두 눈을. 톰슨 부인은 아들들을 보고는 윗몸을 일으키고 그쪽을 향해 팔을 뻗으면서 미친 듯이 손을 휘젓더니, 다시 털썩 드러누워 그대로 축 늘어져 버렸다. 그러자 아서가 등잔을 테이블 위에 올려놓고는 톰슨 씨에게 다가들었다. "어머니 겁먹으셨잖아요. 죽도록 겁에 질리셨다고요." 아서는 분노로 일그러진 얼굴로 주먹을 움켜쥔 채, 아버지를 한 대 때릴 듯이 마주 섰다. 톰슨 씨는 입이 떡 벌어졌다. 너무 놀란 나머지 침대에서 뒷걸음질 쳐 물러나지 않을 수 없었다. 허버트는 침대를 사이에 두고 그의 맞은편으로 돌아갔다. 두 아들은 톰슨 부인의 양옆에 붙어 서서 톰슨 씨를 위험한 야생 짐승 보듯이 쳐다보았다. "대체 무슨 짓을 한 거예요?" 아서가 다 큰 성인 남자의 목소리로 고함쳤다. "또 어머니를 건드리면 그때는 당신 심장을 총으로 날려 버리겠어!" 허버트의 낯빛이 창백해지고 뺨이 꿈틀거렸다. 하지만 그도 아서의 편이었다. 허버트는 자신이 할 수 있는 선에서 아서를 도우려고 할 터였다.

톰슨 씨는 싸울 기력이 남아 있지 않았다. 서 있기만 해도 무릎이 구부러지고 가슴이 무너져 내렸다. "얘야, 아서." 그는 뭉개지는 발음으로 말하며 가쁜 숨을 몰아쉬었다. "너희 어머니가 또 기절했구나.

암모니아를 가져오렴." 아서는 움직이지 않았다. 대신 허버트가 암모니아 병을 가져와 그에게 건네주었다. 아버지에게 병을 내밀면서 허버트는 움츠러들었다.

톰슨 씨는 톰슨 부인의 코 밑에 암모니아 병을 대 주고, 손바닥에 액체를 약간 쏟아서 그녀의 이마에 문질러 주었다. 그러자 그녀가 숨을 헉 들이켜며 눈을 뜨더니 톰슨 씨에게서 고개를 돌렸다. 허버트가 구슬프고 절박하게 훌쩍거렸다. "엄마, 엄마, 죽지 마요."

"나는 괜찮아." 톰슨 부인이 말했다. "걱정하지 말거라. 허버트, 울지 마. 엄마는 괜찮대도." 그녀는 눈을 감았다. 한편 톰슨 씨는 가장 좋은 바지를 꺼내 입고, 양말과 신발을 신었다. 그동안 아들들은 침대 양편에 걸터앉아 톰슨 씨의 얼굴을 쳐다보고 있었다. 톰슨 씨는 셔츠와 코트까지 마저 입고서 말했다. "말 타고 가서 의사 선생님을 모셔 오마. 너희 엄마 기절하는 걸 보니 증세가 영 심상찮아 보여. 내가 돌아올 때까지 잘 지켜보고 있거라." 아들들은 잠자코 듣기만 했다. 톰슨 씨는 말을 이었다. "엉뚱한 생각은 하지 마라. 나는 너희 엄마에게 한평생 그 어떤 해도 끼친 적 없어. 적어도 고의로는 말이다." 그는 방에서 걸어 나가다가 뒤를 돌아보았다. 허버트가 눈을 치뜨고 그를 낯선 사람 보듯 올려다보고 있었다. "엄마를 어떻게 돌봐야 하는지는 너희도 잘 알겠지." 톰슨 씨가 말했다.

그는 부엌으로 갔다. 거기서 그는 랜턴을 켜고, 아들들의 교과서가 꽂혀 있는 선반에서 얇은 공책 한 권과 몽당연필을 꺼냈다. 그런 다음 랜턴을 팔에 걸고서 총을 보관해 둔 벽장 안에 손을 넣었다. 거기에는 지금 바로 쏠 수 있는 엽총 한 자루가 놓여 있었다. 남자란 언제 총이 필요해질지 모를 일이니 언제든 사용할 수 있게끔 준비해 둔 참이었다. 그는 엽총을 가지고 밖으로 나갔다. 주위를 두리번거리지도 않고, 등 뒤의 집을 돌아보지도 않고, 외양간을 보지도 않고 그대로 지나쳐, 동쪽으로 반 마일 펼쳐지는 자기 경작지의 맨 끝을 향해 결연히 걸음을 옮겼다. 너무나 많은 방향에서 너무나 많은 타격을 받은 그는 이제 더 이상 자신이 어디를 다쳤는지 확인하려고 멈춰 설 수조차 없었다. 그저 계속 걸어갔다. 밭과 목초지를 가로지르고, 가시철조망이 나올 때마다 총으로 비집어 틈을 내고 그 사이로 조심스럽게 빠져나갔다. 그사이에 눈이 어둠에 적응되어서 어느 정도 앞을 볼 수 있었다. 마침내 마지막 철조망에 이르러, 그는 기둥에 몸을 기대앉고 랜턴을 옆에 내려놓았다. 그리고 공책을 무릎 위에 올려놓고 연필심을 혀로 적신 다음 이렇게 적어 내려갔다.

"만물의 재판관이신 하느님 앞에 출두하기 전에, 나는 지금 여기서 전능하신 하느님의 이름으로 엄숙하게 맹세한다. 나는 호머 T. 해치 씨를 고의로 살해하지 않았다. 헬턴 씨를 지키려다가 저지른 일이다. 해치 씨를 도끼로 찍을 의도는 없었고, 다만 무방비 상태였던 헬턴 씨를 해치 씨가 공격하려고 했기 때문에 그를 떼어 내려고 했을 뿐이다. 당시에 나는 내가 나서서 막지 않으면 해치 씨가 헬턴 씨의 목숨을 빼앗을 거라고 믿었다. 나는 이 모든 것을 판사와 배심원들에게 말했고, 그래서 풀려났다. 하지만 아무도 믿어 주지 않는다. 모두가 나를 냉혹한 살인마라고 생각하는데, 그렇지 않다는 것을 증명하려면 이 방법밖에 없는 것 같다. 만약 헬턴 씨가 내 입장이었더라도 똑같이 했을 것이다. 지금 다시 생각해 봐도 그때 내가 할 수 있는 행동은 그것뿐이었다. 내 아내는……"

톰슨 씨는 여기서 연필을 멈추고 생각에 잠겼다. 그러다가 다시 연필심을 혀끝으로 적시고 마지막 두 단어에 빗금을 쳤다. 연신 빗금을 그어서 아예 말끔한 검은색 직사각형으로 글자를 완전히 덮어 지워 버린 후에야, 그는 글을 마저 이어 나갔다.

"무고한 사람을 해코지하려 든 건 호머 T. 해치 씨였다. 그는 이 모든 문제를 일으켰고 죽어 마땅하다. 하지만 그를 죽인 사람이 나였다는 것은 유감이다."

그는 연필 끝을 다시 핥고 자신의 이름을 세심하게 적어 넣어 서명한 다음, 종이를 접어 호주머니에 넣었다. 그리고 오른쪽 신발과 양말을 벗으면서, 엽총의 개머리판이 땅에 닿고 총신 두 열이 자기 머리를 향하도록 세워 보았다. 굉장히 불편한 자세였다. 그는 총구멍에 머리를 기댄 채 어떻게 할지 생각에 잠겼다. 몸이 덜덜 떨리고 머리가 쿵쿵 울려서 귀도 안 들리고 앞도 안 보일 지경이 되었지만, 그는 끝끝내 땅에 모로 누워서 총부리를 턱 밑에 들이대고 엄지발가락으로 방아쇠를 더듬어 찾았다. 이렇게 하면 될 것이다.

창백한 말, 창백한 기수[*]
Pale Horse, Pale Rider

잠결에도 그녀는 알았다. 자신이 몇 시간 전에 누웠던 곳과는 다른 침대, 다른 방에 있다는 것을. 여기도 언젠가 그녀가 와 본 적은 있는 방이었다. 그녀의 심장은 몸 밖으로 빠져나와 젖가슴을 돌덩이처럼 누르는 것 같았고, 맥박은 꾸물거리다가 멈칫거렸다. 무언가 이상한 일이 벌어지려 한다는 직감이 들었다. 하지만 격자창으로 새어 드는 이른 아침 바람은 시원하기만 하고, 비쳐 드는 빛은 검푸르기만 하고, 집 전체가 잠에 빠져 코를 골고 있었다.

이제 일어나서 모두가 잠든 사이에 가야만 해. 내 물건들은 다 어딨지? 이곳의 물건들은 저마다 의지를 가지고 있어서 마음대로 숨어 버린단 말이야. 이제 곧

---

[*] 『요한의 묵시록』 6장 8절 : "그러고 보니 푸르스름한 말 한 필이 있고 그 위에 탄 사람은 죽음이라는 이름을 가진 사람이었습니다. 그리고 그 뒤에는 지옥이 따르고 있었습니다."

햇빛이 별안간 지붕을 내리칠 텐데. 그러면 모두가 놀라서 벌떡 일어날 테고, 활짝 웃는 얼굴들로 묻겠지. 어디 가니, 뭐 하고 있니, 무슨 생각하니, 몸은 좀 어떠니, 왜 그런 말을 하니, 그게 무슨 뜻이니? 이제 더는 잠이 오질 않아. 내 부츠는 어디 있지, 내가 탈 말은 어떤 거지? 피들러, 그레일리, 아니면 주둥이가 길고 짓궂은 눈을 한 미스 루시? 나는 예전부터 아침 시간의 이 집을 참 좋아했지. 이 시간이 지나면 우리 모두가 잠에서 깨어나 잘못 던져진 낚싯줄들처럼 서로 뒤엉키고 말아. 여기에선 너무 많은 사람이 태어났고, 너무 많이 울었고, 너무 많이 웃었고, 서로에게 너무 화가 나거나 화를 냈어. 이 침대에서 죽은 사람만도 너무 많아. 벽난로 선반마다 놓여 있는, 조상들의 뼈로 만들어진 장식품도 너무 많고. 의자의 등받이며 팔걸이마다 장식용 덮개는 또 얼마나 징글징글하게 많이도 씌워져 있는지. 오, 한순간도 평안히 잠들지 못하고 옛이야기로 전해져 내려오는 사람들의 유골은 또 얼마나 많은지.

그리고 그 손님은? 이곳을 배회하던 호리호리하고 푸르스름한 손님은 어디 있지? 내 조부님, 대고모님, 구촌 아저씨, 나의 늙은 사냥개와 은색 새끼 고양이에게서도 환영받았던 그 사람은? 왜 그들 모두가 그 손님을 좋아한 걸까? 그리고 그들은 지금 다 어디 있지? 그 손님이 저녁에 창가를 지나가는 건 봤는데. 그들을 제외하면 내가 세상에서 가진 게 무엇이 있나? 아무것도 없지. 내가 가진 것이라곤 무無뿐이야. 하지만 괜찮아, 그건 아름답고 오롯이 내 것이니까. 내가 걸치고 돌아다니는 것은 과연 내 몸이기는 할까, 아니면 내 치부를 감추려고 빌려 입은 것에 불과할까? 이제 나는 떠나지 않으려 하는 이 여행을 위해 어떤 말을 빌려야 하나? 그레일리, 미스 루시, 아니면 어둠 속에서도 도랑을 뛰어넘을 수 있고 사납게 날뛰며 반항할 줄도 아는 피들러? 나는 이른 아침이 가장 좋아. 나무들은 한 번의 붓질로 칠해진 나무들이 되고, 바위들은 풀숲이라고 알려져 있었던 그늘 속에 파묻힌 바위가 되니까. 거짓된 형태도, 추측도 사라지고, 이슬이 내린 길바닥은 얇은 물의 막으로 뒤덮인 채 고이 잠들어 있고. 아무래도 그레일리를 데려가야겠어. 녀석은 다리를 건너는 걸 무서워하지 않잖아.

가자, 그레일리. 그녀는 녀석의 굴레를 가져오며 말했다. 우리는 죽음과 악마보다 더 빨리 달려야 해. 너희는 도움이 안 돼. 그녀는 마구간 문 앞에서 안장을 지고 서 있는 다른 말들에게 말했다. 그중에는 손님의 말도 있었다. 그 말도 회색이었고, 코와 귀는 색깔이 더 옅었다. 손님은 그녀의 옆에 있던 자기 말의 안장 위에 몸을 휙 날려 올라타더니, 그녀를 향해 몸을 쭉 빼고는 뜻 없이 바라보았다. 잠잠하고 텅 비어 있는 그 시선에는 무심한 악의가, 아무 위협도 하지 않고 그저 알맞은 때가 오기를 기다릴 수 있는 악의가 담겨 있었다. 그녀는 고삐를 확 당겨서 그레일리를 재촉했다. 그러자 녀석은 장미나무로 된 낮은 산울타리와 그 너머의 좁은 도랑을 뛰어넘었다. 녀석의 말발굽이 길바닥을 박찰 때마다 먼지가 자욱하게 피어올랐다. 손님은 그녀의 옆에서 수월하고 가뿐하게 말을 몰았다. 반쯤 말아 쥔 주먹 안의 고삐는 느슨하게 늘어졌고, 우아하게 곧추선 그의 뼈 위로 거무스름하고 허름한 옷자락이 나부꼈고, 사악한 황홀경에 빠져 미소 짓는 창백한 얼굴은 그녀에게 눈길을 주지 않았다. 아, 나는 이 사람을 전에도 봤어. 어디서 봤는지는 몰라도 분명 아는 남자야. 낯설지 않아.

그녀는 그레일리를 멈춰 세우고, 등자를 딛고 서서 외쳤다. 지금은 당신과 함께 가지 않겠어요. 먼저 가세요! 손님은 멈추지도, 고개를 돌리지도 않고 계속 말을 달렸다. 그레일리의 갈비뼈가 들썩이는 느낌이 들었고, 그녀 자신의 가슴도 오르락내리락했다. 오, 왜 이렇게 피곤할까. 이제 그만 일어나야겠어. 하지만 하품부터 제대로 해야겠어. 그녀는 눈을 뜨고 몸을 쭉 뻗으며 생각했다. 차가운 물로 세수도 하고. 내가 또 잠꼬대를 하던데,

무슨 말을 한 거지? 내가 뭐라고 말하는 걸 듣긴 들었는데.

미란다는 천천히, 마지못해, 조금씩 조금씩 잠의 수렁에서 빠져나와, 삶이 다시 시작되기를 멍하니 기다렸다. 그러자니 단어 하나가 뇌리에 떠올라 경보를 울렸다. 잠 속에서는, 아니 오로지 잠 속에서만 행복하게 잊을 수 있었던 것을 그 경보가 이제부터 하루 온종일 그녀에게 일깨워 줄 터였다. 전쟁. 경보는 그렇게 말했다. 그녀는 머리를 흔들었다. 슬리퍼를 낀 발을 침대 밑으로 대롱대롱 드리우고 앉아 있자니, 신문사 사무실의 자기 책상 위에 걸터앉아 있던 온갖 사람들의 모습이 떠올랐다. 날마다 그녀가 사무실에 가 보면 꼭 누군가가 그녀의 의자도 아닌 책상 위에 앉아서는, 다리를 대롱거리고, 눈을 두리번거리면서, 자기네 중차대한 업무를 잔뜩 껴안은 채, 그녀의 무언가를 꼬투리 잡으려 벼르고 있었다. 그 남자들은 대체 왜 의자에 앉지를 않는 걸까? 팻말이라도 걸어 놔야 하나? "제발 좀 여기 앉으세요"라고?

팻말을 걸기는커녕 그녀는 그 방문자들에게 눈살 한 번 찌푸리지 않았다. 보통은 눈치조차도 채지 않았다. 그녀의 눈에 띄려는 그들의 의지가 그들을 외면하려는 그녀의 의지를 넘어설 때에는 어쩔 수 없었지만. 그녀는 뜨거운 물을 받아 둔 욕조에 편안히 몸을 담그고 누워서 생각했다. **토요일이면 늘 그렇듯 급여가 나오겠지. 늘 그러기를 바란다고 표현해야 맞겠지만.** 그녀의 머릿속에서 어렴풋한 생각들이 분주하게 돌아갔다. 생존이란 그때그때 재빨리 요령으로 해결해 넘기는 일들의 연속이 되었다는 것을 그녀는 분명히 알았고, 그러려면 매일의 일상에서 충돌하는 여러 갈등 요소들을 한데 끌어모으고 단단히 합치려고 끊임없이 노력해야 했다. **그러니까 내가 갚을 빚이…… 어디 보자, 연**

필과 종이가 있으면 좋을 텐데. 음, 내가 정말로 자유 국채*에 5달러씩 넣는다고 치자. 그런다면 버틸 수 없을 거야. 아닌가? 내가 받는 주급이 18달러인데. 거기서 집세로 엄청 나가고, 또 식비로 엄청 나가고, 그 외에 몇 가지 필요한 것을 5달러어치 사는 거야. 그러면 27센트 남네. 그 정도면 할 수는 있겠는데. 걱정할 만한 상황 아닌가? 걱정되긴 해. 좋아, 나는 지금 걱정이 된다. 그럼 어떡해야 하나? 27센트라. 그리 나쁘진 않은데. 순전히 남는 돈이잖아. 만약 회사에서 별안간 내 주급을 20달러로 올려 준다 치면, 나는 2달러 27센트가 남게 되는 거야. 하지만 회사가 그럴 리는 없지. 오히려 내가 국채를 안 사면 쫓아낼 거라잖아. 믿기지가 않네. 빌에게 물어봐야겠어. 빌은 사회부 부장이었다. 그런 식으로 사람을 위협하는 건 일종의 공갈 아닌가? 아무리 러스크 위원회**라도 그런 짓을 맘대로 하면 안 되지.

어제는 두 남자가 그녀의 책상을 차지하고 앉아 있었다. 그녀의 타자기 양옆에 앉은 그들은 비싸 보이는 재질의 거무스름한 바지 안에 꽉 들어찬 다리통 두 쌍을 대롱대롱 내려뜨리고 있었다. 그녀가 멀찍이서 보아하니 한 명은 나이가 많고 한 명은 젊은 사람이었다. 둘 다 같은 기관 소속으로서 그 권위를 등에 업고 거드름을 피우는 답답한 분위기가 풍겼으며, 지나치게 잘 먹고 지내는 티가 났다. 또한 젊은 쪽은 작고 네모난 구레나룻을 기르고 있었다. 저들이 누군지는 몰라도 불쾌한 용무로 왔을 게 뻔했다. 미란다는 그들을 향해 고갯짓을 하고, 자기 의자를 끌어낸 뒤, 모자도 장갑도 벗지 않고 편집부 데스크

---

* 제1차 세계대전 중에 미국 재무부에서 전쟁 자금 조달을 위해 발행한 국채.
** 1919~1920년 사이에 존재했던 입법 위원회로, 미국의 안보를 위협하는 것으로 의심되는 세력을 적발하고 수사하는 일을 했다. 주 상원 의원 클레이턴 R. 러스크가 위원장이었다.

에서 전달된 편지며 서류 더미를 뒤적였다. 숨 돌릴 틈도 없이 바쁘다는 식으로. 두 남자는 움직이지 않았고 모자를 벗지도 않았다. 결국 그녀는 "안녕하세요"라고 그들에게 인사하고, 혹시 자신에게 볼일이 있느냐고 물었다.

두 남자가 책상에서 미끄러지듯이 내려왔다. 그 바람에 그녀의 서류 몇 장이 구겨져 버렸다. 늙은 남자는 그녀를 향해 어째서 자유 국채를 매입하지 않았느냐고 물었고, 그제야 미란다는 그 남자를 마주 보았다. 인상이 별로 좋아 보이지 않는 사람이었다. 평퍼짐한 얼굴에 입은 커다랬으며 눈동자는 조그맣고 빛도 나지 않았다. 미란다는 본국에서 전쟁 관련 업무를 하는 데에 차출된 사람들은 왜 거의 다 이런 부류일까 문득 궁금해졌다. 그는 무슨 직업이든 해도 될 법한 사람이었다. 순회공연단의 준비 단원이든, 석유 시굴 회사의 발기인이든, 술집을 운영하다가 그만두고 새 카바레를 열려고 하는 사람이든, 자동차 판매원이든 간에, 교활하고 무계획적인 직종이라면 무엇이든 잘 어울릴 것 같았다. 그런데 지금 그는 정부를 위해 일하는 애국자 그 자체였다. "이봐요." 그가 물었다. "전쟁이 벌어지고 있다는 건 알고 계시죠?"

설마 대답을 바라고 하는 질문인가? 미란다는 자신을 다잡았다. **조용히 하자. 올 일이 온 거잖아. 빠르든 늦든 언젠간 닥쳐올 일이었어. 침착하게 굴자.** 남자는 그녀에게 손가락을 흔들어 보이며, 고집 센 아이를 다그치듯 말했다. "알고 있겠죠?"

"오, 전쟁요." 미란다는 말끝을 올리는 억양으로 그렇게 되풀이하고는 얼핏 미소까지 지었다. 전쟁이라는 말을 하거나 듣기만 해도 그녀는 습관적으로, 자동적으로, 신비롭게 입꼬리가 들려 올라가는 특유의 엄숙한 미소를 짓게 되었다. "세 라 게르."* 발음이 맞든 틀리든 간에 프랑스어로 이렇게 표현해 보면 더더욱 좋게 들렸다. 그러고 나면 그녀는 언제나, 반드시, 어깨를 으쓱였다.

"네." 젊은 남자가 사납게 쏘아붙였다. "전쟁요." 미란다는 그 어조에 깜짝 놀라서 그의 눈을 마주 보았다. 그의 시선은 너무나 냉담하고, 너무나 소름 끼치게 차가웠다. 아무도 없는 외딴곳에서 피스톨을 겨누는 사람의 눈에서나 볼 수 있을 만한 눈빛이었다. 그의 이목구비 자체는 별 특징이 없었고 그저 할 일 없는 남자들 중 한 명의 얼굴로 보였지만, 그의 표정 때문에 일시적으로 의미가 생겨났다. "우리는 전쟁 중이죠. 그런데 어떤 사람들은 자유 국채를 사는 반면, 어떤 사람들은 그냥 관심이 없는 것 같습니다." 그가 말했다. "우리가 하려는 말은 그겁니다."

미란다는 초조감에 얼굴을 찌푸렸다. 두려움이 불쑥 치밀었다. "국채를 팔러 오신 건가요?" 그녀는 타자기의 덮개를 벗겨 냈다가 다시 덮으며 물었다.

"아뇨. 팔러 온 게 아닙니다." 늙은 남자가 말했다. "그저 왜 안 사시는지 여쭤 보려고 온 겁니다." 그의 목소리는 험악했고 상대방을 설득시키는 힘이 있었다.

미란다는 자신에겐 돈이 없으며 돈을 더 구할 방도도 없다고 해명했다. 그러자 늙은 남자가 그녀의 말을 도중에 끊었다. "그건 핑계가 못 됩니다. 전혀 못 되죠. 아시잖습니까. 벨기에가 독일 놈들에게 짓밟히고 있는데요."

* C'est la guerre, '그것은 전쟁이다'라는 뜻의 프랑스어.

"그리고 우리 미국의 청년들은 벨로 숲*에서 싸우다가 죽어 가고 있고요." 젊은 남자가 말했다. "독일 놈들을 무찌르는 걸 돕기 위해서라는데, 50달러쯤이야 누구나 모을 수 있죠."

미란다는 허둥지둥 말했다. "저는 일주일에 18달러를 받아요. 그 외에는 단 1센트도 가진 게 없어요. 정말이지 아무것도 살 수가 없다고요."

"일주일에 5달러씩 나눠 내면 되지요." 늙은 남자가 말했다(그들은 그녀를 사이에 두고 우뚝 서서 그녀 머리 위에서 번갈아 깍깍대며 말하고 있었다). "이 사무실에 계신 분들의 상당수가 그렇게 하고 있는데요. 다른 회사도 많이들 그러고요."

미란다는 절박한 심정으로 잠자코 생각했다. '내가 겁쟁이가 아니라면, 그래서 내 생각을 솔직히 말한다면 어떻게 될까? 이 추잡한 전쟁 따위는 어떻게 되건 내 알 바 아니라고? 저 쬐끄만 건달 놈한테는 확 이렇게 따지면 어떨까? 당신은 어떻게 된 거냐, 벨로 숲에나 처박혀 썩어 가지 않고 왜 여기서 이러고 있느냐, 나는 당신네가……'

그녀는 편지와 서류 들을 정리하기 시작했다. 하지만 종이가 손가락에 제대로 잡히질 않았다. 늙은 남자는 미리 준비해 온 시답잖은 연설을 늘어놓았다. "힘들겠지요, 물론. 당연하지만 모두가 고통을 겪고 있어요. 모두가 자기 몫을 해야 하고요. 하지만 자유 국채는 말이죠, 가장 안전한 투자처입니다. 그냥 돈을 은행에 넣어 두는 것이나 마찬가지예요. 아무렴요. 정부에서 보장하는 건데 그보다 나은 투자가 어디 있겠습니까?"

* 1918년 미국 해병대가 독일군의 파리 침공을 저지했던 교전지.

470

"그건 저도 동의해요." 미란다가 말했다. "하지만 저는 투자할 돈이 아예 없는걸요."

남자는 말을 계속했다. "물론 당신이 50달러를 안 보탠다고 해서 나라에 큰 영향이 가는 건 아닙니다. 이건 다만 신의의 맹세를 한다는 뜻이에요. 당신이 충성스러운 미국인으로서 의무를 다하겠다는 맹세 말이죠. 그리고 이건 교회만큼이나 안전하다고요. 허, 만약 나한테 100만 달러가 있으면 1센트도 남김없이 죄다 자유 국채에 넣을걸요." 그는 거의 인자하기까지 한 태도로 말했다. "여기에 투자한 돈은 절대로 잃을 수가 없어요. 하지만 투자하지 않으면 많이 잃게 될 겁니다. 잘 생각해 보세요. 이 신문사에서 참여하지 않은 사원은 당신 한 명뿐이에요. 그리고 이 도시의 회사는 모두 백 퍼센트 참여했고요. 저기 《데일리 클라리온》 신문사에서는 어느 누구한테도 두 번 부탁할 필요가 없던데요."

"거기는 급료가 더 높으니까요." 미란다가 말했다. "가능하면 다음 주에는 어떻게 해 볼게요. 지금은 안 돼요. 다음 주요."

"꼭 그렇게 하십시오." 젊은 남자가 말했다. "이건 웃어넘길 일이 아닙니다."

그들은 어슬렁어슬렁 걸음을 옮겼다. 사교란 기자의 책상, 사회부 부장인 빌의 책상 그리고 기븐스 편집장의 책상을 지나쳐 그들은 걸어갔다. 그 기다란 책상은 기븐스 편집장이 밤새도록 앉아 일하다가 간간이 "야지, 야지!"라며 사환의 이름을 소리쳐 부르는 곳이었고, 그럴 때마다 사환이 후닥닥 뛰어가는 곳이었다. 또한 편집장이 미란다를 불러서 이렇게 지시하는 곳이기도 했다. "명名을 써야 할 자리에 인人을 쓰지 말게. '사실상'이라고 하지 말고 '실질적으로'라고 하고.

그리고 제발 좀, 내가 이 책상에 앉아 있는 한은 그 어떤 상황에서도 '들어나다' 같은 야만스러운 말은 절대 쓰지 마. 알아들었으면 이만 가 봐." 그녀를 심문한 두 남자는 계단 꼭대기에 멈춰 서서, 엽궐련에 불을 붙이고 모자를 눈 위로 더욱 단단히 눌러쓰면서 특유의 유난스러운 자부심과 허영심을 뿜냈다.

미란다는 그녀를 달래 주는 목욕물 안에서 몸을 뒤쳤다. 여기서 이대로 잠들어 버렸으면, 또 자야 할 시간이 되었을 때에만 깨어났으면 싶었다. 타는 듯한 두통이 그녀의 머리를 천천히 울리고 있었다. 그러고 보니 아까 일어났을 때부터, 아니 전날 저녁부터 이미 시작된 두통이었다. 옷을 입으면서 그녀는 자신의 두통이 서서히 진행되어 온 과정을 돌이켜 보았고, 전쟁과 함께 시작되었다고 보는 게 맞겠다는 결론이 섰다. '머리는 그동안 쭉 아팠어. 맞아. 하지만 지금 같지는 않았는데.' 어제 러스크 위원회가 다녀간 이후, 그녀는 휴게실에 갔다가 사교란 담당 기자인 메리 타운센드를 마주쳤다. 무슨 일인지 굉장히 흥분한 상태였다. 그녀는 가운데 부분이 주저앉은 낡은 고리버들 의자 끄트머리에 걸터앉아 장미 빛깔의 실로 무언가 뜨개질을 하고 있었는데, 이따금씩 뜨개질감을 내려놓더니 머리를 부여잡고 몸을 흔들면서, 놀라움과 의구심이 배어나는 목소리로 "맙소사"라고 탄식하는 것이었다. 그녀가 연재하는 칼럼의 제목은 '타우니*의 사교계 이야기'였다. 그러므로 당연하게도 모두가 그녀를 타우니라고 불렀다. 미란다와 타우니는 공통점이 아주 많고 죽이 잘 맞는 사이로, 둘 다 진

* 타운센드의 애칭.

짜 취재기자 시절을 거쳤고, 사랑의 도피를 둘러싼 추문 사건을 '취재'하러 함께 파견된 적도 있었다. 그 사건의 주인공인 남녀는 결국 결혼하지 않은 것으로 밝혀졌고, 붙잡혀서 집에 돌아온 여자는 얼굴이 부은 채 자기 엄마 옆에 앉아서 이불을 잔뜩 뒤집어쓰고 계속 한탄했다. 모녀는 고통스럽게 울면서 너무 망측한 부분은 공개하지 말아 달라고 젊은 기자들에게 애원했다. 그래서 미란다와 타우니는 그 부분을 기사에서 뺐는데, 다음 날 경쟁 신문사에서 그걸 죄다 터뜨리고 말았다. 둘은 나란히 벌을 받아, 으레 여자들에게 맡겨지는 뻔한 기삿거리들만 취재하는 위치로 좌천되었다. 각각 연극계, 사교계로 보내진 것이다. 하지만 둘 다 당시에는 달리 선택의 여지가 없었다고 생각했고, 그런 자신들을 다른 사원들이 바보라고—착하기는 하지만 바보스러운 여자애들이라고 여긴다는 것도 알았다. 둘은 이런 경험을 공유하는 사이였다. 타우니가 미란다를 보더니 벌컥 분을 터뜨렸다.

"난 못 하겠어. 나는 그 돈 절대로 못 내. 이미 그렇게 말했어. 안 된다고, 못 한다고. 그런데 도대체가 말을 들어 먹질 않아."

미란다가 말했다. "그럼 그렇지, 5달러를 못 내는 사람이 이 사무실에서 나뿐일 리가 없지. 나도 못 한다고 했어. 정말로 못 하니까."

"맙소사." 타우니가 이제까지와 똑같은 어조로 탄식했다. "하지만 그러면 나는 해고될 거라던데……"

"안 그래도 빌에게 물어보려고. 설마 빌이 그런 짓을 하겠어?"

"빌이 결정하는 문제가 아닌걸." 타우니가 말했다. "그 사람들이 다 그치면 빌도 별수 없을 거 아냐. 우리 이러다 감옥신세 지는 건 아닐까?"

"글쎄. 만약 그렇게 되더라도 우리가 외로울 일은 없겠지." 미란다는 타우니 옆에 앉아서 자기 머리를 감싸 쥐었다. "그 뜨개질은 어떤 군인 주려고 하는 거야? 생기 넘치는 색깔이라 그 사람이 보면 기운 나겠다."

"웃기지 마." 타우니가 뜨개실을 다시 놀리며 말했다. "내가 하고 싶어서 하는 일일 뿐이야. 그게 다라고."

"뭐, 아무튼 감옥에 가더라도 우린 외롭지 않을 거고, 밀린 잠도 실컷 자게 될 거야." 미란다는 세수를 하고 화장을 새로 했다. 그리고 주머니에서 깨끗한 회색 장갑을 꺼내며, 컨트리클럽 무도회, 오전의 브리지 카드놀이 모임, 자선 바자회, 적십자회 공방* 등에서 막 나온 젊은 여자들의 무리에 합류하러 나갔다. 좋은 일을 하는 즐거움에 푹 빠져 있는 그 여자들은 낮 시간대에 차를 마시고 춤을 추는 사교 모임을 주선하고 기부금을 모았으며, 그 돈으로 사탕, 과일, 담배, 잡지 등을 대량으로 사들여 군대 주둔지의 병원에 보내 주었다. 이 전리품들을 가지고 그들은 바야흐로 출발하고 있었다. 알록달록하게 화장한 여자들이 탄 고성능 자동차들의 유쾌한 행렬이, 나라를 지키다가 이미 전사한 것이나 다름없는 용감한 청년들을 응원하기 위해 찾아가는 것이다. "무지하게 힘들 거야, 그 남자들. 모두가 최대한 빨리 해외로 나가서 참호에 들어가고 싶어 안달이 났는데 여기서 이렇게 박혀 있으려면 말이야." "그치. 그리고 그중에는 되게 멋있는 남자들도 있어. 이 나라에 미남이 그렇게 많은 줄은 몰랐다니까. 맙소사, 대체 다 어디서 나왔담?" "얘, 아닌 게 아니라, 그 남자들이 어디서 뭐 하다 왔을지 누가 알겠어?" "하긴 그래. 그래서 내 생각엔, 우리는 그 남자들을

---

* 제1차 세계대전 당시 미국 적십자회의 자원자들이 전쟁에 필요한 의료 용품들을 제작하던 곳.

만족시켜 주기 위해 최선을 다해야 하지만, 말을 섞는 데에는 선을 그어야 하는 것 같아. 나는 지원병들을 위한 무도회에 나갈 때 샤프롱에게 항상 이렇게 말했거든. 아무 얼간이든지 춤 신청만 하면 무조건 춰 주겠지만, 대화는 절대 안 하겠다고. 아무리 전쟁 중이라도 그것만은 안 된다고 말이야. 그래서 나는 무도회장을 수백 바퀴 돌며 춤을 추면서도 입 한 번 뻥긋 안 했다니까. '무릎 좀 안 닿게 해 주실래요'라고 한마디 할 때 빼고는." "그런 무도회 이제 안 해서 잘됐어." "맞아. 어차피 남자들도 더 이상 안 오기도 하고." "그런데 말이야, 들리는 얘기로는 지원병들 중 상당수는 엄청 좋은 가문 출신이라던데. 나는 워낙 사람 이름을 잘 못 알아듣고, 알아들어도 다 처음 듣는 성씨뿐이었어서 잘은 모르겠지만…… 그래도 정말 좋은 가문 출신인 남자는 딱 보면 티가 나지 않나? 안 그래? 내 말은, 정말로 본데 있게 자란 남자라면 춤추다가 여자 발을 밟지는 않을 거 아니야. 적어도 그건 아니지. 나는 그런 무도회에 나갈 때마다 샌들을 두 켤레씩 망치게 되더라니까." "음, 지금은 어느 사교 모임이든 품위가 너무 떨어지긴 해. 내 생각엔 우리 모두가 전쟁 기간 내내 이 적십자회 머릿수건을 쓰고 다녀야……"

미란다는 바구니와 꽃을 챙겨 들고 여자들과 함께 병동으로 향했다. 젊은 여자들은 서둘러 곳곳으로 흩어지면서 깔깔대며 소녀 같은 웃음을 터뜨렸다. 쾌활한 생기를 퍼뜨리려는 의도였지만, 그 웃음에 담긴 단호하고 결연한 울림은 듣는 사람의 피를 얼어붙게 하는 구석이 있었다. 바보스러운 심부름을 하는 게 끔찍하도록 창피했던 미란다는, 길게 줄지어 늘어선 높다란 침상들 사이를 잰걸음으로 나아갔다. 침상들은 비좁은 통로를 사이에 두고 서로 발치를 마주하도록 놓여 있었고, 침상들 위에는 병원에서 선별한, 겉보기에 상태가 흉하지 않은 환자들이 저마다 이불을 턱까지 끌어 올리고 누워 있었다. 심하게 아프지는 않고, 다만 따분하고 좀이 쑤셔서 무엇에든 즐거워하고 싶어 안달이 난 사람이 대부분이었다. 그중 대다수는 팔이나 머리 같은 데에 눈에 띄는 모양새로 붕대를 칭칭 감고 있었지만, 겉으로 드러나는 부상이 없는 이들도 있었다. 여자들이 그런 남자들에게 어디가 아프냐고 물으면 예외 없이 '류머티즘'이라는 대답이 돌아왔다. 그런 질문은 절대로 하지 말라고 엄중하게 주의를 듣기는 했지만, 잊어버리고 눈치 없이 물어보는 여자들이 꼭 있었다. 싹싹하고 의욕적인 남자들은 크게 웃기도 하고 소리를 치기도 했고, 그들의 딱딱하고 비좁은 침대는 금세 여자들에게 둘러싸였다. 미란다는 시들시들한 꽃다발과 사탕이며 담배가 든 바구니를 들고서 주위를 둘러보다가, 깁스를 한 오른쪽 다리를 공중에 매달아 놓은 어느 앳된 청년과 눈이 마주쳤다. 쌀쌀맞고 험악한 눈빛이었다. 그녀는 그의 침대 발치에 멈춰 서서 계속 눈길을 주었지만, 그는 한결같이 적대적인 표정으로 되받았다. 난 필요 없다, 고맙지만 다 그만두고 꺼져라. 그 눈은 숨김없이 이렇게 말하고 있었다. 그리고 미란다가 그의 위로 몸을 구부려 손 닿을 자리에 바구니를 놓아두자, 그 눈은 '댁이 가져온 그 쓰레기도 내 침대에서 치워 주면 아주 고맙겠다'고 덧붙이는 듯했다. 이미 내려놓은 걸 다시 가져갈 수는 없는 노릇이었기에 그녀는 얼굴이 달아오른 채 황급히 자리를 떴다. 긴 통로를 따라 밖으로 걸어 나가자 서늘한 10월의 햇살이 그녀를 감쌌다. 투박하게 지어진 을씨년스러운 막사들에서 군복 차림의 사람들이 목적 없이 살아가는 회갈색 벌레 떼처럼 우글거리고 종종거리며 일하고 있었다. 그녀는 아까 그 남자의 자리와 가까운 창가로 돌아가서, 자신이 선택한 병사를 창문 너머로 훔쳐보았다. 그는 눈을 감고 미간을 찡그린 채 슬프고 비통한 표정으로 누워 있었다. 어떤 사람일지 전혀 짐작이 되지 않았다. 어디 출신이었을까? '생전'에는 어떤 모습이었을까? 그녀는 자문해 보았지만 아무것도 떠오르지 않았다. 얼굴은 앳되어 보였고 이목구비는 날카롭고 평범한 편이었으며, 손을 보니 노동자 같지는 않았지만 그렇다고 곱게 자란 사람도 아니었다. 침대보 위에 놓여 있는 그의 손은 형태가 잘 잡혀 있고 여물어 보였다. 그러고 보면, 간식 먹고 수다 떨려고 촐싹대며 덤벼드는 굶주린 강아지보다야 저런 남자를 만난 게 그녀에게는 잘된 일이라는 생각이 들었다. 마치 고통스러운 생각에 파묻혀 있다가 모퉁이를 하나 돌았더니, 사람으로 형상화된 자기 마음 상태를 정면으로 맞닥뜨린 것만 같았다. '이 모든 것에 대한 내 감정이 그 남자의 형체로 구현된 거야. 앞으로 다시는 여기 오지 않겠어. 이건 도저히 할 짓이 아니야. 역겨워.' 그녀는 스스로에게 솔직히 말했다. '내가 그런 남자를 고른 것도 당연하지. 나한테 딱 알맞은 선택이었어. 이런 꼴을 당해도 싸.'

또 다른 여자가 차에 올라타 미란다의 옆 좌석에 앉았다. 무척 피곤해 보이는 얼굴이었다. 잠깐의 침묵 뒤에 여자는 당혹스러운 투로 말했다. "솔직히 이게 다 무슨 소용인지 모르겠어요. 어떤 남자들은 아무것도 안 받으려고 하더군요. 나는 이 일이 별로예요. 당신은 어땠어요?"

"딱 질색이에요." 미란다가 대답했다.

"그래도 나쁘진 않았던 것 같아요." 여자가 조심스럽게 말했다.

"그렇군요." 미란다도 조심스럽게 태도를 바꾸었다.

그게 어제 있었던 일이었다. 미란다는 어제 일을 이렇게 곱씹어 봤자 좋을 게 없겠다는 생각이 들었다. 단, 한밤중에 애덤과 춤을 추며 보냈던 시간을 제외하고. 그녀의 마음에서 애덤이 차지하는 자리는 너무나 커서, 자신이 그에 대한 생각을 의식적으로 하는 때가 언제인지 분간조차 잘 안 됐다. 정도의 차이만 있을 뿐 그의 이미지는 항상 마음속에 있었고, 이따금씩 수면 가까이로 떠오르곤 했다. 그럴 때면 무척 기분이 좋았다. 그녀에게 정말로 기분 좋은 생각은 오로지 그것뿐이었다. 그녀는 두 창문 사이에 달아 둔 거울을 들여다보았다. 자신의 얼굴을 살펴보니, 이제껏 느낀 불안감이 그저 착각은 아니었구나 싶었다. 적어도 지난 사흘간은 몸 상태가 안 좋았고, 이제 보니 표정도 낯설어 보였다. 아무래도 50달러를 어떻게든 마련해야 할 것 같았다. 안 그러면 무슨 일이 벌어질지 어떻게 알겠는가? 국채를 사지 못한―않은―것보다 그리 대단치 않은 말썽을 저지른 사람들도, 문제가 눈덩이처럼 커져서 결국엔 터무니없는 소송에 휘말리거나 엄청나게 가혹한 처벌을 받았다는 경우가 굉장히 많았다. 그런 재난을 당한 사람들의 이야기는 하도 많이 들어서 이제는 놀랍지도 않았다. 정말이지, 그녀는 자기 꼴이 영 마뜩잖았다. 얼굴이 발갛고 번들번들했고, 머리카락마저도 원래의 방향과 반대로 자라려고 작정한 듯 보였다. **어떻게 좀 해야겠어. 이런 꼴을 애덤에게 보여 줄 순 없어.** 그녀는 생각했다. 지금 이 순간에도 애덤은 저 밖 복도에서 그녀의 방문 손잡이가 돌아가는 소리를 들으려 귀 기울이고 있거나, 건물 출입문 밖에서 그녀가 나오기를 기다리고 있을 터였다. 그러다가 그녀와 마주치면 순전히 우연의 일치였던 척할 것이다. 이제는 정오의 햇살이 방 안에 차가운 그림자를 비스듬히 드리우고 있었다. **오늘 하루는 시작이 안 좋네. 하기야**

요즘은 어느 날이든 다 그렇지. 이유는 그날그날 다르지만. 그녀는 잠이 덜 깬 채 비몽사몽으로 머리에 향수를 뿌리고, 몰스킨 모자를 쓰고, 같은 소재의 재킷을 걸쳤다. 이 모자와 재킷은 지난겨울에 산 것인데 여전히 상태가 좋았고 맵시가 났다. 어마어마한 값을 치르고 산 보람이 있어서, 몸에 걸칠 때마다 늘 기분이 좋았다. 이제는 이만한 물건을 살 돈이 수중에 들어올 일은 절대 없으리라. **어쩌면 국채를 사도 버틸 수 있지 않을까?** 열쇠가 자물쇠에 잘 맞아 들어가질 않아서 그녀는 몸을 구부리고 자물쇠 구멍을 찾았다. 그리고 문을 잠근 뒤 그 자리에 서서 잠시 머뭇거렸다. 뭔지는 몰라도 나중에 몹시 필요해질 물건을 빠뜨리고 나온 기분이 들어서였다.

애덤은 복도에 있었다. 자기 방문 앞에 서 있던 그는 그녀를 보더니 화들짝 놀란 척 몸을 휙 돌렸다. "안녕. 나 오늘 부대로 복귀하지 않아도 된대. 잘됐지?"

미란다는 즐겁게 웃었다. 애덤을 보면 늘 기뻤다. 새 군복을 입은 그는 머리끝부터 발끝까지 온통 올리브색, 연갈색, 황갈색, 황토색, 모래색이 되어 있었다. 그녀는 그가 자신을 볼 때마다 미소를 짓는다는 것을 새삼 알아차렸다. 그 미소가 점차 옅어져 가다가, 어두침침한 곳에서 글을 읽으려 할 때처럼 눈빛이 그녀에게 고정되고 깊어져 가는 것도.

둘은 함께 화창한 가을날로 걸어 나갔다. 밝은 빛깔의 낙엽들을 발로 질질 끌면서, 구름 한 점 없이 새파랗고 넉넉한 하늘을 향해 고개를 들어 올리고서. 그렇게 걷다 보니 처음 나온 길모퉁이에서 장례 행렬과 마주쳤다. 두 사람은 멈춰 서서 영구차들이 지나가기를 기다렸다. 차 안의 문상객들은 자기 슬픔이 자랑스러운 듯이 꼿꼿하고 단호하게 앉아 있었다.

"나 또 늦은 것 같아." 미란다가 말했다. "지금이 몇 시지?"

"1시 반쯤 됐어." 그는 과장스러운 몸짓으로 팔을 들쳐 올리고 소매를 걷었다. 젊은 군인들은 여전히 자기가 찬 손목시계를 의식하는 경향이 있었다. 미란다가 알기로 그런 군인들은 대서양 연안에서 한참 떨어진 남부나 남서부 도시 출신으로서, 손목시계란 계집애 같은 녀석들이나 차고 다니는 것이라고 믿었다. "네 손목시계를 확 쳐 버릴 거야." 한 보드빌 연극에 나오는 코미디언은 상대역에게 얼빠진 웃음을 지으며 그런 대사를 던지기도 했다. 관객들에게 항상 좋은 반응을 얻는, 재치 있는 개그였다.

"시계를 손목에 차고 다니는 거야말로 가장 실용적인 방법이잖아." 미란다가 말했다. "민망해할 것 없어."

"나도 거의 적응됐어." 애덤이 대답했다. 그는 텍사스 출신이었다. "진정 남자다운 군인들은 누구나 손목시계를 찬다는 식의 이야기, 우린 귀에 못이 박이도록 들었어. 이런 게 바로 전쟁의 참상이지. '우리가 기가 죽었나? 그래, 기 죽었다.'"

그건 요즘 빠르게 퍼지고 있는 일종의 유행어였다. "그래 보이네." 미란다가 말했다.

애덤은 큰 키에 어깨 근육이 두툼하고 허리와 옆구리는 잘록한 체격이었다. 그의 군복은 질 좋고 신축성 있는 옷감으로 지어져 있었지만, 재단이 구속복만큼이나 빡빡하고 빈틈없게 된 데다 온갖 단추며 끈이며 벨트로 수없이 여며져 있었다. 언젠가 그녀가 애덤의 새 군복 차림이 무척 우아해 보인다고 하자, 그는 최대한 실력 좋은 재단사를 찾아서 맡긴 덕분이라고 털어놓았다. "어차피 군복은 잘 만들어 봤자 그게 그거긴 하지만." 그가 말했다. "그래도 내가 사랑하는 조국을 위해 최소한 이 정도는 할 수 있지. 부랑자 같은 몰골로 돌아다니지 않는 것 말이야." 그는 스물네 살로 공병단 소속 소위였는데, 그의 부대가 곧 다른 지역으로 파견될 예정이어서 그 전에 휴가를 나온 참이었다. "유언장도 작성할 겸, 칫솔하고 면도날 여분도 챙길 겸 나왔지." 그는 미란다에게 말했다. "그런데 내가 하필이면 너희 셋집을 숙소로 정하게 된 것, 기막힌 행운이지 않아? 네가 여기 산다는 걸 내가 어떻게 알았을까?"

광이 나는 튼튼하고 질 좋은 부츠를 신은 그의 발이, 얇은 창을 댄 검은색 스웨이드 구두를 신은 그녀의 발과 나란히, 힘차게 땅을 디뎠다. 그렇게 발을 맞춰 걸으며 두 사람은 함께하는 시간의 끝을 최대한 뒤로 미루려 애썼고, 두뇌의 얇은 표면에 새겨진 작은 홈들 위를 휙휙 오고 가는 잡담의 흐름을 최대한 잘 이어 나가려 애썼다. 애덤과 미란다라는 스물네 살의 두 사람이 지금 이 순간 지구상에 함께 살아 있다는 것, 그 단순하고도 사랑스러운 기적 위에서 아른거리고 일렁거리는 빛이 자칫 흩어질세라, 그들은 서로에게 건배하듯 말을 건네고 그말들이 쨍강 맞부딪치는 소리를 들으며 마음에 위안을 받았다. "혹시 춤추고 싶어, 미란다?"라고 하면, "나야 항상 춤추고 싶지, 애덤!"이라는 식으로. 하지만 지금은 그들의 앞을 가로막는 것들이 있었고, 춤과 함께 하루를 마무리할 시간은 아직 멀고도 멀었다.

오늘따라 정말 근사하고 튼튼한 남자로 보이네. 미란다는 생각했다. 몇 번인가 애덤이 그녀와 대화하다가 자랑하기를, 그는 평생 단 한 번도 아파 본 기억이 없다고 했다. 괴물 같은 사람이라고 질겁할 만도 한 일이었지만, 그녀는 그가 무척이나 특출하다고 여기고 좋게 생각했다.

미란다 자신은 아팠던 적이 헤아릴 수 없이 많았으므로 구태여 언급하지도 않았다. 조간신문 기자로 3년간 일하고 나면 더욱 원숙하고 노련한 사람이 되어 있을 거라는 환상이 있었는데, 막상 겪어 보니 그저 피로에 찌들었을 뿐이었다. 그녀가 자라면서 보고 배운 바에 따르면 비정상적이라고 말할 수밖에 없는 시간대에 일하거나 잠을 자고, 작고 누추한 식당에서 아무렇지도 않게 식사를 하고, 밤새도록 맛없는 커피를 들이켜고, 담배를 지나치게 많이 피우는 생활의 연속이었다. 자기 생활의 어떤 부분에 대해 언젠가 애덤에게 이야기했더니, 그는 그녀의 얼굴을 처음 보는 양 생경한 눈길로 뜯어보고는 직설적으로 이렇게 말했다. "와, 그런데도 얼굴이 조금도 상하질 않았네. 내가 보기에 너는 예쁘기만 한걸." 그러고는 다른 화제로 넘어가 버렸지만, 그녀는 자신이 꺼낸 이야기가 칭찬을 받고 싶다는 뜻으로 들린 것일까 못내 의아했다. 물론 그녀는 칭찬을 원했지만, 그 순간에는 아니었다. 애덤의 생활 방식도 건강하지 못하기는 마찬가지였다. 적어도 그들이 알고 지낸 열흘 동안에는 그랬다. 그녀를 데리고 밖에서 저녁을 먹느라고 새벽 1시까지 깨어 있는가 하면, 담배도 끊임없이 피웠다. 그러면서도 애덤은 그녀가 막지만 않으면, 담배가 폐에 정확히 어떤 영향을 끼치는지 설명하려 들곤 했다. "하지만 나는 어차피 전쟁터에 나갈 건데 뭐." 그가 말했다. "그런데 담배가 대수인가?"

"대수는 아니지. 그리고 집에 눌러앉아서 양말 짜는 사람한테는 더더욱 아니고. 나 담배 한 개비 줄래?" 그들은 잎이 반쯤 떨어진 단풍나무가 서 있는 길모퉁이에서 멈춰 섰다. 또 다른 장례 행렬이 다가왔지만 이번에는 거의 눈길도 주지 않았다. 그의 눈동자는 드문드문 오렌지색이 섞인 연갈색이었고, 머리색은 건초 더미에서 비바람을 맞아 더러워진 윗부분을 젖혀야 비로소 드러나는, 깨끗한 밀짚과도 같은 빛깔이었다. 그는 담뱃갑을 꺼내고 은제 라이터의 뚜껑을 젖혀 그녀에게 내민 뒤, 자신의 얼굴 앞에 라이터를 가져다 대고 뚜껑을 몇 차례 더 딸각거렸다. 둘은 함께 담배를 피우면서 걸음을 옮겼다.

"네가 양말 짜는 것, 상상이 되네. 적성에 딱 맞는 취미가 되겠어." 그가 말했다. "네가 뜨개질을 못한다는 건 스스로도 아주 잘 알잖아."

"뜨개질이라도 하고 있으면 차라리 낫지." 그녀는 진지하게 말했다. "나는 다른 여자들에게 뜨개질을 하라고 권하는 글을 쓰는걸. 그 외에도 붕대를 감고, 설탕 없이 생활하고, 우리 나라가 전쟁에서 이길 수 있도록 도우라고 충고하지."

"오, 그렇군." 애덤은 이런 의문들에 대해 남자답게 느슨한 도덕관념으로 대응했다. "그거야 네 직업이라서 하는 일일 뿐인데 뭐. 그건 예외야."

"그런가?" 미란다가 말했다. "그런데 휴가 연장은 어떻게 받아 냈어?"

"그냥 이유 없이 연장해 주던데. 그나저나, 거기 군인들이 벌레처럼 픽픽 죽어 나가고 있더라. 요즘 도는 그 이상한 병 때문에 말이야. 걸렸다 하면 곧바로 황천행이야."

"그거, 무슨 중세 시대에나 돌던 전염병 같아. 거리에 장례 행렬이 이렇게 많은 건 난생처음 봐, 안 그래?"

"그러게. 뭐, 우리는 마음 단단히 먹고 초상 치를 일 없게 하자고. 이제부터 시간이 나흘은 더 생겼으니 한순간도 낭비하지 말고 써먹자. 오늘 밤은 어때?"

"평소랑 같아. 하지만 1시 반 이후여야 해. 오늘은 늘 하는 일 외에도 특별 업무가 있거든."

"네 직업은 참 회한해." 애덤이 말했다. "여기저기 돌아다니면서 눈이 핑핑 돌 만큼 재밌는 것들을 구경하고, 그것에 대해 글 한 쪽 써내고. 그게 다잖아."

"그래, 눈이 얼마나 핑핑 도는지 말도 못하지." 미란다가 그렇게 말하는데 또 장례 행렬이 다가왔다. 둘은 잠자코 서서 행렬이 지나가는 것을 지켜보았다. 미란다는 모자를 삐딱하게 당겨 내리고 햇빛에 부신 눈을 깜빡였다. 머리가 천천히 회전하는 느낌이었다. "머리가 금붕어처럼 빙빙 돌아." 그녀는 애덤에게 말했다. "잠이 덜 깼나 봐. 커피를 마셔야겠어."

그들은 약국의 간이매점에 앉아, 바 위에 팔꿈치를 얹고 편안히 기댔다. "'집에 있는 사람들'은 이제 커피 마실 때 크림도 못 넣어." 그녀가 말했다. "각설탕은 딱 한 개만 되고. 나는 두 개를 못 넣을 거면 차라리 아예 안 넣을 생각이야. 그런 식으로 나도 나라에 희생하는 거지. 이제부터는 삶은 양배추로 연명하고 싸구려 옷만 입고 다니면서 건강 관리나 열심히 해야겠어. 다음번에 또 전쟁이 일어나면 뒤통수 안 맞게."

"오, 전쟁은 이제 두 번 다시 없을 텐데. 신문도 안 읽어?" 애덤이 물었다. "우리는 이번에야말로 적들을 쳐부술 것이다, 적들은 절대로 일어나지 못할 것이다, 그러면 모든 게 끝날 것이다, 라고들 하잖아."

"말들은 잘도 하지." 미란다는 쓰고 미지근한 커피를 맛보면서 씁쓸한 표정을 지었다. 두 사람 사이에 동조하는 의미의 미소가 오고 갔다. 그들은 방금의 대화가 적절했다고, 둘 모두가 타당한 태도로 전쟁을 받아들였다고 생각했다. 무엇보다도, 이를 갈고 머리를 쥐어뜯는 식으로 반응하는 것만은 절대 금물이라고 미란다는 믿었다. 그래 봤자 시끄럽고 꼴사납기나 할 뿐 아무 소용도 없으니까.

"구정물이네." 애덤은 자기 커피 잔을 바 저편으로 물리면서 무례하게 내뱉었다. "설마 아침으로 먹는 게 이게 다야?"

"이만하면 감지덕지야."

"나는 아까 8시에 메밀 케이크에 소시지하고 메이플 시럽 곁들여 먹었는데. 바나나도 두 개 먹고, 커피도 두 잔이나 마셨어. 그런데 지금 나는 쓰레기통에 버려진 채 쫄쫄 굶은 고아처럼 배가 고파 죽을 지경이야. 딱 스테이크하고 감자튀김 먹었으면 좋겠어. 그리고 또……"

"그만해. 정신이 나가서 헛소리하는 것 같잖아. 할 거면 나 가고 나서 해." 미란다는 높은 스툴 위에서 미끄러져 내려갔다. 그리고 스툴에 몸을 살짝 기댄 채, 둥근 손거울로 얼굴을 들여다보았다. 입술에 루주를 발라 보았지만 도저히 몰골이 나아질 가망이 없는 듯했다.

"뭔가 심각하게 잘못된 것 같아." 그녀는 애덤에게 말했다. "몸 상태가 너무 별로야. 날씨랑 전쟁 탓만은 아닐 것 같은데."

"날씨는 완벽하잖아. 전쟁은 너무 멋져서 믿어지지 않는 일이고." 애덤이 말했다. "그런데 언제부터 그랬어? 어제는 멀쩡해 보였는데."

"모르겠어." 그녀는 느릿느릿 말했다. 자기 목소리가 너무 약하고 가늘게 느껴졌다. 둘은 늘 그러듯 신문사 건물의 꼭대기 층으로 이어지는 열린 문 앞까지 가서 멈춰 섰다. 미란다는 지저분한 계단 위에서 들려오는 타자기 소리와 아래층에서 꾸준히 울리는 인쇄기 소리에 잠시 귀를 기울였다. "오후 내내 공원 벤치에 앉아서 노닥거렸으면 좋겠다. 아니면 산으로 드라이브 가거나."

"나도 그래. 내일 할까?"

"그래, 내일. 아무 일도 없으면 말이지만." 그녀가 말했다. "그냥 확 도망쳐 버릴까 봐. 같이 도망칠까?"

"나도? 뛰는 데엔 자신이 없는데." 애덤이 말했다. "전쟁터에서는 보통 기어 다니기만 하거든. 여기저기 쓰레기 틈바구니에서 배 깔고 엎드려서, 가시철조망 같은 것 아래로 지나가야 하니까. 평생 다시 겪지 못할 특별한 경험이지." 그는 잠시 생각에 빠졌다가 말을 이었다. "사실 진짜 전쟁터가 어떤지는 나도 전혀 몰라. 엄청 고약한 얘기만 많이 들었지. 하도 많이 들어서 나는 이미 전방에 한 번 다녀온 것 같은 느낌이 들어. 이러다 나중에는 김빠지는 거 아닌가 몰라. 왜, 어떤 장소의 사진을 너무 많이 보고 나면 실제로 거기 갔을 때는 정작 진짜 풍경을 전혀 못 보게 되잖아. 나는 꼭 평생 군대에 있었던 것 같아."

그가 복무한 지는 여섯 달째였다. 영원이나 다름없는 시간이다. 그는 너무나 깨끗하고 생기 있어 보였고, 평생 한 번도 아파 본 적이 없는 사람이었다. 미란다가 본 바로는, 한번 전방에 나갔다가 돌아온 남자는 절대로 저런 모습을 되찾지 못했다. "너는 이미 귀환한 영웅이라 이거지? 정말로 그랬으면 얼마나 좋을까."

"첫 훈련소에서 총검 사용법을 배웠을 때 말이야." 애덤이 말했다. "샌드백이며 건초 자루를 꿰찌르는 훈련을 시키거든. 내가 그렇게 내장을 끄집어낸 샌드백이 얼마나 많은지 셀 수도 없어. 교관들은 '그놈 죽여', '그 독일 놈 찔러', '놈한테 찔리기 전에 먼저 찔러' 하고 소리치고, 우리는 들판에 불이 막 번지는 것처럼 샌드백들을 향해 우르르 달려가지. 그렇게 한껏 흥분해서 덤벼들었다가 막상 자루 구멍에서 모래가 줄줄 새어 나오는 걸 보면, 솔직히 어떨 땐 완전히 바보가 된 기분이 들더라고. 한밤중에 그게 하도 어이가 없어서 잠에서 깬 적도 있었어."

"상상이 되네. 정말 웃기는 일이야." 미란다가 말했다. 그러고는 둘 다 작별 인사를 하기 싫어서 미적거렸다. 잠시 침묵이 흐른 뒤, 애덤은 대화를 계속 이어 나가려는 듯 물었다. "대호對壕를 파는 파견대가 작전을 개시한 직후부터 평균 생존 시간이 얼마인지 알아?"

"얼마 안 될 것 같은데."

"겨우 9분이래." 애덤이 말했다. "바로 너희 신문에서 읽은 내용인데. 읽은 지 일주일도 안 됐을걸."

"10분까지는 버텨 봐. 그사이에 내가 갈 테니."

"1분 1초도 더 못 간대. 더도 덜도 말고 딱 9분이라고 했어."

"허세 떨지 좀 마. 그런 계산은 대체 누가 했는데?"

"비전투원이겠지 뭐. 구루병 앓는 사람이라든지."

듣고 보니 굉장히 우스꽝스러운 말이었다. 둘은 웃음을 터뜨리면서 서로에게 몸을 기울였다. 미란다는 깔깔대는 자신의 웃음소리가 약간 새되게 치솟는 것을 느꼈다. 그녀는 눈물을 닦으면서 말했다. "아, 이 전쟁 되게 웃기다. 안 그래? 난 전쟁 생각을 할 때마다 웃음이 나."

애덤이 그녀의 손을 두 손으로 쥐더니, 장갑 끄트머리를 약간 잡아당겨 냄새를 맡았다. "향수 냄새 진짜 좋다. 또 굉장히 진하고. 나는 장갑과 머리카락에서 향수 냄새가 진하게 나는 걸 좋아해." 그는 또 냄새를 맡았다.

"너무 많이 뿌렸나 보다. 오늘 나 코도, 눈도, 귀도 정상이 아니야. 감기가 독하게 왔나 봐."

"감기 걸리지 마. 내 휴가가 다 끝나 가잖아. 이번이 마지막 휴가일 거야. 정말로 마지막." 그녀가 장갑 안의 손가락을 움직이는 동안, 애덤은 마치 새롭고 신기하고 귀중한 무언가를 다루듯 그녀의 손가락을 잡아당기고 두 손을 잡아서 돌려 보았다. 미란다는 수줍음에 불현듯 잠잠해졌다. 그녀는 애덤을 좋아했다. 좋아했다. 좋아하는 감정 그 이상이었다. 하지만 그 이상은 상상하는 것조차 쓸데없었다. 애덤은 미란다가 가질 수 없는, 아니 세상 그 어떤 여자도 가질 수 없는, 이미 경험 불가능한 영역에 있는 남자였다. 아무런 의식도, 행동도 않고도 그는 죽음에 온전히 헌신하고 있었다. 그녀는 자신의 손을 거두며 마침내 말했다. "그럼 잘 가. 이따가 밤에 봐."

그녀는 계단을 뛰어 올라가, 맨 꼭대기에 이르러 뒤를 돌아보았다. 애덤은 여전히 그녀를 지켜보며 웃음기 없는 얼굴로 손을 들어 올리고 있었다. 서로 작별 인사를 나눈 뒤에 그녀를 돌아봐 주는 사람은 이제껏 거의 없었다. 그녀는 대화하던 상대방을 마지막으로 한 번이라도 더 보고 싶어서, 그러면 그 사람과 아무리 가벼운 관계일지라도 너무 거칠거나 급작스러운 방식으로 단절되지는 않을 수 있을 것만 같아서, 가끔씩 주체하지 못하고 뒤를 돌아보곤 했다. 하지만 그때마다 사람들은 서둘러 떠나가고 있었다. 이미 변해 버린 얼굴로, 다음 목적지를 향해 주의를 고정한 채, 다음에 할 행동이나 겪게 될 일을 대비하는 데에 집중하면서. 그런데 애덤은 그녀가 돌아보리라고 예상한 듯이 그 자리에서 기다리고 있었던 것이다. 한껏 찌푸린 채 고정된 미간 아래 그의 두 눈은 새까맸다.

그녀는 재킷도 모자도 벗지 않고 곧바로 책상 앞에 앉아, 봉투들을 뜯고 편지를 읽는 척했다. 오늘 그녀의 책상 위에 앉아 있는 사람은 스포츠 기자인 척 라운시발과 타우니뿐이었다. 그 둘이 그녀의 책상에 앉는 건 괜찮았다. 미란다도 내킬 때면 그들의 책상 위에 앉곤 했다. 타우니와 척은 미란다가 오기 전까지 하고 있던 대화를 계속 이어 갔다.

"실은 보스턴에 들어온 독일 배가 퍼뜨린 세균이 원인이라고들 하더라고." 타우니가 말했다. "당연히 위장한 배였다는 거지. 독일군 색깔로 우리 바다에 들어올 순 없었을 테니까. 어처구니없지 않아?"

"잠수함이었을 수도 있지." 척이 말했다. "깊은 밤중에 바다 밑바닥에서부터 서서히 올라온 거라면 그래도 말이 좀 돼."

"그러네." 타우니가 대답했다. "이야기가 전해지다 보면 꼭 세세한 부분이 와전된다니까…… 아무튼 그래서 그 세균이 도시에 흩뿌려졌다는 거야. 보스턴에 말이야. 보스턴 항구 상공에 뭔가 끈적끈적해 보이는, 이상하고 자욱한 구름이 떠 있다가 도시 전역에 서서히 퍼지는 걸 목격한 사람이 있대. 누구라더라, 어떤 할머니였던 것 같아."

"아무렴 그랬겠지." 척이 말했다.

"뉴욕 신문에서 읽은 거야." 타우니가 말했다. "그러니까 사실이라는 뜻이겠지."

그 말에 척과 미란다는 폭소를 터뜨렸다. 너무 크게 웃었는지, 저편에서 빌이 벌떡 일어나 그들에게 눈총을 보냈다. "타우니가 아직도 신문을 읽는다잖아요, 글쎄." 척이 설명했다.

"아니, 그게 뭐가 웃긴가?" 빌은 다시 자리에 앉아서 자기 앞에 어질러진 책상을 내려다보며 눈살을 찌푸렸다.

"그 구름을 본 사람은 비전투원이었겠지." 미란다가 말했다.

"당연하지." 타우니가 맞장구쳤다.

"러스크 위원회 소속일지도." 미란다가 말을 받았다.

"몽스의 천사* 아니야? 아니면 무급 공무원**이라든가." 척이 맞장구를 쳤다.

미란다는 이 대화를 듣고 싶지 않았고, 거기에 끼고 싶지도 않았다. 딱 5분만 혼자서 애덤을 생각할 시간을 갖고 싶었다. 정말로 그에 대한 생각을 하고 싶었다. 하지만 그럴 시간이 없었다. 열흘 전에 그를 처음 만난 이후로 지금까지 둘은 매일 같이 시간을 보냈다. 함께 길을 건너면서 트럭과 리무진과 손수레와 짐마차 사이를 누비며 뛰었고, 그는 그녀를 만나려고 문 앞이나 아니면 튀김 기름 냄새로 찌든 작은 식당 안에서 기다렸고, 식사를 한 뒤에는 재즈 악단이 다급하게 징징거리고 뿡뿡거리는 소리에 맞춰 춤을 췄고, 미란다가 취재차 가야 했던 따분한 극장에서 같이 앉아 있기도 했다. 한번은 산에 간 적도 있었다. 둘은 차를 놔두고 자갈이 깔린 등산로를 따라 올라가다가 평평한 바위에서 튀어나온 돌출부에 이르렀고, 그 바위 위에 앉아서 계곡에 비치는 빛들이 변화하는 것을 바라보았다. 무척 가짜처럼 보이는 풍경이라고, 미란다는 말했다. "진짜라고 믿을 필요는 없지만 근사한 시 한 편이긴 하다." 둘은 그 자리에 가만히 앉아 서로의 어깨에 기댄 채 풍경을 지켜보았다. 그들은 두 번의 일요일을 함께했는데, 두 날 다 지질 박물관에서 시간을 보냈다. 운석 파편, 암석 지대, 상아와 나무의 화석, 인디언의 화살, 금광과 은광으로 이어지는 동굴 등에 관한 전시물을 찬찬히 살펴보면서 푹 빠져들었다. "옛날 광부들을 상상해 봐." 애덤이 말했다. "그 사람들이 냇가에서 조그마한 냄비에 금괴

---

* 1914년 8월, 벨기에의 몽스 전투에서 영국군을 구출하기 위해 하늘에 천사들의 군대가 나타나 도와주었다는 목격담이 전해진다.
** 전시에 연방 정부를 돕기 위해 사실상의 무상 자원봉사를 하는 행정관이나 사업가를 뜻한다.

를 넣고 씻고 있었을 때, 땅속에서는 이렇게……" 그는 오랜 시간에 걸쳐 만들어진 것들을 좋아한다고 이야기했다. 비행기, 모든 종류의 기계, 나무나 돌을 깎아 만든 것 등등. 뭘 많이 아는 건 아니지만 그래도 그런 물건을 한 번 보면 알아볼 수는 있다는 것이었다. 하지만 책은 도무지 끝까지 읽지를 못하겠다며, 오로지 공학 교과서만 예외이고 그 외에는 어떤 책이든 읽으려고만 하면 지루해 죽을 것 같다고 털어놓았다. 또한 그는 집에 로드스터*가 한 대 있다고 했다. 차가 필요 없을 줄 알고 안 가져왔다는데, 그는 그게 못내 아쉬운 모양이었다. "나는 운전을 정말 좋아하거든. 내가 차를 몰고 하루에 얼마나 멀리까지 갈 수 있는지 너는 상상도 못 할걸." 그는 로드스터 바퀴 앞에서 찍은 자기 사진들을 보여 주었다. 또 보트를 타면서 찍은 사진들도 보여 주었는데, 온 사방에서 바람을 받으며 밧줄을 잡아당기는 그의 모습이 퍽 자유로워 보였다. 그는 공군에 입대하고 싶었지만 그 말을 꺼내기만 해도 어머니가 펄펄 뛰며 반대하는 바람에 포기했다고 했다. 한밤중에 대호를 파러 나가느니 차라리 전투기를 타고 공중전을 벌이는 편이 훨씬 안전하다는 사실을 그의 어머니는 몰랐던 듯했다. 하지만 그는 대호가 무엇인지도 모르는 어머니를 상대로 구태여 입씨름을 벌이지 않았고, 그래서 결국에는 여기에 와서 죽치게 되었다는 것이었다. 고도 1마일의 고원 위에서, 보트를 탈 물가조차 없고, 차는 집에 두고 온 채로. 둘 중 하나라도 있었다면 지금쯤 그녀와 정말로 즐거운 시간을 보내고 있었을 거라며 그는 아쉬워했다. 애덤은 좋아하는 기계를 다룰 때의 자신이 어떤 사람인지를 그녀에게 알려 주고 싶

* 지붕이 없는 2인승 자동차.

은 듯했다. 하지만 미란다는 그가 어떤 사람인지 충분히 잘 안다고 생각했다. 그가 보트나 자동차와 함께 본연의 자기 자신도 집에 두고 와 버렸다고 생각한다면 큰 오산이라고, 마음 같아서는 그렇게 말해 주고 싶었다. 전화벨이 울렸다. 빌이 누군가에게 고함을 쳤고, 상대방은 "네, 하지만 제 말을 들어 보세요……"라는 말을 자꾸만 반복했다. 하지만 듣는 사람은 당연히 아무도 없을 터였다. 아무도. 기브스 편집장이 절망적인 목소리로 외쳤다. "야지, 야지!"

"그래도 말이지." 타우니가 애국심에 한껏 도취된 투로 말했다. "쉼터 사업*은 훌륭한 발상이야. 군에서 사양하더라도 우리 모두 그 사업에 자원해야 해." 타우니는 그런 일을 워낙 잘했다. 미란다는 그녀를 바라보면서, 어제 휴게실에서 타우니가 짜던 장밋빛 스웨터와, 팽팽하게 굳어 있던 반항적인 얼굴을 떠올렸다. 지금 타우니는 온 얼굴에 자부심과 선의를 숨김없이 드러내며 나라를 위해 희생하려 벼르고 있었다. "따지고 보면 나도 소극장 무대에서 노래하고 춤출 실력은 되잖아. 그리고 병사들을 위해 편지를 써 줄 수도 있고, 급할 때는 구급차를 몰 수도 있어. 나는 몇 년쯤 포드 자동차를 몰았으니까."

미란다가 끼어들었다. "글쎄, 노래와 춤이라면 나도 할 수는 있지만, 거기 침대들 정리하고 바닥 청소하는 건 또 누가 하는데? 쉼터는 관리하기가 힘들 거야. 거기 갔다가는 있는 고생 없는 고생 다 하고 엄청 불행해질걸. 그리고 나는 지금도 이미 고생하고 있고 충분히 불행하니까, 그냥 이대로 집에 있겠어."

* Hut Service, 제1차 세계대전 당시 구세군이나 적십자 등의 민간 자선단체에서 군대에 휴식과 오락을 제공하고 사기를 진작시키기 위한 '쉼터' 공간을 운영했으며, 이를 위해 가수나 배우 등이 자원봉사에 나섰다.

"내 생각엔 여자들은 전쟁에 관여하지 말아야 해." 척 라운시발이 말했다. "가뜩이나 끔찍한 상황에다 치맛자락이나 두르는 격이니까." 척은 폐가 안 좋아서 입대하지 못했다. 쇼를 놓쳤다는 게 어지간히도 분한지 그는 곧잘 발을 굴러 댔다. "내가 전쟁에 나갔으면 지금쯤 다리 하나 잃고 돌아왔을 텐데. 그랬으면 편집장님 꼴이 아주 볼만했을걸. 밀주를 사고 싶으면 자기 돈으로 사든가, 그게 싫으면 술을 아예 먹지 말아야 했겠지."

미란다는 척이 급여일에 편집장에게 밀주 살 돈을 주는 것을 본 적이 있었다. 편집장은 넉살 좋게 남들을 살살 꼬드길 줄 아는 늙은 불한당이었다. 그게 바로 그의 가장 고약한 점이었다. 그는 아들인 척의 등을 철썩 후려쳐 놓고도, 침침한 눈에 사뭇 아버지다운 애정을 띠고 함박웃음까지 지어 보이며 아들의 돈을 동전 한 닢까지 긁어내는 위인이었다.

"플로렌스 나이팅게일이 전쟁을 다 망쳐 놨다니까." 척이 말을 이었다. "병사들을 얼러 주고, 붕대를 감아 주고, 열이 나는 이마를 쓰다듬어 준다니, 대체 뭐 하자는 건지. 그딴 건 전쟁이 아니야. 싸우다 죽으면 거기서 썩어 가게 놔둬야지. 그러려고 전쟁터에 나가는 거잖아."

"말은 잘하네." 타우니가 그에게 삐딱한 시선을 던졌다.

"그건 무슨 소리야?" 척이 얼굴을 붉히며 어깨를 구부렸다. "내 폐가 이런 건 너도 알잖아. 지금쯤이면 폐가 절반밖에 안 남았을지도 모른다고."

"예민하기는." 타우니가 말했다. "나는 별 뜻 없이 한 말인데."

빌이 반쯤 피운 시가를 씹으면서 뭐라고 버럭버럭하는 소리가 들렸다. 그의 머리는 솔처럼 치솟았고, 눈은 수사슴처럼 맑고 부드러우면서도 야생적인 빛을 띠었다. 미란다는 빌이 100년을 산다 해도 열네 살 이상으로는 나이가 들지 않을 거라고 생각했다. 어차피 저대로 계속 간다면 그만큼 살 수도 없을 테지만. 그는 딱 영화에 나오는 신문사 사회부장들처럼 행동했다. 시가를 질겅질겅 씹는 품새까지도 똑같았다. 빌이 영화를 흉내 내서 자기 스타일을 만든 걸까, 아니면 시나리오 작가들이 빌 같은 부류를 완전히 순수한 형태로 포착해 낸 걸까? 빌이 척에게 소리쳤다. "그 자식이 또 오거든 골목길로 끌고 가서 맨손으로 목을 썰어 버려!"

"또 올 겁니다. 걱정 마세요." 척이 말했다. 그러자 빌은 벌써 다른 데에 신경이 쏠린 듯 누그러진 투로 대답했다. "그래, 그럼 썰어 버리라고." 타우니는 자기 자리로 돌아갔지만, 척은 미란다가 자신을 새로운 보드빌 공연에 데려가 주기를 바라고 붙임성 있게 기다리고 있었다. 미란다는 월요일에 공연 취재를 나갈 때마다 티켓을 두 장씩 받았으므로 항상 동료 기자 한 명을 초대해 공연을 보여 주었다. 스포츠 기자로서 척은 더없이 냉철하고 전문가다웠지만, 사실 개인적으로는 스포츠에 아무 관심도 없다고 미란다에게 말한 적이 있었다. 자신은 그 일을 하느라 늘 야외를 돌아다녀야 하고, 아버지의 술값을 댈 정도의 보수밖에 못 받는다며, 극장 취재 쪽이 훨씬 좋은데 왜 항상 여자들만 그 분야를 맡는지 이해가 안 된다고 했다.

"오늘 빌이 목을 썰고 싶어 하는 사람은 누구래?" 미란다가 물었다.

"오늘 자 우리 신문에서 너한테 혹평당한 무용수." 척이 말했다. "꼭 두새벽부터 들이닥쳐서는 그 공연 평을 쓴 남자가 누구냐고 따지더군. 자기가 그 멍청이를 뒷골목으로 끌고 가서 코를 부러뜨려 놓겠다면서 그리고……"

"다시 안 왔으면 좋겠네." 미란다가 말했다. "기차를 잡아타고 멀리로 갔으면 좋겠어."

척이 일어나서 목이 긴 고동색 스웨터의 매무새를 가다듬고는, 완두콩 수프 같은 누르스름한 빛깔의 헐렁한 트위드 반바지와 징 박힌 황갈색 부츠를 흘끔 내려다보았다. 그는 그렇게 남자다운 차림새를 함으로써, 자신이 폐병에 걸렸으며 스포츠에 관심이 없다는 사실을 조금이라도 숨길 수 있기를 바랐다. "지금쯤이면 멀리멀리 갔을 테니 걱정 마. 이제 우리도 빨리 가자고. 너는 꼭 이렇게 늑장을 부리더라."

미란다는 몸을 뒤로 돌리다가 하마터면 어떤 남자의 발가락을 밟을 뻔했다. 그는 중산모를 쓴, 키가 작고 칙칙한 인상의 남자였다. 한때는 매력적인 용모였을 법했지만, 지금은 어금니가 여러 개 빠져서 그 부위의 입술이 축 늘어진 데다, 벌겋게 충혈된 눈은 누군가에게 추파를 던질 여력도 없어 보였다. 가늘고 구불거리는 갈색 머리는 기름을 발라 빗어 넘겼고 모자 테 위에서 곱슬곱슬하게 말려 있었다. 그는 발을 움직이지 않고, 어딘지 무기력하게 저항하는 자세로 그 자리에 버티고 서서는 미란다에게 물었다. "당신이 이 촌구석 신문사에서 소위 연극 비평을 한다는 사람입니까?"

"그런 것 같습니다만." 미란다가 말했다.

"아, 네." 키 작은 남자가 말했다. "그렇다면 그쪽의 귀중한 시간을 조금만 할애해 줬으면 하는데요." 그는 아랫입술을 불쑥 내밀고, 떨리는 손으로 조끼 주머니를 뒤적거렸다. "나는 당신이 이런 짓을 해 놓고도 아무 일 없이 지나가게 놔두고 싶지 않았습니다. 그뿐이에요." 그는 주머니에서 너덜너덜한 종잇조각들 한 묶음을 꺼냈다. 신문에서 오려 낸 기사들이었다. "이거 한번 훑어봐 주시겠습니까? 그리고 내가 이런 소도시의 평론가한테 트집 잡히는 걸 참아 줄 입장인지 아닌지 얘기해 보시죠." 그는 단조로운 목소리로 말을 이었다. "자, 보세요. 버펄로, 시카고, 세인트루이스, 필라델피아, 샌프란시스코, 게다가 뉴욕까지. 업계 최고의 잡지들도 있습니다.《버라이어티》,《빌보드》. 여기 평론가들은 모두 감동했고 대니 디커슨이 뛰어나다고 인정했습니다. 그런데 당신은 그렇게 생각하지 않는다는 겁니까? 네? 이게 내가 묻고 싶은 겁니다."

"네, 저는 그렇게 생각하지 않아요." 미란다는 최대한 퉁명스럽게 대답했다. "그리고 제 생각에 대해 이야기할 시간은 없습니다."

키 작은 남자는 더 가까이 몸을 기울이고는, 이제까지 오랫동안 조마조마했던 듯 떨리는 목소리로 말했다. "이보세요, 대체 내 어디가 마음에 안 든 겁니까? 이유나 좀 들어 봅시다."

미란다가 대꾸했다. "신경 쓰지 마세요. 제가 어떻게 생각하든 무슨 상관인가요?"

"당신 생각이 신경 쓰이는 게 아닙니다. 그런 게 아니에요." 키 작은 남자가 말했다. "하지만 당신이 쓴 글도 여기저기 돌아다니는데, 동부의 예매 대행사들은 이 동네 사정이 어떤지 잘 모른단 말입니다. 그쪽에서는 시골 신문의 혹평이나, 시카고 신문의 혹평이나 다 똑같다고 생각해요. 연극의 수준이 높으면 높을수록 촌 동네 평론가들은 점수를 짜게 준다는 걸 거기서는 모르니까요. 나는 업계 최고의 평론가들한테서 업계 최고의 배우라는 말을 들은 사람인데, 당신 눈에는 내가 어디가 잘못됐다는 건지, 그게 알고 싶단 말입니다."

척이 끼어들었다. "가자고, 미란다. 공연 시작하겠어." 미란다는 키 작은 남자에게 신문 스크랩 뭉치를 돌려주었다. 그 신문들은 대부분

10년쯤 지난 것이었다. 그녀가 그의 옆으로 지나가려 하자, 그는 다시 앞을 가로막더니 자신 없는 투로 말했다. "당신이 남자였으면 한 대 갈겼을 거요." 그 말에 척이 책상에서 일어나, 두 손을 주머니에서 꺼내고 어슬렁어슬렁 다가갔다. "댁의 노래와 춤은 잘 봤으니, 다 했으면 그만 나가시지. 당장 꺼지지 않으면 내가 계단 밑으로 집어 던져버리겠어."

키 작은 남자가 넥타이 맨 윗부분을 잡아당겼다. 빨간 물방울무늬가 박힌 작은 파란색 넥타이였는데, 매듭 부분이 약간 해어져 있었다. 그는 미리 연습한 듯한 손놀림으로 넥타이를 똑바로 잡아당기는 동작을 되풀이하며 말했다. "뒷골목으로 나오시지." 그러고는 부어오른 붉은 눈꺼풀에 눈물을 머금었다. 척이 대꾸했다. "아, 닥쳐." 미란다는 먼저 계단으로 뛰어갔다. 척도 곧 뒤따라가서 건물 밖의 인도에서 그녀를 따라잡았다. "지금 저 안에서 질질 짜면서 자기 기사들 이리저리 뒤섞고 있어. 조커 카드라도 잃어버려서 찾고 있나 보지. 불쌍한 따라지 같으니."

미란다가 말했다. "지금 이 세상엔 모든 게 너무 많아. 나 여기 갓돌 위에 앉아 있고 싶어, 척. 여기 앉아서 그냥 죽어 버렸으면 그리고 다시는 보지 않을 수…… 기억을 지우고 내 이름도 잊어버릴 수만 있다면 좋겠어…… 나는……."

척이 말했다. "마음 강하게 먹어, 미란다. 지금 무너질 때가 아니야. 그 사람은 그냥 잊어버려. 연예계 사람들 백 명 중 아흔아홉 명은 저렇게 된다고. 하지만 너도 잘못 처신하긴 했지, 이런 일을 자초하고 있으니. 그러지 말고 그냥 유명 배우들을 띄워 주기만 하라니까. 낙오자들은 굳이 언급할 필요도 없어. 지금 이 지역 연예계는 리핀스키가 꽉 잡았다는 걸 잊지 말고 리핀스키의 비위를 맞춰 봐. 그러면 홍보부에서도 좋아할 거고, 네 봉급도 오를 거야. 손발을 좀 맞추라고, 이 딱한 멍텅구리야. 그게 좀처럼 터득이 안 돼?"

"나는 자꾸 잘못된 것만 터득하는 것 같아." 미란다가 절망적으로 말했다.

"확실히 그렇지." 척이 선선히 말했다. "그 부분에서는 너만큼 유능한 사람을 못 봤어. 자, 이제 기분 좀 풀렸어?"

"별 형편없는 공연을 다 보겠군." 척이 말했다. "이제 기사에 뭐라고 쓸 거야? 만약 내가 쓴다면……"

"써." 미란다가 말했다. "이번 평은 네가 써 봐. 나는 어차피 이 일 그만둘 거니까. 아직 아무한테도 말하진 마."

"그 말 진심이야? 촌구석 신문사에서 소위 연극 비평을 하는 사람이 되는 게 내 평생 꿈이었는데. 드디어 처음으로 내게도 기회가 왔네."

"마지막 기회일지도 모르니 꼭 잡는 게 좋을걸." 미란다는 그렇게 말하면서 생각했다. **이건 무언가가 끝나 가는 단계의 시작이야. 내게 뭔가 끔찍한 일이 벌어질 거야. 나는 이제 밥벌이가 필요 없는 곳으로 가게 될 거야. 내 직무는 척에게 물려줘야지. 척은 덕망 있는 아버지에게 술을 사 드려야 하니까. 회사에서 척에게 이 자리를 허락해 줬으면 좋겠는데. 오, 애덤, 내가 이대로 무너지기 전에 너를 한 번만 더 볼 수 있었으면.** "전쟁이 끝났으면 좋겠어." 그녀는 척에게 이제껏 그 이야기를 하고 있었던 양 말했다. "끝나 버렸으면, 아니 애초에 시작도 하지 않았으면 좋았을 텐데."

척은 수첩과 연필을 꺼내 놓고 벌써 자기만의 비평을 쓸 준비를 하고 있었다. 미란다는 방금 자신이 한 말이 충분히 무난한 발언이라고 생각했지만, 척의 입장에서는 어떻게 들릴지 염려스러웠다. "전쟁이 어떻게 시작됐든, 언제 끝나든 나는 상관없어." 척이 글을 끼적이며 말했다. "어차피 나는 못 나가니까."

군대에서 퇴짜 맞은 남자들은 다 저런 식으로 말했다. 그들이 원하는 건 오로지 전쟁뿐인데 그것을 가질 수는 없으므로. 그중에는 정말로 간절하게 참전하고 싶었던 이들도 있을 것이다. 그래서 그 남자들은 여자들과 전쟁 이야기를 할 때면 눈을 흘기면서 방어적으로 울분을 표출했다. 요지는 이런 식이었다. "나한테 겁쟁이 딱지 달지 마, 피에 굶주린 여자들아. 나는 까마귀 떼한테 내 살을 내줬는데 그놈들이 안 먹은 것뿐이야." 전쟁 동안 '집에 있는 사람들'에게 무엇보다도 힘든 점은, 이제 더 이상 대화할 상대가 없다는 것이다. 조심하지 않으면 러스크 위원회에 잡혀갈 것이다. 전쟁에서 승리하려면 빵이 있어야 한다. 노동이 있어야 하고, 설탕이 있어야 하고 그리고 복숭아 씨앗도 있어야 한다. 말도 안 되는 소리 같지만, 정말이다. 복숭아 씨앗에서 무언가 귀한 고성능 폭약 성분이 추출된다*는 말에, 복숭아를 조리는 철이 되면 주부들 모두가 기쁜 마음으로 부랴부랴 일해서 바구니에 복숭아 씨앗을 채워 나라에 바친다. 덕분에 그들은 바쁘게 지낼 수 있고, 스스로가 쓸모 있는 사람이라고 여길 수 있다. 게다가 남자들이 없는 사이에 여자들이 제멋대로 날뛰게 놔두면 위험하니, 못된 장난을 꾀할 짬이 없도록 여자들의 신경을 어딘가에 집중시켜야 한다. 그러므로 젊은 여자들—미래를 위한 온전한 요람이 되어 줄 이

---

* 실제로는 폭약 성분이 아니라, 방독면을 제작하는 데에 필요한 재료인 목탄이 추출되었다. 제1차 세계대전 당시 독일군의 화생방 무기에 대응하기 위해 미국에서는 국민들을 상대로 복숭아 씨앗을 비롯한 과일 씨앗들을 모아서 기부할 것을 독려했다.

들—은 그 순수하고 진지한 얼굴에 잘 어울리는 적십자회 머릿수건을 액자처럼 두르고서, 기지 병원에는 영영 닿지도 못할 붕대를 비뚜름히 감고, 그 어떤 남자의 가슴도 데워 줄 일이 없을 스웨터를 짜면서, 그 사랑스러운 머릿속으로는 피와, 진흙과, 아칸서스 클럽에서 항공대 장교들을 위해 열릴 무도회에 대한 생각에 몰두한다. 얌전히, 조용히 있어야만 전쟁에서 승리할 수 있으리라.

"나는 어차피 못 나가는 전쟁이야." 척이 글 쓰는 데에 골몰하면서 중얼거렸다. **하지만 애덤은 나가잖아.** 미란다는 생각했다. 그녀는 의자에서 몸을 축 늘어뜨리고, 먼지 낀 플러시 천 등받이에 머리를 기댄 채 눈을 감았다. 그리고 일평생과 같은 한순간 그녀는 확실하고, 압도적이고, 지독한 진실을 깨달았다. 애덤과 자신의 앞에는 아무것도 없다는 진실을. 아무것도. 그녀는 눈을 뜨고 두 손을 들어 올려, 자기 손바닥을 바라보면서 망각을 이해하려 애썼다.

"이것 좀 봐 봐." 척이 말했다. 어느새 조명이 켜지고 관객들이 부스럭거리고 웅성거리고 있었다. "나 벌써 다 썼어. 주연배우는 아직 올라오지도 않았지만, 볼 필요도 없지. 늙은 스텔라 메이휴잖아. 항상 잘하는 배우지. 지난 40년 동안 잘했으니 오늘도 잘하겠지. 그리고 '오, 블루스는 느긋한 심장병일 뿐이라네'라고 노래하겠지. 그 배우에 대해서는 이것만 알고 있으면 끝이야. 자, 그럼 내가 쓴 글을 한번 읽어 봐. 이대로 네 이름으로 낼 수 있겠어?"

미란다는 수첩을 받아 들고, 글을 진지하게 들여다보면서 적당히 뜸을 들여 한 장씩 넘겼다. 그리고 척에게 수첩을 돌려주면서 말했다. "그래, 척. 이대로 내도 되겠어. 하지만 정말로 내 이름으로 내진 않을 거야. 우선 빌에게 네 글이라고 밝혀야 해. 어쩌면 네가 이 일을 시작할 계기가 될지도 모르니까."

"너 제대로 읽지도 않았잖아." 척이 말했다. "너무 빨리 읽었어. 이거 들어 봐. 여기서부터⋯⋯" 그는 흥분한 목소리로 자기 글을 읽어 나갔다. 그러는 동안 미란다는 그의 얼굴을 지켜보았다. 어딘지 생명의 불똥 같은 것이 엿보이는, 보기 좋은 얼굴이었다. 콧마루 위 미간의 선에서는 엄격한 기풍이 배어났다. 그와 알고 지내면서 처음으로 그녀는 척이 무슨 생각을 하는지가 궁금해졌다. 말투와 달리 그는 사실 그리 경박하지 않았고, 무언가 걱정거리에 사로잡힌 듯 괴로워 보였다. 어느덧 객석 통로에 사람들이 쏟아져 나오고 있었다. 로비에 나가자마자 성냥불을 댕기려고 저마다 담뱃갑을 꺼내 드는 사람들, 어깨에 두른 숄을 손으로 붙잡고 있는 곱슬머리의 여자들, 목을 조이는 뻣뻣한 옷깃에서 벗어나려고 턱을 치켜든 남자들. "우린 이제 그냥 가자." 척이 말했다. 미란다는 재킷 단추를 잠그고, 인파 사이로 걸어 나가면서 생각에 잠겼다. 내가 이 사람들에 대해 뭘 알지? 나 같은 생각을 하는 사람이 여기에만 해도 아주 많을 텐데, 우리는 각자의 절망에 대해 서로에게 감히 한마디도 꺼내지 못하네. 말 못 하는 짐승들처럼 그저 스스로가 파괴되도록 손 놓고 기다릴 뿐. 어째서일까? 우리가 서로에게 하는 말을 믿는 사람이 이 중에 단 한 명이라도 있을까?

미란다는 가운데가 내려앉은 고리버들 의자에 불편하게 누운 채, 시간이 어서 지나가 애덤을 자신에게 넘겨주기를 기다렸다. 오늘따라 유난히 시간이 이상하게 흐르는 것 같았다. 어느 순간에는 30분이 1초처럼 순식간에 지나가서 그녀의 기억에 불가사의한 공백들이 남더니, 또 어느 순간에는 그녀의 손목시계에서 강렬한 섬광이 번쩍이면서 고작 3분이 너무나 더디게 흘러가, 마치 엄지손가락만으로 무언가를 붙잡고 매달려 있는 것처럼 버티기가 힘들어졌다. 그러다 마침내 애덤이 출발했으리라고 생각해도 무방할 시간이 되자, 그녀는 집 밖으로 나오고 있을 애덤의 모습을 상상해 보았다. 곧 비가 내릴 듯 푸른 안개가 낀 저 어스름 속을 걸어, 지금 그녀에게 오고 있을 그의 모습을. 하지만 결국 그에 대해 생각할 만한 것이 아무것도 없었다. 오로지 그를 보고 싶다는 소망과, 그를 다시 보지 못하리라는 공포만이 있을 뿐이었다. 아니, 공포가 아니라 현존하는 위협이었다. 아무리 완강하게 팔을 내저어 헤엄쳐도 조수에 휩쓸려서 조금씩 뒤로 밀려나는 사람처럼, 둘이 서로에게 다가갈수록 가까워지기보다는 오히려 점점 더 멀어지는 듯했다. 내디디는 걸음 하나하나가 위험천만하게 느껴졌다. '나는 사랑하고 싶지 않아.' 그녀는 자기도 모르게 생각했다. '애덤은 안 돼. 시간이 없고, 우린 마음의 준비도 안 돼 있고, 하지만 이게 우리가 가진 전부인……'

그때 바깥의 인도에 애덤이 나타났다. 첫 번째 계단에 발을 올리고 있는 그의 모습을 보자마자, 미란다는 뛰다시피 계단을 내려가 그를 맞이했다. 애덤이 그녀의 손을 잡고 물었다. "이제 몸은 좀 어때? 배고프지? 피곤하진 않아? 공연 보고 나서 춤출까?"

"좋아, 다 좋아." 미란다가 말했다. "좋아, 좋아……" 머리가 깃털처럼 핑핑거렸다. 그녀는 애덤의 팔에 매달려 몸을 가누었다. 아직 안개만 자욱할 뿐 비는 오지 않았고, 입안으로 들어오는 공기는 맵싸하고 깨끗했지만 숨 쉬기가 더 편해지지는 않았다. "연극이 괜찮아야 할 텐데." 그녀가 애덤에게 말했다. "적어도 웃기기라도 하면 좋겠지만, 나도 보장은 못 해."

연극은 길고 따분했다. 그래도 애덤과 미란다는 아주 조용히 앉아 극이 끝나기를 참을성 있게 기다렸다. 애덤은 조심스럽고도 진지하게 그녀의 장갑을 벗기고는 맨손을 잡아 줬었다. 마치 평소에 극장에서 그녀의 손을 잡는 버릇이 있는 것처럼. 한 번, 정말로 딱 한 번 그들은 고개를 돌려 서로의 눈을 마주했는데, 두 쌍의 눈은 똑같이 차분하고 모호했다. 미란다의 안에서 낮은 진동이 시작되었다. 그녀는 몰려오는 폭풍에 맞서 창문과 문을 닫고 커튼을 치듯이 자기 자신을 체계적으로 저지했다. 한편 애덤은 단조로운 연극 무대를 마냥 골똘하고 잠잠한 얼굴로 주시하며, 기묘한 흥분의 빛을 내비치고 있었다.

3막의 커튼이 올라갔지만 극은 곧바로 시작되지 않았다. 무대에는 다만 배경을 거의 다 뒤덮을 만큼 커다란 성조기가 걸려 있었는데, 걸어 놓은 모양새가 흉하고 모욕적이었다. 맨 위의 양쪽 귀퉁이에 못이 박혀 있고, 가운데 부분이 한데 모아져서 역시 못으로 고정된 채, 성조기는 먼지투성이가 되어 축 늘어져 있었다. 그 앞에는 한때 이 지역의 무급 공무원이었고 이제는 자유 국채 판매에 발 벗고 나선 남자가 서 있었다. 그는 평범한 초로의 사내로서, 볼록 튀어나온 배는 바지로 여미고 조끼 단추를 단정하게 채웠고, 딱딱한 입매에서는 독선적인 기질이 엿보였으며, 얼굴과 체형에서는 볼품없게 기록된 50년 치의 세월 외에는 읽어 낼 것이라곤 아무것도 없었다. 하지만 바야흐로 난생처음 엄숙한 시국에서 중요한 인물이 된 그는, 배우처럼 낭랑한 목소리로 신명 나게 연설을 쏟아 냈다.

"펭귄처럼 생겼네." 애덤이 말했다. 둘은 빙긋 미소를 주고받으며 앉은자리에서 자세를 고쳤다. 미란다는 자기 손을 거두었고, 애덤은 두 손을 포갰다. 그리고 언제나와 똑같은 케케묵은 배경 앞에서 언제나와 똑같이 이어질 케케묵은 연설을 각자의 방식으로 버텨 낼 준비를 했다. 미란다는 연설의 내용을 듣지 않으려 했지만 어쩔 수 없이 귀에 들어왔다. 이 악독한 독일 놈들…… 영예로운 벨로 숲…… 우리의 표어는 희생…… 벨기에가 당하는 박해…… 고통스러울 만큼…… 우리의 고귀한 청년들이 그곳에서…… 빅 버사*…… 문명의 죽음…… 독일군……

"나 머리 아파." 미란다는 속삭였다. "오, 저 사람 조용히 좀 하면 안 되나?"

"안 될걸." 애덤이 마주 속삭였다. "아스피린 구해다 줄게."

플랜더스 벌판에 양귀비꽃들 자라네, 줄줄이 서 있는 십자가들 사이로**…… "이제 거의 끝나 가나 봐." 애덤이 속삭였다…… 참극, 독일 놈들의 총검에 꿰찔린 무고한 아기들…… 여러분의 자녀와 나의 자녀…… 우리 아이들이 이런 일을 모면하게 된다면, 그들의 죽음이 헛되지 않았노라고 경건히 말할 수 있을 것입니다…… 전쟁, **전쟁**, '전쟁'을 끝내기 위한 '전쟁', 민주주의를 위한 전쟁, 인간성을 위한 전쟁, 영원히 안전한 세계…… 그리고 민주주의에 대한 우리의 믿음을 서로에게 그리고 온 세상에 증명하기 위해, 모두 함께 모여서 자유 국채를 사고, 설탕을 끊고, 양말을 짜고…… **양말이라고 했나?** 미란다는 생각했다. **다시 말해 봐요. 마지막 말을 못 들었어요. 애덤도 언급했나요? 안 했다면 나는 관심 없어. 애덤은 어쩔 건데, 이 쬐끄만 돼지 같은 양반아? 이번에는 무슨 노래를 부를 거지? 〈티퍼러리〉, 아니면 〈길고 긴 오솔길〉***? 오, 제발 그만두**

---

* 제1차 세계대전 당시 독일이 사용했던 초중 곡사포의 이름.
** 캐나다인 군의관이었던 존 매크레이 중령이 1915년에 쓴 시「플랜더스 벌판에」의 한 구절.
*** 둘 다 제1차 세계대전 당시 유행하던 노래.

고 연극이나 마저 보게 해 줘. 얼른 평을 쓴 다음 애덤과 춤추러 가야 한단 말이야. 우리는 시간이 없어. 석탄, 기름, 철, 금, 국제금융, 그런 이야기는 왜 안 하는데, 이 거짓말쟁이야?

관객들이 일어나서 노래했다. "길고 긴 오솔길이 구불구불 펼쳐지네." 그들의 벌린 입은 시커멨고, 얼굴은 무대조명이 반사되어 창백했다. 찡그리고 우는 몇몇 얼굴에 얼룩진 눈물이 달팽이가 지나간 자국처럼 반짝였다. 애덤과 미란다는 사람들과 입 맞춰 노래하면서, 두어 번 창피한 눈길을 주고받으며 빙긋 웃었다.

극장 밖으로 나온 두 사람은 늘 그러듯 담뱃불을 붙이고 천천히 길을 걸었다. "또 어느 고약한 늙은이 하나가 젊은 사람들 죽어 나가는 꼴을 보고 싶어서 안달이네." 미란다가 낮은 음성으로 말했다. "수고양이들이 새끼 수고양이들을 잡아먹으려는 격이지. 우리가 그런 말에 속아 넘어갈 리 없잖아. 안 그래, 애덤?"

이 문제에 대해 젊은이들의 반응은 대체로 이런 식이었다. 그들을 끌어들이는 사회의 속임수를 자신들이 훤히 꿰뚫어 보고 있다고 생각하는 것이다. 그녀는 말을 이어 나갔다. "그런 똥배 대머리 할아버지들, 너무 싫어. 너무 뚱뚱하고 늙었고 비겁해서 전쟁에 직접 나가지도 못하는 주제에, 자기들이 안전하다는 건 뻔히 알고, 대신 너를 등 떠밀어……."

애덤이 진심으로 놀란 눈으로 그녀를 돌아보았다. "아까 그 작자? 그런 불쌍한 얼간이를 군대에 넣어 봤자 뭐에 쓰겠어?" 그가 설명했다. "할 수 있는 일이라고는 말하는 것밖에 없겠지. 그게 그 사람 잘못은 아니잖아." 자기 젊음에 대한 자부심, 그 불운한 남자에 대한 관용과 인내심과 경멸감이 그의 땀구멍 하나하나에서 새어 나오는 듯했다. 그는 꼿꼿한 자세로 기운차면서도 편안하게 걸으며 말했다. "그 사람한테 대체 뭘 기대할 수 있겠어, 미란다?"

미란다는 그의 이름을 자주 불렀지만 애덤은 아니었다. 그의 입에서 자신의 이름이 나왔다는 것만으로도 불쑥 반가워서 그녀는 대답할 말이 얼른 생각나지 않았다. 잠시 주저하던 그녀는 공격의 방향을 바꾸기로 했다. "애덤, 전쟁에서 무엇보다도 끔찍한 건, 마주치는 모든 사람의 눈에서 두려움, 의혹, 어두운 표정이 보인다는 거야…… 다들 마음과 정신의 문을 닫아걸고 그 문틈 밖으로 나를 내다보는 것 같다고 할까. 그러다가 만약 내가 하는 손짓 하나, 말 한 마디라도 재깍 이해가 되지 않으면 자리를 박차 버릴 것 같아. 그래서 나는 무서워. 나도 두려움 속에서 살고 있지. 그런데 사람은 누구든 두려워하며 살면 안 되는 거잖아. 우리 주위를 살금살금 숨어 다니고, 거짓말하고…… 전쟁은 우리 마음과 정신에 그런 짓을 하고 있는 거야, 애덤. 그리고 그 두 가지는 서로 분리할 수 없는 거고. 몸보다도 그쪽에 생기는 상처가 더 심각해."

애덤이 잠시 뜸을 들이다 진지하게 말했다. "오, 그렇긴 하지. 하지만 군인이 사지 멀쩡한 몸으로 돌아온다고 생각해 봐. 마음과 정신은 다쳐도 나을 기회가 있을 수 있지만, 인간의 낡고 처량한 몸뚱이가 한번 잘못되고 나면, 뭐, 그냥 재수 없게 되는 거라고."

"오, 그렇긴 하지." 미란다는 그의 말투를 따라 했다. "그냥 재수 없게 되는 거지."

"만약 내가 전쟁에 안 나간다면……" 애덤이 담담하게 말했다. "나는 내 얼굴을 차마 똑바로 보지 못할 거야."

그걸로 모든 이야기는 끝났다. 미란다는 애덤의 팔에 손을 딱 붙인 채 묵묵히 그를 생각했다. 애덤의 태도에 울분이나 반감 따위는 없었다. 그는 시종일관 순수하고, 티 없고, 온전했다. 제물로 바쳐져 희생되는 양처럼. 그 희생양은 지금 자신의 넓은 보폭을 그녀의 걸음걸이에 맞추며 느긋하게 걷고 있었다. 친절한 미국식 매너를 발휘하며, 그녀를 인도 안쪽으로 걷게 배려하고, 건널목을 건널 때는 장애인을 대하듯 도와주면서. '이러다 진흙탕이라도 나오면 나를 안아 올려서 옮겨 주려고 들겠네.' 담배 연기, 향 없는 비누, 막 세척한 가죽과 막 씻은 피부의 냄새가 섞인 남자다운 체취를 풍기면서, 그는 코로 숨을 쉬며 가쁜히 가슴을 움직였다. 그러다 고개를 뒤로 젖히고는 여전히 금방이라도 비가 내릴 듯 안개가 서린 하늘을 올려다보며 미소 지었다. "이야, 멋진 밤이네. 기사는 빨리 써 버리고 놀러 가자. 응?"

애덤이 인쇄실 옆에 있는, '끈적한 스푼'이라는 별명이 붙은 식당에서 커피를 마시며 기다리는 동안, 그녀는 말끔히 세수하고 머리를 빗고 분을 바른 뒤 그를 다시 만나러 갔다. 식당에 들어서자마자 애덤이 먼저 보였다. 그는 때 묻은 커다란 창문 옆자리에 앉아서 고개를 창가로 돌리고 있었지만 바깥의 길거리를 내려다보지는 않았다. 굉장한 얼굴이었다. 미끈하고, 잘생겼고, 우중충한 조명 속에서 황금빛을 띤 얼굴. 하지만 걷잡을 수 없는 우울이, 고통스러운 긴장과 환멸감이 선명히 떠올라 있었다. 찰나의 순간 그녀는 나이 든 애덤의 모습을 보았다. 그가 영영 되지 못할 사내의 얼굴이 거기에 있었다. 그때 미란다를 본 그가 자리에서 일어났고, 환한 광채가 다시 나타났다.

애덤은 그들이 앉을 테이블의 의자 두 대를 한꺼번에 끌어냈다. 둘은 뜨거운 차를 마시고, 재즈밴드가 연주하는 〈당신의 고민을 여행 가방에 넣고〉*를 들었다.

"낡은 여행 가방에, 그리고 웃어요, 웃어요, 웃어요!" 악단과 가까운 테이블에 둘러앉은, 아직 징병 연령이 안 된 소년 대여섯 명이 고함을 쳤다. 그들은 뜻 없는 말을 외쳐 대고, 나름 유쾌한 기분에 들뜬 듯한 발작적인 폭소를 터뜨리더니, 투명한 액체가 든 납작한 병을 테이블보 밑으로 주고받았다. 이 서부 도시는 흥청대는 술꾼 광부들이 세웠음에도 불구하고 누구든지 공공연하게 술을 마시는 것은 금지되어 있는 곳이므로, 그들은 진저에일 잔에 술을 슬쩍 따라 마셔야 했던 것이다. 악단이 이어서 연주한 〈티퍼러리로 가는 먼 길〉을 그들은 계속해서 따라 불렀고, 그다음에는 〈마들롱〉이 나왔다. 그때 애덤이 말했다. "춤추자." 이곳은 비좁고 조잡하고 번쩍거렸고, 사람으로 미어터지고 공기는 덥고 연기가 자욱했지만, 이보다 더 좋을 순 없었다. 신나는 음악이 나오고 있으니까. 그리고 삶은 어차피 완전히 미쳐 돌아가는 것이다. **그럼 뭐 어때? 우리가 가진 게 이건데. 애덤과 나, 우리 사이에서 나올 건 이게 다야. 우린 이런 식이야.** 미란다는 생각했다. 하지만 한편으로는 그에게 이렇게 말하고 싶었다. "애덤, 꿈에서 깨어나 내 말 좀 들어 봐. 나 가슴이, 머리가, 심장이 아파. 이건 진짜야. 나는 온몸이 아프고, 너는 생각만 해도 견딜 수 없는 위험에 빠져 있어. 그러니 우리 서로를 구해 주지 않을래?" 그의 어깨를 잡은 손에 힘을 주자, 그녀의 허리에 둘러진 그의 팔이 재깍 팽팽하게 조여들었다. 그대로 그녀를 단단히 받친 채 애덤은 팔을 움직이지 않았다. 둘은 말없이 서로에게 끊임없이 미소를 보냈다. 그들이 터득한 새로운 언어이기라도 한

---

* Pack Up Your Troubles in Your Old Kit-Bag, and Smile, Smile, Smile, 1915년 펠릭스 파월, 조지 헨리 파월 형제가 작곡한 행진가.

듯, 미소를 주고받으며 기묘한 대화를 이어 갔다. 애덤의 어깨에 얼굴을 바싹 대고 있던 미란다는 구석 테이블에 앉은 젊은 흑인 커플을 눈여겨보았다. 그들은 나란히 앉아 서로의 허리를 감싸 안고 머리를 맞댄 채, 허공에 떠 있는 무언가에 시선을 고정하고 있었다. 여자의 오른손이 테이블 위로 내려오자, 남자의 손이 그녀의 손을 덮었고, 여자의 얼굴이 눈물로 흐릿해졌다. 남자는 이따금씩 여자의 손을 들어 입을 맞춘 뒤 다시 잡아 내렸고, 그러면 여자는 다시 눈물을 머금었다. 그 둘은 부끄러운 줄 몰라서 그러는 게 아니었다. 단지 자신들이 어디에 있는지를 잊었을 뿐이다. 아니면 달리 갈 데가 아무 데도 없거나. 말은 한 마디도 않고 작은 팬터마임만 되풀이하는 모습이, 자꾸만 되풀이되는 단조롭고 우울한 단편영화를 보는 듯했다. 미란다는 그들이 부러웠다. 그 여자가 부러웠다. 적어도 그녀는 울고 싶으면 울 수라도 있고, 그래도 남자가 왜 그러느냐고, 무슨 일이냐고 물을 필요도 없었으니까. 그들의 테이블에는 커피 두 잔이 놓여 있었다. 그런데 한참 뒤—미란다와 애덤이 춤을 두 곡 추고 자리로 돌아왔을 때—커피가 차갑게 식었을 즈음, 그들은 별안간 커피를 마시더니 아까처럼 끌어안았다. 아무런 말도, 눈짓조차도 없이. 적어도 둘 사이에 무언가가 해결되고 정리된 것이다. 부러웠다. 부러운 일이었다. 저렇게 조용히 붙어 앉아서, 똑같은 표정을 지으며, 서로가 공유하는 지옥을 들여다볼 수 있다는 게. 어떤 지옥인지는 몰라도 그건 그들의 지옥이었고, 두 사람은 함께였다.

애덤과 미란다의 테이블과 가장 가까운 자리에서는, 한 젊은 여자가 테이블에 팔꿈치를 괴고 앉아 동행인 남자에게 이야기하고 있었다. "그리고 나는 개 마음에 안 들어. 너무 치근덕거리잖아. 계속 한잔

하라길래 나는 술 안 마신다고 계속 거절했는데, 그러니까 걔가 뭐라는 줄 알아? 자기는 술이 너무너무 고픈데, 내가 같이 안 마셔 주는 게 못됐다는 거야. 자기가 여기 혼자 앉아서 자작이나 하고 있어야겠느냐며. 그래서 나는 걔한테 이렇게 말해 줬지. 모르나 본데, 너는 지금 혼자가 아니다, 술 마시고 싶으면 맘대로 마셔도 된다, 그런데 왜 꼭 **나를** 끌어들여야 하느냐. 그랬더니 걔가 웨이터를 불러서 진저에일이랑 잔 두 개를 달라고 하더라고. 그래서 나는 항상 그러듯이 진저에일만 마셨고, 걔는 자기가 가져온 밀주를 잔에다 따랐어. 그 밀주를 가지고 엄청나게 뻐기더라. 자기가 감자로 직접 담근 거라고. 집에서 정성껏 빚어서 갓 퍼 온 술이라면서, 그거 딱 세 방울만 진저에일에 넣으면 멈 카르트 클라시크* 같을 거라나. 나는 싫다고 했지. '싫다니까, 글쎄. 싫다는 말이 네 대가리로는 도저히 이해가 안 되니?' 그러자 걔는 한 잔 더 따라 마시면서 이랬어. '아, 왜 이래, 자기. 그렇게 고집 피우지 말고 조금만 마셔 봐. 그러면 엉덩이가 들썩들썩한다니까.' 그쯤 되니까 아주 진력이 나더라. '나는 술 안 먹어도 엉덩이 흔들 수 있고, 파티에서 충분히 실력을 발휘할 수 있어.' 그러니까 걔가 '음, 그래도 있잖아, 나는 좀 궁금한 게……' 뭐 이러길래, 거기까지만 듣고 나는 그냥……"

미란다는 자신이 한참을 잠들어 있었다는 걸 의식하면서 불현듯 깨어났다. 사람의 발소리도, 문의 경첩이 삐걱이는 소리도 듣지 못했는데, 어느새 방에 들어온 애덤이 불을 켜고 있었다. 처음에는 그에게

---

* 화이트 샴페인의 한 종류.

서 고개를 돌리고 있었던 데다 눈이 부셔서 아무것도 안 보였는데도 미란다는 그를 알아차릴 수 있었다. 그는 곧장 다가와서 침대 가장자리에 걸터앉아, 아까 하던 이야기를 마저 이어 가려는 듯한 투로 말하기 시작했다. 그는 웬 종이쪽지를 구겨서 벽난로에 던져 넣었다.

"내가 남긴 메모 안 읽었네. 문 밑에 넣어 뒀는데. 아까 부대에서 이런저런 예방접종을 맞으라고 갑자기 불렀거든. 생각보다 오래 걸려서 늦을 것 같아 네 회사에 전화했는데, 네가 오늘 출근을 안 했다더라고. 그래서 집주인 하비 아주머니에게 전화해 봤더니 네가 아직 자고 있고, 전화를 받으러 나올 수도 없다고 했어. 아주머니한테 내가 남긴 메시지 들었어?"

"아니." 미란다는 잠기운이 묻은 목소리로 말했다. "하루 종일 잤나 봐. 아, 기억난다. 여기 의사가 왔었어. 빌이 보내 줬거든. 전화는 한 번 받으러 나가긴 했어. 빌이 구급차를 보내 줄 테니 병원에 가라길래. 아무튼 의사가 진찰해 주고 처방전 적어 주고는 어디 다녀오겠다고 했는데, 아직 안 왔나 봐."

"처방전은 어디 있고?" 애덤이 물었다.

"모르겠어. 놔두고 가는 건 봤는데."

애덤은 테이블이며 벽난로 선반을 둘러보았다. "여기 있네." 그가 말했다. "나갔다가 금방 올게. 야간 영업 하는 약국을 찾아봐야겠다. 지금 새벽 1시가 넘었어. 그럼 안녕."

안녕, 안녕. 미란다는 그가 나가고 난 뒤에도 한동안 방문을 바라보다가 눈을 감았다. **집 밖에 있을 때는 이 방이 어떻게 생겼는지 전혀 기억나지 않아. 여기서 산 지가 거의 1년이 다 됐는데…… 커튼이 너무 얇아서 아침 햇빛이 다 들어온다는 것만 생각나. 하비 아주머니가 더 두꺼운 커튼을 달아**

주겠다고 약속했지만 아직까지 소식이 없었다. 오늘 아침 미란다가 실내복 차림으로 전화 통화를 하고 있을 때, 하비 아주머니가 쟁반을 받치고 지나갔던 일이 기억났다. 붉은 머리에 체구가 조그마한 하비 아주머니는 친절하지만 신경질적인 여자였다. 이 집에서 나오는 세가 신통찮은지, 돈에 쪼들려 안달복달하는 티가 빤했다.

"어머나, 얘." 그녀는 미란다의 옷차림을 보고는 날카롭게 말했다. "대체 무슨 일이니?"

미란다는 수화기를 귀에 댄 채로 말했다. "인플루엔자인 것 같아요."

"끔찍해라!" 하비 아주머니가 손에 든 쟁반을 바르르 떨며 나지막이 중얼거렸다. "당장 방에 들어가…… 지금 당장!"

"빌하고 통화만 마저 하고요." 미란다가 말하자, 하비 아주머니는 허겁지겁 자리를 뜨더니 다시 나타나지 않았다. 빌은 소리를 질러 가며 이런저런 지시를 내리고 온갖 약속을 했다. 의사, 간호사, 구급차, 병원 등등. 이번 주 봉급도 변함없이 지급하겠다고, 그러니 침대로 돌아가서 거기에만 가만히 있으라고. 그녀는 침대에 풀썩 드러누웠다. 그러고 보면 흥분했을 때 정말로 머리를 쥐어뜯는 사람은 그녀의 주위에서 빌밖에 없었다. **고향에 보내 달라고 해야겠어. 죽어 가는 사람을 가족에게 떠맡기는 건 유서 깊은 관습이니까…… 아니, 그냥 여기 있을래. 이건 내 일인걸. 하지만 이 방은 말고, 어딘가 다른…… 눈 덮인 추운 산으로 가고 싶어. 거기라면 가장 좋을 텐데.** 그녀의 주위에 온통 만년설을 입은 로키산맥의 정경이 펼쳐졌다. 그 지대를 측량한 면적과 고도가, 그 장엄한 푸른 구름의 월계관이, 뼛속까지 스며드는 차가운 숨결까지도. **오, 여긴 아니야. 따뜻한 데여야 해.** 그 생각을 하자 그녀의 기억이 어딘가 다른 장소를 찾아 떠돌았다. 그녀가 가장 처음 알았고 가장 많이 사랑했던 곳을. 이제 그곳은 떠다니는 야자나무와 삼나무의 파편들, 어둑한 그림자 그리고 눈부시지는 않되 온기를 내리쬐는 하늘 속에서만 볼 수 있었다. 이 기묘한 하늘은 눈부시기만 할 뿐 따뜻하지는 않았으니까. 나른한 오크나무 그늘 아래 천천히 흔들리는 잿빛 이끼가 있었고, 머리 위에서는 독수리들이 하늘을 드넓게 맴돌았고, 강둑에 자라난, 짓이겨진 허브 냄새가 났다. 그리고 경고도 없이, 그녀가 아는 모든 강줄기가 어느 넓고 잔잔한 강으로 흘러들었다. 제방은 서서히, 조용히 양편으로 멀어져 갔고, 높다란 범선 한 척이 근처에 정박하더니 시커멓게 풍화된 건널판을 그녀의 침대 발치에 내렸다. 배의 뒤에는 정글이 있었다. 눈앞에 정글이 펼쳐지는 와중에도, 그녀는 그 풍경이 자신이 정글에 대해 읽었거나 들었거나 상상하거나 아는 것의 전부라는 사실을 알았다. 꿈틀거리며 지독하게 살아 움직이는, 비밀스러운 죽음의 땅. 똬리를 튼 점박이 뱀, 눈동자에 악의를 띤 무지갯빛 새, 인간처럼 현명한 얼굴을 한 표범, 사치스러운 갈기를 단 사자가 도사리는 곳. 널찍하고 통통한 잎사귀들은 유황빛으로 번쩍거리며 죽음의 진액을 흘리고, 낯선 생김새의 나무들이 찐득거리는 흙탕 위에 퍼드러진 채 썩어 가고, 그 위로 긴팔원숭이들이 뛰어다니며 비명을 질러 대는 곳. 그녀는 베개에 머리를 누인 채, 자기 자신이 건널판을 잽싸게 뛰어 내려가 비스듬한 갑판에 내려서는 모습을 무덤덤하게 지켜보았다. 그녀는 갑판에 서서 난간에 몸을 기대고는 침대에 있는 자기 자신에게 명랑하게 손을 흔들었다. 날렵한 모양의 배는 이윽고 양 날개를 펼치고 정글 속으로 들어갔다. 산산이 부서지는 비명들, 목쉰 음성으로 내지르는 고함들이 온통 뒤섞이면서 공기가 요동쳤다. 그 소음은 들쑥날쑥한 먹구름처럼 허공에서 맞부딪치더니, 딱 두 마디의 단어가 되어 그녀의 머리를 에워싸고 오르락내리락 울려 퍼졌다. 위험, 위험, 위험 그리고 전쟁, 전쟁, 전쟁. 그녀의 방문이 반쯤 열려 있었다. 애덤이 문손잡이를 잡고 서 있고, 하비 아주머니는 공포에 질려 얼굴이 온통 일그러진 채 새된 소리로 울부짖었다. "말했잖아요. 지금 당장 와야 한다니까. 안 그러면 내가 저 애를 길거리로 끌어내기라도 해야지…… 이건 전염병이라고. 전염병! 맙소사, 나는 이 집에 사는 사람들 모두를 챙겨야 하는 입장이에요!"

애덤이 말했다. "압니다. 내일 아침에 구급대가 올 거예요."

"아이고, 내일 아침이라니! 지금 와야지!"

"보낼 수 있는 구급차가 없대요." 애덤이 말했다. "침대도 남는 게 없고, 의사도, 간호사도 못 구한답니다. 다들 바빠서요. 그러니 어쩔 수 없어요. 아주머니는 나가 계세요. 미란다는 제가 돌볼 테니까요."

"그러겠지요. 그건 나도 알아요." 하비 아주머니는 무척 불쾌한 투였다.

"네, 제 말이 그겁니다." 애덤이 건조하게 말했다. "이제 나가 보시죠."

애덤은 조심스럽게 문을 닫았다. 그는 구겨진 꾸러미 여러 개를 들고 있었고, 놀라울 만큼 무감동한 표정이었다.

"들었어?" 애덤이 그녀에게 몸을 기울이고 아주 조용히 물었다.

"대충." 미란다가 말했다. "앞날이 아주 희망적이네, 그치?"

"약 가져왔어. 지금 바로 먹어야 해. 말은 저렇게 해도, 너를 진짜 내쫓지는 못해."

"그럼 정말로 상황이 심각한가 보구나."

514

"보통 심각한 게 아니지. 극장은 전부 문 닫았고, 가게나 식당도 거의 닫았어. 거리는 하루 종일 장례 행렬이고 밤새도록 구급차들이 오락가락……"

"그런데 내가 탈 차는 없다 이거지." 미란다는 머리가 어지럽고 웃음이 나왔다. 그녀는 일어나 앉아서 푹 꺼진 베개를 두들겨 부풀리고, 가운을 집어 몸에 걸쳤다. "네가 있어 줘서 다행이야. 나 악몽을 꿨거든. 담배 좀 줄래? 너도 한 대 피워. 그리고 창문들 다 열고, 창가로 건너가서 앉아 있어. 여기서 이러고 있으면 너도 위험하잖아. 모르는 거야? 왜 그랬어?"

"신경 쓰지 말고 약이나 먹어." 애덤이 커다란 체리 빛깔 알약 두 개를 건넸다. 그녀는 약을 삼켰다가 곧바로 토해 버렸다. "미안." 미란다는 웃음을 흘렸다. "꼴불견이네, 나." 애덤은 무척 걱정스러운 표정으로 젖은 수건을 가져와 묵묵히 그녀의 얼굴을 닦아 주고, 봉투에서 금이 간 얼음 조각을 몇 개 꺼내 주었다. 그리고 단호한 손길로 약 두 알을 다시 쥐여 줬다. "집에서도 항상 이렇게 해 줬는데. 그러면 삼켜지더라." 미란다는 불쑥 창피해져서 두 손으로 얼굴을 덮고 또 고통스럽게 웃음을 터뜨렸다.

"아직 두 알 더 남았어." 애덤은 그녀의 손을 얼굴에서 치우고 턱을 들어 올렸다. "할 거 다 하려면 한참 멀었어. 약 말고 다른 것도 먹어야 해. 오렌지 주스랑 아이스크림. 사람들이 아이스크림을 먹이면 도움이 된다 하더라고. 그리고 보온병에 커피도 담아 왔고, 체온계도 있어. 이걸 다 해치우려면 이제부터 마음 편하게 먹는 게 좋을 거야."

"어젯밤 이 시간쯤에 우린 춤추고 있었는데." 미란다는 그가 스푼으로 떠 준 무언가를 받아먹었다. 애덤은 그녀를 위해 이런저런 준비를 하면서 방 안을 돌아다녔고, 그동안 미란다는 그를 시선으로 좇았다. 그는 혼자 있는 사람처럼, 주위를 의식하지 않는 무심한 표정이었다. 이따금씩 그는 침대로 돌아와서 그녀의 머리를 손으로 받쳐 주고 입가에 컵을 대 주었다. 그러면 미란다는 뭐가 어떻게 되어 가고 있는지도 잘 모른 채 그저 컵에 든 것을 고분고분 삼킨 다음 다시 그를 눈으로 좇았다.

"애덤." 그녀가 입을 열었다. "그러고 보니 생각났는데, 세인트 루크 병원이 있잖아. 사람들이 거길 깜빡했나 봐. 그 병원 수녀님들에게 전화해서, 쩨쩨하게 굴지 말고 거기 있는 케케묵은 방들 중 하나만 내달라고 부탁해 봐. 그냥 조그맣고 컴컴하고 볼품없는 방 하나 사흘 정도만 내주면 된다고. 한번 얘기해 봐, 애덤."

애덤은 그녀가 아직 정신이 그럭저럭 온전하다고 믿는 듯했다. 그가 밖에서 전화를 거는 소리, 특유의 찬찬한 어조로 무언가 설명하는 소리가 들려왔다. 하지만 그는 통화를 시작한 지 얼마 되지도 않아 방으로 돌아왔다. "오늘은 까탈스러운 할머니들하고 잘못 엮이는 날인가 봐. 거기 수녀님이 의사 명령 없이는 방을 내줄 수 없고, 어차피 남는 방도 없대. 엄청 시큰둥한 말투였어."

"그래?" 미란다는 탁한 목소리로 말했다. "무지막지하게 무례하고 야비하다. 그치?" 그녀는 두 팔을 허우적대며 벌떡 일어나 앉아서는 격하게 구역질을 했다.

"가만, 기다려." 애덤이 대야를 가져왔다. 그는 그녀의 머리를 잡아 주었고, 얼음물로 얼굴과 손을 씻어 준 뒤 머리를 베개에 반듯이 뉘어 주었다. 그러곤 창가로 건너가서 밖을 내다보다가, 잠시 뒤 곁에 돌아와 앉았다. "음, 방이 없대. 침대 한 대도 없고, 아기 침대조차 남아나는 게 없다네. 그렇게까지 말하는데 더 물어볼 것도 없겠더라고. 그냥 여기서 기다리는 수밖에."

"구급차는 안 와?"

"내일 올 거야, 아마도."

그는 군복 상의를 벗어서 의자 등받이에 걸쳐 놓더니, 벽난로 앞에 무릎을 꿇고 앉아서는 불쏘시개용 장작들을 인디언 원뿔 천막 모양으로 조심스럽게 쌓아 올렸다. 장작들이 비스듬히 설 수 있도록 가운데에 작은 종이 뭉치도 끼워 넣었다. 그리고 불을 붙인 다음, 더 큰 장작들을 그 위에 얹고서 불이 제대로 옮겨붙을 때까지 기다린 뒤 더욱크고 묵직한 장작들과 석탄 몇 덩이를 집어넣었다. 그렇게 불이 활활타올라 다시 되살릴 필요가 없을 정도가 되자, 비로소 애덤은 자리에서 일어나 손을 털었다. 등 뒤에서 비치는 불빛 때문에 그의 머리카락이 반짝거렸다.

"애덤, 너는 정말 아름다운 것 같아." 미란다가 말했다. 그러자 애덤은 웃음을 터뜨리더니 고개를 가로저었다. "그게 무슨 헛소리야, 나한테." "너를 봤을 때 가장 먼저 떠오른 생각이었어." 그녀는 침대에 팔꿈치를 괴고 불 가까이로 몸을 가져가면서 말했다. "난롯불 정말 잘붙였네."

그는 다시 침대에 걸터앉고, 의자 한 대를 끌어당겨서 의자 가로대위에 발을 올렸다. 그제야 비로소 둘은 서로를 마주 보고 빙그레 웃었다. 오늘 밤 들어서 처음 있는 일이었다. "지금은 좀 어때?" 애덤이 물었다.

"훨씬 나아졌어. 우리 이제 이야기하자. 서로 말하려고 했던 거 다 말하자."

"너 먼저 얘기해. 너에 대해 알고 싶어."

"그러면 넌 내가 무척 슬픈 삶을 살았다고 생각하게 될 텐데. 사실 그게 맞을지도 모르지. 하지만 이제 나는 그 삶으로도 충분히 만족할 것 같아. 다시 살 수 있다면 거의 모든 게 행복하기만 할 것 같아. 실제로는 그렇지 않겠지만, 지금 내 기분은 그렇다는 뜻이야." 미란다는 잠시 뜸을 들이다 말을 이었다. "그런데 돌이켜 보면, 결국 이야기할 게 아무것도 없네. 이제껏 나는 무언가 나중에 일어날 일을 준비만 하면서 살아왔거든. 그런데 지금 내 삶이 끝난다면, 별거 없지 뭐."

"하지만 지금까지 살아온 게 가치는 있었을 거 아냐. 안 그래?" 그는 중요한 질문을 하는 듯이 심각하게 물었다.

"이게 전부라면 별 가치 없어." 그녀는 고집스럽게 받아쳤다.

"한 번도…… 행복했던 적이 없어?" 애덤은 그 단어를 두려워하는 기색이 역력했다. '사랑'이라는 단어를 말하는 것처럼 머쓱해하고 있었다. 이제까지 행복이라는 단어를 소리 내어 말해 본 적도 없고, 그 발음도, 의미도 잘 모르는 것 같았다.

"글쎄. 딱히 그런 생각을 해 본 적이 없어서. 나는 그냥 살기만 했을 뿐이야. 하지만 내가 좋아했던 것들, 꿈꿨던 것들은 기억해."

"나는 전기 기술자가 되려고 했었어." 애덤이 말을 잠깐 끊더니 덧붙였다. "돌아오면 교육을 마저 받을 생각이야."

"너는 살아 있는 게 좋지 않아?" 미란다가 물었다. "날씨나, 하루 중에도 시시각각 변하는 햇빛의 색깔, 온갖 소리나 소음…… 공터에서 소리 지르는 아이들, 자동차 경적, 길거리에서 연주하는 작은 악단, 요리하는 냄새 같은 거."

"나는 수영도 굉장히 좋아해."

"나도 그래. 그러고 보니 우리 수영은 한 번도 같이 못 해 봤네." 미란다는 느닷없는 질문을 꺼냈다. "기도문 아는 것 있어? 주일학교에서 배운 내용 중에 기억나는 거 있어?"

"별로." 애덤은 후회하는 기색 없이 대답했다. "뭐, 주기도문은 알지."

"응. 성모송도 있고. 그리고 굉장히 유용한 것도 있어. 이렇게 시작하는 기도야. '전능하신 하느님과 성모님에게 그리고 베드로와 바울 사도님들에게 고백하오니……'*"

"너 가톨릭이구나."

"기도문은 어차피 똑같잖아, 이 열성 감리교도야. 너 감리교도 맞지?"

"아니, 장로교."

"그래? 그러면 뭐 다른 건 기억 안 나?"

"'이제 잠자리에 드오니……'" 애덤이 운을 띄웠다.

"맞아, 그거. 그리고 '복된 예수님, 온화하고 온유한……' 이만하면 내가 종교 교육을 제대로 받았다는 걸 알겠지? 나는 심지어 '오 아폴론이여'로 시작하는 기도문도 알아. 들어 볼래?"

"아니. 농담이겠지."

"농담 아닌데." 미란다가 말했다. "나 잠들지 않으려고 애쓰고 있어. 잠들기 무서워. 못 깨어날까 봐. 잠들지 않게 도와줘, 애덤. 이건 알아? '마태오, 마르코, 루가, 요한님, 제가 누운 잠자리를 축복해 주소서……'"

---

* 가톨릭 라틴 양식 전례에서 쓰인 「고백의 기도」.

"'제가 만약 깨어나기 전에 죽는다면, 이 영혼을 거두어 주옵소서.'
맞나? 어쩐지 아닌 것 같네."*

"담뱃불 좀 붙여 줘. 그리고 너는 이제 창가로 가서 앉아. 자꾸 깜빡
하네. 너는 바깥 공기를 쐬어야지."

그가 담뱃불을 붙여서 입가에 가져다주자, 그녀는 손가락 사이에
담배를 끼워 들었다. 그런데 그만 베개 가장자리에 담배를 떨어뜨리
고 말았다. 베개 밑에 굴러 들어간 담뱃불을 애덤이 찾아내 물컵 받침
으로 비벼 껐다. 그동안 미란다는 순간적으로 현기증에 휩싸여 머리
가 캄캄해졌다가 다시 맑아졌다. 질겁해서 벌떡 일어나 앉고 이불을
내던지는데 몸에서 식은땀이 쫙 흘렀다. 애덤은 놀란 얼굴로 뛰어 일
어나더니, 거의 순식간에 뜨거운 커피 한 잔을 그녀의 입가에 가져다
주었다.

"너도 좀 마셔야지." 침착을 되찾은 미란다가 말했다. 그리고 나서
둘은 침대 끄트머리에 같이 옹송그리고 앉아 말없이 커피를 마셨다.

애덤이 입을 열었다. "이제 다시 누워. 잠 다 깼잖아."

"우리 노래 부르자. 나 옛날 영가를 한 곡 알아. 전부는 아니지만 가
사가 기억나." 미란다는 여상스럽게 덧붙였다. "나, 이제 괜찮아." 그
녀는 쉰 목소리로 노래를 흥얼거렸다. "'창백한 말, 창백한 기수여, 내
사랑을 데려가지 마오……' 이 노래 알아?"

"응. 텍사스 유전에서 일하는 흑인들이 부르는 걸 들었어."

"나는 목화밭 흑인들한테서 들었는데. 좋은 노래지."

둘은 첫 소절을 같이 불러 보았다. "이다음은 기억이 안 나." 애덤이

---

* 본래는 「이제 잠자리에 드오니」에 나오는 구절로, 애덤이 두 기도문을 혼동하고 있다.

말했다.

"'창백한 말, 창백한 기수여.' 이 곡엔 밴조 반주가 필요한데…… '내 사랑을 데려가지 마오……'" 이쯤에서 미란다는 목청이 트인 듯, 탁했던 목소리가 다시 맑아졌다. "계속 이어 가야 하는데. 다음 가사가 뭐였더라?"

"아주 긴 가사였어. 40절은 됐을걸. 창백한 기수가 엄마, 아빠, 형제, 누이, 온 가족을 데려가 버리고 그것도 모자라 연인까지……"

"하지만 노래 부르는 사람은 안 데려갔지." 미란다가 말했다. "죽음은 항상 노래하는 사람 한 명은 남겨 둬. 누군가가 애도는 해 줘야 하니까. '죽음이여, 오, 한 명의 노래꾼은 애도하도록……'"

"'창백한 말, 창백한 기수여.'" 애덤이 합세해서 노래를 불렀다. "'내 사랑을 데려가지 마오!' 우리 이 정도면 잘하는 것 아니야? 우리 아무래도 어디 나가서……"

"쉼터 사업에 들어갈까? '저곳'에 무방비 상태로 나가 있는 가엾은 영웅들을 즐겁게 해 주는 거야."

"밴조 연주도 하자." 애덤이 말했다. "전부터 밴조를 쳐 보고 싶었어."

미란다는 한숨을 쉬고 베개에 몸을 기댔다. **포기해야 해. 더 이상은 못 버티겠어.** 여기에는 오로지 고통과, 이 방과, 애덤뿐이었다. 복합적인 삶의 결도 사라졌고, 기억과 희망 사이에서 똑바로 서 있을 수 있도록 그녀를 밀고 당기며 균형을 잡아 주던 질긴 실도 이제 더 이상은 없었다. 오로지 지금 이 순간뿐이었고, 이 순간은 시간의 꿈이었다. 그리고 애덤의 얼굴은, 너무나 가까이에서 잠잠하고 열띤 눈동자로 마주 보는 그 얼굴은, 그림자였다. 그 이상은 아무것도 없었다……

"애덤." 그녀는 자신을 아래로 아래로 끌어 내리는 묵직하고 부드러운 어둠 속에서 말했다. "나는 너를 사랑해. 너도 그렇게 말해 주길 바라고 있었어."

그는 옆에 누워서 팔로 그녀의 어깨를 받쳐 주고, 그 매끄러운 얼굴을 그녀의 얼굴에 맞대고서, 입술에 입술을 가까이 가져가다 멈췄다. "내가 지금 하는 말 들려? 지금껏 내내 내가 너에게 무슨 말을 하려고 했을 것 같아?"

그녀는 그를 돌아보았다. 구름이 걷히면서 한순간 그의 얼굴이 보였다. 그는 이불을 덮어 주고 그녀를 안아 주면서 말했다. "잘 자, 내 사랑, 내 사랑. 지금 잠들면 한 시간 뒤에 깨워 줄게. 그리고 뜨거운 커피를 가져다줄게. 내일이면 우리를 도와줄 사람이 올 거야. 사랑해, 잘 자……"

아무런 전조도 없이 그녀는 어둠 속으로 떨어져 내렸다. 그의 손을 잡은 채 잠 아닌 잠 속으로, 선명한 저녁 햇살이 비치는 작은 숲으로 떨어졌다. 그 숲은 분노에 휩싸인 위험천만한 곳이었다. 어디서 나는지 알 수 없는, 인간의 음성 같지 않은 노랫소리들이 숲속 가득히 울려 퍼졌다. 쌩 날아가는 화살처럼 날카로운 음색이었다. 그런데 그 노래의 화살촉들 중 하나가 애덤에게 날아와 맞았다. 화살은 그의 심장을 관통한 뒤 그 뒤편의 나뭇잎들을 베어 내며 맹렬히 날아갔고, 애덤은 그녀의 눈앞에서 쓰러져 버렸다. 하지만 이내 그는 멀쩡해진 몸으로 다시 일어섰다. 그러자 보이지 않는 누군가가 쏜 화살이 또다시 그에게 명중했고, 그는 쓰러졌다가 또다시 살아났다. 끊임없이 반복되는 죽음과 부활 속에서 그는 그렇게 온전히 남아 있었다. 미란다는 화가 치밀어 올라, 이기심을 주체 못 하고 그의 앞에 불쑥 뛰어들어 화살을 막아섰다. "안 돼, 이런 게 어딨어?" 놀이터에서 반칙을 당한 아이처럼 그녀는 분통을 터뜨렸다. "이번엔 내 차례란 말이야. 왜 항상 너만 죽는 쪽이야?" 그때 화살이 그녀의 심장을 직격으로 꿰뚫고, 그의 몸까지 날아가 명중했다. 그러자 그는 죽었고, 그녀는 여전히 살아 있었다. 숲이 휘파람을 불고 노래를 부르고 고함을 쳐 댔다. 가지 하나, 잎사귀 하나, 풀잎 하나가 모조리 각자의 목소리로 그녀를 비난하고 있었다. 그녀는 달음질을 쳤다. 그러자 뒤따라 뛰어온 애덤이 방 한가운데에서 그녀를 따라잡고 말했다. "미란다, 나도 깜빡 잠들었나 봐. 왜 그래? 왜 그렇게 비명을 질러?"

애덤의 도움으로 마음을 가라앉힌 뒤, 그녀는 무릎을 세우고 앉아 두 팔을 포개고 그 위에 머리를 괴고서 그에게 할 말을 찬찬히 골랐다. 이건 꼭 명확하게 설명해야 할 문제였다. "굉장히 이상한 꿈이었어. 왜 무서운 느낌이 들었는지는 나도 모르겠어. 그 왜, 옛날 밸런타인데이 카드에 나오는 그림 있잖아. 하트 두 개가 화살 하나에 같이 꿰뚫려 있는 것. 그 그림이 나무 위에 새겨져 있더라고. 뭔지 알지, 애덤……"

"응, 알아, 자기야." 그는 지극히 상냥하게 대답하고는 그녀의 뺨과 이마에 입을 맞췄다. 그의 입술이 닿는 감각이 친숙했다. 몇 년쯤은 그녀에게 입맞춤하며 지냈던 사람 같았다. "레이스 달린 종이 카드 말이지."

"응, 하지만 꿈속에서는 그 하트들이 살아 있었어. 그리고 그게 우리 둘이었어. 이해돼? 이렇게 말하니까 꿈하고는 좀 다른 거 같은데, 어쨌든 그 비슷한 내용이었어. 숲속이었는데……"

"그랬구나." 애덤이 일어나서 군복 상의를 입고 보온병을 챙겼다.

"아까 그 조그만 노점상에 들러서 아이스크림하고 뜨거운 커피 좀 사 와야겠어." 그가 말했다. "5분 안에 돌아올게. 너는 조용히 기다리고 있어. 그럼 안녕, 5분 뒤에 봐." 그는 손바닥으로 그녀의 턱을 받치고 서 눈을 똑바로 마주 보았다. "정말 조용히 있어야 해."

"나 이제 잠 깼어. 안녕." 하지만 사실 그녀는 잠이 깨지 않았다. 이 윽고 시립 병원에서 젊고 기민한 인턴 의사 둘이 도착했다. 《블루마 운틴》지의 극성스러운 사회부장이 길길이 날뛰며 볶아치는 데에 못 이겨 결국엔 경찰 측 구급차를 가져온 것이다. 그들은 그녀를 살펴보 더니 들것을 가지고 올라와야겠다고 이야기했다. 웅성거리는 그들의 목소리를 듣고, 그녀는 일어나 앉아서 재깍 침대에서 내려와 맑은 눈 길로 그들을 둘러보았다. "아, 정신을 차리셨네요." 피부가 가무잡잡 하고 땅딸막한 체격의 남자가 말했다. 두 남자 모두 무척 튼튼하고 노 련해 보이는 인상이었고, 흰 가운의 단춧구멍에는 꽃을 꽂고 있었다. "그럼 이대로 데려가 드리겠습니다." 의사가 흰 담요를 펼쳐서 그녀 의 어깨에 둘러 주었다. 그녀는 담요 자락을 그러모으고, 의사의 팔을 잡고 물었다. "애덤은요?" 그는 그녀의 축축한 이마에 손을 얹고 고개 를 흔들더니, 예리한 눈으로 그녀를 돌아보았다. "애덤이라뇨?"

"애덤 말이에요." 미란다는 은밀한 이야기를 하는 양 목소리를 낮췄 다. "아까까지만 해도 여기 있었는데 없어졌어요."

"아, 그분요. 돌아올 겁니다." 의사가 선선히 말했다. "담배 사러 바 로 옆 블록에 가셨어요. 그분 걱정은 말아요. 본인 걱정부터 하셔야 죠."

"제가 어디로 가는지 애덤도 알까요?" 그녀는 한사코 버티고 서서 움직이지 않았다.

"저희가 메모를 남겨 두겠습니다. 이제 가시죠. 여기서 나가야 할 때예요."

의사가 그녀의 몸을 어깨 위로 들쳐 올렸다. 그녀는 그에게 업히면서 말했다. "기분이 굉장히 안 좋아요. 왜 그런지 모르겠어요."

"안 좋은 게 당연하지요." 그는 다른 의사의 뒤를 따라 조심조심 방에서 걸어 나가, 계단을 내려가기 전에 발로 바닥을 더듬었다. "제 목에 팔 좀 감아 주세요. 가능한 한 저를 도와주시면 정말 고맙겠습니다."

앞장서던 의사가 건물 문을 열어 주었고, 그들은 맵싸하고 달콤한 바깥 공기 속으로 걸어 나갔다. "성함이 어떻게 되세요?" 미란다가 물었다.

"힐데스하임이라고 해요." 그는 아이를 달래듯이 대답했다.

"네, 힐데스하임 선생님, 지금 상황이 정말 엉망진창이죠?"

"확실히 그렇지요." 힐데스하임 선생이 대답했다.

다른 한 명의 젊은 인턴 의사는 하얀 가운 차림이 썩 산뜻하고 말쑥해 보이는 사람이었지만, 단춧구멍에 꽂힌 카네이션은 꽃잎 가장자리가 시들시들했다. 그는 몸을 기울이고 청진기로 그녀의 호흡을 들으면서 나직하게 휘파람을 불었다. "길고 긴 오솔길이 구불구불 펼쳐지네……" 이따금씩 두 손가락으로 그녀의 갈비뼈를 두드려 보기도 했다. 미란다는 잠시 그를 지켜보다가, 마침내 그와 눈이 마주쳤다. 분주하게 움직이던 그의 선명한 녹갈색 눈동자가 그녀의 눈과 바로 한 뼘 거리에서 멈췄다. "저는 의식불명이 아니에요." 그녀는 말했다. "내가 하고 싶은 말 정도는 할 수 있어요." 그런데 뜻밖에도, 말을 하고 나니 그녀는 어느새 헛소리를 늘어놓고 있었다. 스스로 뭐라고 말하고 있는지는 들리지 않았지만 헛소리라는 사실만은 알 수 있었다. 그녀를 유심히 마주 보던 인턴 의사는 이내 주의를 돌리고, 다시 갈비뼈를 두드리고 청진기 소리를 들으면서 나지막이 휘파람을 흥얼거렸다.

"휘파람 그만 불면 안 될까요?" 그녀는 또박또박 말했다. 그러자 소리가 뚝 멎었다. "불쾌한 노래예요." 그녀는 덧붙였다. 어떻게든, 어떻게 해서든 인간의 삶에 이대로 매달린 채 버틸 수만 있다면, 무엇이든 간에, 멀어져 가는 세상과 그녀 사이에 뚜렷한 의사소통의 끈을 잡을 수만 있다면. "힐데스하임 선생님을 보게 해 주세요." 그녀가 말했다. "중요하게 드릴 말씀이 있어요. 지금 바로요." 그러자 인턴 의사가 그녀의 눈앞에서 사라졌다. 걸어간 게 아니라, 아무 기척도 없이 연기처럼 홀연히 사라져 버렸다. 그리고 힐데스하임 의사의 얼굴이 그 자리에 나타났다.

"힐데스하임 선생님, 애덤은 어떻게 됐나요?"

"그 젊은 남자분요? 아까 들렀다가, 쪽지를 남기고 가셨어요." 힐데스하임이 말했다. "내일도, 모레도 오겠다고 합니다." 그의 목소리는 지나치게 명랑하고 경박했다.

"못 믿겠어요." 미란다는 비통하게 내뱉고는, 울지 않으려고 입을 다물고 눈을 감았다.

"태너 간호사." 의사가 불렀다. "그 메모 있어요?"

태너 간호사가 미란다의 옆에 다가왔다. 그녀는 봉인되지 않은 봉투 하나를 미란다에게 내밀더니, 봉투를 도로 가져가서 쪽지를 꺼내 펼치고는 다시 건네주었다.

"못 읽겠어요." 미란다는 검은 잉크로 휘갈긴 선들로 꽉 차 있는 종이를 힘겹게 들여다보다가 말했다.

"제가 읽어 드릴게요." 태너 간호사가 말했다. "'내가 없는 사이에 병원에서 너를 데려갔어. 면회는 안 된대. 내일이면 될지도 몰라. 사랑을 담아, 애덤.'" 간호사는 단호하고 건조한 목소리로, 한 마디 한 마디를 명료하게 발음했다. "자, 이제 아시겠지요?" 그녀가 달래듯 물었다.

미란다는 한 마디 한 마디를 듣는 족족 잊어버렸다. "오, 다시 읽어 주세요. 뭐라고 적혀 있나요?" 그녀는 자신을 짓누르는 정적 너머로 소리치며 허공에 춤추는 단어들을 향해 손을 뻗었다. 하지만 단어들은 손이 닿으려고만 하면 이리저리 빠져나갔다. "이제 됐어요." 힐데스하임 선생이 간호사에게 침착하고도 권위 있는 태도로 말했다. "침대는 어디 있지요?"

"침대는 아직 나온 게 없습니다." 태너 간호사는 창고에 오렌지가 다 떨어졌다는 식으로 대답했다. "음, 어떻게 해 봐야겠군." 힐데스하임이 그렇게 말하자, 간호사는 이동식 침상을 끌어내 저 깊고 후미진 복도로 밀고 들어갔다. 그들의 앞에는 흰빛의 형체들이 물가를 날아다니는 날파리 떼처럼 획획 스치거나 빙글빙글 돌고 있었다. 간호사가 모는 밝은 빛깔의 금속 지지대와 고무바퀴가 달린 침상은 그 형체들을 피해 앞으로 나아갔다. 흰 벽들이 절벽처럼 가파르게 솟아올랐고, 서리가 덮인 달 열두 개가 흰 길 위로 잇달아 유유히 떠올랐다가 하나씩 하나씩 눈 덮인 심연으로 고요히 떨어져 내렸다.

고통은 없는데, 이 흰빛과 정적은 무엇일까? 미란다는 자리에 누운 채 느슨해진 손가락으로 흰 담요의 보들보들한 털을 쓸어 올리며, 스크린 뒤에서 느리게 춤을 추는 키 큰 그림자들을 바라보았다. 바로 저기에 있었다. 그녀 가까이에, 그녀가 있는 쪽의 벽 위에, 널따란 시트 여러 장을 틀에 씌워 만든 스크린이 있었고, 거기에서 펼쳐지는 그림자극을 그녀는 또렷이 볼 수 있었고 즐길 수도 있었다. 너무나 아름다워서 그 의미가 무엇인지 궁금하지도 않았다. 두 그림자가 서로에게 고갯짓을 하고, 허리를 숙이고, 무릎을 살짝 굽혀 정중하게 인사하고는, 뒤로 물러나서 또다시 절을 했다. 그리고 기다란 두 팔을 들어 올려, 스크린의 흰 그림자 위에 커다란 손을 펼쳤다. 그러자 단숨에 시트들이 폴럭 젖혀지면서 그 너머에 있던 사람들의 모습이 드러났다. 흰옷을 입은 남자 두 명이 묵묵히 서 있었고, 또 다른 흰 옷차림의 남자 하나가 침대에 묵묵히 누워 있었다. 침대라고 해 봐야 하얀 철제 틀 위에 스프링만 휑하게 남아 있는 상태였다. 스프링 위에 누운 남자는 머리부터 발끝까지 흰 띠로 말끔하게 싸여 있었고, 둘둘 말린 띠 뭉치가 그의 얼굴 위에 놓여 있었다. 그리고 정수리 부분에 커다랗고 빳빳한 매듭이 지어져 있었는데, 쫑긋 솟은 쾌활한 토끼 귀 같은 모양새였다.

살아 있는 두 남자는 벽에 구부정히 기대어져 있던 매트리스 하나를 들어 올리더니, 죽은 남자의 몸 위에 매트리스를 살며시, 반듯하게 펼쳐 놓았다. 그리고 그들은 아무 말도 없이 바퀴 달린 침상을 복도 저편으로 밀면서 나아가다가 이내 하얗게 사라졌다. 황홀하고 한가로운 구경거리였지만 이제는 다 끝났다. 그리고 그들이 지나간 자취에 파리한 흰빛의 안개가 불길하게 피어올라 미란다의 눈앞을 떠다녔다. 그 안개 속에는 학대당하고 유린당한 모든 생명의 공포와 피로가, 그들의 일그러진 얼굴과 비틀린 등과 부러진 발이, 온갖 형태를 띤 혼란한 고통과 외떨어진 마음이 숨겨져 있었다. 당장이라도 안

개가 흩어져서 인간의 온갖 번민이 무더기로 쏟아져 나올 것 같았다. 안 되는데, 아직 안 되는데, 하지만 너무 늦었다. 안개는 결국 흩어지고, 흰옷을 입은 두 명의 사형집행인이 어떤 노인을 양편에서 붙잡고 끌고 나왔다. 노인은 더러운 넝마를 걸친 데다 몰골이 흉측했고, 벌린 입 아래 듬성듬성 자라난 턱수염이 위아래로 흔들거리고 있었다. 사형집행인들은 놀랍도록 노련하고 숙달된 손짓으로 노인을 떠밀면서 미란다가 있는 쪽으로 걸음을 옮겼고, 노인은 등을 구부리고 발을 단단히 디디면서 자신의 운명에 저항하려고, 그 운명이 닥쳐오는 것을 늦추려고 안간힘을 썼다. 그는 자신이 이만한 벌을 받을 만큼 무거운 죄를 저지르지는 않았노라고 새된 소리로 울부짖고 있었다. 그 징징거리는 울음소리 외에는 온 사방이 정적뿐이었다. 노인은 때 묻고 금이 간 그릇 같은 두 손을 앞으로 내밀고서 구걸하는 거지처럼 애원했다. "신 앞에서 맹세컨대 저는 결백합니다." 하지만 그들은 노인의 팔을 붙들고 계속 전진했고, 미란다의 옆을 지나쳐 끝내는 사라졌다.

죽음의 길은 온갖 악마들이 따라붙는 대장정이다. 시시각각 엄습하는 새로운 공포에 마음은 조금씩 고장 나고, 내디디는 걸음마다 뼈가 반항하고, 정신은 나름의 방식으로 격렬하게 저항하지만, 그러면 뭐 하나? 보호벽은 하나씩 무너져 내리고, 재앙의 현장과 거기에서 저질러지는 범죄들의 참경은 아무리 눈을 감아도 보이는데. 그 벌판 너머에서 힐데스하임 선생이 걸어왔다. 그는 해골만 남은 얼굴 위에 독일식 투구를 쓰고, 발가벗고 꿈틀거리는 아기를 총검에 꿰어 들고서, '독극물'이라는 고딕체 글씨가 새겨진 커다란 돌솥을 나르고 있었다. 그는 어느 우물 앞에서 멈춰 섰는데, 미란다는 그것이 아버지 댁 농장의 목초지에 있던 우물이라는 것이 기억 났다. 말라붙었던 우물에 지금은 살아 있는 물이 보글보글 흘러넘치고 있었다. 하지만 힐데스하임 선생이 그 순수한 심연에 아기와 독극물을 빠뜨리자, 침범당한 우물물은 소리 없이 졸아들더니 이내 땅속으로 사라져 버렸다. 미란다는 두 팔을 쳐들고 비명을 지르며 도망쳤다. 그녀 자신의 목소리가 늑대 울음소리처럼 메아리치며 뒤따라왔다. 힐데스하임은 독일 놈이다, 스파이다, 적이다, 죽여라, 그놈이 널 죽이기 전에 죽여라…… 그녀는 울부짖으며 깨어났다. 힐데스하임을 비난하는 상스러운 욕설들이 자신의 입에서 쏟아져 나오는 게 들렸다. 눈을 떠 보니 그녀는 작고 하얀 방의 침대에 누워 있었고, 힐데스하임 선생이 그녀의 옆에 앉아 두 손가락으로 맥박을 짚고 있었다. 그는 머리카락을 매끈히 빗질한 모습이었고, 단춧구멍의 꽃도 싱싱했다. 창밖으로는 별이 반짝이고 있었다. 힐데스하임은 목에 건 청진기를 달랑거리며 별다른 표정 없이 창문 쪽을 응시하는 듯했다. 침대 발치에는 태너 간호사가 서서 차트에 무언가를 적고 있었다.

"안녕하세요." 힐데스하임이 말했다. "그래도 소리 지르는 걸로만 화풀이하시니 다행이네요. 적어도 침대에서 빠져나가 뛰어다니려고 하시지는 않으니까요." 미란다는 눈을 감지 않으려고 엄청나게 애를 쓰면서 힐데스하임의 얼굴을 바라보았다. 의외로 심각한 표정을 띤, 참을성 있어 보이는 그의 얼굴이 시야에 선명히 들어왔다. 그 와중에도 그녀의 정신은 또다시 비틀거리며 미끄러졌고, 토대에서 떨어져 나와 구덩이에 박힌 바퀴 테처럼 빙글빙글 헛돌았다. "진심으로 한 말이 아니었어요. 그런 생각은 해 본 적도 없어요, 힐데스하임 선생님. 제 말은 잊어버리세요……" 대답을 기다리지 못하고, 그녀는 다시 정신을 잃었다.

그녀가 저지른 잘못이 꿈속에 따라와 그녀를 괴롭혔다. 그 잘못은 어렴풋한 공포의 형상들을 띠고 있었다. 알아볼 수도 없고 이름도 모르는 형상들이었지만, 보자마자 그녀는 마음이 절로 움츠러들었다. 또한 그녀의 정신은 두 갈래로 나뉘어, 자신이 보는 것을 인지하면서 동시에 부정하고 있었다. 그녀의 합리적이고 분별 있는 자아가, 신음하는 어둠의 구렁텅이 건너편에 있는 또 다른 자아의 괴이한 광란을 냉정하게 지켜보면서, 그 광란이 불러일으키는 집요한 회한과 절망 그리고 환상에 들어 있는 진실을 인정하지 않으려 하는 것이었다.

"그게 간호사님 손이라는 건 알지만요." 미란다는 태너 간호사에게 말했다. "하지만 제 눈에는 하얗고 커다란 독거미로 보여요. 날 만지지 말아 줘요."

"눈을 감으세요." 태너 간호사가 말했다.

"오, 안 돼요. 그러면 더 끔찍한 게 보인단 말이에요." 하지만 미란다의 의지와 상관없이 눈은 감겼고, 그녀의 안에서 일어나는 고통의 깊은 밤이 바싹 거리를 좁혀 왔다.

망각. 그리고 또 뭐가 있을까. 보이지 않는 것, 불가해한 것을 묘사하는 데에 걸맞은 단어들이 뭐가 있더라. 망각이란 영원토록 휘도는 잿빛 물의 소용돌이…… 그리고 영원이란 지구에서 가장 먼 별보다도 더욱 멀 것이다. 그녀는 지금 어느 구렁 위로 튀어나온 좁다란 바위 위에 누워 있었다. 그 구렁을 이해할 수는 없었지만, 헤아릴 수 없을 만큼 깊다는 것만은 알았다. 그리고 이 바위는 그녀가 유년 시절에 꾸던 위험한 꿈이었다. 그녀는 어깨에 닿는 든든한 화강암 벽에 등을 단단히 붙이고, 구렁을 내려다보며 생각했다. **여기까지 왔구나. 드디어 여기까지 왔어. 정말 간단한 일이야. 그리고 망각이나 영원처럼 세심하게 조형된 부드러운 단어들은, 아무것**

도 없는 허방을 가리는 커튼에 지나지 않아. 그 일이 언제 일어날지 알고 싶지 않아. 느끼지도, 기억하지도 않겠어. 지금 동의하지 못할 까닭이 뭐가 있나, 나는 길을 잃었고, 아무런 희망도 없는데. 봐, 바로 저기잖아, 저것이 바로 죽음이고, 두려워할 것이라곤 아무것도 없어. 하지만 그녀는 동의할 수가 없었다. 그녀는 여전히 화강암 벽에, 즉 유년 시절에 꾸던 안전한 꿈에 뻣뻣하게 기대어 움츠러든 채, 숨결 하나라도 허투루 낭비할까 봐 두려워 천천히 호흡하면서, 절박하게 말하고만 있었다. 왜 그래, 무서워하지 마. 아무 것도 아니야. 영원일 뿐이야.

화강암 벽, 소용돌이, 별은 사물이다. 그 어느 것도 죽음이 아니며, 죽음의 표상 또한 아니다. 죽음은 죽음이야. 그리고 죽은 이들을 위해 죽음에는 아무런 상징도 없지. 그렇게 말하고 침묵당한 그녀는, 어둠의 심해 아래 심해로 표연히 빠져들어 가 마침내 삶의 가장 깊은 밑바닥에 돌처럼 덩그러니 놓였다. 그녀는 자신이 눈도 귀도 멀었고, 말도 못 하며, 자기 몸의 팔다리를 더 이상 지각하지도 못할뿐더러, 일체의 인간사에서 완전히 단절되었다는 것을 알고 있었지만, 동시에 기이하게도 명료하고 조리 있는 의식을 가지고 살아 있었다. 정신이 만들어 낸 모든 관념, 의혹이 제기해 온 모든 합리적인 의문, 핏줄로 엮인 모든 관계, 마음이 꿈꿨던 모든 열망이 흩어져 그녀에게서 떨어져 나갔고, 그녀를 이루는 것들 중에서도 아주 극미한 입자 하나만이 남아 맹렬히 타올랐다. 그 미립자는 오로지 자기 자신만을 알며, 오로지 자기 자신의 힘으로 스스로를 지탱하고, 그 어떤 호소나 유인에도 이끌리지 않고, 단 하나의 동기만으로 구성된 존재—즉 살고자 하는 완강한 의지 그 자체였다. 꼼짝도 않고 작열하는 이 미립자는 파괴당하지 않고 맞서는 데에, 살아남는 데에, 더 나아가 존재에 대한 자기만의 광기 속에 머무는 데에 아무런 도움도 필요치 않았고, 그 하나의 궁극적인 목적 외에는 아무런 동기도, 계획도 없었다. 눈 한 번 깜짝이지 않는 그 강건하고 격렬한 빛의 점이 말했다. **나를 믿어. 나는 남아 있을 테니까.**

삽시간에 그 점이 얇고 반듯하게 퍼지면서 거대한 부채꼴의 가느다란 빛살로 뻗어 나갔다. 그 빛살은 둥글게 굽이치며 무지개가 되었고, 미란다는 넋을 잃고서, 눈앞에서 벌어지는 모든 일을 완전히 믿으면서, 그 무지개 너머로 펼쳐진 깊고 맑은 풍경을, 바다와 모래와 부드러운 초원과 하늘이 파랑의 투명체들로 갓 씻겨서 반짝이는 광경을 바라보았다. **그래, 아무렴, 그렇고말고.** 미란다는 전혀 놀라지 않고, 다만 평화로운 환희에 휩싸여 그렇게 말했다. 마치 그녀가 오래전부터 이뤄지기를 기다렸다가 단념했던 어떤 약속이 마침내 지켜진 것처럼. 그녀는 좁은 바위 위에서 일어나, 바다의 타오르는 파랑과 초원의 서늘한 초록을 사이에 두고 그 위로 찬란한 호를 그리는 거대하고 높다란 아치의 문들을 가뿐히 내달려서 통과했다.

작은 파도들이 느긋하게 밀려 들어와 모래밭을 조용히 적시고 되돌아 나갔다. 풀들은 소리 없이 불어오는 바람에 허둥거렸다. 그리고 아른아른 빛나는 공기 속을 흐르는 구름처럼 한가롭게, 무수한 사람의 무리가 그녀를 향해 다가왔다. 미란다는 그 모두가 예전에 알던 사람들이라는 것을 깨닫고 기쁨에 벅차올랐다. 몰라볼 만큼 변한 그들의 얼굴은 저마다 각자의 방식으로 아름다웠고, 눈동자는 좋은 날씨처럼 깨끗하고 화창했다. 그들은 그림자조차 없이, 순수한 본연의 정체성으로만 존재하고 있었다. 미란다는 그들의 이름을 부르지도, 자신과의 관계를 돌이켜 생각해 보지 않고도 누가 누구인지 다 알 수 있었다. 기척 없는 발걸음으로 미끄러지듯 그녀를 둘러싼 그들은 황홀한 얼굴로 다시금 바다를 돌아보았다. 파도가 파도 사이를 움직이듯이 그녀는 그들 틈에서 쉽게 움직일 수 있었고, 그렇게 부유하던 사람들은 점점 더 멀리 흩어지면서 서로 떨어졌다. 하지만 각자가 혼자이되 외따로는 아니었다. 미란다 역시 혼자가 되어, 아무 의문도 욕망도 없이, 고요한 황홀경에 휩싸인 채 그 자리에 그대로 머물면서, 압도적이리만큼 높은 하늘에 시선을 빼앗겼다. 그 하늘은 언제나 아침이었다.

서로 손 내밀지는 않되 손 내밀면 닿을 거리에 있는, 평화롭게 웃음 짓는 친숙한 존재들 사이에서, 미란다는 팔베개를 하고 편안히 누워서 바다와 하늘과 초원에서 고르게 흘러드는 온기를 아낌없이 받았다. 그런데 불현듯 미세하게 떨리는 막연한 불안감이 일었다. 이 기쁨에 얼핏 의심이 스쳤고, 이 고고한 평온의 가장자리에 얇은 서릿발이 얼었다. 무언가가, 누군가가 빠져 있었다. 그녀가 잃어버린 것이 있었다. 무언가 귀중한 것을 다른 나라에 두고 왔다. **오, 그게 무엇일까? 그러고 보니 여기에는 나무도, 나무도 없는데.** 그녀는 더럭 겁이 나서 말했다. **나는 마무리 짓지 못한 일이 있어.** 그리고 그녀의 마음 한구석에서 꿈틀거리는 하나의 의문이, 누군가가 귓가에 대고 말하듯 또렷하게 들려왔다. **죽은 사람들은 어디 있지? 죽은 사람들을 잊어버렸잖아. 오, 죽은 사람들, 그들은 어디에 있지?** 그 순간 무대에 막이 내리듯, 환하던 풍경이 어둑하게 꺼져 들고, 그녀는 지독하게 춥고 낯선 돌투성이 공간에 홀로 남았다. 미끄럽고 가파른 눈길을 조심조심 내려가며 그녀는 외쳤다. **오, 돌아가야 해! 어느 방향으로 가야 하지?** 고통이 되살아났다. 끔찍하게 강력한 고통이 포화를 퍼붓듯 그녀의 핏줄을 타고 돌면서 부패의 악취가,

살과 고름이 썩어 가는 들큼하고 역겨운 냄새가 코를 찔렀다. 퍼뜩 눈을 떠 보니 그녀의 얼굴에 거칠고 흰 천이 덮여 있었고, 그 너머에서 창백한 빛이 새어 들고 있었다. 죽음의 냄새는 그녀의 몸에서 나는 것이었다. 미란다는 안간힘을 써서 손을 들어 올렸다. 그러자 얼굴의 천이 걷히고, 태너 간호사가 특유의 꼼꼼하고 숙련된 손짓으로 피하주사 침에 약물을 채우는 모습이 보였다. 힐데스하임 선생이 말하는 소리도 들렸다. "효과가 있겠군요. 다른 것도 해 보세요." 태너 간호사가 미란다의 팔 위쪽을 꽉 틀어잡았다. 그러자 믿을 수 없을 만큼 격렬한 아픔이 또다시 그녀의 핏줄을 화끈하게 훑고 지나갔다. 그녀는 놔 달라고, 놔 달라고 외쳤지만, 들려오는 것은 고통스러워하는 짐승이 울부짖는 듯한 뜻 없는 괴성뿐이었다. 의사와 간호사는 어떤 비법을 전수받은 사람들처럼 의미심장하게 서로를 눈짓하며 잠자코 고개를 끄덕였다. 많은 것을 알고 있다는 자부심으로 생생하게 살아 있는 눈빛이었다. 그들은 자기들이 완성한 작품을 잠깐 내려다보고는 서둘러 자리를 떴다.

허공에서 종 여러 개가 맞부딪치며 온통 어긋나는 음으로 악다구니 치는 소리가 들려왔다. 경적 소리와 휘파람 소리가 비통한 울음소리와 뒤섞여 쩌렁쩌렁 울려 퍼졌다. 검은 유리창에 유황색의 섬광이 폭발하듯 번지더니 어둠 속으로 스러졌다. 미란다는 꿈 없는 잠에서 깨어나, 대답을 기대하지 않고 물었다. "무슨 일이죠?" 복도가 사람들의 음성과 발소리로 술렁거리고, 맵싸한 공기가 흐르고 있었다. 어딘가 멀리서 왁자지껄한 함성이, 폭도들이 분노에 겨워 토해 내는 것 같은 날카로운 아우성이 계속 이어졌다.

불이 켜지고, 태너 간호사의 먹먹한 목소리가 들렸다. "저 소리 들려요? 사람들이 환호하고 있어요. 휴전*이래요. 전쟁이 끝났어요, 아가씨." 그녀의 손이 떨리고 있었다. 간호사는 숟가락으로 컵을 달그락달그락 젓다가 멈추고 귀를 기울이더니, 미란다에게 컵을 내밀었다. 복도 저편, 늙은 여자들이 몸져누워 있는 병동 쪽에서 들쭉날쭉 갈라지는 음색의 합창이 들려왔다. "나의 조국, 이 나라는 그대의……"

달콤한 땅…… 오, 이 잔혹한 세상의 끔찍한 땅, 기쁨의 소리가 고통의 아우성이 되고, 저녁에 마실 코코아를 기다리며 앉아 있는 늙은 여자들이 어그러진 음정으로 노래하는 땅. "달콤한 자유의 땅……"

"오, 저기, 보이나요?" 그들이 옆 사람에게 묻는 절망적인 음성이 들렸지만, 금속 혓바닥들이 부딪치는 꽹음에 묻혀서 더 이상은 들리지 않았다. "전쟁이 끝났어요." 태너 간호사가 아랫입술을 꼭 깨물고 흐릿해진 눈으로 중얼거렸다. 미란다가 말했다. "창문 좀 열어 줘요, 제발. 여기서 죽음의 냄새가 나요."

내가 이 세상에서 보았던 진짜 햇빛이, 기억 속의 그 햇빛이 다시 나기만 한다면 얼마나 좋을까. 여기는 항상 황혼이거나 여명이야. 낮의 약속은 좀처럼 지켜지지 않아. 해는 어떻게 된 거지? 어느 때보다도 길고 외로운 밤이었는데, 여전히 밤은 끝나지 않고 낮은 오지 않네. 내가 다시 빛을 볼 수 있을까?

창가에 있는 기다란 의자에 앉아, 푸른 빛깔이 탈색돼 버린 하늘 아래 눈밭에 비스듬히 비치는 무색의 햇빛을 보는 경험이란, 울적하기는 하지만 그 자체로 경이로운 일이기도 했다. "이게 내 얼굴이야?" 미란다는 거울을 보며 물었다. "이게 내 손인 건가요?" 그녀는 태너

* 1918년 11월 11일, 독일이 연합국과 휴전 조약을 체결함으로써 제1차 세계대전 종전이 확실시 되었다.

간호사를 향해 두 손을 들어 올렸다. 맞붙은 손가락들 틈새에 녹은 밀랍처럼 누르스름한 빛깔이 어른거리고 있었다. **몸이란 희한한 괴물이야. 들어와 살 만한 곳이 아니야. 어느 누가 몸속에서 편안히 지낼 수 있겠어? 내가 이곳에 적응할 날이 과연 올까?** 그녀를 둘러싼 사람들의 얼굴은 침침하고 피곤해 보였다. 낯빛에도, 눈동자에도 미란다가 기억하는 광채는 없었다. 그녀가 있는 병실의 벽은 예전의 흰빛이 아니라 우중충한 회색을 띠었다. 천천히 숨을 쉬며, 자다가 깨다가 하며, 살갗에 물이 닿고 입에 음식이 들어오는 것을 느끼며, 힐데스하임 선생과 태너 간호사가 스스럼없는 어투로 대화하는 것을 들으며, 미란다는 마음에 안 드는 나라에 당도한 외국인처럼 은근한 적대감을 띤 시선으로 주위를 둘러보았다. 이 나라의 말을 알아듣지도 못하고, 배우고 싶지도 않고, 여기서 살 마음도 없지만, 마음대로 떠날 수가 없어서 하릴없이 발이 묶여 있는 사람처럼.

"아침이에요." 태너 간호사는 한숨을 쉬며 말하곤 했다. 지난 한 달간 부쩍 늙고 지친 탓이었다. "다시 아침이 왔어요, 아가씨." 그녀는 칙칙한 상록수들과 납빛 눈밭이 펼쳐진 단조로운 풍경을 미란다에게 자꾸만 보여 주곤 했다. 그리고 빳빳하게 풀을 먹인 치맛자락을 부스럭거리며, 얼굴에는 용감하게 분을 바른 채, 강철처럼 부서지지 않는 기백으로 말하곤 했다. "어쩜, 저기 봐요. 참 상쾌한 아침이지요? 꼭 크리스털 같네." 그녀는 자기 앞에서 고마운 기색도 없이 침묵하고 있는 생존자 아가씨에게 애착을 느끼고 있었다. 유능한 간호사인 그녀, 즉 코닐리아 태너가 자기 손으로 죽음에서 건져 낸 사람이었기 때문이다. "그래도 간호사가 하는 역할이 제일 큰 법이야." 태너는 다른 간호사들에게 그렇게 말하곤 했다. "그걸 명심해 둬." 햇빛조차도 태너가 미란다의 회복을 위해 직접 내린 처방이었다. 의사들은 죽은 목숨이라고 간주하고 포기해 버렸던 환자가 지금 여기에 이렇게 앉아서, 태너의 가설이 옳았다는 사실을 명백히 증명하고 있는 것이다. "이 햇빛 좀 봐요." 그렇게 말하는 태너의 어조는, 마치 "내가 당신을 위해 주문한 햇빛이에요, 아가씨. 일어나서 받아 봐요"라는 듯했다.

"아름답네요." 미란다는 대답하곤 했다. 심지어 고개를 돌려 햇빛을 보고, 태너 간호사에게 고맙다고 인사도 했다. 좋은 날씨를 베풀어 준 그녀의 친절이 무엇보다도 고맙다고. "아름다워요. 저는 늘 이 햇빛을 좋아했어요." 그렇게 말하고는 내심 생각했다. **지금도 볼 수만 있다면 좋아했을 거예요.** 지금 그녀에게는 빛이 보이지 않았다. 여기에는 빛이 없었다. 앞으로도 없을 것이다. 그녀가 본 낙원의 해안선을 따라 펼쳐져 있던 지극히 평온한 파란색 바다, 그곳을 언제나 밝히고 있을 빛에 비하면. 그것은 하늘나라의 초원을 그리는 어린아이의 꿈에 지나지 않는다고, 지친 몸이 휴식을 갈구하다 만들어 낸 환상에 불과하다고, 그녀는 생각했다. **하지만 그것을 보았을 때 나는 꿈인 줄 몰랐는걸.** 그녀는 눈을 감고, 이전의 고통스러운 여정을 모두 상쇄해 주었던 그 무한한 행복을 되새겨 보곤 했다. 그러면 잠시나마 쉴 수 있었다. 하지만 눈을 뜨면 다시금 번민이 몰려왔다. 그녀가 봉착한 이 칙칙한 세상은 거미줄이 쳐진 듯 흐리멍덩했고, 밝은 표면은 모두 부식되었고, 예리한 각은 모두 녹아내려 흐무러졌고, 모든 사물과 존재가 무의미했다. 아, 스스로가 살아 있다고 믿지만 실은 다 죽어 시들어 버린 것뿐이었다!

밤이 되면 그녀는 의자에 누워 있으려고 한참 애를 쓰다가, 자신이 아주 잠깐 얻었던 것에 대한 상실감을 견딜 수가 없어서 아픈 몸을 웅크리고 조용히, 뻔뻔하게도, 자기 자신과 잃어버린 환희를 안타까워하며 울었다. 도망칠 길이라곤 아무 데도 없었다. 힐데스하임, 태너, 급식소의 간호사들, 약사, 외과의, 병원의 정밀한 기계들 그리고 인도적 절차와 사회 관습 전체가 공모해서 그녀를 이곳에 붙박고 있었다. 그들은 그녀와 분리될 수 없는, 뼈와 수척한 살덩이로 이루어진 몸뚱이를 일으켜 세워 주고, 어수선해진 그녀의 정신을 정돈해 주고, 그녀를 다시금 죽음으로 인도할 길 위에 안전하게 데려다 놓으려 열심이었다.

척 라운시발과 메리 타운센드가 그녀를 위해 모아 둔 편지들과 꽃바구니를 가지고 문병을 왔다. 그들이 안아 든 바구니에는 은방울꽃, 스위트피, 깃털처럼 생긴 양치식물 등 온실에서 자라는 작고 섬세한 꽃들이 담겨 있었고, 그 위에는 쾌활하고도 초췌한 그들의 얼굴이 활짝 피어 있었다.

메리가 말했다. "너 이번에 한판 제대로 싸웠네, 그치?" 척은 이렇게 말했다. "진짜 무사히 돌아온 거야, 그치?" 그리고 잠깐 초조한 침묵이 흐른 끝에, 메리와 척은 모두가 그녀를 보고 싶어 하며 그녀의 책상 주인이 돌아오기를 기다리고 있다고 말했다. "나는 이미 스포츠란 담당으로 다시 쫓겨났어, 미란다." 척이 덧붙였다. 그래서 미란다는 생글생글 웃으며, 자신이 살아났다는 게 너무나 놀랍고 기쁘고 감동적이라고 10분에 걸쳐 이야기해 주었다. 산 사람끼리의 음모를 배신하고 그들의 용기에 초를 칠 필요는 없으니까. 살아 있는 것보다 더 좋은 건 없다는 데에 모두가 동의했으니 그 이상 토론의 여지는 없었다. 그 명제를 부정하려고 드는 자는 추방되는 것도 당연하다. "나 금방 돌아갈게. 조금만 있으면 퇴원할 수 있을 거야."

편지들은 그녀의 무릎 위와 의자 옆에 그대로 쌓인 채 놓여 있었다. 이따금씩 그녀는 봉투 하나를 집어 들어, 손 글씨가 누구의 것인지 가늠해 보고 얼룩진 우표와 소인을 살펴보다가 그냥 팽개쳐 버렸다. 그렇게 이삼 일 정도 그녀는 편지 더미를 협탁 위에 올려놓고 외면하기만 했다. '살아 있다는 건 정말 좋은 일이라고, 나를 사랑한다고, 내가 자기들처럼 살아 있어서 기쁘다고, 다들 그렇게 편지에 썼겠지. 거기에 내가 뭐라고 답할 수 있겠어?' 딱딱하고 무심해진 그녀의 심장이 스스로를 비관하며 부르르 떨었다. 예전에는 그녀의 심장도 부드러웠고, 사랑할 줄도 알았다.

힐데스하임 선생은 말했다. "뭐예요, 편지를 아직 하나도 안 뜯어 봤어요?" 태너 간호사도 말했다. "읽어 봐요. 내가 뜯어 줄게요." 태너가 침대 옆에 서서 편지 칼로 봉투를 말끔하게 개봉해 주었다. 어쩔 수 없이 봉투들을 집어 든 미란다는 그중에서도 낯선 필적이 적혀 있는 얇은 봉투를 골라냈다. "오, 그게 아니에요." 태너 간호사가 말했다. "온 순서대로 읽어야죠. 자, 내가 하나씩 넘겨 줄게요." 그녀는 끝까지 도움을 주려고 작정한 기세로 자리에 앉았다.

살아 있다는 것은 얼마나 큰 승리인가, 얼마나 큰 성공인가, 얼마나 행복한 일인가. 편지들은 일제히 합창하고 있었다. 편지를 쓴 사람들의 이름마저도 팡파르를 울리듯 멋들어진 장식체로 서명되어 있었다. 그녀가 가장 사랑하는 사람들의 이름, 잘 알고 또 좋아하는 사람들의 이름이 대부분이었고, 예전이나 지금이나 아무 의미도 없는 사람들의 이름도 몇몇 끼어 있었다. 그리고 낯선 글씨체로 적힌 얇은 편지는, 애덤이 소속된 부대에서 그녀가 모르는 어떤 남자가 보낸 것이었다. 애덤이 군 병원에서 인플루엔자로 죽었다는 소식이었다. 애덤이 만약 자신에게 무슨 일이 생기거든 그녀에게 꼭 알려 달라고 부탁했다는 말도 함께 적혀 있었다.

만약 무슨 일이 생기거든. 그녀에게 꼭 알려 달라고. 만약 무슨 일이 생기거든. "당신의 친구, 애덤 바클레이가……" 그 낯선 남자는 적었다. 그 무슨 일이 일어난 지가 벌써—그녀는 날짜를 확인했다—한 달도 더 전이었다.

"제가 여기 있은 지 오래됐네요, 그렇죠?" 미란다는 편지지들을 접어서 맞는 봉투에 집어넣고 있던 태너 간호사에게 물었다.

"오, 꽤 됐지요. 이제 곧 나가게 되실 거예요. 하지만 나가서도 몸조심하고 무리하지 말아야 해요. 가끔 병원에 와서 검사도 받으셔야 하고요. 어떨 때는 후유증이 무척……"

미란다는 거울 앞에 앉아서 세심히 목록을 적어 내려갔다. "립스틱 하나, 중간 색깔로. '부아 디베르'* 향수 1온스. 회색 스웨이드 장갑, 끈 없는 걸로. 얇은 회색 스타킹 두 켤레, 자수 장식 없는 걸로……"

타우니가 그 목록을 따라 읽어 보고는 말했다. "없어야 하는 것도 많네. 이렇게 까다로운 조건에 맞는 물건들을 어디서 구한담?"

"그래도 한번 찾아봐. 난 장식 없이 단출한 게 좋아." 미란다는 그렇게 말하면서 목록에 덧붙였다. "그리고 은 손잡이가 달린 은빛 나무 지팡이."

"그거 비쌀 텐데. 걷는 데에 그만한 가치는 없잖아."

"그렇기야 하지." 미란다는 종이의 여백에다 한 줄을 더 적어 넣었다. "다른 물건들과 잘 어울리는 멋진 것으로. 척에게 찾아 달라고

---

* Bois d'Hiver, 프랑스어로 겨울 숲이라는 뜻.

부탁해 봐, 메리. 예쁘고 너무 무겁지 않은 것이어야 해." **나사로야, 나오너라.*** 제 실크해트와 지팡이를 가져다주시지 않으면 못 나갑니다. 그러면 그냥 거기 있거라, 이 속물아. 천만에요, 나가겠습니다. "콜드크림 한 통." 미란다는 마저 써 나갔다. "살구 가루 한 통...... 그리고 메리, 나 아이섀도까지는 필요 없겠지?" 그녀는 거울에 비친 자기 얼굴을 흘긋 보고 눈을 돌렸다. "시체라도 시체답게 잘 꾸미기만 한다면 누구에게도 동정받지 않아도 될 거야."

메리 타운센드가 말했다. "일주일만 지나면 너 스스로도 몰라보게 변할 거야."

"메리, 나 예전 셋방에 다시 들어갈 수 있을까?"

"안 될 거 없지. 네 물건도 아직 다 거기 있는걸. 하비 아주머니가 맡아 주고 계셔." 미란다는 산 사람들이 죽은 사람들을 돕기 위해 들이는 시간과 공에 다시금 감탄했다. 물론 이제 그녀는 죽은 사람은 아니긴 했다. 양쪽 세계에 한 발씩 걸치고 있을 뿐. **나는 곧 이 세계로 완전히 건너와 적응하게 될 거야. 빛은 다시 진짜 빛으로 보일 테고, 내가 아는 누군가가 죽음에서 탈출했다는 소식을 들으면 기뻐하겠지. 그렇게 탈출한 사람들을 찾아가, 옷 입는 걸 도와주고, 정말 다행이라고 말해 주고, 내가 그 사람과 함께 살아 있다는 것도 정말 다행이라고 말하게 되겠지. 메리가 곧 장갑과 지팡이를 가지고 올 거야. 나는 이제 가야 해. 태너 간호사님과 힐데스하임 선생님에게 작별 인사를 하자.** 그녀는 말했다. 애덤, 이제 너는 다시 죽을 필요가 없어졌구나. 그래도 네가 여기 있어 줬으면 좋았을 텐데. 네가 돌아왔더라면 좋았을 텐데. 이럴 거면 나는 뭐 하러 돌아온 거야, 애덤, 이렇게 기만당한 나는?

---

* 나사로는 『요한의 복음서』 11장에 나오는 인물로, 예수는 병들어 죽은 지 이미 사흘이 지난 나사로를 "나사로야, 나오너라"라는 말로 무덤에서 불러내 부활시키는 기적을 행한다.

그 순간 애덤이 그녀의 곁에 나타났다. 보이지는 않지만 절박하게 실재하는, 그녀보다도 더 생기롭게 살아 있는 유령이었다. 그녀의 마음이 급기야는 이런 속임수까지 쓰다니 견딜 수 없는 일이었다. 그것이 가짜라는 사실을 알면서도, 자신의 사무치는 열망이 만들어 낸, 용서할 수 없는 거짓이라는 것을 알면서도, 그녀는 그 거짓을 차마 떠나보낼 수가 없었다. "사랑해." 그녀는 그렇게 말하고 몸을 떨며 일어섰다. 오로지 의지의 힘만으로 애덤을 눈앞에 다시 불러내려 애쓰며, **내가 너를 무덤에서 불러낼 수만 있다면 그렇게 할 거야**, 그녀는 말했다. **너의 유령을 볼 수 있다면, 나는 이렇게 말할 거야. 나는 믿어**…… "나는 믿어." 그녀는 소리 내어 말했다. "오, 너를 한 번만 더 보게 해 줘." 방은 조용했고 텅 비어 있었다. 그녀가 일어나 소리 내어 말을 하는 바람에, 그 갑작스러운 폭력 때문에 유령은 사라져 버렸다. 그때 잠에서 깨어나듯 퍼뜩 제정신이 들었다. **오, 안 돼. 이게 아니야. 절대로 이러면 안 돼.** 그녀는 스스로를 나무랐다. 태너 간호사가 말했다. "아가씨, 택시가 도착했어요." 메리가 와 있었다. 어느덧 가야 할 시간이다.

전쟁도 전염병도 더 이상은 없었다. 맹렬한 포화가 그친 뒤의 먹먹한 정적뿐. 블라인드가 처진 적요한 집들, 텅 빈 거리, 내일의 싸늘한 죽은 빛. 이제부터는 무엇을 하더라도 시간이 많을 것이다.

기울어진 탑
The Leaning Tower and Other Stories

옛 질서
The Old Order

근원

한 해에 한 번, 학교가 방학을 맞고 남매가 농장으로 보내지는 초여름이 되면, 할머니는 시골을 그리워했다. 올해는 작황이 어떤지, 검둥이들이 밭에 무엇을 기르고 있는지, 가축들은 잘 지내는지, 아끼는 자식의 안부를 묻듯이 애틋하게 묻고는 했다. 종종 이런 말을 하기도 했다. "나도 약간의 변화와 휴식이 필요한 것 같구나." 하지만 은근히 상대방을 안심시키려는 어조로, 사실 할머니는 가정을 단단히 붙들고 꾸려 나가는 손길을 한시라도 늦출 생각이 없노라고 말하는 듯했다. 다만 할머니가 즐겨 주장하는 바에 따르면 거주지를 바꾸는 것도 휴식의 한 방법이었다. 아니, 그것이야말로 최선의 휴식이 될 수 있다고 했다. 그래서 그때쯤이면 집 안에 여행을 떠날 때 특유의 어수선한 분위기가 어렴풋이, 그러나 확실히 감도는 것을 세 손주는 느낄 수 있었다. 삼 남매의 아버지, 즉 할머니의 아들은, 짐짓 사려 깊게 인내하는 척했지만, 농장에서 겪게 될 혼란과 불편을 짜증스러워하는 기색을 다 숨기지는 못했다. 할머니는 아버지가 겉으로 내보이는 태도에 결코 속지 않았고, 아버지도 그런 기대는 하지 않았다. "얘, 해리! 얘, 해리!" 할머니는 아버지를 그렇게 나무라곤 했고, 할 일이 너무나 많은 이곳을 두고 정말로 떠날 수 있을지 모르겠다고 걱정하는 척하면서 아버지를 구슬리기도 했다. 할머니는 시골 공기를 쐬는 것을 무척 기대했다. 과수원의 나무 그늘에서 잘 익은 복숭아들을 올려다보며 한가롭게 산책하는 것을 늘 상상했고, 장미 덤불의 가지를 치거나, 격자 구조물을 타고 자라난 인동덩굴을 직접 묶어 주면 얼마나 좋을까 이야기했다. 그리고 검은색 여름 치마와 검정과 하양이 섞인 얇은 상의를 챙기고, 약간 낡고 챙이 넓은 여자 양치기용 밀짚모자를 꺼냈다. 그건 전쟁이 끝난 직후에 할머니가 직접 짠 모자였다. 할머니는 모자를 쓰고 거울 앞에 서서 고개를 이리저리 돌려 보며 매무새를 점검하고는, 볕 아래 나갈 때 딱 좋겠다며 매번 모자를 챙겨 갔다. 하지만 막상 가서는 한 번도 쓴 적이 없었다. 그 대신 빳빳하게 풀을 먹인 흰색 샴브레이* 보닛을 썼다. 동그란 형태에 좁은 챙이 단추로 고정되어 있는 보닛은 할머니의 머리 꼭대기에 앙증맞게 걸쳐져 금방이라도 벗겨질 듯한 모양새를 연출했고, 긴 끈은 빳빳하게 늘어져 있었다. 이 머리 장식을 얹고서 위엄 있고 침착하게 주위를 둘러보는 할머니의 창백한 얼굴은

* 두 가지 색깔의 실을 교차해서 짠 얇고 가벼운 직물.

팽팽하게 경직되어 있었고, 무척 늙어 보였다.

이른 봄, 저택 외벽에 붙어 자란 인디언복숭아나무*가 꽃을 피우면 할머니는 말했다. "나는 세 개의 주에 과수원 다섯 개를 꾸렸는데, 그 중에서 꽃 피는 걸 볼 수 있는 나무는 딱 한 그루뿐이구나." 그럴 때면 할머니는 부드럽고 달콤한 감상感傷에 잠겨, 복숭아나무를 바라보며 잠시 서 있곤 했다. 그 나무는 할머니가 아끼는 모든 나무, 즉 제각각의 장소에서 여전히 꽃을 피우고, 무럭무럭 자라고, 열매를 맺을 준비를 하고 있을 나무 전체를 상징하는 것이었다.

할머니의 자식들을 길러 준 유모 내니에게 저택을 맡기고, 할머니는 여행길에 올랐다.

집에서 출발하는 것이 아이들에게 즐거운 모험이라면, 할머니에게는 농장에 도착하는 것이야말로 중요한 순간이었다. 석탄처럼 새까만 얼굴에 함박웃음을 띤 힌리가 달려 나와 대문을 열었고, 그의 목소리도 후닥닥 튀어나와 할머니를 반겼다. "어서 오세요, 소피아 제인 마님!" 마차가 미어터지도록 꽉 들어앉은 다른 식구들에게는 그의 눈길이 채 미치지도 못한 것이었다. 말들이 배를 털레털레 흔들며 대문 안으로 들어가면 하인들이 몰려와 마차 주위를 둘러쌌고, 할머니는 환한 얼굴로, 축제 날처럼 경사스러운 어조로 그들에게 소리쳐 인사했다. 할머니가 기차 여행을 떠날 때와 마찬가지로 한바탕 소란이 일었지만, 이때는 고향에 돌아왔을 때 특유의, 설명할 수 없는 푸근한 분위기가 있었다. 그곳의 집 자체보다는, 검고 부드럽고 기름진 땅과

---

* 남부에서 많이 나는 복숭아 품종으로, 껍질에 털이 많고 노란 과육의 표면은 진한 붉은빛을 띤다.

거기에서 살아가는 사람들이 할머니를 반기고 있었던 것이다. 할머니는 긴 베일이 달린 과부寡婦용 보닛을 벗지 않은 채 곧장 집으로 걸어 들어가, 모든 게 제대로 정돈되어 있는지 한눈에 확인했다. 그리고 그대로 밖으로 나가서 마당과 밭을 잠자코 둘러보며 무엇을 어떻게 바꿀지 재깍 계획을 세웠고, 단호하고 깐깐한 눈길로 외양간들의 안팎을 훑어보고 흠을 찾아내면서 그 사이로 난 좁은 길을 걷다가, 왼편의 대나무 숲과 오른편의 건초용 풀밭을 지난 다음, 오세이지 오렌지* 산울타리를 따라 줄지어 늘어선 검둥이들의 오두막집에까지 이르렀다.

검둥이들의 부엌에 들어서면서 할머니는 모두에게 반갑게 인사했지만, 그렇다고 해서 역정을 내지 않을 거라는 뜻은 아니었다. 할머니는 그릇, 화덕, 찬장 구석구석을 싹 살펴보았고, 그 뒤를 리티, 다이시, 힌리, 범퍼, 케그가 따라다니면서 구구절절 변명했다. 원래는 안 그랬는데 지금은 약간 어긋난 부분들이 있다고, 바깥일로 하도 바빠서 미처 돌보지 못했다고, 바로잡을 생각이었으니 지금 당장 시정하겠다고.

그들이 약속대로 즉시 시정하리라는 것을 할머니는 잘 알고 있었다. 그렇게 한 시간쯤 지나면, 벽에 바를 석회 가루, 등유, 석탄산, 살충제 등을 사 오라는 심부름으로 누군가가 짐마차를 몰고 집을 나섰고, 세탁장에서는 잿물로 비누를 만드느라 분주해졌다. 그렇게 야단법석이 시작되었다. 매트리스들 속에 충전재로 채워진 옥수수 껍질을 다 빼내고 덮개만 따로 벗겨 내 삶고, 새로 채워 넣을 옥수수 껍질을 모으는

* 뽕나뭇과의 식물로, 튼튼한 재목이라 울타리로 자주 사용되었다.

작업에 검둥이 아이들이 모두 동원되고, 오두막집들의 벽에는 회반죽을 두껍게 덧바르고, 이런저런 통이며 선반을 문질러 닦고, 의자와 침대 틀에는 광택을 내고, 더러운 누비이불을 전부 가져다 커다란 무쇠 솥에 삶은 다음 볕에 내다 말렸다. 여느 연례행사 못지않게 특별하고 성대한 의식이었다. 검둥이 여자들은 남자들과 아이들을 위한 새 셔츠와, 자기들이 쓸 면 원피스며 앞치마를 지었다. 평소에 불만이 있었던 검둥이들은 이 기회에 토로할 수 있었다. "해리 나리께서 힌리의 신발을 사 주는 거를 까맣게 잊으셨지 뭐예요. 힌리 좀 보세요. 저렇게 맨발루 기나긴 겨울을 꼬박 났다니깐요." "밀러 씨(붉은 구레나룻을 기른 밀러 씨는, 해리 나리가 없을 때는 농장의 감독 노릇을 하지만, 그렇지 않을 때는 고용된 일꾼의 역할로 돌아가는 애매모호한 위치에 있었다)가 지난겨울에 온갖 것을 가지고 쩨쩨하게 굴었어요. 다들 옥수숫가루두, 베이컨두, 장작두 모자라서 쩔쩔맸다고요. 리티가 커피에 넣을 설탕 쪼금만 달라고 하니깐, 밀러 씨가 뭐라 했게요? 안 된대요. 커피에 무슨 설탕씩이나 필요하냐구, 다 그냥 마시라는 거예요." "힌리가 하는 말이, 밀러 씨는 자기 커피에도 설탕을 안 넣는대요. 하도 구두쇠라 가지구요." "세 살 난 부스커 말인데요, 1월에 귓병이 나 가지구 칼턴 아주머니가 와서 아편을 넣어 줬거던요. 그런데 그때부터 부스커 귀가 아예 먹어 버린 거 같아요." "지난가을에 해리 나리가 사신 깜장색 말 있잖아요, 그놈이 완전히 미쳐 가지구 가시철조망을 뛰어넘다가 가슴팍이 거의 찢어질 뻔했어요. 그때부터 계속 빌빌거리는데요."

이런 불평이 십수 개는 더 쏟아져 나왔다. 할머니는 그 모두를 재깍 달래 준 다음, 안채로 건너가서 집 안 전체를 철저히 점검하고 이런저런 지시를 내렸다. 커다란 책상들에 달린 뚜껑이 활짝 열리고, 다 낡아

너덜너덜해진 디킨스, 스콧, 새커리의 저작들, 존슨 박사의 사전,* 포프, 밀턴, 단테, 셰익스피어의 책들에 앉은 먼지가 말끔히 걷힌 다음, 모든 뚜껑이 다시 세심하게 닫혔다. 꾀죄죄해진 커튼은 모두 떼어졌다가, 산뜻한 향기를 풍기는 빳빳한 커튼이 되어 다시 제자리에 걸렸다. 먼지투성이 융단도 모두 들춰져 너저분하게 얼크러졌다가, 경쾌한 꽃무늬가 또 한 번 선명하게 드러난 상태로 다시 바닥에 반듯하게 펼쳐졌다. 우중충하고 삭막했던 부엌 역시 싹 정돈돼서 누구나 머물고 싶을 만큼 쾌적한 공간이 되었다.

그다음으로는 외양간, 훈제장, 감자 저장고, 채소밭 그리고 나무나 덩굴이나 덤불 하나까지도 손질되었다. 할머니는 지칠 줄 모르는 노예 감독관처럼 꼬박 2주에 걸쳐 이 모든 과정을 진행하면서 일꾼 하나하나를 공정하고도 효율적으로 감독했다. 그동안 아이들은 밖에서 뛰놀았지만, 할머니가 오기 전처럼 자유롭지는 못했다. 매일 정해진 시간이 되면 삼 남매는 집으로 돌아오라는 호출을 받고, 붙잡히고, 씻기고, 단정한 옷으로 갈아입고, 상에 차려진 음식들을 서로 다투지 않고 먹어야 했고, 잘 시간이 되면 잠자리에 들어야 했으며, 허튼짓은 통하지 않았다…… 남매는 할머니를 사랑했다. 아이들의 어머니가 너무 일찍 죽어서 첫째 딸의 기억 속에만 어렴풋이 남아 있는 정도였기에, 그들에게 할머니는 유일한 현실이었고, 할머니가 아니었다면 이 세상에 확실한 권위도, 피난처도 없었을 것이다. 하지만 동시에 아이들은 할머니를 독재자라고 여겨서 벗어나고 싶어 하기도 했다. 그래서 어느 날 할머니가 목초지로 나가서 늙은 승용마 피들러를 부르

---

* 영국의 시인이자 평론가 새뮤얼 존슨(1709~1784)이 1755년에 편찬한, 당시 가장 포괄적이고 영향력 있었던 영어 사전.

면, 아이들은 늘 기뻐했다. 그건 할머니가 농장을 떠날 때가 다가오고 있다는 뜻이었기 때문이다.

한창때 피들러는 모든 보조步調에 맞춰 달릴 줄 아는 훌륭한 준마였다. 하지만 이제는 늙고 의기소침하고 턱의 털이 희끗하게 바랜 왕년의 영웅이 되어, 축 늘어진 입술을 여린 풀잎에 비비거나, 떨리는 이빨 사이로 조심스럽게 넣어 주는 각설탕을 받아먹으며 여생을 보내고 있었다. 녀석은 할머니 외에 그 누구에게도 관심을 주지 않았다. 여름마다 할머니가 피들러가 있는 목초지로 가서 녀석을 부르면, 피들러는 흐릿한 눈동자를 어슴푸레 빛내기까지 하면서 할머니를 향해 비틀비틀 다가왔다. 그렇게 노인과 노마는 서로를 정답게 맞이했다. 할머니는 자신의 동물 친구들을 잠시 그런 모습으로 변신한 인간인 듯이 대해 주었지만, 그렇다고 해서 녀석들의 상태에 걸맞게 주어진 임무를 면제해 주는 것은 아니었다. 할머니는 피들러를 구슬려서 낡은 여성용 안장을 등에 얹히고, 짐빌리 아저씨가 받쳐 준 손에 발을 디디고 안장 위에 올라타서 두 다리를 한쪽으로 모으고 앉았다. (어린 손녀들이 남자처럼 다리를 벌리고 말을 타는 건 할머니도 괜찮다고 생각했다. 아이들이야 그럴 수 있었다.) 청춘 시절을 기억해 낸 피들러는 이내 뻣뻣한 다리로 질주하기 시작했고, 할머니는 크레이프로 된 상장喪章과 고풍스러운 승마복 치맛자락을 나부끼며 말을 달렸다. 그런 다음 돌아올 때는 항상 걸어서 왔다. 터벅터벅 걷는 피들러 위에 칼처럼 꼿꼿하게 올라앉은 할머니는 의기양양하게 미소 짓고 있다가, 스스로 노둣돌을 디디고 말에서 내려 녀석의 목을 어루만져 주었다. 그리고 짐빌리 아저씨에게 피들러를 넘겨준 뒤, 치맛자락을 한 팔로 걸어 올리고 위풍당당하게 걸어갔다.

매년 피들러를 타고 달리는 것은 할머니에게 중요한 행사였다. 자신의 체력과 기운이 여전하다는 것을 증명할 수 있었기 때문이다. 피들러는 달리는 도중 금방이라도 쓰러질 것 같았지만 할머니는 아니었다. "녀석, 무릎이 굳었어"라거나 "올해는 숨쉬기를 유난히 힘들어하는구먼"이라고 말하면서, 할머니 자신은 언제나처럼 가뿐하게 걷고 수월하게 숨을 쉬었다. 그렇게 믿고 싶어 했을 뿐인지도 모르지만.

승마를 한 날이나 그다음 날 오후쯤, 할머니는 오래전부터 고대했던 과수원 길 산책에 드디어 나섰다. 손주들은 아무 할 일도 없이 한가하게 걷는 할머니의 앞에서 뛰놀다가 그 옆으로 뛰어오기도 하면서 앞서거니 뒤서거니 했고, 할머니는 정말이지 아무 할 일도 없이, 두 손을 포갠 채 치맛자락을 질질 끌면서 걸음을 옮겼다. 땅에 떨어진 잔가지며 돌멩이 같은 것이 그 옷자락에 묻거나 쓸리면서 할머니의 발자취를 따라 희미한 오솔길이 생겼다. 하얀 보닛의 챙은 한쪽 눈 위에 비뚜름하게 드리워졌고, 입가에는 멍하니 한결같은 미소가 떠올라 있었지만, 할머니의 눈길은 주변의 어떤 것도 소홀히 지나치지 않았다. 이 산책이 끝나고 나면 할머니가 발견한 사소하고도 필수적인 문제를 시정하기 위해 힌리나 짐빌리가 재깍 과수원으로 뛰어가게 마련이었다.

그때쯤이면 할머니는 본가에 할 일이 너무나 많은데 여기서 더 빈둥거리면 안 되겠다는 생각에 사로잡혔다…… 그리하여 마지막으로 모든 것을 둘러보고, 지시를 내리고, 충고를 전하고, 작별 인사를 나누고 축복을 빈 뒤, 할머니는 기묘하게도 영영 돌아오지 않을 사람 같은 분위기를 풍기며 그곳을 떠났다. 그리고 도시의 저택에 도착했을 땐, 시골집에서와 마찬가지로 수선스러운 환영과 축하 인사가 쏟아졌다. 마치 할머니가 반년쯤은 집을 비웠던 것처럼. 할머니는 자신이 없는 사이에 분명 무언가가 잘못되었을 집 안의 이모저모를 정돈하기 위해 지체 없이 팔을 걷어붙였다.

여정

만년에 들어 할머니는 매일 몇 시간씩 늙은 내니와 함께 마주 앉아 바느질을 하곤 했다. 두 사람은 지난 50년간 식구들의 옷을 짓고 남은 화려한 자투리 헝겊들을 가지고 조각보를 만드는 데에 열을 올렸다. 네모꼴이나 세모꼴 모양으로 잘라 낸 벨벳, 새틴, 호박단 조각들을 불규칙적인 형태로 세심하게 잇대고, 선명한 레몬빛의 푼사 비단실로 각 조각의 가장자리를 찔레 모양으로 감쳐서 기워 내는 것이었다. 그렇게 해서 만들어진 침대보, 식탁보, 소파 덮개, 화장대 덮개 등은 여러 집의 가구들을 장식하고도 남을 만큼 많았다. 하지만 그 조각보들은 완성되자마자 노란 실크로 안이 대어진 뒤 곱게 개켜져 장롱 속에 들어갔고, 그 상태로 두 번 다시 바깥 빛을 보지 못했다. 할머니의 증조부는 켄터키에서 가장 유명한 개척자로, 켄터키 지역을 측량하던 당시 아내에게 줄 밀방망이를 꽤 능숙한 솜씨로 손수 깎아 만들었다고 했다. 이 밀방망이는 할머니가 무엇과도 바꿀 수 없을 만큼 아끼는 가보로 전해 내려오고 있었다. 할머니는 유난히 복잡하고 섬세하게 만든 조각보로 밀방망이를 덮고, 양 손잡이에 금빛 술을 달아서, 방에서 눈에 잘 띄는 자리에 걸어 놓았다. 또한 할머니의 아버지는 1812년 전쟁에서 영웅으로 이름을 떨친 대위였다. 할머니는 그의 면도칼을 오돌토돌한 가죽 상자에 담아 보관하고 있었고, 노년에 찍은 은판 사진 한 장도 갖고 있었다. 사진 속에서 그는 턱까지 올라오는 높은 깃을 두르고, 여전히 군인답게 위풍당당한 가슴 위에 검은 새틴 조끼를 반듯하게 겹쳐 입었으며, 무척 엄해 보이는 인상이었다. 할머니는 면도 칼이 든 가죽 상자에 조각보를 둘렀고, 벨벳과 보라색 새틴 헝겊을 찔레 모양 바늘땀으로 기워서 일종의 주머니를 만들어 사진을 넣어 두었다. 그 외에 나머지 조각보들은 다 사용하지 않고 치워 두었다. 손주들에게는 다행스러운 일이었다. 한창 사춘기에 접어들어서 할머니의 케케묵은 구식 취향에 칠색 팔색을 하던 나이였으니까.

여름이면 할머니와 내니는 집 옆 뜰에 뒤얽혀 자란 나무들 아래 앉아 바느질을 했다. 그곳에서는 건물의 동쪽 부분, 앞문과 뒷문의 포치, 앞뜰의 대부분과 작은 무화과나무 숲의 가장자리까지 잘 보였다. 두 여자가 이곳을 선택한 것은 집 안을 다스리기 위한 전략의 일환이었다. 이따금씩 주위에 시선을 던지기만 하면, 집의 경내 전체에서 무슨 일이 벌어지는지 거의 다 파악할 수 있었기 때문이었다. 덕분에 그들이 놓치는 사건은 거의 없었다. 물론 낯모르는 어느 상냥한 아가씨가 집에 찾아와 싱싱한 박하잎 조금만 달라고 부탁했던 날, 미란다가 박하밭 전체를 뒤엎어 버리는 광경을 그들이 미처 보지 못한 것은 사실이었다. 또한 울타리에서 너무 가까운 가지에 맺혔던 커다란 석류 한 알을 누가 훔쳐 갔는지 알아내지도 못했고, 폴이 소형 토치램프로 실험을 하다가 자기 몸에 불을 지르는 사태를 막지도 못했다. 다행히 너무 늦지 않게 현장에 도착해서 폴의 몸을 융단으로 덮어 불을 꺼 주고, 화상에 기름을 발라 주고, 야단을 칠 수는 있었지만 말이다. 그뿐만 아니라 마리아는 나무 타기를 광적으로 좋아해서 그 놀이를 못

하면 시름시름 앓아누울 정도였는데도, 할머니와 내니는 그런 사실조차 알지 못했다. 마리아가 어른들이 자리 잡은 곳에서 반대편 옆 뜰에 있는 키 큰 나무들을 타고 놀았기 때문이었다. 하지만 각종 사건이 끊일 날이 없는 가운데 그런 몇몇 사고쯤이야 사소한 예외에 불과했으므로, 할머니와 내니는 자신들이 패배했다고도, 작전이 실패했다고도 생각하지 않았다. 여름은 여러모로 매력적인 계절이었지만 그만큼 단점도 있었다. 아이들이 사방팔방에서 나타나는가 하면, 검둥이들은 헛간 뒤편의 팽나무 숲에 퍼드러져 카드놀이를 하고 수박을 먹는 데에 열을 올렸다. 가문의 여름 별장은 농장에서 몇 마일 떨어진 작은 읍에 있었다. 도시의 본가는 엄격하게 질서가 잡혀 있고, 할머니가 긍지와 고통으로 지어 올린 오래된 농가는 느슨하게 풀어진 곳이라면, 여름 별장은 둘 사이의 절충지 노릇을 했다. 할머니는 그곳이 도시의 장점도, 시골의 장점도 없으면서 두 지역의 불편한 점만 전부 갖추었다고 곧잘 불평했지만, 삼 남매는 여름 별장을 무척 좋아했다.

도시에서 맞는 겨울이 오면 할머니는 내니와 함께 자신의 방에 앉아 바느질을 했다. 그곳은 작은 석탄 난로가 갖춰진 널따란 방이었는데, 집 안에서 나는 모든 인기척이 거기에 모여들고, 메아리치고, 빠져나갔다 되돌아오는 것 같았다. 할머니와 내니 아줌마는 그 소리들의 복잡한 암호를 알아듣고 해독할 수 있었으며, 그때마다 서로 눈짓을 주고받거나, 눈썹을 추켜세우거나, 대화를 잠깐 끊는 식으로 각자의 의견을 밝혔다.

그들이 나누는 대화는 과거에 대한 것이었다. 언제나 과거 이야기를 했다. 미래마저도 그들의 대화 속에서는 이미 지나가고 끝나 버린 무언가처럼 느껴졌다. 미래는 과거의 연장이라기보다는 과거의 반복

같았다. 그들이 알던 삶은 이제 아무것도 남지 않았고, 세상이 급속도로 변하고 있다는 데에 동의하면서도, 어떤 불가사의한 희망의 논리에 따라 그들은 이 이상의 변화는 없을 것이라고 주장했다. 혹은 세상이 이렇게 계속 변하다가 한 바퀴 빙 돌아서, 결국에는 그들이 알던 옛날의 그 세상으로 돌아갈 거라고도 했다. 그들이 어째서 과거를 사랑하는지는 모를 일이었다. 둘 모두에게 과거는 신산한 시절이었다. 평생토록 매일같이 감당해야 했던 힘겨운 규칙들에 의문을 품으면서, 그러면서도 거기에 저항하거나 해답을 기대하지는 않으면서 살아온 세월이었다. 하지만 인간 존재의 기본 법칙은 신의 섭리에 따라 세워졌으므로 완전히 공정하고 정확하다고 그들은 믿었으며, 그 부분에 관한 한 의심은 없었다. 다만 그런 토대 위에서 어떻게 그토록 많은 고통과 혼란이 일어나고 지속될 수 있는지가 늘 의문스러웠던 것이다. 두 사람은 마음속의 불안감을 서로에게 가끔씩, 아주 살짝만 내비치곤 했다. 할머니의 본분은 곧 권위였다. 스스로도 잘 알고 있었다. 일가권속이 할 일을 분담해 주고, 필요할 때는 다그치거나 억압하기도 하고, 도덕률과 예절과 신앙을 가르치고, 정해진 규칙에 따라 벌을 내리거나 상을 주는 것이 그녀의 의무였다. 그렇다면 그녀 자신의 의혹과 망설임은 감춰야 마땅하며, 그것 역시도 그녀가 다해야 할 의무의 일부일 것이다. 그녀는 그렇게 스스로를 타일렀다. 반면 늙은 내니는 이 세상에서 자신이 맡은 자리가 무엇인지 전혀 몰랐다. 그 자리는 그녀가 태어나기도 전부터 정해져 있었고, 그녀는 가장 가까운 곳에 있는 권위에 복종하는 것을 매일의 규칙으로 삼아 평생을 살아왔을 뿐이었다.

그래서 두 사람은 신에 대해 이야기했다. 그리고 천국에 대해, 장미

나무 산울타리를 새로 심는 문제에 대해, 과일과 채소를 보존하는 새로운 방법에 대해, 내세에 대해 이야기했으며, 저세상에 갈 때는 둘이 함께였으면 좋겠다는 소망을 서로 공유했다. 그런가 하면, 두 사람이 바느질거리로 만지작거리고 있던 실크 조각에서부터 가문의 과거에 얽힌 기나긴 추억담이 시작되기도 했다. 서로가 과거를 기억하는 방식이 어떻게 다른지 비교해 보는 일은 늘 재미있었다. 내니는 사람들의 이름을 완벽하게 외울 수 있었고, 중요한 사건이 있었던 날 날씨가 어땠는지, 숙녀들이 어떤 옷을 입었는지, 어떤 잘생긴 신사들이 그 자리에 있었는지, 먹고 마실 것은 무엇이 있었는지 다 기억해 낼 수 있었다. 반면 할머니는 날짜들은 잔뜩 기억하면서 그날그날 무슨 일이 있었는지는 떠올리지 못했다. 할머니의 기억 속에서 사건들은 시간에서 따로 떨어져 자기들끼리 떠다니는 것 같았다. 예컨대 1871년 8월 26일은 할머니에게 기념할 만한 날로 남아 있었다. 당시에 할머니는 그 날짜를 절대로 잊지 않으리라고 다짐했고, 실제로 지금까지도 잊지 않았다. 하지만 정작 그날을 기억에 새겨 둔 이유가 무엇인지는 조금도 기억나지가 않았다. 그 문제에서는 내니도 도움이 되지 못했다. 내니는 날짜에 젬병이었기 때문이다. 그녀는 자기가 태어난 해가 언제인지도 몰랐고, 하마터면 생일 축하를 받을 일도 없이 살았을 뻔했다. 내니의 생일은 할머니가 아직 '소피아 제인 아가씨'로 불렸던 열 살 소녀 시절, 달력을 아무렇게나 펼치고 눈을 감고 펜으로 아무 날짜나 찍어서 정해 준 것이었다. 그때부터 내니는 7월 11일에 태어난 사람이 되었고, 태어난 해는 소피아 제인 아가씨의 고집에 따라 그녀와 같은 1827년으로 정해졌다. 그러면 내니는 그녀의 주인 아가씨보다 세 달 먼저 태어난 셈이었다. 소피아 제인은 내니의 생년월일을 가족용 성경*의 인적 사항 란, 자기 이름 바로 아래 칸에 적어 넣었다. "내니 게이(흑인)"라고, 이름도 정성스러운 글씨로 또박또박 써 두었다. 소피아 제인이 저지른 말썽이 가족들에게 발견된 것은 이미 잉크가 종이에 깊게 스며들고도 한참이 지난 뒤였다. 한바탕 소동이 일기는 했지만, 구태여 종이를 긁어내 그 글씨를 지워야 할 정도로 화가 난 사람은 아무도 없었다. 그래서 지금까지도 내니의 이름과 생년월일은 그 자리에 그대로 남아 할머니와 내니가 즐겨 꺼내는 화젯거리가 되었다.

또한 그들은 종교에 대해, 점점 해이해져 가는 세상에 대해, 품행이 퇴락해 가는 세태에 대해 이야기했고, 그러다 보면 으레 어린 손주들이 화제에 올랐다. 이런 이야기를 할 때면 둘은 엄격하고 비판적이고 단호한 태도를 취했다. 그들은 어려서부터 받은 교육으로 얻은 일련의 확고한 사고방식들을 통해 삶의 모든 주요한 국면을 해석했는데, 아이들의 양육 문제에서는 특히 그랬다. 그들은 아이들이란 죄악으로 수태되었으며 부정하게 세상에 나왔다는 정설**에 철석같이 의존하고 있었다. 유년기란 성인의 삶을 대비해 기나긴 가르침과 시험을 받아야 하는 시기이고, 성인기란 자기에게 주어진 의무에 오래도록, 엄정하게, 철저하게 헌신해야 하는 시기이며, 성인의 의무에서 무엇보다도 큰 부분은 곧 아이들을 양육하는 일이었다. 하지만 아이들에게 아무리 많은 것을 해 주거나 그러려고 노력한다 해도, 아이들은 다루기 힘들고, 반항적이고, 지칠 줄도 모르고 비행을 저지르게 마련이

---

* 한 가문 안에서 전해 내려오는 성경으로, 가족 구성원들의 출생, 사망, 혼인 등의 정보를 기록하는 족보 노릇을 했다.
** 『시편』 51장 5절, "이 몸은 죄 중에 태어났고, 모태에 있을 때부터 이미 죄인이었습니다"에서 근거한다.

었고, 그러다가 결국에는 몰인정하고 무책임한 어른으로 자라기 십상이었다. 두 여자는 자신들이 완성한 작품들을 볼 때면 가끔씩 작고도 쓰라린 의혹이 들었다. 내니는 신세대 손주들을 견딜 수가 없었다. "막무가내에 게으르기만 하구, 딱 밥벌레라니깐요, 소피아 제인 마님. 가정교육을 얼마나 잘 시켰는데두 어떻게들 그럴 수가 있는지 이해가 안 돼요."

할머니는 아이들을 변호하고 자기 세대를 탓했다. 할머니는 진심으로 자기 세대 사람들의 잘못이 크다고 생각했기에 자못 열성적으로 비난을 쏟았고, 그러면 내니가 거꾸로 그들을 변호했다. "자식들이란 어릴 때는 부모의 발을 밟고, 다 커서는 부모의 심장을 밟는 법이다." 어느 세대고 간에 자식에 대해 할 수 있는 이야기는 결국 이 한 문장으로 요약되겠지만, 그 화제가 부모들을 끌어들이는 흡인력이란 한도 끝도 없었다. 그들은 그 문장을 조금씩 바꾸어서 수천 가지로 변형해서 말했고, 그때마다 항상 자기 친구나 친척의 사례를 근거로 들었다. 할머니와 내니에게는 언급할 만한 사례가 충분히 많았다. 그들 스스로 각각 열한 명, 열세 명의 자식을 낳았으니까. 그들은 그 사실을 자랑스러워했다. "내가 자식 열한 명의 어머니라니." 할머니는 약간 감탄스러운 투로 그렇게 말하곤 했다. 사람들이 믿어 주지 않을 거라는 듯이, 심지어 스스로도 잘 믿어지지 않는다는 듯이. 그래도 할머니는 그중에서 아홉 명까지는 언급할 수 있었다. 내니는 자식 열 명을 잃었다. 그 아이들은 지금 모두 켄터키에 묻혀 있었다. 내니는 자신에게 자식이 있다는 사실을 어느 누구든 못 믿을 거라는 생각은 전혀 하지 않았다. 내니의 자랑은 궤가 좀 달랐다. "열세 명이라니깐요." 그녀는 질겁한 목소리로 말하곤 했다. "아이고, 하느님 맙소사, 열셋이나 낳았다니!"

두 노부인 사이의 우정은 어린 시절부터 시작되었는데, 그 계기는
그들이 생각하기에도 꾸며 낸 이야기처럼 느껴질 만큼 극적이었다.
당시 다섯 살이었던 소피아 제인 아가씨는 새침하고 버릇없는 꼬마
였다. 매일 막대기로 탱글탱글하게 말아 놓는 검은빛 곱슬머리를 늘
어뜨리고, 빳빳하게 주름이 잡힌 한랭사 속바지와 꼭 붙는 보디스를
입은 그녀는, 어느 날 말과 검둥이를 사러 나갔다가 귀가하는 아버지
를 마중하러 나갔다. 소피아 제인은 아버지의 팔 위에 앉아 그의 목을
부둥켜안고서 짐마차들이 헛간이며 하인들 숙소로 줄지어 들어가는
광경을 지켜보았다. 첫 번째 짐마차의 바닥에는 한 쌍의 흑인 남녀가
빼빼 마른 알몸을 반쯤 드러낸 아기를 데리고 앉아 있었다. 그 흑인
여자아이는 머리가 동그란 옹이 같았고 두 눈은 원숭이처럼 반짝였
으며, 배는 볼록 튀어나왔지만 두 팔은 어깨부터 손목까지 작대기처
럼 쭉 뻗어 있었다. 여자아이는 앙상하고 메마른, 검은 가죽 같은 손
가락으로 제 부모를 붙잡고 매달렸다.

"저 쪼그만 원숭이 갖고 싶어요." 소피아 제인이 아버지의 뺨에 코
를 비비면서 그쪽을 가리켰다. "쟤 데리고 놀래요."

짐마차들의 뒤 칸에는 말이 두 마리씩 실려 있었는데, 두 번째 마차
에 있는 것은 작은 조랑말이었다. 초가지붕처럼 덥수룩한 갈기가 녀
석의 눈까지 내려왔고, 긴 꼬리는 붓 같았으며, 몸통은 둥글고 단단한
술통 같았다. 조랑말은 속이 푹신하게 채워진 칸막이 안에 단단히 받
쳐진 채, 수북이 쌓인 밀짚 더미에 무릎까지 파묻고 서 있었고, 검둥
이 한 명이 녀석의 굴레를 붙잡고 있었다. "저 녀석 보이니?" 아버지
가 말했다. "네 조랑말이란다. 이제 승마를 배울 나이도 됐잖니."

소피아 제인은 너무 기뻐서 아버지의 품에서 뛰어내릴 뻔했다. 다음 날 그녀가 자신의 조랑말과 원숭이를 보았을 때는 둘 다 몰라보게 변한 모습이었다. 조랑말은 갈기가 말끔하게 깎였고 털에서 윤이 났으며, 흑인 아이는 깨끗한 푸른빛 면 옷을 입고 있었다. 한동안 소피아 제인은 어느 쪽이 더 좋은지 고를 수 없을 만큼 둘 모두를 애지중지했다. 내니도, 피들러도. 하지만 피들러는 오래가지 못했다. 소피아 제인이 한 해 만에 키가 훌쩍 커서 녀석을 탈 수 없게 되었기 때문이었다. 그녀는 조랑말을 미련 없이 남동생에게 넘겨주었지만, 피들러라는 이름만은 더 이상 쓰지 못하게 했다. 그 이름은 무도회나 파티에서 음악 연주를 했던 피들러 게이라는 늙은 흑인을 기리는 뜻에서 붙였던 것이었고, 이후에 그녀가 가졌던 여러 승용마들이 같은 이름을 물려받았다. 그러나 내니는 오로지 한 명뿐이었다. 게다가 내니는 소피아 제인보다도 더 오래 살았다. 평생을 함께 살아오면서 두 여자의 사이는 애정이 있고 없고의 차원을 떠나, 단순히 서로가 없으면 어떻게 지낼지 상상할 수도 없는 관계가 되었다.

내니는 어느 널따랗고 북적거리는 곳에서 으리으리한 건물 앞의 단상에 올라섰던 날을 선명히 기억했다. 그곳이 내니가 난생처음으로 본 도시였다. 아버지와 어머니도 그녀의 곁에 있었고, 그 주위를 수많은 인파가 빽빽이 둘러싸고 있었다. 내니의 가족 외에도 여러 검둥이가 몇 명씩 옹송그리고 모여 있었는데, 간간이 백인 남자들이 그들을 재촉해 부랴부랴 데려갔다. 그들은 모두 내니에게는 낯선 얼굴이었고 이후로도 그들을 두 번 다시 볼 일은 없었다. 당시 내니는 면 원피스 한 장만 입고 있었는데, 그래도 추워서 떨었던 기억은 없는 걸 보면 여름이었던 것 같았다. 또 하나 기억나는 것은 누군가에게 볼기를 맞아서 그 부분이 화끈화끈 아팠던 감각이었다. 아마도 단상 위에 올라가기 직전에 어머니가 내니에게 가만히 좀 있으라고 경고하는 뜻으로 때렸던 듯했다. 그녀의 부모는 밭 일꾼으로, 백인들의 집 안에서 살아 본 적이 한 번도 없었다. 그런데 어느 훤칠한 신사 한 명이 그들 가까이로 불쑥 올라왔다. 기름하고 좁은 얼굴에 높다란 매부리코가 눈에 띄었고, 커다란 옷깃이 달린 푸른 외투에, 희끄무레한 빛깔에 어마어마하게 긴 바지를 입은 남자였다(내니는 눈을 감으면 그때 그의 모습을 또렷하게 떠올릴 수 있었다). 주위가 왁자지껄 소란스러워졌다. 그들 옆의 나무 그루터기에 서 있던 붉은 얼굴의 남자는 내니의 부모를 향해 팔을 휘저으면서 뭐라고 소리를 치기도 하고 낮은 음성으로 말하기도 했다. 훤칠한 신사는 단상 위의 흑인들을 보지 않고 이따금씩 손가락만 들어 올렸다. 그러다 어느 순간 사람들의 고함 소리가 멎었고, 훤칠한 신사는 내니의 부모님에게 가까이 다가가서 말을 걸었다. "그래, 에프! 스티니! 지머슨 씨가 지금 바로 너희를 데려갈 거다." 그는 두꺼운 장갑을 낀 검지로 내니의 배를 쿡 찔렀다. "요건 순 쭉정이로구먼." 그가 경매인에게 말했다. "이런 걸 팔려면 덤도 하나쯤 얹어 줬어야지."

"지금 당장은 쓸모없는 상품이기는 합니다, 선생님. 맞는 말씀이에요." 경매인이 말했다. "하지만 더 자라면 쓸 만해질 겁니다. 한 묶음으로는 이 셋만큼 괜찮은 상품도 없어요. 정말입니다."

"내 그동안 저 검둥이들을 쭉 눈여겨보았지." 훤칠한 신사가 그렇게 말하고, 짐마차의 끌채 위에 앉아 있는 한 뚱뚱한 남자를 향해 걸어가면서 손짓을 했다. 씹는담배를 뱉고 있던 뚱뚱한 남자는 일어나서 내니의 가족에게로 다가왔다.

내니는 20달러에 팔렸다. 공짜나 다름없는 값이었다. 이후에 내니는 정말로 질 좋은 노예의 경우 1,000달러까지도 나간다는 것을 알게 되었고, 노예들이 자기 몸값을 자랑하는 것을 듣기도 했다. 하지만 자신이 경매에서 얼마나 싸게 팔렸는지는 그녀의 어머니에게서 직접 듣고 알게 되었다. 부모님은 여전히 밭에서 일하고 내니 혼자만 저택에 들어가 살게 된 이후, 어머니가 내니의 몸값을 들먹이며 대놓고 조롱했던 것이다. 그 뒤로도 어머니와 아버지는 밭에서 살았고, 밭에서 일했으며, 밭에서 죽었다. 한편 내니는 좋은 구충제를 먹어서 올챙이 배가 나았고, 음식을 양껏 먹고 무럭무럭 자랐으며, 마치 애완견에게 주어지는 것과도 비슷한, 아마도 그리 너그럽지만은 않은 종류의 친절도 누리며 살았다. 지금까지도 내니는 자신이 넘치도록 많은 행운을 얻었다고 생각했다.

두 여자의 인생사가 참으로 공교롭게 흘러갔다는 것도 둘 사이에 자주 나오는 이야깃거리였다. 소피아 제인의 아버지가 해 준 말에 따르면, 내니와 그 부모의 첫 번째 주인은 텍사스에 숫제 눈이 뒤집혔다고 했다. 1832년 당시에 텍사스는 새로운 '약속의 땅'이었다. 그는 켄터키에 있던 농장과 노예 넷을 팔아서 그 돈으로 텍사스 남서부에 20마일에 달하는 드넓은 땅을 매입하고, 자기 아내와 어린 자식 둘을 데리고 그곳으로 떠났다. 이후로 오랫동안 그의 소식을 들을 수 없었는데, 40년 뒤 소피아 제인이 텍사스에 가 보니 그는 부유한 농장주이자 지방 판사가 되어 있었다. 그보다 한참 뒤에 소피아 제인의 막내아들이 그의 손녀딸을 만나 사랑에 빠졌고, 만난 지 세 달 만에 결혼했다.

당시 85세였던 판사는 결혼식장에서 흥에 겨워 시끌벅적 소란을 떨었다. 그가 옥수수 위스키 냄새를 풍기며, 몇 번이고 신의 이름으로 맹세를 늘어놓으면서, 자리를 박차고 일어나 켄터키에서의 좋았던 옛 시절 이야기를 시작하려던 때에, 소피아 제인은 내니를 그에게 데려가 보여 주었다. "얘 알아보시겠어요?" "세상에, 하느님 맙소사!" 판사가 고함쳤다. "이 아줌마가 바로 내가 너희 아버지에게 20달러에 팔았던 그 쭉정이 꼬마란 말이야? 그때는 20달러가 엄청 큰돈이었나 보구나!"

샌마르코스에서 오스틴으로 돌아가는 먼 길에, 가파른 바윗길을 따라 덜컹덜컹 나아가는 마차 안에서 내니는 마침내 불만을 털어놓았다. "그 판사는 교육을 잘 못 받았나 봐요." 그녀는 침울하게 말했다. "자기가 하는 말이 사람에게 얼마나 상처 주는지두 몰르구."

그때 소피아 제인은 낡은 4인승 마차의 뒷좌석 구석에 잠잠히 앉아, 물개 모피로 단을 댄, 가장자리가 커피 빛깔로 변색된 낡은 외투를 입고서, 눈을 감고 두 손을 맞잡은 채, 썩 마뜩지만은 않은 집안의 여자에게 아들을 장가보내야 하는 자신의 처지를 받아들이려 노력하고 있었다. 아들들을 결혼시킬 때는 항상 이랬다. 며느리나 사돈댁에 무슨 심각한 흠이 있는 것은 아니었다. 다만, 아들들의 여자 보는 눈이 납득이 잘 되지 않았다. 그 여자들의 무엇을 보고 아내로 선택한 것일까? 그녀는 각 아들에게 어떤 신붓감이 필요한지 늘 마음에 그려 두고 있었다. 그들이 선택한 것보다 더 나은 결혼을 시켜 주려고 노력도 해 보았다. 하지만 아들들은 결혼을 어디까지나 자기 개인사라고 여겨서 어머니의 간섭에 화를 낼 따름이었다. 그녀의 막내아들은 너무 오냐오냐 키우는 바람에 버릇을 망쳐 버린 아이였다. 그 사실을 뒤늦게 깨달았을 때는, 아들은 이미 좋은 남편감은 고사하고 누군가를 아내로 맞아들이는 것 자체가 부적절한 남자로 자라나 있었다. 게다가 새 며느리에게는 무언가 유별난 구석이 있었다. 훤칠하고 잘생긴 용모에다, 인상도 단호하고, 말투며 걸음걸이며 화법까지 모두 직선적인 걸 보면, 응석받이 도련님의 안락한 나날도 이제는 끝장일 듯싶었다. 태연자약하기 그지없는 며느리의 태도며, 결혼 준비를 사소한 부분 하나까지 철저히 진행하던 것이며, 새신랑에 대한 평가를 이미 다 끝낸 듯이 침착하고 차분하면서도 익살스러운 눈길로 그를 종종 흘끔거리던 모습이, 소피아 제인은 무척 심기에 거슬렸다. 심지어 피로연에서 며느리는 자신이 생각해 낸 신혼여행 계획이랍시고, 자기 아버지 목장에서 가축을 몰아들이는 포장마차를 따라다니며 소에 낙인 찍는 일을 도와주는 건 어떻겠느냐고 말하기까지 했다. 물론 농담으로 한 말이었다. 하지만 그녀는 지나치게 서부적이고, 현대적이고, 도를 넘어서려는 '신여성' 같은 면모가 있었다. 여성 투표권을 요구하고, 자기 생계를 꾸리려고 집을 벗어나 바깥세상으로 뛰어드는 여자들……

여자들이 자기 성별을 그렇게 저버리려고 하다니, 생각만 해도 진저리가 나는 일이었다. 소피아 제인은 가느다란 몸을 부르르 떨다가 퍼뜩 정신을 차렸다. 불길하고 암울한 상념에서 깨어나고 보니 목구멍에서 씁쓸한 맛이 올라오는 느낌이 들었다. "신경 쓰지 말게, 내니. 사돈어른이 생각 없이 한 말이야. 기분이 너무 좋아서 말이 헛나왔던 게지."

내니는 자기 주인과 한 침대에서 잠을 잤고, 그녀의 놀이 친구였으며, 직업적 동료이기도 했다. 둘은 거의 대등한 조건에서 함께 싸웠고, 내니가 어떤 규율을 어기더라도 소피아 제인은 그 규율이 자신이 만든 것이 아닌 한 그녀를 치열하게 옹호해 주었다. 둘 다 열일곱 살이 되었을 때 소피아 제인은 시집을 갔다. 무척 유쾌한 결혼식이었다. 저택은 하객들로 꽉 들어차서 천장까지 빈틈이 없을 정도였고, 거기 모인 사람들은 서로 촌수가 아무리 멀어도 십촌 간은 되는 사이였다. 하객들이 가져온 마차는 40대, 말은 무려 200마리 이상이었다. 그 모두가 이틀 동안 대접을 받고 나서 마지막 마차 한 대의 바퀴까지 언덕길 너머로 사라졌을 때(몇몇 손님은 그 뒤로도 2주는 더 머물다 갔다), 식품 저장실과 궤짝 들은 절반쯤 비었고, 집 안은 기병대 한 중대가 한바탕 휩쓸고 간 듯한 모습이 되었다. 그로부터 며칠 뒤, 내니도 결혼을 했다. 신랑은 내니가 이 집안에 왔을 때부터 알고 지냈던 청년이었다. 이 신혼부부는 소피아 제인에게 결혼 선물로 주어졌다.

소피아 제인과 내니는 엄숙하고도 맹렬한 출산 경쟁을 시작했다. 16개월에 한 번꼴로 둘 중 하나는 아기를 낳았다. 내니가 둘의 아기를 모두 돌보는 동안, 소피아 제인은 젖이 나오지 않도록 가슴에 붕대를 감고 술을 마시면서 지독한 불편을 참아 냈다. 그렇게 둘 다 넷째 아이를 낳았을 때, 내니가 산욕열에 걸려 목숨을 잃을 뻔했다. 그때는 소피아 제인이 두 아이를 맡아 길렀다. 그녀는 내니의 아이를 찰리, 자기 아이를 스티븐이라고 이름 지어 주었고, 둘 다 공평하게 번갈아 젖을 물렸다. 내니는 흑인 아이보다 백인 아이를 우선시해야 한다는 의무감을 느꼈지만 소피아 제인은 아니었다. 남편은 그녀의 행동에 충격을 받았고 수유를 못 하게 막으려고 했다. 친정어머니가 찾아와서 타이르기도 했다. 하지만 그녀는 고집불통으로 말을 듣질 않았다. 그때쯤 소피아 제인의 내면에는 이미 특유의 공정하고, 인정 있고, 자존심 강하고, 담박한 성정이 자리 잡고 있었다. 겉으로 보기에 그녀는 허영심도 약점도 많았다. 사치를 무진 좋아하는가 하면, 타인의 비판에 울컥하는 경향도 있었다. 이 경향은 그녀가 자신의 판단력과 감수성을 주변 대부분의 사람보다 우월하다고 믿는 데에서 비롯된 것이었다. 그런 점에서 소피아 제인은 설득하기가 무척 까다로운 사람이었다. 그녀에게는 조용히 자기 입장을 고수하는 특유의 방식이 있어서, 그녀가 뜻을 굽히느니 차라리 죽을 거라는, 위협만으로 그치지 않고 정말로 죽어 버릴 거라는 확신을 상대방에게 불러일으키곤 했다. 이때쯤 그녀는 자기 아이의 수유를 다른 여자에게 맡겼던 것이 굉장한 손해였다고 생각하고 있었다. 다시는 그런 식으로 억울하게 손해를 보지 않으리라 작정한 그녀는, 자기 아들과 수양아들을 나란히 데리고 앉아 젖을 주면서, 꿈도 꿔 본 적 없는 종류의 따스하고 감각적인 쾌락을 만끽했다. 자신의 자연스러운 육체적 만족감이 무언가 신성한 열락으로 번역되는 듯한, 그녀가 겪은 분만의 고통을 보상해 주기 위해 하늘에서 신이 축복을 내려 준 듯한 느낌이었다. 그뿐만 아니라, 부부 생활에서 충족되지 못한 것 역시 여기서 비로소 보상받는 것 같았다. 그들 부부의 잠자리에는 무언가 결핍된 것이 있었다. 소피아 제인은 내니에게 지극히 태연하게 말했다. "이제부터 자네는 자네 아이들만 기르게. 나는 내 아이들을 기를 테니." 그 말은 그대로 이루어졌다. 그래도 찰리는 검둥이 아이들 중에서 소피아 제인이 특별히 총애하는 아이로 남았다. "이제야 이해가 돼." 그녀는 자기 언니인 케지아에게 이렇게 말하기도 했다. "흑인 유모들이 주인댁 아이들을 왜 그렇게 사랑하는지. 나도 내가 기른 흑인 아이를 사랑하거든." 그래서 찰리는 그녀의 아들 스티븐의 놀이 친구로 저택 안에서 같이 컸고, 힘든 노동은 평생 면제받고 살았다.

소피아 제인의 남편이 그녀에게 구혼했을 때, 그는 서먹서먹하고, 기이하게 매력적으로 느껴지는 남자였다. 소피아 제인의 기억 속에서 그는 자신과 비슷하지만 더 짧은 곱슬머리에, 프릴 달린 흰 블라우스와 맥도널드식 타탄* 킬트를 입은 땅딸막한 소년으로 남아 있었기 때문이었다. 그는 소피아 제인과 육촌 간이었는데, 어렸을 때만 해도 그녀와 똑 닮아서 친남매로 오인받을 정도였다. 둘 다 조부모가 사촌 간에 결혼한 사이였으니 이상한 일은 아니었다. 게다가 그와 결혼하고 몇 년 뒤에야 깨달은 사실이지만, 그는 실제로 소피아 제인의 친오빠와 여러 면에서 닮은 사람이었다. 그녀가 혐오해 마지않는 오빠의 온갖 결점을 그도 갖고 있었던 것이다. 두 남자는 목표 의식이 없고, 위기 대처 능력도 없고, 현실적인 문제들에 달관한 듯 초연한 데다, 일을 벌여 놓고는 방치하는 바람에 흐지부지되거나 다른 사람이 나서서 마무리 짓기 일쑤였으며, 주위 모든 사람이 기꺼이 자기 시중을 들어야 마땅하다고 진심으로 믿었다. 이 치명적인 결점들 때문에 그녀는 오빠와 싸웠고, 아내로서의 분별을 지키는 선 안에서 남편과도 싸웠으며, 한참 뒤에는 두 아들과 손주 여럿을 상대로도 같은 이유로 싸우게 되었다. 하지만 어떤 경우에서도 그녀는 이기지 못했다. 그 이기적이고 무심하고 애정 없는 인간들이 끝까지 그렇게 살다가 죽는 동안, 소피아 제인은 그들의 성격을 바꾸려고 노력하는 과정에서 무척 거만한 성격이 되었을 뿐이었다. 한편 남편은 그녀와 마찬가지로 가문 특유의 예리한 눈을 타고난 사람이었다. 그는 그녀의 지독한 외

---

* 타탄은 격자무늬 직물로서, 본래 스코틀랜드의 씨족들을 상징하는 문장紋章으로 사용되던 전통에서 유래되어 각 씨족마다 타탄의 색깔과 무늬가 상이하다. 맥도널드는 씨족들 중 하나의 이름이다.

고집, 자신의 방식이 옳을 뿐 아니라 비난의 여지 없이 완전무결하다는 확신, 아주 사소한 문제에서도 자기 감정을 너무나 중요시해서 누가 조금만 잘못 건드리거나 허투루 취급해도 용납하지 못하는 태도 등을 싫어했고, 더 나아가 두려워했다. 두 사람이 한창 장성하던 때에 서로 떨어져 지냈던 게 문제였다. 그 중요한 시기에 그는 대학에 가고 또 여행을 다니느라 그녀의 앞에서 사라졌고, 소피아 제인은 긴 시간 동안 그를 잊고 지냈다. 그러다 나중에 다시 만났을 때는 어렸을 때의 그가 어떤 사람이었는지를 완전히 잊어버렸다. 당시 그녀는 명랑하고 상냥하고 예의 바른 여자였으며, 허영심으로 가득했고, 엄청나게 강렬한 몽상들에 파묻혀 있었다. 가끔은 그 몽상에 휩쓸려서 어떤 불가사의한 광기가 지배하는 금지된 영역으로 넘어가 버릴 것 같은 불안감이 들기도 했다. 그녀는 자신이 처녀성(그녀의 표현으로는 '정조')을 잃어버렸다는 악몽에 반복적으로 시달렸다. 꿈속에서 존경받고, 배려받고, 심지어는 존재할 권리까지 보장하는 유일한 자격을 잃어버린 그녀는 무시무시한 도덕적 고통에 뒤덮인 나머지 아무런 육체적 경험도 할 수 없을 지경에 이르렀고, 그렇게 혼란과 공포에 시달린 끝에 식은땀을 흘리며 잠에서 깨어나곤 했다. 그녀는 육촌인 스티븐이 약간 '거칠다'는 말을 들은 적이 있었다. 하지만 그거야 당연한 일이었다. 그는 분명 온갖 남자다운 방종으로 가득한 대담무쌍한 삶을 살고 있었을 테니까. 악의 세계를 견문해 나가는 달콤하고도 어두운 삶. 그 생각을 하면 머리털이 쭈뼛 곤두섰다. 아, 남자들의 삶이란 얼마나 감미롭고, 자유롭고, 경이롭고, 비밀스러우며, 끔찍할까! 그녀는 그런 생각에 골몰할 때가 굉장히 많았고, "쟤는 약간 몽상가야"라는 어머니나 아버지의 말소리에 퍼뜩 놀라 정신을 차리곤 했다. 그럴 때면 그녀는 수를 놓거나 책을 읽다 말고 두 손을 무릎 위에 떨어트리고, 입가에는 어렴풋한 미소를 띤 채, 촉촉하게 젖은 눈으로 아무것도 없는 빈 벽을 바라보며 골똘히 백일몽에 잠겨 있었던 것이다. 부모님이 무슨 생각을 하고 있었느냐고 물을 경우를 대비해, 그녀는 평소에 고상한 시 몇 편을 외워 두고 있다가 그 질문을 받았을 때 재깍 입에 올리기도 했고, 아니면 부모님이 좋아하는 적당히 가볍고 감상적인 노래를 골라 한 소절 부르기도 했다. 아예 피아노로 뛰어가서 한 손으로 멜로디를 쳐 보면서 "저는 이 부분이 제일 좋아요"라고 말할 때도 있었다. 자신이 어떤 생각에 사로잡혀 있었는지 부모님에게 조금이라도 의심을 사지 않기 위해서였다. 소피아 제인은 젊은 시절을 내내 그렇게, 자기 속내를 한 번도 내보이지 않으면서 살았다. 그러다가 중년에 접어들고, 남편이 죽고, 재산이 분산된 뒤, 어느새 잔뜩 생긴 자식들을 데리고 새로운 곳에 정착해, 남자들과 같은 혜택은 누리지 못하면서도 남자들의 책임은 다하면서 자식들을 위한 새로운 삶을 꾸려 나가게 되었을 때에야, 그녀는 마침내 정직한 인생에 가까운 무언가로 걸어 나갈 수 있었다. 그럼에도 불구하고 그녀 자신은 언제나 열렬히 정직한 사람이었다. 그렇지 않았던 적은 한 번도 없었다.

내니도, 소피아 제인도 노년이 되어 인생과의 기나긴 싸움이 거의 끝나고, 둘이 함께 나무 아래 앉아 있던 어느 날, 그녀는 새틴 조각을 만지작거리며 말했다. "케지아 언니가 이 상아색 양단으로 웨딩드레스를 지었던 건 불공평했어. 나는 겨우 스위스 모슬린*이었는데……"

"마님께서 결혼하셨을 적에는 워낙 힘든 시절이었으니깐요." 내니

---

* 작은 물방울무늬가 짜 넣어져 있는 얇은 면직물.

가 말했다. "그해가 엄청난 흉작이었잖어요."

"그 이후에도 늘 흉작이었던 것 같은데."

"제가 기억하기로 마님이 결혼하셨을 때는 스위스 모슬린이 엄청 유행이었어요."

"난 유행에는 원래 관심 없었는걸." 소피아 제인 할머니는 말했다.

내니는 노예 신분으로 태어났지만 죽을 때는 그 신분이 아니리라는 것이 기뻤다. 자신의 처지 그 자체보다도, 그 처지를 묘사하는 말들이 그녀에게는 더 상처였다. 노예해방은 듣기 좋은 단어였다. 해방이 되었다고 해서 그녀의 생활이 조금이라도 달라진 것은 아니었다. 하지만 자신의 주인에게 "저는 마님만 원하신다면 계속 곁에 있을 생각이에요"라고 말할 수 있게 돼서 뿌듯했다. 또한 마음에 가시처럼 박혀 있던, 잘못된 무언가가 바로잡힌 느낌도 들었다. 그녀는 자신이 사랑하는 하느님이, 한 인종을 단지 피부색 때문에 그토록 고생시켜도 된다고 생각했다는 것이 내내 납득이 되질 않았다. 그녀는 소피아 제인 아가씨와 그 이야기를 무척 많이 했다. 이 문제에서 소피아 제인 아가씨의 주장은 항상 단호하고 완강했다. "말도 안 되는 소리지! 하느님은 피부색이 검든 희든 신경 안 쓰시네. 정말이야. 그분은 오로지 영혼만 보시거든. 쓸데없는 생각 하지 마, 내니. 당연히 자네도 천국에 갈 테니."

내니는 교육을 전혀 못 받은 사람의 머리에서 나올 수 있는 기초적인 논리의 흐름을 보여 주었다. 그녀가 생각하기에는, 지상에서 흑인들을 그토록 박대하셨던 하느님이 저세상에서라고 갑자기 푸대접을 멈추실 것 같지는 않았던 것이다. 하느님을 원망해서가 아니라 그저 단순히 믿기지가 않아서 드는 의문이었다. 하지만 소피아 제인은 기꺼이 그녀를 안심시켜 주었다. 이승에서 내니의 몸과 영혼 모두를 책임졌던 그녀가 최후의 심판 때에도 신 앞에서 그녀의 보증인이 되어 주겠다는 듯이.

소피아 제인은 그녀가 사는 세상의 모든 것을 온전히 책임지고 있었다. 절반은 백인으로, 절반은 흑인으로 이루어진 그곳에서 두 계층은 끊임없이 뒤섞이며 점점 더 혼란스러워져만 갔다. 주변 어디에나 젊은 남자가 너무 많았다. 처남, 사촌, 육촌, 조카 등등이 쉼 없이 저택에 방문했고, 그때마다 남자들 특유의 고질적인 악습을 조용히 되풀이했다. 그런 일에는 아무런 해명도 없었고, 통제할 방법도 없었다. 소피아 제인은 조용히 입을 다물고 아무 내색도 않는 법을 일찍이 터득했지만, 검둥이 숙소에서 분홍색 벌레 같은 아기가 태어날 때마다, 그녀는 아기가 적당한 시간이 지나면 검은 피부로 변할 것인지 지켜보느라 사흘쯤 숨을 죽여야 했다…… 그녀는 세월이 지난 뒤 이 모든 것을 맏손녀에게 이야기해 주었다. 그 긴장이 자신에게 나쁜 영향을 미쳤다고, 그러다 보니 남자들을 마음속 깊이 경멸하게 되었다고. 도저히 주체할 수가 없었다. 그녀는 남자들이 경멸스러웠다. 남자들을 경멸하면서 남자들에게 지배당했다. 그녀의 남편은 아내가 가져온 지참금과 재산을 텍사스며 루이지애나 같은 낯선 땅에 아무렇게나 투자해서 날려 먹었다. 그가 자기 돈을 도박꾼처럼 굴려서 탕진하는데도 소피아 제인은 항의도 않고 지켜만 보았다. 자신이 재산을 관리했더라면 이윤을 낼 수 있었을 거라는 생각이 들었지만, 그녀가 맡을 본연의 영역은 어딘가 다른 곳에 있었다. 재정적인 사안을 결정하고 처리하는 일은 어디까지나 남자의 권한이었다. 마침내 그녀가 고삐를 손에 쥐었을 때에도, 아들들이 나서서 무슨 사업에 손을 대 보라거나 어디에 투자를 해 보라고 설득했고, 그녀는 자신의 의사와 판단을 저버리고 아들들의 충고를 따랐다. 그 결과 아들들은 그녀가 가문의 미래를 위해 세웠던 성채를 또 무너뜨리고 말았다. 그들은 어머니를 통해 자기 인생을 시작할 기회를 얻었고, 그러다 새로운 도움이 필요해지면 다시 어머니를 찾더니, 자기들끼리 싸우다 등을 돌렸다. 남북전쟁이 벌어진 이후로 가정을 부양할 책임은 당연히 그녀의 몫이었다. 그녀의 남편은 징병 연령대에 있던 모든 남자 친인척과 마찬가지로 입대해서 치열하게 싸웠고, 부상당했으며, 무력한 몸으로 목숨을 부지하다가, 들썩이던 혈기와 흥분이 다 가라앉고 절망적인 패색이 완연해지고도 한참 뒤, 전쟁터에서 다치거나 자기 자신을 망가뜨리는 일은 아무래도 용감하기는 할지언정 현명하지는 못한 행위로 여겨지는 분위기가 팽배해졌을 때에야, 부상을 못 이기고 사망했다. 그렇게 남편을 여읜 소피아 제인은 온 식구를 데리고 루이지애나로 떠났다. 그곳에는 남편이 그녀의 돈으로 사 둔 설탕 정제소가 있었다. 그는 설탕이 나중에 큰돈이 될 거라고 말했다. 설탕 자체를 재배하는 것이 아니라 가공하는 산업이 수지를 맞으리라고. 그는 조면소, 제분소, 정제소를 운영할 계획도 세우고 있었다. 만약 죽지 않았더라면…… 하지만 그는 죽었고, 소피아 제인은 루이지애나에서 새로 사들인 집을 수리하고 과수원을 짓기도 전에 자신이 설탕 정제소를 운영하면 망할 게 틀림없다는 것을 깨달았다.

그녀는 정제소를 손해 보는 값으로 팔아 치우고, 이번에는 텍사스로 건너갔다. 그곳에는 남편이 몇 해 전에 싸게 사 둔 드넓고 비옥한 흑토 지대가 있었다. 하지만 텍사스는 아직 불안정한 지역이었다. 그때 그녀에게는 두 살배기 막내부터 열일곱 살 맏이에 이르기까지 총 아홉 명의 자식이 있었고, 내니와 내니의 세 아들, 짐빌리 아저씨, 그 외에도 검둥이 두 명을 데리고 있었다. 모두 지극히 건강했고, 미래에 대한 희망과 살고자 하는 열망으로 가득했다. 그리고 그녀의 마음속에는 남편의 유령이 끈질기게 살아남아 있었다. 그녀는 남편이 자신을 의도적으로 버리기라도 한 듯이 그의 죽음에 치가 떨리도록 분노했다. 처음에는 너무 화가 나서 그를 애도하면서 눈물도 나지 않았다. 20년이 지난 뒤, 그녀가 가장 좋아했지만 일찍 세상을 떠난 딸의 맏아들을 오랜만에 보았을 때, 장성한 손자의 얼굴이 그녀가 젊었을 적 남편의 이목구비를 꼭 빼닮은 것을 깨닫고 그녀는 울었다.

두 해째에 접어든 텍사스 생활은 험난했다. 그해에 어린 아들 둘이 별안간 가출을 했다. 5월 중순, 한창 날씨가 좋을 때를 골라 집을 나선 해리와 로버트는 거의 7마일 거리를 걸어갔지만, 그들을 목격하고 이상하게 여긴 이웃 농부가 사정을 물어서 결국에는 자기 마차에 태우고 집으로 데려다주었다.

소피아 제인은 아들들에게 한 차례 혹독한 벌을 내려야만 한다고 생각했다. 그래서 말채찍으로 매질을 했다. 그런 다음 두 아이 앞에서 무릎을 꿇고, 아이들이 마음을 고쳐먹고 어머니에게 불효하는 자식이 되지 않게 도와 달라고 신께 기도했다. 그렇게 훈육자로서의 의무를 다하고 난 뒤 그녀는 감정을 주체하지 못하고 아이들을 끌어안고서 흐느껴 울었다. 그 전까지만 해도 아이들은 울지 않고 있었다. 남자가 여자에게 맞고 우는 것은 수치스러운 일이라고 생각했던 데다, 사실 그녀가 그다지 세게 때리지도 않았기 때문이었다. 그리고 그녀가 아이들과 함께 꿇어앉아 기도했을 때에는, 여자들 특유의 불가사의한 종교적 감정을 창피하다고 느껴서 둘 다 머쓱하고 침울한 표정만 짓고 있었다. 하지만 소피아 제인이 눈물을 보이자 그제야 비로소 아이들도 큰 소리로 울음을 터뜨리며 잘못을 뉘우쳤다. 그때 둘은 겨우 아홉 살, 열한 살 나이였다. 그녀는 아이들이 겁을 먹을 만큼 절망적이고 애통한 목소리로, 현실이 얼마나 끔찍한지 이해할 능력이 되는 성인들에게나 할 법한 질문을 했다. "왜 내게서 도망쳤니? 그러면 너희를 여기까지 데려온 내가 뭐가 돼?" 아이들이 울면서 한 대답은 고작 루이지애나로 돌아가 사탕수수를 먹고 싶어서 그랬다는 말이었다. 지난겨울 내내 사탕수수 생각을 했다고…… 소피아 제인은 아연해졌다. 그녀는 40마일 떨어진 곳에서 손으로 일일이 켜 낸 통나무들을 달구지에 실어 와 식솔들을 모두 수용할 만큼 큰 집을 지었고, 맨들판에 울타리를 치고 작물을 심었으며, 그 와중에 아이들을 입히고 먹이기까지 했다고 생각했는데, 알고 보니 아이들은 사실 배가 고팠던 것이다. 해리와 로버트는 그동안 어른 남자처럼 일해 왔다. 그녀는 한창 자라고 있는 두 아이의 뼈대를 감싼 얇은 살을 만져 보면서, 자신이 얼마나 무자비하게 그들을 몰아붙였는지 깨달았다. 아이들뿐 아니라 그녀 자신도, 검둥이들도, 말들도 그렇게 몰아붙였다. 그럴 수밖에 없었다. 모두가 한계 이상으로 일하지 않으면 다 같이 죽는 길밖에 없었으니까. 이제 와서 이렇게 아이들을 부둥켜안고 앉아 있으니 그녀는 마음이 부서지는 느낌이 들었다. 마음이 부서진다는 말은 우스꽝스러운 표현이라고 내내 생각했는데, 실제로 겪고 보니 정말 그 표현 그대로였다. 그 이후로 그녀가 감정을 못 느끼는 사람이 된 것은 아니었다. 오히려 더 감정적이고 예민해졌다. 하지만 슬픔만은 전처럼 오래가지 않게 되었다. 그녀가 자식들을 두려워하며 응석받이로 키우기 시작한 것도 바로 이때부터였다. 소피아 제인은 아이들을 껴 안은 채 한참을 멍하니 침묵하다가, 초조해진 아이들이 그녀의 품 안에서 꼼지락거렸을 때에야 말문을 열었다. "여기서도 맛 좋은 줄무늬 사탕수수*를 기를 거야. 흙이 딱 안성맞춤이거든. 나중에는 설탕을 원 없이 먹게 될 거란다. 하지만 지금은 참고 기다려야 해."

아이들이 결혼할 나이가 되었을 즈음, 소피아 제인은 모두에게 넉넉한 땅과 얼마간의 돈을 나눠 줄 수 있을 만큼 형편이 나아졌다. 또한 자식들이 원하는 지역의 땅을 더 살 수 있도록 자기 땅을 조금씩 팔아서 보태 주기도 했다. 그리하여 모두가 나름 번듯하게 저마다의 삶을 시작했지만, 마지막까지 다 좋지는 못했다. 그들은 뿔뿔이 흩어져 각자의 일을 하는 데에만 바빴고, 소피아 제인이 그토록 소중히 여겼던 가족 간의 단합심은 다 잊어버린 것 같았다. 어머니가 어쩌다 가끔씩 찾아오는 것도, 조언을 하는 것도, 어머니의 압도적인 정당성도, 그들은 달가워하지 않고 애써 참아 냈으며, 어머니의 상냥한 애정을 잘 받아들이질 못했다. 해리의 아내가 죽었을 때—여리고, 살림살이에 무능하기 이를 데 없고, 심지어 아이를 낳을 능력도 모자랐던 탓에 셋째를 출산하고 죽어 버린 그녀는, 해리의 아내로서 늘 자격 미달이었다—소피아 제인은 손주들을 거두어서 다시금 삶을 시작했다. 예전과 거의 비슷한 열의를 내보이며, 예전보다 더더욱 주도적으로. 그렇게 손주들을 키워서 이제야 겨우 그 아이들의 결점들을—양쪽 집안에서 모두 물려받은 결점들이라고 그녀는 솔직히 인정했다—고칠

---

* ribbon cane, 남부에서 주로 길렀던 사탕수수의 일종으로, 붉은색이나 보라색이 도는 세로 줄 무늬가 있는 종을 가리킨다.

수 있을 것 같다는 생각이 들었을 때, 그녀는 세상을 떠났다. 8월 초의 어느 날 오후에 갑자기 일어난 일이었다. 그때 소피아 제인은 멀리 텍사스 서부에 사는 셋째 아들 집을 방문해 좋은 시간을 보내던 중이었고, 그 전날에는 며느리의 멕시코인 정원사를 도와 정원 손질을 했던 참이었다. 며느리는 시어머니의 간섭에 굉장히 화가 났지만 그녀의 앞에서는 고분고분 행동했기에, 며느리를 어린아이라고 여겼던 소피아 제인은 그녀의 기분을 전혀 알아차리지 못했다. 그리고 아들은 오래전부터 어머니의 뜻을 거스르지 못하게 길들어 있었다. 그녀는 끈질기게, 공정하게, 합리적으로 논쟁을 벌여서 아들을 설득해 나갔고, 어떤 식으로든 명령은 내리지 않으려고 각별히 주의했다. 아들은 어머니가 정원의 무엇을 어떻게 바꿔 놓더라도 어머니가 떠나고 나면 원래대로 되돌려 놓으면 된다며 아내를 달랬다. 하지만 다른 건 몰라도 50피트짜리 토담을 다른 위치로 옮기기까지 하겠다는데 그런 말이 아내에게 위로가 될 리는 없었다. 그런 줄도 모르고 소피아 제인은 발그레하고 들뜬 얼굴로 집에 들어와, 산에서 상쾌한 공기를 마시니 한결 개운하다고 이야기했다. 그러고는 문지방 위에 쓰러져 그대로 숨을 거두었다.

목격자

짐빌리 아저씨는 너무나 늙었고, 너무나 오랜 세월 동안 무언가를 끌어모으거나 흩뜨리거나 고치거나 손보느라 허리를 구부리고 있었기에 몸이 거의 접히다시피 했다. 물건을 꽉 쥐고 일하는 데에 이골이 난 그의 손은 늘 뻣뻣하게 구부러져 있었고, 어떤 아이가 덤벼들어 그 두껍고 검은 손가락들을 뒤로 젖혀 보아도 절대로 완전히 펴지지 않았다. 그는 지팡이를 짚고 절뚝절뚝 걸어 다녔고, 푸르스름한 회색을 띤 고수머리는 좀이 슨 듯이 군데군데가 비어 있었으며, 그 자리마다 보랏빛의 두피가 드러났다.

집빌리 아저씨는 마구를 수리했고, 다른 검둥이들 신발의 앞창을 대 주었으며, 울타리를 세우고, 닭장을 짓고, 헛간 문을 달았다. 철조망을 펴고, 새 유리창을 끼우고, 덜렁거리는 경첩을 고정하고, 지붕을 때우고, 마차 천장이나 흔들거리는 쟁기를 고치기도 했다. 또한 나무토막을 깎아서 작은 묘비처럼 만드는 재주도 있었다. 그는 어떤 종류의 나무든 손에 쥐기만 하면 묘비로 바꿔 놓을 수 있었다. 진짜 묘비처럼 그럴싸하게, 필요하다면 무늬와 이름과 날짜까지 새겨서 만들어 주었다. 그런 묘비가 필요할 때가 종종 있었다. 작은 들짐승이나 새가 죽는 일은 언제나 일어나고, 녀석들에게 제대로 된 장례를 치러 줘야 했기 때문이다. 손수레에 천을 덮어서 영구차로 삼고, 신발 상자로 만든 관에 천금天衾도 덮어 주고, 꽃을 잔뜩 장식해야 했으며, 무엇보다도 당연히, 묘비가 필요했다. 집빌리 아저씨는 긴 사냥칼을 교묘하게 둥글려서 나무 묘비에 꽃을 조각하고, 뒷면과 옆면을 매끈하게 다듬다가, 이따금씩 팔을 쭉 뻗어 묘비를 멀찍이 떨어트려 놓고 한쪽 눈만 뜨고 찬찬히 살펴보았다. 그렇게 작업을 하면서 나지막한 목소리로 멍하니 띄엄띄엄 무슨 말을 했는데, 언뜻 들으면 혼잣말 같았지만 실은 주위 누군가에게 들려주려고 하는 이야기였다. 어떨 때는 유령 이야기를 했는데, 내용은 알쏭달쏭했다. 아무리 주의 깊게 귀를 기울여 들어도, 결국은 집빌리 아저씨가 그 유령을 정말로 보았다는 것인지, 유령이 진짜이기는 했는지, 아니면 사람이 유령으로 변장했다는 것인지 알 수가 없었다. 또한 그는 참혹했던 노예 시절 이야기도 많이 해 주었다.

"노예들을 끌고 나가서 묶어 놓구 매질을 했지요." 그는 중얼거렸다. "아가씨 팔뚝만큼 두껍구 커다란 가죽숫돌루요. 숫돌엔 동그란 구멍들이 뚫려 있어 가지구, 그걸로 맞을 때마다 살가죽이 동그랗게 패어 뼈에서 떨어져 나왔어요. 다들 그렇게 맞고 또 맞아서 등이 다 까지구 피 칠갑이 될 쯤이면은, 그들은 말린 옥수수 껍질을 등에다 붙이고 불을 질르구, 주먹으로 막 때리구, 온몸에 식초를 부었답니다…… 그랬지요. 그래 놓고는, 바로 다음 날 그 노예들을 다 밭으로 내보내서 일을 시켰어요. 못 하면 또 똑같은 짓을 했구요. 아무렴요, 진짜였다니깐요. 일하러 나가지 않으면은 그걸 처음부터 다 다시 당해야 했지요."

삼 남매—진지하고 새침한 열 살 소녀, 생각이 깊고 서글퍼 보이는 여덟 살 소년, 성질 급하고 촐싹거리는 여섯 살 여자아이—는 짐빌리 아저씨 주위에 둘러앉아, 마음속에서 따끔거리는 희미한 당혹감을 느끼며 이야기를 듣고 있었다. 검둥이들이 한때는 노예였다는 건 그들도 물론 알았다. 하지만 이미 오래전에 해방되어서 이제는 그저 하인들이었다. 짐빌리 아저씨도 노예 신분으로 태어났다고 검둥이들이 누차 말해 줬는데도 아이들은 실감이 나지 않았다. 그들이 보기에 짐빌리 아저씨는 노예 시절을 잘 떨쳐 낸 것 같았다. 아저씨가 누구의 명령을 받고 일하는 모습은 한 번도 본 적 없었다. 그는 항상 자기가 내킬 때에, 내키는 일만 했다. 짐빌리 아저씨가 만들어 주는 나무 묘비를 갖고 싶으면 아주 조심스럽게 부탁해야 했다. 노예 시절 이야기를 할 때 아저씨의 말투와 태도는 더없이 무감동하고 멍멍하기만 했지만, 그럼에도 아이들은 죄책감을 느껴서 조금씩 꼼지락거렸다. 폴이라면 화제를 바꾸려 했겠지만, 약간 조급한 성격인 미란다는 가장 끔찍한 부분까지도 알고 싶어 했다. "짐빌리 아저씨, 그 사람들이 아저씨한테도 그렇게 했어요?" 그녀는 물었다.

"아니요, 아가씨. 이제 묘비에 어떤 이름을 새겨 드릴까요?" 짐빌리 아저씨가 말했다. "나한테는 절대루 못 그러지요. 논에서 일하는 검둥이들한테만 그랬거던요. 저는 저택 바로 근처에서 일하거나, 소피아 아가씨 모시구 읍내에 나가거나 했고요. 논에서는……"

"죽는 사람은 없었겠지요, 짐빌리 아저씨?" 폴이 물었다.

"웬걸요, 당연히 있었지요." 짐빌리 아저씨가 말했다. "죽었다마다요. 많이들 죽어 나갔어요." 그는 울적하게 입술을 오므리며 말을 이었다. "수천수만 명은 죽었을걸요."

"거기에 '천국에서 평안히 잠들다'라고 새겨 주실 수 있을까요, 짐빌리 아저씨?" 마리아가 특유의 상냥하고 고상한 척하는 투로 물었다.

"집에서 길들인 토깽이 한 마리한테요, 아가씨?" 짐빌리 아저씨가 발끈해서 되물었다. 그는 신앙심이 무척 깊은 사람이었다. "종교도 없는 짐승한테요? 어림두 없지요, 아가씨. 아무튼 옛날에 논에서는 검둥이들을 하루 온종일 말뚝에 묶어서 놔두기도 했어요. 가려워도 긁지도 못하게 손발을 다 묶어 놓구, 모기들한테 산 채로 뜯어 멕히라고요. 밤에두, 낮에두 그리고 밤에두. 모기들이 하도 물어서 다들 몸이 풍선처럼 퉁퉁 부었구, 비명을 지르면서 기도하는 소리가 온 논에 울려 퍼지는 게 들렸지요. 그래요, 정말 그랬어요. 그러면서 그 검둥이들한테 물 한 방울두, 빵 한 입두 주지 않았어요…… 그래요, 정말 그랬지요. 세상에, 그런 짓까지 했다구요. 하느님! 이제 다들 이 비석 갖구 썩 가 버려요. 더 귀찮게 하지 말고요. 안 그러면……"

짐빌리 아저씨는 느닷없이 짜증을 내는 경향이 있었다. 이유를 도통 알 수가 없었다. 그는 별의별 일로 쉽사리 심사가 틀어지곤 했지만, 그의 겁박은 지나치게 과장스러워서 아무리 순진한 아이라도 겁을 먹지 않을 것 같았다. 항상 상대방에게 끔찍한 짓을 하고 그 시체를 역겨운 방식으로 처리하겠다는 말이었다. 산 채로 가죽을 벗겨서 그 가죽을 헛간 문에 못으로 박아 두겠다든가, 지금 당장 손도끼를 가져와 귀 두 쪽을 콱 찍어 내서 귀 잘린 얼룩무늬 개 봉고에게 붙여 주겠다든가, 이를 죄다 뽑아내서 그걸로 롱크 할아범이 쓸 의치를 만들어 주겠다든가…… 롱크 할아범은 여름 동안 훈제장 뒤의 작은 오두막집에서 지내다 가는 부랑자였다. 그는 검둥이들과 함께 식사를 배급받았고, 이 없는 잇몸으로 하루 종일 뭐라고 웅얼거리며 앉아 있었다. 숱이 별로 없는 검은 구레나룻은 밀랍을 발라 굳힌 것 같았고, 붉은 눈꺼풀은 화가 난 듯 보였다. 들리는 말로는 모르핀을 먹는다던데, 모르핀이라는 게 대체 무엇인지, 그걸 어떻게 그리고 왜 먹는지, 아는 사람은 아무도 없는 듯했다…… 자기 치아가 롱크 할아범에게 간다는 것만큼 불쾌한 상상도 없을 것이다.

짐빌리 아저씨에게 왜 협박을 한 번도 실천에 옮기지 않느냐고 물으면, 그는 그럴 짬이 없기 때문이라고 대답했다. 늘 할 일이 너무 많아서 거기까지는 미처 손이 닿질 않는다는 것이었다. 하지만 언젠가는 엄청나게 놀랄 일이 생길 테니, 그동안 다들 조심하는 편이 좋을 거라고 했다.

서커스

버팀 다리들로 받쳐진 긴 판자들이 층층이 쌓여서 어마어마한 높이까지 치솟아 있었고, 그렇게 설치된 구조물들이 널따란 타원형으로 빙 둘러서 있었다. 그 안이 사람들로 꽉 들어찼다. "개 귀에 앉은 벼룩들 같구먼요." 다이시가 미란다의 손을 꼭 잡으며 못마땅한 눈길로 주위를 둘러보았다. 그들의 머리 위로는 가지런히 늘어선 기둥 세 개로 떠받쳐진 거대한 흰색 캔버스 천이, 가운데 부분이 축 늘어진 채 펼쳐져 있었다. 미란다의 가족이 모두 자리에 앉자 한 구역의 한 층 전체가 그들 가족으로만 거의 다 찼다.

그들이 앉은 줄의 맨 끝에서부터 아버지, 마리아 언니, 폴 오빠, 할머니가 있었고, 다음으로는 케지아 이모할머니, 사촌 언니 케지아, 켄터키에서 막 건너온 케지아 육촌 언니가 있었으며, 또 사촌 오빠인 찰스 브로와 마리앤 브로 고모도 있었다. 그리고 반대편에는 사촌 동생 루시 브로와 사촌 오빠 폴 게이, 샐리 게이 대고모님(코담배를 하는 바람에 온 가문 사람이 망신스러워하는 분)이 있었으며, 사촌인 것 같기는 한데 누구인지는 알 수 없는, 엄청나게 잘생긴 젊은 남자 두 명도 보였다. 그 둘은 미란다의 사촌 언니인 미란다 게이를 좋아하는 기색이 역력했다. 미란다와 이름이 같은 사촌 언니는 빳빳한 실크 치마를 여섯 겹이나 둘러 입고 향긋한 향수 냄새를 풍기는 멋진 숙녀로서, 멋지게 곱슬거리는 흑발에 커다랗고 부리부리한 회색 눈동자가 눈에 띄었다. "수망아지 같은 눈이지." 아버지는 그렇게 표현했다. 미란다는 나중에 크면 딱 그 언니처럼 되고 싶었다. 그녀는 다이시의 팔에 매달린 채 몸을 내밀어 사촌 언니를 향해 손을 흔들었다. 그러자 언니는 미소 지으며 마주 손을 흔들었고, 낯선 남자 두 명도 덩달아 손을 흔들었다. 미란다는 겁이 날 만큼 짜릿한 흥분에 휩싸였다. 서커스를 보러 온 것은 난생처음이었다. 게다가 이번이 마지막이 될지도 몰랐다. 온 가족이 할머니를 설득해서 겨우 모시고 나온 길이었기 때문이다. "좋아, 그럼 이번 한 번만 허락하마." 할머니는 그렇게 말했다. "모처럼 온 가족이 모였으니까."

이번 한 번만! 이번 한 번만! 미란다는 모든 것을 눈에 담고 싶어 애가 탔다. 장내 곳곳을 열심히 둘러보다 못해, 심지어는 높다란 관람석들 사이로 넓게 벌어진 틈새도 내려다보았다. 놀랍게도 그 아래의 땅에는 옷을 엉성하게 차려입은 이상한 용모의 남자아이들이 모여 있었고, 게다가 이쪽을 올려다보고 있었다. 그들은 쪼그려 앉은 채 말없이 그녀를 바라보았는데, 그중 한 명의 눈길이 유난히 이상해 보였다. 미란다는 그 눈을 똑바로 쳐다보고 또 쳐다보며 무슨 의미인지 이해하려 애썼다. 그는 상냥한 기색이라고는 조금도 없이 대담하게 히죽 웃고 있었다. 야위고 꾀죄죄한 몸에, 낡고 축 늘어진 바둑판무늬 모자를 썼고, 그 밑으로 쭈그러진 귓바퀴와 흙색 머리가 빠끔히 드러나 보이는 소년이었다. 미란다가 계속 쳐다보자 그 아이는 옆에 있던 또 다른 남자아이를 쿡 찌르더니 뭐라고 속닥거렸고, 그러자 두 번째 남자아이도 눈을 돌려 그녀와 시선을 마주쳤다. 이쯤 되니 부담스러웠다. 미란다는 다이시의 소맷자락을 잡아당겼다. "다이시, 저 아래에 남자애들 뭐야?" "저 아래 어디요?" 다이시는 되물었지만, 이미 어디인지 아는 듯 몸을 내밀어 관람석 사이의 틈새를 내려다보았다. 그러더니 무릎을 모으고 치맛자락을 당겨 펴면서 엄하게 말했다. "아가씨 일에나 신경 쓰시구 다리 좀 그렇게 달랑거리지 마세요. 저 애들은 그냥 무시하구요. 굳이 저런 애들까지 구경하지 않아두 이 서커스에 원숭이는 차고 넘치니깐요."

엄청난 규모의 관악대 연주 소리가 미란다의 귀 바로 옆에서 울리는 듯 쾅 폭발했다. 그녀는 펄쩍 뛰었다가 덜덜 떨면서 먹먹한 전율에 사로잡혔다. 소리와 색깔과 냄새가 그녀의 피부, 머리카락, 머릿속의 맥박, 두 손, 두 발, 명치를 통해 마구 쏟아져 들어오는 느낌에 그녀는 숨 쉬는 것도 잊을 뻔했다. "오!" 미란다는 공포에 질려 소리치고 눈을 감고서 다이시의 손을 꽉 잡았다. 눈부신 빛들이 눈꺼풀 너머에서 타오르고, 우렁찬 웃음소리가 아우성처럼 솟아오르고, 끊임없이 울려 퍼지는 북소리와 나팔 소리가 그 함성을 뒤덮었다. 다시 눈을 떠 보니…… 목과 손목에 주름 장식이 달린, 블라우스와 바지가 하나로 붙어 있는 헐렁한 흰색 옷을 입은 사람이 보였는데, 그의 머리통은 뼈처럼 새하얬고, 얼굴은 백묵처럼 희었고, 촘촘한 눈썹은 넓은 미간을 사이에 두고 벌어져 있고, 눈꺼풀은 뾰족한 모양으로 검게 칠해져 있으며, 진홍색 입술은 움푹 꺼진 볼까지 닿도록 길게 찢어진 채 양쪽 끝이 당겨 올라가 있었지만, 그 입매는 미소가 아니라, 고통과 경악으로 일그러진 채 영원히 굳어 버린 표정으로 보였다. 그는 양쪽 끝에 작은 바퀴가 달린 길고 가느다란 막대기를 타고서, 서커스장 한가운데에 걸쳐져 있는 철사 위에서 균형을 잡으며 껑충껑충 뛰고 있었다. 처음에 미란다는 그 사람이 허공을 걷거나 날고 있는 줄 알았다. 그렇게 생각했을 때는 놀랍지 않았다. 그런데 철사를 알아본 순간 더럭 공포가 밀려왔다. 관객들의 머리 위 저 높은 곳에서, 사람처럼 보이지도 않는 어떤 형체가 작은 바퀴를 굴리면서 껑충거리고 있었던 것이다. 그는 멈칫하다가, 철사를 타고 쭉 미끄러지면서 허공에다 한쪽 다리를 버둥거리며 하얀 바짓부리를 너풀너풀 흔들더니, 비틀거리고, 휘청거리고, 옆으로 비스듬히 기울어지다가, 확 거꾸러져 곤두박질치려했지만, 그 순간 허겁지겁 한쪽 무릎을 철사에 걸고서 겨우 몸을 지탱했고, 그렇게 거기에 대롱대롱 매달린 채 다른 쪽 다리를 더듬이처럼 흔들거리다, 순간 또다시 미끄러져서 이번에는 발목만 겨우 철사에 걸치고는, 몸을 스카프처럼 빙글빙글 회전시켰다…… 관중이 야만적인 기쁨에 젖어 환성을 내질렀다. 한창 재미난 고문을 즐기는 악마들이 폭소하면서 무시무시한 소리를 질러 대는 것 같았다…… 미란다도 소리를 질렀다. 괴로워서였다. 그녀는 두 무릎을 세우고 자기 배를 부여잡았다…… 그동안 허공의 남자는 발로 철사에 매달린 채 바다표범처럼 머리만 이쪽저쪽으로 돌리면서 그 잔혹한 입술에 손을 갖다 대며 조롱의 키스를 날리고 있었다. 미란다는 급기야 눈을 가리고 비명을 내질렀다. 눈물이 펑펑 쏟아져 뺨과 턱을 타고 흘러내렸다.

"그 애를 집으로 데려가게." 아버지가 말했다. "당장 여기서 데리고 나가." 하지만 아버지는 웃음기가 채 가시지 않은 얼굴이었다. 그는 미란다에게 흘긋 눈길만 한 번 던지고 다시 무대를 돌아보았다. "데려가, 다이시." 할머니가 크레이프 베일을 반쯤 젖힌 채 외쳤다. 다이시는 철사 위에서 흔들거리는 하얀 사람에게서 차마 눈을 떼지 못한 채 반항적으로, 한껏 미적거리며 자리에서 일어나, 축 늘어진 채 버둥거리는 미란다의 몸뚱이를 붙잡고, 관객들의 무릎이며 발을 비집으면서 통로를 헤치고 터벅터벅 나아가, 여러 층의 비계飛階를 따라 내려가서, 톱밥이 깔린 널따란 공터로 걸어 나와, 마침내 천막 밖으로 나갔다. 그동안 미란다는 간간이 딸꾹질을 하면서 하염없이 울고 있었다. 입구에는 한 난쟁이가 서 있었다. 곱슬곱슬한 수염을 약간 기르고 머리에는 각이 잡힌 캡 모자를 쓰고, 꼭 끼는 붉은 반바지를 입고, 발가락 부분이 들려 올라간 기다란 신발을 신고서, 가느다란 흰색 마술봉을 손에 든 난쟁이였다. 미란다는 그와 몸이 닿기 직전이 되어서야 그의 모습을 보았다. 눈물로 범벅이 된 얼굴을 일그러뜨리고 입을 벌리고 있던 그녀의 눈이 난쟁이의 눈과 거의 정면으로 마주쳤다. 그는 몸을 앞으로 내밀고서 어쩐지 인간 같지 않은, 근시가 있는 개를 연상시키는 황금빛 눈으로 그녀를 들여다보더니, 그녀의 표정을 흉내 내어 얼굴을 흉측하게 일그러뜨려 보였다. 울컥 분이 치밀어 오른 미란다는 고함을 지르며 그를 후려쳐 버렸다. 다이시가 재빨리 그녀를 끌어냈지만, 미란다는 그 순간 난쟁이의 얼굴에 떠오른 표정을 보고야 말았다. 그는 초연하면서도 쌀쌀한 불쾌감을 띤, 진짜 어른의 표정을 짓고 있었다. 미란다가 너무나 잘 아는 표정이었다. 그걸 보니 새로운 종류의 섬뜩한 공포가 들었다. 그녀는 난쟁이가 진짜 인간이 아닐 거라고 생각하고 있었던 것이다.

"교환 입장권, 교환 입장권 가져가세요!" 그들이 지나가는 길에 있던, 매우 무뚝뚝해 보이는 사람이 말했다. 다이시는 거의 눈물까지 글썽거리며 그를 돌아보았다. "선생님, 제가 다시 여기 들어올 수 있게 어떻게 좀 안 될까요? 저는 이 아이를 돌보느라구…… 교한 입정권요? 그 종잇조각이 뭐 하는 건데요?" 집에 가는 길 내내 다이시는 툴툴거리며 골을 냈다. 못된 아가씨 같으니…… 겁먹은 고양이처럼…… 덩치만 컸지 어린애야…… 앞으로는 아무 데두 못 갈 줄 알아요…… 아무것두 못 보고…… 이제 이리 와요, 얼른, 맨날 주위에 폐만 끼치구 말이야…… 잠시도 쉴 틈을 안 주고, 재미난 것도 못 보게 하고…… 이리 와요, 집에 가고 싶어 했으면은 가야 할 거 아녜요……

다이시는 미란다를 맵차게, 그러면서도 조심스럽게 낚아챘다. 너무 거칠게 다뤘다가는 미란다가 고자질을 할 터였다. "다이시가 저한테 이런 짓도 했고요, 이런 말도 했고요……"라면서. 그래서 다이시는 넘지 말아야 할 선을 지키는 한에서만 화풀이를 했다.

날이 어두워지기 직전, 식구들이 우르르 집에 돌아와 곳곳으로 흩어졌다. 방이면 방마다 재잘거리는 말소리와 웃음소리가 흘러나왔다. 아이들은 자신들이 본 것을 미란다에게 이야기해 주었다. 있잖아, 벨벳 재킷과 고깔모자를 쓴 대담한 원숭이들이 말이야, 갈기에 깃털과 방울이 달린 조그맣고 멋진 조랑말을 타고 다니더라…… 하얀 염소들이 춤을 추고…… 새끼 코끼리가 앞다리를 꼬고 철창에 기대서 밥을 달라고 입을 벌렸어, 진짜 아기 코끼리가!…… 첫 번째 광대보다도 더 웃긴 광대들도 나왔고…… 샛노란 머리에 하얀 실크 타이츠를 입고 빨간 새틴 띠를 두른 예쁜 언니들이, 하얀 공중그네를 타고 재주를 부렸어. 발가락으로 매달려 있기도 했는데, 새처럼 우아하지 뭐야! 또 엄청나게 큰 백마들이 천천히 무대 둘레를 걸어 다니고, 그 말들 위에서 남자랑 여자 들이 막 춤도 췄어! 어떤 남자는 천막 꼭대기에서 이빨로만 기둥을 물고 빙글빙글 돌고, 또 어떤 남자는 사자 아가리에 머리를 집어넣기도 하고. 아, 너는 너무 안됐다! 다들 얼마나 재미있었는데. 너는 인생 첫 서커스도 놓치고, 다이시의 하루도 망쳐 버린 거야. 불쌍한 다이시. 불쌍해서 어떡해…… 그 대목에 이르러서야 아이들은 비로소 다이시를 떠올렸다. 그들은 저마다 슬프게 입술을 일그러뜨린 채 안타까워했고, 또 한편으로는 미란다가 무안해서 우물쭈물하는 모습을 심술궂은 눈길로 지켜보았다. 다이시는 몇 주 전부터 오늘이 오기만을 손꼽아 기다렸는데, 하필이면 미란다가 겁을 먹는 바람에 이렇게 되어 버린 것이다. "그 웃기는 어릿광대를 대체 어떻게 무서워할 수가 있지?" 아이들은 서로 그렇게 묻고는, 미란다에게 딱하다는 듯한 미소를 보냈다……

게다가 이번 일은 또 다른 면에서 무척 중요했다. 할머니가 서커스 구경을 허락한 것은 처음이었기 때문이다. 할머니의 추상적인 의견만 들어서는, 할머니가 젊었을 적에는 서커스가 아예 없었던 건지, 아니면 있기는 있었는데 보면 안 되는 걸로 여겨졌는지는 알 수 없었다. 어쨌든 간에 할머니는 보통 타당한 근거에 따라 판단을 내리는 사람이었고, 그 판단에 따라 서커스를 절대로 찬성하지 않았다. 할머니는 이번 서커스 관람이 어느 정도 즐겁기는 했다고 수긍했지만, 그래도 어떤 장면이나 소리 들은 여전히 마음에 걸렸다고, 아무리 긍정적으로 보더라도 최소한 어린아이들에게는 유익하지 못한 내용이었노라고 말했다. 그래서 미란다의 아버지인 해리는 이른 저녁을 먹고 있던 아이들에게 찾아가 분위기를 살펴보았다. 아들, 딸, 조카 모두가 안색이 환했다. "애들은 그리 나쁜 영향을 받은 것 같지 않던데요." 아버지가 돌아와서 그렇게 말하자, 할머니는 대답했다. "아이들이 지금 겪는 일이 장래에 어떤 열매를 맺을지는 한참 더 지켜봐야 알 수 있는 게지. 그게 문제야." 할머니는 뜨거운 우유를 퍼서 버터 바른 토스트 위에 끼얹었다. 그 옆에서 미란다는 아랫입술을 축 늘어뜨린 채 잠자코 앉아 있었다. 아버지가 그녀에게 미소를 지었다. "너는 못 봤지, 얘야." 아버지가 부드럽게 말했다. "먼저 집에 오니까 뭐가 좋던?"

미란다는 또 울음을 터뜨렸다. 결국 그녀는 자기 방으로 끌려갔고, 저녁 식사도 방에서 먹게 되었다. 다이시는 너무 화가 나서 말도 하지 않으려 했다. 미란다는 음식을 입에 대지도 못했다. 그녀는 마치 자신

590

이 서커스를 정말로 본 것처럼, 하얀 새틴과 반짝이와 빨간 띠를 두르고 공중그네에서 춤추고 뛰노는 아름답고 거친 존재들과, 귀여운 털북숭이 조랑말들과 우스꽝스러운 옷을 입은 사랑스러운 애완 원숭이들을 상상해 보려 애를 썼다. 그러다가 잠이 들었는데, 그녀가 기껏 상상해 낸 가짜 기억들은 잠 속에서 스러져 버리고 진짜 기억이 들이닥쳤다. 헐렁헐렁한 흰옷을 입은 남자가 지독히 공포에 질린 얼굴로 죽음을 향해 곤두박질치고—아, 그렇게 잔인한 장난이라니!—웃지 않는 난쟁이가 무시무시하게 얼굴을 찌푸리는 모습이 보였다. 미란다는 비명을 지르며 벌떡 일어나, 자신을 구해 달라고 소리치며 울었다.

다이시가 사팔눈을 반쯤 뜬 채 비몽사몽 미란다의 방에 들어왔다. 그녀는 크고 거무스름한 입술을 불퉁하게 내밀고, 두꺼운 맨발로 바닥을 쿵쿵 울리고 있었다. "도대체가……" 그녀가 쉰 목소리로 거칠게 속닥거렸다. "왜 이러는 거예요? 엉덩이를 두들겨 맞아야 정신을 차리지, 정말! 사람들을 이렇게 다 깨워 놓구……"

미란다는 완전히 공포에 사로잡혀 있었다. 평소 같았으면 그녀는 특유의 방식으로 말대꾸를 했을 것이다. "오, 조용히 해, 다이시"라고 받아치거나, "다이시가 뭐라고 하든 상관없어. 나는 할머니 말고는 아무도 안 무서워해"라며 진실을 꼬집어 약을 올렸을 것이다. "다이시는 아무것도 모르면서"라고도 했을 것이다. 그런데 어제 일을 겪고 나니 그럴 마음이 싹 가셨다. 미란다는 그 누구도, 심지어 다이시조차도 자신에게 화를 내지 않기를 간절히 바랐다. 보통은 자신에게 시달린 어른들이 얼마나 화가 나든 신경 쓰지 않던 그녀였다. 지금도 다이시가 정 화를 낼 수밖에 없다면 그것까지는 상관없었다. 다만 다이시가 이 방의 불을 끄고 나가 버리지만 않기를 바랄 뿐이었다. 그러면 그녀는 헤아릴 수 없이 깊은 공포가 도사리는 어둠 속에 갇혀 또다시 잠의 마수에 끌려 들어가고야 말 테니까.

미란다는 다이시를 두 팔로 부둥켜안고 외쳤다. "가, 가, 가지마. 그렇게 화내지 마! 시, 시, 시, 싫단, 말이야!"

다이시는 신음과도 같은 한숨을 길게 내쉬더니, 미란다의 옆에 몸을 뉘었다. 그녀가 기독교인답게 화를 눌러 참아야 한다고 자기 자신을 타이르며 인내심을 끌어모으고 있다는 뜻이었다. "이제 그만 자요." 그녀는 평소와 같은 따뜻하고 서글서글한 목소리로 말했다. "그냥 눈을 감고 자두 돼요. 내가 여기 있을 테니깐요. 다이시는 아무한테두 화 안 내요…… 이 세상 누구한테두……"

마지막 잎사귀

늙은 내니는 구부정히 앉아, 죽을 날이 머지않았다는 생각을 했다. 소피아 제인 마님은 그녀와 헤어지기 전, 노인들이 으레 그러듯 자신의 임종을 쉽게 예견하고 내니에게 지상에서의 마지막 작별 인사를 나누자고 했다. 두 사람은 포옹하고 서로의 뺨에 입을 맞추고, 천국에서 만나자고 다시금 약속했다. 이제 내니도 자신의 여정을 시작할 준비가 된 것이다. 아이들이 그녀의 주변에 모여들었다. "내니 아줌마, 걱정 마세요! 사랑해요!" 내니는 신경 쓰지 않았다. 그들이 자신을 사랑하든 안 하든 개의치 않았다. 세월이 지난 뒤, 장녀인 마리아는 그때를 돌이켜 보며 마음이 저릿한 아픔을 느꼈다. 그들 남매가 내니 아줌마에게 그다지 잘 대해 주지 않았다는 생각 때문이었다. 삼 남매는 언제나처럼 그녀에게 의존하면서 갈수록 더 많은 짐을 떠맡겼고, 지나치게 많은 일거리를 안겼다. 늙은 내니는 점점 말이 없어졌고 허리는 점점 더 굽어져만 갔다. 그러면서도 그녀는 여전히 키가 크고 호리호리했다. 얼굴은 야위어서 뼈가 불거졌지만, 다른 인종의 피가 전혀 섞이지 않은, 숯처럼 진한 검은색 피부와 고귀한 흑인의 이목구비는 그대로였다. 하지만 척추가 더 이상 못 버티고 갑자기 망가져 버린 것 같았다. 밤이면 내니가 침대 옆에 무릎을 꿇고 앉아, 편히 쉬게 해 달라고 하느님께 기도하면서 신음을 흘리는 소리를 들을 수 있었다.

개울 너머의 작은 오두막집에 살던 한 흑인 가족이 이사를 나갔을 때, 처음으로 저택 근처 오두막집 한 채가 앞으로 몇 년쯤 통으로 비게 되자, 내니는 그곳에 내려가 집을 살펴보고는 해리 나리에게 가서 물었다. "저 오두막집은 어떻게 하실 건가요?" 해리 나리가 말했다. "아무 계획도 없는데요." 그러자 내니는 자신에게 그곳을 달라고 했다. 평생 단 한 번도 혼자만의 공간을 가져 본 적이 없다며, 자기만의 집 한 채가 필요하다는 것이었다. 해리 나리는 당연히 그래도 된다고 허락했다. 하지만 온 가족이 그 소식에 놀랐고, 조금은 서운해했다. "내가 거기서 마지막 시간을 편안히 보낼 수 있게 해 줘요, 아가씨들, 도련님들." 그녀는 말했다. 그래서 그들은 하인들을 시켜 오두막집을 쓸고 닦고, 도료를 새로 칠하고, 선반을 달아 주고, 굴뚝을 청소하도록 했다. 또한 좋은 침대와 썩 괜찮은 카펫도 하나 마련해 주었으며, 그 외에도 저택의 자질구레한 세간붙이 중에서 내니가 필요한 것은 뭐든 가져갈 수 있게 해 주었다. 내니는 마냥 욕심이 없고 주어진 것에 만족하는 사람인 줄로만 알았는데, 알고 보니 전부터 쭉 혼자만의 무언가를 원했고 또 좋아했다니 놀라운 일이었다. 내니가 마침내 오두막집으로 떠나던 날 너무 기뻐하는 티를 내지 않으려고 얼마나 애를 쓰던지, 그 모습이 조금은 우스꽝스러우면서도 무척 보기 좋더라고 남매는 훗날 서로 이야기했다. 하지만 그래도 살짝 섭섭한 마음이 드는 건 어쩔 수 없었다.

그때부터 내니는 느긋하게 앉아 조각보를 깁거나 털실 융단을 짜면서 평온한 시간을 보냈다. 그녀의 손주들과 백인 가족들이 방문하곤 했고, 내니와 친인척 관계도 아닌 온갖 부류의 백인들도 찾아와서 그녀가 만든 융단을 사거나 작은 선물을 남기고 갔다.

내니는 예전처럼 늘 검은 양모 원피스나 검은색과 흰색 무늬가 있는 사라사 원피스를 입고 빳빳한 흰색 앞치마를 걸쳤으며, 주름이 잡힌 하얀 실내용 모자를 쓰거나, 일요일에는 검은 호박단 모자를 썼다. 자기 생활 방식을 까탈스러울 만큼 정확하고 깔끔하게 유지해 나가는 것도 예전과 같았다. 하지만 그녀는 이제 더 이상 충직한 늙은 하인도, 해방된 노예도 아니었다. 자기 집 현관 앞 계단에 앉아 자유로운 공기를 마음껏 들이마시는, 자립적으로 사는 늙은 반투족 여자였다. 그녀는 머리에 푸른 스카프를 두르기 시작했으며 여든다섯 나이부터는 옥수숫대 담배에 맛을 들였다. 깊이 침잠하는, 늙은 눈의 검은색 홍채는 초콜릿 빛깔로 변해 가면서 안구 전체로 퍼져 나가듯이 넓어졌다. 시력이 나빠지면서부터는 눈꺼풀이 쪼그라져 푹 꺼져 들어서, 그녀의 얼굴은 마치 눈이 없는 가면처럼 보였다.

감상적인 옛날 사고방식에 길들어 자란 삼 남매는 내니가 진짜 가족의 일원으로서 아무런 불만 없이 어울려 사는 줄로만 안일하게 믿고 있었다. 그런데 이토록 묵묵하면서도 단호한 내니의 질책을 맞닥뜨리자, 남매는 그간의 잘못을 깨닫게 되었다. 시간이 흐르면서 그 교훈은 점점 확실히 각인되었고, 내니가 오두막집 현관 앞 계단에 앉아서 세월을 보내는 동안 남매는 나이를 먹어 갔다. 시절은 자꾸만 변하고, 그들이 딛고 있던 옛 세상은 점점 발밑에서 빠져나가는데, 새로운 세상은 아직 손에 잡히질 않았다. 그들은 내니가 매일같이 그리웠다. 집안 형편이 기울어 가고 하인을 몇 명밖에 두지 못하게 되면서부터는, 내니가 절실히 필요해졌다. 그 늙은 여인이 얼마나 많은 것을 해 주었는지 실감하지 않을 수 없었다. 그녀가 떠난 지 얼마 되지도 않아 집 안팎의 모든 게 느슨해지고 흐릿해지고 무뎌진 것만 봐도 그랬다. 예전처럼 뭐든지 저절로 되는 게 없고 그들이 나서서 일일이 처리를 해야만 했다. 하지만 그들은 스스로 일하는 법을 배우지 못했고, 하나같이 게을렀으며, 꾸준히 노력하는 데에도 계획을 세우는 데에도 무능했다. 그런 걸 누가 가르쳐 준 적도 없고, 아직까지는 스스로 배우려고 하지도 않았다. 이따금씩 내니가 언덕을 올라와서 저택에 방문하기도 했다. 그러면 그녀는 거의 예전과 다름없이 일을 해 주었는데, 자신이 없어서는 안 될 만큼 중대한 존재였음을 증명해 보일 수 있어서 만족스러운 눈치였다. 내니가 가고 나면 남매는 그녀를 더더욱 그리워했다. 감사의 뜻과 또 와 주기를 바란다는 마음을 전하기 위해, 그들은 내니의 바구니와 보자기에 그녀가 좋아하는 귀중한 잡동사니들을 잔뜩 담아 주곤 했다. 그러면 내니의 손자들인 스키드나 해스티가 그 짐들을 손수레에 싣고 제 할머니도 태워서 모시고 갔다. 그때만큼은 내니도 잠깐이나마 싹싹하고 의존적인, 한 가족 같은 옛 하인의 태도로 돌아왔다. "우리 아가씨 도련님 들이 나를 빈손으루 보내진 않을 줄 알았지."

짐빌리 아저씨는 여전히 여기저기서 어슬렁거리며 마구를 수리하고, 말을 빗질하고, 울타리를 때우고, 봄이면 가끔씩 식물을 좀 심거나 수풀 주변의 땅을 골라 놓았다. 그리고 언제나 그 푸른 입술을 움직거리며 혼자 앞뒤 안 맞는 말을 끝없이 중얼중얼 늘어놓았다. 과거와 현재의 이모저모에 대해, 심지어는 미래에 대해서도 이야기했지만, 정작 짐빌리 아저씨 자신은 바로 코앞에 닥쳐올 미래와도 아무런 관련이 없는 사람처럼 보였고…… 마리아는 할머니가 돌아가시고 나서야 짐빌리 아저씨와 내니 아줌마가 부부 사이였다는 것을 알게 되었다…… 상전들이 혈통의 계승과 가문의 안정을 위하여 공포한 지엄한 칙령에 따라 두 사람은 정략결혼을 했지만, 그 부부 관계를 유지해야 할 이유들이 사라지자 관계 자체도 사라져 버렸고…… 그들은 서로의 존재를 신경 쓰지도 않았고, 함께 자식들을 낳았다는 것조차 잊은 듯했으며(둘 다 '내 자식'이라고 표현했다), 서로 간에 간직하고 싶은 추억도 없었다. 내니 아줌마는 짐빌리 아저씨를 한 번 돌아보지도, 생각하지도 않고 자기만의 집으로 옮겨 가 버렸고, 그는 내니 아줌마가 떠난 줄도 모르는 것처럼…… 훈제장 위의 작은 다락방에서 잠을 자고, 불규칙적인 시간대에 부엌에서 식사를 하고, 내키는 대로 하고 살면서, 떠돌이 유령처럼 외롭게, 거의 보이지 않는 존재가 되어 지냈는데…… 어느 날 짐빌리 아저씨는 개울 너머의 오두막집 앞을 지나다, 계단 위에 앉아 담배를 피우고 있는 내니 아줌마를 보았다. 그는 그 옆에 다가가 신음을 약간 흘리면서 몸을 구부려 앉고는, 잠시 그렇게 앉은 채 늙고 지친 개처럼 햇볕을 쬐었다. 그 순간부터 그는 거기에 쭉 머물 요량이었지만, 내니가 허락하지 않았다. "이 큰 집에서 혼자 살면 뭐 하오?" 그가 물었다. "여긴 나 혼자 지내기만두 빠듯

헌데요." 내니는 날카롭게 대꾸했다. "마지막 남은 나날을 남자 시중이나 들면서 보낼 생각은 없어요. 나는 나한테 정해진 시간만큼, 정해진 일을 다 했어요. 그러면 된 거죠." 그래서 짐빌리 아저씨는 언덕을 도로 올라가 훈제장 다락방으로 돌아갔고, 두 번 다시 내니의 근처에 가지 않았다……

여름 내내 그녀는 저녁마다 혼자 앉아, 담배를 피우면서 모기를 쫓아내고 있다가, 날이 어두워진 지 한참이 지나고서야 자러 들어갔다. 그녀는 두려운 것이 아무것도 없다고 말했다. 예전에도 없었고, 앞으로도 없을 거라고. 밤은 그녀에게 하루 중 가장 좋은 시간대로 오래전부터 각인되어 있었다. 내일이 밝기 전까지는 더 이상 일하지 않아도 되는 시간이었기 때문이다. 일에서 완전히 손을 뗀 이후에도 그녀는 여전히 밤이 애타게 기다려졌다. 일생토록 쌓이고 쌓여서 뼛속까지 들어찬 피로가 아직도 휴식을 간구하고 있는 것 같았다. 하지만 막상 밤이 되면 다음 날 아침 일찍 무리해서 일어날 필요가 없다는 사실이 기억났다. 그래서 그녀는 그 자리에 그대로 앉아, 이 세상에 신이 내린 시간이란 시간은 모두 자신이 마음대로 할 수 있다는 호사를 누렸다.

옛날에 해리 나리가 내니와 사소한 일로 실랑이를 벌이다 그녀에게 대거리를 하면, 내니는 평퍼짐하게 처진 가슴을 기다란 손으로 탁탁 치면서 이렇게 을렀다. "세상에, 해리 나리, 나한테 그런 식으로 말하면서 부끄럽지두 않아요? 내가 이 가슴으루 나리한테 젖을 먹였는데!"

해리는 그 말이 사실이 아니라는 것을 알고 있었다. 내니가 직접 키운 건 해리의 형 셋뿐이었으니까. 그럼에도 그는 항상 이렇게 대꾸했다. "알았어요, 엄마.* 알았다고요. 그만 좀 해요!" 타고난 다혈질인 그는 자기 어머니에게도 딱 그런 말로 부아를 터뜨리곤 했다. 아버지가 돌아가신 이후 자신을 지배했던, 다소 숨 막히는 가모장적 독재의 분위기를 조금이라도 깨트리고 싶은 듯이. 그럼에도 그는 아직까지도 내니에게 질 수밖에 없었다. 해리와 그 위의 형들은 그들을 낳아 준 자궁과 그들을 먹여 준 젖가슴, 양쪽 모두에게 영원히 갚지 못할 신비로운 빚을 지고 있었다. 그들은 분한 마음으로나마, 마지못해서라도, 그 사실을 인정하지 않을 수 없는 마지막 아들 세대였던 것이다.

무화과나무

내니 아줌마는 미란다의 머리를 빗겨 주고 원피스 등의 단추를 잠가 주는 동안 두 무릎으로 그녀의 몸을 가둬 두는 버릇이 있었다. 미란다가 꿈틀거리면 내니 아줌마는 무릎을 더 세게 조였고, 그러면 미란다는 더더욱 꿈틀거렸지만 끝내 빠져나가지는 못했다. 아줌마는 미란다의 머리채를 단단히 잡아 올리고, 고무줄을 탁 소리 나게 당겨 묶고, 빳빳하게 풀을 먹인 흰색 샴브레이 보닛을 씌워서 그녀의 양쪽 귀와 이마 위로 당겨 내린 다음, 보닛의 정수리 부분을 꽉 조여서 머리채 부분만 남겨 놓고 커다란 안전핀으로 고정했다. "요 아가씨는 어떻게든 꽉 붙잡고 있어야 한다니깐. 자, 이제부터 해 질 때까지는 보

---

* 당시 남부 지역에서 백인들은 흑인 유모를 '엄마mammy'라는 호칭으로 불렀다.

닛 벗지 마세요."

"보닛은 싫어요. 너무 덥단 말이에요. 나는 모자 쓰고 싶은데." 미란 다가 말했다.

"모자는 안 돼요. 그냥 시키는 대루나 하세요." 내니 아줌마는 그녀 를 씻겨 주고 옷을 입힐 때면 꼭 권위적인 말투를 썼다. "조만간 아가 씨 머리털에다 이 보닛을 꿰매든지 해야지, 원. 해리 나리가 만약 아 가씨 얼굴에 주근깨라두 생기면 제 탓이라고 했다구요. 자, 이제 다 됐으니 가두 되겠네요."

"우리 어디 가는데요, 아줌마?" 어른들은 미란다에게 통 말을 해 주 지 않았다. 그녀는 막판이 되어서야 자기 상황을 깨닫고 놀라기 일쑤 였다. 언제 한번은 베개 위에 웅크려 골골거리는 새끼 고양이와 함께 자기 침대에서 잠들었는데, 다음 날 눈을 떠 보니 웬 기차 안에서 딱 딱하고 팽팽한 침대에 누워 따뜻한 탕파를 안고 있었던 적도 있었다. 그녀의 옆에는 할머니가 매클라우드식 타탄 가운을 덮고서 눈을 말 똥말똥 뜨고 누워 있었다. 미란다는 무언가 신나는 일이 일어난 줄 알 고 물었다. "와, 할머니, 우리 어디로 가요?" 하지만 그들은 전에도 여 러 번 가 본, 엘파소에 있는 빌 백부님 댁에 방문하려던 길일 뿐이었 다.

오늘은 대문 밖에 4륜 마차 한 대가 서 있고 톰과 딕이 마차에 매어 져 있었으며, 끈으로 묶은 상자며 바구니 들이 온 사방에 널려 있었 다. 할머니는 혼자서 아주 천천히 집 안을 걸어 다니며 모든 것을 마 지막으로 점검하면서, 한쪽 팔에 건 커다란 가죽 손가방이 불룩해지 도록 이런저런 물건을 챙겨 넣었다. 다른 한쪽 팔에는 할머니가 승마 할 때 덧입는 기다란 검은색 모헤어 치마를 걸치고 있었다. 할머니의 아들 해리, 즉 미란다의 아버지가 할머니의 뒤를 따라다니다가 말했다. "핼리팩스로 가는 게 그리 급한 일도 아닌데, 이렇게 5분 만에 후 닥닥 준비해서 출발해야 할 건 또 뭐예요?"

할머니는 걸음을 옮기며 말했다. "나는 정확히 다섯 시간 전에 말했다만." 할머니의 농장 이름은 핼리팩스가 아니었다. 시더그로브였다. 그런데 아버지는 그곳을 늘 핼리팩스라고 불렀다. 날씨가 굉장히 더우면 "핼리팩스처럼 덥네"라고 표현하기도 했다. 시더그로브는 정말 덥긴 했다. 그래도 할머니는 그곳을 워낙 좋아해서 매년 여름이면 반드시 가족을 모두 데리고 방문했다. "나는 네가 태어나기 50년 전부터 여름마다 시더그로브에 갔단다." 그렇게 말하는 할머니는 바로 지난여름만 아주 생생히 기억했고, 그 전 여름들은 조금씩밖에 기억하지 못했다. 미란다는 그곳의 수박과 메뚜기, 길게 줄지어 늘어선 채 꽃을 피운 멀구슬나무들, 그 아래에 납작하게 엎드려 잠을 자는 사냥개들을 좋아했다. 그 개들은 자면서 낑낑거리거나, 눈꺼풀을 움찔거리거나, 발을 실룩거리거나, 조그맣게 짖는 소리를 내기도 했다. 짐빌리 아저씨는 개들이 항상 누군가를 뒤쫓는 꿈을 꾸기 때문에 그러는 거라고 했다. 한낮이 되어 미란다가 짙푸른 벌판 너머 샘 쪽을 내다보면 샘물이 뜨겁게 달아오른 것밖에 보이지 않았다. 모든 게 푸르고 나른한 가운데 비둘기들의 구슬픈 울음소리만 들려왔다.

"우리 핼리팩스에 가요, 아줌마?"

"그렇게 알구 싶으면 아버지께 물어봐요."

"아빠, 우리 핼리팩스 가는 거예요?"

아버지는 미란다의 보닛을 똑바로 고쳐 매 주고 머리카락이 밖으로 드러나게끔 매만져 주면서 말했다. "햇볕에 타면 어쩌려고. 안 돼,

이렇게 가만히 놔두래도. 예쁜 곱슬머리가 보이게 해 둬야지. 오늘 저녁 먹기 전에는 물장구치고 놀 수 있을 거야."

할머니가 덧붙였다. "핼리팩스라고 하지 마라, 얘야. 시더그로브라고 해야지. 이름은 정확하게 불러야 하는 게야."

"네, 할머니." 미란다가 대답하자, 할머니는 자신의 아들에게로 눈을 돌리고 말을 이었다. "나는 준비할 시간을 정확히 다섯 시간이나 줬다. 그 정도면 네 이모 일라이자는 진작 망원경을 챙겨 들고 내 말을 타고도 남았을 시간이야. 지금쯤이면 도착한 지 세 시간쯤 됐을 테니, 이미 양계장 꼭대기에 망원경을 설치했을 것 같구나. 아무 일도 없기를 바라는 수밖에."

"엄마는 걱정이 너무 많아요." 아버지는 짜증을 애써 숨기며 할머니에게 말했다.

"걱정하는 게 아니야." 할머니는 손가방을 낀 쪽 팔로 승마용 치마를 옮겨 들었다. "이걸 가져가 봤자 무슨 소용인지 모르겠구나. 이번 여름 동안 치마 한 벌을 버리는 것이나 마찬가지겠어."

"신경 쓰지 마세요, 어머니. 블랙 팜에 사람을 보내서 폼페이를 데려오라고 할게요. 폼페이도 충분히 좋은 말이에요."

"폼페이는 네가 타려무나. 피들러가 살아 있는 한 내가 그 녀석을 탈 일은 없으니까. 피들러는 내 말이고, 다른 사람이 내 말을 아무렇게나 타서 망쳐 놓는 건 질색이란 말이야. 일라이자는 통 말을 다룰 줄을 몰라. 앞으로도 평생……"

미란다는 제자리에서 팔짝팔짝 뛰다가 뜀박질을 했다. 그러니까 결국은 시더그로브에 간다는 뜻이었다. 어른들은 도대체가 누구에게서 어떤 질문을 받든 똑바로 대답할 줄을 모르는 것 같았다. 매번 겪는 일이지만 겪을 때마다 어이가 없었다. 어른들의 입에서 막힘없이 튀어나오는 대답은 오로지 딱 하나, "안 돼"밖에 없었다. 지금도 미란다는 저편에서 할머니가 "해리, 내 말채찍 본 적 있니?"라 묻자 아버지가 "아, 엄마. 제발 그만 좀 하세요"라고 말하는 걸 들을 수 있었다. 아버지가 생각하기에는 그게 대답인 모양이었다. 딱 저런 식이었다.

아버지의 또 다른 기묘한 말버릇은, 할머니를 '엄마'라고 부르는 것이었다. '엄마'라는 이름으로 불려야 할 사람은 유모 제인인데. 또한 아버지는 가끔 할머니를 '어머니'라고도 불렀다. 하지만 할머니는 어머니가 아니었다. 할머니는 할머니이다. 어머니는 죽었다. 죽었다는 것은 영원히 이 세상에 없다는 뜻이다. 죽음이란 언제 어디에서나 일어나고, 어느 누구든지 죽을 수 있다. 누군가가 죽으면 강가 쪽 산등성이에 있는 바윗길을 따라 마차들의 긴 행렬이 천천히 지나가고, 종이 뎅그렁뎅그렁 울리고, 그 뒤로는 아무도 그 사람을 볼 수 없게 된다. 새끼 고양이, 닭, 특히 작은 칠면조 들은 사람보다 훨씬 잘 죽었다. 어떨 때는 송아지도 죽었다. 하지만 소나 말은 잘 죽지 않았다. 바위에 붙은 도마뱀이 죽으면 몸이 빈 껍데기로 변하고, 그 안에 도마뱀은 들어 있지 않게 된다. 만약 애벌레가 몸을 동그랗게 말고 털을 세우고 있는데 막대기로 찔러도 움직이지 않는다면, 애벌레도 죽었다는 뜻이다. 그건 확실한 신호였다.

미란다는 움직이지 않거나, 소리를 안 내거나, 어딘가 살아 있는 것들과는 달라 보이는 생명체를 발견하면 반드시 땅에 묻어 주었다. 작은 무덤 위에 꽃을 올려 주고, 머리맡에는 매끄러운 돌멩이를 얹어 주었다. 심지어 메뚜기한테도 그렇게 했다. 죽은 것은 무조건 똑같이 대해야 했다. "무조건 이렇게 해야 해!" 할머니가 온갖 일에 대해 규칙을 정할 때 꼭 하는 말이었다. "딱 이렇게만 해야 돼, 무조건!"

미란다는 구불구불한 산책로에 깔린 평평한 포석 위를 깡충깡충 뛰어서 수풀 사이를 지그재그로 나아갔다. 뒤얽혀 자라난 석류나무와 치자나무가 나왔고, 그 너머로 어두컴컴한 그늘이 펼쳐지다가 무화과 숲에 이르렀다. 미란다는 그중에서 가장 좋아하는 무화과나무로 다가갔다. 그 나무는 가장 낮게 내려온 가지들이 그녀의 턱에 닿을 정도여서, 나무를 기어오를 필요도, 무릎이 까질 염려도 없이 열매를 딸 수 있었다. 지난여름에 시골에 갈 때는 할머니가 무화과를 한 알도 챙겨 가지 않았다. 할머니는 시더그로브에도 무화과는 많다고 말했지만, 그곳의 무화과는 큼지막하고 말랑말랑하고 연한 초록빛이 도는 반면 집에서 나는 것은 검고 달콤했다. 그 차이를 할머니가 모른다니 이상한 일이었다. 무화과 숲에는 평소처럼 달달한 공기가 흘렀고, 사육장에서 빠져나온 닭들이 땅에 떨어진 열매들을 주워 먹으려고 몰려들었다. 한 어미 닭이 바닥을 긁고 꼬꼬 울면서 돌아다니고 있었다. 땅에 버젓이 놓여 있는 열매 주위의 흙을 파헤쳐 놓고는, 마치 자신이 새끼들에게 주려고 땅에서 애써 파낸 벌레인 양 꼬꼬거리며 아이들을 부르는 것이었다.

"꾀쟁이 같으니라고." 미란다가 말했다. "속임수 쓰는 것 봐."

어미의 소리를 들은 어린 닭들이 모두 미란다의 무화과나무 아래로 달려왔다. 그런데 유독 한 마리만은 움직이지 않았다. 그 수탉은 모로 누운 채 눈을 감고 부리를 벌리고 있었다. 듬성듬성 자란 노란 털과 솜털 사이로 햇볕에 타 버린 맨살이 드러나 보였다. "게으르기는." 미란다는 발끝으로 녀석을 쿡 찔러 보았다. 그리고 수탉이 죽었다는 것을 깨달았다.

오, 이제 곧 핼리팩스로 출발해야 할 텐데. 할머니는 어디론가 '가는' 법이 없었다. 항상 '출발'했다. 지금부터 닭을 제대로 묻어 주려면 매우 서둘러야 할 터였다. 미란다는 집으로 돌아가서 살금살금 까치발로 걸음을 옮겼다. 할머니의 눈에 띄었다가는 이런저런 질문을 받을 게 뻔했다. "어디 가니, 얘야? 뭐 하고 있니? 손에 들고 있는 건 뭐니? 어디서 났어? 누가 허락해 주던?" 미란다가 아무 잘못도 하지 않았더라도, 그 질문에 다 대답을 하고 나면 자신이 하던 일이 더 이상 재미있게 느껴지지 않았다. 게다가 할머니에게서 빠져나오기까지 시간도 너무 오래 걸렸다.

미란다는 자기 책상에서 왼쪽 세 번째 서랍을 열었다. 그 안에는 아직 상자에서 꺼내지도 않고 박엽지에 싸인 그대로 놔둔 새 신발이 있었다. 그 상자 정도면 솜털이 있는 닭 한 마리를 넣기에 적당할 것이다. 그녀는 서랍 안에 있는, 종이에 싸인 물건들과 연보라색 봉투들을 부스럭부스럭 뒤적이면서 손을 약간 떨었다. 저 밑에 마당에서 마차 바퀴가 자갈에 부딪혀 끼긱거리고 자그락거리는 소리가 들렸다. 늙은 짐빌리 아저씨가 기차 화통처럼 우렁차게 "이쪽, 저쪽, 뒤로 가, 요석들아! 저쪽으로 가, 너!" 하고 고함치는 소리도. 마차가 핼리팩스 방향으로 출발할 수 있게끔 아저씨가 톰과 딕을 돌려세우는 소리였다. 이제 곧 어른들이 미란다를 찾아 나설 것이다. 그녀를 부르고, 몰아붙이면서, 그녀의 말은 한 마디도 들으려고 하지 않을 테고, 결국 미란다는 아무것도 할 시간이 없을 것이다.

푸석푸석한 흙을 작은 삽으로 파헤쳐 구덩이를 만드는 건 힘들지

604

않았다. 미란다는 가냘픈 닭의 몸뚱이를 박엽지로 싸서 예쁘게 가다듬고, 상자에 조심조심 집어넣은 다음, 그 위에 사람 무덤처럼 흙을 쌓아 올렸다. 흙더미를 무덤 모양으로 매만지려고 무릎을 꿇고 앉아 몸을 기울이는데, 어디선가 기묘한 소리가 들려왔다. 조그맣고 구슬픈 울음소리였다. 천천히 세 번, 잉, 잉, 잉 하고 우는 소리가 흙더미 속에서 새어 나온 것 같았다. "세상에." 미란다는 소리 내어 혼잣말을 했다. "이게 무슨 소리지?" 그녀는 보닛을 귀 뒤로 젖히고 더 유심히 들어 보았다. "잉, 잉." 조그맣고 슬픈 목소리가 분명 그렇게 울고 있었다. 한편 그녀를 부르고 재촉하는 어른들의 목소리도 점점 가까이 다가왔다. 미란다도 소리 높여 외쳤다.

"알았어요, 아줌마! 조금만 기다려요!"

"당장 일루 와요, 인제 가야 돼요!"

"기다리란 말이에요, 아줌마!"

아버지가 무화과 숲 언저리로 걸어왔다. "뭐 하니, 얘야? 그렇게 꾸물거리면 두고 간다!"

집에 혼자 남는다고 생각하니 더럭 겁이 났다. 미란다는 무서워서 몸서리를 치며 아버지에게 달려갔다. 아버지는 그녀에게 무언가 속상한 말을 던질 때 으레 짓는, 성가신 표정을 짓고 있었다. 그런데 미란다가 이미 속상한 얼굴인 걸 보더니 마음을 바꾼 듯 부드러운 말을 꺼냈다. 그래도 결국은 야단치는 말투였다. "진정하거라, 얘야. 우리가 너를 두고 갈 리 없잖니." 미란다는 "그럼 왜 그렇게 말했는데요?" 라고 되받아치고 싶었지만, 여전히 그 조그마한 울음소리에 신경이 쏠려 있었다. "잉, 잉." 미란다는 등 뒤를 돌아보면서 아버지의 손을 잡아당기며 미적거렸다. 하지만 아버지는 마차 쪽으로 그녀를 서둘러 끌고 갈 뿐이었다. 죽은 것은 소리를 낼 리가 없는데, 낼 수가 없는데. 조용하다는 것이 바로 죽음의 신호인데. 오, 하지만 분명히 저기서 소리가 들렸다.

아버지가 마차 앞에 앉아 말을 몰았고, 늙은 짐빌리 아저씨는 잠시 내려서 대문을 열었다. 할머니와 내니 아줌마는 뒷좌석에 앉아서 미란다를 둘 사이에 끌어다 앉혔다. 미란다는 어딘가로 출발하는 걸 무척 좋아했다. 모두가 웃고, 자리를 잡고 편안히 앉고, 하늘을 올려다보며 날씨를 확인하고, 말들이 고삐를 당기면서 뜀박질을 하고, 흔들거리며 요동치는 스프링의 삐걱삐걱 소리가 정말로 여행을 간다는 실감을 느끼게 해 주었다. 오늘 저녁 미란다는 마리아 언니, 폴 오빠, 짐빌리 아저씨와 함께 물놀이를 할 테고, 밤에는 잠옷 차림으로 풀밭에 누워 더위를 식힐 테고, 잠이 들기 전에는 모두가 레모네이드를 마실 것이다. 마리아 언니와 폴 오빠는 방학이 되자마자 먼저 그곳에 가 있었으니 지금쯤이면 이미 머핀처럼 거멓게 그을렸을 것이다. 지난번에 언니에게 주근깨가 생기는 바람에 아버지는 길길이 화를 냈다. "보닛 좀 쓰렴." 아버지가 미란다에게 엄하게 말했다. "잊지 마라. 네 얼굴마저 망가지게 놔둘 순 없어. 알겠니?" 그런데, 오, 그 이상한 소리는 뭐였을까? 미란다는 귀가 웅웅 울리고 갈비뼈 아래 부근이 무지근히 아파 왔다. 닭은 절대로 혼자 빠져나오지 못할 것이다. 박엽지로 둘둘 싸여서 신발 상자에 갇혀 있으니까. 미란다가 꺼내 주지 않으면 영영 빠져나올 수 없었다.

"할머니, 저 집에 가야 돼요. 오, 집에 갈래요!"

할머니가 미란다의 턱을 잡아 돌리고는, 어른들이 으레 그러듯 그녀의 얼굴을 유심히 들여다보았다. 할머니의 눈은 늘 똑같았다. 상냥하지도 슬프지도 않고, 화가 났거나 피곤한 기색도 없고, 아무 표정도 없었다. 그저 푸르고 잠잠한 눈동자가 말끄러미 그녀를 응시할 뿐이었다. "왜 그러니, 미란다, 무슨 일이야?"

"오, 돌아가야 해요…… 주…… 중요한 걸 잊었어요."

"미련하게 울지 말고 무엇 때문에 그러는지 말해 보렴."

미란다는 울음을 멈출 수가 없었다. 아버지는 무척 불안한 기색이었다. "어머니, 얘가 아픈가 봐요." 아버지가 그녀의 얼굴에 손수건을 대 주었다. "우리 딸이 왜 이럴까? 아까 뭐 잘못 먹었니?"

미란다는 서러움이 북받치는 대로 펑펑 우느라 아예 자리에서 일어섰다. 그런데 바퀴가 길바닥 위를 끼긱거리며 헛도는 바람에 마차 전체가 흔들거렸다. 할머니가 그녀의 한쪽 팔을 잡아 주었고, 그와 동시에 아버지도 반대쪽 팔을 붙잡았다. 그러고는 둘이 흔들림 없는 시선으로 미란다의 머리 너머 서로를 마주 보았다. 할머니와 아버지의 눈동자가 이렇게 완전히 똑같아지는 순간을 미란다는 전에도 여러 번 본 적이 있었다. 그녀는 둘 중 누가 이길지 지켜보며 눈을 끔벅거렸다. 이내 할머니가 손을 놓았고, 미란다는 아버지 쪽으로 넘겨졌다. 아버지는 짐빌리 아저씨에게 고삐를 넘겨준 다음 그녀를 좌석 등받이 위로 들어 올려서 자기 쪽으로 데려갔고, 안락의자에 앉듯 아버지의 무릎과 가슴 위에 퍼더버린 미란다는 그 즉시 울음을 그쳤다. "단지 기분 때문에 돌아갈 수는 없는 거야." 아버지는 차근차근 합리적으로 설명하는 투로 그렇게 말하고는, 그녀의 얼굴을 푹 덮을 듯한 손수건을 다시 가져다 대 주었다. 아버지는 할머니가 야단을 칠 때면 꼭 저런 말투를 썼다. "자, 코 풀거라. 잊어버린 게 뭐니, 우리 딸? 다른 걸로 구해 줄게. 인형이니?"

미란다는 인형을 싫어했다. 인형은 절대로 가지고 놀지 않았다. 인형의 가발을 벗겨서 새끼 고양이들에게 모자처럼 씌워 주기는 했다. 그러면 고양이들은 부리나케 가발을 팽개쳐 버렸다. 재미있는 장난이었다. 인형 옷을 새끼 고양이들에게 입혀 줘 보면 녀석들이 그걸 다시 벗는 데에는 고작 30초밖에 걸리지 않았다. 다들 영리했다. 미란다는 별안간 소리를 질렀다. "아, 내 인형!" 그러고는 또 울음을 터뜨렸다. 조그맣고 이상한 "잉, 잉" 소리를 듣지 않기 위해서였다.

"그래, 그것 때문에 그러니?" 아버지가 마음이 놓인 듯 말했다. "시더그로브에는 인형이 아주 많단다. 그리고 갓 태어난 새끼 고양이도 마흔 마리나 있어. 참 좋겠다, 그렇지?"

"마흔 마리요?"

"그 정도 된단다."

그때 내니 아줌마가 미란다 쪽으로 몸을 기울이고 손을 내밀었다. "아가씨, 여기 아가씨 주려구 까만 무화과 몇 알 챙겨 왔어요."

온통 까맣고 주름진 내니 아줌마의 얼굴은 마치 무화과를 거꾸로 뒤집어서 하얀 주름 모자를 씌워 놓은 것처럼 보였다. 미란다는 눈을 질끈 감고 머리를 흔들었다.

"내니 아줌마가 좋은 것을 준다고 하는데 그렇게 행동하면 예쁘니, 안 예쁘니?" 할머니가 온화한 목소리로 주의를 주었다.

"안 예뻐요." 미란다는 고분고분 말했다. "고맙습니다, 내니 아줌마." 하지만 무화과를 받지는 않았다.

일라이자 이모할머니는 양계장의 평평한 지붕에 비스듬히 걸쳐 둔 사다리의 중간에 올라서서 힌리에게 망원경을 설치하는 법을 일러 주고 있었다. "그래도 힌리가 내 말을 제법 잘 알아듣네. 망원경을 듣도 보도 못한 사람치고는 곧잘 하는 편이야." 일라이자 이모할머니는 할머니에게 말했다. 할머니는 이모할머니에게 언니뻘이었다.

"사다리 타는 것 좀 그만두면 안 되겠니, 일라이자?" 할머니가 말했다. "너도 나이가 있잖아."

"언니는 걱정을 사서 한다니까, 정말이지. 내가 언제 다치는 것 본 적 있우?"

"아무리 그래도 그렇지." 할머니가 날카롭게 받아쳤다. "네 나이에 걸맞은 처신이라는 게 있는데……"

일라이자 이모할머니는 묵직한 갈색 주름치마를 한 손으로 쥐고, 다른 손으로는 사다리의 위쪽 단을 붙들고서 밑으로 한 발짝 더 내려왔다. "자, 힌리. 망원경을 서쪽으로 돌리고 평평하게 놔두기만 하게. 내가 나중에 마저 조정할 테니까. 이제 내려와도 되네." 지시를 끝마치고 땅으로 내려온 이모할머니는 할머니에게 말했다. "언니는 말 타고 펄떡펄떡 뛰어다니기도 하는데, 내가 사다리를 못 탈 건 뭐야? 나는 언니보다 세 살이나 적어. '언니 나이'에 비하면 한참 젊지!"

할머니의 얼굴이 분홍색으로 변했다. 할머니 제봉대 위에 놓여 있는, 바다의 소리가 담긴 소라 껍데기의 안쪽 면이 딱 그런 색깔이었다. 미란다가 알기로 할머니는 할머니의 자매들 중에서 늘 두드러지게 예쁜 편이었고, 지금도 예뻤다. 하지만 일라이자 이모할머니는 예전이나 지금이나 안 예뻤다. 미란다에게 세상은 온통 이상한 것, 알아내야 할 것으로 가득했기에, 그녀는 나이 지긋한 두 자매가 옥신각신하는 모습을 지켜보고 그들의 대화를 귀담아들었다. 저 둘은 손주들을 둔 할머니로서 스스로를 자랑스러워하고, 무엇이든 자신이 가장 잘 알고 아이들은 아무것도 모른다는 식으로 말하고, 하루 종일 손주들에게 여기 와라, 저기 가라, 이걸 해라, 저건 하지 말아라 명령하고, 무슨 일에서든 자신이 옳으며 아이들은 시키는 대로 군말 없이 하지 않으면 무조건 틀렸다고 생각했다. 그런 두 사람이 지금은 마치 어린 여학생들처럼 아옹다옹하고 있었다. 심지어는 미란다와 마리아 언니가 서로 입씨름하고, 놀리고, 괴롭히고, 상대방의 마음을 상하게 하려고 일부러 못된 말을 할 때와도 비슷해 보였다. 미란다는 슬프고 이상한 기분이 들었고 조금은 겁도 났다. 그래서 슬금슬금 뒤로 물러났다.

"어디 가니, 미란다?" 할머니가 평소와 같은 목소리로 물었다.

"그냥 집에요." 미란다는 가슴이 철렁해서 대답했다.

"기다리렴. 우리와 같이 가자." 할머니가 말했다. 할머니는 무척 날씬하고 창백했으며 새하얀 백발이었다. 반면 그 옆의 일라이자 이모할머니는 희끗한 쇠 빛깔의 가발 같은 곱슬머리에, 코담배 같은 황갈색 눈동자 위에 강철 테 안경을 쓰고, 코담배 같은 황갈색 모직 치마를 나부끼며, 코담배 냄새를 풍기면서, 커다란 산 같은 덩치로 걷고 있었다. 이모할머니가 현관문으로 들어갈 때는 몸이 문틀에 끼일 것 같았고, 이모할머니가 의자에 앉으니 의자가 그 밑에 파묻혀 버려서 허리부터 발끝까지가 허공에 떠 있는 사람처럼 보였다.

할머니가 방 건너편에 앉아 반짇고리를 뒤적이며 아무것도 안 보는 척하는 동안, 일라이자 이모할머니는 주머니에서 작은 갈색 병을 꺼내 뚜껑을 열고는 코담배를 한 꼬집씩 꺼내서 양쪽 콧구멍에 넣었다. 그리고 요란하게 재채기를 하더니, 커다랗고 빳빳한 흰색 손수건으로 코를 문질러 닦고는, 안경을 이마 위로 밀어 올린 채, 한쪽 끝이 이에 씹혀서 붓처럼 갈래갈래 갈라진 작은 나뭇가지를 갈색 병에 집어넣고 휘휘 저은 다음, 그 끝부분을 자신의 이 사이에 꽉 끼워 넣었다. 미란다는 이것이 하류층 여자들이 곧잘 빠져드는 망신스러운 습관이라고 알고 있었다. 숙녀라면 코담배를 이에 문지르는 짓은 하지 않으며, 적어도 그녀의 가문 안에서는 절대로 없는 일이라고 들었다. 그런데 지금 일라이자 이모할머니가, 썩 예쁘지는 않을지라도 분명히 숙녀인데도, 바로 미란다의 눈앞에서 코담배를 이에 문지르고 있었던 것이다. 할머니가 이 문제를 어떻게 생각할지는 뻔했다. 미란다는 넋을 놓고 일라이자 이모할머니를 뚫어져라 쳐다보았다. 그러다 보니 어느새 눈에 눈물마저 맺혔다. 그러자 이모할머니가 그녀를 돌아보았다.

"얘야, 이모할머니가 젤리를 줄 테니 이제 딴 데 가서 놀련?"

이모할머니는 다른 쪽 주머니에 손을 넣더니 둥그스름한 분홍색 젤리를 꺼냈다. 모양이 좀 찌그러졌고, 겉면에 입혀진 설탕이 심하게 갈라져 있었다. "이거 받고, 오늘은 이모할머니 눈앞에 나타나지 말거라. 알았지?"

미란다는 젤리를 꽉 쥔 채 허둥지둥 방에서 빠져나갔다. 부엌에 이르렀을 때는 젤리가 으깨져서 손가락 사이로 새어 나오고 있었다. 미란다는 개수대로 가서 손을 씻고 코담배 냄새를 지워 내려 애썼다. 이런 범죄를 저질렀으니 지금 당장은 일라이자 이모할머니 곁으로 돌아갈 수 없었다. "젤리를 어떻게 했길래 벌써 없어졌니, 얘야?" 이모할머니가 묻는 소리가 벌써부터 들리는 것만 같았다.

미란다는 평소 좋아하던 것들이 거의 생각나지 않았다. 원래는 이곳에 사는 새끼 고양이들이나 그 외의 작은 동물들을, 돼지든 닭이든 토끼든 간에 그녀가 귀여워하고 밥을 먹여 줄 수 있는 새끼 동물이라면 무엇이든 좋아했다. 하지만 지금은 일라이자 이모할머니의 행동거지며 습관이 그녀의 주의를 온통 사로잡고 있었다. 미란다는 하염없이 이모할머니를 따라다니면서 쳐다보았고, 저녁 식탁에 마주 앉아서도 내내 쳐다보았다. 동트기 직전이나 날이 어두워진 직후 지붕 위에 올라가 망원경을 볼 때를 제외하면, 이모할머니는 현미경과 볼록렌즈를 가지고 여기저기 걸어 다니면서 나무 기둥이나 풀밭에서 무언가를 찾아내 유심히 들여다보면서 시간을 보냈고, 가끔은 낙엽이나 나무껍질 조각 같은 것들을 집에 가져와 하얀 종이 위에 펼쳐 놓고 그 앞에 앉아서는 기도라도 하는 듯 가만히 생각에 잠기는 것이었다. 식사 자리에서는 먹고 있던 음식물, 이를테면 감자 껍질 조각 같은 것을 세밀하게 잘라 놓고서, 몸을 구부린 채 그걸 들여다보면서 간간이 "흠" 하는 소리를 내기도 했다. 미란다의 할머니는 아이들이 가지고 놀 만한 것은 무엇이든 식탁에 가져오지 못하게 했고, 식탁 앞에서는 먹는 것 외의 행동은 아무것도 하면 안 된다고 했는데, 정작 자기 여동생의 식사 습관은 최대한 못 본 척 외면하고 있었다. 그러던 어느 날, 일라이자 이모할머니가 현미경으로 건포도를 들여다보면서 꿀벌처럼 웅웅거리며 콧노래를 부르고 있을 때, 할머니가 결국에는 한마디 했다. "일라이자, 뭐가 그렇게 재미있는지 이따가 식사 끝나고 내게도 보여 주겠니? 아니면 지금 설명해 주렴."

"말해 줘도 언니는 모를걸." 일라이자 이모할머니는 쌀쌀맞게 말하고는, 현미경을 치우고 푸딩을 마저 먹었다.

가족이 모두 본가로 돌아가기 전날, 일라이자 이모할머니는 드디어 아이들을 사다리 위로 불러서 망원경으로 별을 보여 주었다. 남매는 너무나 경탄해서 아무 말도 못 하고 서로를 낯선 사람 보듯 쳐다만 보았다. 미란다는 차갑게 빛나는 거대한 흰색 원반밖에 못 봤지만, 그게 달이라는 사실을 알고서 황홀감에 휩싸여 소리쳤다. "와, 다른 세상 같아요!"

"아무렴, 진짜 다른 세상이지." 일라이자 이모할머니가 우르릉거리는 음성으로 상냥하게 말했다. "다른 세상이 수만, 수억 개는 더 있단다."

"거기도 이 세상이랑 비슷해요?" 미란다가 쭈뼛쭈뼛 물었다.

"그건 아무도 모르지, 얘야……"

'아무도 모르지, 아무도 모르지.' 미란다는 그 말을 머릿속으로 노래처럼 흥얼거렸다. 다 같이 걸어가는 길에 그녀는 마음이 너무 벅차서 혼자 멍하니 뒤처졌고, 일라이자 이모할머니는 등불을 흔들고 치맛자락을 너풀거리며 저만치 앞서갔다. 그들은 무화과 숲 사이로 난, 이슬이 내린 오솔길로 접어들었다. 본가에 있는 무화과나무 숲과 비슷한 곳이었다. 이른 밤이슬에 보얗게 젖은 잎사귀들의 달콤한 냄새가 물씬 풍겨 왔다. 가지가 낮게 드리워진 나무 아래를 지나가면서 미란다는 버릇대로 손을 뻗어 가지를 어루만지며 행운을 빌었다. 그런데 발밑의 땅에서 끔찍하고 괴로운 신음이 희미하게 들려왔다. "잉잉, 잉잉……" 숨 막히는 흙 속에서, 무덤 속에서, 무언가가 조그맣게 울고 있었다.

미란다는 놀란 조랑말처럼 펄쩍 뛰면서 일라이자 이모할머니에게 달려가 다리에 몸을 부딪었다. "오, 오, 오, 잠깐만요……"

"갑자기 왜 이러니, 얘야?"

미란다는 이모할머니가 내민, 코담배 냄새가 나는 따스한 손을 꼭 붙잡고 매달렸다. "오, 땅에서 뭐가 막 '잉 잉' 해요!"

일라이자 이모할머니는 몸을 구부리고, 한쪽 팔로 미란다를 감싸 안은 채 유심히 귀를 기울였다. "저 소리 들리니?" 이모할머니가 말했다. "이건 땅에서 나는 게 아니야. 일찍 나온 청개구리들이 나무 위에 앉아서 우는 소리란다. 곧 비가 올 거라는 뜻이지. 잉잉…… 들리니?"

미란다는 떨리는 숨을 깊이 들이쉬고 귀를 기울였다. 정말로 나무에서 나는 소리였다. 일라이자 이모할머니와 삼 남매는 다시 걸음을 옮겼다. 가는 동안 미란다는 이모할머니의 손을 계속 잡고 있었다.

"생각해 보렴." 일라이자 이모할머니가 지극히 과학자다운 어조로 말했다. "청개구리들이 허물을 벗을 때는, 셔츠를 벗듯이 머리 위로 당겨 올린단다. 그리고 그걸 먹어 버리지. 상상이 되니? 청개구리는 생긴 것도 얼마나 조그맣고 예쁜지 몰라. 언젠가 이모할머니가 현미경으로 보여 주마."

"고맙습니다, 이모할머니." 먹먹한 안도감에 휩싸여 말을 잊었던 미란다는 겨우 정신을 차리고 그렇게 대답했다. 청개구리들의 노랫소리가 들렸기 때문이었다. "잉잉……"

무덤

30년도 더 전에 돌아가신 할아버지의 긴 휴식은 두 차례나 방해를 받았다. 그 아내의 지조와 소유욕 때문이었다. 할머니는 할아버지의 유골을 루이지애나로 옮겼다가, 그다음에는 텍사스로 옮겼다. 마치 할머니 자신의 묏자리를 찾기 위해 이사를 다녔던 듯이, 떠나온 곳으로는 두 번 다시 돌아가지 않으리라는 것을 잘 알고 있었던 것 같았다. 할머니는 텍사스에서 처음 세운 농장의 한쪽 귀퉁이에 작은 묘지를 만들었고, 가족이 불어나고 켄터키의 친인척들이 텍사스로 건너오면서 그 묘지에는 적어도 스무 개의 무덤이 생겼다. 그런데 할머니가 돌아가신 이후 몇몇 자손을 위해 할머니의 땅 일부가 매각되었을 때, 어쩌다 보니 묘지가 속한 땅마저도 처분 대상에 포함되었다. 사람들은 넓은 신설 공동묘지에 가족 전용 묘역을 마련해서 할머니를 묻은 참이었으므로, 예전 묘지에 있던 무덤들도 모두 그곳으로 옮기는 것이 불가피해졌다. 최소한 할아버지만은 할머니의 곁에 영원히 묻혀야 했다. 그게 할머니가 원한 바였으므로.

가족묘는 버려진 채 방치된 작고 아담한 정원 같았다. 이리저리 뒤얽힌 장미 덤불, 들쭉날쭉한 삼나무며 사이프러스 들이 있었고, 아무도 베지 않아서 제멋대로 자라난 잡초들이 풋풋한 향내를 풍기는 가운데, 단순한 모양의 석판들이 풀잎들 사이로 솟아올라 있었다. 어느 무더운 날, 미란다와 그녀의 오빠 폴은 여느 때처럼 토끼와 비둘기를 사냥하러 나갔다가 그곳의 무덤들이 활짝 열린 채 텅 비어 있는 광경을 발견했다. 당시 미란다는 아홉 살, 폴은 열두 살이었다. 둘은 22구경 윈체스터 소총을 가로장 울타리에 조심스럽게 기대어 놓고 울타리를 기어 넘어가서 무덤들을 둘러보았다.

구덩이들은 모두 정확히 비슷한 형태로 파여 있었다. 구덩이 안을 들여다본 남매는 모험심에 설레는 눈빛으로 서로를 돌아보며 엄숙하게 말했다. "이건 다 무덤이었어!" 둘은 그렇게 말함으로써 장소에 걸맞은 특별한 감정을 불러일으키려 했지만, 짜릿하고 유쾌한 경이감밖에는 느껴지지 않았다. 그들은 이제껏 본 적 없는 새로운 풍경을 맞닥뜨렸고, 이제껏 해 본 적 없는 무언가를 하게 된 것이다. 하지만 또 한편으로는 무덤 속의 실상이 너무나 평범해서 좀 실망스럽기도 했다. 아무리 오랜 세월 관이 들어 있었다 해도, 관을 들어내고 나면 무덤이란 그저 땅에 난 커다란 구덩이일 뿐이었다. 미란다는 한때 할아버지의 뼈가 묻혀 있었을 구덩이 안에 뛰어들었다. 그리고 여느 어린 동물들과 마찬가지로 공연히 재미 삼아 주위를 손으로 긁어 보고는, 흙을 한 움큼 떠다가 무게를 가늠해 보았다. 기분 좋게 들큼한 냄새가 났다. 삼나무 침엽이며 작은 잎사귀 들이 뒤섞여 썩어 가는 냄새였다. 그런데 부스러지는 흙덩이 사이에서 개암 열매 한 알만 한 은빛 비둘기 한 마리가 보였다. 양 날개를 펼치고 말끔한 부채꼴 꼬리를 달고 있는 비둘기 모형이었는데, 앞가슴에 깊고 동그란 구멍이 뚫려 있었다. 환한 햇빛에 비둘기를 가져가 보니 구멍 속이 소용돌이 모양으로 패여 있는 것이 보였다. 미란다는 구덩이의 한쪽 끝에 무너져 내린 흙더미를 밟고 밖으로 기어 올라가면서, 자신이 무덤에서 뭘 주웠노라고, 뭔지 한번 맞혀 보라고 폴에게 소리를 질렀다. 그러자 다른 무덤에서 폴이 웃는 얼굴로 고개를 내밀고는 주먹을 흔들어 보였다. "나도 뭐 찾았어!" 둘은 각자의 보물을 비교하러 뛰어가서, 상대방의 것을 깎아내리면서 놀리고, 서로 무슨 보물일지 맞혀 보고, 전부 빗나간 추측만 내놓다가, 마침내 손을 펼쳐서 그 안에 든 것을 내놓았다. 폴의 손바닥에 놓여 있는 것은 복잡한 꽃과 잎사귀 무늬가 새겨진, 얇고도 폭이 넓은 금반지였다. 반지를 보자마자 홀딱 반해 버린 미란다는 몹시 탐이 났다. 그런데 폴은 비둘기에 더 감탄하는 눈치였다. 약간의 실랑이를 벌인 끝에 둘은 서로의 보물을 맞바꿨다. 폴은 제 손에 들어온 비둘기를 보고는 말했다. "이거 뭔지 몰라? 이건 관을 조였던 나사

머리야! 이런 나사 머리를 가진 사람은 세상에 아무도 없을걸!"

미란다는 부러워하지 않고 그쪽을 흘끔 넘겨다보았다. 그녀는 금반지를 엄지손가락에 끼우고 있었다. 반지는 꼭 맞았다. "우리 이제 가야 할 것 같아." 미란다가 말했다. "검둥이들이 우리를 보고 누구한테 말할지도 몰라." 남매는 땅이 팔렸기 때문에 이 묘지도 더 이상 그들의 것이 아니라는 사실을 알고 있었다. 침입자가 된 기분이었다. 남매는 다시 울타리 밖으로 나가서 소총을 팔에 느슨히 걸치고—둘 다 일곱 살 때부터 여러 종류의 총으로 표적을 쏘아 맞히는 연습을 한 아이들이었다—토끼나 비둘기 같은 작은 사냥감을 찾아 길을 나섰다. 사냥을 나오면 미란다는 항상 폴이 앞장서는 대로 따라다녔고, 울타리를 넘기 전에 총을 세워 둘 때에도 폴이 시키는 대로 따라 해서 총이 자칫 미끄러져 발사되지 않도록 주의하는 법을 배웠으며, 목표물을 쏘기 전에는 끈기 있게 기다리며 조준해야 한다는 것, 그러지 않고 허공에 섣불리 발사해 버리면 폴이 충분히 명중시킬 수 있었을 사냥감을 놓치는 결과만 불러온다는 것을 배웠다. 하지만 가끔 새가 미란다의 얼굴 앞을 휙 스쳐 오르거나 토끼가 발치를 뛰어 지나가면, 그녀는 순간 흥분한 나머지 조준도 제대로 않고 총을 부리나케 들어 올려 방아쇠를 당기곤 했다. 그러다 보니 미란다가 뭘 명중시키는 일은 거의 없었다. 사냥에 필요한 감각이 전혀 없는 것 같았다. 종종 폴은 그녀에게 완전히 넌더리를 냈다. "너는 새를 잡을 생각도 안 하잖아. 그건 사냥도 아니야." 미란다는 오빠가 왜 화를 내는지 이해가 되지 않았다. 폴은 목표물을 놓치면 벌컥 성을 내면서 자기 모자를 후려치곤 했다. 미란다는 발끈해서 얼토당토않은 말로 쏘아붙였다. "나는 방아쇠 당기는 거랑 총소리 나는 게 좋아서 총을 쏘는 거란 말이야."

"아하, 그러면 연습장에 돌아가서 과녁이나 쏘지 그래?" 폴이 대꾸했다.

"그러지 뭐. 여기서 조금만 더 걷다가."

"그럼 내 뒤만 따라다니고 내 사냥감 좀 가만히 놔둬." 폴은 사냥감을 잡으면 자기가 잡은 것임을 확실히 하고 싶어 했다. 반면 스무 발 쏴서 겨우 새 한 마리쯤 잡는 미란다는, 폴과 그녀가 동시에 총을 발사해 명중하면 꼭 자기가 맞혔다고 우겼다. 폴에게는 지긋지긋하도록 짜증스럽고 부당한 일이었다.

"지금부터 처음 나타나는 비둘기나 토끼는 내 거야." 폴이 말했다. "그다음에 나타나는 건 네 거고. 명심해. 잔꾀 부리지 말고."

"뱀은? 처음 나타나는 뱀은 내가 잡아도 돼?" 미란다는 시큰둥하게 물었다.

어느새 사냥에 흥미를 잃은 미란다는 엄지손가락을 살짝 흔들며 금반지가 반짝거리는 것을 지켜보았다. 그녀는 남색 멜빵바지, 연푸른색 셔츠, 일꾼들이 쓰는 밀짚모자, 두꺼운 갈색 샌들 차림이었다. 여름에 여기저기 설치고 다니면서 입는 복장이었다. 오빠는 히커리 열매 같은 점잖은 갈색 계열의 옷들을 입고 있었지만 차림새 자체는 미란다와 같았다. 보통 미란다는 드레스보다 멜빵바지를 즐겨 입었다. 이런 시골에서는 추문에 오르내릴 일이었다. 때가 1903년이었던 데다, 시골 벽지에서는 여성이란 조신해야 한다는 규범이 강력한 위력을 발휘했기 때문이다. 그녀의 아버지는 딸들의 처신 때문에 비난을 샀다. 딸들이 선머슴처럼 입고 다니고, 안장도 없이 두 다리를 벌리고 말을 타고 제멋대로 달리는데도 가만히 놔둔다는 이유에서였다. 더욱이 언니인 마리아는 겉으로 꾸미는 행동거지와 달리 실제로는 독립적이고 겁 없는 성격이어서, 말 코에 밧줄 하나만 묶고서 전력 질주를 하기까지 했다. 사람들은 어머니가 없는 집안을 그나마 지탱하던 할머니가 세상을 뜨고 나니 가문이 기울어 가는 것이라고 수군거렸다. 할머니가 유언을 남기면서 아들 해리에게만 재산을 적게 물려주는 바람에 그의 형편이 궁해졌다는 소문도 돌았다. 오랜 이웃들 중 몇몇은 해리가 이제는 전처럼 어깨에 힘을 주고 다니지도, 말을 타고 거들먹거리지도 못할 거라는 생각에 고소해하기도 했다. 미란다는 이 모든 걸 알고 있었다. 어떻게 알았는지는 스스로도 이해할 수 없었지만. 언제 한번은 그녀의 할머니를 생전에 진심으로 존경했던, 옥수숫대 담배를 피우는 부류의 늙은 여자들을 길에서 마주친 적이 있었다. 그들은 끈끈한 눈곱이 낀 눈을 비스듬히 기울이고 미란다를 곁눈질하다가 이렇게 말했다. "아가씨, 그렇게 입고 부끄럽지두 않어요? 그렇게 입는 거는 성경 말씀에 어긋나는 거예요. 아버지는 어떻게 생각허세요?" 미란다는 피부의 모든 땀구멍에서 발산되는 미세한 촉각처럼 예민한 사회적 감각을 갖추고 있었기에, 그런 말을 들으면 수치심을 느끼기는 했다. 상대가 아무리 심술궂은 노파들이라 해도, 타인에게 충격을 주는 것은 무례하고 본데없는 짓임을 잘 알고 있었기 때문이다. 하지만 그녀는 아버지의 판단이 옳다고 믿었고 자신의 옷차림이 무척 편안해서 좋았다. 아버지도 이렇게 말하지 않았던가. "너한테 필요한 게 그런 옷들이잖니. 학교에서 입을 드레스를 아껴 둘 수도 있으니 좋고……" 미란다가 듣기에는 아주 명쾌하고 자연스러운 결론 같았다. 그녀는 엄격히 검약하는 환경에서 자랐다. 낭비란 곧 저속한 짓이며, 또한 죄악이었다. 미란다는 그런 말을 수도 없이 들었고, 반박당하는 경우가 한 번도 없었던 걸 보면 진실인 게 분명했다.

그런데 지금 그녀의 꾀죄죄한 엄지손가락 위에서 고고하고 순결하게 빛나는 순금 반지를 보노라니, 미란다는 자신의 멜빵바지도, 맨발에 신은 샌들도, 두꺼운 갈색 가죽끈 밖으로 튀어나온 발가락도 마음에 영 안 들었다. 농가로 돌아가서 시원한 물로 목욕을 하고 마리아 언니의 제비꽃 향 탤컴파우더를 온몸에 듬뿍 뿌리고 싶었다. 물론 마리아가 집에 없어야 가능한 일이겠지만. 그리고 가진 드레스 중에서 가장 얇고 잘 어울리는 것을 꺼내 입고, 큰 장식 띠를 두르고, 나무 아래 고리버들 의자에 앉아서…… 사실 그녀가 원하는 건 이런 게 아니었다. 미란다는 사치스럽고 거창한 삶의 방식에 대해 막연한 욕망을 느꼈지만, 그런 건 가문이 부유하고 여유로웠던 시절에 얽힌 옛날이야기 속에서만 존재할 뿐 그녀 스스로 명확하게 머릿속에 상상해 낼 수가 없었다. 그러니 그녀가 현실에서 즉각적으로 취할 수 있는 위안거리나마 취하고 싶었다. 지금 당장. 폴에게서 멀찍이 뒤처진 채 걷던 미란다는 이대로 말없이 집으로 돌아가 버릴까 하는 생각을 했다. 하지만 멈춰 서서 생각해 보니 폴이라면 절대로 그런 행동은 하지 않을 것 같았다. 먼저 집에 가겠다고 말을 해야 할 것이다. 눈앞에 토끼 한 마리가 뛰어갔지만, 미란다는 불평 한마디 없이 폴이 잡게 내버려 두었다. 그는 한 발 만에 명중시켰다.

미란다가 그의 옆으로 다가갔을 때 폴은 이미 축 늘어진 토끼의 몸을 두 손으로 잡고 꿇어앉아서 총상 부위를 살피고 있었다. "머리를 바로 관통했네." 그는 일부러 머리를 겨누어 맞히기라도 한 듯이 흐뭇하게 말했다. 그러고는 날카롭고 잘 드는 사냥칼을 꺼내서 가죽을 벗기기 시작했다. 아주 날렵하고 말끔한 솜씨였다. 이렇게 얻은 가죽은 짐빌리 아저씨에게 맡기면 손질해 주었고, 덕분에 미란다는 인형들에게 입혀 줄 모피 코트를 늘 가질 수 있었다. 인형은 별로 좋아하지 않았지만 모피 코트를 입혀 놓은 모습을 보는 건 좋았다. 두 남매는 무릎을 꿇고 마주 앉아 죽은 동물을 들여다보았다. 오빠가 장갑을 벗 듯 수월하게 가죽을 벗겨 내는 것을 미란다는 감탄하며 지켜보았다. 가죽 속에서 드러난 맨 몸뚱이는 검붉고 미끌미끌하고 단단했다. 그 녀는 얇은 은빛 띠로 관절에 엮여 있는 길고 섬세한 근육들을 엄지와 검지로 훑어보았다. 그런데 폴이 기묘하게 부어오른 배 부분을 들어 보였다. "이것 봐." 그는 경이감에 찬 목소리로 나지막이 말했다. "새 끼들을 배고 있었나 봐."

폴이 토끼의 흉곽 한가운데부터 옆구리까지 칼날을 아주 조심스럽 게 내리그었다. 얇은 살이 째지면서 그 틈으로 새빨간 자루 같은 것이 보였다. 그 자루도 째서 열어 보니, 안에는 조그마한 토끼 여러 마리 가 각각 얇은 진홍색 베일에 감싸인 채 한데 엉켜 있었다. 오빠가 베 일들을 벗겨 내자 미끌미끌하게 젖은 진회색 토끼 새끼들이 완전히 모습을 드러냈다. 막 감긴 아기의 머리카락처럼 미세하게 물결치는 잔털까지 다 보였고, 믿을 수 없을 만큼 자그마하고 섬세한 두 귀가 접힌 채 붙어 있었으며, 앙증맞은 얼굴에는 눈, 코, 입이 거의 없다시 피 했다.

미란다가 숨을 죽이고 말했다. "오, 나도 볼래." 그녀는 흥분해서 새 끼들을 하염없이 보고 또 보았다. 사냥하다가 죽은 동물을 보는 데에 는 익숙했기에 겁이 나지는 않았다. 다만 놀랍고, 안쓰럽고, 저 작은 생명체들 자체가 너무나 경이롭고 신기해서 아찔한 희열이 들었다. 새끼들은 너무나 예뻤다. 미란다는 그중 한 마리를 아주 살짝 건드려 보았다. "아, 애네들 피가 흘러." 왠지 모르게 몸이 떨렸다. 그럼에도 너무나 간절히 보고 싶고, 알고 싶었다. 일단 보고 나니 이미 전부터 알았던 듯한 기분이 들었다. 아무것도 몰랐던 과거의 기억은 금세 희미해졌고, 그녀는 바로 이것을 처음부터 쭉 알고 있었다. 동물들의 생태에 대해서는 지금껏 아무도 직접적으로 말해 준 적이 없었고, 그녀도 주변 동물들에게 너무 익숙했던 나머지 별로 주의를 기울이지 않았다. 그녀에게 동물들이란 그저 본성상 제멋대로 말썽을 부리면서 아무 책임도 안 지는, 너무나 자연스럽고 딱히 흥미롭지 못한 존재일 뿐이었다. 오빠는 줄곧 자신이 모든 걸 안다는 식으로 말했다. 그러면 오빠는 이 모든 걸 전에도 본 적이 있을 것이다. 미란다는 오빠가 알고 있으면서도 한마디도 꺼내지 않았던 것들을, 최소한 그 일부나마 알게 된 것이다. 그녀의 몸과 마음속에 숨어 있는 형체 없는 직관이 조금은 이해가 되었다. 그 직관은 너무나 천천히, 꾸준히 명료해지고 형체를 갖춰 나갔기에, 그녀는 이제껏 자신이 배워야 하는 것을 배우고 있었다는 것도 인지하지 못했던 것이다. 폴이 무언가 금지된 것에 대해 이야기하듯 조심스럽게 말했다. "곧 태어나려던 참이었어." 말끝에서 그의 목소리가 더욱 낮아졌다. "알아." 미란다가 말했다. "새끼 고양이들처럼. 그래, 아기들처럼." 조용히, 그러나 지독하게 동요한 미란다는 소총을 겨드랑이에 끼우고 일어서서 핏덩이를 내려다보았다. "난 가죽 안 갖고 싶어. 안 가질래." 폴은 토끼 새끼들을 다시 어미의 몸속에 묻고, 몸뚱이를 가죽으로 감싸 든 다음, 세이지 덤불숲으로 그걸 가져가서 숨겨 놓았다. 그리고 재깍 돌아와서 미란다에게 살갑고 적극적인 태도로 말했다. 서로 대등한 입장에서 중요한 비밀 약속을 맺자는 듯, 전에 없이 은밀한 말투였다. "이제부터 내 말 잘 들어. 잘 듣고, 절대 잊지 마. 네가 이걸 봤다는 이야기는 아무에게도 하면 안 돼. 아무한테도. 아빠에게도 말하지 마. 그러면 내가 혼날 거야. 아빠는 가뜩이나 내가 너를 하지 말아야 할 일들로 끌어들인다고 말씀하셔. 아빠는 맨날 그 얘기야. 그러니까 너, 이번에도 깜빡 잊어버리고 아무 생각 없이 다 털어놔 버리면 안 돼. 너는 항상 그런 식이잖아…… 자, 이건 비밀이야. 비밀 지켜."

미란다는 비밀을 지켰다. 누구에게 말하고 싶은 생각도 애초에 없었다. 이후로 며칠 동안은 그날 있었던 일 전체를 곱씹으며 걱정과 혼란으로 속앓이를 했다. 그러다 결국 그 사건은 미란다의 마음속에 잠잠히 가라앉았고, 그 위로 수많은 인상의 조각이 쌓이고 쌓이면서 20여 년의 세월이 흘렀다. 그러던 어느 날 낯선 나라의 낯선 도시에서, 여기저기 물이 고여 있고 짓이겨진 쓰레기가 흩어져 있는 시장 길바닥을 조심조심 걷던 미란다에게, 불현듯 아무 전조도 없이, 그동안 내내 조금도 움직이지도 변하지도 않은 채 정지되어 있던 장면이 스크린 위에서 총천연색으로 펼쳐지는 것처럼, 그 까마득한 과거의 기억이 무덤 속에서 튀어나와 선명하고 또렷하게 뇌리에 떠올랐다. 비합리적인 공포에 사로잡힌 그녀는 우뚝 멈춰 서서 눈앞을 빤히 쳐다보았다. 환상에 가려서 흐릿해졌던 현실의 풍경이 다시금 눈에 들어왔다. 한 인도인 행상인이 색색으로 물들인 설탕 과자들이 놓인 쟁반을 그녀의 앞에 받쳐 들고 있었는데, 과자가 모두 작은 동물 모양이었다. 새, 병아리, 아기 토끼, 양, 새끼 돼지. 전부 알록달록한 색깔이었고 달콤한 향기도 풍겼다. 바닐라 향인 것 같았다…… 날씨가 무척 더웠고, 날고기와 시든 꽃이 잔뜩 쌓인 시장 안에서는 그 옛날 고향에 있던 텅 빈 묘지에서 나던, 풋풋하고도 들큼한 썩은 내와 비슷한 냄새가 진동했다. 지금까지 미란다는 그날을 그저 오빠와 함께 무덤에서 보물을 찾아낸 날이라고만 어렴풋이 기억하고 있었다. 보물 생각을 떠올리자마자 끔찍한 환상은 희미해졌고, 그녀가 잊고 있었던 어린 시절 오빠의 얼굴이 눈앞에 보였다. 다시 열두 살 소년으로 돌아온 오빠가, 유쾌하고 진지한 웃음을 눈에 머금고서, 눈부신 햇살 속에 서서 손안의 은빛 비둘기를 이리저리 돌리고 있었다.

지혜로 가는 내리막길
The Downward Path to Wisdom

커다란 창문이 있는 네모난 침실에서, 엄마 아빠는 베개에 나른히 기대앉아, X 자로 교차된 다리로 받쳐진 작은 테이블에 손을 뻗어, 널따란 검은색 쟁반에 놓인 이런저런 것을 집어서 서로에게 건네주고 있었다. 둘 다 미소를 짓고 있었다. 이윽고 어린 아들이 피부와 머리에 잠기운을 덕지덕지 묻힌 채 방에 들어와 침대로 걸어오자, 엄마 아빠는 더욱 환하게 미소를 지었다. 아이는 침대에 몸을 기댄 채 하얀 털 융단에 파묻은 발가락을 꿈틀거리면서 파자마 주머니에 들어 있던 땅콩을 꺼내 먹었다. 아이는 네 살이었다.

"우리 아가 왔네." 엄마가 말했다. "애 좀 안아서 올려 줘."

아이는 걸레처럼 축 늘어진 채 자신의 겨드랑이를 붙잡는 아빠의 손길을 받아들였다. 아빠는 아이를 번쩍 들어 올려서 자신의 넓고 튼튼한 가슴으로 데려갔다. 아이는 따스한 잎사귀 더미에 파묻힌 새끼 곰처럼 엄마와 아빠 사이에 끼어들어 편안히 누웠다. 그리고 땅콩 하나를 또 이 사이에 넣고, 꼬투리를 깨트려서 속의 알맹이를 꺼내 먹었다.

"또 슬리퍼도 안 신고 뛰어다녔나 봐." 엄마가 말했다. "발이 얼음장 같아."

"말처럼 우두둑우두둑 잘도 씹어 먹는구먼." 아빠가 말했다. "아침 먹기 전에 땅콩부터 먹으면 속을 버릴 텐데. 땅콩이 어디서 난 거지?"

"어제 당신이 가져왔잖아." 기억력이 정확한 엄마가 말했다. "징그럽게 생긴 조그만 셀로판 봉지 안에 들어 있던 거 말이야. 군것질거리 좀 집에 가져오지 말라고 내가 그렇게 말을 했는데도. 그나저나 애 좀 다시 내려 줄래? 껍질을 나한테 다 흘리고 있네."

그 즉시 아이는 다시 바닥에 내려졌다. 아이는 침대를 빙 둘러 엄마 쪽으로 건너가서, 엄마와 가까운 자리에 마음 편히 앉아서 침대에 몸을 기대고 땅콩을 먹었다. 아이는 땅콩을 씹으면서 엄숙하게 엄마의 눈을 바라보았다.

"녀석, 영특하게도 생겼네, 안 그래?" 아빠가 긴 다리를 쭉 펴고 목욕 가운에 손을 뻗으면서 말했다. "당신은 애가 소처럼 미련한 게 내 탓이라고 하겠지."

"얘는 내 아기야. 내 하나뿐인 아기." 엄마가 그윽한 목소리로 말하면서 그를 끌어안았다. "사랑스러운 새끼 양이고." 꽉 조여드는 엄마의 품속에서 아이의 목과 어깨는 뼈가 없는 듯이 뭉그러졌다. 아이가 씹는 걸 멈추자 엄마는 땅콩 부스러기가 묻은 턱에 입을 맞춰 주었다. "클로버처럼 예쁘기도 하지." 엄마가 말했다. 아이는 다시 땅콩을 씹었다.

"애가 올빼미처럼 쳐다보는 것 좀 보라고." 아빠가 말했다.

엄마가 말했다. "이 아이는 천사야. 얘를 낳은 게 나는 날마다 감격스러울 거야."

"처음부터 낳지 말았어야 했어." 방 안을 서성이던 아빠가 침대를 등진 채 그렇게 말했다. 잠시 침묵이 흘렀다. 아이는 먹기를 멈추고 엄마를 뚫어져라 쳐다보았다. 엄마는 아빠의 뒤통수를 응시하고 있었다. 엄마의 눈이 거의 검은빛을 띠었다. "그 말 또 하기만 해 봐." 엄마가 낮은 음성으로 말했다. "당신 그 말 하는 거 딱 질색이야."

아빠가 말했다. "당신은 애 버릇을 완전히 망쳐 놓고 있어. 애가 뭘 해도 나무라는 법이 없잖아. 애를 돌보지도 않고. 아침 식사 전에 땅콩이나 먹으면서 돌아다니게 하고 말이야."

"애한테 땅콩을 준 건 당신이야. 그건 기억해야지." 엄마는 일어나 앉아서 자신의 외둥이를 다시금 끌어안았다. 아이는 엄마의 겨드랑이에 코와 입을 부드럽게 비볐다. "이제 가 보렴, 우리 아들." 엄마가 아이의 눈을 똑바로 마주 보고 웃으면서 지극히 온화한 목소리로 말했다. "가서 아침 먹어야지." 엄마가 아이에게서 두 팔을 거두었다.

아이는 방문으로 가는 길에 아빠의 옆을 지나야 했다. 아빠의 큰 손이 자신의 위로 올라오는 걸 보고 아이는 움츠러들었다. "그래, 여기 있지 말고 썩 나가." 아빠가 아이를 문밖으로 살짝 밀었다. 거칠게 떠민 건 아니었지만 그래도 아이는 아팠다. 아이는 슬그머니 복도로 빠져나가, 뒤를 돌아보지 않으려 애쓰며 총총 걸어갔다. 무언가가 자신을 쫓아올까 봐 무서운데 그게 무엇일지는 상상이 되지 않았다. 온몸이 아픈데 왜 아픈지는 알 수 없었다.

아이는 아침을 먹고 싶지 않았다. 먹지 않을 작정이었다. 아이는 의자에 앉아 노란 그릇에 든 죽을 휘휘 저었다. 죽이 숟가락을 타고 흘러내려 식탁과 의자와 아이의 옷 앞섶을 적셨다. 아이는 죽이 엎질러지는 게 좋았다. 꼴도 보기 싫은 음식이었지만, 파자마에 줄줄 흘러내리는 건 재미있었다.

"이게 무슨 짓이야, 더럽게." 마저리가 말했다. "더러운 녀석 같으니."

아이는 입을 벌리고 처음으로 소리 내어 말을 했다. "누나도 더러워."

"아하, 그래?" 마저리는 말소리가 밖으로 새어 나가지 않도록 아이에게 몸을 기울이고 말했다. "너는 딱 너네 아빠 같아. 성깔이 못됐지." 마저리가 속삭였다. "못됐다고."

아이는 크림과 오트밀과 설탕이 가득 든 노란색 그릇을 두 손으로 들어 올려 식탁에 탕 하고 패대기쳤다. 내용물이 다 쏟아져 나와 식탁에 덩어리져 떨어지기도 하고 사방에 온통 튀기도 했다. 그러고 나니 아이는 기분이 좀 나아졌다.

"이것 보라고." 마저리가 아이를 의자에서 끌어내 냅킨으로 몸을 닦았다. 너무 세게 문질러서 아이는 비명을 질렀다. "그러게 내가 뭬랬어. 딱 이런 식이라니까." 아이는 눈에 눈물이 맺힌 채로 무시무시하도록 가까이 다가온 마저리의 얼굴을 쳐다보았다. 빳빳한 흰색 머리띠 아래 불그스름한 얼굴이 인상을 쓰고 있었다. 마치 한밤중에 찾아와, 꼼짝도 못 하고 도망도 못 치는 아이를 굽어보며 야단치는 사람의 얼굴 같았다. "딱 너네 아빠처럼 못돼 먹었단 말이야."

정원으로 나온 아이는 녹색 벤치에 앉아 다리를 대롱대롱 드리워 내렸다. 아이는 깨끗해졌다. 머리는 젖었고, 푸른 털 스웨터 때문에 코가 간질거렸으며, 비누로 씻은 얼굴에서는 빡빡한 느낌이 났다. 집 창문 너머로 마저리가 검은 쟁반을 들고 지나가는 게 보였다. 엄마 방으로 통하는 창문의 커튼은 아직 닫혀 있었다. 거긴 아빠의 방이기도 했다. 엄마 아빠의 방. 기분 좋은 말이었다. 그렇게 소리 내어 말을 해보니 웅웅 울리고 뿌뿌 부딪치는 소리가 났다. 아이는 그 말을 생각하면서, 눈을 이리저리 움직여 무언가 할 만한 것을, 가지고 놀 만한 것을 찾아보았다.

엄마 아빠의 목소리에 자꾸 신경이 쏠렸다. 엄마가 또 아빠에게 화가 났다. 소리만 들어도 알 수 있었다. 엄마 아빠의 목소리가 저렇게 커졌다 작아졌다 확 치솟았다 쿵 떨어졌다 한밤중에 싸우는 두 마리의 수고양이처럼 엎치락뒤치락 뒤엉키면, 마저리는 엄마가 화가 나서 그러는 거라고 했다. 아빠도 화가 나 있었다. 이번에는 엄마보다 훨씬 더 화가 났다. 아이는 점점 춥고 불안해졌고, 그 자리에 가만히 앉은 채 움직이지 않았다. 화장실에 가고 싶었지만 화장실은 엄마 아빠의 방 바로 옆에 있었다. 거기까지 갈 엄두도 나지 않았다. 엄마 아빠의 목소리가 점점 더 커져 갔지만 이제 아이의 귀에는 그 소리가 잘 들리지도 않았다. 화장실 생각만 머리에 가득했다. 그때 부엌문이 벌컥 열리더니, 마저리가 뛰어나와 자기에게 오라고 손짓을 했다. 아이는 움직이지 않았다. 그러자 마저리가 그에게 다가왔다. 마저리는 여전히 붉은 얼굴에 인상을 쓰고 있었지만 화가 난 건 아니었다. 아이와 마찬가지로 겁이 난 것이다. 마저리가 말했다. "이리 오렴, 얘야. 우리 또 할머니 댁에 가야 돼." 마저리는 아이의 손을 잡고 끌어당겼다. "빨리 와, 너희 할머니 기다리신다." 아이는 벤치에서 미끄러져 내려왔다. 엄마가 지독한 비명을 내지르며 뭐라고 고함치고 있었다. 아이는 무슨 말인지 알아들을 수 없었지만 엄마가 엄청나게 화가 났다는 것만은 알았다. 예전에 엄마가 눈을 감고 두 주먹을 쥐고 발을 구르면서 화내는 걸 본 적이 있었다. 지금도 딱 그런 모습일 터였다. 아이 자신이 바락바락 떼를 쓸 때와 마찬가지로. 아이는 가만히 서서 몸을 구부렸다. 그러자 배 속에서부터 온몸이 느슨히 풀어지는 듯한 소름 끼치는 느낌이 들었다.

"오, 세상에." 마저리가 말했다. "오, 맙소사. 얘 좀 봐. 아이고, 너 씻겨 주다가 밤새우겠다."

아이는 자신이 어떻게 할머니 댁까지 가게 되었는지 몰랐다. 정신을 차려 보니 할머니 댁이었다. 아이는 축축하고 더러워진 몸으로 커다란 욕조 안에 들어가 있었고, 마저리가 넌더리를 내며 아이를 씻기고 있었다. 긴 검은색 치마를 입은 할머니가 말했다. "저 애가 배탈이 났나 보다. 의사를 불러야겠어."

"그건 아닌 것 같아요, 할머님." 마저리가 말했다. "먹은 게 없는걸요. 그냥 겁이 나서 저래요."

아이는 너무 창피해서 눈을 뜰 수도 없었다.

"이 쪽지를 아이 엄마에게 가져다주게나." 할머니가 말했다.

할머니는 넓은 의자에 앉아, 아이의 머리를 어루만지면서 손으로 머리카락을 빗어 주었다. 턱을 쥐어 들고 뽀뽀도 해 주었다. "불쌍한 것. 걱정하지 말거라. 할머니 집에 오면 늘 재밌었잖아, 그치? 지난번처럼 며칠 잘 지내다 가게 될 거야."

아이는 할머니에게 몸을 기댔다. 할머니의 빳빳한 옷자락에서는 건조한 냄새가 났다. 아이는 어쩐지 지독하게 슬픈 기분이 들어서 훌쩍거리며 말했다. "배고파요. 뭐 먹고 싶어요." 그렇게 말하고 나니 기억이 났다. 아이는 목청껏 악을 쓰면서 카펫 위에 나동그라져, 장미 다발 무늬가 놓인 먼지투성이 털 바닥에 코를 비볐다. "내 땅콩! 누가 내 땅콩 가져갔어!"

할머니가 아이의 옆에 꿇어앉더니, 아이를 거의 움직이지도 못할 만큼 힘껏 안아 들었다. 아이가 여전히 악을 쓰는 가운데 할머니는 침착한 목소리로 문간에 있는 재닛 아줌마에게 말했다. "빵에 버터와 딸기잼을 발라서 가져오게."

"난 땅콩 먹고 싶어!" 아이가 절박하게 외쳤다.

"안 돼, 안 된다, 얘야." 할머니가 말했다. "그 고약한 땅콩을 먹으면 배가 아파요. 할머니가 맛있고 폭신폭신한 빵에 달콤한 딸기잼 발라서 줄게. 그거 먹자, 알았지?" 그러고 나자 아이는 아주 잠잠해진 채 먹고 또 먹었다. 곁에는 할머니가 앉아 있었고, 재닛 아줌마가 그 옆에 서 있었고, 가까운 창가 테이블 위에는 빵 한 덩이와 잼 병이 올려진 쟁반이 있었다. 창밖에는 격자 울타리에 대롱 모양의 빨간 꽃들이 잔뜩 매달려 있었고, 갈색 벌들이 노래를 불렀다.

"어떻게 해야 할지 모르겠구먼." 할머니가 말했다. "이건 정말……"

"그러게요, 마님." 재닛 아줌마가 말했다. "확실히……"

할머니가 말했다. "도무지 끝이 보이질 않으니 말이야. 징글징글하지……"

"정말 이건 아니에요." 재닛 아줌마가 말했다. "매번 이 난리가 벌어지고, 바깥양반은 철이 없다 못해 그냥 아기잖아요."

계속 이어지는 두 사람의 음성이 아이의 마음을 편안히 가라앉혔다. 아이는 그들의 대화를 더 이상 듣지 않고 빵을 먹었다. 아이는 저 여자들을 몰랐다. 아는 것은 이름뿐이었다. 그들이 무슨 이야기를 하는지 이해할 수 없었다. 그들의 손, 옷, 목소리는 건조하고 아득했다. 아이를 찬찬히 뜯어보는 그들의 주름진 눈에서는 아무런 표정도 보이지 않았다. 아이는 자리에 그대로 앉은 채 그들이 자신에게 할 다음 행동을 기다렸다. 마당에서 놀 수 있게 밖으로 내보내 주었으면 싶었다. 이 방에는 꽃이 가득했고 검붉은 커튼과 커다랗고 폭신한 의자가 갖춰져 있었다. 창문이 열려 있는데도 왜인지 어두침침했다. 어둡고, 알 수 없고, 믿을 수도 없는 장소였다.

"이제 우유 마시렴." 재닛 아줌마가 은색 컵을 내밀며 말했다.

"우유 안 먹어요." 아이는 고개를 돌렸다.

"그래, 재닛, 얘가 우유를 안 먹겠다는구먼." 할머니가 재빨리 말했다. "이제 정원에 나가서 놀거라, 얘야. 재닛, 굴렁쇠를 가져다주게."

저녁에는 커다란 체구의 이상한 남자가 왔다. 남자는 아이를 무척 당황시켰다. "어이, 다 큰 총각. '주세요'라고 해야지. '고맙습니다'라고 하고." 남자는 아무리 조그만 물건이든 아이에게 무언가를 줄 때마다 무섭게 고함을 쳤다. "그래, 한판 붙어 볼까?" 남자는 커다랗고 털이 북슬북슬한 두 주먹을 아이를 향해 흔들기도 했다. "자, 너도 해봐. 권투는 배워야지." 아이는 남자를 따라 했다. 몇 번 하고 나니 재미있었다.

"애한테 난폭한 버릇 가르치지 마." 할머니가 말했다. "그만하면 됐어."

"왜요, 어머니, 사내자식이 계집애처럼 자라면 안 되잖아요." 덩치 큰 남자가 말했다. "일찍부터 맷집을 키워 줘야죠. 자, 어디 한번 덤벼봐. 글러브 들고." 아이는 손을 가리키는 글러브라는 새로운 단어가 마음에 들었다. 낯설고 덩치 큰 남자의 이름은 데이비드 삼촌이라고 했다. 아이는 데이비드 삼촌에게 덤벼드는 법을 배웠다. 삼촌은 껄껄 웃더니 느슨하게 쥔 주먹으로 아이를 마주 쳤다. 가끔 데이비드 삼촌은 대낮에 집에 오기도 했다. 하지만 그런 날은 많지 않았다. 아이는 삼촌이 보고 싶어서 대문에 매달린 채 길거리를 내다보곤 했다. 어느 날 저녁, 데이비드 삼촌은 커다랗고 네모난 꾸러미를 겨드랑이에 끼고 왔다.

"이리 와, 이 자식. 내가 뭘 가져왔게?" 삼촌이 꾸러미를 감싼 녹색 종이들과 끈을 벗겨 냈다. 그 안에는 납작하게 접힌 색깔들이 잔뜩 들어 있었다. 데이비드 삼촌은 미끌미끌하고, 축 늘어지고, 끝에 주둥이가 달린 밝은 초록색 물체를 아이의 손에 쥐어 주었다. "고맙습니다." 아이는 그 물건으로 뭘 해야 할지 몰랐지만 그래도 착하게 인사했다.

"풍선이다." 데이비드 삼촌이 의기양양하게 말했다. "이걸 입에 물고 숨을 힘껏 불어 봐." 아이는 숨을 힘껏 내쉬었다. 그러자 초록색 물건이 점점 커지고 둥그레지면서, 은빛으로 반짝이는 얇은 공이 되었다.

"이렇게 하면 가슴이 튼튼해진단다." 데이비드 삼촌이 말했다. "더 불어 보렴." 아이는 풍선을 계속 불었다. 풍선은 점점 더 커졌다.

"그만. 이제 됐어." 데이비드 삼촌은 풍선의 주둥이를 묶어서 공기를 그 안에 가두었다. "이렇게 하는 거야. 자, 이제 삼촌 하나, 너 하나씩 불어 보자. 둘 중에서 누가 더 빨리, 크게 부는지 겨뤄 보자고."

둘은 풍선을 불고 또 불었다. 데이비드 삼촌이 특히 열심히 불었다. 삼촌은 헐떡거리고 씩씩거리면서 온 힘을 다해 숨을 불어 넣었다. 그런데도 아이가 이겼다. 삼촌의 풍선이 채 부풀기 시작하기도 전에 아이의 풍선은 완벽한 공 모양이 되었다. 아이는 너무 뿌듯해서 춤을 추며 소리를 질렀다. "내가 이겼다, 내가 이겼다." 그리고 다시 풍선을 불었는데, 풍선이 얼굴 바로 앞에서 펑 터져 버렸다. 아이는 속이 철렁 내려앉도록 겁이 났다. "하하하, 요놈, 요놈." 데이비드 삼촌이 말했다. "이야, 잘하는데. 나는 그렇게까진 못할 것 같은걸. 자, 한번 봐라." 삼촌은 풍선을 불었다. 풍선은 예쁜 물방울처럼 부풀어 오르다가 흔들거리더니, 허공에 펑 하고 터졌다. 그러고 나니 삼촌의 손에는 조그맣고 너덜너덜한 색깔 조각만이 남았다. 이건 참 재미있는 놀이였다. 아이와 삼촌은 계속 풍선을 불면서 놀았다. 그러다 보니 할머니가 들어와서 말했다. "이제 저녁 먹을 시간이다. 아니, 식탁에서는 풍선을 불면 안 돼. 내일 하거라." 그래서 놀이는 다 끝났다.

다음 날 아침, 아이는 풍선 놀이를 하지 못했다. 대신 일찍부터 재닛 아줌마가 아이를 침대에서 데리고 나와, 따뜻한 비눗물로 목욕을 시키고, 아침으로 반숙 달걀과 토스트와 잼과 우유를 먹였다. 할머니가 들어와서 아이에게 잘 잤느냐며 뽀뽀를 해 주었다. "착하게 굴고 선생님 말씀 잘 들어야 한다." 할머니가 말했다.

"선생님이 뭐예요?" 아이가 물었다.

"선생님은 학교에 계셔." 할머니가 말했다. "선생님이 온갖 것에 대해 이야기해 주실 거야. 너는 선생님이 하라는 대로 해야 하고."

엄마 아빠는 학교 이야기를 무척 많이 했다. 아이를 학교에 보내야 한다며, 학교는 온갖 장난감과 놀이 친구 들이 있는 재미있는 곳이라고 이야기해 주었다. 아이는 학교가 무엇인지 알 것 같았다. "오늘인지 몰랐어요, 할머니. 오늘 가는 거예요?"

"바로 지금 갈 거야. 할머니가 저번 주에 말해 줬잖니."

재닛 아줌마가 보닛을 쓴 채 들어왔다. 보닛은 아줌마의 머리 위에 얹힌, 촉감이 꺼끌꺼끌해 보이는 보따리 같은 것이었는데, 뒷머리 밑에 매인 검은 고무줄로 고정되어 있었다. "가자." 아줌마가 말했다. "오늘은 아줌마가 바쁘겠구나." 재닛 아줌마는 죽은 고양이를 목에 감고 있었다. 아줌마의 축 늘어진 턱살 밑에 고양이의 뾰족한 귀가 눌려서 구부러졌다.

아이는 신이 나서 뛰고 싶어졌다. "내 손 꼭 잡으래도." 재닛 아줌마가 말했다. "그렇게 뛰어다니다 잘못하면 차에 치여 죽어."

"치여 죽어, 치여 죽어." 아이는 자기만의 가락을 붙여서 노래를 불렀다.

"하지 마. 아유, 섬뜩해라. 이제 내 손 잡으렴." 재닛 아줌마가 몸을 구부리고 아이를 내려다보았다. 얼굴을 보는 게 아니라, 아이의 옷에 있는 무언가를 들여다보고 있었다. 아이는 아줌마의 눈길을 좇아가 보았다.

"세상에, 깜빡했네." 재닛 아줌마가 말했다. "꿰매려고 했는데. 왜 생각을 못 했을까. 너희 할머니에게도 진작 말씀을 드렸단 말이야."

"뭐를요?" 아이가 물었다.

"네 꼴을 보렴." 재닛 아줌마가 짜증스럽게 말했다. 아이는 자신의 몸을 내려다보았다. 파란색 플란넬 반바지에 작은 구멍이 나서 거기로 아이의 몸 일부분이 튀어나와 있었다. 반바지는 아이의 무릎 위 절반까지 내려왔고, 양말은 아이의 무릎 아래 절반까지 올라왔다. 그래서 겨울 내내 무릎이 시렸다. 날씨가 추울 때 무릎이 얼마나 시렸는지 아이는 이제 기억이 났다. 바지 구멍으로 튀어나온 부분도 시려서, 그 부분을 자꾸만 밀어 넣었던 것도 기억이 났다. 무엇이 잘못되었는지 대번에 알아차린 아이는 매무새를 가다듬으려 했다. 하지만 벙어리장갑 때문에 손을 마음대로 움직일 수 없었다. "그만해, 이 나쁜 녀석." 재닛 아줌마가 엄지손가락으로 그 부분을 꾹 밀어 넣고, 그와 동시에 다른 쪽 손을 바지 벨트 안으로 집어넣어서 내복 상의 자락을 끌어내려 그 부분을 덮었다.

"이렇게 하고 있거라. 창피할 일 안 생기게 조심해." 아줌마가 말했다. 아이는 죄책감으로 온통 새빨갛게 달아올랐다. 옷을 입었을 때에는 드러나지 않아야 하는 무언가를 드러내고 있었기 때문이었다. 이제껏 여러 여자들이 아이를 목욕시켜 주었지만, 다 씻기고 나면 재빨리 수건으로 몸을 감싸 주고 서둘러 옷을 입히는 건 다들 똑같았다. 그들이 아이의 몸에서 무언가를 보았기 때문이었지만, 정작 아이는 그것이 무엇인지 몰랐다. 그들이 항상 급하게 몰아붙이는 통에 아이는 그들이 무엇을 보았는지 확인할 틈이 없었고, 옷을 벗고 있을 때 자기 몸을 보면 딱히 잘못된 부분이라고는 보이지 않았다. 아이는 옷을 입고 있을 때 자신의 겉모습이 남들과 같다는 걸 알고 있었다. 하지만 옷 속에는 무언가 나쁜 문제가 있는 것 같았다. 아이는 그것이 걱정스러웠고, 당황스러웠고, 이상했다. 아이에게 잘못된 점이 있음을 알아차리지 못하는 사람은 엄마 아빠뿐인 것 같았다. 엄마 아빠는 아이를 나쁜 녀석이라고 부르지도 않았고, 여름 내내 아이가 커다란 바닷가 모래밭에서 발가벗고 뛰어다니게 내버려 두었다.

"쟤 좀 봐, 너무 사랑스럽지?" 엄마가 그렇게 말하면, 아빠는 아이를 돌아보고 이렇게 말했다. "등이 권투 선수 같네." 데이비드 삼촌도 두 주먹을 쥐고 "덤벼 봐, 이 자식아"라고 말할 때는 권투 선수가 되었다.

재닛 아줌마가 아이의 손을 꽉 잡고 커다란 치맛자락을 나부끼며 성큼성큼 걸었다. 아이는 재닛 아줌마에게서 나는 냄새가 싫었다. 그걸 맡으니 속이 약간 울렁거렸다. 젖은 닭 깃털 냄새 같았다.

학교는 쉬웠다. 선생님은 짧고 네모난 머리에 짧은 치마를 입은, 네모나게 생긴 여자였다. 선생님은 가끔 아이를 방해했지만 자주 그러지는 않았다. 아이의 주변에 있는 사람들은 다 아이와 덩치가 비슷했다. 그들이 아이를 보려고 고개를 구부릴 필요도 없었고, 아이가 그들을 보려고 목을 뺄 필요도 없었다. 또 학교에 있는 의자들은 기어 올라가지 않고도 앉을 수 있었다. 아이들에게는 모두 이름이 있었다. 프랜시스, 에벌린, 애거사, 에드워드, 마틴 등등. 아이의 이름은 스티븐이었다. 여기서 아이는 엄마의 '아가'도, 아빠의 '이놈'도, 데이비드 삼촌의 '자식'도, 할머니의 '애야'도, 재닛 아줌마의 '나쁜 녀석'조차도 아니었다. 아이는 스티븐이었다. 스티븐은 읽는 법을 배웠고, 칠판에 분필로 적힌 이상한 글자나 기호 들에 맞춰서 노래를 부르는 법도 배웠다. 어떤 종류의 글자를 우선 말한 다음 글자에 대한 노래를 부르는 식이었다. 한 사람씩 돌아가면서 말을 하고 노래를 부른 다음, 모두가 다 같이 그걸 되풀이했다. 스티븐은 그 놀이가 재미있다고 생각했다. 머리가 맑아진 기분이었고, 행복했다. 아이들은 양철 상자에 든 부드러운 찰흙, 종이, 철사, 색종이를 가지고 놀았고, 색색깔의 블록으로 집을 지을 수도 있었다. 마지막에는 다 같이 커다란 원을 그리고 서서 춤을 춘 다음, 남자아이와 여자아이가 짝을 지어서 춤을 췄다. 스티븐과 같이 춤을 춘 여자아이는 프랜시스였다. 프랜시스는 계속 이렇게 말했다. "그냥 내가 하는 대로 따라 해." 프랜시스는 스티븐보다 키가 조금 더 컸고, 반짝이며 물결치는 짧은 머리카락은 아빠 책상의 재떨이와 같은 색깔이었다. "너 춤 못 추는구나." 프랜시스는 자꾸 말했다. "나도 춤출 수 있어." 스티븐은 프랜시스의 손을 잡고 뛰면

서 말했다. "나도, 출 수, 있어." 스티븐은 정말로 그렇게 생각했다. "너
야말로 못 추잖아. 하나도 못 추면서." 그는 프랜시스에게 말했다.

아이들은 돌아가면서 파트너를 바꾸었다. 그렇게 한 바퀴 돌아서
스티븐과 프랜시스가 다시 짝이 되자, 프랜시스는 말했다. "나는 네
춤이 마음에 안 들어." 이 말은 먼젓번과 달랐다. 스티븐은 마음이 거
북해졌다. 전축에서 딴딴따 딴딴따 소리가 다시 나왔지만 스티븐은
전처럼 높이 뛰어오를 수 없었다. "왜 그래, 스티븐? 계속 뛰어. 잘하
고 있어." 선생님이 두 손을 아주 빨리 흔들며 말했다. 춤 시간은 그렇
게 끝났고, 모두가 5분 동안 '쉬기' 놀이를 했다. 두 팔을 앞뒤로 흔들
고, 고개를 빙글빙글 돌리면서 쉬는 놀이였다. 그러고 나서 재닛 아줌
마가 데리러 왔지만, 스티븐은 집에 가고 싶지 않았다. 점심을 먹을
때 할머니는 스티븐에게 그릇에 얼굴을 박고 있지 말라고 두 번이나
말했다. "학교에서 그렇게 가르치니?" 할머니가 물었다. 데이비드 삼
촌이 집에 왔다. 삼촌은 스티븐에게 풍선 두 개를 주면서 말했다. "여
기 있다, 자식." "고맙습니다." 스티븐은 풍선들을 주머니에 넣어 두고
는 그냥 잊어버렸다. 데이비드 삼촌은 할머니에게 말했다. "거봐요,
저 애도 뭘 배울 수 있다니까요. '고맙습니다' 하는 거 들으셨죠?"

점심을 먹고 오후가 되어 스티븐은 학교로 돌아갔다. 이번에는 선
생님이 큼지막한 찰흙 덩어리를 아이들에게 나누어 주고, 그걸로 무
엇이든 각자 좋아하는 것을 만들라고 했다. 스티븐은 고양이를 만들
기로 했다. 엄마가 집에서 키우는 야옹이와 비슷한 고양이를 만들 생
각이었다. 야옹이를 좋아하지는 않았지만, 만들기 쉬울 것 같아서였
다. 그런데 찰흙이 도무지 마음대로 되질 않았다. 그냥 조각조각 떨어
져 버렸다. 그래서 스티븐은 찰흙 놀이를 그만두고 스웨터에 손을 문

질러 닦았다. 그러다 주머니에 있는 풍선이 기억나서, 풍선 하나를 꺼내 불었다.

"스티븐이 만든 말 좀 봐. 저것 좀 보라고." 프랜시스가 말했다.

"이거 말 아니야. 고양이야." 스티븐이 말했다. 그러자 아이들이 주변에 모여들었다. "약간 말 같아 보이는데." 마틴이 말했다.

"고양이야." 스티븐은 발을 구르며 말했다. 얼굴이 뜨거워지는 느낌이 들었다. 아이들이 모두 말처럼 생긴 고양이 찰흙을 보면서 웃고 소리를 질렀다. 그러자 선생님이 이쪽으로 다가왔다. 보통 선생님은 교실 맨 앞에, 종이와 장난감 들이 놓여 있는 커다란 책상 앞에 앉아 있었다. 선생님은 스티븐의 찰흙 덩어리를 집어 들더니, 이리저리 돌리면서 상냥한 눈빛으로 살펴보았다. "얘들아, 무엇이든 자기가 만들고 싶은 대로 만드는 거야. 스티븐이 고양이라고 하면 이건 고양이인 거야. 스티븐, 혹시 말을 생각하고 있었니?"

"고양이예요." 스티븐이 말했다. 이제 스티븐은 온몸이 아팠다. 처음부터 "그래, 이건 말이야"라고 했어야 했다는 걸 이제야 깨달았다. 그랬다면 다들 그냥 넘어갔을 것이다. 스티븐이 고양이를 만들려고 했는 줄도 모르고 지나갔을 것이다. "야옹이예요." 스티븐은 떨리는 목소리로 말했다. "그런데 야옹이가 어떻게 생겼는지 까먹었어요."

풍선이 완전히 찌부러졌다. 스티븐은 다시 풍선을 불면서 울지 않으려고 애썼다. 그러다 보니 집에 갈 시간이 되었고, 재닛 아줌마가 데리러 왔다. 다른 아이들을 데리러 온 어른들이 선생님과 이야기를 나누는 동안, 프랜시스가 스티븐에게 말했다. "네 풍선 줘. 난 풍선이 없어." 스티븐은 풍선을 프랜시스에게 주었다. 풍선을 줄 수 있어서 기뻤다. 스티븐은 주머니에 손을 넣어서 풍선 하나를 더 꺼내, 그것도 프랜시스에게 건네주었다. 프랜시스는 그걸 받더니 다시 스티븐에게 돌려주었다. "그건 네가 불어. 나는 이걸 불게. 너랑 나랑 시합하는 거야." 둘이 풍선을 절반도 채 못 불었을 때, 재닛 아줌마가 스티븐의 팔을 잡고 말했다. "이제 가자, 아줌마 바빠."

프랜시스가 스티븐을 따라 뛰어오면서 소리쳤다. "스티븐, 내 풍선 돌려줘." 그러고는 스티븐이 들고 있던 풍선을 낚아챘다. 스티븐은 깜짝 놀랐다. 자신이 프랜시스의 풍선을 멋대로 가져가고 있었던 건지, 아니면 프랜시스가 자기 것이 아닌 풍선을 정말로 자기 것이라는 듯 낚아채 간 건지 알 수 없었다. 스티븐은 마음이 뒤숭숭해진 채 재닛 아줌마에게 끌려갔다. 한 가지 분명한 것은, 그가 프랜시스를 좋아한다는 것이었다. 내일 또 프랜시스를 만날 테고, 그 애에게 풍선을 더 주고 싶었다.

그날 저녁 스티븐은 데이비드 삼촌과 함께 권투를 좀 했고, 예쁜 오렌지 한 알을 받았다. "먹으렴. 건강에 좋아." 삼촌이 말했다.

"데이비드 삼촌, 나 풍선이 더 갖고 싶어요." 스티븐이 말했다.

"그럴 때는 뭐라고 말하라고 했지?" 데이비드 삼촌이 책장 맨 위에 있는 상자에 손을 뻗으며 말했다.

"풍선 더 주세요."

"옳지." 데이비드 삼촌이 풍선 두 개를 꺼냈다. 빨간색과 노란색이었다. 그런데 이제 보니 풍선마다 글자가 쓰여 있었다. 아주 조그마한 글자였는데, 풍선이 부풀어 오르면 글자도 더 커졌다. "이게 끝이다, 자식." 삼촌이 말했다. "더 달라고 하지 마. 이제는 더 없어." 삼촌은 그렇게 말하고 상자를 책장 위에 되돌려 놓았다. 하지만 스티븐은 상자에 풍선이 거의 꽉 차 있는 것을 보았다. 그래도 아무 말도 하지 않고 풍선을 불었다. 데이비드 삼촌도 풍선을 불었다. 이렇게 재미있는 놀이는 처음이었다.

다음 날 스티븐에게 남은 풍선은 하나밖에 없었지만, 그래도 학교로 가져가서 프랜시스에게 주었다. "우리 집에 풍선 많아." 스티븐은 무척 뿌듯하고 따뜻해진 기분으로 말했다. "많이 갖다 줄게."

프랜시스는 풍선을 불어서 예쁜 물방울 모양으로 만들었다. "있잖아, 내가 뭐 보여 줄게." 프랜시스가 찰흙 놀이 시간에 썼던 뾰족한 막대기를 가져다가 풍선을 찔렀다. 그러자 풍선은 펑 터졌다. "이것 봐라."

"그건 아무것도 아니야." 스티븐이 말했다. "내일 더 가져올게."

학교가 끝난 뒤, 재닛 아줌마가 스티븐을 집에 데려와 우유를 주고는 이제 자기를 귀찮게 하지 말라며 쫓아냈을 때, 스티븐은 할머니가 쉬고 있고 데이비드 삼촌이 아직 오지 않은 틈을 타서 의자 한 대를 책장 앞으로 끌고 갔다. 그리고 의자 위에 올라서서 풍선 상자 안에 손을 넣었다. 원래는 서너 개만 꺼낼 생각이었는데, 일단 풍선이 손에 잡히고 보니 최대한 많이 움켜쥐게 되었다. 스티븐은 풍선들을 꼭 끌어안은 채 의자에서 뛰어내린 다음 재킷 주머니에 욱여넣었다. 풍선들이 안에서 찌부러져서 주머니가 별로 불룩해지지도 않았다.

스티븐은 그걸 전부 프랜시스에게 주었다. 너무 많아서 프랜시스는 그중 대부분을 다른 아이들에게 나누어 주었다. 누군가에게 선물을 주는 일의 호사스러운 즐거움을 처음으로 만끽한 스티븐은 기뻐서 얼굴이 발갛게 달아올랐다. 그런데 그것도 모자라 또 다른 행복이 연달아 찾아왔다. 스티븐이 갑자기 아이들 사이에서 인기가 많아진 것이다. 아이들은 무슨 놀이를 하든 스티븐을 특별히 끼워 주었고, 스티븐이 놀이에 대해 어떤 주장을 하든 무조건 찬성해 주었으며, 또 무슨 놀이를 하고 싶으냐고 물어보았다. 아이들은 풍선을 부는 축제를 벌였다. 각자가 만든 예쁜 공을 더 크게, 둥글게, 얇게 부풀리면, 진하던 색깔이 점점 연해져 가고, 공은 유리처럼 투명해지다 마침내 물방울처럼 얇아져서, 결국은 장난감 총처럼 빵 하는 짜릿한 소음을 내며 터졌다.

스티븐은 원하는 것을 이렇게까지 많이 가져 보기는 난생처음이었다. 너무 기분이 좋아진 나머지 스티븐은 자신이 어떻게 해서 행복해졌는지 잊어버렸고, 비밀을 지켜야 한다는 생각도 잊어버렸다. 다음 날은 토요일이었다. 프랜시스가 자기 유모와 함께 스티븐의 집에 놀러 왔다. 재닛 아줌마는 프랜시스의 유모와 자기 방에서 커피를 마시며 수다를 떨었고, 아이들은 옆문 포치에 나가서 풍선을 불었다. 스티븐은 사과 빛깔을, 프랜시스는 연두색을 골랐다. 벤치에 나란히 앉은 둘 사이에는 그들에게 즐거움을 줄 풍선이 아직 한 무더기나 쌓여 있었다.

"예전에 나한테는 은색 풍선이 있었어." 프랜시스가 말했다. "무지무지 예쁜 은색이었어. 이렇게 둥그렇지 않고, 길쭉한 모양이었지. 하지만 이 풍선들은 그것보다도 더 예쁜 것 같아." 프랜시스는 스티븐을 배려하려고 마지막 말을 재빨리 덧붙였다.

"그거 다 불어서 터뜨리고 나면 파란색도 불어." 스티븐은 사랑하는 기쁨에 주는 기쁨까지 더해져서 더없는 행복에 빠진 채 그녀를 바라보았다. "그리고 분홍색도 불고, 노란색도 불고, 보라색도 불어." 스티븐은 축 늘어진 풍선 더미를 프랜시스 쪽으로 모두 밀어 주었다. 프랜시스의 맑은 눈동자에는 갈색으로 빛나는 미세한 바큇살 같은 선들이 들어 있었고, 스티븐에 대한 고마움으로 가득했다. "그치만 네 풍선을 다 터뜨리고 싶지는 않아. 그러면 내가 너무 욕심쟁이잖아."

"아직도 한참 남았는데 뭐." 스티븐은 가슴속에서 심장이 부푸는 느낌이 들었다. 스티븐은 손으로 자신의 갈비뼈를 만져 보고는, 가슴 앞쪽 어디께쯤에서 갈비뼈가 끊겨 있는 걸 깨닫고 놀랐다. 한편 프랜시스는 시큰둥하게 풍선을 불고 있었다. 프랜시스는 사실 풍선이 지겨워졌다. 풍선을 여섯 개나 일곱 개쯤 불고 나면 가슴이 텅 빈 느낌이 들고 입술에서 떨떠름한 맛이 났다. 풍선을 계속 불면서 논 지도 이제 사흘째였다. 프랜시스는 이제 풍선이 다 떨어져서 없어지기를 바라고 있었다. "풍선이 몇 상자나 더 있어, 프랜시스." 스티븐이 즐겁게 말했다. "백 개, 천 개는 있어. 매일 너무 많이 불지만 않으면 앞으로도 계속 계속 불 수 있을 거야."

프랜시스는 조금 맥없이 말했다. "있잖아, 우리 좀 쉬면서 감초 물 만들어 먹자. 감초 좋아해?"

"응." 스티븐이 말했다. "그치만 감초가 없어."

"조금 사 오면 안 될까?" 프랜시스가 말했다. "한 개에 1센트밖에 안 해. 쫄깃하고 꾸불꾸불한 거. 물병에 그걸 넣고 막 흔들면, 맨 위에 소다수처럼 거품이 생겨. 그럼 그걸 마시는 거야. 나 조금 목말라." 프랜시스가 조그맣고 가느다란 목소리로 말했다. "맨날 풍선을 불면 목이 말라지나 봐."

스티븐은 아무 말도 하지 않았다. 끔찍한 진실이 떠오르면서 머리가 아득해졌다. 스티븐은 1센트가 없어서 프랜시스에게 감초를 사 줄 수 없는데, 프랜시스는 이제 풍선에 싫증이 난 것이다. 이건 스티븐이 인생에서 처음으로 맛보는 진짜 절망이었다. 그는 깊고 심각한 푸른 눈을 떨군 채 몸을 웅크리고서 골똘히 고민에 빠졌고, 그렇게 고민하는 사이에 나이를 최소한 한 살은 더 먹었다. 돈을 들이지 않으면서 프랜시스를 기쁘게 해 주려면 어떻게 해야 할까? 바로 어제 데이비드 삼촌이 5센트 동전 하나를 주었지만, 스티븐은 그걸 젤리에 붙여서 내다 버렸다. 그 5센트가 너무나 아까워서 목과 이마가 축축이 젖도록 땀이 났다. 이제는 스티븐도 목이 말랐다.

"있잖아." 스티븐은 멋진 생각을 떠올리고 반짝 얼굴을 밝히며 말을 꺼냈다가, 뒤늦게 자신이 없어져서 우물쭈물 말꼬리를 흐렸다. "내 생각에는, 우리가, 음……"

"나 목마르다니까." 프랜시스가 부드러우면서도 고집스럽게 말했다. "너무 목말라서 집에 가야 할 수도 있을 것 같아." 하지만 프랜시스는 벤치에서 일어나지 않았다. 그 자리에 앉은 채 슬픈 입매로 스티븐을 돌아볼 뿐이었다.

스티븐은 자신에게 닥쳐온 모험이 두려워서 덜덜 떨렸지만, 끝내 용감하게 말을 꺼냈다. "레모네이드를 만들면 어때? 설탕이랑 레몬이랑 얼음이 있어. 그걸로 레모네이드를 만들 수 있어."

"오, 나 레모네이드 무지 좋아해." 프랜시스가 외쳤다. "감초보다 레모네이드가 더 좋아."

"여기서 기다리고 있어. 갖고 올게." 스티븐이 말했다.

스티븐은 집 안으로 후닥닥 뛰어 들어갔다. 재닛 아줌마 방의 창문에서 두 늙은 여자가 메마른 음성으로 재잘거리는 소리가 들렸다. 그들에게 들키지 않기 위해 스티븐은 살금살금 까치발을 디뎌 찬장으로 건너가서, 딱 한 알 놓여 있는 레몬과 각설탕 한 움큼, 꽃과 잎사귀 무늬로 뒤덮인 동그랗고 매끄러운 도자기 찻주전자를 꺼내 식탁 위에 올려놓았다. 그리고 어른들이 그에게 만지지 말라고 했던 뾰족한 금속 송곳으로 얼음을 쪼개서 한 덩어리를 주전자에 넣고, 거기에 레몬을 한 조각 잘라서 최대한 힘껏 쥐어짜고—레몬은 생각보다 더 단단하고 미끌거렸다—설탕과 물을 섞었다. 그러고 보니 설탕이 부족한 것 같아서 찬장으로 슬그머니 돌아가 한 움큼을 더 퍼다 넣었다. 그렇게 해서 스티븐은 놀라울 만큼 짧은 시간 만에 포치로 돌아가, 경직된 얼굴로 무릎을 후들후들 떨면서, 차가운 레모네이드를 두 손으로 경건하게 받쳐 들고 목마른 프랜시스에게 다가갔다.

프랜시스에게서 한 발짝 거리를 두고 스티븐은 우뚝 멈춰 섰다. 불현듯 떠오른 깨달음이 그를 말 그대로 꿰찌른 것 같았다. 지금 스티븐은 벌건 대낮에 레모네이드가 든 찻주전자를 들고 서 있었고, 할머니와 재닛 아줌마가 언제 문으로 나올지 모르는 상황이었던 것이다.

"이리 와, 프랜시스." 스티븐이 속닥거렸다. "뒤쪽으로 돌아가면 장미 덤불이 있어. 거기가 시원해." 프랜시스가 벌떡 일어나서 사슴처럼 스티븐의 옆으로 뛰어왔다. 왜 뛰어야 하는지 잘 아는 표정이었다. 스티븐은 찻주전자를 두 손으로 꽉 움켜잡고 조심조심 뻣뻣하게 뛰었다.

장미 덤불 뒤편은 응달인 데다 훨씬 안전했다. 둘은 축축한 바닥에 나란히 책상다리를 하고 앉아, 번갈아 가면서 주전자의 가느다란 주둥이로 레모네이드를 마셨다. 스티븐도 시원하고 맛있는 레모네이드를 몇 모금 벌컥벌컥 들이켰다. 프랜시스는 동그란 분홍색 입술을 주전자 주둥이에 우아하게 가져다 대고 마셨는데, 마실 때마다 목이 심장처럼 규칙적으로 고동치는 게 보였다. 스티븐은 자신이 프랜시스에게 무언가 굉장히 좋은 것을 해 주었다는 생각이 들었다. 그런데 스티븐 자신의 행복은 어디에 있는지 알 수 없었다. 행복은 입안에 맴도는 새콤달콤한 맛과 가슴속의 서늘한 느낌과 함께 섞여 버렸다. 스티븐이 프랜시스를 위해 엄청난 위험을 뚫고 구해 온 레모네이드를 그 애가 마시고 있었기 때문이다.

스티븐의 차례가 돌아오자 프랜시스가 말했다. "와, 너 엄청 많이 마신다."

"너보다 많이 안 마셨어." 스티븐이 직설적으로 말했다. "너야말로 엄청나게 많이 마시잖아."

"뭐 어때." 프랜시스는 스티븐의 비난을 가지고 도리어 자신이 옳다고 주장했다. "레모네이드는 원래 그런 식으로 마시는 거야." 프랜시스는 주전자 안을 들여다보았다. 레모네이드는 아직 꽤 많이 남아 있었다. 프랜시스는 이만하면 충분히 마셨다는 느낌이 들었다. "우리 시합하자. 한 모금만으로 누가 더 많이 마시나."

무척 멋진 발상이었다. 둘은 시합을 하다 보니 점점 무모해졌고, 주전자를 머리 위로 들어 올려 기울여서 아예 입안에 레모네이드가 가득 고여 넘치다 못해 턱을 타고 옷 앞섶에 흘러내릴 때까지 따라 마셨다. 그렇게 하다가 싫증이 났을 때에도 주전자에는 레모네이드가 남아 있었다. 그래서 둘은 장미 덤불에게 레모네이드를 먹여 주는 놀이를 했고, 그다음에는 세례를 주는 놀이를 했다. "아버지, 아들, 성녕의 이름으로." 스티븐이 그렇게 소리치며 레모네이드를 완전히 다 따랐을 때, 낮은 산울타리 너머에서 재닛 아줌마의 얼굴이 불쑥 나타났다. 그 옆에서는 프랜시스의 유모가 황갈색 얼굴에 쾌씸하다는 표정을 짓고 서 있었다.

"그래, 딱 내 생각대로네. 생각했던 그대로야." 재닛 아줌마가 늘어진 턱살을 흔들거리며 말했다.

"목이 말라서 그랬어요. 목이 너무너무 말랐어요." 스티븐이 말했다. 프랜시스는 잠자코 자기 발끝만 내려다보고 있었다.

"찻주전자 이리 내." 재닛 아줌마가 주전자를 거칠게 낚아챘다. "목이 말랐다는 건 핑계가 못 되지. 달라고 부탁하면 될 텐데, 너희는 몰래 훔쳤잖아."

"훔친 게 아니에요." 프랜시스가 빽 소리쳤다. "훔치지 않았어요. 안 그랬다고요!"

"그만해요, 아가씨." 프랜시스의 유모가 말했다. "당장 여기로 나와요. 아가씨하고는 아무 상관 없는 일이에요."

"오, 글쎄요." 재닛 아줌마가 프랜시스의 유모를 빤히 노려보았다. "이 애 혼자서는 지금까지 한 번도 이런 짓을 한 적이 없는데요."

"얼른 오라니까요. 여긴 아가씨가 있을 데가 아녜요." 유모가 프랜시스의 손목을 잡아끌었다. 유모의 발걸음이 너무 빨라서 프랜시스는 뜀박질을 했다. "우리를 도둑이라고 불러 놓고 그냥 넘어가 줄 줄 알고? 어림도 없지."

"다른 애가 도둑질을 해도 너는 그러지 말았어야지." 재닛 아줌마가 목청을 돋워서 말했다. "남의 집에서 레몬을 집어 들기만 해도 그건 이미 도둑질이야." 그런 다음 아줌마는 목소리를 낮췄다. "너희 할머니께 말씀드리겠다. 이제 뭐라고 하시나 보자."

"냉동고로 들어가서 문을 열어 놓은 채로 놔뒀어요." 재닛 아줌마가 할머니에게 말했다. "각설탕을 헤집다가 바닥에 다 쏟아 놨고요. 발밑이 온통 설탕 덩어리예요. 게다가 깨끗한 부엌 바닥에 물을 튀겨 놨고, 장미 덤불에 세례를 주기까지 했다니까요. 신성모독이죠. 그리고 마님의 스포드* 찻주전자를 가져갔지 뭐예요."

"안 그랬어요." 스티븐은 재닛 아줌마의 커다랗고 억센 손아귀에서 빠져나오려 버둥거리며 외쳤다.

"거짓말하지 마." 재닛 아줌마가 말했다. "거짓말까지 하면 정말 끝장이야."

"원, 세상에. 저 애가 이젠 아기가 아니구나." 할머니는 읽던 책을 덮고, 스티븐에게 손을 뻗어 젖은 스웨터 앞섶을 끌어당겼다. "이 끈적끈적한 건 뭐지?" 할머니가 안경을 똑바로 추켜올리며 물었다.

"레모네이드예요. 마지막 남은 레몬 한 알을 가져갔더라고요."

세 사람은 붉은 커튼이 쳐진 넓고 어둑한 방에 있었다. 그때 데이비드 삼촌이 책장이 있는 방에서 걸어 나왔다. 삼촌은 상자 하나를 들어 보이면서 스티븐에게 말했다. "이것 봐라. 내 풍선이 다 어떻게 된 거지?"

스티븐은 데이비드 삼촌이 질문을 하는 게 아니라는 사실을 잘 알았다.

스티븐은 할머니 무릎 옆의 발받침에 앉은 채 졸음을 참았다. 할머니의 무릎에 머리를 기대고 싶었지만, 그랬다가는 곯아떨어질 것이다. 데이비드 삼촌이 말을 하고 있는데 그 앞에서 잠들어 버리는 건 잘못이었다. 데이비드 삼촌은 두 주머니에 손을 넣고 이리저리 서성이며 할머니와 이야기를 나누고 있었다. 이따금씩 삼촌은 등불 쪽으로 걸어가 등잣 꼭대기의 구멍을 들여다보며, 그 안에서 무언가를 찾기라도 하는 양 불빛에 부신 눈을 깜빡이곤 했다.

---

* 영국의 도예가 조사이어 스포드가 1767년에 창립한 도자기 회사.

"그냥 타고난 거라니까요. 누나한테도 그렇게 말했어요." 데이비드 삼촌이 말했다. "그냥 여기 와서 애를 데려가라고 했어요. 누나가 저한테 애를 도둑으로 모는 거냐고 묻길래, 저는 그것보다 더 적절한 단어가 있으면 말해 보라고 했죠."

"그런 말은 하지 말았어야지." 할머니가 차분하게 말했다.

"왜요? 누나도 알 건 똑바로 알아야죠…… 쟤도 도저히 주체가 안 되니까 그런 거겠죠." 데이비드 삼촌은 이제 스티븐의 앞에 멈춰 서서 옷깃에 턱을 파묻고 있었다. "저도 많은 걸 기대하지는 않지만, 이르면 이를수록 좋……"

"문제는 말이다." 할머니는 스티븐의 턱을 잡아 들어서 눈을 마주 보았다. 그러고는 구슬픈 어조로 뭐라고 계속 말을 했는데, 스티븐은 알아들을 수 없는 이야기였다. 할머니는 이렇게 말을 맺었다. "단순히 풍선만 문제인 건 아니야."

"풍선 문제죠." 데이비드 삼촌이 성을 냈다. "풍선부터 시작해서 점점 더 큰 물건에 손을 댈 테니까요. 하지만 뭘 기대하겠어요? 얘네 아버지가…… 타고난 핏줄이 그런 걸 어쩌느냐고요. 그 사람은……"

"지금 네가 말하는 사람은 네 매형이야." 할머니가 말했다. "사태를 더 악화시켜 봤자 소용없잖니. 게다가 사람 일은 모르는 거고."

"저는 안다니까요." 데이비드 삼촌이 그렇게 대꾸하고는 이리저리 걸어 다니면서 매우 빠른 속도로 말을 이어 나갔다. 스티븐은 무슨 뜻인지 알아들으려 애썼지만, 이해가 안 되는 생소한 말들이 허공에 둥둥 떠다닐 뿐이었다. 그래도 두 사람이 스티븐의 아버지 이야기를 하고 있으며, 그를 좋아하지 않는다는 건 알 수 있었다. 그러다 데이비드 삼촌이 가까이 다가와서 스티븐과 할머니 앞에 우뚝 서더니, 몸을 구부리고 찌푸린 얼굴로 그들을 내려다보았다. 구부정한 모양의 그림자가 벽에 길게 드리워졌다. 그 모습이 아빠처럼 보여서 스티븐은 할머니의 치맛자락으로 더 깊이 파고들며 움츠러들었다.

"이제 저 애를 어떻게 해야 하나, 그게 문제잖아요." 데이비드 삼촌이 말했다. "우리가 계속 데리고 있으면, 쟤는 그냥…… 저는 쟤한테 신경 안 쓸래요. 누나네는 대체 왜 자기들 애 하나 못 돌보는데요? 그 집은 미쳐 돌아가요. 이미 갈 데까지 간 것 같아요. 훈육도 없고, 본보기도 없고."

"네 말이 맞다. 얘가 제 집에 돌아가기는 해야지." 할머니는 스티븐의 머리를 어루만지다가, 검지와 엄지로 그의 목덜미를 살짝 꼬집었다. "우리 예쁜 손주, 할머니 집에서 그동안 재밌게 잘 지냈지? 이제 집에 돌아갈 시간이 됐단다. 조금만 있으면 엄마가 데리러 올 거야. 좋지?"

"엄마 보고 싶어요." 스티븐은 훌쩍거리며 대답했다. 할머니의 얼굴이 무서워서였다. 할머니의 미소 띤 표정이 어딘가 이상해 보였다.

데이비드 삼촌이 자리에 앉았다. "이리 와라, 자식." 삼촌이 스티븐을 향해 검지를 까딱거렸다. 스티븐이 느릿느릿 그쪽으로 건너가자, 데이비드 삼촌은 헐렁하고 까끌까끌한 바지를 입은 두 다리 사이로 스티븐을 끌어당겼다. "창피한 줄 알아야 해. 삼촌의 풍선을 훔치다니. 게다가 풍선을 이미 그렇게 많이 줬는데도."

"그게 아니지." 할머니가 재빨리 말했다. "그런 식으로 말하지 마. 그러면 애 기억에……"

"기억에 남아야죠." 데이비드 삼촌이 목소리를 높였다. "평생 기억해야 돼요. 내 아들 같았으면 흠씬 때려 주고도 남았어요."

스티븐은 입술이, 턱이, 얼굴 전체가 꿈틀거리는 느낌이 들었다. 숨을 들이쉬려고 입을 벌렸는데, 그 순간 왈칵 눈물과 함께 고함이 터져 나왔다. "그만해, 이 녀석. 뚝 그쳐." 데이비드 삼촌이 스티븐의 어깨를 잡고 부드럽게 흔들었다. 하지만 스티븐은 그칠 수가 없었다. 그는 다시 숨을 들이켰다가 왕 하고 울부짖었다. 재닛 아줌마가 문간에 들어섰다.

"차가운 물 좀 가져오게." 할머니가 말했다. 이윽고 주변이 시끌시끌해지면서 현관에서 서늘한 바람 한 줄기가 새어 들어오더니, 문이 탕 닫히고 엄마의 목소리가 들렸다. 스티븐은 울음을 점차 그치면서, 숨을 헐떡이고 들썩이며, 흐릿해진 눈으로 현관 쪽을 돌아보았다. 거기에 서 있는 엄마를 본 순간 심장이 뒤집히는 것 같았다. 스티븐은 엄마에게 뛰어가면서 양처럼 떨리는 소리로 울부짖었다. "엄마아아아아!" 엄마는 후닥닥 뛰어 들어와 스티븐의 옆에 꿇어앉았다. 그동안 데이비드 삼촌은 뒤로 물러서 있었다. 엄마는 스티븐을 두 팔로 안아 들고 일어섰다.

"우리 아가한테 무슨 짓을 하는 거야?" 엄마가 탁한 목소리로 데이비드 삼촌에게 물었다. "여기 보내질 말았어야 했어. 내 이럴 줄 알았어야 했는데……"

"누나는 모르는 것도 많아." 데이비드 삼촌이 말했다. "이럴 줄 몰랐다고 하는 게 어디 한두 번이야? 앞으로도 계속 그렇게 모르고 살아. 머리가 그것밖에 안 되면." 삼촌이 자기 이마를 손가락으로 두드렸다.

"데이비드." 할머니가 말했다. "누나한테 무슨 말버릇……"

"네, 알아요. 제 누나죠." 데이비드 삼촌이 말했다. "안다고요. 하지만 누나가 집에서 도망쳐서 그따위 남자하고 결혼……"

"입 다물어." 엄마가 말했다.

"그러고는 딱 남편 닮은 애를 세상에 또 내놓고 말이죠. 그냥 남편이고 아들이고 다 집에 데리고 있으라고 해요. 밖으로 다신 못 나오게……"

엄마는 스티븐을 바닥에 내려놓고 손을 잡더니, 할머니에게 책이라도 읽듯이 우르르 말을 쏟아 냈다. "잘 있어요, 엄마. 이젠 끝이에요. 정말로 끝장이에요. 더 이상은 못 견디겠어요. 스티븐에게도 마지막 인사 하세요. 앞으로 다시는 못 보실 테니까요. 엄마가 일을 이 지경으로 만든 거예요. 엄마 잘못이라고요. 엄마는 데이비드가 평생 독선적으로 굴고 비열하게 남 괴롭히는 인간인 거 뻔히 알면서도 한 번도 막지 않았잖아요. 한평생 나를 괴롭힌 것도 모자라서 내 남편을 모함하고 내 아가를 도둑이라고 부르는데도, 엄마는 손 놓고 가만히 놔두고만 있잖아요. 난 볼 장 다 봤어요…… 고작 허접한 풍선 몇 개 가지고 내 아가를 도둑이라고 하다니, 내 남편이 싫은 것뿐이면서……"

엄마는 숨을 몰아쉬며 삼촌과 할머니를 번갈아 노려보았다. 이제는 모두가 서 있었다. 할머니가 입을 열었다. "집에 가렴, 딸아. 데이비드, 너도 나가. 너희 싸우는 꼴도 지긋지긋하다. 너희 때문에 단 하루도 마음 편할 날이 없이 살았어. 둘 다 아주 신물이 나는구나. 이제 소란 그만 피우고 나 혼자 있게 좀 놔둬. 썩 나가." 할머니가 떨리는 목소리로 말하고는, 손수건을 꺼내 양쪽 눈을 한 번씩 문질렀다. "이렇게 서로들 미워하고, 미워하고…… 이게 다 뭐 하는 짓이니? 결국은 이런 식으로 결딴이 나는구나. 그래, 다들 가 버려."

"그깟 판촉용 풍선이 뭐라고." 엄마가 데이비드 삼촌에게 말했다. "너네 회사 광고하려고 만든 풍선인데 하나쯤 잃어버리면 망하기라도 하니? 아주 대단한 사업가 나셨어. 그리고 네 도덕관념이란 건 어떻게 되어 먹은……"

할머니는 문 쪽으로 걸어가서 재닛 아줌마가 건네준 물 잔을 받았다. 할머니는 거기 선 채 물을 다 마셨다.

"남편이 데리러 오니? 아니면 너 혼자 가니?" 할머니가 엄마에게 물었다.

"제가 운전해야죠." 엄마는 정신이 딴 데 가 있는 듯 멍하니 말했다. "그이가 이 집에 발을 들일 리가 없잖아요."

"어련하시겠어." 데이비드 삼촌이 말했다.

"이리 와, 스티븐, 우리 아들." 엄마가 말했다. "애가 잘 시간이 한참 지났네." 엄마는 누구에게랄 것 없이 혼잣말처럼 말을 이었다. "별 시답잖은 고무 장난감 몇 개 가지고 애가 잠도 못 자게 괴롭히고 있다니, 나 참." 엄마는 데이비드 삼촌을 향해 치아가 다 드러나도록 벙긋 웃어 보이고는, 삼촌과 스티븐 사이를 가로막으면서 문 쪽으로 걸어갔다. "아, 엄격한 도덕규범이 없었더라면 우린 다 어쩔 뻔했어?" 엄마는 할머니를 돌아보고, 거의 평소에 가깝게 돌아온 어조로 말했다. "안녕히 계세요, 엄마. 내일이나 모레쯤 뵐게요."

"그래라." 할머니는 스티븐과 엄마를 현관으로 바래다주면서 선선히 말했다. "연락하렴. 내일 전화해. 그때쯤이면 기분이 풀렸으면 좋겠구나."

"기분이야 지금도 쌩쌩해요." 엄마는 명랑하게 웃으며 그렇게 말하고, 몸을 구부려 스티븐에게 뽀뽀했다. "졸리지, 우리 아들? 아빠가 기다리고 계셔. 아빠한테 잘 주무시라고 뽀뽀해 드려야 하니까 잠들지 말고 조금만 참자. 알았지?"

화들짝 정신을 차린 스티븐은 고개를 들고 턱을 약간 내밀었다. "나 집에 가기 싫어요. 학교 가고 싶어요. 아빠는 안 보고 싶어요. 아빠 싫어요."

엄마는 스티븐의 입을 손으로 살짝 덮었다. "얘가, 참."

데이비드 삼촌이 코웃음 비슷한 소리를 내면서 고개를 내밀었다. "아하, 본부에서 공식 입장이 나왔네."

엄마는 현관문을 열고 스티븐을 안아 들다시피 하면서 뛰어나갔다. 그리고 인도를 건너가서 차 문을 벌컥 열고는 스티븐을 데리고 올라탔다. 엄마는 차를 돌린 다음 앞으로 불쑥 몰고 나갔고, 차가 너무 급하게 쏠리는 바람에 스티븐은 좌석에서 튕겨 나갈 뻔했다. 스티븐이 온 힘을 다해 좌석 쿠션을 붙잡고 앉아 있는 동안 차는 점점 더 빨리 달렸고, 차창 밖으로 나무와 집 들이 씽씽 지나가면서 모두 흐릿하게 뭉개졌다. 스티븐은 느닷없이 노래를 부르기 시작했다. 조용히, 엄마가 들을 수 없도록 마음속으로만 부르는 노래였다. 스티븐의 새로운 비밀 노래는 편안하고 나른했다. "나는 아빠가 미워, 나는 엄마가 미워, 나는 할머니가 미워, 나는 데이비드 삼촌이 미워, 나는 재닛 아줌마가 미워, 나는 마저리 누나가 미워, 나는 아빠가 미워, 나는 엄마가 미워……"

스티븐은 고개를 꾸벅거리면서 비스듬히 기울어지다가, 마침내 눈을 감은 채 엄마의 무릎에 머리를 기댔다. 엄마는 스티븐을 바투 끌어안고 한 손으로 운전하면서 속력을 줄였다.

하루의 일
A Day's Work

 벽 속에서 커다란 쥐가 돌아다니는 듯 스르륵스르륵하는 소리가
둔하게 울려 퍼졌다. 화물용 승강기가 올라오는 소리였다. 배송된 식
료품들을 전달해 주기 위해 아래층에서 수위 아줌마가 케이블을 잡
아당기고 있을 터였다. 핼로런 부인은 멈칫하다가 인두를 다리미판
위에 쿵 내려놓고 말했다. "이것 봐, 또 꾸물거린다. 신발 신고 모퉁이
하나만 돌아가서 물건들 꺼내다 옮기기만 하면 되는 일이잖아. 벌써
한 시간 전에 하고도 남았겠다. 그것까지 내가 다 할 순 없어."
 핼로런 씨는 의자 팔걸이를 붙잡고 몸을 일으키면서, 바닥을 디딘
두 발에 천천히 무게중심을 옮기면서, 주위 어딘가에 놔둔 목발이라
도 찾는 것처럼 두리번거렸다. "양말에 또 구멍 났네." 핼로런 부인이
말했다. "그냥 맨발로 다니든지, 아니면 하느님이 정하신 대로 양말에

신발 신고 다니든지 둘 중 하나만 해. 양말 바람이라니, 그게 대체 뭐하는 짓이야? 이것도 아니고 저것도 아니고."

핼로런 부인은 크림색 레이스와 널따란 리본이 달린 연어 빛깔의 시폰 나이트가운을 펼쳐 들고, 가볍게 한 번 흔든 뒤 다리미판 위에 펼쳤다. "아이고 세상에, 이 망측한 옷 좀 봐." 그녀는 인두를 다시 쿵 내려놓고 구겨진 천을 앞뒤로 문질러 펴면서 말을 이었다. "식료품들 바닥에 늘어놓지 말고 찬장 안에 좀 넣어 줄래? 부탁 좀 할게, 응?"

핼로런 씨는 승강기 안에서 감자 한 자루를 꺼내, 냉동고 옆의 구석에 있는 찬장으로 향했다. "옮기는 김에 한 번에 많이 옮기면 좋잖아." 핼로런 부인이 말했다. "뭐 하러 대여섯 번씩 왔다 갔다 하려고 그래, 귀찮게? 나는 아무리 허약한 남자라도 한 번에 감자 5파운드 이상은 거뜬히 들 수 있는 줄 알았는데. 내가 잘못 알았나 보지?"

그녀의 목소리가 나무에 나무가 부딪히는 소리처럼 핼로런 씨의 귀를 울렸다. "당신 일에나 신경 쓰지 그래?" 핼로런 씨는 혼잣말하듯 그녀에게 묻고는 자문자답을 했다. "오, 그럴 순 없지, 여보." 그가 탁한 가성을 내며 말했다. "그런 부탁은 꺼내지도 마. 어림도 없는 일이니까." 그는 무릎을 구부린 채 가만히 서서 감자 자루 너머로 시선을 던져, 그가 한 번도 좋아한 적이 없는 깡마르고 이상한 여자를 사무치게 노려보았다. 그녀는 다림질을 하며 서서 박해받는 성자처럼 오만 상을 찌푸리고 그를 쩨려보고 있었다. 핼로런 씨는 평상시 목소리로 돌아와서 말했다. "아무리 내 몸이 신통치 않아졌다고 해도, 아직 승강기에서 식료품을 꺼낼 정도의 정신머리는 남아 있다고. 알겠어?"

"거참 놀라운 일이네." 핼로런 부인이 말했다. "고마워서 몸 둘 바를 모르겠어."

"거기 전화 오잖아." 핼로런 씨는 안락의자에 돌아와 앉아 셔츠 주머니에서 곰방대를 꺼냈다.

"나도 귀가 있어." 핼로런 부인은 연어 빛깔 나이트가운을 인두로 내처 문지르면서 대꾸했다.

"당신 전화겠지. 나는 이 세상에 더 이상 아무 용무도 없는 사람이야." 핼로런 씨가 작은 초록빛 눈을 반짝이며 말했다. 그가 씩 웃자 뾰족한 송곳니 두 개가 드러났다.

"당신이 받아도 되잖아. 또 잘못 온 전화이거나 아래층 누구 찾는 전화일 수도 있는데." 가뜩이나 단조롭던 핼로런 부인의 어조가 더더욱 단조로워졌다.

"그러면 그냥 받지 말고 놔두든지. 어쨌든 나는 상관없어." 핼로런 씨는 의자 팔걸이에 성냥을 그어서 곰방대에 불을 붙이고 연기 한 모금을 빨아들였다. 그러는 동안에도 전화벨은 계속 울리고 있었다.

"또 매기일지도 몰라."

"그럼 계속 저러고 기다리게 하든지." 핼로런 씨는 의자에 등을 기대고 다리를 꼬았다.

"세상에, 자기 딸이 할 말이 있어서 전화했다는데 아비라는 사람이 받지도 않는다니!" 핼로런 부인이 허공에 대고 탄식했다. "게다가 딸 처지가 요즘 얼마나 어렵냔 말이야. 사위가 돈 가지고 걔를 박대하고, 밤늦게까지 술집에서 리틀 태머니 협회* 인간들하고 흥청거리고 있

---

* 1850~1930년대 뉴욕 시정을 장악했던 민주당파의 정치조직 태머니 홀Tammany Hall에서 뉴욕 브롱크스 자치구에 두고 있던 하부 조직. 태머니 홀은 본래 아일랜드 이민자들 중심의 사교회였으나, 전성기에 이르러 정치 세력과 결탁해 각종 시정 위탁 사업을 독점하고 공금횡령, 매관매직, 사법 비리 등 부패의 온상이 되었다. 유권자들이 그들의 이익을 위해 태머니 홀 조직원들을 시의원으로 당선시켜 줌으로써 영향력은 지속되었다.

다잖아. 그 사람 이제는 매코커리네 패거리하고 어울리면서 정치판에 뛰어들고 있대. 아무 득 될 것 없는 짓이지. 매기에게도 그렇게 경고해 뒀어."

"매기는 전혀 어려운 처지가 아니야. 그 애 남편은 수완이 좋은 사람이야. 매기가 가만히 놔두기만 하면 승승장구할 거라고. 그러니 나 같으면, 그 애가 불평할 일은 전혀 없으니 마음 놓으라고 말해 주겠어. 하지만 아버지 주제에 어떻게 그러겠어?" 핼로런 씨는 벽돌로 포장된 골목길 쪽으로 난 창문을 향해 고개를 빼고서 수탉처럼 꽥꽥거렸다. "요즘 시대에 아버지란 대체 뭐지? 어느 누가 아버지의 충고를 귀 기울여 듣느냐 말이야?"

"그렇게 이웃들 다 들으라고 떠벌릴 건 뭐야, 그러잖아도 망신살 뻗치는데." 핼로런 부인은 인두를 가스 불 위에 올려 두고 전화기가 있는 첫 번째 계단참으로 내려갔다. 핼로런 씨는 몸을 앞으로 기울이고, 가늘고 붉은 털이 난 두 손을 무릎 사이에 느슨히 늘어뜨렸다. 뜨뜻해진 곰방대에서 피어오르는 향긋하고 그윽한 냄새가 그의 콧속으로 밀려들었다. 저 여자는 곰방대도, 담배 냄새도 질색을 했다. 그녀는 어떤 남자든 불행하게 만들 운명을 타고난 여자였다. 경기가 지금처럼 나빠지기 전, 그가 실업수당을 받는 신세가 되고 그녀가 특수 세탁과 다림질 일에 뛰어들기 전에는, 그도 나름 어엿한 직장에 다니며 봉급 인상을 기대하던 남자였지만, 맙소사, 그렇게 좋았던 옛 시절에도 그녀는 좀처럼 입을 다물 줄을 몰랐고, 그 어떤 말에든 꼬박꼬박 말대답을 하지 않고는 그냥 넘어갈 줄을 몰랐다. 그래도 그때는 자신이 누구 때문에 밥 먹고 사는지는 알고 분수를 지키기는 했는데, 이제 그녀는 자기 밥을 스스로 벌게 되었고 그 사실을 한시도 잊지 않는 것 같왔다. 그리고 그녀의 남편이 재떨이, 통화관, 컷글라스 꽃병이 갖춰진 리무진을 타고 돌아다니지 못하는 건 다 그녀의 잘못이었다. 남자가 이렇게 지독한 여자와 결혼하면 이 모양이 되는 것이다. 제럴드 매코커리가 애초부터 그렇게 말하지 않았던가.

"남편을 휘어잡으려 들 여자야." 제럴드는 말했다. "자네는 지금 목숨을 앗아 갈 올가미에 목을 집어넣고 있는 거야. 자네 행복을 비는 사람으로서 충고하는 거니까 잘 새겨들으라고." 제럴드 매코커리에게서 그런 말을 들은 것은, 그가 어느 일요일 아침 코니아일랜드에서 레이시 매허피를 처음 만나 통성명이나 겨우 한 직후였다. 매코커리는 그 순간 일찌감치 눈치를 챈 모양이었다. 그는 인간 본성을 꿰뚫어 보는 데에 워낙 천부적인 전문가였다. 사람을 한 번 쓱 훑어보기만 하면 그걸로 파악이 끝났고, 그 심사에서 탈락한 사람은 당사자가 절대로 눈치채지 못할 방식으로 밀어내 버렸다. 이것이 바로 매코커리의 처세 비결이었다.

"이쪽은 로지라고 합니다." 그 일요일에 코니아일랜드에서 제럴드는 그렇게 말했다. "제럴드 J. 매코커리의 부인이 될 사람이죠." 레이시 매허피는 커다란 밀짚모자 챙 너머로도 다 드러날 만큼 얼굴이 뚱하게 굳어져 있었다. 그녀는 로지에게 인사를 하는 둥 마는 둥 고갯짓했고, 핼로런은 자신을 눈짓하는 로지의 시선에 당장 속내가 빤히 들춰진 느낌이 들었다. 그도 내심 매코커리가 이상한 여자를 골랐다고 생각했던 것이다. 로지의 용모는 멀끔하고 괜찮았지만, 딱 14번가 사창가에서 호객하는 여자 같은 인상이었다. 핼로런이 여자에 대해 뭘 아주 잘 아는 것은 아니지만 적어도 그가 보기에는 그랬다. "갑시다." 매코커리가 로지의 허리에 팔을 두르며 말했다. "다 같이 롤러코스터 타러 가야죠." 하지만 레이시는 사양했다. "아뇨, 고맙지만 저희는 여기 오래 있을 예정이 아니었거든요. 이제 슬슬 가야 해요." 집에 돌아가는 길에 핼로런은 말했다. "레이시, 그렇게 사람을 박대할 것까진 없잖아. 알고 보면 착한 여자일 수도 있어. 아직 제대로 대화를 해본 것도 아니잖아." 레이시는 화난 고양이처럼 흉한 얼굴로 그를 돌아보았다. "문란하고 천박한 여자야. 그런 여자를 나한테 소개시키다니, 모욕적인 일이라고." 그리고 한참이 지나고 나서야 레이시는 핼로런이 처음 반했던 예쁘고 산뜻한 얼굴로 돌아왔다.

다음 날 빌리스 플레이스에서 매코커리를 만나 각자 세 잔쯤 마셨을 때, 그는 이렇게 말했다. "조심해, 핼로런. 앞날을 생각해야지. 정직하고 좋은 여자인 건 알겠는데, 붙임성은 별로 없더구먼. 정치판에 나갈 남자의 아내라면 온갖 부류의 사람과 어울릴 수 있어야지. 코르셋을 풀고 편안히 앉을 줄도 아는 여자를 만나야 해."

핼로런 부인의 목소리가 복도 저편에서 계속 울려왔다. 바람 부는 공원 벤치 위를 굴러다니는 낡은 신문지처럼 건조하게 바스락대는 음성이었다. "그러게 내가 뭐랬니. 이제 와서 그 문제로 나한테 하소연해 봤자 아무 소용 없어. 나는 진작 경고했는데 네가 안 듣고서는…… 딱 이렇게 될 거라고 나는 말했고, 말릴 만큼 말렸어…… 그래, 들릴 리가 없었겠지. 너는 항상 엄마는 아무것도 모른다고 생각하잖아…… 그러니까 이제부터 네가 할 일은 결혼 서약을 붙들고 최대한 이용하는 거야…… 내 말 들어, 남편이 올바로 행동하길 바란다면 너부터 올바르게 행동해야 해. 여자가 올바르게 나가면, 설령 남자가 올바르지 않게 나온대도 그건 여자 잘못이 아닌 거야. 남편이 잘못을 하든 말든 간에 너는 도리를 지키라고. 남편이 잘못을 저질렀다고 해서

너까지 잘못을 저질러도 괜찮아지는 건 아니란 말이야."

"아, 저것 좀 들어 보실래요?" 핼로런 씨가 창밖의 골목길을 향해 경탄조로 말했다. "이런 게 바로 성녀라는 겁니다. 정말 무시무시하죠."

"……여자가 먼저 도리를 지켜야 돼. 이건 정말이야." 핼로런 부인이 전화기에 대고 말을 이었다. "그랬는데도 만약 남자가 속을 썩인다면, 남자 쪽에서 지키려고 하질 않는 도리를 여자가 뭐 하러 지켜야겠어?" 그녀의 목소리가 이웃들이 들으려고 마음만 먹으면 들을 수도 있을 만큼 높이 솟아올랐다. "내가 너를 모르겠니? 하는 짓이 딱 네 아빠하고 똑같다니까. 너 무슨 잘못한 거 있지? 안 그러면 이 지경까지 오지도 않았겠지. 지금도 뭔가 잘못을 하고 있을 거야. 해야 할 일은 안 하고 전화기나 붙잡고 있는 거 아니야? 나는 지금 다림질하다 말고 나온 거야. 나를 먹여 살려 주는 남자만 있었더라면 평생 엮일 일도 없었을 부류의 여자가 맡긴, 더러운 나이트가운들을 다리느라 바쁘다고. 그러니 너도 집안일 해치우고, 옷 챙겨 입고, 산책하면서 바깥 공기도 좀 쐬고……"

"바깥 공기는 쐬어 주는 게 좋지." 핼로런은 열린 창문에 대고 큰 소리로 맞장구를 쳤다. "집 안에 꽉 찬 가스 때문에 사람이 우울해지니까 말이야."

"얘, 매기, 공중전화에서 그런 식으로 말을 하면 어떡하니? 울지 마. 그만 울고 가서 네 할 일부터 하란 말이야, 엄마 걱정시키지 말고. 그리고 이혼하겠다는 말 좀 그만해. 다른 걸 다 떠나서, 네가 갈 데가 어디 있니? 어디 사창가에 들어가거나 아니면 부엌에다 세탁소라도 차리고 싶어서 그래? 이 집에는 못 들어와. 너희 집에서 네 남편하고나 있어. 바보처럼 굴지 마, 매기. 그래도 너는 생계 수단이 있잖니. 너보다 잘난 여자들이야 쌔고 쌨겠지만 그런 복을 가진 여자는 흔치 않아. 그래, 너희 아버지는 잘 지낸다. 아니, 지금 집에 앉아 있지. 늘 똑같아. 우리가 어떻게 될지야 난들 알겠니. 하지만 너도 알잖아, 너희 아빠가 어떤 사람인지, 얼마나 무심한지…… 내 말 기억하렴, 매기. 만약 네 부부 생활이 틀어진다면 그건 네 자업자득이고, 여기 와 봤자 동정은 못 받으니까 그런 줄 알아…… 이제 더 이상 시간 낭비 안 하련다. 끊어."

한 마디라도 놓칠세라 귀를 쫑긋 세우고 듣고 있던 핼로런 씨는, 제럴드 J. 매코커리가 로지와 결혼하고부터 곧장 출셋길에 들어서서 쭉 상승일로만 걸었던 반면, 자신은 레이시 매허피와 결혼하고부터 하락일로만을 걸었다는 사실을 되새겼다. 둘 다 똑같은 시기에 똑같은 기회와 똑같은 친구들을 가지고 신참내기로 시작했는데, 매코커리만 기회가 오는 족족 다 거머쥐고 좋은 일이 꼬리에 꼬리를 물고 이어지면서 구區정치의 거물들과 꾸준히 교유하게 된 것이다. 로지는 남편을 뒷받침하고 밀어주는 법을 알고 있었다. 매코커리 부부는 지난 몇 년간 핼로런 부부를 자기 집에 초대해 그곳에 출입하는 사람들과 연을 이어 주려고 했지만, 레이시가 초대를 한사코 받아들이지 않았다. "그런 난봉꾼들하고 밤새도록 술 마시고 흥청거리다가는 당신 직장에서 잘려." 레이시가 말했다. "게다가 아내한테 그런 여자하고 어울려 달라고 부탁하다니, 그게 가당키나 한 소리야?" 그래서 핼로런은 가끔씩 혼자서라도 그 집에 들러 버릇했다. 매코커리는 여전히 그를 좋아했고, 적절한 자리에 그의 발판을 마련해 주고 싶어 했으며, 선거철마다 그에게 이런저런 부탁을 했기 때문이다. 매코커리 부부의 집은 항상 생기 넘치는 사람들로 북적거렸고, 부부가 여러 차례 이사를 다니면서 집도 점점 좋아졌고 가구도 늘어났다. 로지는 손님들에게 술을 내주고 자신도 조금씩 마시면서 모두에게 좋은 말을 해 주었다. 자동피아노나 빅터 축음기로 음악을 한껏 요란하게 틀어 놓고 다 같이 춤도 추었는데, 그들 모두에게 돈과 밝은 미래가 보장된 것처럼 보였다. 그런 날이면 핼로런은 밤늦게야 집에 돌아왔다. 레이시가 겉치레에는 돈을 한 푼도 쓰지 않으려 했기에, 핼로런 부부가 사는 아파트에는 온수 설비도, 엘리베이터도 없었다. 그런 데에 쓸 돈은 전부 저축해서 노후를 대비해야 한다는 것이 레이시의 주장이었다. 핼로런이 맛있는 음식과 술로 배를 채우고 집에 돌아오면, 헐렁한 원피스 차림으로 부루퉁히, 묵묵히 고개를 수그린 채 식은 감자튀김을 다시 데우고 있던 레이시는 그의 숨에서 나는 술 냄새에 인상을 찌푸렸다. "사람이 기껏 감자를 튀겨 놓고 여태껏 기다렸으면 최소한 먹어 주기라도 해." 그녀는 말했다. "아, 당신이나 먹어. 내가 언제 감자 튀겨 달라고 했어?" 그는 레이시에 대한 그리고 레이시가 그에게 강요하는 삶에 대한 실망감에 겨워 그렇게 쏘아붙였다.

원래 그는 G. 앤드 I. 식료품 체인점 회사에서 일했다. 언젠가는 점포 한 군데의 점장이 될 수 있으리라고 수년간 진심으로 믿었고, 그 희망이 꺾인 뒤에도 은퇴해서 연금을 받을 순 있을 거라고 생각했다. 하지만 정년퇴직할 나이가 되기 2년 전, 회사에서 불황을 이유로 그를 해고해 버렸다. 하루아침에 길거리로 내쫓겨 갈 곳이 없어진 그는 하릴없이 집에 돌아가 그 소식을 전하는 수밖에 없었다. "맙소사." 핼로런 씨는 근 7년간의 백수 생활이 시작된 그날을 지금까지도 기억하며 탄식했다.

불황에도 매코커리는 타격을 받지 않았다. 그는 쭉 출세 가도를 달렸고, 빌리스 플레이스에 모이는 친구들에게 비프스테이크를 사 주거나 푸짐한 회식이나 맥주 파티를 열어 주었으며, 적절한 사람들에게 줄을 섰고, 작은 기회도 놓치지 않고 이용했다. 어느 날에는 제럴드 J. 매코커리파에서 배 한 척을 통째로 전세 내어 강에서 야유회를 즐기기도 했다. 정말 멋진 하루였지만 레이시는 그때도 집에 박혀서 불퉁거리고 있었다. 선거 이후에는 신문에 로지의 사진이 실렸다. 로지는 보기 좋게 통통한 몸에, 점무늬 모피 코트를 입고 꽃을 꽂은 모습으로, 언제나처럼 고른 치아를 벌쭉 드러내며 매코커리를 향해 미소 짓고 있었다. 오, 정말이지 싼 티 나는 여자였다. 핼로런 씨는 앙상하고 구부정한 레이시 매허피의 등을 곁눈으로 흘끔 돌아보았다. 그녀는 늙고 지친 말처럼 한쪽 발로만 땅을 디디고 한쪽 발에는 힘을 뺀채 서서, 인두가 달궈지기를 기다리며 자기 손에 체중을 싣고 있었다.

"매기 전화였어. 고민이 한가득이야." 그녀가 말했다.

"그래서, 적절한 조언을 해 줬겠지?" 핼로런 씨가 대꾸했다. "당장 모자 쓰고 집에서 나와 버리라고 하지, 왜?"

핼로런 부인은 분홍색 새틴 팬티 위에 인두를 들이대다 말고 말했다. "똑바로 처신하라고 했어. 잘못은 남자들만 저지르게 놔두라고." 그녀의 목소리가 점점 멎어 가는 축음기의 레코드판에서 나는 소리처럼 흘러나왔다. "제 엄마가 그랬듯이, 저도 하느님이 주시는 시련을 어디 한번 잘 겪어 내 보라고 했어."

핼로런 씨는 큰 소리로 신음을 내뱉고는 의자 팔걸이에 담뱃대를 두들겨 속을 비워 냈다. "이 여편네야, 당신은 마음만 먹으면 세상도 멸망시킬 여자야. 심성이 어쩌면 그렇게 고약해? 갓 시집간 딸을 집도 부모도 없는 고아로 취급하다니. 하지만 만약 걔가 그대로 집에 눌러앉아 감자나 까면서 남편한테 잡혀 산다면, 나는 걔 내 딸로 안 볼 거야. 내 딸이라면 절대 그럴 수 없어. 매기한테 그렇게 말할……"

"걔가 당신 딸이지 누구 딸이야? 입 다물고 있어." 핼로런 부인이 말했다. "그리고 걔가 당신 말을 들었다면 지금쯤 몸이나 팔면서 살고 있었겠지. 나는 매기를 정직한 아이로 키웠어. 매기는 정직한 여자로 살 거야. 안 그러면 내가 걔 어렸을 때처럼 무릎 위에 엎어 놓고 볼기를 때려 줄 테니까. 그렇다면 그런 줄 알아, 핼로런."

핼로런 씨는 의자에 몸을 깊이 파묻고 머리 위의 선반에 손을 뻗어 더듬어 보았다. 예전에 봐 뒀던 50센트짜리 지폐가 손에 짚였다. 그는 돈을 움켜쥐고 즉시 일어나서 모자를 찾아 주위를 두리번거렸다.

"딸 간수 잘해, 레이시 매허피." 그가 말했다. "걘 내 딸은 아니야. 당신이 성령과 오랫동안 불륜해서 낳은 결실이겠지. 나는 정신이 완전히 나가 버리기 전에 얼른 나가서 맥주나 두어 잔 마시고 와야겠어."

"선반에 있는 1달러 슬쩍해 갖고 나갈 생각 하지 마." 핼로런 부인이 말했다. "이제는 내가 눈도 멀었는 줄 아나 보지? 그 자리에 그대로 내려놔. 그거 당장 내일 빵 사 먹을 돈이야."

"빵이라면 신물이 나." 핼로런 씨가 말했다. "나는 맥주가 필요해. 그리고 이건 1달러가 아니야. 당신도 잘 알다시피 50센트지."

"얼마든 간에 나한테는 그게 1달러 대신이야. 그러니까 거기 놔두라고."

"지금도 당신 주머니 안에는 내일 먹을 감자가 몇 알쯤 꿰매어져 있을 텐데. 그리고 당신이 감춰 두는 그 검은 상자 안에도, 저축을 제외하고도 돈이 얼마나 들어 있을진 하느님만 아실 일이지." 핼로런 씨가 말했다. "이 50센트는 내가 실업수당으로 받은 거야. 내가 알아서 적절하게 쓰겠어. 그리고 나는 오늘 저녁 집에서 안 먹을 거니까, 그 비용이 절약되는 것도 감안하셔. 그럼 잘 있으라고, 레이시 매허피. 나는 간다."

"영영 안 돌아와도 상관없어." 핼로런 부인은 고개를 들지 않고 말했다.

"내가 주머니 두둑이 돈을 가지고 오면 그때는 반가워하겠지."

"그러려면 어마어마하게 많은 돈이어야 할 거야."

핼로런 씨는 나가면서 문을 탕 소리 나게 닫았다.

그는 맑은 가을 하늘 아래로 걸어 나갔다. 늦은 오후의 햇살이 그의 목을 데우고, 페리 거리에 늘어선, 돌출 현관이 달린 높다랗고 오래된 붉은 벽돌집들을 밝히고 있었다. 그는 빌리스 플레이스에 가 볼 작정이었다. 너무나 긴 세월이 흐르긴 했지만, 그래도 거기서 행운을 만날 수 있을지도 모른다. 그는 천천히 걸으면서 주변 이웃들과 인사를 나누었다. "안녕하세요, 핼로런 씨." "안녕하세요, 캐퍼리 부인." …… "이맘때치고는 날씨가 참 좋네요, 고가티 씨." "그러게 말입니다, 핼로런 씨." 핼로런 씨는 정중하게 인사를 주고받는 절차를 즐겼다. 모자를 흔들어 보이며 걱정거리 하나 없는 사람처럼 정답게 안부를 묻는 것이 그에게는 무척 즐거웠다. 아, 그런데 길모퉁이 너머에 G. 앤드 I. 사에 다니는 한 젊은 남자가 보였다. 그 청년은 핼로런이 예전에 회사에서 어떤 직무를 맡았는지 알고 있었다. "안녕하세요, 핼로런 씨." "안녕하신가, 매키너니 군. 요새 회사는 좀 어떤가?" "경기에 비하면 괜찮은 편입니다, 핼로런 씨. 이 이상 좋게 말할 수가 없네요." "세상 돌아가는 게 도무지 나아질 기미가 안 보이네, 매키너니 군." "요즘은 다들 아슬아슬하게 버티고 있는 것 같아요, 핼로런 씨."

모든 사람이 같은 불행을 겪고 있다는 말을 들으니 위로가 되었다. 다음으로 핼로런 씨가 인사를 나눈 사람은 길모퉁이에서 마주친 젊은 경찰이었다. 경찰은 기민한 눈길로 인도 건너편의 가판대에 있는 신문을 훔쳐 읽고 있었다. "안녕하시오, 오팰런 씨." 핼로런 씨가 말을 걸었다. "요즘 일은 잘되시오?"

　"이 구역은 무덤처럼 조용합니다." 오팰런이 말했다. "그나저나 이번 코널리 건은 슬픈 일이군요." 그가 신문 쪽을 눈짓했다.

　"코널리가 죽었소?" 핼로런 씨가 물었다. "오랜만에 나온 참이라 신문을 못 봤어요."

　"아, 아직요. 그런데 연방수사국에서 뒤쫓고 있답니다. 이번에는 확실히 잡힐 것 같아요."

　"코널리가 연방수사국하고 꼬였단 말이오? 이런 빌어먹을." 핼로런 씨가 말했다. "다음번에는 또 누굴 쫓으려고? 훼방꾼들 같으니."

　"숫자 도박* 때문이라는군요." 경찰이 말했다. "도박장 좀 굴린다고 나쁠 게 뭐 있다고 그러나 몰라요. 정치를 하려면 어디에선가 돈을 끌어와야 하잖습니까. 좀 봐줘야죠."

　"코널리는 훌륭한 양반이오. 별일 없어야 할 텐데. 놈들을 잘 따돌렸으면 좋겠군요." 핼로런 씨가 말했다. "미꾸라지처럼 놈들 손아귀를 보란 듯이 빠져나갔으면 좋겠소."

　"똑똑한 양반이죠. 코널리 그 사람, 워낙 능란하니 잘 빠져나올 겁니다."

---

* 언론에 발표되는 각종 통계 수치의 특정 자릿수를 알아맞히는 방식의 불법 도박. 주로 빈곤층에서 성행했으며, 태머니 홀 같은 부패 정치조직, 폭력 조직에서 도박장을 운영하여 주 수입원으로 삼는 경우가 많았다.

아, 하지만 과연 그럴까? 헬로런은 자문했다. 코널리가 몰락한다면 어느 누가 안전할 수 있단 말인가? 이 소식을 레이시 매허피에게 전해 주면 어떤 표정을 지을지 사뭇 기대되었다. 20년 만에 처음으로 그녀의 얼굴을 똑바로 보고 싶어질 것이다. 레이시는 늘 이렇게 말했다. "바보 천치들이나 사기 쳐서 부자가 되는 거야. 남들에게 아무 해 안 끼치고 부자가 된 사람들도 얼마나 많은데. 코널리가만 해도 그렇잖아. 자식을 아홉이나 낳았고, 앞으로도 하느님이 보내 주시는 대로 더 낳을 생각이라고 하고, 매일 빠짐없이 미사를 드릴 만큼 독실한 진짜배기 가톨릭 신자들인데, 그러면서도 돈이 넘치도록 많잖아. 당신이 그렇게 좋아하는 흉악한 매코커리네보다도 훨씬 부자라고." 그래, 결국 레이시 매허피가 또 틀린 것이다. 그녀가 그렇게 좋아하던 경건한 코널리가의 진실이란 이런 것이다. 하지만 제럴드 매코커리를 그 바닥에 처음 끌어들인 사람도 바로 코널리였다. 코널리가 태머니 협회를 쥐락펴락하면서 무한한 세력을 떨치던 시절, 매코커리는 코널리 밑에서 홍보 담당자로 일했고 나중에는 선거 사무장을 맡았다. 매코커리의 사업은 그때부터 이미 시작된 것이다. 처음에는 작은 지하실 한 군데를 헐값에 빌려 놓고, 코널리파와 리틀 태머니 협회의 일원들, 그 구역 안에서도 극히 비주류에 속하는 소수의 사람들이 들러서 조용히 게임을 하고 술을 마시고 대화를 나누며 저녁을 보내는 정도였다. 특별히 질 나쁜 짓을 벌이지는 않고, 그냥 관례적인 선 안에서만 판을 굴렸다. 배당금에서 떼어 받는 수수료와 술값으로 짭짤히 돈을 벌어들여 도박장을 운영하면서 자기네 세력 사람들을 규합하는 것이다. 거기서 도모했던 계획들이 나중에 많은 결실을 맺어 모두가 잘 풀릴 수 있었다. 아니, 모두가 그런 건 아니다. 헬로런은 예외였으니까.

어째서였던가? 매코커리가 "이제는 자네가 매코커리파를 위해 여기 사업을 맡아서 굴려 보는 게 어때?"라고 권했을 때, 아, 바로 그때 기회가 주어졌건만, 레이시 매허피가 찬성하질 않았던 것이다. 게다가 당시에 레이시는 매기를 임신하고 있었으므로 괜히 흥분시켜서 좋을 게 없었다.

핼로런 씨는 고개를 수그린 채, 발길이 이끄는 대로 빌리스 플레이스로 가는 길을 따라갔다. 행인들에게는 더 이상 말을 붙이지 않고 마음속으로 자기 자신과의 토론만 거듭 이어 갔다. 지난 인생을 돌아보니 그가 건넜던 교차로 하나하나가 또렷이 보였다. 그때마다 다른 길로 꺾었더라면 인생이 통째로 뒤바뀌었으리라. 하지만 그는 이미 돌이킬 수 없는 길로 와 버렸고, 이제 와서는 너무 늦었다.

'레이시가 "그건 옳지 않아. 당신도 알잖아, 핼로런"이라는 말밖에 하지 않는데, 대체 남자로서 무엇을 할 수 있었겠어?'

'아, 너도 다른 남자들처럼 그냥 네 할 일을 떳떳하게 밀어붙였어야지. 무엇이 옳고 그른지를 판단하는 건 여자의 몫이 아니잖아. 일단 네가 돈을 가져오는 걸 보면 레이시도 정신을 차렸을 거야. 아니면 그녀의 볼기짝을 확 때려서라도 정신을 차리게 해 줬어야지.'

이 세상에서 레이시 매허피만큼 매질이 필요한 여자도 없을 것이다. 하지만 그녀를 위해 손찌검을 한다는 게 핼로런은 마음에 썩 내키지가 않았다.

'그래, 그것도 너의 수많은 실착 중 하나지, 핼로런.'

'그래도 G. 앤드 I. 사를 평생직장 삼아 다녔을 때는 집안이 어느 정도 평화로웠어. 그 시절에는 많은 사람의 부러움을 샀다고. 저축도 할 수 있었던 데다, 말년에는 그 돈에 퇴직연금까지 더해 작은 사업을 꾸

려서 여생을 보낼 생각이었어. 마음이 얼마나 여유로웠는데.'

"그런데 어떻게 된 거지?" 헬로런 씨는 힘없는 목소리로 자문하며 주위를 둘러보았다. 대답해 주는 사람은 아무도 없었다.

'스스로 이미 잘 알잖아. 너는 정년을 불과 2년 남겨 놓고 해고당한 거야. 한갓 배달원 남자아이처럼 말이야. 너보다 앞서 다른 사람들이 똑같은 수법으로 잘려 나가는 걸 뻔히 보면서도 왜 가만히 앉아만 있었어? 너도 그 꼴이 될 수 있음을 잘 알면서도, 그 과정을 두 눈으로 똑똑히 보았으면서도 왜 믿지 않으려 한 거야?'

'G. 앤드 I. 사는 내가 이 나라에 처음 왔을 때 기반을 마련해 준 곳이고, 내 동족이 경영하는 회사였으니까. 적어도 나는 그들을 동족이라고 생각했어. 뭐, 이제 와서는 다 끝난 일이야.'

'그래, 다 끝났지. 하지만 그때 숫자 도박장을 인수해서 남들처럼 재미를 봤더라면, 구역 내 업소들에서 보호료* 걷는 걸 도와주고 수수료를 받아 챙겼더라면, 오랜 세월 동안 현금을 모을 수 있었을 거 아냐. 그랬다면 지금쯤 그 재산은 레이시의 명의로 은행에 안전하게 보관되어 있었겠지. 그런 식으로 챙긴 돈은 추적될 염려가 없는, 조용하고 탈 없는 수익이야……'

'하지만 이제는 수사관들도 더 영리해져서 어떻게 됐을지 모르는 일이잖아. 그 돈을 생각하면 원통하고 아까워서 목이 다 메기는 하지만. 코널리도 이제는 끝장일 거야. 레이시 매허피는 이렇게 말했지. "숫자 도박은 가난한 사람들에게서 돈을 훔쳐 내는 짓일 뿐이야. 당신은 매코커리 같은 도둑이 되려고 태어난 게 아니잖아."'

---

* 폭력 조직에서 자기 구역의 행상인들을 지켜 준다는 명목으로 갈취하는 돈.

'아, 아무렴, 당연하지. 너는 실업수당으로 연명하면서 집구석에서 썩으려고 태어났으니까. 레이시에게는 이런 것이야말로 정직한 삶인가 보지.'

'하여간 레이시가 문제야! 재산을 모아 봤자 레이시 명의로 해 놓았다면 어차피 나한텐 아무 소용도 없었을 거야. 예금은 죄다 못 쓰게 묶어 놓고, 남편을 굶기고, 고생시키고, 빨래는 늘 더러운 옷부터 하고, 먹고살 돈은 단 한 푼도 양보하지 않았겠지. 그 여자가 덜그럭거리는 해골처럼 내 앞길을 가로막고 서 있어, 매코커리. 네 말이 맞았어. 그 여자 때문에 내 인생은 망한 거야.'

"아, 아직 그 정도로 늦진 않았어, 핼로런." 매코커리의 모습이 진짜처럼 생생하게 핼로런의 머릿속에 떠올랐다. 매코커리는 언제나와 같은 친숙한 얼굴과 태도로 그에게 말했다. "희망을 버리지 마, 핼로런. 이제 곧 선거철이야. 모두가 바쁜 시기이고, 처리할 일도 많지. 그래서 사람을 구하려던 참인데 딱 자네가 그 자리에 적임자야. 왜 더 일찍 오지 않았나? 내가 옛 친구를 잊을 리가 없다는 걸 알잖아. 핼로런, 사실 자네는 능력에 비해 운이 너무 안 따라 줘서 안타까워." 매코커리가 말을 이었다. "이건 다른 사람들한테도 한 말인데, 이제 자네한테 직접 말하는 걸세. 자네는 그 누구보다도 이 세상을 더 누릴 자격이 있어, 핼로런. 문제는 행운이라는 게 항상 남아도는 게 아니란 거지. 하지만 이제는 자네 차례야. 드디어 내가 자네의 능력에 걸맞은 자리를 마련했다네. 자네 같은 사람에게는 한 손이 묶인 채로도 뚝딱 해치울 수 있을 만큼 쉬운 일이지만, 핼로런, 돈은 두둑이 나올 걸세. 그냥 자네 동네 안에서 하는 조직 일이야. 자네는 약속을 지키는 사람으로 그리고 제럴드 매코커리의 오랜 친구로 이웃들 사이에서 알려져 있고 또 존중받고 있잖은가. 이봐, 핼로런." 제럴드 매코커리가 그에게 윙크까지 얹어 주며 말했다. "더 이상 무슨 말이 필요한가? 우리에게 필요한 건 많은 유권자의 표야. 자네는 그들을 죽여서든 살려서든 간에 표를 쓸어 오면 돼. 사태를 예의 주시하고 있다가 필요할 때 내게 연락하게. 그리고 자네 값이 얼마인지 금액으로 제시를 하고. 아, 그리고 핼로런, 조만간 우리 집에도 한번 들르지 그러나? 로지가 백 번은 물어봤을 걸세. '핼로런은 어떻게 된 거예요? 파티의 스타가 안 나타나니 허전해요'라고. 로지가 자네를 그 정도로 좋게 본다네, 핼로런. 우리는 지금 이층집에서 살고 있어. 녹색 벨벳 커튼을 쳐 놓고, 발끝이 푹 파묻힐 만큼 톡톡한 카펫도 깔아 뒀지. 자네도 원한다면야 이런 집 한 채 장만 못 할 이유가 없네. 자네처럼 재능 있는 사람이 가난하게 산다는 건 말이 안 돼."

'아, 하지만 레이시 매허피가 반대할 텐데.'

"그러면 다른 여자를 만나, 핼로런. 자네는 여전히 좋은 남자야. 로지처럼 밤에 껴안고 뒹굴 만한 여자를 찾으면 되지."

'그래, 하지만 매코커리, 자네가 잊고 있나 본데, 한창 시절 레이시 매허피는 다리, 머리카락, 눈, 피부색까지도 클럽 무대에 서는 코러스 걸 같았어. 그런데 정작 그런 몸을 써먹기나 하느냐? 전혀. 심지어 목욕을 할 때도 옷을 다 벗지 않는 여자라니까. 믿어지나? 그 징글징글한 여자는 심사가 얼마나 고약한지, 세상 모든 것을 죄악이라고 생각하고, 남자가 자기 남자다움을 어떤 식으로든 증명해 보일 기회를 도통 주지를 않아. 하지만 이제 그녀도 나이를 먹어서 시들었지. 심술궂은 영혼이 몸에 다 드러나서는, 죄악 그 자체처럼 추해졌어, 매코커리.'

"내가 진작 그럴 거라고 하지 않았나. 하지만 자네가 그 일을 맡고 돈을 벌기만 하면, 어디로든 자네 가고 싶은 길로 갈 수 있지. 레이시 매허피는 자기 갈 길 가라고 하고."

'그래야겠네, 매코커리.'

"그리고 코널리 문제는 잊어버려. 나는 독립적인 사람이고, 예전에도 늘 독립적으로 활동해 왔잖은가. 그 사실만 기억하도록 해, 핼로런. 코널리는 끝장났지만 나는 아니야. 오히려 코널리가 없어진 덕분에 내 입지가 더 단단해졌지. 나는 오래전부터 일이 이렇게 될 줄 다 예상하고 대비해 뒀거든. 놈들은 절대 매코커리의 뒤통수를 칠 수가 없어, 핼로런. 그리고 깜빡할 뻔했는데…… 이거, 초기 자금에 보태라고 준비한 거야. 우선 선물로 받아 두게. 이게 끝이 아니니……"

핼로런 씨는 우뚝 걸음을 멈췄다. 코끝에서 익숙한 냄새가 느껴졌다. 빌리스 플레이스에서 풍기는 맥주와 비프스테이크의 뜨끈한 냄새였다. 톱밥과 양파 향기도 섞여 있는, 여느 술집과 비슷한 듯하지만 그곳만의 독특한 무언가가 배어나는 냄새. 그걸 맡으니 마치 누군가가 그의 정신을 손으로 턱 붙들어 잡은 듯이 자기 자신과의 마음속 대화도 멈춰 버렸다. 그는 주머니에 넣고 있던 한쪽 손을 꺼내 보았다. 혹시라도 지폐 다발을 쥐고 있지 않을까 했지만, 주먹 안에서 나온 것은 50센트 지폐 하나뿐이었다. "이걸로 여기서 매코커리가 올 때까지 죽치고 있어 봐야겠군."

가게 안에 들어서자마자 바 앞에 서서 술병을 잔에 기울이고 있는 매코커리가 눈에 띄었다. 그 앞에서 한가롭게 대걸레로 바닥을 닦고 있던 빌리가 흐물거리는 생굴 같은 눈동자를 핼로런 쪽으로 휙 돌렸다. 그러자 매코커리도 그를 돌아보았다. "허, 이게 누구야." 매코커리는 마요 지방 사투리가 아주 희미하게 남아 있는 억양으로 말했다.

"G. 앤드 I.에서 일하던 내 오랜 조수, 핼로런 아니야?" 그 누구에게도 놀란 표정을 보인 적이 없다는 제럴드 매코커리답게, 그는 평상시의 포커페이스를 유지하고 있었다. "만약 아니라면 당장 이리 나와서 이름을 대시지."

핼로런 씨는 매코커리를 볼 때면 늘 그렇듯 가슴이 뜨겁게 북받쳐 올랐다. 정확히 형언할 수는 없지만 그에게는 무언가 특별한 데가 있었다. 아, 저 사내가 바로 제럴드였다. 친구를 절대로 잊지 않고, 상대방이 부유하거나 가난하거나 연연하지 않고, 화강암 같은 얼굴에 푸른 마노석 같은 눈동자로 변함없이 그 자리에 있는, 그야말로 바위처럼 우직한 사내. 바로 저기서 그가 "당장 이리 나와"라며, 바로 어제 만났다 헤어진 사이처럼 농을 치고 있는 것이다. 살집이 있는 건장한 몸에, 언제나처럼 비싸 보이는 정장을 입었고, 그것보다 더 짙은 회색 모자의 챙은 될 대로 되라는 듯 과감하게 말려 올라가 있었다. 하지만 멋 부리는 스타일은 아니었다. 전혀. 그가 몸에 걸친 것들은 하나같이 미끈하게 잘 만들어진 최고급품이면서도, 자신에게 딱 어울리고 권위를 더욱 실어 주는 차림새였다. 핼로런 씨가 말했다. "아, 매코커리, 오늘 내가 이 지구상에서 만나고 싶었던 딱 한 사람이 바로 자네였다네. 하지만 자네가 요즘에도 빌리스 플레이스에 전처럼 자주 오는지 어떤지 알 수가 있어야지."

"내가 여길 안 올 리가 있나?" 매코커리가 되물었다. "나는 25년 전부터 빌리스 플레이스를 드나들었고, 여기는 지금도 여전히 매코커리파의 창단 멤버들이 모이는 본부라네, 핼로런." 그는 핼로런 씨를 머리부터 발끝까지 쓱 훑어보고는 술병으로 시선을 돌렸다.

"맥주를 마시려고 했는데, 위스키 냄새를 맡으니 생각이 바뀌는구먼." 핼로런 씨가 말했다. 매코커리는 새 잔에 위스키를 따라 주었고, 둘은 팔꿈치를 똑같은 각도로 구부려 각자의 잔을 들어 올리고 서로 손목을 튕겨 건배했다.

"범죄를 위하여 건배." 매코커리가 말했다. "자네를 위해 건배." 핼로런 씨도 유쾌하게 말했다. 아, 그래, 바로 이 맛이다. 그는 자신이 속한 곳에, 좋은 친구와 함께하는 자리에 돌아온 것이다. 핼로런 씨는 바에 걸린 가로대 위에 발을 올리고 위스키를 단숨에 입에 털어 넣었다. 그가 술잔을 바에 내려놓자마자 매코커리가 잔을 다시 채워 주었다. "센 걸로 몇 잔만 마시고 갈 거야. 다른 사람들 오기 전에." 핼로런 씨는 그렇게 말하면서 두 잔째 술을 들이켰다. 그런데 이제 보니 매코커리는 자기 잔을 아직 채우지 않고 있었다. "나는 자네 오기 전부터 마시고 있었으니 이번 한 잔은 쉬려고." 매코커리가 말했다.

짧은 침묵이 흘렀다. 매코커리의 어딘가 깊은 곳에서 정적이 안개처럼 새어 나와 주위에 퍼지는 것 같았다. 그가 실은 이 자리에 있지도 않았거나, 아직 말 한 마디도 꺼내지 않은 것 같은 느낌이 불현듯 들었다. 그때 매코커리가 단도직입적으로 말했다. "그래, 핼로런. 얘기해 보게. 무슨 일인가?" 그러고는 술을 한 잔씩 따랐다. 상대방의 생각을 읽고 곧바로 본론으로 들어가다니, 과연 매코커리다웠다.

핼로런 씨는 술잔을 두 손으로 감싸 쥐고 그 안에 담긴 위스키를 내려다보았다. "우리, 테이블에 앉는 게 어떤가." 그는 갑자기 기가 꺾인 채 말했다. 그러자 매코커리는 술병을 가지고 가까운 테이블로 건너갔다. 출입문을 마주 보는 자리에 앉은 그는 문 쪽을 간간이 흘끔거리며 시선을 던졌지만, 진지하고 주의 깊은 얼굴 표정만 보면 무슨 이야기든 들어 줄 태세였다.

"내가 오랫동안 집에서 어떤 걸 데리고 살았는지 자네도 알지?" 핼로런 씨는 엄숙하게 운을 떼고는 입을 다물었다.

"오, 이런, 알고말고." 매코커리는 친구끼리의 단순한 유대감을 내비치며 말했다. "집사람은 요새 어떤가?"

"갈수록 태산이야." 핼로런 씨가 말했다. "하지만 오늘 온 건 그 이유 때문은 아니고."

"그러면 뭔데, 핼로런?" 매코커리가 술을 따르면서 물었다. "나한테는 솔직히 터놓고 말해도 돼. 알잖아. 대출 때문에 그러나?"

"아니." 핼로런 씨가 말했다. "일자리 문제야."

"그건 다른 문제로구먼. 어떤 일자리를 말하는 건가?"

그때 남자 여섯 명이 술집에 들어서더니 바 앞에 줄지어 자리를 잡았다. 핼로런 씨는 곧추세운 어깨 사이에 고개를 파묻은 채, 매코커리가 그들에게 손을 흔들고 고갯짓하는 모습을 지켜보았다. "우리 파애들이야." 매코커리가 말했다. "이야기 계속하게." 그의 얼굴이 더욱 엄격하고 잔잔하게 굳어졌다. 마치 술이 그의 마음을 더욱 강하게 다잡아 준 것 같았다. 핼로런 씨는 미리 준비했던, 여기 오는 길에 자기 자신과 주고받았던 이야기를 꺼냈다. 입 밖으로 꺼내고 봐도 합리적이고 온당한 이야기인 것 같았다. 매코커리는 그의 말을 끝까지 들은 뒤, 자리에서 일어나 핼로런 씨의 어깨에 손을 얹었다. "여기서 편하게 술 마시면서 기다리게." 그는 핼로런 씨를 향해 술병을 약간 밀어 주면서 말했다. "이것 외에도 뭐든 마음껏 시키게, 핼로런. 내 이름 앞으로 달아 두면 돼. 나는 몇 분 뒤에 돌아오겠네. 이따가 내가 도울 수 있는 방법을 찾아봄세."

핼로런은 모든 걸 이해했다. 그런데 머릿속이 부드럽고 따스한 안

개가 낀 듯 흐리멍덩했다. 그래서 매코커리가 바에 있던 자기 수하들과 함께 그의 옆을 다시 지나가는 것도 거의 눈치채지 못했다. 그들은 어둑한 길거리를 지나는 노상강도들처럼 으스스하게 움직여 뒷방으로 들어갔고, 열린 문틈으로 밝은 빛이 새어 나오다 문이 다시 닫혔다. 핼로런 씨는 술병을 기울이면서 매코커리가 좋은 소식을 가지고 오기를 기다렸다. 온몸이 뼈도 근육도 없어진 듯 편안하게 늘어지는 기분이었다. 팔꿈치가 테이블에서 두어 번 미끄러졌고, 그 바람에 술잔을 엎어뜨려서 소매가 젖어 버렸다.

'아, 매코커리, 우리 가족 전체를 고용해 주려는 거야? 이제는 우리 딸 매기의 남편도 리틀 태머니 협회에 소속돼 있으니까?'

"그 친구가 참 똑똑하더라고. 안 그래도 눈여겨보고 있었다네, 핼로런." 매코커리의 친근한 목소리가 그의 뇌리를 울리고, 그가 기억하는 것보다 더 부드러운 인상의 갈색 얼굴이 눈앞에 어른거렸다.

"아, 그래, 매코커리를 통해 재기하는 것이야말로 나다운 일이지." 핼로런 씨는 소리 내어 말했다. "진작에 만나러 왔으면 줄곧 일을 하고 있었을 텐데."

"그러게 말이야." 핼로런 씨의 귓가에 매코커리의 쾌활한 마요 사투리가 쟁쟁 울렸다. "그럼 옛날을 추억하면서, 즐거운 미래를 위해 건배하자고. 레이시 매허피는 꺼지라고 해." 핼로런 씨는 술병으로 손을 뻗었다. 하지만 병은 옆으로 미끄러지더니, 살아 있는 생명체처럼 그의 손아귀에서 빠져나가 발치에 떨어져서 박살 나 버렸다. 그래서 자리에서 일어났더니 의자가 뒤로 넘어졌고, 테이블을 붙잡고 기대서려 했지만 이번에는 테이블이 판지로 만들어진 것처럼 그의 손 밑에서 짜부라져 주저앉았다.

"이봐, 진정하게." 매코커리가 말했다. 이번에는 진짜 매코커리였다. 그가 핼로런 씨를 부축한 채 뒷방에 있던 수하들에게 손짓하자, 수하들이 조용히 다가와서 핼로런 씨를 양쪽에서 붙잡았다. 얼굴 생김새를 보니 모두 아일랜드인이었지만 핼로런 씨가 아는 사람은 한 명도 없었고, 하나같이 마음에 안 드는 얼굴이었다. "이거 봐." 그는 위엄 있게 말했다. "나는 내 오랜 친구 제럴드 J. 매코커리를 만나러 왔다. 너희 같은 건달들이 어딜 감히 손가락을 대?"

"뭐 해, 빅샷." 젊은 남자들 중 하나가 줄 톱을 가는 소리처럼 귀에 거슬리는 음성으로 말했다. "얼른 움직여. 이제 가야 돼."

"매코커리, 자네는 무진장 질 낮은 놈들을 데리고 다니는구먼." 핼로런 씨는 자신을 천천히 문 쪽으로 끌고 가려는 그들의 힘에 맞서서 발꿈치를 바닥에 뻗대면서 말했다. "나라면 이런 놈들은 절대로 신용하지 않을 거야."

"그래, 그래, 핼로런. 이리 오게." 매코커리가 말했다. "피네건, 비켜 봐." 그는 핼로런 씨에게 몸을 구부리더니 오른손에 무언가를 쥐여 주었다. 돈이었다. 매끌매끌하고 두꺼운, 깔끔하게 말린 지폐 뭉치. 세상 그 무엇도 이 감촉과 같을 순 없다. 아, 레이시 매허피에게 가서 말싸움을 건 다음 이걸로 깜짝 놀라게 해 줘야겠다. 일자리를 얻어 정직하게 번 돈 아닌가. "매코커리, 예전처럼 약속 지킬 거지?" 그는 자신의 위에 드리워진 돌 같은 빛깔의 얼굴을 올려다보며 말했다. 그의 발은 허우적거리며 춤을 췄고, 가슴은 고마움에 벅차올라 터질 것 같았다.

"아, 그럼, 그럼." 매코커리가 우렁차고 다정한, 그러면서도 어딘가 욕을 내뱉는 듯한 어조로 말했다. "야, 이제 데리고 나가. 얼른." 그리고 다음 순간 핼로런 씨는 도로변에 있었고, 사람들이 그를 조심조심

택시에 태우고 있었다. 매코커리가 운전사에게 뭐라고 말을 하고 돈을 주었다. "잘 다녀와, 빅샷." 건달들 중 한 명이 그렇게 이르더니 택시 문이 탕 하고 닫혔다. 핼로런 씨는 좌석에 앉은 채 이리저리 흔들거리며 생각을 가다듬으려 애썼다. 그러다가 몸을 앞으로 기울이고 운전사에게 말을 걸었다. "내 친구 제럴드 J. 매코커리의 집으로 가 주시오. 중요한 용무가 있소. 그가 한 말에는 신경 쓰지 말고 그냥 그 집으로 데려다주시오."

"그래요?" 운전사가 고개도 돌리지 않고 되물었다. "글쎄, 여기서 내리셔야겠는데요. 아시겠어요? 바로 여기요." 그가 팔을 뒤로 뻗어 문을 열어 주었다. 그러고 나니 어느새 핼로런 씨는 페리 거리의 아파트 앞 인도에, 줄지어 늘어선 쓰레기통들 사이에 혼자 서 있었다. 택시는 경적을 울려 대며 모퉁이를 돌아갔고, 그를 향해 다가오는 경찰관 한 명이 가로등 불빛 속에 환히 보였다.

"가난한 사람들의 친구, 매코커리에게 투표하시오." 핼로런 씨는 경찰에게 말했다. "매코커리가 우리 모두를 곤경에서 구해 줄 거요. 옛 친구를 지켜 주기 위해서라면 물불 가리지 않는 사람이고, 로지라는 이름의 아내도 있지. 매코커리에게 투표하라고." 핼로런 씨는 자신이 맡은 일을 열심히 했다. "핼로런 말 한 마디만 떨어지면, 당신은 경찰대의 우두머리가 될 거요."

"매코커리, 그 앞잡이 녀석은 내 알 바 아니고." 경찰이 말했다. 그는 매일 밤 이 구역을 순찰할 때마다 하는 말, 보는 것, 하는 일 때문에 입매가 네모지고 뚱한 모양으로 굳어져 있었다. "또 술 드셨구먼, 핼로런. 부끄러운 줄이나 알아. 레이시 매허피는 자네 맥줏값 벌어 오느라 빨래판 붙잡고 죽도록 일하고 있는데."

"맥주 마신 거 아니야. 레이시 매허피가 산 것도 아니고. 알아 두라고." 핼로런 씨가 말했다. "그리고 댁이 레이시 매허피에 대해 뭘 안다고 그래?"

"옛날부터 알던 사이였으니까. 성 베로니카의 성당 제단 관리회에서 잡일을 하던 시절부터 말이야." 경찰이 말했다. "레이시는 그때도 참 좋은 여자였지. 그렇게 좋은 여자도 없었어."

"지금도 마찬가지야." 핼로런 씨는 순간 술이 번쩍 깼다.

"그래, 이제 집으로 올라가서 남들이 봐 줄 만한 꼬락서니가 될 때까지는 나오지 말게." 경찰이 신랄하게 말했다.

"자네, 조니 매기니스로군." 핼로런 씨가 말했다. "자네는 나도 잘 알지."

"지금쯤이면 알아볼 때가 됐지." 경찰이 대꾸했다.

핼로런 씨는 반쯤 기다시피 계단을 올라갔다. 그러다 집 앞에 도착하자 그는 몸을 벌떡 일으켜, 주먹으로 문짝을 쾅 후려치고, 문손잡이를 돌리고, 파도처럼 안으로 밀고 들어가, 뒤따라 휙 젖혀져 닫히는 문을 등지고 섰다. 그리고 다리미질을 막 끝내고 수선을 하고 있던 핼로런 부인에게 돈뭉치를 내밀었다.

그녀는 앙상한 손으로 입을 가리고, 그의 손에 든 것을 뚫어져라 쳐다보면서 아주 천천히 일어섰다. "아, 훔친 거야?" 그녀가 물었다. "누굴 죽이고 빼앗았어?" 그녀의 목에서 듣기 싫은 쉿소리와 함께 어두운 속삭임이 새어 나왔다. 핼로런 씨는 겁에 질린 채 그녀를 노려보았다.

"이런 빌어먹을, 레이시 매허피!" 그는 온 아파트에 다 들리도록 고함을 쳤다. "우리 남편이 운이 트여서 직장을 구했구나, 오늘부로 상황이 변했구나, 이런 생각은 안 들어? 뭐? 훔쳤느냐고? 그건 당신이 좋아하는 그 코널리네 얘기지. 코널리는 도둑질을 하지만, 이 핼로런은 매코커리파에서 일을 하는 정직한 남자이고, 그래서 주머니에 돈을 넣어 갖고 왔단 말씀이야!"

"매코커리라고?" 핼로런 부인도 목청을 돋웠다. "아, 그럼 이제는 온 가족이, 젊은 것이나 늙은 것이나, 못된 것이나 착한 것이나 가릴 것 없이 죄다 매코커리한테서 빵을 얻어먹게 됐다, 이거네. 됐어. 나는 그 빵 안 먹어. 내가 먹을 건 내가 스스로 벌 테니, 그 더러운 돈은 당신이나 써, 핼로런. 이건 진심이야."

"맙소사, 이 여자야!" 핼로런 씨는 신음을 흘리며, 현관에서 비틀비틀 걸어 들어가 식탁을 지나 다리미판 앞에 이르렀다. 그리고 거기 서서 분노에 북받쳐 울음을 터뜨릴 기세로 말했다. "당신은 영혼이란 게 없어? 당신 남편이 호랑이 등*을 타고 부와 명예로 달려간다는데, 아무것도 묻지도 따지지도 않고 뭐든지 마음대로 받아먹기만 하면 된다는데, 그럼 그냥 좀 따라오면 안 되냔 말이야?"

"내가 영혼이 없긴 왜 없어!" 핼로런 부인은 주먹을 움켜쥐고 머리카락을 흩날리며 소리쳤다. "영혼이 있으니까 지키려고 이러지. 당신은 아니겠지만……"

그녀는 깅엄으로 된 빛바랜 수의 같은 걸 걸치고 그의 앞에 서서, 죽은 두 손을 들어 올리고, 죽은 두 눈은 아무것도 못 보면서도 그를 향해 고정된 채, 무덤 속의 유독한 공기가 꽉 들어찬 목구멍을 통해 텅 빈 목소리를 뿜어내고 있었다. 레이시 매허피의 유령은 그를 위협하면서 점점 더 가까이, 점점 더 크게 닥쳐왔고, 그녀의 얼굴은 공허

---

* 당시 태머니 홀은 '호랑이'라는 별명으로 불리며 신문 만평에서 흔히 호랑이로 묘사되었다.

한 웃음을 띤 채 굳어 버린 악마의 얼굴로 변해 갔다. "빈속에 술을 마시니까 그렇지." 유령은 목쉰 소리로 으르렁거렸다. 핼로런 씨는 배 속 가장 깊은 곳에서부터 공포의 비명을 토해 내며, 다리미판 위에서 인두를 집어 들었다. "아, 이 망할 놈의 레이시 매허피! 이 악마야, 저리 꺼져, 저리 꺼져!" 그는 고함쳤지만, 그녀는 아랑곳없이 히죽거리고 으르렁거리며 허공을 가로질러 다가왔다. 급기야 핼로런 씨는 인두를 들어 올려 아무렇게나 집어 던졌다. 그러자 유령이, 그게 누구였는지, 혹은 무엇이었는지는 몰라도, 푹 꺼져 들더니 눈앞에서 사라지는 것이었다. 그는 뭐가 어떻게 된 건지 확인하지 않고 집 밖으로 뛰쳐나갔다. 그런데 인도 위에 멈춰 서고 보니 막상 갈 데가 없었다. 그때 느닷없이 매기니스가 나타났다. "이보게, 핼로런." 그가 말했다. "이번에는 업무차 온 걸세. 당장 집으로 들어가게. 안 그러면 체포하겠어. 이리 오게, 계단 올라가는 것까지는 도와줄 테니. 그리고 내가 자넬 도와주는 건 이번이 마지막이야. 실업수당이나 받는 처지에 술을 이렇게 엉망으로 퍼마시다니."

핼로런 씨는 별안간 머리가 차분하게 가라앉았다. 매기니스를 데리고 올라가서 방금 무슨 일이 일어났는지 알려 줘야겠다는 생각이 들었다. "나는 이제 실업수당 안 받아. 어떻게 된 건지 알고 싶다면 내 친구 매코커리를 찾아가 물어보게. 내가 누구인지 말해 줄 테니."

"내가 매코커리보다 자네에 대해 아는 게 많으면 더 많지 적지는 않을걸. 어이, 일어나." 핼로런이 또 계단을 기어서 올라가려 하자 매기니스가 말했다.

"사람을 가만 좀 놔둬." 핼로런 씨가 경찰의 발 위에 앉으려 애쓰며 말했다. "내가 드디어 레이시 매허피를 죽였어. 어때, 기쁜 소식이지."

그는 경찰의 얼굴을 올려다보았다. "더 일찍 죽였어야 했는데 늦었지. 하지만 돈은 훔치지 않았다네."

"그래, 그거 큰일이구먼." 경찰은 그의 겨드랑이를 잡고 일으켜 세 웠다. "어이구, 그러게 왜 기회가 있을 때 진작 잘하지 않았나? 일어나 게. 아, 제기랄, 일어서지 않으면 한 대 확 쳐 버릴 거야."

핼로런 씨가 말했다. "뭐, 못 믿겠으면 그냥 두고 보라고."

두 사람이 계단 위쪽으로 눈을 돌린 순간, 아래층으로 내려오려 하 던 핼로런 부인의 모습이 보였다. 그녀는 난간을 잡고 있었는데, 복도 의 얼룩진 전구 빛 속에서도 보일 만큼 커다랗고 얼룩덜룩한 혹 하나 가 이마에 튀어나와 있었다. 그녀는 조금도 놀라지 않은 표정으로 그 자리에 멈춰 섰다.

"오셨군요, 매기니스 경찰관님. 이리로 데리고 올라오세요."

"이번에는 눈 위를 심하게 다치셨군요." 매기니스 경찰관이 공손하 게 말했다.

"넘어져서 다리미판에 머리를 찧었지 뭐예요." 핼로런 부인이 말했 다. "밤낮으로 일하랴, 걱정하랴 하다 보면 이런 일이 생겨요. 픽 쓸도 해 버리는 거죠, 경찰관님. 여보, 거기 발 조심해. 이 잘나가는 천생 바 보 양반아." 그녀는 핼로런 씨에게 그렇게 덧붙이고는 말을 이었다. "저이가 일자리를 구했대요. 믿기지 않으시겠지만요, 매기니스 경찰 관님, 정말이에요. 이쪽으로 데려오세요. 고마워요."

그녀는 앞서가서 현관문을 열고, 부엌을 통해 침실로 길을 안내해 준 다음 침대 이불을 젖혔다. 매기니스 경찰관이 누비이불과 베개들 사이에 핼로런 씨를 팽개치자, 그는 깊은 신음을 흘리며 널브러지더 니 눈을 감았다.

"정말 감사합니다, 매기니스 경찰관님." 핼로런 부인이 말했다.

"천만에요, 핼로런 부인." 매기니스 경찰관이 말했다.

핼로런 부인은 현관문을 닫아 잠근 뒤, 부엌 개수대로 가서 커다란 목욕 수건을 물에 적셨다. 그리고 수건을 비틀어 물기를 짜내고, 한쪽 끝자락을 여러 번 묶어서 단단한 매듭을 몇 개 지은 다음, 식탁 가장자리를 시험 삼아 탕 후려쳐 보았다. 그 수건 뭉치를 가지고 침대 앞으로 돌아간 그녀는, 그 자리에 서서 핼로런 씨의 얼굴을 수건으로 힘껏 내리쳤다. 핼로런 씨는 불편한 듯 뭐라고 웅얼거리며 몸을 뒤쳤다. "이건 나한테 인두를 던진 벌이야, 핼로런." 그녀는 혼잣말을 하듯이 차근차근 그렇게 말하고는, 다시 한 번 수건을 내리쳤다. "이건 50센트에 대한 벌이고." 그리고 다시금 내리쳤다. "이건 술 취한 데에 주는 벌이고……" 그녀가 휘두르는 수건 뭉치가 핼로런 씨의 얼굴을 규칙적으로 펴펴 두들겼다. 그는 꿈틀거리고, 신음하고, 베개에서 머리를 일으키다가 다시 자빠지면서 영문을 모른 채 고통스러워했다. "이건 양말 바람으로 돌아다닌 벌……" 핼로런 부인은 팔을 휘두르며 말했다. "이건 게으름 피운 벌, 미사를 빼먹은 벌 그리고……" 이 지점에서 그녀는 여섯 번 연속으로 수건을 내리쳤다. "이건 당신 딸에 대한 그리고 당신이 개한테 끼친 영향에 대한 벌……"

그녀는 숨을 가쁘게 몰아쉬며 물러섰다. 이마의 혹이 어느새 더욱 짙은 색깔로 물들어 화끈거리고 있었다. 핼로런 씨가 두 팔로 머리를 가리면서 일어나려 하자, 그녀는 그를 밀쳐서 도로 자빠뜨렸다. "거기 가만있어. 아무 말도 하지 말고." 핼로런 부인이 말했다. 그는 베개를 얼굴 위에 얹고 축 늘어지더니, 다시 움직이지 않았다.

핼로런 부인은 매우 신중하게 움직였다. 우선 젖은 수건을 머리에 두르고, 매듭지어진 끝자락을 어깨 위에 늘어뜨린 뒤, 앞치마 주머니에 넣어 두었던 지폐 뭉치를 꺼내서 세어 보았다. 5달러 지폐 한 장에 1달러 지폐 세 장이 말려 있었고, 진작 다 써 버렸을 줄 알았던 50센트도 끼어 있었다. "출발이 변변찮긴 하지만 그래도 이게 어디야." 그녀는 긴 열쇠로 찬장 문을 열고, 안쪽 벽에 헐겁게 맞춰져 있던 판자를 떼어 냈다. 그 안에는 검게 칠해진 금속함이 들어 있었다. 그녀는 금속함을 꺼내서 잠겨 있던 뚜껑을 열고, 수북이 쌓인 지폐와 동전들 사이에서 5센트짜리 동전 하나를 골라냈다. 그리고 새로 생긴 돈을 함에 넣은 뒤 뚜껑을 닫아 잠그고, 함을 제자리에 집어넣고, 판자를 되돌려 놓은 다음, 찬장 문을 닫고 그것까지 잠갔다. 그녀는 바깥의 공중전화로 나가서 투입구에 동전을 집어넣고 번호를 말한 뒤 기다렸다.

"매기니? 그래, 지금은 어떻게, 좀 나아졌니? 그거 다행이구나. 늦은 시간이긴 하다만 너희 아빠 소식이 있어서 연락했어. 아니, 아니, 그런 건 아니고. 너희 아빠가 취직했단다. '취직'했다고. 그래, 줄기차게 닦달한 끝에 드디어…… 지금은 침대에 재워 뒀어. 그래야 내일 일하러 가지…… 그래, 정치 일이야. 이제 곧 선거철이라 제럴드 매코커리가 일을 맡겼다더구나. 하지만 나쁠 것 없는 일이란다. 선거 유세하고 뭐 그런 거래. 야외에서 하는 일이니까 질 나쁜 사람들하고 어울릴 필요도 없겠지. 그만하면 충분히 깨끗하고, 급료도 좋은 자리야. 설령 내가 기도하며 바라던 종류의 일이 아니라 해도, 집에서 노는 것보다는 낫지, 매기. 내가 그동안 고생한 보람이 있었어…… 기적이 벌어진 것 같구나. 이것 봐라, 인내심을 가지고 본분을 다하면 어떤 결과가 나오는지 알겠지, 매기? 너도 네 남편에게 잘하렴."

휴가
Holiday

　당시 내게 닥쳤던 곤경을 감당하기에 나는 너무 어렸고, 그걸 어떻게 해결해야 하는지 배운 적도 없었다. 그 곤경이 어떤 것이었으며 결국 어떻게 되었는가는 이제 더 이상 중요하지 않다. 그때 나로서는 그것으로부터 도망치는 수밖에 달리 방법이 없어 보였다. 하지만 내가 따르던 관습, 성장 배경, 교육 방침 모두로 인해, 나는 겁쟁이가 아니라면 그 어떤 일에서든 도망쳐서는 안 된다는 믿음을 반박 불가능한 철칙으로 받아들이고 있었다. 얼마나 터무니없는 소리인가! 어른들은 내게 용기와 만용의 차이를 가르쳐 주었어야 했다. 그랬다면 내가 스스로 그 차이를 터득할 필요도 없었을 것이다. 나는 내가 타고난 지각을 갖추고 있는 한, 특정한 종류의 위험이 감지되는 즉시 사슴처럼 달아나야 한다는 것을 마침내 깨달았다. 우리가 도망치지 않는 때는 우리가 처한 곤경이나 위험이 진짜 우리 자신의 것이 아닌 경우이고, 그런 것들이 무엇인지 배우는 때는 이르면 이를수록 좋지만, 진짜 자신에게 곤경이나 위험이 닥쳐왔는데도 도망치지 않는다면 그건 바보 짓밖에 되지 않는다. 하지만 지금부터 내가 하려고 하는 이야기는, 그 중대한 진실이 내게 각인되기 전에 일어난 일이었다.

나는 동창 친구인 루이스에게 내가 처했던 곤경이 아닌 작은 고민거리만을 털어놓았다. 봄 동안 혼자서 시골 어딘가로 휴가를 즐기러 떠나고 싶은데 도움이 필요하다고. 아주 단순하고 쾌적하되, 당연하지만 숙박비가 비싸지 않은 곳을 소개받고 싶었다. 그리고 내가 어디로 갔는지는 아무에게도 알려지지 않아야 했지만, 루이스가 원한다면 그녀에게는 종종 무언가 재미난 일이 있을 때 편지를 써 줄 수 있었다. 루이스는 그 이야기를 듣더니, 자신이 편지를 받는 건 무척 좋아하지만 답장하기는 싫어하니 그렇게 알라면서, 내게 딱 맞는 장소를 알고 있다고, 아무에게도 말하지 않겠다는 약속도 지킬 수 있다고 했다. 그런데 당시에—그리고 지금도—루이스는 별의별 사람이나 장소나 상황을 매력적으로 포장해서 말하는 데에 거의 천재적인 재능이 있었다. 그녀에게서 즐거운 이야기를 듣고 얼마 뒤 그 내막을 직접 보거나 들으면 기분을 잡치는 일이 많았다. 이 경우도 마찬가지였다. 루이스가 해 준 이야기는, 글쎄, 모두 사실이기는 했지만, 어떤 면에서는 실제와 사뭇 달랐다.

"딱 그런 장소를 알아." 루이스는 이렇게 말했다. "텍사스의 외딴 흑토 농경 지대에, 진짜 옛날식으로 사는 독일인 농부 가족이 있어. 정말 가부장적인 집안이야. 같이 사는 건 싫겠지만 손님으로 지내기에는 아주 괜찮은 집이지. 늙은 아버지는 구레나룻도 기르고 뭐 그런,

완전히 하느님 대접을 받는 남자이고, 늙은 어머니는 남성적인 가모
장이고. 딸, 아들, 손자 들도 있고, 토실토실한 아기들이 끝도 없이 태
어나고, 토실토실한 강아지들도 있고…… 내가 제일 좋아하는 강아
지는 쿠노라는 이름의 조그맣고 까만 녀석이야. 그리고 젖소, 송아지,
양, 새끼 양, 염소, 칠면조, 뿔닭 들이 야트막한 초록빛 언덕을 이리저
리 어슬렁거리고, 연못에는 오리랑 거위 들도 있어. 나는 여름에 거기
서 지냈는데, 복숭아랑 수박이 제철이라서……"

"지금은 3월 말인데." 나는 미심쩍어하며 말했다.

"거기는 봄이 일찍 와." 루이스가 대답했다. "뮐러 부부에게 네 얘기
를 편지로 전해 줄게. 너는 떠날 채비만 해."

"그래서 그 낙원이 어디라고?"

"루이지애나 경계에서 멀지 않은 데야." 루이스가 말했다. "내가 쓰
던 다락방을 네게 내주라고 할게. 오, 정말 아늑한 곳이야! 넓기도 하
고. 천장이 지붕 모양으로 비스듬히 기울어져서 방 양쪽 바닥에 닿
고, 비가 오면 물이 약간 새서 지붕널이 검은빛, 잿빛, 이끼 같은 녹색
빛깔로 예쁘게 얼룩져. 그리고 한쪽 구석에 싸구려 소설책도 한 무더
기 쌓여 있었어. 『공작 부인』, 위다, E.D.E.N. 사우스워스 부인,* 그리
고 엘라 휠러 윌콕스의 시집도…… 어느 해 여름에 거기서 묵었던 여
자 손님이 엄청난 독서가였는데, 그분이 놓고 간 책들이래. 정말 좋았
어! 그리고 모두가 건강하고, 친절하고, 날씨도 기가 막히고…… 얼
마나 머물 예정인데?"

---

* 『공작 부인』(1887)은 아일랜드 소설가 마거릿 울프 헝거퍼드의 소설, 위다는 『플랜더스의
개』로 유명한 영국 소설가, E.D.E.N. 사우스워스 부인은 남부 배경의 작품들을 발표한 미국
소설가이다.

일정은 생각해 본 적이 없어서 나는 아무렇게나 대답했다. "한 달쯤."

며칠 뒤, 나는 엉금엉금 기다시피 느리고, 더럽고, 비좁은 기차 안에서 소포처럼 튕겨져 나가, 시골 기차역의 흠뻑 젖은 승강장 위에 내려섰다. 기차가 굽이진 선로를 따라 들어서기 전에 역장이 먼저 나와서 대합실을 걸어 잠그고 있었다. 그는 발을 쿵쿵 울리며 내 옆을 지나가면서, 입에 물고 있던 담배를 뺨 쪽으로 옮겨 물고는 물었다. "어디로 가시오?"

"뮐러 농장으로요." 나는 작은 트렁크와 여행 가방 옆에 서 있었다. 얇은 코트 자락 사이로 칼바람이 파고들었다.

"누가 마중은 나와요?" 그는 멈춰 서지도 않고 내처 물었다.

"나온다고 듣기는 했어요."

"그렇구먼." 그는 판자로 지어진 조그맣고 낡은 짐마차에 올라타, 등이 휘어진 말을 몰고 떠나갔다.

나는 트렁크를 모로 눕히고, 그 위에 올라앉아 바람을 맞으며 진흙 빛깔의 황량하고 볼품없는 풍경을 바라보면서, 루이스에게 보낼 첫 편지를 구상했다. 우선은 그녀가 소설가가 될 게 아닌 바에야 상상력이 이 정도로 과한 것은 정당화될 수가 없다고 쓸 생각이었다. 일상생활에서는 상상력 외에도 유용한 것들이, 즉 무슨 일이 있어도 한결같이 고수해야 할 엄연한 사실들이 있는 법이라고. 그걸 도외시하면 이런 혼란이 초래되고야 마는 것이다. 내가 그렇게 루이스에게 쓸 편지를 궁리하는 데에 슬슬 재미를 붙이고 있을 때, 승강장 너머에서 열두 살쯤 되어 보이는 한 튼튼한 남자아이가 다가왔다. 그는 내게 가까이 오면서 허름한 모자를 벗고는 뼈마디에 때가 묻은 굵은 손으로 모자

를 말아 줘었다. 볼도, 코도, 턱도 모두 둥글둥글하고, 차갑고 건강한
붉은색을 띠는 소년이었다. 얼굴은 밝은 빛깔의 크레용으로 그린 듯
이 말끔한 동그라미 모양인 데 비해, 두 눈은 유독 좁고 기다랗고 눈
꼬리가 삐쳐 올라간 데다, 눈동자가 물처럼 투명한 연푸른빛이라서
위화감을 주었다. 마치 양립 불가능한 두 가지 요소가 그를 빚어내다
가 서로 충돌한 것 같았다. 그의 눈은 아름다웠고, 얼굴의 나머지 부분
은 진지하게 눈여겨볼 필요가 없었다. 턱까지 단추를 채운 파란색 모
직 상의는 허리 부근에서 뚝 끊겨 있어서 마치 소년의 키가 지난 30분
사이에 갑자기 자라기라도 한 듯 보였다. 푸른 무명 바짓단은 발목께
에서 펄럭거렸고, 낡고 묵직한 신발은 그의 발에 비해 지나치게 커 보
였다. 전체적으로 보아 다른 식구들의 옷을 물려 입은 티가 빤했다.
흐트러진 갈색 땅과 들쑥날쑥한 검은빛 하늘을 배경으로 홀연히 나
타난, 명랑하고 초연하고 태연자약한 허깨비 같은 모습의 소년 앞에
서, 나는 눅눅한 점토처럼 느껴지는 얼굴을 최대한 움직여 활짝 웃어
보였다.

　소년은 나와 시선을 마주치지 않은 채 살짝 마주 웃으며, 여행 가방
하나는 나더러 들라고 손짓으로 신호했다. 그리고 트렁크를 자기 머
리 위에 이고는 울퉁불퉁한 승강장을 비틀비틀 가로질러 걸어갔다.
소년이 미끄러운 진흙투성이 계단을 내려가는 걸 보자니, 저러다 돌
멩이 밑에 개미가 깔리듯 트렁크에 짓눌려 짜부라지지는 않을까 싶
었다. 그는 트렁크를 짐마차 뒤 칸에 쿵 소리 나도록 경쾌하게 밀어
넣고는, 내 여행 가방을 건네받아서 그것도 마저 던져 넣은 다음 앞바
퀴 위로 기어 올라갔다. 나는 그 옆 좌석으로 올라가 앉았다.

　마차를 끄는 조랑말은 겨울나기를 하는 곰처럼 털이 텁수룩했다.

조랑말이 마지못한 듯 천천히 걸음을 옮기자, 소년은 모자를 귀와 눈썹 아래로 눌러쓴 채 허리를 굽히고 고삐를 느슨하게 잡고는 멍하니 생각에 빠졌다. 그동안 나는 마구를 살펴보았다. 정말 신기한 구조였다. 벨트가 온갖 엉뚱한 데에 이어져 맞붙는가 하면, 구조적으로 접합되어야 할 것 같은 자리들에서는 오히려 분리되기도 했다. 금방이라도 끊어질 듯 위태로운 부분들은 털이 잔뜩 일어난 밧줄로 대강 고정되어 있었고, 중요하지 않아 보이는 부분들은 철사로 단단히 엮여서 다시 풀 수도 없게 되어 있었다. 굴레는 조랑말의 짤막한 머리에 비해 너무 길어서, 녀석은 출발할 때 굴레 일부분을 입에서 털어 내고 나서야 제 속도로 걸음을 내디디는 듯 보였다.

짐마차는 스프링 왜건이라고 불리는 종류의 낡아 빠진 4륜 마차였다. 그걸 스프링 왜건이라고 불러도 좋을지는 의문이었다. 차체를 받쳐 줄 스프링이라고는 달려 있지도 않았고, 다양한 화물을 실을 수 있도록 낮은 칸막이로 둘러쳐진 뒤 칸은 한쪽 옆면이 뒷바퀴의 철제 타이어에 계속 긁혀서 바퀴의 가운데 부근까지 닿을 만큼만 남고 다 닳아 있었다. 바퀴들은 중심축이 헐거워진 탓에 보통의 바퀴처럼 똑바르게 빙글빙글 돌지 않고 지그재그를 그리며 회전했다. 그래서 마차는 거친 바다 위를 떠다니는 작은 조각배처럼, 술 취한 듯이 우스꽝스럽게 비틀거리며 나아가고 있었다.

오솔길 양쪽으로는 흠뻑 젖은 갈색 벌판이 펼쳐졌다. 겨우내 한파에 시달려 온통 들쑥날쑥해진 밭의 그루터기들은 곧 부서져 내려 흙으로 돌아갈 터였다. 근처 밭의 언저리에는 앙상한 나무들이 듬성듬성 이어지며 숲을 이루고 있었다. 음산한 분위기라면 질색하는 내게 그 숲은 봄이 곧 오리라는 조짐 외에는 아름다운 구석이 전혀 없어 보였지만, 숲 건너편에는 무언가 존재 자체로 아름다운 것이 있을지도 모른다고 생각하니 즐거웠다. 이를테면 둑으로 만들어진 물길을 따라 흐르는 강줄기나, 씨앗을 뿌리기 위해 갈아엎어 놓아서 본연의 진정한 의미만 남고 모든 게 벗겨져 나간 밭의 풍경처럼. 그런데 길이 별안간 꺾이면서 주변이 둔덕에 가려진다 싶더니 순식간에 마차가 숲길로 접어들었다. 비틀린 나뭇가지들을 가까이에서 보니, 비록 빈약하게나마, 마지못해서라고 해도, 봄이 오고 있다는 게 실감이 났다. 여기저기 조그마한 원뿔 모양의 잎사귀들이 돋아나 가지마다 온통 물기 어린 연둣빛 싹을 흩뿌리고, 공기 중에는 다시금 잔잔한 실비가 내리고 있었다. 시야를 부옇게 흐리는 안개가 아니라, 머리 위의 허공에서만 짙게 엉기다가 마침내 매끄럽고 섬세한 회색 물줄기로 떨어져 내리는 비였다.

숲에서 빠져나오는 어귀에 이르러 소년은 몸을 일으키더니 말없이 앞을 가리켰다. 잘 가꿔진 복숭아밭의 변두리를 따라 세워진 농장이 보였다. 농장은 전체적으로 어린 새싹들의 연둣빛으로 엷게 물들기는 했지만, 으스스하고 가슴 시리도록 흉측한 농가의 모습을 숨겨 줄만한 것은 아무것도 없었다. 농가는 야트막한 언덕과 분지로 완만하게 굴곡진, 농부들 말마따나 '굽이치는' 텍사스 골짜기 안에서도, 가장 헐벗은 언덕배기 위에 서 있었다. 마치 방공호를 짓기 위해 일부러 최대한 불모지인 곳을 고르고 골라 터를 잡은 듯했다. 그 자리에 벌거벗은 채 서서 앞을 빤히 바라보는 농가는 이방의 침입자 같았다. 뒤편에는 처마가 낮게 내달리고 표면이 풍화되어 석재의 빛깔이 드러난 헛간들이 띄엄띄엄 흩어져 있었지만, 농가는 심지어 그 헛간들하고도 외떨어져 보였다.

좁은 창문들, 가파르게 비탈진 지붕을 보니 기가 질렸다. 이대로 돌아가고 싶은 기분마저 들었다. 기껏 먼 길을 거쳐 여기까지 온 만큼 실망감도 컸다. 그래도 이 세상 어디든 내가 도망쳐 나온 곳보다 고통스러울 수는 없기에, 나는 계획대로 강행하기로 마음먹었다. 하지만 집에 점점 가까워지면서 집 안쪽 어딘가, 아마도 부엌일 듯한 곳에서 비치는 노란 등불 빛 외에는 거의 아무것도 보이지 않게 되자, 나는 다시금 따스함과 부드러움이 그리워졌다. 아니, 어쩌면 그런 것들이 그리워질 거라는 두려움만을 느꼈는지도 모르겠다.

짐마차가 포치 앞에 멈춰 서고 나는 바퀴 밑으로 기어 내려갔다. 그런데 내 발이 땅에 닿자마자 거대한 검은 개 한 마리가 나를 향해 소리 없이 뛰어올랐다. 징글징글한 독일산 셰퍼드종이었다. 나는 개와 마찬가지로 아무 소리도 안 내고 두 팔로 얼굴을 가리면서 뒤로 뛰어 물러났다. "쿠노, 엎드려!" 소년이 녀석에게 달려들며 외쳤다. 그때 현관문이 벌컥 열리고, 노란 머리칼을 풀어헤친 소녀 한 명이 계단을 뛰어 내려와 그 흉측한 짐승의 목덜미를 붙잡았다. "나쁜 생각으로 그런 건 아니에요." 소녀가 영어로 말했다. "쿠노는 그냥 개인걸요."

'얘가 바로 루이스가 그렇게 귀여워하던 강아지 쿠노인가 보군.' 나는 생각했다. '딱 듣던 대로네. 나이를 한 살쯤 더 먹기는 했지만.' 쿠노는 고개를 수그리고 앞발로 땅을 긁으며 사과하듯 낑낑거렸다. 소녀는 쿠노의 목덜미를 잡은 채 수줍으면서도 자랑스럽게 말했다. "제가 가르쳤어요. 쿠노 항상 버릇없게 굴었어요. 그래서 제가 이렇게 하라고 가르쳤어요!"

분위기를 보니, 뮐러가의 저녁 일과가 시작될 즈음에 내가 도착한 모양이었다. 식구들이 저마다 무언가 일을 하러 문밖으로 쏟아져 나오고 있었다. 소녀는 나와 함께 포치를 걸어 올라가면서 말했다. "여기는 제 오빠, 한스예요." 한 젊은 남자가 잠깐 멈춰 서서 나와 악수를 나누고는 지나갔다. "여기는 프리츠 오빠고요." 프리츠는 걸어가는 길에 내 손을 잡았다가 떨어트렸다. "아네테 언니예요." 아네테는 어깨 위에 아기를 스카프처럼 느슨히 엎어 안고 있는, 젊고 조용한 여자였다. 소녀가 그녀를 소개하자 아네테는 미소를 지으며 내게 손을 내밀었다. 그렇게 차례차례 악수가 이어졌다. 저마다 나이대도, 성별도, 크기도 제각각 다른 손이었지만, 농부의 손답게 굵고 단단하고 따뜻하고 튼튼한 것은 다 같았다. 그리고 하나같이 눈매가 비스듬하고 눈동자가 연푸른빛이고 머리카락은 옅은 레몬 색깔이라서 그들 모두가 형제간인 것처럼 보였다. 하지만 나와 인사를 나누고 지나간 식구들 중에는 아네테의 남편과, 또 다른 딸의 남편도 있었다. 앞문과 뒷문 모두로 통하는 널따란 홀에 들어서니, 실내를 가득 채운 탁한 불빛과 비누 냄새가 나를 에워쌌다. 역시 집 밖으로 나가는 길이었던 늙은 어머니가 나를 보고 멈춰 서서 악수를 나누었다. 그녀는 훤칠하고 강인한 용모의 여성으로, 삼각형의 검은색 모직 숄을 머리에 둘렀고, 치맛자락이 갈색 플란넬 페티코트 위로 둥글게 말려 올라가 있었다. 자식들의 투명한 물빛 눈동자는 어머니가 물려준 것이 아니었다. 그녀의 눈은 검었고, 기민하게 탐색하는 빛을 띠고 있었으며, 숄 아래로 약간 드러난 머리카락은 희끗희끗한 검은빛이었고, 깊은 주름이 새겨진 건조한 얼굴은 말린 나무껍질 같은 갈색이었다. 고무 부츠를 신고 성큼성큼 걷는 걸음걸이가 마치 남자 같았다. 그녀는 내 손을 잡고 잠깐 흔든 다음, 독일어 억양이 짙게 밴 영어로 내게 환영한다고 말하면서 검게 썩은 이를 드러내며 벙긋 웃었다.

"얘는 내 딸 하치예요." 그녀가 말했다. "아가씨 방을 안내해 줄 거예요." 하치는 어른이 아이를 이끌어 주듯 내 손을 잡아 주었다. 나는 그녀를 따라 사다리처럼 가파른 계단을 올라갔다. 그러자 루이스가 묵었다던, 경사진 천장이 있는 다락방이 나왔다. 그래, 루이스의 말마따나 지붕널이 온갖 색깔로 얼룩져 있었다. 한쪽 구석에 싸구려 소설책들이 쌓여 있는 것도 그녀의 말대로였다. 웬일로 이번만큼은 루이스의 묘사가 정확했다. 그 방은 언젠가 와 본 적이 있는 것처럼 아늑하고 친숙했다. "더 나은 방 아래층 있어요. 어머니가 그 방 내드릴 수도 있다고 했어요." 하치가 부드럽게 뭉개지는 영어 발음으로 말했다. "하지만 '그분'이 편지에서, 손님 여기도 좋아하실 거라고 해서요." 나는 여기도 정말로 마음에 든다고 말해 주었다. 하치가 가파른 계단을 도로 내려가고 나니, 그녀의 남동생이 머리에 트렁크를 이고 오른손에는 여행 가방을 들고서 나무 타기를 하듯 기어 올라왔다. 왼손으로는 계단 난간을 짚으면서 올라오고 있었는데, 머리 위에 달랑 얹어 놓기만 한 트렁크가 어떻게 해서 아래층 바닥으로 떨어지지 않을 수 있는지 모를 일이었다. 마음 같아서는 도와주고 싶었지만 그랬다가는 그를 모욕하는 처사가 될 것 같았다. 아까 그가 너무나 가뿐하고 능숙하게 짐을 마차에 던져 넣으며, 허약한 관객 앞에 선 튼튼한 사내처럼 힘자랑을 하던 모습을 익히 보았기 때문이다. 가방과 트렁크를 내려놓은 뒤 소년은 몸을 곧게 세우면서 양어깨를 돌리며 조용히 숨을 씨근거렸다. 내가 고맙다고 인사하자 소년은 모자를 뒤로 젖혔다가 다시 눌러썼다. 나름의 정중한 인사에 해당하는 제스처인 듯했다. 소년은 요란하게 발을 울리며 아래층으로 내려갔고, 몇 분 뒤에 창밖을 내다보니 그는 등불과 커다란 철제 덫을 들고서 벌판을 가로질러 걸어가고 있었다.

나는 루이스에게 보낼 첫 편지의 내용을 바꾸기로 했다. "여기가 마음에 들 것 같아. 왜인지는 모르겠지만 다 괜찮을 거라는 생각이 들어. 아마 나중에 말해 줄 수 있겠지……"

아래층에서 들려오는 이 집 식구들의 독일어 말소리도 기분 좋은 요소 중 하나였다. 그들이 내게 말을 거는 것이 아니고, 내 대답을 기대하지도 않는다는 것이 확실했으니까. 당시 내가 아는 독일어라고는 지독하게 감상적인 하이네의 노래 다섯 곡을 외울 줄 아는 게 고작이었다.* 게다가 그들이 쓰는 말은 삼대에 걸쳐 외국에서 살면서 변형된 저지低地 독일어**로, 내가 그나마 아는 독일어하고도 아주 달랐다. 십수 마일 너머 텍사스와 루이지애나가 한데 만나 썩어 가는 늪지대, 느릿느릿 움직이는 부패한 저류로부터 소나무와 삼나무 들의 뿌리가 양분을 빨아들이는 곳에 마을을 꾸렸던 프랑스 이민자들***은, 200년의 망명 생활을 거치면서도 그들의 정체성을 지켜 냈다. 완전히 변질되지 않은 것은 아니었지만, 자기네 문화의 정수를 신비로울 만큼 충실히 따랐던 그들은 끈질기게 옛 프랑스어를 고집했고, 그러다 보니 이제 와서는 영어도 아니고 그렇다고 프랑스어라 할 수도 없는 언어가 되었다. 나는 어느 해에 그런 프랑스 이민자 가정들 여럿과 어울리며 긴 여름을 즐겁게 보냈는데, 이제 이곳의 작은 농촌 구성원들 외에는 아무도 못 알아들을 언어를 이렇게 듣고 있자니, 내가 또다시 영원한 망명자들의 집에 들어오게 되었다는 것을 알 수 있었다. 이들은 굳

* 독일 낭만주의 시인 하인리히 하이네(1797~1856)의 시는 슈베르트와 슈만의 가곡에서 노랫말로 쓰였다.
** 북부 및 서북부 독일에서 쓰는 방언.
*** 1764년 이후, 캐나다의 아카디아가 영국에 의해 점령되면서 종래에 아카디아에 거주하던 프랑스계 사람들이 루이지애나로 이주했다.

건하고, 현실적이고, 산전수전 다 겪으며 자기네 땅을 차지해 낸 잔뼈 굵은 독일인 농부들이었다. 그들에게 삶과 땅은 불가분의 것이기에, 그 어디에서든 곡괭이로 땅을 깊이 내리찍고 단단히 붙들고 살기는 하지만, 자신들의 거주지와 민족을 헷갈리는 일은 절대로 없었다.

나는 그들의 탁하고 따뜻한 목소리가 좋았고, 그들이 무슨 말을 하는지 알아들을 필요가 없어서 또 좋았다. 내가 사랑하는 그 정적으로 말미암아 나는 다른 생각과 다른 의견과 다른 감정 들의 끊임없는 압박으로부터 벗어날 수 있고, 편안히 웅크린 채 나 자신의 중심으로 돌아가, 나를 궁극적으로 지배하는 존재가 무엇인지를 다시금 발견할 수 있었다—이 경험은 언제나 재발견의 과정이었다. 세상 어느 누가, 심지어 나 자신이 나에 관한 결정들을 내리고 있다고 생각한다 해도, 사실 모든 결정을 내리는 존재는 따로 있으며, 그 존재는 모든 것을 조금씩 조금씩 없애 가다가 종래에는 내가 사는 데에 없어서는 안 될 단 한 가지만을 남기고서 이렇게 말할 것이다. "이제 너에게 남은 건 나뿐이야—나를 가져." 나는 거기 멈춰 서서, 두런두런 들려오는 미지의 언어에 한동안 귀를 기울였다. 그것은 음악이 있는 정적이었다. 개구리 울음소리나 나무를 흔드는 바람 소리를 들을 때처럼, 나는 감동받기도 하고 뭉클해지기도 했지만 그 소리 때문에 불안해지지는 않았다.

창가에는 개오동나무 한 그루가 있었다. 나무에 잎이 돋으면 헛간들과 들판의 풍경이 나무에 가려져서 보이지 않을 것 같았다. 가지에 꽃이 피면 창가에서 손을 뻗어 만질 수도 있을 만큼 가까운 거리였다. 하지만 지금 나뭇가지들은 얇은 그물창에 지나지 않았고, 그 너머로 붉은색과 흰색의 얼룩무늬가 있는 송아지들이 헛간들을 에워싼 낡은 어둠을 향해 아장아장 걸어가는 게 보였다. 갈색 벌판은 곧 초록빛이 될 테고, 양들은 비에 씻겨 깨끗한 회색으로 돌아올 것이다. 그 모든 풍경의 아름다움은 숲 가장자리로 완만하게 굽이치며 이어지는 골짜기의 조화로운 능선에서 나왔다. 내륙 지방인 이곳에는 사랑받지 못한 모든 것 특유의 쓸쓸한 기색이 어려 있었다. 북부에서 겨울이란 확실한 부활을 약속하는 죽음의 잠이지만, 남부 중에서도 이 지역의 겨울은 무감각한 빈사 상태였다. 반면 나의 남부, 내가 사랑하고 결코 잊지 못하는 그 고장은, 겨우내 한참을 시름시름 앓다가도, 아주 작은 뒤척임만으로, 들숨과 날숨 사이, 밤과 낮 사이에 눈을 뜨는 것만으로, 온 땅이 일시에 되살아나고 과일과 꽃이 흐드러지게 터져 나오면서 뜨겁게 아른거리는 파란 하늘 아래 봄과 여름이 한꺼번에 찾아온다.

상쾌한 바람이 불어와 저녁에 또 이슬비가 지나가리라고 알렸다. 아래층에서 울리던 목소리들은 흩어졌다가 다시 솟아오르더니, 여기저기 마당이며 헛간에서 제각각 외치는 소리로 변했다. 늙은 어머니가 오솔길을 성큼성큼 걸어 외양간들 쪽으로 향하고, 그 뒤를 따라 하치가 뛰어가고 있었다. 어머니는 뚜껑을 닫아 걸쇠로 잠가 놓은 우유통들을 멜대에 매달아 어깨에 거뜬히 짊어졌고, 딸은 양철 우유 통 두 개를 품에 안아 들고 있었다. 그들이 목초지로 통하는 삼나무 빗장들을 열어젖히자 젖소들이 음매 소리를 내면서 잔뜩 밀고 들어왔다. 송아지들은 각자의 어미를 향해 주둥이를 내밀고 입을 벌리며 후닥닥 따라붙었다. 이윽고 젖을 얼마 못 먹어서 여전히 배가 고픈 새끼들을 어미에게서 떼어 놓느라고 한바탕 전쟁이 시작되었다. 늙은 어머니는 녀석들의 작은 궁둥이를 손바닥으로 철썩 때렸고, 하치는 진창 위에서 자꾸만 넓게 미끄러지는 발을 디뎌 가며 송아지들의 고삐를 잡아당겼다. 암소들은 크게 울며 뿔을 휘둘렀고, 송아지들은 반항적인 아기들처럼 악을 써 댔다. 길게 땋아 내린 하치의 노란 머리 타래들이 어깨 위로 나부끼면서, 화가 난 소들의 울음소리와 늙은 어머니의 걸걸한 고함 소리 위로 하치의 한 줄기 새된 웃음소리가 경쾌하게 솟아올랐다.

아래층의 부엌으로 통하는 포치에서는 물을 철벅이는 소리, 펌프 손잡이가 삐걱이는 소리, 부츠 신은 발로 쿵쿵 걸어 다니는 남자 발소리가 들려왔다. 나는 창가에 앉아 땅거미가 서서히 깔리고 등불이 모두 켜지는 과정을 지켜보았다. 내 방에 있는 등은 기름 담는 그릇에 컵처럼 손잡이가 달려 있는 작은 램프였다. 벽에 못으로 걸려 있는, 젖빛 유리 등피가 씌워진 랜턴도 하나 있었다. 그런데 계단 아래에서 나를 부르는 목소리가 들려왔다. 내가 그쪽을 내려다보니 가무잡잡한 피부에 아맛빛 머리카락을 한 젊은 여자가 서 있었다. 부른 배를 보니 만삭이었고, 돌잡이 남자아이 하나를 옆구리에 안아 들고서 다른 한쪽 팔로는 랜턴을 머리 위로 들어 올리고 있었다. "저녁 식사가 준비됐어요." 그녀는 그렇게 말하고, 내가 계단을 내려가자 몸을 돌려 앞장섰다.

널찍한 정사각형 방의 식탁 앞에 온 가족이 모여 있었다. 긴 식탁은 빨간 체크무늬 면직물로 덮여 있었고, 양쪽 끝자락에 김이 피어오르는 음식 접시들이 쌓여 있었다. 그리고 하녀가 나와서 우유 잔들을 차려 주었는데, 몸이 불구인 데다 심한 기형이었다. 고개를 깊이 수그리고 있어서 얼굴은 거의 보이지 않았고, 온몸이 애처롭고 기이한 형태로 뒤틀어져 있었다. 아마도 선천적인 문제일 듯했지만 몸놀림 자체는 튼튼하고 강인해 보였다. 울퉁불퉁 마디가 잡힌 두 손은 끊임없이 떨렸고 머리와 팔꿈치가 동시에 들썩이며 자꾸만 경련을 일으켰다. 그녀는 식탁 주위를 비칠비칠 돌아다니며 접시들을 놓아 주면서 누가 자기 앞을 가로막고 있으면 무조건 피했다. 아무도 그녀를 위해 길을 비켜 주지 않았고, 말을 걸지도 않았고, 그녀가 부엌으로 들어가 사라질 때에도 눈길 한 번 보내지 않았다.

남자들이 먼저 각자의 의자에 앉았다. 뮐러가의 가부장은 상석에 앉았고, 그동안 가모장은 거무스름한 바윗덩어리처럼 그의 뒤를 지키고 서 있었다. 그다음으로는 아들과 사위 들이 식탁의 한편에 줄지어 자리를 잡았다. 결혼한 남자일 경우에는 아내가 의자 뒤에 서서 시중을 들었다. 삼대가 이 나라에서 살아오면서 자신들의 옛 관습을 의식하지도, 바꾸지도 않고 유지해 온 결과였다. 두 사위와 세 아들은 식사를 시작하기 전에 소매를 걷어 올렸다. 다들 막 세수를 하고 온 듯 얼굴이 반들반들했고, 단추를 끄른 옷깃은 젖어 있었다.

뮐러 가모장은 나를 가리키더니, 각 식구들을 손짓하면서 그들의 이름을 빠르게 알려 주었다. 나는 이방인이자 손님이었으므로 남자들 편에 앉았다. 그리고 하치—진짜 이름은 홀다라고 했다—는 이 집안의 미혼 여성으로서, 아이들 편에 앉아서 조카들을 돌보고 질서를 잡았다. 아까 나를 안내한 여자가 데리고 있던 남자아이는 제 아빠의 시중을 드는 엄마 품에 여전히 안겨 있었고, 그 아이를 제외하고 식탁 앞에 앉아 있는 아이들은 총 다섯 명으로, 나이가 가장 적게는 두 살부터 가장 많게는 열 살까지 있었다. 모두 뮐러 부부의 두 딸이 낳은 자식들이었다. 아이들은 게걸스럽게 음식을 집어 먹고 설탕을 손으로 퍼내 모든 음식에 뿌리면서 마냥 신이 나서는, 그들을 다잡느라 거의 아무것도 못 먹고 쩔쩔매고 있는 하치에게는 신경도 쓰지 않았다.

하치는 아까 송아지들을 몰던 때보다는 조금 덜하기는 하지만 거의 그때처럼 열성적으로 씨름을 벌이고 있었다. 그녀는 이제 열일곱 살로, 창백한 입술에 여윈 체격이었고, 곱고 흠치르르하고 버터처럼 샛노란 색깔의 머리칼에는 밝은 빛과 어두운 빛의 모발이 섞여 있었다. 진짜 독일인 농부다운 그 머리카락은 가녀린 분위기를 풍겼지만, 뮐러가 사람들 특유의 굵은 뼈대, 넘치는 에너지 그리고 이 방 안에 물리적으로 실재하는 것만 같은 동물적인 힘을 하치도 갖고 있었다. 그리고 뮐러 가부장의 깊고 성마른 눈매와 연회색 눈동자, 높은 광대뼈를 보니, 식탁에 둘러앉은 사람들의 혈연관계를 쉬이 추정할 수 있었다. 뮐러 가모장은 딱하게도 친자식을 하나도 낳지 못한 것이 분명했다. 남부 독일인의 검은 눈과 검은 머리는 그녀 혼자뿐이었던 것이다. 물론 모든 자식을 그녀가 키우기는 했겠지만, 그뿐이었다. 그 자식들은 결국 아버지에게 속할 테니까. 가무잡잡한 피부의 임신부 그레트헨마저도 머리카락은 옅은 레몬 같은 빛깔이었고, 비스듬히 기울어진 눈매와 투명한 눈동자가 아버지의 눈과 같았다. 그레트헨은 뮐러가에서 가장 사랑받는 자식임이 분명했다. 응석받이들이 으레 그러듯 내숭스럽게 싱긋거리는 태도도 그렇고, 게으르고 건강한 어린 동물처럼 태평한 분위기며, 걸핏하면 하품을 하는 버릇을 보면 알 수 있었다. 그녀는 팔에 안아 든 어린 아들을 남편의 의자 등받이에 걸쳐서 무게를 조금 던 채, 이따금씩 왼손을 남편의 어깨 너머로 뻗어 그릇에 음식을 덜어 주고 있었다.

장녀인 아네테는 갓 태어난 아들을 업고 있었다. 아기가 그녀의 등에 업혀 편안히 침을 흘리고 있는 동안, 그녀는 이런저런 접시며 그릇에서 음식을 퍼다가 남편에게 날라 주었다. 부부는 눈이 마주칠 때마다 온화하고 은근한 온기가 담긴 눈빛으로 미소를 지었다. 오랜 시간 지속된 굳건한 우정이 느껴지는 미소였다.

뮐러 가부장은 자식이 결혼해서 출가한다는 개념을 절대로 용납하지 않았다. 결혼이야 물론 괜찮지만, 그런다고 해서 아들이나 딸이 그의 곁을 떠나야 하느냐면, 그에게는 아니었다. 그는 얼마든지 사위들에게 일감을 줄 수 있고, 가족의 구성원으로 받아들여 줄 수도 있었으니까. 아들들이 장가를 들면 며느리들에게도 똑같이 할 생각인 모양이었다. 아네테의 말에 따르면, 최근에는 집의 북동쪽에 하치가 결혼하면 쓸 방도 새로 만들었다고 했다. 아네테가 남편의 머리 너머로 몸을 기울이고 식탁 건너편의 내게 그렇게 설명하는 동안, 하치는 얼굴이 아주 어여쁜 분홍빛으로 물든 채 접시에 코가 닿을 정도로 고개를 푹 수그리고 있었다. 그러다가 과감히 고개를 들더니 말했다. "네, 네, 저 이제 곧 결혼해요!" 모두가 웃음을 터뜨렸다. 하지만 뮐러 가모장만은 웃지 않고, 여자애들은 자기가 가장 속 편한 때가 언제인지를 좀처럼 모르는 것 같다고, 꼭 남편을 데리고 들어와야 직성이 풀리는 모양이라고 독일어로 말했다. 그녀의 발언에 기분이 상한 사람은 아무도 없는 듯했다. 그레트헨은 결혼식에 나도 함께 있을 수 있어서 잘됐다고 했다. 그 말에 아네테는 무언가 생각났는지, 좌중 전체를 향해 영어로 말을 꺼냈다. 루터교 목사가 자신에게 교회에 더 자주 오고 아이들을 주일학교에 등록하기를 권했다고, 그러면 하느님이 그녀의 다섯째 자식에게 축복을 내려 주실 거라고 했다는 것이었다. 나는 다시금 아이들의 수를 헤아려 보았다. 그레트헨의 배 속에 있는 아기를 포함하여 좌중에는 열 살 이하의 아이가 총 여덟 명 있었다. 아무렴, 그 많은 아이 중에서 축복이 필요할 아이가 하나쯤은 있겠지 싶었다.

뮐러 가부장은 딸에게 독일어로 짧게 몇 마디 하더니, 내게 고개를 돌리고 말했다. "내가 뭐라고 했느냐면, 교회에 가서 설교사가 헛소리를 늘어놓는 걸 들차고 돈을 잔뜩 내는 게 미친 짓이라고 했소. 차라리 그 양반이 나한테 돈을 내고 설교를 들어 달라고 부탁카라지. 그러면 내가 교회에 갈 테니!" 그의 높은 광대에서 똑바로 뻗어 나온, 회색과 노란색이 섞인 얼룩덜룩한 턱수염 위에 자리 잡은 두 눈이 갑자기 사납게 희번덕거렸다. "그 양반은, 내 시간에는 아무 값어치도 없타고 생각한다는 게야? 좋타 이거야! 나한테 돈을 내라고 해!"

뮐러 가모장은 콧방귀를 뀌고 발을 바닥에 끌었다. "아, 말은 잘하네, 말은 잘하셔. 이 얘기를 목사님이 들으면 화가 단단히 나실 텐데. 만약 우리 아기들한테 세례 안 주겠타고 하면 어쩌려고요?"

"돈을 잔뜩 주면 되지. 그러면 세례를 줄 게야!" 뮐러 가부장이 소리쳤다. "어디 두고 보라고!"

"아, 그러시겠치." 뮐러 가모장이 말했다. "목사님 듣는 데서 그렇케 말해 봐요!"

독일어로 한바탕 떠들썩한 대화가 오고 가고, 여기저기서 나이프 자루가 식탁을 탁탁 두들기는 소리가 울렸다. 나는 대화를 좇아가는 걸 포기하고 그들의 표정만을 지켜보았다. 치열한 접전이 벌어지고 있는 듯했지만, 그러면서도 어떤 면에서는 공감대가 형성된 분위기였다. 어느 문제에서나 그렇듯 그들은 한 부족으로서 회의주의적 입장을 공유하고 있었던 것이다. 나는 뮐러가 사람들 모두가, 심지어 사위들조차도, 하나의 인간이 여러 양태로 분화된 개체들이라는 인상을 강하게 받았다. 그러는 동안 불구의 하녀가 음식을 더 내오고 그릇들을 치웠다. 부엌으로 절뚝절뚝 뛰어가는 그녀의 뒷모습을 보고 있자니, 그녀는 이 집에서 유일한 개인으로 보였다. 사실 나 역시도 내가 발걸음을 디디는 곳마다, 나의 삶과 스치는 삶마다, 무엇보다도, 누군가 가까운 사람이 죽으면서 살아 있는 내 세포들 중 일부를 가지고 들어가는 무덤마다, 나 자신의 일부를 거기에 유기하거나 상실하는 것 같았고, 그럼으로써 내 존재가 여러 파편으로 분화되는 느낌이 들었다. 그런데 저 하녀는 아니었다. 그녀는 온전했고, 그 어디에도 속하지 않았다.

나는 뮐러가의 생활 방식과 관습의 주변부에 수월히 자리 잡았다. 이 집에서는 이른 새벽에 하루를 시작해, 노란 등불 빛 앞에 앉아 아침을 먹었다. 식사를 하는 동안 열린 창문으로 습한 회색 바람이 봄의 훈기를 몰고 들어왔다. 남자들은 모자를 쓰고 선 채로 김이 피어오르는 커피를 끝까지 들이마신 뒤 밖으로 나가서 말들에 쟁기를 맸는데, 그때쯤이면 해가 떴다. 아네테는 포동포동한 아기를 어깨 위에 들쳐 안고서 비질을 하거나 한 손으로 침대 정리를 할 수 있었다. 그녀는 하루가 완전히 시작되기 전에 그 모든 일을 끝마치고, 나머지 시간은 집 밖에서 닭과 돼지 들을 돌보면서 보냈다. 가끔은 갓 부화한 병아리 들을 얕은 상자에 담아 와서, 홀딱 젖은 그 처량한 털 뭉치들을 자기 침실 테이블 위에 놓아두고 하루 동안 세심히 보살펴 주기도 했다. 뮐러 가모장은 넓은 보폭으로 성큼성큼 걸어 다니며 여기저기 명령을 내렸고, 그동안 뮐러 가부장은 구레나룻을 어루만지고 담뱃불을 붙이면서 말을 몰고 시내로 장을 보러 나갔다. 그때마다 뮐러 가모장은 집에 필요한 물건들에 대해 마지막으로 한 번 더 알려 주고 주의를 주느라 그의 등에 대고 소리를 쳤는데, 그는 아내에게 아무 대꾸도 않았고 그녀의 말을 새겨듣는 눈치도 아니었지만, 몇 시간 뒤 돌아왔을 때 보면 그가 모든 주문 사항과 심부름을 완벽하게 이행했다는 것을 알 수 있었다. 나는 내 잠자리를 정돈하고 다락방을 정리한 뒤에는 할 일이 아무것도 없었으므로, 무척 쓸모없는 존재가 된 기분에 사로잡힌 채 그 열띤 북새통을 빠져나와 오솔길을 거닐곤 했다. 하지만 그들의 평화로움, 역동적인 삶 한가운데에서도 그들의 정신을 정체시키는 신비로울 정도의 타성은 내게도 조금씩 전해져 왔고, 나는 침묵 속에서 그것을 기꺼이 흡수하면서 내 정신에 은밀히 맺혀 있던 아픈 응어리들이 풀려 가는 것을 느꼈다. 숨쉬기도 편해졌고, 마음만 먹으면 소리 내어 울 수도 있을 것 같았다. 그리고 겨우 며칠이 지나고 나니 울고 싶은 기분도 더 이상 들지 않았다.

어느 날 아침, 하치가 텃밭을 삽으로 파헤치는 모습을 보고 나도 돕겠다고 나섰다. 텃밭에 씨를 뿌리고 그 위에 흙을 덮는 작업이었다. 그때부터 매일 아침 그녀와 함께 몇 시간씩, 따뜻한 햇빛 속에서 내내 몸을 구부리고서 아늑한 어지럼증이 일 때까지 일을 했다. 어느새 나는 날짜를 헤아리는 것도 잊었다. 그날이 그날 같았다. 다만 공기의 색깔이 점점 깊어지고 따스해지면서 계절의 변화와 보조를 맞춰 가고, 땅속에서 뒤얽혀 자라는 식물들의 뿌리가 빡빡하게 들어차면서 발밑의 흙이 점점 단단해질 뿐이었다.

식탁 앞에서 그토록 게걸스럽고 소란스럽던 아이들은, 앞마당에서 조용히 놀이에 몰두할 때만큼은 지극히 얌전한 어린이들이 되었다. 그들은 항상 진흙을 이겨 빵과 파이를 만들었고, 낡은 인형들과 동물 봉제 인형들을 데리고 살림살이를 시켰다. 인형들에게 밥을 먹이고, 침대에 재우고, 깨워서 다시 밥을 먹인 다음, 진흙 빵을 만들게 하거나, 수레를 끌고 집 맞은편에 커다란 그늘을 드리운 밤나무까지 뛰어가게 했다. 이 나무 그늘은 독일식 사교 회관 노릇을 했다. 여기에 이르면 인형들은 다시 사람이 되어 엄숙하게 느릿느릿 춤을 추고 맥주를 들이켜는 동작을 했고, 그런 다음에는 또 기적적으로 말로 변신해서 마구를 쓰고 집까지 전속력으로 달려가는 것이었다. 그러고는 식당으로 불려 가 식사를 하고, 자기들만의 장난감이나 동물 친구와 함께 고분고분 잠이 들었다. 인형의 엄마들은 본능적으로, 한결같이 상냥한 태도로 아이들을 다루었다. 아이들 때문에 심란해하는 일은 전혀 없는 듯했다. 그들은 새끼를 돌보는 어미 고양이처럼 헌신적이고 지극정성이었다.

가끔 나는 아네테의 두 살배기 딸―끝에서 두 번째 자식―을 작은 유모차에 태우고 산책을 나가기도 했다. 촉촉한 연둣빛 원뿔 모양의 싹이 돋아난 과수원 나뭇가지들 사이로 난 길을 걷다가 짧은 거리의 오솔길에 접어들면 곧 그보다 더 작은 샛길이 나왔다. 사람들의 발길이 뜸해서 더 미끌미끌한 그 길 양편에는 뽕나무들이 늘어서 있었고, 가지 끝마다 녹색 털이 난 애벌레처럼 꼬부라진 열매들이 이제 막 맺히고 있었다. 내가 그 길을 따라 천천히 걷는 동안, 플란넬과 사라사 강보로 단단히 감싸인 채 유모차에 앉은 아기는 모자 아래 비뚜름한 연푸른색 눈을 빛내면서, 아랫니 두 개를 내보이며 방글방글 웃었다. 가끔은 다른 아이들 몇몇도 조용히 나를 뒤따라왔다. 내가 발길을 돌리면 아이들 역시 아무것도 묻지 않고 몸을 돌렸고, 우리는 출발했을 때처럼 차분한 발걸음으로 집으로 되돌아갔다.

그 좁은 샛길이 강으로 이어진다는 것을 깨닫고부터, 그곳은 내가 즐겨 나가는 산책로가 되었다. 나는 거의 매일 벌거벗은 숲 변두리를 따라 걸으며 곳곳에서 봄의 징조들을 찾는 데에 열을 올렸다. 하지만 너무나 미묘하고 느린 변화의 과정을 내가 눈치채지 못하는 사이에 버드나무 가지들과 블랙베리 넝쿨의 실가지들은 불과 하룻밤 사이에 색깔이 뒤바뀌어—내 눈에만 그렇게 보였는지도 모르지만—어느 날 갑자기 미세한 녹색 점들로 온통 뒤덮였고, 그제야 나는 또 하룻밤만 지나면 골짜기, 숲, 강변 전체가 금녹색으로 물들어 바람결에 따라 가볍고도 빠르게 물결치리라는 것을 알 수 있었다.

다음 날이 되니 과연 예상한 그대로였다. 그날 나는 종일 강가에 있다가 해가 진 뒤에야 집으로 돌아갔다. 습지를 가로질러 걷는 내 머리 위에서 올빼미와 쏙독새 들이 우짖었다. 숲속에서 기묘하고 들쭉날쭉한 합창이 이어지면서 멀리서 대답하는 울음소리가 들려왔고, 가장 멀리서 되돌아오는 울음소리는 허허로운 메아리가 되었다. 과수원에 들어섰더니 나무들이 온통 반딧불이로 꽃피어 있었다. 나는 걷다 말고 멈춰 서서 그 광경을 오래도록 바라보다가, 아연해진 채 천천히 발걸음을 옮겼다. 살면서 그토록 아름다운 것은 처음 보았다. 엷은 어둠 속에서 나무들은 잠잠한데, 가지에서 갓 돋아난 희끗한 꽃송이들이 소리 없이 가늘게 떨리고 휘돌며, 산들바람에 흔들리는 잎사귀들처럼 사뿐하게, 분수대에서 솟아오르는 물처럼 율동적으로, 섬세하게 짜인 빛의 춤을 추는 것이었다. 물거품처럼 가냘프고도 서늘한 불꽃들이 온 나무마다 돋아나 살아 움직이며 맥동하고 있었다. 대문을 열 때 내 손을 보니 반딧불이의 빛이 묻어서 도깨비불처럼 반짝였고, 등 뒤를 돌아보니 저편에 황금빛의 무리가 아른거리고 있었다. 꿈이 아니었다.

식당에서는 하치가 무릎을 꿇고 앉아 묵직하고 거무칙칙한 걸레로 바닥을 닦고 있었다. 그녀는 항상 밤이 되어야만 바닥 청소를 했다. 그래야 무거운 부츠를 신은 남자들의 발에 바닥이 다시 더럽혀지지 않고, 한 점 티 없이 깨끗하게 닦아 놓은 상태 그대로 다음 날 아침을 맞을 수 있기 때문이었다. 그녀는 앳된 얼굴에 노곤한 표정을 띤 채 나를 돌아보았다. "오틸리! 오틸리!" 하치는 내가 무슨 말을 꺼내기도 전에 그렇게 외쳤다. "오틸리가 저녁 차려 드릴 거예요. 음식 다 준비 돼 있으니까, 내오기만 하면 돼요." 나는 배가 고프지 않다고 사양했 지만 그녀는 나를 안심시키고 싶어 했다. "아니에요, 우리 모두 식사 는 해야죠. 지금이든 아까든, 아무 문제 없어요." 그녀는 몸을 뒤로 젖 히고 편하게 앉더니, 고개를 들고 창틀 너머 과수원을 내다보았다. 그 러곤 미소를 지으며 잠시 침묵하다가 행복한 듯 말했다. "이제 봄이 오네요. 봄마다 저것들이 오거든요." 그녀는 다시 커다란 물통 위로 몸을 구부리고 걸레를 적셨다.

불구의 하녀가 미끄러운 바닥을 비틀비틀 디디며 위태롭게 걸어 들어와 내 앞에 접시를 놓아 주었다. 접시에는 렌즈콩, 소시지, 썰어 놓은 붉은 양배추가 올려져 있었다. 뜨겁고 맛깔스러운 냄새를 풍기 는 음식들을 막상 마주하니 잊고 있던 허기가 몰려왔고, 진심으로 고 마운 마음이 들었다. 나는 그녀를—그러니까 오틸리라는 이름의 하 녀를—돌아보고 말했다. "고마워요." "오틸리는 말을 못 해요." 하치 가 알려 주었다. 굳이 강조할 필요 없는 사실 그 자체를 말하는 투였 다. 오틸리의 얼굴은 거무스름했고 형태가 뭉개져 있었으며, 어려 보 이지도, 늙어 보이지도 않았지만, 십자형으로 교차된 주름이 얼굴 빼 곡히 들어차 있었다. 노화나 고통 때문에 생긴 주름살이 아니라 그저 아무 규칙 없이 자리 잡은, 거뭇해진 솔기들 같은 주름이었다. 마치 누군가가 그녀의 연약한 살을 무자비하게 비틀어 짜기라도 한 것 같았다. 하지만 그렇게 훼손된 얼굴에서도 높은 광대뼈, 비스듬한 눈매, 물빛 눈동자 그리고 위험이 가득 도사린 어둠 속을 내다보는 사람처럼 잔뜩 긴장해 확장된 동공은 알아볼 수 있었다. 그녀는 끊임없이 경련하는 앙상한 두 팔 때문에 덩달아 떨리는 구부정한 등을 돌리다가, 식탁에 몸을 쿵 부딪치고는 무작정 허둥지둥 달아나 버렸다.

하치는 다시 몸을 뒤로 젖혀 앉더니 땋은 머리를 어깨 너머로 넘기며 말했다. "오틸리는 이제 아프지 않아요. 그냥 태어났을 때 아팠다가 저렇게 된 거예요. 그래도 나만큼 일 잘할 수 있어요. 요리도 해요. 하지만 말은 못 하니까, 이해해 주세요." 그녀는 무릎을 꿇고 몸을 구부리고는 이제까지보다 더 기운차게 걸레질을 했다. 그녀는 얇고 팽팽한 인대들과 긴 근육들로 얽힌, 강철 다발을 엮어 짠 것처럼 탄력 있는 조직체였다. 언제나 저렇게 지나치게 열심히 일하며 평생을 고단하게 살 테지만, 그러면서도 그게 마냥 자연스러운 삶인 줄로만 알 것이다. 주위 모두가 항상 일을 하고 있고, 하던 일을 끝내고 나면 항상 또 다른 일이 기다리고 있으니까. 나는 저녁을 먹고 그릇을 부엌으로 가져가서 테이블 위에 올려놓았다. 오틸리는 부엌 의자에 앉아, 열린 오븐 안에 발을 걸쳐 둔 채 팔짱을 끼고 머리를 조금씩 까닥이고 있었다. 그녀는 나를 보지도, 기척을 듣지도 못했다.

하치는 집에 있을 때는 낡은 갈색 코듀로이 원피스를 입고 맨발에 덧신을 신고 다녔다. 치마가 짧아서 그녀의 가느다란 맨다리가 드러났는데, 걸음마를 너무 일찍부터 시작한 것처럼 종아리가 약간 휘어 있었다. "하치, 걔는 착하고 영리한 애예요." 뮐러 가모장은 누구든 무엇이든 쉽게 칭찬하는 법이 없는데도 그렇게 말했다. 부엌 뒤편의 창고에는 여분의 요강, 구정물 통, 물동이와 더불어 커다란 욕조가 갖추어져 있었는데, 하치는 토요일마다 그곳에서 대대적으로 목욕을 했다. 그리고 땋았던 노란 머리를 풀고, 면으로 만들어진 분홍색 장미 봉오리 장식들이 달린 띠로 고불고불해진 머리카락을 감아올리고서, 가벼운 연청색 견직 드레스를 입고 사교 회관에 나갔다. 그곳에서 하치는 약혼자와 함께 춤을 추고 흑갈색 맥주를 마셨다. 약혼자는 그녀의 오빠들과 많이 닮아서 남매간이라고 해도 믿을 정도였지만, 그 점을 눈치챈 사람은 나밖에 없는 것 같았으므로 아무 말도 하지 않았다. 아무것도 모르는 외부인이자 이방인이 물색없이 하는 말로만 들릴 테니까. 일요일에는 온 가족이 엄청난 양의 빨래를 하고, 풀을 먹인 드레스며 셔츠를 차려입고서, 짐마차에 음식을 몇 바구니씩 실은 다음 사교 회관으로 향했다. 그들을 배웅하러 뛰어나온 하녀 오틸리는 떨리는 두 팔을 이마에 얹어서 침침한 눈 위에 차양을 친 채, 그들이 길모퉁이를 돌아 나갈 때까지 지켜보았다. 그녀의 무언無言은 절대적이다시피 했다. 몸짓으로라도 조리 있게 의사 표시를 하는 법이 없었다. 그러면서도 하루에 세 번씩 식사는 떡 벌어지게 차려 냈다. 갓 구운 빵, 커다란 쟁반에 담은 채소, 넘치도록 많은 고기구이, 호화로운 타르트, 슈트루델,* 파이까지, 스무 명이 배불리 먹을 만큼의 상차림이었다. 때로 휴일 오후에 이웃들이 방문하면, 황금빛 오크나무 멜로디언, 선명한 초록색 모직 카펫, 노팅엄 레이스 커튼, 코바늘로 뜬 레이스 장식 덮개가 갖추어진 커다란 북쪽 거실에 손님들을 모셨고, 오

---

* 얇게 편 반죽에 사과나 체리 등을 얹어서 말아 구운 과자.

틸리가 비틀비틀 걸어 들어와 커피, 크림, 설탕, 두툼한 노란색 케이크 몇 조각을 대접했다.

뮐러 가모장은 거실을 잘 찾지 않았고, 어쩌다 그곳에 앉아 있을 때는 커다랗고 울퉁불퉁한 손을 꼭 말아 쥐고서 딱딱하고 불편한 태도를 취했다. 반면 뮐러 가부장은 거실에서 저녁 시간을 보내는 날이 많았다. 그가 누군가를 부르지 않는 한 아무도 감히 그를 따라 거실에 들어가지 않았다. 다만 가끔 그는 맏사위를 불러서 같이 체스를 두었다. 뮐러 가부장이 체스의 명수이고 쉽게 이기는 것을 극도로 싫어한다는 사실을 익히 아는 맏사위는 가능한 한 최선을 다해 승부에 임했지만, 그럼에도 장인은 자신이 너무 자주 이긴다고 여겨 고함을 치곤 했다. "이런, 자네 영 성의가 없구먼! 너무 건성으로 두고 있지 않은가. 이런 시시한 시합은 그만두세!" 그때마다 사위는 무안해하며 거실을 나올 수밖에 없었다.

하지만 뮐러 가부장은 대개 혼자 『자본론』을 읽으며 저녁 시간을 보냈다. 그럴 때면 그는 붉은 플러시 쿠션이 깔린 흔들의자에 깊숙이 기대앉아 낮은 테이블 위에 책을 펼쳐 놓고 있었다. 그 책은 약간 번진 검은색 활자로 찍혀 있는 옛 독일어판이었는데, 가죽 장정이 온통 얼룩지고 해어진 데다 낱장들이 한 장 한 장 떨어지는 모양이 그야말로 성경 같았다. 그는 거의 모든 내용을 외우고 있었고, 책에 나온 문장들을 정전으로 삼아 거기에 아무것도 더하지도, 빼지도 않았다. 그 무렵 나도 『자본론』에 대해 들어 본 적이야 있었다. 하지만 그걸 읽었다는 사람은 한 번도 보지 못했고, 그럼에도 그 책을 언급하는 사람들은 하나같이 철저한 반감을 표했다. 『자본론』은 굳이 읽어 보지 않고도 거부할 수 있는 종류의 책으로 통했던 것이다. 그런데 여기 나이 지긋하고 점잖은 농부가 그 책의 이념을 종교처럼 받아들이고 있었다. 여기서 내가 종교라고 표현한 것은, 그 안에서 전해지는 계율들은 아무리 전설 같은 내용이라 하더라도 당연히 정당하고 올바르고 참된 것으로 믿어야 하지만, 삶에서 실제로 적용할 수는 없는, 실생활과는 무관한 별개의 것이라는 점에서이다. 뮐러 가부장은 이 고장에서 가장 부유한 사람이었고, 인근 농부들 대부분이 그의 땅을 빌리고 있었으며, 그중 일부는 공동으로 소작을 짓고 있었다. 이것은 어느 날 저녁 그가 내게 체스를 가르치려다가 포기한 뒤에 해 준 이야기이다. 그가 일러 주는 체스의 규칙을 내가 단 한 가지도 터득하지 못해도, 내가 『자본론』에 대해 아무것도 모른다는 사실에도, 그는 놀라지 않았다. 그는 자신이 그 책을 이해하는 방식을 내게 이렇게 설명했다. "이 사람들은, 자기 땅을 살 수 없소. 땅은 자본가가 가지고 있고, 자본가한테서 사야 하는데, 자본가는 자기 땅을 노동자에게 주지 않을 테니카 말이오. 그런데, 나는 항상 땅을 살 수 있소. 왜냐? 그건 나도 모르오. 나는 다만, 여기서 내가 처음 산 땅에서 지은 농사가 잘 됐코, 그래서 그 땅을 싸게, 다른 누구보다도 값싸게 빌려주고, 이웃들이 은행의 손아귀에 넘어가지 않게 돈도 꾸어 주고 있을 뿐이오. 그러니카 나는 자본가가 아니오. 언젠가 이 노동자들이, 나한테서 땅을 살 수 있소. 그 어디보다도 싼값으로 말이오. 뭐, 그게 내가 할 수 있는 일이오. 그게 다요." 그는 책장을 넘기다가, 텁수룩한 눈썹 아래 성난 회색 눈을 들어 나를 쳐다보았다. "나는 평생 힘들게 일해서 내 땅을 샀소. 그리고 그걸 싸게 이웃들에게 빌려주오. 그런데 그 사람들이 우리 맏사위, 아네테의 남편을 보안관으로 뽑아 주지 않겠다고 하더군. 내가 무신론자라는 이유로 말이오. 그래서 내가 그랬소. 좋타, 하지만 내년에는 땅 사용료를 더 내거나 수확물을 더 많이 내라. 내가 무신론자라면, 무신론자답게 행동하겠다. 그랬더니, 우리 맏사위는 보안관이 되었다오. 그게 다요."

그는 이야기를 하는 내내 짤막한 검지로 책장을 짚어 자신이 읽던 문장을 표시해 두고 있었고, 말을 마치자 다시 책 속에 빠져들었다. 나는 인사말 없이 조용히 그곳을 나왔다.

사교 회관은 뮐러 가부장이 소유한 숲속의 공터에 지어진 팔각형의 정자였다. 독일 이주민들은 이곳에 와서 시원한 그늘 아래 앉아 여가를 보냈다. 소규모 관악대가 타닥타닥 북소리를 울리며 컨트리 댄스음악을 연주하는 가운데, 여자들은 빳빳한 페티코트를 마른 낙엽처럼 바스락거리며 활기차고 자신감 있게 춤을 췄고, 남자들은 그보다 어색하긴 하지만 의욕적으로 움직였다. 남자들이 파트너의 허리를 팔로 감싸 안고 있다가 풀고 나면 옷의 허리 부분에 주름이 지고 땀에 젖은 자국이 남기 일쑤였다. 이곳에서만큼은 뮐러 가모장도 고된 한 주 끝에 모처럼 편안히 쉴 수 있었다. 그녀는 여윈 팔다리를 느슨히 늘어뜨리고, 무릎을 쩍 벌린 채, 자기 나이대 여자들과 맥주를 마시며 잡담을 나누었다. 그 아낙들은 근처에서 놀고 있는 아이들이 탈 없이 잘 있는지 이따금씩 살펴보면서, 젊은 엄마들이 마음껏 춤을 추거나 자기 친구들과 평화롭게 시간을 보낼 수 있도록 배려해 주었다.

정자 맞은편에서는 뮐러 가부장을 비롯한 영감들이 모여 앉아, 구부러진 모양의 기다란 담뱃대를 가슴 위에 내려뜨린 채 까닥이면서, 술기운 없는 맨 정신으로 지역 정치에 대해 매우 심각한 토론을 벌였다. 농부들이 으레 그렇듯 그들도 뼛속 깊이 숙명론자였지만, 그들과 개인적으로 친분이 없는 공무원들, 그들과 직접적인 관련이 없는 정치적 계획들에 대해서만큼은 기민한 세속적 판단력에서 비롯된 불신을 드러냈다. 뮐러 가부장이 발언할 때면 다른 이들은 그를 강인한 사내로서, 그의 가정과 이곳 공동체의 우두머리로서 신뢰하며 공손히 경청했고, 그가 입에서 담뱃대를 빼내고 대통을 돌멩이처럼 냅다 내던질 듯이 쥐어 들고 흔들 때마다 그들은 천천히 고개를 주억거렸다. 어느 날 저녁 사교 회관에서 집으로 돌아가는 길에, 뮐러 가모장이 내게 말했다. "그래, 하느님이 도우신 덕에 하치하고 신랑 사이에 얘기가 잘 끝났다오. 다음 일요일 이 시간이면 결혼식이 끝나겠쿠먼."

  일요일마다 보통 사교 회관에 모이던 이웃 주민들 모두가 그날은 뮐러가에서 열리는 결혼식에 참석했다. 그들은 대부분 리넨 시트, 베갯잇, 흰 장식용 침대보 같은 실용적인 선물을 가져왔고, 신혼 방을 꾸밀 장식물을 선물한 사람도 몇몇 있었다. 끈으로 직접 엮어 만든 동그랗고 알록달록한 깔개, 둥그런 분홍색 등피가 붉은 장미로 장식되어 있는 놋쇠 받침 램프, 역시 붉은 장미로 뒤덮인 도자기 세숫대야와 물 항아리 등등. 신랑이 신부에게 준 선물은 빨간 산호 가지들이 두 가닥으로 엮인 목걸이였다. 짧은 예식이 시작되기 직전에 그는 부들거리는 손으로 신부에게 목걸이를 걸어 주었다. 목걸이를 머리 위에서부터 당겨 내리다가 짧은 베일 자락이 산호에 끼자, 하치는 신랑을 올려다보며 떨리는 미소를 지으면서 베일을 빼내는 것을 도와주었다. 그런 다음 둘은 손을 맞잡고서 목사를 향해 고개를 돌렸고, 반지를 교환할 시간이 될 때까지 내내 손을 놓지 않았다. 결혼반지는 당연하게도 최대한 굵고, 폭 넓고, 진한 색깔로 맞춘 것이었다. 반지를 낀 순간 둘은 미소가 가시고 약간 창백해지더니, 신랑이 먼저 평정을 되찾고 허리를 구부려—그는 하치보다 키가 훨씬 컸다—그녀의 이마에 키스했다. 그의 눈은 깊은 파란색이었고, 머리카락은 뮐러가의 옅은 레몬색과는 다른 연한 밤색이었다. 잘생긴 데다 성격도 온화한 남자인 것 같았고, 하치를 보는 눈빛을 보니 자기 눈앞에 있는 사람이 마음에 꼭 드는 눈치였다. 둘은 무릎을 꿇고 두 손을 맞잡고서 마지막 기도를 올린 뒤, 일어서서 키스를 나누었다. 무척 정숙하고 조심스러운, 여전히 입술은 포개지 않는 키스였다. 그다음에는 모두가 앞으로 나와서 신랑 신부와 악수를 나누고, 남자들은 신부에게, 여자들은 신랑에게 입을 맞춰 축하해 주었다. 그리고 여자들 몇몇이 하치의 귓가에 뭐라고 소곤거렸는데, 모두가 웃음을 터뜨리는 가운데 하치는 이마부터 목까지 새빨갛게 달아오르더니, 남편에게 다가가 귓속말을 했다. 그러자 그는 고개를 끄덕였고, 하치는 슬그머니 그곳을 빠져나가려 했다. 하지만 예의 주시하고 있던 처녀들은 그녀가 달아나는 것을 눈치채고 뒤따라갔고, 이윽고 신부와 처녀들 사이에 추격전이 시작되었다. 여자들 모두가 흥분한 사냥꾼처럼 소리를 지르고 고함을 치며, 흰 주름치마를 걷어 올린 채 과수원 꽃나무들 사이를 헤치며 달리는 하치의 뒤를 쫓아가는 것이었다. 가장 먼저 신부를 따라잡아 건드리는 사람이 이다음으로 결혼할 신부가 될 것이기 때문이었다. 그들은 가쁜 숨을 몰아쉬며 행운의 주인공을 끌고 돌아왔고, 친구들에게 붙들린 채 기뻐하며 저항하는 그녀에게 젊은 남자들 모두가 키스를 해 주었다.

하객들을 위해 푸짐한 만찬이 준비되었다. 새로 지은 파란 앞치마를 걸치고 식탁에 음식을 도르던 오틸리는 이마의 주름에도, 형체 없는 입술 주위에도 땀방울이 송골송골 맺혔다. 남자들이 먼저 식사를 한 다음 하치가 여자들을 데리고 들어왔다. 그녀는 여전히 하얀 무명 망사로 된 작고 네모난 베일을 머리에 쓰고 있었고, 베일을 장식한 복숭아꽃들은 신부 추격전을 벌인 끝에 바스러져 있었다. 식사 후에는 한 아가씨가 멜로디언으로 연주하는 왈츠와 폴카에 맞추어 모두가 춤을 추었다. 신랑은 홀에 세워진 맥주 통에서 맥주를 연거푸 뽑아 마셨고, 다들 벅차고 행복한 기분이 되어 밤이 깊어서야 집으로 돌아갔다. 나는 뜨거운 물을 받아 가려고 부엌으로 내려갔는데, 그때까지도 하녀는 식탁과 찬장 사이를 절뚝절뚝 오고 가며 물건을 정리하고 있었다. 갈색 얼룩 같은 얼굴에는 초조감이 어렸고 크게 뜬 두 눈은 멍해 보였다. 그녀는 머뭇거리는 손으로 냄비들을 달그락거리고 있었지만, 어떻게 해도 그녀는 도무지 실제 같아 보이지 않았고, 주위의 현실과 어떠한 방식으로든 연관되어 보이지도 않았다. 그럼에도 그녀는 내가 스토브 열판 위에 올려놓은 물동이 위로 무거운 주전자를 들어 올려, 펄펄 끓는 물을 단 한 방울도 흘리지 않고 부어 주었다.

이른 아침 하늘에 감도는 투명한 꿀 같은 녹색은 푸릇푸릇한 땅의 색깔을 고스란히 비춰 보이고 있었다. 숲 근처에는 하얗거나 연한 빛깔의 작은 꽃들이 말없이 피어났다. 복숭아나무들은 조개껍데기 같은 분홍색과 흰색을 띤 꽃들을 모은 꽃다발이 되었다. 나는 지름길을 거쳐 뽕나무 산책길로 나가 볼 생각으로 집을 나섰다. 여자들은 집 안 깊이 틀어박혔고, 남자들은 밭에 나가 일하고, 동물들도 목초지로 나간 뒤라, 눈에 보이는 존재라고는 뒷문 포치 계단에 앉아 감자 껍질을 벗기고 있던 오틸리뿐이었다. 내가 나타나자 그녀는 내 앞쪽 어디쯤에 시선을 주었다. 알은척은 하지 않았고 단지 우리 둘 사이의 허공을 응시하는 듯했다. 그러다가 칼을 내려놓고 일어서더니, 몇 차례 입을 벌렸다 다물고는, 오른손을 움직여 보이면서 내 쪽으로 다가오려 했다. 내가 그녀에게 가까이 가자 오틸리는 두 손을 내밀어 내 옷소매를 붙잡았다. 불현듯 나는 그녀의 목소리를 듣게 될까 봐 두려워졌다. 하지만 그녀는 아무 소리도 내지 않았고, 다만 이해할 수 없는 자기만의 결의로 가득 찬 채 나를 끌어당겨 어딘가로 이끌고 갔다. 그녀가 문을 열고 나를 들여보낸 곳은 창문이 없고 씁쓸한 냄새가 풍기는 우중충한 방이었다. 그 방은 부엌과 통하게 되어 있었고, 하치가 목욕을 하던 창고 바로 옆에 위치했다. 울퉁불퉁 덩어리가 진 좁은 침대, 기포가 생긴 거울을 받치고 있는 서랍장 하나만으로 공간이 거의 꽉 차 있었다. 오틸리는 입술을 움직여 말을 하려고 안간힘을 쓰면서, 맨 위 서랍 안에 들어찬 잡동사니들을 이리저리 헤집더니 사진 한 장을 꺼내 내 손에 놓아 주었다. 그것은 누리끼리하게 바랜 옛날 사진으로, 판지 위에 정교하게 끼워져 있었고 테두리에는 금박이 씌워져 있었다.

사진 속에서는 다섯 살쯤 되어 보이는 여자아이가 예쁘게 웃고 있었다. 독일인 아이였는데, 기묘하게도 아네테의 두 살배기 딸 바로 위의 언니와 약간 닮아 보였다. 아이는 프릴 달린 드레스를 입고, 금발 머리 한 타래를 정수리에 화려하게 말아 올리고 있었다. 소시지처럼 둥글고 올찬 두 다리는 골이 진 기다란 흰색 스타킹으로 감싸였고, 튼튼하고 네모난 발은 밑창이 부드러운 옛날식 검은색 부츠를 신고 끈으로 졸라맸다. 오틸리는 사진을 넘겨다보고는 목을 틀더니 내 얼굴을 올려다보았다. 나는 그녀의 얼굴에서 뮐러가 특유의 비스듬한 눈매, 물빛 눈동자, 높은 광대뼈를 다시금 발견했다. 훼손되다 못해 거의 파괴되어 있기는 했지만 그럼에도 못 알아볼 수 없을 만큼 확실했다. 사진 속의 아이가 바로 오틸리였던 것이다. 그녀는 아네테, 그레트헨, 하치의 언니임이 틀림없었다. 오틸리 스스로가 내 생각이 맞는다고 알려 주기 위해 다급한 무언극을 펼치고 있었다. 그녀는 사진과 자기 얼굴을 번갈아 두드리면서 말을 하려고 필사적으로 안간힘을 쓰다가, 사진 뒷면에 세심하게 적혀 있는 '오틸리'라는 이름을 짚어 보이고는, 구부린 손마디를 입술에 가져다 댔다. 그녀의 머리는 하염없이 끄덕거렸고, 자꾸만 떨리는 손은 일부러 내게 장난을 치려고 사진을 탁탁 치는 것처럼 보였다. 그 판지 조각 하나로 그녀는 별안간 내가 아는 인간 세상과 연결되었다. 그것은 그녀의 안에 살아 있는 중심부였다. 그리고 우리 모두를 피할 수 없는 공통된 근원으로 소급시킴으로써 그녀의 삶과 내 삶을 동족으로 엮는, 더 나아가 서로의 일부로 만드는 어떠한 핵심으로부터, 거미줄보다도 가벼운 실 한 줄기가 뻗어 나와 그녀 내면의 중심부와 나의 내면 사이를 한순간 연결했고, 그러자 그녀의 애처로움과 기이함은 사라져 버렸다. 그녀는 자신이 저렇게 탄탄한 다리와 경계하는 눈동자를 지닌 오틸리였다는 것을 그리고 지금도 자기 안에서는 여전히 오틸리라는 것을 잘 알고 있었다. 잠시 되살아난 그녀는 자신이 괴롭다는 것을 깨달았다. 어느새 몸을 들썩이며 소리 없이 울면서 손바닥으로 눈물을 닦아 내고 있었기 때문이다. 아직 뺨이 눈물에 젖어 있는 중에도 그녀는 표정이 변하더니, 자신을 괴롭히는 끔찍하고 불가해한 고통이 담겨 있는 듯한 공간의 그 지점을 맑아진 두 눈으로 쳐다보았다. 그러고는 누군가의 목소리라도 들은 것처럼 고개를 돌리고 부엌으로 비칠비칠 뛰어갔다. 열어 둔 서랍은 닫지도 않고, 사진은 서랍장 맨 위에 엎어 둔 채였다.

점심 식사 때 그녀는 허둥지둥 식당으로 나오다가 하얀 바닥에 커피를 엎질렀다. 그녀는 하염없이 넋이 나가 있는, 자신만의 비밀스러운 존재 방식을 되찾은 뒤였고, 이제 나는 다른 모든 사람과 마찬가지로 그녀에게 다시 이방인이 되어 있었다. 하지만 나에게 그녀는 더 이상 이방인이 아니었고, 앞으로도 이방인일 수 없었다.

뮐러가의 막내아들이 덫으로 잡은 주머니쥐를 가지고 들어왔다. 털로 뒤덮인 몸뚱이를 좌우로 흔들면서, 만신창이가 된 짐승을 우리에게 보여 주며 그는 눈을 가늘게 뜬 채 우쭐거렸다. "아뇨, 잔인한 짓이죠. 아무리 야생동물이라도요." 온화한 아네테가 내게 말했다. "그런데도 사내애들은 뭘 죽이는 게 그렇게나 좋은가 봐요. 상처 입히는 것도 좋아하고요. 저는 불쌍한 쿠노가 덫에 걸릴까 봐 늘 걱정이에요." 쿠노, 그 버릇없는 늑대 같은 녀석이라면야 어떤 덫이든 충분히 이겨 낼 수 있으리라고 나는 내심 생각했다. 아네테는 조용하고도 세심하게 주변에 배려를 아끼지 않는 사람이었다. 새끼 고양이, 강아지, 병아리, 새끼 양, 송아지 들을 정성껏 보살펴 주었고, 젖을 막 뗀 송아지들의 눈앞에 우유 냄비를 놓을 때 녀석들을 어루만져 달래 주는 여자도 그녀밖에 없었다. 자식을 대할 때는 그녀의 일부를 다루듯, 아직 배 속에 있는 아이인 양 대했다. 그런데도 아네테는 오틸리가 자신의 언니라는 사실은 잊은 것 같았다. 다른 사람들도 마찬가지였다. 나는 하치가 오틸리의 이름을 내게 알려 주면서도 언니라고 소개하지는 않았던 것을 기억했다. 그들이 그녀에 대해 침묵하는 까닭은 명백했다. 그저 잊어버린 것이다. 오틸리는 마치 유령처럼 그들의 상상력에 미치지 못하는 존재로서 그들 사이를 돌아다니고 있었다. 그들의 자매였던 오틸리는 오래전에 일어난 가슴 아픈 사건 같은 것이었고,

이제는 다 끝난 과거였다. 그녀의 기억이나 그녀를 되새기게 하는 무언가를 끌어안고서는 도저히 살아갈 수가 없기에, 순전히 자기방어를 위해 잊어버린 것이다. 하지만 나는 잊을 수 없었다. 그녀는 물결을 따라 흘러 들어와 어딘가에 걸려 버린 수초처럼, 내 마음의 한 자리에 고정된 채 떠나질 않고 둥둥 떠 있었다. 나는 추론을 해 보았다. 뮐러가 사람들이 오틸리를 달리 어떻게 할 수 있었겠는가? 어린 시절 당한 사고로 그녀는 모든 것을 빼앗기고 오로지 존재 자체만 남았다. 사회나 계급에서는 병약자와 불구자를 애지중지 보살펴 주지 않는다. 누구나 살아 있는 한 각자의 몫을 해야 한다. 이곳이 바로 그녀의 자리이고, 이 가족 안에서 그녀는 태어났고 또 죽어야 한다. 오틸리가 고통스러울까? 아무도 묻지 않았고, 아무도 살피지 않았다. 고통은 삶과 함께하는 것이기에, 고통과 노동은 곧 삶이기에. 사람은 살아 있으면 일을 하게 되어 있다. 단지 그뿐이다. 불평해 봐야 아무도 그걸 들어 줄 시간이 없고, 누구나 각자의 번민으로 힘겨운 것은 마찬가지이다. 그러니 그들이 오틸리에게 달리 무엇을 할 수 있었겠는가? 내가 할 수 있는 일이라면, 나 역시 그녀를 잊으리라고 그리고 남은 평생토록 그녀를 기억하리라고 다짐하는 것뿐이었다.

나는 긴 식탁 앞에 앉아서 오틸리가 그릇들을 달그락거리며 허겁지겁 고달프게 돌아다니는 모습을 지켜보곤 했다. 그녀가 식당으로 끊임없이 들여오는 음식들은 그녀의 삶에서 계속되는 모든 노동을 상징했다. 그녀가 부엌으로 들어갈 때면 내 마음도 그곳으로 따라 들어가, 보글보글 끓는 커다란 주전자들이며 꽉 들어찬 오븐을 들여다보는 그녀를, 온몸이 고통의 기계에 불과한 그녀를 볼 수 있었다. 그리고 절박하고 명료한 생각 하나가 내 마음의 표면에 똑바로 떠올랐다. 내가 갈망하는 사건을 향해 시간을 재촉하듯이, 지금이라고, '지금'이어야 한다고. 내일도 말고, 바로 오늘. 오늘 당장, 그녀가 오븐 앞에 놓아둔 자신의 낡아 빠진 의자에 조용히 앉아서, 팔짱을 끼고 무릎 위에 고개를 떨구고 있을 수 있기를, 그 모습을 우리가 볼 수 있게 되기를. 그러면 비로소 오틸리는 쉴 수 있을 터였다. 나는 부엌에서 그녀가 나오지 않기를, 다시는 나오지 않기를 바라며, 부엌문 너머로부터 무언가 참을 수 없는 것이 나타나기라도 할 것처럼 움찔거리는 눈으로 내내 그곳을 주시했다. 하지만 그녀는 다시 나오고야 말았다. 결국 그녀는 그저 오틸리였으므로, 그녀의 단란한 가정 안에서도 단연 쓸모 있고 유능한 구성원들 중 한 사람이었으므로. 그들은 깊고 타당한 본능을 통해 오틸리의 재난을 그 나름의 방식으로 그리고 그녀의 방식으로 살아 내는 법을 터득했다. 그들에게 그것은 수많은 불행으로 가득한, 그보다 훨씬 더 참혹한 일도 비일비재한 세상에서 일어난 또 하나의 고통스러운 사건일 뿐이었고, 그들은 그것을 받아들이고 활용하게 된 것이다. 그래서 나는 조금씩 천천히, 뮐러가 사람들이 오틸리를 받아들이고 그녀의 삶을 활용하는 방식을 최대한 가까이 따라가 보았다. 왜인지 스스로 잘 설명할 수는 없지만, 그들의 한결같음과 그 누구도—자기 자신은 더더욱—동정하지 않는 그들의 태도가 내게는 크나큰 미덕이자 용기로 느껴졌기 때문이었다.

그레트헨이 아기를 낳았다. 아들이었다. 상냥하고 아늑한 가랑비가 내리던 어느 날 밤, 사람들의 형편을 배려해 일부러 시간을 맞추기라도 한 듯 저녁 식사 후 잠자리에 들기 전 시간에 아기가 태어났다. 다음 날에는 인근 몇 마일 거리 안팎에 사는 여자들이 찾아와 새로운 종

722

류의 공놀이라도 하듯 아기를 서로 주고받으며 시시덕거렸다. 무도회에서는 얌전하고 수줍음을 타고, 결혼식에서는 감상에 젖었던 그들이, 출산을 축하하러 온 자리에서는 거침없고 외설적인 입담을 늘어놓으며 익살을 떨었다. 커피와 맥주를 마시면서 그들의 대화는 점점 더 원색적으로 번져 갔고, 정답고 걸걸한 목소리로 이어지던 말들은 배 속에서부터 터져 나오는 폭소에 묻혔다. 이 근면 성실한 주부들과 어머니들은 몇 시간 동안이나마 인생을 저속하고도 정겨운 농담으로 다룸으로써 활력을 얻는 것이었다. 아기가 요란히 울음을 터뜨리더니 어린 송아지처럼 젖을 빨았다. 뮐러가의 남자들도 구경하러 들어와서 유쾌한 음담패설을 몇 마디 보탰다.

흐린 날씨 때문에 손님들은 예정보다 일찍 집으로 돌아갔다. 연기처럼 자욱한 검은색과 회색의 들쭉날쭉한 수증기 가닥들이 온 하늘에 줄지어 걸려 있었다. 지평선이 서서히 붉어지면서 숲 변두리가 연한 보랏빛으로 물들다가 흐릿해지더니, 깊게 우릉거리는 천둥의 진동이 하늘 전체를 가로질렀다. 뮐러가 식구들은 일제히 서둘러 고무장화를 신고 기름 먹인 방수포로 된 작업복을 입으면서, 서로에게 고함을 치며 대책을 의논했다. 막내아들은 쿠노를 데리고 산등성이 너머에서 양들을 데려와 우리에 몰아넣었다. 쿠노가 컹컹 짖고, 양들은 매매 울고 음매 소리를 내고, 쟁기에서 풀려나온 말들은 흥분한 나머지 귀를 뒤로 젖히고 고삐를 최대한 끌어당기면서 히힝 울어 대며 뜀박질을 했다. 젖소들이 근심스러운 울음을 내지르자 송아지들이 마주 울어 답했다. 그 동물들을 찾아 모으고, 달래고, 안전하게 가두어 넣느라 집안 남자들 전부가 동분서주했다. 뮐러 가모장 역시 허벅지까지 올라오는 장화를 신고 여섯 겹의 페티코트들을 걷어 올려 장화

안에 끼워 넣고서 남자들을 도우러 외양간으로 성큼성큼 걸어갔다. 그때 귀청을 찢는 천둥 번개가 내리쳐 구름장이 끝에서 끝까지 두 조 각으로 쪼개지더니, 배를 덮치는 파도처럼 거센 폭우가 집을 강타했 다. 폭풍에 창유리가 깨져 그 틈으로 물이 쏟아져 들어왔다. 천장의 대들보가 젖어 들고 벽이 안쪽으로 휘어지기까지 했지만, 그래도 집 채는 토대에 온전히 붙어 서 있었다. 아이들은 안쪽 침실에서 그레트 헨과 함께 옹송그리고 있었다. "여기 침대로 올라와 앉으렴." 그녀는 아이들에게 차분히 말했다. "얌전히 있어야 해." 그레트헨은 숄을 두 르고 앉아서 아기에게 젖을 주고 있었다. 이윽고 아네테가 들어와 자 신의 아기도 그레트헨에게 맡기고 나갔다. 아네테는 현관에 나가 서 서 한 팔로 포치 난간을 감고 아래를 내려다보았다. 성난 물이 바로 문턱까지 차올랐고, 익사하기 일보 직전인 양 한 마리가 떠내려오고 있었다. 나도 그녀를 따라 나갔다. 자꾸만 울리는 천둥의 포성 때문에 서로의 말이 들리질 않았지만, 우리는 어떻게든 힘을 합쳐 포치 계단 아래에서 양을 끌어 올려서 현관에 데려다 놓았다. 쫄딱 젖은 녀석의 털을 걸레로 닦아 주고 배를 눌러서 물을 게우게 해 준 끝에, 마침내 우리는 녀석을 일으켜 앉힐 수 있었다. 아네테는 승리감에 차올라 연 신 환호했다. "살았어요, 살았어! 이것 봐요!"

남자들이 부엌 바깥문을 두들기며 고함치는 소리가 들리기에, 우 리는 양을 그곳에 놔두고 뛰어가서 문을 열어 주었다. 남자들과 더불 어 뮐러 가모장이 우유 통을 매단 멜대를 지고서 안으로 들어왔다. 그 녀의 치맛자락에서 물이 쏟아졌고, 머리에 쓴 검은색 삼각형 방수포 에서도 물이 뚝뚝 미끄러져 떨어졌으며, 고무장화는 그 안에 욱여넣 은 페티코트 자락의 무게 때문에 주름지고 처져 있었다. 뮐러 가부장

역시 수염과 방수포에서 물이 줄줄 흘렀다. 부부는 그렇게 두 그루의 울퉁불퉁한 노목처럼 마주 서 있었다. 둘 다 얼굴이 갑자기 늙고 어둡고 지쳐 보였다. 끝내는 그들도 지친 것이다. 저 피로는 앞으로 평생 동안 풀리지 않을 터였다. 뮐러 가부장이 느닷없이 소리를 질렀다. "썩 가서 마른 옷으로 갈아입게! 아프고 싶어서 그래?"

"하이고." 그녀가 멜대를 부리고 통들을 바닥에 내려놓으며 말했다. "당신이나 가서 갈아입구려. 마른 양말 갖다 줄 테니."

아들들 중 한 명이 내게 말해 주기를, 뮐러 가모장은 한 살 먹은 송아지를 들쳐 업고서 헛간 벽의 사다리를 기어 올라가, 건초 뭉치로 바리케이드를 쳐 놓은 다락 안에 송아지를 안전하게 넣어 두었다고 했다. 그것도 모자라 암소들을 외양간에 한 줄로 세워 놓고는, 시시각각 불어 오르는 물속에서 착유용 걸상을 끌어다 놓고 앉아 소들의 젖을 전부 짜냈다는 것이었다. 그런데 정작 본인은 아무렇지도 않게 생각하는 눈치였다.

"하치! 이 우유 좀 가지고 들어가!" 뮐러 가모장이 외쳤다. 그러자 조그맣고 창백한 하치가 후닥닥 달려왔다. 젖은 신발을 벗다 말고 뛰어오느라 맨발 바람이었고, 두껍게 땋아 내린, 노란색과 은색이 섞인 머리 타래가 걸음걸이에 따라 어깨에 마구 부딪혔다. 그녀의 새 남편도 뒤따라왔는데, 그는 장모를 좀 어려워하는 기색이었다.

"제가 할게요." 그는 소중한 색시에게 고된 일을 시키지 않으려고 스스로 나서서 커다란 우유 통을 들어 올렸다. 그런데 뮐러 가모장이 고함을 쳤다. "안 돼!" 젊은 사위는 딱하게도 놀라서 펄쩍 뛰어오르다시피 했다. "자네는 안 돼. 우유는 남자가 다룰 일이 아니야." 사위는 뒤로 물러났고, 하치가 냄비에 우유를 붓는 동안 그는 부츠에서 새어 나오는 거뭇한 진흙을 질질 흘리며 그 자리에 서서 지켜보았다. 뮐러 가모장은 남편의 시중을 들러 방으로 따라 들어가다가 문간에서 뒤를 돌아보고는 물었다. "오틸리는 어디 있어?" 아무도 몰랐다. 그녀를 본 사람이 아무도 없었다. "찾아." 뮐러 가모장은 마저 들어가면서 말했다. "지금 저녁 차리라고 해."

하치는 남편에게 손짓해, 그와 같이 오틸리의 방 앞으로 살금살금 다가가서 조용히 문을 열어 보았다. 부엌에서 방 안으로 비쳐 드는 빛에 오틸리의 모습이 보였다. 오틸리는 혼자서 침대 가장자리에 웅크려 앉아 있었다. 하치는 빛이 더 들어가도록 문을 활짝 열어젖히고는, 귀가 멀었거나 아주 멀리 있는 사람에게 말하는 양 높고 카랑카랑한 목소리로 외쳤다. "오틸리! 저녁 시간이야! 우리 배고파!" 그러고 나서 젊은 부부는 부엌을 나와 아네테가 구한 양이 어떻게 됐는지 보러 갔다. 이윽고 아네테, 하치, 내가 같이 빗자루를 가지고 나와서 흙탕물과 깨진 유리 조각으로 더러워진 홀과 식당의 바닥을 청소했다.

폭풍은 점차 잦아들었지만 비는 계속 쏟아져 범람했다. 저녁 식탁에서는 손실된 가축이 얼마나 되는지, 그 손해를 어떻게 만회할지 논의가 이어졌다. 작물도 전부 다시 심어야 했다. 한 철의 노동이 몽땅 수포로 돌아간 것이다. 그들은 모두 지치고 물에 젖었지만 침착한 태도로 배불리 식사를 했다. 바로 내일 이른 아침부터 수리와 복구 작업을 시작하려면 기력을 든든히 보충해 둬야 했다.

아침이 되자 지붕을 때리던 빗소리가 거의 멎었다. 내 방에서 창밖을 내다보니, 세피아색의 평야처럼 대지를 뒤덮은 큰물이 골짜기 쪽으로 천천히 흐르고 있었다. 헛간 지붕들은 천막 지지대들처럼 축 휘어졌고, 익사한 동물들의 시체가 물살에 떠내려가거나 울타리에 걸려 있었다. 아침 식사 자리에서 밀러 가모장은 커피 잔 위에 고개를 수그리고 신음했다. "아이쿠, 머리가 왜 이리 아프담. 여기도." 그녀가 가슴을 두드렸다. "다 아파. 아, 세상에, 큰일 났네." 그녀는 뺨이 벌게진 채 한숨을 토해 내며 일어나더니, 헛간에 나가 있는 하치와 아네테에게 도와 달라고 쉰 목소리로 외쳤다.

둘 다 치맛자락을 무릎에 휘감은 채 서둘러 돌아왔다. 자매는 말도 못 하고 제대로 서 있지도 못하는 어머니를 부축해서 침대에 뉘었다. 그녀는 새빨개진 얼굴로 꼼짝도 않고 누워만 있었다. 다들 어쩔 줄을 모르고 갈팡질팡하다가 일단 누비이불을 가져다 덮어 주었다. 하지만 그녀는 이불을 팽개쳐 버렸다. 딸들이 커피, 차가운 물, 맥주를 가져다줘도 그녀는 고개를 돌리고 외면할 뿐이었다. 이윽고 아들들이 들어와 침대 옆에 서서 딸들과 함께 외쳤다. "무테르헨, 무티, 무티,* 저희가 어떻게 할까요? 말씀해 주세요, 뭐가 필요하세요?" 하지만 그녀는 말을 하지 못했다. 12마일 너머에 있는 의사를 부르러 가는 것은 불가능했다. 울타리도, 다리도 모두 무너졌고 길도 끊겨 있었다. 방 안에 모여든 식구들은 당혹감에 휩싸여 우왕좌왕했다. 몸져누운 그녀가 깨어나서 자신에게 무엇을 어떻게 해 달라고 직접 일러 주지 않는 한은 아무런 대책이 없었다. 밀러 가부장이 들어와서 그녀의 옆에 꿇어앉아, 두 손을 붙잡고 그 어느 때보다도 다정하게 말을 건넸다. 그래도 대답이 없자 그는 눈물을 펑펑 쏟으며 드러내 놓고 큰 소리로 울었다. "아아, 이럴 수가, 이럴 수가. 은행에 몇천, 몇만 탈러 있어도 무슨 소용이야." 그는 가족들을 노려보며 서투른 영어로, 스스로에게

---

* Mutterchen, Mutti, 모두 독일어로 '엄마'라는 뜻.

낯선 이방인이 되어 본래의 언어를 잊어버린 사람처럼 말했다. "말해 봐, 그게 다, 다 무슨 소용이냐고?"

이 말에 그들은 겁에 질려 일제히 비명을 질렀다. 모두가 어머니를 부르고 애원하면서 걷잡을 수 없는 아우성이 벌어졌다. 그들의 슬픔과 공포의 소리가 방을 가득히 채운 가운데, 뮐러 가모장은 숨을 거두었다.

오후 서너 시쯤 비가 그치고 잔인하게도 화창한 하늘에 놋쇠 원반 같은 해가 떠올랐다. 탁한 물이 강으로 빠져나가고 벌거벗은 갈색 언덕이 모습을 드러냈다. 부서진 울타리들이 얼크러진 채 땅에 뒹굴고, 어린 복숭아나무들은 꽃이 다 떨어진 채 뿌리 부분부터 꺾여 있었다. 밀림처럼 빽빽이 자랐던 숲의 나무들에는 격렬한 폭발이 일어나, 코발트빛 그림자가 진 뜨거운 공작색의 나뭇잎들로 온통 번들거리며 타올랐다.

집 안이 너무나 적막했다. 나는 사람이 살기는 하는지 확인하려고 조심스럽게 귀를 기울이기까지 했다. 모두가, 심지어 어린아이들도 까치발로 걸어 다니고 귓속말을 했다. 오후 내내 헛간 다락에서 망치가 쿵쿵거리고 톱이 쓱싹거리는 소리가 단조롭게 이어지더니, 날이 어두워지자 남자들이 반짝이는 관 하나를 들고 들어와 홀에 내려놓았다. 새로 베어 낸 노란 소나무 재목에 밧줄로 손잡이를 단 관이었다. 관은 한 시간쯤 그 자리에 놓여 있었고, 그동안 홀을 지나는 사람들은 관 위로 발을 내디뎌 넘어 다니는 수밖에 없었다. 마침내 시신의 염습을 끝낸 아네테와 하치가 문간에 나와 손짓했다. "이제 가져와요."

뮐러 가모장은 옷깃에 조그마한 하얀색 레이스가 달린 검은 실크

드레스를 입고 머리에 작은 레이스 모자를 쓴 채 그날 밤 거실에 안치되었다. 남편은 플러시 쿠션 의자를 가까이 가져다 놓고 앉아서 그녀의 얼굴을 들여다보았다. 아내의 얼굴은 무척 사색적이고, 온화하고, 멀어 보였다. 그는 간간이 소리 없이 울면서 커다란 손수건으로 얼굴과 머리를 훔쳤다. 그의 딸들이 이따금씩 커피를 가져다주었다. 그는 그곳에서 곯아떨어져 다음 날 아침까지 자리를 지켰다.

부엌의 등불도 거의 밤새도록 꺼지지 않았다. 오틸리가 묵직한 부츠를 신은 발로 바닥을 불안정하게 쿵쿵 내디디는 소리, 커피 분쇄기가 메뚜기처럼 드르륵드르륵 돌아가는 소리가 들려왔고, 빵 굽는 냄새도 풍겼다. 하치가 내 방에 찾아와 말했다. "커피와 케이크가 있으니 좀 드세요." 그러고는 손에 쥔 빵 조각을 부스러뜨리며 돌아서서 울었다. 우리는 식탁 앞에 서서 말없이 먹고 마셨다. 오틸리가 새로 끓인 커피 한 주전자를 가지고 나왔다. 그녀의 눈은 침침하고 멍했고, 무턱대고 걷는 듯한 걸음걸이며 허둥거리는 것도 평소와 같았다. 커피가 손에 약간 흘렀지만 그녀는 느끼지도 못하는 눈치였다.

하루를 더 기다린 다음, 막내아들이 나가서 루터교 목사와 이웃 몇몇을 불러왔다. 정오쯤에는 더 많은 사람이 찾아왔다. 다들 옷에 진흙이 튀었고, 그들이 몰고 온 말들은 땀을 흘리며 숨을 헐떡이고 있었다. 가족들은 조문객을 맞을 때마다 감정이 허물어져서 매번 눈물을 터뜨렸다. 아이처럼 자연스럽고 솔직한 울음이었다. 눈물로 흠뻑 젖은 그들의 얼굴은 부드러웠고 근육이 느슨하게 풀어져 편안해 보였다. 그렇게 마음을 내려놓을 수 있다는 것은, 누구의 해명이나 변명도 필요 없는 일로 울 수 있다는 것은 좋은 일이었다. 눈물은 그들의 영혼에 호사이면서 동시에 치유제였다. 그들은 탄탄한 공동의 슬픔 안에서 함께 울면서, 그동안 각자 은밀히 품고 있던 자기만의 고통을 가장 깊은 핵심까지 흘려보낼 수 있었다. 그것을 같이 나눔으로써 그들은 서로를 위로했다. 앞으로 한동안은 무덤에 찾아가 그녀를 추억할 것이다. 그 이후에는 그들의 삶에 새로운 체계가 잡혀 갈 테고, 그러면서도 한편으로는 예전과 같은 삶이 이어질 것이다. 지금도 이미 산 사람들의 생각은 내일로 향하고 있었다. 내일이면 그들은 다시 짓고, 다시 심고, 다시 고쳐야 할 일거리들에 착수할 터였다. 오늘만 해도 당장 장례식을 마치고 집에 돌아가면 서둘러 우유를 짜고 닭 모이부터 줘야 했다. 그리고 며칠을 울고 또 울다 보면 결국에는 눈물이 그들을 치유할 것이다.

이날 나는 죽음이 아니라, 죽는다는 것의 공포를 처음으로 알게 되었다. 작은 시골 영구차에 관이 실리고 장례 행렬을 시작하러 사람들이 모여들 때 나는 내 방으로 돌아가 자리에 누웠다. 천장을 쳐다보고 있노라니, 아래층에서 전해지는 움직임이며 소리에서—마구가 삐걱이고, 말발굽이 땅을 울리고, 바퀴가 끼긱거리고, 사람들이 엄숙한 음성으로 나지막이 두런거리는 기척에서—불길한 질서와 의지가 느껴졌다. 너무 두려운 나머지 몸속의 피가 희박해지면서 싹 빠져나가는 것 같은데, 그러면서도 내 정신은 말짱하게 깨어 있어서 그 섬뜩한 감각을 생생히 지각하는 느낌이었다. 그런데 사람들이 마당을 떠나가자 공포도 슬슬 물러갔다. 바깥의 소리들이 잦아드는 동안 나는 거기 누워서 아무것도 생각하지 않고, 아무것도 느끼지 않고, 안도감과 피로에 잠긴 채 선잠이 들었다.

비몽사몽간에 개 한 마리가 울부짖는 소리가 들렸다. 꿈인 것 같은데 깨어나기가 힘들었다. 쿠노가 덫에 걸린 꿈이었다. 그런데 문득 녀석이 정말로 덫에 걸렸구나 싶으면서, 이건 꿈이 아니니 일어나야 한다는 생각이 들었다. 이 집에서 녀석을 꺼내 줄 사람이 나밖에 없기 때문이었다. 그제야 나는 완전히 잠에서 깼고, 울음소리가 바람처럼 내게 불어닥쳤다. 듣고 보니 그건 개 울음소리가 아니었다. 나는 아래층으로 뛰어 내려가 그레트헨의 방에 들어가 보았다. 그녀는 아기와 함께 웅크려 자고 있었다. 나는 부엌으로 뛰어갔다.

오틸리는 늘 앉던 망가진 의자에 앉아서 열이 식은 오븐 가장자리에 발을 걸치고 있었다. 두 손은 옆구리에 늘어뜨렸고, 구부러진 손가락들이 손바닥을 파고들고, 머리를 어깨 뒤로 젖힌 채 목을 위로 한껏 빼면서, 그녀는 몸을 격렬히 뒤틀며 마른 눈으로 울부짖었다. 그러다 내 모습을 보더니 일어나 가까이 다가와서는 내 가슴에 머리를 기대는 것이었다. 그녀는 손을 잠시 앞으로 내밀어 허공에 드리웠다가, 몸서리를 치면서 웅얼거리고 악악거리며 열린 창밖으로 두 팔을 미친 듯이 흔들었다. 그 창문은 잎이 다 떨어진 과수원 나뭇가지들 너머, 사람들이 격식에 맞추어 장례 행렬을 이루던 오솔길 쪽을 향하고 있었다. 나는 그녀의 팔을 붙잡았다. 팽팽하게 경직되고 조여진, 비정상적으로 불거진 근육들이 거친 옷소매 너머로 느껴졌다. 나는 그녀를 이끌고 현관으로 나가서 거기에 앉혀 두었다. 오틸리는 고개를 흔들거리며 그 자리에 앉아 있었다.

헛간 앞마당에 나가 보니 다 망가진 스프링 왜건과 텁수룩한 조랑말 한 마리밖에 남아 있지 않았다. 첫날 나를 농장에 데려다주었던 바로 그 마차와 조랑말이었다. 마구의 구조는 여전히 수수께끼였지만, 나는 어찌어찌 조랑말과 마구와 마차를 연결하는 데에 성공했다. 모양새만 보면 크게 위태롭지는 않은 듯했지만 그건 내 희망 사항일 뿐이었다. 나는 오틸리를 밀고 당기고 끌어 올려서 끝내 좌석 위에 앉히고, 손에 고삐를 잡았다. 조랑말은 마지못한 듯 발을 내디뎌 위태위태하게 길을 따라 뛰어갔다. 녀석은 버터 교반기처럼 덜컥거리며 움직였고, 바퀴들은 지그재그로 돌면서 희극에 나오는 술 취한 배우처럼 우스꽝스럽게 나아갔다. 나는 바퀴들이 부리는 쾌활한 광대 짓을 유심히 지켜보면서 어떻게든 잘되기만을 바라는 수밖에 없었다. 우리는 녹색 진구렁에 미끄러져 들어갔다가, 한때 작은 다리들이 놓여 있었던 배수로를 통해 아슬아슬하게 빠져나왔다. 예전에 주도로였던 곳에 이르렀을 때 나는 일어나서 장례 행렬이 보이는지 내다보았다. 아니나 다를까, 도로 저 앞에 사람들이 있었다. 작은 언덕을 조금씩 올라가는 그들의 모습은 흙덩이들 위를 비틀비틀 기어가며 허둥거리는 검은 딱정벌레들의 행렬로 보였다.

오틸리는 이제 잠잠해진 채 몸을 웅크리고 있었다. 그녀의 몸이 좌석 끄트머리로 느슨히 미끄러지고 있기에 나는 고삐를 쥐지 않은 쪽 손으로 그녀의 튼튼한 벨트를 붙잡았다. 그런데 손가락이 미끄러져서 그녀 옷 안쪽의 맨살이, 골이 지고 야위고 건조한 살갗이 내 손마디에 닿았다. 그 순간 그녀가 실재한다는, 인간이라는, 저 망가진 것이 한 명의 여자라는 실감이 닥쳐와, 그 사실이 너무나 충격적이어서 나는 오틸리처럼 개 짖는 소리와 비슷한 절망적인 괴성을 내지를 뻔했다. 하지만 그 비명은 목구멍 밖으로 채 나오지 못하고 잦아들었고, 영원히 사라지지 않는 유령으로 남았다. 오틸리는 곁눈으로 나를 응시했고, 나도 그녀를 마주 보았다. 그러자 그녀 얼굴의 울퉁불퉁한 주름들이 기괴하게 일그러지더니, 그녀는 숨 막히는 듯한 흑 하는 신음을 내뱉었다가 별안간 웃음을 터뜨렸다. 악을 쓰는 소리에 가깝게 들렸지만 틀림없는 웃음이었다. 그녀는 기뻐서 손뼉을 치며, 벙글거리는 입과 고통스러운 두 눈을 들어 올려 하늘을 올려다보았다. 털털거리며 나아가는 우리 마차의 익살스러운 율동에 맞추어 그녀의 머리도 까닥거리고 흔들거렸다. 등에 내리쬐는 햇볕의 열기, 환한 공기, 눈치 없이 까불거리며 돌아가는 바퀴, 공작빛 녹색으로 물든 하늘— 이것들 중에서 무언가가 그녀에게 가 닿은 것 같았다. 행복하고 명랑해진 그녀는 앉은자리에서 몸을 흔들며 까르륵거리며, 내게 고개를 기울이고 자기 주변을 막연히 손짓했다. 자기 눈앞에 펼쳐진 경이를 보라는 듯이.

나는 조랑말을 멈춰 세우고 그녀의 얼굴을 잠시 살펴보며 내가 저지른 역설적인 실수를 돌이켜 보았다. 내가 오틸리를 위해 해 줄 수 있는 일은 아무것도 없었다. 그녀에 대한 내 마음을 달래고 싶은 이기적인 소망을 충족할 방법은 없었던 것이다. 그녀는 여느 모든 타인과 마찬가지로 내 힘이 미치지 않는 거리에 있었다. 하지만 그래도 나는 우리 사이의 거리를, 아니, 내게서 떨어진 그녀와의 거리를 부정하고 그 사이에 다리를 놓고자 했고, 그 결과 나는 이제껏 내가 만난 그 누구보다도 가까운 거리까지 그녀에게 다가갈 수 있었다. 그렇지 않은가? 그래, 우리는 둘 다 똑같이 인생에 속는 바보였고, 함께 죽음으로부터 도망쳐 나온 공범이었다. 적어도 하루 동안은 탈출하게 된 것이다. 그러니 우리는 우리에게 주어진 행운을 자축하고, 몰래 떠나온 휴가를 즐길 것이다. 이 멋지고 흥겨운 오후에 봄의 공기와 자유를 들이마시며.

오틸리는 마차가 멈춰서 불안한 듯 꼼지락거렸다. 나는 고삐를 잡아채서 조랑말을 몰고 다시 전진했다. 우리는 얕은 배수로를 가로질러, 주도로에서 갈라져 나가는 더 작은 도로로 건너갔다. 서쪽으로 서서히 기울어 가는 해를 가늠해 보니, 이대로 강변까지 갔다가 뽕나무 오솔길을 거쳐 집으로 돌아가면 장례 행렬이 도착하기 전까지 시간을 충분히 맞출 수 있을 듯했다. 오틸리가 그들을 위해 훌륭한 저녁 식사를 준비할 시간도 넉넉할 것이다. 그녀가 떠났었다는 사실조차 아무도 모르게.

기울어진 탑
The Leaning Tower

찰스 엎턴이 베를린에서 보내는 여섯째 날이 되던 1931년 12월 27일 이른 아침, 그는 헤데만슈트라세에 있는 작고 칙칙한 호텔을 빠져나와 길 건너편의 카페로 도망쳤다. 그 호텔의 공기는 왠지 모르게 답답했다. 누런 얼굴의 여자, 성질이 고약해 보이는 뚱뚱한 남자 둘이서 호텔을 운영했는데, 그 둘은 침구며 수건이 보관된 벽장의 열린 문 앞에서나, 식당 구석에서나, 복도에서나, 로비의 니스 칠 된 데스크 너머에서 숙박부를 들여다보고 있을 때나, 항상 무언가 음모를 꾸미는 것처럼 보였다. 찰스가 묵는 방은 어두침침하고 통풍이 안 되는 데다 추웠다. 한번은 거기서 저녁을 먹는데 접시 위의 간 소시지에서 조그맣고 하얀 벌레들이 꿈틀꿈틀 기어 나온 적도 있었다. 게다가 숙박료도 그에게는 너무 비쌌으므로, 찰스는 숙소를 다른 곳으로 옮기기로 마음먹었다. 카페 역시 칙칙하긴 마찬가지였지만 그래도 이곳에는 검소함에서 나오는 쾌적한 분위기가 있었다. 또한 찰스에게 좋은 추억이 있는 곳이기도 했다. 유럽에서 처음으로 크리스마스를 보낸 곳이 여기였기 때문이다. 그때 카페에는 쾌활하고 떠들썩한 사람들 몇 명이 함께 있었는데, 대화를 들어 보니 모두 같은 공장에서 일하는 사이인 것 같았다. 찰스에게 말을 거는 사람은 늙은 웨이터뿐이었지만 그 사람들끼리는 서로 정겹게, 츳츳거리거나 캑캑거리거나 쉿 하고 터지는 소리가 가득 섞인 억양으로 대화를 나누었다. 그때도 이미 찰스는 그 나뭇결 같은 느낌의 퉁명스러운 말투가 베를린 억양이라는 것을 알아들을 수 있었다. 그는 독일 선박을 타고 항해하던 때 독일인 승객들이 서로의 출신 지역 특유의 말씨를 칭찬하는 것을 들은 적이 있는데, 베를린 말씨를 좋게 말하는 사람은 아무도 없었다. 심지어 베를린 사람들도 마찬가지였다. 당시 찰스가 아는 독일어는 교과서와 축음기 음반으로 배운 것 그리고 그의 고향에 사는 독일인 이민자들에게 약간 얻어들은 것이 전부였으므로, 그들의 억센 말투에 즐겁게 귀를 기울이며 질 좋은 흑맥주를 천천히 마셨다. 이미 그 종류의 맥주에 입맛이 길들어서 다른 술은 못 마시게 된 지 오래였다. 그러면서 그는 사뭇 결연하게, 자신의 결정은 실수가 아니었노라고 스스로 되새겼다. 그래, 독일이야말로 그에게 딱 맞는 곳이라고, 자신이 살 도시는 바로 베를린이라고. 쿠노의 말이 옳았다고, 자기 친구가 기어이 여기까지 온 걸 쿠노가 알면 기뻐할 거라고.

그해 크리스마스이브에 찰스는 부모님보다도 자꾸만 쿠노가 생각났다. 부모님은 아들 없이 명절을 보내게 되어 많이 울적할 거라고 긴 편지를 써 보냈고, 그는 전보를 쳐서 자신도 부모님 생각을 많이 한다고 답신했지만, 실은 그러지 않았다. 오늘 아침 이렇게 카페에 와 앉아서 이 도시의 지도와, 하숙집들의 목록과 가격이 적힌 관광객용 팸플릿을 펴 놓고 있으니, 다시금 그는 불현듯 쿠노가 떠올랐다. 쿠노의 모습과 더불어 당시 자신의 모습까지도 눈앞에 아른거렸고, 이 기억들에 뒤이어 또 다른 기억들이 떠올라 서로 맞부딪쳤다. 그의 머릿속 어둑한 곳 어디엔가에는 그 모든 기억의 온전한 전체가 남아 있을 것이다. 그와 쿠노가 서로를 언제 처음 만났는지는 둘 다 기억하지 못했다. 가장 어렸을 때의 기억이라면, 둘이서 나란히 다른 아이들과 함께 줄지어 서서 노래를 하거나 그 비슷한 시답잖은 짓을 하던 것이었다. 분명 유치원이었을 것이다. 그들은 같은 도시에서 살았고 같은 학교를 다녔다. 그곳은 텍사스에 위치한, 스페인 이주민들이 일찍이 정착해 세운 작고 오래된 도시였다. 멕시코인, 스페인인, 독일인 그리고 주로 켄터키에서 건너온 미국인 들이 몇 세대에 걸쳐 그럭저럭 편안하게 어울려 살아왔다. 그들은 모두 평등한 시민이기는 했지만, 스페인 사람들은 대체로 부유하고 사치스러웠으며 종종 스페인에 다녀왔다. 독일인들도 가끔 독일에 다녀오곤 했고, 주로 오래된 멕시코계 지구 안에서 자기들끼리 모여 사는 멕시코인들도 형편이 닿을 때면 멕시코에 다녀왔다. 그 도시에 그대로 남아 있는 사람들은 오로지 켄터키 출신 미국인들뿐이었다. 그들은 켄터키에 거의 가지 않았고, 고향에 대한 이야기를 자주 애틋하게 입에 올리기는 했지만 찰스에게 그곳은 독일보다 더 멀고 덜 매력적인 곳으로 느껴졌다. 쿠노는 부모님과 함께 독일에 갔기 때문이다.

쿠노의 어머니는 독일에서 여자 남작이었다는데, 텍사스에서는 가구 장사로 번창한 상인의 아내였다. 그곳의 땅에서 서서히 굶주리며 살았던 켄터키 사람들은 취직을 하지 않을 바에야 땅을 일구는 것이야말로 유일하게 명예로운 생계 수단이라고 생각했고, 찰스의 부모님도 흑토 지대의 농장으로 근근이나마 생계를 꾸렸으므로, 찰스는 쿠노가 자신을 데리고 자기 아버지 가게의 진열창 앞을 지나가면서 광이 반들반들 나고 속이 푹신하게 찬 최신 유행 가구들을 보여 줄 때마다 내비치는 자부심이 신기하게 느껴졌다. 널찍하고 투명한 창문 너머 가게 안쪽 깊은 곳에서, 쿠노의 아버지인 힐렌타펠 씨가 검은 알파카 코트 차림으로 귀 뒤에 연필을 꽂고서 손님에게 고개를 기울인 채 정중하게 응대하는 모습이 흐릿하게 보였다. 찰스는 자신의 아버지가 말을 타거나, 검둥이들과 함께 외양간 주변에 서서 가축들을 보거나, 커다란 장화를 신고 밭을 걸어 다니거나, 쟁기나 써레의 주철 좌석을 타고 다니는 것만 보아 왔기에, 만약 아버지가 가게에서 물건을 팔기 위해 누군가를 따라다니는 모습을 보인다면 창피할 거라고 생각했다. 그가 딱 한 번 쿠노와 싸우고 싶었던 적이 있는데, 둘 다 여덟 살이었을 무렵 쿠노가 두 번째로 독일에 다녀오고 난 어느 날 농부들을 업신여기는 말을 했기 때문이었다. 그는 찰스가 알아듣지 못하는 무슨 독일어 명칭으로 농부를 깎아내렸다. "농부가 장사꾼보다 못할 것 없거든." 찰스는 울컥해서 말했다. "그래 봤자 너네 아빠는 장사꾼일 뿐이잖아." 그러자 쿠노가 마주 소리쳤다. "우리 엄마는 남작이고, 우리 가족은 모두 독일에서 태어났으니까 독일인이야. 독일에서는 천한 사람들이나 농사짓는 거야."

"그래? 독일인이면 독일에 가서 살지 그래?" 찰스가 그렇게 소리치자, 쿠노는 무척 자랑스럽게 말했다. "지금 독일에는 무지 큰 전쟁이 났어. 그래서 나라에서 엄마랑 아빠랑 우리 모두를 가두려고 했어. 그치만 우리는 여기로 돌아와야 했지." 뒤이어 쿠노는 그의 가족이 아슬 아슬한 위기를 넘기고 독일에서 탈출하기까지의 과정을 신비하게 과 장해서 이야기해 주었다. 하마터면 무슨 감옥에 갇혀 버릴 뻔했는데 아주 높고 힘 있는 사람들이 찾아와서 그들을 꺼내 주었다면서, 그 이 후에 일어난 일들까지 짜릿하고도 애매모호하게 이야기를 펼쳐 나갔 다. 그걸 듣다 보니 찰스는 쿠노와 벌이던 말다툼도 어느새 잊어버렸 다. "그게 다 우리 엄마가 남작인 덕분이었어." 쿠노가 말했다. "그래 서 탈출할 수 있었던 거야."

전쟁이 끝난 뒤, 힐렌타펠 씨는 2년에 한 번씩 가족을 데리고 독일 에 가서 몇 달쯤 머물다 왔다. 그때마다 브레멘, 비스바덴, 만하임, 하 이델베르크, 베를린 같은 머나먼 곳에서 쿠노가 낯선 우표를 붙여 보 내온 엽서들은, 바다 너머의 위대한 세상을, 푸르고 고요하고 깊은 저 유럽 대륙을 찰스의 방문 앞까지 실어다 주었다. 그런 뒤 텍사스로 돌 아온 쿠노는 꼭 기묘하고도 근엄해 보이는 새 옷을 입고 있었다. 흥미 진진한 기계 장난감도 가져왔고, 나이가 더 먹고 나서는 신기하고 값 비싼 천으로 된 넥타이, 호주머니에 바늘땀이 드러나 보이는 코트, 발 끝이 뭉툭한 모양의 두꺼운 연갈색 가죽 구두를 가져왔다. 그의 말로 는 다 수제품이라고 했다. 또한 말투에도 매번 독일어 억양이 묻어 있 었는데, 그건 미국에 돌아온 지 몇 주쯤 지나면 사라졌다. "아니야, 베 를린을 안 가면 아무 의미도 없어. 만하임이니 뭐니 하는, 조그맣고 궁상맞은 동네들에서는 항상 시간만 날릴 뿐이야. 당연히 따분한 친 척들 만나러 가는 거지. 그분들은 자기네 동네에만 딱 붙어사니까. 하 지만 베를린에서는……" 그러면서 쿠노는 베를린에 대해 몇 시간이 고 떠들었고, 찰스는 희붐한 안개 속에 드높은 성들이 우뚝 솟은, 아른거리는 빛으로 둘러싸인 대도시를 상상했다. 어쩌다 그런 상상을 하게 됐을까? 쿠노는 그저 이렇게 묘사했을 뿐이었다. "거기는 길이 식탁처럼 반질반질하고, 넓기는 또 얼마나 넓은지……" 그는 찰스와 같이 걷던, 오래된 스페인 식민지 시대의 좁다랗고 꼬불꼬불하고 더러운 길거리의 폭을 눈으로 가늠해 보았다. "오, 이것보다 다섯 배는 더 넓을걸. 그리고 건물들은……" 쿠노는 자신과 찰스의 위에 드리워진 평평한 지붕들을 흘긋 올려다보며 넌더리를 내고는 말을 이었다. "전부 돌과 대리석으로 되어 있고, 조각이 새겨져 있어. 건물이 온통 조각으로 뒤덮여 있고, 사방에 기둥이며 동상이 있고, 집채보다 넓은 계단이 구불구불……"

"우리 아버지께 들었는데……" 찰스는 쿠노가 늘어놓는 온갖 장엄한 것들에 대한 지식에 뒤지지 않으려고 이렇게 말해 보기도 했다. "멕시코에서는 말에 은으로 된 굴레를 씌운대."

"말도 안 돼." 쿠노가 대꾸했다. "만약 그게 정말이라면 완전히 허튼 짓이지. 말에 은 굴레를 씌울 만큼 멍청한 사람이 어딨겠냐? 하지만 베를린에는 말이야, 대리석 집에 장미가 온통 새겨져 있어. 장미 무늬가 끊임없이……"

"그것도 멍청한 짓 같은데." 찰스는 그렇게 받아쳤지만 목소리에 힘이 없었다. 실은 전혀 멍청하게 들리지 않았기 때문이다. 멕시코에서 말에 은 굴레를 씌운다는 이야기보다야 덜 멍청했다. 쿠노가 말하는 것들이야말로 찰스가 좋아하게 될, 그가 가장 보고 싶어 하는 것들이었다. 그래서 그는 쉽게 "나도 언젠간 거기에 갈 거야"라고 말했다.

쿠노는 바이올린을 켰다. 엄격하고 나이 지긋한 독일인 선생님 댁에서 일주일에 두 번씩 수업을 들었는데, 그는 쿠노가 실수를 하면 활로 머리를 탁 내리쳤다. 그리고 평소에도 부모님이 시키는 대로 매일 세 시간씩 바이올린 연습을 해야 했다. 찰스는 그림을 그리고 싶었지만, 그림이 시간 낭비라고 여긴 부모님은 그가 더 유용한 활동을, 이를테면 공부를 하기를 바랐다. 그래서 찰스는 그저 가끔씩 종이에 목탄을 끼적이거나, 제대로 갖추지도 못한 물감 통과 털이 자꾸 빠지는 붓들을 가지고 어딘가 구석진 자리에다 몇 시간쯤 물감 칠을 해 볼 따름이었다. 쿠노는 열다섯 살 때 네 번째인가 다섯 번째 독일행을 떠났고, 그곳에서 죽어 비스바덴에 묻혔다. 그의 부모님은 쿠노의 형과 더불어 새로 태어난 딸─찰스가 기억하기로는 둘째 딸이었다─을 데리고 돌아왔지만 쿠노의 죽음에 대해서는 말을 매우 아꼈다. 그들은 모두 금발에 키가 크고 뼈대가 가는, 다소 생기 없는 인상의 사람들이었다. 그 가족 중에서 찰스가 친하게 지냈던 사람은 쿠노뿐이었으므로, 이후로는 그들을 거의 보지도, 생각하지도 않게 되었다.

지금 이렇게 카페에 앉아, 더 싼 숙소를 찾자고 마음을 다잡다 보니, 찰스는 쿠노가 아니었더라면 자신이 여기 올 일도 없었을 거라는 생각이 들었다. '차라리 파리나 마드리드에 갔겠지. 아니면 멕시코에 갔든가. 거기는 화가들이 활동하기에 좋은 곳이니까…… 여기는 아니야. 이 도시는 뭔가 잘못돼 있어. 형태인가, 빛인가, 무언가가……'

그의 아버지는 젊은 시절 멕시코에 다녀온 적이 있어서 그곳에 관해 많은 경험담을 들려주었다. 하지만 찰스는 그 이야기를 쿠노의 이야기만큼 귀담아듣진 않았다. 그래서 결국은 여기에 오게 된 것이다. 화가가 되기 위해서. 심지어 그는 자신이 정말로 괜찮은 화가가 되리라고, 철저히 자신만의 합리적인 결정에 따라 이곳으로 건너왔다고 믿고 있었다. 그런데 지금 새롭고, 막연하고, 거의 형체 없는 의혹에 휩싸인 채, 자신이 베를린에 실망했다는 사실을 반쯤 시인하노라니—이 실망감의 정체는 무엇일까?—그는 자신이 베를린에 온 까닭이 결국은 쿠노의 영향으로 이곳을 이상적인 도시로 생각했기 때문임을 깨달았다. 사실 그는 이제 쿠노를 거의 추억하지 않았다. 아니, 추억하지 않은 지 오래됐다고 해야 할 것이다. 그저 죽은 사람으로 생각할 뿐이었고, 그러면서도 그가 죽었다는 사실은 여전히 잘 믿기질 않았다. 그럼에도 그 시절 쿠노가 보냈던 알록달록한 엽서들, 쿠노의 이야기들, 쿠노가 느꼈던 감정이며 찰스에게 불러일으켰던 감정이, 지금 찰스를 이곳으로 데려온 원인이었다. 차가운 머리로 그 진실을 마주하고 나니 그는 자신의 결정에 근거가 부족했다는 판단이 섰다. 부족하다 못해 빈약하기까지 했다. 하지만 그래도 가능한 만큼은 이곳에 계속 머물러 보기로 했다.

나흘 뒤면 새해가 밝는다. 찰스는 슬슬 심각하게 돈 걱정이 되었다. 아버지가 보내 주는 수표는 다음에 들어올 배편으로 받을 수 있을 것이다. 아버지는 아들의 재능을 반쯤은 체념하고 반쯤은 자랑스러워하면서 그의 진로를 도와주기로 했다. 찰스는 아버지가 지원해 주는 돈을 다 갚기로 다짐하고 공책에 장부를 만들어서 꼬박꼬박 기록해 두었다. 지금 그는 작은 미술 잡지에 드로잉을 연재하고 있었으므로, 거기서도 돈이 들어올 예정이었다. 만약 그 돈이 안 들어온다면 새해 기념으로 맥주 한 잔조차 못 마실 형편이 될 게 불 보듯 뻔했다. 그래도 미국에서 오는 우편선이 언젠가 도착하기는 할 것이다. 이르면 이를수록 좋겠지만 어쨌든 그때가 되면 확실히 돈이 생긴다. 많은 돈은 아니어도 생활을 유지하기에는 충분한 액수였다. 그때까지 버티려면 어떻게 할까 생각하니, 켄터키의 고모가 준 비싼 카메라가 떠올랐다.

그걸 전당포에 맡겨야겠다. 그러고 보니 할아버지의 커다란 금시계도 있었다. 맙소사, 할아버지는 부자였던 모양이다. 이렇게 되면 문제는 해결된 셈이었다. 이제 돈 걱정은 그의 마음에서 물러나고, 그동안 자신이 돈을 어디다 썼나 하는 희미한 불안감이 남았다. 크리스마스 전에 그는 길거리의 걸인들이 내놓은 모자며 손수건에 무심코, 액수를 헤아리지도 않고 잔돈을 던져 준 적이 있었다. 휴가철의 대목을 한껏 활용하는 걸인들 중에서는 질서 있게 무리를 지어서 캐럴을 부르며 구걸하는 이들도 있었다. 찰스가 고향에서 부모님을 따라 독일인 합창단 공연에 갔을 때 들었던, 귀에 익은 노래들이었다. 〈하일리게 나흐트〉,* 〈오 탄넨바움〉, 마르틴 루터의 〈요람 노래〉까지. 심지어 그들은 진짜 합창단처럼 풍성하고 듣기 좋은 소리로 노래했다. 닳아 해어진 신발로 질척거리는 눈밭을 딛고 서서, 배는 곯고 코끝은 파래진 채, 그들은 서로를 눈짓하며 가볍게 손뼉을 쳐서 박자를 맞추면서 구슬프게 노래를 불렀고, 행인이 동전을 주면 엄숙하게 고개인사를 했다.

그 외의 걸인들은 제각각 흩어져 있었다. 그들이야말로 가장 비참한, 구제가 불가능한 각자의 불행에 홀로 고립된 처지였다. 전쟁터에서 눈이 멀었거나 몸의 일부가 절단된 이들은, 옷소매에 특정한 띠를 둘러서 자신이 다른 누구보다도 구걸할 권리가 있으며 특별한 자선을 받을 자격이 있음을 알렸다. 그때 찰스는 주머니가 거의 텅 비어 있었다. 가진 것이라고는 오로지 미래뿐이었다—그래도 자신에게는 미래가 있다고 생각했다. 하지만 길가의 갓돌 위에 서 있던 어느 키 큰 청년은, 너무 수척한 나머지 입가의 피부 위로 치아의 굴곡이 불거

---

* 오스트리아의 캐럴 〈고요한 밤, 거룩한 밤Stille Nacht, Heilige Nacht〉을 뜻한다.

지고 뺨의 얼룩덜룩한 피부가 팽팽히 당겨진 채로, "무슨 일이든 하겠습니다"라고 적힌 플래카드를 목에 걸고 있었다. 찰스는 그에게 몰래 접근하다시피 슬쩍 다가가 축 늘어진 손바닥 위에 1마르크 동전 하나를 얹어 주었다. 그리고 근처 상점 문간에 올라가서 그 앞에 쌓인 전나무들 뒤편에 몸을 숨긴 채, 처참한 옷을 걸친 뻣뻣한 골격과 그 위에 얹힌 기아飢餓의 두개골을 훔쳐보며 스케치를 했다. 시린 손가락을 재빨리 움직이고 있노라니 공기 중에 달콤한 전나무 향기가 풍겼다.

그는 명절이라고 기뻐하는 것처럼 보일 필요가 없다면 얼마나 좋을까 생각하면서 걸음을 옮겼다. 갓 베어 낸 전나무 냄새를 맡았더니, 예전에 뉴욕에서 출항을 기다리느라 근처 화랑을 어슬렁거릴 때 그곳의 길가 갓돌에서 풍기던 사과 냄새가 떠올랐다. 사람들은 그 과일 노점들 옆에 서서 덜덜 떨거나 인도를 이리저리 돌아다니면서 "형씨, 한 푼만 주시겠소?"*라고 묻고 있었다. 그 문구는 삽시간에 널리 퍼져 어느새 유행어가 되어 버린 것이다. 그런데 거의 하룻밤 사이에 그 모든 것이 그저 한 시대의 재미난 풍경으로, 지방색의 일종으로, 한때의 유행으로 변해 버렸다. 설령 그 사람들이 정말로 그렇게까지 곤궁하다 해도 얼마 안 갈 거라고, 작금의 실업난은 일시적인 현상일 뿐이라고 신문들은 주장했고, 그 상황에 대해 해괴하고도 멋들어진 엉터리 이유들을 가져다 붙였다. 마치 그것이 지진이나 폭우와 같은 자연현상이라도 된다는 듯이.

하지만 여기서는 고난이 실재한다고 인정하는 분위기였고, 빈민들은 희망이 없다는 것을 익히 아는 눈치였다. 뉴욕 사과 장수들이 보이

---

* 대공황 시기에 같은 제목의 가요(〈Brother, Can You Spare a Dime?〉)가 유행했다.

던 우악스러운 태도 같은 것은 찾아볼 수 없었다. 오로지 순전한 절망과 전적인 인내뿐…… 그럼에도 쿠르퓌르슈텐담 거리와 운터덴린덴 거리에 늘어선 상점들의 진열창 안에는 질 좋은 양모나 모피 제품, 외투, 반짝이는 고급 자동차가 가득 차 있었다. 찰스는 길을 걸으면서 주위를 둘러보며, 뉴욕에서 사과 장수들과 걸인들 너머로 보았던 상점들의 진열창과 이곳의 진열창을 비교해 보았다. 뉴욕에는 이곳 물건들 같은 고급품은 전혀 없었다. 그런데 손님들은 어디에 있나? 뉴욕에서는 가게를 드나드는 손님들의 경쾌한 발걸음이 끊이지 않았고, 그들을 향해 내뻗은 걸인들의 손에도 동전이 연신 떨어졌다. 하지만 이곳에서는 칙칙한 옷을 입은 사람들이 오가다 멈춰 서서 진열창을 쳐다볼 뿐, 정작 상점 안은 텅 비어 있었다. 거리에는 젊은 사람들이 가득했다. 비슷비슷한 가죽 재킷과, 맞춘 듯이 똑같은 파란색의 스키복을 입은 호리호리하고 튼튼한 소년 소녀 들이, 진열창에는 눈길한 번 주지 않고 자전거를 타고서 거리를 씽씽 지나갔다. 어깨에 스키를 메고 무리 지어 다니면서 소리치고 웃는 걸 보니 주말을 맞아 산으로 놀러 가는 모양이었다. 찰스는 부러운 마음에 그들을 쳐다보았다. 그도 여기서 오래 살다 보면 언젠가는 저런 친구들을 사귀고, 자전거를 몰고서 스키를 타러 떠날지도 모른다. 하지만 현실성 없게 느껴지는 상상이었다.

찰스는 하염없이 배회하곤 했다. 그리고 인파가 많아지면 많아질수록 스스로가 더욱 이질적인 존재로 느껴진다는 것을 깨달았다. 그때 그 상점가에서, 그는 나란히 붙은 두 진열창 안에 전시된 돼지 모양 장난감이며 과자 들을 묵묵히 구경하는 사람들을 지켜보았다. 중년 남자와 여자 들이었는데, 희한하게도 그들은 외모가 모두 비슷했고 또 희한하게도 가장 흔한 부류였다. 길거리에는 그런 사람들이 넘쳐났다. 산만 한 덩치와 짧은 다리로 뒤뚱뒤뚱 걷는 언짢은 표정의 여자들과, 머리 모양이 동글동글하고 목덜미에 살집이 두툼히 접혀 있는, 불룩 튀어나온 배를 애써 지탱하느라 양어깨가 앞으로 쏠린 듯 보이는 남자들. 그중 대부분은 화려한 목줄을 맨 개를 두 마리씩 데리고 있었다. 이 나라에서 지나치게 많이 번식시킨, 늘씬하고 다리가 짧은 품종의 개들이었다. 다들 모직 스웨터며 모피 칼라 같은 개 전용 겨울옷을 갖춰 입었고 양털로 안감이 대어진 고무장화까지 신고 있었다. 개들이 낑낑거리고 끙끙거리며 몸을 떨자, 주인들은 녀석들을 부드럽게 안아 들고서 돼지들을 보여 주었다.

한쪽 진열창 안에는 소시지, 햄, 베이컨, 작은 분홍색 고깃덩어리 들이 있었다. 모두 진짜 돼지고기였다. 신선한 고기, 훈제한 고기, 소금으로 절인 고기, 오븐에 구운 고기, 직화로 구운 고기, 식초에 절인 고기, 양념한 고기, 젤리 형태로 고아서 굳힌 고기 등등. 그리고 다른 쪽 진열창에는 앙증맞은 인공 돼지들이 있었다. 아몬드 페이스트*로 만든 돼지, 고깃덩어리 모양의 분홍색 사탕, 소시지 모양의 초콜릿, 녹아내리는 크림으로 섬세한 줄무늬와 색채를 넣어서 마치 진짜처럼 보이는 조그마한 햄이며 베이컨 모양의 과자 따위였다. 그 뒤편에는 또 다른 온갖 종류의 돼지들이 반짝이 색종이와 레이스 종이 장식에 둘러싸여 있었다. 플러시 천으로 만든 돼지, 검은색 벨벳 돼지, 물방울무늬 무명 돼지, 금속과 나무로 만든 기계 돼지 등이, 모두 장난스럽게 돌돌 말린 꼬리를 달고 아기처럼 귀여운 얼굴을 하고 있었다.

* 아몬드 가루와 설탕과 향신료 등을 혼합한 것.

창피한 줄도 모르는 한 무리의 지방 덩어리 같은 사람들은, 안달복달 울어 대는 개들을 품에 안고, 동경과 식탐으로 촉촉이 젖은 눈망울로 돼지들을 바라보며 숭배하느라 여념이 없었다. 돼지들은 그들을 매우 악의적으로 묘사한 캐리커처인 양 그들과 닮아 있었지만, 또 한편 그들은 홀바인과 뒤러와 우르스 그라프의 그림에 나오는 바로 그 사람들이기도 했다. 얼핏 닮은 구석이 있는 정도가 아니라 정말 똑같았다. 꼭 그 그림들에서처럼, 그들의 중세 말기적 얼굴은 환각에 사로잡힌 악의와 지둔하면서도 맹렬한 잔인성의 일종으로 가득 차 있었다. 그러한 성질들은 그들의 심층으로부터 서서히 기어 올라와, 주체할 수 없이 탐욕스러운 지방층들을 뚫고 새어 나오고야 마는 것이다.

싸라기눈이 내려서 그들의 둥근 어깨와 울퉁불퉁한 모자챙 위에 희끗하게 내려앉았다. 찰스는 옷깃 사이로 눈발이 들어오는 것을 느끼고 발길을 재촉했다. 눈앞의 역겨운 광경으로부터 벗어나고 싶었다. 그는 계속 걸어서 프리드리히슈트라세에 접어들었다. 그곳에서는 초저녁을 맞아 밖으로 나온 깡마른 매춘부들이 인도 한가운데를 잰걸음으로 지나다니고 있었다. 다들 어디론가 가는 길인 것처럼 보였지만 실제로는 각자의 구역 안을 맴돌 뿐 거기서 벗어나지 않았다. 검은 레이스 치마, 굽 높은 금박 구두, 깃털 모자 차림에 화장을 한 그들은 찰스가 범접할 수 없는 존재로 보였다. 베를린에 도착한 첫날 저녁, 한 젊은 매춘부가 그에게 말을 걸어온 일이 있었다. 그녀는 웃음기 없는 얼굴로 자기를 따라오지 않겠느냐고 심드렁히 권했다. 찰스는 여자가 계속 채근하면 어쩌나 걱정하면서 "지금은 시간이 없어서요"라는 의미를 담아 떠듬떠듬 문장을 만들어 냈다. 그러자 그녀는 진지하게 평가하는 시선을 던졌는데, 오늘 장사가 영 텄구나 싶은 눈빛이었다. 무안해진 그에게 그녀는 "네, 잘 가요"라는 무심한 인사를 남기고 발길을 돌렸다. 고향에서 찰스는 그가 아는 여자들을 상대로 만 모험을 시도했고, 그런 기회는 얼마든지 있었다. 일이 잘 풀릴 때도 있고 잘 안 될 때도 있었지만 그는 그렇게 블록과 태클, 견제와 균형, 시행과 착오를 거듭하는 과정에서 많은 것을 배웠다고 생각했다. 그런데 이곳의 전문가 여성들은 속을 알 수 없어 보였고, 군복 차림으로 열병하는 군인들을 방불케 하는 그들의 모습을 보면 거북한 호기심과 함께 의혹이 들었다. 그는 누군가 젊고 명랑한 여자를 만나게 되기를 줄곧 바라고 있었다. 여학생이라면 좋을 것이다. 이곳에는 여학생이 무척 많아 보였지만, 아직까지 그에게 눈길을 준 여자는 한 명도 없었다. 찰스는 그런 생각들을 하면서, 어느 건물 문간에 서서 공책을 펼쳐 들고 급하게 스케치를 하고 있었다. 엉덩이가 넓적한 사람들, 축 늘어진 얼굴들, 옷을 입은 돼지들 그리고 깃털 모자를 터무니없을 만큼 심하게 기울여 쓴, 얼굴이 유난히 초췌하고 불만이 가득해 보이는 매춘부 한 명을 종이에 담았다. 처음에는 자신이 무엇을 하고 있는지 남들 눈에 띄지 않으려 애썼지만, 어차피 그를 보는 사람은 아무도 없으므로 신경 쓸 필요가 없다는 것을 이내 깨달았다.

이렇게 산란한 인상들이 마음을 어지럽혔고, 그 모든 것에 몹시 불쾌해진 찰스는 지도와 팸플릿을 접어서 챙겨 넣고 베를린에서 지낼 셋방을 구하러 카페를 나섰다. 불과 십수 블록을 지나는 동안 그는 몸상태가 나빠 보이는 실업자 청년을 다섯 명이나 더 마주쳤다. 그들의 뺨에 생긴 지 얼마 안 된, 길고 깊게 베인 상처 자국들에는 테이프와 탈지면이 엉성하게 붙어 있었다. '이런 광경을 보게 될 거라고는 아무도 말해 주지 않았잖아.' 예전에 했던 생각이 또 머릿속을 스쳤다.

그로부터 이틀 동안, 그는 눈 덮인 거리를 터벅터벅 걸어 다니며 이집 저 집 초인종을 누르다가 날이 저물면 기진맥진한 몸을 끌고 작은 호텔 방으로 기어들었다. 그렇게 셋째 날 아침이 되어 마침내 밤베르거슈트라세에서 실해 보이는 아파트의 3층 방을 발견했을 때, 그는 문을 열어 준 여자의 얼굴을 매우 유심히 공들여 뜯어보았다. 방을 구하러 다닌 지 얼마 되지 않았는데도 그는 이 도시의 집주인 여자들에 대한 무시무시한 진실을 꿰뚫고 있었다. 그들은 웃음 짓는 여우이고, 굶주린 늑대이며, 구중중한 집고양이이자, 순전한 호랑이, 하이에나, 복수의 여신, 하피* 그 자체라는 것. 종종 나타나는 최악의 유형은 자기가 겪은 비운의 역사를 얼굴에 고스란히 써 놓은, 감상에 푹 젖은 인간들이었다. 찰스가 도망치려고 하면 그들은 그와 함께 마지막 희망도 떠나간다는 듯 거의 울음을 터뜨리려고 했다. 그는 남부의 작은 대학에서 보냈던 네 차례의 겨울을 제외하면 쭉 고향 집에서 살았기에, 셋방을 구해 보기는 이번이 처음이었고, 그래서 벽 틈새나 열쇠 구멍을 통해 인간의 흠을 훔쳐보는 듯한 죄책감을 느끼고 있었다. 부엌에서 나는 냄새, 공기가 잘 안 통하는 침실, 인간의 가난이 자아내는 퀴퀴함과 인간의 부가 자아내는 답답함 등을. 어느 집에서는 그에게 부엌 뒤편의 쪽방을 보여 주었는데, 세가 들기를 기다리는 동안 그 황폐한 방에다 아기 빨래를 널어놓고 있었다. 또 어느 집에서는 그를 데리고 도금된 조각 장식이며 낡은 플러시 천 가구가 갖추어진 층 전체를 둘러보게 해 주었는데, 그 공간 전체에서 하루 묵은 양배추 냄새가 진동했다. 유리벽돌과 크롬강으로 지어진, 흰 가죽 소파와 상판이

---

* 그리스 신화에 등장하는 괴물로, 여자의 얼굴을 한 새의 모습이다.

거울로 된 테이블이 띄엄띄엄 놓여 있는 드넓은 집을 과감히 구경해 본 적도 있었다. 그런 데서 살려면 무시무시한 집세를 내야 할뿐더러 최소한 1년은 계약해야 한다는 조건이 반드시 따라붙었다. 그 밖에도 그는 살인 사건 현장으로나 딱 알맞을 법한 눅눅한 판잣집을 둘러보기도 했고, 또 어느 방에서는 뚱한 표정으로 짐을 싸고 있던 젊은 여자와 마주치기도 했다. 여자가 침대 위에 쌓아 둔 속옷 더미에서 풍기는 고약한 향수 냄새가 방 전체에 찌들어 있는 가운데 그녀는 찰스에게 의식적으로 음흉한 웃음을 지어 보였고, 집주인 여자는 굉장히 모진 어조로 그녀에게 무슨 말인가를 내뱉었다. 하지만 이런 경우들은 예외적이었고, 그가 둘러본 집들은 깔끔하면서 답답한, 가정주부의 꾸준한 손길이 구석구석에서 배어나는 울적한 공간이 대부분이었다. 깃털 침대가 얼마나 높은지, 커튼이며 식탁보가 얼마나 호화스러운지 정도의 차이만 있을 뿐 다 비슷비슷하게 불쾌한 종류의 고상함을 풍기는 방들을 찰스는 끊임없이 만나게 되었고, 그때마다 항상 바깥 길거리로 도망쳐 나와서 상대적으로 가뿐한 자유의 공기를 들이마셨다.

지금 이 아파트의 문을 열어 준 여자는 쉰 살 이상 되어 보였는데—특정 나이 이상의 사람들은 찰스의 눈엔 다 비슷해 보였다—인상이 제법 괜찮았다. 분홍빛이 도는 얼굴에 백발이었고 눈동자는 무척 생기 넘치는 하늘색을 띠었다. 그가 오기 전에 옷을 차려입은 듯했고, 약간 허세를 부리는 구석이 있었지만 문제 될 건 없어 보였으며, 그를 무척 반가워하는 기색이었다. 복도는 세간이 거의 없이 휑했지만 윤이 나게 잘 닦여 있었다. 속이 꽉꽉 들어찬 플러시 가구로 가득한 집들과 쥐가 들끓는 흉가들 사이에서 이 정도면 완벽한 절충안이 될 듯싶었다.

집주인은 그에게 이 집에서 가장 좋은 방을 보여 주겠다며, 마침 그 방 딱 하나만 비어 있다고 설명했다. 또한 이 집에는 젊은 신사분들만 살고 있으니 그의 마음에 들 거라는 이야기도 덧붙였다. 지금 하숙생은 총 세 명인데, 찰스가 들어와서 네 명이 되면 좋겠다는 것이었다. "여기 사는 분들은요……" 그녀는 자랑스럽게 말했다. "베를린 대학에 다니는 젊은 학생 한 분, 젊은 피아니스트 한 분 그리고 하이델베르크에서 휴가차 온 젊은 학생 한 분, 이렇게 있답니다. 어때요, 같이 지내기에 나쁘지 않겠지요? 젊은이는 직업이 어떻게 되나요?"

"화가라고 보시면 됩니다." 찰스는 희망을 품고 말했다.

"멋지네요." 집주인이 말했다. "딱 화가만 없어서 아쉽던 차였는데."

"제 독일어 서투름을 이해해 주시길 바라요." 찰스는 집주인의 오만한 태도에 약간 기가 질린 채 말했다.

"말이야 배우면 되지요." 집주인은 어머니처럼 자애로운 미소를 지으며 말했다. "나는 빈 사람이랍니다. 내 말투가 보통 베를린 사람들 말투와 어딘가 조금 다르게 느껴진다면 그것 때문일 거예요. 여기서 독일어를 배우고자 한다면, 빈식 독일어를 접하는 것도 나쁘진 않을 거라고 봐요."

그녀는 방을 보여 주었다. 글쎄, 방은 애매했다. 이제까지 본 다른 방 몇 군데와 비슷했다. 만약 그에게 선택의 여지가 있었더라면 이런 곳은 고르지 않았겠지만, 그래도 같은 종류의 인테리어 안에서는 그나마 덜 거슬리는 편이었다(이런 인테리어 자체에서는 벗어날 수 없는 모양이었다). 호화롭긴 하지만 점잖은 색깔의 동양풍 카펫, 둥글게 휘감겨 돌아가는 벨벳 장식 천 아래로 내려뜨린 레이스 커튼, 커다랗고 둥그런 테이블과 그 위에 깔린 예쁘고 고상한 빛깔의 동양풍 비단 깔개. 방의 한쪽 구석에는 실크와 벨벳 쿠션들이 잔뜩 쌓인 깊은 소파들이 자리를 다 차지하고 있었고, 그 위의 벽을 장식한 진열장 유리문 안에는 은 세공품이며 고급 도자기 같은 조그맣고 진기한 장식품들이 들어차 있었다. 테이블 위에는 커다란 램프가 떡하니 서 있었는데, 분홍색 실크 등갓은 표면에 세로 홈이 새겨졌고 끝자락에 술이 둘러졌으며 실크 장식 술이 치렁치렁 달려 있는 등 장식이 화려하기 이를 데 없었다. 침대는 깃털 누비이불과 풍뎅이 빛깔의 실크 덮개로 으리으리하게 부풀어 있고, 거대한 옷장은 광택이 나는 거무스름한 목재로 온통 장식이 새겨져 있어 형체를 알아볼 수가 없을 정도였다.

정말이지, 지독한 방이긴 했다. 그래도 이나마가 최선이었다. 집주인은 적어도 인간인 것 같았고, 이렇게 흉물스러운 방들 중에서는 가장 저렴했기 때문이다. 찰스가 단순한 책상과 독서용 램프가 필요할 거라고 하자, 그녀는 선뜻 마련해 주겠다고 하고는 말을 이었다. "앞으로 여섯 달은 머무를 예정이었으면 좋겠는데요."

"죄송해요." 찰스는 이 질문을 각오하고 있었다. "저는 세 달만 있으려고요."

집주인은 짐짓 상냥한 미소를 지었지만 표정에 드러나는 실망감을 다 숨기지는 못했다. "보통은 기본 입주 기간이 여섯 달이라서요."

"하지만 저는 세 달 뒤에 외국 가게 돼요." 찰스가 말했다.

"오, 그래요? 어디로 가나요?" 그녀는 자기가 여행을 떠나기라도 할 듯이 온 얼굴이 환해졌다.

"아마 이탈리아로요. 처음에는 로마, 그다음에는 피렌체에 가려고요. 그런 다음에는 유럽 전체로요." 그는 마지막 말을 무작정 덧붙였다. 이 계획이 진짜라는, 정말로 실현될 거라는 확신이 처음으로 들었던 것이다.

"오, 이탈리아!" 집주인이 외쳤다. "거기서 지냈던 세 달이 내 인생에서 가장 행복한 시간이었어요. 그동안 얼마나 다시 가고 싶었는지 몰라요."

찰스는 테이블 근처에 서 있었고, 테이블의 램프 옆 비단 깔개 위에는 높이가 5인치쯤 되는, 피사의 사탑을 본뜬 작은 석고 모형이 놓여 있었다. 집주인과 대화하는 동안 그는 무심결에 그쪽으로 손을 뻗어, 섬세한 이랑들이 패어 있는 탑 가운데 부분을 손끝으로 가볍게 집어 들었다. 그런데 그 이랑들은 그의 손이 닿자마자 맥없이 바스러져 버렸다. 묵직한 받침대 주위로 조각들이 와스스 떨어져 내리는 순간 그는 냉큼 손을 거두었지만 이미 늦은 뒤였다. 집주인의 안색이 새하얗게 질리고 푸른 눈이 삽시간에 젖어 드는 것을 보고 찰스는 기겁했다.

이제껏 유지하던 평정심은 탑과 함께 무너져 버렸다. 찰스는 더듬더듬 말했다. "오, 정말 죄송해요." 이것은 집주인에게 중대한 사고인 게 분명했고, 찰스는 자신의 어설픈 행동거지와, 엉뚱한 데로 흘러가는 호기심과, 아무 물건이나 건드리는 나쁜 손버릇까지도 그녀의 앞에서 고스란히 증명하고 시연해 버린 꼴이 되었다. 대체 왜 손을 가만히 두지 못했던 걸까? "제가 새것으로 구해 드리겠습니다."

"새것은 구할 수 없어요." 집주인은 충격에 빠진 와중에도 엄격한 위엄을 내보이며 말했다. "그건 이탈리아에서 사 온 기념품이에요. 남편과 신혼여행 갔을 때 추억거리로 산 거죠. 남편은 오래전에 세상을 떠났고요. 어림없지요, 그 작은 탑은 다른 것으로 대체할 수 없어요."

찰스는 일단 이곳을 벗어나 바깥 공기에서 뜨거운 낯을 식히고 싶었다. "저는 짐을 가지러 가 볼게요. 한 시간쯤 뒤에 돌아오겠습니다."

"그래요." 그녀는 부서진 조각들을 하나하나 종이 위에 주워 모으며 멍하니 말했다. "부디 고칠 수 있어야 할 텐데."

"수리비라도 제가 낼 수 있게 해 주세요." 찰스가 말했다. "정말 진심으로 죄송합니다."

"당신 잘못이 아니에요. 내 탓이지요." 집주인이 말했다. "애초에 여기 두지를 말았어야 했는데……" 그녀는 말을 끊고는, 오므린 두 손으로 종이를 받쳐 들고 밖으로 걸어 나갔다. '여기는 야만인들한테 내주는 방이니까요. 귀중한 것을 존중할 줄도 모르는 막돼먹은 외지인들 같으니라고.' 그녀의 얼굴과 목소리는 너무나 뻔하게 그렇게 말하고 있었다.

찰스는 벌겋게 달아오른 얼굴을 찌푸린 채 가구들 사이를 조심조심 움직여 창가로 걸어갔다. 출발이 나빴다. 정말이지 나쁜 출발이었다. 이중창은 단단히 닫혀 있었고, 라디에이터의 열기가 방 전체를 고르게 데워 주고 있었다. 그는 창문에 쳐진 레이스 커튼을 젖혀 보았다. 그러자 창백하게 굴절된 겨울 아침나절의 햇빛 저편으로 길 건너편 집 지붕에 붙어 있는 갓난아기 크기의 도자기 큐피드상 십수 개가 보였다. 그 역겨운 큐피드들은 천박한 분홍빛을 띤 몸에 두 발과 양 볼과 엉덩이만 새빨갛게 물들어 있었고, 땅딸막한 팔다리로 자유분방한 자세를 취한 채, 가파른 지붕에서 떨어지지 않으려고 끊임없이 기어오르고 있는 것처럼 보였다. 슬레이트들을 디디고 있는 발가락들의 사실주의적인 형태며, 지붕을 꽉 붙든 통통한 손이며, 백치처럼 웃고 있는 얼굴 따위를 찰스는 침울하게 훑어보았다. 비가 쏟아지는 날에도 큐피드들은 저 어리석은 놀이를 계속할 것이다. 눈이 오면 코가 눈에 완전히 파묻힐 것이다. 엉덩이는 겨울바람에 자연적으로 수난을 당할 수밖에 없으리라. 저기다 저 조각상들을 올려놓은 사람이 누구인지는 몰라도, 오, 자기 딴에는 그것들이 매년 보고 또 보아도 기발하고 재미난 장식물이 되리라고 생각했으리라. 찰스는 여기서 그냥 조용히 빠져나가 사라져 버리고 싶은 충동이 불쑥 치밀어, 모자와 외투를 챙겨 들었다. 다시 돌아오지 않으면 될 일 아닌가. 아직 계약서에 서명한 것도, 돈을 낸 것도 아닌데. 오, 하지만 이제는 피할 수 없는 일이었다. 때마침 집주인 여자가 차분한 미소를 되찾은 얼굴로 은 쟁반을 가지고 다시 나타났기 때문이다. 쟁반에는 명함 하나, 무언가가 인쇄된 종이 한 장, 펜, 잉크 그리고 내용이 기입되지 않은 영수증이 놓여 있었다. 찰스는 유사시 경찰에 넘겨질 수 있는 상세한 신상자료, 3개월간 거주하겠다는 조건으로 서명한 계약서, 한 달 치 하숙비까지 그 쟁반 위에 얹어 주고서야 비로소 그 자리를 빠져나올 수 있었다. 찰스가 하숙비를 달러가 아닌 마르크로 지불하자 그녀는 명랑하게 말했다. "달러가 없다니 아쉽네요." 그럼에도 대담하게 받아들이겠다는 투로 그에게 고개를 기울였다. 그녀의 왼손에는 좀 과하다싶은 다이아몬드 반지가 끼워져 있었다. 정교하게 세팅된 파란 빛깔의 네모난 알이 반지 위로 높다랗게 돌출되어 있었는데, 언뜻 보기에도 매우 훌륭한 보석이었다. 아까는 못 본 것 같았다.

찰스가 묵는 호텔은 여전히 안색이 누리끼리하고 피곤에 찌든 사람처럼 보였다. 그가 데스크로 다가가자, 호텔 주인 여자는 사뭇 상냥해 보이기까지 하는 표정으로 그를 맞아 주었다. 그런데 그가 다른 숙소를 잡게 돼서 지금 바로 방을 빼야겠다고 말했더니 그녀의 표정은 놀라울 만큼 급격하게 변했다. 분노와 실망에 북받쳐 당장이라도 울음을 터뜨릴 기세였다.

"그게 무슨 말이에요?" 그녀는 눈시울이 붉어진 채 딱딱하게 따졌다. "한 달간 머물기로 동의했잖아요. 그 조건으로 숙박료를 아주 많이 깎아 드렸고요. 그런데 겨우 8일 묵고는 방을 빼겠다니요. 저희가 무슨 실수라도 했나요? 방이 제대로 관리가 되지 않았던가요? 대체 무슨 일이죠?"

"저는 그냥 여기보다 덜 비싼 데로 옮겨야 해요." 그는 조심스럽게 말했다. "그게 다예요."

"저희 숙박료는 지극히 합리적인 가격인데요." 그녀의 긴 치아 위로 메마른 입술이 달싹거렸다. "그런데 왜 옮기시려는 거죠?"

"합리적인 가격이에요." 그는 불안한 마음으로 그렇게 시인하고는, 수치스러운 고백을 하듯 덧붙였다. "하지만 제 돈 부족해요."

그녀는 찰스가 그녀의 지갑을 훔치려다가 들키기라도 했다는 듯 격분해서 얼굴이 뻣뻣하게 굳은 채, 숙박부를 펼치고 내용 일부를 다른 종이에 빠르게 베껴 적었다. "그건 손님 사정이죠." 그녀는 낮은 목소리로 말했다. "이런 경우에는 당연히 방값을 하루 단위로 계산해 주셔야 돼요."

"그렇겠네요." 그는 수긍했다.

"마음을 바꾸는 건 공짜가 아니라는 걸 이번 일로 배우게 될 거예요." 주인 여자는 엄하게 훈계하는 투로 말했다. "우유부단이란 돈이 아주 많이 드는 사치예요."

"그런 것 같아요." 찰스는 그녀가 종이 위에 써 내려가는 글이 급속도로 길어져 가는 것을 초조하게 지켜보았다.

여자는 눈을 들고 그의 어깨 너머를 흘끔 내다보았다. 그녀의 얼굴은 이제 배짱을 굳게 다져 먹은 표정으로 변해 있었다. 그녀는 목소리를 높여 앙칼지고 도도하게 말했다. "이대로 계산해 주세요. 안 그러면 경찰을 부르겠어요."

찰스는 그녀가 말한 그대로 지불할 수 있는 현금을 수중에 갖고 있었지만, 문득 자신이 상황을 뭔가 잘못 판단하고 있다는 생각이 들었다. 주인 여자의 눈길을 좇아 뒤를 돌아보니, 그녀의 파트너인 뚱뚱한 중년 남자가 몇 피트 너머에 서 있었다. 물렁물렁한 사각형 덩어리처럼 생긴 그의 머리통은 짧고 빳빳한 회색 머리털로 성기게 덮여 있었고, 두 손은 호주머니에 꽂아 넣은 채, 입술이 안 보일 만큼 입을 커다랗게 벌리고서 표독스러운 웃음을 지으며 찰스를 노려보았다. 찰스는 주인 여자가 보여 준 종이 아랫부분에 적힌 총액의 액수에 어안이 벙벙해져서, 돈을 1페니히 하나까지 일일이 헤아려서 금액에 딱 맞게 건네주었다. 큰돈을 무작정 건넸다가 거스름돈을 못 돌려받을까 봐 겁이 났던 것이다. 그녀는 그가 내민 돈을 계산서와 함께 잠자코 홱 낚아챘다.

"영수증 좀 주시겠어요?" 찰스는 물었다.

여자는 아무 대꾸도 않고 뒤로 약간 물러섰고, 대신 저편에 있던 남자가 조용히 다가왔다. 그는 가식적인 예의를 차리며 날선 어투로 물었다. "가시기 전에 신분 증명 서류들을 좀 보여 주셔야겠습니다."

"여기 처음 왔을 때 다른 분한테 보여 드렸는데요." 찰스는 여행 가방을 집어 들었다.

"나는 못 봐서요." 남자가 그렇게 말하는데 눈초리에서 악의가 배어났다. 퉁퉁한 눈꺼풀 너머 작고 희끄무레한 눈동자가 돼지처럼 번득이고 있었다. "유감스러운 말씀이지만 저는 못 봤고, 떠나기 전에 저희가 반드시 신원 확인을 해야 합니다."

남자는 내심 모종의 흥분으로 씨름하고 있는 것 같았다. 목이 부풀어 오르며 붉게 달아올랐고, 입은 한껏 앙다물어서 입이라기보다는 얼굴의 한 부분이 째진 자국처럼 보일 정도였으며, 발끝에 체중을 옮겨 실은 채 몸을 조금씩 기우뚱거리는 걸 봐도 그랬다. 찰스는 이 나라에서 끊임없이 신원 확인을 당하는 번거로움을 겪으리라는 것을 익히 각오하고 있었다. 유럽을 여행하다 보면 가석방된 범죄자가 된 기분이 들 거라고, 그 어디보다도 독일에서는 특히 심할 거라고 경험자들이 이야기해 준 바 있었다. 하지만 그것도 점차 적응이 될 것이며, 누가 신분 증명 서류를 요구하거든 무조건 보여 줘야 한다고 그들은 충고했다. 찰스는 여행 가방을 내려놓고 호주머니를 손으로 더듬어 보았다. 기억을 돌이켜 보니, 서류가 든 가죽 케이스를 여행 가방 두 개 중 하나에 넣어 둔 것 같았다. 어느 가방이었더라?

그는 둘 중에서 큰 가방부터 먼저 열어 보았다. 가방 안에 어지럽게 뒤얽힌 옷가지들이 밖으로 드러났다. 그러자 호텔 주인 남자와 여자가 몸을 기울여 그의 소지품을 들여다보더니, 여자가 업신여기는 투로 내뱉었다. "됐어요." 찰스는 묵묵히 화를 삭이며 가방을 닫고 다른 가방을 열었다. 가죽 케이스는 거기 있었다. 그가 케이스를 남자에게 건네주자, 남자는 여권과 여타 서류들을 하나씩 하나씩 꺼내면서 미치도록 느린 속도로 들춰 보았다. 의심스러운 시선으로 내용을 들여다보면서, 양쪽 뺨을 번갈아 부풀리고 혀를 쯧쯧 차면서. 그러고는 찬찬히 서류 케이스를 돌려주며 말했다. "됐습니다. 이제 가도 좋아요." 그는 하급 관리가 부하를 내보내듯이 모욕적으로 거들먹거렸다.

두 사람은 증오에 찬 침묵 속에서 찰스를 계속 쳐다보았다. 깊은 악의를 최대한 드러내기 위해 한껏 일그러뜨린 얼굴이 우스꽝스러워 보이기까지 했다. 그들은 찰스가 얼마나 심한 모욕과 협잡을 당했는지 잘 모를까 봐 걱정스러운 눈치였다. 아니면 이제 자신들이 안전하고 유리한 입장이 되었으니, 그를 더 자극해서 반발을 끌어낸 다음 그걸 꼬투리 잡아 더 해코지하고 싶은 것인지도 모른다. 자신을 뚫어져라 쳐다보는 시선을 느끼며 찰스는 어색하게 서류를 가방에 집어넣고, 뚜껑을 닫고, 말을 안 듣는 잠금쇠를 가지고 씨름을 벌였다. 밖으로 나가자 등 뒤의 닫힌 문 너머에서 두 사람이 한 쌍의 하이에나처럼 킬킬거리는 소리가 들려왔다. 그에게 들리도록 일부러 요란하게 웃고 있었다.

별안간 주머니 사정이 궁해진 그는 차마 택시를 탈 엄두가 안 나서 걸어가기로 마음먹었다. 점점 무거워져 가는 낡은 가방들을 질질 끌면서, 눈앞에 뻗은 머나먼 길거리를 걸으며, 그는 자신이 방금 당한 처우에 대해 맥락 없는 상념에 잠겼다. 찰스는 훤칠하고 번듯한 청년이었고 용모에도 태도에도 흠잡을 데가 없었지만, 이때만큼은 눈 위로 모자를 깊이 내려쓰고 우거지상을 한 얼굴이 뚱하고 좀 못생겨 보이기까지 했다. 아까 찰스는 울컥해서 뚱뚱한 남자의 이빨을 주먹으로 확 후려갈기고 싶었다. 하지만 그의 머릿속 한구석에 자리한 차갑고 명징한 이성은 그 상황에 아무런 개선의 여지도, 보상을 받을 가망도 없다는 사실을 잘 알고 있었고, 그랬기에 그 충동을 재깍 억누를 수 있었다. 그저 조용히 그들의 작태를 받아넘기고 두 불량배한테서 빠져나오는 수밖에 없었다. 그러지 않았다면 더욱 심각한 말썽에 휘말리고 말았으리라. 하지만 분노는 그의 마음속에 남아 있었고, 자리를 잡고 뿌리를 내려서 그의 새로운 일부분이 되어 버렸다.

새 집주인이 문을 열어 주었다. 집에 하인을 쓰지는 않는 모양이었다. 의례적인 인사 몇 마디를 더 나눈 뒤, 그는 안절부절못하고 다시 길거리로 나와서 이발을 할 때가 됐다고 스스로를 다잡았다. 찰스는 지도를 확인한 뒤 쿠르퓌르슈텐담 거리로 향했다. 어느새 해는 구름 뒤로 사라졌고 날이 갑자기 추워졌다. 광택을 낸 금속처럼 빛을 받아 번득이는, 매끄럽고 거무스름한 길바닥 위로 눈이 다시 떨어져 내렸다. 무겁고 수고로운 도시가 이른 어둠 속에서 활기 없이 축 늘어져 있었다.

이발소는 작고 깨끗한 곳이었다. 흰 수건이 사방에 널려 있고, 거울이 반짝이고, 비누 냄새가 나는 따스한 증기가 공기 중에 자욱했다. 작고 여린 체격에 핏기 없는 남자 한 명이 그를 안내하고 목 주위에 천을 둘러 주었다. 숱 적은 아마색 머리카락이 힘없이 늘어져 있고, 입에서 역겹고 불쾌한 숨 냄새를 풍기는 남자였다. 그는 찰스의 머리카락을 정수리 부분만 길게 남기고, 뒤통수를 빙 둘러 귀 위까지 넓게 잡아서 바싹 깎아 주고 싶어 했다. 이발사 자신의 머리도 그런 식이었다. 길거리에도 그런 머리를 한 사람들이 넘쳐 났으며, 이곳의 거울 한쪽 귀퉁이에 끼워진, 신문에서 오려 낸 사진 속 정치인도 마찬가지였다. 고함을 지르느라 크게 벌린 정치인의 입 주변은 네모난 콧수염으로 장식되어 있었고, 정수리의 머리카락은 모로 세워져 있었다. 그 머리 스타일이 유행하게 된 것도 저 사람 때문인 듯했다. 찰스는 연신 고개를 내젓고, 아는 독일어를 필사적으로 조합해 설명하고, 이발사가 보여 준 패션 잡지 속의 다른 사진들을 가리켜 보이면서, 더 합리적인 관점으로 이발사를 설득하느라고 기를 썼다.

이발사는 아무리 명랑한 기분일 때라도 기본적으로 인상이 슬퍼 보이는 사람이었다. 그는 가뜩이나 서글픈 얼굴이 더더욱 시무룩해진 채로 찰스의 목덜미 부근의 머리카락을 거의 보이지 않을 만큼 미세하게 쳐 내면서, 화제를 날씨 이야기로 돌렸다. 지난 하루 이틀 정도는 날이 참 따뜻했다고 했다. 유별나게 따뜻했던 나머지 황새들마저도 날씨에 속을 정도였다나. 오늘 아침 신문에 따르면 황새들이 베를린 상공을 날아가는 모습이 포착되었다는데, 그건 좋은 날씨와 이른 봄을 알리는 확실한 징조라는 것이었다. 게다가 뉴욕에서 날아온 속보에 의하면 센트럴파크에는 나무들에 연둣빛 싹이 돋았다고 했다. 이 계절에 싹이라니, 믿어지냐면서.

"이맘때 티어가르텐*에는 아무것도 없는데 말이죠." 작은 이발사는 한숨을 쉬며 말했다. "겨울에 이 도시는 너무 어두침침해요. 저는 예전에 말라가에서 살았던 적이 있어요. 1년 내내, 아니, 꼬박 열세 달을 그곳 이발소에서 일했지요. 그 동네 이발소는 여기하고는 달라서 굉장히 지저분하긴 하지만, 밖에는 꽃이 활짝 피어 있어요. 12월에도요. 그리고 헤어로션으로 진짜 아몬드 오일을 써요. 진짜 아몬드로 짜낸 기름 말이에요. 게다가 로즈마리 추출액도, 그렇게 질이 좋은 건 거기밖에 없을 거예요. 그런 걸 쓸 형편이 못 되는 사람들은 요리할 때 넣는 올리브 오일을 머릿기름으로 쓰고요. 상상이나 되세요? 여기서는 어마어마하게 비싼 올리브 오일을 거기서는 머리에 막 쏟아붓는다니까요. 그곳 사람들 말로는, 머리카락은 순전히 올리브 오일 덕분에 자라는 거라고 하더군요. 뭐, 그럴지도 모르죠. 여기 사람들은 하나같이 머리카락이 건조한 상태인 걸 좋아하고, 대부분은……" 그는 징글징글한 화제로 돌아갔다. "귀 위를 바싹 깎고 정수리는 풍성하게 두

* 베를린 중심부에 위치한 큰 공원.

고 싶어 해요. 그건 딱한 독일식 취향일 뿐이라고 해 두죠." 그는 심술 궂게 덧붙였다. "말라가에서는 겨울 동안 한 번도 외투를 입지 않았어요. 아, 겨울인 줄도 모르고 살았다니까요." 그의 손가락은 축축했고, 앞니도 연약해 보였다. 발육이 제대로 시작되지도 않은 것만 같았다. "여러모로 이상한 동네이기는 합니다. 거기 사람들 성격이 워낙 좀 그렇거든요. 하지만 인생에 걱정거리가 별로 없으니까 그렇겠지요. 가끔 저는 주머니에 겨우 페세타 한 닢만 남을 때도 있었는데, 그런데도 여기서처럼 크게 걱정되지는 않더라고요. 그 돈까지 써서 없어지더라도, 뭐, 그때가 되면 돈이 어디서 또 들어오겠지, 그렇게 생각했어요. 그 시절에 저축이라도 좀 해 둘 걸 그랬는데 말이에요." 그는 죄책감 어린 표정으로 말을 이었다. "지금은 꼬박꼬박 저축하고 있습니다. 그런데도 돈이 전혀 안 모이네요." 그는 고개를 돌리더니 기침을 했다. "말라가에서는요……" 그러고는 잃어버린 고향 땅을 이야기하듯 말을 이었다. "기침이라고는 한 번도 해 본 적이 없어요. 그런데 여기서는 하루 온종일 기침이에요."

"감기 걸리셨어요?" 찰스는 얼굴을 덮은 수건 너머로 웅얼웅얼 말했다.

"아뇨, 가스 때문이죠." 작은 이발사가 신중한 태도로 말했다. "전쟁 말이에요."

울적한 침묵이 흐른 끝에 찰스가 입을 열었다. "얼마 전에 신문 보니, 말라가도 얼음처럼 추웠대요. 올해 겨울은요."

"네, 뭐, 한 번쯤은 그럴 때가 있어요. 하지만 며칠 안 가요." 이발사는 천천히 머리를 흔들며 말했다. "한 번쯤은……"

찰스는 주머니를 조심스럽게 뒤져서 가장 작은 동전을 꺼냈다. 충분한 금액이 아니라는 것을 알기에 마음이 불편했지만, 또 한편으로는 수중의 현금을 단 1페니히라도 낭비해서는 안 된다는 경각심 때문에 더더욱 불안했다. 그런데 이발사는 가늘고 푸르께한 손으로 동전을 건네받고는 진중하게 들여다보더니, 진심 어린 미소를 지으며 말했다. "감사합니다. 정말 감사합니다." 창피해진 찰스는 고개를 끄덕이고 서둘러 그곳을 떴다.

찰스가 열쇠를 들고 현관문 앞으로 다가가는데, 손잡이가 저절로 돌아가면서 문이 안쪽에서 휙 열리더니 집주인 여자가 나왔다. 그녀가 피리 같은 목소리로 상냥하게 말하기를, 그러잖아도 그가 뭐 하느라 안 오고 있는지 궁금하던 참이었다고, 마침 현관에 나왔다가 발소리가 들리기에 찰스이겠거니 싶어서 문을 열어 준 것이라고 했다. 방은 말끔하게 준비해 놓았다면서, 오후의 커피는 몇 시쯤 마시고 싶으냐고 물었다. 찰스는 5시면 좋을 것 같다고 했다. "알았어요." 집주인은 웃으면서 고개를 기울였다. 찰스가 느끼기에는 어쩐지 지나치게 친밀하게 구는 듯한, 언뜻 소유욕마저 배어나는 태도였다. 그녀는 여전히 미소를 띤 채 복도의 반대편 끝으로 서둘러 걸어가더니, 어떤 방의 닫힌 문을 맵차게 두드렸다.

문이 즉시 열리고 건장한 체격에 어둡고 의기소침한 인상의 젊은 남자가 모습을 드러냈다. 커다란 머리통에 머리카락은 바싹 깎았고 이목구비가 뭉툭한 사내였다. 집주인 여자는 그에게 무슨 지시를 내리듯이 빠르고 권위적인 투로 몇 마디 하면서 방 안으로 곧장 걸어 들어갔다. 찰스는 약간의 안도감을 느끼며 자신의 방문을 닫고, 짐을 찾아 주위를 둘러보았다. 그런데 여행 가방들이 보이지 않았다. 커다란 옷장을 열어 보니 그의 소지품들이 그 안에 다 정리되어 있었다. 가방

열쇠를 오래전에 잃어버린 데다, 어차피 물건을 좀처럼 잠가 두지 않는 성격이긴 했지만, 그래도 집주인이 그의 짐을 이렇게 멋대로 풀어놓은 것을 보니 남에게 침입당했다는 기묘한 느낌이 들었다. 옷장 안에 늘어선 그의 물건들은 저마다의 결함과 질과 상태를 고스란히 내보이고 있었다. 구두들은 수선이 좀 필요하고 광택도 흐려진 상태로 나무 받침대 위에 놓여 있었고, 단추들이 헐거워진 트위드 정장 두 벌은 실크가 덧대어진 옷걸이에 걸렸으며, 몇 점 없는 세면도구, 닳아빠진 머리빗, 흐들흐들한 가죽 케이스는 가운데 선반에 가지런히 놓여 있었다. 그중에서도 가장 눈에 잘 띄고 어쩐지 불명예스러워 보이는 것은 1쿼트짜리 브랜디 병이었다. 술병의 3분의 1이 비어 있었다. 그걸 보고서야 그는 자신이 방을 구하러 다니는 동안 남몰래 술을 마시는 습관이 들었다는 것을 깨달았다. 그리고 걸쇠에 걸린 울룩불룩한 세탁 자루를 들여다보고서 그는 남자로서 창피스러워 몸서리를 쳤다. 구멍 뚫린 양말들, 너무 오래 아껴 입느라 꼬질꼬질해진 셔츠들, 지저분한 속옷들 따위가, 향긋한 냄새를 풍기는 눈처럼 새하얀 자루 안에 감춰져 있었던 것이다. 침대 위에 놓인 기다랗고 여성스러운 레이스 베개의 주름 장식 밑에는 단정하게 개켜진 깨끗한 파자마 한 벌이 반쯤 드러나 있었다.

무엇보다도 뻔뻔스러운 것은, 그녀가 찰스의 신분 증명 서류와 미술 도구 그리고 미완성 그림들이 들어 있는 판지 서류철까지 꺼내 놓았다는 점이었다. 안에 있는 그림도 다 들춰 보았을까? 그랬다면 즐거운 시간이 되었기를 바랄 뿐이었다. 그의 스케치들 중 상당수는 외부에 발표하지 않을 예정이었으니까. 그 모든 것은 정갈하고 대칭적인 모양새를 최우선으로 세심하게 정돈된 채 한데 쌓여 있었다. 찰스

764

가 이제껏 본 바로는, 가정적인 여자들은 이상하게 종이를 싫어하는 것 같았다. 그들의 눈에는 종이가 집 안의 질서를 깨뜨리는 앙숙으로, 먼지만 쌓이는 성가신 물건으로 보이는 모양이었다. 고향에서 그는 이 문제로 어머니와 하녀들과 끊임없이 무언의 전쟁을 치렀다. 그들은 종이들을 수납장 깊숙이 숨겨 두거나, 그러지 못할 거라면 적어도 가지런히 모아 두고 싶어 했다. 그의 그림들을 도대체 왜 가만히 놔두질 못하는 걸까? 이 집주인 여자도 그들처럼 이상한 충동을 갖고 있는 게 분명했다. 찰스는 작은 독일어 회화책을 참고해 정중한 문장 한마디를 머릿속으로 만들어 본 다음 그대로 암기했다. "제 책상 위의 물건들은 애써 정리해 주시지 않아도 괜찮습니다……"

책상은 수수하지는 않았지만 컸고, 램프도 그만하면 충분했다. 하지만 의자는 등받이가 꼿꼿하고, 다리가 가느다랗고 휘어져 있으며, 등받이와 방석 부분에는 기운 자국이 있는 낡은 태피스트리가 대어진 섬세한 고가구였다. 숫제 박물관에서 가져온 것 같다고 찰스는 생각하면서 시험 삼아 의자에 앉아 보았다. 그래도 의자가 무너지지는 않았다. 그는 이 모든 끔찍한 상황을 눈 꼭 감고 잊어버리고, 물건들을 정리하고 작업을 시작하기로 마음먹었다. 우선은 호주머니에 든 것을 모두 꺼내 보았다. 각종 쪽지, 스케치, 영수증, 식당 주소를 휘갈겨 적은 종이, 미술관에서 산 명화 복제 엽서, 이 집에서 3개월간 거주하겠다는 조건으로 서명한 계약서가 나왔다. 이제 보니 집주인의 이름은 로자 라이힐이었다. 계약서에 그녀의 이름이 위아래로 길쭉하고 동글동글한 모양에 우아하게 곁멋을 낸 글씨체로 적혀 있었다. 앞으로 3개월을 어떻게 지낼지 생각하니 까마득했다. 울분이 치밀었지만 명확히 탓할 수 있는 대상이 없어서 더더욱 속이 터졌고, 남의 충고를 들었다가 잘못된 길로 빠진 것처럼 억울하기만 했다. 어쩐지 믿었던 누군가에게 외면당하고 혼자 곤경에 빠져 버린 듯한, 막연하면서도 너무나 지독한 배신감이 들었다. 물론 쿠노 말마따나, 웃기는 생각이었다. 쿠노는 "웃기고 있네"라는 말을 즐겨 썼다. 특히 해외에 다녀오고 나면 그 말버릇은 한층 심해졌다.

옆방에서는 대화 소리가 들려오고 있었다. 흥분한 목소리가 팽팽하게 솟아오르는 걸 들으니 아마도 화가 난 듯싶었다. 찰스는 남들의 대화를 엿듣는다는 의식 없이 유심히 귀를 기울였다. 자신이 독일어로 말하는 솜씨는 형편없는데 알아듣기는 이렇게 잘 알아듣는 게 새삼 신기했다.

"부센 씨, 부센 씨." 라이힐 부인이 외쳤다. 그녀의 옅은 빈 억양은 호들갑스럽고 열띤 음성에 묻혀서 흐릿해졌다. "훌륭한 의자들을 이렇게 쓰면 어떡해요. 내가 얼마나 오래전부터 간직해 온 아름다운 의자들인데…… 안 그래도 다른 말썽들로 골치가 아픈데 또 이렇게 사고를 쳐야겠어요? 다시는 의자를 망가뜨리지 마시라고 내가 말했는데 어떻게 또 이럴 수가 있어요?"

크레용을 시험 삼아 끼적여 보고 연필을 깎으면서 그녀의 말을 듣고 있던 찰스는, 하던 일을 멈추고 등받이에 몸을 깊이 기대면서 담뱃불을 붙였다. 의자를 뒤로 젖히면서 잠깐 의자의 뒷다리로 균형을 잡고 있다가 쿵 소리와 함께 바닥에 내려앉았는데, 의자의 가느다란 접합부들이 사람의 목소리로 신음하는 것 같아서 순간 심장이 철렁했다.

부센 씨는 건성으로 해명을 했다. 마치 어머니나, 자기 자신의 양심으로부터 질책을 받는 듯이, 라이힐 부인의 잔소리를 의무적으로 받아들이는 태도였다. "그러게요, 이러지 말았어야 했는데." 그가 묵직한 저지 독일어로 말하는 소리가 들려왔다. "부인은 믿지 않으시겠지만 저도 교육은 제대로 받고 자랐어요. 저희 어머니도 이런 의자들을 갖고 계셨거든요. 다시는 이런 일이 생기지 않게 조심할게요." 찰스의 귀에 부셴 씨의 억양은 어쩐지 거친 영어 방언처럼 들렸다. 하지만 어차피 그 어떤 언어를 쓰더라도 라이힐 부인의 상대가 되지는 못했을 것이다. 이번만은 용서해 달라며 더듬더듬 사과하는 그의 말소리를 들으며, 찰스는 저 불쌍한 친구가 진심으로 안쓰럽게 느껴졌다.

"그래요, 이번만은 말이죠." 라이힐 부인이 품위도 다 무색해질 만큼 격앙된 상태로 대꾸했다. "이번에는요!" 그녀는 지극히 상냥한 어조로 비아냥거렸다. "그리고 또 얼마나 더 용서할까요? 이제까지 벌인 그리고 앞으로 벌일 일까지 다 합치면?"

부셴 씨는 대답을 꺼내지 못했다. 잠시 승리감이 깃든 침묵이 흐르더니, 라이힐 부인이 복도로 걸어 나오는 소리가 들렸다. 찰스는 그녀가 자신의 방문 앞에서 멈춰 설까 봐 초조하게 기다렸지만, 그녀는 그의 방을 그대로 지나쳐 오른쪽 옆방 문을 두드렸다.

"네!" 방 안에서 어떤 젊은 남자가 지금 막 잠에서 깬 듯 잔뜩 잠긴 목소리로 외쳤다. "네, 네, 들어오세요." 그러고는 쾌활하고 생기 넘치는 목소리를 되찾고 말을 이었다. "오, 로자 아주머니, 아주머니였군요. 저는 어디 불이라도 난 줄 알았네요."

'로자라고?' 찰스는 그들의 말소리를 들으면서 생각했다. 그들은 아까보다 낮아진 음성에 빠르고 친근한 어투로 대화를 이어 갔고, 간간이 함께 기분 좋은 웃음을 터뜨렸다. 로자는 정말로 즐거워하는 기색이었다. 그녀는 방 안을 서성이며 이야기를 하다가, 복도를 건너 자기 방과 그의 방을 몇 차례 오락가락했다. 그러다 마침내 이렇게 말했다. "자, 그럼 뭐 필요한 것 있으면 말해요. 아, 하지만 얼음은 안 돼요. 얼음은 이제 다 떨어졌거든."

"누가 필요하대요?" 젊은 남자가 그렇게 외치자 로자는 또 깔깔 웃었다. 찰스는 이제 그녀를 로자라는 이름의 아주머니로 그리고 성가신 존재로 여기게 되었다. 만약 그녀의 생활 습관이 하루 종일 이런 식이라면 정말 성가실 것 같았다.

해가 저물어 갔다. 램프의 성능은 예상했던 것보다 더 좋았고, 찰스는 그 불빛에 의지해 완전히 자리를 잡고 드로잉을 하는 데에 몰두했다. 작은 걱정거리들이 수두룩이 떠올랐다. 혹시라도 그 잡지 편집장이 마음을 바꾸면 어쩌나? 그의 그림들을 싣지 못하고, 돈도 못 받게 된다면? 아버지는 앞으로 얼마나 더 돈을 보내 주실 수 있을까? 얼마나 오래? 진짜 문제는 바로 이것이었다. 언제까지 아버지에게 돈을 받아 써야 할지가 무엇보다도 가장 걱정되었다. 애초에 유럽에 꼭 왔어야 했던 걸까? 유럽에 전혀 와 보지도 않고 훌륭한 화가가 된 사람도 많은데. 그는 그런 화가를 한 명 떠올려 보려고 기억을 더듬었다. 아니, 하지만 그는 이미 여기 와 있지 않은가. 끔찍하게 불행하고 비참하기는 하지만. 그는 이 도시에서 생각보다 더 큰 타격을 입었다는 것을 인정하지 않을 수 없었다. 이 현실에 똑바로 부딪쳐 봐야 했다. 설령 부질없는 노력으로 끝난다 할지라도 이곳에 온 목적을 이루려고 최소한 노력은 해 봐야 한다. 그는 집 안에서 들려오는 소음들을 무시하고 종이의 한 부분에만 시선을 고정한 채, 자신이 무엇을 하려고 했는지 되새기고 작업에 착수했다. 그의 모든 에너지가 오른손으로 흘러 들어가 균형을 이루는 것 같았다. 그는 자신을 장악했고, 자신이 무엇을 하는지 잘 알았다. 그리고 이내 자기 자신을 완전히 잊어

버렸다. 그렇게 시간이 얼마간 흐른 뒤, 그는 몸을 뒤로 젖히고서 자신이 그린 것을 훑어보았다. 아니, 이게 아니었다. 이건 죄다 글러 먹은 그림이었다.

때마침 방문을 울린 가벼운 노크 소리가 그를 구해 주었다. 이 핑계로 작업을 잠시 멈출 수 있게 되었다. 그림을 덮어 두고 열을 좀 식힌 뒤에 다시 보면 또 다를 것이다. 찰스가 뭐라고 대답하기도 전에 로자가 방문을 열고 들어왔다. 그녀는 예리한 눈빛으로 램프에 먼저 시선을 던지더니, 찰스가 벌써 어지럽혀 놓은 책상 위를 훑어보았다.

"아, 불을 일찍부터 켜셔야 하는군요." 그녀는 애매한 미소를 지으며 그렇게 말하더니, 비난조로 고갯짓을 했다. "부셴 씨는 저녁 식사 후에는 공부를 통 안 하거든요. 그리고 폴란드 신사분인 마이 씨는 방을 어둡게 해 놓고 피아노를 칠 때가 많아요. 그편이 좋다고 하더라고요. 하이델베르크에서 온 젊은 학생은, 지금 자기 얼굴 말고는 생각할 게 아무것도 없답니다. 그러려면 방이 어두울수록 더 낫겠죠. 맙소사, 참 꼴불견이지요. 하지만……" 그녀는 애틋하면서도 수수께끼 같은 어조로 말을 이었다. "그 학생은 아직 젊으니까요. 이번이 처음이니까 걱정될 만도 하겠지요. 하지만 상처가 감염되는 바람에, 치료를 받으러 여기 와 있는 거랍니다. 아, 그 젊은이는 참……" 그녀는 가슴 위에 두 손을 모아 쥐고서 부드럽게 말했다. "그는 온종일 아주 용감하게 버텨 내요. 하지만 밤이 되면 많이 힘든가 봐요. 정말 젊고 여린 친구랍니다." 그녀는 그 학생이 너무나 대견하고 안쓰러운 듯 눈물마저 머금었다. "그래도 정말 잘 해냈어요. 업턴 씨도 보면 알 거예요. 그의 상처는…… 아, 정말 멋져요!"

그녀는 이야기하는 동안 방 안의 의자들을 아주 약간 가다듬고, 쿠션을 살짝 치고, 커튼을 털어 내면서 여기저기를 서성이고 있었다. 그러다 찰스의 옆에 다가서서는 심지어 그의 어깨 너머로 손을 뻗어서 종이들 사이에 놓여 있는 램프의 위치를 돌려놓기까지 했다. 그 바람에 재떨이와 먹물이 원래의 자리에서 약간 밀려나 버렸다. "어쨌든 이제 해는 졌으니까요." 그녀는 마침내 인정했다. "그림을 그리려면 빛이 필요하고요. 안 그래요? 그럼 지금 바로 커피를 가져다줄게요." 그녀는 경쾌하게 말하고는 특유의 부산스러운 몸짓으로 방을 나갔다.

'해는 졌으니까요.' 찰스는 연극 무대에 올랐으면서 대사를 잊었거나 아예 외우지도 못한 배우가 된 것 같은 무력감을 느끼며 창밖의 거리를 내다보았다. 떨어지는 눈발 아래 길은 조용하고 텅 비어 있었고 서리 낀 가로등들만이 곳곳의 모퉁이를 흐릿하게 밝혔다. 맞은편 집들에도 창문 하나하나 불이 켜지고 있었다.

지난 며칠 동안 그는 아침마다 집들의 지붕 위로 어슴푸레한 해가 떠오르는 것을 지켜보았다. 해는 날마다 점점 더 늦은 시간에 꾸물꾸물 기어 올라왔고, 얕은 호를 그리며 천천히 미끄러지다, 오후 4시쯤 되면 떨어져 버렸다. 긴 밤이 계속되니 그는 정체 모를 위기감에 짓눌렸다. 어둠은 어느 거대한 적의 손아귀처럼 이 낯선 도시를 감싸 쥐고 있었다. 인류가 출현하기도 전, 세상이 더 차갑고 암울했던 옛 시대에 살았던 말 없는 괴물이 기세등등하게 살아남아 세를 펼치는 것 같았다. '나는 화창한 도시에서 태어났고 여름을 당연하게 누리면서 자랐으니까. 그래서 그런 것뿐이야.' 그는 자신을 타일렀지만, 그렇게 생각해 봐도 이곳의 낯선 기후와 날씨를 자신이 견뎌 내지 못할 이유가 무엇인지는 이해할 수 없었다. 오히려 새롭고 인상적인 경험으로 여기고 즐길 수도 있는 것 아닌가. 문제는 날씨가 아니었다. 사람은 옷을 제대로 갖춰 입기만 하면 날씨야 어떻든 신경 쓰지도 않게 되는 법이다. 언젠가 한 선생님이 말하기를, 세계의 위대한 도시들은 모두 사람이 살기에 부적합한 지역에 세워졌다고 하지 않던가. 사람들은 자기에게 익숙한 장소에서는 아무리 나쁜 날씨라도 즐겁게 받아들이고, 이방인들에게 그 날씨가 어떻게 느껴질지 궁금해하곤 한다. 고향 텍사스에서 그가 마주쳤던 북부 여행자들은 남부의 날씨에 치를 떨며 질색했다. 그럼으로써 그들은 남부에서 마음에 안 드는 모든 것을 싫어할 명분을 얻는 것이다. "여기는 12월이면 해가 10시 이후에나 뜨기 때문에 나는 도저히 적응할 수가 없어"라고 말해 버리면 얼마나 쉽고 간편한가. 그걸로 다른 말은 다 필요 없게 되니까. 하지만 그가 여기서 겪는 문제는 날씨 때문이 아니었다.

문제는 얼굴이었다. 눈이 있으면서도 없는 얼굴들. 이들의 눈은 창백하고 컴컴했고, 무언가에 갉아 먹혀서 텅 비어 버린 것처럼 언저리가 쪼글쪼글했다. 아니면 그보다 더 나쁜 경우, 기름으로 푹 절은 얼굴에 부어오른 눈꺼풀 사이로 드러난 조그마한 두 눈이, 아무것도 안 보이는 시선으로 앞을 더듬고 있었다. 삶은 감자며 돼지 무릎 살이며 양배추 따위를 그렇게 먹고 또 먹는데도 건강에 아무 도움이 안 되고 그저 점점 무거워지는 몸뚱이로 뒹굴뒹굴하기만 하는 사람들처럼. 그리고 여자들 얼굴에 있는 눈은 너무나 쉽사리 눈물을 흘렸다. 찰스는 자신이 베를린에 도착해서 처음 겪은 사건을 도무지 이해할 수가 없었다. 작은 가게에서 싸구려 양말 몇 켤레를 샀는데, 호텔에 도착하고 보니 양말이 너무 작기에 더 큰 것으로 교환하려고 곧장 가게로 돌아갔다. 그런데 가게를 보던 여자가 찰스가 양말을 포장째로 들고 오는 모습을 보고는 그가 누구인지 알아본 듯하더니, 그 자리에서 딱딱하게 얼어붙은 채 눈물을 머금는 것이었다. 엄청나게 난처해진 찰스가 양말을 더 큰 것으로 바꾸고 싶어서 온 것뿐이라고 애써 설명하자, 여자는 뺨 위로 눈물을 떨어트리며 말했다. "더 큰 건 없어요."

"좀 구해 주실 수 있을까요?" 그가 물으니 그녀는 너무나 괴로워하며 대답했다. "오, 네." 그래서 찰스는 어색하게 "됐어요, 그냥 이것으로 할게요"라고 말하고는 짜증스럽고 얼떨떨해진 채 가게를 도망쳐 나올 수밖에 없었다. 그러고 나서 하루 이틀 지나고 보니 모든 게 이해가 되었고 자연스럽게 느껴졌다. 그녀는 재고품을 절박하게 팔아야 하는 처지였던 것이다. 더 큰 양말 몇 켤레를 새로 주문할 여력조차 없었고, 팔리지 않은 채 자기 손에 있는 물건들을 보자니 그만 겁이 나서, 의도적으로 그에게 작은 양말을 내주었던 것이리라. 그는 이방인이거나 여행자일 테니 가게로 다시 찾아와 항의하지는 못하리라고 기대하면서.

작은 길모퉁이들에는 와인이며 과일을 파는 노점이 있었지만 장사가 잘되는 것 같지는 않았다. 상인들은 그걸 먹어서 영양분을 섭취할 수 없었고, 그러니 당연히 그 상품들의 풍요로움과 따스함을 즐길 여력도 없었다. 대부분 중년 남자인 그들은 과묵했고 굉장히 무뚝뚝했다. 찰스가 무슨 질문이라도 할라치면 그들은 외국어 억양을 듣고 대뜸 고함을 질러 대답했다. 마치 벌컥 화를 내는 듯 들렸지만 말 자체에는 악의가 없었다. 같은 상인들끼리는 낙심에 빠져 가라앉은 어조로 이야기를 나누었는데, 그런 말투가 오랜 습관인 것 같았다. 찰스는 돈이 궁했으므로 어디든 물건을 파는 곳에 가려면 겁이 났다. 그는 가난했기 때문에 가난한 곳만 다녔고, 그곳 장사꾼들은 그가 뭐라도 사줄 때까지 붙잡고 놓지 못했기 때문이다. 덫에 빠진 기분이었다. 그들은 찰스가 원하지 않거나, 필요 없거나, 쓸 줄 모르거나, 감당할 수 없는 가격의 물건을 어떻게든 팔아넘기려 들었다. 살 수 없는 이유를 아무리 설명해도 소용없었다. 그들에게는 찰스의 말이 들리지 않았다.

해는 졌다. 얼음은 더 이상 없다. 등을 뒤로 젖혀 앉으면 다리가 부러져 버릴 태피스트리 의자들도 그만 없어졌으면 좋겠는데. 고약하고 예쁘장한 색깔의 테이블 덮개도. 그리고 저 장식장을 딱 한 번만 넘어뜨린다면 그 안의 한심한 장식품들도 싹 없어질 것이다. 찰스는 마음을 단단히 다잡으면서 생각했다.

"드디어 커피가 다 됐어요." 로자가 노크도 하지 않고 불쑥 들어왔다. 손에는 멋스럽게 꾸려진 쟁반을 받쳐 들고 있었다. 오후 5시에 커피를 마신다니, 외국인이나 할 법한 짓이었다. 당연하지만 '부유한' 외국인일 경우에만. 찰스는 이런 거짓된 허식을 부리는 부류는 경멸해 마땅하다고 어렸을 때부터 배웠는데, 지금 자신이 딱 그런 부류처럼 살게 된 것 같았다. '나는 로자 아주머니보다 가난해.' 그는 로자가 나비 모양 손잡이가 달린 고급 도자기 커피 잔을 내려놓고 얇은 리넨 깔개를 펼치는 것을 지켜보며 생각했다. '아니, 당연히 그렇지 않아. 나한테는 미국에서 부쳐 주는 돈이 있잖아. 아주머니에게 돈을 부쳐 주는 사람은 없어. 미국에서 보내는 돈을 받아 쓰는 사람은 이 집에서 오로지 나밖에 없다고. 나는 여기서 잘 해낼 수 있어. 마음만 먹으면 떠날 수도 있고. 언제든 집에 가고 싶으면……'

찰스는 스스로가 미숙하고 무지하고 어설픈 사람이 된 기분이 들었다. 배워야 할 게 너무나 많아서 어디서부터 시작해야 할지 감도 못 잡는 것 같았다. 언제든 집에 가려면 갈 수야 있다. 하지만 그건 중요한 게 아니었다. 지금 그가 서 있는 곳에서 집까지는 너무나 먼 길이라는 것을 이제야 그는 실감할 수 있었다. 피사의 사탑. 로자를 보고 있으니 그 기억이 다시 떠올라 뜨끔 죄책감이 들었다. 그녀는 테이블에서 손을 떼는 게 아쉬운 듯이 마지막으로 몇 번 더 수선스럽게 테이블을 토닥이고는 뒤로 물러났다. "자, 이제 앉아요. 커피를 따라 줄 테니. 여기가 빈이 아니라서 아쉽네요." 그녀는 살짝 으스대며 명랑하게 말했다. "빈이었다면 진짜 커피의 맛을 보여 줄 수 있었을 텐데요. 그래도 이 커피도 아주 나쁘지는 않답니다." 그러고는 후다닥 달아나 버렸다. 얼마나 빨리 움직였는지, 그녀가 지나간 자리에 바람이 일었다가 몇 초 뒤에야 잠잠해졌을 정도였다.

커피는 정말로 맛이 좋았다. 그저 좋은 정도가 아니라, 이렇게 맛있는 커피는 난생처음이었다. 그가 막 첫 모금을 삼켰을 때 복도에서 부센 씨의 목소리가 들려왔다. "하!" 그는 저지 독일어로 요란스럽게 말했다. "커피 냄새 한번 고약하네."

"부센 씨야 커피 향을 모르겠죠." 로자가 매몰차게 말했다. "우유 마시고 남은 유리병을 침대 밑에다 놔두는, 덩치만 큰 아기이니까요. 부끄러운 줄 알아요, 부센 씨."

그때 들려온 피아노 소리에 두 사람 모두 입을 다물었다. 단호하고 부드럽게 건반을 두드리는 소리가 나더니, 음이 끊김 없이 그대로 이어지면서 길게 물결치는 음악이 되었다. 음악을 잘 모르면서도 왠지 모르게 무척 좋아하는 찰스는 유심히 귀를 기울였다. 저 사람이 바로 폴란드인 학생일 터였다. 찰스가 듣기에는 무척 잘 치는 것 같았다. 그는 꾸준히 계속되는 리듬에 빠져들고, 귀에 쉽게 감겨드는 선율을 따라가는 기쁨에 젖어 들면서, 몸을 편안히 젖혀 앉은 채 멍하니 황홀경에 취했다. 로자가 문을 두드리더니 살금살금 방 안으로 걸어 들어

왔다. 그녀는 한 손가락을 입술에 댄 채 눈썹을 추켜세우고 눈을 빛내고 있었다. 로자는 테이블로 다가와서 리넨 깔개와 은제 커피 잔을 민첩한 손길로 조심조심 치웠다. "마이 씨가 연주하는 거예요." 그녀는 그렇게 속삭이고는 경건한 어조로 덧붙였다. "쇼팽이에요." 찰스가 뭐라고 대답을 꺼낼 새도 없이, 그녀는 쟁반을 들고 살그머니 방을 빠져나갔다.

찰스는 얕은 잠을 자다가 하숙집이 불타는 꿈을 꾸었다. 집 구석구석이 불길에 휩싸인 채 조용히 고동치며 살아 움직이고 있었다. 찰스는 전혀 두려워하지도, 주저하지도 않고 불타는 벽들 사이를 통과해 밝고 탁 트인 거리로 무사히 걸어 나왔다. 여행 가방이 무릎에 자꾸 부딪히는 데다 무거워서 움직이기가 힘들었지만, 그가 평생 그릴 드로잉이 모두 그 안에 들어 있었으므로 버리고 나올 수가 없었다. 그는 안전한 거리까지 걸어간 뒤, 불꽃의 분수가 탑처럼 우뚝 선 아파트의 시커먼 해골을 집어삼키는 광경을 지켜보았다. 그런데 자신이 혼자 있다는 것을 깨닫고 그는 어리둥절해졌다. "다른 사람들도 다 탈출했는데." 그렇게 중얼거린 순간, 웬 커다란 괴성이 그의 귀청을 파고들었다. 뒤를 돌아보았지만 주변에는 아무도 없었다. 그런데 어깨 너머에서 또 한 번 괴성이 들려왔고, 그제야 찰스는 잠에서 퍼뜩 깼다. 정신을 차리고 보니 그는 공기가 안 통하는 깃털 누비이불 속에 푹 파묻혀 온몸이 달아오른 채 반쯤 질식해 가고 있었다. 그는 이불자락을 헤치고 나와 몸을 일으켜 앉고서, 소리가 나는 곳이 어디인지 찾으려 이리저리 귀를 기울였다.

"아, 아아우우우우우우……" 오른쪽 방에서 누군가가 절망적인 한

숨을 토해 냈다. 그 한숨은 차차 잦아들어 피로에 짓눌린 무거운 신음으로 변했다. 찰스는 뭘 어떻게 하겠다는 생각도 없이 무작정 그 방 앞으로 건너가 손끝으로 아주 조심스럽게 문을 두드렸다.

"뭡니까?" 방 안에서 분노에 찬 음성이 되돌아왔다. 졸음에 겨우면서도 정신은 말짱히 깨어 있는 목소리였다.

"뭐 도와드릴까요?" 찰스가 물었다.

"아뇨, 아네요." 절망스러운 목소리가 대답했다. "고맙지만 됐어요. 됐어요……"

"미안해요." 찰스는 자신이 이 말을 여기저기서 계속하고 다닌다는 생각이 들었다. 그가 이 도시에 온 이래, 미안하다는 말이나 생각이나 감정 없이 넘어가는 날은 단 하루도 없었던 것 같았다. 맨발로 바닥을 딛고 있었더니 발바닥이 얼얼하게 시려 왔다.

"그래도 들어오세요." 방 안의 사람이 살짝 친절한 기색을 내비치며 말했다.

찰스가 길거리에서 본 많은 청년과 마찬가지로 머리색이며 피부색이 온통 창백한 젊은 남자가, 흐트러진 침대 한편에 앉아 있었다. 머리카락, 눈썹, 속눈썹은 옅은 레몬색이었고, 피부는 상앗빛이었으며, 엷은 회청색을 띤 눈동자는 아무 표정도 없어 보였지만 눈꺼풀의 형태 때문에 어쩐지 어리고 영리한 여우가 연상되었다. 길고 좁은 두상과 매끈하면서 날카롭게 깎아지른 이목구비는 찰스의 막연한 상상속 귀족 같은 인상을 주었다. 나이는 스물한 살쯤 되어 보였고, 그가 침대에서 천천히 일어서자 키가 6피트인 찰스와 눈높이가 비슷했으니, 전체적으로 잘생긴 용모의 청년이었다. 하지만 딱 한 군데 문제가 있었다. 그의 얼굴 왼편이 심하게 부어올라 눈이 거의 파묻혔고, 폭이

1인치쯤 되는 반창고가 귀에서부터 입까지 뺨 전체를 가로질러 붙어 있었던 것이다. 반창고 가장자리의 살갗은 퍼런색과 녹색과 보라색으로 지저분하게 얼룩져 있었다. 이 청년이 바로 하이델베르크 학생일 터였다. 그는 뺨을 만지지 않고, 다만 둥글게 오므린 손을 그 위에 살며시 올린 채 서 있었다.

"음." 청년은 옅고 보송보송한 눈썹 아래의 눈을 들어 찰스를 올려다보며, 애써 뻣뻣한 입매를 유지하며 말했다. "보면 알겠죠? 별로 대단한 건 아니에요. 하지만 아프긴 해요. 치통 같은 거죠, 뭐. 아까 자다가 내가 소리 지르는 건 나도 들었어요." 그는 자기 말을 의심할 테면 해 보라는 식으로 찰스를 과감히 쳐다보았다. "그래서 잠에서 깼죠. 노크 소리가 나길래, 솔직히 난 로자 아줌마가 얼음을 가져온 줄 알았어요. 얼음은 더 이상 필요 없는데 말이죠. 아무튼 앉으실래요?"

찰스가 말했다. "제게 브랜디가 좀 있어요. 그게 도움이 되지 않을까요?"

"아, 좋죠." 청년은 무심코 또 한숨을 내쉬고는 방 안을 이리저리 서성거렸다. 얼굴 근처에 손을 펼쳐 든 모습이, 마치 자기 머리통이 떨어질까 봐 붙잡을 준비를 하는 것 같았다. 희끄무레한 연회색 면 파자마를 입은 그의 형체는 침대 옆 램프의 노르스름한 빛 속에서 사라져 버릴 듯 보였다.

찰스는 자기 방에서 낡은 담요를 두르고 펠트 슬리퍼를 신고, 잔 두 개와 브랜디 병을 가지고 돌아왔다. 그가 술을 따르는 동안 청년은 술잔에 뛰어들기라도 할 듯 빤히 쳐다보았지만, 끝내 손을 대지 않고 참고 있었다. 마침내 찰스에게서 잔을 건네받자 그는 잔 가장자리를 코에 대고서 냄새를 먼저 맡아 보았다. 두 사람은 건배를 하고 동시에 술을 들이켰다.

"아." 청년은 머리를 뒤로 젖혔다가 오른쪽으로 기울이면서 술을 찬찬히 삼켰다. 그리고 오른쪽 입꼬리를 당겨 올리면서, 오른쪽 눈에 고마워하는 빛을 띠고 찰스를 바라보았다. "이제 좀 살 것 같네요." 그러고는 느닷없이 덧붙였다. "한스 폰 게링이라고 합니다. 잘 부탁해요."

찰스도 자기 이름을 말했고, 한스는 고개를 끄덕였다. 그런 뒤 침묵 속에서 두 사람은 잔을 다시 채웠다.

"그래서 이곳 베를린에서 지내기는 좀 어때요?" 한스는 브랜디가 따뜻해지도록 잔을 두 손으로 감싸 쥔 채 물었다.

"지금까지는 아주 좋아요." 찰스가 말했다. "물론 아직 적응 다 되지 않았어요."

그는 언어적 문제가 서로의 대화에 방해가 되지 않기를 바라며 한스의 얼굴을 살펴보았다. 한스는 그의 말뜻을 완벽하게 이해하는 듯, 고개를 끄덕이고 술을 마셨다.

"베를린 거의 전부 걸어 다녔어요. 물론 무엇보다도 먼저 미술관, 카페 많이 갔고요. 대단한 도시예요. 그런데 베를린 사람들은 이 도시 자랑스러워하지 않아요. 그런 척하는 것일지도 모르지만요."

"다른 도시에 비하면 좋지 않다는 걸 아니까요." 한스가 솔직 담백하게 말했다. "저는 당신이 왜 베를린에 왔을까 궁금하던 참이었어요. 많고 많은 도시 중에서 왜 하필이면 여기를? 어디든 마음대로 선택할 수 있는 입장 아닌가요?"

"맞아요." 찰스가 말했다. "네, 그렇죠."

"저는 아버지의 오랜 친구가 여기서 의사 일을 하셔서, 그분에게 진료받으러 온 거예요. 이제 열흘 뒤면 하이델베르크로 돌아가요. 그리고 폴란드 친구는 피아니스트이니까, 으레 피아니스트들은 늙은 슈바르츠코프를 유일한 거장이라고 생각하니 여기 온 거고요. 복도 저쪽 방에 사는 부셴 씨는 일단 북부 사람인 데다 집이 달마티아에 있으니, 어느 도시로 옮기든 간에 그에겐 좋은 변화가 됐겠죠. 부셴 씨는 자신이 여기서 교육을 받고 있다고 생각해요. 뭐, 그럴지도 모르죠. 그런데 당신은요? 자유로운 사람이면서 베를린에 오다니." 그는 얼굴 한쪽으로만 미소를 짓더니 격렬하게 몸서리를 쳤다. "그러면 계속 머물 예정인가요?"

"세 달만요." 찰스는 다소 침울하게 말했다. "저도 제가 왜 여기 왔는지 모르겠어요. 하지만 예전에 친한 친구가 독일인이었어요. 그는 부모님을 따라 여기에 오곤 했어요. 벌써 오래전 일이지만…… 그리고 그는 제게, 너도 베를린에 가, 이렇게 말하곤 했어요. 저는 베를린이 꼭 가 봐야 할 곳이라고 언제나 생각했어요. 그리고 다른 도시들은 별로 본 적 없으니까, 여기도 아주 좋아 보입니다. 물론 뉴욕은 가 봤죠. 일주일만 있었지만, 그래도 마음에 들었어요. 거기서 살아도 괜찮을 것 같아요."

"아무렴요. 뉴욕인데." 한스는 무심히 대답했다. "하지만 유럽에는, 빈, 프라하, 뮌헨, 부다페스트 그리고 니스, 로마, 피렌체, 또, 아, 파리, 파리, 파리!" 한스는 갑자기 신이 나서, 프랑스 사람을 흉내 내는 독일인 배우를 흉내 내며 자기 손가락에 입을 맞추고는 서쪽을 향해 손을 가볍게 까딱여 보였다.

"파리도 나중에 가려고요." 찰스가 말했다. "파리 가 보셨어요?"

"아직은요. 저도 갈 거예요. 계획을 다 세워 뒀죠." 한스는 말하다 보니 흥분되는지, 자리에서 일어나 가운 자락을 무릎에 감고는 자기 뺨을 살며시 어루만진 다음 다시 앉았다.

"저는 거기에 1년 머물고 싶어요. 작업실을 얻어서 그림을 좀 그리려고요. 제가 거기에 있는 동안 당신이 올 수도 있겠네요."

"오, 저는 하이델베르크에서 앞으로 1년은 더 있어야 해요." 한스가 말했다. "그리고 저희 연로하신 할아버지가 여비를 주실 거라서, 할아버지 댁에도 최소한 몇 달은 머물러야 하고요. 하지만 그다음에는 자유예요. 파리에서는 2년쯤 살게 될 겁니다."

"모든 것을 그렇게 미리 준비해 뒀다니 신기하네요. 저는 2년 뒤에 제가 어디에 있을지 몰라요. 어쩌면 무슨 일이 생겨서 파리에도 가지 못하게 될지도 몰라요."

"오, 계획은 반드시 다 짜 둬야죠." 한스가 담담하게 말했다. "그러지 않으면 우리 자신이 어디에 있는지 어떻게 알 수 있겠어요? 게다가 집안에서 계획을 정해 놓기도 하고요. 저는 심지어 결혼할 여자도 정해져 있어요. 그 여자한테 돈이 얼마나 있는지도 다 알죠. 굉장히 좋은 여자예요." 말은 그렇게 했지만 그는 별 감흥이 없는 표정이었다. "하지만 파리는 내 결정이에요. 나만의 휴가. 그러니까 내 마음대로 할 거예요."

"그렇군요." 찰스는 진지해졌다. "저는 여기 와서 기뻐요. 미국인들은 모두 한 번쯤은 유럽에 오고 싶어 하잖아요. 그들은 유럽에 뭔가 특별한 것 있다고 생각해요." 그는 몸을 뒤로 젖히고 책상다리를 했다. 슬슬 한스가 편안하게 느껴졌다.

"유럽엔 특별한 게 있죠. 하지만 베를린엔 없어요. 여기 있는 건 시간 낭비예요. 가능하면 파리엘 가요." 그는 슬리퍼를 차서 벗어 던지고 침대로 미끄러져 들어가, 베개들을 겹쳐 쌓아 놓은 다음 그 위에 머리를 아주 조심스럽게 뉘었다.

"좀 나아졌으면 좋겠네요." 찰스가 말했다. "이제 잘 수 있겠어요?"

한스는 얼굴을 약간 찌푸리며 몸을 사렸다. "처음부터 아무 문제 없었어요. 아까도 자고 있었고요. 이건 완전히 정상적인 거예요. 원래 자주 이래요."

"그렇군요. 그럼 잘 자요." 찰스는 자리에서 일어났다.

"오, 아네요. 아직 가진 말고." 한스가 다시 일어나 앉으며 말했다. "저기, 타데우시도 좀 깨워서 데려와 볼래요? 그 친구는 잠을 너무 많이 자요. 여기 바로 옆방이니까 문 두드려 봐요. 그쪽만 괜찮다면요. 타데우시는 좋다고 할 거예요."

찰스가 노크하자 완전한 정적이 흐르더니, 어둠 속에서 조용히 문이 열리고 한 청년이 걸어 나왔다. 멀쑥하고 마른 체격에, 조그맣고 뾰쪽한 머리를 새처럼 앞으로 내민 남자였다. 그는 얇은 자두색 실크 가운을 걸치고 길고 노르스름한 손가락들을 가슴 위에 포개어 얹고 있었다. 표정을 보니 완전히 깨어 있는 눈치였고, 작고 예리한 검은 눈에는 서글서글한 미소가 떠올라 있었다. "무슨 일이죠?" 그는 폴란드어 억양이 섞인 영어로 물었다. "결투를 벌이다 신세 망친 녀석이 또 한바탕 소란을 피우고 있는 건가요?"

"그런 건 아네요." 찰스는 영어를 들어서 반가운 한편 그의 말에 어리벙벙해졌다. "하지만 힘들어하고 있긴 해요. 저하고 같이 브랜디를 마시던 참이었어요. 저는 찰스 업턴이라고 합니다."

"타데우시 마이입니다." 폴란드 청년이 문밖으로 미끄러지듯 빠져나와 문을 소리 없이 닫았다. 그는 속삭임에 가깝도록 작으면서도 편안한 목소리로 말했다. "성만 들으면 아닌 것 같겠지만, 폴란드인이에요. 저희 할머님이 경솔하게도 오스트리아인과 결혼하는 바람에 이런 성이 붙었어요. 다른 친척들은 '자모이스키' 같은 성을 갖고 있답니다. 행운아들이지요."

두 사람은 한스의 방에 들어갔다. 타데우시가 재깍 독일어로 바꿔서 말했다. "그래, 그래, 넌 이제 진짜 미남이 되겠구나." 그는 한스에게 몸을 기울이고서 다 안다는 듯한 눈빛으로 그의 상처를 살펴보았다. "잘 낫고 있네."

"흉터가 남을 거야." 그렇게 말하는 한스의 얼굴에 무척 수수께끼 같은 표정이 퍼졌다. 눈꺼풀이나 얼굴 근육에 눈에 띄는 움직임은 없으면서도, 빛이 변화하듯 느리고 깊게 번지는 표정이었다. 그것은 진짜 한스가 살고 있는 비밀스러운 곳에서부터 솟아 나온, 놀라울 만큼의 오만, 기쁨, 형언할 수 없는 허영심과 자기만족이었다. 일말의 미동도 없이 누워 있는 그의 얼굴에서 그 표정은 나타났다가, 점점 커졌다가, 흐릿해지더니 그예 사라지면서 그의 본성에서 비롯되는 조수潮水의 흐름을 보여 주었다. '아아, 내가 만약 저 표정 없이 한스를 그린다면 아무것도 담아내지 못하겠군.' 찰스는 생각했다. 한편 타데우시는 특유의 낮은 음성으로 프랑스어와 독일어를 섞으면서 사근사근 이야기하고 있었다. 여러 언어를 그렇게 수월하게 구사한다는 게 찰스에게는 불가사의하게 느껴졌다. 찰스는 브랜디 잔을 들고 단정하게 손짓하며 말하는 타데우시에게 열심히 귀를 기울였지만, 그는 별달리 특별한 말을 하고 있는 것 같지는 않았다. 그럼에도 한스 역시 그에게 주의를 집중하고 있었다.

찰스는 군이 말을 얹지 않아도 될 것 같아서, 한스가 저런 흉터가 난 채로 파리에 가면 어떻게 보일까 상상해 보았다. 미국에 간다면 또 어

782

떨까. 미국의 소도시, 예컨대 샌안토니오 같은 곳에서 저런 흉터를 내보이고 다닌다면. 파리에서라면 사람들이 이해해 주겠지만, 텍사스주 샌안토니오에서는? 그곳 사람들은 그가 무슨 망신스러운 칼부림에 휘말렸나 보다고, 아마도 멕시코인과 싸우다 저렇게 됐으리라고 생각할 것이다. 아니면 자동차 사고를 당했다거나. 그들은 준수한 청년의 외모가 저렇게 흉하게 망가지다니 딱하게 됐다고 생각하면서도, 눈치껏 모른 척해 주고 시선을 피할 것이다. 심지어 파리 사람들도 이해해 주는 한편 내심 못마땅해할 것 같았다. 그들이 보기에 한스는 그저, 결투로 얻은 흉터를 평생 간직하기 위해 최대한 진하고 우둘투둘하게 만들어 놓는 수많은 독일인 중 한 명으로만 보일 것이다.* 한스가 자기 흉터와 그것을 얻게 된 과정을 뽐낼 수 있는 곳은 오직 이 작은 고장 한 군데밖에 없으리라는 생각이 들었다. 다른 곳에서는 해괴하거나, 불운하거나, 불명예스럽게만 보일 테니까. 타데우시가 재잘거리는 동안 찰스는 풀리지 않는 생각의 고리에서 헤어나려 애쓰면서 한스를 지켜보았다. 저건 한 나라의 풍습일 뿐이었다. 그게 다이다. 한스의 상처는 당연히 그런 관점에서 바라봐야 했다. 하지만 만약 찰스가 자기 친구들에게 한스를 소개시켜 준다면, 그들은 하나같이 나중에 찰스를 은밀히 붙잡고 "저 흉터는 어쩌다 생겼대?"라고 물어볼 터였다. 지금 아는 친구들뿐만이 아니라 찰스가 과거에 알았던 그리고 미래에 알게 될 친구들을 통틀어도 전부 마찬가지일 것 같았다. 어쩌면 쿠노는 아닐 수도 있겠다. 하지만 쿠노는 이 풍습에 대해 일언반구도 꺼낸 적 없었다. 다만 그는 인도에서 군인들을 마주치면 길을 비켜 줘야 한다

---

* 당시 독일 대학생들 사이에서는 명예가 걸린 문제를 두고 결투를 벌이는 관행이 있었다.

고, 안 그러면 군인들이 밀쳐 버린다고 이야기한 적이 있었다. 어머니와 함께 인도를 걸을 때도 군인들이 나타나면 어머니는 반드시 그들을 위해 차도로 내려서더라면서. 쿠노는 그게 불쾌하지 않았고 오히려외투와 헬멧 차림의 훤칠한 장교들이 멋있어 보였는데, 그의 어머니는그들을 전혀 좋아하지 않더라고 했다. 찰스는 이 이야기를 오랜 세월동안 기억하고 있었다. 그의 인생과는 아무런 접점이 없는 이야기였지만, 어떤 절대적인 진실처럼 기억 속에 각인되어 있었다. 둘이 함께했던 삶의 그 어떤 시간보다 쿠노가 그의 곁에서 떨어져 지냈던 낯선 시간이 찰스에게는 더욱 생생하게 느껴졌다.

권투 선수들은 귀가 뭉개지게 마련이지만, 일부러 그러는 건 아니다. 시합을 하다 보면 그런 위험이 따르는 것뿐이다. 웨이터들은 평발이 되기 십상이고, 유리를 부는 직공들은 양 볼을 하도 부풀리다 보니볼의 모양이 죄 어그러져서 자루처럼 축 늘어진다. 바이올리니스트들은 바이올린을 갖다 대는 턱 부분에 종기가 생긴다. 어떤 군인들은얼굴이 통째로 날아가는 바람에 수술을 통해 얼굴을 되돌려 놓기도한다. 사람이 일을 하다 보면 온갖 경우가 발생해, 몸이 사고로 망가지거나 아니면 점진적으로 기형이 되어서 눈치챘을 때는 더 이상 돌이킬 수 없을 지경이 되어 버리는 것이다. 결투는 과거에 거의 어디에서나 존중받는 관습이긴 했지만, 먼저 말다툼이 벌어졌다가 정 안 되면 결투로 넘어가는 법이었다. 찰스는 벨벳 안감이 대어진 상자에 담겨 가보로 전해 내려오는, 증조부가 쓰던 결투용 권총을 본 적이 있었다. 하지만 별 이유도 없이 다른 사람의 칼에 자기 얼굴을 내맡기고는살점이 째어져서 이가 다 드러날 때까지 독하게 참아 낸다니, 도대체어떤 종류의 사람이면 그럴 수 있단 말인가? 게다가 그 상처가 어쩌다 생겼는지 모두가 뻔히 아는데, 그 앞에서 한스는 저렇게 자기만족에 찬 표정으로 상처를 내보이고 다닌다니, 사람들은 또 그걸 감탄스러워해야 한다니. 찰스는 한스를 처음 봤을 때부터 좋아했다. 하지만 앞으로 둘 다 천년을 산다 해도 그는 한스의 어떤 부분을 결코 이해할 수 없을 것이다. 그 부분이란 한 사람 그 자체이거나, 또는 그 사람이 아닌 것을 뜻했다. 찰스는 한스의 상처를, 그 상처가 생긴 이유를 그리고 그 상처가 생길 수 있게 한 모든 것을 마음속에 받아들이는 데에 필요한 조건들이 결여되어 있었으므로, 그 모든 것을 즉각적으로 거부할 수밖에 없었다.

그럼에도 그는 여전히 한스가 좋았고, 상처가 없었으면 좋았을 거라는 아쉬움을 떨칠 수 없었다. 하지만 상처는 엄연히 그 자리에서 비현실적이고도 섬뜩한 장면을 연출하고 있었다. 마치 벌건 대낮에 쿠르퓌르슈텐담 거리에서 갑옷 차림의 기사나 〈죽음의 무도〉*에 나오는 해골을 맞닥뜨릴 것처럼.

"프랑스어는 못 하나 봐요?" 타데우시가 찰스를 돌아보고 물었다.

"아주 조금 해요." 찰스는 그렇게 말했지만 프랑스어로 입을 떼기는 꺼려졌다.

"당신은 운이 좋은 거예요." 타데우시가 말했다. "그 나라 말은 누구나 다 배우려고 하잖아요. 프랑스어도 그렇고요. 하지만 나는 성가시게도 외국어란 외국어는 다 배워야 해요. 폴란드어는 폴란드 사람 말고는 아무도 안 쓰니까요."

타데우시는 호리호리하고 핼쑥한 안색의 청년이었고, 등불 빛 속

* Der Totentanz(1538), 소小 한스 홀바인이 그린 목판화 연작.

에서 그의 눈동자는 다갈색을 띠었다. 왠지 몰라도 심사가 사나운 듯 보이는 얼굴이었다. 이야기하는 내내 그는 불에 그을린 것처럼 보이는 정수리 쪽 머리카락을 비비 꼬면서, 한쪽 입꼬리를 살짝 끌어 올려 팽팽하고도 영악한 미소를 짓고 있었다. "나는 심지어 저지 독일어도 할 수 있다고요. 부센 씨는 내 말을 못 알아듣는 척하지만."

"그분이 오늘 집주인 아주머니가 야단치던 분이죠?" 찰스는 말을 꺼내자마자 자신이 눈치 없는 발언을 했다는 것을 알아차렸다.

"오늘?" 타데우시가 반문했다. "오늘뿐만이 아니라 매일같이 야단칠 일이 끊이질 않죠. 그 친구는 진짜 멍청하거든요. 북부인들은 하나같이 구제불능으로 멍청하죠. 로자 아주머니가 그 친구한테 다 퍼붓게 놔두세요. 그러면 우리 셋은 별로 괴롭히지 않을 테니까요. 정말 지독한 사람이에요, 그 아주머니는."

"글쎄." 한스는 아랫입술을 삐죽 내밀며 초조한 듯 말했다. "뭘 기대하는 건데? 여긴 하숙집이잖아."

"숙박업소 추천 명단에까지 오른 하숙집이지." 타데우시는 담배를 피우면서 온화하게 말했다. 그는 셋째 손가락과 넷째 손가락 사이에 담배를 깊이 끼워 든 채, 불이 붙은 부분을 손바닥 쪽으로 향하고 있었다. "난 딱히 아무 기대도 안 해."

"저는 그분이 내 그림들만 가만히 내버려 둔다면 다 좋을 것 같아요." 찰스가 말했다.

"당신은 우리 모두를 책임질 만큼의 하숙비를 내주는 부자 미국인이잖아요." 타데우시가 빙긋 웃으며 말했다. "그러니 아주머니가 진짜 레이스 커튼도, 가장 좋은 깃털 침대도 가지게 해 주었죠. 하지만 자칫 요령 없게 행동하면 부센 씨에게 들킬 거예요. 조심하세요."

찰스는 머리를 흔들었다. 너무 진실에 가까운 농담 같아서 그다지 우습게 느껴지지 않았다. 찰스는 브랜디를 더 따랐고, 다들 담배를 한 개비씩 새로 꺼내 물었다. 그리고 두 손님은 몸을 젖히고 편안히 앉았고 한스는 모로 돌아누웠다. 모두가 호의적이고 편안한 분위기에서 슬슬 서로 친해지려는 것 같았다. 그런데 방문에서 날카로운 노크 소리가 세 번 울리더니 로자의 목소리가 들렸다. 시간이 3시가 다 되었으니 다른 사람들은 이만 자야 할 것 같다며, 미리 준비해 온 듯한 대사를 상냥하고 차분하게 읊는 것이었다. 세 사람은 서로를 눈짓하며 음모를 꾸미듯 씩 웃었다.

"로자 아주머니." 한스는 애써 조곤조곤 설득하는 투로 말했다. "제가 오늘 너무 아파서 두 분이 밤새 돌봐 주겠다고 온 거예요."

"그럴 필요 없어요." 로자가 딱 부러지게 말했다. "이제는 잠을 자야죠."

타데우시가 조용히 일어나더니 문을 벌컥 열었다. 그러자 로자는 조그맣게 비명을 지르며 달아났다. 실내복 가운을 걸치고 머리에 망을 쓴, 유령처럼 희끗한 그녀의 형체가 복도를 지나갔다. 타데우시는 그녀의 등 뒤를 향해 부드럽게 말했다. "저희 지금 바로 나가요." 그러고는 근시가 있는 작은 눈에 짓궂은 빛을 번뜩이며 뒤를 돌아보았다. "이제 우리한테 다시 뭐라고 못 할 거예요. 저 아주머니는 내숭이 얼마나 심한지, 스무 살 처녀 같다니까요." 그는 침대로 돌아와서 술잔을 집어 들고 말을 이었다. "우리가 지옥 같은 감옥에 살고 있는 걸로 보이겠지만, 사실 베를린은 다 거기서 거기예요, 찰스. 정말이지 나는 하루빨리 런던에 돌아가고 싶어요. 당신도 런던에는 무슨 일이 있어도 꼭 가 봐요. 나는 도시란 도시는 거의 다 가 봤는데…… 아, 당신네 나라의 근사한 뉴욕은 빼고요. 뉴욕 상공에서 찍은 사진들을 보니 무시무시하더군요…… 아무튼 내가 이제껏 둘러본 바로는, 문명화된 사람이 살 만한 곳은 오로지 런던뿐이었어요."

한스는 신중히 고개를 가로저으며 재차 강조했다. "아니, 파리야. 파리라고."

"좋아." 타데우시가 영어로 말했다. "오케이. 나는 이 말을 미국인에게서 배웠어요. 그는 자기가 전형적인 미국인의 백 퍼센트짜리 표본이라고 하더군요. 챙이 좁은 모자를 쓰고 다니는 애리조나 출신 카우보이였죠. 열성 개신교 신자였고, 채식주의자에, 매일 아침 식사 전에 위스키를 큰 컵 가득 들이마시는 사람이었어요. 그 사람 애인은 뱀으로 요술을 부리고 부채춤을 추는 여자였고요. 저하고 알던 당시 그는 파리 좌안에서 작은 나이트클럽을 운영하고 있었는데, 거기 벽에 수송아지 뿔이며 올가미 밧줄이 온통 장식돼 있더라고요. 그런데 어느 날 애인과 다투자, 그가 그 올가미들 중 하나로 그녀를 묶어서 바닥에 질질 끌고 다니지 뭡니까. 그날 당장 여자는 그를 떠났어요. 독뱀 한 마리를 그의 침대에 넣어 두고서 말이죠. 하지만 아무 탈도 나지는 않았어요. 그의 말로는, 자기는 다 '오케이'였대요."

한스가 말했다. "무슨 이야기를 하는 거야? 내가 영어 못 알아듣는 거 알잖아."

타데우시가 독일어로 말했다. "내가 '오케이'라는 말을 어떻게 배우게 됐는지 설명하던 중이었어."

한스는 고개를 끄덕였다. "아, 그렇군. 그 말은 무슨 뜻인지 잘 알아. 오케이. 내가 아는 유일한 영어 단어야."

그들은 자신이 어엿한 남자이고 자기 의지의 주인이라는 것을 로자에게 증명해 보이기 위해, 잘 자라는 인사를 나누면서 그 방에서 좀 더 미적거리다가 헤어졌다.

찰스는 아침에 욕실에서 나오다가 복도에서 부셴 씨를 마주쳤다. 부셴 씨는 짧은 면 욕의를 걸치고 약간 더러운 수건을 들고 있었고, 그의 퉁퉁하고 둥그런 얼굴에는 슬프고 당혹한 표정이 떠올라 있었다. 너무 엄한 집에서 시달리며 자란 아이처럼 세상에 별 기대가 없는 표정이었다. 아까도 무슨 일 때문인지 로자가 부셴 씨를 야단치는 소리가 들렸고, 그 바람에 찰스도 잠에서 깬 참이었다. 이제 로자는 찰스의 방에 커피와 롤빵과 버터를 가져다주고 있었다. 이른 시간부터 단정하게 빗질하고 옷을 차려입은 채였고, 눈에 불똥이 번뜩이는 걸 보니 심기가 불편한 듯했다. 그녀는 커튼을 젖히고 불을 꺼서 더러운 물 같은 겨울 햇빛이 실내를 적시게 하더니, 휙 돌아 나가서 욕실 문을 노크하며 새침하고 권위적인 투로 말했다. "이제 15분이에요. 시간 다 됐어요, 부셴 씨." 그러고는 다시 돌아와 침대 시트를 단숨에 벗겨 냈는데, 그 순간 테이블 앞에 앉아 있던 찰스의 머리 위에까지 가벼운 바람이 일었다. 그녀는 찰스의 옆에 다가서더니 별안간 한숨을 내쉬었다. "오, 질서 있고 평안한 삶을 누리기란 참 힘든 일이네요. 나는 그런 올바른 삶의 방식에 익숙한데 말이에요. 욕실만 해도 그래요. 늘 면도 비누며, 치약이며, 물이 흥건하게 묻어 있고, 리놀륨 바닥에도 물이 고이고, 거울에도 온통 물이 튀고, 모든 게 너무나 불결하다고요. 오, 업턴 씨, 나는 신사분들이 왜 욕조를 씻질 않는지 도저히 이해가 안 돼요. 그리고 오, 부셴 씨는 말이죠. 날이면 날마다 침대에 치즈와 빵 부스러기를 잔뜩 흘려 놓고, 어떨 땐 옷장 안에 정어리 깡통을 열어 놓은 채로 놔둔다니까요. 호두를 먹고는 껍데기를 벽장 안에 숨겨 놓기도 하고요. 교수가 될 사람이라고 해서 그런 짓을 해도 되는 건 아니잖아요? 그리고 하숙비도 매달, 매달 늦어요. 내가 하숙비를 제 날짜에 받지 못하면 도대체 어떻게 살라는 말이에요?"

찰스는 온통 시뻘겋게 달아오른 채 일어나서 말했다. "몇 분만 기다려 주시면 지금 준비해서 나갈게요. 저 때문에 방해되시겠어요."

"아, 방해가 아니에요. 나는 내 일을 하고, 업턴 씨는 업턴 씨 일을 하면 되죠. 방해, 그런 게 아니에요." 그녀는 찰스에게 밝게 웃어 보였다. 그녀의 절망감은 어느새 수그러드는 듯했다. "하지만 생각해 봐요. 전쟁 전까지만 해도 나는 하인 다섯 명에 정원사, 운전사를 두고 살았어요. 드레스는 파리에서, 가구는 영국에서 주문했고요. 다이아몬드 목걸이를 세 개나 갖고 있었지요, 업턴 씨, 세 개나요…… 그러니 지금 내 처지가 어떻게 됐는지 생각해 보면 가끔 기가 막히지 않겠어요? 내가 하녀처럼 침대 정리를 하고, 더러운 바닥을 닦다니……"

찰스는 로자가 물색없이 자기 사연을 다 털어놓는 데에, 게다가 욕실을 지저분하게 쓰는 자신의 습관을 그녀에게 들켰다는 데에 민망해져서 어쩔 줄을 몰랐다. 그는 궁지에 몰린 채 모자와 코트를 챙기고, 스스로도 무슨 말인지 알아들을 수 없는 독일어 문장을 떠듬떠듬 내뱉고는 서둘러 도망쳐 나갔다.

카메라는 전당을 잡혀 봤자 얼마 못 받을 줄 알았는데, 전당포에서 장부에 가느다란 코를 박고 있던 과묵하고 조그만 남자가 그 멋진 기계장치를 전문가의 시선으로 살펴보더니 군말 없이 100마르크를 내주었다. 턱없이 부자가 된 기분에 기운이 솟은 찰스는 이제부터 작업을 좀 해야겠다는 생각으로 부랴부랴 하숙집으로 향했다. 그런데 아파트에서 몇 걸음 앞에 이르러 부셴 씨가 입구로 걸어 들어가는 모습이 보였다. 그는 혹독하도록 추운 날씨에도 외투 한 장 걸치지 않고, 아마도 빵과 간 소시지가 들었을 법한 작은 갈색 종이 꾸러미를 손에 들고 있었다. 어깨를 구부린 채 천천히 계단을 올라가는 부셴 씨를 찰스는 금세 따라잡았다. 뒤에서 볼 때는 중년 남자 같았는데, 찰스를 돌아본 그의 얼굴은 오히려 제 나이보다도 더 앳되어 보였다. 아직 채 다 지나가지 않은 유년기의 자취가 얼굴 저편에 남아 있었다. 그의 코는 콧물에 젖어 빨갛게 물들었고, 눈에는 눈물이 가득했으며, 꾸러미를 든 맨손은 뼈마디의 살갗이 다 갈라져 있었다.

"안녕하세요." 부셴 씨가 통통한 얼굴을 잠깐이나마 밝히며 인사했다. 무언가 좋은 일이 일어날 거라고 생각한 듯했다. 찰스는 발길을 늦추고 그와 통성명을 한 뒤, 둘이 함께 말없이 계단을 마저 올라갔다. 로자가 현관문을 열어 주었다.

"아." 그녀는 미심쩍은 눈길로 두 사람을 번갈아 훑어보았다. "두 분이 벌써 안면을 트셨나 보죠?"

"네." 둘은 한마음, 한목소리로 그렇게 대답하고는 더 이상 아무 말도 않고 그녀를 지나쳐 걸어갔다. 로자는 혼잣말을 중얼거리며 자기 방 쪽으로 사라졌다.

"아주머니가 업턴 씨도 매번 구박하나요?" 부셴 씨가 물었다. 체념한 듯 감정을 눌러 참는 기색이었다.

"아직은요." 찰스는 이 집 하숙생들이 겪는 수난에서 자신만 면역이라는 사실을 슬슬 알아차리고 있었다. 어쩌다 보니 편들고 싶지 않은 쪽 편에 서게 되어 버린 것 같았다. 로자의 애완동물 신세가 되는 것만은 가능하면 피하고 싶었다. 부셴 씨가 말했다. "아주머니는 매일 최소한 30분은 저를 모욕해요. 그런 다음에는 마이 씨를 모욕하지만, 방식이 달라요. 마이 씨는 굉장히 예리하고, 아주머니가 이해 못 할 방식으로 교묘하게 받아서 모욕을 되돌려 주거든요. 폰 게링 씨는 아주머니가 키우는 고양이처럼 애지중지하고 있는데, 그건 그분이 결투를 했기 때문이에요. 하지만 상처는 결국 나을 거예요. 그리고 업턴 씨는 외국인이고 우리보다 하숙비를 더 많이 내니까 아주머니가 정중하게 대하는 거고요. 하지만 두고 보세요. 업턴 씨 차례도 올걸요."

"뭐, 그러면 여기서 나가면 되죠." 찰스는 선선히 말했다.

"세 달 치 하숙비를 한꺼번에 내고 나가 버리겠다고요? 아니면 경찰에 신고당하려고요?" 부센 씨가 감탄하며 말했다. "세상에, 진짜 부자인가 봐요."

찰스는 고개를 저었지만 그래 봤자 소용없다는 것을 느끼고 있었다. 부센 씨의 얼굴에 번진 질투심이 너무나 강렬한 나머지 거의 그를 미워하는 것처럼 보일 정도였다. 부센 씨는 찰스가 무슨 별난 종에 속하는, 약간 혐오스러운 생물체라도 되는 양 그를 머리끝부터 발끝까지 훑어보았다. "아, 음." 부센 씨가 입을 열었다. "진지하게 충고하겠는데, 우리 나라의 기묘한 관습들을 잘 살펴보세요. 그리고 경찰의 주의를 끌 만한 행동은 아무것도, 아무리 사소한 것이라도 절대로 하지 마세요. 업턴 씨가 이 나라에 익숙하지 못하니까 말씀드리는 거예요…… 여기 사람들은 외지인들을 좋아하지 않거든요."

"고맙습니다." 찰스는 매우 기분이 상해서 뻣뻣하게 대답했다.

이 울적한 대화 때문에 그는 우울해졌고, 그런 다음에는 화가 났다. 그는 희미하고도 쾌감 어린 분노에 휩싸인 채 자리에 앉아서 무작정 빠르게 그림을 그려 나갔다. 이따금씩 팔꿈치를 치켜들고 숨을 최대한 깊게 들이마셨다. 방의 벽들이 그를 향해 좁혀 드는 것 같았다. 다른 방 사람들의 숨소리가 들려오는 듯했고, 한스의 반창고에서 풍기는 요오드포름 냄새, 부셴 씨의 숨에서 나는 상한 정어리 냄새도 느껴지는 듯했다. 로자의 들척지근한 여성적 히스테리 때문에 비위가 상했다. 그는 이전에 묵었던 호텔의 주인 남녀를 그려 보았다. 여자는 메스껍게 생긴 여우로, 남자는 반은 돼지, 반은 호랑이로 묘사했다. 그리고 부셴 씨의 우둔한 얼굴을 여러 번, 점점 더 온화한 느낌으로 그려 나갔다. 그 사내에겐 무언가 인상 깊은 데가 있었다. 그리고 특별히 악의를 담아서 로자의 모습도 종이에 그렸다. 우선은 부엌데기로 그려 보았고, 그다음에는 늙어 빠진 매춘부로 그리고 또 완전한 나신으로 묘사했다. 그렇게 그린 그림들을 쭉 훑어보니 이만하면 자신의 악감정을 꽤나 많이 갚아 주었다는 생각이 들었다. 그는 종이를 갈기갈기 찢어 버렸다. 찢자마자 후회되긴 했지만 그림을 로자에게 들키지 않게 숨길 데가 없으니 어쩔 수 없었다. 이제 그는 차분하게 한스의 얼굴을, 자기 상처를 자랑스러워하던 그 기이한 표정을 기억나는 대로 종이에 옮겼다. 그걸 그리다 보니 완전히 몰두하게 되었고, 점점 더 마음이 차분해지면서 자신의 분노가 창피해지기에 이르렀다. 뭐에 씌어서 그랬나 싶었다. 그들은 모두 좋은 사람들이지 않은가. 다들 끔찍한 곤경에 처해 이 작은 아파트에 모여들어, 공기도, 공간도, 돈도, 그 무엇도 충분히 누리지 못하고 서로 부대끼며 살아갈 뿐, 달리 아무런 할 일도, 갈 데도 없는 사람들이었다. '나는 마음만 먹으면 집에 갈 수 있잖아. 그런데 애초에 내가 여기 왜 온 거지?'

타데우시의 피아노 소리에 생각이 멈췄다. 찰스는 몸을 편안히 기대앉고 즐겁게 귀를 기울였다. 저 친구는 실력이 정말로 제법이었다.

유명한 피아니스트들의 연주라면 찰스도 라디오를 통해 많이 들어 봤지만, 타데우시의 연주는 그중 누구에게도 크게 뒤지지 않는 것 같았다. 자신이 무엇을 하는지 잘 알고 하는 사람의 솜씨였다. 찰스는 피아노 앞에 앉은 타데우시의 새 같은 머리, 입꼬리에 진 작고 팽팽한 주름, 새 발톱처럼 생긴 손가락을 그려 보았다. '참 나, 나는 캐리커처나 그려야 하는 게 아닌가 몰라.' 문득 그런 생각이 들었지만, 정말로 진지하게 고민이 되는 건 아니었다. 그는 다시 편안히 앉고서 피아노 소리에서 주의를 거두었다.

복도에서 빠른 발기척이 나더니 로자가 새된 소리로 훌쩍이며 뭐라고 외쳤다. 하지만 그 소리는 잠든 찰스의 의식에 서서히 새어 들어올 뿐 그를 완전히 깨우지는 못했다. 마침내 그녀가 방문을 탕탕 두들기며 공포에 찬 고함을 질렀을 때에야 찰스는 화들짝 깨어났다. "오, 맙소사, 오, 세상에, 엄턴 씨, 이리 나와서 나 좀 도와줘요. 도와주세요. 부센 씨가……" 찰스는 문을 열었다. 타데우시와 한스가 이미 부센 씨의 방문 앞에 가 있었고, 로자는 머리카락이 헝클어진 채 얼굴에 눈물을 줄줄 흘리고 있었다. "부센 씨가 독을 먹었어요."

찰스는 공포로 모골이 송연해졌다. 그는 즉시 나가서 다른 사람들과 함께 부센 씨의 방으로 건너갔다.

부센 씨는 침대 옆에 꿇어앉아 커다란 물 항아리를 끌어안고 토악질을 하고 있었다. 경련하느라 아무 말도 못 하고 틈틈이 숨만 들이켜면서도, 그는 손을 내밀어 격하게 물리치는 시늉을 하면서 애써 격격거렸다. "나가요, 나가……"

"욕실로 데려가요." 로자가 소리쳤다. "의사를 불러오고, 물도 가져와요. 제발, 융단 조심하고요." 찰스는 부센 씨의 겨드랑이를 붙잡고 일으켜 세웠다. 그동안 타데우시는 젖은 수건을 가져왔고, 한스는 자기 얼굴을 감싸 쥔 채 전화기 쪽으로 뛰어갔다.

"아니, 아니라고요. 제기랄!" 부셴 씨가 버럭 외쳤다. "의사 부르지 마요. 하지 말라고." 그는 찰스의 팔에서 반쯤 헤어 나오면서, 침대 발치의 나무판 위에 몸을 웅크리며 자기 배를 껴안았다. 얼마나 아픈지 얼굴이 무시무시한 보라색과 초록색으로 물들었고 이마와 코에는 땀이 비처럼 쏟아지고 있었다.

"오, 왜 그런 짓을 했어요?" 로자가 울면서 외쳤다. "음독자살이라니요. 친구들이 다 있는 데서, 어떻게 그럴 수가?"

부셴 씨는 자세를 가다듬고서 항변했다. "아니, 일부러 독을 먹은 게 아니라니까요!" 그는 훌륭한 바리톤 음색으로 고함쳤다. "말했잖아요. 뭘 잘못 먹어서 식중독에 걸린 거라고요." 그는 항아리 위에 몸을 무너뜨리고 다시 구토하기 시작했다.

"욕실로 데려가요." 로자가 두 손을 쥐어짜며 말했다. "그럼 그렇지." 그녀는 또 분이 치민 듯 부셴 씨를 다그쳤다. "그놈의 소시지, 정어리, 간 페이스트를 그렇게나 먹어 대더니. 나는 진작 경고했어요. 그런데 부셴 씨는 들은 척도 안 했죠. 자기가 가장 잘 아니까 신경 쓰지 말라나? 대체 내가 몇 번이나 말했……"

"나 좀 내버려 둬요." 부셴 씨가 절박하게 소리쳤다. "그냥 놔둬요."

타데우시가 찰스를 도우러 나섰다. 그는 격의 없는 투의 저지 독일어로 부셴 씨를 달랬다. "괜찮아요. 우리가 도와줄 테니 조금만 참아요."

두 사람은 부셴 씨의 배를 팔로 부둥켜서 그를 자루처럼 들쳐 안고 최대한 힘껏 끌어당겼다. "오, 하느님 맙소사." 부셴 씨가 진심으로 절망스러운 신음을 흘렸다. "가만 놔두라니까……" 하지만 그들은 이미 죽은 사람을 다루는 양 그의 감정을 전혀 고려하지 않고 기어이 그를 욕실로 끌고 가서 문을 닫아 잠가 버렸다. 찰스는 복도로 나오자마자 모자도 안 쓰고 즉시 아파트 밖으로 뛰어나갔고, 몇 분 뒤 약국에서 산 물건들이 든 커다란 꾸러미를 들고 돌아왔다. 로자가 이런저런 질문을 던졌지만 찰스는 못 들은 척 욕실로 들어가 문을 다시 닫고는, 타데우시와 함께 심각하게 응급처치에 돌입했다.

로자는 한스에게 화살을 돌렸다. 그녀는 얼굴이 온통 젖은 채 계속 흐느껴 울면서 한스에게 침대로 돌아가라고 명령했다. 한스는 대꾸했다. "아뇨, 괜찮습니다. 저는 이제 한결 나아요. 지금 병원으로 가 볼게요."

"그러다 더 악화되면 어쩌려고요." 로자가 울먹였다.

"아뇨. 놀라시겠지만 저는 정말로 멀쩡해질 거예요." 한스는 쌀쌀맞게 말하고 자리를 떴다.

고통이 진정된 부셴 씨는 깨끗하게 씻은 뒤 침대에 편안하고 안전하게 누운 채 이마에 얼음주머니를 얹고서, 그를 둘러싼 새로운 세 친구의 주목을 한 몸에 받으며, 고마워하는 기색이라곤 전혀 없이 뚱한 침묵을 유지하고 있었다. '우리가 마음에 안 드나 봐.' 찰스는 생각했다. '우리가 치료를 아주 잘 해 줬는데도.' 부셴 씨—그러고 보니 왜 이런 호칭으로 불리는 걸까? 그는 겨우 스물네 살이었다—는 초췌하고 멋쩍은 얼굴로 눈을 감고 있거나 다른 데로 고개를 돌리고만 있었고, 타데우시가 식당에서 뜨거운 수프를 사 오자 고개를 내저으며 급기야는 울음을 터뜨리려고 했다. 로자도 수프를 보더니 기분이 상한 눈치였다.

"음식 준비는 내게 맡겨야죠." 그녀가 타데우시에게 말했다. "잘못해서 또 식중독에 걸리면 어쩌려고요." 그녀는 수프를 빼앗아 가더니, 다시 뜨겁게 끓여서 우아한 쟁반에 받쳐 들고 왔다. 그녀는 기분이 매우 가라앉은 듯 보였고, 부셴 씨는 울적하게 수프를 깨작거렸다.

찰스는 부셴 씨의 책상 위에 쌓여 있는 종이 더미를 눈여겨보았다. 종이들에는 뜻 모를 수학 계산식만 빼곡히 적혀 있었다. 로자는 그 종이들을 만지작거리며 가지런히 정리하느라 수선을 피우다가, 찰스와 같이 복도에 나왔을 때 그에게 말해 주었다. "아마 몰랐겠지만, 부셴 씨는 대학에서 무척 뛰어난 수학자로 촉망받고 있어요. 굉장한 학자가 될 자질이 있다나 봐요." 그녀는 자부심과 소유욕을 내비치며 말했다. "내가 가끔씩 부셴 씨에게 짜증을 내는 건 그저 나쁜 버릇을 고쳐주기 위해서예요. 그가 먹는 것들이란…… 아, 음식물 쓰레기나 다름없잖아요. 그런데 이제 업턴 씨가 그걸 알게 됐으니, 그는 창피해하는 거예요. 비참한 형편을 들켜 버렸으니까요. 가난이란 끔찍한 일이지요." 그렇게 말하며 그녀는 눈물을 흘렸다. 눈물이 눈에서만이 아니라 피부에서도 나오는 듯이, 땀과 눈물이 뒤섞여 흘러내리면서 얼굴을 뒤덮었다. "어떻게 해야 하죠? 우리는 이제 어떻게 되는 걸까요?"

타데우시가 나와서 그녀의 팔을 잡았다. "그만하세요, 아주머니." 그가 로자를 살짝 흔들며 말했다. "별일도 아닌데 뭘 그래요? 부셴 씨가 정어리를 잘못 먹고 주위에 폐를 좀 끼친 것뿐이잖아요. 이제 가서 쉬세요. 부셴 씨는 우리가 돌볼게요. 아무것도 안 어지럽힐 테니 걱정 마시고요."

"내가 신경이 예민해졌나 봐요." 로자가 고마운 미소를 지었다.

그들은 부셴 씨의 방에 가 보았다. 그는 한쪽 팔을 얼굴에 올린 채 잠잠히 누워 있었다. 수면제의 약효가 듣는 것 같았다. "제 방으로 가죠." 타데우시가 찰스에게 말했다. "저도 브랜디가 좀 있어요."

한스가 얼굴에 새 반창고를 붙이고 헝겊을 싸맨 모습으로 돌아왔다. 전보다 한결 나아 보였다. 타데우시와 찰스가 브랜디를 권하자 그는 사양하고는 물었다. "우리, 부셴 씨를 지켜봐야 하는 걸까요? 어떻게 생각해요?"

타데우시가 잠깐 뜸을 들이다 대답했다. "아니, 나는 그런 의혹은 처음부터 전혀 안 믿었어." 그러고는 찰스를 돌아보았다. "당신은요?"

"저도 부셴 씨가 사실대로 말했다고 생각해요." 찰스가 대답했다.

"그래요. 그럼 즐거운 시간들 보내요." 한스가 방문을 닫았다.

타데우시의 좁은 방은 업라이트피아노 한 대와, 작은 무음 피아노 한 대로 꽉 들어차 있었다. 찰스는 뻣뻣한 손가락으로 소리가 나지 않는 피아노 건반을 눌러 보았다. "저는 하루에 일곱 시간씩은 그걸로 연습해요. 고마운 줄 아세요." 타데우시가 자신의 두 손을 펼치고 이리저리 돌려 보며 말했다. "자살하려던 인간이 이제 겨우 잠들었으니 오늘은 더 이상 연주도 못 하겠군요. 술이나 실컷 마시고 취하자고요." 그는 술병에 4인치 정도 남은 브랜디를 보여 주었다. "사실 저는 원래 술 안 마셔요. 하지만 여기서 오래 살다가는 마시게 될 판이네요."

찰스가 말했다. "저도 덩달아 우울해져요. 왜들 이러는지 모르겠어요. 여기서나, 제 고향에서나 진짜로 가난한 사람들을 더러 봤는데, 그 사람들에 비하면 부셴 씨는 거의 부자라고 봐도 좋을 정도예요. 그리고 부자까지 갈 것도 없이, 그럭저럭 잘사는 사람들한테만 견주어 봐도 저는 빈민이나 다름없는 처지고요. 하지만 나는 내가 가난하다고 생각해 본 적이 없어요. 그런 걱정도 해 본 적 없죠. 만약 내가 진심으로, 다른 그 무엇보다도 돈을 원하게 된다면, 어떻게든 벌 수 있을 거라고 늘 생각했거든요. 하지만 여기는…… 뭐라고 할까요…… 어쩐지 모두가 굉장히 쫓기는 것 같아요. 걱정이 너무 많다고 할까. 그리고 돈 생각을 한시도 내려놓질 못해요."

"이 나라는 전쟁에서 졌잖아요. 그걸 기억해야죠." 타데우시가 무음 피아노를 손가락으로 훑자 나무 건반이 달각거리는 소리를 냈다. "그런 일을 겪으면 한 나라의 정신이 엄청나게 파괴되는 법이니까요. 하지만 그렇다고 해서 동정심이 들진 않네요. 전혀요. 그리고 쫓기는 느낌에 대해서라면, 하, 폴란드 사람이 되어 봐야 그게 무슨 뜻인지 알죠. 이 나라의 커다랗고 뚱뚱하고 못생긴 사람들은……" 그는 무릎을 꼬고서 정수리의 머리카락을 마구 잡아당겼다. "진짜 배고픈 게 뭔지 알려면 잠시라도 폴란드인이 되어 봐야 해요, 정말이지."

"다 못생기진 않았는데요." 찰스가 말했다. "그건 전혀 아니죠."

"오케이." 타데우시가 무심히 대답하고는 작은 눈을 감았다. 찰스는 생각했다. '뭐야, 내가 여기서 무슨 말을 해야 돼? 폴란드인들을 열성적으로 변호해 줘야 하나? 아니면 독일인들을 맹렬히 비난해?' 사실 그는 딴생각을 하고 있었다. 자신이 가진, 양털 안감이 대어진 코트를 부센 씨에게 줘도 괜찮을지, 준다면 어떤 식으로 줄 수 있을지를. 그냥 그의 방문을 두드리고 "여기 저한테 필요 없는 코트가 한 벌 있는데요"라고 해도 될까? 아니, 그래선 안 된다. "코트가 없으시다면 당분간 이걸 입고 지내는 건 어때요?"라고 한다면? 어떻게든 온당하게 전달할 방식이 있기는 있을 것이다. 그는 타데우시에게 이 생각을 털어놓고 조언을 구했다.

"오, 생각도 말아요." 타데우시가 말했다. "그러면 안 돼요. 부센 씨는 자존심이 굉장히 강한 사람입니다. 무지막지하게 화가 날 거예요. 게다가……" 타데우시는 한쪽 발을 흔들며 말을 이었다. "사람의 고통이란 결국 그 자신만의 것이라는 걸 이해하셔야죠. 나름의 목적을 위해 스스로 고통을 선택하는 경우도 얼마든지 있어요. 우리가 어떻게 알겠어요? 사람들은 잘못된 이유로 남을 동정할 때가 너무 많아요. 상대방에겐 그런 동정이 필요하지도 않고, 전혀 원하는 바가 아닐 수도 있는데. 그렇잖아요. 부센 씨 참 딱하다, 우리야 그렇게 말할 수 있죠. 그러고 나면 기분도 나아지죠. 우리가 운이 좋구나 싶어서 안심하게 되니까. 어떨 때는 이런 동정이야말로 추위나 굶주림보다 더 지독한 법입니다. 이런 문제, 생각해 본 적 있어요? 부센 씨에 대해 뭘 아세요? 그의 생각이나 앞날의 계획에 대해? 모른다면, 간섭하지 말아야 한다고 봐요."

"오늘 우리가 간섭하지 않았다면 그는 지금쯤 죽었을 텐데요." 찰스가 말했다.

"이것도 실수인지도 모르죠." 타데우시가 차분하게 말했다. "지금은 시간을 두고 지켜봐야 해요. 물론 우리가 그에게 돈이나 음식을 주면서 그 이유를 알리지 않을 수 있다면야, 고려해 볼 만하겠죠. 하지만 그럴 방법이 없잖아요. 오늘 그 온갖 일을 거치고는 지금 당신이 무작정 그에게 찾아가서 코트를 내민다면, 하, 어떻게 될 것 같아요? 부센 씨는 코트를 당신에게 집어 던지고 싶어질걸요. 자선을 받아들이는 사람들도 있기야 있죠. 자선을 베푸는 상대방에게서 경멸받는 걸 두려워하지 않는 사람이라면. 하지만 호의를 받거나 교환하는 건 좋은 친구 사이에서나 할 수 있는 일이에요. 남남 사이에서는 안 먹혀요." 타데우시가 자리에서 일어나더니 잰걸음으로 서성거리며, 허리를 구부린 채 찰스를 바라보았다. "이봐요, 이런 말 나쁘게 듣지 않아줬으면 좋겠는데, 미국인들은 참 이상한 사고방식을 갖고 있는 것 같아요. 어째서 그렇게 자선에 집착하죠? 그렇게 해서 뭘 얻는다고요?"

찰스가 말했다. "나는 뭘 얻고 싶은 게 아니에요. 오히려 코트를 잃을 각오를 하고 있어요. 그리고 나는 그 코트가 필요 없으니 그래도 괜찮고요. 나로서는 이 생각이 전부인데요."

"도덕적으로 분개한 것 같군요." 타데우시가 찰스의 앞에서 멈춰 서더니 미소 지었다. "흥분하지 말고 들어 봐요. 내가 영어를 얼마나 잘하는지는 알겠죠? 당신은 코트를 줄 수 있다는 데에서 우월감을 얻을 거예요. 그리고 부셴 씨는 몸이 따뜻해지겠지만, 낯선 사람의 은혜를 빌려서 코트를 얻게 될 테고, 그것 때문에 인생 전체가 망가질 수도 있어요. 이해하려고 노력해 봐요. 이 문제에 대해서는 내가 당신보다 더 잘 알아요. 만약 제가 당신 나라에 갈 일이 생기면 미국인들에 대해서는 당신의 조언을 새겨듣도록 하죠."

"미국인들이 여느 사람들과 그렇게까지 다르진 않다고 보는데요." 찰스가 말했다.

"아뇨, 달라요. 우리한테는 정말이지 다른 행성에서 온 외계인들 같다니까요. 부셴 씨에게 코트를 주지 마세요. 그랬다가는 그가 당신을 미워할 겁니다."

"잘 믿어지질 않는군요."

"누군가의 은인이 되려면 그만큼 미움받을 각오를 해야 해요." 타데우시가 말했다. "이야기 하나 해 드리죠. 예전에 제가 아는 어느 갑부가 젊은 음악가들을 위해 거금을 후원하고 싶어 했어요. 그런데 그 사

기울어진 탑 801

람이 자기 변호사에게 찾아가서 요구한 조건이, 반드시 익명으로 해 달라는 거였어요. 그 어떤 상황에서도 기부자의 이름이 알려져서는 안 된다고요. 그래서 변호사가, 물론 요구하신 대로 처리해 드리겠다, 하지만 당신이 왜 그런 조치를 원했는지 모두가 이상하게 생각할 것이다, 이렇게 이야기했죠. 그러자 이 현명한 남자가 뭐라고 했는지 알아요? '나는 미신을 믿는 사람이라, 그 음악가들이 내 이름에 대고 저주할까 봐 께름칙해서 그럽니다.'"

"맙소사." 찰스는 진심으로 질겁해서 말했다.

"아, 그렇죠. 그야말로 맙소사죠." 타데우시가 살갑게 맞장구를 쳤다.

찰스는 코트를 옷장 안에 놔두고, 대신 우유와 오렌지 몇 알을 부셴 씨의 방으로 가져갔다. 한스가 침대 옆에 앉아서 부셴 씨에게 수프를 더 먹으라 권하고 있었다.

부셴 씨는 수프를 받아들였지만, 그 영양가 있는 음식을 쓰디쓴 약이라도 마시듯 힘겹게 삼켰다. 그 모습을 보고 찰스는 생각했다. '그래, 타데우시의 말이 맞아. 그는 전혀 좋게 받아들이지 않고 있어.' 지금 부셴 씨는 갚을 가망이 없는 빚더미 속에 서서히 파묻혀 가는 느낌일 게 분명했다. 침대 발치에 서 있던 찰스는 문득 기이한 상상이 떠올랐다. 자선의 표적이 된 부셴 씨가 눈 덮인 황무지를 사슴처럼 가로질러 뛰어가고, 한스, 타데우시, 로자 그리고 찰스 자신이 일제히 그 뒤를 쫓아가는 상상이었다. 필요하다면 목을 물어서라도 그를 붙잡아 쓰러뜨리려고, 그리하여 그에게 도움과 위안을 주려고. 찰스의 아버지가 키우던 갈색 얼룩 사냥개들의 깊고 구슬픈 울음소리가 그의 귓전을 울렸다.

로자는 검은색 옻칠이 된, 평범해 보이는 금속함 하나를 커피 쟁반 한편에 받쳐 들고 왔다. 그녀는 찰스에게 곧바로 커피를 따라 주지 않고, 테이블 위에 손을 올리고 서서 나지막한 음성으로 말했다. "오늘은 우리 모두에게 썩 좋지 않은 하루였을 것 같네요. 하지만 나는 부센 씨에게 평소에 날카롭게 대했던 게 있어서, 그게 또 마음에 가책이 돼요. 아까 그렇게 이야기했더니 부센 씨가 받아 주더군요. 친절하게 대답해 줬어요." 그녀가 말을 이었다. "하지만 당신은 이방인이고, 부유한 나라에서 왔으니……"

찰스가 말했다. "우리 나라는 부유할지도 모르겠지만, 거기 사는 사람들의 대부분은 그렇지 않은데요……"

"……업턴 씨 같은 사람은 이해 못 할 거예요." 로자는 그의 말을 듣지도 않고 일축하고는 자기 말을 계속했다. "여기, 보여 주고 싶은 게 있어요. 이걸 보면 우리에게 무슨 일이 일어났는지 조금이나마 이해될 거예요. 전 세계에서 외국인들이 돈을 가지고 여기로 오는데……"

"말씀드렸잖아요. 저는 부자가 아니에요." 찰스는 하릴없이 말했다. 그러자 로자는 그의 거짓된 발언을 거의 경멸하는 눈초리로 그를 쳐다보았다. 자신은 그런 말에 속을 정도로 어리석진 않다는 것이었다. 그녀는 찰스를 미국인들 중에서도 최악의 유형, 즉 가난한 척하는 미국인이라고 생각하고 있었다. "그들은 돈을 가지고 오죠." 그녀는 화가 나서 언성을 높였다. "그러고는 우리를 하찮게 봐요. 우리는 앞으로 어떻게 살지를 걱정하는 처지이니까요. 우리가 망가졌기 때문에, 그래서 당신네는 우리를 경멸해요. 그런데 우리가 왜 망가졌죠? 말해 봐요. 그건 당신네 나라가 전쟁에서 우리를 저버리고 배신했기 때문이었잖아요. 우리를 도와줬어야 했는데 그러지 않았기 때문에." 그녀가 목소리를 낮추면서 덤덤하고도 쓰라린 어조로 말을 맺었다.

찰스는 합리적으로, 사실 그대로를 말하는 식으로 이야기했다. "여기 오는 길에 배에서 만난 독일인들도 내내 그렇게 이야기하더군요. 하지만 사실, 저는 평생 동안 전쟁에 대한 이야기를 들었어도 기억이 잘 나지 않아요. 솔직히 말하자면 별로 생각도 안 하고 살았습니다. 만약 생각을 했더라면 애초에 여기 오지도 않았을 거예요."

"생각할 필요가 없었으니까 그랬겠지요. 우리는 전쟁 말고는 생각할 게 아무것도 없어요." 로자가 검은색 함을 열었다. 그 안에는 지폐가 가득 들어차 있었다. 큰 은행에서 철창 너머 직원의 팔꿈치 사이로나 언뜻 볼 수 있었던 어마어마한 양의 지폐가, 한 뭉치씩 고무줄로 묶인 채로 수북이 쌓여 있었다. 로자가 돈다발 하나를 집어 들었다.

"이건 아무것도 아니에요." 그녀는 짐짓 대수롭지 않은 투로 말했다. "고작 10만 마르크짜리 지폐들일 뿐이죠…… 잠깐만요." 그녀는 또 다른 돈다발을 집어 들고 손끝으로 낱장을 훑었다. "이건 50만 마르크짜리예요. 또 이건……" 그녀의 목소리가 가늘게 떨렸다. "이건 100만 마르크짜리 지폐 다발이고요." 그녀는 테이블 위에 지폐 뭉치들을 하나씩 떨어트리면서, 내내 시선을 내려뜨린 채 그렇게 말했다. 잠깐이나마 그 돈의 가치가 예전처럼 느껴지는지, 그녀의 얼굴에는 공포와 경외심이 서려 있었다. "500만 마르크짜리 지폐, 본 적이나 있나요? 여기 그 지폐가 백 장이나 있어요. 이런 광경은 평생 다시는 못 볼 거예요. 그런데, 오!" 그녀는 일순 비탄에 북받친 듯 소리를 내지르며, 그 기만적인 종잇조각들을 두 손으로 움켰다. "이걸 다 가져가서 어디 빵 한 덩이라도 살 수 있나 해 보세요. 해 봐요, 해 보라고요!"

그녀는 부끄러움도 없이, 얼굴을 가리지도 않고 큰 소리로 흐느껴 울었다. 그녀가 두 팔을 맥없이 늘어뜨리자 쓸모없는 돈들이 바닥에 후드득 떨어졌다.

찰스는 누군가가 자신을 도와주기를, 기적적인 구원의 손길이 나타나기를 바라는 듯이 주위를 두리번거렸다. 오로지 이 상황에서 벗어날 생각뿐이었던 그는 로자에게서 물러나면서 자신이 할 수 있는 최선의 말을 쥐어짜 냈다. "이 모든 게 끔찍한 일이라는 건 알아요…… 하지만 제가 뭘 할 수 있을까요?"

이 둔감한 질문은 놀라운 효과를 불러왔다. 그 즉시 로자가 눈물을 뚝 그치더니, 한 음 낮아진 목소리로 격렬한 분노를 뱉어 내는 것이었다. "아무것도!" 그녀는 격앙되어 말했다. "아무것도 못 하죠. 당신은 아무것도 모르고, 상상조차 못 하죠……"

찰스가 카펫에 떨어진 돈다발들을 주워 주자, 로자는 그것을 함 안에 도로 옮겨 담았다. 빳빳하고 희끗한 종이 뭉치들을 이런저런 방법으로 세심히 배열해 보다가, 이따금씩 손을 멈추고는 조그맣고 얇은 손수건에 코를 풀었다. "아무런 할 말도, 할 일도 없어요." 그녀는 그렇게 되뇌면서 찰스에게 원통한 시선을 던졌다. 그가 자신을 실망시켰다는 듯, 개인적인 울분이 깃든 표정이었다. 찰스가 그녀의 가족이라거나, 적어도 친한 친구라도 되는 것처럼, 아니면…… 대체 로자가 그와 어떤 관계이던가? 그에게 방을 빌려줬을 뿐인, 기껏해야 일주일에 한 번쯤 보고 대화하는 정도면 족할, 생판 남남인 중년 여성일 뿐 아닌가? 그런데 지금 그녀는 그를 온통 뒤덮고, 그의 목에 매달리다시피 한 채 울면서, 자기 고충을 털어놓고 이 세상의 온갖 재난을 그의 탓으로 돌리면서 미칠 지경으로 몰아붙이고 있었으며, 그는 여기서 도저히 벗어날 방도가 보이지 않았다. 로자는 함을 닫더니 테이블을 손으로 짚었다. "사람이 너무 가난하면, 가난하고 불행한 사람들을 두려워하게 돼요. 나는 부센 씨가 두려웠어요. 아니, 거의 미워하기까지 했죠. 매일같이 나는 생각했어요. '어이구, 저런 사람은 우리 모두에게 불운을 가져올 거야. 저 사람 때문에 우리까지 다 망하고 말 거야.'" 그녀는 아주 낮은 음성으로 말했다. "하지만 오늘 보니, 부센 씨는 어떤 일이 닥쳐도 살 거라는 생각이 들더군요. 그는 강한 사람이에요. 두려움이 별로 없어요. 그렇게 생각하니 내게도 위안이 됐죠. 나는 모든 게 두려우니까요."

로자는 커피를 따라 주고, 옻칠이 된 함을 챙겨 들고서 방을 나갔다.

밤이 되자 하숙집 사람들은 깊이 잠이 들었다. 찰스는 그 사건과 자신 사이에 길고 조용한 어둠을 가로놓을 수 있다는 게 퍽 다행스러웠다. 만약 부센 씨가 정말로 죽어 버렸다면 어떻게 됐을까? 찰스는 여전히 숨을 쉬고 있는 부센 씨에게 애틋한 고마움을 느꼈다. 아니, 그는 숨을 쉬는 정도가 아니라 아예 코를 골고 있었다. 숨을 아무리 쉬어도 충분하지 않다는 듯, 부센 씨는 길고 거나한 신음을 내뿜었다.

다음 날 아침 찰스가 부센 씨의 방에 찾아가 보니, 똑같은 가죽 빛깔의 앞머리를 드리워 내린 깡마른 체격의 청년 두 명이 그의 옆에 앉아 있었다. 한 명은 침대 위에, 한 명은 그 가느다랗고 위태위태한 의자 위에 앉아 있었고, 둘 다 엄숙한 표정이었다. 찰스가 나타나자 그들은 고개를 돌리고 완전히 똑같은 검푸른 눈동자로 그를 응시했고, 부센 씨는 아주 건강하고 명랑해 보이는 모습으로 그들을 소개해 주었다. 학교에서 친하게 지내는 쌍둥이 형제인데, 둘이서 꿈꾸던 일생의 목표를 이제 곧 이룰 예정이라고 했다. 새해 전날에 작은 카바레를 개업한다는 것이었다. 아늑하고 아담한 반지하에, 가장 질 좋은 맥주와 만찬용 식탁을 들여놓고, 노래하고 춤추는 예쁜 여자들을 무대에 세울 거라고. 거창한 건 아니지만 괜찮은 가게가 될 거라며, 찰스도 첫날 밤 축하 파티에 같이 가지 않겠느냐고 부셴 씨는 물었다. 찰스는 좋은 생각이라고, 한스와 타데우시도 좋아할 것 같은데 어떠냐고 말했다. 쌍둥이 형제는 일말의 감정 표현도 없이 그를 빤히 쳐다만 보았다.

부셴 씨는 새 인생을 시작한 것처럼 벌떡 일어나 앉았다. "오, 그럼요, 우리 모두 같이 가야죠." 쌍둥이 형제도 훤칠한 몸을 일으켰고, 그중 한 명이 말했다. "가격도 저렴할 거예요." 그는 좋은 소식을 전해줄 수 있어서 기쁜 듯 씩 웃으며 찰스를 안심시키려는 듯한 눈길을 보냈다. 찰스도 그를 향해 마주 웃었다. 그가 부셴 씨에게 물었다. "나는 이제 나갈게. 뭐 갖다 줄 것 있을까?"

"오, 아니." 부셴 씨는 발끈한 기색으로 눈을 약간 번뜩이며 단호하게 고개를 저었다. "고맙지만 괜찮아. 나도 지금 일어날 거야."

신장개업한 카바레로 내려가는 짧은 계단의 맨 끝에는 배고픈 작은 짐승들을 위해 음식물 찌꺼기를 담아 둔 그릇이 놓여 있었다. 그 앞에서 검은 고양이 한 마리가 허겁지겁 음식을 먹으면서 등 뒤를 초조하게 흘끔거리는 중이었다. 쌍둥이 형제 중 한 명이 밖으로 고개를 내밀고서 흥겨운 분위기로 네 명의 손님을 맞아들이다가, 고양이를 눈치채고는 의식을 치르듯이 말했다. "잘 먹고 건강하거라." 그가 출입문을 활짝 열어젖히자 작고도 환한 공간이 드러났다. 갓 페인트칠된 실내는 빨간 체크무늬 식탁보가 깔린 테이블들과 간소한 바 하나로 꽉 차 있었고, 안쪽 끝에 자리 잡은 기다란 테이블에는 차게 식힌 음식들로 준비된 저녁 식사가 차려져 있었다. 한눈에 다 들어올 만큼 작은 곳이었다. 색종이 장식들, 바의 거울 위에 걸린 깃털 같은 반짝이 띠, 맥주잔이 가득 걸린 시렁, 작은 뻐꾸기시계 등의 물건에서 소박한 집 같은 분위기가 묻어났다.

찰스가 상상하던 베를린의 카바레는 이런 모습이 아니었다. 베를린의 밤 문화에 대해 그간 들었던 이야기들 때문에, 이보다 더 세련된 무언가를 보게 될 줄로 기대하고 있었다. 찰스는 타데우시에게 그렇게 말해 보았다.

"오, 그건 전혀 다른 이야기지." 타데우시가 대답했다. "여기는 장밋빛 인정과 맥주가 넘쳐흐르는, 정겹고도 텁텁한 독일 중산층용 술집이니까. 천진난만한 어린 자식을 데려와도 상관없을 법한 곳이야. 네게 그런 자식이 있다면 말이지만." 타데우시는 즐거워 보였다. 한스와 부센 씨도 마찬가지였다. 그들은 여기저기 둘러보면서 쌍둥이 형제가 해 놓은 모든 것을 칭찬했다. 다들 주변에서 카바레를 연 사람은 처음이라며 들떴고, 모처럼 어딘가의 내부에 속해 있다는 푸근한 감각에 젖어 들었다. 도착한 지 얼마 되지도 않아 모두가 부센 씨를 성이 아닌 이름으로 부르게 되었다. 먼저 그러기 시작한 사람은 타데우시였다.

"이봐, 오토, 불 좀 빌려주겠어?" 그가 그렇게 묻자, 오토는 반가움에 얼굴을 붉히면서 자기 주머니 속을 더듬기까지 했다. 담배를 피우지도 않으면서 주머니 안에 성냥이 있기라도 할 것처럼.

도착한 손님은 아직 그들밖에 없었다. 쌍둥이 형제는 부엌의 여닫이문을 들락날락 뛰어다니면서 막판 준비를 했고, 그동안 찰스와 타데우시, 한스는 오토의 안내를 받아 식탁에 자리를 잡았다. 식사는 편안했지만 한편으로는 조심스럽기도 했다. 자칫 많이 먹었다가는 음식이 모자랄 것 같아서였다. 치즈며 소시지의 개수를 헤아리고 빵의 무게를 달아서 딱 빠듯한 양만큼만 내놓은 것인지도 몰랐다. 흰 재킷을 입은 한 청년이 커다란 맥주잔들을 가져다주었다. 그들은 잔을 들어 올려 건배하고 쌍둥이 형제에게도 잔을 들어 보인 다음, 길게 한 모금 술을 들이켰다.

"뮌헨에서 살 적에는 음악 공부하는 학생들과 같이 술을 마시곤 했는데……" 타데우시가 말했다. "다들 독일인이었지. 끝없이 마시고 또 마시면서, 가장 먼저 자리를 뜨는 사람이 술값을 다 내게 하더라고. 돈을 내는 사람은 항상 나였어. 정말 지겹더라."

"그건 좋게 말해 따분한 관습이지." 한스가 말했다. "그리고 당연하게도 외국인들이 주목하고 꼭 한마디씩 언급하는 문제이기도 하고. 누가 들으면 독일인들이 전부 다 그런다는 줄 알겠어." 한스는 퍽 짜증이 치민 표정을 지으며 타데우시 너머로 시선을 던졌다. 비아냥을 당한 타데우시는 가만히 넘어가 주지 않았다.

"그러니까 지겨웠다고 했잖아." 그가 말했다. "그리고 어차피 그건 뮌헨에서 내가 겪은 일일 뿐이야." 타데우시의 어조는 부드럽고 너그러웠지만 약간 거만하기도 했다. 그러고 보니 그 둘은 사실 서로를 좋아하지 않는 것 같았다. 그것을 깨달은 찰스는 조금 놀랐고, 둘 모두에 대한 냉담한 무관심과 더불어 약간의 반감을 느꼈다. 괜한 사람들 사이에 끼인 것 같아서 불안했다. 애초에 이들과 술집에 오지 말 걸 그랬다는 후회가 들었다.

쌍둥이 형제 중 한 명이 특유의 솔직하고 사심 없는 얼굴로 그들을 향해 몸을 기울이더니, 방금 들어온 손님들을 보라고 일렀다. 멍청한 인상의 미남 한 명이 여자 한 명을 에스코트해 들어오고 있었다. 남자는 위엄 있어 보이도록 의식적으로 찡그린 미간 위로 곱슬머리를 세심하게 드리웠고, 여자는 노란 머리에 올리브색 피부였으며 어깨에 숄을 두르고 있었다. "영화배우야." 쌍둥이가 흥분해서 속닥거렸다. "여자 쪽은 그의 정부이자 같은 영화에 나오는 여주인공이고." 그는 연예인들에게 어색하게 뛰어가서 자리를 안내해 준 뒤, 곧바로 찰스 일행에게로 돌아왔다. "루테도 온대. 모델 말이야. 베를린에서 가장 예쁜 여자들 중 하나야." 그가 설레는 목소리로 말했다. "이따가 룸바춤을 출 거야."

그들은 자연히 호기심이 일어 문 쪽을 돌아보았다. 아니나 다를까, 정말로 예쁘고 날씬한 여자가 들어오고 있었다. 노출이 좀 심하다 싶은 검은색 드레스를 입고, 머리가 은빛 도는 노란색 작약처럼 반짝반짝 빛나는 여자였다. 루테는 그들을 향해 미소 지으며 손짓했다. 그들은 그녀가 다가와 주기를 바라며 일어나서 고개인사를 했지만, 그녀는 바에 기대서서 흰 재킷 차림의 청년에게 말을 걸었다. 어느새 가게 안에는 빠른 속도로 손님들이 들어차고 있었다. 찰스 일행이 앉은 긴 테이블 쪽으로 사람들이 속속 밀려들었고, 쌍둥이 형제는 개업 파티가 성공했다는 흥분으로 상기된 채 싱글벙글 웃으며 맥주잔을 부지런히 날랐다. 한편 소규모 관현악단도 바 옆의 빈 공간에 자리를 잡았다.

그러고 보니 손님들의 대다수가 악기를 하나씩 가지고 있었다. 바이올린, 플루트, 하얀 피아노 아코디언, 클라리넷 등등. 녹색 모직 케이스에 든 커다란 첼로를 짊어지고 느릿느릿 들어오는 남자도 있었다. 그리고 엉덩이가 커다랗고 다리가 두꺼운, 분을 칠하지 않은 맨목 위로 윤나는 갈색 머리 타래를 틀어 올린 젊은 여자가 혼자 가게에 들어와서는, 어렴풋한 미소를 띠고 주위를 둘러보았다. 그녀에게 마주 웃어 주는 사람은 아무도 없었다. 그녀는 바 안쪽으로 걸어 들어가서 능숙한 손길로 맥주 쟁반을 준비했다.

"저기 저 여자를 봐." 한스가 루테를 탐내는 눈길로 쳐다보며 말했다. "진정한 독일 미녀의 표본이야. 저보다 더 예쁜 여자, 어디서 본 적이나 있어?"

"오, 그게 무슨 말이야." 타데우시가 가볍게 받아쳤다. "이 도시에 저렇게 생긴 여자는 다섯 명도 채 안 될걸. 저런 다리에 저런 발을 보고 어떻게 독일 여자의 전형이라고 할 수가 있어? 저 여자는 아마 프랑스 피가 섞였겠지. 폴란드 피도 조금은 있을지도 몰라. 그렇게 보기에는 가슴이 좀 평평하긴 하지만."

"너는 도무지 이해를 못 하는 모양인데……" 한스는 약간 날 선 목소리로 말했다. "내가 말하는 진정한 독일인이란, 농민들이나 뚱뚱한 베를린 토박이들을 뜻하는 게 아니야."

"오히려 인종을 논할 때는 농민을 표본으로 삼아야 하는 것 아닐까?" 타데우시가 말했다. "귀족과 왕족은 다 혼혈이잖아. 사실상 완전한 잡종이지. 민족성이 전혀 없다고. 그리고 중산층도 아무 데서나 결혼을 하지. 반면 농부들은 대대로 자기 지역에서만 살면서 자기네 동족하고만 결혼하잖아. 그렇게 해서 인종이 생기는 거지. 단순한 문제 아니야?"

한스가 대꾸했다. "그 발상엔 허점이 있는데. 농민들은 어느 나라건 다 비슷비슷하게 생겼잖아."

"오, 그건 피상적인 관점이야." 오토가 끼어들었다. "잘 관찰해 보면 두상이 서로 많이 달라." 오토는 진지하게 몸을 앞으로 내밀고 말했다. "어떻게 해서 그런지는 몰라도, 진정한 옛날 독일 민족은 날씬하고 훤칠한 체형에 머리색도 피부색도 환해. 마치 신들 같지." 그가 두툼한 미간을 모으자 이마에 깊은 주름이 생겼다. 작고 통통한 눈은 그

육한 빛을 띠었고, 목깃 위로 비어져 나온 살덩어리가 붉게 달아올랐다. "우리는 결코 돼지 같은 민족이 아니야." 그는 두꺼운 손을 펼치며 겸허한 투로 말했다. "외국 만평가들이 우리를 돼지처럼 묘사한다는 건 알아. 하지만 그건 아마 옛 벤트족의 특성일 거야. 벤트족은 단일 부족이야. 진정한, 위대한 독일 민족과는……"

"다르다, 이거지." 타데우시가 약간 무례하게 말을 잘랐다. "그럼 여기까지는 동의한 걸로 치자고. 독일인들은 모두 최고의 미인이고, 무지막지하게 세련된 예절까지 갖췄다는 것 말이야. 독일인들이 발꿈치를 딱 붙이고 허리를 굽혀 절하는 것하며, 우아하고 고상한 어투로 말하는 걸 보라고. 심지어는 키가 7피트나 되는 경찰관이 사람 머리를 쪼개려고 할 때도 어디까지나 공손하게, 웃으면서 하더라니까. 내가 직접 봤어. 그래, 한스, 너희 나라는 참 대단한 문화를 세웠어. 그건 확실해. 하지만 내 생각에 여긴 문명은 없는 것 같아. 지구상의 모든 민족이 개화될 때까지도 너희는 미개한 채로 남아 있을걸. 그런데 그게 뭐 대수인가?"

"또 다른 예를 들어 보도록 하지." 한스가 극도로 품위 있는 태도로, 눈을 차갑게 빛내며 웃으면서 말했다. "폴란드인 역시 빼어난 육체적 미를 자랑한다고 할 수 있겠지. 타타르족 특유의 높은 광대뼈와 낮은 이마가 취향에 맞는다면 말이지만. 그런데 폴란드인들이 세계 문화에 기여한 바는 눈 씻고 찾아봐도 없더군. 개화가 되긴 되었는데, 중세적인 방식으로 개화된 모양이야."

"고마워." 타데우시가 자신의 평평한 뺨과 좁고 높은 이마를 보여주려는 듯 한스를 향해 고개를 돌렸다. "우리 조모님들 중 한 분이 타타르인이시거든. 내가 얼마나 전형적인 폴란드인인지 보이지?"

"너희 조부님 한 분은 오스트리아인이라며." 오토가 말했다. "나는 네가 별로 폴란드인으로 보이지 않아. 오스트리아 사람처럼 보여."

"오, 맙소사, 그건 못 참겠는데." 타데우시가 단호하게 대답하고는 입을 앙다문 채 소리 내어 웃었다. "아냐, 아냐. 나는 그보단 타타르인에 가깝다고 봐. 하지만 어쨌든 간에 나는 폴란드인이야."

찰스가 이제껏 살면서 폴란드인을 본 적은 딱 한 번, 남부 어딘가를 지날 때 철로에 침목을 놓고 있던 폴란드인 노동자 몇 명을 보았을 때뿐이었다. 그들은 다리가 짧고 얼굴이 넓적했다. 찰스는 그들이 폴란드인인 줄도 몰랐는데, 다른 사람이 '폴락'*이라고 부르는 걸 듣고서야 알게 되었다. 찰스에게 타데우시는 도무지 이해가 안 되는 사람이었다. 반면 한스와 오토는 친숙하게 느껴졌다. 텍사스에는 오토 같은 청년들이 넘쳐 났고, 한스는 쿠노와 닮아 보였기 때문이다. 지금 세 사람 사이의 논쟁이 헛도는 걸 지켜보자니 학창 시절에 독일 아이들, 멕시코 아이들, 켄터키 아이들 사이에 벌어지곤 했던 말싸움이 떠올랐다. 아일랜드 아이들에게는 그들 모두가 싸워야 할 상대였고, 찰스도 반은 아일랜드계였으므로 그런 싸움에 끼어드는 일이 많았는데, 그때마다 본래의 논쟁거리는 잊히고 단순한 폭력에 대한 열광이 아이들을 사로잡기 일쑤였다. 그는 입을 열었다. "여기로 오는 배에서 만났던 독일인들이 자꾸만 나는 전형적인 미국인이 아니라고 하더라. 어째서 그렇게 본 걸까? 나는 완전히 전형적인 미국 사람인데."

"오, 전혀 아니지." 타데우시가 말했다. 이번에는 진심으로 쾌활한 어조였다. "너희 나라에 대해서라면 우린 다 알아. 미국인들은 죄다

---

* 폴란드인을 비하해서 부르는 말.

카우보이이거나 엄청난 부자라지. 그리고 부자 미국인들은 가난한 나라에 가서 술을 실컷 퍼마시고 1,000프랑짜리 지폐들을 여행 가방에 붙이거나 그걸 태워서 담뱃불을 붙이고……"

"오, 맙소사." 찰스는 단순히 그렇게 대꾸했다. "대체 그 이야기는 누가 시작한 거람?" 심지어 미국인 관광객들도 그 이야기를 여기저기에 옮기고 다녔다. 태평한 태도로 질겁을 하면서, 자신은 그런 부류의 관광객이 아니라고 증명하려는 듯이.

"문제가 뭔지 알아?" 타데우시가 상냥하게 물었다. "우리가 아는 미국인들은 모두 더럽게 부자라는 거야. 유럽 사람들이 무엇보다도 간절히 원하고, 탐내고, 사랑하는 건 바로 돈이거든. 온 세상 돈이 전부 너희 나라에 가 있다는 믿음이 없었더라면, 네가 미국인답지 않아 보일 이유는 딱히 없었을걸."

"너희가 어떻게 생각하건 우리도 그로기 상태야." 찰스가 말했다. "이젠 신경도 안 써."

"유럽인들은 온갖 이유로 그리고 아무 이유도 없이 서로를 미워해. 지난 2,000년 동안 서로를 못 잡아먹어서 안달이었는걸. 그런데 미국인들은 왜 우리가 너희를 좋아하기를 기대하는 거야?" 타데우시가 물었다.

"기대하는 게 아니야. 누가 기대한댔어? 우리는 그냥, 당연하게도, 모든 사람을 좋아할 뿐이야. 우린 감상적이니까. 독일인들도 그렇잖아. 너희는 자기 혼자만의 힘으로 사랑받고 싶어 하고, 항상 자신이 옳다고 생각하면서, 다른 사람들이 왜 너희를 그렇게 마냥 멋지게 봐주지 않는지는 이해를 못 하지. 너희가 그토록 영광스러운 민족인데 아무도 너희를 사랑하지 않는 걸 봐. 참 나, 그것참 딱하네."

오토가 깊은 미간 아래 진실한 눈으로 찰스를 바라보더니 머리를 흔들며 말했다. "나는 너희 미국인들이 실은 아무도 좋아하지 않는다고 생각해. 너희는 모두에게 무관심하기 때문에, 그렇게나 쉽게 명랑하고 무심해질 수 있고 친절해 보일 수도 있는 거야. 실제로는 남들이 어떻게 되건 상관없는 냉혈한들이면서. 너희는 갈등도 없지. 어떻게 해야 갈등이 생기는지 모르니까. 설령 갈등이 생긴다 해도, 옆집 사람들한테 배달되어야 할 소포가 실수로 잘못 온 것쯤으로 생각하지. 내 솔직한 생각은 이래."

찰스는 부아가 치밀었다. "내가 전 세계 모든 나라에 대해 이야기할 순 없잖아. 나는 단 한 개의 나라도, 심지어 내 나라도 잘 모른다고. 단지 여기저기서 만난 사람 몇 명과 좋아하는 사람, 안 좋아하는 사람 몇 명만을 알 뿐이야. 나는 그게 단지 개인적인 문제라 생각……"

타데우시가 끼어들었다. "오, 친구. 그건 지나치게 겸손한 발언인데. 사람이 자긍심이라는 걸 가지려면 자신의 개인적인 호불호를 더 높은 차원으로 끌어올려서 도덕적, 미적 원칙으로 만들어야 하잖아. 그리고 지극히 사소하고 사적인 경험도 국제적인 시야로 볼 수 있어야 하고…… 만약 누가 네 발을 밟으면 너는 가만히 있으면 안 되지. 군대를 내보내서 복수해야지…… 그런데 우리는 이 파티에서 대체 뭘 하고 있는 거람? 이런 식으로 가다가는 소화불량에 걸리겠어."

"우리의 친구인 프랑스인들은 어때?" 한스가 별안간 물었다. "그들에게 어디 흠잡을 데가 있나? 음식, 와인, 패션, 매너까지……" 그는 잔을 들고 시큰둥하게 맥주를 들이마신 다음 덧붙였다. "원숭이 일족 같으니라고."

"프랑스인들 매너는 진짜 형편없던데." 타데우시가 말했다. "게다가 손에 단돈 5프랑만 쥐여 줘도, 그들은 너를 무딘 가위로 오려 내서 리본으로 만들어 버릴걸. 근시안적이고 이기적인 사람들이지. 그래서 내가 프랑스인들이라면 껌뻑 죽도록 좋아하는 거야. 하지만 영국인만큼 좋아하진 않아. 영국인들로 말할 것 같으면……"

"이탈리아는 어때?" 찰스가 물었다. "이탈리아 사람들 전부 다."

"단테 이후로는 아무것도 언급할 만한 가치가 없는 동네지." 타데우시가 말했다. "우락부락한 르네상스 양식은 딱 질색이야."

"그러면 다 결론 났네." 찰스가 말했다. "이제 피그미족이나, 아이슬란드인이나, 보르네오의 인간 사냥꾼 부족이나……"

"그 사람들은 전부 엄청 좋아해!" 타데우시가 외쳤다. "난 특히 아일랜드인들이 좋아. 그들은 폴란드인만큼이나 못 말리는 애국자거든."

"나도 아일랜드 애국주의자 집안에서 자랐어." 찰스가 말했다. "우리 어머니 성이 '오하라'거든. 나는 내가 아일랜드계라는 걸 자랑스러워하라고 배웠지. 하지만 스코틀랜드 출신 장로교도들이나 영국계 후손들만 가득한 학교에서 '하프'라느니 '감자 벌레' 같은 별명*을 들어 가면서 자부심을 지켜 낸다는 게 아무래도 쉽지가 않더라."

"별 웃기는 녀석들도 다 있네." 타데우시는 그렇게 운을 떼고는 고대 켈트족의 위대함에 대해 역설하기 시작했다. 쾌활하고 차분하게, 한편으로는 한스를 겨냥해서 약간 짓궂은 어투로, 그는 유럽 전역에 자취를 남긴 그들의 고대 문화에 찬사를 보냈다. "아무렴, 심지어 독일인들도 켈트족의 덕을 봐서 발전했다니까." 그 말에 한스와 오토는 고개를 내저었지만 이제 화가 난 기색은 아니었다. 그들의 얼굴은 반듯이 펴졌고 시선도 다시금 솔직하게 서로를 마주하고 있었다. 찰스

---

* 모두 아일랜드인을 비하하는 멸칭.

는 그의 직계가족이 아닌 누군가에게서 아일랜드 민족의 위대함을 드디어 인정받게 돼서 안심되었고 우쭐해졌다. 그는 타데우시에게 말했다. "우리 아버지는 이렇게 말씀하시곤 했어. '아, 얘야, 아일랜드 민족은 일찍 쇠락하긴 했단다. 하지만 위대한 민족문화를 세웠지. 그 사실을 잊지 말거라. 영국인들이 아직 자기네를 파란색으로 칠하고,* 프랑스가 영국과 학자들을 교환하던 시절부터 말이야!'"

타데우시가 이 말을 한스와 오토에게 통역해 주자, 한스는 급작스럽게 웃음을 터뜨리다가 인상을 구기면서 손으로 자기 뺨을 감쌌다. "조심해야지." 타데우시가 늘 그러듯 진료를 보는 의사처럼 냉철한 태도로 그의 상처를 살펴보았다. 그런 태도를 한스가 좋아한다는 것을 그는 알고 있었다. 한편 찰스는 그 어떤 역사책에서도 자신의 아버지에게서 들은 주장은 찾아볼 수 없더라며 아버지에 대한 이야기를 계속 이어 갔다. 책들을 보면 아일랜드의 역사는 영국과 싸우기 시작하기 전까지는 무척 두루뭉술하게만 그려질 뿐이었고, 그 시대 이전까지 아일랜드인들은 사실상 습지를 뛰어다니는 물벼룩에 지나지 않았다는 식으로 적혀 있었던 것이다. 찰스는 아버지가 안타까웠다. 아버지는 눈부신 과거의 신화에서 한 방울의 위안을 짜내려고 애를 썼지만, 보통 역사서들은 아버지의 주장을 뒷받침해 주지 않았던 것이다. 그런데 사실은 자신이 그간 접했던 책들이 잘못된 것이었을 뿐이라고 생각하니 찰스는 퍽 기분이 좋았다.

"폴란드인들과 굉장히 비슷해." 타데우시가 말했다. "아일랜드인들도 우리처럼 과거의 영광으로 연명하니까. 시들, 보석 박힌 『켈스의

---

* 약 12세기부터 프랑스는 파란색을 국가의 상징 색으로 사용했다.

서』,* 고대 아일랜드의 근사한 컵이며 왕관 들, 신들의 싸움처럼 강렬한 승리와 패배의 기억, 언젠가는 다시금 부흥해서 영광을 되찾을 수 있으리라는 희망…… 그리고 그때가 오기를 기다리면서 다른 나라와 굉장히 많이 싸우고, 굉장히 많이 진다는 것까지."

한스가 몸을 앞으로 내밀더니 강의를 하는 교수처럼 권위적으로 이야기했다. "아일랜드의 운명을 보면(그리고 폴란드의 운명도 마찬가지야, 타데우시. 잊지 마), 나라가 내분으로 갈라져서 적들에게 틈을 내주면 어떻게 되는지를 알 수 있어. 아주 끔찍한 예시라고 할 수 있지…… 오늘날 아일랜드는 민족주의가 아주 강한데, 그러면서도 여전히 남북으로 분열되어 있어. 대체 뭘 기대하는 거야? 진작 서로 합동해서 적을 먼저 공격했으면 지금까지 멀쩡했을 거 아니야. 공격당할 때까지 가만히 기다리고 있을 게 아니라."

"한스, 그것도 모든 경우에 들어맞는 논리는 아니야." 타데우시가 지적했지만, 한스는 그 가벼운 비아냥을 못 들은 척 무시해 버렸다.

찰스는 잘 알려진 역사의 소용돌이 안에서만 허우적거릴 뿐 그 이상은 잘 몰랐기 때문에 한스의 주장에 뭐라 대꾸할 수 없었다. 하지만 한스의 전체적인 논지가 그에게는 불쾌하게 느껴졌다. "상대방이 나를 친 것도 아닌데 뭐 하러 내가 먼저 친단 말이야?"

젊은 예언가 한스는 이 질문에 대한 답도 준비되어 있었다. "그야, 적은 항상 네가 주위를 안 볼 때나 잠깐 팔을 내린 틈을 타서 공격하니까. 그러니 너는 부주의했던 죄로 벌을 받는 셈이지. 적의 의도를 간파하려는 노력을 등한시해서. 그래서 너는 패배하고, 그렇게 끝장

---

* 서기 800년경 제작된 복음서 필사본으로, 풍부하고 화려한 장식 문양들이 곁들여져 있다. 중요한 중세 기독교 예술품이자 아일랜드 문화의 보물로 꼽힌다.

이 나는 거야. 다시 힘을 모아서 맞서 싸우지 않는 한은."

"켈트족은 끝장나지 않았어." 타데우시가 말했다. "그들은 수도 엄청나게 많고, 전 세계에 온통 퍼져 있고, 발길이 닿는 데마다 영향력을 미치고 있잖아."

"영향력?" 한스가 되물었다. "영향력이라는 건 순전히 간접적이고, 여성적이고, 무가치한 것에 불과해. 국가나 민족에 있어서 중요한 건 오로지 권력, 순전한 권력뿐이라고. 남들에게 뭘 시킬 수 있는 힘 그리고 무엇보다도 남들이 뭘 못 하게 막을 수 있는 힘, 어떠한 반대에 부딪히더라도 명령을 관철시킬 수 있고, 무엇이든 요구하는 대로 군말 없이 얻어 낼 수 있는 힘. 그런 것만이 진짜 권력이고, 세상에서 진짜 가치 있거나 중요한 것은 권력밖에 없어."

"하지만 권력은 오래가지 않잖아. 다른 여러 힘과 마찬가지로." 타데우시가 말했다. "게다가 장기적인 책략이나, 지능적인 작전처럼 늘 잘 작동하는 것도 아니야. 멀리 보면 결국엔 몰락하게 되어 있어."

"권력자들이 권력에 싫증을 내기 때문에 몰락하는 건지도 몰라." 오토가 손에 머리를 괴고서 풀이 죽은 듯 말했다. "남들을 제압하고, 감시하고, 명령하고, 착취하다가 그만 스스로 나가떨어지고 마는 게 아닐까. 기진맥진해지는 거지."

"그러다 어느 날 자기 자신을 초월해 버리거나, 아니면 새로운 젊은 권력자가 일어나 그의 시대를 끝내는 거야." 타데우시가 말했다. "실제로 있었던 일들이지."

"이익이 안 된다는 걸 알고 손을 뗄 수도 있고." 찰스가 말했다.

"이익은 반드시 돼." 한스가 반박했다. "권력은 애초에 이익을 얻기 위해 쓰는 거잖아. 권력 외에는 아무것도 이득을 가져다주지 않아. 거기에 비하면 다른 모든 것은 유치할 따름이지. 오토, 난 놀랐어. 네가 그런 이상한 시각을 갖고 있다니."

오토는 내심 미안한 듯 거북한 표정으로 축 늘어졌다. "나는 군인이 아니잖아. 나는 공부하는 것, 평화로운 것이 좋아."

한스는 매우 뻣뻣하게 앉아 있었다. 그의 눈이 소외감과 적대감에 젖어 번뜩였다. 그는 찰스에게 반쯤 시선을 돌리고 말했다. "우리 독일인들은 지난번 전쟁에서 졌지. 그건 어느 정도는 너희 위대한 미국 탓이었어. 하지만 두고 봐, 다음번에는 우리가 이길 테니까."

찰스는 등골을 타고 흐르는 한기를 느끼며 어깨를 으쓱했다. 그들은 모두 얼근히 취해 있었고, 서로 자제하지 않으면 싸움이 날지도 몰랐다. 찰스는 누구하고도 다투고 싶지 않았고, 다시 전쟁이 일어나길 원하지도 않았다. "지난 전쟁이 끝났을 땐 우리 모두가 철딱서니 없었어." 그의 말에 한스는 재깍 대꾸했다. "아, 그랬지. 하지만 다음번에는 우리 모두가 제대로 군기를 갖추고 맞설 거야."

타데우시가 말했다. "오, 이봐, 친애하는 한스. 지금 나는 평생 그 어느 때보다도 피 보기가 싫은 기분이야. 그저 피아노나 치고 싶다고."

"나는 그림을 그리고 싶어." 찰스가 말했다.

"나는 수학을 가르치고 싶어." 오토가 말했다.

"나도 딱히 피에 굶주린 건 아니야." 한스가 대답했다. "하지만 앞으로 무슨 일이 일어날지는 알아." 반창고를 붙인 그의 뺨이 아까보다 약간 더 부어 있었다. 그는 성이 나서 푸르스름해진 살갗의 선을 왼손 손가락으로 부드럽게 훑더니, 명랑하고도 인간미 없는 어조로 말했다. "이봐, 무엇보다도 흥미로운 사실이 뭔지 알아? 우리는 그 전쟁에서 이겼어야 했지만, 개전한 지 겨우 사흘 만에 졌다는 거야. 하지만 그 사실을 4년 동안 몰랐거나, 알면서도 믿으려 하지 않았던 거지. 패배한 원인이 뭐였을까? 처음 벨기에로 진군하던 때 딱 한 가지 명령 하달이 지연됐던 것, 그래서 부대 하나가 정해진 순간에 이동하지 못했던 것. 그래서 결과적으로 사흘간 시간이 지체됐던 게 바로 우리가 전쟁에서 패배한 원인이었어. 그래, 다음번에는 그런 일은 없겠지."

"아니야." 타데우시가 부드럽게 말했다. "다음번에는 또 다른 종류의 실수가 일어날 거야. 그것과는 또 다른 무언가가 틀어지겠지. 어떤 식으로, 왜 틀어질지는 누가 알겠어? 항상 그런 식인걸. 전쟁에서 이기는 건 지능으로 되는 게 아니야, 한스. 모르겠어? 아무리 완벽한 전략을 총동원하더라도, 딱 한 사람이 결정적인 순간에 지체하거나, 잘못된 지시를 전달하거나, 엉뚱한 데에 가 있거나 하는 사태를 막을 수 있는 보장은 없는 거야. 그러면 상대편은 내내 실수 연발이었더라도 그때만큼은 이기게 되지."

찰스가 말했다. "해군력이 최고야. 예로부터 탄탄한 해군력이야말로 장기전에서 이기는 패였어."

"카르타고도 해군력이 막강했지만 로마를 격파하진 못했어." 오토가 반박했다.

"다음번엔 그들이 이길 수 없어." 한스는 냉담하고 집요하게 우겼다. "두고 보라고. 다음번엔 우리 편에서 실수란 없을 거야."

"그래, 천천히 두고 볼게." 타데우시가 말했다. "난 안 급해."

"나도 두고 볼 수 있어." 찰스가 맞장구를 쳤다. "지금은 우선 맥주를 더 가져와야겠네."

악단의 연주에 손님들이 저마다 바이올린, 플루트, 첼로 등으로 합세해서 장내가 시끄럽게 쾅쾅 울리고 있었다. 그에 따라 네 청년의 목소리도 점차 높아져 갔다. "일단은 여기까지만 하자고." 타데우시가 말했다. "오늘 밤 안에 결론이 날 문제가 아니니."

영화배우와 그의 정부는 어느새 자리를 떴고, 가게에 남아 있는 미인은 루테뿐이었다. 그녀는 근처의 테이블에서 젊은 남자 몇 명과 여자 한 명과 함께 앉아 있었다. 그들은 모두 맥주를 양껏 마시면서 끊임없이 웃고, 간간이 서로 포옹하거나 볼에 뽀뽀를 했다. 남자끼리나 여자끼리도 가리지 않고 다정하게 입을 맞추고 있었다. 찰스의 시선을 알아차린 루테가 그를 향해 맥주잔을 흔들어 보였다. 그도 잔을 마주 흔들고는 흥분해서 실실 웃었다. 루테는 정말 죽여주는 여자였다. 그녀를 더 알고 싶어서 애가 탔다. 그런데 심지어 그 와중에도, 무슨 치명적인 질병이 드러내는 초기 징후처럼 끔찍하기 그지없는 재앙의 예감이 찰스의 안을 휘저었고, 취기, 이질감, 귀에 절반만 들어오는 외국어 말소리 때문에 그리고 서로 간의 과오와 증오에 얽힌 기억이 되살아난 분위기 때문에 정신은 흐리멍덩한데, 나폴레옹, 칭기즈칸, 훈족의 아틸라, 카이사르가의 모든 황제들, 알렉산더대왕, 다리우스왕 그리고 어슴푸레한 파라오들과 잃어버린 바빌론에 대한 이야기들이 흐릿한 기억 속에서 빙빙 휘돌았다. 찰스는 무력하고 무방비한 기분에 사로잡힌 채 자신의 곁에 있는 세 사람의 낯선 얼굴을 돌아보았다. 그러자 더 이상 술을 마시면 안 되겠다는 생각이 들었다. 저 셋보다 더 많이 취해서는 안 된다. 그들 중 누구도 신뢰할 수 없었다.

오토는 맥주를 테이블에 놔두고 일어나 주위를 어슬렁거렸다. 그가 지나가는 길에 쌍둥이 형제 중 한 명이 흰 피아노 아코디언을 건네주었다. 그러자 오토는 불가사의할 정도로 급격하게 표정이 변했다. 맥없고 침울하던 얼굴이, 단순한 기쁨의 감정을 실감나게 표현한 가면처럼 뒤바뀌는 것이었다. 그는 악단이 연주하는 음악에 끼어들어, 두 팔로 아코디언을 접었다 폈다 하고 뭉툭한 손가락으로 건반을 재빠르게 눌러 선율을 얹었다. 그렇게 테이블 사이사이를 돌아다니며 연주하면서 그는 멋지고 우렁찬 음성으로 노래했다.

　　"이히 아르메스 벨셰스 토이펠라인
　　이히 칸 니히트 메어 마르시렌……"

"마르시렌!" 사방에서 모두가 유쾌하게 외쳤다. "이히 칸 니히트 음에어 마르시렌."
　오토가 노래했다.

　　"이히 하브 페를로른 마인 파이플라인
　　아우스 마이넨 만텔자크……"

"자크!" 사람들이 합창했다. "아우스 마이넨 만텔자크."
　한스가 일어서서 맑고 가벼운 목소리로 노래했다. "이히 하브, 이히 하브 게푼덴, 바스 두 페를로렌 하스트……"
"하스트!" 이제는 모두가 일어서서, 뛰노는 양 떼처럼 천진하고 순수한 얼굴로 소리 내어 웃었다. "바스 두 페를로렌 하스트."*
　그러고 나서 장내에 한바탕 폭소가 퍼졌고, 악단은 별안간 〈땅콩

---

* 독일의 행진곡. "나는 참 불쌍한 녀석이로구나/더 이상 행진할 수 없네/더 이상 행진할 수 없다네//나는 피콜로를 잃어버렸네/옷가방에 넣어 두었는데/옷가방에 넣어 두었는데//찾았네, 그것을 찾았다네/네가 잃어버린 것을 찾았다/네가 잃어버린 것을……"

장수〉*로 곡을 바꾸었다. 그러자 루테가 의무를 이행하듯 심각한 얼굴로 일어나더니 혼자서 춤을 추기 시작했다. 틀림없이 룸바를 의도한 것이겠지만, 찰스의 눈에는 룸바보다는 블랙 버텀**과 후치쿠치***를 섞은 것 정도로 보였다. 텍사스에서 보냈던 천진난만한 어린 시절, 다른 아이들과 함께 몰래 내빼서 축제의 촌극을 구경하러 갔을 때 봤던 춤과 비슷했다. 그는 고향에서도, 대서양을 건너 브레멘 항구에 들어오는 배 안에서도 내내 〈땅콩 장수〉에 맞춰 룸바를 춘 터였기에, 지금이야말로 자신이 무언가 실력 발휘를 할 기회라는 생각이 들었다. 그는 호리병박 두 개를 힘없이 달각달각 치고 있던 조그맣고 조용한 사내에게 다가가서 악기를 건네받고는, 권위자다운 태도를 한껏 뽐내며 호리병박을 흔들고 맞부딪치면서 자기 식의 룸바를 추기 시작했다.

사방에서 사람들이 손뼉으로 박자를 맞추는 소리가 울려 퍼졌다. 루테는 혼자 춤추기를 그만두고 찰스에게 다가와 그의 춤에 어울렸다. 그는 재깍 호리병박을 본래의 주인에게 넘겨주고, 아주 얇은 천으로 덮여 있는 루테의 따스하고 불안한 허리를 단단히 감싸 안았다. 그녀는 그의 얼굴에서 고개를 뒤로 뻣뻣이 뺀 채 영화에 나오는 팜므 파탈의 미소를 그럴듯하게 흉내 내면서, 의미심장하면서도 다소 어설픈 몸짓으로 그와 엉덩이를 맞부딪쳤다. 찰스가 그녀를 끌어당겨 최대한 바싹 감싸 안자, 루테는 또 경직되더니 그의 몸에 부딪혔다. 이번에는 배가 정통으로 맞았다. "기교는 포기하고 그냥 자연스러운 흐름에 맡기는 게 어떨까요?" 찰스가 애써 웃음을 참으며 말했다.

* 쿠바 음악가 돈 아스피아수(1893~1943)가 작곡한 룸바 곡으로, 당시 할리우드 뮤지컬을 통해 대중적으로 인기를 끌었다.
** 20세기 초, 미국 남부 흑인들에게서 유래하여 인기를 모은 춤.
*** 벨리 댄스와 비슷한, 성적으로 자극적인 동작이 많이 섞인 춤을 두루 일컫는 용어.

"그게 무슨 뜻이죠?" 루테가 뜻밖에도 영어로 되물었다. "이해가 안 돼요."

"흠." 찰스는 그녀의 뺨에 입을 맞췄다. "영어도 하는군요." 그녀는 마주 키스하지 않고, 몸을 축 늘어뜨리더니 자연스럽게 춤을 추기 시작했다.

"오늘 여기에 있던 그 영화배우 여자만큼 내가 예쁜가요?" 루테가 애타게 물었다.

"훨씬 낫죠."

"미국에서, 당신네 할리우드에서 내가 영화에 나올 수 있을까요?" 그녀가 찰스에게 기대며 물었다.

"부딪히지 말아요." 찰스가 말했다. "그래요, 당신은 할리우드에 간다면 잘할 거예요."

"내 춤은 괜찮은가요?"

"네, 아가씨. 정말로요. 기똥차네요."

"그게 뭐죠?"

"근사하다는 뜻이에요." 찰스가 말했다. "이리 와요, 천사."

"할리우드에 아는 사람 있어요?" 루테는 그녀의 유일한 관심사에 고집스럽게 매달렸다.

"아니요. 하지만 당신은 있을지도 모르죠. 독일인들을 비롯한 중유럽 사람들 모두가 이미 거기 가 있으니까요. 아는 사람을 마주치게 될 수밖에 없어요. 어쨌거나 오래 외롭지는 않을 거예요."

루테는 잘 익은 복숭아 같은 입술을 그의 귀에 대고 따스한 입김을 불며 속삭였다. "나를 미국으로 데려가 줘요."

"그러죠." 찰스는 그녀를 더욱 꽉 붙잡고서 문 쪽으로 몇 발짝 뛰었다. 그런데 루테는 따라와 주지 않았다. "아뇨, 난 진지해요. 나는 미국에 가고 싶다고요."

"나도 그래요." 찰스는 과감하게 받아쳤다. "모두가 그렇잖아요."

"그렇지 않아요." 루테가 우뚝 멈춰 서다시피 하며 쏘아붙였다. 그 순간 한스가 끼어들어 파트너 교체를 요구했다. 찰스는 뒤통수 맞은 기분이었지만 어쩔 수 없이 자리에 앉았고, 한편 루테의 태도는 완전히 돌변해서 한스에게 녹아들듯 감겨들었다. 두 사람은 느릿느릿 춤을 추었고, 그러는 동안 루테는 한스의 오른쪽 뺨에 부드럽게, 끊임없이 키스했다. 눈을 거의 감은 채 입술을 온순하고도 달콤하게 움직이는 그녀의 키스를 받으며, 한스의 훼손된 얼굴에는 예의 그 온전한 자부심이, 차분한 긍지가 되돌아왔다. 아니, 찰스가 예전에 생각했던 단어로 정확히 표현하자면, 오만함, 바로 그것이었다. 찰스는 한스에게 불현듯 증오심을 느꼈다. 하지만 그 감정은 금세 지나가 버렸고, 그는 혼잣말을 내뱉었다. "제기랄, 그래서 뭐 어쩔 건데?"

"내 생각도 그래." 타데우시가 말했다. "제기랄, 그래서 뭐 어쩔 건데?"

"브랜디나 마시자." 찰스가 말했다. 그러자 잠잠히 앉아 있던 오토가 반색하며 벙긋 웃었다.

"오늘 밤 진짜 기분 좋다! 우리는 모두 친구지, 그렇지?"

"당연하지." 타데우시가 대답했다. "우리는 모두 네 친구야, 오토." 타데우시는 아까보다 더 조용해졌고 몸짓도 나긋나긋해졌다. 주름진 눈꺼풀 너머의 두 눈으로 허공 어딘가를 바라보면서, 그는 내내 입가에 작고 팽팽한 미소를 띠고 있었다. "난 무지막지하게 취하고 있어. 이러다 곧 양심이 아플 거야." 그는 태평스럽게 말했다. 찰스와 오토가 흐리터분한 정신으로 귀를 기울이는 동안, 타데우시는 크라쿠프에서 보냈던 어린 시절 이야기를 들려주었다. "……우리 가족은 12세기부터 쭉 그 집에서 살았는데……" 그가 말했다. "부활절이면 우리는 돼지고기만 먹었어. 유대인들을 경멸하는 의미로. 기나긴 사순절 기간 동안 금식을 했으니 우리는 당연히 염치도 없이 게걸스럽게 먹어 댔지…… 부활절 아침 장엄미사를 드리고 나면 나는 몸이 완전히 둥그레질 때까지 먹어 대서 결국엔 배탈이 났어. 그래서 누워서 울고 있다가, 가족들이 왜 그러느냐고 물으면 나는 창피했던 나머지 '양심이 아파서요'라고 대답했지. 가족들은 나를 무척 배려하고 달래 주었지만, 가끔 눈이 반짝이거나, 얼굴에 다 안다는 표정이 언뜻 스치곤 했어. 어머니는 안 그랬는데, 누나하고—누나는 정말 끔찍해, 시시콜콜한 것까지 다 알거든—나를 돌보던 보모가 그랬던 것 같아. 어느 날에는 보모가 내게 진정제 시럽을 먹이고 배를 문질러 주면서, 가식적인 동정심을 내비치면서 무안을 주더라고. '자, 이제 양심이 좀 나아졌지, 안 그래?'라면서. 그래서 나는 엉엉 울면서 바로 어머니께 달려가 보모가 내 배를 걷어찼다고 하고는, 부활절에 먹은 돼지고기를 죄다 토해 버렸어. 유대인들이 그때만큼은 복수를 한 셈이었지. 보모는 '쬐끄만 괴물 같으니'라고 하더니, 어머니와 옆방에 들어가서 이야기를 나누고는 둘이서 같이 웃으며 나오더군. 그걸 본 나는 더 이상 희망이 없다는 걸 알았어. 그 이후로는 두 번 다시 내 양심을 운운하지 않게 됐어. 그런데 다 크고 나서, 적어도 머리가 어느 정도 굵고 나서 어느 날에, 곤드레만드레 취해서 새벽 4시에 집에 들어갔는데, 문득 세상 사람들이 늘 뒷다리로만 서서 걸어 다니는 게 어처구니없다는 생각이 들더라고. 그래서 나는 엎드려서 네 발로 계단을 기어 올라가 봤어. 계단에 깔린 붉은 카펫이 굉장히 안전하고 편안하게 느껴졌고, 내가 인류 전체에 이로운 지혜를 가져다줄 선각자가 된 기분이 들더군. 옛 보행 방식이 얼마나 재미있는지, 어떤 가능성을 품고 있는지 내가 증명해 내기만 한다면 사회 전체가 변혁될 수도 있겠다는 생각이었지. 내가 가장 처음 마주친 장애물은 내 어머니였어. 어머니는 계단 꼭대기에서 촛불을 들고 서서 묵묵히 기다리고 있었어. 나는 한쪽 앞발을 그쪽에 대고 휘저어 봤지만 어머니는 아무 반응도 없더군. 그런데 내가 마지막 계단 위로 고개를 들이밀자, 어머니가 내 턱 밑을 냅다 걷어차지 뭐야. 난 하마터면 기절할 뻔했어. 이후로 어머니는 그 일에 대해 일언반구도 안 하셨고, 나 스스로도 내 기억이 잘 믿어지지가 않았지만, 다음 날 내 혀가 까져 있던 걸 보면 실제로 벌어졌던 일이 맞았어. 뭐, 그 오래된 도시에서 나는 그런 식의 가정교육을 받으면서 자랐던 거야. 지금까지도 나는 그 기억을 소중하게 간직하고 있어. 공동묘지와 실낙원 사이의 어딘가, 장엄한 종소리가 들리고……"

오토가 말했다. "다들 한 잔씩 더 마시자고." 그러고는 서글픈 입매로 자기 어린 시절에 대해서도 조금 털어놓았다. 어느 날 그가 호두알을 깨 먹고 있는데, 어머니가 다짜고짜 그를 굉장히 세게 때렸다고 했다. 그래서 오토가 눈물을 글썽거리며 왜 때리느냐고 물었더니, 어머니가 이렇게 대답했다는 것이었다. "아무것도 묻지 마. 마르틴 루터가 이렇게 맞을 만했으면 너도 그렇겠지." 이후에 그는 어린이 책에서 마르틴 루터가 어렸을 때 견과를 깨뜨리는 소리가 시끄럽다는 이유로 어머니에게 피가 나도록 맞았다는 일화를 읽게 되었다. "그 전까지 나는 루터를 위대하고도 험악하고 잔인한, 유혈극을 좋아하는 사람이라고만 생각했어.* 그런데 그 일화를 알고 나니까 안쓰럽게 느껴지더라. 그 사람도 한때는 나처럼 불쌍하고 무력한 어린아이였던 거잖아. 이유 없이 두들겨 맞는…… 그러면서도 위대해졌지만." 오토의 얼굴에 겸허하고 죄스러운 표정이 가득히 번졌다. "어린 마음에 얼토당토않은 생각을 했던 거지만, 그래도 나한텐 그 생각이 사는 데에 도움이 됐어."

공기 중에 떠도는 연기, 불빛들, 사람들의 말소리와 음악 소리가 그들의 머리 주위를 빙빙 돌며 뒤섞였다. 그때 바 일을 돕고 있던 덩치 큰 여자가 이쪽으로 건너왔다. 의자며 테이블을 벽 쪽으로 당겨서 정리하고 있는 것 같았다. 목 위로 틀어 올린 그녀의 머리카락은 아까보다 더 느슨하게 흘러 내려와 있었다. 딱 달라붙는 치마를 입은 풍만한 둔부가 실룩거렸고, 그녀가 팔을 올리거나 내릴 때마다 커다란 젖가슴이 당겨졌다가 처졌다가 했으며, 테이블을 밀 때는 육중한 두 다리를 넓게 벌린 채 버티고 서 있었다. 주위에 앉은 남자들은 움직이지도, 도와주겠다고 나서지도 않고 그녀를 지켜보기만 했다. 찰스는 오토의 태도가 또다시 변하는 것을 알아차렸다. 그는 입술을 적신 채 여자를 빤히 바라보고 있었다. 기분 좋은 황홀경에 빠진 듯 그는 코를 움직거렸고, 둥그레진 눈동자는 수고양이처럼 계산적이고도 사나운 빛을 띠었다. 여자가 몸을 구부리자 무릎 안쪽의 움푹 팬 부분이 드러났고, 자세를 다시 곧게 세우면서는 등과 어깨의 근육들이 꿈틀거렸다. 그러다 오토의 시선을 알아차렸는지 그녀는 점차 얼굴이 달아올랐다. 목부터 붉어지다가 뺨, 이마 그리고 얼굴 전체가 경직되면서 낯

---

* 16세기 종교개혁가 마르틴 루터는 극단적인 반유대주의자로 유대인들을 핍박하고 죽여야 한다고 주장했으며, 그의 사상은 나치의 인종주의에 영향을 미쳤다.

빛이 짙어지는 모습이, 마치 고통이나 치밀어 오르는 분노를 참는 것처럼 보였다. 하지만 부드럽고 윤곽이 흐릿한 입술의 양쪽 끝에는 미소를 머금고 있었고, 처음에 주위를 한 번 흘긋 훑어본 이후로는 계속해서 눈을 내리깔고만 있었다. 그녀는 의자 한 대를 쿵 하고 제자리에 끌어다 놓으며 정리를 마치고는 그 자리에서 달아나 버렸다. 그 몸놀림에서 어색하고 모순된 몸짓들이 역력히 드러났다. 오토는 그녀를 볼 때의 열띤 눈빛이 고스란히 남아 있는 눈으로 찰스를 돌아보았다.

"저 여자 봐, 한 아름에 꽉 들어차겠네." 오토가 말했다. "난 우람하고 튼튼한 여자들이 좋더라." 찰스는 동의한다는 듯이 고개를 끄덕이고는 루테 쪽으로 다시 시선을 던졌다. 그녀는 여전히 한스와 춤추면서 키스하고 있었다.

뻐꾸기시계의 문자판 위에 달린 조그마한 문 안에서 벌새만 한 나무 뻐꾸기 한 마리가 튀어나오더니 노래를 지저귀며 자정을 알렸다. 그 즉시 모두가 일어나서 옆 사람과 포옹하며 외쳤다. "새해 복 많이 받아요, 건강해요, 즐거운 새해 되세요, 새해 복 많이 받아요, 신의 축복이 있기를." 술잔들이 허공에서 반원을 그리며 춤을 추었고, 저마다 위로 쳐든 얼굴 위로 맥주 거품이 튀었다. 그리고 다들 들쑥날쑥한 원을 그리고 서서 서로 팔짱을 끼더니 노래를 부르기 시작했다. 처음에는 음정이 제각각이었지만 순식간에 고르게 합쳐졌고, 듣기 좋은 굵직한 목소리들이 함께 흔들거리며 찰스가 알지 못하는 쾌활한 노래를 불러 나갔다. 찰스는 사람들과 함께 몸을 흔들며 그 틈에 섞여 들어, 입을 벙긋거리며 가사 없이 가락만 따라 불렀다. 진심으로 즐거웠다. 따뜻하고 안온한 감각이 그를 훑고 지나갔다. 여기가 바로 그가 있어야 할 곳이고, 이들은 근사한 사람들이라는, 자신은 이곳에 있는 모든 사람을 더없이 좋아한다는 생각이 들었다. 사람들의 원은 깨어졌다가 다시 합쳐지고, 빙빙 돌고, 느슨해지다가, 이내 흩어졌다.

한스가 얼굴 한편에 미소를 띤 채 다가왔다. 그의 옆에는 루테가 있었다. 그들은 함께 찰스에게 팔을 두르고 새해 인사를 해 주었다. 찰스는 두 사람과 각각 팔짱을 끼고 서서 몸을 흔들었다. 질투심은 어느새 깨끗이 사라졌다. 루테가 그의 입술에 달콤하게 키스하자, 그는 마주 입을 맞췄지만 키스라기보다는 아이 같은 뽀뽀였다. 한편 타데우시는 작은 테이블 위에 자기 팔을 베고 퍼드러져 있는 오토를 내려다보고 있었다.

"뻗었어. 완전히 인사불성이야." 타데우시가 말했다. "우린 이제부터 어딜 가든 오토를 질질 끌고 다녀야 해."

"우리가 가긴 어딜 간다고 그래, 도대체?" 찰스가 물었다.

오토는 정말로 정신을 못 차리고 있었다. 그들은 오토의 팔을 붙잡고 일으켜 세워서, 허둥거리며 씨름을 벌이다시피 해서 가게 밖의 인도까지 데리고 나갔다. 키 큰 경찰관 한 명이 그들을 부드러운 눈길로 지켜보고 있었다. 일행은 택시를 잡아타고, 서로의 발이 마구 뒤얽힌 채 붙어 앉아서 창밖으로 몸을 위험할 만큼 길게 내밀었다. 루테가 모두에게 인사했다. "잘 가요, 새해 복 많이 받아요." 그녀는 얼굴을 환히 밝히고 있었지만 취기는 전혀 없어 보였다.

아파트 계단에 이르러서 오토는 완전히 나자빠졌다. 세 사람은 다같이 그를 끌고 계단마다 한 걸음씩 멈춰 서면서 천천히 올라갔다. 그러다 이따금씩 넷 모두가 기우뚱거리며 한꺼번에 무너질 뻔하는 바람에 서로의 손을 놓치고 오토를 밟게 되기도 했지만, 오토는 신음하고 고함치면서도 화는 내지 않았다. 그러고 나면 그들은 더욱 단단히 서로를 부축하고 다시 계단을 오르면서, 시끌벅적 폭소를 터뜨리며 서로에게 고갯짓을 했다. 설명할 수는 없지만 감탄스럽도록 우스꽝스러운 진실을 그들끼리 이해하고 있는 것처럼. "우리 기어 올라가자!" 찰스가 타데우시에게 외쳤다. "이번에는 성공할지도 몰라." 그러나 한스는 즉시 반대했다.

"기는 건 안 돼." 그는 즉시 상황을 통솔했다. "모든 사람은 두 발로 올라가야 해. 오토는 안 되겠지만." 그들은 마지막으로 한 번 더 힘을 합쳐 오토를 끌어 올려, 하숙집 현관문 앞에 도착했다.

로자의 방문이 살짝 열려 있었고, 거기서 새어 나오는 빛 한 줄기가 복도에 비치고 있었다. 그 광경을 본 찰스 일행은 술이 깨면서 침울해졌다. 이제 저 문이 활짝 열리고 로자가 튀어나와서 야단을 치겠구나 싶어서였다. 하지만 아무 일도 일어나지 않았다. 그들은 작전을 바꿔서, 오토를 끌고 로자의 방 앞으로 몰려가 문을 북처럼 두들기고는 과감히 외쳤다. "새해 복 많이 받으세요, 로자 아주머니, 새해 복 많이 받아요!"

안에서 부스럭거리는 소리가 나더니, 문이 살짝 더 열리고 로자가 단정하고 매끈하게 다듬은 머리를 내밀었다. 약간 충혈된 눈에서 잠기운이 묻어났지만 그녀는 유쾌하고 장난스러운 미소를 짓고 있었다. 그녀는 하숙생들이 거나하게 취했다는 걸 첫눈에 알아차렸다. 그래도 별 탈은 없어 보였으니 다행이었다. 한스의 뺨은 어쩐지 더 울긋불긋해졌지만 그는 킬킬 웃고 있었고, 찰스와 타데우시는 맨 정신인 듯 보이려고 의젓한 척하면서도 눈꺼풀이 처지고 입이 우스꽝스럽게 히죽거리는 걸 어쩌지 못했다. 세 사람에게 붙들린 채 무릎을 구부리고 아무렇게나 늘어져 있는 부셴 씨는, 잠든 얼굴에 행복하기 그지없는 천진한 자신감을 띠고 있었다.

"새해 복 많이 받아요, 이 올빼미들 같으니라고." 로자는 특별한 날을 축하할 줄 아는 하숙생들에게 뿌듯함을 느끼며 말했다. "나도 친구들과 새해 기념으로 샴페인과 펀치를 마셨어요. 나도 기분이 좀 좋네요." 그녀는 뽐내듯 말했다. "들어가서 자도록 해요. 이제 새해 첫날이잖아요. 첫날을 개운하게 시작해야지요. 다들 잘 자요."

찰스는 깃털 침대에 걸터앉아 꿈지럭꿈지럭 옷을 벗어서 아무렇게나 팽개쳤다. 그러고는 파자마를 주워 입고, 빙빙 도는 눈으로 방 안의 이것저것을 둘러보았다. 친숙한 물건이라고는 하나도 없었다. 모든 게 그의 것이 아니었다. 그런데 방구석의 유리 장식장을 보니, 어느새 되돌아온 피사의 사탑 모형이 그 안에 안전하게 세워져 있었다. 그는 비스듬히 방을 가로질러 장식장 쪽으로 건너가 보았다. 정말로 피사의 사탑 모형이었다. 부서졌던 데는 고쳐져 있었지만, 때워진 흔적이 뚜렷했다. 원래의 온전한 모습으로는 두 번 다시 돌아올 수 없을 것이다. 하지만 로자, 그 불쌍한 아주머니에게는 이나마도 없는 것보다는 나으리라. 이 탑 모형은 그녀가 한때 가졌던, 혹은 가졌다고 생각했던 무언가를 상징하고 있었다. 비록 얼기설기 땜질된 상태라도, 애초에 아무 쓸모도 없는 물건이라 하더라도, 그녀에게는 나름의 의미가 있었던 것이다. 찰스는 그것을 망가뜨린 자신이 아직까지도 부끄러웠다. 무뢰한이 된 기분이었다. 탑은 그에게 어디 한번 덤벼 보라는 듯이 연약한 몸으로 용감하게도 그 자리에 버티고 서 있었다. 엄지와 검지로 살짝 누르기만 해도 저 가느다란 뼈대들은 부서질 것이고, 숨 한 번만 불어도 때운 부분들이 무너져 버릴 것이다. 기울어진 채 허공에 정지된 탑. 끊임없이 무너져 가지만 정말로 무너지지는 않는 저 작고도 대담한 모형은—사실 탑이란 애초에 기울어져서는 안 되므로 피사의 사탑은 존재 자체가 실수이고, 엉뚱한 골칫거리이며, 지붕 위를 미끄러져 내리는 저 천사상들처럼 기이한 물건이었지만— 찰스에게도 무언가 의미 있는 존재가 되어 있었다. 의미라니, 무슨 의미? 그는 머리털을 쓸어서 헝클어뜨리고 눈을 비비다가, 이내 머리 전체를 문지르면서 입이 찢어져라 하품을 했다. 저 조그맣고 한심한 물건이 그에게 무엇을 상기시켰던가? 기억을 돌이켜 보면 분명 답이 나올 텐데, 지금은 그럴 때가 아니었다. 하지만 그럼에도 무척 긴급한 무언가가 진행되고 있었다. 그의 안에서인지 주위에서인지는 알 수 없었지만, 뭔가 부서지기 쉬우면서도 위협적이고 불안한 것이 그의 머리 위에 드리워져 있는, 또는 그의 등 뒤에서 위태롭게 꿈틀거리며 성을 내는 느낌이 들었다. 이곳에서 그토록 그를 괴롭히는 것이 무엇인지 지금 알아내지 못한다면 앞으로도 영영 알 길이 없을 터였다. 그러나 생각을 똑바로 할 수가 없었다. 그는 다만 자신을 들쑤시고 짓누르는 취기에 사로잡힌 채 그 자리에 서서, 이전에는 전혀 몰랐던 것을, 영혼의 지독한 비애를, 죽음에 대한 인지와 그것의 써늘한 한기를 느끼고만 있었다. 그는 두 팔로 가슴을 감싸 안고 숨을 내쉬었다. 그러자 온몸에 식은땀이 났다. 그는 침대로 가서 그 위에 쓰러져 누운 다음, 스스로에 대한 불쾌감에 젖은 채 몸을 둥글게 말았다. "이제 한바탕 실컷 울기만 하면 완벽하겠군." 그는 중얼거렸다. 하지만 자기 연민은 들지 않았고, 한바탕 울든 뭘 하든 간에 이 세상 무엇도 그에게 도움이 될 수 없었다.

(1931년 베를린)

남부에서 그리고 남부 너머로

캐서린 앤 포터의 작품들을 번역하면서 내가 가장 많이 생각한 것은 배경의 문제였다. 포터는 자기 삶의 경험을 바탕으로 사실주의적 이야기들을 썼다. 그리고 포터의 삶은 무척이나 파란만장했다. 서부 텍사스의 허름한 농장에서 태어나 빈곤한 무명작가 생활을 거쳐 마침내 문단의 스타이자 권위자가 되어 퓰리처상으로 빛나는 명예와 부를 차지하기까지, 그는 다섯 명의 남자와 결혼하고 다섯 번 이혼했고, 결핵과 임질로 병원을 전전하는가 하면 스페인 독감으로 죽음의 고비를 넘기기도 했으며, 덴버 언론계와 뉴욕 예술계와 할리우드 영화계를 종횡무진하고, 독일과 프랑스에서 유럽 문인들과 교유하고 멕시코시티에서 혁명의 소용돌이 한가운데에 뛰어들기도 했다. 그만큼 포터의 소설들도 다양한 시공간과 사회적 배경을 취하고 있었다.

이 부분은 번역자로서 내게 무엇보다도 큰 난점으로 다가왔다. 작품마다 어떤 이야기를 맞닥뜨릴지 예측 불허였기 때문이다. 보통 작가들은, 편차가 있기는 하지만, 어느 정도는 패턴이 있다. 가령 오 헨리의 소설이라면 뉴욕 서민들의 생활상이 낭만적으로 그려지겠거니 할 것이고, 마크 트웨인의 소설이라면 미주리주나 서부 사회가 유쾌하게 풍자되겠거니 할 것이다. 하지만 캐서린 앤 포터는 플래너리 오코너, 유도라 웰티, 카슨 매컬러스 등과 더불어 대표적인 남부 작가로 꼽힘에도 불구하고, 삶에 있어서나 작품에 있어서나 결코 남부에 국한되지 않았다.

포터의 데뷔작 「마리아 콘셉시온」의 배경은 멕시코이다. 미국 출신의 백인 여성인 자신의 입장에서 가장 멀리 벗어나 보기라도 하려는 듯, 포터는 어디까지나 멕시코 인디오 여자의 입장에서, 인디오 여자의 목소리로, 인디오 사회 안에서의 명예와 배신과 죄악에 얽힌 이야기를 과감하게 풀어낸다. 반면 「처녀 비올레타」는 멕시코 토착민이 아니라 유럽 정복자들의 후손, 상류층 가정의 이야기를 다룬다. 그러다가 「절도」에 이르면 포터는 미국으로 되돌아와 뉴욕 대도시에 사는 한 매력적인 독신 여성의 하루를 건조하게 그려 낸다. 「금이 간 거울」은 코네티컷에 사는 아일랜드 이민자 부부를, 「휴가」는 텍사스에 사는 독일 이민자 가정을, 「기울어진 탑」은 베를린의 하숙집에 사는 청년들을 등장시킨다. 그때마다 새로운 사고방식, 새로운 사투리, 새로운 종류의 갈등, 새로운 사회구조를 묘사하면서, 포터는 인간사의 여러 측면을 예리하고도 포괄적으로 짚어 낸다. 이때 오랜 세월 보도 기자로 활약했던 포터의 저널리스트로서의 면모가 특히 빛을 발

한다. 「아시엔다」와 「그 나무」는 혁명 직후의 멕시코 사회를 둘러싼 부조리를 속속들이 파헤쳐 보이고, 「창백한 말, 창백한 기수」는 제1차 세계대전의 광풍과 더불어 전 세계적으로 수천만 생명을 앗아 간 스페인 독감으로 암흑에 잠겼던 도시에서 어떻게든 사랑을 이어 가려 애쓰는 두 연인의 모습을 생생히 되살려 내며, 「기울어진 탑」은 제2차 세계대전을 앞두고 아슬아슬한 긴장을 유지하던 세계 정세를 함축하고 있다.

하지만 포터가 리얼리즘적인 글쓰기만을 지향한 것은 아니다. 포터의 문체에서 무엇보다도 두드러지는 것은 모더니즘에 의거한 실험이다. 여러 작품에서 포터는 기억과 꿈, 현재와 과거 사이를 넘나드는 의식의 흐름 기법과, 여러 인물의 시점과 작가의 시점 사이를 자유롭게 이동하는 능란한 목소리 조절 능력, 풍성한 상징들의 배치로 모험을 시도한다. 그런 측면에서 가장 실험적인 작품이라면 「밧줄」을 꼽을 수 있을 것이다. 이 단편에서 포터는 한 부부의 말다툼을 대화체로 전개하면서, 의도적으로 따옴표를 사용하지 않음으로써 대화문과 지문, 생각과 말 사이의 경계를 모호하게 하고, 더 나아가 두 인물의 의식을 나누는 구획을 뒤섞는다. 소설의 내용이, 특히 결말 부분이 이 독특한 형식과 맞물리는 순간은 의미심장하다.

포터가 의식의 흐름 기법을 가장 극단적으로 밀어붙이는 때는, 그가 말로 표현할 수 없는 것을, 즉 죽음을 말하려고 할 때이다. 포터는 1918년 스페인 독감에 감염되어 대재앙의 희생자가 될 뻔했다가 구사일생으로 살아난 바 있다. 병원의 처치를 받고 기적적으로 살아난 포터의 검은 머리카락이 백발로 변했더라는 일화는 유명하다. 포터는 자신이 죽음의 문턱 바로 앞까지 갔다가 되돌아왔다며, 그때의 경험이 자신을 완전히 뒤바꾸어 놓았다고 회상했다. 그 사건은 포터가 단편 「웨더롤 할머니가 버림받다」, 경장편 「창백한 말, 창백한 기수」를 쓰는 데에 밑거름이 되었다. 두 작품 모두 주인공이 죽어 가는 과정을 주인공의 의식 속에서 그려 내는데, 의식이 서서히 꺼져 들어가면서 닥쳐오는 환각과 환청, 육체적 고통, 이른바 '주마등'이라고 하는 기억의 파노라마, 깊은 번뇌와 막대한 황홀경과 더 나아가 아무것도 지각 불가능한 공허와 절대적 고독에 이르기까지, 삶에서 죽음으로 넘어가는 경계에서 벌어지는 일들을 현란하고도 탄탄한 문장의 태피스트리로 전개해 나간다. 특히 「창백한 말, 창백한 기수」의 서술은 압도적이다. 포터는 삶에서 가능한 한 가장 멀리까지, 언어로 표현 불가능한 시점 바로 직전까지 나아가려는 듯, 마치 이승을 떠나는 영혼 그 자신이 겪을 법한 고통스러운 난관과 도전을 문학의 영역에서 고스란히 감내해 낸다. 그럼으로써 독자들은 역설적으로 삶의 본질을 마주할 수 있을 것이다.

한편 포터가 삶을 이야기할 때 자주 다루는 문제의식은 차별받는 타자들에 관한 것이다. 포터는 약자들에 대해 세심한 시각을 견지한다. 식민 지배하에 착취당해 온 인디오들(「마리아 콘셉시온」, 「아시엔다」), 남부의 가혹한 노예제에 얽매여 살아온 흑인들(「옛 질서」), 공동체에서 외면당하는 장애인들(「그 애」, 「휴가」)의 삶과 존엄에 대해 포터가 던지는 질문들은 오늘날 우리 사회에서도 유효한 통찰력과 호소력을 갖고 있다. 그러나 포터가 누구보다도 민감하게 포착하는 사회적 약자들은 여성이다. 남성적 폭력에 노출되고 억압받는 여성들의 고통은 포터의 소설 속에서 사실상 거의 항상 나타난다. 여성 인물들은 도덕률에 의해 억압된 성적 욕망이 만들어 낸 환상에 사로

잡히기도 하고(「처녀 비올레타」, 「금이 간 거울」), 남성적 세계에서 살아남기 위해 끊임없는 자기부정과 수동적 위치에 머무르는가 하면 (「절도」, 「꽃 피는 유다 나무」), 남편의 몰이해나 정서적, 육체적 학대에 시달리기도 하며(「마리아 콘셉시온」, 「그 나무」, 「정오의 와인」), 남성적 신념이나 질서로부터 배신당하거나(「웨더롤 할머니가 버림받다」, 「꽃 피는 유다 나무」), 숨 막히는 여성 억압적 남부 상류층 사회에서 여성 참정권 운동에 투신하거나(「오랜 죽음의 운명」), 레즈비어니즘을 선택해 가부장제에서 도피하거나 그것을 희롱하기도 한다 (「아시엔다」, 「옛 질서」).

이 역시 포터 자신의 고통스러운 경험에 기반했을 것이다. 포터는 지극히 남성 중심적인 남부 사회에서 태어나 자랐고, 남부 남자와 결혼했다가 8년여에 걸쳐 학대를 당했다. 그는 곧잘 술에 취해 폭언과 욕설을 일삼았고, 머리 솔로 포터가 의식을 잃을 때까지 구타하기도 했으며, 계단 밑으로 내던져서 오른쪽 발목을 부러뜨리기도 했다. 포터는 남편의 종교인 가톨릭으로 개종하면서 관계 회복을 위해 노력했지만, 끊이지 않는 고통 속에서 아이를 한 번 유산하고 난소 낭종으로 수술을 받은 끝에, 결국은 그 보수적인 시대에서는 감히 엄두도 내기 어려웠던 이혼을 감행하는 결단을 내렸다. 그리고 남편도, 아버지도 지어 주지 않은 '캐서린 앤 포터'라는 이름을 스스로에게 붙이고서, 이후 남부를 떠나 동부로, 서부로 그리고 멕시코와 유럽으로 여행하면서 평생 대부분의 시간을 독립적인 직업여성으로 살다가, 말년에 동부 메릴랜드주에 정착해 남편도 자식도 없이 생을 마감했다.

나는 포터가 살아온 궤적을 찬찬히 되짚어 보았다. 그리고 그가 남부가 아닌 세계 곳곳을 전전하며 갖은 위험과 풍파를 맞닥뜨리고 살았던 것은, 도리어 남부가 포터의 근간을 이루는 중대한 토양이었기 때문이리라는 생각이 들었다. 남부에서 보냈던 외롭고 고통스러운 유년과 결혼 생활을 벗어나고자 하는 마음은 포터가 끊임없이 더 넓은 세상으로 나아가는(또는 도망치는) 동력이 되었고, 꼭 그만큼 그의 작품 전반에 지대한 영향을 미쳤을 테니까. 포터가 남부를 배경으로 쓴 여러 역작들 가운데에서도 내게 가장 인상 깊었던 작품은, 그의 자전적 소설인 「오랜 죽음의 운명」이었다. 주인공 미란다는 자신을 사로잡았던 남부의 과거를 둘러싼 아름다운 환상과 추악한 악몽 모두와 절연하고, 앞으로는 진짜 자신만의 삶을 살겠노라고 다짐한다. "이제부터는 나 자신의 삶을 살 거야. 약속 따위는 원치 않아. 헛된 기대도 품지 않겠어." 하지만 이 소설은 의미심장하게도 이런 문장으로 막을 내린다. "그녀는 마음속으로 그렇게 다짐하며 스스로에게 약속을 했다. 기대에 부푼 채로, 무지한 채로."

1890   5월 15일 미국 텍사스주 인디언크리크에서 칼리 러셀 포터라는 이
        름으로 출생. 포터의 모친 앨리스 존스 포터는 전직 교사였으며, 해
        리슨 분 포터와 결혼한 뒤 친정아버지의 농장에 정착해 부부가 함
        께 농사를 지음. 포터의 위로 장녀 애나 게이(이하 '게이'), 장남 해
        리 레이, 차남 조니가 있었으나 조니는 첫돌을 넘기고 사망함.

1892   1월 25일에 여동생 앨리스 포터가 출생하고, 쇠약했던 모친이 3월
        20일에 사망. 포터와 그녀의 형제들은 부친을 따라 헤이스 카운티
        의 카일에 사는 조모 캐서린 앤 스캐그스 포터의 집으로 이거, 근처
        의 플럼크리크에 위치한 조모의 농장을 오고 가면서 생활함. 포터
        는 육아에 부주의한 부친 대신 조모의 손에 주로 양육되면서 엄격

한 교육을 받고, 조모에게서 가문에 전해 내려오는 전설과 옛날이야기들을 많이 들으며 자람.

1895~1902 가정교사에게 교육받다가 카일 공립학교에 입학. 종류를 불문하고 많은 책을 읽고, 셰익스피어의 모든 희곡을 독파하고 그의 소네트를 상당수 암기함. 「핼리팩스 동굴의 은둔자The Hermit of Halifax Cave」라는 제목의 단편소설을 씀. 독일 이민자 가문의 딸인 에르나 빅토리아 슐레머와 단짝 친구가 됨. 1901년 10월 2일 조모가 갑작스럽게 사망함으로써 큰 충격을 받음. 부친은 조모의 유산을 처분하고, 가족을 데리고 텍사스와 루이지애나의 친지들을 방문.

1903~4 부친이 텍사스주 부다에 있는 사촌의 낙농장으로 아이들을 데려가 그곳에서 잠시 거류하다가, 이후 샌안토니오 인근에서 셋집을 구하고 임시직을 전전함. 포터는 언니와 함께 샌안토니오의 여러 가톨릭 통학 학교에 다니다가 뉴올리언스의 수녀원 기숙학교에 입학. 카일에서 에르나 슐레머의 집에 방문해 러시아 작가들과 유럽 예술가들의 작품을 접하게 됨.

1904~5 가족이 샌안토니오의 웨스트엔드레이크 근처의 셋집으로 이사를 가고 포터, 게이, 앨리스 자매가 함께 토머스 학교에서 한 학년을 재학. 1904년 9월, 포터는 칼리라는 본래의 이름 대신 조모의 이름을 딴 '캐서린'이라는 새 이름으로 불러 달라고 가족과 친구들에게 부탁함(한편 오빠 해리 레이는 자신의 이름을 '해리슨 폴'로 바꾸고 '폴'로 불러 달라고 부탁함). 여성 참정권을 옹호하는 에세이를

씀. 토머스 학교의 졸업식에서 희곡 낭독을 하고, 언니 게이와 함께
샌안토니오 일렉트릭파크의 간이 극장에서 공연을 함. 텍사스주
빅토리아로 이사를 간 뒤, 크리스마스 무도회에서 부유한 목장주
의 아들인 존 헨리 쿤츠를 만남.

1906~9   텍사스 동부의 러프킨에서 1906년 6월 20일에 존 헨리 쿤츠와 결
혼식을 올리고, 쿤츠의 근무지인 루이지애나 라파예트로 이거. 하
지만 주벽이 심하고 언어적, 육체적 폭력을 행사하는 남편과의 관
계에 환멸을 느끼게 됨. 새뮤얼 존슨과 로런스 스턴을 참고하여 소
설을, 페트라르카와 셰익스피어를 참고해 소네트를 쓰려고 시도.
새로운 일자리를 구한 쿤츠를 따라 휴스턴으로 이사 간 뒤, 쿤츠의
폭력으로 계단에서 떨어져 의식을 잃고 뼈가 부러지는 부상을 입
어, 삼촌인 애즈버리 M. 포터의 집으로 도피.

1910~2   부부 관계를 회복하기 위해 남편을 따라 가톨릭으로 개종. 『성 아
우구스티누스의 고백』과 여러 성인들의 일대기를 탐독. 끊이지 않
는 쿤츠의 학대로 고통을 받음. 아이를 유산함. 외판원 일을 시작한
쿤츠를 따라 코퍼스크리스티로 이사 간 뒤, 포터는 쿤츠가 부재중
일 때 소설과 시를 씀. 1912년 1월, 시 「텍사스: 멕시코만에서 Texas:
By the Gulf of Mexico」를 《멕시코 연안 감귤 과수업 및 남부 묘목업》이
라는 업계 잡지에 발표함으로써 등단.

1913   난소낭종으로 수술을 받고, 휴스턴 근처의 스프링브랜치에서 회복
기를 가짐. 쿤츠와 이혼할 경우에 따를 사회적, 경제적 영향을 고려

하여 혼인 관계는 유지하기로 결정하되 남편에게 별거를 요구함. 코퍼스크리스티에서 거주하는 에르나 슐레머와 오랜 시간을 함께 생활함. 결혼 생활에서의 행복도, 예술적 성공도 이루지 못했다는 생각에 우울한 시기를 보냄.

1914   결혼 생활에서 탈출하기 위해 2월에 시카고로 도피. 짧은 산문「형제가 어떻게 로맨스를 망쳤는가How Brother Spoiled a Romance」를《시카고 트리뷴》에 발표. 몇 편의 영화에 엑스트라로 출연하는 한편, 애비 극단의 J. M. 싱의〈서쪽 나라에서 온 멋쟁이〉공연에 참여. 남편을 여읜 동생 앨리스의 산후조리를 도우러 텍사스에 돌아갔다가, 루이지애나주 깁슬랜드로 가서 임신 중에 남편의 외도로 힘들어하는 언니 게이를 도움.

1915   댈러스의 로스 거리 1520번지에 있는 하숙집으로 거처를 옮기고, 일당 2.5달러를 받고 봉투에 주소를 쓰는 일을 함. 6월 21일에 쿤츠와 이혼하고 법적 성명을 '캐서린 포터'로 개명. 쿤츠의 지인인 T. 오토 태스케트와 결혼했다가 곧 다시 이혼하고, 니먼 마커스 백화점에서 점원으로 근무. 조모의 이름 캐서린 앤 스캐그스 포터를 더욱 충실히 본떠서 자신을 '캐서린 앤 포터'라고 지칭하기 시작. 11월에 결핵에 감염되어 빈곤과 두려움 속에 댈러스 카운티 자선병원에 입원.

1916   오빠 폴의 경제적 지원을 받아 텍사스주 칼즈배드의 J. B. 맥나이트 요양원으로 이소. 그곳에서 동료 환자이자《포트워스 크리틱》의 사

회면 기고가인 키티 배리 크로퍼드와 친해짐. 댈러스의 우드론 요양원으로 이소하여, 요양비를 내지 않는 대신 결핵 환자 아이들을 가르치는 일을 맡음. 퇴소하고 나서 지인인 칼 폰 플레스와 결혼하지만 1년 뒤 이혼함.

1917 동화 「아기가 요정들과 대화하는 법How Baby Talked to the Fairies」을《댈러스 모닝 뉴스》에 발표. 루이지애나주 더바크에 있는 언니 게이의 집에서 잠시 머물면서 조카인 메리 앨리스에게 애정을 가짐. 키티 크로퍼드의 초대를 받아 그녀와 그녀의 남편이 사는 포트워스의 집에서 체류하고, 키티 크로퍼드로부터《포트워스 크리틱》사회면 기고가 자리를 넘겨받아 일하기 시작함. 적십자회에서 홍보 담당으로 자원봉사를 함.

1918 오빠 폴의 경제적 지원을 받아, 폐 건강을 위해 콜로라도주 덴버의 사설 요양원에 입원. 여름에 콜로라도스프링스에서 키티 크로퍼드와 그녀의 작가 친구들과 함께 오두막집 한 채를 나눠 씀. 9월에《로키 마운틴 뉴스》의 기자로 취직. 10월 초 유행하던 스페인 독감에 감염되어 죽음의 고비를 넘기고, 이후 더바크에서 게이의 돌봄을 받으면서 조카인 메리 앨리스와 함께 크리스마스를 보냄.

1919 《로키 마운틴 뉴스》로 복귀해 연극 평론 및 특별 기고 담당으로 승진하고, 2월부터 8월까지 80편이 넘는 기고문을 발행. 덴버 극단에 입단해 활동하다가 극단 단장인 파크 프렌치와 약혼하지만 곧 파혼. 7월에 조카 메리 앨리스의 갑작스러운 사망으로 충격에 빠짐.

10월 19일, 소설과 시를 쓸 작정으로 뉴욕으로 이주해 그리니치의 그로브 거리에 있는 아파트 한 채를 빌림. 아서 케인 대행사에서 영화 홍보 자료를 작성하는 일을 하면서, 제너비브 태거드, 거트루드 에머슨, 로즈 와일더 레인, 에드먼드 윌슨, 에드나 세인트 빈센트 밀레이 등의 작가를 비롯하여 여러 기고가, 편집자, 멕시코 출신 예술가 들과 교류. 특히 시인이자 평론가인 호세 후안 타블라다에게서 멕시코에서 일해 보라는 독려를 받음.

1920   전래 동화들을 개작하여 아동 잡지인 《에브리랜드》와 세계무역 전문 잡지인 《아시아》에 발표. 10월에 《크리스천 사이언스 모니터》와 《매거진 오브 멕시코》의 특파 보도를 위해 멕시코시티로 떠남. 《헤랄도 데 멕시코》의 영어란 담당 소버그 하버먼과, 그녀의 남편이자 멕시코 대통령 연설문 작성자이자 노조 조합장 로버트 하버먼과 친분을 맺고, 좌익 잡지인 《헤랄도 데 멕시코》에 각종 기사, 평론, 사설을 기고하다가 미국 군사정보부의 감시를 받음. 이탈리아 무정부주의자 니콜라 사코와 바르톨로메오 반체티가 매사추세츠에서 일어난 강도 살해 혐의로 유죄판결을 받자, 포터는 그들을 지지하는 공개서한을 쓰고 지원금을 보냄. 멕시코 대통령 오브레곤, 내각 의원인 호세 바스콘셀로스, 플루타르코 엘리아스 카예스, 안토니오 비야레알, 노동당 당수 루이스 모로네스, 고고학자 윌리엄 니븐, 인류학자 마누엘 가미오, 화가 헤라르도 무리오 등과 교유. 유카탄 주지사인 펠리페 카리요 푸에르토와 짧은 기간 연애. 멕시코 페미니스트 위원회에 가입.

1921   미국인 사회복지사 메리 도허티를 만나 가까운 친구가 되고, 기자 링컨 스테펀스, 노동당 당수 새뮤얼 곰퍼스, 멕시코 혁명가 사무엘 유디코와 교분을 맺음. 폴란드 외교관인 제롬 레팅거, 니카라과 시인 살로몬 데라셀바와 연정을 나누고, 데라셀바의 아이를 임신했다가 중절함. 포트워스로 돌아가 키티 크로퍼드의 집에 머물면서 그녀의 남편이 발행하는《오일 저널》에 기고. 『멕시코의 책 *The Book of Mexico*』이라는 소설 집필에 착수.

1922   1월부터 4월까지 그리니치빌리지에 머물다가, 오브레곤 대통령의 요청으로 멕시코에 돌아가서 '멕시코의 대중 예술과 공예' 미국 순회 전시회를 기획하는 일을 맡음. 그 과정에서 디에고 리베라, 하비에르 게레로, 호세 클레멘테 오로스코, 미겔 코바루비아스 등의 예술가들을 흠모하게 됨. 전시회는 11월에 로스앤젤레스에서 처음 개최되지만 이후 행정상 난관에 부딪혀 순회 전시가 불가능해지고, 포터는 낙담하여 뉴욕으로 귀환. 소설 등단작 「마리아 콘셉시온」을《센추리》12월호에 발표.

1923   『멕시코의 책』 집필을 중단하고 새로운 장편소설『도둑 시장 *Thieves Market*』의 집필에 착수. 멕시코판《서베이 그래픽》의 객원 편집자 자리를 맡아 멕시코로 귀환. 「마리아 콘셉시온」이『1922년 최고의 단편소설』에 수록됨. 디에고 리베라와의 만남에서 영감을 얻어 집필한 단편 「순교자」를《센추리》에 발표. 칠레 학자이자 시인인 프란시스코 아길레라와 짧은 기간 연애.

1924	아길레라의 친구인 알바로 이노호사와 짧은 만남을 갖고 임신함. 여름에 코네티컷주 윈덤 근처의 농가에서 친구들과 함께 머물며 출산 준비를 하지만 태아는 12월 2일 사산됨. 프리랜서 문학 전문 기자로 기반을 굳히기로 마음먹고 편집자 친구들을 통해 서평 지면을 구함.
1925	그리니치빌리지에 사는 친구 리자 댈릿의 집에서 회복기를 갖고, 하트 크레인, 포드 매덕스 포드, 맬컴 카울리와 페기 카울리, 도러시 데이와 델라필드 데이, 앨런 테이트, 캐럴라인 고든 등의 문필가들과 교유. 《뉴욕 헤럴드 트리뷴》을 중심으로 서평을 기고하기 시작해, 1950년대까지 《뉴욕 헤럴드 트리뷴》, 《뉴 리퍼블릭》, 《네이션》, 《뉴욕 타임스 북 리뷰》 등의 언론에 지속적으로 평론을 실음.
1926	코네티컷에서 작가 조지핀 허브스트, 존 헤르만, 화가 어니스트 스토크와 여름을 보냄. 스토크에게서 임질이 전염되어 양쪽 난소를 모두 절제하지만 이 사실을 평생 비밀로 함. 허드슨 거리 561번지에 방을 얻어 이사를 간 뒤, J. H. 시어스 출판사에서 편집자로 근무.
1927	8월에 보스턴에서 사코와 반체티의 처형에 항의하는 시위에 참여. 단편 「그 애」를 《뉴 매시스》에 발표. 17세기 미국 역사가이자 목사인 코튼 매더에 관한 전기 『악마와 코튼 매더 The Devil and Cotton Mather』를 쓰기로 하고, 보니 앤드 리버라이트 사와 계약을 맺고 자료 조사를 위해 매사추세츠주 세일럼으로 떠남. 자전적 장편소설 『많은 구세주 Many Redeemers』의 구상에 착수.

1928	세일럼에서 코튼 매더에 관한 연구를 계속하면서 윌리엄 도일의 연극 〈카니발〉 제작에 참여. 단편 「웨더롤 할머니가 버림받다」를 탈고. 단편 「마법」을 《트랜지션》에, 「밧줄」을 《세컨드 아메리칸 캐러밴》에 발표. 소형 출판사 매콜리 사에서 편집자로 일하다가 동료 사원인 매슈 조지프슨과 짧은 기간 연애. 기관지염을 앓음.
1929	「웨더롤 할머니가 버림받다」를 《트랜지션》에 발표. 크로퍼드 부부를 비롯한 친구들에게 경제적 지원을 받아 3월부터 7월까지 버뮤다에서 거주하면서 코튼 매더 전기의 일부를 집필하고 시를 몇 편 씀. 단편 「절도」를 《자이로스코프》에 발표.
1930	단편 「꽃 피는 유다 나무」를 《하운드 앤드 혼》에 발표. 1월에 하코트 브레이스 사에서 장편소설 『도둑 시장』과 단편집을 출간하기로 계약을 맺은 뒤 멕시코로 돌아감. 「마리아 콘셉시온」, 「마법」, 「밧줄」, 「그 애」, 「웨더롤 할머니가 버림받다」, 「꽃 피는 유다 나무」가 수록된 단편집 『꽃 피는 유다 나무』가 하코트 브레이스 사에서 600부 한정으로 출판됨. 멕시코시티의 국제정세협회에서 일하는 26세 미국인 청년 유진 도브 프레슬리와 연애를 시작.
1931	에세이 「페타테를 떠나며 Leaving the Petate」를 《뉴 리퍼블릭》에 발표. 『도둑 시장』 집필을 재개하고, 제목을 『역사적 현재 Historical Present』로 변경. 멕시코시티 교외의 믹스코악으로 거주지를 옮겨 유진 도브 프레슬리, 메리 도허티와 집을 나누어 씀. 구겐하임 보조금(2,000달러)을 지원받음. 세르게이 예이젠시테인 감독의 초대를 받아 아시

엔다 테틀라파약의 영화 촬영 현장을 방문. 8월에 프레슬리와 함께 유럽으로 건너간 뒤 포터는 독일 베를린의 밤베르거슈트라세 39번지에 하숙집을 얻고, 프레슬리는 일을 구하러 스페인으로 떠남. 미국인 기자이자 영화 제작자 허버트 클라인, 시인이자 사회 평론가 요하네스 베허, 미국인 작가 윌리엄 할런 헤일을 만남. 독일로 항해하는 과정에서 착상된 단편소설 「비너 블루트Wiener Blut」 집필에 착수.

1932   스페인에서 프레슬리와 재회하고 그와 함께 파리에 체류. 출판업자 바버라 해리슨, 먼로 휠러, 휠러의 반려자이자 작가인 글렌웨이 웨스콧과 친구가 됨. 포드 매덕스 포드를 방문해 그의 반려자인 제니스 비알라와 친분을 맺음. 실비아 비치가 세운 서점인 '셰익스피어 앤드 컴퍼니' 그리고 '돔', '쿠폴', '셀렉트' 등의 카페에 자주 출입하면서 여러 편집자 및 작가와 교유함. 심각한 기관지염을 앓다가 뇌이에 위치한 미국인 병원에 입원하여 4월까지 투병한 뒤, 스위스의 미국 대사관에서 일하게 된 프레슬리를 따라 6월에 스위스로 떠남. 중편 「금이 간 거울」을《스크리브너스 매거진》에, 에세이 「아시엔다」를《버지니아 쿼털리 리뷰》에 발표.『역사적 현재』의 집필을 포기하고『많은 구세주』, 경장편 「정오의 와인」, 「오랜 죽음의 운명」, 「창백한 말, 창백한 기수」의 집필에 착수.

1933   3월 11일에 프레슬리와 결혼하고 몽파르나스 대로 166번지의 아파트에 입주. 어니스트 헤밍웨이, 거트루드 스타인, 앨리스 B. 토클라스 등의 작가를 만남. 프랑스의 전통 노래들을 번역하고 주

석을 단 『캐서린 앤 포터의 프랑스 노래책*Katherine Anne Porter's French Song-Book*』을 해리슨 오브 파리 사에서 출간. 하코트 브레이스 사에서 『악마와 코튼 매더』 판권을 양수하고, 『많은 구세주』와 『꽃 피는 유다 나무』의 확장 보급판 출간을 제안함.

1934   에세이 「아시엔다」를 중편소설로 개작해 해리슨 오브 파리 사에서 출간. 코튼 매더 전기의 한 챕터를 《하운드 앤드 혼》에, 단편 「그 나무」를 《버지니아 쿼털리 리뷰》에 발표. 『많은 구세주』 장편소설에서 총 여섯 장(「무덤」, 「서커스」, 「할머니(차후 제목이 '근원'으로 변경됨)」, 「목격자」, 「옛 질서(차후 제목이 '여정'으로 변경됨)」, 「마지막 잎사귀」)을 하코트 브레이스 사에 송고하고, 그중 「서커스」는 《서던 리뷰》 창간호에 발표함. 5월에 몸이 쇠약해져 스위스 다보스의 요양원에서 6주를 보낸 뒤, 프레슬리와 함께 노트르담 데 상 거리 70의 2번지로 이사. 자신과 스토크의 일화를 소재로 쓴 조지핀 허브스트의 단편소설을 읽고 배신감을 느낌.

1935   『많은 구세주』의 일부인 「목격자」, 「마지막 잎사귀」, 「무덤」을 《버지니아 쿼털리 리뷰》에 발표. 남편의 외도로 고통스러워하는 조지핀 허브스트를 위로하러 갔다가 그녀의 동성애적 접근에 혼란스러워함. 『꽃 피는 유다 나무』의 확장판(「절도」, 「그 나무」, 「금이 간 거울」이 추가됨)을 하코트 브레이스 사에서 출간. 「비너 블루트」 초고를 소재 삼아 「약속의 땅*Promised Land*」이라는 가제로 경장편을 구상. 11월에 파리의 미국 여성 클럽에서 소설 쓰기에 관해 강연을 함. 잦은 기관지염 재발과, 전운이 드리운 유럽의 어두운 분위기에 낙심

한 포터는 이듬해 봄에 고향인 텍사스로 돌아가기로 결정.

1936   보스턴에서 코튼 매더 전기를 위한 자료 조사를 한 뒤, 텍사스로 돌아가 가족들을 만남. 고향에서 지내는 동안 십 대 조카인 폴과 앤을 아끼게 됨. 파리에서 프레슬리와 재회한 뒤 10월에 미국으로 귀환. 『많은 구세주』가 장편소설이 아니라 단편들로 이루어진 연작임을 깨닫고, 그 대신 하코트 브레이스 사에서 경장편 「정오의 와인」, 「오랜 죽음의 운명」, 「나무 속의 남자The Man in the Tree」, 「창백한 말, 창백한 기수」, 「약속의 땅」을 모은 선집을 내기로 계약함. 「옛 질서('여정')」를 《서던 리뷰》에 게재. 프레슬리가 업무차 워싱턴을 방문하는 동안 포터는 뉴욕과 펜실베이니아에 머물면서 「정오의 와인」과 「오랜 죽음의 운명」을 탈고. 12월에 프레슬리와 함께 뉴욕 페리 거리 67번지에 입주.

1937   프레슬리가 베네수엘라의 석유 회사에 입사하여 떠나게 됨으로써 포터는 그와 완전히 결별하기로 결정. 아버지의 여든 살 생일을 맞아 텍사스에 방문. '이달의 책' 문학상을 수상해 상금으로 2,500달러를 받음. 단편 「하루의 일」을 탈고. 글렌웨이 웨스콧, 사진가 조지 플랫 라인스, 그의 형제이자 《하퍼스》의 편집자인 러셀 라인스와 교유. 한동안 공산주의자 친구들과 함께 노동절 행진에 참여하고 뉴욕에서 6월에 열린 제2차 미국 작가 회의를 후원하는 등의 활동을 하다가, 좌파와 단절하고 로버트 펜 워런, 앤드루 리틀, 캐럴라인 고든, 앨런 테이트 등의 남부 출신 문인 친구들과 교제하기 시작. 미시건주의 올리벳 작가 회담에 참석한 뒤 뉴올리언스의 로어

폰탈바에 아파트를 얻고, 그곳에서 지내면서 루이지애나 주립대학 대학원생이자《서던 리뷰》의 편집 주간인 26세 앨버트 러셀 어스킨 주니어와 연애를 시작함. 「창백한 말, 창백한 기수」를 탈고.

1938 1월 11일 프레슬리와 이혼. 「나무 속의 남자」와 「약속의 땅」 집필을 진행. 4월 19일에 앨버트 어스킨과 결혼한 뒤, 그가 학업과 잡지 업무를 병행하는 배턴루지에서 함께 살기 시작. 올리벳의 작가 회담에 다시 참석하고 그곳에서 로버트 프로스트를 만남. 「창백한 말, 창백한 기수」를《서던 리뷰》에 발표. 조카 폴과 앤에게 더욱 깊은 애정을 품음.

1939 경장편 선집인 『창백한 말, 창백한 기수』(표제작과 「정오의 와인」, 「오랜 죽음의 운명」을 수록)가 하코트 브레이스 사에서 출간됨. 어스킨과 거버먼트 거리 1050번지로 이사 간 뒤 각방을 쓰기 시작. 작가 유도라 웰티를 만나 그녀의 작업을 격려하고 보조금을 후원. 7월에 올리벳을 방문하고 셔우드 앤더슨을 만남. 단편 「지혜로 가는 내리막길」을《하퍼스 바자》에 발표.

1940 연초에 어스킨과 결별하고, 뉴욕 새러토가스프링스 근처의 예술가 공동체 야도에서 거주하기 시작. 단편 「하루의 일」을《네이션》에, 코튼 매더 전기의 한 장을《파르티잔 리뷰》에 발표. 여름에는 「토머스 하디의 비평에 관하여Notes on a Criticism of Thomas Hardy」를《서던 리뷰》에, 「글쓰기에 대하여—캐서린 앤 포터의 일기에서Notes on Writing—From the Journals of Katherine Anne Porter」를《뉴 다이렉션스》에

발표. 버몬트주 미들버리 대학에서 영문학 강의를 맡음. 「약속의 땅」의 분량을 장편소설로 늘리기로 결정하고 제목을 『피난처는 없다No Safe Harbor』로 변경. 작가 카슨 매컬러스를 만나지만 그녀의 기벽에 반감을 느낌. 12월에 CBS 라디오 프로그램에 몇 차례 출연하고, 뉴욕 대학의 도서관 협회에서 첫 금메달을 수상.

1941   단편 「근원」을 《액센트》에 발표. 국립문예원의 일원으로 입회. 새러토가스프링스 근처의 볼스턴스파에 위치한 집 한 채를 매입해 '사우스힐'이라는 이름을 붙이고, 집을 수리하는 동안 야도에서 계속 거주하면서 그곳에서 여름을 보내게 된 유도라 웰티와 더욱 깊은 친분을 쌓음. 각각 작가와 발레 무용수가 되고 싶어 하는 조카 폴과 앤을 지원해 주기 시작. 「기울어진 탑」을 《서던 리뷰》에 발표.

1942   1월 23일 부친이 사망. 6월 19일에 어스킨과 이혼. 친구들의 반미주의 활동 혐의와 포터 자신도 같은 활동을 했다는 의혹으로 FBI의 조사를 받음. 코튼 매더 전기의 한 장을 《액센트》에 발표. 인디애나 대학에서 열린 저술 학회, 콜로라도주 볼더에서 열린 '로키마운틴 작가들의 회담'에 참석. 유럽 주둔 미군 부대로 배치된 조카 폴을 걱정하면서 고독하고 힘겨운 가을과 겨울을 보냄.

1943~4   국립문예원이 특정 후보자들을 '검둥이'라고 지칭한 데에 항의하기 위해 탈퇴함. 글렌웨이 웨스콧과 바버라 해리슨의 경제적 지원을 받아 웨스트포인트 근처의 여관에 기거하면서 『피난처는 없다』를 비롯한 작품들의 집필에 집중. 미국 의회 도서관의 지방 미국 문

학 기금 지원 작가로 선정됨. 「초상: 옛 남부Portrait : Old South」를 《마드무아젤》에 발표. 워싱턴 인근에 주둔하는 부대 상등병이자 화가인 찰스 섀넌과 1년간 연애. 「무덤」, 「서커스」, 「할머니('근원')」, 「목격자」, 「옛 질서('여정')」, 「마지막 잎사귀」, 「지혜로 가는 내리막길」, 「하루의 일」, 「기울어진 탑」이 수록된 『기울어진 탑과 또 다른 이야기들』이 하코트 브레이스 사에서 출판됨. 국가 여성 위원회의 부위원장으로서 프랭클린 D. 루스벨트 대통령의 재선을 지지하는 연설을 함. 폐렴에 감염되어 새러토가스프링스에서 요양.

1945　메트로 골드윈 메이어 영화사에서 주당 1,500달러를 받고 시나리오 작가로 일하게 되어 캘리포니아주 샌타모니카로 거주지를 옮김. 찰리 채플린, 주디 갈랜드를 비롯한 배우들과 각본가 클리퍼드 오데츠를 만남. 패러마운트 영화사와 계약하고 주당 1,500달러에 빅토리앵 사르두의 희곡 「마담 상젠」을 영화판으로 각색하는 일을 맡음. 『피난처는 없다』의 일부를 《파르티잔 리뷰》에 발표.

1946　사우스힐 집을 친구들에게 매도. 프랑스에서 군 복무를 마친 조카 폴이 캘리포니아에 방문. 회고문 「크리스마스 이야기A Christmas Story」를 《마드무아젤》에 발표. 재정 관리상의 실수로 경제난에 처해, 할리우드에 위치한 조지 플랫 라인스의 집에서 기거. 『피난처는 없다』의 일부를 《액센트》에 발표.

1947~8　작가 크리스토퍼 이셔우드와 윌리엄 고옌을 만남. 『피난처는 없다』의 일부를 《스와니 리뷰》에, 거트루드 스타인의 생애와 작품에

관한 부정적인 비평을 《하퍼스》에 발표함. 이후 조지핀 허브스트가 《파르티잔 리뷰》에 「미스 포터와 미스 스타인Miss Porter and Miss Stein」이라는 제목의 비난 글을 싣고, 글렌웨이 웨스콧, 먼로 휠러, 조지 플랫 라인스, 포터 네 사람의 일화를 부정적으로 각색한 장편소설을 발간함으로써, 포터는 그녀와의 관계를 완전히 단절하게 됨. 캔자스 대학에서 강연을 열고, 그 자리에서 이저벨 베일리를 만나 막역한 친구 사이가 됨. 스탠퍼드 대학에 강사로 임용되고, 교수진인 리처드 스코크로프트, 앤 스코크로프트, 재닛 루이스, 이보르 윈터스와 친분을 맺음. 산문 「사랑과 증오Love and Hate」(차후 제목이 「필수적인 적The Necessary Enemy」으로 변경됨)를 《마드무아젤》에 발표.

1949~50　　노스캐롤라이나 대학의 여자대학에서 문학박사 학위 취득. 스탠퍼드에서 여름 학기 강좌를 맡았다가, 뉴욕으로 돌아가서 조카 앤과 함께 아파트를 나누어 씀. 여러 대학에서 강연회를 가짐. 산문 「꽃들의 꽃The Flower of Flowers」과 「피에르 조제프 르두테에 관한 주해A Note on Pierre Joseph Redouté」를 《플레어》에 발표. J. F. 파워스, 피터 테일러, 윌리엄 험프리 등의 작가와 친분을 맺고, 맨해튼에서 열린 한 파티에서 딜런 토머스를 만남. 『피난처는 없다』 중 세 장을 《하퍼스》에 10월부터 12월까지 연재. 2년간 국립문예원의 공동 부원장 직위를 맡음.

1951　　윌리엄 고옌과 1년간 연애. 지난 30년간 쓴 에세이, 평론, 산문을 모은 선집 『전날들The Days Before』을 내기로 하코트 브레이스 사와

계약하고, 선금 대신 내부 문학 고문 직위를 받아들임. 노스캐롤라이나 대학, 미시시피 여자대학에서 강연. 산문 「결혼은 귀속이다Marriage Is Belonging」를 《마드무아젤》에 발표.

1952 파리에서 열린 '문화적 자유를 위한 국제회의'의 개회식에서 미국 대표단의 일원으로 연설. 자신의 프랑스어 번역자인 마르셀 시봉과 실비아 비치와 재회. 산문 「윌라 캐더에 대한 성찰Reflections on Willa Cather」을 《마드무아젤》에, 『피난처는 없다』의 일부를 《하퍼스》에 발표. 뉴욕으로 돌아가 이스트 17번 거리 117번지의 아파트에 입주. 하코트 브레이스 사에서 『전날들』이 출간됨. 코코란 미술관에서 열린 강연에서, 정부가 여러 대학을 대상으로 실시하던 반공산주의 조사에 대해 공개적으로 반대 주장을 개진. NBC 라디오에서 시 낭송. 미시간 대학 주재 작가로 선정되어 1년간 재직함.

1954 강의 중에 협심증을 일으킴. 산문 「키르케에 대한 옹호A Defense of Circe」를 《마드무아젤》에 발표. 잡지 《애틀랜틱》 및 애틀랜틱 리틀 브라운 출판사의 편집자인 시모어 로런스를 만나 깊은 호감을 가짐. 미시간 대학에서 문학박사 학위를 받고, 벨기에에서 풀브라이트 장학금 수여자로 선정되어 활동하기 시작. BBC 라디오에서 「서커스」를 낭독.

1955 인플루엔자에 감염되어 3주간 입원 치료를 받고, 풀브라이트 장학 프로그램 활동을 포기하고 2월에 뉴욕으로 돌아감. 산문 「생활에서의 모험Adventure in Living」(차후 「성 아우구스티누스와 투우St.

Augustine and the Bullfight」로 제목이 변경됨)을 《마드무아젤》에 발표. 코네티컷주 사우스버리의 외딴집을 임대하고 그곳에서 『피난처는 없다』의 집필에 집중. 9월 19일 오빠 폴 사망. 기존에 출간된 소설들을 엮은 선집 『옛 질서: 남부의 이야기들』을 하코트 브레이스 사에서 출간. 하코트 브레이스 사의 사장인 도널드 브레이스가 사망한 뒤, 포터는 애틀랜틱 리틀 브라운 출판사로 적을 옮기고 시모어 로런스를 새로운 담당 편집자로 삼음.

1956 『피난처는 없다』의 제목을 『바보들의 배 *Ship of Fools*』로 변경하고, 『바보들의 배』 일부를 《애틀랜틱 먼슬리》와 《마드무아젤》에 발표. 시모어 로런스가 홍보물에서 포터를 '여류 작가'라고 지칭하려고 하자 포터는 이에 반대함. 15개 대학에서 순회 강좌를 진행. 《워싱턴 포스트》에서 인터뷰를 진행하고 담당 기자인 바버라 톰슨과 막역한 친구가 됨. 산문 「정오의 와인: 근원들」을 《예일 리뷰》에 발표.

1957~8 한 해 동안 애틀랜틱 리틀 브라운 사의 경제적 지원을 받아 『바보들의 배』 집필에 집중. CBS 텔레비전 프로그램 〈카메라 스리〉에 출연해 헨리 제임스에 대해 토론. 스미스 대학에서 문학박사 학위를 받고, 학위 수여식 연사이자 매사추세츠 상원 의원이었던 존 F. 케네디를 만남. 사우스버리의 셋집을 떠나 코네티컷주 리지필드의 여관에서 한 달간 『바보들의 배』를 집필. 버지니아 대학 주재 작가로 가을 학기를 보냄. 작가 플래너리 오코너를 만남. 『바보들의 배』 일부를 《마드무아젤》에 발표.

1959	워싱턴 앤드 리 대학 주재 작가로 봄 학기를 보냄. 로스앤젤레스의 캘리포니아 대학에서 마크 트웨인을 주제로 강의. 『바보들의 배』 일부를 《텍사스 쿼털리》에 발표. 『바보들의 배』를 탈고하는 조건으로 포드 재단으로부터 기금 2만 6,000달러를 지원받음. 조지타운 Q 거리 3112번지의 집을 임대함.

1960~61 1920년대에 썼던 단편 「무화과나무」를 《하퍼스》에 발표. 멕시코로 가서 미국 국무부의 주최하에 연설. 조지아주의 웨슬리언 대학에서 열린 '최근의 남부 소설' 토론회에 플래너리 오코너, 캐럴라인 고든과 함께 패널로 참석. 1920년대에 썼던 단편 「휴가」를 《애틀랜틱 먼슬리》에 게재. 대통령 당선자 존 F. 케네디의 초청을 받아 취임식에 참석. 리버사이드의 캘리포니아 대학에서 강의를 하고, 매사추세츠주 케이프앤의 여관에 은거하며 『바보들의 배』를 탈고.

1962 『바보들의 배』가 애틀랜틱 리틀 브라운 사에서 출간되고 긍정적인 평가와 함께 상업적으로 큰 성공을 거둠. 유나이티드 아티스츠 사가 40만 달러에 영화 판권을 구입. 조카 앤과 함께 이탈리아와 시칠리아로 한 달간 휴가를 떠남. 미국 예술 과학 협회에서 에머슨 소로 메달을 수상하고, 라살 대학에서 문학박사 학위를 받음. 1년간 유럽에서 체류하러 떠남.

1963 로마에서 작가 애비 먼과 함께 『바보들의 배』 영화각본 공동 작업에 착수. 텍사스 문예 협회에서 1,000달러의 상금을 받음. 11월에 고향으로 돌아왔다가 케네디의 암살 사건에 충격을 받음. 메릴랜

드 대학의 파이 베타 카파회 지부에 입회.

1964~5 미국의 여러 대학과 멕시코시티의 북아메리카 문화 협회에서 강연. 그간 쓴 모든 중편, 단편, 경장편을 수록한 『캐서린 앤 포터 소설집』을 하코트 브레이스 사에서 출간. 『악마와 코튼 매더』 전기와 산문집을 시모어 로런스의 출판사에서 출간하기로 계약. 스탠리 크레이머가 감독하고 비비언 리, 리 마빈 등이 출연한 『바보들의 배』 영화판이 개봉하여 흥행을 거둠.

1966~7 『캐서린 앤 포터 소설집』으로 전미도서상과 퓰리처상을 수상. 메릴랜드 칼리지파크 대학에서 명예박사 학위를 취득. 미국 문예원에 입회하고, 미국 문예원 소설 부문 금메달을 수상. 젊은 작가들을 경제적으로 지원하기 위해 캐서린 앤 포터 재단을 설립.

1968~9 1968년 1월에 인플루엔자에 감염되어 한 주간 입원 치료를 받고 돌아옴. 집에 여러 손님을 맞아들여 식사와 한담을 나누며 시간을 보냄. 칼리지파크의 웨스트체스터파크 거리 5910번지로 이사를 간 뒤, '미국 헤리티지 사전'의 자문 위원 직책을 맡음. 산문집을 엮고 퇴고하는 작업에 착수. 1969년 12월 28일 언니 게이 사망.

1970~1 『캐서린 앤 포터 산문집』이 시모어 로런스 델라코트 사에서 출간. 낙상 사고로 골반에 골절상을 입어 별장에서 두 달 요양한 뒤, 웨스트체스터파크 거리의 6100번지 아파트로 이사. 1970년 12월에 가톨릭 신앙을 회복하고 교회로 복귀. 1926년에 쓴 희극적 단편 「스

피블턴 미스터리The Spivvleton Mystery」를 《레이디스 홈 저널》에 게재. 백내장 수술을 받음. 메릴랜드 노트르담 대학에서 열린 '그 여자의 해' 세미나에서 기조연설.

1972 브랜디스 대학의 창조 예술상 문학 부문에서 평생 공로상을 수상. 미국 예술 과학 협회에서 정치적 이유로 에즈라 파운드의 수상 자격을 박탈했다는 소식을 듣고, 자신이 받은 에머슨 소로 메달을 반환. 심장 건강이 악화됨. 메릴랜드 대학의 매켈딘 도서관에 캐서린 앤 포터실이 설립되어 기념 강연.

1973~5 동생 앨리스가 1973년 5월 21일에 사망. 캐서린 앤 포터 재단이 해체됨. 자기 작품들의 관리를 이저벨 베일리에게 맡김. 메릴랜드 노트르담 대학에서 명예 학위를 받음. 수십 년 전에 쓴 자서전의 일부인 「어디도 아닌 땅The Land That Is Nowhere」을 수정하여 《보그》에, 「내가 기억하는 텍사스에 관한 기록Notes on the Texas I Remember」을 《애틀랜틱 먼슬리》에 발표.

1976~7 스키드모어 대학과 하워드 페인 대학에서 명예 학위를 받음. 건강이 악화되어 존스홉킨스 병원에 입원하고 종합 검사를 받음. 병원에서 두 차례 뇌졸중을 일으킴. 봄에 퇴원하고 집에서 상주 인력에 의해 간병을 받음. 사코 반체티 사건에 대한 회고록 「끊이지 않는 과오The Never-Ending Wrong」가 《애틀랜틱 먼슬리》에 게재되고, 애틀랜틱 리틀 브라운에서 소책자로 발간됨. 지적 능력이 감퇴하여 심신미약 판정을 받자, 조카 폴 포터가 법적 후견인으로 지정됨.

1978~80   1978년 12월에 심각한 발작을 일으킨 뒤, 메릴랜드주 실버스프링
의 캐러지힐 요양원에 들어감. 1980년 90세 생일 파티를 위해 친
구들이 모임. 9월 18일에 사망. 이듬해 봄에 인디안크리크 공동묘
지의 어머니 무덤 옆에 안장됨.

세계문학 단편선을 펴내며

세상의 모든 이야기는 단편으로 시작되었다. 성서와 그리스 신화를 비롯해 인류의 많은 신화와 설화는 단편의 형식으로 사물의 기원, 제도와 금기의 탄생, 운명이라는 이름의 삶의 보편적 형식을 설명했다.

〈세계문학 단편선〉은 모든 산문의 형식 중 가장 응축적이고 예술성이 높은 단편소설에 포커스를 맞추어 세계문학을 바라보는 새로운 관점을 제시하고자 한다. 단편소설을 언급할 때 빼놓을 수 없는 작가들의 작품들은 물론이고, 한두 편의 장편소설로만 우리에게 알려진 세계적 작가들이 남긴 주옥같은 단편들을 통해 대가의 진면모를 총체적으로 바라볼 수 있게 할 것이다. 또한 우리에게 문학의 변방으로 여겨져 왔던 나라들의 대표적 단편 작가들도 활발히 소개할 것이며 이미 순문학과의 경계가 불분명해진 장르문학의 형성과 발전에 크게 기여한 작가들의 작품 역시 새롭게 조명해 나갈 것이다.

에드거 앨런 포는 문학작품은 독자가 앉은자리에서 다 읽을 수 있을 정도로 짧아야 한다고 했다. 바쁜 일상의 삶을 사는 현대인들에게 〈세계문학 단편선〉은 삶과 사회, 나아가 세계를 바라볼 수 있게 하는 더할 나위 없이 좋은 친구가 될 것이라 확신한다.

21세기인 현재에 이르기까지 단편소설은 그리스 신화가 그러했듯이 삶의 불변하는 조건들을 응축된 예술적 형식으로 꾸준히 생산해 왔다. 그리고 새로운 문학적 기법과 실험적 시도를 통해 단편소설은 현재도 계속 진화, 확장되고 있다. 작가의 치열한 예술적 열정이 가장 뜨겁게 반영된 다양한 개성으로 빛나는 정교한 단편들을 통해 문학의 진정한 존재 이유를 독자들이 느낄 수 있기를 소망하며 이번 〈세계문학 단편선〉을 펴낸다.

현대문학 편집부

캐서린 앤 포터

초판 1쇄 펴낸날 2017년 12월 29일
초판 2쇄 펴낸날 2022년 7월 21일

지은이 캐서린 앤 포터
옮긴이 김지현
펴낸이 김영정

펴낸곳 (주)현대문학
등록번호 제1-452호
주소 06532 서울시 서초구 신반포로 321(잠원동, 미래엔)
전화 02-2017-0280
팩스 02-516-5433
홈페이지 www.hdmh.co.kr

ISBN 978-89-7275-812-9 04840
세트 978-89-7275-672-9

* 책값은 뒤표지에 있습니다.